고대문학에서 현대문학까지
한 권으로 그려 보는 우리 문학의 지형도

새 한국문학사

초판 1쇄 인쇄 2021년 1월 22일
초판 1쇄 발행 2021년 1월 29일

—

지은이 김인환
펴낸이 이방원
편 집 정우경·김명희·안효희·정조연·송원빈·최선희·조상희
디자인 양혜진·손경화·박혜옥   **영 업** 최성수

—

펴낸곳 세창출판사
　　　　 신고번호 제300-1990-63호 주소 03735 서울시 서대문구 경기대로 88 냉천빌딩 4층
　　　　 전화 02-723-8660 팩스 02-720-4579 이메일 edit@sechangpub.co.kr 홈페이지 http://www.sechangpub.co.kr
　　　　 블로그 blog.naver.com/scpc1992 페이스북 fb.me/Sechangofficial 인스타그램 @sechang_official

—

ISBN 978-89-8411-990-1 94810
　　　　 978-89-8411-629-0 (세트)

ⓒ 김인환, 2021

표지 이미지 출처
삼국유사: 문화재청 국가문화유산포털(www.heritage.go.kr)
열하일기, 오감도, 춘향전: 위키피디아(ko.wikipedia.org)
편복: 이육사문학관(www.264.or.kr)

고대문학에서 현대문학까지
한 권으로 그려 보는 우리 문학의 지형도

새

한국문학사

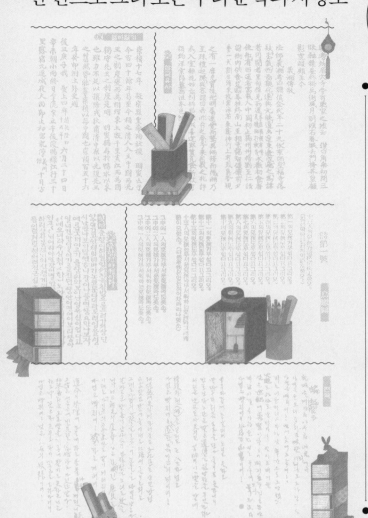

김인환 지음

학문의 역사
3

세창출판사

:: 일러두기

• 향가는 양주동, 김선기, 유창균, 김완진 등 제가의 연구를 비교하여 의미가 자연스럽게 통하는 해독을 취사하
  였다. 해석의 근거를 해명하는 저서를 따로 준비하고 있기 때문에 이 책에서는 전거를 자세하게 밝히지 아니
  하였다.
• 속요와 시조 등 고전문학 작품의 인용은 참고한 판본을 각주로 밝히고 원문에 기초하여 자의적인 해석을 피
  하며 현대어로 번역하였다.
• 중국의 인명과 지명은 가급적 중국어 발음으로 적되 이해의 편의를 고려하여 경우에 따라 우리 한자음으로
  표기하거나 중국 한자음과 우리 한자음을 병기하였다.

머
리
말

나는 고려대학교 국어국문학과에서 30년 동안 비평론과 문학사를 가르쳤
다. 국문과의 비평론 시간에도 서양의 비평이론을 따라가는 것이 못마땅하
여 나는 국어학의 방법론을 통하여 문학의 기본개념들을 정의하고 그렇게
정의된 개념들을 작품분석에 적용하게 하는 방향으로 수업을 진행하였다.
내가 비평론 시간에 가르친 내용은 운율과 비유, 구성과 문체, 그리고 서술관
점의 다섯 가지 개념규정이 전부였다. 운율과 비유의 해석에는 국어음운론
과 국어의미론을 활용하게 하였고, 국어학의 의존형태소와 자유형태소를 확
대하여 의존화소와 자유화소를 정의하고 의존화소에 기반하는 구성유형과
자유화소에 기반하는 문체특징을 해명하게 하였으며, 전지서술과 중립서술
을 주격과 대격의 차이로, 1인칭서술과 인물시각서술을 주어와 화자의 차이
로 설명하고 전지서술을 중립서술로, 1인칭서술을 인물시각서술로 바꿔 써
보게 하였다. 비평론의 교재로는 나의 책 『비평의 원리』와 『언어학과 문학』
을 사용하였다.

문학사도 오래 가르쳤으나 문학사책을 쓰는 것은 엄두가 나지 않아서 교
재 없이 중요한 작품들을 읽고 토론하게 하면서 한 학기를 대충 보냈다. 국
어사책을 읽고서 문학사도 시대마다의 체계를 찾아내고 한 시대에서 다른
시대로 그 체계가 어떻게 변이하는가를 기술하는 방식으로 구성되어야 한다

고 생각하였으나 국어사의 방법을 실제로 문학사에 적용하는 작업에는 손을 대지 못하였다. 문학사를 가르치면서 내가 강조한 내용은 서양의 문예사조에 맞추어 한국문학사를 재단해서는 안 되며 한국현대문학의 정체성을 한국문학사 내부에서 규명해야 한다는 것이었다. 명시적 운율과 유사성의 비유를 고전시의 특징으로, 암시적 운율과 상호작용의 비유를 현대시의 특징으로 규정한다든지, 천상과 지상을 왕래하는 군담소설과 환몽소설에서 무대를 지상의 현실로 일원화한 판소리계 소설과 대하가문소설로 변이하고 다시 판소리계 소설과 대하가문소설의 비현실적 결말을 제거한 현대소설로 변이하는 한국소설사의 각 단계를 구성체계의 변이라는 관점에서 간단히 소개하는 이상의 본격적인 문학사 수업을 하지 못하고 정년을 맞았다. 그런데 세창출판사에서 문학사를 써 보지 않겠느냐는 제안을 해 왔다. 나는 그동안의 부실한 문학사 강의에 대하여 예전 학생들에게 미안한 마음을 늦게라도 보상하려는 생각에서 그 제안을 받아들여 능력이 닿는 데까지 문학사를 정리해 보기로 결심하였으나 난관은 한두 가지가 아니었다. 문학사는 실증적 자료에 의거한 연대사를 바탕으로 삼고 시작할 수밖에 없는데 모든 작품을 다 다룰 수는 없으므로 포섭해야 할 작품과 배제해야 할 작품을 구별하려면 문학의 형식사와 문학의 사회사에 대하여 깊이 고심해 보아야 한다. 유교조선 한시사에서 유득공의 「송경잡색(松京雜色)」은 그 형식 때문에 포섭되는 작품이다.

절렁절렁[郎堂] 말방울 소리[征鐸] 온 거리에[通衢] 가득한데[滿]

주막집[店舍] 새벽 닭은[晨鷄] 꼬끼오[喔喔] 우는구나[呼]

오정문[午正門] 동녘엔[東] 등롱 그림자[燈影] 어른거리고[亂]

저자 애들은[市兒] 담배를[淡婆姑] 팔려고[賣] 소리 지르네[叫]

郎堂征鐸滿通衢

店舍晨鷄喔喔呼

午正門東燈影亂

市兒叫賣淡婆姑

　4음절과 3음절의 두 음보로 구성된 이 시는 뒤의 3음절 음보가 1-2, 2-1, 3 등으로 변주되어 변화를 주고 있으며 호(呼)와 고(姑)의 격구압운이 새벽거리의 소란스러움에 어울리며 낭(郞)·당(堂)·정(征)·통(通)·정(正)·동(東)·등(燈)·영(影) 등이 말방울 소리, 닭 울음 소리, 장사꾼 외는 소리를 강화해 준다. 희미한 등롱의 그림자가 일찍 가게를 여는 부지런한 상인들과 먼 길 떠나는 나그네들과 닭 우는 새벽부터 짐을 싣고 바쁘게 달려가는 말들을 비춰준다. 하나의 시각적 이미지가 여러 개의 청각적 이미지들을 묶어 주고 있는 것이다.

　유교조선 한시사에서 윤선도의 「낙서재우음(樂書齋偶吟)」은 형식이 아니라 문학의 사회적 의미 때문에 포섭되는 작품이다.

　　눈은[眼] 청산만[靑山] 보고[在] 귀는[耳] 거문고만[琴] 본다[在]

　　이 세상[世間] 무슨 일이[何事] 내 마음에[吾心] 있으랴[到]

　　가슴 가득한[滿腔] 바른 기운을[浩氣] 남들이[人] 앎이[識] 없으니[無]

　　한 가락[一曲] 미친 노래를[狂歌] 혼자 스스로[獨自] 읊는다[吟]

　　眼在靑山耳在琴

　　世間何事到吾心

　　滿腔浩氣無人識

　　一曲狂歌獨自吟

　윤선도는 서재에서 책을 보지 않는다. 그의 눈은 푸른 산에 고정되어 있고 그의 귀는 거문고 소리에 고정되어 있다. 세상일들은 그의 마음을 흔들지 못한다. 이 세상에는 그의 바른 도덕적 기품을 알아줄 사람이 없기 때문이다. 그가 할 수 있는 일은 혼자서 세상이 이해하지 못하는 미친 노래를 읊는 것뿐

이다. 윤선도는 이이첨의 횡포를 규탄하다 6년 동안, 이이와 성혼의 문묘배
향을 반대하다 1년 동안, 스무 살 연하인 송시열의 예론을 반대하다 8년 동
안 귀양살이를 하였다. 17세기 지식인들은 효종 때 현실을 무시한 반청으로
10년 동안, 현종과 숙종 때 고경(古經)을 무시한 복제(服制)로 15년 동안 세력
을 잡은 송시열에 대하여 취하는 태도에 따라 송시열과 같은 편인 노론과 송
시열의 반대편인 남인으로 갈라졌다. 주도세력에 반대하는 사람의 노래는
미친 노래가 될 수밖에 없다. 문학사를 쓰면서 나는 지각형상과 관념형태
를 함께 고려하는 방향에서 문학의 형식사와 문학의 사회사를 융합해 보려
고 시도하였다. 나는 자유주의, 민족주의, 사회주의 같은 사회사상이 아니라
사칠(四七)논쟁, 복제(服制)논쟁, 친일논쟁, 파시즘논쟁같이 어떤 시대에 고유
한 논쟁거리들을 관념형태라고 하였다. 21세기의 한국사회를 우리는 노동
문제, 투기문제, 환경문제, 여성문제 같은 관념형태들이 밀도를 달리하면서
서로 배척하고 서로 중첩하는 상호작용의 그물로 파악할 수 있다. 또 우리는
실험이라는 관념형태를 하나의 초점으로 설정하고 한국현대문학사에서 김
소월과 이상 사이에 시인들을 배치할 수 있고 박경리와 박상륭 사이에 소설
가들을 배치할 수 있다. 문학사에서 중요하게 다루어야 할 것은 특정한 관념
형태를 지각하게 하고 의심하게 하고 긍정하게 하고 부정하게 하는 지각형
상들의 거리효과이다. 문학은 빈자리 또는 미확정 영역을 참호처럼 설치하
여 독자의 지각을 쇄신하게 하고 관념형태를 구체적인 지각경험으로 전환
하게 한다. 문학작품에서 우리는 세계의 같음과 다름과 어긋남을 체험한다.
문학사는 기억의 계단을 하나씩 밟아 내려가면서 서로 상충되는 이질적 원
리들이 하나의 문학시대에 내재하는 것을 확인하고 우리의 이해가 자리 잡
은 곳에 이해되어 있지 않은 것을 발견하는 연구 분야이다. 기억의 계단을
더 멀리 내려가면 내려갈수록 한국문학사는 지금까지 우리의 기억에 주제
화되어 있지 않았던 것을 찾아냄으로써 우리의 기억을 쇄신하고 우리의 기
억 속에 희망의 자리를 마련한다. 그러므로 한국문학사에서 정말로 중요한

것은 한국문학의 세계를 편력하여 희망의 근거가 되는 창조적 기억을 살려 내는 것이다. 이미 알고 있는 것을 되풀이하는 기억은 다른 미래를 준비하는 데 도움이 되지 않는다. 인간의 모든 기록은 어긋남의 기록 아닌 것이 있을 수 없다는 관점에서 본다면 빈틈없는 비평론보다 빈틈 많은 문학사가 창조적 기억을 살려 내는 데 더 적합할 것이다. 이 책보다 좀 더 갖추어진 문학사를 쓰는 데 작은 참고라도 되었으면 하는 마음을 젊은 학자들에게 전하며 여러 가지 값진 조언을 해 주신 세창출판사의 여러분들께 감사의 인사를 드린다.

2020년 겨울
김인환

차례

고전문학과 현대문학

I

광복 이후 이 땅의 대학에 국어국문학과가 생겼을 때 현대문학의 연구는 아직 학문으로 인정받지 못하였다. 그 무렵의 연구인력으로는 남아 있는 고전문학의 유산을 정리하는 데도 벅찼을 터이니 20세기의 한국문학에 대해서는 대학 외부의 평론가나 신문기자에게 맡기는 수밖에 다른 도리가 없었을 것이다. 영국의 케임브리지 대학에서는 1930년대까지 밀튼 이후의 영문학을 가르치지 않았으며 일본의 대학에서는 지금도 20세기 후반기의 일본문학에 대해서는 강의하지 않는다. 특히 일본의 경우에는 대학의 전임 가운데 시인, 소설가, 평론가 등 문인이라고 부를 수 있는 사람이 전혀 없다. 말하자면 문단과 대학이 철저하게 분업을 하고 있다고 하겠다. 일본에 비교해 볼 때 우리의 사정은 현대문학에 대단히 유리하게 전개되고 있다. 거의 모든 대학에 시인과 평론가가 있으며 대학의 강의에서 다루는 연대의 하한(下限)도 거의 제한이 없다. 문단의 이슈와 강의의 주제가 명확하게 구분되지 않는 것을 반드시 나쁘다고는 할 수 없겠으나 판본 연구와 평전(評傳) 연구가 일본보다 너무나 적고 현대문학 논문이 대체로 이래도 좋고 저래도 좋은 주관적 해석에 치우쳐 있다는 점에 대해서는 반성해야 할 듯하다.

거의 스무 해가 다 되어 가는 일이지만 필자는 문학교육에 대하여 학계의 의견을 모아 본 적이 있었다. 국어국문학회 회원들의 명단을 전공별, 지역별로 나누어 그중에서 150명을 추출하였고 한국학중앙연구원의 도움을 받아 1984년 6월 26일에 60문항으로 작성된 설문지를 발송하였던바 62퍼센트(93명)의 회신을 받았다. 그때 받은 회신을 정리한 보고서 가운데 문학사 교육

과 관련된 내용만 다시 인용하여 그것을 논의의 서두로 삼고자 한다.[1]

문학사 교육의 문제는 무엇입니까?

단순한 사실들의 나열에 그치기 쉬움	48(49)
주어진 시간에 다 취급하기 어려움	36(36)
사상·문화·제도 등을 책임 있게 설명하기 어려움	11(11)
작품을 해석할 여유가 없으므로 학생들의 홍미를 일으키기 어려움	4(4)
	99(100)

문학사 교육의 목적은 무엇이라고 생각하십니까?

사상·문화·제도 등을 통하여 작품의 이해를 깊게 함	15(16)
작품들을 집단화하고 작품들과 작품들의 전후관계를 통하여 한국문학의 전체적인 모습을 파악하게 함	74(79)
우리 민족의 삶을 깊고 넓게 파악하게 함	2(2)
한국문학의 전통이 형성되어 온 과정을 이해하게 함	2(2)
문학작품의 사회사적 배경을 해석하게 함	1(1)
	94(100)

문학사 교육방법은 어떠해야 한다고 생각하십니까?

각 시대의 대표작들을 읽어 가면서 그 시대의 문학 경향을 알아보게 함	21(26)
사상·문화·제도와 문학운동·문학형식에 대하여 이해하게 함	46(58)

1   김인환, 「문학교육 비판」, 『비평의 원리』, 나남출판, 1999, 384-385쪽.

각 시대의 대표작들을 통하여 문학의 역사적 흐름을 구성

하게 함   13(16)
                                                                                          ─────────
                                                                                             80(100)

문학사 교육의 평가로서 적당하다고 생각하시는 것은 무엇입니까?

사상·문화·제도·형식의 이해도를 측정함   38(42)

구체적인 작품을 비교하여 시대의 차이를 이해하는 능력을

측정함   33(36)

문학사 전체의 통일성에 관한 이해도를 측정함   20(22)
                                                                                          ─────────
                                                                                             91(100)

문학사 교육에 적합한 교과서가 있습니까?

좋은 교과서가 여러 권 있음   35(38)

좋은 교과서는 비교적 적음   48(52)

강의안에 의존함   9(10)
                                                                                          ─────────
                                                                                             92(100)

　　교과서의 사정은 좋아졌다고 하겠으나 문학사 연구와 문학사 교육에서 지금도 문제 되는 것은 체계의 결여이다. 지금까지의 문학사 연구는 우리가 모르고 있던 수많은 사실들을 밝혀내었음에도 불구하고 한집에 사는 사람들이 각각 자기 방에서 시작하여 복도를 내고 자기 방에 곁방을 덧붙이는 식으로 진행되어 집 전체의 모습이 충분히 고려되지 않았다. 국문학사 연구는 이제 방만 늘릴 것이 아니라 집 전체의 설계를 고려해야 할 시기가 되었다. 고전문학과 현대문학의 통합과 확산이란 주제도 결국은 이러한 과제에 대하여 숙고해 보려는 의도 아래 설정된 문제일 것이다.

II

한국문학사의 목적은 고전문학과 현대문학의 영역을 한정하고 고전문학과 현대문학의 통합과 확산을 위한 예비작업으로서 상호분리의 위험성과 상호참조의 필요성을 증명하고자 하는 데 있다. 한국문학사 연구란 단군시대에서 분단시대에 이르는 통시적 결합관계와 각 시대의 소단위 영역들로 형성되는 공시적 계열관계를 해명하는 작업이다. 운율체계, 비유체계, 서술체계, 문체체계 등으로 구성되어 있는 공시적 계열관계는 단일한 대상이나 사건이 아니며, 대상들과 사건들의 집합도 아니다. 우리는 대상이나 사건을 따로 떼어서 경험할 수 없다. 대상이나 사건은 항상 공시적 계열체라는 경험세계 전체의 한 부분, 한 단위, 한 국면이다.

언어는 단어의 단순한 집합체가 아니라 음운체계, 문법체계, 어휘체계가 유기적으로 결합된 하나의 공고한 체계이며 변화는 그 체계 자체에서 일어나는 것이다.[2]

국어사만이 아니라 국문학사도 체계의 변이를 기술하는 작업이 되어야 한다. 이기문의 『국어사개설』에서 가장 재미있는 부분은 14세기에 음소체계와 표기체계의 대응에 추이(推移)가 발생했다는 지적이다.

---

2   이기문, 『국어사개설』, 태학사, 2000, 11쪽.

	전설	중설	후설
고모음	i	ɨ	u
중모음	ö		o
저모음		ä	a

〈표 1〉 모음 음소체계

모음의 음소체계는 위와 비슷하겠으나 『번역박통사(飜譯朴通事)』 등에 나타난 몽골어 차용어의 표기에 따르면 음소의 표기체계가 14세기에 'ㅓ'는 e→ə, 'ㅡ'는 ə→i, 'ㅜ'는 i→u, 'ㅗ'는 u→o, 'ㆍ'는 ɔ→ʌ로의 추이가 있었다는 것이다.

14세기 전	14세기 후
ㅣ ㅜ ㅗ ㅓ ㅡ ㆍ ㅏ	ㅣ ㅡ ㅜ ㅓ ㅗ ㅏ ㆍ

〈표 2〉 모음추이

1400년에 시작되어 1700년에 끝난 영어의 모음추이는 거의 모든 낱말에서 장모음이 이중모음으로 바뀌고 저모음이 한 단계씩의 고모음으로 바뀐 것이므로 낱말의 발음이 바뀌지 않은 것도 모음추이라고 부를 수 있는 것인지는 의심스러운 바 있으나 이러한 변이를 중요하게 다루어야 한다는 것은 누구도 부인할 수 없을 것이다. 그러므로 필자는 10세기에서 17세기에 이르는 시기를 중세라고 보는 이기문의 시대구분보다 이러한 변이가 발생한 14세기를 경계로 시대를 구분하는 것이 더 좋지 않을까 하는 생각을 해 보았다. 13세기까지를 고대로 보고 17세기까지를 중세 전기로 보고 19세기까지를 중세 후기로 보는 시대구분이 국어사와 국문학사를 연관 짓는 데 더 편리할 듯하기 때문이다. 강진철도 13세기에서 14세기에 이르는 시기를 일종의 이행기로 보았다. 이 시기를 이행기로 삼아서 그 전후의 시대적 성격이 상이하다는 것이다. 앞 시대에는 지주적 경영이 아직 제대로 자리 잡히지 못하여 국가권력과 농민이 지배와 예속의 관계를 직접 형성하고 있었다. 농민은 일정한 노동력의 소유자로서 국가에 의하여 인신적(人身的) 수취의 대상으로 취급되었다. 국가권력은 혈족단체의 수장을 통하여 촌락을 지배하였으며, 촌락의 혈족적 유대가 또한 지주적 경영의 성숙을 방해하고 있었다. 반면에 뒤 시대에는 사회적 생산관계가 지주와 전호(佃戶)의 대립이라는 형태를 취하였고, 국가의 지배체제에서도 지주들이 중심적인 직분을 담당하였다. 수취의 대상이 토지로 바뀌었고 토지에 대한 지배를 매개로 한 지대수취가 생산관계의 중심부에 자리 잡았다. 촌락에 대한 국가의 지배도 지역을 지배대상으로 삼게 되어 혈족단체는 파괴되고 촌락에 이성잡거(異姓雜居)의 현상이 나타나게 되었다.[3] 무신란과 노비 반란과 몽골 침략 등의 큰 사건이 연이어 발생하였던 13세기는 사상사에서도 불교시대에서 유교시대로의 이행기였다.

소작제도의 발생에는 지주와 소작인이 서로 위험을 분담한다는 호혜적인 계약의 성격이 있었으나, 경작면적이 확장되지 못하고 경작기술이 발전하지 못하는 상황에서 50퍼센트로 고정되어 있었던 지대(소작료)와 끊임없이 증가하는 조세는 생산능률을 잠식하여 중세의 붕괴를 초래하였다.

14세기에서 19세기까지를 중세라고 부른다면 근대국어와 근대문학이란 명칭은 20세기 이후의 시기에 부여될 것이다. 그러므로 고대문학-중세문학-근대문학이라고 할 때에는 14세기와 19세기를 경계로 삼고, 고전문학-현대문학이라고 할 때에는 19세기를 경계로 삼아서 고대문학과 중세문학을 고전문학이라고 하고 20세기 이후의 문학을 중세문학과 대비하여 근대문학, 고

3　강진철, 『고려토지제도사연구』, 고려대학교출판부, 1980, 445쪽.

전문학과 대비하여 현대문학이라고 부르자는 것이 나의 제안이다. 영어로 하면 근대와 현대가 다 '모던'이니 근대문학과 현대문학이 동의어가 된다는 것은 당연한 일이다. 진부한 시대구분 문제를 중언부언하는 이유는 통합과 확산에 대하여 논하기 전에 통합과 확산의 대상을 되도록 분명하게 한정하고 싶었기 때문이었다. 시대구분과 관련하여 이른바 국권 잠식기에 대해서 일언(一言)하고자 한다. 신라 말, 고려 말이라는 말이 자연스럽게 사용되고 고대 말, 중세 말이라는 말도 사용되는데 왜 조선조 말만 개화기라고 하는지 이해하기 어렵기 때문이다. 개화경(開化鏡)이니 개화장(開化杖)이니 하는 용어가 쓰였으나 그것은 1920년대의 마르크스 보이와 마르크스 걸처럼 풍자의 어조를 지니고 쓰인 말이었다. 고종·순종시대를 대표하는 사건은 동학과 의병인데 그 시대의 여러 국면 가운데 고대 일본의 왕명이기도 했던 개화(開化)라는 용어를 선택해서 나타낼 수 있는 사건이 무엇인지 의문이 아닐 수 없다. 우리는 고종·순종시대를 대원군시대(1864-1873)와 일본·청국 침략시대(1876-1894)와 일본·러시아 침략시대(1894-1904)와 보호국시대(1905-1910)로 나눌 수 있고 17세기를 경계로 조선조 전기와 조선조 후기, 또는 중세 전기와 중세 후기를 구분하듯이 고종·순종시대를 조선조 말기 또는 왕조말기라고 부를 수 있다. 특히 보호국시대를 대한제국시대(1897-1910)의 말기라는 의미에서 구한말(舊韓末)이라고 부를 수 있을 것이다. 그리고 20세기 전반기는 '나라 잃은 시대'로, 20세기 후반기 이후는 '조선-한국시대'로 부르는 것이 무난할 듯하다. 이미 『조선-한국 당대문학사』(연변대학출판사, 2000)라는 책이 국문과 학생들에게 읽히고 있다.

　근대를 시대개념으로 사용하기 시작한 것은 프랑스의 계몽주의자들이었다. 그들은 시대개념으로서 고대와 근대가 유사하다는 믿음을 강조하기 위하여 고대와 근대 사이에 끼인 시기를 다소 경멸적인 어감이 들도록 중세라고 불렀다. 『자본론』은 이러한 식의 시대구분을 한층 더 명확하게 규정하였다. 『자본론』에 따르면 근대란 일용할 양식과 일용할 기계가 필요한 시대이다. 기계가 양식만큼 중요하게 된 것이 근대의 특징이다. 그러므로 기계를 생산하는 중공업은 근대사회의 중심부를 차지하게 된다. 경제란 기계와 임금과 이윤의 상호작용이고 생산이란 이윤의 일부가 추가기계(追加機械)와 추가임금으로 변형되는 사건이다. 경제의 과정이란 소득이 투자로 변형되었다가 소비를 매개로 하여 소득으로 돌아오고, 소득이 소비로 변형되었다가 투자를 매개로 하여 소득으로 돌아오는 순환과정이다. 그러므로 투자란 추가기계와 추가임금 이외에 다른 것이 아니며, 소비란 임금과 추가임금 이외에 다른 것이 아니다. 결국 경제의 과정은 투자와 소비에 의하여 결정되고, 투자와 소비는 그것들의 공통요소인 추가임금에 의하여 결정된다. 추가임금을 결정하는 사람들은 추가되는 비용을 냉정하게 계산하고 그것이 추가할 수 있는 이득도 냉정하게 계산하기 때문에, 어떠한 경우에도 임금은 노동자가 생산에 기여한 정도를 초과할 수 없다. 경공업은 기계를 중공업으로부터 구입하고, 중공업은 경공업에 기계를 팔아 얻은 돈으로 임금을 지급한다. 경공업 부문이 구입하는 기계의 가치와 중공업 부문이 지급하는 임금의 가치 사이에는 일정한 균형이 형성되어 있어야 하는 것이다. 그러나 노동자 1인이 사용하는 기계의 양으로 나타나는 한 사회의 기술수준은 수시로 변화하며, 자본장비율(資本裝備率) 또는 기술적 구성이라고 하는 이 기술수준에 따라서 그 사회의 생산능률과 이윤율도 수시로 변화하기 때문에 경공업 부문의 기계와 중공업 부문의 임금 사이에는 항상 어쩔 수 없이 어긋남이 있을 수밖에 없다. 이러한 어긋남은 중공업과 경공업 사이에만 있는 것이 아니라 농업과 공업 사이에도 있는 것이다. 기술적 구성의 변화로 인해 농업 부문에 가치와 생산가격의 차이로서 지대가 발생하지만, 지주와 농업자본가, 농업자본가와 공업자본가, 그리고 자본가와 노동자의 분파투쟁 또는 계급투쟁 때문에, 지대는 경작장비와 경작규모의 크기에 따라 일률적으로 결정되는 것은 아니며, 토지의 사적 소유에 기인하는 자의지대(절대지대)의 교란으로 어쩔 수 없이 발생하는 어긋남을 내포하게 된다. 근대란 한마디로 중공업 중심의 시대이다. 근대사회에서는 노동자와 자본가의 투쟁이 이윤율을 결정하고, 산업자본가와 상업자본가와 금융자본가의 투쟁이 이자율을 결정하며, 산업자본가와 농업자본가와 지주의 투쟁이 지대를 결정하고, 군중에 둘러싸인 권력중심들의 투쟁이 국가개입을 결정한다. 고대와 중세의 차이가 직접경리와 간접경리의 차이라면 중세와 근대의 차이는 토지문화와 기계문명의 차이이다.

1970년대에 이르러 한국은 중공업 중심의 근대사회로 들어서기 시작하였다. 문학에서도 이때에 역사와 계급의식이 소설의 주제로 등장하였고 전체지향(全體志向)이 작가들의 상상력에 불을 붙였다. 경인년(1950)의 동란을 기록한 소설들도 폭발적으로 증가하였다. 농촌의 현실, 도시빈민과 노동자의 생활이 묘사의 중요한 대상으로 떠올랐고 중간계급의 자기기만이 비판의 중요한 대상으로 제시되었다. 나라 잃은 시대의 문학을 우리가 근대문학 또는 현대문학이라고 부르는 것은 그 시대의 한국이 근대사회였다는 의미에서가 아니라 1910년의 국치로써 중세가 끝났다는 의미에서이다. 사회구조가 아직 근대적인 체계를 갖추지 못하였더라도 사회를 구성하는 개인들은 근대적인 인식소체계(認識素體系) 안에서 사고할 수 있다. 19세기 이전의 우리 문학은 주로 긍정의 표현에 치중하고 있었던 데 반하여 20세기 이후의 우리 문학은 주로 부정의 표현에 공을 들이고 있다. 이러한 사실을 거칠게 확대하여 19세기 이전의 우리 문화를 긍정의 문화라고 부르고 20세기 이후의 우리 문화를 부정의 문화라고 불러도 무방할지 모른다. 긍정의 필연성을 지닌 시대와 부정의 필연성을 지닌 시대의 독자적 개별성을 해명할 수 있다면 우리는 그것에 근거하여 19세기 이전의 고전문학과 20세기 이후의 현대문학을 구분할 수 있을 것이다. 19세기 이전의 사람들은 세계를 하나의 열린 체계로 파악하고 있었을 뿐 아니라, 사람만이 아니라 사물조차도 살아 있는 유기체로서 인간과 함께 세계의 역동적 질서를 형성하고 있다고 상상하고 있었다. 그것이 현실이 아니라 상상이라 하더라도 세계를 학교라고 상상하는 시대와 세계를 전장이라고 상상하는 시대는 서로 다른 인식소체계를 드러낸다. 그러나 근대사회는 개인에게 사회의 경제체계가 분담하는 역할 이외에는 아무것도 허용하지 않는다. 개인의 개별성은 사회적인 일탈의 특징이 된다. 무명의 사회체계가 개인들을 관리하고 조직하는 시대에는 사물들이 죽은 무기물 또는 하나의 원료가 될 뿐 아니라 사람도 죽은 물건으로 변형된다. 현대문학이 사회 전체의 획일성에 정면으로 반대하지 않을 수 없는 이유가 바로 여기에 있다. 모든 사람을 체계의 부품으로 변형시키는 시대는 개별적 자율성을 허용하지 않는 닫힌 체계에 근거하고 있기 때문에, 모든 사람에게 개별성이 문제거리로 등장한다. 현대문학은 개별성을 위한 개별성—이른바 추상적 개별성에 사로잡혀 온갖 일탈을 문학의 이름으로 변호하고 있다. 『화엄경』의 「입법계품」은 부분이 곧 전체이고 전체가 곧 부분인 열린 체계의 모습을 우리의 머릿속에 아름답게 그려 준다. 부분의 자립성이 전체의 통일성을 포섭하고 전체의 통일성이 부분의 자립성을 포섭하는 열린 체계는 상호작용과 상호침투에 의하여 형성된 그물이다. 열린 체계 안에서 부분은 전체에 포함되어 있을 뿐 아니라 전체를 포함하고 있기도 하다. 여기서 전체는 부분들 위에 있지 않고 부분들의 하나로서 부분들 옆에 있다. 도리천의 제석궁에 걸린 그물을 구성하는 보석 구슬들은 모두 자기 속에 타자를 투영하고 타자 속에 자기를 투영한다. 하나하나의 보석 그물들 속에는 보석 그물 전체의 모습이 반영되어 있다. 미륵보살의 안내를 받아 선재는 큰 건물로 들어간다. 허공과 같이 넓은 집 안에 허공과 같이 넓은 집이 무한히 들어 있지만, 서로 걸리거나 어긋나지 않는다. 하나하나의 집들은 다른 모든 집들과 완전히 조화되어 있고 그 집들 전부가 그것들이 들어 있는 집과도 완전히 조화되어 있다. 근대사회에 사는 사람들은 『화엄경』의 이러한 비유를 이해하지 못한다. 근대의 물화된 세계 안에서 인간은 장치와 도구들의 체계에 고용된 하나의 장치 또는 하나의 도구로서 조작되고 있기 때문이다. 이미 주어져 있는 세계 안에 던져져서 인간과 사물은 자립성을 상실하고 공리적인 계산에 따라 작동하는 객체가 된다. 근대사회에서 인간과 사물은 다 같이 수학적으로 분석될 수 있는 하나의 추상적인 단위에 지나지 않는다. 인간은 자연을 착취와 정복의 대상인 기계적 힘들로 변형하면서 인간 자신을 마음대로 조작할 수 있는 대상으로 변형한다. 이 세계 안에는 허용되지 않는 것, 빼앗지 못할 것이 전혀 없다. 근대사회의 정치는 폭력과 학살을 허용하고 억압과 착취를 인정한다. 그것들이 계산할 수 있는 행동이기 때문이다. 중세의 목표가 조화가능성에 있었다면 근대의 목표는 계산가능성에 있다. 인간의 주관성·우연성·특수성은 제거되고 인간은 고전 역학의 양(量)들처럼 수학적으로 계산할 수 있는 물리적 양으로 변형된다.

III

미래의 시에 대해서는 알 수 없기 때문에 시에 대하여 이야기할 때 우리가 척도로 삼는 것은 과거의 시에 대한 우리의 기억이다. 3구 6명으로 규정되는 향가의 형식, 장가와 단가로 구별되는 3음보의 여요들, 4음보의 시조와 가사, 그리고 3음보와 4음보가 섞여 있는 현대시에 대한 잡다한 인상이 시의 개념을 결정하고 있는 것이다. 일부러 현대시처럼 공행(空行)을 두어 가면서 적어 본다면 거의 모든 향가가 세 단락으로 나뉠 수 있다. 3구 6명이란 아마도 3연 6행의 구성방법에 유사한 것이 아니었을까? 신라시대에는 아직 음보에 대한 규정은 없었던 듯하다.

정월/나릿/므른

어져/녹져/ᄒ논디

남산에/자리 보와/옥산을/벼여 누어

금슈산/니불 안해/사향각시를/아나 누어

여요에도 3음보와 4음보가 섞여 있는 것으로 미루어 음보의 규칙이 하나의 형식으로 정착되어 있었던 것 같지는 않다. 우리 시의 율격은 시조에 이르러 본격적으로 자리를 잡았다. 그러나 시조의 형식은 어떤 선험적 지형학을 전제하고 있다.

별이 빛나는 창공을 보고 갈 수 있고 또 가야만 하는 길의 지도를 읽을 수 있던 시대는 얼마나 행복했던가? 이런 시대에 모든 것은 새로우면서도 친숙하며, 또 모험으로 가득 차 있으면서도 결국은 자신의 소유로 되는 것이다. 그리고 세계는 무한히 광대하지만 마치 자기 집에 있는 것처럼 아늑한데, 왜냐하면 영혼 속에서 타오르는 불꽃은 별들이 발하고 있는 빛과 본질적으로 동일하기 때문이다.[4]

19세기 이전의 우리 문화는 이치와 기운의 역동적 조화를 토대로 하여 열린 체계를 형성하고 있었다. 누구나 이치의 세계, 즉 의미의 성좌 아래서 존재와 운명, 삶과 본질을 동일한 개념으로 파악할 수 있었다. "여기에서 과오라고 하는 것은 좀 지나치다든가 아니면 좀 모자라다든가 하는 문제에 지나지 않거나 절도와 통찰의 부족에 지나지 않을 터인데, 왜냐하면 이 경우 지식이란 다만 베일을 벗기는 일에 지나지 않고, 창조란 눈에 보이는 영원한 본질

---

4   게오르그 루카치, 『소설의 이론』, 반성완 역, 심설당, 1985, 9쪽.

을 그대로 기술하는 데 지나지 않으며 또 덕목이란 것도 이러한 과정으로 나아가기 위한 여러 길과 수단에 관한 완벽한 지식에 지나지 않기 때문이다."[5] 이 인용문은 근대문화와 비교할 때 드러나는 희랍문화의 특성을 가리키고 있다. 루카치가 규정한 희랍문화의 성격은 자본주의사회 이전의 동아시아문화에도 해당될 것이다. 지식은 덕목이 되고 덕목은 행복이 될 수 있었던 시대, 궁리(窮理)는 거경(居敬)이 되고 거경은 기쁨이 될 수 있었던 시대에 완성된 시조의 형식은 하등의 강제 없이 형상화되어야 할 모든 것을 표면에 드러내는 자유로운 양식화의 원리였다. 그러나 20세기에 이르러 이러한 존재의 원환(圓環)은 폭파되어 버리고 말았다.

내면의 불빛은 다만 방랑자가 내딛는 다음 발걸음이 안전하다는 증거나 아니면 그 가상을 제시해 줄 따름이다. 내면으로부터는 이제 어떠한 불빛도 더 이상 사건의 세계 위나 영혼이 완전히 소외된 그 세계의 미로 위를 비추지 않고 있다. 우리는 행동의 적합성이 실제로 주관의 본질에 부합하는지의 여부를 알 수가 없는 것이다.[6]

의미의 세계를 다시 회복하려는 인간의 동경은 결코 채워질 수 없다. 그러나 그러한 동경을 포기하는 것도 인간에게는 허용되어 있지 않다. 근대사회의 인간조건은 근본적인 결여를 내포하고 있다. 인간의 욕망이 결여되어 있다고 느끼는 것들 가운데 가장 궁극적인 것은 아마도 화엄의 공동체, 다시 말하면 비로자나의 빛일 것이다. 중세인에게 비로자나의 빛은 현재로서 현존하였으나 현대인에게 그것은 부재로서 현존한다. 있는 그대로를 단순히 받아들이기만 하면 되었던 예술의 형식은 이제 모든 것을 스스로 만들어 내지

---

5   게오르그 루카치, 『소설의 이론』, 35쪽.
6   게오르그 루카치, 『소설의 이론』, 41쪽.

않으면 안 되게 되었다. "모든 형식은 무의미한 것이 의미를 담는 그릇으로서, 또 의미를 갖기 위해 필수불가결한 조건으로서 그 모습을 드러내는 하나의 세계이다. 그러니까 무의미한 것의 정점, 즉 참되고 깊은 인간의 노력도 결국에는 무위로 끝나 버릴 수 있다는 사실이나, 아니면 인간이 종국적으로 무가치한 존재일 수도 있다는 가능성은 하나의 기본적인 사실로서 형식 속에 수용되어야만 한다."[7]

표면적으로 볼 때에 3음보와 4음보의 적절한 혼합 형태가 현대시의 율격적 기조가 되고 있다. 말소리의 흐름을 직관에 일치시키기 위한 고려가 일정한 규칙으로 환원할 수 없을 만큼 다양한 변조를 낳고 있기는 하지만, 민요의 3음보 율격과 시조의 4음보 율격이 여전히 현대시의 음악적 의미 안에 배후의 유령으로 흐르고 있다고 보아도 무방하다. 20세기의 20년대에 한국의 현대시는 시조의 율격에서 벗어나 그 자신의 형식을 완성하였다.

시조에 사용되는 비유는 모두 유사성에 근거한 비유이다.

> 동짓달 기나긴 밤을 한허리를 베어 내어
> 춘풍 이불 안에 서리서리 넣었다가
> 얼온 임 오신 날 밤이어드란 구비구비 펴리라

황진이의 이 시조에서 밤의 한가운데를 잘라 겹치는 행동은 임과 껴안고 지새우는 어둡고 따뜻하고 긴 밤이란 감각적인 주제에 기여하기 때문에 시의 눈이 될 수 있다. 황진이의 간절한 에로스는 겨울밤을 두 동강으로 자른다. '베어 내어'란 한 구절이 시의 눈 구실을 충실하게 다하고 있는 것이다. 현대시는 유사성에 근거한 비유를 상호작용에 근거한 비유로 확대함으로써 비유의 영역을 무한히 개방하였다. 상호작용에 근거한 비유는 의미자질들의

---

7   게오르그 루카치, 『소설의 이론』, 79쪽.

상호침투와 상호조명이 의미의 전환을 일으키는 경우이다. y가 문맥의 흐름을 결정함으로써 y가 지니는 일련의 연상이 x에 작용하여 x의 의미가 선택되고 강조되고 억제됨으로써 x의 의미전환을 일으킨다. 동시에 x가 지니는 일련의 연상도 y에 작용하여 y의 의미전환을 일으킴으로써 x도 비유의 문맥을 결정한다. 요컨대, 상호작용의 비유란 물결 무늬를 그리면서 주위로 파동쳐 나아가는 의미자질들이 대립하고 화합하며 새로운 방식의 의미작용에 참가하는 언어의 투쟁이다. 오래전에 엘리엇이 말했듯이 사랑하는 여자의 신경질과 스피노자의 윤리학, 타자 치는 소리와 요리 냄새 등 세상의 거의 모든 사건이 상호작용의 비유에 참여할 수 있다.

명백한 율격과 유사성의 비유에 대하여 배후의 율격과 상호작용의 비유를 대조해 봄으로써 우리는 시조와 현대시를 더 잘 이해할 수 있다. 시조만 읽는 사람은 오히려 시조가 무엇인지를 잘 알지 못한다. 현대시만 읽는 사람도 현대시의 특징을 파악할 수 없을 것이다. 현대시는 시조와 다르기 때문에 현대시이고 시조는 현대시와 다르기 때문에 시조이다. 한국의 현대시인들 가운데 시조에 가깝게 있는 시인은 김소월이고 시조에서 가장 멀리 있는 시인은 이상이다. 어떤 경우에도 현대시가 되려면 많든 적든 규칙적인 율격을 파괴하고 유사성에 근거한 비유를 부정하지 않으면 안 된다. 시조로부터 거리를 취하지 않으면 현대시가 될 수 없는 것이다. 현대시는 시조와 다르지만 시조로부터 얼마나 멀리 있는가를 측정함으로써 그 특색을 해명할 수 있기 때문에 시조는 항상 현대시를 평가하는 척도가 된다. 시조에 비추어 현대시를 이해할 수밖에 없고 현대시에 비추어 시조를 이해할 수밖에 없다는 사실이 고전문학과 현대문학의 통합과 확산이 요청되는 이유의 하나로 제시될 수 있을 것이다.

IV

만남-헤어짐-다시 만남으로 이루어지는 연애소설이나 도둑맞음-도둑 찾음-도둑 잡음으로 이루어지는 범죄소설이나 몰락-시련-극복으로 이루어지는 성장소설이나 소설은 이야기를 얽어서 처음과 중간과 끝을 이루지 않으면 안 된다. 비판하고 추방하는 풍자, 화해하고 포용하는 해학, 갈등·긴장·대립·거리를 강조하는 비동화의 반어, 그리고 몰락·파멸·파국으로 끝나는 비극 등도 구성의 약속을 가지고 있다. 영웅전기에 바탕을 둔 정치군담소설은 17세기에서 19세기 사이에 나온 소설들에 두루 해당되는 구성유형을 포함하고 있다.

간신이 천자를 힘입어 충신을 공격한다.
간신이 외적의 힘을 빌려 천자를 공격한다.
신비로운 힘을 지닌 충신 하나가 간신과 외적을 무찌른다.

정치군담소설의 무대는 상층관료의 세계이며, 정치군담소설의 구성은 권력의 상층에서 탈락되고 다시 그곳에 참가하는 권력투쟁의 과정이다. 충신이 간신을 이기도록 진행되는 사건 진행에 천자의 권위가 동요하는 에피소드를 개입시킴으로써 중세의 동요를 간접적으로 암시한 면도 인정된다. 충신은 언제나 무력하고 신비로운 능력을 얻어야 간신에게 이길 수 있다는 구성은 지상과 천상을 왕래하는 환몽소설(幻夢小說)과 통한다. 영웅의 신비로운 출생을 강조하여 천상과 지상을 왕래하는 영웅전기도 있다. 어떤 영웅소설은 적강(謫降) 모티프를 채용하기도 한다. 영웅은 대체로 몰락한 충신의 자녀이다. 충신의 존재 자체를 용납하지 못하는 간신의 음모로 가족이 죽거나 흩어진다. 그러나 가족을 몰살하려는 간신의 계획은 승려나 도사의 출현으로 성공하지 못한다. 가족 중의 한두 사람이 구출되고 그중 한 사람은 무예와 지혜를 습득하여 과거에 급제한다. 신비로운 능력으로 간신을 처단한 후에 잃어버렸던 애인을 만나 결혼을 하고 부와 명예를 누리게 된다. 행복한 결말에 이르기 전에 고통스럽게 시련을 견디는 영웅의 모습을 얼마나 잘 묘사하는가에 영웅소설의 성패가 달려 있다. 악이 세상을 지배하는 처음과 중간이 얼마나 치밀하게 묘사되는가에 따라서 선이 세상을 지배하는 끝의 성공 여부가 결정된다. 전쟁 장면이 많이 나오는 영웅소설을 군담소설이라고 하는데, 『임경업전』, 『박씨전』, 『임진록』처럼 임진왜란이나 병자호란을 배경으로 한 역사군담소설은 비록 무대는 현실이지만 사건 진행은 역사적 사실과 거의 관련이 없다. 역사군담소설은 영웅소설의 주제인 전쟁과 사랑 가운데서 사랑을 생략하고 전쟁만 남겨둔 것이다. 김만중의 『구운몽』과 남영로(南永魯)의 『옥루몽』으로 대표되는 환몽소설은 천상과 지상 중에 어느 것을 강조하는가에 따라 차이를 보이지만 지상이 천상의 그림자라는 플라톤적 세계상에 기반을 두고 있다는 점에서는 공통된다고 할 수 있다. 양소유는 세속의 호사를 후회하고 양창곡은 세상의 허무를 후회하지 않는다. 지상의 삶은 어느 소설에서나 항구적인 의미를 지니지 못하는 것으로 되어 있다. 그러나 지상의 쾌락이 너무나 생생하게 묘사되어 있기 때문에 소설의 독자는 천상으로의 귀환이라는 주제를 망각하기 쉽다는 데 환몽소설의 구조적 모호성이 있다.

판소리계 소설(사회세태소설)과 한문단편소설과 대하가문소설은 무대가 지상의 현실로 일원화되고 천상이 나오더라도 주제에 영향을 주지 못하는 장식적 기능에 그친다는 점에서 정치군담소설이나 환몽소설과 구별된다. 박지원, 이옥(李鈺), 김여(金鑢)는 상층에서 하층까지 다양한 인물을 등장시키고 현실의 문제를 구체적으로 제시하였다. 이옥은 음식 맛으로 그 집의 성쇠를 아는 거지를 묘사하였고 김여는 시정잡배로 위장하고 사는 은자를 묘사하였다. 대하가문소설은 온갖 형태의 구성을 모아 방대한 분량으로 중세사회의 여러 국면을 다채롭게 묘사하였다. 『완월회맹연(玩月會盟宴)』처럼 180책이나 되는 소설이 씌어지고 『보은기우록(報恩奇遇錄)』처럼 아버지와 아들의 대립을 다룬 소설이 나타났다는 사실은 특기할 만하다. 대하가문소설의 작중인물들은 도덕적 이상을 추구하지 않고 권력과 재산과 애정을 추구한다. 부패한 관리와 냉혹한 상인이 중요한 인물로 등장하기도 한다. 대하가문소설은 판소리계 소설이나 한문단편소설보다 늦게 나왔으나 그 주제는 그것들보다 정치군담소설의 비현실성을 더 많이 포함하고 있다.

판소리계 소설은 어느 것이나 다양한 근원설화가 추정되고 수많은 삽입가요를 포함하며 이본(異本)들의 독자성 때문에 결정본을 찾을 수 없다는 공통점을 가지고 있다. 영웅소설과 달리 판소리계 소설은 구성뿐 아니라 문체(글몸)를 자세히 분석하면서 읽어야 한다. 구성이 묶인(bound) 모티프들로 되어 있다면 문체는 풀린(free) 모티프들로 되어 있다. 원래 구성에 자유롭게 덧붙을 수 있다는 데에 자유화소(自由話素)의 특징이 있다. 창(아리아)과 아니리(레시터티브)를 반복하며 결정적 장면에 이르면 그것을 과다하게 늘이고 상황을 과장하는 것이 판소리계 소설의 문체특징이다. 이러한 문체특징은 프랑수아 라블레의 『가르강튀아 팡타그뤼엘』과 유사하므로 판소리계 소설의 문체를 그로테스크 리얼리즘이라고 불러도 무방하다고 생각한다.

> 내부기관으로 말하자면 뇌가 크기와 색, 성분과 기력으로 보아서 진드기 수컷의 왼쪽 불알과 비슷합니다. 그의 뇌엽(腦葉)은 나사못 같고, 뇌막은 나무공놀이용 망치와 같고, 뇌 점막은 수도사의 두건 같고, 세 번째 뇌실의 관은 석공의 운반상자 같고, 두개(頭蓋)의 궁륭부(穹窿部)는 여성용 모자 같고, 송과선(松科腺)은 백파이프의 가죽부대 같고, …[8]

이하 128항목이 같은 식으로 더 나열되는데 이런 방식의 반복은 판소리계 소설에서 얼마든지 찾을 수 있다. 중세 후기에 보통 사람들의 세속적 욕망을 묘사하려면 어느 정도의 과장이 필요했을 것이다. 판소리계 소설은 아래로 유랑민에서 위로 임금에 이르는 등장인물의 진폭을 가지고 있다. 요구의 대상이 재산, 지식, 기술, 건강, 권력, 애정, 존경, 명성 등으로 다양해진 것도 판소리계 소설의 특징이다. 그러나 처음과 중간이 현실적으로 진행되는 데 반하여 판소리계 소설의 끝은 비현실적으로 종결된다. 만일 결말의 비현실성을 제거한다면 판소리계 소설은 현대소설이 될 것이다. 정치군담소설, 환몽소설, 역사군담소설의 단계와 판소리계 소설, 한문단편소설, 대하가문소설의 단계를 구별하는 것은 현대소설에 적합한 단계를 설정하기 위해서이다. 단계마다 현실성의 밀도가 증가되어 나가는 변화를 파악하지 못하면 현대소설의 주류를 어떻게 잡아야 할지 모르게 되고 말 것이다.

나라 잃은 시대의 작가들은 한편으로 소설의 기법을 실험하였으며, 다른 한편으로 현실의 세부를 포착할 수 있는 방법을 탐색하였다. 김동인, 현진건, 나도향, 이효석, 이태준 등은 자기서술과 타자서술, 주관서술과 객관서술을 다양하게 개발하였다. 특히 이효석과 이태준의 서정소설은 김동리와 황순원을 거쳐 김승옥과 오정희에 이르러 현대소설의 한 갈래를 형성하였다. 이상, 박태원, 최명익은 한 걸음 더 나아가 자유직접화법(의식의 흐름)과 자유간접화법(인물시각적 작가주석), 인물시각서술과 객관중립서술을 실험하여 최인훈, 박상륭, 이인성으로 이어지는 안티리얼리즘 소설의 전통을 형성하였다. 그러나 현대소설 문법의 표준형태를 보여 준 것은 염상섭과 이기영이었다. 『무정』의 끝에서 이광수는 나라 잃은 시대를 진보의 낙원으로 본 데 반해서, 염상섭은 『만세전』의 끝에서 나라 잃은 시대를 구더기가 우글거리는 무덤으

---

8   프랑수아 라블레, 『팡타그뤼엘』 제4서, 유석호 역, 한길사, 2006, 171쪽; Rabelais, *Œuvres completes*, Paris: Gallimard, 1955, pp. 621-622.

로 보았다. 염상섭은 서울 중인들의 풍부한 어휘를 바탕으로 뼈만이 아니라 살이 있는 소설을 지어내었다. 『삼대』, 『무화과』, 『백구』에서 염상섭은 마르크스주의에 가담하지도 못하고 마르크스주의를 무시하지도 못하는, 난처한 자리를 완강하게 유지하였다. 그의 소설이 지니고 있는 힘은 미결정의 난처한 처지를 강인하게 유지하는 소극적 수용력에서 나온다. 이기영은 대상을 고정하지 않고 대상의 탄력성을 유지한 채 도박이 성행하는 농촌과 희망 없이 술에 취해 사는 농민의 모습을 구체적으로 묘사하였다. 이기영은 『고향』의 김희준처럼 현실인식과 실천의지를 갖춘 인물 속에서도 섣부른 계몽관념의 허위의식을 찾아냄으로써 인물의 빛과 그늘을 동시에 묘사할 수 있었다. 북한의 토지개혁 과정을 다룬 『땅』에서도 이기영은 경험의 직접성을 중시하였다. 인물시각서술과 객관중립서술이 균형을 유지하면서 교체되는 염상섭과 이기영의 작가주석서술은 주류소설의 기본문법이 되었다. 염상섭과 이기영의 방법으로 역사와 계급의식을 묘사하는 소설을 우리는 주류소설이라고 하는데, 우리는 영웅소설 단계와 판소리계 소설 단계에 이어 주류소설을 한국소설사의 셋째 단계로 설정할 수 있을 것이다. 왕조 말의 계몽소설을 구한말의 특수한 현상으로 보지 않고 현대소설의 선구로 정위하려는 시도는 이른바 사실에 맞는 단계론을 설정할 수 없을 것이다. 고전문학과 현대문학을 분리할 때 남는 것은 이른바 이식문학론(移植文學論) 이외에는 아무것도 없을 것이다.

I

고대문학

한반도와 만주에는 구석기시대 유적이 그 지역 전체에 20군데 이상 분포되어 있다. 50만 년 전에서 2만 년 전 사이에 사용되었다고 추정되는 주먹도끼(hand axe), 찍개(chopper), 찌르개(point), 긁개(scrapper), 밀개(end scrapper), 새기개(graver) 등이 발굴되었다. 대체로 BC 5000년경에 한반도와 만주는 지금과 비슷한 지형을 지니게 되었다. 빙하기가 끝나고 후빙기가 되면서 숫돌에 갈아서 표면을 매끄럽게 만든 간석기[磨製石器]와 흙을 빚어서 불에 구운 토기를 사용하는 신석기문화가 전개되었는데 신석기시대 사람들은 비로소 농경을 바탕으로 한 정착생활을 시작하였다. 빗살무늬[櫛紋](Kammkeramik)토기(BC 4000)와 칠무늬[彩紋]토기(BC 2000)가 발굴되었다. 신석기시대 사람들은 불행을 가져오는 악신을 멀리하고 행복을 가져오는 선신을 가까이해야 한다는 믿음을 가지고 있었다. 그들은 무당(주술사)의 지도 아래 춤추고 노래하면서 악신에 의하여 발생한 불행(질병)을 없애는 의식을 거행하였다. 이러한 의식이 무교(샤머니즘)의 기원이 되었다. 국가가 건설된 이후에 무당은 주술사의 역할보다 제사장의 역할을 담당하게 되었다.

고고학자들이 발굴한 증거에 의하면 송화강과 요하(遼河) 유역으로부터 한반도에 걸쳐서 하나의 독자적인 청동기문화가 BC 12세기경에 출현하여 초기철기시대가 시작되는 BC 400년대 후반까지 지속되었다. 청동기시대의 특징은 청동 칼과 청동 거울, 고인돌과 선돌, 그리고 민무늬[無紋]토기에 있다. 고인돌은 한 사람의 시체를 묻은 묘로서 덮개돌은 대체로 길이가 9미터 정도이고 무게가 70톤에 이른다. 이것은 그 속에 묻힌 사람이 많은 노동자를 동원할 수 있는 권력자였음을 말해 준다. 청동기시대의 진전과 함께 농기구가 개량되고 농경방식이 개선되었다. 식량 생산이 증가되자 인구가 늘어났고 촌락의 규모도 커졌다. 경작지와 거주지가 확대되었고 촌락과 촌락 사이에 교역도 시행되었다. 물 관리를 둘러싼 갈등과 분쟁의 과정에서 지배층이 형성되어 사회계층이 분화되었다. 방어 시설을 갖춘 대규모의 촌락이 형성되자 그 촌락을 중심으로 인근의 작은 마을들이 결속하여 서열화된 정치체

를 형성하였다. 중남부 만주와 한반도의 각지에서 출현한 정치체들 가운데 고조선이 가장 이른 시기에 주도적 위치를 점유하여 주변 정치체들을 국가의 형태로 통합하였다. 고조선에는 법률에 따라 운영되는 군대와 감옥이 있었고 세금을 징수하는 관료조직이 있었으며 지배의 정통성을 합리화하는 신화체계가 있었다. 고조선에서는 군장을 단군이라고 불렀다. 고조선은 군장과 예하 자치체의 수장들로 구성되는 회의체에 의하여 운영되었다. 그러므로 고조선은 자치적인 공동체들의 연합체라고 할 수 있다. 한국 최초의 왕조는 요하와 대동강 유역의 고조선이 중심이 되어 북쪽 송화강 유역의 부여, 압록강 중류 지역의 예맥, 동해안 함흥평야의 임둔, 황해도 지방의 진번, 한강 이남의 진국(辰國) 등을 느슨하게 결속하는 연맹체였다. 한반도와 중남부 만주를 무대로 대두된 여러 초기 국가들은 4세기에 세 나라로 통합되어 국경을 접하게 되기 전에는 각자 교섭 없이 발전하였다. 그러나 한국과 중국의 역사서에 이름이 나오는 고대 한국의 70여 소국들에는 모두 단군 조선이라는 하나의 뿌리에서 갈라져 나온 후예라는 의식이 퍼져 있었다. 진국은 후에 신라가 되는 동쪽의 진한과 후에 백제가 되는 서쪽의 마한과 후에 가야가 되는 낙동강 서쪽의 변한으로 나뉘어 있었다. 가야는 BC 1세기에 남해안의 지역 정치 집단으로 형성되어 고조선 유이민의 철기문화를 수용하고 일본과 교류하면서 낙동강 서쪽의 몇몇 지역으로 세력을 확대하였으나 5세기 초 이후 신라로 흡수되기 시작하여 6세기 중반(532-562)에 신라에 병합되었다. 고조선은 수도를 아사달(阿斯達)에 정하였다고 하는데 아사는 일본어의 'あさ(아사)'와도 통하는 말로서 아침을 의미하고 달은 산을 의미한다. 조선(朝鮮)이란 국호도 이 아침산이라는 단어와 관련을 가지고 있을 것이다. 고대의 중국인들은 만주와 한반도에 거주하는 종족들을 예맥(濊貊)과 한(韓)이라고 불렀다. 예맥은 세백(歲百)과 통하는 말로서 새벽 즉 새롭고 밝은 사람을 의미하고 한은 큰 사람 또는 임금을 의미한다. 고대 한국어는 고조선-부여-고구려로 이어지는 예맥어와 신라의 한어로 분화되었고 백제어는 남북 두 언어가 섞여서 형성

되었다. 예맥어와 한어는 어휘적 공통점을 보여 주므로 동일한 고대 한국어의 두 방언이었다. 북부 예맥어와 남부 한어의 차이는 표기적, 문화적, 지리적 차이로서 같은 고대 한국어의 방언들로 이해할 수 있는 정도였다.

BC 4세기에 고조선 지역에 철기시대가 시작되었다. 철기의 사용은 생활의 양상을 여러모로 변화시켰다. 철로 만든 괭이[鐵鍬], 보습[鐵犂], 낫[鐵鎌] 등의 농구가 사용되어 농업 생산성이 크게 높아졌고 철로 만든 칼, 창, 방패 등의 무기가 사용되어 전쟁능력이 크게 발달하였다. 5월의 풍년기원절과 10월의 추수감사절이 가장 큰 국경일이었다는 것과 부여에서 흉년이 들면 왕이 책임을 지고 물러났다는 것은 농업이 당시의 중요 산업이었다는 사실을 말해 준다. BC 1세기 무렵부터 이 지역에는 중국의 한자가 사용되었는데 그들은 한자로 고대 중국어 문장[先秦漢文]을 짓기도 하였고 또 때로는 한자로 고대 한국어 문장을 짓기도 하였다. 고조선에는 살도음(殺盜淫)을 금지하는 법률이 있었다. 지금 알려져 있는 것은 사람을 죽인 자는 사형에 처하고 남에게 상해를 입힌 자는 곡물로 배상해야 하며 남의 물건을 훔친 자는 노비를 삼는다는 세 조항이지만 그 이외에 부인들이 음란하지 않았다는 중국의 기록으로 미루어 간음을 금하는 조목도 있었을 것이라고 추측할 수 있다.

고조선이 쇠약해져서 통치능력을 상실하자 고조선이 지배하던 지역에서 여러 나라가 일어나게 되었다가 이 여러 나라들이 모여 만주와 한반도의 북부, 한반도의 서남부, 한반도의 동남부 등에서 세 나라를 형성하였다. 고조선 왕국으로부터 비교적 멀리 떨어져 있던 한반도 동남부의 신라가 BC 57년에 독립하였고 이어서 만주와 한반도 북부의 고구려가 BC 37년에 독립하였으며 고구려 왕족의 일부가 남하하여 한반도 서남부에 세운 백제가 BC 18년에 독립하였다. BC 1세기경부터 이 지역 사람들은 한자를 사용하였다.

고조선의 일부를 연나라가 점령하여 그 점령지역에 조선 사람들이 살고 있었는데 그들의 우두머리 위만이 무리 1천 명을 이끌고 고조선에 귀화하여 정책을 자문하는 역할을 맡다가 BC 195-BC 180 사이에 고조선과 한나라의 땅 일부를 차지하고 독립하였다. 고조선의 제후국인 위만조선의 국가정책은 상과 장군들로 구성된 회의체를 통해서 결정되었는데 상(相)들은 휘하 집단에 대한 통제권을 가졌고 왕실에 대해서 상당한 자치권을 가졌다. 왕은 그 회의체를 주관하고 조정하는 위치에 있었다. 한나라가 BC 108-BC 107에 위만조선을 점령하여 한나라의 일부로 편입하였다. 25년 후에 그 지역의 임둔군과 진번군이 폐지되었고 다시 10년이 못 가서 현도군이 고구려의 저항에 밀려서 만주 북부로 이동하였고 그 지역에 남아 있던 낙랑군이 313년에 고구려에 의하여 멸망했다. 고구려는 부여에서 남으로 이동하여 토착세력과 결합하면서 압록강 중류 지역의 여러 소국들을 규합한 연맹체였다. 고구려에는 왕실과 상하관계를 유지하면서도 자치력을 행사하던 5부가 있었다. 왕은 연맹체의 장으로서 5부를 대표하였다. 전쟁을 여러 번 치르는 동안에 왕권이 강화되고 각 부의 자치력이 약화되었다. 각 부의 대표들은 중앙정부의 귀족으로 편성되었고 각 부는 행정 구획의 단위로 개편되었다. 2세기 초에 왕위의 부자 계승 원칙이 확립되었고 4세기 이후 고구려는 강력한 왕권에 근거하는 중앙집권적 영역 국가로 발전하여 한나라 세력을 축출하고 고조선의 영토 전체를 회복하였다. 414년에 당시 고구려의 수도였던 국내성(集安)에 건립되어 지금까지 남아 있는 광개토왕릉비문에 의하면 광개토왕(374-413)은 396년에 남쪽으로 백제를 공략하여 58성, 700성을 점령하고 한강 하류 유역까지 영토를 확장하였다. 그 비문은 다음과 같다.

옛날 추모(주몽) 임금이 나라의 터를 닦았다. 그는 북쪽 부여에서 나왔다. 아버지는 하느님의 아들이고 어머니는 하백(수신)의 딸이었다. 알을 깨고 세상에 내려왔다. 나면서부터 거룩한 덕이 있었다. ○○○○○ 따르는 사람들에게 분부하여 그들과 함께 남쪽으로 순행하여 내려오다가 길이 부여의 엄리대수를 지나게 되었다. 왕이 큰 물에 가까이 가 드디어 말하여 일렀다. "나는 하늘의 아들이고 어머니는 수신의 딸인 추모왕이다. 나를 위하여 자라와 거북이들이 나와 다리를 놓으라." 이 소리에 응하여 곧 자라와 거북이들이 다리를 놓으니 그것들을 밟고 물을 건넜다. 비류곡 홀본(졸본) 서쪽에 성을 쌓고 산 위에 도읍을 세웠다. 세상의 지위를 즐기지 아니할 때가 되었다. 하늘이 황룡을 보냈다. 황룡이 내려와 영접하니 왕은 졸본 동쪽 언덕에서 용을 타고 하늘로 올라갔다. 세자 유류(유리)왕에게 유명을 내려 도로써 다스림을 일으키라고 분부하였다.

惟昔始祖鄒牟王之創基也. 出自北夫餘, 天帝之子, 母河伯之女郎. 剖卵降世, 生而有聖德. ○○○○○命賀, 巡幸南下, 路由夫餘, 奄利大水. 王臨津言曰, 我是皇天之子, 母河伯女郎, 鄒牟王, 爲我連黿浮龜. 應聲卽爲連黿浮龜, 然後造渡. 於沸流谷忽本西城山上而建都焉. 不樂世位, 因遣黃龍, 來下迎王, 王於忽本東崗, 履龍貟昇天. 顧命世子儒留王, 以道興治.

대주류왕 즉 유리왕이 나랏일을 이어받아 17세손 광개토왕 담덕(談德: 국강상광개토경 평안호태왕)에 이르렀다. 18세(391)에 등극하여 영락태왕이라 일컬으니 은택은 하늘까지 두루 미치었고 무위는 사해에 널리 떨치었다. ○○을 청소하고 그 업을 편안하게 하였다. 국가는 부강해지고 인구는 증가하였으며 오곡이 잘 익었다. 그러나 하늘에 무정함이 있어 39세에 나라를 버리게 되었다. 갑인년(414, 장수왕 2) 9월 29일 을유에 산릉을 옮기고 여기에 비를 세웠다. 공적을 기록하여 후세에 보이려 함이니 그 글은 다음과 같다.

大朱留王紹承基業, 遝至十七世孫, 國崗上廣開土境平安好太王. 二九登祚, 號爲永樂太王, 恩澤洽于皇天, 威武振被四海. 掃除○○, 庶寧基業, 國富民殷, 五穀豊熟. 昊天不弔卅有九, 宴駕棄國. 以甲寅年九月廿九日, 乙酉遷就山陵, 於是立碑. 記勳績, 以示後世焉, 其詞曰,

영락 5년 을미년(395)에 왕은 패려(거란)가 남을 ○○하지 아니하므로 친히 병력을 이끌고 가서 토벌하였다. 부산(富山)과 부산(負山)을 지나 염수에 이르기까지 세 부락과 육칠백 군영을 쳐부수었다. 소와 말과 양은 헤아릴 수 없이 많았다. 이곳에서 수레를 돌려 양평도 동쪽의 내○성, 역성, 북풍, 왕비유를 거쳐서 변경지대를 돌아보고 사냥하면서 돌아왔다.

永樂五年, 歲在乙未, 王以稗麗不○○人, 躬率往討. 過富山負山, 至鹽水上, 破其三部洛六七百營, 牛馬群羊 不可稱數. 於是旋駕, 因過襄平道東, 來○城, 力城北豊, 王備猶, 遊觀土境, 因獵而還.

백제와 신라는 예로부터 속민이었기 때문에 조공을 바쳐 왔는데 왜가 신묘년(391)에 신라를 내침하기에 바다를 건너가 쳐부수었더니 이때를 틈타 백제가 임라와 연합하여 신라를 신민으로 삼으려고 하였다. 영락 6년 병신년(396)에 왕이 몸소 수군을 거느리고 ○○도에서 백제군을 토벌하였다.

百殘新羅舊是屬民, 由來朝貢, 而倭以辛卯年來, 渡海破, 百殘○○新羅, 以爲臣民. 以六年丙申, 王躬率水軍, 討伐殘國軍○○道.

일팔성, 구모로성, 각모로성, 간궁리성, ○○○성, 각미성, 모로성, 미사성, ○사조성, 고리성, ○리성, 잡진성, 오리성, 구모성, 고모야라성, 막○○○○성, ○이야라성, 전성, 어리성, ○○성, 두노성, 비○○리성, 미추성, 야리성, 대산한성, 소가성, 돈발성, ○○성, ○루매성, 산나성, 나단성, 세성, 모루성, 우루성, 소적성, 연루성, 석지리성, 엄문지성, 임성, ○○○○○성, ○리성, 취추성, ○발성, 고모루성, 윤노성, 관노성, 삼양성, ○○성, ○○로성, 구천성, ○○○성, ○기국성 등을 공격하여 빼앗었다.

攻取壹八城, 臼模盧城, 各模盧城, 幹弓利城, ○○○城, 閣彌城, 牟盧城, 彌沙城, ○舍蔦城, 古利城, ○利城, 雜珎城, 奧利城, 句牟城, 古模耶羅城, 莫○○○○城, ○而耶羅城, 瑑城, 於利城, ○○城, 豆奴城, 沸○○利城, 彌鄒城, 也利城, 大山韓城, 掃加城, 敦拔城, ○○城, ○婁賣城, 散那城, 那旦城, 細城, 牟婁城, 于婁城, 蘇赤城, 燕婁城, 析支利城, 巖門支城, 林城, ○○○○○城, ○利城, 就鄒城, ○拔城, 古牟婁城, 閏奴城, 貫奴城, 彡穰城, ○○城, ○○盧城, 仇天城, ○○

○城, ○其國城.

백제가 정의에 복종하지 아니하고 감히 계속해서 도발하였다. 왕이 크게 노하여 아리수를 건너 박성, ○성, ○혈성, 편위성에 정병을 파견하였다. 백제 왕이 곤핍하게 되자 남녀 1천 인과 세포 1천 필을 바치고 귀순하면서 이제부터 영원히 종이 되겠다고 스스로 맹세하였다. 대왕은 전날의 잘못된 죄과를 은혜롭게 용서하고 후에 귀순하여 바친 충성을 기록해 주었다. 이에 58성촌의 7백 명 장수와 백제 왕의 아우와 대신 10인을 데리고 군사를 돌이켜 환도하였다.

殘不服義, 敢出百戰. 王威赫, 怒渡阿利水, 遣刺迫城, ○城, ○穴城, 便圍城, 而殘主困逼, 獻出男女生口一千人, 細布千匹, 歸王自誓, 從今以後, 永爲奴客. 太王恩赦, 先迷之愆, 錄其後順之誠. 於是○, 五十八城村, 七百將, 殘主弟, 幷大臣十人, 旋師還都.

영락 8년 무술년(398)에 작은 병력을 파견하여 숙신의 토곡을 정찰하게 하였다. 군사들이 문득 막○라성 가태라곡의 남녀 3백여 명을 사로잡아 왔다. 이로부터 숙신이 조공을 바치고 국사를 의논하였다.

八年戊戌, 教遣偏師, 觀息愼土谷, 因便抄得, 莫○羅城, 加太羅谷, 男女三百餘人. 自此以來, 朝貢論事.

영락 9년 기해년(399)에 백제가 맹세를 어기고 왜와 연합하였다. 왕이 평양을 순수할 때 신라가 사신을 파견하여 왕에게 사뢰어, 왜인이 신라의 국경에 가득 차도록 침입하여 성들을 파괴하고 고구려 임금님의 하인인 신라인들을 왜의 백성으로 삼고 있다고 말하고 왕에게 구원의 분부를 청하였다. 대왕은 은혜롭고 자비로운 마음으로 그의 충성을 칭찬하고 사신을 돌려보내면서 원조계획을 알려 주었다. 영락 10년 경자년(400)에 보병과 기병 5만 명을 파견하여 가서 신라를 구원하도록 하였다. 남거성에서 신라성까지 왜가 도처에 가득하였다. 관병이 바야흐로 도달하니 왜적은 후퇴하였다. ○○○○○○○○○ 배후에서 급격하게 추격하여 임나가라의 종발성에 이르렀다. 성의 군대가 즉시 귀순하고 항복하였다.

九年己亥, 百殘違誓, 與倭和通. 王巡下平穰, 而新羅遣使白王云, 倭人滿其國境, 潰破城池, 以奴客爲民, 歸王請命. 太王恩慈, 稱其忠誠, ○遣使還告以○計. 十年庚子, 敎遣步騎五萬, 往救新羅. 從男居城, 至新羅城, 倭滿其中, 官兵方至, 倭敵退. ○○○○○○○○, 背急追至任那加羅從拔城, 城卽歸服.

안라인 변경수비대가 신라성과 염성을 점령하려 하였으나 왜가 ○○ 되어 무너지자 성안의 ○ … ○ 열 가운데 아홉은 항거할 기운을 탕진하였다. 안라인 변경수비대를 따라 성에 가득한 왜병도 그 ○ … ○을 면하고 ○ … ○ 말하니 ○ … ○ 사양하고 ○ … ○ 흩어져서 안라인 변경수비대를 따랐다. 예전에 신라의 임금이 몸소 와서 국사를 의논한 적이 없었는데 ○○○○○개토경호태왕이 ○○하니 신라 임금이 ○가복처럼 자상하게 상의하고 조공하였다.

安羅人戍兵, 拔新羅城, 鹽城, 倭○○潰, 城內○○○○○○○○○○○○○○○○○○十九盡拒. 隨安羅人戍兵, 滿○○○, 免其○○○○○○, 言○○○○○○○○○○○○○○○○○○○○○○○○○○○○辭, ○○○○○○○○○○○○○○潰○, 以隨○安羅人戍兵. 昔新羅寐錦, 未有身來論事, ○○○○○開土境好太王○○, ○○寐錦○家僕, 句○○○○朝貢.

영락 14년 갑진년(404)에 왜가 법도를 지키지 않고 황해도 지방에 침입하여 백제와 연합하여 석성을 ○하였다. 왕이 배를 연결하고 친히 병사를 통솔하였다. 평양에서 왜적의 선봉대가 왕의 친위대와 서로 만났다. 적의 퇴로를 끊고 들이치니 왜구가 무너졌다. 참살된 자가 무수하였다.

十四年甲辰, 而倭不軌侵入帶方界, 和通殘○, ○石城. ○連船○○○○, 躬率○○○, 平穰○○○鋒相遇王幢. 要截盪刺, 倭寇潰敗, 斬煞無數.

영락 17년 정미년(407)에 보병과 기병 5만을 파견하여 ○ … ○의 군대와 합하여 싸워 후연(後燕)의 군사를 전멸시켰다. 노획한 갑옷이 만여 벌이나 되었고 물자와 기계는 수를 말할 수 없을 만큼 많았다. 돌아오는 길에 사구성, 누성, ○○성, ○ … ○성들을 격파하였다.

十七年丁未, 教遣步騎五萬, ○○○○○○○○○師○○合戰, 斬煞蕩盡. 所穫鎧鉀, 一萬餘領, 軍資器械, 不可稱數. 還破沙溝城, 婁城, ○○城, ○○○○○○○城.

영락 20년 경술년(410). 두만강류의 동부여는 예로부터 추모왕의 속민이었다. 중간에 배반하고 조공을 바치지 않았다. 왕이 친히 병력을 이끌고 가서 토벌하였다. 군사가 여성에 도달하니 여성의 국인이 놀래고 겁내어 ○ … ○하였다. 왕이 널리 은혜를 베풀었다. 또 그 덕화를 사모하여 관군을 따라온 자들이 미구누압로, 비사마압로, 타두누압로, 숙사사압로, ○○○압로 등이었다. 무릇 공격하여 무찌른 곳이 64성, 1천4백 촌이었다.

卄年庚戌, 東夫餘, 舊是鄒牟王屬民. 中叛不貢, 王躬率往討. 軍到餘城, 而餘城國駭○○○○○○○○○. 王恩普處, 於是旋還, 又其慕化, 隨官來者, 味仇婁鴨盧, 卑斯麻鴨盧, 椯杜婁鴨盧, 肅斯舍鴨盧, ○○○鴨盧. 凡所攻破, 城六十四, 村 一千四百.

[능을 관리하는 수묘인의 집단은 나라 사람과 들온 사람, 계루부(왕족), 절노부(왕비족)의 묘지기인 국연과 순노부, 관노부, 소노부의 묘지기인 간연을 구분하여 다음과 같이 가족 단위로 징발한다. 장수왕 때에 구민 묘지기와 신민 묘지기의 비율은 3 대 1이었고 간연과 국연의 비율은 10 대 1이었다. 수묘인은 모두 일종의 묘노(墓奴)였다.]

수묘인의 호구는 다음의 여러 성에 할당하여 정한다. 매구여민 중에 국연이 2집이고 간연이 3집, 동해가는 국연이 3집이고 간연이 5집, 돈성민은 4집이 모두 간연이 되고 우성은 1집이 간연이 되며 비리성은 2집이 국연이 되고 평양성민은 국연이 1집이고 간연이 10집, 자련은 2집이 간연이 되고 배루인은 국연이 1집이고 간연이 33집, 양곡은 2집이 간연이 되고 염성은 2집이 간연이 된다. 안부련은 22집이 간연이 되고 개곡은 3집이 간연이 되고 신성은 3집이 간연이 되고 남소성은 1집이 국연이 된다.

守墓人, 烟戶, 賣句余民, 國烟二, 看烟三. 東海賈, 國烟三, 看烟五. 敦城民, 四家盡爲看烟. 于城, 一家爲看烟. 碑利城, 二家爲國烟. 平穰城民, 國烟一, 看烟十. 訾連, 二家爲看烟. 俳婁人, 國烟一, 看烟卅三. 梁谷, 二家爲看烟. 染城, 二家爲看烟. 安夫連, 卄二家爲看烟. 改谷, 三家爲看烟. 新城, 三家爲看烟. 南蘇城, 一家爲國烟.

새로 편입된 한족과 예족의 지역에서 사수성은 국연이 1집이고 간연이 1집, 모루성은 2집이 간연이 되고 두비압잠의 한족은 5집이 간연이 되고 구본객두는 2집이 간연이 되고 구저의 한족은 1집이 간연이 되고 사조성의 한족과 예족은 국연이 3집이고 간연이 22집, 고○야라성은 1집이 간연이 되고 경고성은 국연이 1집이고 간연이 3집, 객현의 한족은 1집이 간연이 되고 아단(아차)성과 잡진성은 도합 10집이 간연이 된다. 파노성의 한족은 9집이 간연이 되고 구모로성은 4집이 간연이 되고 각모로성은 2집이 간연이 되고 모수성은 3집이 간연이 된다. 간궁리성은 국연이 1집이고 간연이 3집, 미추성은 국연이 1집이고 간연이 7집, 야리성은 3집이 간연이다. 두노성은 국연이 1집이고 간연이 2집, 오리성은 국연이 2집이고 간연이 8집, 수추성은 국연이 2집이고 간연이 5집, 백제민 즉 남한족은 국연이 1집이고 간연이 5집, 대산의 한성은 6집이 간연이 되고 농매성은 국연이 1집이고 간연이 7집, 윤노성은 국연이 2집이고 간연이 22집, 고모루성은 국연이 2집이고 간연이 8집, 전성은 국연이 1집이고 간연이 8집, 미성은 6집이 간연이 되고 자성은 5집이 간연이 된다. 삼양성은 24집이 간연이 되고 산나성은 1집이 국연이 되고 나단성은 1집이 간연이 되고 구모성은 1집이 간연이 되고 어리성은 8집이 간연이 되고 비리성은 3집이 간연이 되고 세성은

3집이 간연이 된다.

新來韓穢, 沙水城, 國烟一, 看烟一. 牟婁城, 二家爲看烟. 豆比鴨岑, 韓, 五家爲看烟. 句牟客頭, 二家爲看烟. 求底, 韓, 一家爲看烟. 舍蔦城, 韓穢, 國烟三, 看烟廿二. 古○耶羅城, 一家爲看烟. 炅古城, 國烟一, 看烟三. 客賢, 韓, 一家爲看烟. 阿旦城, 雜珎城, 合十家爲看烟. 巴奴城, 韓, 九家爲看烟. 臼模盧城, 四家爲看烟. 各模盧城, 二家爲看烟. 牟水城, 三家爲看烟. 幹弓利城, 國烟一, 看烟三. 彌鄒城, 國烟一, 看烟七. 也利城, 三家看烟. 豆奴城, 國烟一, 看烟二. 奧利城, 國烟二, 看烟八. 須鄒城, 國烟二, 看烟五. 百殘南居, 韓, 國烟一, 看烟五. 大山韓城, 六家爲看烟. 農賣城, 國烟一, 看烟七. 閏奴城, 國烟二, 看烟廿二. 古牟婁城, 國烟二, 看烟八. 瑑城, 國烟一, 看烟八. 味城, 六家爲看烟. 咨城, 五家爲看烟. 彡穰城, 廿四家爲看烟. 散那城, 一家爲國烟. 那旦城, 一家爲看烟. 句牟城, 一家爲看烟. 於利城, 八家爲看烟. 比利城, 三家爲看烟. 細城, 三家爲看烟.

국강상 광개토경 호태왕이 생존 시에 하교하였다. "앞선 임금들은 원근의 나라 사람을 가리어 능묘를 지키게 하고 물 뿌리고 쓰는 일을 하게 하라고 가르쳤다. 나는 나라 사람이 피폐하게 될까 염려하여 내 죽은 후 만 년 뒤라도 나의 능묘를 편안하게 지켜 줄 사람들은 다만 내가 친히 정벌하여 데리고 온 한족과 예족 가운데서 취하여 그들로 하여금 물 뿌리고 소제하는 일을 준비하게 하라." 가르침이 이와 같았으므로 하교대로 한족과 예족 220집을 취하게 하였다. 그러나 들온 사람들이 법제를 알지 못하는 것이 염려스러워 나(장수왕)는 다시 나라 사람 110집을 징발하였다. 신구 수묘인의 호구는 국연 30, 간연 300, 도합 330집이다. 먼 선조 임금들 이래로 석비를 안치하지 않고 수묘인의 호구가 법도에 어긋나는 능묘가 많았다. 오직 국강상 광개토경 호태왕은 선조 임금들을 위하여 능묘에 비명을 세우고 수묘인의 연호가 법도에 어긋나지 않도록 정성을 다하고 또 다음과 같은 법규를 제정하였다. "수묘인은 이제부터 다시는 전매할 수 없다. 비록 부유한 자가 있다 하더라도 함부로 사지 못한다. 법령을 위반하고 파는 자는 형벌을 받아야 하고 사는 사람은 법령에 따라 능묘를 지켜야 한다."

國崗上廣開土境好太王, 存時教言. 祖王先王, 但教取遠近舊民, 守墓灑掃. 吾慮 舊民, 轉當羸劣, 若吾萬年之後, 安守墓者, 但取吾躬巡所略來, 韓穢, 令備灑掃. 言 教如此, 是以如教, 令取韓穢二百卄家. 慮其不知法則, 復取舊民, 一百十家. 合新 舊守墓戶, 國烟卅, 看烟三百, 都合三百卅家. 自上祖先王以來, 墓上不安石碑, 致 使守墓人烟戶差錯. 唯國崗上廣開土境好太王, 盡爲祖先王墓, 上立碑銘, 其烟戶 不令差錯, 又制. 守墓人, 自今以後, 不得更相轉賣. 雖有富足之者, 亦不得擅買. 其違令賣者, 刑之. 買人, 制令守墓之.

광개토왕릉비에서 전쟁으로 획득한 백제의 지역을 성과 촌으로 일컬은 것으로 볼 때 백제의 지역 편성이 성과 촌을 단위로 하였다는 사실을 알 수 있다. 백제는 4세기에 남쪽으로 금강 이북, 동쪽으로 한강 상류를 차지하였고 4세기 중반 이후 남해안 일대를 점령하여 360년경에 일본과 교역을 시작하였으며 372년에는 남중국의 왕조들과 국교를 통했다. 신라는 BC 57년에 건국하여 55왕 992년을 지속하다가 935년에 고려의 왕건에게 나라를 넘겨주었다. 신라는 경주 평야의 소국이었으나 인근 집단으로 세력을 확장하여 4세기 이후에는 한반도의 동남 지역을 지배하는 고대 국가로 성장하였다. 4세기 후반에 백제와 연합한 일본(당시에는 왜라고 불렸다)이 신라를 침략하였다. 신라는 고구려의 힘을 빌려 일본에 대항하였다. 399년에 일본군이 낙동강 하류를 점령하자 400년 광개토왕은 보병과 기병 5만 명을 낙동강 전선에 투입하여 낙동강 하류와 서안 지역에서 일본군과 가야군을 대파하였다. 신라 또한 자치 집단들의 연맹체로서 연맹체의 장들은 지위를 세습하였다. 5세기 후반에 지방세력들을 약화 해체시켜서 지역을 촌 단위로 편제하고 지방의 주요 거점에 성곽을 쌓고 군대를 파견하여 지키게 하였다. 신라가 거점과 거점을 연결하는 도로를 내고 우편역마제도를 정비한 것도 이 무렵이었다. 4세기 말에는 세 나라가 모두 주민들에게 일반적으로 적용되는 성문법을 제정하여 각급 관서의 행정이 법률에 의하여 출신 종족이나 거주 지역의 차이를 넘어 지속성 있게 운용될 수 있게 하였다.

고구려는 5세기 초에 평양으로 천도하고 독자적인 연호를 사용하였다. 연호의 사용은 천하의 중심이라는 세계인식을 나타내는 것이었다. 당시의 동아시아는 복수의 나라가 병존하는 다원적인 세계였다. 중국과 일본과 고구려가 상대적 독자성을 가지고 각각 그 지역의 중심으로 자처하였다. 백제는 498년에 한반도의 서남 지역을 통합하였고 6세기에 중앙집권국가에 적합한 제도를 정비하였다. 백제는 한강 유역을 점령하려는 싸움에서 554년에 신라에 패하였으나 7세기 초에는 신라를 공격할 수 있을 정도로 군사력을 강화하였다. 신라는 487년에 시조 신궁을 세웠다. 『삼국사기』에 의하면 924년까지 열아홉 사람의 임금들이 새로 즉위할 때마다 시조신궁에 가서 제사를 드렸다. 신라는 531년에 귀족회의의 의장을 상대등에게 맡김으로써 왕이 초월적인 권력 중심으로서 행정부를 장악할 수 있게 하였다. 536년에는 신라도 독자적인 연호를 공표하였다. 각 지역의 토지와 산물을 조사하여 세금을 부과하고 지방 주민들을 연령의 등급에 따라 구분하고 인두세와 역역(力役)을 부과하였다.

6세기 후반기에 신라가 한강 유역을 점유하여 한반도의 중앙지대로 진출하자 고구려와 백제는 신라를 공동의 적으로 삼고 동시에 신라를 압박했다. 백제는 바다 건너 일본과 연합하였고 신라는 바다 건너 당나라와 연합하였다. 고구려는 612년에 침입한 수나라 군대와 645년에 침입한 당나라 군대를 물리치느라고 국력을 소모한 상태에 있었다. 581년 중국을 통일한 수나라는 598년, 612년, 613년, 614년 4차에 걸쳐 고구려를 침공하였다가 패배하고 전란과 노역에 지친 농민들의 반란이 일어나 망하였다. 618년에 반란의 와중에서 건국한 당나라는 640년에 중국을 통일하고 645년에 고구려를 공격하였다가 패배하였다. 당나라군은 고구려군을 양분할 수 있고 군수품을 보급받을

수 있다는 점에서 신라의 전략적 가치를 인식하고 648년에 신라와의 군사동
맹을 체결하였다. 신라군 5만 명과 당나라군 13만 명이 660년 7월에 백제의
수도를 함락하였다. 이후 백제 부흥전쟁에 일본은 일본군 4만 2천 명을 파견
했다(661년 9월에 5천 명, 663년 3월에 2만 7천 명, 663년 8월에 1만 명). 오랜 전란으로 피
폐해진 데다가 집권층 사이에 내분이 일어나 고구려의 저항능력은 적의 침
공에 앞서서 약화되었다. 당나라군과 신라군은 668년 9월 말에 고구려의 수
도를 함락하였다. 망하기 전까지 고구려는 한반도의 북부와 만주의 대부분
을 차지하고 있었는데, 그 후 그 지역에서 발해[698-926, 발해라는 국명은 713년에
제정되었고 698년 건국 당시에는 진(震)이라고 하였다]가 일어나 만주의 일부분과 한반
도의 일부분을 차지하고 고구려의 계승자로 자임하였다. 7세기 말 동북 만주
에는 고구려 유민들과 말갈의 여러 부족들이 각지에 흩어져서 거주하고 있
었는데 이 지역에는 당나라의 힘이 미치지 못했다. 고구려 멸망 후 강제 이
주되어 압록강 서쪽 끝에 거주하던 대조영의 집단이 당나라의 지배망을 벗
어나 동쪽으로 이동하여 동북 만주라는 힘의 공백지대에 새로운 중심세력
으로 출현하였다. 발해는 고구려 유민을 고구려와 유사한 국가기구를 통하
여 직접 지배 방식으로 통치하였고 말갈족을 부락 단위 공동체의 족장들을
통하여 간접 지배 방식으로 통치하였다. 동북 만주의 신개척지에서 2백 년
가까이 함께 생활하면서 말갈족의 거주지역이 차지하는 비중이 커져 갔고
말갈족들도 국가기구의 중요성을 인식하게 되었다. 금나라를 세운 여진족
과 청나라를 세운 만주족은 모두 말갈족의 후예였다. 당나라는 신라와 발해
가 서로 견제하도록 하여 동아시아의 국제관계를 안정시키고자 하였다. 거
란의 침략으로 발해는 926년 1월 14일에 멸망하였다. 고구려 유민과 말갈족
의 통합에 실패한 것이 외부의 침략을 막아 내지 못하게 한 원인이 되었을 것
이다.

신라의 귀족사회는 왕족인 진골과 진골 다음가는 신분인 육두품으로 구성
되어 있었다. 원래는 오두품과 사두품도 있었으나 그들은 평민이 되고, 5등

급에서 1등급 최고 관등까지 승진할 수 있는 진골과 제6등급 관등까지로 승진이 제한되어 있는 육두품의 구분이 신라가 망할 때까지 존속되었다. 육두품 출신들은 신분의 제약으로 인하여 정치적 직위의 승진이 막혀 있었으므로 학문적 식견을 국왕에게 인정받아 국왕의 보조자로서 행정부에 참여하는 길을 선택하였다. 그들은 골품제의 벽을 넘어서려면 강력한 왕권이 출현하여 중앙집권체제를 구축해야 한다고 생각하였다. 국왕은 육두품세력을 왕권 강화에 이용하였는데 국왕이 통솔하는 행정부의 강화는 진골 합의체의 약화를 의미하였기 때문에 진골귀족들의 반발을 초래하였다. 육두품 출신들은 진골 중심의 신분체계와 그것을 옹호하는 불교에 대항하기 위하여 유교를 신봉하고 왕권과 결합하였다. 그들은 현세적인 도덕주의를 내세우며 내세적인 불교를 비판하였다. 전제화되는 왕권에 대항하여 진골들은 연립하여 권력을 유지하려 하였다. 귀족회의의 권한은 축소되었으나 진골귀족들은 수많은 문객을 두었으며 사병을 양성하였다. 진골귀족들이 노비를 무장시켜 사병을 만들고 사병을 거느린 귀족들이 연합하여 세력을 확대하는 과정에서 왕실과 진골귀족의 갈등이 심화되었다. 836년 이후 150년 동안에 20명의 왕이 즉위하였는데 그들 가운데 상당수가 내란으로 목숨을 잃었다.

골품제 때문에 중앙의 정치무대에 등장할 수 없었던 지방의 유력자들이 눈을 해외로 돌려 8세기 후반에 신라인의 해상활동이 활발해졌다. 중국, 일본 등과의 인적, 물적 교류가 늘어났고 무역량이 크게 증가하였다. 812년에 흉년이 들자 식량을 구하기 위해 300명이 일본으로 건너갔고 170명이 중국 저장(절강)으로 건너갔다. 왕권이 강화됨에 따라 낮아졌던 촌주(村主)의 위상은 신라 말기에 지방세력의 성장에 따라 다시 높아져서 지방에 대한 중앙정부의 지배력은 약화되었으며 농민들로부터 거둬들이는 조세도 감소될 수밖에 없었다. 신라 말기에 진골귀족들의 사치와 향락은 늘어 갔으나 그들의 재원은 반대로 줄어들었다. 신라 정부는 노동인력 수와 곡물 수확량을 함께 계산한 총체적 자산에 근거하여 촌락 단위로 조세를 산정하였다. 토지 면적은 수확량을 측정하는 보조 자료로 사용되었다. 재정적 위기를 타개하기 위하여 중앙정부는 지방의 주와 군에 조세 징수를 독촉하였다. 조세의 독촉은 농민들에게 이중의 부담이 되었다. 농민들은 지방세력과 중앙정부에게 이중으로 조세를 납부하게 되었다. 지나치게 무거운 세금을 견디지 못하여 농민들이 각지에서 반란을 일으켰고 지방의 유력자들이 그것을 이용하여 무장을 갖춘 개인 군대를 구성하고 신분적 제약을 받던 유능한 지식인층(육두품)을 고용하여 봉기하였다. 889년 이후로 중앙정부의 지배력이 약화되어 정부군은 더 이상 반란군의 기세를 누를 수 없었다. 918년에 고려가 건국되었고 935년에 신라의 경순왕은 군대와 신하를 거느리고 고려의 수도 개성에 들어가 국토를 고려에 바쳤다. 한반도에 단일 국가 신라의 동일한 제도와 동일한 법령이 2백 수십 년간 시행되는 동안 한반도에 거주하는 주민들 사이에 동족의식이 형성되었다.

고구려는 불교를 372년에 수용하였고 백제는 384년에 수용하였으며 신라는 528년에 허용하였다. 불교가 신라에 들어온 것은 이보다 이른 5세기였을 것이나 무속의 반발이 강하여 공인이 늦어졌을 것이다. 신라의 원효와 의상은 동아시아 불교의 체계를 독창적으로 구성하였다. 원효는『대승기신론』을, 의상은『화엄경』을 신라 고유의 다신론적 일신론(多神論的 一神論)으로 해석하여 중국의 불교철학들보다 더 포괄적이고 더 대중적인 불교철학을 완성하였다. 원효의 학문적 업적은 실로 놀라운 것이었다. 7세기의 동아시아는 당대 최고의 지식체계를 알기 위하여 따로 노력할 필요가 없었다. 원효의 책에 모든 세부가 분석되고 종합되어 있었기 때문이었다.『대승기신론소』와『금강삼매경론』은 동아시아 불교의 기본교과서가 되었다. 원효가 주로 공부한 학문은 요샛말로 하면 존재론과 정신분석이었다. 사람과 사물의 세계가 원래부터 참되고 한결같은 비로자나의 빛으로 가득 차 있음을 그는 밝혀내고자 하였다. 비로자나의 빛은 사람을 사람이 되게 하고 사물을 사물이 되게 하는, 사람과 사물의 근거 자체이다. 그 빛은 사물과 전혀 다르다는 의미에서 없음과 동일하게 활동하지만, 중지할 줄 알고 관찰할 줄 아는 사람에게는 너무나 뚜렷이 나타나는 있음이다. 중지란 판단중지이고 관찰이란 한가로운 집중이다. 마음의 움직임을 그치고 멈추고 가라앉히는 기술이 바로 지혜의 본질이다. 사물을 바르게 보려면 먼저 보는 마음속에 한가를 마련해 놓아야 한다. 그러나 그 한가는 이완되고 풀어져 있는 한가가 아니라 고도로 집중되어 있는 내적 행동이다. 모든 사물이 그 안에서 드러나므로 그 빛은 사물 전체보다 더 크고, 사물의 테두리를 어둡게 가리어 사물과 사물이 놓인 공간을 밝게 하므로 그 빛은 밝음과 어두움을 동시에 포함하고 있다. 사물의 틀(사마타)과 결(삼마발제)과 뜻(선나)을 동시에 관찰하려는 원효의 인식론은 대단히 현대적이다.

원효를 7세기 동아시아의 대표적 사상가라고 평가하는 데 반대할 사람은 아마 없을 것이다. 그러나 우리는 원효의 독창성이 원효의 주석 가운데 깃들여 있다는 사실을 인정하고 원효를 평가해야 한다. 원효는 『대승기신론』과 『금강삼매경』을 지은 사람이 아니고 풀이한 사람이다. 우리는 마땅히 경과 논의 본문과 원효의 주석을 구분해서 원효의 시각을 살펴야 한다. 원효의 독창성을 드러내려면 동일한 본문에 대한 다른 주석가들과 원효의 해석이 어떻게 다른가를 해명하지 않으면 안 된다. 어느 것이 부처님의 말이고 어느 것이 아슈바고샤의 말이고 어느 것이 법장의 말이고 어느 것이 원효의 말인지 구별하지 않고 좋은 것은 모두 원효의 말이라고 한다면 객관적인 태도라고 할 수 없을 것이다. 원효의 일심 사상을 말하는 사람들이 많이 있지만 일심은 원효의 창안이 아니라 불교에서 오래전부터 사용되어 온 용어이므로 먼저 일심의 의미변천사를 검토하여 원효의 어휘사용이 다른 사람들의 어휘사용과 어떻게 다른가를 살펴보는 작업이 선행되지 않으면 원효의 독창성은 해명되지 않을 것이다.

이성의 논리보다 감성의 논리를 중시하고 대상의 논리보다 주체의 논리를 중시하는 불교의 논리에 비추어 본다면 원효 사상의 체계를 구성하려는 시도 자체가 원효의 본뜻에 어긋나는 짓이 될 것이다. 요즈음에는 현대물리학의 양자론을 동원하여 불교를 해석하려는 돈키호테까지 보이지만 그러한 해석은 유치한 코미디에 지나지 않는다. 하나가 여럿이고 여럿이 하나라는 『화엄경』의 문장은 수량의 차이가 아니라 강도와 밀도의 차이를 의미한다. 감성은 하나를 여럿보다 큰 것으로 파악할 수 있다. 연애를 하는 남자는 한 여자를 여자들 전부보다 크게 느낀다. 감성의 논리에서 전체는 부분들의 위에 있지 않고 부분들의 하나로서 부분들의 옆에 있다. 느낌을 중요하게 보고 의식과 판단을 중요하게 보지 않는 데에 불교의 특징이 있다. 인간의 육체는 나무와 돌, 산과 물처럼 자연의 일부이다. 원기를 보존하면 건강하고 기력을 탕진하면 병드는 것은 자연의 리듬에 순응하는 과정이다. 그러나 의식과 판단은 자칫하면 자연의 질서를 거스른다. 가장 늦게 발생한 것이 가장 앞서 발생한 모든 것을 결딴낸다. 의식과 판단이 온 세상을 더럽히는 것을 우리는 매일 목도하고 있다. 주문을 열심히 외우다 보니 병이 나았다는 경험은 예외적인 기적이 아니다. 주문이 의식과 판단의 작용을 제한하였기 때문에 신체의 느낌이 자연의 리듬을 회복하여 병이 나을 수 있었던 평범한 사실에 지나지 않는다. 원효의 주석 목표가 여러 종파의 대립을 회통하여 일심의 본원으로 돌아가게 하려는 데 있었음은 의심의 여지가 없다. 그러나 주체의 논리로 볼 때 일심이란 중도를 지키는 마음 즉 중심이고 저만 앎이 없는 마음 즉 무심이다. 저만 아는 자아를 넘어서 남도 알게 하는 것이 불교의 논리이다. "둘이 없음을 이해하면서도 하나에 집착하지 않는다"라는 문장은 생멸과 불생멸이 같다는 의미가 아니고 주체가 생멸에도 정성을 다하고 불생멸에도 정성을 다해야 한다는 의미이다. 부처님과 도둑놈은 다르지만 부처님 만나면 부처님 잘되도록 행동하고 도둑놈 만나면 도둑놈 잘되도록 행동하는 주체의 눈으로 볼 때에는 동일하게 소중한 사람이다. 이것이 중생이 부처라는 말의 의미이다. 일시적이고 우연한 것들(루파)에도 공을 들이고 영원히 회귀하는 것(수냐타)에도 공을 들여야 한다. 무심은 자아가 소멸한 불살생(아힘사)의 평등심이다. 차별할 줄 모르므로 비로소 사물들을 평등하게 대할 수 있게 된다. 『화엄경』 「입법계품」의 주인공 선재는 53명의 스승들을 찾아가서 진리를 묻는다.

1. 덕운비구
2. 해운비구
3. 선주비구
4. 미가장자
5. 해탈장자
6. 해당비구
7. 휴사청신녀
8. 비목선인
9. 승렬바라문
10. 자행동녀
11. 선견비구
12. 자재주동자
13. 구족청신녀
14. 명지거사
15. 법보계장자
16. 보안장자
17. 무염족왕
18. 대광왕
19. 부동청신녀
20. 변행외도
21. 육향장자
22. 바시라사공

49. 최적정바라문
50. 덕생동자/유덕동녀
51. 미륵보살
52. 문수보살
53. 보현보살

자재주동자는 수학자이고 선지중예동자는 언어학자이고 구족청신녀는 요리사이고 바시라는 뱃사공이고 보안장자는 의사이고 바수밀다는 창녀이다. 자재주동자와 변우동자와 선지중예동자와 덕생동자는 소년이고 자행동녀와 천주광왕녀와 유덕동녀는 소녀이다. 무염족과 대광은 왕이고 마야부인은 왕비이고 승렬과 최적정은 바라문이고 변행은 이교도이다. 덕운·해운·해당·선주·선견은 남자 승려이고 사자빈신은 여자 승려이며 미가·해탈·명지·육향(웃팔라부티)·묘월·법보계·무상승·무승군·견고해탈·비슬지라는 남자 신도이고 휴사·구족·부동·현승은 여자 신도이다. 비목은 신선이고 대천신과 안주지신은 남신이고 바산바연저·보덕정광·희목관찰중생·보구중생묘덕·적정음해·수호일체성·개부수화·대원정진력구호일체중생·묘덕원만·구바는 여신이고 정취·미륵·문수·보현·관음은 보살이다. 선재는 만나는 모든 인간과 신을 스승으로 삼고 자기를 찾는 여행을 끝까지 포기하지 않는다. 선재는 목숨을 걸고 온 세상을 여행하면서 진리에 대하여 질문한다. 『화엄경약찬게(華嚴經略纂偈)』에는 선재의 스승들이 7언으로 열거되어 있다.

덕운해운선주승 미가해탈여해당(德雲海雲善住僧 彌伽解脫與海幢)

휴사비목구사선 승렬바라자행녀(休舍毘目瞿沙仙 勝熱婆羅慈行女)

선견자재주동자 구족우바명지사(善見自在主童子 具足優婆明智士)

법보계장여보안 무염족왕대광왕(法寶髻長與普眼 無厭足王大光王)

부동우바변행외 우바라화장자인(不動優婆徧行外 優婆羅華長者人)

바시라선무상승 사자빈신바수밀(婆施羅船無上勝 獅子嚬伸婆須密)

비슬지라거사인 관자재존여정취(毘瑟祇羅居士人 觀自在尊與正趣)

대천안주주지신 바산바연주야신(大天安住主地神 婆珊婆演主夜神)

보덕정광주야신 희목관찰중생신(普德淨光主夜神 喜目觀察衆生神)

보구중생묘덕신 적정음해주야신(普救衆生妙德神 寂靜音海主夜神)

수호일체주야신 개부수화주야신(守護一切主夜神 開敷樹華主夜神)

대원정진력구호 묘덕원만구바녀(大願精進力救護 妙德圓滿瞿婆女)

마야부인천주광 변우동자중예각(摩耶夫人天主光 遍友童子衆藝覺)

현승견고해탈장 묘월장자무승군(賢勝堅固解脫長 妙月長者無勝軍)

최적정바라문자 덕생동자유덕녀(最寂靜婆羅門者 德生童子有德女)

미륵보살문수등 보현보살미진중(彌勒菩薩文殊等 普賢菩薩微塵衆)

『화엄경』에는 한 사람이 기도하면 온 세상이 밝아진다는 말이 있다. 기도의 힘을 믿는다는 점에서 보면 원효는 신비주의자이다. 그러나 참선 중에 벽을 뚫고 밖이 보이거나 부처님이 나타나 설법을 하거나 하는 것이 다 마의 소치라고 하는 원효는 리얼리스트이다. 원효는 신비에 맛 들이면 점쟁이밖에 안 된다고 신비주의를 비판하였다. 티끌 하나가 우주보다 더 소중한 존재가 될 수 있다는 것이 사랑의 신비이고 동시에 사랑의 과학이다. 불교에는 대상화와 물상화를 거부하는 우상파괴의 논리가 있고 그것은 주체의 관점을 견지할 때에만 관철된다. 불교에 대상의 논리가 전혀 없는 것은 아니지만 그것은 대부분의 경우에 고대인의 세계이해를 보여 주는 데 지나지 않는다. 5위 100법이라 하여 인간의 심리 현상을 백 가지나 되는 명칭으로 나누고 특히 불상응행법(不相應行法)이라 하여 시간·공간·수·단어·문장 등의 중간세계 또는 상징세계를 설정한 불교의 심리학은 고대인의 과학적 통찰을 짐작하게 하는 흥미로운 자료가 되겠지만 측정이 결여된 분류라는 점에서 과학적인 가치는 거의 없다고 평가할 수밖에 없을 것이다. 수미산(須彌山) 주위에 동서

남북으로 승신주(勝身洲), 우화주(牛貨洲), 섬부주(贍部洲), 구려주(俱廬洲)가 펼쳐져 있고 그 둘레를 철위산(鐵圍山)과 함해(咸海)가 에워싸고 있다는 불교의 지리학이나, 욕계 6천, 색계 17천, 무색계 4천으로 나누고 욕계와 색계 1천 개를 소천세계, 소천세계 1천 개를 중천세계, 중천세계 1천 개를 대천세계라 하여 십억 개의 세계를 설정하고 있는 불교의 천문학이나 고대인의 분방한 상상력을 보여 주는 자료라고 본다면 무방하겠으나 재미있는 옛날이야기 이상으로 진지하게 대할 필요는 없는 것이다.

비로자나의 빛 안에는 사람과 부처가 따로 없고, 동물과 사물이 따로 없다. 모두가 참되고 한결같은 진실 그대로일 뿐이다. 그러나 사실이 그렇다면 세상에 학살과 전쟁이 끊이지 않는 이유는 무엇일까? 비로자나의 빛을 보지 못하기 때문이라고 원효는 대답한다. 우리는 귀 기울이지 않고 너무 많이 말하며, 가만히 기다리지 않고 너무 많이 움직인다. 우리는 빛이 말하게 할 때까지, 빛이 바라게 할 때까지 참았다가 비로자나와 함께 말하고 비로자나와 함께 바라지 못한다. 자아가 비로자나의 빛과 떨어져서 사람과 사물의 세계를 토막토막 갈라놓는 것이다. 원효는 미세한 분석방법을 동원하여 인간의 무의식 속에서 어두움과 밝음이 분리되는 은밀한 계기들을 분석하였다. 원효는 철학자로부터 정신분석가로 변모하였다. 원효의 생애에 일어난 사건들을 이해할 수 있는 열쇠는 원효의 내면에서 일어난, 이러한 변모에 있을 것이다.

파계한 후에 세속의 복장으로 바꾸어 입었다. 우연히 광대들이 가지고 노는 큰 박을 얻어 나라의 구석구석을 노래하고 춤추며 다니었다. 이때에 「무애가」를 지어 세상에 퍼뜨렸다.[1]

---

1   일연, 『원문현토 삼국유사』, 대한불교조계종교육원, 1998, 232쪽.

원효의 파계는 그가 학문의 한계를 인식한 데에 기인한다. 학문이란 하나의 추상적인 구조체계이다. 아무리 정교한 이론체계일지라도 구체적인 경험의 세부를 포착할 만큼 정교하지는 못하다. 원효는 중생이 곧 부처임을 믿고 있었으나, 동시에 폭력의 원인이 되는 무명(어두움)의 완강한 작용을 관찰하고 있었다. 서로 모순되는 이 두 명제를 이론의 차원에서 조화시키는 일은 대단히 어렵다. 원효는 그의 글에서 그침[止]과 살핌[觀]으로 무명의 작용을 소멸시킬 수 있다고 말하였다. 그러나 이론적 가능성과 구체적 현실성은 동일하지 않다. 참되고 한결같은 사랑은 나날의 싸움과 어떠한 관계를 맺고 있는 것일까? 원효는 이 문제를 지식으로 해결할 수 없었다. 그러므로 원효의 파계는 공부를 중도에서 그만둔 것이 아니고 학문의 한계에서 학문의 한복판을 뚫고 넘어서서 자기 자신을 향해 던진 근원적인 질문이었다. 그는 가사를 벗고 세속의 복장으로 바꾸어 입었다. 학문의 세계를 떠나 생활의 세계로 들어선 것이다. 원효는 진골의 세계나 육두품의 생활이 아니라 곧장 노동하는 농민의 생활로 들어갔다. 거기서 그는 삶의 세계가 지식과 무관함을 알았고 인간의 사회가 농민의 노동에 토대하고 있음을 알았다. 원효는 궁중의 노래를 외면하고 농민의 노래를 자기 삶의 핵심에 받아들였다. 광대들의 음악은, 어떤 지식도 주지 못했던 깨달음을 그에게 선사하였다. 광대의 음악은 이 나라의 구석구석에 다니면서 어느 누구를 만나거나 함께 어울려 살 수 있는 힘을 주었다. 그는 지식을 버리고 시와 음악을 얻었다. 불행하게도 그가 지은 「무애가」는 지금 남아 있지 않다. 그러나 우리는 그 노래의 의미가 어떠했으리라는 것을 대강 짐작할 수 있다. 이론체계와 신분체제는 생활의 장애에 지나지 않는다는 내용이 그 노래에 담겨 있었을 것이다. 원효의 위대한 시도는 시로 농민의 생활에서 장애를 제거하려는 투쟁이었다. 무애(无碍)란 자기 삶에 장애가 없다는 의미가 아니라 농민의 삶에서 장애를 없애야 한다는 의미였다. 그것은 소유의 투쟁이 아니라 각성의 투쟁이고 미워하는 싸움이 아니라 사랑하는 싸움이었다. 절에 앉아 지식의 그물을 짜던 철학자 원효는 이제

노동의 현장에서, 만나는 한 사람 한 사람의 무의식에 직면하여 사랑과 빛을 교환하는 시인이 되었다.

372년에 전진(前秦)으로부터 순도가 와서 불상과 불경을 전했고 374년에 아도가 와서 교리를 설명하니 고구려의 소수림왕은 375년에 이불란사와 초문사를 지어 순도와 아도를 머물게 했다. 384년(침류왕 1)에 동진(東晋)의 마라난타가 바다를 건너 백제로 들어와서 불교를 전하였다. 신라에서는 고구려를 거쳐 온 아도(묵호자), 양나라에서 사신으로 온 승려 원표, 이차돈 등 여러 사람이 노력하였으나 535년(법흥왕 22)에 이르러서야 불교가 공인되었다. 그 후 100년 동안 신라의 불교는 열반(Nirvana), 계율(Vinaya), 불성(Buddhatā) 같은 개념에 대하여 집중적으로 탐구해 왔고 경전에 대한 이해가 깊어지면서 『화엄경』, 『법화경』, 『무량수경』 등에 관한 독립학파가 출현하였다. 신앙의 대상도 화엄학파의 비로자나불, 정토학파의 아미타불, 법상(Dharmalaksana)학파의 미륵불 등으로 분화되었다. 화엄학파가 현실을 긍정하고 현실에 가능한 자력탐구를 강조하였다면 정토학파는 나무아미타불을 쉬지 않고 염송하는 타력신앙을 강조하였고 법상학파의 마이트레이야 신앙은 미륵불의 내림과 함께 시작될 혁명을 강조하였다. 미륵불이 신라에 와서 현세에 이상사회를 실현한다는 마이트레이야 신앙은 현실을 부정하고 타파하려고 한 궁예나 견훤의 마음을 사로잡았다. 미륵신앙을 일으킨 것은 경덕왕(재위 742-765) 때 김제 금산사의 승려였던 진표였다. 그는 백제 유민으로서 마이트레이야를 통하여 백제의 부흥을 꿈꾸었다. 정토학파는 요즈음의 개신교와 유사한 타력신앙을 주장하였다. 수행은 부차적인 것이고 오직 아미타불에게 의지하고 정토에 낳기를 기도하는 희원(希願)만이 구원의 근거가 된다는 정토학파의 교리는 오직 믿음으로만 구원을 얻을 수 있다고 한 마르틴 루터의 교리와 완전히 일치한다. 그러나 한국불교의 기본 경전은 『화엄경』이다. 지금도 조계종과 태고종에서는 『금강경』, 『원각경』, 『수능엄경』, 『기신론』을 4교라 하고 『화엄경』을 대교라 하여 이 다섯 권의 불전을 학습의 필독서로 지정하여 젊은 승려들에게 가르치고 있다. 신라에서 화엄학파를 창설하고 『화엄경』을 불교학습의 필독서로 지정한 의상은 중국 화엄학의 완성자 현수의 친구였다. 그들의 스승 지엄은 의상의 호를 의지(義持)라 하고 현수의 호를 문지(文持)라 하여 두 제자에게 『화엄경』의 뜻과 글을 나누어 맡겼다.

　한국불교는 9세기에 이르러 선종 9산의 대두와 함께 무게의 중심이 불경 학습에서 참선 수행으로 이동하였다. 전남 장흥군 가지산 보림사, 전남 곡성군 동리산 태안사, 전북 남원군 지리산 실상사, 경남 창원군 봉림산 봉림사, 경북 문경군 희양산 봉암사, 강원 영월군 사자산 흥녕사, 강원 강릉군 오대산 굴산사, 충남 보령군 성주산 성주사, 황해 해주군 수양산 광조사 등 선종의 9산은 대체로 수도권 밖에서 시작되었고 그 개창자들은 모두 6조 혜능의 손제자인 마조 도일의 문하에서 공부한 사람들로서 혜능-회양-도일의 바로 다음 대인 백장 회해와 같은 세대에 속하였다. 최치원의 「낭혜화상 백월 보광 탑비명」에 보면 마곡사의 보철이 낭혜에게 "내가 마조 스승께 들은 바로는 법이 동쪽으로 흐른다. 스승께서는 동방 사람으로 눈으로 말할 만한 사람을 얻으면 잘 지도하라고 하셨다. 선생이 하신 말씀이 아직도 쟁쟁한데 이제 너를 가르쳐 신라로 보내게 되니 해동 선의 아버지라도 된 듯하구나"라는 구절이 있다. 호적에 의하면[2] 혜능이 5조 홍인의 유일한 법맥이 된 것은 713년 혜능의 입적 후 혜능의 제자 하택 신회가 조작한 결과이고 혜능 당년에는 신수, 혜능, 지선의 세 유파가 공존하였으며 마조 도일은 남악 회양의 제자가 아니라 지선-처적-무상으로 이어지는 지선의 계보에 속하였고 마조의 스승 무상은 신라 사람이었다고 한다. 스승에 대한 그리움이 신라 승려를 제자로 키우고자 하는 마음으로 연결되었을 것이다. 한국 선의 법계는 임제 의현-양기 방회-호구 소륭-석옥 청공을 거쳐 태고 보우로 이어지는 것이지만, 선종 9산과 태고 보우의 사이에 지눌의 화두선과 일연의 조동선이 한 역할이 있었음

2　胡適, 『胡適學術文集』, 北京: 中華書局, 1997, 190쪽.

에 틀림없다. 사자상승(師資相承)을 너무 엄격하게 규정하는 것은 개인적 수행에도 도움이 안 되고 한국불교사의 과학적 연구에도 방해가 된다.

　의상(625-702)의 성을 『삼국유사』의 저자 일연은 김씨라 하였고 『송 고승전』의 저자 찬영은 박씨라 하였다. 아버지의 이름은 한신(韓信)이다. 스물아홉 살에 경주의 황복사에 가서 중이 되었다. 중국에 가서 공부하고자 원효와 함께 요동으로 길을 잡아 나가다가 변경의 수비군에게 첩자라 하여 붙잡혀 수십 일 동안 갇혔다가 간신히 풀려나왔다. 백제가 망한 이듬해인 661년에 중국으로 귀환하는 당나라 사신의 배를 타고 중국으로 들어가 산둥성 등주(登州)에 머물다가 662년에 중난산(종남산) 지상사(至相寺)로 찾아가서 지엄(智嚴)을 배알하였다. 지엄은 의상을 만나던 전날 밤에 꿈을 꾸었다. 큰 나무 하나가 신라 지역에 나서 가지와 잎이 널리 퍼져 중국을 그늘로 덮었다. 나무 위에는 봉황의 둥지가 있어 올라가 보니 마니 구슬 한 개가 있어 그 광명이 멀리 비쳤다. 잠을 깨어 놀랍고 이상하여 청소를 하고 기다리자니 바로 의상이 왔다. 668년 10월에 지엄이 청선사 반야원에서 죽었다. 죽기 10일 전 지엄은 의상을 불러 상즉상입(相卽相入)의 뜻을 묻고 10월 11일 의상에게 보법궤칙(普法軌則)을 전수하였다. 의상은 671년에 신라로 돌아와서 676년에 부석사를 창건하고 702년에 죽으니 나이 77세였다. 의상은 당나라에 머문 지 10년 만인 문무왕 11년(671)에 당나라에 구금되어 있던 김흠순(유신의 아우)의 부탁을 받고 당의 고종이 대부대로 신라를 치려 한다는 정보를 본국에 알려 주기 위하여 귀국하였다. 이때 신라는 당의 안동도호부를 한반도에서 몰아내기 위하여 당나라와 전쟁을 하고 있었다.

　661년에 의상은 황해를 건너 산둥반도의 등주에 도착했다. 의상은 그 고을의 장수 유지인(劉至仁)의 관사에 머물렀다가 거처를 적산의 법화원으로 옮겼다. 아침저녁으로 탁발하러 다니는 그를 선묘(善妙)라고 하는 소녀가 사랑하게 되어 간절한 마음을 전했다. 의상이 나타날 때를 기다려 선묘는 그를 붙들고 진심을 고백하였다. 그러나 젊은 사문의 도심은 흔들리지 않았다. 의

상의 뜻이 오직 공부에 있음을 알고 선묘는 의상의 발밑에 무릎을 꿇고 눈물을 흘리며 "세세생생토록 목숨을 들어 부처님께 돌아가 스님께서 큰일을 이루시도록 헌신하겠습니다"라고 맹세하였다. 장안 중난산의 지엄 문하에서 10년 공부를 마치고 귀국하는 길에 의상은 등주에 들렀다. 전날의 단월가(檀越家)이던 선묘의 집에 가서 불단 앞에 무릎을 꿇고 일심으로 합장 예불하는 선묘의 모습을 보고 의상은 비로자나불의 불가사의한 영광을 칭송하는 마음으로 선묘의 행복을 빌며 그 집을 나와 바닷가로 향했다. 그 소식을 들은 선묘는 그날을 기다려 10년 동안 지어 놓은 가사를 상자에 담아 들고 선창으로 달려갔다. 그러나 배는 벌써 떠난 후였다. 선묘는 옷함을 바다에 던지고 그녀 자신도 바다로 뛰어들었다. 갑자기 바람이 일어 상자를 배에 옮겨 놓았다. 선묘의 어린 혼은 용이 되어 거친 파도로부터 의상의 안전을 지켜 주었다. 676년에 의상은 태백산으로 가서 부석사를 세우고 화엄의 대승 교법을 펴려고 하였다. 무수한 소승 잡배들이 여러 가지로 방해를 놓았다. 이때 선묘의 혼이 사방 10리 넓이의 큰 반석으로 변하여 공중으로 떠올랐다. 의상을 방해하던 자들이 놀라서 물러났다. 이 선묘의 그림과 목조상이 지금도 일본 교토 부근 도가노의 다카야마사(高山寺)에 남아 있다. 부석사 남쪽에는 선묘정이란 우물이 있고 부석사 법당 땅 밑에는 석룡이 묻혀 있다. 『동국여지승람』에는 가물 때 선묘정에 기우제를 올리면 응험이 있다고 기록되어 있다.

신라에서는 열 사람의 성인을 모시었다. 경주 흥륜사 본당에는 열 개의 소상을 안치하였으니 동쪽 벽에 서향으로 앉은 소상이 아도, 염촉, 혜숙, 안함, 의상이요 서쪽 벽에 동향으로 앉은 소상이 표훈, 사파, 원효, 혜공, 자장이다. 의상에게는 오진, 지통, 표훈, 진정, 진장, 도융, 양원, 상원, 능인, 의적 등 열 명의 제자가 있었는데 의상이 황복사에서 탑돌이를 할 때에 매양 발자국이 허공에 떴으며 제자들도 섬돌 위를 석 자나 떨어져 허공을 밟고 돌았으므로 그 탑에는 돌층대를 만들지 않았다. 그의 제자 진정(眞定)은 군대에 있을 때 사람들로부터 의상이 태백산에서 불법을 가르친다는 말을 듣고 어머니에게 효도를 마친 뒤에는 꼭 의상 스님에게 몸을 부쳐 머리를 깎고 불도를 배우겠다고 다짐하였다. 아들의 마음을 안 어머니는 굳이 아들을 권하여 중이 되게 하였다. 의상에게 배운 지 3년 만에 어머니의 부고가 왔다. 선정에 들어 이레를 보내고 스승 의상에게 사정을 말하니 의상이 소백산의 추동에 들어가 『화엄대전』을 강의하였다. 강의를 마치자 어머니가 진정에게 현몽하여 하늘에 환생하였노라고 하였다.

의상이 당나라에 들어가 중난산 지상사 지엄의 밑에 있을 때 이웃에 선율(宣律)이란 승려가 있어 언제나 하늘로부터 공양을 받았는데 매양 재를 올리는 시간에는 하늘 주방에서 음식을 보내왔다. 하루는 선율이 의상을 청하여 재를 드리는데 하늘로부터의 공양이 시간이 지나도록 오지 않았다. 의상이 빈 바리때를 들고 돌아간 후에 하늘 사자가 왔다. 선율이 늦은 이유를 묻자 하늘 사자는 "동구가 꽉 차도록 귀신 군사들이 막아서 있어서 올 수 없었다"라고 하였다. 이에 선율은 의상에게 귀신 군사들의 호위가 있음을 알게 되었다. 이튿날 늦게 온 공양물을 그대로 두고 지엄과 의상을 청하여 재를 올리니 의상이 선율에게 "제석궁에는 부처님의 이 40개 중에 어금니 한 개가 있다고 합니다. 스님이 우리를 위하여 이것을 청하여 인간에게 내려보내어 복을 받게 하는 것이 어떻겠습니까"라고 말했다. 선율이 이 뜻을 하느님께 전하였더니 하느님이 이레 동안을 기한으로 하고 의상에게 그 이를 보내 주었다. 하늘의 하루는 인간 세상의 100년에 해당한다.

의상이 당나라에서 처음으로 돌아와서 관음보살의 진신이 바닷가 굴속에 있다는 말을 듣고 그 산을 낙산이라고 이름 지었다. 이것은 서역에 보타락가산이 있는 까닭이다. 의상이 재계한 지 이레 만에 앉았던 자리를 새벽 바다 물 위에 띄웠더니 용궁의 8부 시종이 그를 굴속으로 인도하였다. 빈 굴속에서 예배를 하였더니 수정염주 한 꿰미를 내어서 그에게 주었다. 의상이 받아서 물러 나오니 동해의 용이 역시 여의주 한 개를 바쳤다. 의상이 받들고 나와서 다시 재계한 지 이레 만에 바로 그의 진신이 나타나서 말하기를 "앉은 자리 위 산꼭대기에 대나무 한 쌍이 솟아날 터이니 바로 그곳에 전각을 짓는 것이 좋을 것이다"라고 하였다. 의상이 이 말을 듣고 굴을 나오니 과연 대나무가 땅에서 솟아났다. 금당을 짓고 불상을 만들어 여기에 모시니 원만한 얼굴과 아리따운 체질이 사람이 만든 것 같지 않았다. 대나무는 도로 없어졌으니 이것으로 진정 보살의 산 형체가 살던 곳임을 알겠는지라 따라서 절 이름을 낙산사라고 하였다. 의상은 받은 구슬 두 개를 절에 모셔 두고 세상을 떠났다. 원효도 이곳에 와서 예배하고자 하였다. 어떤 다리 밑에서 월경 개짐을 빨고 있는 여인에게 물을 청하였더니 여인이 더러운 물을 떠 주므로 원효는 그것을 쏟아 버리고 냇물을 떠 마셨다. 들 가운데 있는 소나무 위의 파랑새 한 마리가 "제호(醍醐)화상은 단념하라"라고 말하고 사라졌는데 그 나무 밑에는 신 한 짝이 있었다. 원효가 절에 이르러 관음상 앞을 보니 자리 밑에 신 한 짝이 놓여 있었다. 신성한 굴에 들어가 관음보살의 진신을 보려고 하였더니 풍랑이 크게 일어나 원효는 끝내 들어가지 못하고 죽었다.

의상이 「법계도서인(法界圖書印)」을 저작하고 겸하여 간략한 주석을 지으니 불교 이치의 요긴한 알맹이를 전부 종합하였는바, 천 년을 두고 볼 표본이 되어 저마다 진중하게 간직하였다. 이 밖에는 저술이 없으나 한 솥 음식의 맛을 보는 데에는 한 점 고기로도 충분할 것이다. 「법계도서인」은 668년에 완성되었으며 이해에 지엄도 역시 죽었다. 지엄은 『화엄경』을 가르칠 때에 73개의 해인도(海印圖)를 사용하였다. 죽기 수개월 전에 의상이 지은 법계도를 보고 "나의 해인도는 별상(別相)이고 너의 법계도는 총상(總相)이다"라고 그 가치를 인정하였다.

만물은 포괄자의 품에서
저마다 고즈넉하고
초월자에게는 명칭도 없고 형태도 없으므로
의식과 판단을 적게 하면

세상의 바탕이 드러난다.
세상은
고정된 불변체들의 닫힌 체계가 아니라
마음가짐에 따라 새로운 인연이 맺어지는 열린 체계이다.
하나 속에 전체가 있고
다수 속에 하나가 있다.
하나와 전체가 서로 통하여 작용하고
다수와 하나가 서로 통하여 작용한다.
미립자 하나 속에 우주가 있다.
미립자 하나하나 속마다 우주가 있다.

영원이 순간이고 순간이 영원이다.
쉬지 않고 흐르는 의식의 흐름과
흐름을 흐르게 하는 의식의 밑흐름이
서로 통하여 작용하기 때문이다.
뒤죽박죽 섞이지도 않고
따로따로 겉돌지도 않는
관계의 세계를 보라.

대인들을 따라서
원리에도 정성을 다하고
사물에도 정성을 다하면
진리의 바다에 들어가
원대로 신비를 실현하고
사랑의 보배로 세상을 채워
온 생명이 저마다 이익을 얻게 한다.

가장 먼 여행은 귀향이다.

객지에서 떠돌다 죽지 않으려면

지금 당장 의존심과 적대감을 그쳐야 한다.

자아를 작게 하고 사심을 축소하면

과거의 제약에서 해방된다.

창조력을 원대로 포착하여

일용할 양식을 걱정하지 않고

세상을 집에서 쉬듯 편안하게 산다.

기도의 힘은 결코 소진되지 않는다.

기도의 힘으로

세상은 조금씩 더 좋아진다.

오래 꿈꾸는 사람은 꿈의 모습을 닮는다.

진심으로 부처님을 믿으면 누구나 자아편향을 바로잡을 수 있고

정직하고 관대하게 사는 길을 함께 걸을 수 있다.

法性은 圓融하여 無二相이고

諸法은 不動하여 本來寂이라.

無名無相하여 絶一切하니

證智所知, 非餘境이로다.

眞性이 甚深하여 極微妙하니

不守自性하고 隨錄成이라.

一中에 一切며 多中에 一이요

一이 卽一切요 多卽一이라.

一微塵中에 含十方하고

一切塵中에 赤如是라.

無量遠劫이 卽一念이요
一念이 卽是無量劫이라.
九世와 十世, 互相卽하여
仍不雜亂隔別成이로다.

初發心時에 便正覺하니
生死와 涅槃이 常共和로다.
理事, 冥然하여 無分別하니
十佛 普賢의 大人境이로다.
能入海印三昧中에
繁出如意不思議라.
雨寶益生하여 滿虛空하니
衆生이 隨器하여 得利益이라.

是故로 行者, 還本際할새
叵息妄想이면 必不得하리라.
無緣善巧를 捉如意하여
歸家에 隨分하여 得資糧이라.

以陀羅尼의 無盡寶로
莊嚴法界普賢殿이라.
窮坐實際中道床하여
舊來不動을 名爲佛하니라.

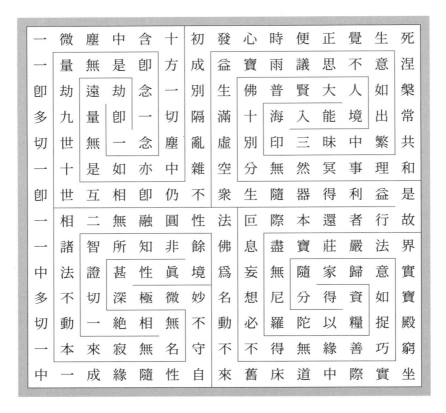

〈그림 1〉 화엄일승법계도

『일승법계도기』 1권과 『법계도기 총수록』 2권 4책이 의상이 남긴 저서 전부이다. 후자는 도기에 대한 제가의 해석을 모은 책인데 특히 의상이 제자들과 문답한 내용이 제자들의 필록으로 거두어져 있다. 이 대화록이야말로 신라 화엄학파의 가장 높은 순간을 엿보게 하는 자료이다. 사물현상의 관계를 모두 이치의 발현으로 보아 본체와 현상 사이에 차이가 없다고 하는 것이 화엄학파의 주장이다. 의상의 법계론은 화엄학파의 세계관을 정리한 것이다. 법계란 세계 또는 우주를 가리킨다. 의상에 의하면 세계는 하나의 보편적이며 절대적인 정신적 실재이고 이치에 맞게 구성된 전일체이다. "세계의 본체는 완전하여 모든 것을 초월하니 특정한 국면에 구애되지 않으며 현상에 국한되어 움직이지 않는다. 참다운 본체는 매우 깊고 극히 미묘한 관계의 그물로 되어 있다. 인연에 따라 현상이 발생한다. 하나 가운데 일체가 있고 많은 가운데 하나가 있다. 하나가 곧 일체이며 많은 것은 곧 하나이다. 하나의 작은 먼지 가운데 세계가 포함되어 있고 일체의 먼지 가운데도 그러하다. 끝없는 먼 시간이 곧 일념이며 일념이 곧 끝없는 시간이다. 사물들은 시간적·공간적으로 서로 침투되고 서로 의존하면서 거리낌 없이 무한한 현상을 발생시킨다." 세계의 본체인 이치(법성, Dharmatā, Sein)와 세계의 현상인 사물(법, Dharma, Seiendes)은 서로 타자를 용납하고 서로 타자 속에 들어가기 때문에 차별이 없다. 개개의 사물현상들도 서로 뗄 수 없는 관계에 있으며 서로 방해하지 않는 관계에 놓여 있다. 구사론과 성실론은 현상의 차별만 보았고 삼론과 유식론은 본체의 평등만 보았다. 현상과 본체가 서로 통하여 작용하는 양상을 관찰해야 하고 더 나아가서 사물과 사물 사이에 맺어지는 상즉상입을 관찰해야 한다. 본체와 현상 사이에 모순이 없다면 현상과 현상 사이에도 모순이 없을 것이다. 본체가 절대라면 현상도 절대이고 현상이 절대라면 현상과 현상의 관계도 절대이다. 모든 사물현상에 절대적 이치가 내재되어 있다는 이러한 사유를 존재하는 모든 것은 합리적이라는 식으로 해석하면 안 된다. 본질과 현상이 다르다는 것은 현실인식의 기반이다. 의상은 현상과 본질의 차이를 무시한 것이 아니라 현상에 대해서나 본질에 대해서나 절대적 정성을 다하여 탐구해야 한다고 말한 것이다. 의상은 객관적 동일성을 말한 것이 아니고 공들임의 절대적 강도를 말한 것이다. 의상은 사물을 고찰할 때에 총상(전체)과 별상(부분), 동상(동일)과 이상(차이), 성상(긍정)과 괴상(부정)을 유기적으로 결합시켜 보아야 한다고 하였다. 집을 고찰한다면 먼저 집 전체의 설계를 보고 지붕·기둥·벽을 본다. 다음에 부분들이 그것을 위하여 협조하고 있는 동일한 목적을 보고 지붕·기둥·벽의 서로 다른 속성과 위치와 작용을 본다. 또 그다음에 개별적 부분들이 전일체를 형성하는 긍정적 관계를 보고 균형이 파괴되어 나갈 가능성 즉 부정적 관계를 본다. 사물현상의 대립관계를 내재적 연관성 안에서 고찰한다는 것은 상대성 속에서 절대성을 보고 절대성 속에서 상대성을 보는 인식방법을 말한다.

지엄의 제자 법장 현수(賢首)는 자기가 지은 글을 늘 의상에게 보내어 가르침을 청하였다. 현수는 당대 최고의 화엄경 연구가였다. 현수의 편지 속 의상에 대한 태도를 보면서 우리는 7세기 동아시아 화엄학 안에서 의상이 점유하고 있었던 위치를 짐작해 볼 수 있다.

서경 숭복사의 중 법장은 해동 신라 화엄법사 앞에 글을 드립니다. 한번 작별한 뒤로부터 20여 년에 사모하옵는 정성이 어찌 마음에서 떠나겠습니까. 구름만 자욱한 만 리 길, 바다와 육지가 천 겹으로 막혀 이 한 몸이 다시는 만나 뵐 수 없음이 한스럽습니다. 그리운 회포를 무엇이라고 다 말하리까. 전생에서 인연이 같았으므로 이생에서도 도를 같이하여 이 과보를 얻어서 함께 큰 도에 목욕하였으며 특히 돌아가신 스승으로부터 이 오묘한 경전을 배우게 되었습니다. 듣자옵건대 스님께서 고향으로 돌아가신 후 『화엄경』을 강연하여 진리를 선양하고 불국을 새롭게 하고 이익을 널리 퍼뜨리셨다 하니 기쁘기 한량없습니다. 이러므로 석가여래가 돌아가신 후 진리의 태양을 빛내고 법륜을 다시 돌려 불법을 오래 유지하게 한 분으로는 오직 법사가 있을 뿐이라는 것을 알았습니다. 법장은 정진하여 성공한 것이 없고 활동에서 볼 만한 것이 없으매 이 경전을 우러러 생각할 때에 돌아가신 선생님을 저버림이 되어 부끄럽습니다. 분수에 따라 전수해 가진 것을 버려둘 수도 없어서 이 공부에 희망을 걸고 오는 세상의 인연을 맺고자 할 뿐입니다. 다만 스님의 주해가 뜻은 풍부하나 글이 간략하여 뒷날 사람들이 뜻을 알기에 어려운 대목이 많으므로 스님이 하신 은미한 말씀과 오묘한 뜻을 기록하여 간신히 의기를 작성하였더니 근래에 승전법사가 베껴서 고향으로 돌아가서 그곳 사람들에게 전파하였사온바 스님께서는 좋고 나쁜 것을 자세히 검열해 보시고 다행히 깨우쳐 주시기를 간청하옵니다.

꼭 보고야 말 오는 세상에서는 이 몸을 버리고 새 몸을 받아 서로 노사나 앞에서 함께 지내면서 이와 같은 다함없이 오묘한 불법을 듣고 이와 같이 무한량한 보현의 발원을 공부하기를 삼가 바라옵니다. 혹 악업이 남아 하루아침에 지옥에 떨어지더라도 스님은 옛일을 잊지 마시고 윤회의 길 어디에서나 바른 길을 가르쳐 주시기를 삼가 바랍니다. 인편과 서신편이 있을 때마다 생사나 물어 주시기 바랍니다. 이만 사뢰나이다.

西京崇福寺僧法藏은 致書於海東新羅華嚴法師侍者하노라. 一從分別二十餘年일새 傾望之誠이 豈離心首리요, 加以煙雲萬里와 海陸千里에 恨此一身이 不復再面하니 抱懷戀戀을 夫何可言이릿가. 故로 由夙世同因과 今生同業으로 得於此報할새 俱沐大經하야 特蒙先師의 授玆奧典이라. 仰承하노니 上人歸鄉之後에 開演華嚴하고 宣揚法界의 無盡緣起와 重重帝網하야 新新佛國하고 利益弘廣하니 喜躍增深이니이다. 是知如來滅後에 光輝佛日하고 再轉法輪하야 令法久住者는 其唯法師矣니다. 藏은 進趣無成하고 周旋寡況하야 仰念玆典할새 愧荷先師니이다. 隨分受持를 不能捨離하고 希憑此業하며 用結來因호대 但以和尙章疏가 義豊文簡하야 致令後人으로 多難趣入할새 是以로 錄和尙의 微言妙旨하야 勒成義記니이다. 近因僧詮法師가 抄寫還鄉하야 傳之彼土러니 請上人은 詳檢臧否하고 幸示箴誨하소서. 伏願하노니 當當來世에 捨身受信하야 聽受如此無盡妙法하고 修行如此無量普賢願行하노이다. 儻餘惡業으로 一朝顚墮하면 伏希上人은 不遺宿昔하고 在諸趣中에 示以正道하고 人信之次에 時方存沒하소서. 不具하노이다.[3]

3   일연, 『원문현토 삼국유사』, 234-235쪽.

1.   구비전승

글자를 만들어 적기 이전에도 사람들은 놀이하고 노래하고 이야기하면서 언어예술을 즐겼다. 15세기에 한글을 만들어 기록하기 전에 한국어는 주로 입말로만 존재하였다. 5세기 말부터 중국 글자로 한국어 문장을 기록하는 표기체계를 만들었으나 널리 사용되지 못하였다. 고대와 중세의 한국 지식인들은 한국어 입말과 중국어 글말을 사용하는 이중언어 환경에서 생활하였다. 쓰고 읽는 글말 문학이 아니라 말하고 듣는 입말 예술을 구비전승이라고 한다. 글말 문학이나 입말 예술이나 언어예술에는 처음, 중간, 끝을 갖춘 말의 짜임새가 있어야 하고 말투(문체), 가락(운율), 말 꽃(비유)에서 오는 말의 즐거움이 있다. 한국의 구비전승을 대표하는 것은 무가와 신화, 전설과 민담 그리고 민요이다. 신석기시대 사람들은 사람들이 사는 공간과 신들이 사는 공간이 있다고 믿고 신들이 인간의 생활에 영향력을 가지고 있다고 생각했다. 그들은 사람의 힘으로는 어떻게 할 수 없는 불행을 신들의 도움으로 피할 수 있으며 무당의 춤과 노래가 신들을 움직일 수 있다고 생각했다. 특히 저승에 가서 잘 살려면 신들에게 잘 보여야 한다고 생각했다. 무당이 춤추고 노래하면서 신들에게 기도하는 것을 굿이라고 한다. 인간의 역사는 생활에서 가장 중요한 것은 인간의 노동이며 노동의 환경이 되는 자연과 사회를 인간의 힘으로 바꿀 수 있다고 생각하는 방향으로 전개되었다. 저승보다 이승이 더 중요하다는 생각이 퍼져 나가면서 무가는 민요로 바뀌었고 신화는 전설과 민담으로 바뀌었다. [한국정신문화연구원은 무가 376수, 전설과 민담 15,107편, 민요 6,187수를 수집하여 『한국구비문학대계』(1980-1988) 82권을 간행하였다.]

환인의 둘째 아들 환웅이 아래 세상에 마음을 두고 그 세상으로 내려가고 싶어 했다. 아버지가 아들의 뜻을 헤아려 내려다보니 삼위 태백이 사람들을 널리 유익하게 할 만하였다. 이에 하늘 도장 세 가지를 주어 내려가서 사람들을 다스리게 했다. 환웅이 무리 삼천 명을 이끌고 태백산 꼭대기 박달나무 아래에 내려와 이곳을 신시라 하였다. 그는 비와 구름과 바람을 거느리고 곡식, 목숨, 질병, 형벌, 선악 등 사람 세상에 필요한 삼백예순 일들을 맡아보며 사람들을 가르쳤다.

그때 곰과 범이 같은 굴에 살면서 늘 환웅에게 사람이 되게 해 달라고 빌었다. 어느 날 환웅이 쑥 한 줌과 마늘 스무 낱을 주고 "너희가 이것을 먹고 백 일 동안 햇빛을 보지 않으면 사람이 될 수 있다"라고 했다. 곰은 그대로 지켜서 21일 만에 사람이 되었으나 범은 그대로 지키지 못하여 사람이 되지 못했다. 웅녀가 박달나무 아래에 가서 아이를 낳게 해 달라고 빌었다. 환웅이 사람으로 몸을 바꾸어 가까이해서 아들을 낳으니 이름을 단군이라고 했다.[4]

단군 신화는 하늘과 땅과 사람으로 구성되며 땅은 동물계(곰, 범)와 식물계(쑥, 마늘, 박달나무)와 광물계(하늘 도장, 태백산)로 구성된다. 하늘과 땅과 사람은 각각 독립적인 존재가 아니라 상호관계의 연쇄를 이루는 하나의 요소로서만 존재할 수 있다. 신시(神市)는 하늘과 땅과 사람이 만나는 장소이고 쑥과 마늘은 동물을 사람으로 만드는, 다시 말하면 자연을 인간화하는 매개물이다. 단군 신화의 중심에는 선과 악이라는 문화적 가치가 있다. 선과 악이라는 문화적 가치는 생명과 질병과 형벌을 다스리는 사회적 가치가 된다. 단군 신화에서 선이란 세상을 널리 유익하게 하는 것(弘益人間)이다. 환웅은 하늘을 부정하고 인간 세상을 긍정하며 곰은 동물을 부정하고 인간 세상을 긍정한다. 사람이 되고 싶다(願化爲人)는 것은 쾌락원칙을 억압하고 현실원칙을 내면화하겠

---

4   일연, 『원문현토 삼국유사』, 2-3쪽.

다는 결단이다. 쑥과 마늘을 먹고 햇빛을 피하는 것은 상징적 거세이고 성년식이다. 환웅은 남자가 되고 곰은 여자가 되어 단군을 낳음으로서 아버지와 어머니와 아이가 형성하는 문화의 삼각형을 완성한다. 그러나 범은 인간 세상을 부정하고 동물성을 긍정한다. 문화가 본능의 억압에 근거한다면 문화를 쇄신하기 위해서는 문화를 부정하고 본능을 긍정할 수 있는 가능성을 보존해야 한다. 곰과 범은 전혀 다른 두 동물이 아니다. 그것들은 같은 굴에 살고 있었다. 곰과 범은 인간의 무의식에 존재하는 현실원칙과 쾌락원칙을 대표한다. 문화에는 쾌락원칙을 금지하려는 억압적 요소가 있다. 그러나 동물성이 고갈되면 문화도 동력을 상실한다. 한국문화에서 범은 무의식 속으로 들어가 산신이 된다. 서자(庶子)란 맏아들을 제외한 나머지 아들들(衆子)을 의미한다.[5] 큰아들은 안에 있고 안만 보지만 작은 아들은 안에 있으면서 밖을 본다. 그는 안과 밖을 다 볼 수 있다. 하늘에 있으면서 하늘만 보는 큰아들이 아니라 하늘에 있으면서 땅을 보고 끝내 땅으로 내려온 작은아들이 하늘과 땅과 사람의 연쇄를 완성한다. 큰아들은 아버지의 권위를 따르고 아버지의 권력을 계승하지만 작은아들은 아버지의 권위에서 벗어나 새로운 곳에서 새로운 역사를 시작한다. 하늘나라의 주인이 될 수 없었기 때문에 환웅은 땅으로 내려와 인간 세상의 주인이 된다. 인간의 역사는 노예의 윤리를 거부하고 새 땅을 찾아가는 모험의 과정이다. 환인(桓因)은 큰 말미 즉 궁극적 근거라는 의미이고 한국어로 하느님을 가리킨다. 인류 역사의 궁극적 근거는 예속의 부정에 있다. 하늘 도장(天符印)은 환웅이 무왕(巫王)이고 신인(神人)이고 인신(人神)이라는 증명서이다. 아버지에게 예속되지 않고 땅으로 내려와 자기의 세계를 창조한 환웅은 하늘 사람(人乃天)이 되고 무당 임금(巫王)이 된다.

고구려의 주몽 신화는 하느님의 아들 해모수가 세상에 내려와 물의 신 하백의 맏딸 유화를 유혹하여 함께 잤고 하백이 부모의 승낙을 받지 않고 남자

5   『儀禮譯註』, 李景林 · 王素玲 · 邵汉明 譯註, 長春: 吉林文史出版社, 1995, 266쪽.

와 잤다는 이유로 딸을 태백산 남쪽으로 귀양 보냈는데 햇빛이 유화(버들꽃)의 몸을 따라다니며 비추어 주몽을 잉태하게 했다는 이야기이다. 봄날 햇빛을 받아 물가의 버드나무에 새순이 돋아나는 것을 보고 고대의 한국인은 햇빛과 물의 결합이 생명의 기원이라고 생각했다. 단군 신화가 하늘과 땅과 사람으로 구성되어 있는 데 반하여 주몽 신화는 하늘과 물과 사람으로 구성되어 있다. 신라의 박혁거세 신화도 하늘과 물의 이야기이다. 양산 아래 있는 나정 우물가에 번갯불 같은 기운이 비쳐서 6부의 촌장들이 가 보니 흰 말이 한 마리 꿇어앉아 있다가 사람들을 보고 하늘로 올라갔다. 그곳에 있는 보랏빛 알을 깨뜨리니 사내아이가 그 안에서 나왔다. 아이를 동천 샘에서 씻겼다. 흰 말이 하늘에서 가지고 내려온 알을 우물가에서 주워 그 안에서 나온 아이를 샘물에 씻겼다는 것은 번갯불과 물의 결합이 생명의 기원이 된다는 이야기이다. 우물과 샘을 여자의 자궁으로 본다면 박혁거세 신화 역시 하늘과 물과 사람으로 구성되어 있다는 것을 알 수 있다.

　무가는 신들에게 기쁨을 드리려고 무당이 부르는 노래이다. 무가에는 신들의 거룩한 모습과 위대한 힘을 찬양하는 대목이 있고, 복을 비는 사람이 무당의 입을 빌려서 자신의 고통과 시련을 호소하는 대목이 있고 불행의 원인을 지적하는 권유를 수용하여 회개하면 복을 내려 주는 대목이 있다. 첫째 대목에서는 무당 자신의 목소리로 노래하고 둘째 대목에서는 복을 비는 사람의 목소리로 노래하고 셋째 대목에서는 신들의 목소리로 노래한다.

　대부분의 무가는 이야기를 담고 있는 서사무가이다. 서사무가 가운데 전국적인 분포를 보이는 것이 『창세가(創世歌)』와 『바리데기』이다. 무가에는 천지개벽 이야기도 들어 있지만, 하늘과 땅이 저절로 생겼다는 이야기이고 하늘과 땅을 하느님이 창조했다는 이야기는 아니다. 신들도 천지가 생성된 이후에 등장한다. 한국의 『창세가』는 천지 창조 이야기가 아니라 인간 세상을 어떤 신이 어떻게 지배하게 되었는가라는 질문에 대한 대답이다. 어떤 신이 세상을 다스리고 있었는데 다른 신이 이 세상을 차지하고 싶어 해서 두 신이

내기를 하게 되었다. 첫 번째 내기에서 애초의 신이 이겼고 두 번째 내기에서도 애초의 신이 이겼으나 세 번째 내기에서 다른 신이 속임수로 이겨서 세상을 차지하게 되었다. 속임수로 승리하여 쟁취한 신이 지배하는 세상이기 때문에 세상에는 악과 혼란이 그치지 않는 것이다. 정직한 사람들이 서로 존중하며 사는 세상이 올바른 세상인데 현실은 그렇지 못하다는 생각이 『창세가』의 주제이다.[6] 신의 이름을 미륵과 석가라고 한 것은 신흥하는 불교에게 밀려서 세력을 잃은 무교가 석가를 속임수로 세상을 차지한 신이라고 생각했기 때문일 것이다. 불경에 석가의 제자로서 미래불인 미륵이 석가에게 세상을 뺏긴 신으로 등장하는 것도 흥미로운 변조이다. 『바리데기』는 버림받은 일곱째 딸이 불사약을 구해 와서 병들어 죽은 아버지를 살려 낸다는 이야기이다. 딸만 일곱을 낳은 부모가 막내딸을 버렸다. 아버지가 병이 들어 딸들에게 불사약을 구해 달라고 부탁하나 모두 거절했는데 내다 버린 막내딸이 나타나 약수를 찾아 세상의 끝까지 간다. 약수가 있는 곳에 도착하여 약수지기와 결혼하여 아들 셋을 낳고 약수지기에게서 불사의 약수를 얻어 돌아와 아버지를 살려 낸다. 막내딸은 최초의 무당이 되었다. 부모가 살고 있는 인간 세상에서 불사의 약수가 있는 신선 세상으로 가려면 산을 넘고 강과 바다를 건너야 한다. 죽은 사람을 살릴 수 있는 무당의 능력은 고통스러운 수련의 결과라는 것이 『바리데기』의 주제이다.[7]

전설은 전승 대상에 따라 사물 이야기와 사람 이야기로 나누어진다. 그러나 전승 동기를 따져 보면 사물 이야기도 결국은 사람 이야기가 된다. 자연물이건 인공물이건 사물 이야기의 주인공은 사물이 아니라 사람이기 때문이다. 신라 35대 임금 경덕왕이 아버지 성덕왕의 명복을 빌기 위하여 큰 종을

---

6   『서사무가』 I, 서대석·박경신 역주, 한국고전문학전집 30, 고려대학교민족문화연구원, 1996, 17-30쪽.
7   『서사무가』 I, 212-312쪽.

만들려다가 완성하지 못하고 죽었다. 그의 아들 혜공왕이 770년에 그 종을 완성하여 경덕왕의 형 효성왕이 738년에 세운 봉덕사에 안치하였다.

봉덕사 종을 만드는 데 드는 비용을 기부받으려고 찾아온 승려에게 아기를 안고 있는 젊은 엄마가 "우리 집에는 재산이 없으니 바친다면 이 아이나 바칠까?"라고 말했다. 종을 만들었는데도 그 소리가 멀리 울려 퍼지지 않았다. 승려가 그 여인을 찾아가 부처님에게 아이를 바치겠다고 맹세하지 않았느냐고 따지고 아이를 데려와 쇳물에 넣어 종을 만드니 종에서 마치 어머니를 원망하는 것같이 에밀레라는 소리가 나왔다. 에밀레는 어머니 때문에라는 뜻이다. 이후로 사람들이 그 종을 에밀레종이라고 불렀다.[8]

실국시대에 채록된 이 전설은 봉덕사 종 이야기이지만 경망하게 말을 함부로 해서 자기 아이를 죽게 하는 어머니의 이야기이기도 하다. 사람을 이야기하는 전설은 대부분 상상으로 꾸며 낸 영웅의 이야기이고 실제로 생존했던 인물의 이야기인 경우에도 사실과 어긋나는 과장법이 사용된다. 고귀한 혈통을 지니고 태어난 영웅이 어려서 온갖 고난을 겪다가 특별한 스승을 만나 비범한 능력을 습득한 후 위기를 극복한다는 것이 사람을 이야기하는 전설의 일반적인 내용이다. 그러나 전국에 분포되어 있는 아기장수 전설은 파국으로 종결되는 이야기이다.

가난한 집에 한 아이가 태어났는데 잘 걷지 못하여 어머니가 늘 업고 다녔다. 아이를 업고 모를 심는데 어떤 사람이 나타나 몇 포기나 심었느냐고 물었다. 등

---

8 1925년 8월 5일 자 《매일신보》에 실린 염근수의 동화 「에밀레종」과 에밀레종 전설을 최초로 기록한 이 동화에 기초하여 현대극장과 성보악극대가 1943년에 합동으로 공연한 「에밀레종」(대본: 함세덕)을 요약하여 인용하였다. 함세덕, 『함세덕문학전집』 1, 노제운 편, 지식산업사, 1996, 476-553쪽.

에 업힌 아이가 논의 가로와 세로에 심은 벼 포기를 곱하여 대답했다. 아이가 어머니에게 앞산 바위에 자기를 숨겨 두고 곡식 낱알들을 그곳에 가져다 놓으라고 했다. 전에 와서 벼 포기의 수를 묻던 사람이 다른 사람들을 데리고 와서 아이의 행방을 물었다. 죽이겠다고 위협하니 어머니가 아이 있는 곳을 말했다. 그들이 앞산 바위에 가 보니 곡식 낱알들은 군사들이 되고 아이는 장수가 되어 말을 타고 나오려는 순간이었다. 마처 다 바뀌기 전에 사람들이 들이닥치자 군사들은 다시 낱알들이 되고 아이도 다시 걷지 못하는 장애아가 되어 그들의 손에 잡혀 죽었다. 말이 슬피 울다가 호수에 빠져 죽었다.[9]

뛰어난 능력을 지니고 가난한 집에서 태어난 아기장수가 못난 부모와 잔인한 사회 때문에 죽고 말았다는 이야기에는 하층민에게는 뛰어난 능력도 쓸데없으며 상류사회의 억압만 불러들일 뿐이라는 의미가 들어 있다. 아기장수 전설은 한편으로는 민중의 자기풍자이면서 또 한편으로는 민중의 사회비판이다.

민담은 신이나 영웅의 이야기가 아니라 보통 사람들의 이야기이다. 인물과 배경이 구체적으로 한정되어 있지 않아서 누구에게나, 어느 때나, 어느 곳에서나 일어날 수 있는 이야기라는 점에서 민담은 종족과 지역을 넘어 확산된다. 콩쥐팥쥐 이야기와 신데렐라 이야기처럼 비슷한 줄거리의 민담이 세계 곳곳에서 발견된다. 아르네와 톰슨은 세계의 민담을 유형별로 분류하여 번호를 붙였다. 민담에서는 만나면 결혼하고 도둑을 맞으면 도둑을 잡는다. 처음과 끝이 분명한 것이다. 시작과 끝 사이에 기적과 우연을 마음대로 섞어넣으며 흥미로운 사건을 만들어 넣음으로써 민담은 인류 공통의 흥미를 자극한다. 민담의 사건들은 사실에 맞지 않는 비합리적인 방법을 사용해서라도 선이 악을 이기고 진실이 거짓을 이기도록 구성된다. 한국 사람이 모두

---

9   『한국구비문학대계』 8집 9책, 한국정신문화연구원, 1980, 716쪽.

알고 있는 「나무꾼과 선녀」 이야기는 다음과 같다.

1. 나무꾼 총각이 사냥꾼을 속이고 사슴을 구해 주니 사슴은 선녀가 목욕하는 곳을 알려 준다. 나무꾼이 선녀의 날개옷을 숨기자 다른 선녀들은 하늘로 올라가고 선녀 하나가 지상에 남아 나무꾼과 결혼한다.
2. 아이 둘을 낳았을 때 나무꾼이 옷 숨긴 것을 고백하니 선녀는 옷을 입고 아이들을 두 팔로 안고 하늘로 올라간다(아이가 셋이 되면 다 안을 수 없어 올라가지 못했을 것이다). 슬퍼하는 나무꾼에게 선녀가 천마를 보낸다.
3. 어머니를 보고 싶어 하는 나무꾼에게 선녀는 천마를 타고 지상에 내려갔다가 닭이 울기 전에 돌아오라고 한다. 나무꾼이 어머니와 이야기하다가 시간을 넘기자 천마가 하늘로 돌아가 버린다. 나무꾼은 선녀와 아이들을 그리워하다가 수탉이 된다.

민요에는 노동민요와 유희민요가 있다. 이야기를 말하는 사람과 이야기에 귀를 기울이는 사람이 있어야 하는 전설이나 민담과 달리 민요는 누구나 일하면서 또는 놀이하면서 부를 수 있기 때문에 대부분의 경우에 노래를 하는 사람과 노래를 듣는 사람이 나누어져 있지 않다. 사람들은 농사를 지으며, 물고기를 잡으며, 물레를 돌리며 민요를 노래했다. 모심기 노래, 김매기 노래, 보리타작 노래, 방아 노래, 맷돌 갈기 노래, 베 짜기 노래는 전국에 고루 분포되어 있다. 남한에는 256개 시군구에 67,483개의 마을이 있는데 최상일은 32,484곳의 이장(里長)들에게 편지를 보내 민요 아는 사람을 알려 달라고 하여 904개 마을에서 민요 18,000곡을 모았다. MBC 라디오 민요 홈페이지 「우리의 소리를 찾아서」(www.urisori.co.kr)라는 웹사이트에서 그 민요들을 들을 수 있다. 구비전승에는 시대를 초월하는 성격이 있기 때문에 그것을 어느 시대에 귀속시키는 것은 곤란한 일이지만 구비전승 가운데에서도 신화와 무가는 고대적인 성격이 강하고 민담과 민요는 중세적인 특성이 강하다고 하겠다. 그러나 민담과 민요에도 중세문학과의 공통점뿐만 아니라 신석기시대에 발생하여 전근대 농업사회의 기층을 형성하는 고대문학의 흔적 또한 들어 있다고 할 수 있다.

에에에
한 톨 종자 싹이 나서
만 곱쟁이 열매 맺는
신기로운 이 농사는
하늘 땅의 조화로다[10]

칠산 바다에
고기도 많고
우리네 주머니
돈도 많다
이짝저짝
막걸리 장사야
한 잔을 먹어도
톡톡히 걸러라
연평 바다
들오는 조기
씨만 남기고
다 잡아 냈다[11]

10 www.urisori.co.kr, 경북 1016, 경북 예천군 모심는 소리 ― 아부레이수나.
11 www.urisori.co.kr, 충남 1109, 충남 태안군 고기 푸는 소리 ― 들어치기.

멸치야 갈치야 날 살려라
너는 죽고 나 좀 살자
우리 배가 다 실으니
만판 재미가 여기 있네
여보아라 동무들아
자주자주 퍼 실어라[12]

서 마지기 논배미가
반달만큼 남았으니
어서 바삐 심고서
각각 집에 돌아가세
각각 집에 돌아가서
이팝 보리밥 많이 먹고
신짝 같은 혀를 물고
쇠불알 같은 젖통 쥐고
북통 같은 배를 대고
마누라 궁둥이 배비작대면
새끼 농부 쑥 불거지니
이 같은 경사 또 있느냐[13]

저 건너 갈미봉에
비가 묻어 들어온다
우장을 허리에 둘러메고

12 www.urisori.co.kr, 전남 0901, 전남 신안군 고기 푸는 소리─술배소리.
13 김소운, 『조선구전민요집』, 도쿄: 다이이치쇼보, 1933, 130-131쪽.

논에 기음을 맬거나[14]

아침 먹이 찧어라
저녁 먹이 찧어라
우리 댁 아씨 흰떡 방아
네가 대신 찧어라
건넛집 처녀 보리방아
네가 대신 찧어라[15]

하나둘이 갈아도
열 스물이 가는 듯이
먼 데 사람 듣기 좋게
곁에 사람 보기 좋게
인삼 녹용 먹은 듯이
돌려주소 돌려주소[16]

응해야 어절시고
잘도 한다 응해야
단둘이만 응해야
하더라도 응해야
열쯤이나 응해야
하는 듯이 응해야

14   김소운, 『조선구전민요집』, 314쪽.
15   김소운, 『조선구전민요집』, 3쪽.
16   김소운, 『조선구전민요집』, 601쪽.

하여 주소 응해야
파종해서 응해야
그해 삼동 응해야
다 지나고 응해야
익년 이월 응해야
김을 매서 응해야
삼월 지나 응해야
사월 들 제 응해야
보리밭에 응해야
푸른 잎과 응해야
푸른 종자 응해야
죽은 듯이 응해야
변하여서 응해야
황색 되어 응해야
오뉴월에 응해야
베어 내어 응해야
어와 같이 응해야
타작해서 응해야
재어 놓고 응해야
삼동삼춘 응해야
양식하세 응해야
오월 농부 응해야
팔월 신선 응해야
어절시고 응해야[17]

---

17   김소운, 『조선구전민요집』, 321쪽.

하늘에다 베틀 걸고
구름 잡아 잉아 걸고
별을 잡아 무늬 놓고
째깍째깍 잘도 짠다
그 베 짜서 무엇 하나
우리 오빠 장가갈 제
가마 휘장 두를라네[18]

모시야 적삼 안섶 안에
연적 같은 저 젖 보소
담배씨만큼 보고 가소
많이 보면 병납니다[19]

달아 달아 밝은 달아
이태백이 놀던 달아
저기 저기 저 달 속에
계수나무 박혔으니
옥도끼로 찍어 내고
금도끼로 다듬어서
초가삼간 집을 짓고
양친부모 모셔다가
천년만년 살고지고
천년만년 살고지고[20]

18 김소운, 『조선구전민요집』, 137쪽.
19 김소운, 『조선구전민요집』, 268쪽.

2.

신라향가

  고구려어와 백제어가 문장 수준의 자료를 남기지 않았기 때문에 한국의 고대문학은 신라의 향가를 대상으로 하여 서술할 수밖에 없다. 신라의 향가 자료는 몇 개의 고대적 표현을 제외하면 대부분 중세 한국어 문법에 대응된다. 일부 어휘를 제외하면 중세 한국어에 대응되는 예들이 거의 전부라는 점에서 한국어의 통시적 연속성을 강조할 수 있다. 중국어와 한국어의 문장구조가 판이하였기 때문에 세 나라에서는 한자를 사용하였으나 입말과 글말이 일치하지 않았다. 한자의 소리와 뜻을 빌려서 한국어 문장을 기록하는 표기방법이 고구려에서 먼저 생겨나 신라에 전해졌다. 고대 한국어를 표기하는 문자체계를 향찰이라고 한다. 향찰은 한자의 소리와 뜻을 사용하여 한국어의 음과 단어와 문법요소를 표기하는 문자체계이다. 향찰(鄕札)이란 명칭은 중국 문자인 한자에 대하여 한국 문자 즉 국자(國字)라는 의미이다. 중국의 한자는 고대 동아시아의 공용 문자였기 때문에 한국과 일본은 각자 한자의 소리와 뜻을 이용하여 중국어 표기형식을 자국어 표기 형식으로 전환한 표기체계를 가지고 있었다.

  향찰에는 통일된 표기 원칙이 있었다. 한국어 소리를 그대로 한자의 소리에 따라 표기하거나 소리와 뜻을 결합하여 표기하는 것을 원칙으로 하고 특정한 어휘나 문법 요소는 일정한 한자로 정연하게 대응시키되 특별한 어휘는 특정한 한자로 고정시켰으며 제한된 글자로 한정하여 특정한 형태단위를

---

20   김소운, 『조선구전민요집』, 22쪽.

표기하였다. 주격 조사 '이'는 '伊' 또는 '是'로 표기하였는데 '伊'는 한자의 소리를 따른 것이고 '是'는 한자의 뜻을 따른 것이다. 동사 '두다'의 어간 '두'는 한자의 뜻을 따라 '置'로 적었다. 미래형 어미 'ㄹ'은 '尸'로 고정시켰고 속격 표시 'ㅅ'은 '叱'로 고정시켰다. 향찰에는 한국어의 문법 단위에 대한 고대인의 직관이 반영되어 있었다. 고대의 향찰이 한국어 문장을 한자로 기록한 표기체계라면 구결(口訣) 또는 입곁이라고 하던 중세의 이두는 중국어의 문장구조를 그대로 두고 그 사이에 한국어 조사와 부사와 동사 어미를 향찰식으로 기록하여 끼워 넣는 보조적 표기체계를 말한다.

고대인들은 농사가 잘되기를 기원하며 춤을 추고 노래를 불렀다. 농사에 가장 필요한 것은 우순풍조(雨順風調) 즉 좋은 날씨였다. 그들은 수재(水災)와 한재(旱災)를 무서워하였다. 춤과 노래는 그들이 치르는 종교의식의 일부였다. 일정한 율격을 반복하는 노래의 리듬에서 고대인은 일상 언어와 구별되는 주술의 효과를 발견하였다. 그들은 해와 달에, 비와 눈에, 강과 산에, 꽃과 나무에 신령이 있다고 믿었고 곰과 범, 벌과 나비, 말과 소, 새와 물고기에도 영혼이 있다고 믿었다. 고대인은 현대인보다 자연의 힘을 더 두려워하였다. 종교는 아마도 유령에 대한 공포에서 발생하였을 것이다. 짐승은 귀신을 무서워하지 않는다. 눈에 보이지 않는 것에 대하여 공포를 느끼는 데 인간의 특징이 있는지도 모른다. 보이는 자연과 보이지 않는 신령에 대한 공포에 떨면서도 인간은 공포에 압도되지 않고 불을 피우고 집을 세우고 무기와 농구를 만들었다. 그리고 사냥하다 다친 사람이나 눈이 잘 안 보이는 사람은 사냥이 잘되도록 돕는 그림을 그리거나 농사가 잘되도록 돕는 주문을 지어냈다. 그들은 옷에 무늬를 그려 넣듯이 말에도 무늬를 집어넣을 줄 알게 되었다. 오랜 빙하시대를 경험한 사람들에게 봄은 하나의 기적이었다. 그들은 봄이 또 올 것인지, 흙에서 싹이 다시 터 올라올 것인지 확신할 수 없었다. 그들은 아도니스와 오시리스의 시체를 땅에 뿌리고 봄이 오고 싹이 트기를 기도하였다. 모든 재생과 환생과 부활의 신화는 봄이 오고 죽은 땅이 소생하여 곡식을 생산한다는 계절의 순환에 근거하여 형성된 것이다. 그러므로 모든 노래는 두 차원을 가지고 있다. 민족어의 특성에 따라 서로 다른 형태로 나타나는 말의 무늬가 있고 민족어의 차이를 넘어서 동일한 유령들과 함께 노는 말의 마음이 있는 것이다. 규칙적 간격 또는 불규칙적 간격을 배치하는 말의 무늬가 시대에 따라 달라지고 고대적인 것을 기록하는 말의 마음도 장소에 따라 달라지지만 시가 고대적인 것을 현재 속에 작동시키는 주문이라는 사실에는 변함이 없다. 시는 지성과 논리를 잠재우고 감성과 상상을 흥분시키는 주문이다.

노래의 갈래를 사랑 노래인 연가와 죽음 노래인 비가와 기림 노래인 찬가(조국 찬가)/송가(영웅 송가)로 나눌 수 있다. 유령이 시의 중요한 구성원이라는 점에서 비가는 보편적인 장르라고 할 수 있다. 죽음의 신비 앞에서 시인은 삶의 경이를 확인한다. 누이의 죽음을 슬퍼하는 「제망매가」에서 월명사는 절망하지 않고 불멸의 광명 속에 들어서 있는 삶의 아름다움을 노래한다. 죽음의 신비가 삶의 신비로 바뀔 때 명상시가 나타나고 명상시를 일반적으로 확대하면 종교시가 된다. 명상시의 대표는 인간의 터전에 내재하는 신비를 명상하는 자연시이다. 신령의 거처인 땅에 대한 본능적 감정에서 신앙으로 가는 길은 멀지 않다. 자연시에서 날씨와 바다가 의인화되어 있듯이 종교시에서는 신령과 선악이 의인화되어 있다. 신의 모습을 보거나 삼매(三昧)를 느끼는 것은 사랑이나 죽음에 못지않은 강렬한 경험이다.

향가의 종교시들은 주로 불교의 정토종과 연관되어 있다. 인간은 누구나 사랑받고 이해받을 수 있는 환경에 대한 열망을 가지고 있다. 마음과 몸이 편안한 환경에서 살고 싶어 하지 않는 사람은 없다. 더 좋은 삶(better life)이란 관념은 인간을 움직이는 기본 동력이 된다. 인간은 언제 어디서나 무언가 모자란다는 느낌을 가지고 생활한다. 어딘가 잘못되어 있다는 느낌에서 완전히 자유로운 사람은 없다. 이 비어 있는 것, 잘못된 것, 모자란 것을 채우려는 활동이 인간의 삶이다. 더 좋은 삶을 더 많은 재산·건강·지식·기술이나 더 많은 권력·명성·애정·존경으로 정의할 수도 있을 것이다. 더 좋은 삶이 아니라 하나의 극한으로서 완전한 삶을 상정할 때 정토사상이 출현한다. 마르크스의 계급 없는 사회도 그것이 가능한 것인가라는 문제를 떠나서 그것에 비추어 현실의 차별과 소외를 평가함으로써 불공정한 현실을 개혁할 수 있게 하는 척도(극한)가 된다. 기독교에서 말하는 하느님의 나라나 불교에서 말하는 정토는 모든 사람이 행복하게 사는 나라이다. 우리는 그러한 나라가 『아미타경』에 기록되어 있듯이 "서방으로 수십억 불국토[十萬億佛土]를 지난 곳에" 있을 것이라고 상상해 볼 수 있다. 그러나 불교의 정토종은 정토를 수행에 가장 적합한 환경으로 규정한다. "아미타불의 나라에는 지옥, 아귀, 축생이라는 삼악취가 없다[彼佛國土無三惡道]." 그곳에 사는 사람들은 수행의 길에서 물러나는 일이 없다. "극락에 태어난 사람들은 나면서부터 불퇴의 능력[阿鞞跋致](avaivartika)을 가지고 있다." 일심으로 성실하게[一心不亂] 아미타불의 명호를 외우는 사람은 아미타불이 자신의 본성이고 정토가 자신의 마음이라는 것을 체험한다. 그들은 현재의 삶 속에서 정토를 발견한다. 수행자들은 언제 어디서나 이제 마음을 챙기고 삶이 지금 제공하는 경이를 향유하면서 미래를 두려워하지 않는다. 현재 정토를 체험하는 사람은 미래에도 그 순간에 정토를 발견할 수 있으리라는 믿음을 가지고 있기 때문이다. 수행자에게 정토는 지금 이 순간에 있고 이 순간 이외에는 아무 데도 없다. 아미타불의 도움을 받아 서방정토에 가서 살고 싶다는 소원은 이승과 저승을 구별하여 극락을 저승으로 옮겨 놓는 것이 아니라 지금 이 순간의 소원이 이승과 저승을 하나로 묶어 놓는 것이다. 『삼국유사』 제7 「감통」조에 광덕과 엄장의 이야기가 실려 있다. 이야기 끝에 노래가 한 수 들어 있는데 양주동이 그 노래의 이름을 「원왕생가(왕생을 원하는 노래)」라고 지었다.

　광덕은 분황사 서쪽 마을에서 짚신을 삼아 팔아 아내와 함께 살았고 엄장은 남악에 암자를 짓고 화전을 일구며 혼자 살았다. 서로 벗으로 지내면서 누구든 먼저 극락으로 가는 자는 서로 알려 주기로 했다. 어느 날 해거름에 붉은 노을이 서리고 소나무 그늘이 고요히 저무는데 창밖에서 "나는 극락으로 가네. 잘 있다가 자네도 나를 따라오게" 하는 소리가 들렸다. 이튿날 광덕의 처소로 가 보았더니 과연 그가 죽어 있었다. 부인과 함께 시체를 수습하여 장사를 치렀다. 일을 마치고 엄장이 광덕의 부인에게 "남편이 죽었으니 나하고 살지 않겠소?"라고 하였더니 "좋습니다"라고 대답했다. 한집에 살게 되어 밤에 잘 때에 정을 통하려 하자 부인이 창피해하면서 "그대가 극락을 구하는 것은 나무에 올라가 물고기를 구하는 것과 같습니다"라고 나무랐다. 엄장이 놀라서 "광덕과 이미 그렇게 지냈는데 내가 거리낄 것이 무엇이란 말이오?"라고 물었다. 여자가 말하기를 "남편이 나와 십여 년을 함께 살았으나 하룻밤도 한자리에서 잔 일이 없었습니다. 어찌 몸을 더럽혔겠습니까? 밤마다 단정히 앉아 아미타불을 염하면서 16관을 실천하고 관이 절정에 이르러 달빛이 집 안으로 들어오면 그 빛을 타고 앉아 가부좌를 했습니다. 이처럼 정성을 다했으니 어찌 극락에 가지 않았겠습니까?"라고 하였다. 엄장이 부끄럽고 무안해서 물러 나와 원효대사에게 가서 극락왕생의 요체를 간절히 청하였다. 원효가 삽관법(鍤觀法)을 만들어 가르치니 엄장이 일심으로 삽관법을 공부하여 광덕을 따라 극락으로 갈 수 있었다. "그 부인은 분황사의 여종으로 관음보살의 열아홉 가지 화신 가운데 하나였다. 광덕에게 일찍이 노래가 있었다[其婦, 乃芬皇寺之婢, 盖十九應身之一. 德嘗有歌云]."

죽어서 다시 태어날 서방정토를 소원한 엄장은 극락을 보지 못하였고 지금 현재의 한 순간 한 순간에 정성을 다한 광덕은 저절로 극락으로 갈 수 있었다는 것이 이야기의 핵심이다. 광덕은 짚신장수였고 엄장은 화전민이었다. 절에서 이들에게 양식을 대 주지 않았다는 것으로 미루어 이들은 중이라기보다는 절에서 가끔 불러 일을 시키는 사람들이었음을 알 수 있다. 빈한한 생활은 극락에 가는 일에 방해가 되지 않는다는 의미도 이 이야기 속에는 들어 있다. 『삼국유사』에는 하류사회의 신앙에 대한 기록이 적지 않다. 삶이 고통스러웠기 때문에 그들은 상류사회보다 더 절실하게 정토를 희망하였을 것이다. 고통을 느끼지 못하면 행복의 존재를 인식하지 못한다. 극락에도 어딘가에는 고통의 표시가 기록되어 있을 것이다. 정토는 고통이 없는 곳이 아니라 사랑으로 고통을 견딜 만한 것으로 변형할 수 있는 공간이다. 예나 이제나 상류사회는 돈에 의하여 지배된다. 적은 돈으로 살겠다는 결심을 실천하는 사람들은 돈이 수행을 방해하도록 방치하지 않는다. 그들에게 정토와 예토는 하나로 이어져 있다. 여기에 예토가 있고 저기에 정토가 있는 것이 아니라 예토와 정토가 하나의 세계 안에 동시에 존재한다. 광덕은 다른 세계에 대하여 상상한 것이 아니라 지금 있는 그 자리에서 정토를 체험한 것이다. 경덕왕 때에 진주의 신도 수십 인이 미타사를 세우고 만 일 동안 기도를 올렸다. 귀진의 집 여종 욱면이 주인을 따라 절에 가 마당에서 염불을 하였다. 주인이 분수를 모르는 짓이라고 생각하고 욱면을 미워하여 매일 곡식 두 섬씩을 찧게 하였다. 욱면은 초저녁에 이것을 다 찧어 놓고 절로 와서 염불을 하였다. 어느 날 하늘에서 욱면 낭자는 당에 들어와 염불하라는 소리가 들렸다. 절의 대중이 이 말을 듣고 여종을 당에 들어와 정진하게 하였다. 얼마 안되어 하늘음악이 서쪽으로부터 들려오면서 계집종이 대들보를 뚫고 솟아올라 서쪽 교외에 해골을 버리고 진신(眞身)으로 변해 천천히 극락으로 떠나갔다. 욱면뿐 아니라 우리 모두의 마음에는 아미타불이 임재한다. 하느님의 임재를 끊임없이 깨닫는 사람에게는 현재가 바로 정토이다. 참선하는 나의 진심이 법신이고 보시하는 나의 육신이 화신이고 염불하는 나의 정념(正念)이 보신이다. 원래는 비로자나불을 법신이라고 하고 아미타불을 보신이라고 하고 석가모니불을 화신이라고 하여 형상이 없는 법신과 보살의 눈에 보이는 보신과 중생도 볼 수 있는 화신을 구별하는 것이지만 부처님의 일심을 법신이라고 하고 부처님의 원행(願行)을 보신이라고 하고 부처님의 육신을 화신이라고 할 수도 있는 것이다. 인간은 이 순간을 철저하게 살아감으로써 현재를 영혼의 안식처로 만들 수 있다.

　『관무량수경』에는 극락을 관상하는 열여섯 가지 방법이 기록되어 있다. 그것은 바슐라르의 상상력 이론과 매우 흡사하다. 1. 해, 2. 물, 3. 땅, 4. 나무, 5. 호수, 6. 집, 7. 아미타불의 자리, 8. 아미타불의 형상, 9. 아미타불의 진신, 10. 관음보살, 11. 대세지보살, 12. 극락 전체[普觀], 13. 극락의 부분들[雜想觀], 14. 상품 수행, 15. 중품 수행, 16. 하품 수행의 순이다.

예를 들어 해를 통하여 극락을 관상하는 방법은 해의 모든 이미지를 하나하나 자세히 음미하면서 분노, 불안, 질투 같은 마음의 불길을 경험하고 저녁놀의 아름다움을 보면서 진정한 미래는 현재이고 약속의 땅은 이곳임을 경험하는 것이다. 현실 안에 정토적인 것들이 예토적인 것들보다 0.1퍼센트라도 더 많다는 믿음이 없다면 인간은 정상적인 삶을 영위하지 못한다. 악마적인 것에 압도될 때 나타나는 것이 온갖 형태의 정신 장애이다. 짚신장수 광덕은 아내와 함께 살면서도 지옥의 불길을 거의 다 잠재우고 극도로 가벼운 몸이 되어 달빛 위에 앉을 수 있게 되었다. 반면에 화전을 일구는 엄장은 혼자 사는데도 욕망의 불길에서 벗어날 수 없었다. 원효는 『관무량수경』에 나오는 16관법 대신에 농사에 쓰는 가래[鋪]를 통하여 극락을 관상하도록 가르친다. 삽관법이란 특별한 관상방법이 아니라 정토를 일상생활에서 경험하게 하기 위하여 호미나 가래 같은 농기구를 일종의 화두로 제시한 것이다. 하품 수행은 서방에 있는 정토에 가기 위하여 염불하는 것이고 중품 수행은 염불로써 일심불란의 정념을 체험하는 것이고 상품 수행은 정토와 일심이 하나라는 사실을 깨닫는 것이다. 같은 보살이라도 저만 앎이 조금이라도 남아 있는 보살과 저만 앎이 전혀 없는 보살이 구별된다. 환희지, 이구지(離垢地), 발광지, 염혜지(焰慧地), 난승지(難勝地), 현전지, 원행지(遠行地)는 저만 앎이 남아 있는 경지이고 부동지, 선혜지(善慧地), 법운지(法雲地)는 저만 앎이 없는 경지이다.

달님[月下] 이제[伊底亦]
서방(西方) 생각하며[念丁] 가십니까[去賜里遣]

무량수불(無量壽佛) 전에[前乃]

뉘우침[惱叱古音] 많이[多可支] 아뢰고자 합니다[白遺賜立]

다짐[誓音] 깊으신[深史隱] 임에게[尊衣希] 우러러[仰支]

두 손[兩手] 모아[集刀花乎] 사뢰어[白良]

가고파 가고파[願往生願往生]

애타는 사람[慕人] 있다[有如] 아뢰고자 합니다[白遺賜立]

아아[阿邪] 이 몸[此身] 버려두고[遺也置遺]

사십팔대원(四十八大願) 이루고자 합니다[成遺賜立]

「원왕생가」에서는 아미타불에게 기도하는 내용을 직접 표출하지 않고 달에게 고백하는 간접전달의 형식이 광덕의 심정을 더욱 절실하게 나타내고 있다. 왕생을 바라는 나의 원은 아미타불의 원과 겹쳐진다. 나는 끝없이 참회함으로써 죄로부터 해방되어 나의 몸을 자유롭게 하고자 노력한다. 죄를 덜어 내어 가벼워진 몸은 달빛 위에도 앉을 수 있다. 아미타불의 원이 완성되는 데 방해가 된다면 그렇게 가벼워진 몸조차도 버려두고 오직 마음 하나로 정토를 이룩하겠다는 광덕의 결심에는 진리를 위하여 자기를 희생하는 극기복례(克己復禮)의 정신이 살아 있다. 저만 앎이 없음을 진리라고 한다. 광덕은 참회의 극한에서 자기 몸을 버리고 진리를 얻었다. 『무량수경』에는 보살 시절에 아미타불이 다짐한 마흔여덟 가지 서원을 통하여 극락이 묘사되어 있다.

1. 삼악도가 없다.
2. 사람들이 다시는 삼악도에 떨어지지 않는다.
3. 사람들의 몸에서 광명이 난다.
4. 잘나고 못난 이가 따로 없다.
5. 전세까지 기억할 수 있다.

6. 세계를 통찰할 수 있다.

7. 부처님의 설법을 이해할 수 있다.

8. 중생의 마음을 알 수 있다.

9. 마음대로 어디든지 여행할 수 있다.

10. 번뇌를 다 끊는다.

11. 열반을 얻는다.

12. 부처님의 광명이 무량하다.

13. 부처님의 수명이 무한하다.

14. 수행자가 무수하다.

15. 중생이 장수한다.

16. 나쁜 사람이 없다.

17. 모든 부처님이 정토를 찬양한다.

18. 염불하는 모든 사람이 왕생한다.

19. 염불하면 죽을 때 선정에 들어 편안하다.

20. 정토를 흠모하면 정토에 태어난다.

21. 모두 대인의 상을 갖추고 있다.

22. 정토에 난 사람은 한 생만 지나면 부처가 된다.

23. 모든 부처님을 공양한다.

24. 공양할 것을 뜻대로 얻는다.

25. 진리를 설명할 수 있다.

26. 견고하고 분명하게 본다.

27. 사람들이 깨끗하고 아름답다.

28. 보리수나무를 인식한다.

29. 경전을 외고 풀이할 수 있다.

30. 지혜와 변재를 구비한다.

31. 국토가 청정하다.

32. 국토가 아름답다.

33. 마음과 몸이 유연하다.

34. 생사를 깨닫는다.

35. 여자도 왕생한다.

36. 늘 수행한다.

37. 신들도 염불하는 사람을 공경한다.

38. 바느질하지 않고 빨래하지 않는다.

39. 번뇌 없는 즐거움을 누린다.

40. 모든 불국토를 관찰한다.

41. 장애자도 왕생하면 온전한 몸이 된다.

42. 삼매에 든다.

43. 사람들이 친절하고 존귀하다.

44. 모든 공덕을 구비한다.

45. 모든 부처를 늘 만난다.

46. 부처님의 말씀을 수시로 듣는다.

47. 다시는 물러나지 않는다.

48. 생멸을 초월한다.

마흔여덟 가지라고 해도 법신과 정토와 중생의 셋이 중심이 되며 결국은 염불왕생 네 글자로 요약된다. 정토라는 극한개념을 설정하고 정토를 척도로 하여 우리의 예토(穢土)를 평가하고 측정함으로써 더 나은 삶을 실현하는 것이 정토종의 이념이다. 칭명염불(稱名念佛)은 선종의 화두처럼 마음을 산란하지 않게 하고 전도몽상(顚倒夢想)을 피하여 정신을 통일하는 정토종의 수행 방법이다. 원효는 『무량수경종요』에서 "예토와 정토는 본래 일심이요 생사와 열반도 둘이 아니다"라고 말했다. 『관무량수경』은 아들이 아버지와 어머니를 가두는 사건으로 시작된다. 마가타국의 태자 아사세가 제바달다의 꾀

임에 빠져 아버지 빈바사라왕을 가두고 음식을 주지 않았다. 어머니 위제희
부인이 깨끗이 목욕하고 꿀과 밀가루와 우유를 반죽하여 몸에 바르고 남몰
래 왕에게 가서 왕의 굶주림을 달래 주었다. 아사세가 그것을 알고 어머니
또한 가두었다. 부처님이 갇혀 있는 위제희 부인에게 설한 것이 『관무량수
경』이다. 그러나 이 경전의 끝까지 위제희 부인의 곤경은 해결되지 않는다.
부처님은 그녀에게 감옥 속에서 정토를 관상하는 방법을 가르쳐 줄 뿐, 감옥
에서 나올 수 있는 방법을 가르쳐 주지는 않는다. 지옥에 떨어진 사람도 2만
년이 지나면 지옥에서 나올 수 있게 한 것을 불교 민주주의라고 한다면 위제
희 부인을 감옥에 그대로 있게 한 것은 불교 리얼리즘이라고 할 만하다.

「원왕생가」보다 약 백 년 뒤인 760년경에 월명사의 「제망매가」가 나왔다.
사천왕사에 살았다고 하였으니 승려였던 것은 분명한데 경덕왕에게 "소승이
화랑의 무리에 속하여 안다는 것이 향가뿐이요 불교노래(범패)는 서투릅니
다"라고 말하는 것으로 보아 그는 승려가 된 지 얼마 안 되는 사람이었던 듯
하다. 그는 피리를 잘 불고 향가를 잘 지었다. 절 앞 큰길에서 피리를 불면 달
이 가다가 멈추었기 때문에 사람들이 그곳을 월명리라 하고 그를 월명사라
고 불렀다. 또 그의 향가는 하늘과 땅과 귀신을 감동시킬 만하였다. 신라 사
람들은 노래를 대단히 숭상해서 그도 이 때문에 유명해졌다. 그가 죽은 누이
를 위하여 재를 올리고 향가를 지어 제사를 지냈더니 갑자기 회오리바람이
일어나 종이돈을 불어서 서쪽으로 휘날려 가게 하였다.

생사의 갈림길은[生死路隱]

여기[此矣] 있으매[有阿米] 머뭇거리고[次肹伊遣]

나는[吾隱] 갑니다[去內如] 말도[辭叱都]

못[毛如] 이르고[云遣] 간 것이냐[去內尼叱古]

어느[於內] 가을[秋察] 이른[早隱] 바람에[風未]

여기저기[此矣彼矣] 떨어질[浮良落尸] 잎처럼[葉如]

한[一等隱] 가지에[枝良] 나고서도[出古]

가는[去奴隱] 곳[處] 모르는구나[毛冬乎丁]

아아[阿也] 아미타불 계신 곳에서[彌陀刹良] 만날 것 믿고[逢乎]

나[吾] 길[道] 닦으며[修良] 기다리겠다[待是古如]

　월명사는 자신의 죽음에 직면한 누이의 의식과 누이의 죽음에 직면한 그의 의식을 대비한다. 죽음에 대한 두 사람의 의식은 주저와 무지 이외에 다른 것이 아니다. 누이의 마음은 일심불란(一心不亂)이 아니라 전심산란(全心散亂)이고 그의 마음은 안심입명(安心立命)이 아니라 무지몽매(無知蒙昧)이다. 죽음에 대하여 아는 체할 수 있는 사람이 어디 있겠는가? 죽음을 받아들이고 죽음을 무릅쓰는 일은 인간에게 매우 어려운 일이다. 대부분의 경우에 죽음은 끔찍한 사고처럼 찾아온다. 죽음은 아무도 알 수 없는 사고이지만 누이의 죽음을 보고 저 또한 죽지 않을 수 없다는 준엄한 사실을 의식하면서 월명은 삶의 절대적이고 궁극적인 긴장을 경험하였을 것이다. 죽음은 인간의 유한성을 명확하게 드러내는 냉혹한 사실이기 때문이다. 죽음에 대한 무지를 자각하는 것은 자신의 유한성을 철저하게 반성하는 것이 되고 유한성에 대한 인식은 정토에 대한 희망으로 전환할 수 있다. 정토가 현재 속에서 작용하고 있듯이 죽음도 삶 속에서 작용하고 있다. 죽음이 삶 안에 있는 것이다. 생사의 갈림길에서 존재론적 문제를 경험한 월명사는 자신의 무지를 자각하고 그 문제의 해답을 아미타불이 계신 곳에서 발견하였다. 생과 사가 둘인 예토와 생과 사가 하나인 정토는 대립되는 것이지만 생에도 극진히 공을 들이고 사에도 극진히 공을 들임으로써 정토와 예토는 서로 통하여 작용할 수 있다. 정성껏 장사 지내고 정성껏 제사 지내고 잊지 않고 오래 기억하는 것이 모두 죽은 누이를 위하여 해야 할 일이다. 그러나 가장 중요한 일은 나 자신의 수행을 끝까지 계속하는 것이다. 누이의 죽음에 대해서도, 그리고 자신의 죽음에 대해서도 인간은 미확정의 중심이기 때문이다. 인간에게는 어느 것도 완전하게 결정된 것일 수 없다. 누이의 죽음은 불변의 사실이라 하겠으나 누이의 죽음이 지닌 의미는 나의 수행에 따라서 변화할 수 있다.

오다[來如] 오다[來如] 오다[來如]

오다[來如] 설움[哀反] 많아라[多羅]

설움[哀反] 많으이[多矣] 무리여[徒良]

공덕(功德) 닦으러[修叱加良] 오다[來如]

7세기 초엽에 영묘사에서 장륙삼존상을 빚을 때 경주 성중(城中)의 남녀들이 흙을 나르면서 부른 노래이다. 노래의 제목을 「풍요(風謠)」라고 하였는데 원래는 "넌지시 깨우치는 노래"라는 뜻이었으나 『시경』의 국풍에서 보듯이 풍요에는 "민간에 떠도는 노래"라는 뜻도 들어 있다. 예로부터 어진 임금은 민간에 떠도는 풍요를 통해 민심의 귀추를 알았다. 풍(風)은 잔치 노래인 소아, 대아나 제사 노래인 송(頌)과 단연 그 성격을 달리한다. 풍은 재즈처럼 하류사회에서 자연발생적으로 형성된 노래이다. 공자의 제자 자하(子夏)는 "풍은 바람이고 가르침이다. 바람이 불면 초목이 움직인다. 가르치면 사람이 변화한다"라고 했다. 주희는 "풍은 민간에서 웃고 울고 즐기고 하소연하며 부르는 노래이니 임금의 다스림의 어떠함에 따라 민중은 변화하며 변화하면 그 변화가 말로 나타나서 다시 다른 사람을 감동하게 한다. 마치 바람으로 인하여 물건이 움직여서 소리가 나나 그 소리가 다시 또한 물건을 움직이는 것과 같다"라고 하였다. 풍의 원뜻은 바람이나 차차 '빗댄다', '깨우친다' 등의 의미로 바뀌어서 각 지방의 풍기와 풍속을 보이는 노래를 가리키게 되었고 드디어 남녀 간의 연가를 포함하는 의미로 확대된 것이다. 일연에 의하면 13세기 말엽에도 "사람들이 방아를 찧거나 함께 일할 때 모두 이 노래를 부르는데 대개 이 때에 시작된 것이다[至今士人, 春相役, 作皆用之, 蓋始于此]." 1장 6척 즉 16척이면 거의 5미터에 가까운 크기이다. 삼존이란 아미타불과 그 오른쪽의 관음보살, 그 왼쪽의 대세지보살을 함께 일컫는 명칭이다. 관음보살(아발로키테슈바라)은 자비의 보살이고 대세지보살(大勢至菩薩: 마하스타마프랍타)은 지혜의 보살이다. 대세지라는 이름은 지혜의 능력이 무한하다는 것을 의미한다.

『삼국유사』에는 영묘사의 천왕상 및 전각(殿閣)의 기와와 천왕사 탑 아래 있는 팔부신장, 법림사의 주불(主佛) 삼존과 좌우 금강신(金剛神)이 양지의 작품이라고 기록되어 있다. 벽돌을 조각하여 작은 탑을 만들고 그 탑 안에 3천 개의 불상을 안치한 작품도 있다. 3천불이란 과거 장엄겁에 출현한 화광불에서 비사부불까지 천불, 현재 현겁에 출현한 구류손불에서 누지불까지 천불, 미래 성수겁에 출현할 일광불에서 수미상불까지 천불을 말한다. 그의 작품들 가운데 영묘사의 장륙삼존상, 법림사의 삼존불과 금강신과 삼천불 전탑(塼塔), 사천왕사의 팔부신장상이 현존한다. 그는 글씨를 잘 써서 영묘사와 법림사의 현판을 썼다고 한다. 그가 지팡이 끝에 자루를 하나 걸어 놓고 나무아미타불 하고 기도하면 지팡이가 스스로 시주들의 집을 방문하였다. 지팡이가 땅을 쳐서 소리를 내면 그 집에서 재를 올릴 비용을 담아 주었다. 자루가 차면 지팡이는 날아서 돌아왔다. 사람들은 그가 거주하는 절을 석장사(錫杖寺)라고 하였다. 석장사는 경상북도 월성군에 얼마 전까지도 있었다.

양지가 보기에 세상은 설움으로 가득 차 있었다. 현실에는 상처 없는 영혼이 없다. 고통은 인간의 운명이다. 어린애들은 삶의 단계마다 자살에 가까운 고통을 겪으며 어른이 된다. 어른에게도 쓸데없는 금기와 억압들, 의미 없는 차별이 끊임없이 부과된다. 세상은 서러운 곳이고 극락은 아름다운 곳이다. 예토와 정토를 하나로 묶어 주는 것이 공덕이다. 인생은 고해(苦海)라는 것을 누가 모르랴! 그러나 공덕은 그 괴로움의 바다를 건널 수 있게 하는 뗏목이 된다. "이 괴로운 세상에 무엇을 하러 왔는가?"라는 질문에 대하여 양지는 "보람 있는 일을 남기러 왔다"라고 대답하였다. 보람 있는 일에는 양지가 남긴 조각도 들어갈 수 있을 것이다. 정토가 아름다운 곳이라면 고통스러운 현실을 견디며 만들어 낸 양지의 아름다운 조각들은 예토에서 정토를 미리 보게 하는 정토의 비전이 된다. 조각들은 물론 양지의 작품이지만 성중의 남녀들은 양지가 불상을 만들 수 있도록 흙을 나르고 날라 온 흙을 으깨고 부수면서 창조적 활동에 참여하였다. 그들은 흙덩이가 아름다운 조각으로 변형되는 과정을 양지와 함께 체험하였다. 「풍요」는 돈을 바칠 수 없는 신도들이 일을 하며 부른 노래이다. 돈을 낸 사람의 이야기는 없고 돈이 없어 일을 한 사람들의 사연이 여태껏 남아 있다. 인간에게는 결단과 체념의 시간이 있고 노동과 휴식의 시간이 있다. 노동하지 않는 사람은 휴식의 의미를 알지 못하고 결단할 줄 모르는 사람은 체념의 가치를 알지 못한다. 진정한 의미에서 모든 노동은 공동작업이다. 노동이 없으면 우애도 없고 우애가 없으면 노동도 없다. 사람들이 나를 내세우면 나와 너, 나와 그/그것 사이에 경계선이 그어지지만 우리를 내세우면 친밀감이 경계심을 밖으로 밀어낸다. 불교란 인류를 우리로 화합하게 하려는 위대한 공동작업이다. 결국 보람 있는 일이란 흙을 나르는 성중 남녀들 사이의 노동과 우애이고 그들 사이에 교환되는 사랑과 빛이다. 아름다움은 보아서 즐거운 것이고 현실의 아름다움은 정토의 아름다움을 가리키는 암호이다.

8세기 초엽 성덕왕(재위 702-737) 시절에 순정공이 강릉태수로 부임해 가는 도중에 바닷가에서 점심을 먹었다. 그 곁에는 깎아지른 돌벼랑이 병풍처럼 바다를 두르고 있는데 그 높이는 천 길이나 되었고 그 꼭대기에 철쭉꽃이 가득 피어 있었다. 공의 부인 수로가 그것을 보고 주위 사람들에게 "누가 꽃을 꺾어다 줄 수 있겠느냐?"라고 했다. 종자들이 "사람이 발붙여 올라갈 데가 못 됩니다"라고 하면서 못 하겠다고 했다. 어떤 노인이 새끼 밴 암소를 끌고 지나가다가 부인의 말을 듣고 그 꽃을 꺾어다 바치고 또 노래를 지어 바쳤다. 그 노인이 어떤 사람인지는 아무도 알 수 없었다. 다시 이틀째 길을 가다 보니 바닷가에 정자가 있었다. 거기서 점심을 먹는데 갑자기 바다에서 용이 나타나 수로를 잡고 바다로 들어갔다. 순정공이 넘어지고 엎어지며 발을 굴렀으나 어쩔 도리가 없었다. 한 노인이 나타나 "여러 사람의 말은 쇠도 녹인다고 합니다. 바닷속 미물인들 어찌 여러 사람의 입을 두려워하지 않겠습니까? 사람들을 모아 바닷가에서 막대로 언덕을 두드리며 노래를 부르게 하면 부인을 볼 수 있을 것입니다"라고 했다. 그 말대로 했더니 용이 부인을 모시고 바다에서 나왔다. 우리는 순정공이 혼자 부인을 찾아가서 데려온 것이 아니라 노인의 충고를 따라 지방민과 함께 문제를 해결하였다는 점에 주의해야 한다. 수로를 빼앗아 물로 들어간 사건까지 포함하여 우리는 「바다노래」를 중앙과 지방의 관계로 읽을 수도 있을 것이다. 순정공이 부임하는 지방에도 해룡 같은 저항세력이 있고 노래를 해 준 지방민들 같은 협조세력이 있었다. 수로는 절세미인이었으므로 깊은 산이나 큰 강을 지날 적에 산신이나 해룡에게 붙들려 간 적이 여러 번이었다라는 말은 지방관이 가족을 데리고 부임하기 어려울 정도로 지방의 저항이 완강하였음을 보여 주는 것이라고 할 수 있다. 여러 사람이 부른 「바다노래[海歌詞]」는 다음과 같다.

거북아 거북아 수로를 내놓아라
남의 아낙 훔쳐 간 죄가 얼마나 크냐
네 만약 거역하고 내놓지 않는다면
그물로 잡아서 구워 먹겠다
龜乎龜乎出水路
掠人婦女罪何極
汝若傍逆不出獻
入網捕掠燔之喫

「바다노래」는 가야의 수로 임금을 맞이하는 노래와 비슷하다. 아홉 사람의 족장이 이삼백 명의 사람들을 데리고 구지봉 산마루에 올라 얼굴을 숨긴 무당의 지시에 따라 산봉우리의 흙 한 줌씩을 쥐고 춤을 추면서 노래를 불렀다.

거북아 거북아

머리를 보여라

보이지 않으면

구워서 먹겠다

龜何龜何

首其現也

若不現也

燔灼而喫也

　노래를 부르는 아홉 한(Khan)[九干]과 이삼백 명의 군중이 있고 수로 임금의
음성을 꾸며서 노래를 부르도록 지시하고 높은 데서 보랏빛 끈으로 황금알
여섯 개를 담은 상자를 드리우는 무당이 있으며 수로를 위시하여 여섯 가야
의 왕이 될 사람들이 있다. 머리를 드러낸다 또는 처음으로 나타난다는 의미
의 수로(首露)라는 이름에서 나왔을 이 노래는 나라의 우두머리와 거북의 머
리를 연상으로 연결하고 있다. 거북이 된 임금이므로 수로 임금은 위협적인
언사를 사용해도 무방한 대상이 된다. 나라의 우두머리인 수로는 7백 년 후
에 물길[水路]을 따라가며 꽃과 용을 만나는 아름다운 여자로 변하였다. 거북
은 임금의 제유가 아니라 여자를 빼앗으려는 용의 환유가 되었다.

　이름 모를 늙은이가 수로 부인에게 꽃을 꺾어 바쳤다. 그 꽃은 사람의 발
길이 닿지 못하는 벼랑 위에 피어 있었다. 우선 노인이 끌고 가는 새끼 밴 암
소는 진리를 상징하는 노자의 검은 암소[玄牝]라고 볼 수 있다. 내공이 강한 사
람은 보통 사람이 못 하는 일을 할 수 있다. 그리고 늙은이라는 말을 너무 심
각하게 받아들일 필요는 없을 것이다. 50년대만 해도 40이면 노인 축에 들었
고 1930년대의 《매일신문》을 보면 조선노인회 광고가 실려 있는데 노인회의
가입조건이 35세 이상으로 명시되어 있다. 대체로 그 나이쯤에 며느리를 들
였던 것이다. 수로가 가지고 싶어 한 꽃은 현실에 있는 꽃이라기보다는 아름

다움 그 자체일 것이다. 우리는 이 꽃을 법신이라고 할 수 있다. 인적이 닿을 수 없는 벼랑 위에 피어 있는 꽃은 쉽게 접근할 수는 없으나 현실의 꽃이라는 점에서 화신이라고 할 수 있다. 이 법신과 화신을 하나로 묶어 주는 것이 암소를 몰고 지나가는 노인으로서 우리는 이 노인을 보신(報身)이라고 할 수 있다.

검푸른[紫布] 바위[岩乎] 언저리에[过希]
잡은[執音乎] 손의[手] 암소를[母牛] 놓아두고[放教遣]
나를[吾肹] 아니[不喩] 허물하신다면[慚肹伊賜等]
꽃을[花肹] 꺾어[折叱可] 바치겠습니다[獻乎理音如]

아름다움은 본질적으로 정토의 특징이다. 그러나 예토에도 상대적인 아름다움이 가능하다. 병과 죄와 악은 벗어 버릴 수 없는 인간의 운명이기 때문에 현실 속에서 아름다움을 실현하려면 참회와 용서가 전제되어야 한다. 아름다움과 허물의 대립은 이해와 용서를 통하여 해소된다. 암소를 끌고 가는 것은 수행이면서 동시에 노동이다. 노인은 암소를 놓고 꽃을 꺾으러 벼랑을 올라간다. 아름다움을 추구하려면 잠시라도 노동의 세계에서 해방되어야 한다. 「바다노래」가 중앙과 지방의 대립에 근거한다면 「헌화가」는 천상과 지상의 대립에 근거한다. 수로의 아름다움이 세속의 미라면 수로가 갖고 싶어 하는 철쭉꽃은 극락의 미라고 할 수 있다. 노인의 행동에 의하여 세속의 미와 극락의 미가 통일된다. 수많은 허물에도 불구하고 인간은 현실에서 미를 추구하고 발견할 수 있는 신비로운 존재이다. 아름다움을 위하여 한 노인이 문득 죽음을 무릅쓰고 천 길 벼랑을 기어오른다. 어째서 노인이 할 수 있는 일을 종자들은 하지 못했을까? 미라는 것은 예나 이제나 쓸데가 아무 데도 없는 것이다. 실용에 사로잡혀 있는 종자들에게 아름다움은 위험을 무릅쓸 가치가 없는 것이다. 노인만이 암소를 놓고 잠시 노동에서 벗어나서 아름다움을 아름다움으로 받아들이고 아름다움을 위해 위험을 각오하는 결단을 내릴 수 있는 것이다. 욕정에 사로잡힌 자는 여자의 아름다움을 보지 못한다. 원효는 "정토와 예토가 비록 다르지만 본체를 달리하는 것은 아니다"라고 하였다. 원효에 의하면 사람의 생명이 의지하여 머무르는 곳이기 때문에 땅이라고 한 것이다. 예토와 정토는 본래 일심[穢土淨土本來一心]이며, 번뇌에 의하여 갈라진 것이니 청정한 마음은 예토에서도 정토를 볼 수 있다. 아미타불을 부르고 정토를 희구하는 것은 생사일여의 일심으로 돌아가려는 것이다. 원효는 "지옥에 태어나더라도 무루(無漏)의 정토 종자는 소멸하지 않는다[生邪落迦, 三無漏根本種子成就]"라고 하였다. 삼무루란 번뇌를 없애는 방법을 이해하고 확인하고 통달하는 세 가지 능력이 지옥에서도 성장한다는 것이다.

그러나 모든 사람이 서로 다투어 재산과 명성을 추구하는 인간의 현실이 지옥에 가까운 것은 부인할 수 없는 사실이다. 특히 병과 죄는 고해(苦海)의 기본 요소들이다. 병들거나 죄를 지었을 때 인간은 자기가 자기의 주인이 아니라는 사실을 절감하게 되고 자력(自力)의 무력함을 확인하게 된다. 경덕왕(재위 742-765) 때에 한기리에 희명(希明: 눈 뜨기를 바란다)이라는 여자가 살았다. 그녀에게는 아들이 있었는데 다섯 살에 갑자기 눈이 멀었다. 어느 날 이 불행한 어머니는 아들을 안고 분황사 왼쪽 전각의 북쪽 벽에 있는 관음보살의 초상화 앞으로 갔다. 아이에게 무릎을 꿇고 노래를 부르게 하고 그녀 또한 옆에서 간절한 마음으로 기도를 드렸더니 아이의 시력이 회복되었다.

　　무릎을[膝肹] 바로 하며[古召旀]

　　두 손바닥[二尸掌音] 모읍니다[毛乎支內良]

　　천수관음(千手觀音) 아래[前良中]

　　빌어 사뢸 말씀[祈以支白屋尸] 드립니다[置內乎多]

　　즈믄 손에[千隱手○叱] 즈믄 눈을[千隱目肹]

　　하나사[一等下叱] 놓고[放] 하나를[一等肹] 덜어[除惡支]

둘 다[二尸] 먼[萬隱] 제게[吾羅]

하나씩[一等沙隱] 주심으로[賜以] 꼭[古只] 낫게 하소서[內乎叱等邪]

아아[阿邪也] 내게[吾良] 남기어[遺知支] 주실[賜尸] 것은[等焉]

어디서라도[於多矣] 쓸 수 있는[用屋尸] 자비의[慈悲也] 뿌리이지요[根古]

관음보살은 중생의 삶을 보호하는 보살이다. 중생은 모두 무한한 고통을 받고 있다. 빈궁도 고통이고 소외도 고통이고 병도 고통이고 죄도 고통이다. 특히 우울증과 분열증 같은 정신질환의 고통은 무슨 말로도 설명할 수 없다. 누구라도 관음보살을 일심으로 부르면 관음보살은 그 음성을 듣고 그를 고통에서 건져 준다. 관음보살에 진심으로 의지하는 사람은 불에 들어가도 화상을 입지 않고 물에 들어가도 곧 얕은 곳을 찾는다. 야차나 나찰이 사람을 괴롭힐 때에도 관음보살의 이름을 부르면 악한 귀신들이 못된 짓을 할 수 없게 된다. 음욕이 많은 사람이 관음보살을 공경하면 욕정이 가라앉을 것이고 성 잘 내는 사람이 관음보살을 사모하면 분노가 소멸할 것이다. 관음보살은 대세지보살과 더불어 아미타불의 협시보살이므로 석굴암의 관음상에서 알 수 있듯이 관음신앙은 미타신앙과 함께 우리나라에 들어왔을 것이다. 진평왕 대에 이미 『법화경』의 「관세음보살보문품」을 송경(誦經)한 사실이 기록되어 있으니 580년경에는 신라에 관음신앙이 전래되었다고 추정할 수 있다. 관음보살이 거주하는 남해의 보타락가산을 이름으로 하여 670년에 의상이 창건한 낙산사는 우리나라의 대표적인 관음도량이다. 우주에 없는 곳이 없는 관음보살이 고통받는 사람이 있는 곳이면 언제 어디라도 나타나 소원을 들어주고 위난을 구제해 준다는 믿음은 정토신앙의 중심에 자리를 잡았다.

「도천수대비가」, 「도천수관음가」, 「맹아득안가」 등으로 부르는 이 노래는 전형적인 종교시이다. 예수도 장님을 보게 한 적이 있었다. 간절하게 기도할 때에 막혔던 기혈이 터져 병이 낫는 것은 상식으로 생각해도 불가능하다고 할 수 없다. 기도하는 것은 사랑하는 것이다. 기도의 힘과 사랑의 기적을 믿지 않으면 종교뿐 아니라 문학도 존립할 수 없게 된다. 갑자기 눈이 보이지 않게 된 아이는 고통 속에서 삶의 의미를 잃어버렸을 것이다. 그 아이는 관음보살 앞에서 노래를 부르면서 자기의 고통이 무의미한 것이 아니라는 것을 이해할 수 있게 되었을 것이다. 이 아이는 스스로 무엇을 꾀하려는 생각을 버리고 전적으로 자신을 관음보살에게 내맡김으로써 불안과 공포를 이겨 내고 편안한 마음을 가지게 되었을 것이다. 눈을 얻기 전에 아이는 어두운 무명 속에도 빛이 있다는 사실을 발견하였을 것이다. 현재 속에서 정토를 찾지 못하는 사람이 미래에 정토를 찾을 가능성은 전혀 없다.

신란(親鸞, 1173-1262)의 『탄니쇼(歎異抄)』는 내맡김과 타력(他力)의 철학을 극단적으로 추구한 저서이다. 신란에 의하면 죄업이 심중한 인간에게는 아미타불을 부르는 염불 이외에 다른 구원의 길이 없다.

저는 염불함으로 말미암아 지옥에 떨어진다 하더라도 결코 후회하지 않을 것입니다. 염불 이외의 수행으로 성불할 수 있었던 몸이 염불을 하다가 지옥에 떨어진다면 모르겠지만 어떠한 수행도 제대로 하지 못했으므로 지옥에 떨어지게 되어 있었던 몸이기 때문입니다.[21]

신란은 선한 사람은 왕생하고 악한 사람은 왕생하지 못한다는 주장에 대하여 자력신앙이라고 하여 격렬하게 반대하였다. "악인조차도 왕생하는데 하물며 선인이랴"라는 말에 반대하고 "선인조차도 왕생하는데 하물며 악인이랴"라는 말이 아미타불에게 전적으로 자신을 내맡기는 타력의 참뜻에 가깝다고 하였다. 윤리나 수행을 내세우는 순간에 그는 그의 자아라는 것에 붙잡히게 된다는 것이다. 세상에 생각대로 되는 것은 아무것도 없다. 업연(業緣)이 없으면 해치겠다고 마음먹어도 한 사람도 죽일 수 없으나 업연이 있으

---

21 신란, 『탄니쇼(歎異抄)』, 전대석 역, 경서원, 1997, 33쪽.

면 해치지 않겠다고 결심해도 수백 명을 죽이게 된다. 번뇌에 가득 찬 인간은 어떠한 수행을 하더라도 생사유전에서 해탈할 수 없다. 번뇌는 인간의 운명이므로 아무리 염불을 하더라도 환희행이 되지 못한다. 아미타불은 인간의 고통을 이해하고 남보다 크게 고통받는 악인과 여인과 맹인을 다른 사람들보다 더 불쌍하게 여긴다. 아미타불의 참뜻은 악인의 성불에 있다. 신란은 남을 도와주는 보시나 부모의 왕생을 비는 공양을 중요한 일로 여기지 않았다. 어떤 사람도 보시를 생각대로 끝까지 관철할 수 없으며 돌아가신 부모에 대해 할 수 있는 최대의 효도는 자기 자신의 왕생이라고 생각했기 때문이었다. 끝까지 관철할 수 있는 것은 염불뿐이라는 것이 그의 신념이었다. 신란은 선악판단을 아예 도외시하였다. 아미타불이 선 또는 악이라고 생각하는 것이 선과 악의 진정한 기준일 터인데 내가 아미타불의 경지에 있지 않으면서 어떻게 선악을 판단할 수 있겠느냐는 것이다. 신란은 타력과 자연을 꾀하지 않고 내맡긴다는 점에서 동일한 의미라고 보았다. "염불은 오직 부처님의 타력에 의지하는 것이다. 인간의 자력을 완전히 벗어나 있기 때문에 염불은 행도 아니고 선도 아니다."[22] 희명의 아들은 저만 앎이 전혀 없는 상태에서 관음보살께 노래를 불러 드렸다. 이러한 순수한 내맡김이 기적을 일으키지 못했다면 오히려 이상한 일이라고 해야 할 것이리라.

신라는 원래 귀족연맹체로 시작하였다. "다 사뢰고 다 말한다"라는 의미를 가진 화백(和白)이란 회의체에서 귀족대표들의 만장일치로 임금이 결정되었다. 안재홍은 다스린다는 말의 어원이 "다 사뢴다"에 있다고 해석하고 화백의 민주성을 지적하였다. 그러나 정치에는 말하게 하는 것 이외에 말한 것을 갈피 짓는 것도 필요한데, 안재홍은 이러한 점에 대해서는 말하지 않았다. 다 말하는 것이 신라 상대의 특징이라면 왕이 귀족들 위에서 정책을 결정하고 추진하는 것이 신라 중대의 특징이다. 신라 하대에는 귀족들의 왕위쟁탈

---

22   신란, 『탄니쇼(歎異抄)』, 46쪽.

전이 전면적인 혼란을 야기하였다. 진골의 신라가 끝나고 육두품의 고려가 시작된 것이다. 견훤에게 보내는 왕건의 편지를 최치원이 썼다는 사실은 시대의 담당층이 바뀌었음을 보여 주는 상징적인 사건이다.

향가 가운데는 신라 후기의 궁정사회를 배경으로 하는 노래들이 있다. 30대 문무왕, 31대 신문왕, 32대 효소왕, 33대 성덕왕, 34대 효성왕, 35대 경덕왕으로 이어지는 신라 중대에 다섯 편의 향가가 나왔다. 효소왕(재위 692-702) 때에 「모죽지랑가」, 효성왕(재위 737-742) 때에 「원가(怨歌)」, 경덕왕(재위 742-765) 때에 「도솔가」, 「안민가」, 「찬기파랑가」가 나왔는데 집중화와 분권화의 대립이라는 사회배경을 이해하지 못하면 알기 어려운 노래들이다. 38대 원성왕(재위 785-798) 때에 나온 「우적가」와 49대 헌강왕(재위 875-886) 때에 나온 「처용가」는 신라 하대의 혼란상을 배경으로 한 노래들이다. 50대 정강왕과 51대 진성여왕은 헌강왕의 동복동생들이고 52대 효공왕은 헌강왕의 아들이다. 이후 신라는 세 사람의 박씨 임금(신덕왕, 경명왕, 경애왕)을 거쳐 56대 경순왕(재위 927-935) 김부로 끝난다.

32대 효소왕 시대 죽지랑(竹旨郎, 죽만랑)의 무리에 급간 득오곡(得烏谷)이 풍류 황권(黃券)에 이름을 달아 놓고 날마다 나오더니 열흘이 되도록 보이지 않았다. 죽지랑은 득오곡의 어머니를 불러 아들이 어디 갔느냐고 물었다. 그의 어머니가 대답하기를, "당전(幢典)으로 있는 모량리의 아간(阿干) 익선이 우리 아들을 부산성(富山城) 군수품 관리자로 임명하였습니다. 그곳으로 서둘러 가기에 길이 바빠서 낭에게 하직 인사를 드릴 겨를이 없었습니다"라고 하였다. 죽지랑은 "그대 아들이 사사로운 일로 갔다면 구태여 찾아볼 것 없겠으나 이제 들으매 공무로 갔다 하니 찾아가서 음식 대접이라도 해야 하겠다" 하고는 곧 떡 한 그릇과 술 한 항아리를 하인에게 들려 가는데 화랑의 무리 137인이 위의를 갖추고 뒤를 따랐다. 부산성에 이르러 문지기에게 득오곡이 어디 있느냐고 물으니 지금 익선의 밭에서 전례대로 일을 하고 있다고 대답하였다. 죽지랑이 밭으로 가서 가지고 간 술과 떡으로 그를 대접하였다. 익선에게 말미를 청하여 곧 함께 돌아가려고 하였으나 익선은 기어코 못 보내겠다고 승낙하지 않았다. 출장 관속 간진이 추화군의 전세를 관리하였는데 능히 절약할 수 있는 조(租) 30석을 성안으로 나르다가 선비를 소중히 여기는 죽지랑의 풍격을 찬미하고 익선의 어둡고 막힌 태도를 더럽게 여겨서 가지고 있던 벼 30석을 주면서 부탁하였으나 익선은 승낙하지 않았다. 사지(舍知) 진절이 말안장을 주니 그제야 허락하였다. 조정의 화주(花主)가 그 말을 듣고 사람을 보내어 익선을 잡아 그 더럽고 추한 것을 씻어 주려고 하였다. 익선이 도망하여 숨어 버렸기 때문에 그의 아들을 붙들어 동짓달 극히 추운 날에 성안 못속에 넣고 씻겼더니 곧 얼어 죽었다. 왕이 이 말을 듣고 모량리 사람으로 벼슬하는 사람들을 모두 내쫓아서 다시는 관청에 발을 못 붙이게 하고 중이 될 수 없게 하며, 이미 중이 된 자는 큰 절에 들어가지 못하게 하였다. 또한 사(史)에게 분부하여 간진의 자손을 올려 대대로 평정호(枰定戶)의 장을 삼아 표창하였다. 당시 원측은 그 도덕이 동방에 고명하였으나 모량리 사람이었기 때문에 승직(僧職)을 주지 않았다.

죽지랑의 아버지는 술종공이었다. 술종공이 삭주 도독사가 되어 임지로 가려 할 때에 삼한에 병란이 있었기 때문에 기병 3천 명이 호위하였다. 일행이 급벌산군 죽지령(영주군 순흥면)에 이르러 한 처사가 나와 고갯길을 닦고 있는 것을 공이 보고 그 아름다운 풍모를 찬탄하였고 처사도 역시 술종공의 위엄 있는 태도에 감복하였다. 공이 임지에 부임한 후 한 달이 지나 꿈에 처사가 방에 들어오는 것을 보았다. 부인도 같은 꿈을 꾸었으므로 놀랍고 이상하게 여기어 사람을 시켜 처사의 안부를 물었다. 사람들이 처사가 죽은 지 여러 날이 지났다고 하므로 심부름하는 사람이 돌아와 그의 죽음을 고하였다. 그의 죽은 날은 바로 술종공이 꿈꾼 날과 같은 날이었다. 술종공은 "아마도 처사가 우리 집에 태어나려는가 보다"라고 생각하고 군사를 보내 고개 북쪽 봉우리에 그를 안장하고 돌미륵 하나를 무덤 앞에 세웠다. 술종공의 부인이 꿈꾼 날부터 태기가 있어 아이를 낳으니 고개 이름을 따서 죽지라고 하였다.

그는 자라서 부사령관이 되어 유신공과 더불어 삼한을 통일하고 진덕, 태종, 문무, 신문 4대에 걸쳐 재상을 역임하며 나라를 안정시켰다.

여러 해 전에 득오곡이 죽지랑을 사모하여 노래를 지었다.

간[去隱] 봄[春] 그리매[皆理米]

못[毛冬] 계시어[居叱沙] 울음 울[哭屋尸] 이[以] 시름[憂音]

아름다움[阿冬音] 나타내 주던[乃叱好支賜烏隱] 모습이[兒史]

햇수[年數] 지남에[就音] 떨어져 나갔구나[墮支行齊]

눈안개[目煙] 어리어 있을[廻於尸] 사이에야[七史伊衣]

만나기를[逢烏支] 어찌[惡知] 지으리오[作乎下是]

임이여[郎也] 그릴[慕理尸] 마음에[心未] 다닐[行乎尸] 길[道尸]

다북쑥 구렁에[蓬次叱巷中] 잘[宿尸] 밤[夜音] 있으리오[有叱下是]

「모죽지랑가」의 배경설화는 익선을 한편으로 하고 죽지, 득오곡, 간진, 진절, 화주, 왕을 다른 한편으로 하는 대립구조로 구성되어 있다. 신라시대 관직의 위계는 1. 이벌찬, 2. 이찬, 3. 잡찬, 4. 파진찬, 5. 대아찬은 진골만이 할 수 있는 자리였고 6. 아찬, 7. 일길찬, 8. 사찬, 9. 급벌찬은 육두품도 할 수 있는 자리였다. 죽지는 2등위 이찬이었고 익선은 6등위 아찬(아간)이었고 득오곡은 9등위 급벌찬(급간)이었고 진절은 13등위 사지였다. 6등위의 익선이 어떻게 2등위인 죽지의 청을 거절할 수 있었을까? 익선의 밭에서 관례대로 일하고 있다[今在益宣田, 隨例赴役]고 하였으니 지금의 예비역 훈련처럼 신라의 군인들도 제대 후에 매년 일정한 기간 그가 소속한 지역에 가서 군무를 담당해야 했던 것을 알 수 있다. 익선은 당전(幢典)이라 하였는데 당(幢)이란 부대의 군기로서 군대의 단위를 가리키는 것이니 당전은 군수기지의 사령관에 해당할 것이다. 익선은 법대로 득오곡을 창고지기로 소집하였으므로 고위직 죽지의 청을 거절할 수 있었다. 쌀 30석도 병참용으로 군수기지 창고로 들어가는 것이므로 익선 개인에게 주는 뇌물로 보기는 어려우나, 진절의 말안장은 익선 개인에게 가는 것이므로 뇌물이라고 할 수 있다. 익선에게 죄가 있다면 법대로 득오곡에게 일을 시킨 데 있지 않고 진절의 말안장을 받아 챙긴 데 있을 것이다. 그렇게 볼 때 아들을 얼려 죽이고 모량리 출신 관리들을 쫓아내는 것은 너무 심한 처벌이라고 하지 않을 수 없다. 왕과 화랑장[花主]은 모량리 전체를 반역의 땅[部曲]으로 선고하였다. 익선과 죽지의 대립은 왕권을 강화하려는 집중파와 왕권을 제한하려는 분권파의 대립을 나타내는 하나의 현상이었다. 익선의 뒤에는 귀족세력이 있었고 죽지의 뒤에는 왕과 화랑세력이 있었다. 부산성의 익선을 앞세운 귀족세력의 반역을 득오곡이 사전에 죽지에게 알려 집중파가 미리 손을 쓴 사건이 있었는지도 모른다.

효소왕은 여섯 살에 왕위에 올라 모후의 섭정을 받았다. 진골귀족들은 이 틈을 타서 왕권에 대항하였다. 효소왕 9년(700)에 이찬 경영이 반란을 일으켰고 중시(中侍) 순원이 이에 연루되어 파면되었는데 성덕왕 19년(720)에 순원의 딸이 왕비가 되었고 효성왕 3년(739)에 순원의 다른 딸이 왕비가 되었다. 반란에 연루되었으면서도 3대에 걸쳐 세력을 유지하였다는 것은 귀족의 세력이 왕도 어찌할 수 없을 정도로 강력하였다는 사실을 의미한다. 『신당서』「신라전」에 의하면 당시 신라의 재상집에는 남자 종이 3천 명이나 있었다고 한다. 중앙군을 아홉으로 나누고 지방군을 열로 나누어 9서당(誓幢) 10정(停)제로 군제를 개편한 것은 효소왕의 아버지 신문왕 때였다. 화랑은 대체로 중앙군에 편입되어 있었다. 화랑도는 법률로 명시된 국가기관이 아니었다. 구성원들 사이의 서약에 기초하여 조직된 단체로서 화랑은 진골이었고 하급귀족과 일반 평민이 모두 낭도가 될 수 있었다. 화랑도는 거의 모든 사회계층을 망라한 단체로서 엄격한 골품제를 완화하는 완충장치의 기능을 하였다. 집중파와 분권파의 대립은 중앙군과 지방군의 대립으로도 나타났다. 이 지방세력이 호족들과 연관되어 신라 하대의 혼란을 일으켰고 육두품세력이 정치의 전면에 등장하면서 고려가 건국되었던 것이다. 죽지는 진덕여왕 5년(651)

에 수상인 중시를 역임한 대표적 집중파였다.

「모죽지랑가」는 죽지가 죽은 후에 지은 노래이다. 득오곡(시로실)은 꽃과 새가 추운 겨울에 지난봄을 그리워하듯이 돌아간 죽지를 생각하고 통곡한 다. 죽지 같은 영웅도 세월의 힘을 막을 수 없었다. 그러나 득오곡은 눈물 어린 눈으로 슬퍼하는 것만으로는 부족하다는 것을 잘 알고 있다. 진정으로 임을 만날 수 있는 길은 잠자지 않고 열심히 나라를 위해 공들이는 것뿐임을 분명히 인식하고 있다. 노래의 마지막 행은 이 땅의 어디에 있더라도 편안함을 구하지 않으며 오로지 죽지랑의 발자취를 따라 나라 위해 일하려는 득오곡의 결의를 의미한다.

효성왕이 아직 왕위에 오르지 않았을 때 신충이라는 어진 선비와 바둑을 두면서 다음에 그대를 잊지 않을 것을 저 잣나무와 같이 하겠다고 하니 신충이 일어나서 절하였다. 몇 달 뒤에 왕이 즉위하여 공로 있는 신하들을 표창하는데 신충을 잊고 차례에 넣지 않았다. 신충이 원망스러워 노래를 지어 잣나무에 붙였더니 나무가 갑자기 누렇게 시들었다. 왕이 이상스럽게 여겨 알아보도록 하였다. 노래를 가져다 바치자 왕이 깜짝 놀라 "정사에 바빠 가깝게 지내던 사람을 잊었구나" 하고 곧 그를 불러 벼슬을 주니 잣나무가 소생하였다. 경덕왕 22년 계묘(763)에 신충이 두 친구와 서로 약속하고 벼슬을 그만두고 남악(지리산)으로 들어갔다. 왕이 불렀으나 가지 않고 중이 되었다. 그는 왕을 위하여 단속사를 세우고 그곳에 살면서 종신토록 속세를 떠나 왕의 복을 빌겠다고 청하여 왕의 허락을 받았다.

빛[物叱] 좋은[好支] 잣이[栢史]
가을에도[秋察尸] 아니[不冬] 이울어지는데[爾屋支墮米]
너[汝] 어디로[於多支] 가라고 하라[行齊敎] 하신[因隱]
우러러 뵙던[仰頓隱] 얼굴이[面矣] 변하신 것이구나[改衣賜乎隱冬矣也]
달 그림자[月羅理影支] 고인[古理因] 못[淵之叱]

흐르는[行尸] 물 아래[浪阿叱] 모래가[沙矣以] 머물듯이[支如支]

모습이야[皃史沙叱] 바라보나[望阿乃]

세상도[世理都] 참으로[○之叱逸] 어둡구나[烏隱苐也]

『삼국유사』「피은」의 "신충이 벼슬을 그만두다"조에 있는 이 기록과 유사한 내용이 『삼국사기』「신라본기」효성왕조에 있는데 여기서는 단속사를 세운 사람의 이름이 이순(李純)으로 기록되어 있다.

대나마 이순은 왕의 총애를 받는 신하였는데 하루아침에 갑자기 세속을 버리고 산으로 들어갔다. 왕이 여러 차례 불러도 나오지 않더니 머리를 깎고 중이 되어 왕을 위해 단속사를 세우고 그곳에서 살았다. 후에 왕이 풍악을 좋아한다는 소문을 듣고 궁궐 문에 나아가 간하였다. "옛날 걸과 주가 주색을 탐닉해 음탕한 쾌락을 그치지 않더니 이로 말미암아 정치가 문란해지고 국가가 패망했다 합니다. 엎어진 수레바퀴 자국이 앞에 있으니 뒤따르는 수레는 마땅히 경계해야 할 것입니다. 엎드려 바라옵건대 대왕께서는 허물을 고치고 거듭나시어 나라의 수명을 길게 하소서." 왕이 그 말을 듣고 감동하여 풍악을 그치게 하고 그를 내실로 불러 도리를 물었다. 주고받는 이야기가 세상 다스리는 방책에까지 미쳤는데 며칠이 되어서야 그쳤다.

신충은 효성왕 3년(739)에 중시가 되었다. 중시는 왕의 행정부서인 집사부의 우두머리를 말한다. 경덕왕 때 중시를 시중으로 바꾸었다. 신충은 분권과 귀족세력에 대항한 집중파로서 효성왕이 등극 초에 그를 임용하지 못한 것은 귀족세력의 반발 때문이었을 것이다. 그리고 후에 그가 단속사를 짓고 은거한 것은 역시 귀족세력에 밀려난 것일 듯하다. 단속사는 지리산 동쪽, 즉 경남 산청군 단성면에 있었다. 신충과 이순이 동일인인지 아닌지는 알 수 없으나 신충과 이순이 서로 다른 사람이라고 하더라도 그들이 함께 왕권을 강화하고 권력을 집중해야 한다고 생각했던 것은 분명하다. 경덕왕 22년(763)에 이순이 왕의 유락을 간쟁한 것은 풍악이 왕권을 강화하는 데 해롭다고 판단했기 때문일 것이다. 이순이 왕과 내실에서 며칠씩이나 이야기를 나눈 내용도 결국은 왕권 강화책 이외에 다른 것이 될 수 없을 것이다. 「원가」는 세 개의 이미지를 중심으로 전개된다.

1. 가을에도 시들지 않는 빛 좋은 잣나무
2. 달 그림자가 고여 있는 연못
3. 흐르는 물과 흐르지 않는 모래

신충에게 권력을 왕에게 집중하는 것은 자연의 자연스러움처럼 당연한 일이었다. 그러므로 그는 왕의 얼굴을 우러러보고 왕의 모습을 바라본다. 왕만 잘하면 나라가 잘된다는 것이 그의 신념이었기 때문이다. 그러나 귀족세력의 저항은 만만치 않았다. 왕의 얼굴은 변하고 세상은 어둡다. 그는 귀족들에게 휘둘리는 왕을 통하여 신라 하대의 혼란상을 예견하였다. 이러한 예측이 바로 그의 은거로 이어졌을 것이다.

경덕왕 19년 경자(760) 4월 초하룻날 해가 둘이 나타나서 열흘이 되도록 그대로 있었다. 천문 맡은 관리가 아뢰기를 인연이 닿는 중을 청하여 꽃 뿌리며 공덕을 들이면 액막이를 할 수 있다고 하였다. 조원전(朝元殿: 신라 왕궁의 정전. 당나라에서는 왕실이 이씨라고 하여 정전에 노자를 모시고 조원각이라 했다)에 단을 만들고 왕이 청양루(靑陽樓)에 거동하여 인연이 닿는 중을 기다렸다. 월명이 궁전 남쪽 밭둑길로 가는 것을 보고 불러 단에 올라 기도하라고 하였다. 월명이 "소승은 화랑의 무리에 속하여 아는 것이 향가뿐이고 불교노래는 익히지 못하였습니다"라고 했다. 왕은 이왕 인연 닿는 중을 만났으니 향가를 사용해도 무방하다고 했다.

오늘[今日] 여기[此矣] 꽃 흩어[散花] 노래하라[唱良]
나라님이 뽑으신[巴寶白乎隱] 화랑들아[花良] 너희들은[汝隱]

정직한[直等隱] 마음으로[心音矣] 목숨[命叱] 바쳐서[使以惡只]

미륵좌주이신 임금님[彌勒座主] 모시어라[陪立羅良]

    경덕왕은 관직과 군현의 명칭을 한자어로 바꾸고 불국사와 석굴암을 지었다. 왕의 권력이 귀족의 세력을 억제할 수 없었다면 이런 일들을 시행할 수 없었을 것이다. 『삼국사기』에 보면 혜공왕 2년(766)에 해 둘이 나타났고 문성왕 7년(845)에 해 셋이 나타났다고 기록되어 있다. 혜공왕 때에는 768년에 대공이 33일간 왕궁을 포위하였고 770년에 김융이 반란을 일으켰다. 왕은 끝내 780년에 김양상(선덕왕)의 손에 죽었다. 김양상은 혜공왕 10년(774)에 상대등이 되어 경덕왕이 고친 한자어 관직명을 17년 만에 모두 옛 명칭으로 다시 바꾸게 하였다. 문성왕 때에는 장보고(궁복)의 모반이 있었다. 경덕왕 19년(760) 여름 4월에 염상이 시중직에서 물러났고 혜공왕 11년(775) 가을 8월에 염상이 반역을 꾀하다가 처형당했다. 경덕왕 19년에 염상은 세 살밖에 안 된 건운을 태자로 책봉하는 데 반대하다 쫓겨났다고 볼 수 있다. 혜공왕은 여덟 살에 임금이 되었다. 염상은 왕권에 도전하는 분권파로서 경덕왕이 보기에는 권력 집중에 반대하는 세력의 존재 자체가 하늘에 해가 둘 있는 것과 같이 부자연스러운 일이었다. 경덕왕은 화랑 월명사를 불러 상의하였다. 월명사는 화랑으로서 화랑의 무리들에게 임금을 위하여 귀족세력에게 대항하라고 호소하였다. 충직하게 목숨을 바쳐 임금(미륵좌주)을 받들라는 「도솔가」는 일종의 반분권파 선언이라고 할 수 있다. 화랑들은 미륵을 화랑의 수호성인으로 믿었고 때로는 미륵이 화랑으로 현신한다고 여겼다. 전국의 화랑을 총괄하는 화주가 있고 그 위에 왕이 있으니 왕은 결국 미륵좌주가 되는 셈이다. 화랑 한 사람이 대체로 천 명의 낭도를 거느렸다. 전국의 화랑을 모으면 상당히 큰 군사력이 될 수 있었을 것이다. 조지훈은 「도솔가」를 치리가(治理歌)라고 하였다.[23] 우리말로 하면 다살노래가 된다. 『삼국사기』 「신라본기」 유리이사금 5년(28)조에 "이해 백성의 살림이 편안하여 처음으로 「도솔가」를 만들었다. 이것이 가악의 시작이다"라는 기록이 있다. 도솔가의 도솔은 미륵불이 거주하는 도솔천을 가리키는 말이 아니다. '다스리다'는 안재홍의 말대로 "다(和) 사뢰다(白)"에서 왔을 것이다. 화백이란 다 말하게 하고 갈피 짓는 것이라는 점에서 민주집중제의 원형이 된다고 할 수 있을 것이다. 꽃을 뿌리며 노래하는 것은 귀신들이 향기와 색채를 싫어하기 때문에 꽃으로 악귀를 쫓는 의식이다. 또 꽃을 뿌리면 그 자리에 부처가 와서 앉는다고 한다.

34대 효성왕의 아들 경덕왕은 24년 동안 나라를 다스렸는데 5악과 3산의 신령들이 때때로 대궐 마당에 나타나서 왕을 모셨다. 3월 삼짇날 왕이 귀정문(歸正門) 문루에 나와 앉아 측근에게 말하였다. "누가 길에 나가 굿을 인도할 중(榮服僧) 한 명을 데려올 수 없을까?" 깨끗하게 차려입은 중 한 명이 걸어오자 측근에 있는 사람들이 그를 데려왔다. 왕은 "내가 말한 중이란 저런 중이 아니다"라고 하고는 그를 물리쳤다. 누비옷을 입고 벗나무로 만든 통을 진 중이 남쪽에서 오니 왕이 기뻐하며 그를 문루로 맞아들였다. 왕이 그 통 속을 들여다보니 차 달이는 도구가 들어 있을 뿐이었다. 왕이 누구냐고 물으니 중이 충담이라고 대답하였다. 왕이 어디서 오는 길이냐고 물으니 중은 "소승이 3월 3일과 9월 9일에 남산 삼화령의 미륵세존께 차를 달여 올립니다. 지금 차를 올리고 막 돌아가는 길입니다"라고 대답하였다. 왕이 "내게도 차 한 잔을 마실 수 있는 연분이 있는가"라고 말하였다. 중이 차를 달여 바쳤는데 맛이 희한하고 이상한 향기가 코를 찌르는 듯하였다. 왕이 "대사의 「찬기파랑가」에 깊은 뜻이 있다고 하는데 과연 그러한가"라고 물으니 중이 그렇다고 대답하였다. 왕이 "그렇다면 나를 위하여 「안민가」를 지어 줄 수 있겠는가" 하고 청하였다. 중이 왕의 분부를 받고 즉석에서 노래를 지어 바쳤다. 왕이 노래를 칭찬하고 왕사로 봉하려 하였으나 중은 공손하게 절하면서 굳이 사양하고 받지 않았다.

---

23 조지훈, 『조지훈전집』 8, 나남출판, 1996, 51쪽.

임금은[君隱] 아버지야[父也]

신하는[臣焉] 사랑하실[愛賜尸] 어머니야[母史也]

백성은[民焉] 어린[狂尸恨] 아이라고[阿孩古] 하실지[爲賜尸知]

백성이[民是] 사랑을[愛尸] 알고녀[知古如]

나라의 굴대를[窟理叱大肹] 나면서부터[生以] 버티고 있는[支所音] 생명[物生]

이들을[此肹] 먹여서[喰惡支] 다스려라[治良羅]

이 땅을[此地肹] 버리고[捨遣只] 어디로[於冬是] 갈꼬[去於丁] 하게 한다면[爲尸知]

나라[國惡] 유지됨[支持以支] 알 것이다[知古如]

임금답게[君如] 신하답게[臣多支] 백성답게[民隱如] 할 것이면[爲乃尸等焉]

나라[國惡] 태평합니다[太平恨音叱如]

「도솔가」가 반분권파의 선언이라면 「안민가」는 집중파의 선언이라고 할수 있다. 임금을 아버지의 위치에 놓음으로써 불충과 불효를 하나로 묶어 왕에 대한 배반을 가장 나쁜 짓으로 규정할 수 있게 한 것이다. 신하들은 아내가 남편을 따르듯 임금에게 복종해야 하고 백성은 자식이 아버지에게 효도하듯 임금에게 순종해야 한다. 백성은 무슨 일이 있더라도 세금을 잘 바쳐야하고 아무리 어렵더라도 부역의 의무를 다해야 한다는 의미이다. 임금은 임금답고 관리는 관리답고 백성은 백성다워야 한다는 말은 결국 골품제의 견고한 유지를 주장한 것이다. 법흥왕 7년(520)에 요즈음의 형법, 민법, 형사소송법, 행정법 등을 합한 율령을 제정한 이래 신라의 골품제는 평민(양인)과 노예에 대한 지배체제를 공고히 하였다. 왕족을 대상으로 하는 골제(骨制)와 왕족이 아닌 귀족을 대상으로 하는 두품제(頭品制)로 구성된 골품제는 혈통에 따라 가옥의 크기와 의복의 빛깔과 수레의 장식 등 사회생활 전반의 특권과 제약을 규정하는 제도이다. 법흥왕 7년에 제정한 17관등이 골품제의 원형이되었다. 왕족은 원래 모두 진골이었는데, 26대 진평왕(재위 579-632)이 자신들의 집안을 일반 왕족들과 구별하기 위하여 성골을 설정하였다. 열여섯 살에서 쉰일곱 살에 이르는 양인 전부를 정(丁)으로 편성하고 성덕왕 21년(722)에는 정전(丁田)을 지급하여 조세체계를 확립하였다. 골품제는 고대의 법체계를 갖추고 시행되었던 것이다. 백성은 나면서부터 나라의 굴대를 버티고 있는 생산계급이다. 이들을 먹여서 다스리라는 말은 일하면 먹고살 수 있게 해줘야 한다는 뜻이다. 신라 사람들은 생산과 경제의 중요성을 심각하게 인식하고 있었다. "이 땅을 버리고 어디로 갈꼬?"라는 말은 현대에도 정치를 평가하는 척도가 될 수 있을 것이다. 백성들에게 나쁜 짓 하지 말고 열심히 일하라고 권유하는 「안민가」에 임금이 무엇을 해야 하는가에 대해서는 아무런 언급도 없다. 신하들에게는 백성을 사랑하고 백성을 먹여 줄 의무가 있다. 신하들은 임금과 백성을 매개하는 역할을 담당한다. 왕은 그의 존재 자체로 국가의 핵심을 구성하기 때문에 백성과 신하는 임금에 대하여 해야 할 의무를 가지고 있으나 임금은 아무에게도 책임질 의무를 가지고 있지 않다.

「찬기파랑가」는 다음과 같다.

오열[咽嗚] 그치며[爾處米] 나타나[露] 밝게 비친[曉邪隱] 달이[月羅理]

흰 구름[白雲音] 따라[逐于] 떠가는 것[浮去隱] 아닌가[安支下]

모래가[沙是] 펼쳐진[八陵隱] 물가에[汀理也中]

기파랑의[耆郎矣] 모습이[皃史] 있구나[是史藪邪]

일오천(逸烏川) 자갈에서[磧惡希] 임이여[郎也] 간직해 오신[持以支如賜烏隱]

마음의[心未] 그 끝을[際叱肹] 따라가고자 합니다[逐內良齊]

아아[阿也] 잣나무[栢史叱] 가지처럼[枝次] 높아[高支好]

서리[雪是] 모를[毛冬乃乎尸] 화랑이여[花判也]

하늘과 땅 사이에 사람이 있다. 하늘에는 구름과 달이 있고 땅에는 물과 모래와 자갈이 있다. 사람들 가운데 가장 훌륭한 사람은 기파랑이다. 비가 갠 하늘에 뜬 달을 울음 그치고 나타난 여자에 비유하였다. 세상에는 갖가지 고통이 있지만 인간은 그 고통을 견디고 보람 있는 일에 공을 들여야 한다. 그 것은 서리를 이기고 우뚝 솟은 잣나무와 같다. 시련에 굴복하지 않고 일에 헌신하는 기파랑은 모든 신라인의 사표이다. 기파랑은 자기 이익을 위하여 날뛰는 진골귀족들 사이에서 떨어져 나와 조용히 나라를 위해 정성을 바친 다. 기파랑을 따라 사는 사람은 행복하다. 삶이 비록 구름처럼 덧없는 것이 라 하더라도 바침과 섬김은 참된 뜻을 지닌다. 기파랑의 마음 끝을 좇는 것은 결코 덧없는 일이 될 수 없다. 헌신에는 늘 푸른 잣나무와 같은 항구성 과 영원성이 들어 있기 때문이다. 『장아함경』에 나오는 기파(耆婆)는 난치병 을 잘 고치는 의사이다. 지바(Jiva)라는 단어에는 목숨, 오래 삶 등의 의미가 있다. 기파랑은 혼란한 세상을 고쳐 줄 수 있는 시대의 의사로서 이 노래에 등장한다. 달은 원래 서방으로 가는 아미타불의 사자이다. 달이 정토를 향해 가는 것을 알면서도 충담은 짐짓 "그대는 흰 구름을 좇아가고 있는 것인가?" 라고 묻는다. 그는 달이 인류 소망의 종착지인 정토로 가는 것을 알고 있다. 그것은 기파랑이 추구하는 세계이기도 하다. 충담은 달의 마음이 되어서 질 문에 대답한다. "일오천 자갈에서 선정에 들어 기파랑이 예토를 정토로 바꾸 려고 헌신하고 있다네. 나도 기파랑이 희망하고 분투하는 그 목적지를 향하 여 힘껏 다가려 하네. 잣나무가 서리를 모르듯이 기파랑의 사랑은 꺼질 줄 모르는구료." 화판의 판(判)은 찬(湌) 또는 간(干)과 통하는 말로서 몽골어의 칸 (Khan)을 의미한다. 잡찬과 잡판과 소판이 같은 말이었고 파진찬과 파미간이 같은 말이었다. 화판은 화랑의 높임말이다.

　경덕왕의 생식기는 길이가 8촌이었다. 아들이 없었으므로 왕비를 폐하여 사량부인으로 봉하였다. 다음 왕비 만월부인의 시호는 경수태후요 의충 각 간의 딸이었다. 왕이 하루는 표훈에게 "내가 복이 없어 자식을 얻지 못하니 스님은 하느님께 청하여 아들을 낳게 해 주시오"라고 하였다. 표훈이 하늘 로 올라가 고하고 돌아와 말하기를 하느님의 말씀이 딸이면 될 수 있으나 아 들은 안 된다고 하더라고 하였다. 왕이 딸을 아들로 바꾸어 달라고 청하라고

하였다. 표훈이 다시 하늘로 올라가 사뢰니 아들을 낳으면 나라가 위태로워
질 것이라고 하고 "하늘과 인간세상 사이를 문란케 할 수는 없는 일인데 지
금 네가 이웃마을 다니듯 하늘을 왕래하며 하늘의 비밀을 누설하니 금후 다
시는 다니지 말도록 하라"라고 하였다. 표훈이 내려와 고하니 왕은 나라가
위태롭더라도 아들을 얻어 뒤를 이으면 좋겠다고 하였다. 만월왕후가 태자
를 낳으니 왕이 매우 기뻐하였다. 태자가 나이 여덟 살에 경덕왕이 죽어 즉
위하였다. 나이가 어려 태후가 조정에 나가 섭정하였으나 정치가 문란하여
도적이 벌 떼처럼 일어났다. 혜공왕은 원래 여자로서 남자가 되었기 때문에
언제나 여자들이 하는 장난을 하고 비단주머니 차기를 좋아하고 도사들과
놀기를 즐기었다. 나라가 크게 혼란스러워지고 결국은 선덕왕 김양상에게
살해되었다. 표훈이 죽은 후로 신라에 다시는 성인이 나지 않았다고 한다.

　중 영재는 성질이 익살스럽고 물욕에 얽매이지 않았으며 향가를 잘 지었
다. 늘그막에 남악에 들어가서 은거하고자 가던 차에 대현령(大峴嶺)에 이르
러 도적 60명을 만났다. 그들은 영재를 죽이려고 하였으나 영재는 칼날에 임
해서도 무서운 기색이 없이 태연하였다. 도적이 이상하게 생각하여 그의 이
름을 물었다. 영재라고 대답하니 도적들은 평소에 영재의 이름을 들었으므
로 노래를 지으라고 했다. 도적들이 노래의 뜻에 감동되어 비단 두 필을 선
사하였다. 영재가 웃으면서 "재물이 지옥의 장본이 된다는 것을 알기에 장차
깊은 산속으로 숨어들어 평생을 보내려고 하는데 어떻게 감히 그런 것을 받
을 수 있겠소" 하고는 비단을 땅에 던졌다. 도적들이 그 말에 감동하여 모두
칼을 풀고 창을 던졌다. 그들은 머리를 깎고 영재의 제자가 되어 함께 지리
산에 숨어 다시는 세상에 나오지 않았다. 영재는 거의 아흔 살이나 살았는데
그 시대는 38대 원성왕 때였다.

제 마음의[自矣心米] 모양이[兒史] 모질게 되려고 하는 날[毛達只將來呑隱日]

멀리[遠烏] 숨어[逸○○] 살아야 함을[過出] 알고[知遣]

이제는[今吞] 숲으로[藪未] 가겠소이다[去遺省如]

나쁜 짓 하고[但非乎] 숨은[隱焉] 파계주[破○主] 무섭고 사나워도[次弗○內於都]

돌이킬[還於尸] 밝음이여[朗也] 이 무기는[此兵物叱沙] 지나치오[過乎]

좋을 날이[好尸日] 샐 터이나[沙內乎呑尼]

아아[阿耶] 오직[唯只] 이 몸의[伊吾音之叱] 한스러운[恨隱] 선의 두덕은[善陵隱]

아직 아니[安攴] 좋은 집[尙宅] 되나이다[都乎隱以多]

「우적가」의 현장은 경북 청도군 대현령(한재)이다. 이 세상에서 영욕과 이해에 휩싸여 살다 보면 누구나 마음이 모질어진다. 영재는 마음을 원래의 모습 그대로 돌이키고자 산골로 들어간다. 그러나 도중에서 그는 나쁜 짓 하고 숨은 도적들을 만난다. 그들의 마음은 영재보다 더 삐뚤어져 있다. 아무리 무섭고 사나운 파계주라도 그 속에는 돌이킬 수 있는 밝음이 내재되어 있다. "이 무기는 지나치오"라는 지적에서 도적들은 창칼을 들고 설치는 자기들의 한심한 모습을 반성하게 된다. 그것은 악업을 선업으로 전환하는 개종의 순간이다. 영재는 도적들을 비판한 후 다시 비판의 방향을 자신으로 돌린다. 그러므로 이 노래는 비판의 대상이 "나-도적-나"로 변한다고 할 수 있다. 누구나 존재의 핵심에는 정토가 내재하고 있으나 자신이 수행한 선의 크기는 좋은 집에 살기에는 너무나 부족하다. 반성-비판-반성으로 구성되어 있는 이 노래는 중과 도적이 정토로 가는 길동무가 될 수 있다는 사실을 증명해 준다. 도적들은 어려운 시의 내용을 이해하고 중이 될 결단을 내렸다. 그들은 승려 영재의 말을 알아들을 만한 지식을 가지고 있었다. 박노준은 그들을 "산중에 피신해 있지 않으면 안 되었던 일단의 반체제 세력"[24]이라고 추정하였다. 그들은 분권파 귀족세력에게 권력투쟁에서 패배한 왕권강화파였을 것이다. 신라는 37대 선덕왕(재위 780-785) 때에 태종무열왕 김춘추로부터 시작

24　박노준, 『신라가요의 연구』, 열화당, 1982, 281쪽.

한 중대가 끝나고 하대로 들어섰다. 화백으로 대표되는 귀족회의체가 붕괴하고 국왕에게 권력이 집중된 것이 중대의 특징이라면 진골들의 연대의식이 약화되어 왕위계승 쟁탈전이 일반화된 것이 하대의 특징이다. 신라 하대는 귀족세력의 이합집산으로 신라가 무너져 가던 시기였다. 785년에 선덕왕이 후계자 없이 죽자 귀족들은 처음에 무열계인 김주원을 추대하려 하였다. 경주 북쪽 20리 되는 곳에 살던 김주원은 폭우 때문에 알천을 건너지 못하여 입궐하지 못하였다. 귀족들의 결정이 순식간에 바뀌어 내물계인 김경신(원성왕)을 추대하였다. 822년에 김주원의 아들 김헌창이 반란을 일으켰고, 825년에 김헌창의 아들 김범문이 반란을 일으켰다. 선덕왕 양상의 쿠데타로 왕의 혈통이 태종무열왕계에서 내물마립간계로 바뀌었다. 선덕왕 때로부터 귀족세력이 왕권집중파를 누르고 귀족연합체 통치시대에 들어섰다. 영재는 익살에 능했다. 골계는 결코 구도에 방해가 되는 것이 아니다. 골계에는 권력투쟁으로부터 거리를 취할 수 있게 하고 혼란한 시대의 한복판에서도 진리를 추구할 수 있게 하는 힘이 있다.

49대 헌강왕(재위 875-886) 시절 서울로부터 동해 어귀에 이르기까지 집들이 총총히 들어섰는데 초가집은 한 채도 없었고 길거리에는 음악소리가 그치지 않았으며 비바람이 사시에 순조로웠다. 왕이 개운포(開雲浦: 울산)에 갔다가 돌아오는 길에 바닷가에서 낮에 잠시 쉬던 중 구름과 안개가 자욱하게 끼어 졸지에 그만 길을 잃어버렸다. 왕이 이상하게 여겨서 신하들에게 까닭을 물었다. 천문을 맡은 관리가 이것은 동해용의 장난이니 좋은 일을 해 주면 풀릴 것이라고 말하였다. 관원에게 가까운 곳에 절을 세우라고 일렀다. 영을 내리자마자 구름이 걷히고 안개가 흩어졌다. 이로 인해서 이곳을 구름이 걷힌 포구(개운포)라고 이름 지었다. 동해용이 기뻐하여 곧 아들 일곱을 데리고 임금이 탄 수레 앞에 나타나 왕의 은덕을 찬양하면서 춤을 추고 음악을 연주하였다. 용의 아들 하나가 임금을 따라 서울로 들어와서 왕의 정치를 보좌하게 되었는데 그의 이름은 처용이었다. 왕이 아름다운 여자를 아내로 삼게 하고 그의 마음을 붙잡기 위하여 급간(級干)의 벼슬을 주었다. 그의 아내가 심히 아름다우니 역병 귀신이 그녀를 흠모하여 사람 모습을 하고 밤에 그 집에 가서 몰래 함께 잤다. 밖에 나갔다가 집에 들어와서 자리 속에 두 사람이 누운 것을 보고 처용은 노래를 부르고 춤을 추면서 그만 물러났다.

　　동경(東京) 밝게[明期] 달이라[月良]

　　밤 깊도록[夜入伊] 노닐다가[遊行如可]

　　들어서[入良沙] 잠자리[寢矣] 보니[見昆]

　　다리가[脚烏伊] 넷이어라[四是良羅]

　　둘은[二肹隱] 내 것인데[吾下於叱古]

　　둘은[二肹隱] 누구 것인고[誰支下焉古]

　　본디[本矣] 내 해다마는[吾下是如馬於隱]

　　빼앗는 것을[奪叱良乙] 어떻게 하리오[何如爲理古]

　귀신이 정체를 드러내어 처용의 앞에 무릎을 꿇고 "내가 당신의 아내를 탐내어 지금 그녀를 범하였는데도 당신은 노하지 않고 노래하니 감동하여 공경하지 않을 수 없었습니다. 이제부터는 당신의 얼굴을 그려 붙여 둔 그림만 보아도 그 문안에 들어가지 않겠습니다"라고 말하였다. 이후로 우리나라 사람들이 처용의 형상을 문에 그려 붙이어 화를 쫓고 복을 맞이하곤 하였다. 왕이 돌아온 후에 영취산(靈鷲山) 동쪽 등성이에 자리를 잡아 절을 지었다. 망해사(望海寺)라고도 하고 신방사(新房寺)라고도 하였으니 용을 위하여 세운 것이다.

　왕이 포석정에 나갔을 때 남산의 산신이 앞에 나타나 춤을 추었다. 측근에 있는 사람들은 보지 못하였는데 왕은 혼자서 그것을 보았다. 사람처럼 나타나 앞에서 춤을 추는 대로 왕도 스스로 춤을 추며 그것을 흉내 내어 보여 주었다. 귀신의 이름을 혹 상심(祥審)이라고 하므로 우리나라 사람들이 이 춤을 전하면서 어무상심(御舞祥審) 또는 어무산신(御舞山神)이라고 하였다. 어떤 사람이 말하기를 그 귀신이 나와서 춤을 출 때에 조각하는 사람에게 그 모양을 자세히 본떠서 새기게 하여 후세에 보였으므로 "자세히 본뜨는 춤[象審]"이라 하였다고 하고 또 어떤 사람은 말하기를 "흰 수염 춤[霜髥舞]"이라고 해야 하니 귀신의 형상이 그러하기 때문이라고 하였다. 왕이 금강령에 갔을 때에 북악의 귀신이 나와 춤을 추었다. 그 춤의 이름을 옥도검(玉刀鈐)이라고 하였다. 또 동례전(同禮殿)에서 연회할 때에 지신이 나와 춤을 추었다. 그 춤 이름을 지백(地伯) 급간(級干)의 춤이라고 하였다. 『어법집(語法集)』에는 이렇게 기록되어 있다. "그때 산신이 임금 앞에서 춤을 추면서 지리다도파(智理多都派)라고 노래하였다. 도파 따위의 말[都派等者]은 아마도 슬기[智]로써 나라를 다스리는[理] 사람들이 미리 사태를 알고[知] 모두[多] 달아나[逃] 도읍[都]이 파괴된다[破]는 의미일 것이다." 지신이나 산신들이 나라가 장차 망할 줄 알았기 때문에 일부러 춤을 추어 경고한 것인데, 사람들이 이것을 알아차리지 못하고 오히려 좋은 징조라고 여기어 유흥에만 탐닉하였기 때문에 끝내 나라가 망하고 말았던 것이다.

『삼국유사』에는 동해용, 남산신, 북악신, 지신이 나타난 것을 신라의 멸망을 알리는 흉조라고 보는 역사해석이 들어 있다. 헌강왕이 물러난 지 4년 후인 진성여왕 3년(889)에 "나라 안의 여러 주와 군들이 공물과 부세를 보내오지 않아 창고가 비고 나라 재정이 궁핍하였다. 왕이 사신들을 보내 독촉했더니 이로 말미암아 도처에서 도적들이 벌 떼처럼 일어났다"(『삼국사기』 권11, 「신라본기」). 진성여왕은 헌강왕의 누이였다. 당시에 경주 부근에는 왕궁에 비견되는 호화 저택이 서른다섯 채나 있었다. 귀족들 사이에는 동남아산 비취새 털, 중동산 에메랄드 장식품, 인도산 무소뿔 같은 고가의 사치품이 유행하였다. 귀족들의 사치와 낭비가 망국의 원인이 되었다. 용의 아들 처용과 지신이 급간의 직위를 받았다. 역신이란 역병(疫病) 즉 천연두나 급성 열병을 일으키는 귀신이다. 귀족들이 퇴폐적인 향락에 빠져 허덕이는 것을 역병에 걸린

데 비유한 것이다. 처용은 밤새 나가 놀다 새벽에 들어왔고 그의 아내는 처용이 밖에 있는 동안에 다른 남자를 불러들여 밤새 놀았다. 『삼국사기』 「신라본기」 헌강왕 5년(879)조에는 "봄 3월에 왕이 나라 동쪽의 주와 군을 순행했다. 어디에서 왔는지 알 수 없는 사람 넷이 왕 앞에 나와 노래하고 춤을 추었다. 그들의 형용이 해괴하고 옷차림도 괴이하여 당시 사람들은 산과 바다의 정령들이라고 여겼다"라는 기록이 있다. 옷차림이 야릇하다고 한 것을 보면 그들이 적어도 중국, 일본, 인도 사람은 아니라고 추측해도 무방하다. 정한숙은 『처용랑』(을유문화사, 1960)이란 소설에서 처용을 중동인으로 보았는데 옷차림으로 볼 때 외국인인 것은 분명한 사실이라고 할 수 있다. 처음에 헌강왕은 노래하고 춤추는 것이 재미있어서 그를 서울로 데리고 왔을 것이다. 그러나 차츰 다른 세계에 대한 그의 견문과 천문, 지리, 역법, 의학 등에 대한 그의 지식에 경탄하여 급간의 직위를 주었을 것이다. 그의 아내는 왕의 명령으로 내키지 않는 결혼을 했다고 생각된다. 좋아하지 않는 외국인 남자와 살면서 좋아하는 신라인 남자와 사통했다는 것은 이해하기 어려운 일이 아니다. 처용과 역신의 대립은 그것이 외국인과 신라인의 대립을 의미하는 한, 끝까지 갈 수 없는 투쟁이다. 처용(處容)이란 이름 자체가 관용으로 대처한다는 의미이다. 아내가 역신과 사통하는 것을 보고 처용은 가무로 관용의 의사를 표현한다. 역신은 처용의 관용에 감화되어 물러난다. 신라인은 죄와 병을 동일한 것으로 생각하였다. 간음도 일종의 병이라고 본 것이다. 쇠약하여 결딴난 시대에 처용은 외국인이었기 때문에 시대의 퇴폐를 남들보다 먼저 인식하고 체념과 관용으로 퇴폐에서 벗어날 수 있었다. 신라의 멸망은 피할 수 없는 사태였다. 필연을 필연으로 수용하는 관용은 총체적 퇴폐에 직면하여 인간이 선택할 수 있는 근원적 태도 가운데 하나가 될 수 있다. 로마의 멸망과 동독의 멸망 앞에서 개인이 체념과 관용 이외에 다른 선택을 할 수 있다고 생각하는 것은 헛된 공상에 지나지 않는다. 어쩔 수 없는 것에 대하여 체념하는 것은 어쩔 수 없는 것에 대하여 결단하는 것과 서로 통한다.

『만요슈』는 일본 최초의 시선집이다. 후대의 시선집들이 주로 궁중에 모인 사람들의 작품인 데 비하여『만요슈』에는 다양한 사회계급의 성원들이 작자로 기록되어 있으며 주제와 형식도 다양하다. 물론 수자리 사는 군인들이나 동쪽 변경의 백성들이 직접 지은 노래는 아마 아닐 것이고 궁정에서 행사시나 축시를 쓰는 시인들이 군인이나 농민의 이름으로 지은 노래일 것이지만 군인과 농민이 작자로 등장한다는 것 자체에 의미가 있다고 보아야 할 것이다. 거지가 지은 각설이 타령도 두 수 실려 있다. 임금을 위해 희생하는 사슴과 게를 노래한 내용인데, 시장에서 즉흥적으로 노래하는 민간 예능인의 작품일 것이다. 『만요슈』의 편찬배경은 645-646년의 다이카개신(大化改新)에까지 소급된다. 벼농사와 철기 사용은 큐슈에서 킨키(近畿)로 퍼졌고 전방후원분(前方後圓墳, keyhole shaped tombs)은 킨키에서 큐슈로 퍼져 나간 것으로 미루어 경제는 한국의 영향을 받은 지방에서부터 발전하기 시작했으나 정치체제는 킨키에서 확립되기 시작했다는 것을 알 수 있다. 692년에 논밭을 배분하는 규정이 제정되었고 701년에 위계와 복식에 대한 율령이 성립되었다. 당나라(618-907)는 일본에게 한편으로 개혁의 모델이 되었으나 다른 한편으로는 공포의 대상이 되었다. 일본은 당나라의 토지제도와 조세제도를 도입하였으나 660년에 당나라가 백제를 멸망시키자 170척의 전선(戰船)과 화살 10만 개, 27,000명의 군대를 파견하였고 663년에는 백제를 부흥시키기 위하여 금강 어구에서 당나라와 총력전을 펼쳤다. 『삼국사기』의 「백제본기」에는 전황이 다음과 같이 기록되어 있다. "유인궤 및 별장 두상과 부여륭은 수군과 군량수송선을 거느리고 웅진강으로부터 백강으로 가서 육군과 회동하여 함께 주류성으로 내달렸다. 왜인을 만나 네 번 싸워 모두 이기고 그들의 배 4백 척을 불사르니 연기와 화염이 하늘을 찌르고 바닷물이 붉게 물들었다." 전쟁에서 패배한 일본에게 세계화와 국제화는 당나라와 싸우기 위한 절망적인 실험이 되지 않을 수 없었다. 일본인들은 행정의 개혁만으로는 충분하지 않다는 것을 인식하고 있었다. 그들은 국제적 기준이 통하는 문화국가를 건설해야 한다고 생각했다. 중국의 백제정벌은 일본에 피란민의 홍수를 일으켰다. 중국문화로 교육받은 사람들이 일본에 들어와 상류계급의 가정교사가 되었다. 『만요슈』에 나오는 시인 야마노우에노 오쿠라(山上憶良)는 백제에서 도래한 사람이었다. 그의 시에 중국 서적의 인용이 많은 것을 보면 그가 한시문의 지식으로 인정받았다는 것을 미루어 짐작할 수 있다. 국제표준을 척도로 한 국가개혁은 일본문학을 민요에서 시가로 이행하게 하였다. 가키노모토노 히토마로(柿本人麻呂)는 누가 지었는지 모를 민요를 재료로 삼아 자기의 작품을 만들어 낸 시인이었다.

『만요슈』를 편찬하면서 일본인들은 한자를 일본어의 말소리를 기록하는 표음문자로 사용하였다. 중국 글자로 일본어 음운을 표기하는 어려움이 9세기에 일본 글자를 발명하게 하였다. 만요슈(萬葉集)란 "만대(萬代: 만요)에 길이 보존해야 할 시선집"이란 의미이다. 4,516수 가운데 4,000수는 와카(5-7-5-7-7)다. 3·4조가 반복되는 우리의 가사처럼 5·7조가 반복되는 장가가 260수인데 이 설화시들에는 서술 내용을 와카형식으로 요약하는 반가(反歌)가 붙어 있다. 5-7-7이 두 번 반복되는 6행 38음절의 세도카(旋頭歌)가 60수이고 그이외에 5-7-7로만 되어 있는 형식과 5-7-5의 뒤에 7-7-7이 오는 형식이 있다. 내용은 연가, 애가, 만가, 자연시, 여행시, 변새시(邊塞詩), 행사시 등으로 다양한데, 마쿠라코토바라는 고정된 수식어를 적절하게 삽입하는 것이 특징이다. 바닷가에 버려진 시체를 보고 쓴 시도 있고, 떨어진 벚꽃을 길가에 던져진 시체에 비유하는 시도 있다. 전체 20권 중 1권과 2권은 시가형식과 연대 순서에 따라 배열되어 있으나, 3권에는 비유가(譬喩歌)를 따로 끼워 넣었고 13권과 20권은 민요의 성격이 강한 작품을 모았으며 14권에는 동쪽 지방의 민요를 수록하였고 16권은 설화를 동반한 유연가(由緣歌)를 묶어 놓았다. 첫두 권은 왕명으로 편찬된 것이고 나머지는 편찬자들의 특정한 의도에 따라 편찬된 것이다. 1권은 시가를 잡가와 상문가(相聞歌)와 만가(輓歌)로 구분하였는데 잡가는 『문선』의 잡시를 따라 연가와 애가를 제외한 시들을 분류한 것이고 상문가는 여자가 쓰거나 여자에게 쓴 연가로서 불행하고 좌절된 사랑의 노래를 모은 것이며 만가는 황실의 가족이나 고위관리의 죽음을 애도한 공식적인 행사시를 모으면서 사적인 애가도 거두어 넣은 것이다.

『만요슈』[25]에 실린 시들을 4기로 나눌 수 있다. 제1기(629-672)는 정치적 격동의 시기로서 집단의 생활을 배경으로 한 시가로부터 개성의 자각을 표현하는 서정시로의 변화를 보여 주었다. 감동을 솔직하게 표현하는 소박한 작풍이 이 시기의 특징이다. 황실의 가인이 많이 활동하였는데 그중에도 여류시인 누카타노 오키미(額田王)의 시가 특별히 뛰어났다. 제2기(672-710)는 임신란부터 헤이조쿄(平城京) 천도까지로서 율령국가가 안정을 이루어 활기 있게 발전하는 시기였다. 전문적인 궁정가인들의 활약으로 와카의 형식이 완성되고 가키노모토노 히토마로에 의해 장가의 형식도 완성되었다. 표현기교가 화려해졌고 황실을 찬양하는 노래가 많이 나왔다. 제3기(710-733)는 중국문화가 대거 도입되어 지식인이 많이 배출된 나라조 전기이다. 초기의 소박한 작풍은 사라지고 섬세하고 세련된 작품이 주류를 이루었다. 야마노우에노 오쿠라, 오토모노 다비토(大伴旅人), 야마베노 아카히토(山部赤人), 다카하시노 무시마로(高橋虫麻呂) 등이 대표적 시인이다. 제4기(733-759)는 율령국가의 붕괴기로서 고독한 심정과 애상적 색채의 영탄조가 유행하였다. 와카 480수와 장가 46수를 남긴 오토모노 야카모치(大伴家持)가 이 시기의 대표적 시인이다. 『만요슈』는 유라쿠(雄略) 천황의 노래로 시작한다.

광주리도 예쁜 광주리 가지고, 호미도 예쁜 호미 가지고, 이 둔덕에서 나물 캐는 아기, 네 집이 어딘고 묻고저라. 일러다오. 야마토 나라는 모두 다 내가 거느리며 빠짐없이 죄다 내가 다스리도다. 나한테만은 일러다오, 집이랑 이름

---

25 김사엽, 『김사엽전집』 8-12, 박이정, 2004. 이하 『만요슈』 인용은 모두 이 책에 의존하고 작품
    번호를 밝혔다.

이랑.   (제1수)

　왕과 소녀의 결합을 암시하는 이 일인극은 소녀의 묵언을 통하여 소녀로
상징되는 토지와 임금의 일체화를 노래하고 있다. 아마 풍성한 수확을 기도
하는 연극의 한 장면일 것이다. 사이메이(齊明) 여왕은 중국의 공격으로부터
백제를 구하려고 함대를 보냈다. 그녀가 661년에 함대를 지휘하기 위해 큐슈
로 떠난 후에 여류시인 누카타노 오키미는 다음의 시를 지었다.

　　니기다쓰에서 배 타려고 달 뜨기를 기다리니, 바닷물도 알맞도다. 이제 배 저
　어 떠나자꾸나.   (제8수)

　그러나 백제와 일본은 당나라와 신라에게 철저하게 패배하였다. 사이메이
의 후계자 덴지(天智) 천황은 당나라의 공격에 대비하여 수도를 이전하였다.
누카타노 오키미는 덴지의 황후가 되었다. 천황이 사냥을 나갔을 때 그녀
는 "무라사키 들판 가득 파수꾼들이 다 보고 있어요, 당신이 손 흔드는 것을"
(제20수)이라고 뒤에 덴무(天武) 천황이 된 덴지의 아우 오아마노 미코(大海人皇
子)를 향해 노래를 읊었다. 황태자는 그 노래에 대하여 "무라사키 향내 나는
당신을 내 미워한다면 유부녀라는 걸 알면서 사랑을 하겠소"(제21수)라고 대
답하였다. 그 자리에 있던 사람들은 모두 그들의 풍류를 찬탄했을 것이다.
　가키노모토노 히토마로는 덴무의 황후, 지토(持統) 여왕 시대의 계관시인이
었다. 그의 시는 대개 "우리의 위대한 임금님, 여신이시여"라는 말로 시작된
다. 그는 여왕의 신성을 확신하였다. 그가 덴무의 아들 다케치(高市) 왕자를
추도하여 지은 만가(제199수)는 151행으로서 『만요슈』에서 가장 긴 시이다. 이
시에는 전쟁 장면이 생생하게 묘사되어 있다. 그러나 히토마로에게도 행사
시만이 아니라 내면의 심정을 그대로 토로한 시들이 있다.

나그네 길 머문 곳에 뉘 집 가장이 고향을 잊고서 누워 있는고, 가족들이 기다릴 터인데.

(제426수)

길가에 버려진 시체를 보고 그는 인간의 덧없는 운명을 한탄하고 아내의 보람 없는 기다림을 애처로워한다. 그에게는 아내의 죽음을 애도한 시도 있다.

가루의 길은 내 임의 마을이오매 자세히 좀 보고자 하나, 줄곧 가게 되면 남의 눈이 많을 거고 자주 가게 되면 남이 알 것이다. 나중 가서 만나리라 큰 배를 믿는 심정으로 만나지 아니하고 마음속에서만 그리워했더니, 하늘 지나 서쪽에 지는 해같이, 비추는 달이 구름에 숨듯, 한데 얼려 지낸 임이 낙엽 지듯 떠나갔다고 심부름꾼이 와서 이르므로, 그 말 듣자 무어라 말하며 어찌할 바를 몰라, 기별만을 듣고서 잠자코 있들 못해 그리운 맘 천분지 일이나마 달랠까 하여, 내 임이 언제나 나아가서 보고 있었던 가루 저자에 나도 나가, 우뚝 서서 귀를 기울이나 임의 소리 아니 들리고 길 가는 사람들 한 사람도 닮은 인 없어, 하릴없이 임의 이름 부르며 소매를 흔들었다네.

(제207수)

이름을 부르고 소매를 흔드는 것은 혼을 부르는 의식[招魂]이다. 큰 배는 믿음의 상징으로 쓰이는 고정된 명사이다. 이 시에는 밤에만 찾아가고 결혼을 비밀로 하던 당시 귀족들의 풍속이 나타나 있다. 『만요슈』 10권에는 "딩굴며, 사랑에 괴로워, 죽는 일이 있다 한들, 똑똑히 빛에다 드러내어 남에게 알려지지는 않으리, 도라지꽃처럼은"(제2274수)이라는 시가 실려 있다. 『만요슈』에 나타나는 은밀한 사랑(secret love)의 테마는 현대의 한국인에게 가장 이해하기 어려운 사건일 것이다.

야마노우에노 오쿠라는 663년 하쿠스키노에(白村江)의 패배를 겪고 세 살 때 아버지와 함께 백제에서 일본으로 들어왔다. 아버지에게 한문과 한학을 배우고 불경의 필경으로 생계를 꾸려 가다가 701년 제7차 견당사의 일원으로 선발되었다. 5천 명이 당나라에 갔으나 35명만 장안에 들어가도록 허가를 받을 수 있었다. 그는 707년에 귀국하여 721년에 황태자의 가정교사가 되었다. 그는 중국에서 "자아 여보게들 어서 야마토로 돌아가세. 오토모 미쓰에 물가 솔이 기다리겠지"(제63수)라는 시를 지었다. 견당사는 630년에 시작되었다. 701년에 일본은 백제가 망한 후 첫 번째 견당사를 파견하였다. 894년에는 제18차 견당사 파견이 계획되었다가 취소되었다. 그 후로 일본은 중국에서 배울 것은 다 배웠다고 생각하고 중국 유학을 권장하지 않았다. 야마노우에노 오쿠라의 시는 일본에서는 매우 드물게 유학사상에 바탕을 두고 있다.

어버이를 보면는 높으지, 처자를 보면는 귀엽고 사랑스럽지, 이 세상은 그런 것이 도리일세. 이 세상이란 빠져나갈 수는 없는 것이고 보매, 끈끈이에 걸린 새처럼 빠져나가진 못하지. 찢어진 신을 벗어던지듯 세상에서 빠져나가려는 사람은, 바위나 나무에서 태어난 인간이란 말인가, 이름을 말해 보렴, 만일 그대가 하늘에라도 간다면 멋대로 해도 좋으나, 이대로 땅 위에 있다면, 임금님 계시는 이 빛나는 일월(日月) 아래는, 구름 흐르는 하늘 끝까지 임금님이 다스리는 뛰어난 나라라네. 아무튼 맘대로 하여도 좋다마는, 내가 말한 그대로가 아닌가, 세상의 이치란 것이. (제800수)

표현을 아름답게 다듬으려고 하지 않는 것이 야마노우에노 오쿠라의 특징이다. 오토모노 다비토는 큐슈에 있던 다자이후(大宰府)의 사령관이었다. 그는 죽림칠현의 영향을 받았다. 그에게는 13수의 술노래가 있다. "매화가 꿈에 이르기를 나는 풍류 있는 꽃이니 부디 술잔에 띄워 다오"(제852수). 야마베노 아카히토의 시에도 현실도피적 색조가 있다. "봄 들에 제비꽃 뜨러 갔다가, 들판이 너무나 반가워서, 하룻밤 자고야 말았네"(제1424수). 아카히토가 실제로 들판에서 잤다는 말은 아닐 것이다. 여기 나오는 들판은 여자들이 몸을 파는 장소를 암시하는 단어일 것이다. 오토모노 다비토의 아들 오토모노

야카모치는 『만요슈』 마지막 네 권의 편찬자이다. 그는 757년에 사형을 당했다. 야카모치는 오토모 일가가 후지와라에 의하여 몰락하리라는 것을 알고 있었다. 몰락과 패배를 예상하면서 쓴 시의 주조는 멜랑콜리 이외의 다른 것일 수 없다.

『일본서기』(東京: 岩波書店, 1995) 스진(崇神) 천황 65년 가을 7월조에는 "임나(任那) 지방에서 소나갈질지(蘇那曷叱知)를 보내어 조공을 바쳤다. 임나는 쓰쿠시(筑紫)에서 바다를 격하여 북쪽으로 2천여 리 떨어져 있다. 그것은 계림의 서남쪽에 있다"라는 기록이 있다. 스이닌(垂仁) 천황 2년 봄 2월 소나갈질지가 제 나라에 돌아가고 싶다고 허락을 구하는 기사의 아래에 다음과 같은 설화가 붙어 있다.

이름을 쓰노가 아라시토 또는 우시키 아리시치 칸키라고 하는 대가라의 왕자가 황소를 잃었는데 그 자취를 따라가 마을 사람들이 그 소를 잡아먹어 버린 것을 알고 소 대신 마을 사람들이 숭배하는 흰 돌을 달라고 하여 가지고 돌아왔다. 그 돌은 아름다운 소녀가 되었는데 어느 날 외출했다 돌아오니 사라져 버렸다. 그의 아내가 그에게 소녀가 동쪽으로 갔다고 말해 주었다. 그는 소녀를 찾아서 바다를 건너 일본으로 왔다. 소녀는 나니와, 토요 두 곳에 있는 히메고소 신사의 신이 되어 있었다.

이 이야기는 두 여자가 한 남자와 같은 집에서 사는 무언가 불편한 상황이 일본으로 건너가는 원인이 되었다는 것을 말해 준다. 재산을 물려받지 못한 둘째 아들들도 일본행에 동참하였을 것이다. 스이닌 천황 3년 봄 3월조에는 신라 왕자 천일창(天日槍, 아메노 히보코)이 일본에 귀화했다는 기사가 있다. 일본에 성군이 났다는 말을 듣고 나라를 아우 지코(知古)에게 주고 일본으로 건너왔다는 것이다. 진무(神武)에서 게이코(景行)에 이르는 기록 중에 흥미로운 것은 마늘이 종종 나온다는 것이다. 일본인은 마늘을 싫어하여 실국시대에 서울에서 전차를 타면 마늘 냄새를 피하여 일본인은 한쪽으로 몰렸다고 하는데 『일본서기』에는 마늘을 던져 신이 변한 사슴을 죽인다든가 마늘을 씹어 사람이나 암소나 말의 몸에 바르면 신들의 숨에 다치지 않는다든가 하는 기사가 있다. 오진(應神) 천황 13년 봄 3월조에는 "아들아 마늘 캐러 가자"라는 노래가 실려 있다. 그렇다면 고대의 일본인들은 마늘을 먹었던 것일까? 단군 신화에서 알 수 있듯이 우리의 경우에도 마늘은 음식이라기보다는 임산부의 감염을 예방하는 약제로 사용되었다. 문제는 진쿠(神功) 왕후의 신라정벌 기록이다. "이때 왕후는 산달을 맞았다. 그녀는 돌을 허리에 차고 일을 완수하고 돌아온 후에 이 땅에서 아이를 낳게 해 달라고 기도하였다." 진쿠 왕후가 군대를 이끌고 신라에 상륙하자 신라의 왕은 지도와 호적을 봉인하여 바치고 항복하였다. 진쿠 왕후 5년 봄 3월 7일에 신라의 사자 모마리질지(毛麻利叱智) 등이 인질로 와 있던 미질한기(微叱旱岐) 또는 미질허지벌한(微叱許智伐旱)을 대마도에서 신라로 돌아가게 하였다. 그들은 짚으로 인형을 만들어 침상에 두고 미질허지가 병들어 죽어 간다고 말하고 일본인들이 들어와 보지 못하게 하였다. 신라의 사자 3인은 곧 잡혀서 화형을 당했다. 『삼국사기』에는 눌지왕 때 박제상(박모말)이 일본에 인질로 가 있던 왕의 막냇동생 미사흔을 신라로 달아나게 했다는 기록이 있다. 일본 왕은 박모말을 "장작불로 몸을 태워 문드러지게 한 뒤에 칼로 베었다." 신라정벌은 꾸며 낸 이야기라 하겠으나 모마리와 모말은 소리가 비슷하니 동일인일 가능성이 얼마쯤 있다. 천일창이건 미사흔이건 젊은 나이에 십수 년을 일본에 있었다면 친구도, 여자도, 어쩌면 아이도 있었으리라고 추측해 보는 것이 자연스러운 일일 것이다. 그들은 일본의 왕실과도 무슨 관계를 형성하고 있었을 것이다.

그런데 진쿠 왕후 이후로 어쩐 일인지 백제 왕의 교체가 한 번도 빠지지 않고 『일본서기』에 기록되었다. 어떤 경우에는 다른 나라 일이라고 본다면 너무 지나치다고 할 만큼 자세하게 백제 기사를 수록해 놓았다. 오진 천황 16년 봄 2월에 백제의 아화(阿花)왕이 죽자 천황은 전지(腆支)왕을 불러 "네 나라로 돌아가 왕위를 계승하라"라고 분부했다. 유라쿠 천황은 백제의 개로왕에게 자신의 동생을 위해 여자를 보내 줄 것을 청했다. 개로왕은 이케쓰히메(池津媛)를 보냈는데 그녀는 천황의 부름을 기다리지 않고 이시카와다테(石川楯)와 정을 통했다. 유라쿠 천황 5년 여름 4월에 아우 곤지(昆支)에게 일본에 가서 천황을 모시라고 분부하며 개로왕은 자기 아이를 배고 있는 여자를 곤지에게 주어 같이 가게 했다. 그것은 당시의 관행으로 정을 표시하는 최대의 예의였다. 그녀는 쓰쿠시의 가카라섬에 도착했을 때 아이를 낳았다. 곤지는 형의 부탁대로 아이를 백제로 보냈다. 이 아이가 뒤에 무령왕(462-523)이 되었다. 곤지는 그 여자와의 사이에서 5명의 아들을 낳았다. 유라쿠 천황 23년 여름 4월에 백제의 문근(文斤)왕이 죽었다. 천황은 곤지의 아들 말다(末多)를 백제로 보내 왕위를 계승하게 했다. 그가 바로 동성왕이었다. 501년에 동성왕이 살해되자 개로왕의 아들 무령왕이 뒤를 이었다. 부레쓰(武烈) 천황 6년 겨울 10월에 무령왕이 마나를 보내어 공물을 바치고 7년 봄 2월에 왕의 혈족 사아(斯我, 시카)를 보내 공물을 바쳤다. 사아는 아들을 낳아 법사군(法師君)이라고 하였다. 게이타이(繼體) 천황 원년 3월에 천황은 무령왕의 딸 다시라카(手白香) 공주를 황후로 삼았다. 게이타이 천황이 죽은 연도를 『일본서기』는 이상하게도 「백제본기」에서 인용하였다. "어떤 책은 천황이 28년에 돌아갔다고 하였으나 여기서 25년에 돌아갔다고 한 것은 「백제본기」에서 인용한 것이다."

『일본서기』에는 언어문제를 기록한 구절이 몇 개 있다. 인교(允恭) 천황 42년 봄 정월에 천황이 죽었다. 장례를 끝내고 돌아가던 신라 사신들이 "우네메 하야, 미미 하야"라고 말했다. 그들이 우네비산과 미미나시산을 좋아하였는데 일본말에 익숙하지 못하여 우네비를 우네메라고 발음하고 미미나시를 미미라고 발음한 것이었다. 신라인을 따라가던 사람들이 우네메(采女)와 통정한 것으로 의심하여 분쟁이 생겼다. 긴메이(欽明) 천황 5년 2월조에는 "「백제본기」에 쓰모리노무라지(己麻奴跪)라는 말이 있는데 말이 변하여 분명히 알 수 없다." "「백제본기」에 나한타갑배가납직기갑배 또는 나키타갑배 웅키키미라는 말이 있는데 말이 변하여 분명히 알 수 없다." "이카노오미(伊賀臣), 말이 변하여 미상" 등의 기록이 있다. 비다쓰(敏達) 천황 12년 가을 7월 1일에는 "한국 여인이 나와 한국어로 '그대의 뿌리를 나의 뿌리에 넣어라' 하고 집 안으로 들어갔다. 하시마(羽島)는 그 뜻을 알아듣고 그녀를 따라 들어 갔다"라는 기사가 있다. 한국인과 일본인이 최소한의 의사소통은 할 수 있었 다는 증거이다. 그러나 덴무 천황 9년 11월 24일에는 "신라에서 언어를 배울 사람 3인이 사찬 김약필을 따라왔다"라는 기록이 나온다. 고토쿠(孝德) 천황 3년에는 "신라가 대아손 김춘추를 사신으로 보냈다. 김춘추는 잘생겼고 기 분 좋게 응대하였다"라는 기록이 있고 5년 5월에는 "신라에서 37명을 보냈는 데 그 가운데 통역이 한 사람 있었다"라는 기록이 있다. 김춘추는 통역 없이 일본말을 할 수 있었을까? 고교쿠(皇極) 천황 원년 5월조에는 "사람이 죽었을 때 부모, 형제, 부부라 할지라도 죽은 사람을 보지 않는 것이 백제와 신라의 풍속이다. 이것으로 판단한다면 그들에게는 실로 감정이 결핍되어 있다고 하겠다. 금수와 다를 것이 무엇인가?"라는 한국인 비판이 기록되어 있다. 일 본과 한국이 서로 상대방을 경멸하는 것은 그 유래가 오래되었다. 일본인은 미마나라고 부르는 한국 남부지역이 일본의 일부였다고 믿으며 한국인은 일 본의 고대문화는 한국인의 손으로 형성되었다고 믿는다.

언어학의 시각에서 볼 때 한국어와 일본어는 별개의 언어이다. 한자어를 제외하면 공통된 기본어휘가 거의 없다. 친족어휘, 신체어휘, 수사 같은 것 에 같은 점이 없는 언어를 같은 어족으로 묶을 수는 없다. 한국어와 일본어 의 친연성은 중국어와 영어 정도의 친연성에 지나지 않는다. 한국어와 일본 어가 어순이 같듯이 영어와 중국어도 어순이 같으나 기본어휘의 공통성은 전혀 없다. 서로 다른 언어를 쓰는 두 종족이 있고 그들은 2천 년 동안 끊임 없이 무엇인가를 주고받아 왔다. 언어가 다르고 종자가 다르다 하더라도 한 국과 일본의 관련양상을 고려하지 않으면 어느 한쪽의 역사와 문화를 객관적으로 인식하기 어렵다는 데 동아시아적 상황의 특수성이 있다.

　　제30대 무왕의 이름은 장(璋)이다. 그의 어머니가 과부가 되어 서울 남쪽 연 못가에 집을 짓고 살다가 그 못의 용과 통하여 그를 낳았다. 어렸을 적 이름은 서동(薯童)이었는데 재주와 국량이 헤아릴 수 없었다. 그가 평소에 마를 캐어 팔 아서 생업을 삼았으므로 사람들이 그렇게 이름 지은 것이다. 신라 진평왕의 셋 째 딸 선화가 미려하기 짝이 없다는 말을 듣고 머리를 깎고 신라의 서울로 가서 동네 아이들에게 마를 먹였더니 아이들이 그를 가깝게 하였다. 동요를 지어 아 이들에게 부르게 하였다. 이 노래가 서울에 가득 퍼져 궁궐 안에 알려졌다. 백 관이 극력 간하여 공주를 먼 지방에 귀양 보내게 하였다. 떠날 때 왕후가 순금 한 말을 주었다. 배소에 거의 갔을 때 서동이 길에 나타나 절을 하고 호위하겠 다고 하였다. 공주는 그가 어떤 사람인 줄 알지 못하였으나 어쩐지 마음이 끌려 수행하게 하였다가 남몰래 통하였다. 후에 서동의 이름을 알고 동요의 효험을 믿었다. 함께 백제에 이르러 공주는 왕후가 준 금을 내놓고 살아갈 계책을 의논 하였다. 서동이 웃으면서 "이것이 무엇이요?"라고 물었다. 공주는 "이것이 황금 이란 것인데 이것으로 평생 부자로 살 수 있소"라고 대답하였다. 서동은 "내가 어려서 마를 캐던 곳에 이것이 진흙덩이처럼 버려져 쌓여 있소"라고 말했다. 공주가 듣고 크게 놀라 "그것은 천하에 귀한 보배이니 그대가 지금 금 있는 곳 을 알거든 그 보물을 우리 부모의 궁전에 보내는 것이 어떠한가?"라고 하니 서 동이 좋다고 하였다. 금을 언덕처럼 쌓아 놓고 용화산 사자사 지명법사에게 가 서 금을 보낼 방법을 물었다. 법사는 "내가 신통력으로 보낼 수 있으니 금을 가 져오라"라고 하였다. 공주가 편지를 써서 금과 함께 가져다 놓았더니 법사가 신통력으로 하룻밤 사이에 신라 궁중으로 보냈다. 진평왕이 신기한 일을 기이 하게 여기고 더욱 존경하게 되어 항상 편지를 보내 안부를 물었다. 서동이 이로 말미암아 인심을 얻어 왕위에 올랐다. 하루는 왕이 부인과 함께 사자사에 가다 가 용화산 밑 큰 못가에 이르렀는데 미륵불과 좌우의 협시보살이 못 가운데서 출현하여 왕이 수레를 멈추고 예배하였다. 부인이 여기에 큰 절을 짓는 것이 소원이라고 말하니 왕이 허락하였다. 지명법사에게 나아가 못을 메울 일을 묻자 법사가 신통력으로 하룻밤 사이에 산을 무너뜨려 못을 평지로 만들었다. 불상 셋을 모실 전각과 탑과 행랑을 세 곳에 따로 짓고 미륵사라는 액자를 달았다(국사에는 왕흥사라고 했다). 진평왕이 장인들을 보내어 도와주었다. 지금도 그 절이 남아 있다.[26]

동성왕 15년(493)에 신라의 이찬 비지의 딸이 백제 왕실로 시집왔다는 기록이 있으나(『삼국사기』 권26, 「백제본기」), 무령왕 이후 백제 말기까지 백제와 신라는 계속 전쟁 중이었으니 백제 왕자와 신라 공주의 결혼은 상상할 수 없는 일이었다. 『삼국유사』의 기록을 『일본서기』의 기록과 대조해 본다면 형제인 개로왕과 곤지, 그리고 사촌 간인 동성왕과 무령왕을 생각해 보지 않을 수 없다. 동성왕의 이름은 『일본서기』에는 말다(末多)로, 『삼국유사』 왕력에는 모대(牟大)로 적혀 있다. 일본어로 읽는다면 '薯童'은 '이모토', '末多'는 '마쓰다'가 될 것이다. 삼근왕이 죽었을 때 일본에 있던 말다가 백제로 돌아와 동성왕이 되었다는 『일본서기』의 기록을 따른다면 서동은 말다이고 선화는 일본의 왕녀라고 가정해 볼 수 있다. 당시 일본의 귀족사회에는 비밀결혼이 하나의 관행으로 유행하였다. 일본의 바닷가에서 낳았다는 것이 서울 남쪽 못가에서 낳았다는 것과 통할 수 있고 머리를 깎았다는 것은 당시 한국과 일본에서 시행되었던 기간을 정한 출가를 말하는 것일 듯하다. 외국에서 살려면 어려운 처지를 견뎌 내야 했을 것이고 인정을 받으려면 이재의 능력도 있어야 했을 것이다. 유라쿠 천황의 인정을 받은 것이 왕이 되는 데 도움이 되었다는 『일본서기』의 기록과 진평왕의 인정을 받은 것이 인심을 얻는 데 도움이 되었다는 『삼국유사』의 기록에도 서로 통하는 바가 있다. 「서동요」를 백제 왕자와

26   일연, 『원문현토 삼국유사』, 97-98쪽.

일본 공주의 이야기로 보면 노래의 내용이 한결 해독하기 쉬워진다.

선화공주(善化公主)님은[主隱]

남몰래[他密只] 결혼해 놓고[嫁良置古]

모대의[薯童] 방엘[房乙]

밤에[夜矣] 알을[卵乙] 품고[抱遣] 간다[去如]

원래 연애에는 태고 이래로 사디즘과 마조히즘을 제외한 모든 전략·전술이 동원되게 마련이니 두 사람이 사랑을 나누기 전의 일을 구구하게 밝히려고 할 것은 아니다. 누가 먼저 어떤 방법으로 접근했는지는 모르지만 서동과 선화는 당시의 유행대로 비밀결혼에 들어갔다. 그러나 예나 이제나 사랑의 비밀이란 것이 유지되는 경우란 거의 없다. 두 사람의 관계는 곧 소문이 났을 것이고 아이들의 입에 오르내리게 되었을 것이다. 『겐지모노가타리』에서 보듯이 남자가 여자의 방에 드나드는 것이 보통이고 여자가 정사를 목적으로 남자의 방에 가는 일은 없었을 것이다. 이 노래의 재미는 바로 이러한 기상천외의 행동을 이해할 수 있도록 마련해 놓은 독특한 무대설정에 있다. 서동은 마를 캐어 생활하였다. 외국에서 생활하는 것이 풍족하지는 않았을 것이다. 선화는 계란을 가지고 서동을 찾아간다. 마도 음식이고 계란도 음식이다. 50년대만 해도 계란이 매우 귀한 음식이었으니 7세기에 계란은 고기만큼이나 소중한 음식이었을 것이다. 선화는 이역에서 가난하게 사는 애인을 위하여 밤에 남몰래 먹을 것을 가져다준 것이다. 마와 짝이 되는 달걀을 버려두고 난(卵) 자를 무리하게 묘(卯) 자로 읽은 데서 오구라 신페이 이래 이 시의 모든 풀이가 복잡하고 난해하게 된 것이다. 얼마든지 난(卵) 자로 읽을 수 있는 글자를 억지로 묘(卯) 자로 교정하고 묘을(卯乙)이 '몰래'가 된다고 풀면, "품고 간다"의 목적어가 없어진다.

『삼국유사』「감통」의 "융천사 혜성가"조에는 진평왕 시대의 사건과 함께 융천사가 지은 노래가 기록되어 있다.

　다섯째 거열화랑과 여섯째 실처화랑과 일곱째 보동화랑 등 세 화랑과 그들의 무리가 금강산을 유람하려고 할 때에 혜성이 커다란 별 심성을 범하므로 화랑의 무리가 의아하게 여겨 여행을 그만두려고 하였다. 융천사가 노래를 지어 불렀더니 괴변이 소멸하고 일본 군사도 제 나라로 돌아가서 도리어 경복을 이루었다. 임금이 기뻐하고 화랑들을 금강산에 보내어 유람하게 했다.
　第五居烈郎 第六實處郎 第七寶同郎等 三花之徒 欲遊楓岳이러니 有彗星犯心大星이라 郎徒疑之하여 欲罷其行이라. 時에 天師作歌하여 歌之하니 星怪卽滅하고 日本兵還國하여 反成福慶하니 大王歡喜하여 遣郎遊岳焉하니라.[27]

　동아시아의 고대는 중국, 일본, 고구려, 백제, 신라가 다투는 각축장이었다. 일본은 신라와 백제를 포섭하지 않으면 중국이나 고구려와 맞서기 어렵다고 판단하였기 때문에 663년에 백제의 백강에서 당나라에게 패배할 때까지 신라와 백제의 정치에 개입하려는 시도를 포기하지 않았다. 강대국들에 맞서기 위해서는 어쩔 수 없이 연대해야 했던 면도 있지만 일본의 간섭은 백제나 신라에게 달가운 일이 아니었다. 신라의 김춘추는 고구려와 일본을 방문하여 군사 연합의 가능성을 탐색해 본 후에 당나라 쪽으로 방향을 결정하였다. 이후로 일본 편으로는 백제만 남아 있고 백제 편으로는 일본만 남아 있는 상황이 전개되었다. 백제와 일본은 달리 선택의 여지가 없는 동맹국이 되었다. 동아시아의 세력균형을 최초로 깨뜨린 사건이 신라의 가라정벌이었다. 가라 멸망을 계기로 일본과 신라의 관계는 급속하게 냉각되었고 신라는 중국과의 군사연합에 의존하는 것 이외의 다른 방법을 찾을 수 없게 되었다. 화랑은 신라가 배양한 군사력의 핵심세력이었다. 그들은 혼자서 움직이

27　일연, 『원문현토 삼국유사』, 276쪽.

지 않고 어디를 가든 낭도들을 거느리고 다녔고 화랑의 무리가 이동하는 것은 왕의 허락을 받아야 할 일로 간주되었다. 일본의 침략에 대비하기 위하여 신라는 한편으로 군사력을 증강하고 다른 한편으로 신앙을 정비하였다. 무교(巫敎)와 불교는 신라 종교의 두 기둥이었다. 무교가 일본처럼 체계적인 종교[神道]로 발전하지 않고 민간신앙으로 존속하는 것이 한국종교문화의 특징이라고 하겠으나 신라시대의 무교는 불교와 맞설 만한 기반을 가지고 있었을 것이다. 『삼국유사』의 본문에는 융천사(融天師)를 그냥 천사(天師)라고도 했는데 천사란 불교의 용어가 아니라 무교의 용어였다. 지금도 싸움 잘하고 놀기 잘하는 사람을 화랭이라고 하고 사내 무당을 보고 화랑이라고 하는 것을 보면 화랑과 무교의 관계가 가볍지 않았음을 짐작할 수 있다.

　　예전에[舊理] 동해 해변[東尸汀叱]을 거닐던 어떤 사람이

　　간다르바 귀신이[乾達婆矣] 놀고 있는[遊烏隱] 허깨비성을랑[城叱肹良] 바라보고[望良古]

　　왜놈 군대가[倭理叱軍置] 쳐들어오는 것이로구나[來叱多] 하고 벌벌 떨며

　　봉화를 사룬 적이[烽燒邪隱邊] 있었다더니[也藪耶]

　　이제는 또 우리네 세 분 화랑님이[三花矣] 금강산 오르심을[岳音] 보고[見賜烏尸聞古]

　　달도[月置] 발갛게[八切爾] 빛날[數於將來尸] 때에[波衣]

　　화랑님들 가시는 길을[道尸] 쓸고 있는[掃尸] 별을[星利] 바라보고선[望良古]

　　혜성이 나타났구나, 큰일 났다고[彗星也] 떠벌리는 사람도[人是] 있다는구나[有叱多]

　　아아[後句] 산[達] 아래로[阿羅] 떠가는 것을[浮去伊叱等邪]

　　여기에[此也友] 무슨[物北所音叱] 혜성이[彗叱只] 있겠는고[有叱故]

「혜성가」는 융천사가 화랑의 군사력과 정신력을 찬양한 노래이다. 군대의

사기를 진작하려면 아군의 능력을 과장하고 적의 능력을 축소해야 한다. 적의 함대는 무서운 것처럼 보이지만 실제로는 신기루와 같이 허무한 것이라는 시의 첫 부분은 아군을 실제 호랑이라고 하고 적을 종이 호랑이라고 하는 상투적인 수사방법이라고 할 수 있다. 건달바(Gandharva)는 향기만 먹고 산다는 음악의 신이고 건달바성(Gandharva-nagara)은 건달바가 건립한 환상의 성곽이다. 평소에 방비하기를 굳건하게 한다면 일본의 침략을 염려할 필요가 없다는 의미이다. 일본군이 제 나라로 돌아갔다는 기사를 보면 융천사의 이 노래가 신라인의 동요를 그치게 하여 그들의 안정된 대비태세를 보고 일본인이 전쟁을 피한 것이라고 볼 수도 있을 것이다. 그다음 부분에서 융천사는 화랑의 정신력을 찬양하였다. 세 화랑의 정신은 우주와 서로 통하여 작용하기 때문에 그들이 금강산에 가는 것을 보고 달은 휘황하게 길을 밝히고 별은 직접 내려와 길을 쓴다. 산 아래로 떠가고 있는 것을 보면 별이 하늘에서 내려와 화랑들을 위하여 길을 쓰는 것을 알 수 있고 따라서 그것이 결코 혜성일 수 없다는 것을 알 수 있다는 것이다. 고대인은 혜성이 심성을 범하면 전쟁이 일어난다고 믿었다. 그러나 그것이 혜성이 아니라면 전쟁 걱정도 자연히 소멸하게 된다. 혜성의 긴 꼬리를 빗자루에 비유하여 전쟁의 징조가 아니라 화랑들의 하인이라고 혜성의 의미를 전환해 놓은 것이다. 달(達)을 산으로 해석한 유창균의 탁월한 연구[28]는 이 노래의 의미를 한결 분명하게 이해할 수 있게 해 주었다. 난해한 단어가 많은 노래라고 하겠으나 전체적인 의미를 파악할 수 있게 된다면 앞으로 비교역사언어학의 연구가 진척되는 데 따라 노래의 율격과 비유에 대해서도 해명할 수 있게 될 것이다.

---

28 유창균, 『향가비해』, 형설출판사, 1994, 769쪽.

고려문학

집권파와 분권파는 통일 직후부터 대립되어 왔지만 768년(혜공왕 4)에 전국의 96족장(각간)들이 서로 싸우는 천하대란이 3년 동안 계속되면서 집권파는 소멸되고 전제적인 왕권을 타도하는 데 성공한 진골귀족들이 경제적인 부를 이용하여 사병을 양성하고 무력투쟁을 전개하게 되었다. 국가로부터 전지를 하사받거나 신간지를 개척하거나 고리대로 농민의 토지를 강점함으로써 대토지 지배가 확대되었고 중앙 통제력의 해이에 따라 진골귀족들은 불법적으로 조세와 공부를 부담하지 아니하여 국가의 재정위기를 초래하였다. 중앙의 통치체계가 무너지면서 지방세력들이 강탈적인 방법으로 토지와 노비를 늘리고 농민을 착취하였다. 지방세력은 사냥터와 방목지를 차지하고 수천 명의 사병을 양성하여 개별적으로 통치체계를 조직하였고 국가는 줄어드는 조세를 보충하기 위하여 양인과 노비에 대한 수탈을 강화하였다. "나라의 창고가 텅 비게 되자 진성여왕은 각지에 관료를 파견하여 농민들로부터 강제로 조세를 거두었다"(『삼국사기』 권11, 「신라본기」 진성여왕 3년). 분권파의 우세는 골품제의 동요를 수반하였다. 신라의 상위 관직은 모두 진골이 독점하였기 때문에 행정실무를 담당하던 육두품 일반관리들은 장관과 장군이 될 수 없었고 17관등 가운데 여섯째 관등인 아찬까지밖에 올라갈 수 없었다. 당시의 중국 유학생 가운데는 관비유학생이나 사비유학생이나 육두품 출신이 많았다. 그들은 당나라에서 과거제에 입각한 능력본위의 인재 등용을 보았다.

　지방에 토착해 살면서 일정한 영역에 지배력을 행사하는 지방세력이 경제능력과 무장능력을 가지게 된 것이 신라 말 고려 초의 특수한 정치 상황이었다. 장보고와 왕건은 중국무역을 통하여 부를 축적한 해상세력이었다. 『고려사』 「고려세계」조에 왕건의 조부 작제건이 서해 용왕을 괴롭히는 늙은 여우를 처치하고 용왕의 딸과 결혼하였다고 기록되어 있는데 용왕은 해상무역으로 돈을 번 부호를 말하는 것이고 용왕의 원수는 해적이나 호족을 말하는 것이다. 지방세력들이 자립하여 중앙 관직과 유사한 지배기구를 조직하고 독자적 권력체계를 갖추게 되자 신라는 경주 지방의 지방정권이 되었다. 918년에 고려를 건국한 왕건에게는 6명의 왕후와 23명의 부인이 있었다. 그는 혼인을 지방의 유력한 호족들과 연대하는 수단으로 사용하였다. 그에게는 25명의 왕자와 9명의 왕녀가 있었는데 왕실 권력의 분산을 피하기 위하여 이복남매의 결혼을 허용하기도 하였다. 왕건을 도와준 유학자들 가운데 최언위는 18세에 발해 재상 오소도의 아들 광찬과 함께 당나라 과거에 급제하고 42세에 신라로 돌아와 후에 고려의 태자 사부를 지냈으며 최지몽은 복서와 해몽에 능하여 왕건이 궐내에 두고 자문하였고 최승로는 12세에 태조에게 발탁되어 학자로 양성되었다.

당시에 고려는 고구려와 발해를 아우르는 일반적인 국호였다. 일본에서는 발해도 고려라고 하였다. 『속일본기』 권22, 준닌 천황 3년(759) 정월 무진 초하루조에 "고려 국왕 대흠무는 말합니다"라는 기록이 있고 고닌 천황 3년(772) 2월 기묘조에는 "천황은 공경스럽게 고려 국왕에게 묻습니다"라는 기록이 있다. 중원 고구려비에 "고려대왕"이라는 명사가 나오는 것으로 고구려에서 국호를 고려라고 자칭하기도 한 것을 알 수 있으며 고구려를 고려라고 지칭한 예는 『삼국유사』에만 70회 정도 보인다. 『고려사』「고려세계」에는 왕건의 선대가 백두산에서 개성으로 왔다고 기록되어 있으며 왕건의 조부 작제건이 고려인이라는 언급도 나온다. 왕건은 고려를 방문한 인도 승려 멸진에게 발해를 친척의 나라[親戚之國]라고 했다(『동사강목』 권6상, 무술년 태조 21년). 940년을 전후하여 20만 명 이상의 발해인이 고려로 들어왔다. 거란족은 916년에 요나라를 세우고 926년에 발해를 멸망시켰다. 서희는 993년 소손녕과 담판할 때에 "우리나라는 고구려의 구지이다. 그러므로 국호를 고려라고 하고 도읍을 평양으로 한 것이다[我國卽高句麗之舊也. 故號高麗都平壤]"라고 주장하였다. 거란은 993년, 1010년, 1018년에 고려를 침략하였다. 왕건은 즉위 3개월에 평양을 대도호부로 삼고 성을 쌓았다. 고려가 존속했던 918년부터 1392년까지 평양은 제2의 수도 서경이었다. 왕건은 처음부터 평양 부근의 지방세력들과 긴밀한 유대를 맺고 있었다. 박수문, 박수경 형제와 유금필은 평양 출신이었고 최응은 황주 출신이었다. 후에 신라 왕을 비롯하여 경주의 관리들이 개성으로 이주하여 지배층의 중요 부분으로 성장하자 개성파와 평양파의 대립이 본격화되었고 그러한 대립의 한 귀결이 묘청의 난이었다.

왕건은 지방세력이 강한 개성 이남의 아산, 천안, 의성, 나주 등지에는 군대를 주둔시키고 지방세력이 약한 서북에는 지방 통치기구를 설치하였다. 922년에 평양을 제2의 수도로 정하고 성천, 순안, 안주, 개천 등지에 주둔군을 배치하였다. 920년에서 940년 사이에 성을 신축, 증축, 보수한 것이 22차 례였고 평양을 직접 방문한 것이 10차례였다. 왕건은 943년 5월 66살에 세상을 떠났다. 고려 초에 왕권이 안정되지 못하여 혜종은 왕규에게 두 번이나 암살될 뻔하였고 정종은 왕식렴의 무력 지원을 받아 즉위할 수 있었다. 26년 간 재위한 광종은 즉위년에 지방의 실태를 파악하여 토지의 세공액을 정하고 7년 동안 준비하여 개성과 평양의 호족세력을 타도하였다. 경주 출신 최승로의 상소문 28조 「시무책」에 의하면 경종이 즉위할 때 훈구 공신으로 살아남은 자는 40여 명에 불과했다. 중국의 후주와 밀접한 외교관계를 맺고 후주 세종의 정치개혁을 본받아 958년에 과거제도를 실시하고 960년에 관료체제를 정비하고 백관의 공복을 제정하였다. 후주의 귀화인 쌍기의 건의를 받아들여 시행한 과거제도는 유교경전의 이해능력(명경과)이나 한문문예의 작문능력(제술과)으로 관인을 등용함으로써 무훈 공신들의 세력을 약화시키고 왕권을 강화하는 수단이 되었다. 예비시험과 본시험이 있었는데 국학에 입학하여 3년이 되면 국자감의 예비시험에 응시할 수 있었고 국자감 재학 중 300일 이상 출석하고 예비시험에 합격하면 예부의 본시험에 응시할 수 있었다. 시험과목은 『시경』, 『서경』, 『주역』, 『춘추』(좌씨전, 공양전, 곡량전), 『예기』(주례, 의례, 대대례)와 시(6운시, 10운시), 부, 송, 논, 시무책 등이었으며 본고사는 세차례로 나누어 시험을 치르게 하였다. 급제자들은 시험관을 좌주라 부르며 그들의 문생이 되어 천주교의 대부-대자와 유사한 관계를 형성하였다. 그러나 과거제도가 시행된 이후에도 가문에 기준을 두어 고급관료의 자손(친자, 양자, 내외손, 생, 질)을 관리로 임용하는 음서제도에 의해 관직에 취임한 수가 과거 급제자보다 월등하게 많았다. 고려의 관직은 문반이 350직에 521인, 무반이 315직에 1,757인이었다. 과거는 2년에 한 번 실시하였고 대체로 33인을 뽑았다. 고려시대에는 지방관이 파견되지 않는 지역이 많았으므로 향리들이 조세 징수, 노동력(역역) 부과, 소송 처리 등의 권한을 가지고 있었으며 9직급 중 제5직급 이상의 향리는 과거에 응시할 수 있었다.

태조 때 건국에 공이 있는 공신은 2천여 명이나 되었다. 이들이 숙청된 후 최승로, 최양, 최지몽, 이양, 김심언 등 경주 육두품 출신이 고려 상류사회의 중심이 되었고 고려의 지배체제는 덕종-정종-문종 3형제 왕 시대에 와서 정비되었다. 11대 문종에서 17대 인종 때까지는 경원 이씨가 세력을 떨쳤다. 10여 대에 걸쳐서 5명의 수상과 20여 명의 재상을 배출했다. 이자연은 문종의 최대 후원세력이었다. 최충, 최유길, 최삼추 등 해주 최씨도 10여 대를 이어 6명의 수상과 10여 명의 재상을 배출했다. 최충은 23년간 정치의 중앙에 있으면서 9년간 재상직에 있었고 두 번 과거의 본고사 시험관(지공거)이 되었으며 1047년에는 수상(문하시중)에 올랐다. 경주 최씨(최승로), 경주 김씨(김부식), 이천 서씨(서희), 철원 최씨(최유청), 영광 김씨(김심언), 직산 최씨(최홍재), 청주 한씨(한유충) 등도 문벌을 이루고 있었다. 박인량은 문종, 순종, 선종, 헌종, 숙종 5대 70년 동안 외교문서를 담당하였고 김인존(초명 연)은 선종, 헌종, 숙종, 예종, 인종 5대를 섬기며 관이 평장사에 이르렀으며 두 번 과거 시험관이 되었다. 예종 대에는 곽여, 권적, 허경, 강일용 등이, 인종 대에는 최유청, 정극영, 고조기(초명 당유) 등이 문명을 떨쳤다.

예종 6년에 윤관이 죽은 후 부상한 이자겸은 외손자 인종이 즉위하자 한안인 등 반대파 50명을 살해하고 정권을 독천하였으나 김부식의 권유를 받은 척준경의 이탈로 몰락하고 척준경도 정지상의 탄핵을 받아 유배되었다. 김부일, 김부식 형제는 경주 출신의 왕권견제파였고 정지상, 백수한은 평양 출신의 왕권강화파였다. 정지상은 수도를 평양으로 옮겨 김부식 일파의 세력을 억누르려고 하였다. 1135년(인종 13) 정월에 승려 묘청이 평양에서 군사를 일으켜 국호를 대위, 연호를 천개라 하고 인종의 칭제(稱帝)를 주장하였다. 김부식은 즉시 정지상과 백수한을 처단하였다. 그들이 개성에 있었던 것을 보면 그들은 묘청의 난과는 무관했을 가능성도 있다. 인종 14년 2월에 묘청의 난을 평정한 김부식은 이후의 정국을 주도하게 되었다. 1146년 의종이 즉위하던 해에 김부식이 죽고 정습명이 물러났다. 김부식의 아들 김돈중과 그의 아우 김돈시가 정국을 주도했는데 그들 왕의 측근세력은 왕의 호위 무신들을 경박하게 멸시하다가 반김부식 연대의 성격을 띤 무신란을 야기하였고 무신들에 의해 살해되었다. 장마철에 겪는 농민의 고통에 대하여 주고받은 김돈중, 김돈시 형제의 시「고우(苦雨)」와「화사제고우시(和舍弟苦雨詩)」는 그들의 애민의식을 보여 주는 것이라기보다는 그들의 가식적 허위의식을 보여 주는 것이라고 해야 할 것이다.

토지와 집을 소유한 양인 농민들이 고려의 조세, 공물, 부역, 병역을 담당하였다. 그들은 군호로 등록되어 있었다. 재산 상속은 남녀에게 균분되었고 사위가 장인, 장모와 한 가족을 구성하는 경우도 드문 일이 아니었다. 고려 정부는 지방사회에 상당한 자율권을 부여하였고 또 지방의 엘리트가 중앙 정치에 참여할 수 있는 길을 일정 정도 열어 놓고 있었다. 수조율은 공전이건 민전(사전)이건 10퍼센트였고 민전의 소작료는 수확의 50퍼센트(공전은 25퍼센트)였다. 관리의 녹봉으로 10만 결 정도의 민전이 배당되어 있었으며 고려 말에 조준이 올린 상소문에 의하면 전국의 토지는 50만 결이었다. 인구는 210만 명이었고 노비는 10만 명이었다(『송사』 권487,「고려전」). 녹봉은 1월과 7월 두 번에 나누어 일정량의 쌀, 보리, 조를 지급하였다. 성종 11년의 공전 조율에 따르면 1결은 상등전 16석, 중등전 13석, 하등전 8석을 수확하는 면적이고 문종 23년의 규정에 따르면 1결은 1,089평방보로 대략 1,200평 내외로 추산된다. 고려에서는 관리들에게 녹봉 대신에 녹읍을 주었는데 그것은 일정한 토지의 수조권을 떼어 주는 제도였다. 수조권자는 조의 일부를 국가에 바쳐야 했다. 그들은 녹읍의 농민들로부터 조세를 걷었지만 그 땅이 그들의 사유지가 되는 것은 아니었다. 고려 전체의 병력은 60만 명이었는데(『고려도경』) 군인전을 지급받는 상급군인과 농사를 지으면서 군역에 복무하는 하급군인으로 구성되어 있었다. 직업군인은 지급받은 토지의 경작자에 대하여 수조권을 행사하였다.

『구당서』「경적지」에 보면 836년에 책이 56,476권 있었는데 880년 황소의 난에 불타서 "종이 한 장 남은 것이 없었다(尺簡無存)"라고 기록되어 있다. 883년에 소종이 2만 권을 모았다가 다시 주전충의 난과 5대 10국의 전쟁을 거치면서 반이나 없어져 송나라 초에는 9천 권쯤밖에 안 남았다. 고려에서는 성종이 2만여 권의 책을 베껴서 보관하게 했으니 전적의 양으로 볼 때 고려가 송나라보다 책을 더 많이 가지고 있었다. 959년 가을 8월 29일에 고려는 『별서효경』 1권, 『월왕효경신의』 8권, 『황령효경』 1권, 『효경자웅도』 3권을 후주에 보냈다(『구오대사』권118, 주서 현덕 6년). 1091년에 고려 선종이 황종각을 시켜 『황제침경』을 송나라 철종에게 보내고 책과 금을 많이 사 가려고 했으나 소식이 이익보다 손해가 크니 허락하지 말라(高麗入貢, 無絲髮利有五害, 今請諸書與收買金箔, 皆宜勿許)고 상소하여 금만 사 가게 하였다(『송사』권17, 「철종본기」원우 7년). 송나라 철종은 1091년(선종 8)에 고려에 126부 5,141권의 책을 구했다. 주나라 좌구명의 『국어』, 한나라 허신의 『설문』, 진(晉)나라 여침의 『자림』 등 여러 가지 자전을 활용하여 문자학(소학)을 학습하게 한 것이 고려 교육의 한 특색이었다.

의종 24년(1170)에 경인란이 일어났다. 무인들이 의종을 폐하고 명종을 옹립하였다. 그 후 26년 동안 정권이 이 집 저 집 옮겨 다니다가 명종 26년(1196) 4월에 의종을 시해한 사비(寺婢)의 아들 이의민이 최충헌(1149-1219)에게 피살되었다. 명종(재위 1170-1197), 신종(재위 1197-1204), 희종(재위 1204-1211), 강종(재위 1211-1213), 고종(재위 1213-1259)의 5대가 무인시대에 속한다. 최충헌은 명종과 희종을 폐하였다. 최씨 일문은 13세기 전반 62년 동안(1196-1258) 권력을 세습하였다. 개성 시절이 36년(1196-1232)이었고 강화도 시절이 26년(1232-1258)이었는데 최충헌이 23년 동안(1196-1219) 집권했고 그의 아들 최이(초명 우)가 30년 동안(1219-1249) 집권했다. 고종 19년(1232)에 최이가 정부를 강화도로 옮겼고 고종 36년(1249)에 죽었다. 최이는 13년 동안(1219-1232) 개성에서 살았고 17년 동안(1232-1249) 강화도에서 살았다. 그의 아들 최항이 7년간(1250-1257) 집권했고 다시 항의 아들 최의가 이어받았으나 고종 45년 3월에 실권이 임금에게 돌아갔다. 최충헌은 사병(私兵) 또는 가병(家兵)의 집단이라고 할 수 있는 도방, 별초 등의 무장조직과 독자적인 집정부인 교정도감을 통하여 정권을 운영하였다. 교정도감은 인사행정과 어세, 선세 등의 특별세 징수를 담당하였다.

명종 9년(1179) 9월에 경대승은 죽기를 맹세하는 용사 30여 명과 함께 정중부와 그의 사위 송유인을 베어 죽였다. 정중부를 제거하는 과정에서 무신의 대부분을 적으로 돌리게 되자 경대승은 백수십 인의 결사대를 조직하고 도방이라고 하였다. 명종 11년(1181)에 경대승은 시장의 물가를 정하여 말과 되의 용량을 균등하게 하고 위반하는 자는 섬에 귀양 보내기로 하였다. 경대승은 청주 사람으로서 중서시랑 평장사 진의 아들이었다. 체력이 남보다 뛰어나게 강하였고 일찍부터 큰 뜻이 있어서 집안 살림살이를 일삼지 않았다. 15세에 음직으로 교위에 보직된 이후 차차 승진하여 장군이 되었다. 항상 무인들의 불법한 행동에 분개하고 의종을 시해한 이의민을 죽이고자 하였다. 사람들이 많이 따랐으나 학식과 용기와 지략이 있는 자가 아니면 거절하니 무관들이 두려워서 감히 방자하게 굴지 못하였다. 명종 13년(1183) 가을 7월에 경대승이 향년 30세로 병사하자 도방이 해체되었다. 명종이 이의민을 불러 집권하게 했는데 이의민 집권기에 국왕의 군대사열이 부활하여 왕권이 안정된 면도 있었다.

신종 3년(1200)에 최충헌이 도방을 재건했고 최이는 다시 내도방과 외도방으로 나누었다. 별초는 별동대로서 삼별초(야별초, 좌별초, 우별초)와 마별초가 있었다. 마별초는 의장대였고 야별초는 치안부대였다. 별초는 국가기구로 편성된 사병조직이었다. 김준이 최의를 죽이고 임연이 김준을 죽이고 송종례가 임유무를 죽인 것이 모두 이 특수부대의 무력에 의한 것이었다. 최이는 지배기구를 정비하여 고종 12년(1225) 사저(私邸)에 정방을 두었는데 정방은 교정도감을 보조하는 문신의 인사처리 기구였고 2년 후에 당대의 명유들을 모아 서방을 설치하였는데 서방은 도방을 보조하는 문사들의 자문기구였다. 최항과 최의의 직책은 교정별감(교정도감의 장)이었다. 최항은 고종 44년(1257) 교정별감이 된 지 8년 만에 죽었고 최의는 집권 이듬해(1258) 3월에 김준(초명 인준)에게 살해되었다. 원종 9년(1268) 12월에 임연이 김준을 죽였고 원종 11년(1270) 3월에 임연이 병사하였다. 그해 5월에 임연의 아들 임유무가 제거됨으로써 백 년 만에 무신정권이 종말을 고했다.

47세에 실권을 잡은 최충헌은 네 살 아래인 금의(1153-1230)를 문인의 지도자로 삼았다. 이때 이규보(1168-1241)는 28세였다. 희종 원년(1205)에 최충헌이 남산리에 지은 정자를 두고 쓴 시들 중에서 이규보와 정공분의 시를 골랐다. 고종 2년(1215)에 최충헌 앞에서 이규보와 진화가 시 빨리 짓기 시합을 해서 이규보가 이겼다. 최충헌은 문신을 우대하고 과거를 중시하여 측근문신들에게 지공거로서 과거를 관장하도록 하였다. 무장들이 그에게 위협적 존재가 될 수 있다고 생각하여 최충헌은 무장들을 억제하였다. 최씨 정권 시대에 이인로의 『파한집』, 임춘의 『서하집』, 진화의 『매호집』, 이규보의 『동국이상국집』 같은 문집이 나왔고 이규보와 최자는 특히 최씨 정권과 밀접한 관계를 형성하고 있었다. 이규보는 26세 때인 명종 23년(1193) 이의민 집권기에 4천 자나 되는 장편시 「동명왕편」을 지었는데, 고려 왕실의 연원을 고구려까지 소급함으로써 경주계 이의민의 정통성을 부정하는 뜻이 들어 있다고 볼 수 있다. 무신정권기에도 사학은 유지되었다. 이규보는 14살이 되던 명종 11년(1181)에 문헌공도 성명재에 입학하여 공부했다. 최유청의 아들 최당과 최선은 장자목, 고영중, 백광신, 이준창, 현덕수, 이세장, 조통 등과 어울려 시를 짓는 기로회(耆老會)를 열었다. 이인로, 오세재, 임춘, 조통, 황보항, 함순, 이담지는 나이를 떠나 사귀어 죽림고회, 해좌칠현, 강좌칠현 등으로 불렀다. 이인로(1152-1220)는 명종 때 과거에 급제하여 14년 동안 벼슬하였으나 시속을 따르지 않았으므로 크게 쓰이지는 못하였다. 산문은 한유를 본받고 시는 두보, 소식, 황정견을 공부하였으며 초서와 예서에 능하였다. 『은대집』 20권이 있었는데 실전되었다. 오세재는 육경을 베껴 써서 읽고 날마다 『주역』을 암송하였다. 명종 때 과거에 급제하였고 이인로가 세 차례나 천거하였으나 관직을 얻지 못하였다. 임춘은 정중부의 경인란에 온 집안이 화를 당하였다. 여러 번 과거에 응시하였으나 급제하지 못하였다. 시의 풍격이 소식과 흡사하였고 일세에 문명을 날렸으나 삼십여 세에 죽었다. 조통은 급제 후 금나라에 사신으로 갔다가 3년 동안 구류되었고 돌아와 국자감대사성과 한림학사를 지냈다. 최자는 『보한집』에서 고려 중기의 시풍에 대하여 다음과 같이 정리하였다.

문안공 유승단(초명 원순)은 시어가 굳세고 시의가 순박하며 인유(引喩)가 간결, 정밀하다. 정숙공 김인경(초명 양경)은 글자를 청신하게 사용하기 때문에 한 편의 시를 지을 때마다 매번 시속 사람들을 놀라게 한다. 문순공 이규보의 시는 기운이 크고 말이 웅장하며 뜻이 신기하다. 이인로의 시는 옛사람의 법식을 답습하면서도 시어를 다듬고 연마하는 기교는 오히려 옛사람을 초월한다. 이공로는 어사가 굳세고 아름다우며 고문(誥文)과 대우(對偶)에 능하다. 김극기는 말을 구성하는 것이 맑고 활달하며 말이 많을수록 더욱 풍부하다. 김군유는 말의 뜻이 온화하고 여유가 있으며 오세재 선생과 처사 안순지는 넉넉하고 화기가 있으며 사관 이윤보와 임춘 선생은 간결하고 준결하다. 진화는 화려하고 아름다운데 그 변화하는 모양이 빼어나다.

유승단은 박람강기(博覽强記)하고 산문에 능하였고 조충은 과거에 좌주로서 여러 번 명사를 선발하였으며 이공로는 사류를 잘 지었으나 요절하였다. 김극기는 과거에 급제한 후 서울에 가지 않고 산림에 은거하다가 고종 때에 한림을 제수받아 사신으로 금나라에 들어가 문명을 떨쳤다. 최이가 그의 문집을 간행하였는데 실전되었다. 이규보는 과거에 급제한 후에도 오래도록 등용되지 못하다가 신종 2년(1199)에 전주사록이 되고 희종 1년(1205) 최충헌이 남산리에 정자를 짓고 정자를 위하여 시를 짓게 하였을 때 「모정기(茅亭記)」를 지어 충헌의 눈에 든 이후로 빠르게 승진하였다. 전라도 부안군 위도(蝟島)에 귀양 갔다 돌아와 「진정표(陳情表)」를 저술하여 몽골군을 철군케 한 공로가 있어서 추밀부사가 되었고 벼슬이 문하시랑 평장사에 이르렀다. 최이가 이백순, 이수, 이함, 임경숙 등에게 열 번 글을 짓게 하고 이규보로 하여금 선발하게 하였더니 최자를 다섯 번 1등, 다섯 번 2등으로 뽑았다. 최자는 문헌공 최충의 후손이다. 김구(초명 백일)는 신종, 희종, 강종의 실록을 편찬하였고 서장관으로 원나라에 갔다 와서 『북정록』(실전)을 썼다. 『지포집』이 전한다. 이장용은 이자연의 6세손으로서 여러 번 몽골에 왕래하여 고려에 공적을 남겼다. 김지대는 전라도안찰사로 있을 때 최이의 아들 승려 만전(후명 항)의 청탁을 거절하였으나 청렴하였기 때문에 해를 당하지 않았다. 송언기는 사신으로 네 번 몽골에 들어가 강화하여 7년 동안 변경을 안정시켰다. 문신들은 대부분 무신정권에 참여하여 벼슬을 하였다. 실질적인 권력은 무인 집정부에서 장악하였으나 무신들이 정치와 행정의 실무에 밝지 못하였기 때문에 문신들의 참여는 불가피하였다. 무신란의 전개과정에서 화를 당한 문신은 전체의 일부에 지나지 않았다. 과거도 변함없이 시행되어 정당문학 이지명은 두 번이나 고시를 맡아 조충, 한광연, 이규보, 유승단, 유충기를 선발하였다.

　명종 22년(1192) 여름 4월에는 이부상서 정국검과 판비서성사 최선 등에게 『자치통감』을 교정하게 하고 주와 현에서 판각하게 하여 유신들에게 나누어 주었다. 상장군 최원호의 아들 최충헌은 음서로 관직을 받았으나 경인란 후에 무반직에 진출하여 문무 양면에서 능력을 발휘하였다. 집권자들은 국왕의 권위를 이용하여 정권을 유지하였고 국왕은 실권자들의 무력을 이용하여 왕실을 유지하였다. 경대승은 사직의 보호를 집권의 명분으로 내세웠고 최충헌은 태조의 정법을 이의민 처단의 명분으로 내세웠다. 희종 7년(1211) 12월 왕을 알현하러 온 최충헌을 수창궁 깊숙이 끌어들인 후 왕준명 등 10여 명이 병기를 들고 최충헌을 공격하였다. 희종은 그것을 보고도 문을 닫고 최충헌을 들이지 않았다. 상장군 김약진이 달려와 최충헌을 구하고 왕을 시해하겠다고 했으나 최충헌이 만류하였다. 나중에 희종이 폐위되고 명종의 태자였던 왕정(강종)이 즉위하였다가 재위 2년 만에 승하하니 그의 태자(고종)가 즉위하였다. 그러므로 무신정권 시대에도 고려의 기본 통치질서는 바뀌지 않았다. 최충헌이 이의민을 죽인 후 명종에게 바친 봉사(封事) 10조를 보면 조세와 관제에 대한 그의 식견을 알 수 있다. 1. 풍수를 믿지 말고 새로 지은 궁실에 거처하라. 2. 봉록이 부족하니 관제와 관위를 감축하라. 3. 공전이건 사전이건 빼앗은 토지를 본주인에게 돌려주게 하라. 4. 충직한 관리를 외직에 임명하여 조세를 공정하게 징수하게 하라. 5. 안찰사에게 민정만 살피게 하고 진상을 중지하게 하라. 6. 중들이 백성에게 곡식으로 이식을 늘리지 못하게 하라. 7. 이속을 엄하게 단속하라. 8. 사치를 금하고 절약하라. 9. 절 짓는 일을 금하라. 10. 바른말 하는 신하를 대성(臺省)에 두라. 최충헌은 신종 즉위년(1197) 9월과 12월의 인사발령을 통하여 능력 있는 문신 후원세력을 구축하였다. 고위 문신들에게 무반직을 맡기는 경우도 늘어났다.

집권자들은 농장을 경영하여 그 수익으로 사병을 양성하였다. 전기의 전시과는 중기에 농장제로 전환되었고 그에 따라 토지겸병이 빠르게 진행되었고 대토지소유자가 증가하였다. 황무지 개간은 개간자와 국가 모두에게 이익이었으므로 정부에서는 새로 개간된 토지에 대한 개간자의 경작권과 소유권을 인정해 주었다. 개간형 농장을 경영하는 권력자는 국가에서 정한 규정대로 일정한 세역을 부담해야 했다. 사여된 수조지를 세전하는 수조지 집적형 농장은 법정 규정(10퍼센트)을 상회하는 전조(田租)를 수취하면서 세역을 부담하지 않았다. 토지의 집적에는 남의 토지를 매입하는 경우와 부채인의 토지를 압수하는 경우가 있었고 불법적인 침해를 막기 위해 권력자에게 토지를 투탁하는 경우도 있었다. 농장제는 농장주가 소작전호에게 수익의 반을 수취하는 토지지배관계였다. 노비를 사용해 직접 농사를 짓는 농장은 상대적으로 소수였다.

명종 2년(1172)에 서경유수 조위총의 항거로 시작된 서북인의 봉기가 명종 9년(1179)까지 계속되었고 경주와 그 주변지역에서는 명종 20년(1190) 이래 김사미와 효심의 봉기(1193), 이비와 발좌의 봉기(1203) 등 봉기가 연이어 발생했다. 경인란 이후 가속화된 신라계 세력의 쇠퇴가 경주 봉기의 한 원인이 되었을 것이다. 고려 전기에는 국내파와 국제파의 대립에서 김부식이 정지상에게 이겼으나 경인란은 무게중심을 이동시켜서 김부식계 국제파의 몰락을 초래하였다.

몽골군은 고종 18년(1231)에 처음으로 압록강을 건너 고려의 북변에 들어섰다. 고종 19년 7월에 국왕이 강화도로 들어갔고 그해 9월에 몽골군은 2차로 침입하여 본토를 유린하였다. 5년에 걸친(1235-1239) 3차 침입과 대칸 후계분쟁으로 인한 7년간의 휴전상태, 1247년의 4차 침입, 1253-1254년의 5차 침입, 6년간(1254-1259) 단속적으로 시행된 4차례의 6차 침입이 있었다. 『고려사』고종 42년 4월조에 의하면 고종 41년(1254)에 포로로 잡혀간 고려인이 20만 6,800여 명이었다. 고종 40년(1253)에 고종이 출륙하여 사자를 접견하여 입조를 약속하였다. 1257년 10월에 몽골군이 철수하였고 1258년에 김준이 최의를 제거한 후 고종 46년(1259) 4월에 태자가 몽골로 출발함으로써 29년의 무력충돌이 끝을 맺을 수 있었다. 『고려사』(권24, 고종 45년 12월 갑신)에는 "우리나라가 사대의 성의를 다하지 못한 것은 내부에 권신이 섭정하는 사정이 있었기 때문이었다. 이제 최의가 이미 죽었으니 바다에서 출륙하여 상국의 명을 따를 것이다"라고 기록되어 있다. 6월 말에 고종이 죽어 원종이 된 고려의 세자와 후에 세조가 된 몽골의 쿠빌라이가 만나 실질적인 강화가 성립되었다. 쿠빌라이는 고려의 풍속을 존중하여 상하 모두 의관을 바꾸지 않아도 좋다고 하였다. 1271년 원종은 사자를 보내 원나라 세조에게 고려 태자와 원나라 공주와의 혼사를 요청했다. 몽골 풍속에 통혼은 합족(合族)을 의미했다. 원종 13년(1272)에 태자가 대도(베이징)에 들어가 1년 4개월 체재한 후 그보다 23세 어린 16세의 제국대장공주와 결혼했다. 1274년 6월에 원종이 죽고 8월에 충렬왕이 귀국하여 즉위하고 11월에 공주가 고려에 와서 왕비가 되었다. 그녀는 유흥을 즐기는 충렬왕에게 자주 간하였고 흉년에는 쿠빌라이에게 서신을 보내 식량 원조를 받기도 했다.

고종 18년에 서북병마사 박서는 귀주성에서 몽골군을 맞아 크게 이겼다. 나이가 70쯤 되는 몽골 장수 한 사람이 성루를 둘러보고 "내가 어려서부터 종군하여 천하의 성들을 여러 차례 공격하였으나 일찍이 이처럼 호되게 공격당하고도 끝내 항복하지 않는 자는 처음 보았다"라고 하였다(『고려사절요』 권16, 고종 18년 12월). 성의 남면을 맡은 분도장군 김경손은 전투를 독려하는 중에 적이 쏜 대포알이 바로 뒤에 있던 군사에게 맞았으나 군심이 동요될까 염려하여 자리를 옮기지 않았다. 몽골군이 기름 묻힌 섶으로 화공을 하자 박서는 성루에 준비해 둔 물과 진흙으로 불을 껐고 몽골군이 망루를 실은 수레를 만들어 쇠가죽으로 싸고 그 속에 군사를 감추어 성 밑으로 들어와서 땅굴을 파고 길을 만드니 박서는 성 밑으로 구멍을 뚫고 쇳물을 녹여 들이부었다. 고려 국왕의 칙유를 수차례나 받은 후에야 박서는 성을 내놓았다. 강화도로 천도한 고종 19년(1232) 처인성을 공격하던 사르타이(撒禮塔)가 화살에 맞아 죽었다. 충주성 방호별감 김윤후는 고종 40년(1253)에 관노의 호적을 태워 버리고 군민이 합심하여 70여 일에 걸친 공격을 막아 내어 몽골군이 더 이상 남진하지 못하게 하였다. 1233년에 몽골은 금나라에 최후통첩을 보냈고 1234년에 금나라를 점령한 후, 1235년에 송나라 침략을 시작하였다. 최이는 최충헌이 모았던 금은보화를 고종에게 바치고 최충헌이 강점했던 토지를 원래의 주인에게 돌려주고 빈한한 선비들을 많이 선발하여 인망을 얻으려고 하였다. 최항은 산성이나 섬에서 수성전을 하거나 별초를 동원하여 유격전을 하는 방식으로 전쟁을 수행하려 했다. 강화를 거부하는 것은 지나치게 강경한 전략이었고 수성전과 유격전에 의존하는 것은 지나치게 소극적인 전술이었으나 당시 몽골은 주력부대를 금나라, 송나라 쪽에 투입하고 있었기 때문에 고려는 시급히 점령해야 할 대상으로 규정하지 않았으므로 강화도로 들어가 소극적으로 대항한 것은 전략적으로 이해할 수 있는 결정이었다. 만일 개성에서 버텼다면 전면전이 되어 40년 전쟁이 불가능하였을 것이다. 송나라 수군의 방어선을 성공적으로 돌파한 몽골군이 강화도를 점령하는 것은 어려운 일이 아니었다. 고려가 주 공격 지역에서 제외되어 있었으므로 최후통첩을 뒤로 미루고 있었던 것이었다. 항복은 노예가 되는 것을 의미했으므로 중앙정부의 지휘가 없어도 향읍을 방어하려는 결사항전이 가능했으나 전쟁 말기에는 투항자들이 잇달았고 몽골군이 오는 것을 기뻐하는 농민들도 있었다. 이 무렵에는 몽골군의 전쟁방법이 바뀌어 학살은 거의 없었다. 바얀이 이끄는 20만 몽골군은 전쟁이 아니라 행진처럼 남송을 정벌했다. 몽골군은 살육도 파괴도 하지 않았고 진귀한 보물들을 사사로이 차지하지 않았다. 남송을 정벌한 후 원나라는 몽골족, 거란족, 여진족, 한족, 고려족 등이 공존하는 다민족 다언어 국가가 되었다. 원(元)은 『주역』의 "대재건원(大哉乾元)"에서 온 것으로 하늘의 위대한 힘이 미치는 범위가 위대하다는 의미인데 몽골어로 하늘은 텡그리이고 텡그리는 어원으로 볼 때 단군과 통한다.

고려시대에 두 번 대장경을 간행하였다. 현종 2년(1010)에 거란 군사의 격퇴를 기원하여 만든 부인사 대장경은 고종 19년(1232) 몽골의 침략으로 불타 없어졌다. 현재 해인사에 있는 고려대장경은 고종 23년(1236)에서 고종 38년(1251)까지 16년간 간행한 재조대장경이다. 고종시대(재위 1213-1259)의 관판대장경이 주종을 이루는 고려대장경은 639함 6,557권 81,258매로서 국본 60퍼센트, 송나라본 10퍼센트, 거란본 30퍼센트로 구성되어 있다. 태조 왕건은 유훈에서 "백성은 부처나 신을 좋아하여 복을 구하려 한다[土性好佛神欲資福利]"라고 했는데 최이는 대장경이 민심을 단합하게 함으로써 항전에 도움이 된다고 생각하였다. 이규보도 대장경 간행의 이유를 "불교의 가르침으로 인심을 안정시키고 사심을 끊게 하는 데 있다[用佛法靜截人心]"라고 하였다. 고종은 "최이가 따로 도감을 세우고 개인 재산을 내어 대장경판을 새긴 것이 거의 반이나 되었다"라고 했다(『고려사』 권129, 「반역전」 3). 최이는 정부와 간행사업을 절반씩 나누기로 하였다. 대장도감의 『교정별록』에 의하면 고려대장경은 이미 나와 있는 세 나라(고려, 송, 거란)의 대장경을 철저하게 검토하여 착오를 삭제하고 주석을 첨부하여 간행한 세계 최고의 판본이었다. 13세기에 나온 토마스 아퀴나스의 『신학대전』에 견줄 만한 위대한 업적이라고 할 수 있다.

일본의 무신정권은 12세기에 출현하였다. 8세기 이후 궁정귀족과 중앙 사원의 권력 독점이 해체되고 국정 운영에 쿠니 출신 사무라이의 역할이 증대되어 갔다. 문관적 권력을 겸비한 군사령부가 설립되고 상급자와 종속자의 권위적 유대가 권력행사의 기반으로 작용하면서 전국적 수준의 군사화가 진행되고 문인귀족이 구 귀족사회의 하층에서 출현한 군사귀족에게 굴복하였다. 11세기에 지방관청이 치안능력을 상실하자 지방관청과 장원에서는 전사를 모집하여 무장수비대를 결성하기 시작하였다. 궁술, 검술, 마술 등 전투기능을 훈련하는 과정에서 군사 엘리트가 형성되었고 군사적 행동은 흩어져 있던 각 지방 출신 병사들을 한 사람의 뛰어난 지도자 주변으로 끌어당겼다. 정부의 통치가 무력에 의존해 가는 데 따라 국가의 모든 하위 기관이 무사단을 징집하게 되었다. 1156년 스토쿠 상황과 고시라카와 천황의 분쟁(호겐의난)에서 천황을 지지했던 타이라 가문의 키요모리(1118-1181)가 승리하여 미나모토 가문의 지위를 약화시켰다. 타이라 패권의 기반은 우월한 군사력과 광대한 장원의 경제력과 지역 관리들의 지지에 기반한 정치력이었다. 1180년에 키요모리는 어린 외손자를 천황에 즉위시켰다. 미나모토 가문(겐지씨)의 요리토모(1147-1199)가 고시라카와 법황(출가한 상황)의 편을 들어 일으킨 겐페이 전쟁(1180-1185) 초기인 1181년에 키요모리가 죽자 타이라 가문은 수세에 처하게 되었다. 상류무가의 유력자들이 일본 각지의 군인들을 광범위하게 동원하여 참가한 이 전쟁은 미나모토 가문의 승리로 끝났고 마침내 겐지 요리토모의 주도로 전국을 통치하는 군사령부가 수립되었다. 고려의 무가정권은 1270년에 몽골의 개입으로 막을 내렸고 일본의 무가정권은 도조 히데키의 군사정권까지 무신시대라고 본다면 그보다 675년 후인 1945년에 미국의 개입으로 막을 내렸다고 할 수 있다.

12세기 말엽에 무사는 정치나 군사 방면뿐 아니라 문화면에서도 일본 지도층의 중요한 구성요소가 되어 있었다. 이 새로운 지배계급의 가치는 점차 일본문화 전체에 영향을 미치게 되었다. 겐페이 전쟁을 다룬 『헤이케 이야기』에 나오는 키요모리의 아들 시게모리는 이상적인 군인이면서 이상적인 인간으로 묘사되었다. "시게모리는 사람됨이 반듯하고 충의가 있었으며 예술적 재능이 뛰어난 한편 변설과 덕행을 겸비한 인물이었다."[1] 그는 불교의 오계와 유교의 오상을 굳게 지키고 천지, 국왕, 부모, 중생의 은혜를 명심하며 자비를 실천하였다. "일본은 신령이 수호하는 나라이고 신령은 비례를 받아들이지 않는다"[2]라는 것이 그의 신념이었다. 고려 중기의 경대승에 견줄 만한 키요모리의 공정한 행동은 그의 적들까지도 그를 존경하게 하였다. 아들이 아프다는 말을 듣고 키요모리가 에추태수 모리토시를 보내 사신과 함께 일본에 와 있는 송나라 명의의 치료를 받으라고 하였다. 시게모리는 병이 업보에 의한 것이라면 치료를 해도 낫지 않을 것이요 일시적인 재액이라면 치료를 안 해도 나을 것인데 외국인 의사를 불러 치료하게 하는 것은 나라의 수치가 된다고 모리토시에게 대답하였다. "만약 그 송나라 의술 덕에 목숨을

---

1   『헤이케 이야기』1, 오찬욱 역, 문학과지성사, 2006, 206쪽.
2   『헤이케 이야기』1, 120쪽.

구한다면 우리나라엔 의술이 없다는 말을 듣게 되지 않겠는가? 의술로 될 일이 아니라면 의원을 만난들 뾰족한 수가 없을 것일세. 더구나 한 나라의 대신으로 외국에서 불쑥 찾아온 자를 만나는 것은 한편으로는 나라의 수치요 다른 한편으로는 우리 의술의 낙후된 것을 말하는 창피이니 내 목숨이 다한다 한들 어찌 국가의 체통을 해칠 수 있겠는가?"[3] 시게모리는 결국 1179년에 나이 43세로 죽었다.

칭기즈칸이 몽골제국을 건국한 1206년은 세계사의 분수령이 되는 해라고 할 수 있다. 몽골제국은 몽골을 중심으로 한 일원적 국제질서를 확립하여 유라시아를 군사적으로 직접 지배하였다. 13세기에서 14세기 후반까지 약 150년 동안 몽골은 세계의 중심 국가였다. 몽골군의 말발굽은 서쪽으로 아프가니스탄을 거쳐 빈의 문턱까지, 남쪽으로 자바섬에 이르기까지 세계의 절반을 점령하였다. 고려는 40년 동안(1218-1259) 집요하게 저항하였기 때문에 몽골제국 내에서 국체를 유지할 수 있었고 북방의 안보 위협이 크게 줄어들었기 때문에 세계제국의 국제표준을 수용하여 과학, 철학, 연극 등을 발전시킬 수 있었다. 한국불교와 한국유학을 대표하는 간화선과 성리학이 모두 그때 원나라에서 들어왔다. 태고 보우(1301-1382)는 46세에 원나라에 들어가 임제종 18대 법손 석옥 청공에게 인가를 받았고 나옹 혜근(1320-1376)은 29세에 원나라에 들어가 석옥의 법형 평산 처림에게 인가를 받았다. 쿠빌라이는 고려에 대하여 "고려는 작은 나라이나 장인이나 기술이 모두 한인보다 낫다. 유학자도 경서에 능통하고 공자와 맹자를 배운다. 한인은 오직 부를 짓고 시를 읊는 데만 힘쓰니 어디에 쓸 것인가"라고 평가하였다. 고려 의사 설경성은 쿠빌라이의 병을 치료해 명의로 알려졌다. 충렬왕 때 몽골의 영향을 받아 연극이 성행했다. 충렬왕 5년에 산대색을 연등도감과 나란히 두게 했고 충렬왕 9년 8월에 원나라 배우들이 왔으며 충렬왕 14년 9월에 주유희(侏儒戲), 충

---

3   『헤이케 이야기』 1, 205쪽.

럴왕 21년 4월에 인수희(引水戲)를 상연했다.

1258년에 왕권을 다시 찾은 고종은 그로부터 1년 뒤 68세로 삶을 마쳤는데 1259년에 그의 아들(원종)을 대도에 보내 항복하였다. 남송을 공격하고 있던 쿠빌라이는 찾아온 고려 왕자를 만나 크게 기뻐하였다. 1259년 8월에 쿠빌라이의 형 몽케가 죽은 후 몽골의 정복전쟁은 일단 중단되었다. 그들의 모친 솔학타니는 자식들에게 유학을 배우게 해서 몽케와 쿠빌라이는 『효경』과 『주역』에 대하여 알고 있었다. 1260년 3월에 쿠빌라이가 즉위했다. 쿠빌라이는 조서에서 "의관은 본국의 풍속이기에 쉽게 고칠 수 없는 것이다"라고 하여 고려의 풍속과 관례를 유지할 수 있게 하였다(『고려사』 권25, 원종 원년 8월 임자). 조선을 건국한 이성계는 쿠빌라이 옹립을 주도한 동방왕자 옷치긴의 손자 타가차르의 인정을 받고 성장한 이안사의 자손으로서 근 백 년 동안 몽골의 관직을 맡아 온 옷치긴가의 고려계 몽골 군벌 가문이었다. 칭기즈칸의 후손들은 몽골제국을 황족들의 공동재산으로 여겼다. 쿠빌라이는 옷치긴가의 타가차르의 지지를 받아 쿠데타에 성공하였다. 타가차르의 손자 독타는 성종, 무종, 인종, 영종, 태종, 다섯 황제 통치 기간에 옷치긴가를 이끌었다. 『몽골비사』에 의하면 칭기즈칸의 어린 동생 옷치긴은 쿨룬 부이르 및 칼카 하(河) 일대의 만 호를 분봉받았다. 그의 세력 범위는 흥안령 동쪽 지역과 동북 만주 일대에 이르렀다. 옷치긴가는 해상무역에 주력하여 원나라 재정의 30-40퍼센트에 해당하는 수익을 올리고 있었으므로 원나라 조정은 옷치긴가의 비대화를 견제하려고 하였다.

1328년 대도와 상도의 황위 분쟁에서 독타가 살해되었다. 몽골 황제의 승인하에 서경 북쪽을 분할하여 통치하려고 하던 최탄의 동령부를 물리치고 다루가치의 내정간섭을 막을 수 있을 것이라고 생각한 원종은 1270년에 37세의 아들을 사위로 삼아 달라고 몽골 세조에게 청해서 승낙을 받았다(『고려사』 권26, 원종 11년 2월 갑술). 충렬왕(1236-1308)은 24세까지 태손이었고 39세까지 태자였으며 1274년 39세에 원나라 수도 대도에서 쿠빌라이의 딸 16세 몽골 소너 쿠툴룩 켈미시와 결혼했고 72세까지 살았다. 충렬왕의 어머니 순경왕후는 그를 낳고 곧 죽었다. 그 후 충선왕, 충숙왕, 충혜왕, 공민왕이 모두 몽골 여자를 왕비로 맞아들였으나 황제의 사위가 된 것은 충렬왕뿐이었다. 『원사』에는 "개국공신이 아니면 황실과 혼인관계를 맺지 못한다. 부마는 제왕(諸王)의 대우를 받는다"라는 기록이 있다. 부마는 최고 정책을 결정하는 쿠릴타이에 참석할 수 있는 자격을 가지고 있었다. 충렬왕은 쿠빌라이의 장례식에 참석하였고 성종 테무르의 즉위식에는 성종의 고모부로서 제7위의 자리에 앉았다. 그는 34년 동안(1274-1308) 왕위에 있었고 원나라 세조의 딸 제국대장공주는 1274년 11월에 개성에 도착하여 22년 동안(1275-1297) 왕비로 있었다.

충렬왕 원년(1275) 공주가 아들을 낳았다. 쿠빌라이의 둘째 아들 황태자 짐킨(1234-1285)의 비 발리안 예케치가 쿠툴룩 켈미시의 아들 왕장에게 이지르부카(젊은 황소)라는 이름을 지어 주었다. 1290년 쿠빌라이가 이지르부카에게 어떤 책을 읽고 있느냐고 물으니 "정가신과 민지에게 『논어』와 『맹자』를 배우고 있습니다"라고 대답하였고 1292년에는 같은 질문을 받고 "『통감』을 읽고 있습니다"라고 대답하였다. 1286년에 귀국하여 국학에 입학해 육경을 배웠고 고려와 몽골을 오가며 지내다 1296년에 대도에 들어가 짐킨의 장자 진왕 가말라(1263-1302)의 딸 보타시린 공주와 결혼했다. 결혼식이 한 달 동안 계속되었다. 1297년 5월에 제국대장공주가 39세로 별세했다. 1298년에 23세의 충선왕(이지르부카)이 즉위하여 대신들의 수를 축소하고 중요하지 않은 관청들을 폐지하였다. 충렬왕이 제후국의 명칭으로 바꾼 관제를 이전대로 회복한 것이었다. 충선왕은 각지의 공물을 감하고 양민을 압박하여 천민을 삼는 일과 부정한 방법으로 토지를 강점하고 탈세하는 일을 철저하게 금하려고 하였다. 그것은 그가 세자 때부터 계획해 온 일이었다. "세자가 왕을 뵈러 갈 때 사서인(士庶人)들이 길을 막으며 말을 둘러싸고는 상서하여 원한을 호소하였으므로 말이 앞으로 나아가지 못하였으나 세자가 모두 받아 주었으니, 그것은 대개 세력가들이 남의 전민을 탈취하여도 유사가 능히 처벌하지 못한 까닭이었다"(『고려사』 권31, 충렬왕 21년 11월 정축). 권문들의 방해공작이 원나라에까지 작용하여 충선왕의 개혁을 불법적이라고 판단한 원나라 성종은 충선왕 부부를 대도로 부르고 충렬왕을 복귀시켰다. 1307년에 충선왕은 원나라의 무종(카이산)을 옹립하는 데 공을 세워 심양왕이 되었다. 이지르부카는 카이산을 위해 정변을 계획하고 정적 제거 활동에 참가하여 카이산 황제의 일등공신이 되었다(『고려사』 권32, 충렬왕 34년 5월 무인). 무종, 인종의 시기(1307-1320)에 이지르부카는 원나라 정치의 중심세력을 형성하고 있었다. 1308년 7월에 충렬왕이 병사하자 충선왕이 다시 즉위하였으나 3개월 만에 대도(칸발릭)로 돌아가서 원나라의 정치에 참여하였다. 그는 1290년 11월부터 몽골에 숙위로 머물러 있다가 1298년 1월에 귀국하여 고려 왕이 되었다가 그해 8월에 다시 대도로 들어가 숙위로 10년 동안 머물렀다.

원나라 황실의 관념 속에서 고려는 몽골제국의 한 부분으로 인식되었다. 고려는 부마의 영지였고 고려 왕은 시호를 원나라로부터 받았다. 고려 왕은 조세권, 징병권, 관인선발권을 가진 독립국가의 국왕이면서 원나라 정동행성의 승상을 겸하는 특이한 위치에 있었다. 1280년에 설치된 정동행성은 원나라의 외지통치기관으로서 정동은 일본원정이고 행성은 행중서성의 준말인데 기관장에 해당되는 좌승상에는 항상 고려 왕이 임명되었고 하위직도 고려인으로 충원되었으며 규정상 몽골인으로 충당해야 할 직위는 비워 두고 임명하지 않았다. 고려의 내정에 간섭할 필요가 있으면 정동행성을 거치지 않고 원나라 조정이 직접 처리하였다. 정동행성은 몽골제국 내에서 고려의 위치를 확정해 두자는 목적에서 설치된 기관이었다. 최해, 안축, 이곡, 이색, 이인복, 안진, 조염 등은 정동행성에서 실시하는 향시를 거쳐 원나라 회시에 응시하였다. 고려는 독자적인 왕조체제를 유지하였으나 그의 지위는 원나라 황제 아래 제왕(諸王)들 가운데 하나였다. 그러므로 국왕의 책봉권은 원나라 황제에게 있었다.

쿠빌라이 대칸의 외손인 충선왕은 유학자의 최고직인 원나라 태자태부로서 몽골 키야드 보르지긴 황금씨족(金氏)이었다. 1310년에 몽골 여자 아수친이 낳은 왕도(충숙왕)를 세자로 책봉하고 1313년 그에게 왕위를 물려주었다. 충숙왕은 24년 동안(1313-1330, 1332-1339) 왕위에 있었다. 충선왕은 1314년 심왕부에 만권당을 설치하고 한족 유학자들을 추천하여 버슬을 주게 하고 성리학을 연구하게 하였다. 주희 당대의 남송에서는 정자와 주자의 성리학을 위학 또는 사학으로 규정하고 배척하였다. 충선왕의 만권당은 원나라의 지배이데올로기 창출기구로서 성리학을 원나라의 관학으로 정립하는 데 핵심적인 역할을 담당했다. 충선왕으로 인해서 몽골세계제국(몽골 울루스)의 중앙정부인 원나라 조정이 공자를 만세의 사표로 숭상하게 되었고 지주계급의 이익을 반영한 주희의 성리학을 국가이데올로기로 정립하게 되었다. 만권당(1314-1328)은 그 후 규장각(1329-1340), 선문각(1340-1368) 등으로 바뀌었다. 1289년에 최의를 죽인 유경의 제자 안향(초명 유, 1243-1306)이 충렬왕을 따라 원나라에 들어가 대도에 1년 동안 있으면서 『주자서』를 베껴 옴으로써 원조에서 재정비한 주희의 성리학을 수용했다. 그는 "만년에 회암(주자)의 진영을 걸어 놓고 경모하여 호를 회헌이라고 하였다"(『고려사』 권105, 「안향전」). 백이정은 대도에 10년간(1298-1308) 있으면서 정자와 주자의 성리학 서적을 구하여 돌아와 이제현과 박충좌에게 전하였고 이제현의 장인 권부는 주자의 『사서집주』를 간행하여 보급하였으며 우탁은 정자의 『역전』을 교수하였다. 충숙왕 원년(1314)에 안향의 제자 이진(초명 방연)의 아들 이제현(1287-1367)이 만권당에 가서 요수(姚燧), 염복(閻復), 원명선(元明善), 조맹부(趙孟頫) 등의 중국학자들과 교류하였다. 그는 세 차례 중국 내륙을 여행하였고 10년 만에 귀국하여 이곡, 이색 부자를 가르쳤다. 성균시를 거쳐 원나라 제과에 급제한 이색(1328-1396)은 국학에 4서 5경을 가르치는 구재를 만들고 김구용, 정몽주, 이숭인, 박상충, 박의중, 정도전, 권근 등을 뽑아서 후진을 교도케 하였다. 이제현의 『익재난고』, 최해의 『졸고천백』, 정포의 『설곡집』, 이곡의 『가정집』, 이색의 『목은집』, 정몽주의 『포은집』, 이숭인의 『도은집』이 지금도 남아 있다. 최초의 한국시문집이라고 할 수 있는 김태현의 『동국문감』은 전하지 않는다. 최해(1287-1340)는 아홉 살에 시를 지었다 하며 충숙왕 때에 원나라 제과에 급제하여 개주 판관을 지내다 환국하였다. 책 읽고 글 짓는 데 자득(自得)을 위주로 삼고 스승을 따라 지도받으려 하지 않았으며 권문에 붙좇는 것을 싫어하여 크게 쓰이지 못하였다. 일찍이 동래의 해운대에 올라갔다가 합포만호 장선(회회인 장순룡의 아들)이 소나무에 써 놓은 시를 보고 "아 이 나무가 무슨 죄가 있어서 이런 엉터리 시를 만났단 말인가"라 하고 그 시를 깎아 버렸다. 정포는 충숙왕 때 18세에 급제하여 충혜왕 때 좌사의 대부를 지냈다. 울주(울산)로 유배되었다 풀려나 중국에 들어가 문명을 날렸으나 37세에 대도에서 죽었다.

1320년에 원나라 영종이 태후 타기를 제거하고 즉위하여 타기 일파에 속한 충선왕을 불교학습을 구실로 티베트(토번)에 유배하였으나 1323년에 그가 21세로 암살당하고 충선왕의 처남 예순 테무르(태정제)가 즉위하여 충선왕을 소환하였다. 충선왕이 유배당한 시기인 1323년에 보타시린 공주의 오빠의 사위인 충선왕의 조카 심양왕 왕고(울제이트)가 고려를 원나라의 한 성으로 하자는 입성청원(立省請願)을 하였으나 원조에서 받아들이지 않았다. 정동행성을 삼한성으로 개칭하려는 계획에 대하여 이제현이 중서성에 올린 상소가 입성책동을 막는 데 기여하였다(『고려사』 권110, 「이제현전」).

소방은 지역이 천 리에 불과한데도 산, 내, 숲 등의 쓸데없는 땅이 10분의 7이나 돼서 토지세를 받더라도 조운의 삯에도 부족하고 백성에게 과세하더라도 봉록을 충당하지 못하니 국가의 용도에 태산의 먼지와 같아 만분의 하나도 도움이 되지 못합니다. 게다가 지역이 멀고 백성이 우매하며 상국과 언어가 같지 않고 중화와 취향이 너무도 달라 이런 소문을 들으면 반드시 의구하는 마음이 생길 터인데 집집마다 가서 설득해 안정시킬 일이 아닙니다. 또한 왜인들과 바다를 사이에 두고 서로 바라보는데 왜인들이 만약 듣는다면 어찌 우리를 경계로 삼아 중국에 복종하지 않은 자기들의 행동을 잘했다고 하지 않겠습니까.

1313년에 충선왕이 50세를 일기로 대도에서 세상을 떴다. 1330년에 원나라 문종이 충숙왕의 요청을 받고 충혜왕(부다시리)을 책봉하였다. 그는 몽골의 덕녕공주 이린친발과 결혼하였다. 충숙왕은 대도에 가서 원나라 종실녀 바얀후투(경화공주)와 결혼하였다. 1332년에 원나라 문종이 고려가 태자 토곤 테무르를 옹립하려 한다는 모함을 듣고 충숙왕을 복위시켰다. 1333년에 원나라 마지막 황제 토곤 테무르가 즉위하였고(그의 시호를 원나라에서는 혜종, 명나라에서는 순제라 하였다) 1339년에 충숙왕이 46세로 별세하였다. 바로 그해에 충혜왕의 숙모 경화공주 강간사건이 발생했고 1340년에 충혜왕은 원나라 형부에 구속되었다. 원나라 조정의 정치투쟁 과정에서 풀려나와 복위한 충혜왕은 측근 상인들을 시전에 참여시켜 사적 경제기반을 조성하고 또 그들을 원나라에 보내 내탕금으로 교역하게 하여 과세가 아니라 무역으로 재정을 확충하였다. 충혜왕은 국가재정을 확보하기 위하여 소은병을 만들어 화폐로 사용하도록 했는데 그것은 은병의 사주가 유통질서를 혼란하게 하여 실패하였다. 1343년에는 권세가에게 피해를 입은 백성을 구제하기 위하여 공신전과 사원전을 내고에 귀속시켰다. 기철의 세력을 비롯한 권세가들의 반발이 작용하여 원조에서는 충혜왕을 폐위하기로 결정하고 1343년 11월에 고려 출신 환관 고용보를 보내 충혜왕을 체포하여 게양현(광둥성)으로 유배 보냈는데 충혜왕은 유배지로 가는 도중에 별세하였다.

그의 아들 충목왕(파드 마도르지)은 8세에 즉위하여 12세에 죽었다. 정치는 이린친발이 섭정하였는데 충선왕 개혁을 주도한 이진의 아들 이제현이 상소한 개혁안을 받아들여 공부를 경감하고 탈점된 녹과전을 복구하였으나 농장, 노비, 수조 등의 문제에서 권문이 반발하였다. 기황후의 친동생 기주의 불법을 조사하는 과정에서 기황후의 일족인 기삼만이 옥사하는 사건이 발생하자 원나라 조정이 직접 간섭하여 충목왕 개혁도 실패하였다. 충목왕의 이

복동생 충정왕 원년에 강릉대군(바얀 테무르, 1330-1374)이 위왕 볼로드 테무르의 딸이며 순제의 6촌 누이인 노국공주(보타시리)와 결혼하였다. 1351년에 토곤 테무르는 충정왕을 폐위시키고 충혜왕의 동생 강릉대군을 고려 왕(공민왕)에 봉했다. 토곤 테무르는 고려 대청도에 1년 동안 유배된 적이 있었다. 1333년에 차 담당 궁녀로 들어간 고려 여자 기씨(기울제이호톡)는 1339년 겨울에 태자 아유시리달라를 낳은 후 권신 엘테부르와 황후 다나시리를 쫓아내고 두 번째 황후가 되었다. 기씨의 오빠 기철과 기원은 고려 왕실을 무시하고 권세를 부렸다. 고려의 군신이 모두 기철 일족의 눈치를 보았다. 이제현의 손녀도 기철의 조카 기인걸과 결혼하였다. 1356년에 공민왕은 기철의 친속 일당을 죽이고 "그들의 역모가 증거가 있으며 생사가 일각을 다투기에 심문할 겨를도 없이 처벌하였다"라고 원나라에 보고하였다(『고려사』 권39, 공민왕 5년 7월 무신). 공민왕은 쌍성(영흥) 지역을 99년 만에 무력으로 회복하고 정동행성을 혁파하고 관제를 문종 때의 구제로 환원하였다. 원나라가 고종 45년(1258)에 철령을 경계로 하여 그 이북 동북면을 원나라에 귀속시키고 그곳에 쌍성 총관부를 설치한 지 99년 만의 사건이었다. 이때 이자춘과 이성계 부자가 내응하였다. 같은 1356년에 공민왕은 은전을 주조하여 화폐가치를 안정시키려 하였으나 은 보유량의 부족으로 실패하였다. 1364년에 원나라에서는 충선왕의 서자 타스 테무르를 고려 왕으로 임명하고 군사 만 명을 보내 의주와 선주를 공격하였으나 최영과 이성계에게 패했다.

공민왕 14년(1365)에 공민왕은 2차 개혁을 시작하였다. 승려 신돈에게 전권을 주어 최영 등 권문세족을 폄척하고 군사조직을 개편하고 농장의 폐해를 시정하게 하였다. 신돈은 권문을 견제하기 위하여 이제현, 이색 등과 좌주-문생 관계에 있던 정몽주, 이존오, 김구용, 이숭인, 정도전, 이첨, 권근 등의 소장파를 등용하였다. 그러나 신돈이 평양천도를 주장한 공민왕 16년 10월부터 태후와 권문의 저항이 거세졌고 끝내 신돈은 공민왕 20년 7월에 수원에서 처형되었다. 신돈의 몰락과 함께 제거되었던 최영이 복귀되었고 이성계가 동북면에서 개성으로 진출하였다. 1368년 7월에 토곤 테무르가 주원장에게 패하여 상도로 도망하였다. 이성계의 조상은 대대로 전주의 호장을 지냈다. 이성계의 7대조인 이용부는 대장군이 되었고 그의 아들 이의방은 1170년 이고와 함께 경인란을 주도하였다. 이의방의 아우 이인은 문극겸의 여동생과 결혼하여 이양무를 낳았다. 명종 4년(1174)에 이의방이 실각하고 형 이준의와 아우 이인이 함께 주살되었다. 이양무는 전주로 피신하였고 그의 아들 이안사는 외가가 있는 삼척으로 이주하였다. 고종 40년(1253) 예쿠가 침입해 왔을 때 이안사는 가속과 주민 일천여 호를 데리고 몽골에 투항하였다. 그는 동북면 의주(함경도 덕원)로 이주하여 1254년 함흥 이동 30리 지역에 정착했다. 고려에서는 그에게 의주병마사를 제수했다. 1258년 그는 몽골의 다루가치가 되었으며 그를 이어서 천호가 된 그의 아들 이행리(오로스부카)는 일본 정벌에 참여하였고 1290년 쌍성의 고려군민 다루가치가 되었으며 그의 아들 이춘이 그 자리를 계승했다. 이춘의 아들 이자춘은 고려에 입조하여 공민왕을 알현하고 공민왕의 쌍성 공략에 호응하여 공민왕 10년(1361)에 고려로 귀화하여 동북면병마사가 되었다. 원나라가 망한 후에 이성계 일문은 고려의 동북부 지역을 통제하게 되었고 이성계는 1362년 함흥에 침입한 요동의 나하추를 물리쳤다. 그는 동북면에서부터 거느린 사병을 중심으로 하는 무력으로 정계의 핵심에 침투하였다.

1374년에 공민왕이 죽고 10세의 우왕이 즉위하였다. 이조년의 손자 성주 이씨 이인임이 정국을 주도하며 전녹생, 이첨, 정몽주, 김구용, 이숭인 등을 귀양 보냈다. 우왕 14년(1388)에 최영이 이성계의 조력을 얻어 이인임을 축출하였다. 우왕 13년(1387) 12월에 명나라가 철령위를 설치하여 동북면의 철령 이북을 회수하겠다는 통고를 해 오자 고려는 철령위 설치를 중지해 달라고 요청하였으나 응답을 받지 못했다. 우왕 14년 2월 고려는 요동정벌을 단행하였다. 『고려사』의 기록을 따르면 5도의 군인이 공민왕 13년에 27,000명이었고 우왕 2년에는 10만 명이었다. 이성계의 군사 정변에 직면하여 우왕이 "강토는 조정에서 받았으니 어찌 쉽게 남에게 줄 수 있는가. 군사를 일으켜 막는 것만 같지 못하다 하여 여러 사람에게 모의하니 모두 가하다 하였는데 이제 어찌 감히 어기는가"[4]라고 한 것으로 미루어 생각하면 이성계도 결정과정에서는 반대하지 않았다는 것을 알 수 있다. 그가 이소역대불가(以小逆大不可)를 말한 것은 정변을 결정한 후였다. 1388년 5월의 위화도 회군, 그해 11월의 옷치긴가 아자시리의 명나라 투항, 1392년 7월의 조선왕조 창건은 명나라로부터 미리 지배권을 보장받고 수행한 거사였다.

몽골제국하에서 고려는 유일하게 국명을 유지하고 조세권과 징병권을 확보하여 국체를 보존할 수 있었으며 중원의 틀을 벗어나 유라시아 대륙 차원의 세계적 시야를 갖출 수 있게 되었다. 유교경전에도 능하고 행정실무에도 능한 관인층이 무신정권시대 이후로 고려사회의 주도층이 되었다. 새로운 지배세력은 충렬왕 대(1275-1308) 중엽에 형성되어 19세기 말까지 존속하였다. 김취려의 언양 김씨는 5대에 걸쳐 사위를 포함하여 12명의 재상을 배출하였다. 경주 김씨, 안동 김씨, 여흥 민씨, 파평 윤씨, 경원 이씨, 정안 임씨, 횡천 조씨, 평강 채씨, 철원 최씨, 해주 최씨, 공암 허씨, 남양 홍씨 등 과거제와 음서제를 함께 활용하여 19세기 말까지 대대로 지배력을 유지해 온 문벌과 지벌이 이때 형성되었다. 이들은 토지를 겸병하여 농장을 경영하는 대지주들이었으며 지방의 중소지주들도 세력화를 도모하여 공민왕 때에는 중앙 정계에 진출할 수 있었다. 전시과제도가 무너진 후에 관료들은 직분에 상응하는 전토를 지급받지 못하여 부당하게 부를 축적하는 상류층과 받아야 할 것도 받지 못하는 관료층의 갈등이 심화되었다. 300결의 전답과 360석의 녹봉을 받아야 할 재상이 1결의 토지도 받지 못하고 30석의 녹봉을 받는 데 그치는 경우도 있었다. 상류층에게 토지는 가산화, 사물화되어 사전(私田)이 되었다. 농장주들은 민전을 점유하고 국가에 바쳐야 할 조세를 포탈하였

---

4   『국역 고려사절요』 IV, 민족문화추진회, 1976, 269쪽.

으며 농장에 흡수된 농민들 역시 역을 회피하고 조를 납부하지 않았다. 원종 10년, 충렬왕 14년·27년, 공민왕 원년·15년, 우왕 7년·14년 등 사전과 농장을 개혁하는 국가기구가 10여 차나 설립되었으나 실효를 거두지는 못하였다. 그 대표적인 것이 공민왕 15년에 신돈이 설치한 전민변정도감이었다. 과거제도 권문에 의하여 문란하게 되어 흑책의 비방(『고려사』 권75, 「선거지」 3, 충숙왕 16년 9월)과 분홍의 비난(『고려사』 권74, 「선거지」 2, 우왕 11년 3월)이 있었으니, 흑책이란 습자책을 말하는데 급제자를 발표하는 인사대장이 서로 다투어 지우고 고쳐서 분별하기 어려운 글자 연습장같이 되었다는 것이며 분홍의 비난은 분홍옷을 입은 어린애를 급제시켰다는 것이다. 중류층 특히 향리층이 과거를 통해 상류사회에 편입된 부류와 경쟁에서 실패하여 중인으로 고정된 부류로 분화되었다.

제국대장공주가 시집올 때 회회인 삼가(三哥), 몽골인 인후, 하서인 노영을 데리고 왔는데 삼가는 이름을 장순룡으로 바꾸었다. 그는 21세에 고려에 들어와 44세에 장군이 되었다. 그가 1287년과 1289년 두 차례 고려 처녀를 데리고 가서 몽골 황제에게 바쳤다. 원종 15년 3월부터 공민왕 5년까지 82년 동안(1274-1356) 처녀와 과부를 바친 것이 39차례에(개별적으로 구해 간 것까지 합치면 기록된 것만 50여 회) 대략 4천 명 정도 된다. 한 번에 적게는 한 명에서 세 명이었고 보통은 열 명, 스무 명이었는데 많게는 5백 명을 보낸 적도 있었다. 원종 15년 3월에 140명을 보냈고 충렬왕 2년(1276) 3월에 500명을 보냈다. 원나라에서 벼슬살이를 하던 이곡이 1335년에 원나라 어사대의 이름으로 원나라 순제에게 「고려 여인을 끌고 오는 일을 그쳐 주십시오[請罷求童女疏]」라는 상소문을 올렸다(『고려사』 권109, 「이곡전」).

일 년에 두 차례 세 차례, 때로는 이 년에 한 차례 고려 여인을 원으로 끌고 오는바, 그 수효가 많을 때는 사십 명 오십 명에 이르고 있습니다. 해마다 처녀를 끌고 오기를 대궐 안에 연락부절로 들이는데 하루아침에 딸자식을 품 안에서 빼앗겨 사천 리 밖으로 보내게 되니 보내는 사람의 마음이 어떠하겠습니까. 들자오니 고려 사람들은 딸을 낳으면 곧 감추고 그 비밀이 탄로 날까 두려워서 이웃 사람들까지도 볼 수 없도록 기른다고 합니다. 중원 사신이 이를 때마다 고려 사람들은 놀라 서로 돌아보고는 사신이 무슨 일로 왔을까, 처녀 잡으러 온 것이 아닐까, 아내와 첩을 데려가려고 온 것은 아닐까라고 말한답니다. 군졸이 사방으로 쏟아져 나가서 집집마다 뒤지다가 만일 여자 감춘 것을 알게 되면 이웃들을 불러 문초하고 그 친당에게는 찾아낼 때까지 매질을 가하여 사신이 한 번 오면 나라 안이 소란하며 닭이나 개까지도 편할 수 없다고 합니다. 공녀로 선발되면 그 부모와 일가친척들이 서로 모여 밤낮으로 통곡하여 울음소리가 그치지 않으며 국경에서 헤어짐에 이르러서는 옷자락을 붙들고 발을 구르다가 슬프고 원통하여 우물에 몸을 던져 죽은 이가 있고 피눈물을 쏟아 눈이 먼 이도 있답니다. 이런 사례가 이루 다 적을 수 없을 만큼 많으니 무슨 죄가 있기에 유독 고려 사람만이 이런 고통을 받아야 됩니까. 지금 고려에는 원한이 맺혀 있는 여자가 얼마나 많겠습니까.

충렬왕 7년(1281)에 일연(1206-1289)이 『삼국유사』를 지었고 충렬왕 13년에 이승휴(1224-1300)가 오언시 『제왕운기』를 지었다. 이승휴는 『제왕운기』에서 "요하 동쪽에 별개의 천지가 있는데 그 천하가 중원 국가와 갈라져 구분되는 것이 뚜렷하다遼東別有一乾坤, 斗與中朝區以分"라고 하였고 이어서 나라 연원의 유구함을 노래하였다.

예의를 숭상하면서 밭 갈고 우물 파는 사람들이었기에
중국 사람들이 글 지어 소중화라 했다오
누가 바람과 구름을 헤치고 처음에 나라를 일으켰던고
천제 손자 그 어른의 존호인즉 단군이로다

고려속요

　고려시대에는 중국 글자로 한국어를 표기하는 향찰이 거의 사용되지 않았기 때문에 지식인들은 일상생활에서는 한국어를 사용하면서도 글로 표현할 때는 중국 글자로 쓴 고전 중국어 문장(先秦漢文)으로 기록하였다. 그러므로 자연히 중국어 문학 작품은 많이 남아 있으나 한국어 문학 작품은 많이 남아 있지 않다. 고려시대의 한국어 문학 작품은 구전으로 전승되다가 유교조선에 들어와 궁정 음악을 정리하는 과정에서 한글로 기록되었다. 1493년에 발간된 『악학궤범』에 궁정 음악의 악기와 악보와 무대와 복식이 정리되어 있으며 1504년에 발간된 『시용향악보』에 노랫말의 첫 시절 26개와 그 악보가 기록되어 있으며 17세기 후반에 발간된 『악장가사』에 아홉 수의 고려 노래 전문이 수록되어 있다. 고려 노래 중에서 그 노래가 처음 불려진 시대를 알 수 있는 것은 다섯 수뿐이고 작자를 알 수 있는 것은 오직 두 수가 있을 뿐이다.

　『고려사』「악지(樂志)」속악(俗樂)조에 "벌곡조(伐谷鳥)는 잘 우는 새이다. 예종은 자기의 과오와 시정의 득실을 듣고 싶어서 언로(言路)를 넓게 열어 놓았다. 사람들이 발언하지 않을까 하여 노래를 지어 비유해서 타일렀다"라는 기록이 있고 『시용향악보』에는 뻐꾹새를 노래한 내용의 「유구곡(維鳩曲)」이 있는데 〈벌곡〉은 한국어 〈뻐꾹〉을 중국 글자로 표기한 것이다.

　비둘기도 비둘기도
　울기는 하지마는

뻐꾸기 소리가 나는 좋아

뻐꾸기 소리가 나는 좋아[5]

『시용향악보』에 수록된 고려 노래는 모두 첫 시절뿐이므로 노래의 전체 내용에 대해서는 알 수 없으나 말하지 않고 가만히 있는 신하보다 큰 소리로 제 생각을 분명하게 발언하는 신하를 더 좋아하는 예종의 태도는 이 부분만으로도 충분히 드러나 있다. 당시 고려사회를 주도하는 사상은 불교였고 지식인 관료들은 불교에 더하여 유학을 공부하였다. 예종은 고금의 서적을 모아 놓고 유학자들과 함께 공부하였으며[6] 승려 담운(曇雲)과 낙진(樂眞)을 스승으로 받드는 한편 또 도교를 좋아하여 처사 곽여를 찾아가 함께 도교사상을 토론하였다. 예종의 희망은 불교와 유교와 도교의 공존에 있었다. 그런데 당시의 유학자들은 주류 사상인 불교에 대해서는 반대하지 못하였으나 예종의 도교 취향에 대해서는 반대하는 상소를 여러 차례 올렸다. 예종은 도교를 비판하는 유학자들의 발언을 허용하면서 불교와 도교 측에서도 발언을 해서 삼교가 함께 개화하기를 바랐다. 그러므로 「유구곡」은 곽여나 이자현 같이 도교를 좋아하는 처사들의 발언을 촉구하기 위하여 부른 노래라고 할 수 있다.

「정과정곡」은 의종(재위 1146-1170) 때 정서(鄭叙)가 지은 노래이다. 과정(瓜亭)은 정서의 호이다. 정서는 의종의 이모부였다. 최유청과 유필이 정서가 의종의 바로 아래 아우를 집으로 청하여 술놀음을 한다고 탄핵하였다. 의종은 1152년 5월 25일에 정서를 귀양 보내면서 조정의 공론 때문에 어쩔 수 없으나 곧 소환하겠다고 그를 위로했다. 그러나 그 후 정서는 동래에서 5년 8개월, 거제에서 13년 8개월 동안 귀양살이를 했다. 그가 풀려난 것은 무신란으로 의종이 쫓겨나고 인종의 셋째 아들 명종이 대사령을 내린 1170년 10월

5   『시용향악보』, 김명준 역, 지식을만드는지식, 2011, 27쪽.
6   『국역 동문선』 VI, 민족문화추진회, 1976, 59쪽.

4일이었다. 바로 아래 아우를 의심하고 있던 의종은 그 아우와 친한 정서의 속마음을 의심스러워했기 때문에 소환하지 않은 것이었다. 인종에게는 다섯 아들이 있었는데 맏아들의 능력이 모자란 것을 안 인종은 세자를 도량이 넓은 둘째 아들로 바꿀 생각을 가지고 있었으나 맏아들이 왕이 되어야 한다고 주장하는 신하들이 있었기 때문에 끝내 세자를 바꾸지 못하고 죽었다. 의종은 1158년 2월에 트집을 잡아 바로 밑 동생을 천안으로 귀양 보냈다.

> 임 그리워 우는 저는
> 산 접동새와 같습니다
> 모함이 거짓인 것은
> 새벽의 달과 별이 알고 있습니다
> 넋이라도 임과 함께하고 싶습니다
> 제 잘못이라고 우기는 사람이 누구입니까
> 과실도 허물도 천만 없습니다
> 헐뜯는 말뿐이니
> 애가 탑니다
> 벌써 저를 잊으신 것인가요
> 사실을 헤아리시고 임이시여
> 마음 돌려 사랑해 주십시오[7]

『고려사』 권23, 고종 23년 2월조에 "송경인이 평소에 처용놀이를 잘 한다"라는 기록이 있다.

성스러운 신라시대에

---

[7] 『악학궤범』, 렴정권 역, 평양국립출판사, 1956, 231쪽.

천하가 태평했던 것은 라후(rahu) 별에서 온 처용의 덕이었네
인생에 항상 말조심하면
인생에 항상 말조심하면
온갖 재난이 소멸하는구나

아 처용 아비의 모습이여
가득 꽂은 꽃이 힘겨워 기울어지신 머리와
아 수명이 길어 넓으신 이마와
산처럼 무성한 눈썹과
사랑하는 사람을 보는 듯 원만하신 눈과
뜰에 가득한 바람에 우그러지신 귀와
복숭아꽃처럼 붉으신 얼굴과
오향을 맡으시어 우묵하신 코와
아 천금을 머금으시어 넓으신 입과
백옥 유리같이 희신 이빨과
복 많다고 칭찬받아 밀어 나오신 턱과
칠보가 무거워서 숙이신 어깨와
좋은 경사 너무 많아 늘이신 소매와
슬기롭고 유덕하신 가슴과
복과 지혜를 갖추어 부르신 배와
붉은 띠가 무거워 굽으신 허리와
태평 시대를 두루 함께 누리며 길어지신 다리와
아 계면조에 맞추어 도느라 넓어지신 발과

누가 만들어 세웠는가 누가 만들어 세웠는가
바늘도 실도 없이 바늘도 실도 없이

처용 아비를 누가 만들어 세웠는가
많고 많은 사람들이라네
이 세상 모든 나라의 많고 많은 사람들이라네
아 처용 아비를 만들어 세운 사람은

능금아 오얏아 자두야
빨리 나와 내 신코를 매어라
빨리 매지 않으면 험한 말을 내리겠다
동경 밝은 달 아래 늦도록 노닐다가
들어와 자리를 보니 다리가 넷이로구나
아 둘은 내 것인데 둘은 뉘 것인가
이럴 적에 처용 아비가 나오면
열병 귀신이야 횟감이로다

천금을 드릴까요 처용 아비여
칠보를 드릴까요 처용 아비여
천금 칠보 다 그만두고
열병 귀신을 날 잡아 주오

산이건 들이건 천 리 밖으로
처용 아비를 피해서 갈 테야
아 열병 귀신의 소원이로세[8]

무대의 중앙에서는 처용과 열병 귀신이 춤을 추고 있고 능금, 오얏, 자두라

8   『악학궤범』, 326-327쪽.

고 불리는 세 명의 기생이 조연 배우로 무대의 구석에서 춤을 추고 있다. 노래는 세 명의 무당이 부른다. 첫째 무당이 신라의 평화는 처용의 덕분이고 처용이 도와주더라도 항상 말을 삼가고 조심해야 한다고 노래한다. 둘째 무당이 처용의 모습을 머리끝에서 발끝까지 노래로 그려 낸다. 이때 처용은 화려하게 분장하고 노래에 따라 천천히 춤을 춘다. 셋째 무당이 처용의 힘은 천하 만민의 소망에 근거하여 자연스럽게("바늘도 실도 없이") 형성된 것이라고 노래한다. 다시 첫째 무당이 세 명의 기생들에게 열병 귀신을 잡으러 가는 처용의 신 들메를 단단히 매라고 분부하고 아픈 상처를 상기하게 하여 처용을 흥분시킨 후에 성난 처용의 눈에 띄면 당장에 횟감이 될 것이라고 열병 귀신을 협박한다. 노래의 이 부분에서 첫째 무당은 한편으로 처용을 흥분시키면서 동시에 다른 한편으로 열병 귀신에게 위협을 가하는 것이다. 다시 둘째 무당이 열병 귀신을 대변하며 천금과 칠보를 줄 터이니 분을 삭이겠냐고 처용에게 넌지시 물어본다. 셋째 무당이 열병 귀신을 잡아 죽이는 것 이외에는 다른 것을 바라지 않는다는 처용의 마음을 노래한다. 둘째 무당이 천 리 밖으로 처용을 피하여 달아나겠다는 열병 귀신의 결심을 전달하며 노래를 마무리한다. 열병 귀신이 없어졌으니 세상에는 고통과 불안과 혼란이 사라지고 기쁨과 평화와 질서가 회복된다.

『고려사』 「오잠(吳潛)전」에 고려 노래 「쌍화점」의 한 대목이 들어 있다. 오잠은 충렬왕 시대 사람이었으므로 「쌍화점」이 충렬왕 시대의 노래일 것이라고 추정해 볼 수 있다.

만둣집에 만두 사러 갔더니
외국인 남자가 내 손목을 쥐었다네
이 소문이 가게 밖에 나고 들면
조그마한 아이 광대야
네 말이라고 할 테야

그 자리에 나도 자러 갔으면
그 잔 데같이 지저분한 곳 없더라

삼장사에 불을 켜러 갔더니
그 절 주지 내 손목을 쥐었다네
이 소문이 이 절 밖에 나고 들면
조그마한 상좌 중아
네 말이라고 할 테야
그 자리에 나도 자러 갔으면
그 잔 데같이 지저분한 곳 없더라

두레박 우물에 물을 길러 갔더니
우물 용이 내 손목을 쥐었다네
이 소문이 이 우물 밖에 나고 들면
조그마한 두레박아
네 말이라고 할 테야
그 자리에 나도 자러 갔으면
그 잔 데같이 지저분한 곳 없더라

술 파는 집에 술을 사러 갔더니
그 집 주인이 내 손목을 쥐었다네
이 소문이 이 집 밖에 나고 들면
조그마한 바가지야
네 말이라고 할 테야
그 자리에 나도 자러 갔으면
그 잔 데같이 지저분한 곳 없더라[9]

외국인 남자는 본문에 '회회(回回) 아비' 즉 회족(回族) 남자라고 표기되어 있다. 쌍화(雙花)라고 하던 만두는 원래 몽골 음식으로서 원나라 시대에 고려에 들어왔다. 노래의 본문으로 미루어 볼 때 고려에 널리 퍼지기 전에는 위구르[回紇] 지역의 회족 남자가 개성에 와서 만두 가게를 했던 것 같다. 아이 광대가 등장하는 것으로 미루어 이들이 탈놀이도 했다는 것을 알 수 있다. 만둣집에서 심부름하는 회족 아이가 탈놀음을 할 때는 광대 노릇도 했다. 남몰래 벌이는 남녀의 육체관계가 가게, 절, 우물, 술집을 무대로 전개된다. 네 명의 다른 기생이 차례로 무대에 나와 남자가 손목을 잡기에 남몰래 자리에 들어 그와 사랑을 나누었는데 소문이 날까 두렵다고 노래한다. 무대 구석에는 아이 광대, 상좌 중, 두레박, 바가지의 역할을 연기하는 어린 기생들이 서 있을 것이다. 주인공 여자의 말 가운데는 이들이 차마 말하지는 않을 것이니 소문이 날 염려는 없을 것이라는 뜻이 들어 있다. 이 노래는 무대 위의 다른 사람들은 모르고 주인공 여자와 관중만 아는 일종의 방백이다. 이 노래를 듣고 관중 가운데 한 여자가 자기도 그 자리에 가서 그 남자와 사랑을 나누고 싶다고 노래한다. 이 여자는 아마도 관중 가운데서 대기하고 있도록 미리 맞추어 놓은 기생일 것이다. 주인공 여자는 겪어 보니 별로 권할 만한 일이 못 되니 가지 말라고 타이른다. 「쌍화점」은 네 마당으로 이루어지는 연극의 짜임새를 가지고 있다.

이형상(李衡祥, 1653-1733)의 『악학편고(樂學便考)』에는 충숙왕(1262-1339) 때 채홍철(1262-1340)이 「이상곡(履霜曲)」을 지었다는 기록이 있다.[10]

비가 오다 개었다 하다
아 눈이 많이 내린 날

9   김명준, 『악장가사 주해』, 다운샘, 2004, 115-118쪽.
10   이형상, 『병와전서(瓶窩全書)』, 한국정신문화연구원, 1980, 150쪽.

숲속 좁고 굽은 길에서

잠을 앗아 간 내 임을 생각합니다

이런 무서운 곳에 누가 자러 오겠습니까

자칫하면 벼락을 맞아

그대로 죽어 없어질 내 몸이

자칫하면 벼락을 맞아

그대로 죽어 없어질 내 몸이

내 임 계신 곳 두고

다른 산길을 걸을 리 있겠습니까

이렇게 하자 저렇게 하자 하는

기약이 아니었습니다

오직 함께 가자는 기약입니다[11]

충선왕이 고려의 왕위를 둘째 아들 충숙왕에게 물려주고 선양(심양)의 통치권을 형의 아들에게 물려주었다. 원나라는 고려인이 많이 살던 만주의 펑톈(봉천), 랴오양(요양) 지역을 충선왕에게 맡기고 심양왕이라는 칭호를 주었다. 충선왕이 귀양 가 있을 때 충선왕의 조카인 심양왕은 고려의 왕위를 차지하려고 고려를 원나라에 병합하자는 청원을 원나라 조정에 올렸다. 소극적이기는 했으나 채홍철의 아들이 심양왕과 연루되어 있었으므로 채홍철은 충숙왕에게 의심을 받을 수 있는 위치에 있었다. 채홍철은 이 노래를 지어서 충숙왕에게 자기의 충정을 호소하려고 하였다. 충숙왕을 임으로 비유하고 "심양왕을 다른 산으로 비유한 것"[12]으로 볼 수 있다.

11   김명준, 『악장가사 주해』, 119쪽.
12   박노준, 『고려가요의 연구』, 새문사, 1990, 235쪽.

『고려사』「악지」삼국속악조 신라 편에 「목주」라는 노래가 소개되어 있다. 목주는 지금의 청주에 속한 지역 이름이다. 신라의 노래라고 하였으나 『시용향악보』와 『악장가사』에 한글로 기록되어 있으므로 고려 노래로 볼 수 있다.

딸이 아버지와 계모를 섬겼는데 효성스럽다고 알려졌다. 아버지가 계모의 거짓말에 속아서 그녀를 쫓아냈다. 딸은 차마 가지 못하고 머물러 있으면서 봉양하는 일을 게을리하지 않았다. 아버지가 심히 노하여 또 쫓아내니 그녀는 하는 수 없어 하직하고 산속으로 들어갔다. 석굴에 사는 노파를 만나 자기의 사정을 말하니 노파가 그녀의 궁박한 사정을 듣고 붙어살게 하였다. 그녀는 부모를 섬기는 정성으로 노파를 모셨다. 노파도 그녀를 사랑하여 며느리를 삼았다. 부부는 협심하여 부지런하게 일하고 알뜰하게 절약하여 부자가 되었다. 아버지와 계모가 가난하게 산다는 말을 듣고 자기 집에 맞아들여 극진하게 봉양했으나 아버지가 그래도 기뻐하지 않으므로 딸은 노래를 지어 스스로 한탄했다.[13]

호미도 날 연장이지만
낫같이 들지는 못합니다
아버님도 어버이시지만
어머님같이 사랑해 주시는 분은 없습니다
아십니까 임이시여
어머님같이 사랑해 주시는 분은 없습니다[14]

호미와 낫을 아버지와 어머니에 견주어 호미에도 날이 있고 낫에도 날이 있지만 호미의 날이 낫의 날처럼 풀을 잘 베지 못하듯이 아버지도 어버이이

13 『고려사 악지』, 차주환 역, 을유문화사, 1972, 250쪽.
14 『시용향악보』, 12쪽.

고 어머니도 어버이이지만 아버지의 사랑은 어머니의 사랑만큼 절대적이지 못하다는 것이 이 노래의 주제이다. 농사일에 늘 사용하는 호미와 낫을 예로 들어 어머니의 사랑이 아버지의 사랑보다 더 깊다고 말하는 이 노래의 특색은 농민들의 일상생활에서 비유를 찾아냈다는 데에 있다.

「상저가(相杵歌)」는 농민들의 노동요이다. 방아 찧는 일은 보통 두 사람이 공동으로 하는 노동이다.

> 덜커덩 방아를 찧어서 히얘
> 까슬한 보리밥을 지어서 히얘
> 아버님 어머님께 드리고 히야해
> 남은 것은 내가 먹으리 히야해 히야얘[15]

『고려사』「악지」 삼국속악조 백제 편에 「정읍」이란 노래에 대하여 설명한 기록이 있다. "정읍은 전주의 속현이다. 정읍 사람이 행상을 나가서 오래도록 돌아오지 않았다. 그의 아내가 산 위의 돌에 올라가 남편을 기다리면서 남편이 밤길을 가다 해를 입을까 두려워하는 마음을 진흙에 더럽혀지는 데 견주어 노래를 불렀다."[16]

> 달아 높이 돋아서
> 멀리 비춰 다오
> 모든 장터를 다 다니시다가
> 진흙탕을 밟으셨을까 불안합니다
> 어느 것이나 다 놓고 오십시오

---

15 『시용향악보』, 31쪽.
16 『고려사 악지』, 253-254쪽.

가시는 길 날 저물까 걱정입니다[17]

  물건을 팔러 집을 나간 떠돌이 장사꾼인 남편을 기다리는 아내는 무엇보다 먼저 도둑을 걱정하지 않을 수 없을 것이다. 여자는 남편이 밤길에 도적을 만나 해를 입지 않도록 그리고 자기가 집으로 돌아오는 남편을 볼 수 있도록 달이 높이 떠서 먼 곳까지 밝게 비춰 주기를 바란다. 여자는 도적을 진흙탕에 비유하고 만일 위험한 일을 만나게 된다면 무엇이든지 다 주고 돌아오라고 기원한다. 재물을 잃어버리더라도 몸만 성하게 보존할 수 있다면 다행이라고 생각하는 것이다. 밝은 달은 남편이 가는 길을 비춰 줄 뿐 아니라 아미타불에게 남편의 안전을 기원해 줄 수 있는 부처님의 심부름꾼이다. 여자는 밤과 진흙탕을 싫어하고 하늘의 해와 달을 좋아한다. 재물보다 남편의 생명이 더 중요하고 생명보다 부처님의 진리가 더 중요하다는 것이 이 노래의 주제이다. 밝은 달을 우러러보며 여자는 남편이 밤길을 가다가 도둑을 만나는 것을 걱정하고 또 어두운 때에 남편 자신이 부처님의 길에서 벗어나 노름이나 여색에 빠지는 것을 걱정한다.

  「가시리」와 「서경별곡」은 이별 노래이다. 『고려사』 「악지」 속악조에 나오는 「예성강」의 내용이 「가시리」의 주제를 이해하는 데 도움이 될 것이라고 추정하는 견해가 있으나 그렇게 볼 수 있는 증거는 없다. 어떤 사건에 연관 짓기보다는 남자를 보내는 여자의 보편적인 심정을 표현하는 이별 노래라고 보는 것이 좋을 듯하다.

  당나라 상인 하두강(賀頭綱)은 바둑을 잘 두었다. 그가 한번은 예성강에 갔다가 아름다운 부인을 보았다. 그녀를 바둑을 두어 빼앗으려고 생각하여 그녀의 남편과 내기바둑을 두었다. 거짓으로 진 후에 내기에 건 물건의 갑절을 쳐서 주

17 『악학궤범』, 321쪽.

었다. 그녀의 남편이 자기가 더 잘 둔다고 착각하고 아내를 걸자 두강은 단번에 이기어 그녀를 배에 싣고 가 버렸다. 남편이 뉘우치면서 노래를 지었다. 부인이 몸을 단단히 죄어 매고 있어서 두강은 그녀를 건드리지 못했다. 배가 바다 한가운데서 더 나아가지 않으므로 점을 쳤더니 열녀를 돌려보내지 않으면 반드시 파선할 것이라는 답이 나왔다. 뱃사람들이 두강에게 권해서 그녀를 돌려보내게 하였다. 부인 역시 노래를 지었다.[18]

가시렵니까 가시렵니까
나를 버리고 가시렵니까

나는 어찌 살라고
버리고 가시렵니까

잡아 두고 싶지만
서운하면 안 오실까 두려워

서러워하는 임 보내 드리니
가시는 것처럼 빨리 돌아오십시오[19]

「가시리」의 전반부에는 이별의 상황에 처하여 당황하고 불안해하는 여자의 심정이 나타나 있다. 혼자서는 살 수 없다는 절망감이 표현되어 있는 것이다. 그러나 후반부에 들어서면 여자는 어쩔 수 없이 버림받을 수밖에 없는 처지에 있는 것이 아니라 지나치게 보채면 서운해할 것 같아서 보내 주는 것

18 『고려사 악지』, 235쪽.
19 김명준, 『악장가사 주해』, 120-121쪽.

이라고 말한다. 마치 제가 결심하면 안 보낼 수도 있다고 생각하는 듯하다. 한 걸음 더 나아가 여자는 보내는 자기만이 아니라 떠나는 남자도 서러워하고 있다고 말한다. 노래는 슬퍼하며 떠나는 것이니 틀림없이 곧 돌아올 것이라는 희망으로 마무리된다. 노래의 주제는 절망에서 희망으로 전환된다.

> 평양은 원래 서울이었고
> 지금도 새로 닦은 작은 서울로 굉장하지만
> 떨어져 혼자 사는 것보다는
> 길쌈이고 베고 다 버리고
> 사랑만 해 준다면 울면서 따르겠어요
>
> 구슬이 바위에 떨어진들
> 끈이야 끊어지겠습니까
> 천 년을 혼자 산다고 한들
> 믿음이야 변하겠습니까
>
> 대동강 넓은 줄 몰라서
> 배 내어 놓았느냐 사공아
> 네 아내 잘못될 줄 몰라서
> 가는 배에 태웠느냐 사공아
>
> 대동강 건너편 꽃을
> 배 타고 떠나면 꺾고 말겠지[20]

---

20 김명준, 『악장가사 주해』, 107-111쪽.

「서경별곡」은 평양의 이별 노래라는 뜻이다. 노래의 첫 부분에는 고향에 대한 애착과 이별의 슬픔이 섞여 있다. 평양은 고구려 때 서울이었고 고려에 들어와서도 서쪽 서울 또는 작은 서울로 건설된 중요한 지역이었다. 여자는 고향을 떠나고 싶지 않으나 이별을 견디는 것보다는 객지에서라도 남자와 함께 살고 싶어 한다. 노래의 둘째 부분에서 여자는 남자에 대한 자신의 신의가 얼마나 굳센 것인가를 남자에게 보여 준다. 목걸이가 바위에 떨어져 구슬이 깨져도 구슬을 엮은 끈은 남아 있듯이 혼자 있어도 자기의 정절은 변하지 않는다고 말한다. 셋째 부분에서 여자는 애꿎은 사공 부부를 끌어들인다. 배와 사공만 없었으면 이별도 없었을 것이라고 사공을 원망한다. 대동강 자체가 넓은 것은 아니지만 사랑하는 사람들을 갈라놓는 대동강이 여자의 눈에는 너무나 넓은 강으로 보인다. 여자는 사공에게 "네 아내라면 잘못될 것을 알면서도 배에 태웠겠느냐"라고 말한다. 여자는 남자가 자기를 떠나는 바로 그 순간 다른 여자에게 마음이 갈 것이라고 상상하고 불안해한다. 「가시리」의 주제가 절망에서 희망으로 전환하는 여자의 마음에 있다면 「서경별곡」의 주제는 확신에서 불신으로 전환하는 여자의 마음에 있다.

「정석가(鄭石歌)」는 사랑 노래의 형식을 빌려서 왕의 장수를 축원하는 노래이다. '정석(鄭石)'은 한국어 '딩돌'을 중국 글자로 표기한 것이다. 쇠와 돌을 금석처럼 오래 살기를 바라는 임금의 비유로 사용한 것이다.

나라님 이 세상에 오래 계셔 주십시오
나라님 이 세상에 오래 계셔 주십시오
옛 임금 시대처럼 거룩한 때에 살고 싶습니다

사각거리는 잔모래 벼랑에
사각거리는 잔모래 벼랑에
구운 밤 닷 되를 심었습니다

그 밤에 움이 돋아 싹이 나거든

그 밤에 움이 돋아 싹이 나거든

유덕하신 임과 헤어지겠습니다

옥으로 연꽃을 새겼습니다

옥으로 연꽃을 새겼습니다

바위 위에 접을 붙여

그 꽃이 세 차례 피어나거든

그 꽃이 세 차례 피어나거든

유덕하신 임과 헤어지고 싶습니다

무쇠로 군복을 지어서

무쇠로 군복을 지어서

철사로 주름을 박았습니다

그 옷이 다 헤어지거든

그 옷이 다 헤어지거든

유덕하신 임과 헤어지고 싶습니다

무쇠로 황소를 만들어

무쇠로 황소를 만들어

철산(鐵山)에 놓았습니다

그 소가 철초(鐵草)를 먹거든

그 소가 철초를 먹거든

유덕하신 임과 헤어지고 싶습니다

구슬이 바위에 떨어진들

구슬이 바위에 떨어진들

끈이야 끊어지겠습니까

천 년을 혼자 산다고 한들

천 년을 혼자 산다고 한들

믿음이야 변하겠습니까[21]

「만전춘별사(滿殿春別詞)」는 형성시기를 말해 주는 자료가 없으나 12세기 사람 정서가 지은 「정과정」의 한 대목이 노래의 내용과 무관하게 들어 있기 때문에 고려 노래로 인정되어 왔다. 궁전에 가득한 봄이라는 제목도 노래의 내용과 무관하다. 이미 있는 노래들의 조각들을 모아 엮어 놓고 그것이 사(詞)라고 하는 중국시의 형식과 유사한 한국어 노래라는 의미에서 '별사'라고 했을 것이고 중국의 사에 만전춘이라는 제목의 율격형식은 없으나 궁궐 안에서 자주 연주되는 악곡이었으므로 궁전의 봄이라는 이름을 붙여 본 것인 듯하다.

얼음 위에 댓잎 자리를 펴고 누워

임과 나와 얼어 죽을망정

얼음 위에 댓잎 자리를 펴고 누워

임과 나와 얼어 죽을망정

정 둔 오늘 밤 더디게 새었으면

더디게 새었으면

외로운 밤 혼자서 뒤척거리며

잠 못 이루다

21   김명준, 『악장가사 주해』, 100-103쪽.

서쪽 창을 여니 복사꽃이 피었구나

복사꽃은 시름없어 봄바람에 웃음 짓네

봄바람에 웃음 짓네

넋이라도 임과 함께 가자고 다짐했습니다

넋이라도 임과 함께 가자고 다짐했습니다

그 맹세 어긴 사람이 누구였습니까

누구였습니까

오리야 오리야 어리석은 비오리야

여울은 어디 두고 소(沼)에 자러 오느냐

소가 언다면 여울도 좋지요

여울도 좋지요

남산 보이는 아랫목에 옥산 그린 베개를 베고 누워

금수강산 같은 비단 이불 안에 사향 주머니를 안고 누워

남산 보이는 아랫목에 옥산 그린 베개를 베고 누워

금수강산 같은 비단 이불 안에 사향 주머니를 안고 누워

약 든 가슴을 맞추십시다

아십니까

임이시여

평생토록 내내 이별 모르고 살고 싶습니다[22]

22 김명준, 『악장가사 주해』, 150-152쪽.

첫째 부분에서 여자는 만일 임과 함께 잘 수 있다면 얼음 위에 댓잎 자리를 깔고 누워도 좋겠다고 말한다. 둘째 부분에서 여자는 혼자서 잠 못 이루며 창을 열고 봄바람에 활짝 핀 복숭아꽃을 바라보며 근심 모르는 꽃을 부러워한다. 셋째 부분에서 여자는 멀리 있는 임의 마음이 변했을지 모른다는 극단적인 상상을 해 본다. 약속을 어기고 다른 여자와 자고 있는 남자를 상상하고 불안해하는 것이다. 넷째 부분은 그 다른 여자가 빈정거리는 말이다. 그 여자는 아내를 어디 두고 나에게 왔느냐고 남자를 놀린다. 다섯째 부분은 여자의 상상 속에서 남자가 네가 싫다면 아내에게 돌아가겠다고 그 다른 여자에게 대답하는 말이다. 여섯째 부분은 그 다른 여자를 버리고 돌아온 남자와 옥 베개에 비단 이불을 덮고 함께 자고 싶다는 여자의 희망이다. 일곱째 부분에서 여자는 자기의 소원을 솔직하게 직접 말한다.

「동동(動動)」은 장고 소리이다. 장고에 맞추어 부르는 노래였을 것이다. 열두 달 노래로서 달마다 다른 내용으로 엮어져 있으나 이별 노래라고 할 수 있는 내용이 많이 들어 있다.

덕은 뒤로 받고
복은 앞으로 받으십시오
덕과 복을
바치러 왔습니다

정월의 냇물은
얼었다 녹았다 하는데
세상에 태어나서
이내 몸은 혼자서 사는구나

이월 보름에

높이 켜 놓은
등불 같구나
만인을 비추는 임이시로다

삼월 들어 활짝 핀
늦은 봄 진달래꽃
모두가 부러워할 만한
자태를 지녔구나

사월을 잊지 않고
꾀꼬리는 왔는데
어찌하여 녹사님은
옛 나를 잊으셨나

오월 오일
단오날 아침 약을
천 년을 길이 사실
약이라 바칩니다

유월 보름에
벼랑에 버린 빗 같구나
돌아보실 님을
잠시라도 따르겠습니다

칠월 보름에
백중 제물 차려 놓고

임과 함께 사는
소원을 빕니다

팔월 보름은
원래 추석날이지만
임을 모시고 보내니
오늘이야말로 추석답습니다

구월 구일에
약이라고 먹는 국화꽃이
국화주 안에 들어가 있으니
초가집이 조용하구나

시월에
저며 던진 고로쇠 같아라
꺾여 버려진 후에
지닐 사람이 하나도 없구나

십일월 봉당 자리에
홑적삼 덮고 누우니
슬프기 그지없구나
고운 사람을 여의고 사네

십이월 산초나무로 깎은
소반 위의 젓가락 같아라
임 앞에 가지런히 놓았는데

남이 가져다 무는구나[23]

「청산별곡」은 몽골 침략시기에 나온 노래인 듯하다. 밭을 갈고 술을 마시는 것으로 미루어 남자의 노래라고 추정할 수 있고 산과 바다로 헤매고 다니는 것으로 미루어 고향에서 살 수 없는 사정이 있는 사람의 노래라고 짐작할 수 있기 때문이다. 이 노래에서 '별곡'이란 제목은 중국어 시가 아니라 한국어 노래라는 정도의 의미일 것이다.

> 살으리 살으리로다
> 청산에 살으리로다
> 머루와 다래를 먹으며
> 청산에 살으리로다
>
> 우는구나 우는구나 새야
> 자고 일어나면 우는구나 새야
> 너처럼 시름 많은 나도
> 자고 일어나면 운다
>
> 갈던 밭 갈던 밭 보느냐
> 물 아래 들의 갈던 밭 보느냐
> 이끼 묻은 쟁기를 가지고
> 물 아래 들의 갈던 밭을 보느냐
>
> 이러고저러고 하며

23 『악학궤범』, 315쪽.

낮엘랑은 지내 왔다만
올 사람도 갈 사람도 없는
밤을랑은 또 어떻게 해야 하나

어디에 던지려던 돌인가
누구에게 던지려던 돌인가
미워할 사람도 없고 사랑할 사람도 없이
맞아서 울고 있다

살으리 살으리로다
바다에 살으리로다
나문재나물과 굴 조개를 먹으며
바다에 살으리로다

가다가 가다가 듣는다
마음에 정해 둔 곳으로 가다가 듣는다
사슴이 장대에 올라가
해금 켜는 것을 듣는다

가다 보니 불룩한 독에
독하게 빚은 술이 있구나
조롱박꽃 누룩이 독하여
붙잡으니 어쩔 수 없네[24]

---

24   김명준, 『악장가사 주해』, 104-107쪽.

가족과 헤어져 산으로 피신한 남자는 산에서 얻을 수 있는 머루와 다래 등을 먹으며 우선 얼마 동안 견딜 수 있을 것이라고 생각한다. 하루 종일 우는 새를 보며 그는 근심과 걱정이 너무 많아 울지도 못하는 자신의 처지를 서러워하고 멀리 물 아래쪽 들판에 자리 잡고 있는 자기 밭을 바라보며 방치하여 거칠어진 흙과 쓰지 않아 이끼가 묻은 도구들을 안타까워한다. 낮에는 먹을 것이라도 찾아다니며 시간을 보내지만 잠이 오지 않는 밤은 외롭고 쓸쓸하여 견디기 어렵다. 그에게 전쟁은 이해할 수 없는 사고이다. 무엇 때문에 누가 전쟁을 일으킨 것일까? 산에서 오래 있을 수 없게 된 남자는 바다로 피신하려고 한다. 바닷가에도 나문재나물이나 굴과 조개 등이 있으니 그것을 먹으며 당분간은 버틸 수 있다고 생각하고 어느 곳으로 갈 것인가를 마음속으로 헤아려 정해 두고 길을 떠난다. 그러나 가는 길에서 그가 만난 사태는 광대놀음처럼 어처구니없는 것이었다.

"가다가 가다가 듣는다/마음에 정해 둔 곳으로 가다가 듣는다"라고 번역한 일곱째 연의 원문은 "가다가 가다가 드르라/에정지 가다가 드르라"인데, 뜻 모를 단어 '에정지'는 마지막 연에 가지 못하도록 붙잡는 술이 나오니 전란을 피하여 어딘가로 가려고 마음으로 정해 둔 곳이라고 추측해 볼 수 있다. 어디론가 가려고 작정한 곳이 있었는데 갈 수 있을 것 같지도 않고 가 봐야 좋을 것 같지도 않아서 술이나 마시고 말겠다는 것이 마지막 연의 내용이다. 장대에 올라가 해금을 켜는 사슴은 사슴으로 분장하고 해금을 연주하는 광대를 가리키는 것이다. 피란 생활 중에 겪게 되는 세상일이 마치 광대놀음처럼 한심하다는 느낌을 표현한 것이라고 할 수 있다. 전란을 겪는 사람은 무질서와 부도덕을 절실하게 느끼지 않을 수 없을 것이다. 몽골 침략시기에 술로 절망을 달랠 수밖에 없는 지식인의 비애가 속속들이 드러나 있는 노래이다. 제목을 '산수별곡'이 아니라 '청산별곡'이라고 한 것은 시에 등장하는 남자가 산에 피신해 있으며 바닷가 어느 곳으로 가려고 마음속으로 정해 보았을 뿐이지 실제로 바다에 간 것은 아니기 때문일 것이다.

유교조선전기문학

1.   15세기 문학

  1392년 7월 17일, 475년을 지속한 고려가 무너지고 이성계(1335-1408)가 새
로운 나라의 국왕이 되었다. 이 나라의 이름은 조선이지만 고조선이나 현대
조선(북한)과 구별하기 위하여 이 나라를 유교조선이라고 명명해 보았다. 이
나라는 유교의 이념적 기반에 근거하여 건국되었기 때문이다. 몽골제국이
무너진 후에 개방적이고 다원적이던 중국과 한국은 배타적이고 일원적인 유
교왕국이 되었다. 세계 여러 나라와 밀접하게 연결되어 있던 정치적, 경제
적, 문화적 관계가 단절되었다. 이성계는 1392년 9월에 개국공신 44명을 책
봉하였는데 개국공신은 후에 52명으로 늘어났다. 이들 가운데 중심인물은
정도전과 조준이었다. 정도전은 척불운동을 전개하여 성리학을 국가이념으
로 정하도록 하였고 조준은 1388년 7월에 사전을 개혁해야 한다는 상소를 올
렸다. 무력으로 권력을 장악한 이성계는 반대파의 경제기반을 파괴하기 위
하여 1390년 9월에 공전과 사전의 토지문서를 개성 한복판에서 불태워 버리
고 1390년 5월에 반대파에게서 몰수한 경기도의 30만 결 정도의 수조지[田]에
서 조세를 걷을 권리를 관리들에게 차등[科]을 두어 넘겨주는 과전법을 공포
하였다. 권문세족과 지방호족의 토지겸병과 사병양성을 방지하기 위하여 토
지제도와 군사제도를 일원화함으로써 정부의 통치력이 지방 군현까지 장악
할 수 있는 중앙집권적 관료체제를 확립하는 데 이성계 일파의 목적이 있었
다. 그들은 평안도, 함경도, 제주도와 개성 출신을 정권에서 배제하였다. 그
들은 중국과의 관계를 안정시켜 정치적으로 명나라의 지지를 받는 것이 내
정개혁에 도움이 된다고 판단하였다. 명나라는 조선의 왕을 책봉하고 조선

은 명나라에 조공을 바치는 조공-책봉 관계는 정치, 경제, 문화의 모든 면에서 조선에 유익한 환경을 형성한다는 것이 그들의 판단이었다. 조공은 조선에서 공물을 바치면 중국에서 답례로 물품을 내려 주는 물자교역의 한 방법이었다. 사무역이 금지되었던 15세기와 사무역이 제한적으로 일부만 허용되었던 16세기에 조선은 물자교역을 주로 조공에 의존하였다. 조선은 금, 은, 베, 모시, 인삼, 종이, 돗자리, 짐승가죽 등을 바치고 약재, 서책, 자기, 비단 등을 받아 왔다.

동생과 형을 죽이고 아버지 이성계와의 군사 대결을 통해서 왕이 된 태종(이방원)은 왕위에 오르기 직전인 1400년에 종친과 공신들의 사병을 삼군부에 귀속시키고 1405년 11월에 지방의 군사 지휘권을 삼군부에 귀속시켰다. 군대의 통수권을 중앙정부로 일원화한 것이다. 1405년부터 행정실무를 담당하는 6조의 기능을 강화하고 재상과 총리의 기능을 약화시키기 시작하여 1412년(태종 12)에 외교문서의 작성과 중죄인의 재심만 맡도록 의정부의 기능을 축소하고 국가의 모든 업무를 6조에 이관하여 6조에서 의정부를 거치지 않고 왕에게 직접 보고하여 국정을 처리하게 하였다. 1407년에 농민들이 제 고장을 떠나지 못하도록 주민들의 거주상태와 이동상태를 관청에 보고하게 하였다. 전국의 모든 군현에 지방관을 파견하여 중앙정부에서 지방을 직접 통치하는 중앙집권체제를 확립하였다. 재위 18년 동안 태종은 왕권에 방해가 될 만한 모든 반대세력을 제거하였다. 1418년 스물두 살에 왕이 된 세종은 반대파를 모두 제거한 아버지로부터 안정된 권력구조를 물려받았기 때문에 할아버지와 아버지처럼 피를 흘릴 필요가 없었다. 그는 32년 동안 왕위에 있었다. 1419년 6월 19일에 쓰시마를 공격하여 왜구문제를 해결하였다. 쓰시마가 패전한 것은 아니었으나 쓰시마 도주는 조선과의 교류가 끊어지는 것을 바라지 않았기 때문에 항복하겠다는 의사를 전해 왔다. 조선에서는 쓰시마 사람에게 벼슬을 주고 벼슬을 받은 사람만 교역을 하게 했다. 무역선은 1년에 50척으로 제한했다. 이때로부터 임진왜란이 일어난 1592년까지

150여 년 동안 한일관계는 평화 속에서 지속되었다. 세종은 1432년, 1437년, 1449년에 만주의 여진족을 공격하여 나라의 북쪽 경계를 확정하였다. 전국의 경험 많은 농민들을 방문하여 농업기술에 대한 지식을 수집하게 하고 기후조건과 토양조건을 조사하게 하여 각 지역의 기후와 토질에 적합한 곡식 품종과 재배방법을 체계적으로 정리하여 1429년에 『농사직설』을 편찬 간행하였다. 농민들은 서로 다른 작물들을 같은 땅에서 바꾸어 가며 재배하면 소출이 늘어난다는 것을 알고 있었다. 15세기에는 밀이나 보리를 심었다가 그 그루를 갈아엎고 콩을 심는 것과 같은 방법이 전국적으로 일반화되어 있었다. 1430년에 전현직 관리와 농민 17만 2,806명에게 토지세 책정방법을 물어보게 하고 그 가운데 57퍼센트가 찬성한 방안에 근거하여 토지의 비옥도를 여섯 등급으로 나누고 그 수확량과 그해의 기후조건을 고려하여 아홉 단계(상상·상중·상하, 중상·중중·중하, 하상·하중·하하)로 전세를 결정하게 하였다(『세종실록』 권49, 12년 8월 무인). 수확량과 비옥도를 고려한 상대적 면적의 단위를 결이라고 하는데 같은 1결이라도 등급에 따라 6등급 토지는 1등급 토지의 네 배 정도의 면적이 되었다. 유교조선에서는 추수해서 거둬들인 곡식의 양을 표준으로 계산하여 농사짓는 논밭의 면적을 측정하였다. 한 손으로 쥐고 낫으로 자를 만한 양을 한 줌[把]이라고 하고 열 줌의 볏대를 한 단[束]으로 묶었다. 열 단은 지게로 한 짐[負]이 되고 백 짐은 한 목[結]이 되었는데 한 목의 곡식을 수확하는 논밭의 면적도 한 결이라고 하였다. 한 결이 어느 정도의 면적인지는 정확하게 알 수 없으나 유교조선의 한 결은 20섬(30말) 정도의 벼를 수확하는 토지였다고 추정하고 있다. 조선시대에는 1경(頃)을 100무(畝)로 계산하는 경무법도 사용되었다. 벼 종자 20말을 뿌릴 수 있는 논 면적을 20마지기[斗落]라고 했는데 40마지기를 1경이라고 했다. 논의 경우에는 한 마지기가 대체로 2백 평이었으나 밭의 경우에는 지역마다 달라서 2백 평이라고 하는 곳이 절반 정도 되었고 3백 평이라고 하는 곳도 있었다. 결부법을 경무법으로 환산하면 1결은 다음과 같다.[1]

1등급   57무×(20÷30)=약 37무

2등급   57무×(20÷25.5)=약 44.7무

3등급   57무×(20÷21)=약 54.2무

4등급   57무×(20÷16.5)=약 69무

5등급   57무×(20÷12)=약 95무

6등급   57무×(20÷7.5)=약 152무

세종 시대에 논밭 면적은 171만 9,806결이었고 그 가운데 30퍼센트가 논이었으며 인구는 천만 명이었다. 15세기 후반에는 삼[麻]으로 짠 베를 밀어내고 목화에서 뽑은 무명이 화폐로 더 널리 사용되었다. 1430년에 무명 1필을 소금 2섬 6말과 교환할 수 있도록 정하였다(『세종실록』 권47, 12년 2월 을해). 열다섯 말을 한 섬이라고 하고 열 말을 1곡(斛)이라고 했다.

비옥도와 수확량과 풍흉도를 고려한 것은 합리적인 방법이라고 하겠으나 측정의 객관성을 확보하기 어렵기 때문에 실제로는 토지 면적만 기준으로 한 것보다도 불공평하게 결정되는 경우가 많았다. 토지의 가치를 지주인 관리가 임의로 결정할 가능성을 배제하기 어려웠기 때문이었다. 부유한 농민들이 관리와 결탁하여 자기 땅의 등급을 낮추었으므로 관리와 결탁할 능력이 없는 가난한 농민의 토지 등급이 상대적으로 높게 산정되었다.

토지와 노비를 소유한 지주계급 중에서 관료층이 형성되었다. 국가가 공신들에게 땅을 나누어 주고 토지소유를 허용하자 그들은 그 땅을 농민에게 빌려주고 소작료를 받았다. 농민들은 소작료를 물더라도 수확의 일부를 가질 수 있으므로 소유권이 없더라도 경작권을 확보하기 위하여 노력하였다. 15세기 후반에는 지주 경리가 일반화되어 노비를 사용한 직접경영보다 소작제라는 간접경영이 더 많아졌다. 국가는 관둔전과 그 이외의 국가 직속지를

1   안병직, 『경세유표에 관한 연구』, 경인문화사, 2017, 276쪽.

소작농민(佃戶)들에게 경작하게 하였고 공신들과 관료들도 자기 소유 토지를 소작농민들에게 경작하게 하였다. 소작하는 양인들은 소작료 이외에 전세와 공물과 부역, 그리고 병역을 담당했다. 노비는 매매하거나 상속할 수 있는 재산이었다. 주인의 집 밖에서 살면서 주인의 땅을 소작하는 외거노비는 소작료 이외에 몸값을 따로 내야 했다. 세조는 사육신의 아내와 딸 등 부녀자 173명을 모두 정인지, 신숙주, 정창손, 최항 등에게 노비로 주었다.

중앙과 지방의 말단관리들은 중인 또는 아전이라는 세습적 신분층을 형성하여 조세, 공물, 부역, 병역, 치안 등의 행정실무를 집행하였고 그 밖에 통역, 의료, 천문, 풍수, 회계, 미술, 음악 등의 기술 분야에 종사하였다.

19세기 이전에 중국 글자는 동아시아의 공통문자로 사용되고 있었다. 그러나 말하고 듣는 것은 한국어로 하고 쓰고 읽는 것은 고전 중국어 문장으로 하는 언어생활은 중국 글자와 중국어 문장을 배울 여유가 없는 기층민들에게는 불편한 점이 많았다. 중국어 발음을 정확하게 표기하고 고전 중국어 문장을 정확하게 해독하기 위하여, 그리고 백성들이 관청에 사정을 알리고 관청에서 백성들에게 시책을 알리기 위하여 세종은 새로운 글자를 만들었다. 몽골세계제국시대에 중국 글자 이외에 몽골, 티베트, 페르시아의 글자들을 사용해 본 경험이 문자 만들기 프로젝트의 한 동기가 되었다. 이성계는 쿠빌라이 옹립을 주도한 동방왕자 옷치긴의 손자 타가차르의 인정을 받고 성장한 이안사의 자손으로서 근 백 년 동안 몽골의 관직을 받아 온 옷치긴가의 고려계 몽골 군벌 가문이었다. 이성계 일문은 이 시기에 동북아시아의 정세를 가장 잘 알고 있었다. 이성계와 그의 아들들은 중국어와 몽골어와 한국어를 모국어로 하는 다중언어 사용자였고 이성계의 손자들도 아버지만큼은 아니지만 세 언어를 말하고 쓸 수 있었다. 중국의 음성학은 BC 5세기에 완성된 파니니의 산스크리트어 음성학을 받아들여 당나라 시대에 이미 독자적인 체계를 형성하였고 북송시대에는 음운 자질의 분류를 완성하였다. 하나의 음성을 성모(聲母), 개구(開口), 등(等: 성조), 운(韻)의 자질들로 표시하고 음절의 핵

	전청	차청	전탁	불청불탁	전청	차청
아음	見	溪	群	疑		
설두음	端	透	定	泥		
설상음	知	徹	澄	孃		
순중음	幫	滂	並	明		
순경음	非	敷	奉	微		
치두음	精	淸	從		心	邪
정치음	照	穿	狀		審	禪
후음	影	曉	匣	喩		
반설음				來		
반치음				日		

〈표 3〉 36자모표

모음인 운복(韻腹)과 말음절인 운미(韻尾)를 구별하는 방법은 발음기호를 만들지 않고 글자로 음성을 표시한 것 이외에는 자질들의 집합으로 음성을 표시하는 현대 음성학과 동일한 것이었다. 당나라 승려 수온(守溫)은 36자모표를 만들었는데 이 표의 각 칸에 글자 대신 발음기호를 만들어 넣은 것이 몽골의 파스파 문자이고 세종의 훈민정음이었다.

1443년에 세종이 한글을 만들었다. 『세종실록』 25년 12월조에 "이달에 임금님께서 혼자서 손수 언문 글자 스물여덟 낱자를 만드셨다[是月, 上親制, 諺文二十八字]"[2]라는 기록이 있다. 명나라와 지배층의 반발을 예상하고 세종은 은밀하게 연구를 진행하였다. 새 글자를 둘째 딸 정의공주에게 가르쳐 주고 글을 지어 보게 했다.[3] 1444년 2월 16일에 집현전 학사 다섯 사람에게 중국어

---

2 『조선왕조실록』 4, 국사편찬위원회, 1971, 533쪽.
3 『조선왕조실록』 9, 421쪽.

발음사전 『홍무정운(洪武正韻)』을 번역하게 했다. 그해 2월 20일에 집현전 학사 12명 가운데 7명이 글자를 만드는 것이 옳지 않은 일이라는 상소를 올렸다. 반대 이유는 세 가지로 요약된다. 첫째, 중국 황제의 허락을 받지 않고 만들었으니 중국이 싫어할 것이다. 둘째, 여러 사람의 의견을 널리 채집하지 않고 급하게 만든 것이다. 셋째, 27글자로 필요한 것을 다 적을 수 있다면 어려운 성리학 공부를 하려고 하지 않을 것이다.

글자를 만드는 일은 마땅히 위로는 정승들과 의론하여야 할 일이고 아래로는 백관들과 의론해야 할 일입니다. 백성들이 모두 옳다고 하더라도 먼저 할 일과 나중 할 일을 헤아려서 세 번 거듭거듭 생각하고 생각하신 후에 중국 황제에게 물어서 승낙을 받아야 할 일입니다. 황제의 뜻을 헤아려서 거스름이 없어야 하고 중국을 생각해서 부끄러움이 없어야 합니다. 천 년 후에 성인을 기다려서 질문해도 의혹이 없다고 확신할 수 있을 때 비로소 새 글자를 사용해야 할 것입니다.

세종은 새 글자가 중국어 발음사전을 만드는 데 유용하고 백성을 교화하는 데 필요하다고 대답했다. "너희들이 운서를 아느냐? 4성 7음에 자모가 몇이냐? 내가 운서를 바로잡지 않으면 누가 하겠느냐?" "『삼강행실』을 번역하여 민간에 반포하면 어리석은 백성들이 쉽게 깨우쳐서 충신, 효자, 열녀가 잇달아서 나오게 될 것이다." 이들과 대화하는 중에 세종은 직접 두 번 "내가 만든 글자"라고 말했다. 세종은 한국어와 중국어가 계통이 다른 언어이고 중국어를 표기하는 중국 글자로는 한국어를 표기하기 곤란하며 하고 싶은 말을 글자로 적지 못한다는 것이 일상생활에 지장이 된다는 사실을 명확하게 인식하고 있었다. 중국 글자를 모르는 사람도 사정을 기록하여 관청에 호소할 수 있게 하면 억울한 일이 적어질 것이라고 생각했던 것이다.

1445년에 세종은 정인지, 권제, 안지 등에게 건국사적을 한시로 짓게 하였다. 1446년 10월부터 다음 해 3월 사이에 최항, 박팽년, 신숙주, 성삼문, 이선로, 이개, 강희안에게 한시를 한글로 번역하게 하였다. 1447년 10월에 국문과 한문을 병렬한 『용비어천가』 550부를 인쇄하여 신하들에게 내려 주었다(『세종실록』 권118, 29년 10월 갑술).[4] 세종의 명을 받고 정인지, 신숙주, 최항이 새 글자의 제작원리와 사용방법을 해설한 책 『훈민정음』이 1446년 9월 상순에 완성되었다. 1947년 9월에 『동국정운』을 간행하라고 지시했다. 세종은 새 글자를 만든 후 6년 2개월 후인 1450년 2월에 54세로 승하했다.

예조판서 정인지가 지은 『훈민정음』 해례본 발문에 의하면 한글은 성리학의 형식주의에 근거하여 제작되었다. 성리학의 형식주의는 음양에서 시작하여 천지인과 춘하추동을 거쳐 팔괘와 64괘에 이르러 완성된다. 어원적으로 햇빛을 등지는 쪽과 햇빛을 받는 쪽을 가리키던 음양은 차이와 반복의 상관관계를 구성하는 상대적인 질료가 되었다. 이 질료를 기(氣)라고 부르는데 기는 원래 공기였으나, 공기의 호흡과 연관되는 건강 상태, 또는 공기의 청탁과 연관되는 정신 상태로까지 그 의미가 확대되었다. 음양의 엇갈[錯行]이 병을 만든다고 보아 음양의 균형을 위해 모자란 것을 보충해 주는 것(tonifying deficiency)이 치료방법으로 사용되기도 하였다. 음양허실은 치료의 원리이면서 정치의 원리가 되기도 하였다. 음과 양은 연관되는 어떤 것들의 연속체와 대조되는 어떤 것들의 연속체의 상관관계를 나타낸다. 어느 것이든지 홀로 있을 때는 그것을 양적인 것이라거나 음적인 것이라고 할 수 없다. 해는 달에 대하여 양이 되고 달은 해에 대하여 음이 된다. 음과 양은 고정적인 개념이 아니라 상대적인 개념이다. 사물의 어느 한 면만 보고 음이나 양이라고 판단하는 것은 오류이다. 양에도 음이 있고 음에도 양이 있기 때문이다. 우리는 음적인 것에 대하여 양적인 것을 이해하고 양적인 것에 대하여 음적인 것을 이해한다. 좌우, 상하, 전후는 중심을 포함하여 셋이 되므로 천지인과

---

4 『조선왕조실록』 5, 41쪽.

같은 삼재(三才)가 되고 천지수화, 춘하추동, 동서남북과 같은 사성체(四成體)가 되며 목화토금수의 오행이 되고, 하늘, 땅, 물, 불, 산, 호수, 우레, 바람 같은 팔괘가 되고 팔괘가 겹쳐져서 64괘가 된다. 오행이론은 서로 다른 사물들을 다섯 가지 특정한 범주로 분류하는 데 사용된다. 물은 나무를 기르고 나무는 불을 일으키고 불은 흙(재)을 만들고 흙은 쇠를 품고 쇠는 녹아 물이 된다. 물은 불을 끄고 불은 쇠를 녹이고 쇠는 나무를 자르고 나무는 흙을 파고 흙은 물을 가둔다. 불의 장부는 심장과 소장이고 물의 장부는 신장과 방광이고 나무의 장부는 간과 쓸개이고 쇠의 장부는 폐와 대장이고 흙의 장부는 비장과 위장이다. 한글은 오행을 소리의 분류에 적용하였다.

연구개 폐쇄음과 연구개 비음은 나무에, 치경 폐쇄음과 치경 마찰음과 치경 비음과 유음 같은 전방 설정음(anterior coronal)은 불에, 양순 폐쇄음과 양순 비음은 흙에, 설정(舌頂) 파찰음(coronal affricatives) 즉 경구개 파찰음(alveolopalatal affricatives)은 쇠에, 성문음은 물에 배정된다. 연구개음 〈ㄱ〉은 어금니 쪽에 있는 혀뿌리가 목구멍을 막는 모양을 나타낸 것이고 전방 설정음 〈ㄴ〉은 혀가 잇몸에 닿는 모양을 나타낸 것이고 양순음 〈ㅁ〉은 닫은 입술 모양을 나타낸 것이고 성문음 〈ㅇ〉은 목구멍의 모양을 나타낸 것이다. /s/와 /t/는 혀가 윗잇몸에 닿아 소리 나는 전방 설정음이고 /tɕ/는 혀가 입천장에 닿아 소리 나는 경구개음(硬口蓋音) 즉 전구개음(前口蓋音)이다. 그러나 훈민정음에서는 전방 설정음 혓소리와 경구개음 잇소리를 구별하면서도 중국 성운학에 따라 〈ㅅ〉을 혓소리인 전방 설정음 〈ㄷ〉과 함께 묶지 않고 잇소리인 경구개음 〈ㅈ〉과 함께 묶었기 때문에 전방 설정음 /s/의 글자가 이의 모양을 나타내는 〈ㅅ〉이 되었다. 〈ㄱ〉, 〈ㄴ〉, 〈ㅁ〉, 〈ㅅ〉, 〈ㅇ〉의 다섯 글자가 자음 형태의 기본이 되어 그것들에 선 하나 또는 선 두 개를 그어 다른 글자를 만들었다. 예를 들어 〈ㄴ〉에 선 하나를 그으면 〈ㄷ〉이 되고 선 두 개를 그으면 〈ㅌ〉이 되며 〈ㅅ〉에 선 하나를 그으면 〈ㅈ〉이 되고 선 두 개를 그으면 〈ㅊ〉이 된다.

〈ㄱ〉, 〈ㅋ〉, 〈ㄲ〉, 〈받침ㅇ〉은 혀뿌리가 공기의 통로를 막는데, 혀뿌리는 나무의 뿌리와 통한다. 계절로 보면 봄이고 음계로는 E(각)이고 방향으로는 동쪽이다. 나무가 물보다 굳은 것처럼 연구개음은 성문음보다 더 굳은 소리다.

〈ㄷ〉, 〈ㅌ〉, 〈ㄸ〉, 〈ㅅ〉, 〈ㅆ〉, 〈ㄴ〉, 〈ㄹ〉은 혀끝이 앞니의 뒤에 있는 치경(윗잇몸)에 닿는다. 혀끝이 불처럼 날카롭고 기민하게 움직이기 때문에 이 소리들은 불에 속한다. 불길이 솟고 구르고 날리듯이 혀끝은 유음(구르는 소리)을 만든다. 계절로 보면 여름이고 음계로는 G(치)이고 방향으로는 남쪽이다.

〈ㅂ〉, 〈ㅍ〉, 〈ㅃ〉, 〈ㅁ〉은 두 입술을 닫았다 떼는 소리들로서 땅이 반듯하듯이[天圓地方] 입술을 닫으면 입은 반듯한 모양이 된다. 계절로 보면 늦여름이고 음계로는 C(궁)이고 방향은 가운데다.

〈ㅈ〉, 〈ㅊ〉, 〈ㅉ〉는 쇠처럼 견고한 소리이므로 쇠와 통한다. 계절로 보면 가을이고 음계로는 D(상)이고 방향으로는 서쪽이다.

성문음 〈ㅎ〉은 목구멍에서 나는 소리로서 목구멍이 깊숙한 곳에 젖어 있으므로 그 소리는 물에 속한다. 계절로 보면 겨울이고 음계로는 A(우)이고 방향으로는 북쪽이다.

혀의 앞과 뒤, 입의 열림과 닫힘, 입술의 둥긂과 모남을 살펴서 모음은 전설모음과 후설모음, 개모음과 폐모음, 원순모음과 평순모음으로 나누어진다. 입을 많이 열고 소리 내면 혀가 아래로 내려오고 입을 조금 열고 소리 내면 혀가 위로 올라간다.

한글은 후설 개모음과 중설 폐모음과 전설 폐모음을 하늘과 땅과 사람에 배정하여 점과 수평선과 수직선으로 표기하였다. 하늘은 동적이고 땅은 정적이며 사람은 동적인 동시에 정적이다. 하늘과 땅이 만물을 생성하는 과정을 사람이 촉진하고 완성한다. 〈ㆍ〉는 근육과 목젖을 이완시켜서 내는 소리로서 〈아〉와 〈오〉가 분화되기 이전의 가장 자연스러운 소리다. 입을 벌려 〈ㆍ〉를 발음하면 〈아〉가 되고 입을 좁혀 〈ㆍ〉를 발음하면 〈오〉가 된다. 발음기호로는 /ɔ/에 해당할 것이다. 〈으〉는 힘을 줄 때 나오는 소리로서 입을 벌려 〈으〉를 발음하면 〈어〉가 되고 입을 좁혀 〈으〉를 발음하면 〈우〉가 된다. 〈이〉는 혀가 퍼진 상태에서 입을 조금 열어서 입의 앞쪽으로 내는 소리로서 〈아〉, 〈어〉, 〈오〉, 〈우〉와 시차를 두고 연속해서 발음하면 〈야〉, 〈여〉, 〈요〉, 〈유〉가 된다. 〈아〉는 중설 개모음이고 〈오〉는 원순 후설 반개모음이고 〈우〉는 원순 후설 폐모음이고 〈어〉는 중설 반개모음이다.

『훈민정음』 해례본에는 한글의 형식주의가 다음과 같이 설명되어 있다.

1. 천지간의 진리는 음양과 오행이 있을 뿐이다.
2. 만물은 음양과 오행의 작용으로 존재한다.
3. 만물의 한 가지인 사람의 음성에도 음양과 오행의 이치가 들어 있다.

음성은 눈에 보이지 않는 존재다. 음성의 세밀한 차이에 귀를 기울인 후에 중요한 차이와 무시해도 좋은 차이를 머리로 구분하여 머리로 구별한 소리를 눈으로 볼 수 있는 기호로 표시한 발음기호가 글자이다. 한글은 음양오행의 형식주의를 이용하여 한국어의 특수성에 부합하도록 만든 보편적인 발음기호이다.

한자는 당시에 통용되던 중국어를 표기하는 글자가 아니라 사어가 된 고대(선진시대) 중국어를 표기하는 글자였다. 그것은 음성을 전사하는 글자가 아니라 개념을 전사하는 문자였다. 세종은 한국어의 음성체계와 중국어의 음성체계가 다르다는 사실을 인식하였고 백성들이 중국 글자와 중국어 문장으로 그들의 생각을 표현하기 어렵다는 사실을 인식하였다. 특히 재판이 공정하게 처리되려면 백성들도 그들의 의사를 개진할 수 있어야 한다고 생각하였다. 그는 중국어의 음소체계와 한국어의 음소체계를 동시에 기록할 수 있는 보편적인 발음기호를 만들었는데 그것은 당시로서는 동아시아의 국제음성기호에 해당하는 것이라고 할 수 있다. 그는 상류사회의 지식인들이 가지고 있는 정보를 확산하여 백성들의 기본적인 인권을 보장하려면 먼저 백성들이 문자를 사용할 수 있게 되어야 한다고 생각하였다. 그는 한글 창제에 반대하는 신하들에게 백성들이 어려운 한자를 모르기 때문에 억울한 일을 당해도 관청에 알릴 수 없는데 쉬운 글자를 쓰게 하면 재판에서 자신을 변호할 수 있게 되어 백성들의 어려운 사정이 어느 정도 해소될 수 있을 것이라고 말했다.

한글은 세 개의 기본 모음자를 만들고 그것들을 합성하여 다른 모음을 표기하게 하였으며 조음 위치와 조음 방법에 따라 다섯 개의 기본 자음자를 만들고 그것들에 획을 더하거나 그것들을 겹쳐서 다른 자음을 표기하게 하였다. 글자를 만드는 데 소리가 나는 발음 위치를 고려했다는 것은 획기적인 발상이라고 할 수 있다. 그는 〈ㄱ〉과 〈ㅋ〉, 〈ㄷ〉과 〈ㅌ〉처럼 발음 위치가 같은 소리들은 비슷한 모양의 글자로 표기하게 하였다. 한글을 구성하는 기본 자음자인 〈ㄱ〉, 〈ㄴ〉, 〈ㅁ〉, 〈ㅅ〉, 〈ㅇ〉은 각각 어금니에서 나는 소리, 혀에서 나는 소리, 입술에서 나는 소리, 앞니에서 나는 소리, 목구멍에서 나는 소리를 대표하며 그것들의 글꼴은 그 소리들이 발음되는 조음기관의 모양에서 나온 것이다. 15세기에는 모음의 소릿값이 현재 한국어와 달랐다. 현재 한국어는 다음과 같다.

ㅣ i	ㅡ ɨ	ㅜ u
	ㅓ ə	ㅗ o
	ㅏ ɑ	

〈표 4〉 현재 한국어 모음

15세기 한국어 모음은 다음과 같이 추정된다.

	ㅣ i	ㅜ ï	ㅗ u
		ㅡ ə	·
		ㅓ a	ㅏ ^

〈표 5〉 15세기 한국어 모음

1392년 7월 17일에 이성계가 새 왕조의 첫 번째 왕이 되었다. 약 50여 년이 지난 후에 세종이 할아버지 이성계와 아버지 이방원을 찬양하는 노래를 만들었다. 동아시아에서 용은 왕을 상징하는 동물이다. 세종은 여섯 조상의 공덕을 찬양하고 그들이 새 나라를 세운 것을 여섯 용이 하늘로 날아오르는 것에 비유하였다. 2장은 이 노래가 한 가문의 이야기라는 것을 말해 준다. 세종은 동북 지방 출신의 몽골 관리가 무력으로 왕위를 찬탈한 것이 아니라 유서 깊은 가문에서 대대로 덕을 쌓은 결과로 그 집안에서 영웅이 나와서 나쁜 고려 왕을 죽이고 새 나라를 세우게 된 것이라는 이야기를 하려고 했다.

> 뿌리 깊은 나무는
> 바람이 불어도 움직이지 않고
> 좋은 꽃을 피우고
> 열매를 풍성하게 맺습니다
>
> 샘이 깊은 물은
> 가뭄에도 마르지 않고
> 내를 이루어
> 바다로 흘러갑니다[5]

마지막 125장은 후손에게 주는 교훈이다. 『용비어천가』는 무책임한 권력과 자의적인 월권의 위험성에 대한 경고로 끝난다.

> 천 년 전에 미리 선택된 한강 북쪽에
> 덕행을 쌓아 나라를 세우니
> 나라의 연대가 끝이 없을 것입니다
> 성군들이 계속해서 뒤를 이을 것이나
> 하느님을 공경하고 백성을 사랑해야
> 나라의 토대가 더욱 안전해질 것입니다
> 낙수에 가 사냥하면서
> 조상을 믿어서는 안 될 것입니다[6]

하나라 왕 태강(太康)이 낙수(洛水) 남쪽으로 사냥을 나가 백 일이 지나도록 돌아오지 않자 궁(窮)나라 제후 예(羿)가 나라를 뺏었다. 우(禹)임금처럼 훌륭한 조상이 세운 나라도 게으른 후손 때문에 멸망했으니 이성계의 자손들도 조심해야 한다는 교훈이 125장의 주제이다. 1장이 3행시이고 125장이 8행시이며 그 이외에는 모두 4행시이다.

노래의 주제는 하느님이 조상들을 도와서 나라를 세우지 않을 수 없도록 이끌었다는 데 있다. 이성계는 고려의 공양왕을 목 졸라 죽이고 왕씨 성 가진 사람을 모두 잡아 강화도와 거제도에 가두었다가 1394년 4월 20일에 "샅샅이 찾아내어 죽이라"라고 하였다(『태조실록』 권5, 3년 4월 기축). 이방원은 왕이 되려고 정몽주와 정도전을 죽이고 동생 방번과 방석을 죽였다. 세종은 잔인한 폭력이 아니라 덕행에 근거하여 왕이 되었다는 이야기를 만들어서 세

---

5   조규태, 『용비어천가』, 한국문화사, 2007, 22쪽.
6   조규태, 『용비어천가』, 219쪽.

상 사람들에게 알리려고 하였다. 세종은 먼저 1442년에서 1445년 사이에 중국과 한국의 역대 제왕들의 치적을 기록한 『치평요람(治平要覽)』 150권을 짓게 하고 그것을 자료로 삼아 『용비어천가』를 짓게 하였다. 1445년에 시작된 공동작업은 1447년 2월에 끝났다. 125장, 284수의 시로 구성된 『용비어천가』는 1, 2장과 125장을 제외한 나머지 장에는 각각 두 수의 시가 나란히 실려 있는데, 3장에서 109장까지는 앞에 중국의 경우가 나오고 뒤에 여섯 조상들의 경우가 나온다. 2장에서 109장까지는 조상들을 찬양하는 노래이고 110장에서 124장까지는 후대의 왕들에게 당부하는 노래이다. 3장에서 8장까지는 이안사(?-1274), 이행리, 이춘(?-1342), 이자춘(1315-1360)의 이야기이다. 이안사가 함경도 경흥으로 이주하여 몽골의 관리가 되는 이야기는 17, 18장에도 나오고, 이자춘이 공민왕 때 고려로 들어와 북방영토 회복에 참여했다는 이야기는 24장에도 나온다. 특히 칭기즈칸에게 유니콘[角端]이 나타나 인덕을 펴게 했다는 42장과 쿠빌라이에 대해서 칭송하는 세 장(67, 68, 82장)을 보면 세종에게는 조상들이 복무한 몽골에 대한 반감이 없었다는 것을 알 수 있다. 67장과 68장에 나오는 이야기는 쿠빌라이의 장수 바얀이 송나라를 칠 때 전당강(錢塘江) 가에 군대를 숙영하게 했는데 사흘이나 강물에 밀물이 들지 않다가 군대가 강을 건넌 후에야 숙영했던 자리가 물에 잠겼다는 이야기이니 하느님이 몽골을 도와주었다는 내용이라고 할 수 있다. 82장은 쿠빌라이가 외손자인 세자를 대할 때는 관을 쓰지 않고 안석에 누운 채 있었으나 세자가 수행한 정가신(鄭可臣)과 민지(閔漬)를 데려오자 들어오기 전에 미리 준비하게 하지 않은 것을 책망하고 급하게 관을 바로 하며 예절을 갖추어 맞았다는 이야기이다.

　9장에서 89장까지는 주로 이성계의 이야기이고 90장에서 109장까지는 이방원의 이야기이다. 이성계는 1361년에 홍건적을 물리쳤고(33, 34장) 1362년에 나하추의 몽골군을 물리쳤으며(35, 36, 88장) 1370년에 몽골의 요새를 점령했고(38, 41장) 1378년에 개성 근처에 온 왜구를 격퇴하였으며(49장) 1380년에 운봉에서 왜구를 격퇴하였고(50-52장) 1385년에 함경도 함주와 길주에서 왜구를 격퇴하였다(58-62장). 1388년에 명나라 공격을 거부하고 쿠데타를 일으켰고(9-14, 67-69장) 1392년에 왕이 되어(12, 14장) 나라 이름을 조선이라고 하였다(85장). 이방원은 1392년에 정몽주를 암살하였고(93장) 1394년에 명나라에 가서 한국과 중국의 관계를 정상화시켰으며(94장) 1398년에 무장반란을 일으켜서(99장) 정종의 후계자로 지명되었다(102, 103, 109장).

두 번째 임금 정종은 99장에 간접적으로 언급되어 있을 뿐이다. 세종은 이자춘의 둘째 아들 이성계와 이성계의 다섯째 아들 이방원을 정통으로 삼고 이성계의 둘째 아들이자 새 왕조의 두 번째 왕인 정종(방과)을 왕실의 정통계보에서 밀어냈다. 정종의 딸들을 왕의 딸인 옹주가 아니라 왕자의 딸에 해당하는 군주로 봉한 것으로도 그의 의도를 알 수 있다(『세종실록』 권54, 13년 10월 기유).

이성계가 81개 장에 등장하고 이방원이 23개 장에 등장하며, 이안사가 다섯 장에 나오고 이행리가 아홉 장에 나오고 이춘이 네 장에 나오고 이자춘이 여섯 장에 나온다. 고향에서 쫓겨나 북방의 몽골 지역에서 살다가 5대 만에 돌아와 새 나라를 세우게 된 것은 첫째, 하느님의 도움 때문이고 둘째, 이성계의 도덕적 탁월성 때문이라는 데 노래 전체의 초점이 모아져 있다. 이성계는 인자한 위엄으로 병사들에게 승리의 확신을 가질 수 있게 하였고(89장) 배반한 이복형과 과거의 정적들에게도 관대하였으며(77장) 학자들을 겸손하게 예절에 맞게 대접하였고(66장) 유배에서 풀려나 돌아온 노학자 이색에게 무릎을 꿇고 학문을 숭상하는 자세를 보였다(82장). 그러나 이성계가 왕이 된 지 36일 되던 날 이색의 아들을 죽인 것은 언급되어 있지 않다. 이성계는 활을 잘 쏘고(27, 32, 40, 43, 45-47, 63, 86-89장) 말을 잘 타는(31, 34, 65, 70, 86, 87장) 초인적인 무사였고 탁월한 전략가(35, 36, 51, 60장)였을 뿐 아니라 하느님의 뜻에 순종하여 나쁜 임금을 쫓아내고 도덕적 질서를 회복한 지도자였다(68장). 왕위는 그가 찬탈한 것이 아니라 하느님이 그에게 준 것이다. 그가 왕이 될 것은 지리산 석벽의 옛글에 예언되어 있으며(86장) 십팔자(十八子)가 백성을 구원한다는 기록도 오래전부터 전해 온다(99장). 도참에 나오는 조명(早明)의 의미를 아무도 몰랐으나 중국 천자가 나라 이름을 조선(朝鮮)이라고 정해 주니 사람들은 그때야 비로소 예언이 실현된 것을 알았다(100장). 하느님은 보랏빛 기운(39장)과 흰 무지개(50장)와 붉은 햇무리(101장)로 이성계의 특별함을 알려 주었고 노파를 보내 여진족의 배반을 경고했으며(4, 19장) 말을 타고 건널 수 있도록 못을 얼게 했고(30장) 말에 능력을 부여하여 말 탄 채 높은 성벽을 넘을 수 있게 했으며(34장) 말이 넘어지지 않도록 진흙을 갑자기 굳어지게 했다(37장).

하느님은 서울의 빈 길에 군마가 가득한 광경을 헛것으로 보여 주어 정도전에게 이방원을 죽이려던 계획을 포기하게 했다(98장). 이방원은 아버지에게 효성스러웠고(91~93장) 자기를 죽이려 한 형에게 자비를 베풀었으며(103장) 옥에 갇힌 조준의 누명을 벗겨 주었고(104장) 고려에 충성하는 길재를 칭찬하고(105장) 왕자의 난에 가담했던 관리들의 관직을 빼앗지 않았다(106장). 요컨대 『용비어천가』는 무자비한 이성계와 이방원의 폭력성을 합리화하고 그들을 인자하고 정의로운 도덕적인 모범으로 형상화한 작품이라고 할 수 있다. 이성계는 겸손하고(64, 81장) 정직하고(79장) 관대하였으며(54, 67, 77장) 민중이 절대적으로 그를 받들었다(10, 38, 41, 72장)는 것이다. 10장에서 세종은 이성계의 쿠데타를 민중의 뜻이라고 해석했다.

> 미친 사내가 무모하고 포학하여
> 백성들이 정의의 깃발을 기다렸다
> 바구니에 밥 담고 병에 술을 채워
> 길에 서서 (이성계의) 군대를 환영했다[7]

---

7   조규태, 『용비어천가』, 47쪽.

110, 111장은 네 선조를 모범으로 하라고 당부하는 노래들이고 112-122장은 이성계를 모범으로 하라고 당부하는 노래들이며 123, 124장은 이방원을 모범으로 하라고 당부하는 노래들이다. "잊지 말라"라는 말이 열다섯 번 반복되는데 110-113장은 안일과 사치를 금지하고 절제와 근면을 권장하는 내용이고 114, 115장은 백성의 사정을 살피려고 노력해야 한다는 내용이며 116장은 전장에서 시신을 보고 침식을 그친 이성계처럼 생명을 존중해야 한다("백성의 고통을 모르면 하느님이 버린다")는 교훈이다. 117장은 공을 세우고도 겸손하게 행동한 이성계를 본받으라는 교훈이고 118장은 여진족까지 감화시킨 이성계의 덕행("덕을 잃으면 친척도 배반한다")을 모범으로 제시한 것이다. 119장은 형제들이 분열하면 이간질하는 자들이 끼어들어 혼란을 일으킨다는 경고이고 120장은 과도하게 세금을 걷는 것은 나라 근본을 약하게 하는 것이라는 경고이며 122장은 아부하는 소인배를 멀리하고 항상 공부해야 한다는 충고("배우는 것이 생각하는 것보다 더 중요하다")이고 123장은 작은 잘못을 과장하여 참소하는 말에 넘어가 억울한 희생자가 나오지 않도록 늘 조심해야 한다는 충고이다.

대체로 유교사상에 근거하고 있다고 하겠으나 불교를 인정하는 내용과 불교에 반대하는 내용이 섞여 있는 것이 공동작을 만든 사람들의 의견 차이 때문인지 아니면 유교의 시각을 확고하게 견지하지 못했던 세종 자신의 관점 때문인지는 확실하게 말하기 어렵다. 이행리가 강원도 낙산의 관음굴에 가서 아들 낳기를 빌었는데 밤에 누비옷을 입은 중이 아들을 낳을 것이니 이름을 선래(善來)라고 하라고 해서 아들 이춘의 아명을 선래라고 했다는 21장은 불교를 인정한 내용인데 이방원이 왕이 된 후 전국의 절을 수십 곳만 남기고 없앴다는 107장과 역시 이방원이 공자의 바른 학문 이외의 모든 이단을 배척했다는 124장은 불교를 배척하는 내용이다.

1446년 3월 24일에 왕비가 죽자 세종은 후에 조카를 죽이고 왕이 되는 둘째 아들(세조, 1417-1468, 재위 1455-1468)에게 붓다의 전기 편찬을 감독하게 했다.

붓다의 일생을 자세하게 기록한 『석보상절』은 1447년 9월에 간행되었다. 여러 불경들에서 붓다의 생애에 관한 부분들을 발췌하여 번역한 이 책은 현재 3, 6, 9, 11, 13, 19, 21, 23, 24권이 남아 있다. 인쇄되기 전에 그 책을 읽고 세종은 죽은 왕비의 영혼을 위로하려는 목적과 자신이 만든 새 글자로 지은 불교서적을 대중에게 전파하려는 목적에서 붓다의 생애를 찬양하는 한글 시를 지어 시집을 만들었다. 이 시집의 제목 『월인천강지곡』은 하나의 달이 천 개의 강물에 비친다는 의미이다. 붓다는 한 사람이지만 온 인류의 마음에 빛을 비춘다는 뜻을 비유로 표현한 것이다. 194장으로 구성된 『월인천강지곡』 상권의 내용은 전생(3-14장), 출생(15-30장), 성장(31-49장), 출가 결심(50-54장), 출가 실행(55-60장), 진리 탐구(61-66장), 마라의 유혹(68-75장), 진리 인식(76-82장), 제자 교육(83-112장), 가족 교화(113-149장), 대중 교육(150-194장) 같은 붓다 생애의 전반기 사건들을 중심으로 전개되는 이야기이다. 『월인천강지곡』과 『석보상절』을 합본한 『월인석보』의 서문에는 후반기 생애를 다룬 중권과 하권이 있었다고 기록되어 있다.

---

2.   16세기 문학

유교조선의 정치체제는 전체적으로 국왕의 전제적 성격이 비교적 약하고 고위관리들의 발언권이 상대적으로 강하다는 특징을 보여 준다. 대신 즉 장관들은 정치(천관: 이조), 경제(지관: 호조), 교육(춘관: 예조), 국방(하관: 병조), 법률(추관: 형조), 산업(동관: 공조) 등 여섯 분야의 책임자였다. 당시 사람들은 외교의

정치적, 경제적 성격보다 교육적 성격을 더 중요하게 생각하였으므로 예조에서 교육과 함께 외교도 담당하였다. 관리들을 규찰하는 사헌부와 국왕에게 간언하는 사간원과 서적과 학술을 관장하는 홍문관의 대간들은 대신들의 권력남용을 견제하는 역할을 하였다. 대체로 대신들은 현실적이고 보수적으로 정책을 운용하였고 대간들은 이상적이고 원칙적인 시각에서 대신들의 결정을 비판하였다. 1485년에 편찬된『경국대전』에 육조와 삼사가 서로 견제하도록 규정되어 있으므로 대신이나 대간은 그가 소속된 관서의 성격에 맞게 행동하지 않을 수 없었다. 유교조선의 관리들은 젊었을 때는 사헌부의 장령 또는 사간원의 헌납으로서 탄핵과 간쟁의 역할을 수행하다가 나이가 들어 대신이 되면 현실적이고 보수적으로 정책을 결정하였다. 대신과 대간의 상호견제를 통하여 국왕은 조정능력을 확보할 수 있었다. 그러나 왕권과 신권은 항상 대립관계에 있었으며 왕권과 신권이 균형을 상실하면 연산군과 광해군처럼 왕이 축출되거나 1498년, 1504년, 1519년, 1545년의 학살과 같은 선비탄압사건이 발생했다. 15세기는 국왕이 중심이 되어 창업기의 과제들을 해결해 나아가는 시대였다. 15세기에는 사서를 소장하고 있는 지식인도 드물었으며 문집의 간행도 거의 없었다. 16세기에 들어와 지식인의 수가 늘어나고 과거응시생의 수가 확대되자 지식인 관료들은 도덕적 권위를 내세워 국왕의 특권에 제약을 가하려 하였다. 그들은 유교적 가치를 기준으로 삼고 국왕 중심의 국정운영을 비판하였다. 그들은 도덕적 가치의 구현이라는 공동 목적을 가지고 국왕도 유교적 가치를 무시하거나 공론에 반대하여 신하를 처벌하지 못하는 분위기를 형성하였다. 조광조나 송시열 같이 공론을 주도하는 인물이 정치의 실세가 되는 일도 있었다. 과거제도가 지식인들 사이에 다양한 인적 네트워크를 만들었고 관료들과 잠재관료들이 공론의 장을 형성하게 되었다. 국왕은 하루에 네 번(아침, 낮, 저녁, 밤) 경연에 가서 유교경전을 학습해야 했다. 1511년에『삼강행실도』2,940질을 반포하였다. 16세기 중반에 성리학적 생활방식이 정착하였다.

15세기에는 사적 토지소유가 국가의 중앙집권체제 안에 있었다. 토지를 가진 자는 누구나 국가에 전세를 납부해야 했다. 그러나 16세기에는 지방관아와 결탁하여 토지를 넓힌 대토지소유자들이 전세를 내지 않아 국가의 전세수입이 줄어들게 되었다. 토지의 평균소유면적이 감소하는 것은 대지주에게 토지가 집중되는 경향을 보여 주는 것이었다. 자기 땅을 경작하던 양인 가운데 적지 않은 사람들이 몰락하여 땅을 팔고 소작농민이 되었다. 소작하는 농민들은 국가에 바치는 전세와 공물과 부역과 군사적 부담에 더하여 수확의 50퍼센트를 지주에게 내야 하였다. 16세기에 노비의 수도 더 늘어났다. 양인이 노비가 되면 조세, 공물, 부역, 군역을 부가할 대상이 감소하므로 국가의 재정이 곤란하게 된다. 왕실과 고위관리들은 농민들이 개간한 땅을 헐값으로 사들여서 대토지를 형성하였다. 세조 때의 전형적인 땅 부자는 정인지였다. 16세기 후반에 발생하여 19세기까지 계속된 당쟁은 지배계급의 분파들이 토지와 노비와 관직을 서로 더 많이 가지려고 싸우는 권력투쟁이었다. 왕과 왕실 그리고 고위관리들과 이들의 모집단인 사족(士族) 즉 양반이 상류사회의 구성원들이었다.

생활비에도 모자라는 녹봉을 받았기 때문에 변방의 무관들은 군졸들이 근무에 나오지 않는 것을 허용해 주고 그들에게서 쌀을 받아 생활비에 보충하였는데 집권자들은 이러한 관행을 알면서도 금지할 수 없었다. 고위관리들의 서기 역할을 하거나 지방관청의 실무를 담당하는 하급관리들에게는 일정한 녹봉이 없었기 때문에 이들 중인 출신의 향리(鄉吏: 서리와 아전)들은 생계를 위해 수수료를 받아 생활할 수밖에 없었다. 이들이 받는 뇌물이 조세와 공물과 부역을 처리하는 기준이 되었다. 부유한 자들의 논밭은 헐하게 평가하고 가난한 자들의 논밭은 무겁게 평가하며 세력 있는 자의 논밭은 재해지로 인정하고 가난한 자의 논밭은 재해지로 인정하지 않는 일이 많았다. 왕실과 정부가 필요한 물건을 전국의 군현에 배당하여 거둬들이는 공물은 질과 기일이 보장되지 않는다는 이유로 중앙 각사의 서리들은 지방 각 관청의 공물을 상인들에게 사서 대신 납부하고 규정량의 몇 배에 해당하는 무명(당시의 현물 화폐)을 받아 내었다. 지방의 관아에서 직접 납부하는 것을 방해한다고 하여 이것을 방납(防納)이라고 했다. 1594년에 유성룡은 필요한 공물의 값을 계산하여 국가가 전결세(田結稅)로 징수해서 상인들에게서 직접 구매하자고 제안하였다. 15세기에 면화는 경기도 이남에서 재배되었으나 16세기에는 8도에 면화를 심지 않은 곳이 없었다. 16세기에 한 달에 2회, 3회, 6회 열리는 시장이 전국에 걸쳐서 생겨났다. 어느 지역에 홍수나 가뭄이 발생하여 농민들이 굶어 죽게 되는 경우에 다른 지역에서 와서 곡식을 팔 수 있게 한 데서 시장이 발생하게 되었을 것이나 생산물의 일부를 자유롭게 처분할 수 있는 농민과 수공업자가 없었다면 그러한 시장도 발생하지 못했을 것이다. 17세기 이후에는 각 지역의 시장들이 개장 일자를 서로 조정하여 시장의 전국적인 연계망을 구축하였다.

『경국대전』에는 16만 6,000명의 군인과 군인 1인당 2인의 보인을 두어서 약 60만 명의 양인 장정을 확보하도록 규정하였다. 군역 기간 신역을 하는 사람은 보인에게서 한 달에 무명 2필을 직접 받았다. 보인제도는 예비역이 현역을 지원하게 한 제도라고 할 수 있다. 그러나 군역에 동원되는 사람이 무명(10-20필)을 주고 다른 사람에게 신역을 대신하게 할 수 있었으므로 등록된 군인의 수효는 동원된 군인의 수효와 일치하지 않았다.

서당에 가서 『천자문』과 『소학』을 배우는 것이 초등교육에 해당하고 향교나 서원에 가서 『대학』, 『중용』, 『논어』, 『맹자』 그리고 주희의 편지와 어록을 배우는 것이 중등교육에 해당하였다. 1541년에서 1600년까지 75개의 서원이 생겼다(1860년에는 전국에 379개의 서원이 지방세력의 거점을 형성하고 있었다). 서원의 교육내용과 운영방침은 지역의 사족(士族)들이 자율적으로 하도록 하고 국가는 경제적 지원만 하였다. 토지와 노비를 주고 다는 아니지만 면세와 면역의 특권도 주었다. 서울에는 국립 중등교육기관으로 동학, 서학, 남학, 중학이 있었는데 중학은 산수, 음악, 천문, 지리, 역서, 의학, 법률, 외국어를 중인들에게 가르치는 기술직시험 준비 학교였다. 고등교육기관으로는 서울에 성균관이 있었다. 관리선발시험에 응시자들의 연령과 본관, 3대 조상의 출신과 이력을 등록하게 하여 기층사회의 고위관리시험 응시자격을 제한하였으며 1403년에는 아버지가 양반이더라도 첩의 자식인 경우에는 중인들의 기술직시험만 볼 수 있게 하였다.

유교의 핵심은 일에 공들이고 사람을 존중하는 데 있다. 그것을 충서(忠恕)라고도 하고 성경(誠敬)이라고도 했다. 격물치지(格物致知)에는 지식이 사물에서 나온다는 의미와 주체가 대상에 압도당하면 안 된다는 의미가 들어 있다. 공자(BC 551-BC 479)는 내면의 어진 마음[仁]과 외면의 바른 행동[禮]을 통하여 인간의 고유성(중용)이 실현된다고 하고 중용의 바탕에는 참됨[誠]이 작용하고 있다고 하였다. 『대학』에서는 서(恕)와 경(敬)을 혈구(絜矩)라고 했는데 남을 존중하는 사람은 내가 싫어하는 것을 남에게 하지 않는다는 의미이다. 예는 상황에 맞는 적절한 행동을 의미한다. 그러므로 지나친 행동이나 미흡한 행동은 예가 아니다. 지나친 환대와 미흡한 환대는 모두 손님의 마음을 불편하게 할 것이다.

맹자(BC 372-BC 289)는 악이 물욕에 기인한다고 보고 욕심 없음을 강조하였다. 교육[養氣]은 과욕(寡慾)에서 시작한다. 인간에게는 누구나 물욕을 절제할 수 있는 지성[良能]과 의지[良志]와 감성[四端]이 있다. 어린 아기가 우물로 기어가면 잡아 주려 하고 아무리 주려도 발로 차서 주는 음식은 먹지 않으며 남에게 함부로 하지 않고 어떤 짓은 죽어도 못 하겠다고 결단하는 마음이 없으면 사람이 아니다. 인류 전체로 보면 인의예지(仁義禮智)가 물욕보다 조금이라도 더 강하다고 보아야 한다. 그렇지 않다면 세상은 멸망하고 말 것이기 때문이다.

주희(1130-1200)는 인간의 마음을 깨끗한 그릇으로 보고 그것을 도심(道心)이라고 하였다. 도심이 더러워지면 저만 아는 마음[私心]이 되고 남을 못되게 구는 욕심[邪心]이 된다. 주희는 더러워진 그릇을 깨끗하게 씻는 것을 격물(格物)

이라고 하였다. 격물이란 부모와 형제와 부부의 관계를 바르게 생각하고 바르게 행동한다는 뜻이다. 주희는 공자와 맹자의 본뜻을 이(理: 얼)와 기(氣: 것)의 두 계열로 정리하였다. 이와 성(性)과 체(體)는 실재이고 본질이고 근거이며 기와 정(情)과 용(用)은 음양이고 오행이고 만물이다. 기(氣)는 원래 공기(空氣)를 가리키는 단어였으나 노자와 장자는 우주를 형성하고 있는 물질적인 기운(에너지)을 가리키는 단어로 사용하였고 주희는 물질적인 질료와 정신적인 에너지를 다 포함하는 단어로 사용하였다. 구체적인 사물은 기가 아니라 이와 기의 합성체이다. 기는 사물이 아니라 사물의 현상적 속성을 형성하고 있는 질료이다. 형성하고 활동한다는 의미에서 기를 기운이라고 하는데 기는 물질적 기운일 수도 있고 정신적 기운일 수도 있다. 활동하는 정신적 기운은 감정과 욕망을 야기하며 감정과 욕망은 알맞은 길에서 벗어나 과도하게 움직이거나 미흡하게 움츠러들 수 있으므로 기에는 악이 잠재되어 있다. 이와 기 사이에 시간적인 선후는 없으나 존재론적으로는 이는 높고 기는 낮다. 이러한 세계관은 왕과 남편과 지주는 높고 신하와 아내와 소작농민은 낮다는 사회관의 근거가 되었다. 유교 철학의 이론으로는 누구나 성인이 될 수 있다고 하겠으나 실제로는 지주만 교육을 받을 수 있었으므로 지주만 성인이 될 수 있다고 전제하는 결과가 되었고 왕은 지주 중의 지주였기 때문에 국왕은 반드시 성인이 되어야 한다는 전제하에 국왕에게는 특별히 국왕 교육을 따로 받게 했다. 지식인 지주들은 성리학의 기초지식을 가진 사람이 정치를 해야 한다고 생각하였다. 성리학의 이념을 실현하기 위해서 그들은 국왕을 성리학자로 만들고자 하였으며 성리학에 대한 지식을 기준으로 관료를 선발하거나 퇴출시키려고 하였다.

15세기에는 국가가 국왕 중심으로 운용되었고 지방도 국가가 직접 지배하였기 때문에 붕당이 없었다. 16세기에 지방의 사족들이 세력을 이루자 국가는 지방 사족들을 통하여 지방을 간접적으로 지배하는 방식도 수령을 통해 지방을 직접 지배하는 방식과 함께 이용하려고 하였다. 1545년에 동인과 서인의 붕당이 시작되었고 1578-1583년에 이이가 동인의 우세를 견제하기 위하여 서인의 편에 서자 두 세력이 균형을 이루게 되었다. 처음에는 지역적 색채로 분화되었으나 각 붕당은 서로 공당이 되려고 노력하였다. 붕당 사이에 포용과 견제, 대립과 균형의 원리가 작용하는 면도 있었다. 그러나 자기 당과 다른 당의 대립을 군자당과 소인당의 대립으로 구별하기 시작하면서 붕당의 대립이 아군과 적군의 대립으로 전개되었다. 원래 유학에서 말하는 군자(chüntzu)는 진리 탐구자(a seeker of the way)를 가리키는 일반명사였으나 이들은 군자당을 다른 당파와 구별해서 자기 당파를 가리키는 고유명사로 사용했다. 16세기에 이와 기 가운데 어느 것이 먼저인가에 대한 논쟁이 있었는데 이와 기가 나눌 수 없이 얽혀 있다는 데 모든 사람이 동의하면서도 당파에 따라 논쟁이 양극화되었고 끝내는 모든 사람이 경기·충청 당파와 경상도 당파의 어느 한쪽을 선택하게 되었다. 표면적으로는 철학적, 도덕적 논쟁인 것처럼 보였으나 사실은 토지와 노비와 관직을 차지하려는 이기적인 패거리 싸움이었다.

주희의 유학은 1392년 유교조선이 건국될 때부터 국가 운용의 원리로 설정되었으나 그것은 150년이 지난 후에야 퇴계(1501-1570)의 손에 의하여 하나의 한국적 사상체계로 완성되었다. 『자성록』은 1555년에서 1560년까지 55세에서 60세 사이에 퇴계가 자신이 쓴 편지 22통을 생전에 모아 엮은 책이다. 퇴계는 친구들과 제자들에게 보낸 편지들 가운데서 자신을 성찰하는 데 도움이 된다고 생각되는 것들을 추려서 곁에 두고 늘 거듭 읽었다. 22통의 편지 내용은 처음 공부하는 사람들이 조심해야 할 것(1-3편), 학문의 자세(4-12편), 학문의 방법(13-19편), 명성을 가까이하지 말라는 경계(20-22편) 등이다.

마음과 기운의 병은 이치를 살피는 데 투철하지 못하고 헛된 것을 천착하며 억지로 탐구하는 것입니다. 마음을 간직하는 데 방법이 어두워 싹을 뽑아 올려

자라는 것을 도와주려 하듯이 하다가 깨닫지 못하는 사이에 마음을 피로하게 하고 힘을 소모하게 하여 여기에 이르는 것이니 이것은 초학자에게 공통된 병입니다. 비록 주자 같은 분이라 하더라도 처음에는 이러한 병이 없지 않았습니다. 만약 그것이 이와 같은 것을 이미 알고 돌이켜 고칠 수 있었다면 다시 근심이 되지 않았을 터인데 오직 일찍 알아서 빨리 고칠 수 없었기 때문에 끝내 병이 된 것입니다. 내 평생 병통의 근원도 모두 여기에 있었는데 이제 마음의 병은 전과 같지 않으나 다른 병이 이미 심해졌습니다. 노쇠한 때문입니다. 그대와 같은 사람은 젊고 기운이 성하니 진실로 그 처음에 빨리 고치고 조섭한다면 어찌 마침내 괴로움이 있겠으며 또 어찌 다른 증세가 간섭하겠습니까? 대저 그대는 전날 공부할 때 궁리하기를 심오하며 현묘한 데 나아가려고 하며 힘써 행할 때 자랑하고 급하게 하는 것을 면하지 못하여 억지로 탐구하고 자라는 것을 도와주게 되므로 병근이 이미 성해진 데다 마침 우환이 겹쳐 다스리기 어려워진 것이니 어찌 염려하지 않을 수 있겠습니까. 그 치료방법은 그대가 스스로 알고 있을 것입니다. 첫째로 먼저 세간의 궁통영욕과 이해득실을 일체 도외시하여 마음에 누가 되지 않도록 해야 합니다. 이미 이 마음을 힘써 얻었다면 근심은 대개 이미 반 이상 그친 셈입니다. 이와 같이 하되 무릇 일상생활에서 말하는 것을 적게 하고 좋아하는 것을 절제하며 그림, 글씨, 꽃, 화초의 완상이나 산수, 어조의 즐거움 같은 데 이르러서도 진실로 가히 뜻에 맞고 마음에 드는 것이면 항상 접하는 것을 꺼리지 않아서 마음과 기운으로 하여금 늘 화순한 상태에 있게 하고 어긋나고 혼란스럽고 성내는 일이 없게 하는 것이 중요합니다. 글을 보되 마음을 피로하게 하는 데 이르지 않아야 하고 많이 보는 것을 절대로 피해야 하며 다만 뜻에 따라 그 맛을 즐겨야 합니다. 이치를 살피는 것은 모름지기 일상의 평이하고 명백한 곳에 나아가 참뜻을 간파하고 익숙하게 체득해야 합니다. 그 이미 아는 바에 침잠하여 여유 있게 노닐되 오직 방심하지도 않고 집착하지도 않는 사이에서 밝게 간직하고 잊지 않는 공부를 오래도록 쌓다보면 자연히 녹아서 얼음이 있게 될 것입니다. 더욱이 집착하고 구속하며 빠른

보람을 보려고 해서는 안 됩니다.[8]

이것은 퇴계가 남언경(南彦經, 1528-1594)에게 준 충고이다. 남언경은 임진왜란 후에 여주목사와 공조참의를 지내고 양명학을 연구한다는 이유로 탄핵을 받아 삭직된 사람이다. 기대승(奇大升, 1527-1572)의 비판에 답한 두 번째 편지의 후론에는 진리에 대한 퇴계의 철저한 확신이 잘 나타나 있다. 이 두 편지 글에서 우리는 퇴계의 진리관을 짐작할 수 있다.

나의 보잘것없는 독서법에서는 무릇 성현의 의리를 말씀하신 곳이 드러나 보이면 그 드러남에 따라 구할 뿐, 감히 그것을 경솔하게 숨겨진 곳에서 찾지 않습니다. 그 말씀이 숨겨졌으면 그 숨겨진 것을 따라 궁구할 뿐, 감히 그것을 경솔하게 드러난 곳에서 추측하지 않습니다. 얕으면 그 얕음에 말미암을 뿐, 감히 깊이 파고들지 않으며 깊으면 그 깊은 곳으로 나아갈 뿐, 감히 얕은 곳에서 머무르지 않습니다. 나누어 말씀한 곳에서는 나누어 보되 그 가운데 합쳐 말씀한 것을 해치지 않으며, 합쳐 말씀한 곳에서는 합쳐 보되 그 가운데 나누어 말씀한 것을 해치지 않습니다. 사사로운 나 개인의 뜻에 따라 좌우로 끌거나 당기지 않으며, 나누어 놓으신 것을 합친다거나 합쳐 놓으신 것을 나누지 않습니다. 오래오래 이와 같이 하면 자연히 성현의 말씀에 문란하게 할 수 없는 일정한 규율이 있음을 점차로 깨닫게 되고 성현의 말씀의 횡설수설한 듯한 속에도 서로 충돌되지 않는 지당함이 있음을 점차로 알게 됩니다. 간혹 일정한 것으로 자기의 설을 삼을 때는 또한 의리의 본래 정하여진 본분에 어긋나지 않을 것을 바랍니다. 만일 잘못 보고 잘못 말한 곳이 있을 경우라면 남의 지적에 따라, 혹은 자신의 각성에 따라 곧 개정하면 또한 스스로 흡족하게 느껴집니다. 어찌 한 가지 소견이 있다 하여 변함없이 자기 의견만을 고집하면서 타인의 한마디 비판을

8   이황, 「자성록(自省錄)」, 『일본각판 이퇴계전집』 下, 퇴계학연구원, 1975, 321쪽.

용납하지 않을 수 있겠습니까? 어찌 성현의 말씀이 자기의 의견과 같으면 취하고, 자기의 의견과 다르면 억지로 같게 하거나 혹은 배척하여 틀렸다고 말할 수 있겠습니까? 진실로 이와 같이 한다고 하면, 비록 당시에는 온 천하의 사람들이 나와 더불어 시비를 겨루지 못한다 하더라도 억만 년 뒤에 성현이 나와서 나의 티와 흠을 지적하고 나의 숨은 병폐를 지적하여 깨뜨리지 않으리라는 것을 어찌 알겠습니까? 이것이 바로 군자가 애써 뜻을 겸손하게 하고 남의 말을 살피며, 정의에 복종하고 선을 따라서 감히 한때 한 사람을 이기기 위하여 꾀를 쓰지 않는 까닭입니다.[9]

퇴계는 세계를 물질적 에너지와 정신적 원리의 중층구조로 보았고 마음을 이성과 감정의 이원구조로 보았다. 이 두 심급은 겹쳐져 있어서 에너지로 보면 세계 전체가 에너지이고 원리로 보면 세계 전체가 원리이며 이성으로 보면 마음 전체가 이성이고 감정으로 보면 마음 전체가 감정이다. 일부분은 이성이고 일부분은 감정이라고 마음을 나눌 수 없다는 것이 퇴계의 생각이었다. 이(理)는 진리, 원리, 윤리, 본질, 근거, 존재, 당위, 가치, 이성 등의 의미를 가지고 있다. 존재론적으로 이는 기에 앞선다. 군신이 있기 전에 군신의 이가 있고 부자가 있기 전에 부자의 이가 있다. 성리학의 시각으로 보면 사람보다 사람됨의 뜻이 먼저 있다. 그러나 이와 기 사이에 시간적 선후는 없다. 이와 기는 같은 것이 아니나 사물에 있어서는 뒤섞이고 뒤얽혀서 나눌 수 없는 것이다. 이(理)라는 글자는 원래 옥의 무늬를 가리키는데 옥과 옥의 무늬가 따로 있을 수는 없다. 무늬는 옥 속에 옥과 함께 있다. 16세기 사람들은 마음도 것[情]과 얼[性]로 되어 있고 세계도 것[氣]과 얼[理]로 되어 있다고 생각했다. 그러나 두 심급이 완전히 하나로 동일한 것은 아니기 때문에 물질적 에너지가 정신적 원리를 벗어나는 경우도 생기고 이성이 감정을 조절할 수 없

9 이황, 「이퇴계서초(李退溪書抄)」 권4, 『일본각판 이퇴계전집』 下, 77쪽.

는 경우도 생긴다. 부끄러워하지 않아야 할 때 부끄러워하고 미워하지 않아야 할 때 미워하는 일이 생기거나 분노해야 할 때 분노하지 못하고 두려워해야 할 때 두려워하지 않는 일이 생기는 것이다. 분노해야 할 때 분노하는 것은 이성에 맞는 감정이고 분노해야 할 때 분노하지 않는 것은 이성에 어긋나는 감정이다. 사람에게는 천성적으로 사랑하는 마음[仁], 수치를 못 참는 마음[義], 사양하는 마음[禮], 결단하는 마음[智]이 있다. 이를 따르면 선이 되고 물욕을 따르면 악이 되는데 이 네 가지 마음[四端]은 임금에게 충성하고 부모에게 효도하는 착한 행동의 동력이다. 부모도 모르고 임금도 모르는 불교는 무부무군(無父無君)의 이단이므로 배척해야 한다. 그러나 인간의 감정은 물욕에 좌우될 가능성을 가지고 있다. 이에 근거한 사단은 선한 인간의 본성이고 기에 근거한 감정은 악의 가능성을 내포한 인간의 기질이다. 사단은 이가 발현하여 기가 이를 따르는 경우이며 감정은 기가 발현하여 이가 기를 타는 경우이다. 경험의 차원에서 볼 때 운동하고 정지하는 것은 기이다. 운동이 있으면 운동의 이가 있고 정지가 있으면 정지의 이가 있다. 기의 활동은 이를 따를 때 완성된다. 인간의 도덕적 이상은 이가 기를 타고 기의 방향을 조절하는 데 있다. 선은 적절하게 발동된 감정 이외에 다른 것이 아니다. 물욕에 흔들리지 않는 사단은 이성에 맞게 움직이므로 선이지만 물욕에 흔들릴 여지를 가지고 있는 감정은 이성에 맞게 움직일 때와 이성에 어긋나게 움직일 때가 있으므로 물욕을 절제하면 선이 되고 물욕에 좌우되면 악이 된다. 사물 전체의 관점에서 볼 때 악은 사물의 책임이 아니라 인간의 책임이다. 사태에 맞는 감정은 선이다. 그러나 미흡하거나 과도한 감정은 악이 된다. 분노 자체는 악이 아니지만 그릇된 분노가 있을 수 있다. 미워하는 감정은 기의 발현으로서 악이 될 경우도 있으나 침략자와 착취자를 미워할 때에는 선이 된다. 자기중심적인 욕망은 맹목적 신념이나 맹목적 충성을 야기한다. 대인관계에서 과도하지 않고 미흡하지 않게 행동하려면 욕망의 표준이 되는 원리(가치)의 선험성(초월성)을 인정해야 한다. 이가 발현하기 때문에 인간은 자기

중심적인 욕망의 먹이가 되지 않을 수 있다. 이가 발현한다는 퇴계의 말은 경험적 차원이 아니라 선험적 차원에서 말한 것이다. 적절한 감정은 선이 되고 과도하게 넘치거나 미흡하게 부족하거나 한 감정은 악이 된다. 얼이 바른 사람은 바르게 성내고 바르게 미워하고 바르게 슬퍼하고 바르게 부끄러워한다.

　우리는 에너지를 질료, 원리를 형상이라고 번역할 수도 있고 에너지를 실존, 원리를 본질이라고 번역할 수도 있다. 퇴계는 이성을 훈련하여 감정의 일탈을 막을 수 있는 사람이 되고 다른 사람들도 그렇게 할 수 있도록 가르치는 데 철학의 목적이 있다고 생각하였다. 악의 원인이 되는 욕심의 개입을 막고 일상생활에서 이(理)를 실천하는 것이 퇴계 유학의 궁극 목적이었다. 퇴계가 보기에 이는 보편적이고 객관적인 윤리의 토대이다. 퇴계에게 철학의 목적은 자기교육에 있었다. 그에게는 부모에게 효도하고 임금에게 충성하는 것이 모두 자기교육의 과정이었고 따라서 다른 사람을 가르치는 것도 자기교육의 일부가 되었다. 퇴계는 책을 읽으면서 궁리하고 성찰하는 것을 자기교육의 중심이라고 생각하였다. 주희도 "이치를 탐구하는 방법은 독서에 있다[窮理之要必在於讀書]"라고 하였다.[10] 오래 궁리하고 깊이 성찰하면 이를 직관할 수 있게 된다. 책은 마땅히 원리를 터득하게 될 때까지 읽어야 한다. 열심히 책을 읽는 사람은 누구나 언젠가는 내용 전체가 속속들이 이해되는 순간을 경험할 수 있다. 이때 책이 마음에 녹아들어 마음의 한 부분이 된다. 원리가 명확하게 이해될 때까지 천천히 책의 내용에 대하여 거듭 사색하고 자신을 성찰하면서 기다리지 않고 인위적으로 정신을 혹사하면서 억지로 내용을 파악하려고 하다가는 기력을 탕진하게 된다. 여유와 집중을 함께 유지할 수 있을 때 비로소 원리가 자연스럽게 드러난다. 정신의 스트레스는 원리연구를 방해하기 때문에 독서에도 절제가 필요하다. 같은 것 속에 있는 다른 것

10　朱熹, 『朱熹集』, 郭齐·尹波 校点, 成都: 四川教育出版社, 1996, 546쪽.

과 다른 것 속에 있는 같은 것을 함께 고려하면서 책을 읽어야 한다. 독서에는 종합능력과 분석능력이 다 필요하다. 독서하지 않은 사람은 시와 비, 선과 악, 앞과 뒤, 겉과 속, 본체와 작용, 필연과 당연, 같은 것과 다른 것을 구분하지 못한다. 그러므로 그는 비록 겹쳐져 있어서 나눌 수 없다 하더라도 이성을 감정보다 중요하게 보고 원리를 에너지보다 중요하게 보았다. 인간의 발달 단계는 감각적 능력이 먼저 나오고 지성적 능력이 그 뒤를 따를 것이나 본성적 기원의 순서로 볼 때는 감각들이 지성을 위하여 존재한다. 더 완전한 능력을 그것보다 불완전한 능력의 목적, 원천, 이유, 원리로 규정하는 것이 퇴계의 논리이다. 그에게는 이성이 감정의 존재원리이고 활동원리이다. 퇴계는 정신과 자연, 개인과 사회, 주관과 객관, 이론과 실천의 균형을 당연한 사실로서 전제하고 자연이 인과적이고 기계적으로 운동하는 것이 아니라 내재적인 목적에 따라 유기적으로 작용하는 것이라고 파악하였다. 그러므로 그가 말하는 원리는 뉴턴이 말하는 원리와 무관하다. 뉴턴에게 원리는 거리의 제곱에 반비례하는 힘이지만 퇴계에게 원리는 극기복례(克己復禮)를 실천하게 하는 힘이다. 윤리적 원리의 보편성을 확신하고 있었기 때문에 퇴계는 정치적 혼란에 직면해서도 마음의 평화를 지킬 수 있었다.

16세기의 우리 문화는 원리와 기운의 역동적 조화를 토대로 하여 열린 체계를 형성하고 있었다. 누구나 형상과 질료, 본질과 실존, 이성과 감정의 균형이 조화로운 의미의 성좌를 형성하고 있다고 믿고 있었다. 그들은 양반, 평민, 노비로 구성된 신분질서조차도 자연적 질서의 일부분이라고 생각하였다. 의미의 성좌가 인간과 인간의 행위를 조명해 주고 있던 시대에 문제가 되는 것은 각 개인이 그 의미의 세계에서 자기에게 주어져 있는 공간을 찾아내는 일이었다. 여기서 과오라고 하는 것은 원리의 표준 규범에 비추어 좀 지나치다든가 아니면 좀 모자라다든가 하는 문제에 지나지 않거나 절도와 통찰의 부족에 지나지 않았다. 지식은 베일을 벗기는 일에 지나지 않았고 본질을 그대로 기술하는 데 지나지 않았다. 16세기의 문화도 때때로 위협적이고 이해할 수 없는 기운의 힘을 감지하였다. 그러나 기운은 언제 어디에나 존재하는 원리를 추방하거나 혼란에 빠뜨리지 못하였다. 악의 근원이 되는 기운이 원리를 이탈하여 세계에 검은 그림자를 드리우는 경우가 있다 하더라도 이러한 그림자는 원리의 빛을 뚜렷하게 강조하는 우연의 계기에 지나지 않았다. 원리의 세계와 기운의 세계가 있는 것이 아니라 16세기에는 오직 원리의 세계가 있을 뿐이었다. 기운은 원리의 세계 안에서 편안하게 숨 쉬고 있었으며, 극히 드문 순간에만 원리의 빛을 휘황하게 밝혀 주는 부정의 계기로서 작용하였다. 원리의 표준에 못 미치거나 그 표준을 지나치는 즉 과도하거나 부족한 기운이 있다 하더라도 그러한 기운의 존재는 유한성의 단적인 부정으로서 원리의 무한성을 긍정하게 될 뿐이었다.

그러므로 퇴계에게 가장 중요한 것은 과도하거나 부족하게 되지 않도록 감정을 조절하는 훈련이 된다. 그는 그 훈련을 경(敬)이라는 한 글자로 표현하였다. 서양 사람들은 불교의 염(念)과 유교의 경(敬)을 다같이 'mindfulness(마음 챙김)'라고 번역한다. 고원하고 심오한 진리를 구하지 말고 일상생활 속에서 방심하지 않고 집착하지 않는 마음 상태[非着意非不着意之中]를 간직하라는 것이다. 내면에 침잠하여 한가롭고 여유롭지만 풀어지거나 흐트러지지 않는 상태를 말한다고 할 수 있다. 경은 이것저것을 조금씩 잘 알게 되는 생활인의 지적 숙련이 아니라 실재를 있는 그대로 받아들여서 일과 여가가 자연스럽게 일치되는 마음의 상태이다. 자기를 있는 그대로 존중하는 것도 경이고 타인을 있는 그대로 존중하는 것도 경이다. 자기와 타인을 있는 그대로 존중할 수 있으려면 먼저 총체로서의 세계를 있는 그대로 존중할 수 있어야 한다. 세계의 근거에 대한 긍정이 타인 존중의 전제가 된다. 퇴계에게 자연은 바로 원리와 에너지, 이성과 감정이 알맞게 어울려 있는 상태로서 "자연스럽다"라는 형용사가 나타내는 이상적인 세계 또는 이상적인 마음을 가리킨다. 그것이 이상적이라고 하는 것은 지나치거나 모자란 경우를 예외상태로 보고 정상적인 자연이 아니라고 하기 때문이다.

맑고 고요하게 흐르는 것이 물의 본성입니다. 그것이 흙탕을 지나다 흐려진다거나 험준한 곳을 만나 파도가 거세지는 것은 물의 본성이 아닙니다. 그것도 물이라 하지 않을 수는 없지만 특별히 만난 환경이 달라서 그렇게 된 것일 뿐입니다.[11]

퇴계는 사서오경과 그것에 대한 주희의 주석을 읽어야 진리를 직관할 수 있게 된다고 생각하였다. 교과서를 완전히 장악한 학생이 좋은 성적을 받듯이 주희가 해석한 사서를 철저하게 이해하면 악을 피하고 선을 실행할 수 있다는 것이 퇴계의 믿음이었다. 억지로 서둘러 이해하려는 것은 사사로운 욕심이고 오직 일상생활 속에서 그 의미가 환하게 열릴 때까지 오래 궁리해야 된다고 하며 퇴계는 일상생활에 막힘없이 실행할 수 있을 정도로 사서오경의 내용을 속속들이 두루 알게 되는 것을 활연관통(豁然貫通)이라고 하였다. 이(理)에도 본체와 작용의 두 면이 있어서 이가 이를 인식하는 마음에 들어와 스스로 자신을 드러낼 수 있다. 내가 그것을 철저하게 연구하면 그것의 이가 내 마음에 들어온다. 이의 본체는 움직이지 않으나 이의 작용(기능)은 내 마음에 들어와 스스로 나타날 수 있다. 진리는 결코 마음 밖에 있지 않다. 퇴계는 진리의 보편성과 필증성(必證性)을 확신하였다. 그에게 진리인식은 세계에 대한 포괄적인 통찰력에 도달하는 것이다. 오래 노력하는 사람에게 진리는 기대하지 않은 어느 날 선물처럼 찾아온다. 마음에 부끄러운 점이 없다면 마음이 편안해지고 저절로 속이지 않게 된다. 속이는 것이 마음을 불편하게 할 것이기 때문이다. 성인의 책을 통하여 배워야 할 것은 말과 생각과 행동의 원천이 되는 마음자리를 지키고 가다듬는 것이다. 그러나 궁리(窮理)와 거경(居敬)이 서로 통하여 작용하던 퇴계의 시대는 대답만을 알았을 뿐 물음을 알지 못했고 해답만을 알았을 뿐 수수께끼는 알지 못했으며 형식만을 알았을

11   이황, 「자성록(自省錄)」, 『일본각판 이퇴계전집』 下, 329쪽.

뿐 혼돈을 알지 못했다. 기운을 기운으로 규정하는, 다시 말해서 사물을 바로 그 사물로 규정하는 원리의 빛이 너무나 분명하고 명백하였기 때문에 인간과 세계, 자연과 사회는 글자 그대로 자연스러운 질서를 형성하고 있었다. 퇴계에게 성과 이와 도는 동의어로서 우연(偶然)을 지배하는 본연(本然)이고 우유(偶有)를 통제하는 본유(本有)였다.

시조라는 명칭은 18세기에 시의 형식과 음악의 곡조를 동시에 가리키는 용어로 사용되기 시작하였다. 그러나 시조의 율격은 오랜 시간에 걸쳐서 점진적으로 형성되다가 15세기에 정착되어 16세기에 지식인들에게 널리 퍼졌을 것이다. 시조는 4음보 석 줄로 구성된 한국의 대표적 정형시이다. 시조는 한국어의 성질을 가장 적절하게 활용한 시형식이기 때문에 한국인이 주고받는 일상생활의 대화 속에도 4음보 율격은 흔히 나타난다. 시조는 한국시의 여러 장르들 가운데 가장 대중적이고 유연하고 한국인이 기억하거나 암송하기 쉬운 형식이다. 시조는 여섯 개의 반행으로 구성된 3행시이다. 첫째 줄과 둘째 줄에서는 강한 반행이 먼저 오고 약한 반행이 뒤에 오며, 셋째 줄에서는 약한 반행이 먼저 오고 강한 반행이 뒤에 온다.

	앞	뒤
첫째 줄	강반행	약반행
둘째 줄	강반행	약반행
셋째 줄	약반행	강반행

〈표 6〉 시조의 반행

하나의 반행은 두 개의 음보로 나누어진다. 첫째 줄과 둘째 줄의 각 반행의 내부에서는 약한 음보가 앞에 오고 강한 음보가 뒤에 오며, 셋째 줄의 각 반행의 내부에서는 강한 음보가 앞에 오고 약한 음보가 뒤에 온다. "삭풍은 나무 끝에 불고 명월은 눈 속에 찬데"와 같은 대조 표현의 경우에는 첫째·둘째 줄에서도 강음보-약음보-강음보-약음보로 강한 음보가 약한 음보의 앞에 온다. 그러나 이것은 일반적인 경우가 아니라 의미의 초점을 강조하기 위한 수사학적 변이로 보아야 한다.

	앞		뒤	
첫째 줄	약음보	강음보	약음보	강음보
둘째 줄	약음보	강음보	약음보	강음보
셋째 줄	강음보	약음보	강음보	약음보

〈표 7〉 시조의 음보

셋째 줄의 율격이 첫째·둘째 줄의 율격과 반대로 구성되는 데 시조의 종지법이 보여 주는 특별한 성격이 있다.[12] 셋째 줄 둘째 음보의 음절 수가 다른 어떤 음보의 음절 수보다도 많다는 것도 시조 종지법의 특색이 된다. 시조의 한 음보는 대체로 한 단어로 되어 있으나 셋째 줄의 둘째 음보는 두 단어로 되어 있는 경우가 많고 한 단어라고 하더라도 다른 음보의 단어보다 긴 단어로 되어 있다. 시조의 셋째 줄은 흔히 역설, 명령, 감탄, 대조 등의 수사학적 표현으로 시 전체의 의미를 마무리한다. 앞 두 줄의 의미와 셋째 줄의 의미 사이에 의미의 간극 또는 비약을 설정하는 방법에 따라 시조작가의 독창성이 드러난다. 여러 편의 시조를 엮어 하나의 주제를 표현하는 경우에는 마지막 시조에만 종지법이 사용된다. 그러나 여러 편의 시조들로 구성된 작품이

---

12 김진우, 「시조 운율구조의 새 고찰」, 『한글』 173·174 합병호, 한글학회, 1981, 320쪽.

라도 각 편이 의미의 완결성을 가지고 있을 때는 시조 하나하나에 모두 종지법을 사용한다.

심재완의 『정본 시조대전』(일조각, 1984)에는 3,335수의 시조가 실려 있는데 작자를 알 수 없는 작품이 대부분이다. 많은 작품들이 노래로 불리며 기억 속에 저장되었다가 18세기에 문자로 기록되었기 때문이다. 1728년에 중인 신분의 가수인 김천택이 편찬한 『청구영언(초록 동산의 명곡들)』에는 580수의 시조가 수록되어 있는데 이 가운데 유교조선의 작자 65명의 작품 142수가 들어 있다.

맹사성(1360-1438)과 황희(1363-1452)는 15세기를 평화와 번영의 시대로 묘사하였다.

여름날 강변에 초가집이 한가롭고
친구 같은 물결이 바람을 보내 준다
임금님의 은혜 아니면 시원하게 어찌 살랴[13]   (맹사성)

호수에 봄이 오니 이 몸에 일이 많다
나는 그물 집고 아이는 밭을 간다
뒷산에 심은 약초는 언제나 캐러 갈꼬[14]   (황희)

세조가 조카 단종을 죽이고 왕이 되었을 때 세조에게 항거하다 죽임을 당한 열세 명의 신하(세조 2년 6월 경자. 성삼문, 박팽년, 하위지, 유성원, 이개, 김문기, 성승, 박중림, 박정, 유응부, 권자신, 송석동, 윤영손)[15]들이 지은 시조가 있는데 성삼문(1418-

---

13   심재완, 『정본 시조대전』, 일조각, 1984, 33쪽.
14   심재완, 『정본 시조대전』, 32쪽.
15   『조선왕조실록』 7, 134쪽.

1456)과 유응부(?-1456)의 작품은 초등학생들도 외우고 있을 정도로 한국인들에게 널리 알려져 있다.

이 몸이 죽은 후에 무엇이 될까 하니
봉래산 제일봉에 낙락장송 되어서
백설이 천지 가득할 때 홀로 청청하리라[16]   (성삼문)

간밤에 불던 바람 눈서리 몰아쳐서
낙락장송이 다 기울어져 가노매라
하물며 못다 핀 꽃이야 말해서 무엇 하랴[17]   (유응부)

유응부의 시조에서 우리는 둘째 줄을 '낙락장송이/다/기울어져/가노매라'로 읽어야 할 것인지 아니면 '낙락장송이/ … /다 기울어져/가노매라'로 읽어야 할 것인지 판단하기 어렵다. 한 음절이 한 음보가 되는 것도 예외적인 경우가 되며 공음보를 두는 것도 예외적인 경우가 되기 때문이다. 어떻게 읽건 유응부의 이 시조는 시조형식의 유연성을 보여 주는 예가 될 것이다.

퇴계의 시조는 그의 생전에 기록되었다. 1565년에 퇴계의 친필을 판각한 「도산 12곡」의 목판이 지금도 도산서원에 보존되어 있다. 앞의 여섯 수는 입지의(삶의 방향을 갈피 짓는) 자세를 노래하였고 그다음 여섯 수는 학문의 자세를 노래하였다. 퇴계는 시조를 지은 이유를 한시로는 낭송할 수는 있으나 노래 부를 수는 없기 때문[可詠而不可歌也][18]이라고 하였다. 퇴계는 경상도 안동 출신으로서 경상도 지방의 이현보(1467-1555), 주세붕(1495-1554), 권호문(1532-

---

16   심재완, 『정본 시조대전』, 601쪽.
17   심재완, 『정본 시조대전』, 17쪽.
18   이황, 『도산전서』 3, 한국정신문화연구원, 1980, 294쪽.

1587) 등과 교유하였다.

각 수의 내용은 다음과 같다. 1. 이렇게 살아도 무방하고 저렇게 살아도 무방하다. 나 같은 어리석은 시골 선비가 못나게 사는 것도 어쩔 수 없는 일이니 고질병이 되어 버린 자연 사랑을 이제 와서 고치려고 하는 것은 쓸데없는 짓이다. 2. 노을로 집을 삼고 달과 바람을 친구로 여기며 평화로운 시절에 병들어 살아간다. 잘못을 더 이상 저지르지 않게 되기만 간절히 바랄 뿐이다. 3. 소박한 풍속이 없어졌다는 것은 틀린 말이고 사람의 본성이 선하다는 것은 옳은 말이다. 성인이 수많은 사람들에게 헛말을 하셨을 리가 있겠는가. 4. 난초가 골짜기에 있으니 그윽한 향기가 저절로 퍼지고 구름이 언덕에 있으니 아늑한 광경이 저절로 펼쳐진다. 편안하게 살면서도 고운 임 한 분을 잊지 않고 늘 생각한다. 5. 산 앞에 정자가 있고 정자 아래 물이 있어 갈매기들이 즐겁게 오락가락하는데 흰 망아지는 어째서 이곳에 만족하지 않고 멀리 가려는 마음을 버리지 않는 것인가. 6. 봄바람이 부니 꽃이 산에 가득 피고 가을밤이 되니 달이 정자에 가득하다. 네 계절의 흥취를 느끼는 것은 꽃이나 달이나 사람이나 다 같다. 물고기가 못에서 뛰고 솔개가 하늘에서 날고 구름은 그늘을 만들고 하늘은 빛을 비추는 것이야 변함없이 무한한 자연의 원리이다. 앞 여섯 수의 주제가 되는 자연의 즐거움은 다음 여섯 수의 주제가 되는 독서의 즐거움으로 이어진다. 1. 천운대(天雲臺)를 돌아가면 완락재(玩樂齋)가 나타난다. 독서하다 깨치는 즐거움이 무한하니 그 흥취를 말로는 다 표현하기 어렵다. 2. 벼락이 바위를 깨뜨려도 귀머거리는 못 듣고 태양이 중천에 떠도 장님은 못 본다. 눈과 귀가 멀쩡한 우리는 성인이 지은 책을 공들여 보고 성인의 말씀을 귀 기울여 들어야 한다. 이 작품의 핵심은 뒷부분의 셋째 시조에 있다.

고인도 날 못 보고 고인도 날 못 보나
고인을 못 봐도 가신 길이 앞에 있다

4. 가던 길을 몇 해나 버려두고 어디 가 다니다가 이제야 돌아왔느냐? 이제라도 돌아왔으니 딴마음 먹지 말고 부지런히 가자. 5. 청산은 어찌하여 영원히 푸르며 유수는 어찌하여 잠시도 멈추지 않는가? 우리도 그치지 말고 한결같이 진리를 따라가자. 6. 누구나 아는 일이니 그 아니 쉬운가? 성인도 다 못하시니 그 아니 어려운가? 쉽다고 놀라고 어렵다고 놀라다 보니 늙는 것을 잊겠구나.

퇴계에게는 오염되지 않은 자연과 하나가 되려는 마음은 오염되지 않은 진리와 하나가 되려는 마음과 통한다. 독서 또한 인위적인 것이 개입하지 않도록 자연스럽게 수행되어야 하고 독서에서 얻는 진리도 억지나 무리가 없이 자연스럽게 터득되어야 한다.

16세기의 대표 시인 정철(1536-1593)은 서울에서 출생하였지만 전라도에서 송순(1493-1583), 김인후(1510-1560), 유희춘(1513-1577), 김성원(1525-1597), 임제(1549-1587) 같은 시인들과 교유하였다. 강원도관찰사가 되었을 때 그는 강원도의 일반 백성들에게 유교 도덕을 가르치기 위하여 「훈민가」 16수를 지었다.

1. 아버님 날 낳으시고 어머님 날 기르시니 두 분 곧 아니시면 이 몸이 살았을까? 하늘 같은 끝없는 은덕을 어찌해야 갚을까? 2. 임금과 백성 사이 하늘과 땅이로되 나의 서러운 일을 다 헤아려 살피시니 우린들 살진 미나리를 어찌 혼자 먹으랴. 3. 한 몸 둘에 나누어 부부를 만드셨으니 있을 때 함께 늙고 죽으면 한곳에 간다. 어디서 망녕엣 것이 눈 흘기려 하느냐? 4. 팔목 쥐시면 두 손으로 잡아 드리고 나가려 하시면 막대 들고 따르다가 술 다 드신 후에 모시고 돌아가리. 「훈민가」의 다섯 번째 시조는 친구의 도리를 깨우치는

19　심재완, 『정본 시조대전』, 49쪽.

내용이다.

> 남으로 생긴 중에 벗같이 유신(有信)하랴
> 나의 그른 일을 모두 다 일러 주는구나
> 이 몸이 벗님 곧 아니면 사람됨이 쉬울까[20]

6. 어버이 계신 동안 섬길 일 다하여라. 돌아가신 후에는 애통한들 도리 없다. 평생에 고칠 수 없는 일이 이뿐인가 하노라. 7. 형아 아우야 네 살을 만져봐라. 뉘에게서 태어났기에 모양까지 같은 것이냐? 한 젖 먹고 자라났으니 딴마음을 먹지 마라. 8. 부인네 가는 길을 남자가 돌아가듯 남자가 가는 길을 부인네 비껴가듯 제 남편 제 아내 아니면 이름 묻지 말진저. 9. 네 아들 『효경』 읽더니 얼마나 배웠는가? 내 아들 『소학』은 모레면 마친다네. 어느 때 이 두 책 익혀 어진 사람 되려나. 10. 마을 사람들아 옳은 일 하자꾸나. 사람이 되어서 옳은 일 못 하면 마소를 갓·고깔 씌워 밥 먹이나 다르랴. 11. 어와 저 조카야 밥 없이 어찌할꼬? 어와 저 아저씨 옷 없이 어찌할꼬? 험한 일 다 일러라. 도와주려 하노라. 12. 네 집 장례는 어떻게 치르느냐? 너의 딸 남편은 언제나 구할 거냐? 나도 여유는 없지만 돌보고자 하노라. 13. 오늘도 날 밝았다. 호미 메고 어서 가자. 내 논 다 매고 나면 네 논 좀 매어 주마. 올 길에 뽕 따다가 누에도 먹여 보세. 14. 비록 못 입어도 남의 옷을 뺏지 마라. 비록 못 먹어도 남의 밥을 빌지 마라. 잠시라도 나쁜 버릇 들면 씻어 내기 어려우리. 15. 쌍륙 장기 하지 말고 소송재판 하지 마라. 집 망쳐 무엇 하며 남의 원수 어찌 되랴? 나라가 법을 세웠는데 죄 되는 걸 모르는가? 「훈민가」의 마지막 시조는 어른을 존경해야 한다는 내용이다.

20 심재완, 『정본 시조대전』, 138쪽.

이고 진 저 늙은이 짐 풀어 나를 주오

나는 젊었으니 돌인들 무거울까

늙기도 섧다 하겠는데 짐조차 지시다니[21]

정철은 심오한 비유나 모호한 인유를 피하고 일상생활의 평범한 단어들을
사용하여 16세기의 일반 백성이 누구나 동의할 수 있는 도덕적 정서를 자연
스럽게 표현하였다.

그의 시조 79수 가운데는 왕에게 자신의 충성심을 호소하는 내용의 작품
들이 많다. 그는 시 속에서 왕에게 날아갈 수 있는 새가 되고 왕을 비출 수 있
는 달이 되고 서울로 흘러가는 강물이 된다.

쓴 나물 데운 물이 고기보다 맛이 있다

초가집 좁은 것이 그 또한 내 분수라

다만 임 그리는 탓으로 시름겨워 하노라[22]

솔숲에 눈이 오니 가지마다 꽃이 핀다

한 가지 꺾어 내어 임 계신 데 보냈으면

임이 보신 후에야 눈꽃 진들 어떠리[23]

눈 내리는 겨울에도 푸른 잎을 간직하는 소나무는 시인 자신의 왕에 대한
충실성과 일관성을 상징한다. 정철은 아첨하고 중상하는 정적들이 나라를
결딴내고 있으니 왕이 그들의 말을 듣지 말고 그들을 추방해야 한다고 왕에

---

21   심재완, 『정본 시조대전』, 589쪽.
22   박성의, 『송강·노계·고산의 시가문학』, 현암사, 1972, 101쪽.
23   박성의, 『송강·노계·고산의 시가문학』, 130쪽.

게 호소한다.

> 아 큰 재목을 저렇게 버리다니
> 헐고 뜯어 기운 집에 말썽도 많구나
> 목수들아 먹통과 자를 들고 헤매다가 말려느냐[24]

> 오뉴월 한낮에 서리 치고 눈 내리는
> 수미산 골짜기를 눈으로 보셨습니까
> 임이여 백 놈이 백 말을 하더라도 임이 짐작하소서[25]

정적들은 나라를 마치 허물어지는 집처럼 흔들어 놓는다. 정철은 어떠한 중상과 모략을 당하더라도 변하지 않는 자신의 충성심을 왕에게 증명하고 싶어 한다.

> 소나기 한줄기가 연잎에 쏟아져도
> 물 묻은 흔적은 찾아볼 수 없구나
> 내 마음도 저 연잎처럼 물들지 않으리라[26]

16세기의 대표적인 여류시인은 황진이이다. 『정본 시조대전』에는 그녀의 시조 여덟 수가 수록되어 있다. 황진이는 개성의 기생이었다. 그녀는 개성을 대표하는 것 세 가지가 있다면 박연폭포와 당대의 학자 서경덕(1489-1546)과 그녀 자신이 될 것이라고 말할 정도로 자부심이 높았다. 그녀의 시조들은 모

24   박성의, 『송강·노계·고산의 시가문학』, 118쪽.
25   박성의, 『송강·노계·고산의 시가문학』, 114쪽.
26   박성의, 『송강·노계·고산의 시가문학』, 120쪽.

두 사랑 노래이다.

> 어져 내 일이야 그럴 줄을 몰랐던가
> 있으라 하였으면 가랴마는 제 구태여
> 보내고 그리는 정이야 나도 몰라 하노라[27]

가겠다는 남자를 붙잡았으면 안 갈 수도 있었을 텐데 스스로 굳이 보내 놓고 괴로워하는 자신의 어리석음을 비웃는 내용이지만 사실은 어쩔 수 없는 이별의 고통을 완화하기 위하여 마치 이별을 피할 수 있는 능력이 자기에게 있는 듯이 표현한 것이다.

> 푸른 산 시냇물아 쉬이 감을 자랑 마라
> 바다에 한번 가면 다시 오기 어려워라
> 달빛이 빈산을 채울 때 쉬어 간들 어떠리[28]

이 시조에서 시냇물[碧溪水]은 남자의 호이고 달[明月]은 황진이의 호이다. 조용히 빈산을 비추는 밝은 달과 소란스럽게 흘러가는 시냇물이 대조되어 기쁨과 슬픔이 공존하는 사랑의 역설을 표현한다. 그녀 자신의 사랑은 온 산을 환한 빛으로 감싸 안는다. 그러나 남자는 돌이킬 수 없는 사랑의 순간들에 온몸을 맡기지 못한다. 이 시조에는 사랑의 기쁨을 자유롭게 누리지 못하는 남자의 경박함을 조롱하는 풍자가 들어 있다.

> 동짓달 기나긴 밤을 한허리를 베어 내어

---

27   심재완, 『정본 시조대전』, 506쪽.
28   심재완, 『정본 시조대전』, 742쪽.

봄바람 이불 아래 서리서리 넣었다가
님 오신 날 밤이어드란 굽이굽이 펴리라[29]

동지는 1년 중 밤이 가장 긴 날이다. 동지가 들어 있는 음력 11월은 1년 중 밤이 가장 긴 달이다. 긴 밤을 둘로 잘라서 봄바람으로 만든 이불 아래 넣었다가 펼치면 그 밤은 연인들이 껴안고 누워 있기에 충분할 정도로 어둡고 길고 따뜻하다. 밤의 허리를 자른다는 표현은 놀랍게 신선하다.

임제는 황진이가 죽은 후에 개성에 가서 그녀를 추모하는 시조를 지었다.

청초 우거진 골에 자는가, 누웠는가
홍안은 어디 두고 백골만 묻혀 있나
잔 잡아 권할 이 없으니 그를 슬퍼하노라[30]

청초 우거진 골에 시냇물 울며 간다
가무하던 무대는 어디 어디 어디메요
석양에 물 차는 제비야 너는 알겠지[31]

풀은 봄이 되면 다시 자라지만 사람은 한번 죽으면 다시 돌아오지 못한다. 고운 얼굴[紅顔]은 사라지고 백골만 남아 있다. 시간이 또 지나면 그 뼈조차 없어질 것이다. 쉬지 않고 흘러가는 시냇물은 한번 가면 다시 오지 않는 시간의 파괴력을 보여 준다. 노래하고 춤추는 황진이는 이미 없다. 사람이 없을 뿐 아니라 노래하던 곳과 춤추던 자리도 찾을 수 없다. 물을 차는 제비는 시

---

29 심재완, 『정본 시조대전』, 230쪽.
30 심재완, 『정본 시조대전』, 762쪽.
31 심재완, 『정본 시조대전』, 762쪽.

간의 흐름이 끊기고 과거가 살아나는 예외적인 순간을 암시한다. 시인은 청자에게 말하지 않고 제비에게 말한다. 황진이를 보고 싶어 하는 간절한 갈망이 의문사의 반복으로 표현되어 있다.

가사는 시조와 같은 종지법을 사용하지만 행수를 미리 정해 놓지 않고 4음보 행을 반복하는 율격 형태의 노래이다. 4음보는 앞뒤로 두 음보씩 나뉘는데 뒤쪽 두 음보의 음절 수가 앞쪽 두 음보의 음절 수보다 많다. 그러나 가사가 끝나는 마지막 행의 경우에는 뒤쪽 두 음보의 음절 수가 앞쪽 두 음보의 음절 수보다 적다. 특히 마지막 행의 둘째 음보는 마지막 행의 다른 세 음보보다 음절 수가 많다. 마지막 행의 율격은 첫째 음보 < 둘째 음보 > 셋째 음보 > 넷째 음보로 되어 4음보가 단순하게 반복되던 앞의 행들과 다른 느낌을 주며 듣는 사람에게 여기서 가사가 마무리된다는 것을 알게 한다. 단형이건 장형이건 임의로 선택할 수 있는 가사는 까다로운 형식적 제약이 없으므로 가사를 짓는 사람은 자유롭게 이야기를 할 수도 있고 이미지의 연쇄를 펼쳐 보일 수도 있으며 세계관을 풀어 놓을 수도 있다. 길이의 제한이 없기 때문에 가사의 작자는 병렬, 대조, 반복, 변주 등의 수사를 자유롭게 펼치면서 묘사와 서사를 함께 활용하였다. 유배생활의 곤란을 열거하고 백옥같이 순결한 자신과 바다같이 너그러운 임금의 사이에 끼어들어 죄 없이 억울한 일을 당하게 만든 원인을 나열하는 넋두리의 시간적, 공간적 연쇄는 소설적 구성은 아니지만 계절의 추이 또는 하루의 경과 같은 일정한 서사적 패턴을 보여준다. 대부분의 가사는 노래로 불려지는 설화시이다.

초기의 가사로는 정극인(1401-1481)의 「상춘곡(賞春曲)」, 조위(1454-1503)의 「만분가(萬憤歌)」, 송순의 「면앙정가(俛仰亭歌)」, 백광홍(1522-1556)의 「관서별곡(關西別曲)」, 양사준(16세기)의 「남정가(南征歌)」 같은 작품들이 있다. 정극인은 부귀와 공명을 멀리하고 여유 있게 맑은 바람과 밝은 달을 감상하는 은자의 생활을 묘사하였다. 『두시언해』의 편찬에 참여한 조위는 김종직의 처남이라는 이유로 여러 차례 귀양살이를 하였는데 「만분가」는 전라도 순천에 귀양 가서 귀양살이의 온갖 울분[萬憤]을 토로한 가사이다.

    차라리 죽어서 억만 번 변화하여
    남산 늦은 봄에 소쩍새 넋이 되어
    배꽃 가지 위에서 밤낮으로 울다가
    삼청동 저문 하늘 흐르는 구름 되어
    바람에 떠다니다 자미궁(紫微宮)에 날아올라
    옥황 지척의 상머리에 나아가서
    흉중에 쌓인 말씀 실컷 사뢰리라[32]

  송순은 전라도 광주에 있는 무등산에 정자를 짓고 그 주위의 아름다운
산수와 자연 가운데서 벗들과 함께 늙는 즐거움을 노래하였다. 백광홍은
1555년에 평안도 수비대장[評事]으로 부임하여 압록강 부근의 풍경과 여진족
을 굴복시키는 조선 군대의 위용을 노래하였다. 양사준은 1555년 전라도 영
암에서 일본 해적[倭寇]과 싸워 이긴 전투 장면을 묘사하였다.
  정철은 「성산별곡」, 「관동별곡」, 「사미인곡」, 「속미인곡」, 「장진주사(將進酒
辭)」 등 다섯 편의 가사를 지었다. 「성산별곡」은 전라도 성산에 사는 김성원
의 정자를 찾아가 그 주인의 한가로운 생활을 찬양한 가사이다. 달력이 없어
도 눈앞의 풍경이 계절을 알려 준다. 아침에 일어나면 하루 종일 농사일에
공을 들이고 저녁이면 강물에 배를 띄우고 밤에는 독서를 한다. 때때로 술
마시며 거문고를 연주하는 일도 빼놓을 수 없다. 흙과 물, 공기와 나무가 모
두 보이려 하지 않고 내적 조화를 추구하는 김성원의 성품과 어울린다. 정신
적 탁월성은 고독 속에서 완성된다. 도덕적 의지를 견고하게 확립하는 것이
공적 봉사에 선행되어야 한다. 「관동별곡」(1580)은 강원도관찰사가 되어 부

---

32 이가원, 『조선문학사』 하, 태학사, 1997, 492쪽.

임할 때에 서울에서 금강산 입구까지 여행하면서 본 것을 이야기하는 가사이다. 다양한 관점에서 바라본 풍경들이 감각적으로 묘사된다. 균형과 병행, 대칭과 대조가 표현의 주조가 된다.

> 은 같은 무지개며 옥 같은 용의 꼬리
> 감돌며 물 뿜는 소리, 십 리에 가득한데
> 들을 때는 우레더니 와서 보니 눈이구나[33]

폭포수가 떨어지는 모양을 은 같은 무지개라고 하고 물굽이 치는 모습을 옥 같은 용의 꼬리라 하고 멀리서 들을 때는 우레 소리 같아서 비가 오겠거니 했더니 직접 보니 하얀 눈이 휘날리고 있었다고 해서 만폭동(萬瀑洞)의 폭포를 은빛 무지개와 물을 뿜는 고래, 우레와 눈의 이미지로 표현한다. 망양정(望洋亭)에 올라가서 파도치는 바다를 보면서 정철은 파도의 소란스러운 소리를 다시 성난 고래에 비유한다.

> 바다 밖은 하늘인데 하늘 밖은 무엇인가
> 가뜩이나 성난 고래 누가 감히 건드려서
> 불거니 뿜거니 어지럽게 구는 건가
> 은산을 무너뜨려 천지사방 흩어 놓은 듯
> 오월 긴긴날에 흰 눈은 무슨 일일까[34]

밤이 되어 풍랑이 진정되고 잔잔한 밤바다 위로 달이 떠오르는 것을 보고 정철은 이렇게 좋은 세계를 남들 모두에게 다 보여 주고 싶다고 말하고 꿈속

---

33 박성의, 『송강·노계·고산의 시가문학』, 15쪽.
34 박성의, 『송강·노계·고산의 시가문학』, 22쪽.

에서 신선이 술을 권할 때에도 세상 모든 사람들과 함께 마시고 싶다고 말한다.

> 이 술 가져다가 천하에 고루 나누어
> 억만 인간들을 다 취하게 만든 후에
> 그제야 다시 만나 또 한 잔 하고 싶소[35]

　정철은 달이 환하게 비치는 바다를 보며 금강산의 봉우리들을 비출 뿐 아니라 강원도의 모든 마을을 비추고 있는 달처럼 백성들을 보살피려는 자신의 포부를 술회하며 가사를 끝낸다.

　「사미인곡」과 「속미인곡」은 버림받은 여인의 심정에 빗대어 임금을 향한 충성심을 술회한 가사이다. 벼슬을 그만두고 전라도 창평에 머물던 1585-1587년에 지은 이 두 가사에서 정철은 자신의 마음을 멀리 있는 남편을 그리워하는 아내의 마음에 비교했다. 왕과 자기의 관계를 하늘이 정한 것이라고 하며 옆에서 모시지 못하고 멀리 떨어져 그리워하게 된 슬픈 사정을 한탄한다. 그러나 그는 왕을 위해 무엇인가 유익한 일을 하려는 노력을 포기하지 않는다. 봄에는 봄소식을 먼저 알리는 매화를 왕에게 보내려고 하고 여름에는 시원한 모시옷을 지어 바치려고 하며 가을에는 달빛과 별빛을 보내서 왕의 주변을 밝히고 싶어 하고 겨울에는 햇볕을 보내서 왕을 조금이라도 더 따뜻하게 하려고 하며 죽은 후에는 호랑나비가 되어서 꽃향기 묻은 날개로 왕의 옷에 가 앉고 싶다고 한다. 정철은 왕이 그를 기억하지 못한다 해도 그 자신은 언제까지나 왕을 따르겠다는 결의로 가사를 끝낸다. 「속미인곡」은 두 선녀의 대화이다. 하늘나라의 서울에서 임과 함께 행복하게 살다가 쫓겨난 여자가 해 저문 석양에 임을 찾아 헤매다가 아는 여자를 만난다. 여자는 아

35　박성의, 『송강·노계·고산의 시가문학』, 24쪽.

는 여자에게 임과 이별하게 된 사연과 임을 찾아 산으로 강으로 헤매는 제 신세를 하소연한다. 아무리 애써도 임을 만날 수 없다면 죽어서 달이 되어 임 계신 곳을 비추고 싶다고 하자 호소를 듣고 있던 여자는 달보다는 굿은비가 되어서 임의 곁에 내리는 것이 더 좋을 것이라고 대답한다. 달보다 비가 임에게 더 가깝게 갈 수 있기 때문에 그렇게 대답했을 것이다.

> 초가집 추운 방에 밤중에 돌아오니
> 바람벽 등잔불은 누굴 위해 밝혔는가
> 올라갔다 내려갔다 쏘다니며 헤맸더니
> 어느새 피곤하여 풋잠을 잠깐 들어
> 지성이 감천한 듯 꿈에 임을 보니
> 옥 같은 얼굴이 반이나마 늙으셨구나
> 마음에 먹은 말씀 실컷 사뢰려 했으나
> 눈물이 쏟아져서 말을 잇지 못하였네
> 정회를 못다 푼 채 목이 메어 버렸는데
> 경망한 닭 울음에 잠은 어찌 깨었던고
> 아 허사로다 이 임이 어디 갔나
> 잠결에 일어나 창을 열고 바라보니
> 가엾은 그림자만 나를 따를 뿐이로다[36]

「장진주사」는 인생의 무상을 탄식하고 허무한 인생이니 죽은 후에 후회나 없도록 술을 실컷 마시자는 술노래이다. 4음보 율격은 유지되고 있으나 한 음보의 음절 수가 3음절, 4음절에서 벗어나 2음절 음보와 6음절 음보가 보이는 데 「장진주사」의 특색이 있다.

---

36 박성의, 『송강·노계·고산의 시가문학』, 62쪽.

한 잔 먹세그려 또 한 잔 먹세그려

꽃 꺾어 셈하며 무진 무진 먹세그려

이 몸 죽은 후에 지게 위에 거적 덮여

묶여 가나 만인이 울며 상여를 따르나

억새 속새 떡갈나무 백양 속에 가기만 하면

누른 해 흰 달 가는 비 굵은 눈 쓸쓸히 바람 불 때

누가 한 잔 먹자 할꼬 하물며 무덤 위에

원숭이 휘파람 불 때 뉘우친들 어쩌리[37]

호를 난설헌(蘭雪軒)이라고 하고 자를 경번(景樊)이라고 한 허균의 누나 허
초희(許楚姬, 1563-1589)는 「규원가(閨怨歌)」를 지었다. 「규원가」는 남편에게 버
림받은 여자의 슬픈 사연을 이야기하는 가사이다. 좋은 남편을 만나 행복하
게 사는 꿈을 꾸던 어린 시절의 회상으로 시작한 가사는 열다섯, 열여섯을 겨
우 지나 결혼한 남자가 경박하게 밖으로 나돌며 돌아보지 않아서 홀로 속절
없이 외롭게 빈방을 지키고 있는 자신의 처지를 한탄한다. 꽃필 나이를 지나
얼굴은 고운 태를 잃어버렸는데 남편은 어디 가 있는지 소식도 알 수 없다.

창밖의 매화는 몇 번이나 떨어졌나

차디찬 겨울밤에 진눈깨비 쏟아지고

길고 긴 여름날에 궂은비 퍼붓는다

꽃과 버들 고운 봄도 근심만 일으키고

밝은 달에 귀뚜라미 울어 대는 가을도

긴 한숨, 지는 눈물, 걱정만 늘게 한다

모진 목숨 차라리 죽으리라 작정하다

37 박성의, 『송강·노계·고산의 시가문학』, 88쪽.

돌이켜 헤아리니 이리 해서 어찌하리[38]

거문고를 연주하며 시름을 달래려 해도 들어줄 사람 없는 음악은 빈방에 공허하게 울릴 뿐이고 꿈속에서나 만나려고 자리에 누워도 낙엽 떨어지는 소리와 풀벌레 우는 소리가 잠들지 못하게 방해한다.

난간에 기대어 임 가신 곳 바라보니
저녁 구름 지나는데 풀잎에 이슬 젖고
대숲에서 새가 울어 마음만 더 슬퍼진다
나처럼 젊어서 버림받은 여자가
세상에 또 있을까? 아무래도 모르겠네
살아야 할 것인지 죽어야 할 것인지[39]

---

38 이가원, 『조선문학사』 중, 715쪽.
39 이가원, 『조선문학사』 중, 716쪽.

유교조선후기문학

　이율곡(1536-1584)이 죽은 다음 해에 도요토미 히데요시(1536-1598)는 일본 통일전쟁을 시작하였다. 그는 1582년에 오다 노부나가의 후계자가 되었고 1587년에 일본을 통일하였으며 1590년에 일본의 최고 통치자가 되었다. 1401년에 아시카가 요시미쓰가 남북조로 분열되어 있던 일본을 통일하고 무로마치 막부를 세웠다. 오닌의 전쟁(1467-1477) 이후 120년 동안 사병을 가지고 있던 일본의 영주들은 아시카가 막부의 통제에서 벗어나 각자 자신의 영역을 확대하기 위하여 패권을 다투었다. 1573년에 오다 노부나가가 아시카가 쇼군을 타도하였다. 군비를 충실하게 해야 한다는 율곡의 상소는 율곡의 생전에 일본이 국내전쟁 중이었으므로 일본을 경계하자는 의미로 해석할 수 없는 내용이다. 10만 양병설도 『율곡집』에는 나오지 않는다.

　일본을 통일한 도요토미 히데요시는 신분제도를 엄격하게 고정시키고 농민들이 가지고 있던 무기를 회수하였다. 1591년에 토지조사사업을 실시하여 경작지를 정확하게 파악하고 수확량의 3분의 2를 전세로 정하여 영주(다이묘)들의 수입을 보장하는 한편 사무라이들의 재산권을 박탈하여 그들을 중앙정부와 지방영주들에 예속시켰다. 해외진출을 지향하는 오사카와 나가사키의 상업자본과 결탁한 그는 상인들을 통하여 조선의 지형과 도로망, 성곽 배치와 군사능력에 관한 자료를 수집하였다. 그는 영주들을 침략전쟁에 내몰아 반대파를 제거하면서 동시에 그들에게 약탈하여 치부할 수 있는 기회를 주려고 하였다. 1591년에 명나라를 치려고 하니 길을 빌려 달라고 조선에 통고하고 1592년 4월 13일에 선발대 1만 8천 명이 대마도를 출발하였으며 곧이어 5만 2천 명이 1592년 5월 23일에 부산에 상륙하였다. 일본의 병력은 28만 1,840명이었고 그중 조선 침략에 동원된 전투 병력은 15만 8,700명이었다. 일본군의 지휘본부는 나고야에 있었다. 1592년 4월 13일에 시작하여 1598년 11월 19일에 끝난 전쟁은 세 단계로 전개되었다. 첫째 단계는 1592년 4월부터 1593년 6월까지인데 7백여 척의 함선으로 부산에 상륙하여 서울을 거쳐 평안도와 함경도에 침입한 일본군의 수륙병진 계획을 조선의 수군이 좌절시키고 조선 육군이 대오를 수습하여 의병과 함께 일본군을 남해안의 좁은 지역으로 몰아넣었다. 둘째 단계는 1593년 6월의 제2차 진주성 방어 전투부터 일본군의 전면적 공격이 재개되기 직전인 1597년 1월까지인데 명나라와 일본이 충청도, 전라도, 경상도의 할양문제를 두고 담판하는 동안 조선군은 성을 수리하고 무기를 정비하였다. 셋째 단계는 14만 1,500명의 일본군이 다시 투입된 1597년 2월부터 일본군이 물러난 1598년 11월까지인데 조선 수군은 도망치는 일본군에게 섬멸적인 타격을 가하였다.

일본군은 6월에 평양을 점령하고 7월에 함경도를 점령했으나 보급에 차질이 생기고 부대 간의 연계가 곤란하게 되어 북으로 더 나가지 못했다. 이순신이 서남해안에서 주도권을 장악하여 일본군은 5월과 7월의 패전으로 제해권을 조선 수군에게 넘겨줄 수밖에 없었다. 경상도의 곽재우, 전라도의 고경명, 충청도의 조헌이 농민과 노비들로 구성된 의병을 조직하였다. 곽재우는 일본군이 들어온 지 열흘 만인 4월 20일에 군사를 일으켰다. 이후 황해도, 평안도, 강원도, 함경도에서도 의병이 일어났다. 보급로가 끊어진 일본군은 10월에 주둔 지역을 제한하고 부산-서울-평양의 기본 진로만 지키려고 하였다. 왕은 1592년 4월 30일에 서울을 떠나 평양으로 갔다가 6월에 다시 압록강 변의 의주로 피신했다. 1592년 6월에 명나라 군대 3천 명이 전쟁에 참가하여 7월 17일 평양전투에서 일본군에게 패하였다. 물자가 부족한 일본은

8월에 다음 해 1월 15일까지 휴전하자는 중국의 제안을 받아들였다. 1592년 12월 25일에 5만 1천 명의 명나라 군대가 압록강을 건너 1593년 1월 6일에 평양에 도착하여 조선의 관군 1만 5천 명, 의병 4만 명과 함께 고니시 유키나가의 일본군을 공격하여 1월 8일에 평양을 탈환하고(『선조실록』 권34, 26년 정월 병인) 서울 근처까지 내려왔으나 1월 26일과 2월 25-27일의 전투에서 명군과 조선군은 일본군에게 패하였다. 3월 13일 양곡 창고에서 불이 나 군량이 부족한 일본군이 퇴각하여 4월 18일에 서울을 탈환하였다. 그동안 보급 차질로 일본군의 3분의 1이 기아와 질병으로 죽었다. 일본군은 경상도 연해에 주둔하며 명나라와 강화조약을 진행하였다. 1593년 7월 이후로 전쟁은 일시 중단 상태로 들어갔다. 10월 초에 왕이 서울로 돌아왔다. 일본이 만주 평원으로 들어서면 1년도 안 되어 베이징이 위험해질 것이므로 명나라는 산이 많고 길이 좁은 조선에서 싸우는 것이 유리하다고 판단했다. 1593년 4월에 일본군이 한강을 건너 철수할 때 명나라 군대는 조선군의 공격을 막고 일본군의 퇴각을 보장해 주었다. 명나라는 한강 이남의 일본군 점령을 용인할 의사가 있었다. 1593년 9월에 일본군이 수천 명만 남기고 철수하였다. 1592년 9월에 시작한 강화협상이 4년 만에 결렬되고 1597년 1월에 일본군이 6백여 척의 배로 다시 쳐들어왔다. 9월에 명나라 군대 6만 명이 다시 조선에 들어왔다. 일본은 1597년 10월 이후 남해안에 성을 쌓고 장기 주둔 태세에 들어갔다. 1598년 8월 18일에 도요토미 히데요시가 죽고 11월 18-19일의 해전에서 이순신이 죽었다. 1600년 도쿠가와 이에야스가 패권을 잡고 1603년에 에도 막부를 열었다.

에도 막부는 무역재개를 요구하며 국교를 회복하지 않으면 다시 침략하겠다고 조선을 협박했다. 일본의 군사능력을 경험한 조선은 1607년에 사절단을 파견하기로 결정하였다. 그 후 1617년 7월과 1625년 12월에 사절단을 파견하였고 1635년 12월에 사절단의 명칭을 통신사로 바꾸었다. 통신사는 대체로 석 달 동안 일본에 머물렀는데 에도 막부는 통신사를 조공사절이라고 선전했고 이로 인해서 일본 사람들은 조선을 일본에 조공을 바치는 국가로 인식하게 되었다.

17세기 전반기에 명나라는 각 지방의 농민 폭동으로 혼란에 빠져 있었다. 그 가운데 대표적인 폭동이 이자성의 난과 장헌충의 난이었는데 이자성은 1644년 3월에 베이징을 함락하여 명나라를 멸망시켰다. 1589년에 만주의 부족들을 정복하기 시작하여 세력을 확장하고 1605년에 명나라에 바치던 조공을 중지한 만주의 누루하치가 여진족을 통일하고(1609-1615), 1616년에 만주족의 후금(後金)을 세운 후 6만 명의 정예군을 편성하여 명나라와 군사적으로 대치하였다. 광해군은 쇠퇴해 가는 명나라와 일정한 거리를 두고 신흥하는 후금과의 마찰을 피하려고 하였다. 1618년 후금이 푸순을 점령하자 명나라는 조선에 군대를 요청하였고(『광해군일기』 권127, 10년 윤4월 계유) 명나라의 요청에 응하는 것이 조선의 도덕적 의무라고 주장하는 서인 당파를 무시할 수 없었으므로 광해군은 1619년 1월 20일에 1만 3천 명의 군사를 보냈으나 명군과 조선군은 3월 4일의 심하전투에서 패배하였다. 광해군은 후금과의 관계가 악화되는 것을 피하기 위하여 1621년에 사신을 파견하였다. 1623년 3월 1일 밤에 서인 당파가 명나라에 대한 배신을 정권타도의 명분으로 내세우며 7천2백 명의 군사를 이끌고 쿠데타를 일으켰다. 1623년 3월 13일에 인조는 명나라를 배신하고 후금과 타협한 것이 광해군의 중요한 죄행이라고 공표하였다. 정권을 탈취한 서인 당파는 반역 행위를 합리화하기 위하여 적극적인 반청을 내세웠다. 반청노선으로 인한 청나라의 침략 가능성을 예측하였으면서도 서인 당파는 국내의 정적들에 대항하는 데 중점을 두고 병력을 수도 근처에 배치하였기 때문에 북방 수비군은 2만 5천 명 정도였다.

1627년 1월 13일에 누루하치의 아들 태종이 3만 명의 군대를 이끌고 조선으로 들어와 1월 26일에 평양을 점령하자 강화도로 피신한 국왕이 화의를 요청하였다. 명나라와 대치하는 상황이 더 시급하다고 판단한 태종은 3월 3일에 조선이 요청한 화의를 수용하고 돌아갔다. 굴욕적인 패배를 겪고도 서인

당파는 쿠데타의 합법화에 필요했으므로 외교정책을 수정하지 않았다. 그러나 반청은 국내용 선전에 지나지 않는 것이었으며 실제로는 청을 군사적으로 돕지 않는다는 정도를 넘지 않는 것이었다. 1632년에 태종은 인조에게 후금의 신하가 되라고 요구했고 1636년 4월에 나라 이름을 청으로 바꾼 태종은 명나라에 대한 조공을 중지하라고 요구했다. 조선이 거부하자 전쟁을 선포하고 12월 9일에 12만의 군대를 동원하여 압록강을 건너 조선에 들어와 12월 14일에 서울을 점령하였다. 당시 조선의 서북 지방은 무방비상태에 놓여 있었다. 왕은 13일에 가족을 강화도에 피신시키고 14일에 관리들과 군인들 1만 2천 명을 데리고 남한산성으로 도피하였다. 태종은 12월 16일에 남한산성을 포위하였다. 1637년 1월 22일에 강화도가 점령되었고 1월 30일에 왕이 항복하였다.

인조가 삼전도(三田渡: 지금의 송파)의 청 태종 진영에 가서 항복한 후에 강화에 반대한 신하들의 청나라 출송(出送)을 망설이니 군인들이 성벽의 초소를 버리고 대궐 앞에 모여 그들을 내보내라고 외쳤다. 청 태종도 국서에서 "너희들이 진구렁에 빠지고 타는 숯불을 밟은 것은 내가 바라는 것이 아니었다. 너희를 재앙 속에 몰아넣은 것은 너희 나라 임금과 신하들이다"라고 한탄하였다(『인조실록』 권34, 15년 정월 임인). 전쟁을 자초한 인조는 명분 없는 쿠데타를 합리화하기 위하여 아들과 며느리와 손자들을 죽였다. 청나라에 볼모로 가서 비현실적인 반청의 무익함을 인식하게 된 소현세자를 독살하고, 수라상 전복에 독을 넣었다는 날조된 죄목으로 세자빈 강씨에게 사약을 내리고 소현세자의 아들들을 제주도에 유배하였다가 죽였다.[1] 1652년에 황해감사 김홍욱이 강빈의 신원을 직언하였는데 강빈의 무죄가 밝혀지면 소현의 셋째 아들이 왕위계승 순서에 오르게 될 것을 염려하여 효종은 김홍욱을 때려죽였다(『효종실록』 권8, 3년 4월 정묘).

1   김용덕, 『조선후기 사상사연구』, 을유문화사, 1977, 458쪽.

조선 초기의 과전제는 국가가 관원과 군인에게 수조권을 주었다가 그들이 사망하면 국가에 수조권을 반납하게 하는 제도였다. 수조지를 받은 사람은 그 토지를 경작하는 농민들에게서 10퍼센트의 조(租)를 받았다. 수조지를 경기도에 두었으므로 경기도에서는 토지의 판매와 임대가 금지되었다. 1466년에 현직 관원만 수조지를 받게 되었고 1470년에 현직 관원도 수조권을 상실하고 수조지 대신 녹봉을 받게 되었다. 1484년 이후로 중앙정부와 지방관서가 전적으로 전세를 관리하게 되었다. 15세기 말에 지주들은 대부분의 토지를 사적으로 소유하고 자신의 사유지에서 농민과 노비로부터 지대를 걷었다. 16세기 중반에 토지를 대규모로 집적한 대지주와 현물을 소작료로 내는 소작농민의 분화가 현저하게 진행되었다. 일부의 농민들은 군역의 부담이나 보인에게 부과되는 군포에서 벗어나기 위해서 자신의 토지를 지주에게 바치고 자진해서 소작인이 되었다. 주인집에서 나와 주인의 토지를 경작하던 외거노비도 수확의 일부를 주인에게 내야 했기 때문에 실질적으로는 소작농민과 동일한 조건에 처해 있었다. 지주들의 반대로 한전제나 균전제는 실시될 수 없었다. 1634년에 실시한 양전사업의 결과 대부분의 토지가 하등전으로 평가되어 최하등의 세금이 부과되었다. 상등전으로 분류된 토지가 거의 없었다는 것은 상등전을 소유한 전라도의 지주들에게 유리한 양전이었다는 사실을 말해 준다.

효종(재위 1649-1659), 현종(재위 1659-1674), 숙종(재위 1674-1720)을 거치는 17세기 동안 재정의 확보를 위해 늘린 아문둔전과 궁방전은 관청들로 하여금 염전, 어선, 어장까지 독점하게 하였고, 공과부세(公課賦稅)를 전결(田結)로 일원화하려고 계획하여 1608년에 광해군이 시작한 대동법은 6도에 시행되기까지 거의 70년의 세월을 허비하여 중간착취의 배제라는 목적을 달성하지 못했다. 인조 대에 세납화(稅納化)한 군포(軍布)와 17세기에 부활된 환곡(還穀)은 전결과 무관하게 인두(人頭)와 호(戶)에 따라 부과되었으므로 극히 작은 면적의 소유 경지밖에 가지지 못한 소경지 농민들이 독담할 수밖에 없었다.

18세기 정조(재위 1776-1800) 시절에 나온 『탁지지(度支志)』에 따르면 당시의 인구가 1천5백만 명이었는데 1년 총생산량은 약 5천만 석이었다. 한 사람이 매일 1승[升=10분의 1두(斗)=100분의 1석(石)]씩만 소비한다고 하더라도 475만 석이 모자란 셈이었다.[2]

　두 번의 전쟁으로 토지가 파괴되었으나 인구가 감소함으로써 남는 토지가 생겨났고 생존자들은 농사를 다시 시작할 수 있었다. 전쟁으로 인하여 인구의 20퍼센트인 2백만 명이 사망하였다. 인구가 감소하여 한 사람이 경작할 수 있는 토지 면적은 이전보다 넓어졌으나 농경지가 황폐해져서 국가세수지가 줄어들었으며 양반의 수가 늘어나서 군역을 비롯한 부역의 담당자가 줄어들었다. 관청이 황폐한 경작지들을 개간하여 점유하였고 국왕의 친척들도 개간에 참여하여 면세지가 늘어났다. 중앙과 지방의 관청들은 이러한 경작지들을 농민들에게 소작하게 하고 소작료(봉건지대)를 받았다. 토지를 개간하겠다고 신청서를 내어 국가로부터 받은 황무지를 개인 농장으로 점유하고 토지 없는 농민들에게 나누어 주고 병작(竝作: 수확을 반씩 나누는 소작제)하게 하였다. 17세기에 지주가 소유한 경작지는 증가하고 소농민이 소유한 경작지는 감소하였다. 땅은 있으나 노력이 제한되어 제 땅을 다 경작하지 못하는 지주가 생기고 땅이 없어 일손을 놓고 있는 농민이 생겼다. 소작제는 토지생산물의 분배에서 농민들의 몫을 규정함으로써 신분에 의한 인신적 예속상태를 상대적으로 약화시키고 생산의욕을 다소나마 증진시킬 수 있었다. 국가는 1634년에 양전세칙을 만들어 국가의 수세지를 늘려 보려고 하였으나 지주들은 비법적인 면세지와 탈세지가 드러나는 것이 두려워 국가의 양전사업을 방해하였다. 지주들은 가난한 농민들에게 농한기(겨울이나 봄)에 양곡을 주고 영농작업의 일부를 담당하게 하는 고용노동 형태도 이용하였다. 단기 고용노동은 논갈이, 모내기, 김매기 등의 영농공정 가운데 어느 하나 또는 몇

2　이상백, 『한국사 근세후기 편』, 을유문화사, 1965, 168쪽.

개 공정의 수행을 계약하고 품삯으로 양곡을 미리 주었다.

농업의 생산요소는 토지와 노동력이다. 토지소유자는 노동력을 구입하여 노동자에게 노동의 한계생산량에 해당하는 임금을 주고 잉여부분을 소득으로 보유할 수도 있고, 토지를 소작하게 하여 소작하는 농민으로부터 일정액의 소작료를 받을 수도 있다. 소작인이 투하한 노동의 한계생산량이 시장 임금율과 동일하고 소작하는 토지의 한계생산량이 정액의 소작료와 동일하면 정액제가 유지된다. 할당제(병작제)는 토지를 소유한 지주와 노동력을 소유한 소작인이 각자 자기의 생산요소를 가지고 공동으로 농업생산에 종사하여 생산물을 공동으로 분할하는 합작경영이라고 할 수 있다. 병작제의 경우에는 생산요소의 구입자와 생산요소의 매입자를 구분할 수 없고 원금과 잉여소득도 정확하게 구별할 수 없다. 농업생산의 위험성이 높다고 판단하면 지주는 정액 소작제를 선호할 것이고 농민은 정액의 임금을 받을 수 있는 임금노동을 선호할 것이다. 만일 할당제(배메기)하에서 얻는 소득이 정액제나 임금노동보다 적다고 판단되면 지주는 정액제로 전환하려고 할 것이고 소작인은 소작을 그만두고 임금노동으로 전환하려고 할 것이다. 정액제든 할당제든 소작인은 소작료를 납부한 후의 한계수익이 노동력의 한계비용과 같을 때까지만 소작제를 용인한다. 한계수익이 시장의 노동임금보다 낮으면 소작인은 노동력을 파는 임금노동이 소작보다 유리하다고 판단하고 소작을 그만둘 것이다. 그러나 인구증가율이 경지증가율을 초과하여 노동력의 한계생산량이 기본생존비 이하로 떨어지는 경우가 발생할 수 있다. 이러한 경우에는 임금수준이 내려가므로 임금노동자로 전환하지 못하는 반실업 상태의 소작농민이 증가하게 된다.

16세기에 목화는 중부 이남에서만 재배되었으나 17세기에는 황해도와 평안도를 거쳐 함경도 남부까지 목화가 보급되었다. 면화와 면포가 모시와 삼[麻] 대신 옷감의 주요 재료가 되었고 15세기부터 화폐의 기능을 하던 면포가 교환수단으로 더 널리 사용되었다. 16세기에 화폐로 사용되는 면포의 표준

길이가 11.7미터에서 11미터로 짧아져서 물가가 오르자 1603년부터 구리돈을 주조하자는 주장이 간간히 제기되었다. 1671년에 개성에서 구리돈이 거래에 사용되었고 1678년 1월에 국가에서 구리돈을 주조하여 구리돈이 쌀, 무명, 삼베 등을 대신하여 일반적 등가물로 유통되었다. 그러나 동전의 공급이 수요를 따라가지 못했으므로 명목가치가 구리의 고유한 가치보다 높아졌다. 16세기에 경기 이남에 국한되었던 시장이 17세기에는 전국적인 범위의 5일장으로 확대되었다. 한 달에 여섯 번 열리는 시장 이외에 상인들이 일정한 장소에서 운영하는 상설 점포들도 17세기에 생겨났다. 16세기에는 왕이 허가한 극소수의 특권적 점포들이 서울에 있었을 뿐이었다.

15세기에는 농민들이 현물로 공물을 바쳤고 16세기에는 중개상인이 납세자와 지방관아에서 쌀이나 면포를 받고 그것으로 시장에서 공물을 사서 공납하였으나 17세기에는 현물형태의 공물제도가 토지 면적에 준하여 일정량의 쌀을 받고 국가가 쌀을 팔아서 필요한 물건을 상인에게서 사들이는 제도(대동법)로 바뀌었다. 논이 없는 산골에서는 쌀 대신 무명을 내게 하였다. 지주뿐 아니라 소작농민도 공납을 바쳐야 했다. 소작농민들은 수확의 절반을 내는 소작료 이외에 그들에게 할당된 공물을 납부했다. 토지 면적을 파악하기 위하여 양전을 하고 양전이 끝난 순서로 경기도(1608), 강원도(1624), 충청도(1651), 전라도(1662), 경상도(1677), 황해도(1708) 지역에 대동법을 실시하였다. 평안도와 함경도에는 끝내 실시하지 못했다.

요역은 10명의 장정이 있는 가호에서 1명을 징발하였고 경작지를 산정하여 8결마다 1명을 징발하였다. 다섯 명의 장정이 있는 가호는 둘을 모으고 네 명 이하의 장정이 있는 가호는 셋을 모아서 1명을 징발하였다. 요역 징발에는 아무런 보상이 없었다.

1650년 이전에 환자는 국가의 재정과 무관하였다. 환자곡의 양도 적었고 농민들이 봄에 빌린 곡식을 가을에 관청에 돌려주는 과정에 국가는 거의 개입하지 않았다. 관청 창고의 곡식을 새나 쥐가 먹어 축이 나면 환자곡의 양이 감소할 것이므로 관청에서는 자연감소분을 상정하여 이자로 일정량의 곡식을 추가하여 받았는데 1650년부터 이 모곡(耗穀)의 5분의 4를 장부에 올려 국가재정에 충당하였다.

16세기 이전에는 봄에 논을 갈아 정리한 후에 마른논에 씨 붙임을 하거나 물 댄 논에 벼 종자를 뿌렸다. 17세기에 제초가 쉽고 수확률이 직파법(直播法)보다 1.5배 정도 높은 모내기 농사법이 전국에 보급되었다. 직파법은 농사를 망쳐도 이런저런 구실을 만들어 전세를 부과할 수 있었으나 가물이 들어 모내기를 못 하면 맨땅에 전세를 부과할 수 없었기 때문에 국가에서는 모내기를 억제하려고 하였다. 모내기법은 모를 심는 기간(음력 4, 5월)에 비가 오지 않으면 농사를 망칠 위험이 있었다. 17세기에 남부 지방에서는 모내기법이 우세하였고 북부 지방에서는 직파법이 우세하였고 중부 지방에서는 직파와 모내기가 반반이었다.

15세기에는 농민도 과거를 볼 수 있게 하였으나 그들은 책을 구하기 어려웠고 지방의 서당은 교사의 수준이 낮았으므로 그들이 과거에 급제할 가능성은 거의 없었다. 과거에 응시하는 사람은 호적과 추천서와 신원 보증서를 제출해야 했다. 관직이 있고 훌륭한 선조가 있으며 학식이 있고 도덕적 평판이 있고 시문과 서예의 재능이 있는 사람만이 양반으로 인정되었다. 가문의 역사는 양반과 농민을 구별하는 기본적인 경계가 되었다. 16세기에 양반이 과거급제와 고위관직을 독점하게 되었고 17, 18세기에 과거에서 높은 성적을 거둔 가문들이 그들보다 떨어지는 성적을 올린 가문들을 중앙 정계에서 몰아냈으며 19세기에는 한 가문이 관직을 독식하게 되었다. 향촌에 사는 양반들도 과거에 급제해서 관직을 받을 수 있었고 혼인관계와 교우관계로 다른 양반과 결속하여 정치세력을 만들 수 있었으며 의례를 준수한다는 명성을 통하여 지역 정치에 영향력을 행사할 수 있었다.

유교사상은 국왕의 통치에 도전하는 행위를 악으로 간주하였다. 그러나 살아남으려는 관리들의 필사적인 행동은 때때로 왕을 폐위시키기도 했다.

유교조선에는 부도덕한 국왕을 교체할 수 있는 평화적이고 정규적인 방법이 없었다. 그러므로 폐위에는 유혈과 보복이 수반되었다. 1623년의 무장정변 이후 서인파가 정국을 주도하였다. 서인파의 내분을 틈타서 남인파가 간혹 정권을 잡기도 하였으나 1680년 이후로는 서인파 중에서도 송시열 당파인 노론파가 압도적인 우위를 차지하였다. 전근대사회의 기본 생산수단은 토지와 노비였다. 관직은 토지와 노비를 많이 가질 수 있는 가장 중요한 수단이었다. 고위 관원의 90퍼센트 이상이 문과 급제자였다. 중인과 상인은 정규 관원이 될 수 없었다. 고위관직에 오르기 위해서는 과거를 보아야 했고 과거 준비에 필요한 교육내용은 사서에 대한 주희의 주석으로 구성되어 있었다. 국가는 주희의 철학을 배운 사람만을 관리로 임용하였다. 관직은 제한되어 있는데 과거 응시자의 수효는 나날이 증가하였으므로 관리가 될 자격을 가진 사람들은 문벌과 학벌에 따라 당파를 형성하여 권력을 추구하였다. 문벌과 학벌은 출신 지역과 연관될 수밖에 없었으므로 16세기에는 경상도 학파와 경기도 학파가 대립하였고 17세기에는 충청도 지방의 지식인들이 진출하여 경기·충청 학파를 형성하였다.

공자와 공자의 제자 72명, 그리고 사성(四聖) 십철(十哲) 송조 6현(宋朝六賢)을 제사하는 문묘 대성전(大聖殿)에 우리나라의 선현도 올려서 함께 제사하자는 논의가 1570년(선조 3)에 발의되어 1611년(광해군 3)에 김굉필, 정여창, 조광조, 이언적, 이황이 배향되었다. 인조가 즉위한 지 한 달도 안 되어 김장생은 제자 김류, 이귀, 최명길, 김상헌을 시켜서 이이와 성혼을 문묘에 올리자고 상소하게 하였다. 임금들은 "나라의 제전을 가볍게 논의할 수 없다"라고 하며 결정을 유예하였으나 1680년(숙종 6)에 서인들은 현종의 서자들과 반역을 도모한다고 고변하여 남인(경상도 학파)을 몰아낸 다음 해에 이이와 성혼을 문묘에 배향하였다. 1689년에 장소의의 왕비책봉에 반대하다 서인이 쫓겨나자 이이와 성혼도 문묘에서 나오게 되었고 1694년에 성혼의 문인들(소론)이 집권함에 따라 다시 들어가게 되었다. 서인은 결국 이이와 성혼뿐 아니라 김장생, 송시열, 송준길까지도 문묘에 배향할 수 있었다. 정치세력을 모아 문묘종사를 실현하려다 보니 서인은 조정의 위계질서를 무시하고 국왕을 강박하지 않을 수 없었다. 김상헌은 남인 윤곡립의 딸과의 국혼을 막으려고 반대자를 가리지 않고 역적으로 몰았다. 무고한 인성군을 역적으로 몰아 죽이게 한 것도 김상헌이었다.[3] 최명길은 성균관의 남인계 유생들을 전부 처벌하려 하였고 이귀는 영의정 이원익과 우의정 신흠을 무시하고 마음대로 결정하였으며 경상감사 원탁은 도산서원 원장 이유도를 때려죽였고 김수항은 영남의 풍속이 변했으니 경상도 사람은 더 이상 선비로 대접하면 안 된다고 상소하였다.

경상도 학파의 정구와 허목은 도덕철학인 『예기』를 중시하였고 경기·충청 학파의 김장생과 송시열은 『주자가례』를 중시하였는데 주희는 생활규범인 『의례』에 기초하여 상례와 제례의 실행규칙을 만들었다. 1659년에 죽은 효종의 장례의식에서 인조의 계비(繼妃)인 자의대비(慈懿大妃) 조씨가 3년, 1년, 9개월 중 어느 기간을 택하여 상복을 입을 것인가 하는 문제가 논쟁을 야기하였다. 송시열은 왕도 『주자가례』를 따라야 하므로 맏아들이 아닌 효종에 대하여 어머니 조씨는 1년복[朞年服]을 입어야 한다고 주장하였다. 허목은 국왕의 종통(宗統)을 중시해야 한다는 『예기』의 주(注)를 인용하며 맏아들의 상에 해당하는 꿰맨 상복[齊衰] 3년복을 입어야 한다고 주장하였다(아버지의 경우에는 꿰매지 않은 상복을 입는다). 1674년(현종 15)에 효종의 왕비 인선왕후 장씨가 죽자 다시 자의대비의 상복이 문제로 제기되었다. 맏며느리로 보면 1년복을 입어야 하고 맏며느리가 아니라고 보면 아홉 달 복[大功服]을 입어야 했기 때문이었다. 논쟁은 문명한 조선과 야만적인 만주족의 차이를 스스로 확인하려고 한 의도에서 야기되었을 것이나 그것이 그릇된 방향으로 전개되어 서로 상대 당파를 정권에서 밀어내어 살육하는 결과가 되었다. 1682년에 남

---

3   남하정, 『동소만록(桐巢漫錄)』, 여강출판사, 1983, 133쪽.

인을 정권에서 몰아내는 것으로 상례논쟁은 일단락되었다. 왕들은 거의 변덕에 가까운 태도로 한 당파에서 다른 당파로 지지를 변경하면서 고의로 당쟁을 지속시켰다. 국왕이 우호적인 당파를 지원하던 시대에서 국왕이 당파에 포위되는 시대를 거쳐 끝내는 국왕이 한 가문의 포로가 되는 시대로 바뀌었다. 경기도 당파가 주장한 대동법은 같은 서인 당파인 충청도 당파가 반대하여 전국에 실시될 때까지 백 년이 걸렸다. 서인 당파는 반청의 강도에 따라서 송시열 당파인 노론과 송시열 반대파인 소론으로 나누어졌다. 청나라에게 항복하고 신하가 될 것을 맹세한 이후에도 서인 정권은 쿠데타의 명분이었던 반청을 포기할 수 없었다. 반청을 포기하면 광해군을 축출한 무장정변이 잘못이 되며 그들 서인 정권이 존립할 이유가 없어질 것이기 때문이었다. 그들은 멸망한 명나라에 대해 충성하고 청나라에 반대한다는 것을 백성들에게 선전하며 청나라와 전쟁할 것(북벌론)을 주장하였다. 왕이 망한 명나라에 대한 의리를 지키듯이 백성들도 무능한 왕에게 의리를 지킬 것을 강요하는 것이 북벌론의 실질적인 내용이라고 할 수 있다. 북벌론은 1650년에서 1670년 사이에 논의되었고 1652년에는 화포부대를 편성하였으며 1656년에는 조총기술을 개발하는 등 부분적으로 계획이 추진되기도 하였다.

군사행정권을 장악한 병조의 문관들은 왕권에 미칠 수 있는 위험을 방지하기 위하여 군대에 고정된 지휘관을 두지 않았고 지휘관에게 일정한 군대를 주지 않았다. 일정한 복무 기간이 끝나면 군대도 새롭게 편성되었고 지휘관도 새롭게 배치되었다. 1593년에 고정된 지휘관이 모집된 단위 부대를 통수하는 훈련도감을 설치하였다. 훈련도감의 병사 4천 명에게는 사병 한 사람에 네 명의 보인을 붙였다. 그러나 국가에서는 1만 6천 명의 보인에게서 받은 군포를 군사력을 강화하는 데 쓰지 않았다. 1652년에 서울에서 군역에 복무하는 군인은 훈련도감 이외에 국왕수비대인 어영청과 수도방위대인 총융청을 포함하여 6천 명 정도였다(『효종실록』 권12, 5년 정월 계묘). 중앙군은 의무병제에서 고용병제(직업군인제)로 개편되었다. 지방군(속오군)은 주로 노비로 충원되었다. 국가는 병력의 부족을 노비의 입대로 해결하려고 하였다. 이전에는 양반과 노비는 군역을 면제받았다. 1594년 1월 25일에 도성의 노비들을 모두 입대시켰고 1600년에 노비를 면천시켜 군사로 징발하였으며 1602년에 양반의 사노비를 사수(射手)로 복무하게 했다가 1603년에 주인에게 반환했다. 노비는 1488년에 26만 1,984명이었다(『성종실록』 권169, 15년 8월 정사). 1655년에는 19만 명이었는데 그중 노비신공을 바치는 인원수는 2만 7천 명이었다(『효종실록』 권14, 6년 정월 임자). 1636년에 대략 60만 명 정도의 노비(사노비 40만, 공노비 19만)가 있었는데(『인조실록』 권32, 14년 4월 갑오), 그 가운데 8만 6,073명이 지방군에 소속되어 있었다(『인조실록』 권33, 14년 7월 병오). 전쟁 중에 노비문건이 불타 버리고 노비들이 대대적으로 도망하여 노비의 수가 줄어들었다. 16세기에 인구의 30퍼센트였던 노비는 차차 줄어들어 18세기에는 인구의 10퍼센트가 되었다. 1801년에 공노비가 없어졌다.

15세기에는 농민이 직접 병역을 담당하였다. 병역을 담당하는 장정과 수명의 방조자(보인)를 하나의 군호로 묶어 병역 기간 동안 무명을 내어 현역 군인의 생활을 방조하게 하였다. 15세기에 장정 18만 명, 보인 32만 명이었던 병력은 17세기에 6만 명으로 줄었다. 17세기에 중앙군을 직업군인으로 충원하고 지방군을 노비로 충원하면서 병역제도가 현물 군포제로 바뀌었다. 병조는 군대를 양성하고 훈련하는 기관이 아니라 군포(무명)를 거두어들이는 부서가 되었다.

임진왜란(1592년 4월 13일-1598년 11월 19일)과 병자호란(1636년 12월 9일-1637년 1월 20일)을 겪고 나서 유교의 이상주의는 철저하게 파괴되었다. 경제는 회복이 불가능할 정도로 무너졌고 침략자 앞에서 무능하고 비겁했던 왕과 양반의 권위는 완전히 실추되었다. 17세기를 대표하는 철학자 송시열(1607-1689)은 이상주의 대신에 규범주의를 구상하였다. 진리를 절대표준으로 고정시켜 놓고 작용과 운동을 모두 물질적 에너지 또는 감각적 능력에 귀속시킴으로써 송시열은 세상을 지배하는 악의 보편성을 설명할 수 있었으며 악이 아무리 강하더라도 절대표준을 따라야 한다는 진리의 불변성을 주장할 수 있었다. 불변체인 이와 가변체인 기의 대립을 강조하기 위하여 송시열은 율곡의 이기설을 추종하였다. 퇴계의 철학에서 이는 이성에 해당하고 기는 감성에 해당하므로 이와 기가 다 같이 인간의 마음에 내재하는 가변체이다. 그러나 율곡의 철학에서는 이는 참에 해당하고 기는 마음에 해당하므로 이는 1+2=3처럼 인간의 안팎에 두루 맞는 불변체이고 기는 피처럼 인간의 안에서 움직이는 가변체이다. 율곡에 의하면 "이가 아니면 기는 근거할 데가 없고 기가 아니면 이는 의거할 데가 없기 때문에[非氣則不能發, 非理則無所發] 이와 기는 두 개도 아니고 하나도 아니다."[4] 마찬가지로 참이 아니면 마음은 근거할 데가 없고 마음이 아니면 참은 의거할 데가 없으므로 참과 마음은 둘도 아니고 하나도 아니다. 퇴계는 인의예지를 이라고 하였으나 율곡은 인의예지를 기라고 하고 삼강오륜을 이라고 하였다. 율곡에게는 물질과 육체와 이성[性]과 감정[情]과 의지[意]가 모두 기이고 물질과 육체와 이성과 감정과 의지가 따라야 할 가치의 최고 표준이 이이다. "이에는 한 자도 더하거나 뺄 수 없다[夫理上不可一字]."[5] 율곡은 자연법칙도 진리라고 하였고 도덕법칙도 진리라고 하였으나 불변하는 진리의 핵심은 결국 선이다. 인간의 타고난 감정 가운데는 선한 감정인 인의예지가 있다. 마음과 참은 분리될 수 없는 것이다. 배고플 때 먹고자 하는 감정은 결코 악이 아니다. 그러나 육체의 욕구가 때로는 보편적 진리에서 벗어나는 사심을 일으킨다. 이성으로 참을 인식하고 의지로 사심을 바로잡아 감정을 참으로 돌이키면 참된 사람이 된다. 주체적으로 참[理]을 실현하는 사람을 참된[誠] 인간이라고 한다. 율곡은 해야 할 일을 하는 데 학문의 본질이 있다고 하였다. "학문에 어찌 다른 것이 있겠는가? 다만 일상생활에서 옳은 것을 찾아서 실천할 따름이다[學問豈有他異哉? 只是日用間求其是處, 行

---

4   이이, 『율곡전서』 I, 성균관대학교대동문화연구원, 1987, 198쪽.
5   이이, 『율곡전서』 I, 209쪽.

之而已矣.”[6] 하기 전에 먼저 알아야 한다. 함은 감정의 작용이고 앎은 이성의 작용이다. 마음은 몸의 주인이고 의지는 마음의 주인이다. 마음을 바르게 해서 앎과 함을 일치시키는 것이 의지이다. 율곡은 “진리에는 고금이 없으나 시국에는 고금이 있다道無古今, 時有古今”[7]라고 했다. “개혁[更張]해야 할 때 보수[守成]하는 데만 힘을 쓰는 것은 병이 들었는데 약을 먹지 않고 죽을 날을 기다리는 것과 같다”[8]라고도 하였다. 이를 불변체로 보는 율곡의 이기설이 반청을 절대표준으로 내세우는 데 적합하고 진리는 불변이나 법제는 가변이라는 율곡의 개혁사상이 서인의 무장정변을 정당화하는 데 적당하다고 생각해서 송시열은 퇴계에 반대하고 율곡을 따랐을 것이다.

그는 주희의 말과 글을 절대표준으로 설정하고 그에게 조금이라도 주희의 생각과 다르다고 판단되는 주장에 대해서는 가차 없이 이단[斯文亂賊]으로 몰았으며 그렇게 주장하는 사람을 박해하였다. 송시열에 의하여 『주자대전』은 교과서에서 성경으로 격상되었다. “주자가 만 길이나 우뚝 서서 영원한 스승이 되었다.”[9] 그는 국왕이라도 장자가 아니고 차자이면 『주자가례』에 나오는 대로 차자의 처지에 맞는 상례를 택해야 한다고 주장했다. 그에게는 왕도 주자교의 신자일 뿐이었다. 그는 주희가 말하는 이 즉 도를 깨달아서 후세에 전하는 데 자기의 사명이 있다고 생각하고 나라가 망하더라도 도를 지켜야 한다고 주장했다. 도는 생명보다도 우월하고 국가보다도 우월한 가치이므로 그에게 도의 존망은 국가의 멸망보다 더 중요한 사건이 된다. “도란 세상에서 없어진 적이 없으나 사람으로 보면 도가 계승된 시대와 도가 단절된 시대의 차이가 있다.” 도가 이어지는 밝은 시대가 있고 도가 끊어진 어두운 시대가 있으니 주자는 “이것은 다 천명에 좌우되는 것이요 사람의 지력으로 해

6   이이, 『율곡전서』 II, 170쪽.
7   이이, 『율곡전서』 II, 59쪽.
8   이이, 『율곡전서』 II, 32쪽.
9   송시열, 『송자대전』 III, 사문학회, 1971, 217쪽.

결할 수 있는 것이 아니다"[10]라고 했다. 인조의 항복을 어쩔 수 없는 일이라고 변명하고 청나라와 전쟁하는 것을 불변의 진리라고 옹호하는 북벌의 논리에서 송시열이 가장 중요하게 생각한 것은 사심을 버리고 진리에 복종하는 인간의 의지였다. "사(私) 한 글자는 온갖 일에 병이 된다[私之一字, 百事之病]."[11] 송시열은 천리와 물리와 심리가 다 동일한 이이므로 사심만 없어지면 저절로 물리와 심리가 합일된다고 해석하였다. "이른바 물리라고 하는 것은 본래 내 마음에 갖추어져 있는 것이지 사람이 탐구한 후에 생기는 것이 아니다."[12] 그는 사심이 없는 마음을 정직한 마음이라고 하고 북벌을 광명정대한 마음의 자발적인 행동이라고 하였다.

절대적인 원리가 이미 명명백백하게 드러나 있으므로 인간에게 가장 중요한 것은 원리에 어긋나는 감정을 원리에 일치하는 감정으로 전환할 수 있는 의지이다. 반청을 선이며 진리라고 규정하려면 오직 생사를 걸고 반청을 실천하는 의지 하나로 사람됨을 평가할 수밖에 없었다. 태조 주원장(재위 1368-1398)에서 의종 주유검(재위 1627-1644)까지 명조는 중국의 어느 왕조보다도 더 포악하게 사람을 많이 죽인 왕조였다. 숭정제가 원숭환을 죽인 것이 군사력을 붕괴시킨 첫째 요인이었고 명조를 멸망시킨 것은 만주가 아니라 이자성의 농민군이었다는 사실을 우암은 외면하였다. 조선 왕 광해군은 쫓아내도 되고 명나라 숭정제는 쫓아내면 안 된다는 논리도 설득력이 약하다고 할 수 있다. 그러나 송조-명조-조선조로 이어지는 문명(civilization)과 일본-만주로 대표되는 야만(animalization)을 선과 악으로 대조하는 우암의 규범주의는 17세기의 경제파탄과 국력붕괴 속에서 한국인들이 주체성을 지켜낼 수 있게 하는 동력으로 작용하였다. 그는 야만국가의 강약사관과 문명국가의 선악사관

---

10 송시열, 『송자대전』 V, 390쪽.
11 송시열, 『송자대전』 VII, 231쪽.
12 송시열, 『송자대전』 III, 523쪽.

을 대조하여 강약사관을 따르면 사람이 금수가 될 것이라고 생각하였다.

> 저들에게 몸을 굽혀 명분이 이미 정해졌으니 저들이 중국 황제를 죽인 것(弘
> 光之弑)과 그리고 또 우리가 당한 치욕을 돌아볼 여지가 없다고 주장한다면 공자
> 이래의 대경대법이 사라져 장차 인륜의 대법이 무너져서 자식이 아비 있음과
> 신하가 임금 있음을 알지 못하게 되어 사람들이 금수의 무리가 될 터이니 이것
> 은 참으로 두려운 일이 아닐 수 없는 것이다.[13]

우암은 인조가 청 태조에게 항복한 사건과 함께 홍광제가 난징에서 죽은
사건에 대해 언급하였다. 이자성의 반란군에 붙잡히지 않으려고 자살한 숭
정제의 사촌 주유숭(朱由崧, 1607-1646)은 난징에서 즉위하여 홍광제가 되었으
나 1년(1644-1645) 만에 청나라 편에 선 명나라 군사들에 의하여 쫓겨났다. 우
암은 명나라를 위해 복수하는 것이 조선 사람의 의무라고 생각하였다.

> 임진년의 변란으로 종묘사직이 폐허가 되었다가 다시 보존되었고 백성이 거
> 의 죽었다가 다시 살아났으니 우리나라의 풀 한 포기 나무 한 그루, 백성들의
> 터럭과 머리카락 한 올 한 올이 모두 황제의 은혜를 입지 않은 것이 없다.[14]

우암은 사약을 받고 죽을 때에 제자 권상하에게 만동묘를 세우라고 유언
할 정도로 명나라에 대한 의리를 중요하게 생각하였다. 권상하는 1704년에
화양동에 묘실을 짓고 선조의 서찰에 나오는 만절필동(萬折必東: 황하는 만 번 꺾
이어도 중국의 동해, 즉 한국의 황해에 이르고 만다)을 따서 만동묘라 일컫고 그해 3월
에 임진왜란에 파병한 신종 만력제 주익균과 명나라 마지막 황제 의종 숭정

---

13 송시열, 『송자대전』 I, 199쪽.
14 송시열, 『송자대전』 I, 198쪽.

제 주유검의 제사를 모셨다. 숙종이 그것을 알고 갸륵하게 여기어 서울 창덕궁에 대보단을 세우게 하였다. 그러나 우암이 반청의 이유로 제시한 것은 명나라에 대한 복수가 아니라 야만과의 투쟁이었다.

> 명은 유적에게 망한 것이요 직접 청에게 망한 것은 아니므로[大明亡於流賊, 非亡於胡也] 복수의 의리는 없다고 할 것이다. 그러나 치욕을 씻는다는 의리를 주제로 삼는다면 그 속에 복수의 의리 또한 있는 것이다. 문명의 땅을 탈취하고 문명의 백성을 야만에 이르게 한 것이 원수가 아닌가?[15]

청나라에 조공을 바치면서 청나라 모르게 해야 하는 반청은 구차하고 곤란한 프로젝트라 하겠으나 우암은 북벌이란 국가의 장기계획이 공의를 회복하고 재용을 절약하고 국력을 기르는 데 필요하다고 생각하였다. 1623년 7,200명의 병력으로 서인이 일으킨 쿠데타의 명분이 반청이었으므로 효종이나 숙종으로서는 반청을 부정하면 왕좌의 근본이 흔들릴 수밖에 없는 상황에 처해 있었다. 17세기의 조선 왕들은 신하로서 청나라에 조공을 하면서 또한 반청의 명분을 지켜야 하는 난처한 처지에서 벗어날 수 없었다. 우암이 1649년에 효종에게 올린 「기축봉사」는 타협의 방법을 제시한 내용이었다. 봉사(封事)는 내용이 누설되지 않도록 검은 주머니에 넣어 왕에게 올리는 글이다. 표면적인 주제는 청나라와 전쟁을 해야 한다는 내용이지만 이면적인 주제는 국가의 내실을 정비해야 한다는 내용이다.

> 비록 형세가 부득이하여 어쩔 수 없이 조공하면서도 아픔을 참고 원망하는 마음을 머금고 그만둘 수 없다는 자세를 10년, 20년 동안 절박하게 지키면 때가 올 것이요, 비록 창을 들어 죄를 묻고 명의 은혜를 갚지 못한다 하더라도 명분

---

15 송시열, 『송자대전』 VII, 407쪽.

을 바르게 하며 이치를 밝히며 의리를 지키면 군신·부자 사이에 유감은 없을 것입니다.[16]

"공정하고 사심 없는 사람이라야 정직한 평심으로 원수를 갚을 수 있다以直報怨, 此公而無欲者, 能之]"[17]라고 하면서 우암은 천리를 반청의 근거로 삼고 나라가 망할지라도 천리를 지켜야 한다고 주장하였다.

인욕이란 천리에 근본을 두고 천리에서 비롯하는 것이지만 천리와 티끌만한 차이가 생기면 천리에서 벗어나 인욕이 되는 것입니다. 먹고 마시는 것은 천리이나 배를 불리고자 하면 인욕이 되고, 남녀가 관계하는 것은 천리이나 색정을 좇으면 인욕이 되고, 집을 짓는 것은 천리이나 높은 대에 조각 담장을 세우면 인욕이 되고, 존비를 구별하는 것은 천리이나 임금만 높이고 신하를 억누르면 인욕이 되고, 자애를 베푸는 것은 천리이나 간악한 자를 허용하면 인욕이 되고, 위엄 있게 행동하는 것은 천리이나 어진 이를 거만하게 대하면 인욕이 되고, 작은 나라가 큰 나라를 섬기는 것은 천리이나 수치를 무릅쓰고 원수를 섬기면 인욕이 됩니다.[18]

우암은 주희의 사상을 절대표준으로 설정하고 주희의 집주를 그대로 받아들이지 않으면 이단으로 배척하였다. 산림의 천거로 관계에 진출하여 효종에게 북벌의 철학적 근거를 제공하고 숙종에게 지배체제의 강화 방안을 제공하며 17세기에 지배적인 영향력을 행사한 그는 항상 대의명분을 내세워 정적을 축출하였다. 윤휴는 『중용』을 독자적으로 해석했다는 이유로 사형을

---

16   송시열, 『송자대전』 I, 199쪽.
17   송시열, 『송자대전』 IV, 663쪽.
18   송시열, 『송자대전』 I, 188쪽.

당했다. 그는 주희가 살았던 상황이 자신의 시대와 같다고 판단하고 모든 일을 주희가 실천한 대로 하려고 하였다. 『주자대전』에도 초년과 만년의 내용이 차이를 보이는 글들이 있고 제자들이 기록한 『주자어류』에는 기록자의 기억력이나 이해수준에 따라 서로 맞지 않는 내용의 글들이 있는 것을 보고 우암은 『주자대전』에서 의문 나는 구절들을 바르게 해석함으로써 주희의 학설로 주희의 학설을 공격하는 사태를 막기 위하여 1678년에 『주자대전차의』를 지었다. 그의 제자 한원진은 우암의 분부를 따라 『주자대전』과 『주자어류』전체를 분석하여 1724년에 『주자언론동이고』를 완성하였다.

『주자어류』에는 『주자대전』과 일치하지 않는 내용이 들어 있었다. 칠정은 기가 발현한 것이고 사단은 이가 발현한 것이라는 말은 『주자어류』가운데 보한경이 기록한 부분에 한 번 나오는데, 퇴계는 이 말을 선악혼재의 칠정은 기발이승(氣發理乘)이고 순선무악의 사단은 이발기수(理發氣隨)라고 해석하였다. 그러나 우암은 이 말을 주희의 정론이 아니라고 부정하고 율곡을 따라현상과 본질을 모두 기발이승 하나로 해석하였다. 사람의 인식은 직관의 발현[氣發]과 진리의 척도[理乘]가 결합한 것이며 칠정뿐 아니라 사단에도 악이 개입할 여지가 있다는 것이 우암의 해석이었다. 그에 의하면 운용하고 조작하는 모든 것은 기가 하는 일이다. 이 즉 도는 운용하거나 조작하는 일을 하지않는 영원불변의 절대척도라는 것이 그의 주장이었다. 설령 불변의 진리가있다고 하더라도 시야가 제한되어 있기 때문에 사람은 자기 눈으로 본 것을분명하게 이해하고 남의 말을 들어서 남이 본 것으로 자신의 제한된 시야를보충하면서 그 진리에 접근할 수밖에 없다는 사실을 우암은 인정하지 않았다. 이를 사람의 지성에서 독립된 불변체로 고정시킨 우암의 천리 불변론은독단론의 혐의를 벗어날 수 없다. 그러나 강력한 일본과 만주의 강약사관에맞서서 송·명 성리학의 선악사관을 옹호한 규범주의의 핵심에 있는 것은 진리를 위하여 희생하겠다는 비극적 결단일 것이고 그러한 결단은 당대의 지식인들에게 패배와 몰락의 시대를 견디게 한 동력이 되어 주었다고 할 수 있을 것이다.

병자호란은 두 달 만에 끝났으나 임진왜란보다 더 많은 개인기록을 남겼다. 나만갑의 『병자록(丙子錄)』, 석지형의 『남한해위록(南漢解圍錄)』, 어한명의 『강도일기(江都日記)』, 김상헌의 『남한기략(南漢紀略)』, 최명길의 『병자봉사(丙子封事)』 등이 대표적인 기록이다. 특이한 기록으로는 남편이 전쟁터에서 죽지 않은 것을 원통해하는 나만갑의 부인 초계 정씨의 행장과 군사들이 칼을 들고 일어나 문신들을 욕하며 임금에게 들이닥치는 사건을 기록한 남박의 일기 『병자록』, 첫머리부터 김상헌을 극렬하게 비판하는 작자미상의 『배신전(陪臣傳)』과 반대로 김상헌의 시각으로 기록된 『산성일기 병자』, 소헌세자의 행적인 『심양일기(瀋陽日記)』가 있다. 자결한 여자 열네 명의 원혼들이 무능하고 무책임한 남자들을 원망하는 『강도몽유록(江都夢遊錄)』과 남편, 아내, 아들, 며느리가 각각 중국, 일본, 베트남, 한국에 흩어졌다가 만나는 조위한의 『최척전』은 여성의 비판적 발언이나 중국과 일본을 포괄하는 국제적 시각이나 모두 호란이 없었으면 나올 수 없는 작품들이었다.

인조 때에 좌의정을 역임한 남이웅(南以雄, 1575-1648)의 부인 남평 조씨(南平曹氏, 1574-1645)가 63세에서 67세까지 4년 동안 쓴 『병자일기』(『향토연구』 6집, 충남향토연구회, 1989)는 2백 명이 넘는 노비들을 통솔하고 재산을 관리하며 제사를 준비하고 손님을 접대하는 일상생활의 기록이다. 전쟁 중의 피란 생활을 기록하면서도 남평 조씨는 반청과 같은 정치문제를 언급하지 않았고 전쟁 이후의 생활을 기록할 때에도 주관적인 감정을 나타내지 않았다. 그러나 만주의 선양에 가 있는 남편과 13세, 25세에 죽은 두 아들에 대해서 기록하는 부분에서는 개인적인 감정을 곡진하게 표현하였다. 그녀의 큰아들은 1609년에 태어나 1633년에 죽었다. 남평 조씨의 『병자일기』는 17세기에도 대부분의 사람들은 반청의 이데올로기보다 나날의 삶과 죽음을 더 중요하게 생각하였다는 사실을 우리에게 알려 준다.

『병자일기』 내에는 무수히 많은 사람들의 죽음이 언급되어 있다. 아들과 며느리, 그리고 주변 친척과 노비의 죽음에서 촉발되어 화자는 일기 쓰기라는 행위를 통해 내면의 시간 여행을 떠난다. 죽은 아들과 며느리의 생전 모습을 떠올리기도 하고 아들이 죽은 이후의 지난 과거를 회상하기도 하며 앞으로 다가올 자신의 죽음의 그림자를 예감하기도 한다. 죽음의 계기는 『병자일기』 집필의 중요한 동인으로 작용하며 그로 인해 촉발된 화자의 내밀한 감정은 작품 전편을 관통하고 있다. 그리고 화자는 죽음이라는 인간의 한계상황에 직면하여 자신을 돌아보고 성찰하는 계기를 마련한다.[19]

강화조약을 맺지 말고 전쟁을 계속하자는 반청파의 대표인 김상헌(1570-1652)은 청나라에 인질로 가면서 다시는 돌아오지 못할 것이라는 절망감을 시조로 표현하였다.

> 가노라 삼각산아 다시 보자 한강수야
> 고국의 산천을 할 수 없이 떠난다만
> 시절이 수상하여 돌아올지 못 올지[20]

홍서봉(1572-1645)은 인질들과 이별하는 장면을 시조로 묘사하였다.

> 이별하던 서러운 날 피눈물에 가려선지
> 압록강 내린 물에 푸른빛이 전혀 없다
> 배 위에 백발 사공이 처음 본다 하더라[21]

작자는 자기의 피눈물 때문에 압록강 물빛이 붉게 보이는 것이라고 생각

---

19 정우봉, 『조선 후기의 일기문학』, 소명출판, 2016, 57쪽.
20 심재완, 『정본 시조대전』, 일조각, 1984, 1쪽.
21 심재완, 『정본 시조대전』, 606쪽.

했는데 뱃사공의 말을 듣고 물빛이 실제로 바뀐 것을 알았다고 말한다. 가는 사람과 보내는 사람만 슬퍼하는 것이 아니라 고국의 산과 강도 함께 슬퍼한 다는 것이 이 시조의 주제이다.

윤선도(1587-1671)는 이이첨의 횡포를 규탄하다 6년 동안, 이이와 성혼의 문 묘배향을 반대하다 1년 동안, 스무 살 연하인 송시열의 예론을 반대하다 8년 동안 귀양살이했지만 그의 시조에는 시대의 어두운 그림자가 보이지 않는 다. 그는 주제에 적합한 시어와 자연스럽게 변주되는 리듬으로 시조의 형식 을 완성한 시인이다. 그의 시조 86수 가운데 가장 유명한 것은 「오우가」여섯 수와 「어부사시사」 40수이다. 「오우가」에서 그가 다섯 친구라고 부른 것은 물, 돌, 솔, 대, 달이다.

내 벗이 몇인가 하니 수석과 송죽이라
동산에 달 오르니 그 더욱 반갑구나
두어라 이 다섯 밖에 또 더하여 무엇하리

구름 빛이 맑다 하나 너무 자주 검어지고
바람 소리 맑다 하나 그칠 때가 너무 많다
맑고도 그칠 때 없는 건 물뿐인가 하노라

꽃은 무슨 일로 피었다간 쉬이 지고
풀은 어이하여 푸르는 듯 누레지니
아마도 변치 않는 건 바위뿐인가 하노라

더우면 꽃 피고 추우면 잎 지거늘
솔아 너는 어찌 눈서리를 모르느냐
땅속의 뿌리 곧은 줄을 그것으로 아노라

나무도 아니고 풀도 아니면서

누가 시켜 그리 곧고 속은 어찌 비었느냐

게다가 사시에 푸르니 그를 좋아하노라

적은 것이 높이 떠서 만물을 다 비추니

밤중의 광명 중에 너만 한 것 또 있느냐

보고도 말 아니하니 내 벗인가 하노라[22]

　　변하는 구름과 바람은 일관성이 없는 사람을 의미하고 쉬지 않고 흐르는
맑은 물은 항상 순수한 마음을 유지하면서 끊임없이 노력하는 사람을 의미
한다. 돌은 변덕을 부리지 않고 솔은 겨울에도 시들지 않는다. 돌과 솔은 역
경에 처해도 변절하지 않는 사람을 의미한다. 대는 두 가지 성질을 가지고
있다. 위를 향해 곧게 자라는 것이 대의 첫째 성질이고 속이 비어 있다는 것
이 대의 둘째 성질이다. 대는 정직하고 관대한 사람을 의미한다. 정직한 사
람은 위를 향해 곧게 자라는 대처럼 진리를 향해 곧게 걸어가며 관대한 사람
은 속이 비어 있는 대처럼 마음을 비우고 타인을 포용한다. 윤선도는 달의
속성을 광명과 침묵으로 규정하였다. 그는 높은 곳에서 어두운 세상에 빛을
비추어 세상의 구석구석을 다 보고 있으나 본 것을 함부로 말하지 않는 데 달
의 장점이 있다고 생각한다. 사람의 경우에도 세상의 악에 대하여 투철하게
인식하고 있어야 하나 침묵하면서 세상을 밝히는 달처럼 언제나 말보다 행
동을 앞세워야 한다는 것이 윤선도의 생각이다. 물, 돌, 솔, 대, 달이 모두 독
립적인 대상이기 때문에 윤선도는 시조 하나하나에 모두 종지법을 사용하여
「오우가」를 구성하는 시조들의 자립성을 강조하였다. 그러나 40수의 시조로
구성된 「어부사시사」는 어부의 생활을 묘사하는 40수의 시조 전체가 하나의

22　윤선도, 『국역 고산유고』, 이형대 역, 소명출판, 2004, 315-316쪽.

작품이라는 것을 강조하기 위하여 마지막 제40수의 시조에만 종지법을 사용하였다.

> 우는 것이 뻐꾸긴가 푸른 것이 버들인가
>> 배 저어라 배 저어라
> 어촌 두어 집이 안개 속에 들락날락
>> 찌거덩 찌거덩 어야차
> 깨끗한 깊은 못에 온갖 고기 뛰어논다[23]

(봄 노래 4)

소리와 색채의 불확실성에 대한 질문으로 시작하는 이 시조는 분명하지 않은 지각이 주는 아름다움을 암시한다. 소리와 색채가 흐릿할 뿐 아니라 강마을의 지붕들도 둘인지 셋인지 확실하지 않다. 그러나 시조는 분명하고 직접적인 지각의 확실성으로 끝난다. 맑은 물에 뛰노는 고기의 이미지는 활발하고 강력하다. 윤선도는 감각의 확실성과 불확실성의 대립, 그리고 어부의 관조와 생계의 대립을 통하여 자연의 신비와 역동성을 드러낸다. 황혼이 되어 물가로 돌아오면서 어부는 자기의 소원이 재산과 권력에 있지 않다는 것을 다시 확인하며 배 위에서 술을 마신다. 그는 배에 가득 찬 달빛과 물 위에 떠 흐르는 복숭아꽃을 보고 배의 지붕에 나 있는 창을 열고 달을 보고 싶어 한다. 달빛을 보고 달을 보려고 하는 것은 실제로 있음 직한 일이지만 복숭아꽃은 취한 눈에 보이는 환상일 것이다. 전통적으로 물에 복숭아꽃이 떠 내려오면 신선이 사는 마을이 가깝게 있다는 이야기가 전해 오기 때문이다. "찌거덩 찌거덩 어야차至匊恩 至匊恩 於思臥"라는 의성 표현은 모든 시조에 동일하나 앞에 나오는 운동 표현은 시간의 경과에 따라 내용을 달리한다.

---

23 윤선도, 『국역 고산유고』, 321쪽.

1. 배 띄워라 배 띄워라

2. 닻 들어라 닻 들어라

3. 돛 달아라 돛 달아라

4. 배 저어라 배 저어라

5. 배 저어라 배 저어라

6. 돛 내려라 돛 내려라

7. 배 세워라 배 세워라

8. 배 매어라 배 매어라

9. 닻 내려라 닻 내려라

10. 배 붙여라 배 붙여라

각 계절 노래에 반복되는 이러한 운동 표현은 어부의 생활을 묘사하는 서사적 경과에 일치한다. 각 계절을 구성하는 10수의 시조들은 동일한 행동의 연쇄를 보여 준다.

1. 배를 띄운다.

2. 닻을 올린다.

3. 돛을 올린다.

4. 노를 젓는다.

5. 낚시를 드리운다.

6. 돛을 내린다.

7. 배를 멈춘다.

8. 정박한다.

9. 닻을 내린다.

10. 뭍에 오른다.

넷째 시조와 다섯째 시조의 운동 표현이 동일한 것은 노를 저으며 고기를 잡는 일이 어부의 작업에서 가장 중요한 행동이기 때문일 것이다. 「어부사시사」의 제40수 셋째 행(6-7-3-4)에는 6음절 음보와 7음절 음보가 나와서 이것이 마지막 시조라는 것을 명확하게 알려 준다.

어와 저물어 간다 연식(宴息)이 마땅토다
　　배 붙여라 배 붙여라
가는 눈 뿌린 길 붉은 꽃 흩어진 데 흥겹게 걸어가서
　　찌거덩 찌거덩 어야차
설월(雪月)이 서산을 넘도록 송창(松窓)에 기대 보자[24]　　　　　　　(겨울 노래 10)

일을 마치고 휴식하러 집으로 돌아오는 길에 어부 시인은 저녁노을이 눈을 붉은 꽃으로 바꾸어 놓은 광경을 본다. 그는 창에 기대어 해가 지고 달이 뜨고 다시 달이 질 때까지 이 아름다운 눈꽃을 보려고 생각한다. 윤선도는 서정적 리듬으로 어부의 생활을 묘사하는 데 성공하였다. 이 시에서 어부는 세속의 야망과 개인적인 명예에 대한 집착에서 벗어나 자기도야에 헌신하는 지식인을 상징한다. 현명한 지식인은 어떠한 경우에도 악과 타협하지 않겠다고 결심하면서도 거리를 두고 현실을 바라본다. 그는 자기가 있어야 할 곳이 권력투쟁의 장소인 궁궐이 아니라 권력을 멀리하고 권력을 비판할 수 있는 어촌이라고 생각한다. 윤선도는 이미지의 연쇄가 자연스럽게 흐를 수 있도록 어조와 리듬을 변주해 가면서 40개의 시조로 어촌의 네 계절을 적절하게 묘사하였다. 윤선도는 문장을 미묘하게 비틀어 이미지와 리듬의 조화를 살려 낸다. 봄 노래의 첫째 시조는 봄 노래 열 수가 그 위에서 전개될 수 있는 장면을 그려 낸다. 안개가 걷히고 햇빛이 비치니 밤 물은 조금이 되어 빠

24　윤선도, 『국역 고산유고』, 332쪽.

지고 새로 밀려오는 물에 수면이 높아진다. 떼를 지어 다니는 고기들을 보다가 고개를 드니 멀리 강 마을에 활짝 핀 꽃들이 보인다. 겨울 노래의 첫째 시조도 겨울 노래 전체를 유도하는 장면을 그려 낸다. 구름이 걷히고 햇빛이 비치니 천지가 다 얼어붙어 있는데도 바닷물은 변함없이 맑고 깊다. 어부에게 고기들이 떼 지어 다니는 겨울 바다는 아름다운 무늬를 수놓은 비단이 펼쳐져 있는 것과 같다. 풍경은 윤선도에게 현실의 악과 맞서 싸우는 지식인의 고독을 너그럽게 감싸 안아 주는 안식처가 된다. 권력의 세계와 멀리 떨어져 있는 자연 속에서 그는 악에 굴복하지 않을 수 있는 용기를 얻는다.

> 모래 위에 그물 널고 덮개 아래 누워 쉬자
> 모기가 밉다마는 쉬파리와 어떠하냐
> 소인배들 엿들을까 그것만이 걱정일세[25]　　　　　　　　　　(여름 노래 8)

　모래 위에 그물을 펼쳐 놓고 배를 덮은 풀 지붕 밑에 누워 쉬려고 하는데 모기들이 달려든다. 모기를 쫓아내면서 시인의 머리에는 모기는 사리를 꾀할 뿐이니 이익을 추구하는 모기보다 남을 모함하고 참소하는 쉬파리가 더 나쁘다는 생각이 떠오르고 지금 이 순간에도 소인배가 무슨 말을 꾸며내어 모함하고 있을 것이라는 걱정에 괴로워한다.
　17세기의 많은 지식인들이 관직에 복무하면서 동시에 정치에서 벗어나고 싶어 하는 모순된 감정을 가지고 있었다. 김광욱(1580-1656)은 관직을 포기한 자신을 조롱에서 해방된 새에 비유하였다.

> 흩어져 섞인 문서 다 주워 내던지고
> 추풍에 필마(匹馬)로 채찍 쳐 돌아오니

25　윤선도, 『국역 고산유고』, 325쪽.

매인 새 놓였다고 이처럼 시원하랴[26]

그러나 이 시조만으로는 그가 실제로 사직한 것인지 아니면 사직하고 싶
은 희망을 표현한 것인지 확실하게 알 수 없다. 신흠(1566-1628)도 권력의 포
기가 행복의 조건이라고 말했다.

서까래 기나 짧으나 기둥들 기우나 휘나
두어 칸 초가집 작다고 웃지 마라
온 산의 덩굴과 달빛 다 내 것인가 하노라[27]

작은 초가집은 권력투쟁의 공간과 대립되는 자기 도야의 공간이다. 그는
그곳에서 가난하게 살지만 많이 읽고 많이 쓸 수 있다. 그러나 가난한 지식
인에게는 전원은퇴가 한가하고 행복한 생활이 될 수 없었다. 박인로(1561-
1642)는 1592년에 임진왜란이 일어나자 의병으로 참전하였고 1599년에 무과
에 급제하여 거제도에서 해군 만호(萬戶)로 참전하였으며 1605년에 부산에서
해군 통주사(統舟師)로 복무하였다. 그는 68수의 시조와 7수의 가사를 지었는
데 「태평사(太平詞)」(1598)와 「선상탄(船上嘆)」(1605)이 전쟁시기에 지은 가사이
다. 박인로는 일본이 한국에서 물러나는 시기에 그의 지휘하에 있는 군인들
을 격려하기 위하여 「태평사」를 지었다. 이 가사에서 박인로는 부산에 있던
적군이 패주하였다는 소식을 듣고 전쟁 초기의 비참한 정황을 회상하였으
며 조선-명 연합군의 전승 경과를 기술하고 국방을 강화하겠다는 결의를 확
인하였다. 「선상탄」에서 박인로는 전쟁이 끝난 지 7년이 지났으나 여전히 일
본의 침략에 대비해야 하는 정세라는 것을 역설하면서 늙고 병든 몸이나마

26   심재완, 『정본 시조대전』, 643쪽.
27   심재완, 『정본 시조대전』, 844쪽.

백성의 안전을 위하여 목숨을 바치겠다는 의지를 표명하고 평화로운 시대의 도래를 예고하였다. 1611년에 경기도 사제(莎堤)에 있던 이덕형(1561-1613)의 농막을 찾아가서 「사제곡」과 「누항사」를 지었다. 「사제곡」은 전원에서 효도하며 한가롭게 사는 이덕형의 생활을 묘사한 가사이고 「누항사」는 형편을 묻는 이덕형의 질문에 대답하여 시인 자신의 생활체험을 기술한 가사이다. 「누항사」에서 주인공으로 등장하여 구체적인 사건을 이야기하는 시인은 밭 갈고 김매고 씨 뿌리고 거두는 농민이다. 해학과 반어 그리고 얼마간의 자기 풍자가 이 가사의 주조가 된다. 끼니를 이어 갈 수 없이 가난한 그의 집에는 수확 철인 가을에도 식량이 부족하다. 그는 밥을 먹을 수 없어서 밥 대신 물로 배를 채운다. "덜 데운 숭늉으로 빈 배 속일 뿐이로다."[28] 그는 밭갈이할 소를 빌리려고 부잣집을 찾아간다.

> 가뭄이 매우 심해 시절이 다 늦은 때
> 서쪽 둔덕 높은 논에 잠깐 동안 지나는 비로
> 길바닥에 괴인 물을 반쯤만 대어 두고
> 소 한번 주겠노라 범연히 한 말 듣고
> 친절하다 여긴 집에 달 없는 저녁
> 허둥지둥 달려가서
> 굳게 닫은 에헴 소리 오래도록 한 뒤에
> 누구신가 묻기에 염치없는 내라 하니
> 밤 열 시(初更) 다 됐는데 그 어찌 왔나 한다
> 해마다 이러하기 구차한 줄 알건마는
> 소 없는 궁한 집에서 생각 많아 왔다 하니
> 공으로나 값을 치나 빌려줘야 하겠으나

28　이상보, 『17세기 가사전집』, 민속원, 2001, 92쪽.

다만 어제 건넌집 저 사람이

목 붉은 수꿩을 지글지글 구워 내어

갓 익은 삼해주(三亥酒)를 취토록 권해서

내일 소를 주겠다고 굳은 언약 하였으니

위약하기 미안하여 그 집으로 가야겠네

사실이 그렇다면 어찌할 수 있나 하고

헌 쓰개 숙여 쓰고 축 없는 짚신에

맥없이 물러 나오니

풍채 작은 몰골에 개만 짖을 뿐이로다[29]

박인로는 1619년에 경주를 찾아가 이언적(1491-1553)을 기념하는 「독락당(獨樂堂)」을 짓고 1635년에 「영남가」를 지었으며 그 이듬해인 1636년(75세)에 「노계가」를 지었는데 모두 한문 투가 많이 섞여 있는 격언 조의 교훈 가사들이다. 그는 끊임없이 고전을 참고하며 유교전통을 강조하였다. 사회의 질서를 회복하려면 지식층의 도덕적 쇄신이 필요하며 문명의 가치들을 보존하려면 인간과 자연의 조화가 필요하다. 자연은 역사와 문화의 표준을 습득할 수 있게 하는 배경이 된다. 노계(蘆溪: 갈대 우거진 시내)는 그의 집 옆에 있는 골짜기의 이름이다. 앞에는 시내가 흐르고 뒤에는 언덕이 있는데 큰 바위에 기대어 초가집을 짓고 달 아래서 고기를 잡고 구름 사이에서 밭을 간다.

마음속이 밝아져서 세상 근심 없어지니

맑은 바람 밝은 달을 가슴속에 품은 듯

시원한 참된 취미 날마다 새롭구나

나는 새 뛰는 짐승 모두 가축 되었거늘

29   이상보, 『17세기 가사전집』, 94쪽.

달 아래 고기 낚고 구름 속에 밭을 갈아

먹고 못 남아도 떨어질 때는 없어라

끝없는 강산과 허다한 빈 밭은 자손에게 나눠 주되

명월청풍은 나눠 주기 어려울새

재주가 있건 없건 내 뜻 받드는 아들에게

이백(李白)과 도잠(陶潛)의 증명서에 길이 나눠 주겠노라

나의 이 말이 어리석은 듯하지만

자손 위한 계획은 이뿐인가 하노라[30]

자연의 아름다움을 명상하는 전원생활의 행복에 대하여 말하는 것은 권력을 추구하는 부패한 지식인들에 대한 비판을 함축한다고 해석할 수 있다. 박인로에게 자연은 가격을 매길 수 없어서 사고팔 수 없는 것이지만 바로 그 때문에 무한한 가치를 가지고 있는 것이다.

가사는 1인칭 화자가 자기의 느낌과 생각을 자기 말로 진술하는 문학이라는 점에서 수필에 가까운 문학이라고 할 수 있으나 말을 가락에 실어 전달하고 때로는 악기로 반주하며 노래할 수 있다는 점에서는 시조에 가까운 문학이라고도 할 수 있다. 3음절 음보와 4음절 음보로 구성된 4음보 행을 내용이다 전달될 때까지 반복하다가 5음절 음보를 끼워 넣은 4음보(3-5-4-3)로 마무리하는 것이 가사의 일반적인 형식이다. 내용도 다양하여 가사에는 느낌을 펼치는 것도 있고 사건을 서술하는 것도 있으며 대화를 주고받는 것도 있고 사실을 진술하는 것도 있다. 그러나 17세기 이전의 가사는 상류사회 지식인들의 유교 이념을 담는 문학이었다.

소설은 한 작가가 혼자서 만들어 낸 이야기이다. 혼자서 시작과 중간과 끝에 앞뒤가 맞도록 얽어 짜서 만들었으므로 구성이 촘촘하고 문체에 작가 나

30 이상보, 『17세기 가사전집』, 129-130쪽.

름의 특색이 나타나게 마련이다. 인물들이 등장하여 말을 주고받는 가운데 사건이 전개되며 작가는 그 사건을 남의 이야기를 전하듯이 서술한다. 한글소설은 17세기에 처음 나타났다. 현실과 다른 세계를 머릿속으로 그림 그려 보는 재미를 알게 된 사람들은 작중인물이 되어 체험해 보는 상상의 세계에서 평소에는 잘 보지 못했던 현실의 다른 면을 보았다. 두 번의 전쟁을 겪고 나서 사람들이 자기들이 사는 세상을 돌아보고 삶의 의미에 대해서 스스로 생각해 보게 되었다. 17세기 소설은 상류층 사람들의 관심사였던 권력투쟁을 다루며 그 가운데 작가를 모르는 소설들은 전쟁 이야기를 중요한 화소(話素)로 포함하고 있으므로 일반적으로 군담소설(war tales)이라고 한다. 그러나 허균(1569-1618)의 『홍길동전』이나 김만중(1637-1692)의 『구운몽』과 『사씨남정기』 그리고 박두세(1650-1733)의 『요로원야화기』 같이 작가가 알려져 있는 17세기 소설은 전쟁 이야기를 포함하고 있지 않거나 부차적인 화소로 다루고 있으므로 군담소설이라고 할 수 없다. 그러나 17세기 소설들은 모두 정치현실에 대한 비판을 포함하고 있다는 의미에서 17세기 소설을 정치군담소설이라고 규정할 수 있다. 17세기 정치군담소설의 주인공들은 모두 상류사회의 최상층 출신들이다. 홍길동은 이조판서의 아들이고 조웅은 좌승상의 아들이며 유충렬은 정언주부의 아들이고 이대봉은 이부상서의 아들이며 소대성은 전직 병부상서의 아들이고 장풍운은 전직 이부시랑의 아들이다. 군담소설의 작가는 상류사회에서 밀려난 지식인이었을 것이다. 몰락한 지식인들이기 때문에 이름을 밝힐 수 없었을 것이고 소설의 무대를 잘못된 정치 현실로 그려 냈을 것이다. 어리석은 왕은 간신에게 속아서 충신을 죽이고 끝내는 자신도 간신에게 죽게 된다. 군담소설에서 정직한 사람은 고통을 당하고 아첨하고 모함하는 사람은 부귀영화를 누리며 국왕은 사리사욕을 일삼는 반역자의 편을 들어 올바른 사람을 박해한다. 그러나 군담소설은 예외 없이 영웅이 출현하여 정의와 진리의 도덕적 질서를 회복하는 것으로 종결된다. 악이 지배하는 세계가 어떤 기적에 의하여 종식되리라는 희망은 17세기 지식인들의 무력한 규범주의와 통하는 면이 있다.

『홍길동전』은 세 부분으로 나누어진다. 첫째 부분에서 홍길동은 첩의 아들이기 때문에 아버지를 아버지라고 부르지 못하고 나으리라고 불러야 하는 가족제도의 모순을 경험한다. 둘째 부분에서 홍길동은 부자의 재산을 훔쳐서 가난한 농민을 구제하는 갱단의 두목으로 활동한다. 셋째 부분에서 홍길동은 해외로 나가서 이상적인 왕국을 건설한다. 작품의 공간은 가족제도의 모순에서 국가체제의 모순으로 발전하고 끝내는 국가의 경계를 넘어 확대된다. 허균에 의하면 첩이 낳은 아이를 학대하면 그 아이는 자라서 도둑이 될 수밖에 없다. 다시 말하면 강도가 되는 것 이외에 다른 것을 선택할 수 없게 하는 사회체제가 문제라는 것이 이 소설의 주제이다. 아버지의 다른 첩이 점치는 여자에게 길동의 관상이 집안에 해를 끼칠 운명이라고 모함하게 하고 자객을 구하여 길동을 죽이려 하였다. 길동은 자객과 관상 보는 여자를 죽이고 집을 나와 떠돌다가 도둑의 두목이 되었다. 그는 해인사를 습격하여 탈취한 재물과 함경도 감영을 공격하여 얻은 곡식으로 빈민을 구제하였다. 그는 비록 도둑이 되었으나 백성에게 나쁜 짓을 하지는 않았다. "신은 본래 천한 종의 몸에서 났는지라 아비를 아비라 못 하고 형을 형이라 못 해서 평생 한이 맺혔기에 집을 버리고 도적의 무리에 들어갔습니다. 그러나 백성은 추호도 범하지 않았고 각 읍 수령들이 백성을 들볶아 착취한 재물만 빼앗았을 뿐입니다."[31] 절을 습격한 이유도 승려들이 백성의 재산을 갈취한다고 생각했기 때문이었다. "불도라 하는 것이 세상을 속이고 백성을 미혹하게 하며 경작도 아니하고 백성의 곡식을 빼앗으며 베도 짜지 아니하고 백성을 속여 의복을 빼앗으며 부모에게 물려받은 머리털을 잘라서 오랑캐 모양을 따르며 임금과 아비를 버리고 세금을 도적질하니 이보다 더 나쁜 일이 없습니다."[32] 그러나

---

31 허균 외, 『홍길동전·전우치전·서화담전』, 김일렬 역주, 한국고전문학전집 25, 고려대학교 민족문화연구원, 1996, 55쪽.

홍길동은 도둑이 되어서도 왕에게 충성하고 부모에게 효도하였다. "우리가 비록 푸른 숲에 몸을 의탁하고 있으나 모두 나라 백성이라. 대대로 나라의 물과 흙에 의지하였으니 위태한 시기가 오면 날아오는 화살과 돌을 무릅쓰고 임금을 도와야 할 것이니 어찌 병법에 힘쓰지 아니하리오?"[33] 홍길동은 아버지의 장례를 성대하게 치르고 자기를 낳은 춘섬은 물론이고 아버지의 정부인을 친어머니처럼 극진히 모셨다. 『홍길동전』은 다음과 같이 끝난다. "아름답도다. 길동의 행한 일이여! 흔쾌하게 뜻을 이룬 장부로다. 비록 천한 어미 몸에서 태어났으나 가슴속에 쌓인 원한을 풀어 버리고 효도와 우애를 온전히 갖추어 한 몸의 운수를 흔쾌히 이루었으니 희한한 일이기에 후세 사람에게 알게 하는 바이다."[34] 소설에서 홍길동은 예절이 밝고 의리 있는 인간으로 묘사되어 있다. 특히 가난한 농민들을 대하는 태도는 지배층의 착취에 반대하는 그의 성격을 잘 드러낸다. 홍길동은 자신의 정치적 이상을 율도국의 왕이 되어 실현하였다. 그의 정치적 이상은 백성을 위한 국가를 만드는 데 있었다. "임금은 한 사람의 임금이 아니라 천하 사람의 임금이다."[35] 율도국은 착취하는 관리가 없는 나라이다. "왕이 나라를 다스린 지 3년에 산에는 도적이 없고 길에는 떨어진 물건을 줍는 사람이 없었으니 태평세계라고 할 만하였다."[36] 이 소설의 또 하나의 특색은 환상적 수법을 활용한 데 있다.

풀로 초인(草人) 일곱을 만들어 주문을 외며 혼백을 붙였다. 일곱 길동이 한꺼번에 팔을 뽐내며 크게 소리치고 한곳에 모여 야단스럽게 지껄였다. 팔도에 하나씩 흩어지되 각각 사람 수백 명씩 거느리고 다니니 그중에서 어느 것이 진짜

32   허균 외, 『홍길동전·전우치전·서화담전』, 137쪽.

33   허균 외, 『홍길동전·전우치전·서화담전』, 113쪽.

34   허균 외, 『홍길동전·전우치전·서화담전』, 181쪽.

35   허균 외, 『홍길동전·전우치전·서화담전』, 71쪽.

36   허균 외, 『홍길동전·전우치전·서화담전』, 71쪽.

인지 알 수 없었다.[37]

『홍길동전』의 판타지 소설적인 특색은 나쁜 관리에 대한 착한 도둑의 승리를 과장하기 위해 동원된 기법으로서 환상적 수법 자체가 어느 정도 현실의 어떤 국면을 반영한다고 하겠으나 사건의 전개에 비현실성의 분위기를 퍼뜨려서 이 소설에 내재하는 사회비평을 약화시키고 있다.

『사씨남정기』는 충신과 간신의 대립을 현처와 악처의 대립으로 바꾼 변이형 군담소설이다. 숙종이 1689년에 왕비인 민비를 내쫓고 궁녀인 장희빈을 왕후로 책봉하였는데 김만중은 민비 폐출을 반대하는 상소를 올렸다가 남해로 유배되어 거기서 죽었다. 그러므로 김만중은 『사씨남정기』를 1689년에서 1692년 사이에 지었을 것이다. 열네 살에 장원 급제한 유연수는 스무 살에 여승 묘혜의 중매로 사정옥과 결혼하였다. 자식이 없어 걱정하던 사정옥은 교채란을 첩으로 들였는데 두 사람이 각각 아들을 낳았다. 교채란은 식객 동청과 정을 통하면서 사정옥을 모함할 계획을 세웠다. 음모는 동청이 주도하고 교채란은 사정옥의 시녀로 넣은 사촌동생 설매를 이용하여 계획을 실행하였다. 사정옥의 반지를 동청의 친구 냉진에게 주어 유연수가 사정옥과 냉진의 사이를 의심하게 만들고 자기가 낳은 아들을 죽이고 그것을 사정옥의 짓이라고 둘러대었다. 사정옥이 쫓겨나 남쪽 지방에서 삯바느질을 하며 산다고 하여 사씨(謝氏)의 남정(南征)이라고 제목을 붙인 것이다. 동청은 간신 엄숭을 탄핵한 유연수의 상소문을 엄숭에게 보여 주고 유연수를 참소하게 하였다. 유연수는 유배되고 동청은 엄숭의 도움으로 현령이 되었다. 유배에서 풀려나 돌아오던 유연수가 교채란의 사촌동생 설매를 만나 사실을 알게 되었다. 동청은 냉진의 고발로 처형되고 냉진도 산적이 되었다가 처형되니 교채란은 창기가 되었다. 소설은 유연수가 교채란을 잡아 처형하는 것으로 끝난다.

---

37   허균 외, 『홍길동전·전우치전·서화담전』, 39쪽.

『구운몽』은 세 부분으로 구성되어 있다.

1. 육관대사의 제자 성진이 세속의 삶의 유혹을 받는다.
2. 꿈속에서 세속에 태어나 입신양명의 욕망을 성취한다.
3. 꿈을 깨어 세속의 욕망을 버리고 영원한 가치를 찾는다.

둘째 부분은 군담소설의 내용으로 전개된다. 구성은 불교-유교-불교로, 유교의 세계를 불교가 앞뒤에서 싸고 있는 형식의 전개를 보인다. 중국 당나라 때 남악 형산 연화봉에서 육관대사가 불교를 가르쳤다. 선녀인 위부인의 인사를 전하러 형산으로 가던 여덟 선녀가 성진을 만났다. 성진은 팔선녀의 미모에 반하여 유교의 입신양명을 부러워하다가 잠이 들었다.

남자가 세상에 태어나 어려서는 공맹의 글을 읽고 자라서는 요순 같은 임금을 만나 싸움터에 나가면 삼군의 총수가 되고 조정에 들어서면 백관의 우두머리가 되어 몸에 비단 도포를 입고 허리엔 자수(紫綬)를 띠며 임금에게 충성하고 백성을 이롭게 하며 눈으로는 고운 빛을 보고 귀로는 오묘한 소리를 들어 당대에 영화를 누릴 뿐 아니라 죽은 후에도 공명을 남겨 놓는 것이 진실로 대장부의 일인데, 슬프다! 우리 불가의 도는 한 바리 밥과 한 병의 물과 수삼 권의 경문과 백팔염주뿐이구나.[38]

성진은 회남 수주현에 사는 양 처사의 아들 양소유로, 팔선녀는 각기 진채봉, 계섬월, 적경홍, 정경패, 가춘운, 이소화, 심요연, 백능파로 환생했다. 양소유는 15세에 과거를 보러 서울로 가던 중 회음현에서 진 어사의 딸 진채봉

---

38 김만중, 『구운몽』, 정규복 · 진경환 역주, 한국고전문학전집 27, 고려대학교민족문화연구원, 1996, 24쪽.

을 만나 장래를 약속했다. 진채봉은 아버지가 역적으로 몰려 죽은 후에 궁궐의 시녀가 되었다. 구사량의 난으로 과거가 연기되어 양소유는 이듬해에 다시 과거를 보러 가다가 시회(詩會)에서 기생 계섬월을 만나 인연을 맺었다. 과거에 급제한 양소유는 정 사도의 딸 정경패와 혼인하였다. 정경패가 시비 가춘운을 선녀로 가장하게 하여 양소유와 자게 했다. 양소유는 하북에서 일어난 반란을 진압하고 돌아오다 계섬월을 만나 함께 자는데 아침에 보니 계섬월이 아니라 하북의 명기 적경홍이었다. 난양공주 이소화의 퉁소 소리에 화답한 것이 인연이 되어 부마로 간택되었다. 티베트 왕이 침입하여 양소유가 출전하였다. 진중에서 티베트 왕이 보낸 자객 심요연을 덕으로 굴복시켰고 군사들이 우물 파는 것을 도와준 동정호 용왕의 딸 백능파와도 결연을 맺었다. 양소유는 2처 6첩과 함께 부귀영화를 누리다 인생의 허무를 느끼고 불교에 귀의하려고 생각하는 순간에 잠에서 깨었다. 성진은 불교를 열심히 공부하여 육관대사의 후계자가 되었다.

대사가 큰 소리로 물었다. "성진아 인간 세상의 재미가 과연 어떻더냐?" 성진이 머리를 조아리고 눈물을 흘리면서 말했다. "성진은 이미 크게 깨달았습니다. 제자가 무례하여 마음을 바르지 못하게 잡았으니 스스로 지은 죄라 누구를 원망하며 누구를 탓하겠습니까? 응당 흠 많은 세상을 탓하면서 영원히 윤회의 재앙을 받았을 텐데 스승께서 하룻밤의 꿈을 불러일으켜 성진의 마음을 깨닫게 하셨으니 스승의 큰 은덕은 비록 천만겁의 시간을 지내더라도 갚을 길이 없습니다."[39]

김만중은 재산, 건강, 지식, 지위 같은 물질적 가치와 애정, 명예, 덕망, 존경 같은 심리적 가치를 추구하는 세계를 꿈의 상태로 설정하고 영원한 도덕

39　김만중, 『구운몽』, 326쪽.

적 가치를 추구하는 세계를 깨어 있는 상태로 설정하였다. 김만중은 여자들을 예절과 음악에 능통한 여자와 춤과 노래에 능통한 여자로 나누었다. 이소화, 정경패, 진채봉, 가춘운은 예악에 밝은 정격의 여자들이고 계섬월, 적경홍, 심요연, 백능파는 가무에 능한 파격의 여자들이다. 이소화는 공주로서 스스로 첫째 부인의 자리를 정경패에게 양보했다. 정경패는 거문고가 인연이 되어 양소유를 만났고 진채봉은 아버지가 모함을 받아 억울하게 궁녀가되었으니 신분과 관계없이 고상한 여자에 속할 것이며 가춘운은 정경패의 분부를 충실하게 따르는 정숙한 시녀이다. 계섬월과 적경홍은 어쩔 수 없어서 된 것과 스스로 선택한 것의 차이는 있으나 기생이며, 검술에 능한 변방의 자객인 심요연과 용왕의 딸인 백능파는 외국 여자이다. 이 여덟 여자는 남자가 상상하는 여성의 일반적 유형들을 나타낸다고 할 수 있다. 김만중은 유교의 세속주의와 불교의 초월주의를 대립적으로 제시하고 있으나 그가 말하고자 하는 것은 이분법이 아니라 두 세계의 순환을 평등하게 바라볼 수 있는 통합적 세계인식의 중요성이다. 세속과 초월을 대립적으로 보는 시각은 성숙한 세계인식이 아니라는 것이다. 김만중은 이 소설에서 꿈과 현실, 허구와 진실의 경계를 해체하였다. 김만중은 한국어로 표현된 한국문학도 중국어로 표현된 중국문학만큼 좋은 문학이 될 수 있으니 반드시 중국어로만 시를 지을 것은 없다고 주장하였다.

  사람의 마음이 입으로 나온 것이 말이고 말에 운율이 있는 것이 시부(詩賦)다. 사방의 말이 서로 다르지만 말할 줄 아는 사람이 각각 그 말에 따라 운율을 맞춘다면 모든 언어가 다 천지를 감동시키고 귀신과 의사를 통할 수 있는 것이니 유독 중국만 그렇게 할 수 있는 것이 아니다. 지금 우리나라의 시문은 자기 말을 버리고 다른 나라 말을 배워서 쓴 것이니 비록 아주 비슷하게 된다 하더라도 다만 앵무새가 하는 사람의 말과 같은 것이다. 나무하는 아이나 물 긷는 여자가 에야디야 하며 서로 주고받는 노래를 저속하다고 말하는 사람이 있으나

그 가치를 논한다면 지식인들의 소위 시부라고 하는 것과 비교할 수 없을 만큼 좋은 문학이다.[40]

『요로원야화기』는 "요로원에서 두 사람이 밤에 나눈 이야기의 기록"이란 뜻이다. 요로원은 충청남도 아산시 음봉면 신정리에 있었던 고을의 이름인데 공식 지명으로는 이미 사용되지 않지만 그 마을 사람들은 자기 동네를 지금도 '요란'이라고 부른다. 요로원은 서울에서 과천과 천안을 지나 아산과 예산으로 가는 길목에 자리 잡고 있었다. 이 소설의 구성은 다음과 같다.

1. 요로원의 한 주막에서 시골 손님과 서울 손님이 만났다. 서울 손님은 남루한 옷차림과 시골 말씨 때문에 시골 손님을 업신여겼다. 시를 지으며 놀다가 서울 손님은 시골 손님의 글솜씨에 놀랐고 두 사람은 서로 속마음을 말하는 사이가 되었다.

2. 두 사람은 과거의 비리와 당쟁의 해악과 허학의 폐습에 대하여 밤새도록 이야기를 나누었다. 1차, 2차 시험에는 합격하고 3차의 본시험에 떨어졌다는 시골 손님의 말을 듣고 서울 손님은 "과거장의 비리가 지금보다 심한 적이 없었지요. 권문세가의 자손들은 초보 학습을 마친 아이들이라도 합격하고 시골 유생들은 머리가 하얗게 새도록 공부한 대가들도 합격하기 어려운 처지에 있습니다"[41]라고 위로하였다. 시골 손님은 아들이 당쟁을 배울까 두려워 동서남북을 가르치고 싶지 않다고 하며 경기·충청 학파(서인)와 경상도 학파(남인)의 대립에 대하여 "갑을 받아들이고 을을 쫓아내고 저쪽을 물리치고 이쪽을 치켜올리는 것은 이른바 한쪽을

---

40   김만중, 『서포만필』, 홍인표 역, 일지사, 1987, 389쪽.
41   유몽인·박두세 외, 『어우야담·운영전·요로원야화·삼설기』, 김동욱 교주, 한국고전문학전집 4, 보성문화사, 1978, 489쪽.

나아가게 하고 한쪽을 물러나게 하는 것이어서 그 원한은 더욱 깊어지고 그 해는 더욱 깊어질 것입니다"[42]라고 걱정하였다. 서울 손님은 당시의 북벌론에 대해서 "역리와 순리를 구별하지 못하고 형세의 강약을 헤아리지 못하며 일의 성패를 따지지 못하고서 공허한 말을 하는 데 힘쓰면 어찌 의리를 밝힐 수 있겠습니까?"[43]라고 비판하였다.

3. 두 사람은 아침에 일어나 서로 이름도 묻지 않고 헤어졌다.

박두세는 요로원의 작은 여관방에서 하룻밤에 두 사람이 주고받은 대화를 삽화적(揷話的)으로 구성하였다. 이 소설의 재미는 에피소드들이 자유롭게 펼쳐지는 가운데 거만한 서울 손님과 초라한 시골 손님의 위치가 역전되고 당대 사회의 모순이 폭로되는 데 있다. 이 소설의 사회비평은 상류층 지식인의 자기비판이며 상류사회의 부패를 비판한 내부고발이라고 할 수 있다.

두드러진 전공이 없이 쉰세 살에 모함으로 죽은 임경업에 대하여 기록한 전기들 가운데 송시열, 이선, 황경원의 전기를 모은 『임충민공실기』와 이형상의 『병와전서』에 있는 『임경업전』과 군담소설 『임장군전』을 비교해 보면 송시열의 『임장군경업전』은 상층의 시각을 반영하였고 군담소설 『임장군전』은 하층의 시각을 반영하였다는 것을 알 수 있다. 17세기 전반기에 평안도에서 국경방위의 책임을 맡고 있던 의주부윤 임경업은 명나라와 협력하여 반청 투쟁을 벌이려고 계획하다가 모함을 받아 억울하게 반역죄의 누명을 쓰고 처단되었다. 소설에는 다른 관리들에게 미움을 받는 임경업의 성격적 특성이 묘사되어 있다. 그의 책임감과 정의감과 용감성을 부각하기 위하여 소설은 설화적 사건들로 구성되었다. 젊은 시절에 성곽 쌓는 일을 맡아서 견고한 성을 쌓아 올렸다든지 왕이 항복한 후에도 청나라 군사의 퇴로를 막고 그

---

42 유몽인·박두세 외, 『어우야담·운영전·요로원야화·삼설기』, 492쪽.

43 유몽인·박두세 외, 『어우야담·운영전·요로원야화·삼설기』, 496쪽.

들에게 큰 타격을 가했다든지 은거하여 청나라와 싸울 정략을 구상하다 역적에 의하여 처단되었다든지 하는 에피소드들이 반청의 주제에 맞게 선택되었다.

『임진록』은 7년간에 걸친 전쟁의 전 과정을 역사적 사건의 진행에 따라 서술한 판타지 소설이다. 소설은 도요토미 히데요시가 침략을 준비하는 장면으로 시작된다. 소설의 둘째 부분은 1592년 4월 13일에 동래성이 침략군에게 무너지고 이어서 왕이 서울을 떠나는 때까지이고 셋째 부분은 1592년 8월의 평양탈환전투로부터 시작된 전면적인 반격전에 대한 서술이다. 넷째 부분은 1598년 11월에 이순신이 퇴각하는 일본군을 격파한 후 사명대사가 일본에 건너가 일본 왕의 항복을 받아 내는 장면의 묘사이다. 소설에는 의병 지휘관들의 개성이 생생하게 묘사되어 있다. 경상감사가 달아나자 백면서생 곽재우는 수백 명의 장정을 모아 의병을 조직한다. 정문부가 의병을 일으켜 가토 기요마사의 거점인 경성을 탈환하자 함경도 여기저기서 관군에 속했던 군인들이 달려온다. 평양탈환전투에서 의병 지휘관 김응서가 혼자서 성안에 들어가 기생 계월향의 도움으로 일본군 장군 고니시 유키나가를 처단한다. 김덕령은 모함을 받아 처형되면서도 나라를 걱정한다.『임진록』은 민중 영웅들을 대거 등장시켜 전쟁이 침략군의 완전한 패배로 끝났다고 믿고 싶어 하는 민중의 소망적 사고를 만족시켜 주는 소설이라고 할 수 있다.

『박씨 부인전』은 청나라에 항복한 것을 기정사실로 인정하고 박씨 부인과 여자 자객 등의 활약으로 독자들의 흥미를 다채롭게 자극하는 소설이다. 강원도감사 이득춘이 금강산에 사는 박 처사의 딸을 며느리로 들였다. 그의 아들 이시백은 박씨가 너무 못생기고 어깨 위에 커다란 혹이 두 개나 있는 것을 보고 아내를 멀리하였다. 이시백이 아내의 도움으로 과거에 급제하고 박씨도 흉한 허물을 벗고 원래의 고운 자태를 드러냈다. 청나라 임금이 조선을 침략하기에 앞서 미인계를 써서 이시백을 암살하려고 제 딸 기용대에게 강원도 기생 설중매로 가장하고 찾아가게 하였다. 박씨 부인은 미리 알고 대비하여 그녀를 쫓아 보냈다. 청나라 임금이 용골대와 용흘대 형제에게 군사 3만 명을 이끌고 조선을 치라고 명령하고 조선의 간신들을 시켜서 이시백을 모함하였다. 박씨 부인의 시녀 계화가 간신들의 계략을 폭로하여 이시백을 구했으나 임금이 적군을 보고 겁에 질려 항복하고 말았다. 박씨 부인은 용골대를 높은 나무에 매달고 용흘대를 위협하여 제 나라로 회군하게 하였다. 실제 인물 이시백의 부인은 윤씨이므로 이 소설의 박씨 부인은 가상 인물이다. 그러나 시골에서 평범하게 자란 여자와 그녀의 시녀가 반침략 전쟁에 참여하여 공을 세운다는 이 소설의 줄거리는 여자들이 소설의 독자로 등장한 사회현상을 반영하고 있다. 박씨가 흉한 탈을 벗고 미인이 되는 사건은 시아버지 이득춘이 알아본 박씨의 내적인 아름다움을 남편 이시백도 인식하게 되었다는 것을 말해 주는 것이다. 박씨의 형상이 부정적인 것에서 긍정적인 것으로 변모하는 이 소설의 구성은 17세기 한국사회에서 여성인식이 느리게나마 변모하고 있었다는 것을 간접적으로 암시한다고 할 수 있다.

『정수경전』은 여성을 주인공으로 한 군담소설이다. 간신들의 모함을 받고 아버지가 유배지에서 죽고 이 소식을 들은 어머니도 죽어서 정옥이 홀로 남았다. 유모가 정옥의 이름을 정수경으로 바꾸고 남장으로 학문과 무술을 배우게 하였다. 열심히 공부한 정수경이 어려서 가약을 맺은 장연과 함께 과거에 합격하였다. 외적이 쳐들어왔고 간신들이 이에 호응하였다. 정수경이 출전하여 적을 물리쳤다. 이때 유모도 남장을 하고 수경과 함께 싸웠다. 부마를 삼겠다는 임금의 말에 남장을 한 이유를 밝히니 사연을 알게 된 임금은 수경과 장연을 결혼시켰다. 간신들이 주변 여러 나라와 합세하여 다시 쳐들어왔다. 임금은 수경을 대원수로 임명하고 장연을 중군장으로 임명하였다. 수경은 군령을 따르지 않는 장연에게 곤장을 쳤다. 수경이 외적을 물리치고 간신들을 처단하여 부모의 원수를 갚았다. 임금이 여자라는 것을 알고도 수경을 대원수로 임명한다든지 수경이 군령을 따르지 않는 남편 장연을 다른 사병들과 똑같이 징계한다든지 하는 것은 17세기 한국사회의 상식을 벗어나는 사건들이었는데도 불구하고 이 소설이 널리 읽혔다는 사실은 유교조선의 여성인식이 변모하고 있었다는 하나의 작은 증거가 된다.

『유충렬전』,『조웅전』,『소대성전』,『용문전』,『이대봉전』,『황운전』 등 군담소설 속에서 임금은 간신에게 휘둘리다 나라를 위태롭게 하는 질서의 파괴자로 등장한다. 이러한 형상은 노론에게 농락되는 임금들의 실제 모습을 나타내고 있는지도 모른다.

군담소설은 다음과 같은 세 가지 화소로 구성되어 있다.

1. 간신이 천자에 힘입어 충신을 공격한다.
2. 간신이 외적의 힘을 빌려 천자를 공격한다.
3. 신비로운 힘을 지닌 충신 또는 충신의 아들이 간신과 외적을 무찌른다.

간신 이두병이 충신 조정인을 모해하여 자살하게 한 후에 황제가 죽자마자 어린 태자를 내쫓고 황제가 된다. 조정인의 아들 조웅이 월경대사와 화산도사와 철관도사에게 무술을 배워서 서번(西蕃)을 물리치고 이두병을 죽인다(『조웅전』).

간신 정한담이 충신 유심과 강 승상을 귀양 보내고, 외적의 도움으로 천자를 몰아낸다. 유심의 아들 유충렬은 도승에게 무술을 배워 외적을 물리치고 정한담을 죽인다(『유충렬전』).

간신 왕희가 충신 이익과 장화를 모해한다. 외적이 침입하여 들어오자 이익의 아들 이대봉과 장화의 딸 장애황은 노승과 도사에게 무술을 익혀, 외적을 무찌르고 간신을 몰아낸다(『이대봉전』).

간신 진권이 충신 황한과 설영을 귀양 보내고 모반하자 황제의 아우 형왕도 어린 태자를 내쫓고 찬탈한다. 황한의 아들 황운과 설영의 딸 월중단은 도사에게 무술을 배워 반란군을 무찌르고 형왕을 물리친다(『황운전』).

간신이 충신 현택지를 귀양 보내자 남만, 북초, 석상, 서천, 진왕 등이 침입하고 제람후 도길이 모반한다. 현택지의 아들 현수문이 일관대사에게 무술을 배워 외적을 물리친다(『현수문전』).

외적의 침입으로 아버지를 잃고 방자 노릇을 하던 장경은 소절도사의 도움을 받아 과거에 급제한다. 연왕이 장경을 귀양 보내고 찬탈하니 장경은 노승의 지시로 외적을 무찌르고 연왕을 사로잡는다(『장경전』).

간신이 등장하지 않고 주인공의 몰락과 상승만으로 구성된 소설도 있으니 이러한 소설을 변이형 군담소설이라고 할 수 있다.

소대성은 부모를 여의고 고생하다가 청룡사 노승에게 무술을 배워 침입한 외적을 물리친다(『소대성전』).

장풍운은 외적의 침입에 아버지를 잃고 장사꾼 원철의 힘을 빌려 과거에 급제하고 재차 침입한 외적을 무찌른다(『장풍운전』).

양풍은 서모 송씨에게 쫓겨나 고생하다가 신선이 된 외조부의 지시에 따라 외적을 내쫓고 송씨를 처단한다(『양풍전』).

군담소설의 배경은 상층관료의 세계이며 군담소설의 구성은 권력의 중심에서 탈락되었다가 다시 권력의 중심에 참여하는 권력투쟁의 과정이다. 이것은 치열하게 전개되었던 17세기의 당쟁과 무관하지 않을 것이다. 군담소설의 주제는 충성의 이념에 있지만 군담소설의 내용에는 충성 이념의 위기와 동요가 들어 있다. 군담소설은 용맹과 지략, 의협심과 정의감을 갖추고 더 나아가 풍부한 인간성을 소유한 영웅들과 충신을 모해하고 임금을 배반하고 사리사욕을 추구하며 비열한 악행을 일삼는 간신들의 대립 위에 전개된다. 백성들은 절대적으로 영웅의 편에 서 있다. 『조웅전』에 나오는 익명의 어떤 사람은 간신 이두병의 허수아비를 만들어 결박하고 큰 소리로 꾸짖는다. "너는 송나라의 기둥이 되는 신하요 대대로 나라의 녹을 먹은 신하로서,

직위가 일품에 이르러 곡식을 산과 같이 쌓아 놓고 귀와 눈이 좋아하는 것과 마음과 뜻이 즐기는 것을 혼자서 차지하고 있으면서 대체 무엇이 부족하여 역적이 되었느냐? 무지한 백성들도 광대한 천지간에 용납할 수 없는 네 죄목을 조목조목 생각하며 네 고기를 구하여 씹고 싶어 하느니라."[44] 그러나 황제는 충신과 간신 사이에서 옳고 그름을 분간하지 못하는 인물로 그려져 있다. 황제는 조정인의 죽음을 슬퍼하면서도 무능하고 우유부단하여 그를 모함하여 자살하게 한 이두병과 그의 아들 이관에게 휘둘린다.

유충렬은 천자를 구출하고 나서 천자에게 천자의 과오를 지적한다. "소장은 동성문 안에 살던 정언주부 유심의 아들 충렬입니다. 사방에 구걸하며 만리 밖을 떠돌다가 아비의 원수를 갚으려고 여기에 왔습니다. 폐하께서 정한담에게 핍박을 당하리라곤 꿈에도 생각지 못했습니다. 예전에 정한담을 충신이라 하시더니 충신도 역적이 될 수 있습니까? 그놈의 말을 듣고 충신을 멀리 귀양 보내어 죽이고 이런 환을 만나시니 천지가 아득하고 해와 달이 빛을 잃은 듯합니다."[45] 천자에게 전날의 허물을 따질 수 있다는 것 자체가 중세 질서의 일차적 동요를 의미한다고 할 수 있다. 곤핍한 처지에 있는 천자 앞에서 천자를 염려하는 것보다 자신의 감정을 앞세우는 태도도 충성의 이념에 어긋난다고 할 수 있다. 충신과 간신의 싸움에서 충신이 늘 힘없이 패배하고 신비로운 능력이 없으면 사태를 바꿀 수 없다는 군담소설의 구성에는 일종의 비관적 세계관이 들어 있는 듯하다.

44 『조웅전·적성의전』, 이헌홍 역주, 한국고전문학전집 23, 고려대학교민족문화연구원, 1996, 229쪽.
45 『유충렬전·최고운전』, 최삼룡·이월령·이상구 역주, 한국고전문학전집 24, 고려대학교민족문화연구원, 1996, 109쪽.

유교조선에서는 쌀과 삼베(마포)와 무명(면포)이 교환수단으로 사용되었다. 15세기 후반에 물품화폐는 삼베에서 무명으로 바뀌었다. 15세기에 교환비율은 무명 1필이 쌀 5말에 해당하였고 5승 무명 1필은 5승 삼베 2필에 해당하였다.[46] 16세기에는 5승포가 추포(麤布)로 대체되고 그 길이도 점점 짧아져서 무명 1필의 교환비율이 쌀 1말 이하로 떨어졌다. 성글고 굵은 3승포가 중간 품질의 5승포를 밀어내고 교환수단으로 통용되었다. 15세기 백 년 동안 인구가 증가하여 쌀의 수요가 증가하였고 쌀의 생산량에 비해 면화의 생산량이 더 빠르게 증가한 것도 면포 가격 하락의 요인으로 작용했다. 18세기에 쌀 1섬의 가격은 5냥이었다.[47] 2018년 쌀 1섬(상등미 140킬로그램)의 가격이 30만 원인데 지금의 쌀 1섬은 18세기의 2배 정도이므로(한 말은 열 되로 일정하지만 한 섬은 열 말, 열다섯 말, 스무 말로 시대에 따라 일정하지 않다) 18세기의 쌀값은 1섬에 15만 원이 되고 18세기의 1냥은 3만 원이 된다. 17세기 중엽까지 유통경제를 지배하고 있었던 일반적 등가물은 면포였다. 특히 조악한 무명인 추포가 거래수단으로 사용되었다. 의류 상품으로서의 성격을 상실한 추포가 거래를 담당하게 되면서 추포 인플레이션이 물가상승을 주도하여 농민의 생활이 곤

---

46   방기중, 『조선후기 경제사론』, 연세대학교출판부, 2010, 26쪽.
47   방기중, 『조선후기 경제사론』, 265쪽.

란하게 되었고 화폐 축장 기능을 결여한 추포는 상인들의 자본축적에도 장애가 되었다. 유형원은 "지금 추포 거래를 보건대 화폐가 반드시 시행되어야 한다는 데는 의심의 여지가 없다[以今麤布交易觀之, 則不待他言, 而知錢之必行無疑矣]"[48]라고 하였다. 1705년(숙종 31)에 무명 1필을 2냥 5전으로 정하였고 1716년(숙종 42)에 2냥으로 정하였다.[49] 18세기의 조세는 전결세(田結稅)와 군역세(軍役稅)가 있었는데 쌀을 걷어 배로 운반하였고 물길이 불편한 곳에서는 무명이나 삼베로 걷어 육로로 운반하였다.[50] 대체로 쌀로 반, 무명으로 반을 걷었는데 동전의 유통이 증가하면서 쌀로 걷는 조세를 반으로 묶어 두기 어려워졌다. 배로 운반하기 어려운 지역에서 쌀을 걷어 운송하려면 경비가 과다하게 지출되었기 때문에 처음부터 동전으로 걷는 것이 편리했기 때문이었다. 추포의 인플레이션이 심화되자 추포는 더 이상 거래수단으로 사용되지 못하게 되었고 18세기에는 의료(衣料)로 사용될 수 있는 면포만 화폐로 유통되었다. 추포는 사용가치를 상실하고 오직 화폐로만 사용되는 무명이었다. 농민들은 이 조악한 무명을 교환수단으로 사용하였고 더 나아가 조세를 지불하는 데도 추포를 사용하였다. 국가로서는 쓸모없는 추포를 받을 이유가 없었으므로 국가는 1678년(숙종 4)에 동전을 소액 명목화폐로 유통시키는 것이 필요하다고 결정하였다. 18세기 중엽에는 전세와 대동세의 금납이 황해도 15개 읍과 경상도 27개 읍에 공인되었고 19세기 중엽까지 21개 읍에 추가로 허용되었다.[51] 그러나 전라도의 금납은 끝내 허용되지 않았다. 18세기에 동전 유통은 더욱 확대되었다. 1772년(영조 48) 이후 1857년(철종 8)까지 천만 냥이 넘는 동전이 발행되었다는 사실이 『조선왕조실록』, 『일성록』, 『비변사등록』 등의

---

48 유형원, 『반계수록』, 명문당, 1982, 158쪽.
49 『비변사등록』 6, 국사편찬위원회, 1959, 856쪽, 992-993쪽.
50 『승정원일기』 20, 국사편찬위원회, 1975, 259쪽.
51 방기중, 『조선후기 경제사론』, 264쪽.

기록으로 확인된다.[52] 동전이 쌀과 무명을 대신하여 가치의 척도가 되고 교환과 거래의 수단이 되고 지불과 저장의 수단이 되었다. 동전이 일반적 등가물로 등장하자 쌀과 무명은 동전과의 교환을 전제로 하여 화폐의 기능을 담당하게 되었다. "근래 돈이 아니면 물건을 살 수 없게 되었다. 비록 쌀과 무명이 있더라도 돈으로 바꾼 후에야 물건을 살 수 있다(近來各樣物種, 非錢則不得買. 故雖有米木, 必作錢然後轉買)."[53]

화폐경제는 유교조선의 현물조세에 입각한 재정운용을 동요시켰다. 화폐경제의 확대는 자급원리의 회계체계와 맞지 않았다. 숙종은 1679년에 면포로 내는 조세 대신에만 동전으로 납부할 수 있게 하려고했고 영조는 세 차례(1727, 1729, 1734)나 동전을 정지시키고 다시 무명을 돈으로 사용하게 하려고 하였다. 그러나 이러한 시도들은 농민에게 화폐난과 면포난이라는 이중부담만 가중시키고 실패하였다. 농민들이 쌀로 동전을 구입한 후 다시 동전으로 면포를 구입해야 했기 때문이었다. 1785년(정조 9)에 역종(役種)에 따라 납부방식을 정하여 훈련도감 소속 군포는 무명으로 걷고 훈련도감 이외의 병조, 금위영, 어영청 같은 중앙 군문 소속 군포는 무명과 동전을 반씩 걷고 각 지방아문 소속 군포는 동전으로 걷게 하였다. 정조 연간을 분기점으로 하여 모든 세목에 걸쳐서 조세는 금납화되었다.[54] 세목별로 볼 때 전결세보다 군역세에서 금납화가 더 널리 시행되었다. "『만기요람』「재용」편에 의하면 호조와 선혜청의 1년 수입 가운데 동전의 비율은 18세기 중엽에 20퍼센트, 18세기 후반에 25-30퍼센트 수준(60-70만 냥)이었다."[55] 지방의 경우에는 군역세의 80퍼센트가 동전으로 징수되었다. 재정이 중앙정부를 중심으로 운영되었기 때문에 늘 궁핍했던 지방 재정은 균역법을 계기로 더욱 악화되었다. 지방의 감영

---

52 방기중, 『조선후기 경제사론』, 238쪽.

53 『비변사등록』 10, 135쪽.

54 『비변사등록』 16, 97쪽.

55 방기중, 『조선후기 경제사론』, 267쪽.

과 병영과 군현에서는 군역 담당자의 수를 늘려서 모자란 경비를 충당하였다. 조세를 동전으로 납부하려면 동전이 유통되어야 하고 동전이 유통되려면 상품이 교환되는 시장이 형성되어야 한다. 18세기 후반기에는 전국에 천 개가 넘는 지방 시장이 있었고 그 가운데 군현 단위의 5일장은 90퍼센트나 되었다. 5일에 한 번 열리는 장마당(market place)이 17세기에 나타났는데 1770년에 발간된 『동국문헌비고』에 의하면 5일장은 평안도 134, 함경도 28, 황해도 82, 강원도 68, 경기 101, 충청도 157, 전라도 216, 경상도 278개소로서 합하면 1,064개소나 되었다. 5일장이 열린다는 것은 하나의 장이 한 달에 6회씩 열린다는 것을 의미하므로 한 고을에 다섯 개의 장이 서로 다른 날에 선다면 매일 빠짐없이 어디선가는 장이 열리고 있게 된다. 시장들은 한 고을 안에서 연쇄를 형성하였을 뿐 아니라 한 고을의 범위를 벗어나 다른 고을들의 시장들과 연결되어 넓은 시장권을 형성하였다. 평양, 의주, 함흥, 개성, 서울, 전주, 대구 등은 각지의 물산이 모이고 흩어지는 큰 상업도시들이었고 18세기 말에 새롭게 성을 쌓은 수원도 큰 상업도시로 성장하였다. 여러 고을에 걸쳐 장시들 사이의 경제적 연계가 형성되면서 전국적으로 유통되는 상품의 종류가 늘어났다. 이전에는 농산물, 수산물, 수공업제품을 매매하는 상인들이 일정한 지역 안에서 상업에 종사하였다면 18세기에는 상인들이 먼 지방에까지 진출하여 활동하였다. 과거에 소비를 위해 생산하던 거의 모든 물품이 18세기에는 시장에서 거래되었다. 미곡, 담배 등의 농산물과 면포, 마포, 명주 등의 섬유제품과 토기, 유기, 자기, 목기 등의 수공업제품이 모두 시장에서 유통되었다. 국가에서는 환곡도 환미(還米) 1석을 3냥으로 계산하여 화폐로 받았다.[56] 유교조선의 재정원리는 군현 단위의 총액제였다. 총액제는 군현의 조세 납부 책임을 강화하여 조세 수입을 보장받는 국가의 향촌지배 정책이었다. 수령의 과제는 조세 상납의 의무를 완수하고 지방 재정

---

56   『비변사등록』13, 599-600쪽.

을 확보하는 데 있었다. 수령을 책임자로 하는 지방의 징세기구가 활성화되어 국가재정 운용의 전면에 나오게 되었고 이에 따라 국가는 조세 운용의 독점적 지위를 상실하게 되었다. 국가의 화폐 통제력도 약화되어 화폐 유통의 주도권이 지방의 징세기구와 이들의 배후에 있는 중앙의 권문세가에게 이전되었다. 19세기에 지방 수령 권력의 강화와 중앙 국가 권력의 해체가 동시에 진행됨에 따라 유교조선의 총체적인 재정위기가 초래되었다.

연암 박지원(1737-1805)은 1754년(영조 30)에서 1766년(영조 42) 사이에 「양반전」, 「예덕 선생전」, 「마장전(말거간전)」 등을 포함하는 『방경각(放璚閣) 외전』을 지었고 1780년(정조 4)에서 1783년(정조 7) 사이에 「허생전」, 「호질(범의 꾸중)」 등을 포함하는 『열하일기』를 지었다.

강원도 정선에 글 읽기를 좋아하는 양반이 있었는데 집이 가난해서 관가에서 꾸어 주는 곡식을 타서 먹고살았다. 해가 거듭하여 빌린 곡식이 천 섬이 되자 군수가 더 참지 못하고 양반을 잡아 가두라고 명령하였다. 같은 마을에 사는 부자가 관청의 환자 빚을 대신 갚아 주고 양반을 샀다. 군수가 이 일을 듣고 군내의 백성을 모은 가운데 서리를 시켜서 계약서를 작성하게 하였다. 부자의 행실이 양반의 준칙에 어긋나면 양반이 관가에 고소하여 양반을 도로 찾을 수 있다는 조건이 계약서에 명기되었다. "손에 돈을 만지면 안 되고 쌀값을 물으면 안 되고 더워도 버선을 벗으면 안 되고 상투 바람으로 밥을 먹으면 안 되고 밥 먹을 때 국부터 마시면 안 되고 국을 마실 때 소리를 내면 안 되고 …." 불리한 계약이라고 생각한 부자가 증서의 수정을 요구하였다. 군수는 새로 계약서를 작성하게 하면서 양반의 좋은 점을 열거하였다. "이웃의 소로 제 밭을 먼저 갈 수 있으며 마을 사람에게 제 밭을 먼저 김매게 할 수 있다. 만일 거역하면 잡아다 코에 잿물을 붓고 주리를 틀고 수염을 뽑을 수 있기 때문이다." 부자는 "나더러 도둑이 되란 말입니까?"라고 항변하고 양반 되는 것을 포기하였다. 양반의 아내는 빌린 환곡을 갚을 길이 없어 우는 남편에게 "양반이란 한 푼어치도 못 되는구료[兩班, 不値一錢]"라고 힐난하였다. 「양반전」의 첫째 주제는 실학을 모르는 지식인의 허학에 대한 부정이라고 할 수 있고 둘째 주제는 돈으로 살 수 없는 양반의 가치에 대한 긍정이라고 할 수 있다. 박지원은 지식인의 허학에 반대하였으나 지식인의 특권을 부정하지는 않았다.

범이 질타하는 북곽 선생은 18세기 허학자의 전형이다. 나이 40에 1만 5천 권의 책을 지은 그는 모든 사람에게 큰 학자로 존경을 받았다. 임금이 그를 존경하였고 대신들이 그를 만나고 싶어 하였다. 그가 나라에서 열녀라고 정문을 세워 준 과부 동리자와 놀아나다 과부의 다섯 아들들에게 들켰다. 그들은 여우가 변장하고 들어온 것이라고 판단하고 그를 붙잡으려고 하였다. 북곽 선생은 귀신인 것처럼 이상한 몸놀림을 하면서 달아나다가 채마밭 머리에 파 놓은 똥구덩이에 빠졌다. 간신히 구덩이에서 나와 보니 굶주린 범이 길을 막고 있었다. 범이 사람을 잡아먹으면 범에게 먹힌 사람은 범의 앞잡이 귀신(창귀)이 되어 제가 아는 사람의 이름을 범에게 일러바쳐서 범으로 하여금 그를 잡아먹도록 하였다. 앞잡이 귀신들이 먼저 의사와 무당을 범에게 추천하였다. 의사는 자기도 의심스러워 안 먹는 약을 환자에게 먹여서 사람을 죽이는 자라는 이유에서 그리고 무당은 자기도 믿지 않는 거짓말로 돈을 뜯어내서 사람을 죽이는 자라는 이유에서 범은 그들을 먹으려 하지 않았다. 죽은 사람들의 원한이 독기가 되어 그들의 몸속에 퍼져 있기 때문에 그들은 범에게 좋은 먹이가 될 수 없었다. 앞잡이 귀신들이 다시 선비의 이름을 대면서 오미를 갖추었다고 추천하여 범은 북곽 선생의 맛을 보고자 거기서 기다리고 있었던 것이었다. 북곽 선생은 세 번 절하고 꿇어 엎드려 범을 우러러보면서 아첨과 아부의 말을 늘어놓았다. "대인은 문채를 본받고 임금은 걸음걸이를 배우며 자식 된 이는 효성을 따르고 장수 된 이는 위엄을 취하니 거룩한 이름은 신령스러운 용과 짝이 되시어 한 분은 바람을 일으키시고 한 분은 구름을 일으키십니다. 저 같은 낮은 땅의 천한 신하는 바람에 나부끼는 풀잎처럼 범님의 덕을 입을 뿐입니다." 범은 "선비[儒生]란 것은 아첨쟁이[阿諛]

로구나"라고 탄식하며 벌의 꿀, 누에의 옷, 황충이의 밥(벼)을 도둑질하고 전쟁을 일으켜서 서로 잡아먹는 주제에 고상한 체하고 인륜과 도덕을 논하는 인간의 위선을 꾸짖었다. 범은 북곽 선생에게서 구린내가 났을 뿐 아니라 그의 속마음이 너무 더러워서 그를 먹을 수 없었기 때문에 그를 놓아두고 가 버렸다. 그런 줄도 모르고 그는 계속해서 아첨의 말을 늘어놓으며 엎드려 있었다. 새벽에 일하러 밭에 나가던 농부가 그를 발견하고 왜 그러고 있느냐고 물었다. 북곽 선생은 태연하게 대답하였다. "하늘이 높다고 하더라도 발끝으로 서는 것은 좋지 않으며 땅이 두텁다고 하더라도 많이 밟는 것은 좋지 않다. 사람은 언제나 조심하며 살아야 하는 것이다."

박지원은 44세 때 외교사절단의 일원이 되어 중국을 여행하였다. 직무를 맡은 정식 사절단에 속하지는 않았고 팔촌 형인 사절단장의 배려로 비공식 수행원이 될 수 있었다. 외교실무는 통역관들이 맡았고 많은 마부들이 말을 관리했다. 마부의 우두머리들은 중국어도 곧잘 할 줄 알아서 사절단의 잡무 처리를 도와주었다. 박지원의 말고삐를 잡는 창대와 우두머리 마부들 중의 하나인 장복이는 여행길에 박지원의 말동무들이었다. 압록강을 건너자마자 중국의 반듯한 길과 길에 다니는 수레와 마차가 좋아 보여서 장복에게 "죽어서 중국에 태어나게 해 준다면 어떻겠느냐?"라고 물어보았더니 장복은 "중국은 되놈의 나라입니다. 소인은 싫사옵니다"라고 대답했다.[57] 말동무로 자주 등장하는 인물은 무관인 정 진사와 의원인 변계함인데 그들은 박지원의 말을 알아듣지 못하는 경우가 많았다. 독백이 되는 경우가 많은 조선인들과의 말로 하는 대화에 비교해서 왕민호나 윤가전 같은 중국인들과 글로 써서 하는 대화가 더 마음이 잘 통한다는 기록에는 박지원이 전달하려고 한 아이러니가 들어 있다.

박지원은 1780년 5월에 서울을 떠나 6월에 압록강을 건너 8월에 베이징에

---

57 박지원, 『열하일기』 I, 김혈조 역, 돌베개, 2009, 61쪽.

들어가 유람하고 10월에 귀국하여 3년 동안 18세기에 나온 112종의 연행록(燕行錄) 가운데 가장 뛰어난 여행기, 『열하일기(The Jehol Diary)』를 지었다. 물품이 오기까지 열흘이나 기다렸다가 떠나려고 하는데 장마가 시작되어 비를 맞으며 강을 건넜다. 강을 건너면서 박지원은 조선과 중국의 경계가 강과 언덕의 사이를 말하듯이 도라는 것도 하나의 선이 아니라 선과 선의 사이를 말하는 것이라는 생각에 잠겼다가 조선과 중국의 경계도 고정된 것이 아니었다는 연상에 이르렀다. 만주 벌판은 원래 조선의 옛 땅이었다.

후세에 땅의 경계를 상세하게 알지 못하고서 한사군의 땅을 모두 압록강 안으로 한정해 사실을 억지로 비틀어 배분하고 그 안에서 패수가 어딘지 찾으려 하여 압록강을 패수라 하기도 하고 청천강을 패수라 하기도 하고 대동강을 패수라 하기도 하였다. 이것은 조선의 옛 땅을 전쟁도 하지 않고 줄어들게 한 격이다. 이렇게 된 것은 무엇 때문인가? 평양을 어느 한 곳에 고정시키고 패수의 위치를 당겼다 밀었다 한 까닭이다. 나는 한사군 땅에는 요동뿐 아니라 여진 땅도 들어간다고 생각한다. 『한서지리지』에 현도와 낙랑만 있고 진번과 임둔이 보이지 않기 때문이다.[58]

기자가 동쪽으로 올 때 그가 머물렀던 곳은 모두 평양이라고 했고 지금 대동강 가의 평양은 여러 평양들 가운데 하나라는 것이 박지원의 생각이었다. "지금 대동강을 패수라고 여기는 자들은 자기 나라 땅을 줄어들게 만드는 자들이다."[59] 그러나 지난 일보다는 지금 해야 하고 지금 할 수 있는 일이 더 중요한 법이다. 박지원은 벽돌로 쌓은 중국의 성과 돌로 쌓은 조선의 성을 비교해 보고 벽돌 굽는 법을 배워야 한다고 정 진사에게 말했다. 정 진사는 도

58 박지원, 『열하일기』 I, 84쪽.
59 박지원, 『열하일기』 I, 87쪽.

리어 돌성이 더 좋다고 대답했다. 돌성은 겉으로는 든든해 보이지만 속은 우 툴두툴 고르지 않아서 장마에 돌 하나만 튕겨 나오면 무너지는 것을 모르고 하는 소리였다. 박지원은 "벽돌이 돌보다 좋다는 것이 어찌 돌 하나와 벽돌 하나를 맞견주는 것이겠는가?"라는 박제가의 말을 인용하여 회반죽이 고르 게 들어가 가지런하게 엉겨 붙은 벽돌성의 우수성에 대하여 설명해 보지만 정 진사를 설득하는 데는 실패했다. 열흘을 가도 산 하나 보이지 않는 아득 한 광야에서 박지원은 통곡이 나올 것 같은 느낌을 받았다. 하늘과 땅이 맞 붙은 그곳에서 그는 세상에 막 태어난 아기가 출생신고의 울음을 터뜨리듯 이 새로 태어나는 충격을 받았다. "갓난아이가 어머니 태중에 있을 때 캄캄 하고 막히고 좁은 곳에서 웅크리고 부대끼다가 갑자기 넓은 곳으로 빠져나 와 손과 발을 펴서 기지개를 켜고 마음과 생각이 확 트이게 되니 어찌 참소리 를 질러 억눌렸던 정을 다 크게 씻어 내지 않을 수 있겠는가!"[60] 선양에 들어 가 어느 전당포를 구경하다 주인이 글씨를 써 달라고 했다. 박지원이 길에서 본 기상새설(欺霜賽雪)이란 네 자를 써 주었더니 주인이 못마땅해했다. 마음이 서리처럼 깨끗하고 눈처럼 희다는 뜻으로 알았는데 기실은 밀가루 가게 이 름이었던 것이었다. 박지원은 중국에서 가장 볼 만한 것은 깨진 기와 조각과 냄새나는 똥덩어리에 있다고 생각했다. 깨진 기와 조각은 쓸모없는 물건인 데 사람들이 담을 쌓을 때 기왓장으로 물결무늬와 동그라미 무늬를 만들고 동전 구멍 모양도 만들었다. 깨진 기와 조각을 내버리지 않으니 천하의 아름 다운 무늬가 다 갖추어지게 되었다. "똥오줌은 더러운 물건이다. 그러나 사 람들이 이것을 금싸라기처럼 아껴서 비료로 쓴다. 삼태기를 들고 말 꼬랑지 를 따라다니며 말똥을 주워 모으니 길에는 부스러기 하나 버려진 것이 없다. 이렇게 모은 똥을 쌓아 두는데 네모로 팔모로 누각 모양으로 만든다. 똥거름 을 쌓아 올린 모양을 보면 천하의 문물제도가 여기에 버젓이 갖추어져 있다

---

60   박지원, 『열하일기』 I, 131쪽.

는 것을 알 수 있다."[61]

박지원은 특히 사람이 타는 수레와 짐을 나르는 수레를 민생의 중요한 수단이라고 생각하였다. 조선에서 사용되는 수레는 바퀴가 똑바르지 못하고 바큇자국이 궤도에 맞지 않아 수레가 없는 것과 마찬가지이니 제대로 된 수레를 만드는 일은 조선의 시급한 과제라는 것이 박지원의 주장이었다. 산이 많고 길이 좁은 조선에는 수레가 적합하지 않다는 사람들의 어리석은 의견에 대하여 박지원은 "수레가 다니게 된다면 길은 저절로 뚫리게 마련이니 어찌 길이 좁다거나 고개가 높다는 것이 걱정거리가 될 것인가?"[62]라고 대답하였다. 조선에서는 양을 치지 않으므로 조선 사람들은 평생 양고기 맛을 보지 못하는데 수백만 명의 조선 사람들이 양털 모자를 하나씩 사 놓으려고 해서 사신들이 중국에 가지고 온 은화가 양털 모자 사는 데 낭비되는 것도 박지원은 비판하였다. "털모자란 겨울에만 쓰는 살림살이로 봄이 되어 해지고 떨어지면 버리는 물건일 뿐이다. 천 년이 지나도 없어지지 않을 은을 한겨울 쓰고 해지면 버릴 모자와 바꾸고 산에서 채굴하여 양이 정해져 있는 물건을 한 번 가면 돌아오지 못할 중국 땅으로 실어 보내고 있으니, 이 얼마나 사려 깊지 못한 일을 하는 것인가?"[63]

박지원은 만리장성의 산하이관에 가서 오랑캐를 막으려고 만리장성을 쌓은 중국 황제들이 모두 국내정치의 실패로 망한 역사를 회상하고 국제정치가 아무리 복잡하더라도 국내정치가 외교보다 더 중요하다는 사실을 확인하였다. 진시황은 호인(胡人)이 무서워서 만리장성을 쌓았는데 정작 진나라를 멸망시킨 사람은 자기 아들인 호해(胡亥)였고 명나라는 산하이관에서 여진족을 막으려 하였으나 정작 명나라는 이자성의 농민군에게 망하였으며 명나

---

61 박지원, 『열하일기』 I, 253쪽.
62 박지원, 『열하일기』 I, 206쪽.
63 박지원, 『열하일기』 I, 323쪽.

라 장수 오삼계가 산하이관을 열고 청나라 군대를 끌어들여 이미 명나라를 멸망시킨 이자성의 난을 진압하였다. 주나라에 항복하지 않고 고사리를 먹으며 은나라에 대한 충절을 지키다가 굶어 죽었다는 백이와 숙제를 기억하기 위해서 조선 사신들은 베이징으로 들어가는 길목에 있는 백이와 숙제의 묘에서 고사리를 반찬으로 점심을 먹는 것이 관행이었다. 박지원의 일행은 어느 해 고사리를 마련하지 못한 관리가 곤장을 맞으면서 "백이 숙제야, 백이 숙제야, 나하고 무슨 원수가 졌느냐"[64]라고 탄식하였다는 이야기를 하며 웃었다. 백이 숙제가 사람 잡는다는 이야기는 18세기 한국 사람들이 이미 유교 이데올로기의 허상을 인식하고 있었다는 증거가 된다. 병자호란 때 잡혀온 사람들이 마을을 이루어 살고 있었는데 조선 사신 일행이 지나며 민폐를 많이 끼쳐서 조선 사람들에게는 아예 물건을 팔려고 하지 않았다는 것도 흥미로운 기록이라고 할 수 있다. 베이징에 도착한 박지원은 과감하게 청나라 건륭의 연호를 자신의 일기에 기록하였다. "이 글을 기록하는 자는 누구인가? 조선의 박지원이다. 기록하는 때는 언제인가? 건륭 45년 가을 8월 초하루이다."[65] 당시의 조선에서는 공식적으로 명나라 마지막 황제의 연호를 사용하였으므로 1780년을 건륭 45년이라고 한 것은 명백하게 반청 원리에 위배되는 행동이라고 할 수 있다. 열하에 가 있던 황제가 소환하여 조선 사신 일행은 베이징에서 열하로 떠나게 되었다. 일부는 베이징에 남고 일부만 열하로 가기로 했는데 장복이가 떠나는 창대의 손을 잡고 울며 이별을 슬퍼하였다. 박지원 일행은 하룻밤에 강물 하나를 아홉 번이나 건너서 열하로 향하였다. 물줄기는 끝내 하나인데 물굽이가 너무 많아서 그들은 작은 강들을 아홉 차례나 건너야 했다. 밤에 물을 건너게 되니 눈으로 볼 수 없기 때문에 마음이 온통 듣는 데만 주의를 집중하게 되어 귀가 무서워 부들부들 떨면서 강

---

64 박지원, 『열하일기』 I, 371쪽.
65 박지원, 『열하일기』 I, 431쪽.

을 건넜다.

　나는 오늘에야 도라는 것이 무엇인지 깨달았도다. 마음에 잡된 생각을 끊은 사람, 곧 마음에 선입견을 가지지 않은 사람은 육신의 귀와 눈이 탈이 되지 않거니와 귀와 눈을 믿는 사람은 보고 듣는 것을 자세하게 살피게 되어 그것이 결국 병폐를 만들어 내는 것이다.[66]

강을 건너면서 박지원은 조선의 말 사육법에 대하여 생각하였다.

　강물 하나를 아홉 번이나 건넜는데, 물속의 이끼가 미끄럽고 물은 말의 배까지 차올랐다. 무릎을 오므리고 발을 하나로 모아서 한 손으로는 고삐를 잡고 한 손으로는 안장을 부여잡아 견마잡이도 없고 부축하는 사람도 없건만 그래도 떨어지거나 넘어지지 않았다. 나는 여기에서 비로소 말을 모는 데도 기술이 있음을 깨닫게 되었다.[67]

박지원이 보기에 조선 사람의 긴 소매는 고삐를 잡고 채찍질하는 데 방해가 되고 견마잡이가 말의 한쪽 눈을 가려서 말이 맘대로 걷지 못하며 마부가 자기가 편한 자리만 찾아 나아가니 말은 언제나 불편한 자리로만 가게 되며 불편하여 넘어지면 사정없이 채찍질을 하니 말이 항상 분노를 품게 되는 것이었다. 안장과 마구가 무겁고 거추장스러워 말을 지치게 하며 오른쪽 입아귀를 재갈로 당겨서 말이 불편한 왼쪽으로 몸을 놀리게 하고 오른쪽 허벅다리만 때려서 채찍을 맞으면 아파서 펄쩍 뛰게 만들며 고삐가 너무 길어서 마치 제 올가미를 제가 들고 말을 타는 것이 된다.

66　박지원, 『열하일기』 II, 485쪽.
67　박지원, 『열하일기』 I, 488쪽.

박지원 일행은 나흘 밤낮을 한숨도 자지 못하고 말을 달려서 열하에 도착하였다. 박지원은 말 위에서 한국에 돌아가면 천 날 하고도 하루를 더 자겠다고 다짐하였다. 열하에서 사신들은 건륭황제와 판첸 라마를 만났다. 황제가 판첸 라마를 만나라고 해서 조선 사신들은 고민에 빠졌다. 불교 승려를 만나고 싶지도 않았고 불교 승려에게 절을 할 수는 없었기 때문이었다. 그들은 우물쭈물하면서 절을 안 하고 물러 나올 수 있었으나 판첸 라마가 선물로 준 불상의 처리문제로 다시 고민에 빠졌다. 후에 불상은 임금의 지시로 평안도 영변의 한 절에 두기로 했다. 박지원은 열하에서 청나라의 국제 정세를 분석하여 황제가 여름을 열하에서 보내는 것은 몽골을 경계하는 방법이고 판첸 라마를 열하에 살게 하며 스승으로 모시는 것은 티베트를 장악하는 수단이라고 판단하였다. 박지원은 열하에서 머문 엿새 동안 왕민호와 윤가전 같은 중국인 친구들을 만나고 코끼리와 마술사를 구경하였다. "코끼리의 모습은 몸뚱이는 소 같고 나귀 꼬리에 낙타 무릎, 범 발굽에 털은 짧고 잿빛이었다. 모습은 어질고 소리는 처량한데 귀는 구름장같이 드리웠고 눈은 초승달 같았다. 두 어금니는 크기가 두 아름쯤 되고 길이는 사람의 한 발 남짓하였다. 코는 어금니보다 길었다. 구부리고 펴는 것이 자벌레 같고 둥글게 마는 것이 굼벵이 같고 코끝은 누에 꽁무니 같았다. 족집게처럼 코에 물건을 끼워서 두르르 말아 입에 집어넣었다."[68] 마술사가 왼손 엄지와 검지를 비벼대니 좁쌀 알이 하나 나오고 자꾸 커져서 다섯 말들이 동이가 되었다가 더 비벼 대니 점점 작아져서 드디어 없어졌다. 달걀 두 개를 삼키고 안 들어가니 막대기로 쑤셔 넣다가 막대기를 부러뜨렸다. 귀에서 눈에서 코에서 달걀 하나를 뽑아냈다 다시 넣었다 하더니 칼을 하늘로 던졌다가 입으로 받았다. 목구멍 속으로 들어가 자루만 남은 칼을 뽑아내어 피가 묻어 있는 것을 보여 주었다. 관객 중에서 힘 있는 자가 나가서 기둥에 묶어 놓았는데 마술사는 어

68 박지원, 『열하일기』 II, 510쪽.

느 틈에 손이 묶인 채 기둥 밖으로 나와 서 있었다. 탁자 위에 유리 거울을 놓고 관객에게 거울을 들여다보라고 하였다. 거울 속에는 관원 한 사람과 구름 같은 머리채에 보석 귀고리를 한 미인들이 있었다. 방에 있는 물건들은 모두 고귀한 보물들이었다. 관객들이 부러워 탄성을 지르자 마술사는 거울을 덮어 가리고 무슨 주문을 외운 다음에 다시 열었다. 여자들은 사라졌고 보석 기물들도 없어졌다. 적막하고 황량한 누각에 남자 하나가 옆으로 누워 있었는데 갑자기 그의 다리가 수레바퀴로 바뀌었다. 굴대와 바큇살이 아직 덜 되었는데 관객들은 더 보지 못하고 고개를 돌렸다. 박지원은 장님에게는 눈속임이 통하지 않을 것이므로 마술은 보는 사람이 자신을 속이는 것이라고 생각하였다.

박지원은 열하에서 엿새 동안 중국인 왕민호와 윤가전을 매일 만나 글로 써 가며 음악과 역사에 대해 토론하였다. 그들은 음계와 악기와 가사와 풍속을 통하여 철학과 역사를 이야기하였다. 평균율에 해당하는 12율과 반음계에 해당하는 변궁(變宮)과 옥타브에 해당하는 배청(倍淸)에 대한 토론을 볼 때 용어가 다를 뿐이지 음악학의 체계 자체는 보편적이라는 사실을 알 수 있다. 그들은 중국의 음악서적들을 분석하고 평가하면서 음계와 현의 길이를 대응하는 표준을 검토하고 음악의 형식을 시정(市井)에 비유하였다. "시장에서는 화목을 볼 수 있고 우물에서는 질서를 볼 수 있습니다. 서로의 물건을 비교해 보고 두 사람의 뜻이 맞으면 교환하는 것이 시장에서 물건을 사고파는 도리이고 뒤에 온 사람이 먼저 온 사람을 원망하지 않고 물동이를 줄지어 놓고 기다리다가 자기의 차례가 되면 물을 채우고 돌아가는 것이 우물에서 물을 뜨는 도리입니다."[69] 그들은 아름답고 참된 음악은 아름답고 참된 감정에서 나온다는 데 동의하였다. 기쁜 사람은 웃지 않을 수 없고 슬픈 사람은 울지 않을 수 없으며 주린 사람은 밥을 찾지 않을 수 없고 목마른 사람은 물을 찾

---

69   박지원, 『열하일기』 II, 329쪽.

지 않을 수 없듯이 사람의 감정에는 허위와 가식이 없고 구차와 억지가 없다고 생각했기 때문이었다. 시대가 변하여 순수한 감정이 많이 훼손되었기 때문에 순임금의 고아한 음악을 연주한다 하더라도 듣는 사람의 의견이 일치되지 않을 것이니 그 시대의 감정을 순화시킬 수 있는 상대적인 표준에 따라 작곡할 수밖에 없을 것이라는 데에도 그들은 의견의 일치를 보았다. "음악이 사람을 감동시키는 까닭은 빠르되 호들갑스럽지 않고 드러내되 노골적이지 않으며 심오하되 어둡지 않고 부드러우면서도 의연하고 곧으면서도 완곡하기 때문입니다."[70] 그들은 꾸밈을 싫어하고 사치를 병으로 여기고 번거로운 것을 미워하는 것이 사람의 본성인데 지식인들이 예악의 이치를 입으로만 되뇌고 몸으로 익히지 않기 때문에 음악이 나날이 천박하게 되어 가는 것이라고 한탄하였다. "잠시라도 떠나서는 안 될 예악의 실체가 단지 헛된 도구가 되어 다시는 실천하고 익히지 않게 되었습니다. 이것은 실속 없이 겉만 화려하게 꾸미고 이론만 밝은 사람들이 저지른 과오입니다."[71]

주로 왕민호와 나눈 필담에서 박지원은 천문과 인문에 대해서, 특히 역사에 대해서 이야기하였다. 아마 중국을 통해 들어온 서양 천문학의 영향을 받은 것이겠지만 18세기 한국의 지식인들은 지구를 둥그런 공이라고 생각했다. 김석문(1658-1735)은 별들이 천심(天心)을 회전한다고 하였고 홍대용(1731-1783)은 별들은 해를 돌고 해와 달은 지구를 돌며 지구는 하루에 한 바퀴 자전한다고 하였다. 지구가 해를 돈다는 공전의 개념을 말한 사람은 없었으나 김석문과 홍대용은 월식을 예로 들어 자전의 개념을 설명하였다. 박지원은 그들의 천문학설을 왕민호에게 설명해 주고 자기 나름의 진화론도 전개하였다. "우리가 사는 티끌세상을 미루어 저 달세계를 상상한다면 그곳에도 물질이 있어서 쌓이고 모이고 엉기는 것이 이 지구가 한 점 미세한 티끌의 집적으

70   박지원, 『열하일기』 II, 343쪽.
71   박지원, 『열하일기』 II, 351쪽.

로 형성되는 것과 같을 것입니다. 티끌과 티끌이 서로 의지하여 응결되면 흙이 되는데 거칠게 엉기면 모래가 되고 단단하게 엉기면 돌이 됩니다. 티끌의 진액은 물이 되고 티끌의 열은 불이 되며 티끌이 맺히면 쇠가 되고 티끌이 자라면 나무가 되고 티끌이 움직이면 바람이 되며 티끌이 쪄져서 기운이 티끌에 차면 벌레가 됩니다. 우리 사람이라고 하는 것은 곧 이 벌레의 한 종족일 것입니다."[72]

그들은 역사에 기록된 수많은 미스터리 사건들을 이야기하다가 지식인들이 공자와 주희의 학설로 역사를 기술하려고 했으나 실제로 임금들이 추진한 사업을 역사적으로 돌아보면 모두 진시황의 계획을 추종한 것이었다는 사실에 이르렀다. "임금들은 진시황의 사업을 계승하고 본받아 밝혔을 뿐이며 요순의 사업을 계승하여 시행하거나 진나라의 사업을 논의하여 혁파한 임금은 한 사람도 없었습니다. 이것이 이른바 13경이나 21사 같은 책에 도무지 펼쳐 볼 만한 곳이 없다는 말입니다."[73] 왕민호는 "한 시대의 군주로서 지극히 못난 사람을 제외하고 중간 정도의 임금들을 생각해 보면 모두 당대의 석학보다 낫습니다. 만약 당대의 석학과 임금의 처지를 바꾼다면 그 임금의 치적만큼 이룩할 석학이 없을 겁니다"[74]라고 말하였고 박지원은 백 리 되는 땅에서 나라를 일으켰다고 문왕을 찬양한 맹자가 작은 등나라에는 관심이 없고 제나라나 위나라 같은 큰 나라에서만 정치를 하고 싶어 한 것을 예로 들어 언행일치란 원래 어렵다고 응수하였다. 그들은 조조의 80만 대군이 쳐들어오자 빼앗아도 지킬 수 없다고 판단하고 형주를 차지하지 않고 익주는 속임수를 써서 약탈한 유비의 거짓 대의를 비웃고 급하면 처자까지 버리고 달아난 유비를 현군이라고 평가한 유학자들을 조롱하였다. 그들은 공자와 주

---

72   박지원, 『열하일기』 II, 389쪽.
73   박지원, 『열하일기』 II, 459쪽.
74   박지원, 『열하일기』 II, 411쪽.

회의 역사기술에 대해서도 의문을 제기하였다. "공자는 태백이 천하를 세 번씩이나 양보했다고 극찬을 했습니다. 그러나 태백이 살았던 시대에는 은나라 폭군 주임금은 아직 그 어미의 뱃속에서 씨도 생기지 않았을 것이고 태백의 조상 고공단보의 나라라는 것은 변방에 있는 아주 작은 나라에 불과했을 것인데 태백이 양보한 천하는 어느 왕조의 천하였는지 모르겠으며 세 번 양보한 것이 누구에게 양보했다는 것인지 모르겠습니다. 그런데도 주자는 『논어』 「태백」 편을 주석하면서 고공단보의 막내아들 계력이 아들 창(문왕)을 낳았는데 성스러운 덕이 있어서 고공단보가 은나라를 정벌하겠다는 뜻을 가지게 되었다고 했으니 이는 잘못된 것입니다."[75] 왕민호는 중국 21대의 역사는 모두 사실을 근거로 해서 이야기를 꾸민 소설이고 유가의 『13경 주소(注疏)』는 태반이 억지소리를 가져다 붙인 것이라고 비판하며 이런 말은 자식에게 하기도 어려운 것이지만 바다 멀리서 온 친구에게만 털어놓는 것이라고 하였다.

박지원은 내면의 도덕 수양보다 객관세계의 인식에 더 많은 관심을 가지고 있었다. 그는 외물에 집착하면 정신을 해친다는 성리학자들의 주관주의와 상당히 다른 성향을 보여 주었다. 중국 여행을 하던 중에 일어난 작은 사건이 그의 현실주의를 말해 준다.

이틀 밤을 연거푸 밤잠을 놓치고 보니 해가 나온 뒤에는 너무도 고단했다. 창대에게 말고삐를 놓고 장복과 함께 양쪽에서 내 몸을 부축하고 가게 했다. 한숨을 푹 자고 나니 그제야 정신도 맑아지고 눈앞의 경치도 새롭게 보였다. 장복이 "아까 몽골 사람이 낙타 두 필을 끌고 지나가더이다" 하기에 내가 야단을 치며 "어째서 고하지 않았더냐?" 하니 창대가 나서서, "그때 천둥처럼 코를 골고 주무시느라 아무리 불러도 대꾸를 안 하시니 어찌하란 말입니까? 소인들도 처음

75   박지원, 『열하일기』 II, 435쪽.

보는 것이라 그게 무엇인지는 몰랐습니다마는 속으로 낙타려니 그저 짐작만 했습니다" 하기에 내가 "그래, 모습이 어떻게 생겼더냐?" 하니 창대가 "그 실상을 형용하기가 쉽지 않습니다. 말이라고 보면 발굽이 두 쪽이고 꼬리는 소와 같으나 소라고 하기에는 머리에 뿔이 없고 얼굴은 양처럼 생겼는데 양이라고 하기에는 털이 곱슬곱슬하지 않고 등에 두 개의 봉우리가 있으며 머리를 드는 모양은 거위 같고 눈을 뜬 모양은 장님 같았습니다"라고 한다. 내가 "과시 낙타가 틀림없다. 크기는 어느 정도이더냐?" 하고 물으니 한 길 되는 무너진 담을 가리키며 "크기가 저 정도쯤 됩니다"라고 하기에, 이후론 처음 보는 사물이 있으면 비록 잠자거나 먹을 때라도 반드시 고하라고 단단히 일렀다.[76]

그는 하늘과 땅을 커다란 그릇으로 보고 그 안에 기운이 가득 차 있다고 하였다. 이 미세한 기운이 엉기어 흙도 되고 모래도 되고 돌도 되고 물도 되고 불도 된다. 그것이 응결되어 쇠가 되고 변성하여 나무가 되고 움직여 바람이 되고 집중하여 벌레가 된다. 인간은 그러한 벌레의 일종이다今夫吾人者, 乃諸蟲之一種族也.[77] 박지원은 세상의 모든 사물에 질이 있는데 이 질은 사물이 소멸해도 영원히 존재한다고 하였다. 쇠가 삭아도 쇠의 질은 항존하며 물이 말라도 물의 질은 항존한다. 그는 기운의 운동으로 말미암아 사물들은 작은 것으로부터 큰 것으로 변화하고 희미한 것으로부터 분명한 것으로 발전한다고 생각하였다. 모든 일은 시초에는 아주 작고 미미하나 점차 크고 분명하게 된다. 모든 사물은 형성되면 쇠약해지고 쇠약해지면 낡은 것이 되며, 낡은 것이 되면 변해야 하고 변하지 못하면 망한다. 박지원의 현실주의는 청나라 의복을 인정하지 않는 조선과 청나라 의복을 강요하는 청나라를 동시에 비판하였다.

76   박지원, 『열하일기』 I, 212쪽.
77   박지원, 『연암집』, 경인문화사, 1974, 255쪽.

사람의 처지에서 본다면 실제로 중국과 오랑캐의 구분이 뚜렷하겠지만 하늘이 명령하는 기준에서 본다면 은나라의 모자나 주나라의 면류관은 모두 당시 국가의 제도를 따랐을 뿐이다. 그런데도 하필이면 지금 청나라의 붉은 모자만 홀로 의심하며 인정하지 않으려 하는가?[78]

나라의 강하고 약한 형세를 모자와 의복을 고집하는 데서 부지런히 찾으려 하고 있으니 그 얼마나 어리석은가? 만약 어리석은 백성이 한번 청나라의 모자를 벗어 내팽개치는 날에는 청나라 황제는 가만히 앉아서 천하를 잃어버리게 될 것이다.[79]

박지원은 농민의 경제적 안정을 현실문제의 핵심으로 인식하였다. 그는 농민에게 유익하고 국가에 유용하다면 그 법이 오랑캐에게서 나왔다 하더라도 주저 없이 배워야 한다고 하였다. 박지원이 볼 때에 18세기 조선에서 반드시 변해야 할 것은 농사기술과 농업 교육이었다. 국가에서 모범 밭을 서울 동서 교외에 설치하고 농사에 정통한 사람을 지도원으로 삼아 농가청년 수백 명을 선발하여 경작하게 하되, 옛 방식 하나하나에 대하여 활용할 만한가, 편리한가를 따져서 새로운 영농기술을 개발하고 그 청년들을 각 읍과 각 면에 보내어 농사기술을 보급하자는 것이 박지원의 시험전제(試驗田制)이다. 박지원은 1799년(정조 23)에 『과농소초(농사일의 길잡이)』를 썼다. 그 목차는 다음과 같다.

1. 때
2. 날씨

78 박지원, 『연암집』, 193쪽.
79 박지원, 『연암집』, 193쪽.

3. 흙

4. 연모

5. 밭갈이

6. 거름

7. 물

8. 씨앗

9. 심기

10. 김매기

11. 거두기

12. 소

13. 소유제한

박지원이 실학이라고 한 것은 농사에 대한 지식이었다. 그에게는 농사를 지을 줄 아는 지식인이 바로 실학자였다. "송나라 사람 안정이 학교 규칙에 농전과 수리 과목을 설치한 것은 다름 아니라 실학을 소중하게 여긴 것이다[安定學規乃設農田水利之科, 無他貴實學也]"[80]라고 믿는 박지원은 정조에게 "지금 부화하고 배우지 못한 선비들에게 게으르고 무식한 백성들을 인도하게 하는 것은 술 취한 사람에게 눈 먼 사람을 도와주게 하는 것과 무엇이 다르겠습니까?"라고 질문하며 실용에 무지한 지식인들의 실상을 지적하였다. "사람들은 돈이 있어야 굶주리지 않는다는 것만 알고, 돈만 가지고서는 아무것도 하지 못한다는 것을 알지 못한다[人知有貨之可以不饑, 而不知徒貨之不足恃也]"[81]라는 한탄 속에 당시의 세태에 대한 박지원의 비판이 포함되어 있다. 씨 뿌리고 밭 가는 시기를 잃지 않으려면 무엇보다 먼저 까다로운 정치와 무리한 사역이 없

80 박지원, 『연암집』, 345쪽.
81 박지원, 『연암집』, 337쪽.

어져야 한다.[82] 요즈음 말로 하면 꼭 필요하지 않은 규제는 철폐되어야 하는 것이다. 일찍 심는 자는 시한을 앞질러서 심고, 늦게 심는 자는 시한에 미치지 못하여 춥고 더운 때를 맞추지 못하기 때문에 곡식에 쭉정이가 많다. 박지원은 네 철을 정확하게 구분하여 알맞은 때에 오곡을 심을 뿐이라는 황제의 말을 인용하였다.[83] 농사짓는 데 때를 잃지 않으면 먹는 것이 궁색하지 않을 것이나 때를 알아서 남보다 먼저 하지 않으면 1년 내내 바쁘기만 하다. 때를 아는 것이 첫째요 땅을 아는 것이 그다음이다. 마땅한 것을 알고, 버리면 안 될 것을 챙기고, 해서는 안 될 것을 피하면 사람의 힘이 하늘을 이길 것이다. 힘에 적합한 것이 무엇인가를 알지 못하면 아무리 수고해도 공이 없을 것이다.[84] 밭두둑을 만들 때 너무 높게 하면 윤기가 빠져 버리고 한쪽으로 기울게 하면 줄기가 미끄러져 내린다. 바람이 불면 줄기가 쓰러지고 흙을 높이 올리면 뿌리가 드러난다.[85] 밭두둑은 넓게 만들고 골은 적게 만들되 깊게 해서 땅속의 습기를 얻고 땅 위의 햇빛을 받아야 곡식이 고르게 자란다.[86] 솎아 주지 않으면 쑥밭이 되고 너무 솎아 주면 성기어진다. 사람들은 잡초가 곡식의 싹을 침해하는 줄만 알고 싹들끼리 서로 침탈하는 것은 알지 못한다(知草之能竊苗, 而不知苗之相竊也).[87] 그러므로 밭은 깊이 갈고 고루 갈아야 하며 한꺼번에 많이 갈려고 하지 않아야 한다.[88] 봄갈이는 얕게 하고 가을갈이는 깊게 하며 초경은 깊게 하고 재경부터는 얕게 한다. 제초는 다만 풀을 뽑는 데 그치는 일이 아니라 "흙이 익어 곡식을 많이 내게 하는(地熟而穀多)" 일이기도 하

82 박지원, 『연암집』, 338쪽.
83 박지원, 『연암집』, 338쪽.
84 박지원, 『연암집』, 340쪽.
85 박지원, 『연암집』, 338쪽.
86 박지원, 『연암집』, 338쪽.
87 박지원, 『연암집』, 339쪽.
88 박지원, 『연암집』, 363쪽.

다.[89] 싹이 두둑에 나오면 호미로 두어 번 깊이 김매고 풀을 뽑아 준다. 풀이 없다고 그만두지 말고 여러 번 제초해야 한다. "호미와 가래가 들어가지 않는 곳에는 곡식 한 포기도 서지 못하고, 답답한 기운이 생기는 곳에는 온갖 해충이 모여든다."[90] 호미와 가래가 들어가지 않는다는 것은 두루 골고루 매 주지 않는 것을 말하고 답답한 기운이 생긴다는 것은 물을 돌려서 더운 기운을 거두어 빼 버린 뒤에 새 물로 바꾸어 놓고 곡식을 심지 않는 것을 말한다.

거친 땅을 개간할 때에 써레와 쇠스랑으로 두 번 흙을 고르고 기장, 조, 피 따위를 뿌린 후에 흙을 덮고 흙덩어리 부수는 일을 두 번 하면 이듬해에 벼를 심을 수 있다. 높은 밭이거나 낮은 밭이거나 봄가을로 갈 때에 건조한 것과 습한 것을 분별해야 한다. 봄갈이에는 즉시 흙덩이를 부수고 두둑을 고르나 가을갈이에는 흙이 마르기를 기다려서 흙덩이를 부수고 두둑을 고른다.[91] 추수 후에 소의 힘이 부족하여 즉시 가을갈이를 하지 못할 때, 메기장, 검은 기장, 수수, 차조 등을 거둔 자리에 인분(人糞)을 퍼부어 두면 흙이 굳지 않는다. 초겨울에 흙덩이를 부수고 두둑을 뭉개어 주며 소로 경운(耕耘)하면 가뭄 걱정이 없어질 것이다.[92] 박지원은 거름을 금처럼 아끼라[惜糞如金]고 하면서 "농가 곁에는 거름을 저장하는 집을 짓되 처마를 낮게 하여 비바람을 피하게 해야 한다"[93]라고 권고하였다. 그러나 생분(生糞)은 주지 말라고 하였다. "만일 갑자기 생분을 주거나 거름을 너무 많이 주면 거름의 힘이 너무 치열해져서 [糞力峻熱] 곡식이 타 죽는다."[94] 박지원은 농사일에 유용하게 쓰이는 각종 연장과 연모에 대해서도 자세히 논술하였다. 논에 물을 대는 용골차(龍骨車)와 용

89 박지원, 『연암집』, 390쪽.
90 박지원, 『연암집』, 341쪽.
91 박지원, 『연암집』, 363쪽.
92 박지원, 『연암집』, 364쪽.
93 박지원, 『연암집』, 368쪽.
94 박지원, 『연암집』, 368쪽.

미차(龍尾車)와 유수통(流水筒)의 얼개를 설명하고 용골차에 속하는 수전번차(水轉翻車), 우전(牛轉)번차, 인답(人踏)번차 등과 유수통에 속하는 여마통차(驪馬筒車), 고륜(高輪)통차 등의 사용방법을 설명하였다. 박지원은 정조에게 조선의 농기구와 곡물창고가 낙후되어 있는 실정을 보고하고 당시에 오랑캐라고 멀리하던 청나라의 기구 제작 기술과 창고 건축 기술을 도입하자고 청하였다.

박지원은 기계와 기술의 보편성을 인식하고 있었다. 보편적 기술은 어느 지방에만 사용되는 것이 아니라 누구나 배우고 익힐 수 있는 것이다. 수리시설의 설계를 설명한 부분은 건축과 도시계획에 대한 박지원의 도저한 이해를 보여 준다. "사방이 겨우 몇 천 리밖에 안 되는 나라인데 백성의 살림살이가 이다지 가난한 것은 한마디로 해서 나라 안에 수레가 다니지 못하기 때문이다[方數千里之國, 民萌産業是其貧, 一言以蔽之曰, 車不行域中]."[95] 그는 수레와 벽돌의 제조방법을 청나라에게 배우자고 주장하였으나 청나라 기술을 일방적으로 도입하자고 주장하지는 아니하였다. 박지원은 18세기 조선의 기술체계와 기술수준을 명확하게 파악하고 그러한 체계와 수준을 개선하고 향상시키는 방향으로 청나라의 농업기술을 이용하려고 설계하였다. 현대의 기업가가 이윤율과 이자율을 척도로 삼아 투자의 우선 순위를 결정하려고 하는 데 반하여 박지원은 농민의 경제적 안정이라는 복지 후생의 효율을 기준으로 삼아 정책의 우선 순위를 결정하려고 하였다. 어느 경우에나 사회의 기술생산체계를 먼저 파악하지 못하면 투자와 정책의 방향을 결정할 수 없다. 박지원은 고을 단위로 농민 1인당 평균 농지와 실제로 농민이 소유하고 있는 1인당 농지를 비교하여 18세기 조선의 토지 독점도를 계산하였다.[96] 『과농소초』에 소개되어 있는 농기구들을 통해서 우리는 박지원의 시대가 가래·쟁기·호미의

---

95 박지원, 『연암집』, 174쪽.
96 박지원, 『연암집』, 397쪽.

시대와 경운기·이앙기·트랙터·콤바인의 시대 사이에 있었다는 사실을 이해하게 된다. 일용할 양식만 있으면 되었던 시대에서 일용할 양식과 일용할 기계가 있어야 사는 시대로 이행하는 중간 단계에 처하여 기계의 유용성은 인식하고 있었으나 기술생산체계 속에서 기계가 고유의 자리를 차지하지 못했던 것이 18세기 조선사회의 실정이었다. 박지원은 사회현실을 기술생산체계로 파악하고 등록된 소유토지[民名田]를 제한하는 방안을 내놓았다. 정조에게 바친 「한민명전의(限民名田議)」는 "오래전부터 선비의 한은 부호의 겸병에 있었습니다[千古之士之恨, 未嘗不先在於豪富兼倂也]"[97]라는 단언으로 시작된다. 토지의 소유를 제한하지 않고 산업과 교육을 말하는 것은 "단청을 갖추고 공교하게 모사할 수 있다 하더라도 그림의 바탕이 되는 종이와 비단이 없으면 그림 그리는 자가 붓과 먹을 사용하지 못하는 것과 같습니다."[98] 박지원은 전토와 호구를 계산하여 배분량을 산출하고 균등한 분배(균전)나 평등한 분배(정전)보다 소유상한의 제한(한전)이 현실적인 이유를 해명하였다. 토지소유의 상한을 제한하는 것은 "소순(蘇洵)의 이른바 조정에 조용히 앉아서 법령을 내리되 백성을 놀라게 하지도 않고 대중을 동요시키지도 않는 방법[此蘇老泉所謂, 端坐於朝廷, 下令於天下, 不驚民不動衆]"[99]이라고 할 수 있기 때문이다.

1. 토지소유의 상한을 법으로 정하고 상한 이상의 토지 매입을 금한다.
2. 법을 지키지 않는 자의 토지는 몰수한다.
3. 이 법이 시행되기 전에 사들인 것이라면 상한을 넘는 토지라도 허용한다.

---

97 박지원, 『연암집』, 397쪽.
98 박지원, 『연암집』, 399쪽.
99 박지원, 『연암집』, 388쪽.

박지원은 최대한도로 관대하고 유연한 법령을 만들되 시행은 타협 없이 준렬하게 집행해야 한다고 진술하였다. "귀척의 못된 관례가 어느 시대인들 없었겠습니까? 임금은 나라의 주인입니다. 근본적으로 궁구해 볼 때 국토는 누구의 소유이며 국토를 전유(專有)할 수 있는 사람은 누구입니까?[貴戚近習何代無之哉? 夫帝王者率土之主也. 究其本, 則孰所有而孰能專之?]"[100] 왕조말기(1876-1910)에 이르기까지 한전(限田)의 법령이 제정되지 못하고 비타협적으로 집행되지 못한 데에 국치의 원인이 있을 것이다.

박지원은 원리로 쉽게 환원할 수 없는 사실의 완강함과 준열함을 투철하게 인식하고 있었다. 그는 『주역』을 읽고 그것으로 현실을 해석하는 사람을 비웃었다. 그는 『주역』이 유학의 기본 교과서라는 데 반대하지 않았다. 다만 현실의 계기는 무한하고 개념의 체계는 유한하므로 현실의 세부를 통해서 하나하나 검증하지 않은 지식은 현실인식에 도움이 되지 않는다고 생각했기 때문에 박지원은 기존의 지식에 근거하여 사물을 해석하는 것보다 사물에 근거하여 지식을 구성하는 것이 더 중요하다고 주장하였다. 『주역』을 읽는 사람은 괘와 효의 구조를 배우는 데 그칠 것이 아니라 현실의 부분과 전체를 속속들이 경험하고 해석하면서 현실의 동적체계를 파악하고 그것을 기호로 번역해 낼 때 복희가 겪었던 고심을 스스로 겪어 내지 않으면 생각 따로 행동 따로 가는 허학(Halbwissen)을 면하지 못한다는 것이 박지원의 일관된 지식이론이었다. 그는 친구 이한진(李漢鎭, 1732-?)에게 보낸 편지에서 책을 읽기 전에 먼저 자연을 읽어야 한다고 주장하였다.

알뜰하고 부지런하게 글을 읽기로 복희와 대등한 사람이 누구일까요? 그 얼굴과 뜻이 누리에 펼쳐져 있고 만물에 흩어져 있으니 우주만물이 글자로 적지 않은 글이 되는 것입니다. 후세에 열심히 글을 읽는다고 하는 자들이 거친 마음과

---

100 박지원, 『연암집』, 398쪽.

옅은 지식으로 마른 먹과 낡은 종이 사이에 흐린 시력을 소모하며 좀오줌과 쥐똥을 찾아 모으는 것은 이른바 지게미를 먹고 취해 죽겠다고 하는 것과 같습니다. 어찌 슬픈 일이 아니겠습니까? 저 허공을 날며 우는 것은 얼마나 생생합니까? 새 조(鳥) 자 한 글자로 싱겁게 이 생생함을 없애 버리면 빛깔이 묻히고 모양과 소리가 누락됩니다. 새라는 글자가 촌 늙은이의 지팡이 끝에 새겨진 새와 무엇이 다르겠습니까? 어떤 사람은 새 조 자가 평범하여 싫다고 가볍고 맑은 글자로 바꾸려고 생각하여 새 금(禽)으로 고칩니다. 이것이 바로 독서한 것만으로 작문하는 자들의 병폐입니다. 아침에 일어나 보니 푸른 나무가 그늘을 드리운 뜰에서 마침 새가 지저귀고 있기에 책상을 치며 "이것이 바로 날아가고 날아오는 글자요 서로 부르며 화답하는 글월이로구나. 다섯 빛깔 무늬가 들어 있어야 문장이라고 하는 것이라면 이것보다 더 좋은 문장은 없을 것이다. 나는 오늘 책을 읽은 것이다"라고 외쳤습니다.[101]

사물보다 지식이 중요하고 현실보다 개념이 중요하다고 생각하는 사람(유한준, 1732-1811)에게 보낸 짧은 편지에서도 그는 관념보다 실재를 더 중요하게 여기는 현실주의의 우위를 강조하였다.

마을 아이에게 『천자문』을 가르쳐 주다가 읽기 싫어함을 나무랐더니 하늘을 보면 푸른데 하늘 천(天) 자는 푸르지 않아서 싫다고 합니다. 이 아이의 총명함이 글자 만든 창힐을 주리게 할 만하군요.[102]

박지원에 의하면 실재는 표상이 포괄할 수 없는 미지의 세계이므로 자연이 현시(現示)하는 그대로 경험하고 문제를 찾아 질문할 수 있는 사람만이 자

101 박지원, 『연암집』, 92쪽.
102 박지원, 『연암집』, 93쪽.

연을 바르게 재현(再現)할 수 있다. 박지원은 코끼리를 처음 보는 사람이 코를 주둥이로 생각하여 코를 따로 찾기도 하고 어금니를 다리로 착각하여 다리를 다섯으로 세기도 하고 새끼를 배어서 낳을 때까지 5년이 걸리네, 12년이 걸리네 다투기도 하는 것을 보고 추상적인 원리의 연구에 앞서서 구체적인 사물의 연구가 먼저 수행되어야 한다는 사실을 확인하였다. 그는 원리가 사물에서 나오는 것이지 사물이 원리에서 나오는 것은 아니기 때문에, 사물을 면밀하게 연구하면 이미 알고 있는 원리보다 사물을 더 잘 설명할 수 있는 새 원리를 찾아낼 수 있다고 생각하였다.

> 무릇 코끼리란 우리의 육안으로 볼 수 있는 동물인데도 그 이치를 모르는 것이 이와 같은 터에, 하물며 천하의 사물이란 코끼리보다도 만 배나 복잡함에랴. 그러므로 성인이 『주역』을 지을 때 코끼리 상(象) 자를 취해서 상왈(象曰)이라는 말로 괘의 형상이 지닌 의미를 풀어낸 것은 이 코끼리의 형상을 보고 만물의 변화하는 이치를 연구했기 때문이로구나.[103]

시조와 가사는 4음보 시행으로 구성된다는 데 공통점을 가지고 있다. 그러나 시조가 3행으로 끝나는 데 반하여 가사는 시행을 마음대로 연장할 수 있다. 4음보 율격의 안정성과 3행 구성의 완결성이 결합된 시조의 형식은 오랫동안 흐트러지지 않고 지속되어 왔다. 시조에서 첫째 줄과 둘째 줄이 의미를 교환하고 일종의 대화를 전개하며 셋째 줄이 앞 두 줄의 의미를 묶어서 마무리한다. 첫째 줄과 둘째 줄은 3음절과 4음절이 한 음보를 구성하는데 셋째 줄에는 5음절 음보가 들어와 의미의 긴장을 불러일으킨다. 시조와 가사의 마무리 행은 모두 3-5-4-3의 4음보로 구성된다. 그러므로 가사는 확장된 시조이고 시조는 축약된 가사라고 할 수 있다. 17세기 이전에 시조와 가사의 주

---

103 박지원, 『연암집』, 271쪽.

조는 자연시와 교훈시에 있었다. 당시의 상류사회 지식인들은 자연의 질서를 이상적 질서라고 상정하고 인간의 사회에도 삼강오륜이라는 자연적 질서가 있다고 생각하였다. 교훈시는 백성들에게 삼강오륜을 가르치려는 목적에서 쓰인 것이다. 18세기 초에 중간계급 출신의 시조작가들이 출현하였다. 이들은 자연과 교훈의 주제에서 벗어나 생활에서 주제를 찾고 일상사와 신변사를 시조의 재료로 사용하였다. 17세기 이전에 여러 수의 평시조를 묶은 연시조가 많이 창작된 데 비교하여 18세기의 시조는 대체로 평시조 한 수로 된 단시조가 많이 창작되었다. 중간계급의 시조작가들은 전문적인 가수들이었다. 그들은 시조를 노래로 불렀고 연주의 레퍼토리로 시조를 창작하였다. 18세기의 중인층 작가 중에 10수 이상을 지은 사람은 모두 여덟 명이다(김성기 10, 김수장 135, 김우규 18, 김유기 14, 김진태 26, 김천택 82, 박문욱 18, 주의식 18수). 양반층 작가 가운데 10수 이상을 지은 사람은 모두 아홉 명이다(김이익 61, 송계연월옹 14, 신헌조 21, 김서우 19, 안창후 24, 양주익 10, 유박 10, 윤양래 19, 이정보 111수).

김성기(1649-1725)는 활 만드는 기술자였는데 거문고, 퉁소, 비파 연주를 잘했다. 집이 가난했으나 살림을 돌아보지 않고 음악에만 전념하여 처자식이 굶주림을 면하지 못했다. 만년에 작은 배와 도롱이를 마련하여 물고기를 잡아 생계를 유지하였다. 정래교의 『완암집』에 의하면 "달 밝은 밤이면 물 가운데 배를 띄우고 퉁소를 불었다. 원망하는 듯한 슬픈 소리가 하늘 끝까지 울리면 듣는 이들이 차마 가지 못하고 물가를 배회하였다."[104]

이 몸이 할 일 없어 서호(西湖)를 찾아가니
흰모래 푸른 강에 흰 갈매기 나는데
어디서 어가(漁歌) 일곡이 이내 흥을 돕는구나[105]

104 정래교, 『완암집』, 한국문집총간 197, 민족문화추진회, 1997, 554쪽.
105 심재완, 『정본 시조대전』, 603쪽.

서호는 현재 마포와 서강과 양화도 일대의 한강 부근이다. 양반들의 자연시에 가깝다고 하겠으나 김성기의 이 시조는 그 자신의 생활에서 나온 것이고 그에게는 자연을 떠나서 갈 수 있는 벼슬길이 없다는 점에서 그의 시조는 양반들의 자연시와 구별된다.

높은 대(臺)에 섰다 하여 낮은 데를 웃지 마소
천둥과 폭풍에 실족(失足)이 괴이하랴
우리는 평지에 앉았으니 걱정 없어 하노라[106]

김수장(1690-?)의 이 시조는 백성을 경멸하는 상류사회에 대한 비판으로 시작한다. 그들은 잘난 체하지만 벼슬길의 풍파에 휩쓸려 넘어지고 말 것이다. 화자는 몰락의 원인이 무엇이라는 것을 구체적으로 말하지 않는다. 높이 올라간 자들은 조만간에 운명의 수레바퀴에 깔릴 것이라고 암시할 뿐이다. 높은 지위에 집착하고 재산과 명예를 추구하는 사람들보다 낮은 곳에 사는 사람들이 오히려 걱정 없이 살 수 있을 것이라고 말하며 자신을 위로하면서 끝나는 이 시조는 양반들의 교훈시와 유사하지만 불평등한 상류사회와 차별 없는 중인사회의 대립을 전제한다는 점에서 양반들의 교훈시와 구별된다.

봄비 갠 아침에 잠 깨어 일어나니
반쯤 연 꽃봉오리 다투어 피는구나
봄 새도 춘흥을 못 이겨서 노래 춤을 하느냐[107]

김수장은 봄비가 온 후에 다투어 피어나는 꽃봉오리들을 보면서 새들도

---

106 심재완, 『정본 시조대전』, 635쪽.
107 심재완, 『정본 시조대전』, 326쪽.

꽃 피는 것이 좋아서 지저귄다고 말한다. 그는 꽃과 새의 흥겨움에 공감한다. 그는 자연을 사회와 대립관계에 있는 것으로 보지 않고 자연 그 자체로 즐긴다. 자연의 이념 대신에 경험적이고 감각적인 자연이 시의 전면에 등장하는 것이다.

> 강산 좋은 경치 힘센 이 다툴 양이면
> 내 힘과 내 분으로 어떻게 얻을 거냐
> 진실로 금할 이 없을새 나도 두고 노니노라[108]

김천택은 불평등한 사회와 평등한 자연을 대조하여 신분차별을 간접적으로 비판한다. 양반이 아무리 위세를 부려도 경치를 보지 못하게 금하지는 못할 것이며 자연은 중인 신분의 하찮은 사람도 무시하지 않을 것이다.

> 엊그제 덜 괸 술을 질동이에 가득 붓고
> 설데친 무나물에 청국장 내놓으니
> 세상의 육식자(肉食者)들이 이 맛을 어찌 알랴[109]

김천택은 부귀한 육식자들의 세계와 욕심 없이 사는 중인들의 세계를 대조하여 보여 준다. 조금 덜 익은 술과 조금 덜 무른 나물과 충분히 띄우지 않은 된장을 올린 상차림이라는 구체적인 사물을 통해서 김천택이 말하고자 하는 것은 하급 사무직 이상으로 승진하지 못하는 중인들의 생활은 출세를 아예 바라지 않으므로 부귀를 탐하는 양반들보다 더 즐거울 수 있다는 반어이다.

---

108 심재완, 『정본 시조대전』, 26쪽.
109 심재완, 『정본 시조대전』, 516쪽.

18세기의 양반층 시조 가운데도 이념이 배경으로 물러서고 생활이 전경으로 나오는 작품이 많은데 이러한 현상은 17세기의 규범주의가 뒤로 물러서고 18세기의 현실주의가 전면에 등장한 시대의 변모를 보여 주는 것이라고 할 수 있다.

> 아이는 낚시질 가고 집사람은 김치 담근다
> 새 밥 익을 때에 새 술을 걸렀으니
> 아마도 밥 드리고 잔 잡을 때 호흥(豪興) 마냥 겨워라[110]

위백규(1727-1798)의 이 시조는 아홉 편의 연시조로 구성된 「농가(農歌)」 가운데 '농가 8'의 한 수이다. 추수를 마치고 한가로운 때에 밥에 뜸이 드는 냄새와 햅쌀로 담근 술이 익는 냄새가 어우러져 집 안에 가득히 퍼진다. 아이는 낚시하러 가고 아내는 김치를 담그는 장면은 농사일이 끝난 늦가을의 정경이다. 밥과 술이 나란히 놓인 밥상을 상상하며 남자는 한없이 즐거워한다. 춘궁기에는 쌀이 모자라고 먹을 쌀이 있다고 하더라도 술을 담그는 것은 흔히 할 수 있는 일이 아니기 때문이다.

> 가을 타작 다 한 후에 동내 모아 강신할 제
> 김 풍헌의 메나리에 박 권농의 어깨춤이로다
> 좌상에 이 존위는 박장대소하더라[111]

이정보(1693-1766)의 이 시조는 결혼이나 장례에 서로 돕기 위하여 동내 사람들이 결성한 마을 계(契) 모임의 한 장면을 묘사한 것이다. 촌계(村契)의 친

---

110 심재완, 『정본 시조대전』, 471쪽.
111 심재완, 『정본 시조대전』, 10쪽.

교 행사인 강신(講信)에서 풍헌(風憲)과 권농(勸農)과 존위(尊位) 같은 점잖은 어른들이 권위를 내려놓고 노래하고 춤추고 박장대소(拍掌大笑)하며 마을 사람들과 함께 즐거워한다. 이정보에게는 기혼자를 사랑하는 여자의 슬픈 사연을 노래하는 파격적인 시조도 있다.

> 남은 다 자는 밤에 내 어이 홀로 앉아
> 잠 못 이루고 임 둔 임을 생각는고
> 그 임도 임 둔 임이니 생각할 줄 있으랴[112]

그녀가 사랑하는 남자에게는 사랑하는 아내가 있으니 그녀가 아무리 잠 못 이루고 그리워해 봐야 그는 그녀를 생각해 줄 리가 없다는 것을 알면서도 그녀는 그리움을 억제하지 못한다. 찾아오지 않는 남자 손님을 생각하는 기생의 마음을 묘사한 것이겠지만 상당히 복잡한 상황을 단순한 언어로 표현하고 있는 시조라고 할 수 있다. 이정보는 정계에서 물러나 공부에 침잠하는 것을 누구나 희망하지만 그것을 결단하고 실행하는 사람은 거의 없는 현실을 한탄하였다.

> 돌아간다 하지만 물러난 이 그 누군가
> 공명(功名)이 부운(浮雲)인 줄 사람마다 알건마는
> 세상에 꿈 깬 이 없으니 이를 슬퍼하노라[113]

이정보는 정치를 헛된 꿈이라고 생각하였다. 이정보는 이 시조에서 세상을 바로잡는 것은 이미 불가능하게 되었으니 정치에서 물러나 목숨을 보존

---

112 심재완, 『정본 시조대전』, 139쪽.
113 심재완, 『정본 시조대전』, 92쪽.

하고 자기가 할 수 있는 일을 하는 수밖에 없다는 정치적 비관주의를 암시하였다.

시조는 한국어의 특성에 적합한 시 형식이었기 때문에 누구도 시조에 대하여 4음보 3행시라는 형식 이외에 다른 조건을 요구하지 않았다. 시조는 15세기의 형식주의와 16세기의 이상주의와 17세기의 규범주의에 적절한 표현형식이었다. 그러나 18세기의 현실주의는 관습적인 주제와 반복되는 이미지의 변주가 아니라 새로운 문체와 생활에 밀착된 시어를 요구하였다. 중간계급이 작가로 등장하면서 시조는 상류사회의 이념을 벗어나서 좀 더 대중적인 주제를 포함하게 되었다. 17세기까지 완강하게 유지되었던 믿음의 체계에 미세한 균열이 생기기 시작하였고 삼강오륜의 사회질서에 내재하는 모순이 많은 사람의 눈에 보이기 시작했다. 중앙 정치에서 배제된 지식인들의 수가 증가하였고 경제적 부를 축적한 소수의 농민들이 출현하였다. 상류사회와 기층사회 사이의 부유한 농민과 상인, 대금업자, 기술 전문직, 통역직, 관청의 서기직 등에 종사하는 중인들이 사실적이고 해학적인 주제에 맞추어 시조의 형식을 변형하였다. 그들은 마무리 행에서는 평시조 셋째 줄의 틀을 유지하되 다른 부분에서는 4음보 율격의 정제된 구조에서 현격하게 이탈한 장형시조를 개발하였다. 단형시조와 장형시조는 거의 동시에 출현하였을 것이나 장형시조가 사설시조라는 이름으로 일반화된 것은 18세기였다.

　　가슴에 구멍을 둥그렇게 뚫고
　　왼새끼를 눈길게 너슷너슷 꼬아 그 구멍에 그 새끼 넣고 두 놈이 두 끝 마주 잡아 이리로 흘끈 저리로 흘끈 홀쩍할쩍 당기더라도 그것은 아무쪼록 견디려니와
　　아마도 님 외오 살라 하면 그건 그리 못 하리라[114]

114　심재완, 『정본 시조대전』, 8쪽.

1800년에 간행된 원주 변씨의 족보인 『원주 변씨 세보』에 의하면 이것은 고려 말에 변안렬(?-1390)이 이성계의 쿠데타에 반대하고 고려에 충성하겠다는 의지를 표현한 시조이다. 그렇다면 단형시조와 장형시조는 거의 동시에 발생했다고 하지 않을 수 없다. 그러나 사설시조가 전체 시조에서 차지하는 비율은 18.6퍼센트인 데 비해서 19세기에 간행된 시조집들에서 사설시조가 차지하는 비율은 28.1퍼센트나 된다는 사실로 미루어 볼 때 사설시조가 일반화된 것은 18세기 이후의 현상이었다고 할 수 있을 것이다.[115]

사설시조는 작가와 일치하지 않는 극적 화자를 설정하여 세태를 서술하는 이야기시이다. 한국어에서 사설은 수다와 동의어이다. 극적 화자는 등장인물의 해학적인 행동에 공감하면서도 등장인물로부터 일정한 거리를 유지한다. 작가는 극적 화자의 어조와 등장인물의 행동을 통하여 희극적 효과를 연출한다. 사설시조는 한 편의 작은 연극이면서 작은 이야기이다.

불 아니 때도 절로 익는 솥과

여물 안 먹어도 잘 크고 잘 걷는 말과 길쌈 잘하는 기생첩과 술 샘솟는 주전자와 양 천엽 낳는 검은 암소 두고

평생에 이 다섯 가졌으면 부러울 것 있으랴[116]

땔감이 없이 밥을 할 수 있는 솥이 있다면 여물을 안 줘도 잘 크는 말도 있을 것이다. 고운 기생첩을 들였더니 미인일 뿐 아니라 베도 잘 짜고 옷도 잘 만들고 살림을 알뜰하게 잘한다면 그것보다 더 좋은 일이 없을 것이다. 그러나 노동을 해 본 적이 없을 기생이 첩으로 들어와 집안일을 잘한다는 것은 이루어질 수 없는 몽상이다. 마셔도 마셔도 술이 나오는 주전자가 없듯이 양이

---

115 김흥규, 『옛시조의 모티프·미의식과 심상공간의 역사』, 소명출판, 2016, 289쪽.
116 심재완, 『정본 시조대전』, 342쪽.

나 천엽은 소를 잡아야 얻을 수 있는 것이므로 산 소가 양과 천엽을 낳는다는 것도 허망한 몽상이다. 소는 네 개의 위를 가지고 있는데 첫째 위를 양이라고 하고 둘째 위를 벌집 위라고 하고 셋째 위를 천엽이라고 하고 넷째 위를 막창이라고 한다. 수고하지 않고 소득을 얻으려는 허황된 소원으로 보기보다는 수고롭게 일하는 사람이 너무나 피곤한 노동을 견디는 위안으로 잠시 꾸어 보는 희극적 몽상이라고 생각하면 이 시조의 현실성을 짐작할 수 있을 것이다. 이 시조의 내용은 노동하지 않는 상류층과는 어울리지 않는다.

평시조가 글말의 고아한 품격에 의존한다면 사설시조는 시어와 어조와 수사에 있어서 입말의 활력에 의존한다. 현존하는 540수의 장형시조 대부분이 빠른 속도의 호흡과 유사 어휘의 열거를 포함하고 있다.

> 나무도 돌도 하나 없는 산에서 매에게 쫓기는 까투리 마음과
> 대천 바다 한가운데 일천 석 실은 배에 노도 잃고 닻도 잃고 용총(돛 줄)도 끊어지고 돛대는 꺾어지고 키도 빠지고 바람 불어 물결치고 안개 뒤섞여 잦아진 날에 갈 길은 천리만리 사면은 어둑 거뭇 천지적막 까치놀 떠 있는데 수적(水賊) 만난 도사공(都沙工)의 마음과
> 엊그제 님 여읜 내 마음이야 어디다 견주리오[117]

여자 장신구들의 목록, 장사배들의 목록, 술과 음식의 목록은 18세기 중간계급의 물질주의를 보여 준다. 익명의 시인은 사랑보다 집과 종과 논과 가구가 더 중요하다고 말한다. 사설시조의 가장 큰 특징은 성에 대해서 자유롭게 발언하는 화자의 등장에 있다.

> 임이 온다 하거늘 저녁밥을 일찍 지어 먹고

---

117 심재완, 『정본 시조대전』, 115쪽.

중문 나서 대문 나가 문지방에 치달아 앉아 이마에 손을 대고 오는가 가는가
　　건너 산 바라보니 거뭇희끗 서 있기에 아 임이로구나 버선 벗어 품에 품고 신
　　벗어 손에 쥐고 곰비님비 님비곰비 천방지방 지방천방 진 데 마른 데 가리지 않
　　고 워렁충창 건너가서 정엣말 하려 하고 곁눈으로 흘깃 보니 작년 칠월 사흗날
　　갉아 벗겨 묶어 놓은 삼대 살뜰히도 날 속였겄다
　　　　모처럼 밤일세 망정이지 행여 낮이런들 남 웃길 뻔했어라[118]

　　이 사설시조는 하나의 작은 연극이다. 남자를 기다리는 여자의 허둥거리
는 행동이 희극적으로 제시되어 있다. 그녀는 문을 나가 한달음에 개울을 건
너 산으로 뛰어 올라갔는데 그곳에 있는 것은 남자가 아니라 세워 놓은 삼대
였다. 남의 눈에 발각되지 않아 다행이라고 안도하는 여자의 행동이 이 장형
시조의 희극성을 한층 더 강화해 준다. 희극성을 과장하여 전혀 있을 수 없
는 가상의 장면을 연출하는 사설시조도 있다. 며느리가 시어머니에게 애인
의 밥을 담다가 많이 푸려고 너무 힘을 주어 놋주걱이 부러졌다고 고백한다.
샛서방이 잠자리에서 힘을 잘 쓰게 하기 위해서 밥을 많이 먹이려다가 힘을
너무 세게 주었다는 것이다. 시어머니는 자기도 젊었을 때 놋주걱을 여러 개
부러뜨렸으니 걱정 말라고 며느리를 위로한다. 여기서 화자는 독자의 예상
을 반대로 뒤집는 방법으로 희극성을 표현한다. 화자는 대부분의 여자들이
남편에게서 성적 만족을 얻지 못하며 그러한 공통된 불만 때문에 시어머니
와 며느리가 서로 사정을 이해하는 친구가 될 수 있다고 말한다. 흔히 적대
관계로 표현되어 온 시어머니와 며느리의 관계를 비밀을 공유하는 동료관계
로 표현한 데 이 사설시조의 비판적 희극성이 있다.

　　어이려뇨 어이려뇨 시어머님아 어이려뇨

118　심재완, 『정본 시조대전』, 193쪽.

솥에서 남자의 밥을 담다가 놋주걱 잘룩 부러뜨렸으니 이를 어이러뇨 시어

머님아 저 아기 너무 걱정 말아스라

　우리도 젊었을 제 여럿을 부러뜨려 보았네[119]

거칠면서도 힘 있게 살아 움직이는 생활을 묘사함으로써 사설시조의 작가

들은 해학과 풍자를 통해서 평시조의 구성과 문체로 담을 수 없는 사랑의 자

유와 표현의 자유를 행사하였다.

18세기에는 유형의 경험을 기록하는 유배가사와 사절로 외국에 다녀온 체

험을 기록하는 기행가사가 나와서 장편화하는 경향을 보였고 현실생활을 구

체적으로 묘사하는 경향을 보였다. 유배가사와 기행가사는 노래하는 가창가

사가 아니라 읊조리는 낭송가사였다. 가사의 작가가 상류사회의 지식인들인

경우에도 그들은 추상적인 이념보다 구체적인 생활에 더 큰 관심을 가지고

실제로 눈앞에 펼쳐지는 삶을 기록하고 그 안에서 뜻을 찾으려 하였다. 18세

기의 가사 가운데 유배가사로는 정조 때 안조원의 「만언사」가 대표적인 작품

이며 기행가사로는 영조 때 김인겸(1707-1772)의 「일동장유가」가 대표적인 작

품이다. 안조원은 대전별감으로 있을 때 그 직위를 이용하여 정조의 옥새를

훔쳐 내어 문서를 위조한 죄로 34세에 2년 동안 전라남도의 작은 섬 추자도

로 유배되었다. 당시 유형자들 중에는 당파싸움의 희생자들 이외에 공금유

용이나 문서위조로 고발된 사람도 있었다. 일반적으로 유배가사는 유배 이

유, 과거 회상, 유배 여정, 유형지 묘사, 유형의 슬픔과 고통, 거처하는 주인

집의 생활형편, 뉘우침과 그리움 같은 화소(話素)들을 포함한다. 안조원은 성

장과정과 유배 경위를 서술하고 유형지에서 겪은 고생을 하소하는 「만언사」

와 섬사람이 유배자를 위로하는 형식의 「만언사답(萬言詞答)」을 지었다. 그는

가사의 첫 부분에서 자기의 반생을 간단히 회고하고 잘못을 뉘우치며 목숨

119 심재완,『정본 시조대전』, 505쪽.

을 부지하게 해 준 임금의 은혜에 감사하는 마음을 기록하고 둘째 부분에서 서울을 떠나 추자도까지 가는 노정을 사실적으로 재현한 다음에 유형지에서 당한 육체적 고생과 정신적 고통을 본격적으로 서술하였다. 유배지에서 직면하는 첫 번째 문제는 거처할 집을 찾는 것인데 모두 거절하므로 그는 지방 관리의 도움을 받지 않을 수 없었다.

어디로 가야 하나 뉘 집으로 가야 하나
눈물이 앞을 가려 걸음마다 넘어진다
이 집에 가 의지하려니 가난하다 핑계하고
저 집에 가 주인을 정하려니 사정 있다 변명하네
이 집 저 집 아무 덴들 유배자를 뉘 좋달까
관력(官力)으로 핍박하여 억지로 맡고 나서
관차(官差)에겐 못 한 말을 만만한 내게 퍼붓는다[120]

작자는 양반의 위신과 체면을 벗어던지고 유형지의 생활을 있는 그대로 서술하고 아무런 노동도 감당하지 못하는 자기 신세를 스스로 조롱함으로써 희극적 효과를 자아낸다.

고기를 낚으려니 물머리를 어찌하며
나무를 베자 하니 힘 모자라 어찌하며
자리 짜기 신 삼기는 모르거든 어찌하리
어와 할 수 없다 동냥이나 하여 보자[121]

---

120 이상보, 『18세기 가사전집』, 민속원, 1991, 564쪽.
121 이상보, 『18세기 가사전집』, 567쪽.

어린아이들과 젊은 여자들이 손가락질을 하면서 추방당한 녀석이 온다고 비웃는 것을 보고 그는 수치심 때문에 음식을 달라는 말을 하지 못한다. 하인에게 탁발하는 중처럼 혼잣말로 중얼거리고 있으니 딱하게 여긴 주인이 보리 한 말을 퍼 주는데 그의 머릿속에는 종이 없으니 어떻게 나를 것인가 하는 걱정이 앞선다. 엎어지며 자빠지며 겨우 집으로 구걸하여 가져온 그를 주인이 모욕한다.

저 주인 거동 보소 코웃음 비웃으며
양반도 하릴없네 동냥도 하시었고
귀인도 속절없네 등짐도 지셨구나
밥 먹을 일 하였으니 저녁밥 많이 드소[122]

그는 물에 빠져 죽으려고도 해 보고 굶어 죽으려고도 해 보지만 죽는 것도 쉬운 일이 아니라는 것을 깨닫고 "내 생애 내 벌어서 구차를 면하자"[123]라고 결심하고 처음에 못 하던 일을 하나하나 다 배워 할 수 있게 된다.

아침이면 마당 쓸기 저녁이면 군불 때기
볕이 나면 쇠똥 치기 비가 오면 도랑 치기
들어가면 집 지키기 보리멍석 새 날리기[124]

안조원은 유형지의 세태풍속과 유배자의 생활체험을 진실하게 재현하고 잘못을 후회하고 충성심을 새롭게 결의하는 자신의 모습을 보여 주려고 하

---

122 이상보, 『18세기 가사전집』, 569쪽.
123 이상보, 『18세기 가사전집』, 580쪽.
124 이상보, 『18세기 가사전집』, 576쪽.

였다. 「만언사」는 1년이 지나면 옛 달력을 버리듯이 임금도 노여움을 풀고 자신을 다시 불러 달라는 소원의 표명으로 끝난다.

「만언사답」은 섬사람 하나가 안조원에게 세상만사는 일진일퇴가 있는 법이니 너무 서러워 말고 희망을 가지고 견디라고 충고하는 내용의 가사이다. "시골말이 무식하나 내 말씀 들어 보오"[125]라는 말로 시작하는 이 가사는 긍정적이고 낙관적인 어조로 전개된다.

> 손님 몸 죽게 되면 큰 죄가 둘이로세
> 부모를 잊었으니 불효도 되려니와
> 천은을 잊었으니 불충이 아니런가
> 한 죄도 어렵거든 두 죄를 짓는다면
> 아무리 혼백인들 무엇이 될 것인가
> 돌에 가 의지하여 돌귀신 되려시나
> 물에 가 의지하여 물귀신 되려시나
> 흙에 가 의지하여 흙귀신 되려시나
> 여기저기 의지 없어 뜬귀신 되려시나
> 이것저것 이름 없어 잡귀가 되려시나
> 이렁저렁 빌어먹는 걸귀가 되려시나
> 아무것도 못 먹어서 아귀가 되려시나
> 두억시니 되려시나 도깨비가 되려시나
> 어와 손님네야 마음을 고쳐먹어
> 죽잔 말 다시 말고 살아 할 일 생각하소[126]

125 이상보, 『18세기 가사전집』, 584쪽.
126 이상보, 『18세기 가사전집』, 587쪽.

서울에 돌아가서 부모처자를 만나는 가상의 장면이 「만언사답」의 결말이 된다. 섬사람은 자기의 충고대로 꿋꿋하게 유형생활을 견뎌 내면 섬을 떠나 남쪽 지방을 두루 구경하며 서울에 도착하여 부모처자의 손을 잡고 즐거워 할 수 있을 것이라고 안조원을 위로한다. 가사는 "이 말 저 말 시골말이 열 되 들이 정말이라"라는 해학적 문장으로 끝난다.

기행가사 가운데 가장 유명한 작품은 정철이 금강산을 여행하고 지은 「관동별곡」(1580)이다. 한편 「일동장유가」는 일본에 파견된 외교사절 조엄(趙曮, 1719-1777)의 종사관(從事官) 김상익(1721-?)의 서기 김인겸이 1763년(영조 39) 8월 3일부터 이듬해 7월 8일까지 근 1년 동안 일행 백여 명이 함께 여행한 행정을 기록한 가사이다. 이 가사는 당시 일본의 문물제도와 자연풍경을 사실적으로 재현한 풍속도라고 할 수 있는데 일본에 대한 김인겸의 인상은 대체로 호의적인 것이 아니었다. 그는 서울에서 부산으로 가는 길에 마을과 들판을 지나면서 지난 전쟁 때 일본 군인들이 한국을 침략하여 저지른 잔혹행위를 상기하였다.

> 부끄럽고 분한 길을 열한 번째 가는구나
> 한 하늘 못 일 원수 아주 잊고 가게 되니
> 장부의 노한 터럭 갓을 질러 일어선다[127]

임진왜란 이후에 일본은 조선에 통신사행(通信使行)을 요구하였는데 일본이 백성들에게는 조선에서 조공을 바치러 온다고 선전하여 막부의 권위를 높이는 데 필요하다고 생각하였고 조선에 대해서는 일본의 국력을 보여 주어 일본의 우위를 과시하는 데 필요하다고 생각하였기 때문이었다. 체재비용은 주로 일본에서 댔지만 조선 측의 비용도 적지 않았고 많은 인원이 장기간 외

---

127 김인겸, 『일동장유가』, 최강현 역주, 보고사, 2007, 63쪽.

국에서 보내는 데 따르는 사고도 적지 않았다. 이 가사에서만 보아도 화물책임자 유진원이 쓰시마에서 낙상하여 죽었고[128] 무관인 김웅석이 병들어 거의 죽게 되었고[129] 상방집사(上房執事) 최종천이 일본인의 칼에 찔려 죽었다.[130] 아마도 이 마지막 사건은 인삼을 거래하는 과정에서 속았다고 오해한 일본인이 저지른 범죄였을 것이다.

김인겸은 한국과 다른 일본의 풍속을 있는 그대로 기록하는 데 그치지 않고 일본의 풍속을 야만적인 것으로 묘사하였다. "남편 있는 계집들은 이에 까만 칠을 하고/과부 처녀 갓난애는 이에 칠을 않았구나"[131] 같은 구절은 비교적 객관적인 묘사라 하겠으나 이키섬에서 창녀들의 행동을 음란하다고 비판하는 것은 한국 측의 사절들도 경주와 부산에서 관기들과 잔 행동과 비교한다면 공평하지 못한 평가라고 하겠다.

> 날마다 언덕에서 왜녀가 몰려와서
> 젖 내어 가리키며 고개 조아 오라 하며
> 볼기 내어 두드리며 손짓해 청(請)도 하고
> 옷 들고 아래 뵈며 부르기도 하는구나
> 염치가 전혀 없고 풍속도 음란하다[132]

형이 죽으면 형수와 살고 아내가 죽으면 처제와 사는 풍속을 금수와 같다고 비판한 것도 금수 중에는 그런 예가 없을 것이므로 정당한 비판이라고 할 수 없다. 아이들로 본다면 계모나 계부보다는 이모나 숙부 밑에서 크는 것이

---

128 김인겸, 『일동장유가』, 174쪽.
129 김인겸, 『일동장유가』, 351쪽.
130 김인겸, 『일동장유가』, 374쪽.
131 김인겸, 『일동장유가』, 143쪽.
132 김인겸, 『일동장유가』, 215쪽.

더 낫다고 생각할 것이다. 다만 숙부를 아버지라고 하고 이모를 어머니라고 하는 데 따르는 명칭의 혼란이 예법에 맞지 않는다고 지적할 수는 있을 것이나 중국의 경우에도 외삼촌이 장인이 되는 경우가 있었으므로 명칭의 혼란이 곧 비례(非禮)가 된다고 단정하기는 어려울 것이다. 중국어에서 구(舅) 자는 외삼촌을 가리키면서 동시에 장인을 가리킨다.

> 제 형이 죽은 후에 형수를 계집 삼아
> 데리고 살게 되면 착하다고 기리는데
> 아우는 길렀다고 제수는 못 한다네
> 예법이 전혀 없어 금수와 일반이라[133]

　　그러나 김인겸도 일본의 풍광과 물산에 대해서는 경탄하였다. 오사카에서 그는 도시의 면적과 주택의 규모가 한국과 비교할 수 없이 넓고 크다는 것을 인정하지 않을 수 없었다.

> 지형도 기절(奇絶)하고 인호(人戶)도 많을시고
> 백만이나 되어 뵈네 우리나라 도성 안은
> 십 리라 하지마는 채 십 리가 못 되고
> 부귀한 재상들도 백 칸 집은 금법이요
> 흙기와만 이었어도 모두 다 장타는데
> 장할 손 왜놈들은 천 간이나 지어 놓고
> 그중에 호부한 놈 구리기와 이어서
> 황금으로 집을 꾸며 사치하니 이상하고
> 남에서 북으로 백 리나 되는 곳에

133　김인겸, 『일동장유가』, 278쪽.

여염(閭閻)이 빈틈없이 빽빽이 들었으며
한가운데 요도가와(淀川) 남북으로 흘러가니
천하에 이러한 경 또 어디 있단 말고[134]

효고현의 아카시에서 새벽 바다를 구경하고 김인겸은 한국에서는 볼 수 없는 경치라고 감탄하였다.

이윽고 달이 뜨니 장함도 장할시고
붉은 구름 지피는 듯 바다가 뛰노는 듯
크고 둥근 백옥 바퀴 그 사이로 솟아 오니
찬란한 금기둥이 만 리에 뻗히었다
아국에 비하면 배가 넘게 더하겠다
부상(扶桑)이 가까워서 그렇다 하는구나
낮은 산 작은 골에 큰 보를 친 것 같아
천지가 휘황하여 터럭을 셀 만하다
천하에 장한 구경 이에서 더 없으리[135]

김인겸은 쓰시마에서 고구마를 먹어 보고 교토에서 급수기(給水機)를 관찰하고 그것들을 한국에 도입하고 싶다고 생각하였다. 고구마는 몇 년 뒤(1768)에 쓰시마에서 들어오게 되었으나 물 긷는 연모는 끝내 도입되지 못했다.

섬 안이 척박하여 생계가 가난하기
고구마 심어 두고 구황(救荒)한다기에

---

134 김인겸, 『일동장유가』, 276-277쪽.
135 김인겸, 『일동장유가』, 261-262쪽.

쌀 서 되 보내서 사다가 쪄 먹으니

모양은 하수오(何首烏)요 그 맛이 극히 좋아

마같이 무르지만 달기는 더 낫구나

이 씨를 내어다가 우리나라 심어 두고

가난한 백성들이 흉년에 먹게 하면

참으로 좋겠으되 시절이 너무 추워

가져가기 어려우니 취종(取種)을 어이하리[136]

물속에 수기(水器) 놓아 강물을 길어다

홈으로 끌어들여 성안에서 받아 쓰니

제작이 기묘하여 법받음 직하구나

그 수기 얼개는 물레를 만들어서

좌우에 박은 살이 각각 스물여덟이요

살마다 끝에다가 널 하나씩 가로 매어

물속에 세웠는데 강물이 널을 밀면

물레가 절로 돌고 살 끝에 작은 통을

놋줄로 매어 놓아 그 통이 물을 떠서

돌아갈 때 올라가면 물 아래 말뚝 박고

공중에 나무 매어 말뚝에 걸리니

그 물이 쏟아져서 홈 속으로 드는구나

물레가 빙빙 도니 빈 통이 내려왔다

또 떠서 순환하며 주야로 안 그치네

인력을 안 들이고 성가퀴 높은 곳에

물이 절로 넘어가서 온 성안 사람들이

136 김인겸, 『일동장유가』, 156쪽.

이 물을 받아먹어 부족을 모르니

진실로 기특하고 묘함도 묘하구나[137]

야만이라고 멸시하는 마음이 없어진 것은 아니지만 김인겸은 일본 사람들의 놀라운 질서의식도 본 대로 적었다.

어른 뒤에 아이 앞에 일시에 구경하되

그리 많은 사람들이 한 소리를 아니하고

어린아이 혹 울면 손으로 입을 막아

못 울게 하는 거동 법령도 엄하도다[138]

김인겸이 일본에서 한 일은 주로 일본 사람들의 요청에 응하여 고전 중국어로 시를 지어 주는 일이었다. 그는 일본 사람들에게 그의 재능을 충분히 과시할 수 있었다.

병들어 어려우나 나라에서 보낸 뜻이

이놈들을 제어하여 가르치라 하심이라

병이 비록 중하여도 어찌 아니 지어 주리

일생 힘을 다 들여서 풍우처럼 붓 놀리네

겨우 차운(次韻)해 놓으면 여러 놈이 품속에서

함께 다시 내놓으니 턱에 닿게 쌓이었다

또 지어 내놓으면 또 그처럼 내어놓아

늙고 병든 이내 근력 쇠진할까 걱정이라

137 김인겸, 『일동장유가』, 285쪽.
138 김인겸, 『일동장유가』, 271쪽.

젊었을 때 같으면 그 무엇이 어려우랴

우리를 보려고 이삼천 리 밖에서

양식 갖고 여기 와서 몇 달씩 묵었다니

만일 글을 아니 주면 낙망하기 어떠할까[139]

그리고 김인겸은 도쿄에서 이별하기 싫어하는 박식한 일본인에게 감동을
받았다. 일본인을 야만인으로 보던 시각이 변했다고 할 수 있다.

그중에 목정관(木貞貫)이 눈물지며 슬퍼하니

비록 이국 사람이나 인정이 무궁하다[140]

18세기에는 판소리와 관련된 세태소설(tale of manners)이 널리 읽혔다. 판소
리는 노래판에서 소리에 실어서 노래로 부르는 이야기이다. 북 치는 사람이
적당하게 장단을 맞춰 주면 소리꾼이 혼자서 소리와 아니리로 이야기를 전
달한다. 판소리에는 소리꾼과 북재비 이외에 다른 보조자가 없다. 판소리에
서 리듬과 멜로디에 맞춰 노래하는 부분을 소리라고 하고 노래로 부르지 않
고 말로 이야기하는 부분을 아니리라고 하는데 한 장면에서 다음 장면으로
건너가는 다리 노릇을 하는 아니리는 소리꾼에게 숨 돌릴 시간을 주어 다음
소리를 더 잘 할 수 있게 한다. 소리꾼은 판소리를 배워 연습하면서 이야기
를 전부 암송한다. 그러나 『춘향가』를 전부 공연하려면 여덟 시간 정도 걸리
기 때문에 소리꾼들은 공연을 할 때 이야기 가운데 몇 장면만 들려준다. 소
설을 판소리 대본으로 만든 것도 있고 판소리 대본을 소설로 만든 것도 있기
때문에 세태소설과 판소리의 관계는 단순하게 어느 한쪽이 먼저 성립되었다

139 김인겸, 『일동장유가』, 280-281쪽.
140 김인겸, 『일동장유가』, 357쪽.

고 말할 수 없다. 판소리 대본의 제목은 『춘향가』, 『심청가』, 『장끼타령』처럼 가(歌)나 타령으로 끝나고 세태소설의 제목은 『춘향전』, 『심청전』처럼 전(傳)으로 끝난다. 판소리 대본에는 『춘향가』(춘향전), 『심청가』(심청전), 『흥부가』(흥부전), 『수궁가』(토끼전), 『적벽가』(화용도), 『변강쇠가』(변강쇠전), 『배비장타령』(배비장전), 『옹고집타령』(옹고집전), 『가짜신선타령』(숙영낭자전), 『장끼타령』(장끼전), 『무숙이타령』, 『강릉매화타령』 등의 12편이 있었다. 19세기에 신재효(1812-1884)가 1867년에서 1884년 사이 『춘향가』, 『심청가』, 『흥부가』, 『수궁가』, 『적벽가』, 『변강쇠가』의 대본을 상류사회 지식인들의 취향을 고려하여 수정하였고[141] 그 가운데 노래로 공연된 것은 『변강쇠가』를 제외한 다섯 편이었다. 충청도 목천 사람 유진한(1711-1791)이 1754년에 전라도 장흥에 있는 친척을 방문하고 돌아와 7음절 200행의 한시 「춘향가」를 지었고 『숙향전』이 인용되어 있으니 『춘향전』과 『숙향전』이 모두 18세기에 유행하였다는 것을 알 수 있다.[142]

18세기의 세태소설은 보통 사람이 현실에서 경험하는 문제들을 다루었다. 세태소설에는 상류사회와 기층사회가 두루 포함되어 있으나 초인적 영웅은 등장하지 않으며 일상의 경험을 묘사하는 구체적인 에피소드들이 다양하게 펼쳐져 있다. 사회조건들이 묘사되어 있다는 점에서 18세기의 세태소설은 넓은 의미의 사회소설(fiction on social condition)이다. 인물들을 도덕적 원형으로 제시하지 않았다는 점에 세태소설의 새로움이 있다. 세태소설에서는 주인공이 조소의 대상이 되기도 하고 악한 인물이 동정의 대상이 되기도 하며 부차적 인물들도 선인이나 악인이 아니라 다면적이고 복합적인 성격 특징을 보여 준다.

18세기의 사회세태소설은 어느 한 사람이 지어낸 이야기가 아니라 오랫동

---

141 신재효, 『신재효 판소리사설집』, 강한영 교주, 민중서관, 1971, 33쪽.
142 유진한, 『국역 만화집』, 송하준 역, 학지원, 2013, 197쪽.

안 입에서 귀로 전해지던 근원설화들을 수많은 사람들이 모으고 고치고 다듬어 오다가 18세기에 소설의 형태로 기록한 이야기들이다. 어느 한 사람이 글로 적은 것을 다른 사람이 다시 고쳐 적은 것이 적지 않기 때문에 사회세태소설에는 결정본이라고 할 만한 판본을 찾기 어렵다. 『춘향전』은 4백 종의 이본들이 있으며 『심청전』은 150종의 이본들이 있다. 또 소설들마다 다양한 근원설화들을 찾을 수 있다는 것도 18세기 사회세태소설의 특징이 된다. 『춘향전』의 근원설화로는 열녀설화, 암행어사설화, 염정설화, 신원(伸寃)설화 등에서 20여 종의 설화들을 제시할 수 있으며 『흥부전』의 근원설화로는 선악형제설화, 동물보은설화, 무한재보설화 등에서 불교색채가 짙은 10여 종의 설화들을 제시할 수 있다. 삽입가요들이 많이 들어 있는 것도 판소리 대본에서 나온 세태소설의 특징이라고 할 수 있다. 『심청전』에는 산신축수(産神祝手), 상두소리, 자장가, 자탄가, 만류가, 어부가, 꽃타령, 짝타령, 신세타령, 방아타령 같은 삽입가요들이 있다.

사회세태소설의 등장인물은 거의 민족 전체로 확대되었다. 아래로 유랑민에서 위로 임금에 이르는 인물의 진폭은 한국소설사에서 특기할 만한 사건이다. 17세기의 정치군담소설이 상층관료의 세계에 한정되어 있었기 때문이다. 『춘향전』은 춘향, 이 도령, 방자(房子), 월매, 향단, 변학도, 운봉영장(雲峰營將), 이 한림, 낭청(郎廳), 옥쇄장(獄鎖匠), 번수(番手), 판수, 농민들에 이르기까지 남원이란 지방의 관아를 중심으로 다양한 인물의 그물을 얽어서 한 시대의 풍속도를 그려 내었다. 정치군담소설의 등장인물들이 추구하는 목표가 권력이었다면, 사회세태소설의 등장인물들이 추구하는 대상은 권력, 애정, 존경, 명성, 재산, 지식, 기술, 건강 등으로 다양하게 분화되었다. 『흥부가』에는 재산의 중요성이 잘 나타나 있다.

세상에 좋은 것이 부자 밖에 또 있는가. 요임금은 어찌하여 일 많다고 마다시고 맹자는 어찌하여 불인(不仁)해야 된다신고. 일 많아도 내사 좋고 불인해도 내

사 좋의. … 공자 같은 대성인도 자공(子貢)이 아니면 철환천하(轍環天下) 어찌하며 한 태조 영웅이나 소하(蕭何)가 아니면 통일천하 할 수 있나.[143]

『적벽가』에는 남자들의 동성연애 장면이 나온다.

갈대숲 깊은 데로 끌고 들어가서 엎어 지르며 하는 말이 전장에 나온 지가 여러 해 되었기에 두 다리 사이 주장군(朱將軍)이 참것 맛을 못 보아서 밤낮으로 화를 내니 옥문관(玉門關)은 못 구하고 너 지닌 항문관(肛門關)에 얼요기 시켜 보자.[144]

『토끼전』의 화자는 용왕이 병든 원인을 술과 여색에서 찾고 있다. 왕이 주색에 탐닉하여 병들었다고 하는 것은 궁중 생활의 풍자가 된다. 관리들은 임금을 위해서라면 언제라도 죽을 수 있다고 말하지만 토끼의 간을 먹어야 임금의 병이 낫는다는 도사의 말을 듣고 토끼를 잡아 오라고 하자 문관과 무관이 그 일을 서로 상대에게 밀어 버린다. 모두에게 멸시받던 자라가 나서서 토끼를 찾으러 산으로 간다. 토끼는 산에서 온갖 꽃과 풀을 맛보면서 자유롭게 살고 있다. 익명의 작자는 기층사회에도 상류사회와 다른 그 나름의 행복이 있다는 말을 전하려고 했을 것이다. 상류사회를 대표하는 자라와 기층사회를 대표하는 토끼의 대립 위에서 이 소설의 사건들이 전개된다. 자라가 토끼의 헛된 욕심을 자극하여 그를 데리고 오니 용왕은 간을 산에 두고 왔다는 토끼의 말에 속아서 자라에게 토끼를 따라 다시 육지에 갔다 오라고 명령한다. 토끼가 아슬아슬하게 죽음에서 벗어나 자유로운 산으로 돌아온다는 결말에는 자신의 세계를 긍정하는 백성들의 시각이 반영되어 있다. 뭍에 올라

143 신재효, 『신재효 판소리사설집』, 419쪽.
144 신재효, 『신재효 판소리사설집』, 503쪽.

선 토끼는 "내 똥이 매우 좋아 열을 내리게 한다 하고 사람들이 주워다가 않는 아이를 먹인다. 네 왕의 두 눈망울 열기가 과하더라. 갖다가 먹이면 병이 곧 나으리라"[145]라고 자라를 조롱한다. 마지막에 토끼가 "벼슬 생각 부디 말고 이사 생각 부디 마소. 벼슬하면 위태롭고 타관 가면 천대받네"[146]라고 말하는 것은 백성들의 자기 긍정이라고 볼 수 있다.

『흥부가』의 서두는 놀부의 성격과 행동에 대한 진술로 시작된다. 놀부는 동내의 산을 팔아먹고 일삯을 주지 않고 일을 시키다가 농사지어 추수하고 나면 옷을 벗겨 일꾼을 내쫓는다. 거지의 동냥자루를 찢고 도둑을 도와준 뒤 끝돈을 먹으며 길손의 노자를 훔치고 의원의 침을 감추고 목수의 대패를 도둑질한다. 놀부의 이러한 행동은 모두 재산 형성에 관련된다. 놀부는 대농 내지 중농이라고 하겠는데 박에서 나온 노인이 "병자년 팔월에 과거 보러 서울 가고 댁 사랑이 비었을 제 흉악한 네 아비 놈 가산 모두 도둑질하여 부지 거처(不知去處) 도망"[147]하였다고 꾸짖고 놀부가 그 말에 대하여 항변하지 못하는 것으로 보아서 놀부는 낮은 신분에서 재산을 모아 중간계급으로 신분이 상승된 집안에 속하는 것을 알 수 있다. 작품 안에서는 놀부의 동생으로 설정되어 있으나 "일 원산, 이 강경, 삼 포주, 사 법성리, 악안 부원다리, 부안 줄내, 근방을 다 찾아다녀 보니 비린내에 속 뒤집혀 아무래도 살 수 없다. 산 중으로 다녀 볼까. 우복동, 수인성, 청학동, 백학동, 지리산, 속리산, 순창, 복흥, 태인, 산안 한다는 좋은 데를 다 찾아다녀 봐도 소금 없어 살 수 없다"[148]라는 진술로 추측해 보면 흥부는 토지를 잃고 떠돌아다니다가 겨우 정착한 품 팔이 노동자라고 할 수 있을 것이다. 이들 잔호(殘戶)의 생활은 고된 노동으로 부지된다.

145 『토끼전』, 인권환 역주, 한국고전문학전집 6, 고려대학교민족문화연구원, 1993, 153쪽.
146 『토끼전』, 153쪽.
147 신재효, 『신재효 판소리사설집』, 411쪽.
148 신재효, 『신재효 판소리사설집』, 333쪽.

흥부: 상평하평(上坪下坪) 김매기, 원산근산 땔감 하기, 먹고 닷 돈에 가게 보기, 십 리에 돈 반 가마 메기, 새로 난 조기 밤짐 지기, 시간 정한 관청일 심부름, 방 뜨는 데 조역꾼, 담 쌓는 데 자갈 줍기, 봉산 가서 모내기, 대구 약령시장 약재 배달, 초상난 집 부고 전키, 출상할 제 명정 들기, 관청 비면 숙직하기, 대장간에 풀무 불기, 기생아씨 편지 전키, 어린 신랑 장가들 제 안부(雁夫) 서기, 들병장수 술짐 지기, 초라니 판에 나무 놓기.[149]

흥부 아내: 오뉴월 밭매기와 구시월 김장하기, 한 말 받고 벼 훑기와 입만 먹고 방아 찧기, 삼 삼기, 보 막기와 물레질, 베 짜기와 머슴 헌 옷 짓기, 상 당한 집 빨래하기, 혼인 장가 진일하기, 채소밭에 오줌 누기, 소주 고고 장 달이기, 물방아에 쌀 까불기, 맷돌 갈 제 밀 집어넣기, 보리 갈 제 밑거름 주기, 못자리에 망초 뜯기.[150]

『흥부가』의 공간은 이들 중농과 잔호 사이에서 전개되는 계급투쟁의 세계이다. 농민들이 불평등한 현실을 인식하고 있었다는 사실 자체가 유교조선의 위기를 나타내는 증거가 된다고 할 수 있다.

중국소설 『삼국지』의 한 장면을 판소리로 만든 『적벽가』에는 전쟁 장면이 생생하게 묘사되어 있다.

조조의 백만 대병이 일시에 빠져 죽을 때 숨 막혀 죽고, 앉아 죽고, 서서 죽고, 오다가 죽고, 가다가 죽고, 졸다 죽고, 울다 죽고, 똥 싸고 죽고, 불타 죽고, 물에 빠져 죽고, 불쌍히 죽고, 원통히 죽고, 어이없어 죽고, 가엾어 죽고, 밟혀 죽고, 자빠져 죽고, 죽어 보자고 죽고, 거짓으로 죽고, 참으로 죽고, 가슴을 꽝

149 신재효, 『신재효 판소리사설집』, 351쪽.
150 신재효, 『신재효 판소리사설집』, 353쪽.

짱 치다 죽고, 재담하다 죽고, 실없이 장난하다 죽고, 서로 밟아 다리도 부러지고 모두 죽으니 날랜 장수가 쓸모없고 일등명장이 쓸데없다.[151]

『적벽가』는 조조와 유비의 대립을 부수되는 사건으로 넣고 조조 군대 안에서 전개되는 조조와 사병의 대립을 작품의 주제로 설정하였다. 간언하는 신하를 홍 깬다는 이유로 죽이는 조조는 난폭한 권력의 행사자로 등장한다. 조조의 정당하지 않은 권력은 군사적 지휘체계를 형식적이고 외면적인 권력관계로 굳어지게 만든다. 군사들이 조조의 명령에 복종하는 권력행위의 객체가 아니라 조조를 야유하고 풍자하는 권력행위의 주체가 되는 데 이 작품의 특색이 있다. 정치군담소설에서는 초점이 주인공 한 사람에게 모아져 있는데 반해서 사회세태소설에서는 병사들 하나하나의 시각에 의미가 부여된다. 일곱 군사 사설 가운데 다섯째 군사는 고아로서 구걸하며 살다가 서른 살이 넘어서 겨우 장가들어 첫날밤을 치르려고 하다가 징집되어 끌려 나왔다.

삼십 지나 처를 얻어 첫날밤을 치르는 깊은 밤에 두 몸이 한 몸 되어 서로 사랑하던 정경을 어찌 다 형언하리오. 대강이나 하노라. 주홍 같은 혀를 물고, 연적 같은 젖통을 쥐고 바위섬을 들어갈 제 온갖 회포를 풀려는데 의외에 북소리가 나며 위국 땅 병정들아 적벽강 싸움 가자고 천둥같이 외치는 소리에 깜짝 놀라 처의 몸을 하직하고 천 리 전장 나올 적에 말은 가자고 굽을 치고 임은 잡고 눈물 흘린다.[152]

첫째 군사는 부모를 그리워하고 둘째 군사는 아내를 그리워하고 셋째 군

151 『적벽가·강릉매화타령·배비장전·무숙이타령·옹고집전』, 김기형 역주, 한국고전문학전집 35, 고려대학교민족문화연구원, 2005, 80쪽.
152 『적벽가·강릉매화타령·배비장전·무숙이타령·옹고집전』, 73쪽.

사는 아들을 생각하고 넷째 군사는 형을 생각하며 다섯째 군사는 첫날밤도 못 치른 채 두고 온 신부를 보고 싶어 하고 까치 잡다가 끌려온 어린아이인 여섯째 군사는 집에 가고 싶어 울고 일곱째 군사는 들판에 버려질 자기 시체를 상상하고 운다. 고향과 부모와 처자를 떠나 생업을 버려둔 채 싸움터에 끌려 나온 사병들의 항의는 불평등한 현실에 대한 이의로 확대된다.

『변강쇠가』는 유랑민들의 이야기이다. 남쪽 남자 변강쇠와 북쪽 여자 옹녀가 개성 서쪽에 있는 청석골에서 만나 지리산에 들어가 살림을 차렸다. 게으른 변강쇠는 나무하러 가서 길가의 장승을 뽑아 왔다. 장승 귀신을 노하게 한 탓으로 변강쇠는 온갖 병이 들어 죽었다. 옹녀는 남편의 초상을 치러 주는 사람과 살겠다고 소문을 냈는데 찾아온 남자마다 변강쇠의 송장에 붙어 횡사하고 말았다. 그 가운데 덥득이라는 남자가 소나무와 절벽 사이로 요리조리 빠져나가 송장을 떼어 버리고 고향으로 달아났다.

최하층민 옹녀의 가난하고 더러운 환경에는 범죄가 일상생활이 되어 있었다. "열다섯에 얻은 서방 첫날밤 잠자리에 급상한(急傷寒)에 죽고, 열여섯에 얻은 서방 당창병(唐瘡病)에 튀고, 열일곱에 얻은 서방 용천병에 폐고, 열여덟에 얻은 서방 벼락 맞아 식고, 열아홉에 얻은 서방 천하대적으로 포청에 떨어지고 스무 살에 얻은 서방 비상 먹고 돌아가니 서방에 싫증 나고 송장 치기 신물 난다."[153] 청석골에서 사랑을 나눌 때 변강쇠는 옹녀 하문을 콩밭, 팥밭, 옥답, 조개, 곶감, 으름, 연계에 비유하며 옹녀는 변강쇠의 남근을 물방아, 송아지, 어린애, 젖, 제사, 절구, 알밥에 비유하였다.[154] 서로 상대방을 묘사하는 단어들이 모두 논밭이나 음식 또는 세간과 관계되어 있는데 그것은 정착하여 살고 싶어 하는 그들의 꿈을 나타내는 것이라고 할 수 있다. 옹녀가 고생을 하여 돈을 모아 놓으면 변강쇠는 그 돈을 노름과 싸움으로 날려 버린다.

153 신재효, 『신재효 판소리사설집』, 533쪽.
154 신재효, 『신재효 판소리사설집』, 537쪽.

배운 지식이 없고 손재주도 밑천도 없는 하층 유랑민의 생활은 결국 빈궁 속으로 침잠해 버릴 수밖에 없다. 8도의 장승들이 모여서 변강쇠를 토죄하는 장면은 하층민을 억압하는 관료체계를 상징한다. 옹녀와 살려다가 초상살을 맞아 죽는 사람은 중이 하나, 초라니가 하나, 풍각쟁이가 다섯(노래꾼, 춤꾼, 통소장이, 가야금장이, 북재비)이다. 구체적으로 묘사되어 있는 이들의 용모와 태도는 하층 유랑민의 생활상을 알려 준다. 변강쇠의 넋을 위로해 주고 나서 옹녀는 다시 유랑길에 오른다. 정노식에 의하면 송홍록이 『변강쇠가』를 잘 불렀다고 하니[155] 유랑민의 생활이 판소리로 공연되었다는 사실 자체가 유교조선의 변화를 보여 주는 증거가 된다고 할 수 있다.

『심청전』은 장님이 볼 수 있게 된다는 이야기이다. 한 사람만 볼 수 있게 되는 것이 아니라 전국의 장님들이 모두 볼 수 있게 된다는 이야기 속에는 어두움이 사라지고 광명이 찾아오는 새 세상에 대한 민중의 꿈이 들어 있다고 해야 할 것이다. 심청은 황해도 황주 도화동에서 눈이 먼 아버지 심학규와 어머니 곽씨 부인의 외딸로 태어났다. 어머니는 딸을 낳고 죽었고 눈먼 아버지가 젖을 얻어 먹이며 딸을 길렀다. 세상에 나서 7일 만에 어머니를 여읜 심청은 열한 살 때부터 눈먼 아버지를 위해 구걸을 하고 삯일을 한다. 수양딸을 삼겠다는 장 승상 부인의 제안도 거절하고 제 힘으로 아버지를 봉양하였다. 딸을 찾아 나갔다가 개천에 빠진 심학규에게 몽운사의 중이 쌀 삼백 석을 절에 바치면 부처님이 볼 수 있게 해 줄 것이라고 말하자 심학규는 생각 없이 쌀을 바치겠다는 약속 문서를 써 주었다. 심청은 바다 제물로 바칠 처녀를 사러 다니는 뱃사람을 찾아가서 제 몸을 팔아 쌀을 사서 절에 바쳤다. 인당수에 이르러 뱃사람들은 제사를 드리고 심청을 물에 뛰어들게 했다. 옥황상제가 용왕에게 심청을 보호하여 세상에 다시 내보내라고 분부했다. 중국에서 돌아오던 뱃사람들이 바다에 뜬 큰 꽃을 건져서 임금에게 바쳤다. 임

155 정노식, 『조선창극사』, 조선일보사, 1940, 25쪽.

금이 그 꽃을 보는데 꽃 속에서 심청이 나타났다. 임금은 그녀를 왕비로 삼았다. 심청은 임금에게 부탁하여 전국의 장님들을 불러 모아 잔치를 열게 했다. 심학규는 같은 마을의 뺑덕어미를 만나 함께 사는데 뺑덕어미는 돈 뜯을 궁리만 하는 여자였다. 맹인 잔치 소식을 듣고 서울로 가는 도중에 뺑덕어미가 도망쳐서 심학규 혼자서 갖은 고생 끝에 잔치에 참가하였다. 그곳에서 딸을 만난 기쁨으로 심학규는 눈을 뜨게 되었다. 작품에서 심청과 마을 사람들은 긍정적인 인물로 묘사되고 중과 뱃사람과 뺑덕어미는 부정적 인물로 묘사되었다.

양식 주고 떡 사 먹고, 쌀 퍼 주고 고기 사 먹고, 벼 퍼 주고 엿 사 먹고, 빈 담뱃대 손에 들고 이리저리 다니면서 보는 대로 담배 청키. 한밤중에 울음 울고, 여자 보면 내외하고 사내 보면 뺑긋 웃고, 코 큰 총각 유인하고, 신혼부부 잠자는 데 가만가만 들어가서 창에다 입을 대고 불이야 소리치기, 술집에서 술을 먹고 활딱 벗고 잠자기, 밤이면 잠자다가 이 갈고 코 골고 발 떨기, 이리 가라면 저리 가고 저리 가라면 이리 가고, 삐쭉하면 빼쭉하고 빼쭉하면 삐쭉하고, 빡빡 얽은 뺑덕이네가 심 봉사 살림살이 벌레 호박 파먹듯 하는데 이 댁의 행실이 이러해도 심 봉사는 어찌 미처 났던지 나무칼로 귀 오려 가도 모르더라.[156]

『춘향전』의 주제는 상류사회와 기층사회의 교류에 있다. 남원부사의 아들 이몽룡과 은퇴한 기생의 딸 성춘향이 서로 사랑하게 되었는데, 이몽룡이 서울로 간 후에 새로 부임한 부사 변학도의 고문을 받으면서도 마음을 바꾸지 않고 사랑의 약속을 굳게 지킨 춘향이 과거에 급제하고 찾아온 이몽룡을 다시 만나게 된다. 그네 타는 처녀가 기생의 딸이라는 말을 듣고 이몽룡은 그 처녀를 불러오라고 한다. 변학도 또한 기생의 딸은 언제든지 불러서 마음대

---

156 『강도근 5가 전집』, 김기형 역주, 박이정, 1998, 147쪽.

로 희롱할 수 있다고 생각한다. 그러나 춘향은 이몽룡과의 사랑을 통하여 상류사회의 도덕을 가지게 되고 이몽룡은 춘향과의 사랑을 통하여 신분사회의 경계를 넘어서는 평등의식을 가지게 된다. 춘향은 이몽룡과의 약속을 지키겠다고 변학도에게 항거한다. 저절로 마음에서 우러나는 사랑의 충실성은 강요에 의하여 변할 수 있는 것이 아니다. 사랑의 충실성이 신분의 차이를 넘어설 수 있다고 설정한 데에 『춘향전』의 시대를 초월하는 보편성이 있다. 이몽룡과 사귀면서 춘향은 저도 모르게 자기를 사랑의 대상과 동일시하게 되었고 양반의식을 내면화하게 된다. 이러한 양반의식은 이몽룡과 이별한 후 변학도의 고문을 받으면서 더욱 강화된다. 춘향은 양반은 핏줄이 아니라 도덕에 의해서 결정된다고 생각한다. 자기도 정절을 지키면 양반이 될 수 있다고 생각하는 것이다.

A. 춘향이 방자에게: 네가 미친 자식이구나. 도령님이 나를 어찌 알아서 부른단 말이냐. 이 자식 네가 내 말을 종달새 삼씨 까듯 하였나 보다.[157]

B. 이몽룡이 춘향에게: 내 마음대로 할진대는 육례(六禮)를 행할 터이나 그렇게 못하고 개구멍 서방으로 들고 보니 이 아니 원통하랴.[158]

C. 춘향 어미가 이몽룡에게: 어려서부터 행여 신세를 그르칠까 두려워서 한 남편만 섬기려고 하나하나 하는 행실 청송녹죽(靑松綠竹) 사철에 한결같듯 하였으니 상전벽해(桑田碧海) 될지라도 내 딸 마음 변할손가.[159]

157 『고소설 판각본 전집』 3, 김동욱 편, 연세대학교출판부, 1973, 319쪽.
158 『고소설 판각본 전집』 3, 327쪽.
159 『고소설 판각본 전집』 3, 326쪽.

인용문 A와 B를 통하여 춘향의 신분이 방자와 같은 천인에 속한다는 것을 알 수 있고 인용문 C를 통하여 춘향이 양반의식을 가지고 있다는 것을 알 수 있다. 천한 신분과 양반의식은 『춘향전』을 이해하는 열쇠가 된다. 천인의 신분 때문에 자기 집에 찾아온 이몽룡과 첫날밤 잠자리를 화끈하게 치르는 것이 자연스럽게 되며 내면의 양반의식 때문에 변학도에 대한 위대한 거절이 자연스럽게 된다. 이몽룡은 다른 양반들처럼 천한 사람들을 학대하지 않는다. 춘향을 진심으로 사랑하는 데서도 자기 계급을 초월하는 반항의식을 볼 수 있다. 조상의 신주는 제 소매 안에 넣고 신주를 모시는 가마에 춘향을 태워 서울로 몰래 데려가겠다는 그의 말에서도 유교조선의 허례허식에 대한 반항을 엿볼 수 있다. 이몽룡이 암행어사가 되어 백성들을 착취하는 부패관리 변학도를 처벌하게 하는 이 소설의 결말은 올바른 권력에 대한 18세기 사람들의 소망을 반영한다. 양반들이 『춘향전』을 좋아하였다는 사실은 그들의 특권의식이 18세기에 이미 분열하고 있었다는 것을 보여 준다.

『장끼전』은 장끼가 까투리의 말을 듣지 않다가 죽임을 당하는 전반부와 까투리가 다른 장끼에게 재가하는 후반부로 구성되어 있다. 장끼가 눈 내린 벌판에서 붉은 콩 하나를 발견하고 먹으려 하였다. 까투리는 사람 자취가 있으니 조심하라고 하고 간밤의 불길한 꿈 이야기를 하였으나 장끼는 잘난 체하며 그 콩을 먹다가 덫에 걸렸다. 장끼의 형상에는 유교조선에서 전횡을 부리던 가장의 성격이 체현되어 있고 까투리의 형상에는 가장에게 예속되어 있던 여성들의 처지가 반영되어 있다. 까투리는 온 산의 동물들을 청하여 장례식을 치렀다. 갈가마귀, 부엉이, 물오리가 까투리에게 청혼하였으나 까투리는 문상 온 홀아비 장끼와 재혼하였다. 과부가 된 까투리의 재혼은 과부의 재혼을 무조건 금지한 유교조선의 가정윤리를 풍자한 것이라고 할 수 있다.

『숙영낭자전』은 숙영과 백선군의 러브 스토리이다. 백선군이 숙영을 보고 싶어 하다 상사병에 걸렸다. 선녀 숙영은 3년 후에 결혼하라는 옥황상제의 명령을 어기고 세상에 내려와 선군과 결혼하였다. 과거 시험에 응시하라는 아버지 백 공의 분부를 거역할 수 없어서 서울을 향하여 길을 떠났으나 선군은 숙영이 그리워 첫날은 30리를 갔다가 돌아오고 다음 날은 10리를 갔다가 돌아오고 하며 매일 밤 숙영과 밤을 보냈다. 밤에 집 주변을 돌아보다가 며느리 방에서 남자의 말소리를 들은 백 공은 선군의 첩 매월에게 숙영을 잘 지키라고 하였다. 매월은 선군의 돈 수천 냥을 훔쳐다 불량소년에게 주고 숙영의 방문 앞에 있다가 백 공이 오면 달아나라고 시키고 백 공에게 어떤 남자가 숙영의 방에 있다고 일렀다. 시아버지의 문초를 받은 숙영은 억울하여 자결하였다. 백 공은 숙영의 가슴에 박힌 칼을 빼려 하였으나 칼이 빠지지 않았고 숙영의 시체를 옮기려 하였으나 시체가 움직여지지 않았다. 과거에 급제한 선군이 안동의 자기 집에 가서 숙영의 시체를 보고 가슴에서 칼을 뽑았더니 상처 자리에서 파랑새 두 마리가 나오면서 "매월일래"라고 세 번 우짖고 하늘로 날아갔다. 선군은 매월을 잡아들여 처벌하였다. 며칠이 지나 방 안을 들여다보다가 선군은 숙영의 시체가 돌아누워 있는 것을 발견했다. 손발을 주무르며 입을 벌리고 인삼차를 흘려 넣으니 숙영이 눈을 뜨고 옥황상제의 명을 어기고 앞당겨 결혼해서 벌을 받았으나 용서를 받아 다시 세상으로 내려올 수 있게 되었다고 말했다. 혼인은 하느님이 맺어 준 것이므로 어떠한 난관을 만나도 깨어지지 않는다는 것이 이 소설의 주제라고 할 수 있다.

『배비장전』은 여자를 싫어한다고 큰소리치던 남자가 여자 때문에 망신당하는 풍자소설이다. 제주목사로 부임하는 김경의 비장이 되어 제주도로 가게 된 배 선달에게 그의 아내가 주색을 경계하라고 당부하였다. 제주도에 간 배 비장은 놀이마당이나 잔치판에서도 기생을 멀리하고 남들과 같이 즐기지 않았다. 김경이 기생 애랑에게 은밀하게 계교를 꾸미라고 지시하였다. 한라산에 갔을 때 배 비장은 강가에서 목욕하는 여자를 보고 산놀이를 끝내고 돌아가는 일행을 먼저 보내고 그 자리에 남아서 그 여자를 만났다. 그날 밤에 배 비장은 개가죽 두루마기를 입고 개처럼 담 구멍을 빠져나와 여자의 집으로 갔다. 애랑과 함께 누워 있는데 방자가 문을 두드렸고 애랑은 남편이 왔으니 궤 속에 숨으라고 했다. 방자가 그 궤를 목사가 있는 동헌에 매어 놓고 물소리를 내었다. 살려 달라는 배 선달의 소리에 사람들이 바닷물에 소금기가 있으므로 눈을 감고 헤엄쳐야 한다고 하면서 궤 문을 열어 주었다.

금거북이 모양의 자물쇠를 툭 쳐서 열어 놓으니 배 비장이 알몸으로 쑥 나서며, 그래도 소경 될까 염려하여 두 눈을 잔뜩 감으며 이를 악물고 왈칵 냅다 짚으면서 두 손을 허우적거리며 갈 때, 한 사람이 나서며 "이리 헤엄쳐라." 한참이 모양으로 헤엄쳐 갈 때 동헌 대청에다 머리를 딱 부딪치니 배 비장이 눈에 불이 번쩍 나서 두 눈을 뜨며 살펴보니 동헌에는 목사 앉아 있고 대청에는 삼형수, 전후좌우에는 기생들과 육방 관속, 군로배가 있다가 일시에 두 손으로 입을 막고 참는 것이 웃음이었다.[160]

망신을 당한 배 선달이 서울로 가려고 선창으로 나갔다. 배꾼이 해남에 가는 한 부인이 전세로 낸 배라고 하면서 몰래 태워 주었다. 재채기 때문에 부인에게 발각되어 뱃삯의 반을 내게 되었고 배꾼은 돈이 없다고 하는 그를 컴컴한 선실에 가두었다. 배 선달은 밤에 찾아온 애랑의 말을 듣고 모든 것이 목사가 꾸민 일이라는 것을 알게 되었다. 배 선달은 자신의 이중적인 위선을 반성하고 애랑과 함께 제주도로 뱃머리를 돌렸다.

『강릉매화타령』의 마지막 장면도 『배비장전』과 비슷하다. 강릉부사를 따라 공부하러 강릉에 간 골 생원이 공부는 안 하고 기생 매화에게 빠져 노는데 과거 시험을 보러 오라는 부친의 편지를 받았다. 매화와 이별하고 서울에 와서 과거에 응시하였으나 공부를 안 했으니 합격할 리가 없었다. 골 생원은 공부하러 간다고 부친을 속이고 다시 강릉으로 내려왔다. 매화는 자신이 죽었다고 소문을 낸 후에 밤에 귀신인 체하고 골 생원 앞에 나타났다. 골 생원

160 『적벽가·강릉매화타령·배비장전·무숙이타령·옹고집전』, 273쪽.

은 자기도 죽어서 매화와 함께 있고 싶다고 하였고 매화는 그가 소원대로 죽어서 둘이 함께 있는 것이라고 거짓말을 했다. 골 생원은 자신이 죽어서 귀신이 되었다고 믿고 매화와 함께 제사상에 차려진 음식을 먹고 알몸으로 매화와 춤을 추었다.

사또가 골 생원을 속이려고 제상에 차린 음식을 진설하고 풍류 있게 노닐 때에 매화는 골 생원을 끝으로 올라가게 하니 "이애, 아서라 사또 무섭다." 매화가 여쭙대 "이승과 저승이 다르기 때문에 모르나이다. 사또가 우리 둘을 위하여 음식을 장만하여 다 있나이다. 배부르게 먹고 가시지요." 골 생원이 그곳에 서서 겁이 나거니와 매화가 여쭙대 "우리는 먹어도 세상 사람은 모르나이다." 골 생원이 여러 날 먹지 못하고 굶주린 끝에 술과 고기를 실컷 먹고 양지 끝에 앉았더니 사또 분부하되 "매화를 생각하면 혼령인들 아니 좋을소냐." 온갖 풍류를 다할 적에 매화가 골 생원에게 하는 말이 "우리도 함께 놀고 가시지요." 매화가 춤추며 지화자 좋을시고 한창 이리 노닐 적에 골 생원 흥이 나서 매화와 함께 마주 서서 춤을 출 때 사또 담뱃대를 바싹 불에 데워 지지니 골 생원이 깜짝 놀라 보니 인간이 분명하였다. 어와 세상 사람들아 골 생원으로 볼지라도 부디 주색을 탐하지 마소.[161]

『옹고집전』은 인색한 사람을 풍자한 소설이고 『무숙이타령』은 낭비하는 사람을 풍자한 소설이다. 옹 생원은 어떤 일이 있어도 돈을 쓰지 않는 수전노였다. 그는 많은 재산을 가지고 있으면서도 병든 노모를 찬방에서 굶게 하고 흉년이 들어 쌀을 얻으러 온 장모를 그냥 돌려보내고 몰래 아내가 양식을 준 것을 알고는 아내를 때려서 내쫓았다. 특히 중이 탁발하러 오면 동냥을 주지 않는 것은 말할 것도 없고 마구 두들겨서 중들이 옹 생원 때문에 경상도

161 『적벽가·강릉매화타령·배비장전·무숙이타령·옹고집전』, 147-148쪽.

에 들어가지 못했다. 도승이 그의 태도를 보려고 찾아갔다가 20여 대의 곤장을 맞고 절로 돌아와 부드러운 볏짚 한 통을 갖다가 이목구비가 옹 생원과 똑같은 허수아비를 만들고 도술로 혼백을 불어넣었다. 그 헛 옹 생원에게 옹 생원 집에 가서 참 옹 생원인 체하라고 시켜서 옹 생원네 집으로 보냈다. 종들과 아들딸들과 며느리들이 모두 진위를 구별하지 못해서 마지막으로 아내가 나섰다.

"나이 칠십에 아무리 눈이 어둡다 하기로 내 가장 얼굴 거동을 모르겠는가? 내가 나가 보면 헛옹 진옹을 알 것이다" 하고 펄쩍 뛰어나가다가 구폭 치마가 발에 걸려 한 반 폭 죽 찢어지니, 한 손으로 눈물 씻고 한 손으로 치마 쥐고 앙금 쌍금 바삐 나가, 두 옹가 싸우는데 이리저리 갸웃갸웃 사면으로 다 볼 때, 헛 옹 생원이 왈칵 달려들어 입 한 번 맞추니, 참 옹 생원이 보고 더욱 분함을 이기지 못하여 하는 말이 "어따 이 년아 늙은 년이 헛 옹가를 몰라보고 다른 서방 하려고 하느냐?" 노댁이 할 수 없이 들어오며 "애고애고 답답 서러운지고 애고 답답 나 죽겠다. 그 두 놈이 들어오면 집안 모양이 무엇이 되겠는가?" 하고는 종을 불러 분부하되 "바깥대문 안대문 다 닫아라. 그놈들이 들어오면 내가 어찌 견디겠는가? 어서 바삐 닫아라."[162]

끝내 관청에 고소하여 판결을 받게 되는데, 세간의 세목과 사대 조상의 이름을 말하지 못했기 때문에 참 옹 생원은 헛 옹 생원에게 집에서 쫓겨나 거지가 되어 돌아다니게 되었다. 세간은 아내가 알지 자기는 모른다고 대답하였고 근거 없이 자라서 제 돈으로 천인에서 벗어난 처지이므로 참 옹 생원은 조상의 이름을 말할 수 없었다. 구걸하며 떠돌다가 옹 생원은 월출사에 가서 도승을 만나 전날의 잘못을 뉘우쳤다. 도승은 볼기를 때리고 뜸을 뜬 후에

---

162 『적벽가·강릉매화타령·배비장전·무숙이타령·옹고집전』, 451쪽.

부적 한 장을 써 주었다. 옹 생원이 가지고 가서 부적을 던지며 주문을 외우니 헛 옹 생원이 허수아비가 되어 쓰러졌다.

김무숙은 서울에서 부유하게 사는 한량이었다. 그에게는 어진 아내가 있으나 기생첩을 들이고 술과 여자와 노름으로 돈을 생각 없이 마구 낭비하다가 재산을 모두 탕진하고 남의 집 종노릇을 하며 연명하게 되었다. 기생첩 의양은 무숙이 술 먹고 돈 쓰는 것밖에 모르는 자인 것을 알고 먼저 무숙의 아내에게 편지를 써서 돈을 탕진하고 고생을 하도록 해서 뉘우치게 하겠다고 알리고 무숙을 부추겨서 호탕하게 돈을 써 보라고 했다. 김무숙은 노름이다 뱃놀이다 해 가며 의양에게 통 큰 것을 자랑하였다. 의양은 집에 있는 세간 기물을 모두 내다 의부에게 맡기고 종로의 비단가게에 갚아야 한다고 졸라서 무숙이 외삼촌에게 얻어 온 돈 천 냥도 의부에게 맡기고 끝내는 집까지 팔게 하여 그 돈을 또 의부에게 따로 보관하게 하였다. 의양은 돈이 떨어져 구걸하고 다니다 돌아온 무숙을 하인으로 삼아 심부름을 시키고 무숙의 앞에서 그의 친구 김 별감과 짜고 둘이 정분이 난 것처럼 행동하여 김무숙에게 돈이 얼마나 무서운 것인가를 절실하게 깨닫게 하였다. 무숙이 자살과 살인까지 생각하는 것을 보고 의양과 김 별감이 그에게 사실을 말하였다.

나 같은 창녀라도 한 가장만 모시다가 두 지아비 섬기지 않는 법을 안 뒤에야 상종할 터이니 서방님도 이 지경에 존중할 줄 알 것이요 어려울 때 함께 고생한 아내는 부귀하게 되어서도 내치지 않는다는 말을 오늘날 깨칠진대, 지난 일을 다 버리고 어옹(漁翁), 농부(農夫) 되어 적은 재물 가지고 살아 보소서.[163]

163 『적벽가·강릉매화타령·배비장전·무숙이타령·옹고집전』, 392쪽.

3.   19세기 문학

1800년에 정조가 죽고 그의 어린 아들 순조가 즉위하였다. 1800년에서 1863년까지 서울에 사는 안동 김씨가 정권을 독점하였다. 그들이 경복궁 북쪽의 북악산과 인왕산 사이에 있는 장동이란 마을에 살았기 때문에 그들을 특별히 장동 김씨라고 부른다. 이 마을에서 순조(재위 1800-1834)의 장인 김조순과 헌종(재위 1834-1849)의 장인 김조근과 철종(재위 1849-1863)의 장인 김문근이 나왔다. 11세에 왕이 된 순조가 34년 동안 임금으로 있었고 그의 손자인 헌종이 15년 동안 임금으로 있었다. 장동 김씨는 사도세자의 서자 은언군의 손자 이원범을 순조의 양자로 입적하여 즉위하게 하였다. 19세에 왕(철종)이 된 강화도령 덕완군 이원범이 14년 동안 임금으로 있었다. 장동 김씨가 정권을 독점하였기 때문에 그들의 가족회의가 국무회의 역할을 하였다. 가족회의가 국무회의를 대체하는 정치를 세도정치라고 한다. 세도정치 기간에 유교조선은 머리(임금)와 다리(농민)는 위축되고 배(장동 김씨)만 팽창한 사람처럼 일그러진 기형국가가 되었다. 장동 김씨 일족은 방대한 규모의 토지를 소유하고 있었는데 그들은 그들이 소유한 토지의 상당량을 고의로 국가의 전세 징수 대장에서 누락시켰다. 또 그들과 결탁한 향리들이 지방관청에서 대를 이어 가며 실무를 맡아 처리하는 과정에서 사실상의 실권자로서 지방행정을 장악하여 지방의 통치질서를 혼란시켰다. 국가재정은 극도로 위축되어 "호조 2년간의 세입이 한 해의 지출을 감당하지도 못하게 되었다"(『순조실록』 권25, 22년 10월 병진).

유교조선에서 국가는 백성으로부터 토지 생산물의 10분의 1에 해당하는 조(租: 겉곡)를 거둬들였다. 전세로 거두는 겉곡 1두는 현미 5승(升)에 해당하며 벼 백 두는 백미 40두, 조미(糙米) 50두에 해당한다. 전국의 토지 생산물을 측정하려면 먼저 토지를 측량해야 했기 때문에 양전(量田)을 해서 양안(量案)이라는 토지 장부를 작성하여 조세의 표준을 설정하였다. 조선 후기에 양전은 세기마다 한 차례씩 시행되었다(1634년의 갑술양전, 1720년의 경자양전, 1897-1904년의 광무양전). 수확량을 기준으로 하여 일정한 수확을 담보하는 토지를 1결로 정하였다. 그러므로 비옥도에 따라서 1결의 면적이 달라졌다. 비옥한 1등전의 1결은 3천 평 정도(9,870제곱미터)였고 3등전의 1결은 5천 평 정도(14,080제곱미터)였고 척박한 6등전의 1결은 1만 2천 평 정도(39,490제곱미터)였다.[164] 토지의 비옥도를 결정하는 데 향리의 농간이 개입될 여지가 많았으므로 결을 단위로 부과되는 조세체계는 애초부터 공정하게 관리되기 어려웠다. 생산능력이 충분히 발휘될 때 천 원을 벌 수 있다고 판단하면 국가는 그 사람에게 백 원의 세금을 부과한다. 5백 원을 벌었더라도 그는 백 원을 납부하고 천오백 원을 벌었더라도 그는 백 원만 납부한다. 향리의 농간으로 부농의 토지는 하등전으로 평가되고 소농의 토지는 중등전으로 평가되는 경우에 나라의 재정은 위기를 맞을 수밖에 없다.

15세기 초에 전국의 토지는 국가가 직접 수조(收租)하는 공전과 개인이 수조하는 사전으로 구분되었다. 왕족과 관료와 군인들에게 품계에 따라 차등적으로 과전(科田)을 지급하고 수조하게 하였다. 사전은 소유권을 준 토지가 아니라 수조권을 준 토지였다. 사전의 설치를 중앙의 통제가 용이한 경기도에 한정하였기 때문에 사전은 전국의 경지 80만 결 가운데 10만 결을 넘을 수 없었으며 과전의 지급과 환수를 엄격하게 시행하였고 조를 수확량의 10분의 1로 제한하였다. 전국의 340여 군현에 왕이 임명하는 수령이 파견되어 중앙집권적 행정체계가 정비됨에 따라 유교조선은 현직 관료에게만 사

---

164 안병직, 『경세유표에 관한 연구』, 경인문화사, 2017, 277쪽.

전을 지급하는 직전제(職田制)를 실시하였다. 1466년에 시행된 직전제는 퇴직 관료도 과전을 보유하게 하고 그가 죽으면 그의 처자가 일정량의 과전을 계승하게 한 과전법의 규정을 폐지하였다. 관료에게 직전을 지급하는 제도는 16세기 중엽에 중단되었다. 1460년에 편찬된 『경국대전』에는 토지의 매매는 관의 승인을 받아야 한다는 규정이 있으나 사전이 소멸하자 사전과 공전의 구별이 무의미하게 되었고 토지는 국가의 소유라는 법적 규정은 그대로 있었음에도 불구하고 전국의 토지가 모두 당사자 간의 계약에 의하여 자유롭게 매매되는 사적 소유지가 되었다. 16세기에는 대토지소유가 확대되었다. 1586년에 이황은 2,953두락의 토지를 상속하였는데 1두락은 한 말의 종자를 파종하는 면적으로서 논의 경우에 120-180평이었다. 청빈하다는 이황이 이 정도의 대토지를 소유하였다는 사실은 16세기에 대토지소유가 일반화되어 있었다는 것을 추정할 수 있게 하는 증거가 된다.[165] 그러나 유교조선의 관행이었던 분할 상속은 대토지소유의 확대를 저지하는 요인으로 작용하였다. 대토지를 소유한 집안도 몇 차례의 분할 상속을 거치면 재산규모가 영세해졌다. 17세기 이후에는 재산규모를 유지하기 위해서 여자에게는 재산을 상속하지 않고 남자의 경우에도 장자의 몫을 확대하는 방향으로 상속 관행이 변경되었다.

1690년에 전체 인구의 40.6퍼센트를 차지하던 노비는 1858년에 1.7퍼센트로 감소하였다.[166] 조선 전기에는 농민의 3분의 1 정도가 노비였으며 노동력이 희소한 자원이었다. 그러나 조선 후기에는 인구가 증가하여 토지가 노비보다 더 중요한 재산이 되었고 노비 노동을 이용한 농업경영은 점차 소멸하였다. 노비에게는 생산성을 높이려는 유인이 없었고 노비를 감독하는 것도 쉽지 않은 일이었다. 자금의 여력이 있는 지주들에게는 땅을 사서 그 땅

165 장시원, 『한국경제사』, 한국방송통신대학교출판부, 2009, 6쪽.
166 장시원, 『한국경제사』, 7쪽.

을 농민에게 경작시키고 임대료를 받는 지주경영이 노비를 이용한 직접경영보다 감독 비용의 절감과 노동 유인의 효과라는 점에서 유리했다. 토지는 일정한데 인구만 증가하였으므로 소농 경제는 영세화를 피할 수 없었고 소농들 사이에 차지 경쟁이 심해질 수밖에 없었다. 19세기에는 토지의 70퍼센트가 지주경영으로 경작되었다. 토지의 임대료는 수확량의 절반을 수취하는 정률제(병작제)와 수확량의 3분의 1 선의 정액제가 있었다. 병작제(배메기)에서는 추수 현장에 입회하여 나누거나 추수 이전에 예상한 수확량에 따라 나누었으며 종자와 결세(結稅)는 지주가 부담하였다. 작물의 종류가 일정하지 않은 밭농사는 주로 정액제로 하였는데 정액제에서는 종자와 결세를 소작농민이 부담하였다.

직파(直播)를 할 때는 제초를 4, 5차례 해야 했으므로 노동력의 확보가 농업의 필수 조건이었으나 이앙(移秧: 모내기)을 할 때는 제초를 한두 번 하였으므로 노동력이 40퍼센트 정도 절감되었다. 이앙은 모판에서 모가 일정하게 자란 다음에 논에 옮겨 심는 것이기 때문에 잡초와의 경쟁을 견딜 수 있었다. 모내기는 모판에서 모가 자랄 동안에 논에서 늦겨울이나 이른 봄에 파종하여 여름에 추수하는 보리를 키울 수 있게 했다.

조선 초기의 군복무는 세 사람이 한 조가 되어 한 사람이 입대하면 두 사람이 그 사람의 가족을 돌보아 주는 방식으로 운영되었다. 군부대의 운영비는 국가가 지급하였으나 군인들 개인에게 지급되는 것은 아무것도 없었다. 천민이 아닌 모든 사람이 군역을 수행하도록 규정되어 있었으나 실제로는 농민들만이 군역의 대상이 되어 군포를 바쳤다. 죽은 사람을 군역의 대상에서 삭제하지 않고 군포를 부과하였고 죽은 사람을 군적에서 지우려면 사망 감정료와 장부 기입료 등 잡다한 수속비용을 부담해야 했다. 19세기에는 향리들의 농간으로 어린아이가 군적에 등록되는 경우도 적지 않았다. 노비들은 처음부터 군역을 면제받았고 관리도 군역에서 면제되었고 양반은 장교(군관)로 복무하게 되어 있었으며 4대 안에 관직자가 있는 양반의 장남만 군역을 면제받도록 되어 있었으나 16세기 중엽 이후로 양반들은 장교의 군역도 지지 않게 되었다. 17세기에 군인들에게 급료를 지급하기 시작하였다. 1년에 무명 2필을 낸 사람에게 군역을 면제해 주고 그것을 군대의 급료로 사용하였다. 1750년에 연간 2필의 군포를 1필로 감하고 부족액을 토지세로 부과하였다. 군포의 총액을 미리 정하고 마을 단위로 할당하였는데 많은 양인들이 중인이나 양반으로 신분을 높여서 군역에서 빠져나갔다. 군포를 토지세로 부과한 균역법은 토지소유자인 양반에게 군포를 부과하는 결과가 되었다.

1471년에 성곽, 관청, 도로, 교량의 건설과 보수에 8결당 장정 1인을 징발하되 1년에 6일을 넘을 수 없도록 정하였다. 농민이 중앙정부에 필요한 물품을 현물로 바치는 공물은 군현별로 정해진 납부 총액을 호별로 분담하게 하였는데 공물 조달에 수령의 자의와 향리의 농간이 개입하였다. 공물을 결당 12-16두의 쌀로 내게 한 대동법은 신분에 관계없이 소유 토지의 규모에 따라 부과하였으므로 대토지소유자에게 불리하였다. 유교조선은 토지에서 전세, 대동미, 삼수미(三手米) 등의 기본세와 운반비 등의 부가세를 징수하였는데, 거기에 지방관청이 독자적으로 부과하는 부가세가 있었으며 농민들은 고장을 떠난 사람들이 부치던 토지의 조세까지 분담하여 납부해야 했다. 농사철에 쌀을 농가에 배분하고 가을 수확기에 10분의 1의 이자를 더하여 거두는 환곡은 빈민구제와 가격조절의 기능을 하는 제도였으나 17세기에 그 이자를 중앙 재정의 수입으로 삼으면서 규모가 확대되었고 18세기에 강제로 배분하고 강제로 수취하는 과정에서 수령과 아전의 횡령이 개입하여 폐단이 커지기 시작하였다. 가격조절과 구휼수단이 아니라 재정수입원으로 운영되면서 쌀값이 급등하였기 때문에 19세기에는 환곡이 민란의 중요한 원인으로 작용하게 되었다. 국가는 민란을 수습하기 위하여 환곡을 축소하지 않을 수 없었다. 당시의 조세는 전세가 1결당 쌀 4두, 1602년부터 훈련도감에서 대포부대[砲手]와 창칼부대[殺手]와 활총부대[射手]의 훈련비로 거두는 삼수미가 1결당 2두 2승, 1608-1708년에 전국적으로 시행된 대동미가 1결당 12두, 1751년부터 군역자에게 군포(軍布) 1필을 거두는 균역법이 추가로 토지에 부과하는 균역미가 1결당 3두(돈으로 결당 5전)였다. 전세, 대동미, 삼수미 등의 기본세는 14퍼센트 내외였으나 "지방세와 각종 부과세가 추가되어 국가 수취는 총생산량의 25퍼센트에 달했다."[167] 19세기에 환곡의 조(租)는 1결당 2-3석이나 되었다. 환곡은 1894년에 폐지되었다.

17-18세기에 온돌이 보급되면서 땔감의 수요가 증가하여 산림이 황폐하게 되었고 나무가 없는 산에서 흘러내린 토사가 저수지를 메워서 저수와 배수의 기능을 상실한 저수지가 늘어났다. 19세기에는 홍수와 가뭄의 피해도 극심하여 토지의 생산성이 전반적으로 하락하였다.

중앙의 양반관료들로부터 차별을 심하게 받아 온 평안도에서 조직적인 농민 봉기가 먼저 발생하였다. 1811년 12월 18일에 홍경래는 3년 동안 광산과 무역 등에서 자금을 준비하여 천여 명의 병력으로 투쟁을 개시하였다. 그는 장동 김씨의 세력을 타도하고 그가 주도하는 정권을 세우려고 하였다. 12월 22일에 8천 명의 정부군이 진압에 나섰다. 홍경래는 4개월 동안 버텨 냈으나 포위된 상황에서 식량사정이 악화되어 평안도 농민전쟁은 1812년 4월 19일에 끝났다.

1862년(임술)에 전국 각지에서 민란이 일어났다. 2월에 경상도 진주에서 시작된 민란은 4월에는 전라도 익산·개령·함평에서, 5월에는 충청도·전라도·경상도의 여러 곳에서, 11월에는 북쪽 함경도 함흥에서, 12월에는 제주도에서 일어났다. 경상도 19개 고을, 전라도 38개 고을, 충청도 11개 고을, 전국 70여 고을이 민란에 참가하였다.

전세와 군포와 환곡의 불합리한 징수, 그중에서도 특히 환곡의 강제 분급과 고리대적 이자(耗穀)에 반대하여 봉기한 농민들은 환곡을 폐지하겠다는 국가의 약속을 받고 투쟁을 그쳤으나 그것이 거짓 약속이었다는 사실이 드러

---

167 장시원, 『한국경제사』, 19쪽.

나자 환곡의 이자를 받기 시작하는 1862년 가을에 다시 봉기하였다. 1단계의 민란은 짧으면 2-3일 길면 10-13일 정도 지속되었으나 2단계의 제주 민란은 3개월이나 계속되었다. 그들은 지방관리들을 추방하고 악질적인 아전들을 처단하였다. 그러나 1862년의 민란은 서로 연계 없이 분산되어 곳곳에서 개별적으로 전개되었으므로 국가의 회유와 탄압에 의하여 각개 격파되었다.

정약용(1762-1836)은 18년간 귀양살이를 하면서 수령과 아전의 불법적 협잡을 정확하게 인식하였다. 사도세자를 죽이는 데 찬성한 노론 벽파는 정조의 탄압을 받았다. 1800년에 정조가 죽자 정권을 잡은 그들은 정약용을 귀양 보냈다. 노론 시파 김조순이 정권을 잡은 1818년에 정약용이 고향 경기도 마현으로 돌아왔다. 그는 왕권을 강화하고 상층관료의 세력을 억제하는 것이 부국강병의 길이라고 생각하고 유교의 애민사상을 실현할 수 있는 제도를 구상하였다. 정약용은 「원목」에서 "하늘이 볼 때 사람에게는 귀천이 없다"[168]라고 했고 「탕론」에서 "백성들이 원하면 임금이 바뀔 수도 있다"[169]라고 하였다. 「원목」에서 정약용은 "민이 목(牧)을 위해 산다고 하는 것이 어찌 진리가 되겠는가? 목이 민을 위해 있는 것이다"[170]라고 하면서 초계급적 절대왕권의 근거를 자연 상태와 원시 상태에까지 소급하여 설정하려고 했다. 정약용이 탄생한 1762년에 루소가 『사회계약설』을 발표했다. 루소는 인민을 주체로 설정하였으나 정약용은 임금을 주체로 설정하고 인민을 객체로 설정하였으므로 그의 발언에서 평등주의나 민주주의의 함의를 찾으려는 해석은 명백한 오류이다. 정약용은 신분제도와 노비제도를 부정하지 않았다. 그는 양반, 중인, 상민, 천민의 구별을 당연한 질서로 수용했다. 그는 관료의 부정부패를 막을 수 있는 제도만 만들면 애민사상을 실현하는 제왕적 통치가 가능하다고 생

---

168 정약용, 『정본 여유당전서』 2, 다산학술문화재단 편, 사암, 2013, 206쪽.
169 정약용, 『정본 여유당전서』 2, 304쪽.
170 정약용, 『정본 여유당전서』 2, 206쪽.

각하였다. 『목민심서』는 「부임」, 「율기」, 「봉공」, 「애민」, 「이전」, 「호전」, 「예전」, 「병전」, 「형전」, 「공전(工典)」, 「진황(賑荒)」, 「해관(解官)」 등 취임부터 이임까지 지방관리가 알아야 할 직무 지침 12편으로 구성되어 있다. 전체가 72조이고 매 편이 6조인데, 조마다 수령으로서 반드시 지켜야 할 원칙들을 제시하고 그 원칙들의 연혁과 사례를 기술하였다. 이 책의 여러 곳에서 정약용은 신분제도와 노비제도의 동요에 대하여 우려를 나타냈다.

이노(吏奴)의 무리는 배우지 못하고 아는 것이 없어 오직 인욕만 알고 천리는 모른다.[171]　　　　　　　　　　　　　　　　　　　　　（「율기」 청심）

임금과 신하, 노비와 주인 사이에는 명분이 있어서 마치 뛰어오를 수 없는 하늘과 땅 사이와 같이 판연하다.[172]　　　　　　　　　　　　　　　　（「예전」 변등）

수령으로서 애민한다는 이들이 편파적으로 강한 자를 누르고 약한 자를 도와주는 것을 위주로 삼아서 귀족을 예로 대하지 않고 오로지 소민을 두호하는 경우에 원망이 비등하게 될 뿐 아니라 풍속이 또한 퇴폐해질 것이니 크게 불가하다.[173]　　　　　　　　　　　　　　　　　　　　　（「예전」 변등）

노비법이 변한 이후로 민속이 크게 변하였는데 이것은 국가의 이익이 되지 않는다. 영조 7년(1731) 이후로 사노(私奴)의 양인 신분의 처 소생은 모두 양인 신분을 따르게 되었다. 이 이후로 상층은 약해지고 하층은 강해져서 기강이 무너졌다.[174]　　　　　　　　　　　　　　　　　　　　　（「예전」 변등）

171　정약용, 『정본 여유당전서』 27, 106쪽.
172　정약용, 『정본 여유당전서』 28, 273쪽.
173　정약용, 『정본 여유당전서』 28, 273쪽.
174　정약용, 『정본 여유당전서』 28, 278쪽.

국가가 의지하는 바는 사족인데 그 사족이 권세를 잃는다면 국가에 급한 일

이 생겨서 소민들이 난을 일으킬 때 누가 능히 막을 것인가.[175]　　　　　（「예전」 변등）

아전들의 습성이 날로 교만해져서 심지어는 조정의 관리나 명망 있는 선비

가 수령을 만나 말에서 내리는데도 수령을 수행하는 아전이 말에서 내리지 않

는다. 아전을 훈계하지 않아 비방을 듣지 않도록 수령은 아전 단속을 반드시 엄

하게 해야 할 것이다.[176]　　　　　（「부임」 계행）

정약용은 1799년에 「전론」 7장을 썼는데 그 가운데 제3장에서 여전제(閭田制)라는 일종의 집단농장제도를 구상하였다.[177] 여전제의 공동소유와 공동경작과 공동수확에는 전국 토지의 국가 소유와 노동시간에 따른 분배가 전제되어 있다. 그러나 여전제는 농민이 계획하고 집행하는 농민 중심의 공동경작이 아니라 국가가 주도하는 공동경작이라는 의미에서 국왕이 유일한 독점 지주가 되는 국가 소작제로 운영될 가능성을 배제할 수 없는 제도이다.

1. 농사짓는 사람에게는 토지를 주고 농사짓지 않는 사람에게는 토지를 주지 않는다. 장인(匠人)은 제품으로 상인은 상품으로 곡식을 교환하여 생계를 유지한다.
2. 자연지형을 일정한 구역으로 나누어 30호 기준의 여(閭)를 만든다. 전국의 토지 80만 결을 전국의 인구 800만 명으로 나누면 10인 가족이 5, 6등전 1결을 받을 수 있다.
3. 30호의 사람들이 1여의 토지를 여장의 지휘 아래 공동으로 경작한다.

175　정약용, 『정본 여유당전서』 28, 278쪽.
176　정약용, 『정본 여유당전서』 27, 47쪽.
177　정약용, 『정본 여유당전서』 2, 271쪽.

여장은 농민 한 사람 한 사람의 노동량을 매일 장부에 기록한다. 개별 농민은 노동의 대가로 매일 4되를 받는다. 병자와 과부는 공동체의 구휼을 받게 한다.

4. 수확이 끝나면 먼저 나라에 세금을 바치고 다음에 여장에게 봉급을 주고 나머지 수확물을 장부에 기록된 노동량에 따라 분배한다. 소작제가 없어져 소작료(수확량의 50퍼센트)를 내지 않아도 되므로 국가는 소작제가 있을 때보다 세금을 더 많이 걷을 수 있고 관리에게 더 많은 봉급을 줄 수 있다.

6. 관리에게는 토지를 주지 않고 녹봉을 준다. 양반은 수리(水利)를 일으키고 도구를 제조하고 농사짓는 방법을 가르치고 부민의 자제를 교육하여 생활한다. 관직이 없는 양반은 교육에 종사하거나 노동을 분담해야 한다. 양반이 축산, 관개 등의 기술을 연구하는 것도 노동을 분담하는 것으로 인정한다. 양반의 일역은 농민의 10배로 계산한다.

7. 농민의 3분의 1은 군대에 편입하고 3분의 2는 호포를 내게 하여 군수에 충당한다. 대오에 편입된 농민은 여장의 지휘 아래 군사훈련을 받는다.

정약용은 『경세유표』를 1815년에 착수하여 1820년에 완성하지 못한 채로 끝냈고 『목민심서』를 1818년에 시작하여 1821년에 완성하였고 1818년에 써 놓은 초고를 1819년부터 고쳐서 1822년에 『흠흠신서』를 완성하였다. 정약용의 제도주의는 『경세유표』에 분명한 형태로 나타나 있다. 임종을 맞은 신하가 죽기 전에 써서 죽은 후에 임금에게 바치게 하는 글을 유표(遺表)라고 한다. 책의 제목을 유표라고 한 것으로 미루어 볼 때 이 책에서 정약용이 자신의 제도주의 사상을 체계화하려고 의도했다는 것을 알 수 있다. 정약용은 이조, 호조, 예조, 병조, 형조, 공조의 제도를 『주례』의 천관, 지관, 춘관, 하관, 추관, 동관의 체계에 맞추어 근본적으로 개혁하려고 하였다. 그는 백성의 생활을 안정시키고 만민을 교육하는 일을 분리할 수 없다고 보고 민생문제와 교육문제를 호조에서 다루게 하였다. 그는 『주례』에서 말하는 향삼물(鄕三物: 지인성의충화(知仁聖義忠和)의 육덕과 효우목인임휼(孝友睦媚任恤)의 육행과 예악사어서수 (禮樂射御書數)의 육례)을 만인에게 가르쳐야 한다고 주장하였다. 중앙정부의 부 서를 120개에 한정하고 6조에 20개씩 배정하며, 3년마다 시행하는 정기시험 이외에 특별임시시험을 모두 폐지하고 과거 급제자를 1회에 36인으로 하고 문과와 무과의 인원수를 동수로 하고 급제자는 모두 임용하며, 향리의 세습 을 금지하는 등 여러 가지 개혁 방안을 제안하였으나 정약용은 무엇보다 정 전법을 국가제도의 중심으로 설정하였다. 전지의 실태를 파악할 수 없는 결 부제 대신에 측량에 기초한 양전(量田)방법과 토지의 국가 소유에 기초한 정 전법의 실현 방안이 이 책의 핵심이다. 『경세유표』의 「전제」 열두 편 가운데 1-5편은 정전법의 기본개념에 대한 설명이고 6-8편은 유교조선의 토지제도 에 대한 검토이고 9-12편은 정전법의 실시방법에 대한 제안이다. 6-8편은 1816-1817년에 집필되었다. 정전법은 토지를 우물 정(井) 자 모양으로 구획 하여 여덟 구획의 사전이 가운데 한 구획의 공전을 둘러싸고 있는 형태의 토 지 운영 방법이다. 사전 8개 구역은 8명의 남자가 나누어 경작하게 하고 한 사람이 두 개 구역을 경작하지 못하게 해야 한다. 가운데 공전은 반드시 정 사각형으로 구획하고 나머지 사전도 가능하면 정사각형 또는 직사각형으로 구획하되 그것이 어려운 경우에는 어린도(魚鱗圖)를 적절하게 활용하여 동일 한 면적의 사전을 공전의 둘레에 비늘 모양으로 배치할 수 있게 하는 방법이 정약용의 기본 구상이었다. 정약용은 토지가 어떤 모양이든 평평한 토지를 아홉으로 나눈 구획을 기준으로 삼아 조정하면 9등분할 수 있으니 그 가운데 하나를 공전으로 하면 된다고 하였다. 바둑판처럼 나누는 것이 아니라 바둑 판을 평균 모형으로 활용하여 비율로 9등분하는 것이 가능하다는 것이다. 모 자라고 남는 땅을 사고팔게 하여 9등분이 되도록 하되 모두 가난하여 사고팔 수 없을 때에는 한 구획을 두 사람이 함께 경작하게 한다. 정전법에서는 공 전을 경작하는 것 이외에 다른 세금은 전혀 없다. 농민들이 공동으로 경작한 공전의 수확물 이외에 전세(田稅)가 따로 없으므로 토지의 비옥도나 기후의 풍흉에 따른 별도의 사정이 필요 없고 공전의 생산물을 국가가 직접 사용하므로 따로 징세비용이 필요 없이 세율이 9분의 1세로 고정된다.

정약용은 "천하의 전지는 모두 왕전[天下之田皆王田也]"[178]이고 "천하의 전지는 모두 군전[天下之田皆軍田也]"[179]이라고 단언하였다. 토지가 왕전이라야 임금이 백성들에게 토지를 분배할 수 있으며 토지를 임금에게서 받아야 백성들이 임금을 위하여 목숨을 바칠 수 있게 된다는 것이 정약용의 생각이었다. "왕전에서 생계를 얻으면서 임금의 일에 죽을힘을 다하지 않을 수 있겠는가[寄生理於王田, 敢不致死力於王事也]."[180] 전지가 민전이 되면 백성들은 자기 땅에서 일해서 편안하게 살면서 임금의 은혜를 절실하게 느끼지 못하게 되므로 전쟁터에 나가 임금을 위해 죽어야 한다고 생각하지 않게 될 것이다. "임금이 편안하게 사는 백성을 아무런 까닭 없이 잡아다가 사지로 몰아넣으니 백성이 수긍하겠는가[王無故執安居之民, 驅而納之於矢石爭死之場, 民其肯之乎]."[181] 정전은 왕전이면서 동시에 군전이므로 농민은 다 병사가 된다. 정약용은 정전제가 실시되지 못하고 있는 상태에서도 중앙과 지방에 둔전을 설치하여 전투 능력을 갖춘 상비군을 확보할 수 있다고 제안하였다. 경성의 수십 리 이내, 읍성의 수리 이내에 전지를 사들여서 군전을 만들고 둔전법을 시행하여 군이 양식을 자급하게 하면 수도와 군현을 수호할 수 있다는 것이다. 정약용은 지주제를 완전히 철폐해야 한다고 생각하였고 농민에게도 소유권이 아니라 일시적 점유권 즉 용익권(用益權)만 주어야 한다고 생각하였다. 농민은 임금에게서 토지를 일시적으로 맡아서 사용하는 위탁관리자이다. "무릇 전지는 다 왕전이다. 사전의 점유자를 토지소유자라고 할 수 없으므로 일시적 점유자라고 지

178 정약용, 『경세유표 원문』, 현대실학사, 2004, 369쪽.
179 정약용, 『경세유표 원문』, 195쪽.
180 정약용, 『경세유표 원문』, 195쪽.
181 정약용, 『경세유표 원문』, 195쪽.

칭한다[凡田皆王田. 私主不可謂之田主, 故名之曰時占]."[182] 정전제는 전국의 토지를 국가가 소유하고 있을 때 비로소 시행할 수 있는 제도이다. 정약용도 전국의 토지를 모두 개인들이 소유하고 있는 현실을 인식하고 있었으나 백 년을 목표로 하고 정전제를 계획하고 우선 시행할 수 있는 것부터 당장 시작해야 한다고 주장하였다. "큰일을 하려고 하는데 어찌 조그만 일에 구애될 것인가? 정전으로 만들 수 있는 땅은 백성들이 좋아하고 싫어하는 것을 물을 것 없이 먼저 정전으로 구획한 연후에 그 가격을 조정하여 지불한다[將大有爲, 奚顧細節? 凡可井之地, 不問其肯與不肯, 盡之爲井, 然後乃問其價]."[183] 한편으로 국가가 토지를 매수하고 다른 한편으로 지주들에게 토지를 기증하게 하여 공전을 확보한 후에 기존의 국유지를 정전으로 전환하고 토지 기증자에게 관직을 수여하며 필요하면 국가의 강권을 발동하여 전국의 토지를 국유지로 확보해 나가야 하는데 "수백 년 동안 흔들림이 없이 확고하게 조금씩 거두어들이고 시행해야[數百年不撓, 收之有漸行之]"[184] 한다.

19세기를 대표하는 시조작가는 이세보(1832-1895)이다. 그는 466수의 시조를 『풍아』(1862), 『별풍아』(1865) 등의 개인 시조집으로 엮어 냈다. 대원군의 6촌 아우[再從弟]인 그는 1860년에 장동 김씨 세력의 횡포를 탄핵하여 3년 동안 신지도에서 유배생활을 하다 고종이 즉위한 1863년에 풀려났고 일인들이 민비를 시해한 1895년에 사망하였다. 이세보의 시조에는 유배지의 체험을 자신의 시각에서 소박하게 진술한 시조와 상상의 사건을 허구적 인물의 시각에서 진술한 시조가 있다. 다양한 인물들의 육성을 전달하는 시조는 대부분 사랑 노래이다.

---

182 정약용, 『경세유표 원문』, 253쪽.
183 정약용, 『경세유표 원문』, 253쪽.
184 정약용, 『경세유표 원문』, 158쪽.

타향에 생일 되니 부모 동생 그리워라

밥상에 듣는 눈물 점점이 피가 된다

언제나 무궁한 회포를 부모 전에 아뢰리[185]

　유배된 사람의 상황을 고려하고 읽는 사람은 눈물이 피가 된다는 이 시조의 평범한 비유를 절실하게 느낄 수 있을 것이다. 유배지에서 이세보는 농민의 사정을 바로 볼 수 있게 되었다.

그대 농사 적을 적에 내 추순들 변변할까

저 건너 박 부자 집에 빚이나 다 갚을는지

아마도 가난한 사람은 가을도 봄인가[186]

　아무런 비유도 사용하지 않았고 셋째 줄의 율격도 3-5-4-3이 아니라 3-6-3-3이 되어 다소 어색하지만 이 시조는 농민의 사정을 과장 없이 있는 그대로 충실하게 보여 준다. 이세보에게는 관리들의 횡포를 고발하는 시조도 있다.

설상가상(雪上加霜) 더 어렵다 철모르는 장교 아전

틈틈이 찾아와서 욕질 매질 분수없다

지금에 대전통편(大典通編)은 다 어디로 갔을꼬[187]

　가난도 문제이지만 관리들의 횡포도 문제라고 지적한 이 시조는 무법천지

185 『고시조 대전』, 김흥규 외 편, 고려대학교민족문화연구원, 2012, 1103쪽.
186 『고시조 대전』, 101쪽.
187 『고시조 대전』, 547쪽.

가 되어 버린 농촌의 현실을 적절하게 비판하고 있는 시조라고 할 수 있다. 그러나 이세보는 많은 애정시조에서 허구적 인물을 등장시켰다.

늙고 병든 나를 무정히 배반하니
가기는 간다마는 나는 너를 못 잊는다
어쩌다 홍안(紅顏)이 백발을 이다지 마다하나[188]

젊은 여자에게 버림받은 백발의 남자를 이세보라고 보기는 어려울 것이다. 이세보는 돈을 보고 왔다가 다른 남자를 따라가는 기녀의 행동을 당하는 남자의 시각에서 묘사하였다. 이 시조에는 젊은 여자를 좋아하는 늙은 남자에 대한 풍자가 들어 있다. 이세보의 시조에는 버림받는 여자의 육성을 담고 있는 시조도 있다.

화촉동방(華燭洞房) 만난 연분 의(誼) 아니면 믿었으며
돋는 해 지는 달에 정 아니면 즐겼을까
어쩌타 허물 하나로 이다지 섭게 하나[189]

이 시조에서도 잘못은 남자에게 있다. 이 두 사람은 화촉을 밝히고 첫날밤을 치른 부부이다. 오래 같이 살았는데 남자가 바람이 나서 나가면서 작은 허물을 트집 잡아 질책하였다. 작은 허물 하나로 부부의 중한 연분을 깨뜨리는 남자에 대한 여자의 원망에는 그 남자의 행동을 비판하는 이세보의 의견이 녹아 들어가 있다.

박효관(1800-1880)과 안민영(1816-?)은 1872년에 856수의 시조를 모아 『가곡

---

188 『고시조 대전』, 248쪽.
189 『고시조 대전』, 1183쪽.

원류』를 편찬하였다. 안민영은 1885년경에 자신의 시조 181수를 개인 시조집 『금옥총부』로 따로 엮었다. 19세기에 나온 중인들의 시조 245수 가운데 거의 3분의 2를 안민영이 지었다.

임 그린 상사몽(相思夢)이 실솔(蟋蟀)의 넋이 되어
추야장(秋夜長) 깊은 밤에 임의 방에 들어가서
날 잊고 깊이 든 잠을 깨워 볼까 하노라[190]

박효관의 이 시조는 내 꿈이 귀뚜라미의 혼으로 바뀐다는 놀라운 비유를 포함하고 있다. 두 사람은 이별한 후에 서로 만나지 못하는데 한 사람은 다른 한 사람을 계속해서 생각하고 있다. 아마도 여자라고 보아야 할 화자는 꿈속에도 나타나 주지 않는 것으로 미루어 남자가 자기를 잊었을 것이라고 생각한다. 혼자서 그리워하고 있다고 생각하니 남자가 더욱 야속하게 느껴진다. 만일 여자가 보고 싶은 마음을 귀뚜라미에게 넣을 수 있다면 귀뚜라미가 임의 침상에 가 울어서 잠든 임을 깨우고 다시 여자를 생각하게 할 수 있을 것이다. 그 귀뚜라미의 울음은 귀뚜라미의 넋이 된 여자의 마음을 남자에게 전달할 수 있을 것이기 때문이다.

늙은이 저 늙은이 임천(林泉)에 숨은 저 늙은이
시주가금(詩酒歌琴) 바둑으로 늙어 온 저 늙은이
평생에 불구문달(不求聞達)하고 절로 늙는 저 늙은이[191]

이 시조는 안민영이 노년의 박효관을 그린 시조이다. 안민영에 의하면 박

---

190 『고시조 대전』, 859쪽.
191 『고시조 대전』, 252쪽.

효관은 사람들에게 알려지기를 바라지 않고 숨어서 술과 노래와 거문고로 소일했다. 그러나 그가 실용성 대신에 심미성을 추구하면서 생활할 수 있었다는 것은 그에게 이미 상당한 재산이 축적되어 있었다는 사실을 알려 준다. 박효관은 그를 따르는 가객이나 악사들과 수시로 필운대에 있는 자기 집에서 연주회를 열었다. 중인들은 신분상승이 불가능했으므로 대부분 재산을 축적하는 데 전념하였을 것이나 그 가운데 박효관처럼 어느 정도 모아 놓은 재산을 심미성의 추구에 바치는 사람들도 있었을 것이다. 그러므로 똑같이 지위와 명예를 부러워하지 않는다고 말하더라도 양반들의 경우에는 지위와 명예를 더 이상은 추구하지 않겠다는 의미가 될 것이고 중인들의 경우에는 신분상승이 불가능한 출신의 한계를 수용하겠다는 의미가 될 것이다.

중인 시조작가들은 그들이 시조의 전통이라고 생각한 형식을 충실하게 전달하려고 노력했다. 그들은 널리 알려진 화제(話題)와 인유(引喩)를 사용하여 얼마간 상투적인 감정을 전달하려고 했다. 그들은 양반들의 취미와 분위기에 맞추어 창작하는 데 그치고 중인들의 독특한 고유성을 창조하지는 못했다. 그러나 의미 있는 주제를 담아야 한다는 압력에서 상대적으로 자유로웠기 때문에 중인들의 시조에는 양반들의 시조에 비교할 때 구체적 사물과 감각적 정경을 묘사하는 데 공을 들이는 경향이 좀 더 우세했다고 할 수 있을 것이다.

> 국화야 너는 어이 삼월동풍 싫어하냐
> 성긴 울 찬비 뒤에 차라리 얼지언정
> 뭇꽃과 함께 어울려 피지는 않겠노라[192]

삼월에 동쪽에서 불어오는 봄바람을 즐기는 꽃들은 국화가 보기에 편안

---

192 『고시조 대전』, 88쪽.

한 삶에 익숙하여 항구성을 지키지 못한다. 국화는 세속의 야망을 포기하고 절조를 지키는 지식인의 고상한 정신을 상징한다. 가장 늦게 피는 국화는 서리를 이겨 내고 나쁜 조건 아래서도 꿋꿋하게 견딘다. 그것은 원칙을 지키며 지조를 바꾸지 않는 불굴의 정신을 대표한다. 그러므로 국화는 금새 피었다가 금새 시드는 봄꽃들과 함께 어울리려고 하지 않는다. 안민영의 이 시조는 양반 시조의 분위기를 답습하고 있다고 하겠으나 그에게는 감각적 정경을 재치 있게 묘사한 시조도 적지 않다.

> 임 이별할 적에 저는 나귀 한치 마소
> 가노라 돌아설 때 저는 걸음 아니런들
> 꽃 아래 눈물 젖은 얼굴 어찌 자세 보리오[193]

이 시조의 화자인 남자는 평소에 다리를 저는 나귀를 싫어했으나 여자에게 떠나겠다고 말하고 나올 때 나귀의 저는 걸음 덕택에 여자의 얼굴을 다시 한번 자세히 볼 수 있어서 비로소 늙은 나귀에게 고마운 마음을 가지게 되었다. 남자다운 척하고 돌아보지 않고 나왔으면 가는 동안 내내 후회했을 것이기 때문이다. 울고 있는 여자를 보는 것은 안타까운 일이지만 그 여자의 울음은 남자에 대한 사랑의 표현이므로 남자에게는 위안의 표시가 될 수 있다.

19세기에는 상류층 지식인들뿐 아니라 상류층 부녀들도 가사를 지었고 중인들도 가사를 창작하였으며 노비·승려·무당과 함께 천민으로 취급받던 소리꾼과 놀이꾼들도 가사를 지어 불렀다. 소리꾼과 놀이꾼이 노래로 부르던 허두가나 잡가를 소리 내어 낭송하던 음영가사(吟詠歌辭)와 구별하기 위하여 가창가사(歌唱歌辭)라고 한다. 양반집 부녀나 중인들은 이념보다 생활을 중시하였기 때문에 그들의 가사도 추상적인 개념에서 떠나 실제로 눈앞에 펼

---

193 『고시조 대전』, 867쪽.

쳐지는 삶을 이야기하게 되었다. 정학유(1786-1855)의 「농가월령가」는 생계의 기본이 되는 농사일에서 농민들이 반드시 유의해야 할 사항을 월별로 기술한 518행의 가사이다. 정약용의 아들인 정학유는 농민들이 매달 해야 할 농사일들과 그달의 민속축제를 적절하게 배치하였다. 음력 1월에는 농사 연장을 수리하고 초가의 지붕을 잇고 짚으로 새끼줄을 꼬고 과일나무의 잔가지를 쳐내야 한다. 어른들은 세배 손님을 맞기 위해 떡국을 만들고 술을 빚으며 아이들은 연 날리고 그네 타고 윷놀이를 한다. 정월 보름에는 귀에 좋으라고 술을 마시고 종기가 나지 않도록 밤을 먹는다. 음력 2월에는 과일과 뽕나무를 가꾸고 가축을 돌보고 약초를 캔다. 음력 3월에는 논을 평평하게 고르고 도랑을 막아 물을 모으고 들깨, 삼, 콩, 팥, 좁쌀을 심고 보리밭을 매며 텃밭에는 무, 배추, 아욱, 상추, 고추, 가지, 파, 마늘을 심으며 누에를 먹이고 과일나무에 접을 붙이고 장을 담근다. 음력 4월에는 도랑 쳐 물길 내고 지붕을 고쳐서 장마에 대비하고 벌통을 보살피고 논을 갈아 흙덩이를 부순다. 음력 5월에는 보리를 타작하고 소에 꼴 먹이고 누에고치를 따고 목화씨 심고 약쑥을 베고 모내기한다. 음력 6월에는 논과 밭에 김을 매고 삼대를 쪄서 실을 잣고 베를 짠다. 음력 7월에는 벼 포기에 피를 골라내고 마지막 김을 한번 더 매고 울타리를 고치고 채소와 과일을 절여서 저장한다. 음력 8월에는 목화 딸 준비를 하고 명주를 끊어 내어 볕에 말리고 추석 명절을 쇠고 나서 며느리를 친정에 다녀오게 한다. 음력 9월에는 벼 베어 타작하고 키질하며 목화 따서 솜실을 감아 내며 밤에는 방아 찧어 밥쌀을 장만한다. 음력 10월에는 김장하고 장아찌 만들고 겨울 땔감 쌓아 놓고 겨울바람이 들어오지 못하게 벽과 문의 구멍을 막는다. 음력 11월에 화자는 묻는다.

> 가을에 거둔 곡식 얼마나 되었는가
> 몇 섬은 환자 갚고 몇 섬은 세금 내고
> 얼마는 제사쌀에 얼마는 씨앗이며

도지(賭地)도 바치고 품삯도 갚으리라

곗돈과 이자벼를 낱낱이 갚고 나니

엄부렁하던 것이 나머지 전혀 없다[194]

남는 것은 없어도 빚을 깨끗이 청산했기 때문에 관리들에게 괴롭힘을 당할 일이 없는 것을 다행으로 여긴다고("공채 사채 갚고 나니 관리 면임 아니 온다")[195] 말하고 나서 화자는 돈을 모으는 것보다 노동하고 공부하는 것이 더 보람 있는 일이라고 생각한다.

베틀 곁에 물레 놓고 틀고 타고 잣고 짜네

자란 아이 글 배우고 어린아이 노는 소리

여러 소리 지껄이니 집안의 재미로다[196]

음력 12월에도 화자는 농사짓는 일의 보람에 대해서 말한다. 장사가 좋은 것 같지만 밑천까지 들어먹기 쉬우나 "농사는 믿는 것이 내 몸에 달렸느니"[197] 임금님께 충성하고 부모님께 효도하고 조상 제사 받드는 데는 "농업이 근본이라"[198]라는 것이다. 쉬지 않고 노동하고 극도로 절약해야 하는 농민의 삶은 힘들고 고되지만 농업에 전심하면 누구나 가족들과 함께 이웃들과 어울려 평화롭고 만족스러운 삶을 향유할 수 있다는 것이 정학유의 결론이다.

「한양가」는 작자를 알 수 없는 가사이지만 작품의 끝에 "갑진년 봄에 지었다"라는 기록이 있고 작품 속에 헌종이 정조의 능에 참배 가는 장면이 나오

---

194 정학유 외, 『농가월령가 · 한양가』, 박성의 교주, 민중서관, 1974, 67쪽.

195 정학유 외, 『농가월령가 · 한양가』, 67쪽.

196 정학유 외, 『농가월령가 · 한양가』, 69쪽.

197 정학유 외, 『농가월령가 · 한양가』, 73쪽.

198 정학유 외, 『농가월령가 · 한양가』, 73쪽.

는데[199] 이 능행(陵幸)이 1843년의 일이므로 이 가사가 1844년(현종 10)에 집필되었다는 것을 알 수 있다. 762행의 이 가사에는 서울의 지리적 특징과 유명한 장소들, 내시들과 왕실경비들과 궁정부인들, 기생들과 음악가들, 제도와 관청, 과거 시험장, 탑과 정자와 왕릉, 시장과 상점과 상품들이 구체적으로 묘사되어 있다. 궁궐들과 관청들의 배치를 자세히 알고 있는 것으로 미루어 작자는 관청에 근무하면서 대궐에도 출입하는 중인으로 추정된다. 어물전, 과일전, 싸전, 약전, 화상(畵商), 지물포, 포목가게, 비단가게, 옷가게, 보석가게, 바늘가게에 진열되어 있는 상품의 이름이 정확하게 열거되어 있고 놀이의 종류와 놀이터와 기생들과 가수들의 이름들이 나열되어 있는 것으로 보아 이 가사의 작자는 장사꾼들이나 소리꾼들과도 잘 아는 사람이었을 것이다. 작자는 서울을 영원히 번영을 누릴 도읍이라고 하는 말로 시작하여 다른 어느 나라에도 서울 같은 도읍은 없다는 말로 끝냈다.

> 이런 국도(國都) 이런 세상 어느 곳에 또 있으랴
> 엎드려 비나이다 북극성께 비나이다
> 우리나라 우리 임금 대를 이어 끝없기를
> 천지처럼 영원하길 비나이다 비나이다[200]

외국을 다녀와서 보고 들은 것을 기록한 여행가사로 홍순학(1842-1892)의 「연행가」가 있고 유배생활의 체험을 기록한 유배가사로 김진형(1801-1865)의 「북천가」가 있다. 홍순학의 「연행가」는 베이징까지 가는 58일의 여정(772행)과 베이징에서 보낸 35일 동안의 견문(1010행)과 귀환하는 40일의 여정(95행)으로 구성되어 있다. 베이징에서 그의 눈을 사로잡은 것은 머리 모양과 옷

---

199 정학유 외, 『농가월령가 · 한양가』, 143-159쪽.
200 정학유 외, 『농가월령가 · 한양가』, 179쪽.

모양과 긴 손톱이었다.

> 손톱을 길게 길러 한 치만큼 되었으며
> 청녀는 발이 커서 남자의 발 같으나
> 당녀는 발이 작아 두 치쯤 되는 것을
> 비단으로 꼭 동이고 신 뒤축에 굽을 달아
> 삐쭉삐쭉 가는 모양 넘어질까 위태롭다[201]

　그는 풍속과 유흥과 서책과 동식물들과 역사적 기념물들에 대하여 이야기하고 서양인들의 모습("더펄더펄 빨간 머리 샛노란 둥근 눈깔 원숭이 새끼들과 천연히도 흡사해서 정녕히 짐승이요 사람 종자 아니로다")[202]과 천주교 성당에 대해서도 간단히 언급하였다. 그는 중국의 풍부한 물산에 경탄하면서도 만주에 대한 편견을 명백하게 토로하였다. 그는 머리를 깎고 관직에 나간 한족 지식인의 사정을 개탄하였고("모두 다 대명 적의 명문거족 후예로서 마지못해 삭발하고 호인에게 벼슬하나 의관이 부끄럽고 분한 마음 품었구나")[203] 11세 소년 황제가 만주 옷을 입은 것을 한탄하였다("천하의 제일인이 호복 입은 저란 말가").[204] 김진형은 53세가 되는 1854년에 함경도로 유배되었다. 지방의 관리들이 장동 김씨 집안에 속하는 그를 잘 대우해 주었기 때문에 그는 유배지에서 편안한 집에 살면서 두 기생과 명승지를 유람할 수 있었다. 「북천가」의 특색은 유배가사이면서 동시에 여행가사라는 점에 있다.
　상류층 부녀들이 음영하던 가사로는 아버지나 어머니가 시집가는 딸에게 며느리의 몸가짐을 가르치는 내용의 계녀가(誡女歌)와 부모의 환갑을 축하하

---

201 임기중, 『연행가사연구』, 아세아문화사, 2001, 309쪽.
202 임기중, 『연행가사연구』, 386쪽.
203 임기중, 『연행가사연구』, 380쪽.
204 임기중, 『연행가사연구』, 379쪽.

는 송축가(頌祝歌)와 꽃놀이나 산놀이 등에 흥을 돋우는 내용의 화전가(花煎歌)가 있다. 규방가사는 수천 수나 되지만 그 내용이 거의 유사하다. 「우부가」, 「용부가」, 「과부가」, 「노처녀가」, 「노인가」 같은 풍자가사와 간절한 사랑의 욕망을 토로하는 「단장가」, 「이별곡」, 「오섬가」, 「도리화가」, 「규수상사곡」 같은 애정가사에는 상류층의 시각이라고 할 수 없는 내용이 들어 있다. 애인과 함께 도망치는 아내가 나오고 정절보다 쾌락을 더 좋아하는 과부가 나오는 이 가사들은 양면성을 지니고 있다. 한편에서는 유교의 규범에 어긋나는 남녀의 행실을 풍자하면서 다른 한편에서는 선행이란 이름으로 백성들에게 강요되는 억압을 폭로한다. 백성들이 마음속에 은밀하게 간직하고 있던 욕망을 유쾌하고 자연스럽게 표현하는 풍자가사와 애정가사에는 의성어와 의태어를 많이 사용하는 민간언어의 특징이 두드러지게 나타나 있다. 겪은 일을 빠짐없이 묘사하고 서술하려고 하다 보니 19세기에는 가사의 길이가 길어졌는데 대부분의 가사들이 4음절의 4음보 율격을 변화 없이 반복하며 마무리 율격(3-5-4-3)도 지키지 않았다. 지나치게 단조로운 율격 때문에 음영하기에도 적합하지 않게 장편화한 음영가사에 대하여 노래 부를 수 있도록 단형화한 가창가사가 새로 나오게 되었다. 「난봉가」, 「유산가」, 「노들강변」, 「방아타령」, 「도라지타령」, 「아리랑타령」, 「한강수타령」, 「경복궁타령」 같은 경기잡가와 「수심가」, 「영변가」, 「배따라기」 같은 서도잡가와 「메나리」, 「새타령」, 「산타령」, 「육자배기」, 「베틀노래」 같은 남도잡가가 그러한 가창가사들이다. 소리꾼들이 판소리를 부르기 전에 목을 풀기 위하여 부르는 허두가도 가창가사이다. 허두가에는 「호남가」, 「백발가」, 「효도가」, 「사철가」, 「백구가」, 「고고천변」, 「죽장망혜」, 「진국명산」 같은 것들이 있다.

최제우(1824-1864)는 1860년에서 1863년까지 4년 동안에 『용담유사』와 『동경대전』을 지었다. 1860년에 경주 가정리에서 「용담가」, 「교훈가」, 「안심가」를 지었고 1861년에 남원 보국사에서 「검결」, 「포덕문」, 「논학문」, 「몽중노소문답가」, 「도수사」를 지었으며, 1862년에 경주로 돌아와 「수덕문」, 「권학가」, 「도덕가」를 지었고 1863년에 역시 경주에서 「홍비가」, 「불연기연(不然其然)」을 지었다. 이 가운데 『동경대전』의 「포덕문」, 「논학문」, 「수덕문」, 「불연기연」은 한문 산문들이고 『용담유사』에 수록된 나머지 작품들은 동학가사들이다.

『용담유사』와 『동경대전』에서 가장 많이 눈에 띄는 단어들은 유가류의 어휘이다.

> 자고 성현 문도들은
> 백가시서 외워 내어
> 연원도통 지켜 내서
> 공부자 어진 도덕
> 가장 더욱 밝혀 내어
> 천추에 전해 주니
> 그 아니 기쁠소냐[205]
>
> (「도수사」)

위대하고 형통하고 유익하고 견고한 것은 천도의 떳떳함이고 오직 한결같이 중용을 잡는 것은 사람의 일을 살핌이다. 그러한 연고로 나면서 앎은 공자님의 성스러운 바탕이요, 배워서 앎은 앞엣선비들이 서로 전한 길이니, 비록 곤란을 만난 뒤에 얻으매 소견이 옅고 지식이 엷은 사람이 있더라도, 다 우리 스승 공자님의 크나큰 덕에 말미암아 선왕들이 제정한 옛 예법을 잃지 아니하였다.[206]

(「수덕문」)

수운은 성리학을 마음공부로 수련하는 남인 계통의 유학을 독자적으로 추

---

205 최제우, 『수운선집』, 김인환 역주, 고려대학교출판문화원, 2019, 96쪽.
206 최제우, 『수운선집』, 160쪽.

구하였다. 그는 「교훈가」에서 "심학이라 하였으니 불망기의(不忘其義) 하여스라"라고 사람들에게 권유하였다. 마음공부는 참됨을 주제로 한다. "참됨은 하늘의 길이고 참되려고 공들임은 사람의 길[誠者, 天之道也, 誠之者, 人之道也]"이라는 『중용』의 가르침에서 참되려고 공들임을 믿음이라는 말로 바꾸어 그는 믿음을 참됨의 바탕으로 삼았다.

> 무릇, 이 도는 마음의 믿음으로 참됨을 삼는다. 믿음(信)을 풀어 바꾸면 사람으로서 말하는 것이 된다. 말 가운데는 가하다거니 가하지 아니하다거니 하는 것들이 있다. 가한 것은 취하고 가하지 아니한 것을 물리치며 거듭 생각하여 마음으로 결정하라. 정하곤 뒷말을 믿지 않는 것을 믿음이라고 한다. 이와 같이 닦는다면 즉시 그 참됨을 이룰 터인즉, 믿음과 참됨이여, 그것들은 곧 서로가 멀지 아니하도다. 사람의 말로서 이룩되는 것이니 믿음을 먼저 하고 참됨을 뒤에 하라.[207]　　　　　　　　　　　　　　　　　　　　　　　　　　（「수덕문」）

정직하고 관대한 마음과 단순하고 소박한 바탕을 지키기 위한 자기 훈련의 방법을 수운은 "시천주 조화정 영세불망 만사지(侍天主 造化定 永世不忘 萬事知)"라는 열석 자 주문으로 요약하였다. 주문이란 원래 그 한 자 한 자에 헤아릴 수 없는 뜻이 들어 있어서 그것을 외우면 일체의 장애를 제거할 수 있고 크나큰 이익을 얻을 수 있다고 하는 글이다. 그러나 "훔치 훔치/태을천 상원군/훔리 치야 도래/훔리 함리 사파하"라는 증산의 주문과 비교해 볼 때 "하느님을 모시면 신비가 체득되고 하느님을 길이 잊지 않으면 만사가 이해된다"라는 수운의 주문은 알 수 없는 의미가 포함되어 있지 않은 기도문이다.

> 시(侍)라는 것은 안에 신령이 있고 밖에 기화(氣化)가 있어서 온 세상 사람들이

207　최제우, 『수운선집』, 170쪽.

각각 옮기지 못할 것을 앎이다. 주(主)란 그 존경함을 이름이니 어버이와 한가지로 섬기는 것이고, 조화(造化)란 작위가 없이 저절로 화육(化育)함이고, 정(定)이란 그 덕에 합치하여 그 마음을 바르게 정함이다. 영세(永世)라는 것은 사람의 평생이요, 불망(不忘)이라는 것은 티 없이 곱게 생각한다는 뜻이다. 만사(萬事)라는 것은 수의 많음이요 지(知)라는 것은 그 도를 알아서 그 슬기를 믿음이다.[208]

(「논학문」)

하느님을 모시는 일은 온 세상 사람들이 각각 옮기지 못할 마음 바탕을 티 없이 곱게 간직하는 행동이다. 제 안에 있는, 옮길 수 없는 것은 바로 단순과 소박이고 정직과 관용이다. 하느님의 뜻과 서로 통하는 자신의 단순하고 소박한 마음 바탕을 어버이처럼 섬김으로써 체득되는 신비란 정직하고 관대한 사람이 느끼는 크나큰 환희이다. 단순한 마음 바탕을 평생토록 지키려고 애쓰노라면, 저절로 하느님의 마음이 곧 사람의 마음이 되는 정직과 관용의 길을 이해하게 된다. 수운의 기도문에는 '모신다', '체득된다', '잊지 않는다', '이해된다' 등의 네 개의 동사가 나오는데, 그 가운데 둘은 능동사이고 둘은 피동사이다. '모신다'와 '잊지 않는다'가 인간의 주체적 활동이라면 '체득된다'와 '이해된다'는 하느님의 뜻에 따르는 수동적 활동이다. 정직과 관용에는 비의지의 의지가 필요하다는 의미일 것이다. 사람은 자기의 의지로 정직과 관용을 실천할 만큼 전능한 존재가 아니다. 인간은 자신이 누리는 단순하고 소박한 삶을 하느님의 선물이라고 생각해야 한다. 그렇다면 어떤 사람의 허위와 편협은 하느님의 징벌이다.

하느님을 모시고 하느님을 잊지 않으면 조화가 정해지고 만사가 알려진다고 할 때 조화가 정해진다는 것은 역사적 필연성을 인식하여 이 땅에서 내가 갈 길이 어느 쪽인가를 결정할 수 있게 되었다는 것이고 만사가 알려진다

---

208 최제우, 『수운선집』, 155쪽.

는 것은 사회적 총체성을 인식하여 이 세상에서 내가 할 일이 무엇인가를 알 수 있게 되었다는 것이다. 위기와 동요에도 불구하고 추구하는 방향을 견지할 수 있다는 것은 궁극의미의 존재를 전제로 하는 것이고 불안과 공포에도 불구하고 지금 여기서 할 일을 계속할 수 있다는 것은 노동체계의 이해를 전제로 하는 것이다. 의지라는 정신적 가치로 내면화된 힘은 다시 노동이라는 물질적 가치로 외면화된다. 내면화와 외면화가 대립되고 통일되면서 일종의 변증법적 절차로 결속된다. 노동이란 단순히 땀을 흘리는 데 그치는 행동이 아니라 인간의 정신이 외부로 표현되어 물질에 정신적 가치를 새겨 넣는 활동이다. 나의 작업이 거대한 노동체계의 일부로 융합되고 다시 의미 있는 생활세계로 흘러들어 가치의 창조에 기여할 수 있다는 믿음은 노동의 근거가 된다. 만일 나의 땀이 차별과 의존의 심화에 도움이 될 뿐이라면 노동은 진정성을 상실하고 허무의 나락으로 굴러가게 될 것이다. 조화(造化)란 다른 말로 하면 도(道)이다. 생사를 걸고 갈 길을 결단하면 우주의 리듬에 맞춰 춤출 수 있게 된다.

시호(時乎) 시호 이내 시호
부재래지(不再來之) 시호로다

만세일지(萬歲一之) 장부(丈夫)로서
오만년지(五萬年之) 시호로다

용천검(龍泉劍) 드는 칼을
아니 쓰고 무엇 하리

무수장삼(舞袖長衫) 떨쳐입고
이 칼 저 칼 넌짓 들어

호호망망(浩浩茫茫) 넓은 천지
일신으로 빗겨 서서

칼노래 한 곡조를
시호 시호 불러 내니

용천검 날랜 칼은
일월을 희롱하고

게으른 무수장삼
우주에 덮여 있네

만고명장 어디 있나
장부당전(丈夫當前) 무장사(無壯士)라

좋을시구 이내 신명
이내 신명 좋을시구[209]   (「검결」)

『고종실록』 1년(1864) 2월 29일조[210]에는 「검결(劍訣)」에 대한 기사가 세 차례 기록되어 있다. 경상감사가 문초하면서 '무수장삼'의 의미를 물으니 수운은 "춤출 때 입는 긴 적삼의 소매"라고 대답하였다. 수운의 제자들을 문초할 때에도 그들은 한결같이 검결을 안다고 대답하였고 수운의 아들 최인득은 나무칼을 들고 춤추면서 「검결」을 부르곤 했다고 하였다. 만 년에 한 번 나오는

209 최제우, 『수운선집』, 14쪽.
210 『고종순종실록』 상, 국사편찬위원회, 1971, 139쪽.

장부가 5만 년에 한 번 닥치는 때를 만났다는 구절은 지금 이곳의 소중함을 의미한다. 수운은 복잡하고 간사하게 얽혀 있는 마음의 실타래를 용천검으로 끊어 내고 단순하고 소박한 마음의 가닥을 찾아내려고 하였다. 이 시에서 칼의 이미지는 춤의 이미지와 겹쳐져 있다. "용천검 드는 칼을/아니 쓰고 무엇 하리"라는 문장은 인간의 역사적 실천을 의미하겠지만, 소매는 길어서 우주를 덮는다는 구절에 나오는 '게으른'이란 형용사가 칼의 날카로움과 대조되어 이 땅에서의 역사적 실천을 일월과 함께 추는 우주적 무도로 확대하고 있다. '장부 앞에는 장한 이가 따로 없노라[丈夫當前無壯士]'의 장부는 자신의 단순하고 소박한 마음 바탕에 비추어서 복잡하고 간사한 행동을 하찮게 여기는 사람이다. '때는 왔다[時乎]'라고 하는 경우의 때가 영원과 통하는 현재를 말한다는 것은 의심할 여지가 없다. '좋도다 이 나의 신명, 나의 신명이 좋도다'라는 마지막 문장은 고유성과 창조성의 실현을 의미한다.

양반에게는 인권이 있었으나 백성에게는 인권이 없었던 시대에 최제우는 농민은 물론이고 천민에게도 고유성과 창조성을 실현할 수 있는 가능성이 잠재해 있다고 주장하였다.

> 아름답도다! 우리 도의 시행됨이여. 붓에 의탁하여 글자를 이루면 남들은 또한 왕희지의 필적인가 의심하고, 입을 열어 운자(韻字)를 부르면 누가 나무꾼 앞에서 탄복하지 않겠는가?[211]
>
> (「수덕문」)

나무꾼 같은 노동자라도 제 갈 길을 바르게 갈피 짓고 제 할 일에 공들이면 글을 쓸 수 있게 되고 시를 지을 수 있게 된다는 그의 이 말은 양반과 평민의 구별을 폐기하고 무권리의 시대를 부정하는 평등주의 선언이다.

---

211 최제우, 『수운선집』, 168쪽.

약간 어찌 수신하면

지벌 보고 가세 보아

추세해서 하는 말이

아무는 지벌도 좋거니와

문필이 유여(有餘)하니

도덕군자 분명타고

염치없이 추존하니

우습다 저 사람은

지벌이 무엇이게

군자를 비유하며

문필이 무엇이게

도덕을 의논하노[212]   (「도덕가」)

　　양반만이 공부를 할 수 있었던 시대에 재산과 지식은 특권의 양면을 구성
하고 있었다. 수운은 특권의 토대가 되는 재산과 지식을 비판하고 평민이 군
자가 되어 동귀일체(同歸一體) 할 수 있도록 보편적 도덕에 근거하여 활용되는
재산과 지식을 옹호하였다.

　　19세기에 소설은 하나의 상품으로 유통되었다. 소설을 읽는 사람들이 많
아져서 소설을 짓고 읽고 파는 일이 돈벌이가 되었다. 소설을 빌려주는 가게
가 생겼고 서울과 전주와 안성에는 소설을 찍어 내는 직업이 생겼다. 소설
을 찾는 사람이 늘어남에 따라 긴 소설을 읽고 싶어 하는 독자의 기대에 맞추
기 위하여 19세기에는 대하소설 또는 대장편소설이 유행하게 되었다. 계속
해서 오랫동안 읽고 싶어 하는 독자도 긴 소설을 좋아했고 여러 날 빌려주는
것이 돈 버는 데 유리한 세책가(貰冊家)도 긴 소설을 좋아했기 때문에 다인물

212　최제우, 『수운선집』, 119쪽.

형상의 대장편소설이 발전할 수밖에 없었다. 예를 들어『명주보월빙(明紬寶月聘)』의 필사본은 235장(章)이나 되고 서울대학교출판부에서 현대 활자로 간행한『완월회맹연(玩月會盟宴)』(1987-1994)은 열두 권이나 된다. 19세기 대하소설은 작가를 알 수 없고 한문소설이 없다는 특징을 가지고 있다. 질투와 음모와 갈등을 중첩하여 사건에 사건을 덧붙이는 것이 대장편소설의 기본 수법이다. 대하소설의 작가들은 수백 명의 등장인물들의 심리적 변화를 세밀하게 묘사하고 사건전개의 구체적 양상을 면밀하게 기술하면서 몸치장이나 살림살이의 세부를 아주 느리게 제시하여 여성독자들의 흥미를 불러일으켰다. 두세 가문이 혼인으로 결합하는 과정을 길게 끄는 것도 등장인물의 수를 늘리는 방법이다. 형제가 복수의 주인공으로 등장하는『현씨양웅쌍린기(玄氏兩雄雙麟記)』는 그들의 아들 16명과 딸 6명의 결혼을 다루는『명주기봉(明珠奇逢)』으로 이어지면서 유장한 세월의 흐름 속에서 인간생활을 다양하고 입체적으로 보여 주었다. 이 작품은 특이하게도 사실주의적인 인물 묘사 때문에 전통적 가치를 지키려는 작자의 의도에도 불구하고 개인의 생활을 왜곡시키는 비합리적인 사회체제와 억압적 이데올로기에 대한 암시를 포함하고 있다. 19세기 대하소설은 복잡하게 얽힌 사회적 관계들 속에서 등장인물들의 성격과 운명의 변화과정을 폭넓게 제시하는 다인물소설이다. 서로 다른 가문의 인물들이 몇 세대에 걸쳐서 사랑과 명예, 증오와 수치, 화해와 불화를 반복하는 대장편소설들은 가문들의 이야기라는 점에서 가문소설(family clan tales)이다. 현존하는 대하가문소설은 모두 72종이다. 그 가운데 다음 10종이 현대한국어로 번역되었다.

『명주보월빙』(전10권), 최길용 역, 학고방, 2014.
『소현성록』(전4권), 조혜란 외 역, 소명출판, 2010.
『쌍천기봉』(전5권), 장시광 역, 이담북스, 2017.
『완월회맹연』(전12권), 김진세 역, 서울대학교출판부, 1994.

『유씨삼대록』(전4권), 한길연·정언학·김지영 역, 소명출판, 2010.

『임씨삼대록』(전5권), 김지영 외 역, 소명출판, 2010.

『조씨삼대록』(전5권), 김문희 외 역, 소명출판, 2010.

『창란호연록』(전12권), 김수봉 역, 한국학술정보, 2012.

『현몽쌍룡기』(전3권), 김문희·조용호·장시광 역, 소명출판, 2010.

『현씨양웅쌍린기』(전2권), 이윤석·이다원 역, 경인문화사, 2006.

조재삼(1808-1866)의 『송남잡지(松南雜識)』에 "『완월』은 안겸제(1724-?)의 모친 이씨(1694-1743)가 지은 것이다[玩月安兼濟母所著]"라는 기록이 있다.[213] 그렇다면 『완월회맹연』이 18세기에 나온 것이 되는데, 그렇다 하더라도 『완월회맹연』을 비롯한 가문소설이 세책가들을 통하여 널리 읽힌 것은 19세기인 것이 분명한 사실이다. 홍희복(1794-1859)이 9년 동안(1835-1844) 중국소설 『경화연(鏡花緣)』을 번역하여 『제일기언(第一奇諺)』이란 이름으로 간행하였다. 홍희복은 그 서문에 조선소설 열다섯 권의 목록을 작성하여 놓았다.[214] 『숙향전(淑香傳)』, 『풍운전(風雲傳)』, 『옥린몽(玉麟夢)』, 『벽허담(碧虛談)』, 『임화정연(林花鄭延)』, 『완월회맹(玩月會盟)』, 『미수명행(眉蘇名行)』, 『삼앙재회(三鴦再會)』, 『유씨삼대록(劉氏三代錄)』, 『조씨삼대록(曹氏三代錄)』, 『명주보월빙』, 『충효명감록(忠孝冥感錄)』, 『곽장양문록(郭張兩門錄)』, 『화산선계록(華山仙界錄)』, 『관화공충렬기(冠華公忠烈記)』 같은 소설들이 19세기에 유행했다는 것은 확실하므로 작가가 아니라 독자를 중심으로 시대를 구분하여 대하가문소설들을 19세기 문학에 귀속시킬 수 있을 것이다.

한문이 아니라 한글로 소설을 쓰는 일은 작자에게 자랑스러운 일이 아니었다. 19세기의 지식인들은 풍속을 교란하고 도덕을 부패시킨다는 이유로

---

213 이가원, 『조선문학사』, 태학사, 1997, 1097쪽.
214 정규복, 「제일기언에 대하여」, 『중국학논총』 제1집, 1984. 4, 79-80쪽.

소설에 대하여 나쁘게 평가하였다. 소설을 좋아하는 사람들이 많아졌음에도 불구하고 19세기 대하가문소설들에는 언제 누가 지었다는 기록이 없다.

소설 빌려주는 가게들을 통하여 유통되던 대하가문소설들은 궁정의 여인에게까지 흘러 들어가 궁녀용 도서실이라고 할 수 있는 창덕궁 낙선재에 비치되었다. 중국을 무대로 삼아 상류층 집안들의 사랑과 원한의 갈등이 복잡하게 얽혀지는 이 소설들은 이념에 헌신하는 지식인이나 세상을 바로잡는 영웅이 아니라 세속적 인물들에게 일어나는 사건들을 이야기하였다. 대하가문소설의 인물들은 초인적 능력을 보여 주는 영웅 유형이 아니다. 그들은 상류층 지식인의 이상형이거나 일부다처제하에서의 여성의 이상형으로서 전통적 가치의 의미를 존중하지만 권력과 재산을 추구하는 세속적 인물들이다. 가족 사이의 불화와 상속을 둘러싼 갈등, 상승과 하강이 반복되는 관료 사회의 모순 등이 치밀하게 기술되는 것도 세속적 가치의 중요성을 말하는 것이라고 할 수 있다.

『보은기우록』은 남을 해쳐서라도 돈을 모으려는 아버지와 정직하고 관대하게 남에게 베풀며 살려고 애쓰는 아들을 대립시켜 돈만 아는 세태를 비판한 소설이다. 신선의 도움을 받아 문제를 해결하는 비현실적인 사건의 개입이 나오지만 전형적인 수전노를 구체적으로 묘사한 것은 새로운 면이라고 할 만하다. 아버지 위지덕은 주인의 돈을 잃어버린 사람을 도와주었다고 아들을 때리고 상량문을 지어 주고 받은 돈을 내놓지 않는다고 아들을 때린다. 계모 녹운은 전실 아들을 유혹하려다 실패하자 그를 모함한다. 아버지에게 맞아서 죽게 된 아들 연청을 현감의 딸 백 소저가 선약을 얻어 구해 내고 연청은 과거에 급제한다. 소설은 아버지의 개심으로 끝나지만 소설 전편을 통하여 가장 인상적인 인물은 수전노 위지덕이다.

『명주보월빙』은 윤씨, 하씨, 정씨 세 집안의 삼대에 걸친 이야기이다. 윤현과 하진과 정년은 친구였다. 그들이 뱃놀이를 하는데 용이 나타나 윤현에게 구슬 네 개를 주고 하진과 정년에게는 노리개를 하나씩 주었다. 윤현은 딸 명아를 정년의 아들 천흥과 정혼하게 하고 이복동생 윤수의 딸 현아를 하진의 아들 원광과 약혼하게 하였다. 윤현이 금나라에 외교사절로 갔다가 죽었다. 그사이에 윤현의 아내가 낳은 쌍둥이 아들 광천과 희천을 윤수가 양자로 삼았는데 광천에게는 영웅의 기상이 있었고 희천에게는 군자의 기상이 있었다. 정년은 광천을 사위로 삼고 하진은 희천을 사위로 삼았다. 윤수에게는 두 딸이 있었는데 장녀 현아는 착하나 차녀 경아는 투기가 강하여 남편과 사이가 좋지 않았다. 천흥은 장원 급제하고 명아와 결혼한 후 대원수가 되어 윈난(운남)을 정벌하였다. 윤수의 모친과 아내는 윤현의 아내와 아들들을 미워하여 죽이려 하였다. 천흥은 황제의 명으로 문양공주와 결혼했다. 공주가 천흥의 아내 명아를 죽이려고 하였다. 장사왕이 황성을 침입했을 때 공을 세워 광천은 남창후가 되었고 희천도 유배에서 풀려났다. 윤수의 모친과 아내가 광천과 희천의 효심에 감동하여 마음을 고쳤고 문양공주도 명아의 덕행에 감동하여 잘못을 뉘우쳤다. 삼문 삼대에 평화가 찾아왔다. 가족의 질서는 여자들의 행실에 달렸다는 것이 이 소설의 주제이다.

『임화정연』은 시간적으로 한 세대에 전개되는 이야기이지만 네 가문의 다양한 인물형상을 입체적이고 복합적으로 보여 준다. 정현에게 연랑과 연경 남매가 있었다. 처남의 아들 진상문이 연랑을 좋아하였다. 정현은 연경을 임두순에게 보내 글을 읽게 하고 연랑을 그의 아들 임규와 약혼하게 했다. 과거에 급제한 진상문은 강제로 연랑을 취하려 하였으나 연랑은 시녀 봉금에게 자기 옷을 입혀 놓고 고모부 주 어사의 집으로 갔다가 주 어사를 만나지 못하여 다시 화 상서를 찾아갔다. 화 상서의 부인이 남장한 연랑을 딸 영아와 정혼하게 하였다. 정현의 친구 연권이 저장(절강) 지방을 순무하다가 병든 연랑을 발견하고 구해 주었다. 연권이 임규를 보고 사위 삼으려 하자 임두순은 아들을 데리고 산중으로 피신하였다. 정현과 연권과 화 상서의 딸들이 집요하게 청혼하는 진상문을 피해서 주 어사의 집에 모였다. 임규는 장원 급제하고 저장으로 가서 그 세 여자와 결혼하였다. 세 집안의 아들들이 모두 과거에 급제하여 정연경은 중서사인, 연춘경은 한림수찬, 화원경은 한림편수가 되었다. 정연경은 여금오의 딸 희주와 결혼하였다. 여금오의 셋째 부인이 낳은 딸 미주가 연경을 흠모하여 언니를 찾아가 함께 연경을 섬기게 해 달라고 조르고 장모 문병을 왔다가 취하여 잠든 연경의 방에 들어가 동침하였다. 임규는 좌승상이 되었다. 소설은 임 승상과 정씨, 연씨, 화씨 세 부인들이 환갑을 맞아 네 가문의 자손들이 한데 모여 축하드리는 장면으로 끝난다.

『쌍천기봉(雙釧奇逢)』은 이씨 가문 5대의 이야기이다. 제목은 "두 팔찌의 기이한 만남"이란 뜻이다. 문하시랑을 지낸 이명이 고향에 내려와 사는데 첩이 들어와 부인 진씨를 모함하여 쫓겨나게 하였다. 진 부인은 타향에서 아들 이현을 낳았다. 열세 살이 된 이현은 유 처사의 딸 요란과 결혼하였다. 이현이 과거에 장원 급제하고 고향 진저우(금주)로 간 사이에 계모 손씨가 요란을 부잣집에 시집보내려 하였다. 요란은 남장을 하고 집을 나왔다. 유배지로 가는 길에서 이현은 요란을 만나서 함께 살며 아들 관성을 낳았다. 이관성은 추밀부사 정연의 딸 정몽홍과 결혼하였다. 정연의 아내 여씨는 딸이 관성에게 냉대받는다고 오해하여 딸을 친정으로 데려왔다. 여 부인의 조카 여환이 몽홍을 차지하려고 악착같은 계교를 꾸려서 간신들에게 부탁하여 정연을 유배 보냈다. 몽홍은 두 아들 몽현과 몽창을 놓아두고 유배지로 아버지를 따라갔다. 몽창은 고향인 진저우에 갔다 오다가 산골마을에서 소씨 처녀를 만나 부모에게 말하지 않고 팔찌 두 개를 나누어 가지며 결혼을 약속했다. 몽창을 사모하는 옥란이 모함하여 소씨는 아들 성문과 영문을 남겨 놓고 유배되었다. 전쟁이 일어나 몽창은 아버지 관성, 삼촌 한성과 함께 변방의 전투에 참가하였다. 동쪽 변방으로 갔던 관성과 몽창은 승전하고 돌아오지만 북쪽 국경으로 갔던 한성은 전장에서 죽어 돌아오지 못했다. 한 세대에서 다음 세대로 내려오면서 인간관계가 더욱 복잡해지는 가운데 이씨 가문의 인물 30여 명을 포함하여 150명 이상의 인물이 등장하는 이 소설은 삶이란 슬픔과 기쁨, 즐거움과 괴로움이 얼크러져 흐르는 것이며 모함을 받고 누명을 쓰는 경우에도 사람은 의리와 지조를 지켜야 한다는 도덕 윤리적 지향을 뚜렷하게 제시한다.

『완월회맹연』은 대하가문소설들 가운데 가장 긴 대장편소설로서 달구경하는 완월대에서 아들딸을 결혼시키기로 맹세하는 장면으로 시작하여 정씨 가문과 장씨 가문과 소씨 가문의 대화합으로 끝나는 이야기이다. 명나라 영종황제 때 황제가 그를 상보라고 부르고 그의 부인 서씨를 태부인이라고 부르는 정한이란 학자가 있었다. 그에게는 두 아들 정잠과 정삼 그리고 딸 태요가 있었다. 정잠은 양씨와, 정삼은 화씨와, 태요는 상씨와 결혼했다. 정잠에게는 딸 명염과 월염이 있었고 정삼에게는 아들 인성과 인광 그리고 딸 성염이 있었다. 그의 이웃에는 태부인을 어머니처럼 따르는 장헌이 살고 있었는데 그에게는 처 연씨가 낳은 아들 창린과 첩 박씨가 낳은 딸 성완과 아들 세린이 있었다. 정잠이 조카 인성을 양자로 들여 가문을 잇게 하는 날 사당에 아뢰는 식을 거행한 후에 축하하러 온 가족과 친지들이 완월대에 모여서 명염의 남편 조세창의 제의로 정인성과 이자염, 정월염과 장창린, 정인광과 장성완을 짝지어 주기로 약속했다. 이자염은 정잠이 아끼는 제자의 딸이었다. 인광은 처음부터 별로 내켜 하지 않았으나 어른들의 의사에 반대할 수 없어서 가만히 있었다. 부인 양씨가 죽어서 정잠은 자색이 뛰어나고 머리가 총명한 소교완을 후처로 들였다. 시집올 때 교완은 15세였다. 정잠은 예쁘고 머리 좋은 교완을 좋아하지 않았다. 아들 인중과 인웅을 낳은 교완은 인성만 없으면 자기가 낳은 아들이 가문의 후계자가 되리라는 생각에 인성을 죽이려고 계획하게 되었다. 정한이 나이 50에 죽었다. 태부인과 정잠, 인성, 인광, 월염이 묘제를 지내러 가는데, 교완이 무뢰배를 사서 인성을 죽이라고 하였다. 그들은 인성을 잡아 물에 던졌다. 인광은 힘껏 싸워 살아남았으나 쫓기던 월염은 낭떠러지에 스스로 몸을 던졌다. 몽골 오이라트 부족의 마선이 침략하자 환관 왕진이 황제의 친정을 요청하였다. 조세창과 정잠이 부당하다고 간언하다가 북방으로 유배되었다. 나라를 경왕에게 맡기고 군사를 이

끌고 나간 영종은 포로로 잡혔고 왕진은 사살되었다. 북방에 유배되었던 조세창이 나타나 영종황제를 모셨고 황제를 구하라는 태부인의 지시를 따라 정잠도 북방으로 가서 황제를 모셨다. 물에 빠졌던 인성도 지나가던 몽골의 무역선에 구출되어 정잠은 북방에서 아들과 사위를 만났다. 정잠이 병이 들어 죽게 되었는데 인성이 머리를 자르고 하늘에 기도를 올리니 기적이 일어나 회생되었다. 마선이 인성의 효심에 감동하여 영종을 명나라로 돌려보냈다. 낭떠러지에서 뛰어내린 월염은 약초 캐러 나온 위정에게 발견되어 그의 집에 기거하게 되었고 장헌의 군관 최언선의 안내를 받아 인광도 월염을 만나게 되었다. 안찰사로 그곳에 와 있던 장헌이 위정의 집에 고운 처녀가 있다는 말을 듣고 첩을 삼으려 하는 것을 알고 인광이 여장을 하고 장헌을 희롱하다가 첩 박씨가 알고 찾아와 행패를 부리자 담을 넘어 도망쳤다. 부마의 아들 범경화가 성완을 사모하여 성완의 필체를 모방한 편지를 써서 불륜이 있었던 것처럼 소문을 내었다가 성완이 자기 귀를 자르자 단념하였다. 쿠데타로 경왕이 쫓겨나고 영종이 복위되었다. 정인성과 이자염, 정인광과 장성완, 정월염과 장창린이 결혼하였다. 인광은 장인 장헌을 경멸하였으므로 성완을 좋아하지 않았다. 인중이 요괴로운 방술서를 구해서 보는 것을 알고 어머니 교완이 유학을 공부하고 형 인성의 정직함을 본받으라고 꾸짖었다. 작가는 바른 길이 무엇인지를 알고 있으면서 자기가 낳은 자식들을 위해서 인성 부부를 해치는 교완의 이중성을 냉정하게 묘사하였다. 자염이 인웅에게 가져다준 죽에 인중이 독약을 넣었으나 인성이 구급약을 먹여 구했고 교완이 인성의 밥에 독약을 넣는 것을 보고 인웅이 형의 밥을 끌어다 먹었다. 작가는 자염과 인성의 친모, 고모, 누이가 모이는 장면이나 인성과 인광과 인웅 형제가 모이는 장면을 더없이 화기애애하게 묘사함으로써 남을 해치려는 사람들과 남에게 잘하려고 하는 사람들의 차이를 두드러지게 대조하여 제시하였다. 안남이 침범하여 북방에서 5, 6년이나 억류되었다 돌아온 정잠이 대원수가 되어 다시 남방으로 출정하였고 인성이 부친을 수행하였다. 장헌의 첩

박씨가 불경을 외면 재액을 막을 수 있다는 승려의 말을 듣고 불경 30여 권을 싸서 성완에게 보냈는데 그것을 인광이 보고 이단을 가까이한다고 성완을 크게 꾸짖었다. 성완은 원래 불교를 싫어하였으므로 그의 비난은 억울한 일이었다. 성완이 피를 토하는 것을 보고 밤새 간호하며 겨우 사이가 좀 풀렸는데 박씨가 정씨 집에서 자기 딸을 학대한다고 오해하여 정삼의 부자를 죽이고 말겠다고 악담을 퍼부었다. 인광은 부모를 욕한 것을 용서할 수 없다고 하며 성완에게 자결하라고 명령하였다. 태부인과 모친과 월염과 정삼까지 나서서 야단을 쳤으나 인광의 마음을 돌릴 수 없었다. 친정에 가 있던 성완이 임신 중에 병이 들어 죽게 되었으나 시아버지 정삼이 진맥하고 약을 지어 구호하였더니 회복되었다. 성완이 쌍둥이를 낳았다. 장헌의 둘째 아들 세린이 여씨 처녀와 결혼하였으나 그녀의 얼굴이 곱지 않은 것을 알고 박대하였다. 그녀의 아버지는 황제의 장인이었다. 세린이 정삼의 막내딸 성염을 사모하여 병이 들었다. 가까스로 양가 부모의 허락을 얻어 성염과 결혼하였으나 성염은 세린을 가까이 오지 못하게 하였다. 여씨는 질투로 이성을 잃고 발악하다 병이 들어 죽었다. 세린의 형 창린이 여씨를 장씨 가문의 선산에 묻었으나 여씨는 원귀가 되어 장헌을 괴롭혔다. 장헌이 절에 가서 큰 해원 제사를 올려 주었다. 인중이 풀로 인형을 만들고 그 뱃속에 인성 부부의 생년월일을 써넣고 밤새도록 저주하였다. 인웅이 그 인형을 빼앗아 불 질렀다. 자염이 첫째 아이를 출산하였다. 인중이 죽이려 하였으나 시녀들이 아이를 보호하였다. 교완이 자염의 아이 몽창을 독살하려 하였으나 인성이 급히 해독약을 먹여 살려 냈다. 교완의 허물을 드러낼 수 없다고 생각하여 약을 넣은 자를 찾아 죽이고 아내 자염을 후원의 띠집에 가두었다. 교완이 자염을 죽이고자 하였으나 인웅이 구해 냈다. 교완의 친어머니 주 부인이 딸의 악행을 조사하고 기록하여 태부인에게 편지로 사실을 알렸다. 딸을 불러 크게 꾸짖었으나 교완은 들으려 하지 않았다. 자염이 둘째 아이를 출산하자 밖에서 갓난아이를 사다가 바꾸어 놓고 시비에게 자염의 아이를 죽이라고 하였다. 교완의 어머니 주 부인이 아이를 데리고 가 키웠다. 남정하는 도중에 양주지사의 딸 만호란이 인성에게 반하여 집을 나와 인성의 진중에 나아가 따르고자 하는 마음을 전하였으나 인성의 꾸중을 듣고 중이 되었다. 안남 왕이 진심으로 귀순하기를 기다려서 정잠 부자는 여러 차례 적장을 생포해서 풀어 주었다. 모든 계교가 바닥난 안남 왕이 끝내 항복하여 정삼은 교지로 가고 인성은 집으로 돌아왔다. 태부인이 인성에게 그릇이 차면 깨지기 쉬우니 더욱 겸손하게 행동하라고 훈계하였다. 인중이 교완의 재물을 훔쳐 집을 나가 각지를 떠돌다 재물을 탕진하고 돌아와 아버지에게 죄를 청하였다. 정삼이 형틀에 묶고 매를 친 후에 위로하고 죽을 마시게 하였다. 인중이 눈물을 흘리며 뉘우치고 학문에 마음을 쓰기 시작하였다. 교지에서 돌아온 정잠이 처가에 가서 진짜 손자 몽환을 만났다. 교완을 친정으로 쫓아 보냈다. 이부상서 인성이 죽기로 간하여 태부인의 명령으로 교완을 다시 불러들였다. 시집으로 보내며 어머니 주 부인이 쥐어뜯어 상처투성이인 자신의 가슴을 보여 주었다. 시집에 돌아와 태부인의 위로를 받고 교완은 크게 뉘우쳤다. 백부 정잠의 꾸중을 듣고 인광이 아내 성완에게 모질게 한 것을 뉘우쳤다. 태부인이 90이 되어 병이 들었다. 교완이 자기 수명을 덜어 시어머니를 살려 달라고 하늘에 기도하였다. 돌아간 부모가 나타나 단약 두 알을 주고 사라졌다. 깨고 보니 손에 단약이 있었다. 그 액을 먹고 태부인이 소생했다. 태부인이 백 세에 돌아갔다. 정잠은 기절하고 정삼은 피를 토했다. 황제가 친히 찾아와 조문하였다. 이 소설의 중심에는 강한 원칙주의자이면서 며느리의 잘못을 한없이 너그럽게 감싸 안고 바른 길로 돌아오기를 간곡히 호소하고 기다리는 태부인의 형상이 있다. 한국고전소설이 창조한 인물들 가운데 가장 관대한 인물형상이라고 평가할 수 있을 것이다.

왕조말기문학

고종이 왕위에 오른 1863년부터 1876년까지 대원군(1820-1898)이 정국을 주도하였다. 대원군은 혁신주의자가 아니라 실용주의자였다. 그에게는 전통의 기초를 위협할 생각이 전혀 없었다. 그는 서양의 기술과 기계가 없어도 어떻게든 견딜 수 있으리라고 생각하였다. 그때 대부분의 한국 사람들은 서양을 야만 지역이라고 여겼고 서양 사람을 금수와 같이 보았다. 예수를 믿는 것은 부처를 섬기는 것이나 마찬가지라고 할 수 있었을 것이나, 자기 아버지가 있는데도 하느님을 아버지라고 부른다든가 제사를 지내지 않는다든가 하는 것은 미개인의 풍속이라고 하지 않을 수 없었을 것이며, 특히 무력으로 중국·베트남 등을 침략하는 것은 도덕과 예절을 모르고 힘만 숭상하는 야만 행위라고 판단하지 않을 수 없었을 것이다. 그러나 중세사회의 생산능률이 인구와 조세와 토지와 기술에 따라 결정된다고 할 때 토지 면적과 기술수준이 고정되어 있는데 인구와 조세만 증가한다면, 그 사회의 생산능률은 계속해서 저하하지 않을 수 없을 것이고 생산능률의 저하가 계속되면 그 사회의 생산체계는 언젠가 붕괴되지 않을 수 없을 것이다. 토지는 고정되어 있고 인구와 조세는 늘어나게 마련이므로 결국 인간이 변화시킬 수 있는 것은 기술뿐이다. 수학·물리학 등 기초과학에 대한 지식의 결여와 원료·자원의 결핍으로 기술혁신이 불가능할 경우에는 외국에서 기술을 도입하는 수밖에 도리가 없다. 기술을 수출하는 나라에서는 반드시 대가를 요구하므로 기술을 수입할 때에는 기술의 분량과 내용을 극도로 신중하게 측정하지 않으면 안 된다.

고종은 일본의 압력에 굴복하여 1876년(병자, 고종 13)에 부산·인천·원산을 외국인들이 출입할 수 있도록 개방하였다. 항구는 개방하였으나 고종에게는 유지 능력도 없었고 변화 능력도 없었다. 일본은 미국과 영국의 지지를 배력으로 하여 전쟁을 일으켜서 1894년(갑오, 고종 31)에 청나라를 이겼고 1904년(갑진, 고종 41, 광무 8)에 러시아를 이겼다. 1885년에서 1894년에는 위안스카이(袁世凱)가 한국에 주차(駐箚)하여 내정을 간섭하였고, 1894년에는 208개의 일본법을 한국법으로 반포하였다가 1896년(병신, 고종 33, 건양 1) 9월 24일에 폐지하였으며, 1897년(정유, 고종 34, 광무 1)에 국호를 대한제국으로 바꾸었다.

바른 도를 지키고 사악한 야만인을 물리치자는 주장[衛正斥邪] 속에는 정의의 전쟁으로 침략자들이 자행하는 불의의 전쟁에 맞서자는 의미가 들어 있었다. 그러나 1876년 이후에는 한국 정부 내에서 전쟁의 의지가 소멸하였다. 고종과 그의 관리들은 일체의 저항을 포기하였다. 한국 정부는 한국의 무력함을 인식하고 있었고, 일본 정부는 한국의 무력함을 한국보다 더 잘 인식하고 있었다. 고종은 일본을 예절로 대하면 일본도 한국을 예절로 대하리라는 명분으로 자신의 비겁한 마음을 가장하였다. 일본이 전쟁의 위협을 여러 차례 반복해 가하여 예절이 화해를 얻을 수 없다는 사실이 증명되었음에도 불구하고, 고종은 아무런 대책도 없이 수치스러운 평화를 유지하려고 허둥거리기만 했다. 일본이 강화도에 군대를 파견한 1876년 2월 24일(음력 1월 20일)에 열린 조정의 회의에서 전쟁을 제안한 대신은 한 사람도 없었다. 이유원은 "날마다 정부에 모여 오래도록 헤아려 보았으나 이제 저들의 형세를 보건대 조용히 돌아갈 것 같지 않다"라고 하였고, 김병학은 "저들이 수호한다고 왔으나 여러 정황으로 미루어 수호하자는 것이 아니라 트집을 얽으려고 하는 것이 분명하니 마침내 일이 어찌 될지 알지 못하겠다"라고 하였으며, 박규수는 "일본이 수호하자고 하면서 군함을 가지고 온 것은 그 뜻을 추측하기 어렵다. 다만 삼천리 강토를 생각하건대, 만일 내치와 외교에 진력하여 경제와 국방의 효과를 달성했다면 저들이 어찌 감히 경기도를 엿보고 협박을 자행했겠는가. 진실로 분한 마음을 이기지 못하겠다"라고 하였다(『고종실록』 권13, 13년 정월 임자).

정규전으로는 상대하기 어렵다 하더라도 전국의 군사 역량을 동원하여 유격전을 전개했다면 일본도 피해를 각오하지 않을 수 없었을 터이므로 그처럼 간단하게 한국을 굴복시키지는 못했을 것이다. 학생 50명을 데리고 소풍간 선생도 학생이 위급하면 목숨을 거는데 2,000만 국민을 책임지는 임금이 어째서 죽음을 각오하지 못했단 말인가? 일본의 위협에 맞서 전쟁을 결정하지 못한 정책이 국치의 근본 원인이었다. 약한 나라도 강한 나라의 침략에 맞서 저항할 수 있다. 훈련이 되어 있지 않다 하더라도 전쟁 능력은 실전을 통하여 향상될 수 있다. 전쟁을 했다면 한국인들은 전쟁의 과정에서 일본의 실상을 과장이나 축소 없이 객관적으로 파악할 수 있었을 것이다. 약한 나라가 강한 나라의 식민지가 될 가능성이 높은 것은 부인할 수 없지만, 약한 나라가 강한 나라에게 굴복해야 한다는 것이 필연적인 법칙은 아니다. 전쟁에서는 무력의 강약만이 아니라 어느 쪽이 정의의 전쟁인가 하는 문제도 승패에 영향을 미칠 수 있다. 실제로 임금이 항복한 이후에도 많은 사람들이 유격군을 조직하여 항일 전쟁을 수행하였다. 만일 정부가 나서서 체계 있게 유격전을 전개했다면 국치는 어쩔 수 없었다 하더라도 상황은 크게 달라질 수 있었을 것이다. 민간 측의 의병만으로도 국치를 10년가량 늦춘 것이 사실이라면, 정부 주도하의 조직적 유격전은 최소한 국치를 다시 10년가량 늦출 수 있었을 것이다. 당시에 부호군 윤치현도 "문서를 받아 보고 허용할 것은 허용하고 배척할 것은 배척하는 것이 정당한 태도이다. 저들이 먼저 무례하게 행동하지 않았는데 우리가 급하게 군대를 일으킬 것은 없으나, 오늘날 백성들이 모두 일전을 원하고 있으므로 만약 한번 명령을 내려 진을 시행하면 수도의 5군문 정예 부대 수만 명과 8도(道)와 4도(都) 병영의 기병 5-6만 명과 1866년(병인, 고종 3) 이래 신설한 포병 3만 명이 한번 격문을 전해 받자마자 사방에서 구름처럼 모여 적을 섬멸할 것이다. 하물며 우리는 제 땅에 있고 적은 우리 땅에 들어오는 형세이니 무엇 때문에 두려워 피하며 싸우지 않을 것인가"(『고종실록』 권13, 13년 정월 경신)라고 상소하였다.

당시 한국의 경제적·군사적 낙후는 누가 보아도 분명한 사실이었던 만큼 서양과 일본의 야만인들을 추방하는 것만이 능사는 아니었다. 기술이라는 보편적 가치를 인정하지 않으려는 시도가 성공할 수는 없었다. 고립주의를 추구한 이상한 애국자들은, 중국이 이미 서양의 반식민지 상태로 전락되어 있는 사태를 보면서도 서양의 기술적 우위를 인정하지 않고 서양의 모든 것을 야만 사조로 취급하였다. 보편타당한 도를 신앙하였음에도 불구하고 그들은 세계에 두루 통하는 보편적 가치를 상실하고 외국인을 혐오하는 지방주의자로 전락하였다. 17세기 이래의 반청 의식은, 동아시아에 두루 통하는 문화적 보편성이 청나라가 아니라 한국에 있다는 일종의 세계주의였다. 그러나 19세기 말의 위정척사는 기술의 보편성을 부정하는 독단주의로 타락하였다.

서양과 일본이 이미 달성해 놓은 기술을 학습하기 위하여 자국인의 출국과 외국인의 입국을 허용하고 국가 간의 상업적 접촉과 문화적인 연계를 통하여 서양과 일본의 기술을 수용하는 일의 중요성은 의심할 여지가 없었다. 남에게 배워서 안 될 것은 하나도 없다. 그러나 고종과 그의 관리들은 학습이 예속이 되지 않으려면 생사를 건 투쟁이 필요하다는 국제사회의 규칙을 망각하였다. 1874년(갑술, 고종 11) 8월 9일 처음으로 일본과의 국교 재개를 논의할 때, 이미 대비책에 대해서는 아무런 언급이 없었다. 영의정 이유원은 "일본에게 문서를 고쳐 오게 하여 또 따르기 어려운 말이 있거든 다시 배척하고 만일 고쳐 온 것이 이치에 맞으면 구호(舊好)를 회복하자"라고 하여 고종의 윤허를 받았다(『고종실록』 권11, 11년 8월 기묘). 임금과 신하 중 어느 누구도 전쟁의 가능성에 대비하자는 말을 한 사람은 없었다.

1876년 이후에 한국 정부는 정부의 허락을 얻으면 일본에 갈 수 있도록 허용하고 조사시찰단(朝士視察團)을 일본에 파견하였다. 일본인은 1882년에 세 항구로부터 반경 53킬로미터 주위를 여행할 수 있게 되었다. 1884년에는 세 항구로부터 반경 106킬로미터의 범위를 여행할 수 있게 되었으며, 일본 공사관의 직원은 전국을 자유롭게 여행할 수 있게 되었다. 1882년(임오, 고종 19)에 일본 교관의 파견에 반대하는 서울 수비대가 일본 공사관 기물을 파괴하였다 하여 1884년(갑신, 고종 21) 10월 21일, 일본은 일본 돈 55만 엔을 청구하고 일본인이 거주할 수 있는 지역을 부산 주위의 남창·언양·창원·마산·삼랑진·천성도, 원산 주위의 영흥·문천·회양·통천, 인천 주위의 남양·수원·

용인·광주·경성·동중·낭포·파주·교하·통진·강화·영종·대부·소부 등 한국 땅의 거의 절반으로 확대하였다(『고종실록』권21, 21년 9월 신해).

일본은 한국에 변란이 일어나기만 하면 무슨 트집거리를 만들어 손해 배상을 청구하고 돈으로 갚지 못하면 땅을 차지하였고, 트집거리가 없으면 강제로 꾸어 주고 그 대가로 또 땅을 차지하였다. 부사과(副司果) 김상권의 상소문은 당시의 사정을 정확하게 알려 주고 있다(『고종실록』권22, 21년 정월 임진).

일본과 통상하고 임오년(1882)의 조약 이후로 인심이 크게 동요하여 마침내 갑신년(1884) 10월에 변란이 일어났습니다. 임금님께서는 파천(播遷)하시는 욕을 보시고 대신들은 살육당하는 화를 입었습니다. 거의 종묘와 사직이 위태로웠으나 다시 궁궐로 돌아오신 것은 하늘의 도우심이라 하겠습니다. 일본 사람들에게 화를 일으키려는 뜻이 감추어져 있다는 것은 이 사건으로 명백하게 드러났습니다. 지난날 변란을 일으키게 한 원인이 일본에 근거하지 않는다고 한다면, 비록 옥균 같은 무리들이 역심을 품었다 하더라도 이 지경에 이르지는 않았을 것입니다. 이번의 변란에 일인들은 우리 중신들을 해쳤으나 우리가 해친 것은 장사치에 불과한 이소바야시(磯林) 대위뿐이었습니다. 피차의 경중이 판이한데도 불구하고 이제 전권대신 김홍집이 약정서에서 사흉(四凶: 김옥균·박영효·서광범·서재필)을 잡아내라는 말도 넣지 않고 중신들을 해친 죄도 거론하지 않으며 오히려 일일이 저들의 요구에 응하여 이소바야시를 해한 자를 20일 이내에 체포하겠다고 약속하고 도장을 찍었으니 예닐곱이나 되는 우리의 대신들(민영목·민태호·조영하·이조연·윤태준·한규직·유재현)이 일개 이소바야시보다 못하단 말입니까. 저들이 우리를 업신여기는 것이 이와 같으니 비록 우리가 당장에는 탈 없이 지낸다 하더라도 저들의 지칠 줄 모르는 욕심이 우리의 허약함을 만만하게 넘보아 화를 이용하려고 난동을 조장하므로 옥균 같은 소인배가 종종 우리에게 죄를 짓고 저들에게 달아나니 이것이 신이 통곡하는 이유입니다.

1893년(계사, 고종 30) 4월 25일 조정 회의에서 동학란이 일어났다는 소식을 듣고 고종은 "어찌해서 군대를 빌릴 수 없는가?"라고 물었고 영의정 심순택이 "그것은 불가합니다"라고 대답했다(『고종실록』 권30, 30년 4월 정축).

고종이야말로 죽어야 할 자리에 죽음을 각오하지 못하고 책임을 회피하기만 하였다고 아니할 수 없다. 1895년(을미, 고종 32)에 주한 일본 공사 미우라 고로(三浦梧樓)가 민비를 시해하자 그때에야 "역적 도당(김홍집·정병하·조희연·유길준)이 작당하여 국모를 시해하고 임금을 협박하여 법령을 어지럽히고 체발(剃髮)을 강행하였다. 짐의 적자(赤子)들이 팔도에서 봉기한 것이 어찌 명분이 없다 하겠느냐"(『고종실록』 권34, 건양 원년, 33년 3월 27일)라고 분개하였으나 나라의 경제력과 군사력은 이미 돌이킬 수 없을 정도로 붕괴되어 있었다. 1905년(을사, 고종 42, 광무 9)에 한국은 일본의 보호국이 되고 1907년(정미, 융희 1)에 한국군이 해산되었다. 1909년(기유, 융희 3)에 팔도 의병대장 유인석 막하의 의병 장교 안중근이 이토 히로부미를 죽임으로써 항일 전쟁의 양상을 세계에 알렸다. 임금이 항복해도 국민이 스스로 전쟁을 계속하는 상황이 전개되었던 것이다.

한국의 농민과 상인과 수공업자의 대다수가 외국 자본의 침입으로 인하여 고통을 받았다. 1887년(정해, 고종 24)과 1890년(경인, 고종 27)에 서울에서 원산까지의 모든 시전(市廛)이 외국 자본의 침투에 반대하여 2개월 이상 문을 닫았다. 1895년(을미, 고종 32)과 1896년(병신, 고종 33, 건양 1. 이해부터 『실록』의 날짜를 양력으로 적었다)에는 애국주의적 항일 유격대가 전국적으로 봉기하였고 보호국 시기에는 수백 개의 유격군 부대가 활동하였다. 1907년(정미, 고종 44, 광무 11, 융희 1) 7월 21일에 일본은 6월 헤이그에서 열린 평화회의에 이준을 밀사로 파견하여 보호국 체제에 항의한 고종을 강제로 퇴위시켰다. 순종(재위 1907-1910) 시대에 일본은 한국의 법체계를 식민지에 적합한 내용으로 철저하게 바꾸어 놓았다. 1908년(무신, 융희 2) 2월 28일에 순종은 의병에게 피해를 입은 농가의 세금을 경감할 방도를 강구하라고 지시하고, 특별히 "이웃 나라 인민들 중에서 우리나라에 와서 살다가 거처를 소실당한 자들에 대해서도 짐은 우리 백성과 한가지로 생각하는 바이니 무휼할 때에 피차를 구분하지 말고 혹시라도 빠지는 일이 없도록 하라"[1]라고 당부하였다. 6월 11일에 순종은 "폭도 진압과 안녕질서 유지를 위하여 헌병 보조원을 모집하여 한국 주차 일본 헌병대에 위탁하고 해당 대장의 지휘에 따라 복무하게"[2] 하였다. 같은 해 8월 31일에 순종은 "비적들을 차마 모두 죽여 버릴 수가 없어서 그들에게 새로운 길을 열어 주려고 하여 그동안 그들을 깨우치려는 조서를 내린 것이 한두 번이 아니거늘 1년이 다 되어 가는 지금에도 진정되지 않으니 어찌 개탄할 일이 아니겠는가? 가라지 풀을 남겨 두면 좋은 곡식을 해칠 뿐이고 법을 엄하게 하지 않으면 국위가 손상될 뿐"[3]이라고 하였다. 이토 히로부미가 죽자 순종은 조서(詔書)를 내려 그를 찬양하였다.

태자의 스승 이토 히로부미는 영특한 기질을 타고나 구국의 계략을 갖추고 시운(時運)을 만회하고 문명을 발전시키는 데 현명한 수고를 아끼지 않았다. 자신의 훌륭함을 돌보지 않고 우뚝 동양의 기둥이 되어 오직 평화로 주관(主觀)을 삼았으며 더욱 한일관계에 정성을 다하여 수년 전부터 우리나라를 왕래하면서 위급한 정세를 붙들어 구제하였으니 짐은 모든 계획을 오로지 그에게 의지하였다. 지난번 통감으로 항상 대궐에 머물러 때에 따라 사정을 알려 주었고 태자의 스승으로서 우리 동궁의 학문을 진취시킴에 극진하였다. 늙은 나이를 아랑곳하지 않고 머나먼 길에 짐을 동반하여 순람(巡覽)하였고 피로가 미처 가시기 전에 잇달아 만주의 행차가 있었다. 예정한 날짜에 돌아와 길이 의지가 될 것을 기대하였을 뿐, 불측한 변이 생길 줄이야 어찌 뜻하였겠는가? 놀라운 부음이

1   『승정원일기 – 순종』 2, 세종대왕기념사업회, 1994, 154쪽.
2   『승정원일기 – 순종』 3, 54쪽.
3   『승정원일기 – 순종』 3, 137쪽.

갑자기 이르니 슬프고 애석한 마음을 어찌 다할 수 있겠는가? 돌아간 이토 히로부미의 상에 궁내부 대신을 특별히 보내어 치제(致祭)하도록 하고 특별히 문충이란 시호를 내린다.[4]

안중근 의사에 대해서는 "저 광패한 무리가 세계의 형세에 어두워 일본의 도타운 정의를 업신여기려 하고 마침내 전에 없는 변괴를 빚었으니 이는 곧 짐의 국가 사직을 해치는 자이다"[5]라고 하였고, 1909년(기유, 융희 3) 10월 29일에는 간도 파견 직원을 폐지하는 안건을 재가하여 반포하였다.[6]

1910년(경술, 융희 4) 6월 29일 김옥균에게 충달(忠達), 홍영식에게 충민(忠愍), 김홍집에게 충헌(忠獻)이란 시호를 내리고 다음 날 어윤중에게 충숙(忠肅)이란 시호를 내렸다.[7]

1910년 8월 22일에 나라를 빼앗은 일본은 그해 9월 1일 76명의 매국 역적들에게 귀족의 작위를 주었다. 남작의 작위를 받은 유길준(1856-1914)은 어윤중의 도움을 받아 일본 게이오의숙(義塾)에서 공부하였고(1881년 6월 초-1882년 말), 다시 민영익의 후원을 받아 매사추세츠주에 있는 대학진학 예비학교(Governor Dummer Academy)에서 공부하였다(1884년 6월 초-1885년 12월 2일). 1907년 9월 17일에 유길준이 순종에게 올린 상소문에는 개화파의 기술 이데올로기가 잘 드러나 있다. 그 상소문은 개화파가 끝내 매국 역적이 될 수밖에 없는 이유를 분명하게 밝혀 준다. 유길준은 일본은 장점만 있는 나라로 규정하고 한국은 단점만 있는 나라로 단정하여 일본과 한국을 대조하였다. "동서로 찾고 고금으로 보아도 저들은 참으로 만국에 뛰어난 점이 있으니 위로 귀인에서부터 아래로 천민에 이르기까지 다만 그 임금이 있는 줄만 알고

4 『승정원일기 – 순종』 5, 163쪽.
5 『승정원일기 – 순종』 5, 175쪽.
6 『승정원일기 – 순종』 5, 167쪽.
7 『승정원일기 – 순종』 6, 172쪽.

제 몸이 있는 줄은 모르며 다만 그 나라가 있음만 알고 제집이 있음을 알지 못합니다. 무릇 사농공상과 남녀노소의 빈부현우를 불문하고 임금에게 급한 일이 있으면 죽음을 당연하게 여기고 나라에 어려움이 있으면 사는 것을 욕되게 여기어 '이것은 우리 임금을 위하고 우리나라를 위하는 것이다'라고 말하면서 가재(家財)를 털어 바치고 몸과 목숨을 내던지고 달려가 대중의 마음이 일치하니 그들은 끓는 물과 뜨거운 불도 아랑곳하지 않습니다. 이런 까닭으로 2,500년을 지나도록 안으로는 역성(易姓)의 변이 없었고 밖으로는 적에게 짓밟힌 수치가 없었던 것입니다. 전번에 청나라와 싸워서 이기고 지난해에 러시아와 싸워서 이긴 것은 너무나 당연한 일이라 아니할 수 없습니다."[8]

일본과 비교할 때 한국은 "인지의 몽매와 국방의 허술함이 조금도 나아지는 기색이 없고 생업의 위축과 잔약함은 갈수록 더욱 심하여 한 가지도 안정을 확신하고 기대할 것이 없으니, 시시각각으로 변하는 천하의 대세와 일에 따라 달라지는 만국의 사정에 비추어 우리의 그 급전직하(急轉直下)하는 모습은 옛날에 비할 바가 못 됩니다. 일본은 우리 외교의 무모함이 또 어떠한 화를 야기하여 저들을 끌고 구렁으로 추락할지 알 수 없기 때문에 광무 9년(1905) 9월 11일의 협약으로 외교권을 넘겨받고 우리 스스로 내치를 정리하여 주효(奏效)할 가망성이 까마득하였기 때문에 금년 7월의 협약으로 정법(政法)상의 지도 승인권을 신설하여 일본 인사를 들여보내 관리의 임면을 돕게 하고 또 우리 군대가 국방에 소용이 못 될 뿐 아니라 일에 임함에 폭동을 일으켜 항명을 일삼고 소요만 증대시켰기 때문에 우선 해산시킨 것입니다."[9] 유길준은 한국의 역사 전체를 무가치한 것으로 평가하였다. "관문을 닫고 교역을 끊었으며 검박만 숭상하고 정교한 것을 억제하였으므로 칩거하는 생활로 말미암아 풍속은 저하되고 사물은 조잡해지고 재화마저 군색해졌습니다. 발

<hr>

8 『승정원일기 ─ 순종』 1, 241쪽.
9 『승정원일기 ─ 순종』 1, 234쪽.

달하는 지식은 날로 새로워지는데 우리는 송나라가 남긴 찌꺼기를 씹으면서
천하에 홀로 어진 체하고 명나라가 끼친 의관을 받들면서 만세에 높은 체하
여 외교가 무슨 일이고 자주가 무슨 이름인지 알지 못하였습니다."[10] 유길준
은 한 걸음 더 나아가 망국의 원인을 일본의 선의를 신뢰하지 않고 일본의 뜻
에 순종하지 않은 데서 찾았다.

  병자년(1876, 고종 13)의 조약은 우리와 수호(修好)하여 우리의 독립을 보장하는
것이었는데 우리는 캄캄하기가 꿈속과 같았고 갑신년(1884, 고종 21)의 일은 우리
에게 변란을 대처하고 독립을 지키도록 권고한 것이었는데 우리는 흘겨보면서
못마땅해했고 갑오년(1894, 고종 31)의 전역(戰役)은 내외의 변란에 대신 군사를 일
으켜 우리의 독립을 도와준 것이었는데 우리 조정의 신료들은 의구심을 가라
앉히지 않았으므로 저들은 우리와 함께 일할 수 없음을 알고 갑진년(1904, 고종
41, 광무 8)의 전역에 이르러 마침내 우리를 대하는 정책을 바꾸었습니다. 갑오년
의 전쟁은 그 씨가 이미 임오년(1882, 고종 19)에 뿌려졌던 것이고 갑진년의 전쟁
은 그 조짐이 이미 병신년(1896, 고종 33, 건양 1)에 싹텄던 것이니, 임오년 뒤에 한
마음으로 쇄신하여 내치와 외교에 실수가 없었더라면 일청의 싸움은 없었을
것이고 갑신년 뒤에 일본을 신뢰하고 친근하게 대하며 산업을 진작시키고 국
방을 강구했더라면 일로의 전쟁은 없었을 것입니다. 이로써 보건대 일본이 몇
십만의 생명을 잃고 수십억의 재산을 소비한 두 전쟁의 도화선이 서울의 정계
에 있었다고 말한다 해도 당국(當局)하여 절충(折衝)했던 신하들은 그 책임을 면
할 길이 없을 것입니다.[11]

우리는 고종·순종시대를 대원군시대(1864-1876)와 일본·청국 침략시대

---

10 『승정원일기-순종』1, 235쪽.
11 『승정원일기-순종』1, 236쪽.

(1876-1894)와 일본·러시아 침략시대(1894-1904)와 보호국시대(1905-1910)로 나눌 수 있고, 보호국시대를 대한제국시대(1897-1910)의 말기라는 의미에서 구한말이라고 부를 수 있다. 이 기간 내내 미국과 영국은 일본의 후원세력으로 작용하였다. 유길준은 일본의 시각에서 고종시대의 역사를 요약하고 추호라도 일본을 속이지 말라고 순종을 협박하며 상소문을 끝냈다.

광명정대하기를 청천백일과 같이 하여 한 가지 일도 숨김이 없이 하고 한 물건도 덮어 두지 않으면 저들도 우리가 대문과 중문을 열어 놓은 것과 같이 저들에게 의심을 품고 있지 않음을 알게 될 것입니다. 나를 가까이하는 자를 사랑하고 나를 멀리하는 자를 미워하는 것은 사람의 상정입니다. 저들이 우리를 믿지 못하게 되면 우리의 광복은 심히 어려워질 것이고 우리에게 믿지 못할 단서가 있다면 한갓 광복할 희망이 없어질 뿐 아니라 국사가 참담한 지경에 이르러 마침내 구제할 수 없는 처지가 될 것입니다. 실정이 이러함에도 불구하고 묘당에서는 비난이 답지하고 여항에는 뜬소문이 난무하며 스스로 글을 읽었다고 자처하는 자들이 시국을 잘못 인식하고 의기가 광기로 변하여 대나무로 만든 창과 돗자리 조각으로 만든 기로 오합지졸을 불러 모아 살상과 약탈에 지나지 않는 일을 일삼으니 일자리를 잃고 불만을 품은 무리와 때를 타서 도둑질을 일삼는 무리가 닭이 봉황의 깃을 빌고 사슴이 표범의 가죽을 둘러쓰듯 분을 품고 독기를 내뿜어 국가에 우환을 끼치고 있습니다. 다소 식견이 있다는 속유(俗儒)들은 북쪽을 돌아보고 서쪽을 바라보면서 열강의 세력균형을 꾀하면 우리는 앉아서 그 소득을 얻을 수 있다고 하면서 경거망동을 하여 임금님께 누를 끼치고 이웃 나라의 노여움만 초래하니 이것은 모두 자신을 아는 소견이 모자라기 때문입니다. 폴란드는 망령되이 외국의 원조를 바란 탓으로 분할을 당하였고 미얀마는 속으로 딴마음을 품은 탓으로 멸망을 당하였습니다. 어찌 두려워할 일이 아니겠으며 어찌 조심할 일이 아니겠습니까?[12]

유길준의 이 상소문을 통하여 우리는 개화란 결국 부왜(附倭)라는 사실을 확실하게 알 수 있으며, 개항에서 국치에 이르는 시기를 개화기라고 부르는 것이 잘못임을 분명하게 확인할 수 있다.

한국에는 여러 왕조가 있었으나 1910년에 조선왕조가 멸망한 이후로 다시는 왕조가 재건된 적이 없으므로 1876년의 개항에서 1910년의 국치에 이르는 기간을 왕조말기라고 명명할 수 있을 것이다. 한국의 왕조말기는 1876년부터 1897년까지의 개항기(open-door period)와 1897년부터 1907년까지의 광무연간(Kwangmu period)과 1905년부터 1910년까지의 구한말(protectorate period)로 나누어진다. 일본은 1868년 이래 계속해서 한국에 대하여 전통적인 국제관행의 수정을 요구해 왔다. 메이지 정부는 일본 자본주의의 시초축적에 유리한 방향으로 한국의 곡물과 자원을 이용하기 위하여 한국과의 외교관계를 새롭게 정립하려고 계획하였다. 당시 일본의 지식인들 대부분이 한국을 침략하여 정복하자는 주장에 호의적이었다. 일본은 1875년에 군함 세 척을 한국에 파견하였다. 그 가운데 한 척인 운요호(雲楊號)는 시모노세키에서 중국 랴오닝성 선양 근처의 뉴창[牛場: 현재의 잉커우(營口)]으로 가는 항로를 탐색한다는 구실로 9월 20일에 황해의 강화도 동남쪽에 정박하였다. 일본군이 섬의 요새들을 정찰하였으므로 한국의 수비대에게는 발포하는 것 이외에 아무런 대안도 없었다. 일본군은 한국의 요새를 습격하여 35명의 한국군을 사상(死傷)케 하고 철수하였다. 한편 일본군은 부산을 향하여 발포하고 부산의 해안에 들어와 실제 전쟁과 같은 분위기를 조성하였다. 1876년 1월 16일에 군함에서의 경고사격이 계속되는 가운데 완전 무장한 해군 4백 명과 함께 강화도에 상륙한 일본 대표는 12조항의 조약문을 일방적으로 제시하였다. 서양의 기술 도입에 반대하는 급진고립파 이항로와 기술 도입에는 찬성하는 온건고립파 김윤식이 일본과 무역하는 것은 일본에 예속되는 것이라고 반대하였지

---

12 『승정원일기―순종』 1, 239쪽.

만 고종은 왕비와 왕비 일족의 고립반대정책에 따라 7월에 그 조약문을 일본이 제시한 대로 조인하였다. 황(皇) 자, 칙(勅) 자를 사용한 일본의 외교문서를 이의 없이 받음으로써 한국은 중국의 조공책봉체제와 일본의 천황 중심체제를 동시에 용인하는 결과를 초래하게 되었다. 민씨 일족의 개방정책은 단지 대원군의 고립주의에 반대하려는 것이었을 뿐이고 한국표준을 국제표준으로 전환하려는 것이 아니었기 때문에 고종은 국제정치의 역학에 피동적으로 끌려갈 수밖에 없었다. 고립반대파 유길준은 서양의 기술뿐 아니라 서양의 법률과 제도까지 수용해야 한다고 주장하였다. 그러나 한국의 고립반대파는 자기 눈으로 보고 자기 머리로 생각하려 하지 않고 후쿠자와 유키치(福澤諭吉)의 견해를 일방적으로 추종하였다. 조약문에는 일본 통화의 한국 유통을 법적으로 공인해야 한다는 조항과 한국 정부가 아니라 일본 영사가 한국에서 발생한 일본인의 범죄를 재판해야 한다는 조항이 들어 있었고 그 이외에 관세를 면제한다는 관세 협약이 부록으로 첨가되어 있었다. 한국 시장을 독점하는 데 성공한 일본은 2년 후에 다이이치(第一)은행의 부산 지점을 설립하여 일본 상인의 대량 침투를 지원하였다. 그들은 쌀과 콩과 사금과 소가죽을 터무니없이 싼값으로 사다가 일본에 가지고 가서 믿을 수 없을 정도로 큰 이윤을 남겼다. 그들은 관세의 면제라는 혜택과 폭리적인 가격을 일방적으로 결정하는 약탈적 거래로 막대한 부당이득을 챙길 수 있었다. 1879년 6월에 일본은 강화도조약에 따라 원산을 개방하라고 요구하였고 한국 정부는 1881년에 원산에 거주하는 일본인의 토지세에 대한 규정과 함께 원산의 개방을 결정하였다.

일본은 한국 정부에 군대를 일본식 체계로 구성하라고 강요했고 한국 정부는 일본군 장교를 채용하여 한국군을 훈련하게 하였다. 일본 스타일의 훈련을 받는 새로운 부대의 군인들은 구식 군대의 군인들보다 더 좋은 대우를 받았다. 그들에게는 새로운 군복과 더 높은 봉급이 지급되었다. 구식 군대에게 봉급으로 주는 쌀을 제때에 지급하지 않다가 13달이나 늦게 모래가 섞인 젖은 쌀을 양도 모자라게 지급하였다. 구식 군인들이 이의를 제기하자 병조판서 민겸호가 항의하는 군인들을 체포하여 처벌하라고 명령하였다. 1882년에 구식 군인들은 민겸호의 집무실에 몰려가 그를 때려죽이고 그들이 받았던 차별을 야기한 일본 공사관을 습격했다. 대원군이 군인들의 봉기를 지원하였다. 일본 외교관들은 인천으로 달아났다. 왕비 민씨는 봉기군을 피하여 궁궐에서 달아나 텐진에 있던 김윤식과 어윤중을 통하여 중국에 진압군을 요청하였다. 중국은 네 척의 군함과 3천 명의 군대를 한국에 파견하였다. 8월 29일 새벽에 중국군은 서울의 동남지역을 공격하여 376명의 한국 군인을 죽이고 구식 군복을 입은 사람 173명을 체포하였다. 이때 수많은 민간인들도 사살되었다. 달아났던 일본 외교관들은 8월 12일에 네 척의 군함과 1천5백 명의 군대를 데리고 서울로 돌아와서 일본이 입은 손해를 배상하고 일본군의 한국 주둔에 동의하라고 요구하였다. 한국 정부는 50만 원의 보상금을 지급하고 외교관의 보호를 위해 일본군이 서울에 주둔하는 것을 허가하겠다고 약속했다. 일본은 경제 침략의 범위를 부산, 인천, 원산과 그 세 항구의 주위로 확대하였다. 1882년의 제물포조약은 세 항구의 주위, 반지름 53킬로미터 이내의 여행을 일본인에게 허락하였고 1884년에는 그 범위를 반지름 106킬로미터 이내로 확대하였다. 중국은 한국의 외교 노선을 중국의 지시대로 재조정하고 한국 군대를 중국 스타일로 훈련하도록 강요하였다. 1884년 8월에 중국군 1천5백 명이 철수하자 집권세력인 중국에 의존하여 권력을 유지하려는 왕비정권을 타도하기 위하여 일본은 친일적인 성향의 고립반대파와 협의하여 1884년 12월 4일에 우체국 개설을 축하하는 환영식 자리에서 친중국 정치가들을 살해하려고 하였으나 그 계획은 제대로 수행되지 못했다. 12월 5일에 대궐로 들어가면서 그들은 대궐 문 바로 안에서 대신들과 군 장교들을 죽였다. 그들은 개혁안을 승인하라고 고종을 압박하였으나 중국이 개입하여 일본으로 도망할 수밖에 없게 되었으므로 12월 6일에 발표하려던 개혁안은 선포되지 못했다. 그들은 중국에 대한 조공을 중지하고 신분에 관계없이 관리를 뽑고 부패한 관리들을 제거하라고 요구하였다. 그러나 서울에서 벌어진 전투에서 일본군이 중국군에게 졌기 때문에 일본 공사는 공사관을 불 지르고 일본으로 달아났고 김옥균과 서재필도 인천에서 일본 배(지세마루호)를 타고 일본으로 달아났다. 1883년 10월부터 1884년 12월 사이에 170차례나 고종을 만난 윤치호는 고종을 무식하고 무능하며 배신에 능한 거짓말쟁이로 평가하였다. "황제는 대신들을 서로 싸우게 하는 그의 낡은 수법을 사용하고 있다(The Emperor is using his old tricks of setting his ministers one against another)."[13] "경험은 소중한 학교다. 그러나 바보는 아무것도 배우지 못한다(Experience is a dear school but fools never learn it either)."[14] 중국과 일본은 톈진에서 만나 두 나라가 동시에 한국에서 군대를 철수하고 한국에 군사교관을 파견하지 않으며 만일 어느 한 나라가 한국에 군대를 보내기로 결정할 경우에는 사전에 다른 나라에 알리기로 약속하였다.

일본은 인구의 증가로 발생한 곡물의 부족을 한국에서 수입하는 쌀과 콩으로 보충하였다. 한국의 쌀은 생산량이 풍부하고 가격도 일본보다 저렴하였다. 일본 상인들은 약탈에 유사한 거래로 사들인 쌀을 인천, 부산, 원산에서 급하게 선적하여 일본으로 보냈다. 다이이치은행의 지점들이 부산, 인천, 원산에 설립되었다. 이 은행들은 일본은행의 준비금으로 충당하기 위하여 한국에서 금을 사들였다. 일본 상인들은 함경도 지방에서 좋은 품질의 콩을 대량으로 헐값에 구매하였다. 1889년에 가뭄이 들어 이 지방의 콩 수확이 저조했다. 함경도관찰사가 무역협정 37조에 의거하여 8월 1일부터 외국인에 대한 곡물 판매를 금지하라고 명령하였다. 일본의 부영사는 그 지역이 지난 50년 동안 풍부한 수확을 거두었으므로 어느 한 해의 수확저조를 이유로 판매를 금지하면 안 된다고 주장하고 곡물보호령을 철회하고 일본 상인들의

---

13 윤치호, 『윤치호일기』 6, 국사편찬위원회, 1976, 27쪽.
14 윤치호, 『윤치호일기』 6, 17쪽.

손해를 보상하라고 요구하였다. 그는 아무런 근거도 없이 14만 7천 엔을 보상하라고 요구했는데 한국 정부는 1891년에 6만 엔을 보상하겠다고 하였다. 한국의 농민들은 일본 상인들을 증오하였고 그들의 약탈을 막지 못하는 한국의 집권층에게 분노하였다.

1893년에 전라도 지역 고부 고을의 군수가 농민들을 강제로 동원하여 저수지를 만들고 관개의 혜택을 받게 되었으니 7백 석을 바치라고 농민들에게 강요하였다. 1894년 1월에 그 지역의 동학 지도자 전봉준이 40명의 농민과 함께 군수의 집무실에 찾아가 호소하였으나 거절당하자 1894년 2월에 농민들이 군수를 쫓아냈다. 서울에서 내려온 조사관이 그들을 폭도라고 규정하고 체포하여 재판 없이 처형하였다. 전봉준은 조사관의 분별없는 처형에 항거하여 봉기하였다. 농민군은 4월 6일에 황토현에서 정부군을 무찌르고 북쪽으로 진격하여 4월 28일에 전주를 점령하였다. 정부에서 타협적인 조정안을 제안하였고 농민들도 농사철이 다가와 집으로 돌아가고 싶어 했으므로 전봉준은 정부가 조정안을 반드시 시행한다는 것을 전제로 봉기를 중지하였다. 그 조정안에는 부패관리와 부패향리를 처벌하고 일본과 결탁한 관리들을 처벌하며 노예문서를 파기하고 과부의 재가를 허용하며 법령에 의거하지 않은 세를 걷지 않고 농민의 부채를 탕감한다는 내용이 들어 있었다. 동학도들은 관리들의 조세부정과 농산물의 상업화에 반대하고 특히 일본 상인들의 농산물 가격조작에 반대하였다. 동학의 소농적 세계관에는 체제개혁의 구상이 없었다. 대규모의 토지를 소유한 지배계급은 농업의 상업화에 타격을 받지 않았다. 그러나 농산물의 상업화는 소농의 조세 납부와 생필품 구입과 토지 임대에 지장을 초래하였다.

농민군이 전주를 점령하고 있던 6월 1일에 실질적인 집권세력인 민씨 일족은 중국에 군사개입을 요청하였다. 6월 8일에 2천 명의 중국군이 아산에 상륙하여 공주를 공격하였고 6월 11일에 정부군이 전주를 탈환하였다. 6월 10일에 일본 해병 420명이 상륙하였고 6월 16일에 1개 혼성여단 8천 명이 상류하였다. 일본군은 즉시 서울로 들어왔다. 일본을 주적으로 규정한 농민군은 12월 공주와 태인에서 패배하였고 전봉준은 1894년 12월 28일에 체포되어 1895년 4월 23일 사형 판결을 받고 5월 7일 서울에서 참수되었다. 7월 23일 새벽 세 시에 일본군은 대궐을 급습하여 왕실근위대의 무장을 해제하였다. 농민군을 공동으로 토벌하자는 중국의 제안을 거절하고 일본군은 7월 25일에 아산에서 중국 군함에 포격을 가했다. 7월 27일에 대원군을 집정으로, 김홍집을 수반으로 하는 친일정권을 구성하였고 전쟁 중에 일본은 한국 정부로부터 서울-인천 간의 철도 부설권과 서울-부산, 서울-인천 간의 군사통신시설 관할권을 인가받았다. 9월 15-16일에 일본군이 평양전투에서 승리하였다. 8월 26일에 일본은 한국 정부에게 일본군의 군량을 책임진다는 협약에 서명하게 했다. 1895년 4월 17일에 중국은 한국을 독립국으로 인정하고 일본에게 요동반도를 할양한다는 내용의 평화협정이 시모노세키에서 체결되었다. 그러나 러시아와 프랑스의 개입으로 일본은 요동반도를 중국에 돌려주었다.

1895년 4월에 군대조직을 개편하고 일본군 장교를 고용하여 그에게 8백 명의 한국군 장교와 왕실 수비대를 훈련하게 하였다. 민씨 일족이 러시아의 도움을 받아 일본의 침략을 견제하려고 하자 1895년 9월 1일에 부임한 일본 공사 미우라 고로가 군부고문 오카모토 류노스케(岡本柳之助), 조선군 훈련대 제2대 대장 우범선(禹範善, 1857-1903)과 함께 근위대의 저항을 뚫고 경복궁에 침입하여 1895년 10월 8일 새벽에 왕비 민씨(1851-1895)를 시해하였다. 왕비에게 최초로 칼을 휘두른 사람은 육군 소위 미야모토 다케타로(宮本竹太郎)였고 왕비 살해에 가담한 일본 민간인 48명 가운데 구마모토현 국권당 출신이 21명이었다. 미우라 등 48명은 증거불충분으로 무죄를 선고받았다. 일본은 왕비정권의 부정부패와 매관매직에 반대하는 여론에 힘입어 왕비의 정적인 대원군을 왕비 살해에 이용하려 하였다. 일본군의 강요에도 불구하고 시간을 지체하고 궁궐로 가는 길을 일부러 우회하여 대원군은 며느리 살해의 혐의에서 벗어날 수 있었다. 그러나 대원군은 1881년 9월 13일에도 쿠데타를 시도하였고 임오년(1882) 군란 때에도 왕비를 살해하려고 하였으며 1894년 10월에도 농민군의 힘으로 큰아들 이재면의 아들 이준용을 국왕으로 세우려고 하였다. 1895년 12월 30일에 단발령을 포고하였고 1897년 8월 12일에 단발령을 취소하였다. 1896년 1월부터 1897년 10월 사이에 각지에서 의병(정의의 군대)이 일어났으나 1897년 5월 유인석이 충주에서 패배한 이후로 의병의 활동이 현저하게 침체되었다.

러시아는 인천 앞바다에 백 명의 수병을 실은 군함 한 척을 정박하고 있었는데 120명의 분견대를 추가로 파병했다. 이조판서 유길준은 일본과 러시아에 대한 대응책을 논의하였으나 일본군은 직접 행동을 취할 때가 아직 아니라고 판단하였다. 1896년 2월 11일에 고종은 일본의 위협을 피하여 집무실을 러시아 공사관으로 옮기고 김홍집, 유길준, 조희연을 죽이라고 지시하였다. 한국 왕실을 보호하고 필요하면 추가로 군대를 한국에 파병하며 한국의 왕실 수비대를 조직하는 데 필요한 장교를 파견한다는 군사협약과 한국 정부의 재정위기를 해결하기 위하여 러시아가 한국에 차관을 제공한다는 차관협약이 5월에 체결되었다.

1896년 5월 15일에 일본과 러시아가 각각 6백 명 정도의 군대만 유지하다가 한국에 질서가 회복되면 군대를 철수하기로 합의하고 고종에게 환궁을 권유하였다. 5월 26일에 일본은 한국의 분할점령을 러시아에 제안하였으나 러시아가 거부하였다.

1897년 2월 20일에 환궁한 고종은 러시아 공사관에서 구상한 개혁을 시행하기 위하여 1897년 8월에 광무라는 연호를 제정하였다. 연호의 사용에는 한국의 임금이 중국의 천자나 일본의 천황과 대등한 위치라는 것을 중국과 일본에 알리는 의미가 들어 있다. 청일전쟁 이후 일본의 대륙 침략에 대하여 러시아, 프랑스, 독일이 반대하여 일시적으로 한국에 힘의 공백이 생겼기 때문에 고종은 청국과 일본과 러시아가 후퇴한 이 기회를 이용하여 유럽 여러 나라의 힘의 균형에 근거한 자주권을 확대하려고 계획하였다. 1897년 10월 12일 고종은 황제 즉위식을 거행하였다. 황제칭호의 사용은 1895년에 일본 공사 오토리 게이스케(大鳥圭介)가 조선을 중국에서 떼어 내기 위하여 제안한 것이었다. 1897년에 국호를 대한제국으로 바꿀 수 있었던 것은 열강의 세력균형이었다. 고종은 1899년 8월에 영세불변의 무한 전제군주권을 전제하는 9개 조항의 대한국국제(大韓國國制)를 제정하였다. 여기에는 국가의 이념이나 신민의 권리에 관한 조항이 없었다. 고종은 이 국제에 근거하여 임의로 하층계급 출신도 고관에 임명할 수 있었으나 그로 인한 양반층의 반발을 적절하게 통제하지 못했다. 1898년 7월부터 시작한 광무 양전사업은 전국의 토지를 다 측량하지 못하고 3분의 2 정도 수행된 상태에서 중단되었다. 관에서 토지소유자에게 토지문건을 발급하는 지계(地契)제도를 채택하여 전세(지세와 호세)를 징수하였는데 황실기구인 내장원이 정부기구인 탁지부를 통제함으로써 황실이 국가의 재정권을 장악하게 되었다. 철도, 섬유, 운수, 광업, 금융 부문에서 회사를 설립하게 하고 도량형제도를 제정하였다. 농업, 상업, 공업, 의학 교육을 진흥하였고 외국에 유학생을 파견하였다. 전화를 가설하였고 전국에 우체국을 두어 우체업무를 실시하였으며 국제우편연맹에 가입하였다. 외국 자본에 의한 경인선, 경부선, 경의선의 부설을 허가하여 1905년에 개통되었다. 외국인 기술자를 초빙하여 전기, 전차, 전화 시설을 보급하였고 1902년에 동대문발전소와 마포발전소를 설치하였다. 시위대와 친위대를 증강하였고 지방군사제도를 개편하였으며 초급지휘관을 양성하는 무관학교를 1898년에 개교하여 다음 해에 첫 졸업생을 배출하였다. 고종은 러시아, 미국, 영국, 프랑스 사람을 고문으로 고용하여 경제, 법률, 외교 등 각 부문의 조언을 얻으려 하였다. 러시아에게 부산 절영도의 조차를 허가하려 하였으나 독립협회의 반대로 취소하였다. 고종은 러시아의 전제군주제도를 한국에 적용하려고 계획하였고 러시아 세력을 한국에 자리 잡게 하는 것이 일본의 침략을 막는 방법이 된다고 생각하였다. 그러나 서재필은 청나라와 러시아를 배제해야 일본이 자유롭게 한국을 병탄할 수 있다고 생각했기 때문에 러시아의 절영도 조차에 반대하였다. 1896년에 창간된 《독립신문》에는 청나라와 러시아에 대한 비판은 강하나 일본에 대한 비판은 상대적으로 약하다. 독립협회는 중국으로부터 독립한 것을 기념하여 독립회관을 건립하고 독립공원을 조성하는 기금을 모았다. 1898년 2월 22일에 대원군이 죽었다. 고종은 러시아 관련 사무를 김홍륙에게 맡겼는데 러시아 공사 베베른의 이권을 임의로 도모하고 이익을 챙긴다는 이유로 그를 유배 보냈다. 원한을 품은 김홍륙은 1989년 9월 11일(황제탄신일) 황제의 커피에 아편을 넣었다. 황태자 척이 마시고 평생 불편한 몸으로 살게 되었다. 미쓰이물산이 10년 정도 사용하던, 폐선에 가까운 고물 상선을 대한제국 세출액의 15퍼센트에 해당하는 55만 엔에 구입하여 1903년 8월에 시운전을 했으나 그냥 매어 놓았다가 1904년 2월에 러일전쟁 중의 일본이 석탄 운반선으로 차출하였다.[15]

　일본의 메이지 정부는 1868년에 막부를 폐지한 후 1872-1873년에 20세 이상의 남자를 징집 대상으로 하는 국민병역의무제도를 체계화하고 군사교육을 국민교육의 중심으로 설정하고 병력 충원체제에 기초하여 군관구와 군지구에 교육기관을 배치하였다. 1876년의 불평등조약으로 한국에 진출한 일본은 1894-1895년의 청일전쟁으로 남만주까지 세력을 확장하고 러시아의 극동지역을 위협하였다. 원료를 수입에 의존하는 일본으로서는 군사적·경제적 자립을 위한 자원의 확보에 대하여 고심하지 않을 수 없었는데 당시에 만주는 국제적 공백 지대였다. 만주가 중국의 영토로 확정된 것은 1950년 이후였다. 6·25에 파병하면서 중국은 먼저 주력군을 러시아의 영향하에 있던 만주로 들여보내 만주를 점령한 후에 압록강을 넘었다. 1900년 8월에 미국, 영국, 일본, 독일, 프랑스, 러시아, 이탈리아, 오스트리아 등 8개국이 베이징을

15　박성호·박성표, 『예나 지금이나』, 그린비, 2016, 85쪽.

점령하였다. 러시아는 1891년에 시베리아 횡단철도를 착공하여 1895년에 치타까지 부설하였고 치타에서 블라디보스토크까지는 만주를 통과하는 동청철도(동중국철도)를 이용하기로 계획하여 1896년 8월 27일에 중국과 동청철도 건설조약을 체결하고 뤼순과 그 주변의 랴오둥반도를 25년간 조차하였다. 러시아는 1897년에 동청철도의 공사를 시작하여 1901년에 완공하였고 동청철도의 지선을 러시아의 해군기지가 있는 뤼순까지 확장하였다. 러시아는 블라디보스토크가 얼어붙는 겨울 몇 달 동안 부동항 뤼순을 군사기지로 이용하려고 하였다. 러시아 횡단철도의 병력 수송 능력이 남만주 지배에 위협이 된다고 판단한 일본은 1896년부터 1905년까지 10개년 계획을 세워 러시아와의 전쟁을 준비하였다. 일본은 러일전쟁을 필연적이며 숙명적인 전쟁이라고 국민들에게 선전하는 한편 러시아어 학교를 세워서 장교들과 일반인을 대상으로 하는 러시아어 교육을 통하여 첩보원을 양성하고 러시아에 대한 정보를 수집하게 하였다. 이후 러시아어 학습은 일본 사관학교의 한 전통이 되었다. 일본은 러시아 극동군의 군사력과 군대배치를 정확하게 파악한 후에 전쟁계획을 수립했다. 해양 지배력에 횡단철도가 손상이 될 수 있다고 판단한 영국과 만주에서 얻을 수 있는 이권에 러시아가 방해된다고 판단한 미국이 일본을 지원하며 러시아에 대한 전쟁을 부추겼다.

1901년 11월에 이홍장이 죽었고 1902년 1월에 일본은 영국과 군사동맹을 체결하였다. 러시아 황제는 1898년에 브리네르(영화배우 율 브리너의 조부)가 한국 정부로부터 개발권을 획득하여 설립한 압록 목재회사에 투자하고 있었기 때문에 투자금을 지키기 위하여 어떠한 양보를 하더라도 일본과의 충돌을 피하려고 하였다. 일본을 자극하지 않으려고 동청철도를 중국에 매각할 생각도 하였다. 만주를 내주면 한국을 양보하겠다는 러시아의 제안을 일본이 거절했다. 만주의 자원을 독점하는 것이 원래의 목적이기 때문이었다. 이 때 러시아는 일본이 한국을 가지되 39도 이북은 중립지대로 하여 군대 투입을 금지하자고 제안했다. 만주는 일본의 이익 범위 밖에 있다는 것을 인정하라는 의미였다. 1903년 여름에 일본은 러시아에게 러시아가 점령하고 있지 않은 만주의 나머지 지역에 대한 일본의 이권 보장을 안건으로 하는 회담을 제안하고 러시아가 답변을 건네려 하기 직전인 1904년 2월 5일에 공격명령을 내렸다. 2월 8일에 일본 육군은 부산과 마산에 상륙하여 북진하였고 일본 해군은 인천 앞바다에 정박하고 있는 러시아 함대를 포격하였다. 2월 9일에는 뤼순항의 러시아 함대를 공격하였다. 1904년에 러시아의 육군은 113만 5천 명이었으나 무기체계와 군장비와 군수산업은 유럽에서 최하위의 수준이었다. 사병의 절반은 문맹이었다. 뤼순에는 탄약과 포탄을 보급하고 병기를 수리하는 군수산업기지가 없었고 10일분의 군량이 비축되어 있었을 뿐이었다. 러시아 극동군은 사병 94,586명, 장교 3,249명이었는데 일본군은 사병 142,663명, 장교 8,082명이었고 육해군을 합하면 사병 191,618명, 장교 8,791명이었다. 극동지역의 일본 해군은 러시아 해군보다 네 배나 많았다. 함대는 러시아가 63척이었고 일본이 80척이었다.[16] 육상에서도 러시아군은 수적으로 열세였을 뿐 아니라 북만주의 넓은 지역에 분산되어 있었다. 일본 군의 문맹률은 23퍼센트였다. 일본의 여러 항구에서 부대를 쉽게 승선시킬 수 있었고 상륙에 유리한 지점을 정확하게 알고 있었으며 충분한 교통수단을 보유하고 있었다. 러시아가 가지고 있던 항구는 유럽 쪽 러시아의 뻬쩨르 부르크에서 매우 멀리 떨어진 뤼순과 블라디보스토크밖에 없었다. 황해 깊숙이 있는 뤼순을 일본이 봉쇄하기는 용이하였으나 러시아는 일본의 어떠한 해군기지도 봉쇄할 수 없었다. 모든 조건이 일본에 유리하기는 하였으나 일본의 전략은 만일 기습에 실패하면 장기전의 수렁에 빠질 수 있는 위험을 내포하고 있었다. 러일전쟁에서 성공한 일본의 이러한 전략이 15년 전쟁기 (1930-1945) 후반의 미일전쟁에서는 실패하였다.

당시 고종과 고종의 측근을 제외한 한국의 지식인들은 대체로 일본의 승

16 로스뚜노프 외, 『러일전쟁사』, 김종헌 역, 건국대학교출판부, 2004, 90쪽.

리를 희망하였다. 일본군을 위하여 의연금을 걷자는 취지문에는 헤이그에서 순국한 이준의 이름도 보인다(《황성신문》 1904년 3월 23일 자). 1904년 4월 26일에서 5월 6일 사이에 벌어진 압록강전투에서 러시아군이 패배하였다. 이때 러시아군의 병력은 일본군의 5분의 1이었고 중화기는 일본군의 3분의 1이었다. 일본군은 세 배나 되는 병력으로 1904년 7월 30일에 뤼순을 포위하였다. 일본군의 병력은 지역에 따라 러시아군의 10배에 달하는 곳도 있었다. 11월에 뤼순에 투입된 일본군은 10만 명을 넘었다. 군량이 고갈된 러시아군 32,400명(부상자와 환자 5,809명)은 1905년 1월 2일 19시에 항복하였다. 그러나 러시아군은 일본군 20만 명을 한곳에 장기간 묶어 둘 수 있었다. 일본군은 11만 명의 병력과 15척의 전함을 잃었고 전함 16척은 크게 파손되었다.[17] 러일전쟁은 해전에서 승패가 결정되었다. 군함의 건조를 일본은 영국에 맡겼고 러시아는 미국에 맡겼다. 미국의 선박회사는 주문받은 러시아 군함 바략호에 니켈로 된 철갑 강철 대신에 일반 선박 건조 강철을 사용하였고 러시아군이 주문한 조건들을 무시하고 회사의 영리에 유리한 쪽으로 작업하여 고압 실린더와 중앙 실린더의 베어링 과열 문제를 해결하지 못한 채 바략호를 러시아에 넘겼다. 계산 착오로 선박의 무게가 초과되었고 무장 보호 덮개도 설치하지 않았다. 1899년 10월 19일에 진수한 바략호는 시운전 때에 고장을 일으켰다. 엄청난 비용을 낭비하고 전쟁에는 실제로 사용하지도 못한 채 바략호는 1903년 12월 30일에 제물포에 도착하여 정박해 있다가 1904년 1월 27일에 일본군의 포격을 받고 침몰하였다.[18] 일본군은 후에 바략호를 인양하여 해군사관학교 실습함으로 사용하다가 1915년 12월 1일에 다시 러시아에 판매하였다. 1904년 10월 15일 리바바 항구를 떠난 러시아 함대는 2만 9천 킬로미터를 220일 동안 항해하여 대한해협에 이르렀을 때에는 연료의

---

17   로스뚜노프 외, 『러일전쟁사』, 321쪽.
18   카타예프, 『제물포해전과 바략』, 신세라·정재호 역, 글로벌콘텐츠, 2013, 140쪽.

부족으로 전쟁을 수행하기 어려운 상태에 있었다. 중간에 해군기지가 없었기 때문에 러시아 함대는 석탄 확보 문제를 해결하기 어려웠다. 5월 27일 일본 해군과 접전 중에 전함 4척 가운데 3척이 침몰하였다. 러시아 함대는 전쟁을 피하고 블라디보스토크로 간다는 한 가지 목표에만 집착했기 때문에 일본 해군의 공격에 효과적으로 대응할 수 없었다. 쓰시마 해전에서 러시아 해군은 5,045명의 전사자(장교 209명)와 800명의 부상자를 냈다. 루스벨트의 중재로 두 나라는 러시아가 북만주를 차지하고 일본이 한국을 점유하기로 하고 1905년 9월 5일에 강화조약을 체결하였다. 러일전쟁으로 러시아가 빼앗긴 영토는 북위 50도 이남의 사할린 남부 지역뿐이었다.

강화조약을 체결하던 시기에 일본은 물가가 폭등하고 세금이 인상되어 전쟁 능력이 침체되고 있었고 러시아는 병력과 장비를 보강할 수 있는 가능성이 증가하고 있었다. 러시아군과 일본군의 인명 피해는 각각 27만 명이었는데 러시아군의 사망자는 5만 명이었고 일본군의 사망자는 8만 6천 명이었다. 일본에는 더 이상 투입할 자원과 군대가 남아 있지 않았다. 1905년 5월 27-28일의 동해 해전에서 압승하였지만 일본은 만주에서 전개된 육지전에서는 고전하였다. 러시아가 전쟁 준비를 끝냈을 때에 미국의 중재로 강화조약이 체결되었다. 러시아는 전쟁을 계속할 능력이 있었으나 국내에 확산되는 반전 민주화 세력에 대처하기 위하여 전쟁을 중지하고 국내 치안에 집중하는 방향을 선택하였다. 러일전쟁을 중재한 공로를 인정받아 루스벨트 대통령은 1906년에 노벨평화상을 받았다. 1904년 1월 21일에 고종은 이용익이 주도하여 작성하고 주한 프랑스 공사 퐁트네가 프랑스어로 번역한 전시 중립선언을 발표하였다. 그러나 2월 18일에 일본군 2만 명이 서울에 들어와 2월 23일 아침에 전략상 필요한 지점을 일본이 임의로 수용할 수 있으며(4조) 한국은 일본의 시정개선 충고를 수용한다(5조)는 내용의 「의정서」를 강제하였다. 한국 정부는 중립을 선언하였으나 1904년 2월 23일에 일본은 대규모의 병력을 서울에 파견하고 한국 정부에 강요하여 일본이 한국의 토지를 작전을 위해 사용할 수 있다는 「한일의정서(Korean-Japanese Protocol)」를 체결하게 하였다. 9월에 일본군은 한국 전역을 군사통제 지역으로 선포하고 일본군의 철도시설과 통신시설에 침입하면 사형에 처한다고 포고하였다.

1905년 11월 18일 새벽 1시 30분에 일본은 한국과 5개조의 조약을 체결하여 한국의 외교를 일본 외무성에서 담당하게 하였다. 일본국 정부는 도쿄에 있는 외무성을 통해 한국의 외교 사무를 감독 지휘하며 일본국 정부는 한국 황제 하에 외교 사항을 관리하는 1명의 통감을 서울에 둔다는 조약서에는 어새와 서명과 위임장이 없고 조약 이름도 명기되어 있지 않았다. 을사년 강제조약에 대하여 국제법적 적법성의 결여를 지적할 수 있겠으나 미국과 영국은 11월 19일에 조약을 축하하는 전문을 보냈고 11월 23일에 조약체결을 공포하자 미국은 11월 24일에, 영국은 11월 30일에 공사관의 철수를 결정하였다. 12월 16일 대한제국 관보에 조약이 공시되었다. 1906년 2월 1일에 한국 외교를 전담하는 통감부(Office of the Resident-General)가 서울에서 공식업무를 시작하였다. 1895년 청일전쟁에 승리하여 대만을 영유하게 된 일본은 1896년 3월 31일에 칙령 제88호로 관할구역에서 법률의 효력을 지닌 명령의 권한을 부여한 「대만총독부조례」를 제정하였다. 통감부는 「대만총독부조례」에 준거하여 총무부, 농산공부, 경무부, 외무부, 법무원, 통신관리국, 철도관리국 등의 조직을 구비하고 위생사무와 교육사무를 관리하며 토지제도와 지방제도를 조사하고 제실국유재산 운영에 관한 법률을 제정하였다. 1906년 3월 13일에 개최된 제1회 서정(庶政)개선협의회에는 대한제국의 관료 전원이 참석하였다. 조약에는 통감이 외교업무만 장악하는 것으로 기록되어 있었으나 통감은 한국행정개선위원회를 만들어 재정, 금융, 농업, 산림, 광산, 운송, 문화, 법률, 치안, 지방행정, 왕실운영, 군사업무를 다 처리했다. 1906년 3월 13일부터 1909년 12월 28일까지 행정개선위원회는 통감의 주재하에 모두 97번 모였다. 보호국시기는 대한제국 정부와 통감부가 공존하는 이원적 통치체제였으나 1907년 7월 20일의 정미 7조약에 의해 한국 정부의 법령 제정 및 중요한 행정상의 처분은 미리 통감의 승인을 거치도록 하였고 1907년 10월 9일에 통감부의 직제를 개편하고 그 이후 통감이 직접 한국을 통치하였다. 1907년 1월 17일 《대한매일신보》에 1905년 11월 17일의 조약이 무효라고 선언한 고종의 편지(사진복사)가 게재되었다. 《대한매일신보》는 1904년 7월 18일에 영국인 베델(E. T. Bethell)과 양기탁이 설립한 신문사로서 박은식, 신채호, 안창호 등이 참여하였다. 1907년 5월부터 영자신문 《The Korea Daily News》를 발간하여 일본의 한국 침략을 세계에 알렸다. 그러나 중국의 속국으로 있는 것보다 일본의 속국이 되는 것이 낫다고 생각하는 사람들과 이용익 같은 하층민 출신의 근왕세력에 반발하는 양반 관료들이 보호국 체제를 수용하였다. 평등을 지향하는 경향이 백성들 사이에 확산되는 것을 지배계급은 크게 두려워하였고 혼란보다는 일본의 지원을 받는 질서가 낫다고 판단하였다.

일본은 대한제국 내부 세력들(급진고립파, 온건고립파, 고립반대파)의 대립에 개입하여 저항을 무력하게 하고 온건고립파와 고립반대파를 친일 집단으로 견인하였다. 통감부가 생기기 전부터 관직을 얻기 위하여 해 질 녘에 몰래 일본 공사관을 찾아가는 사람들이 적지 않았다. 고립반대파 지식층에는 친일세력과 반일세력이 섞여 있었으나 대체로 타협주의와 패배주의에 기울어져 있었다. 일본에 망명해 있던 유길준과 박영효와 이준용 사이에도 파벌싸움이 있었다. 대한협회와 서북학회는 정권참여를 기대하고 친일내각에 접근하였다. 23개 도시에 지부를 두고 6만 명의 가입자를 가진 대한협회는 헌정연구회와 대한자강회가 연합하여 구성한 전국적인 계몽운동단체였다. 고종은 전통적인 지배세력을 견제, 억압하기 위하여 왕실재정을 이용익 같은 보부상 출신 상인에게 맡기고 대부분의 관직을 왕비 일족이 독식하게 하였다. 포섭하려고 하지 않고 배제하려고만 하는 고종의 국정운용방식이 전통적 집권세력의 상실감을 야기하고 그 자신의 고립을 자초한 결과가 되었다. 의병을 선동한 그의 행동도 국민을 주체가 아니라 자신을 위하여 희생해야 할 수단으로 보는 전제군주의 시각에서 나온 것이었다. 고종은 전차, 철도, 은행 사업을 독식하여 비자금으로 사용하였다. 전제 왕권은 국가의 공적 이익 대신에 통치자의 사적 이익을 추구하였다. 황실 재정이 국가 재정을 포섭하여 군주 개인의 판단에 따라 운용되었기 때문에 관리들은 한정적인 재원을 합리적으로 관리할 수 없었다. 고종은 필요한 재원을 손쉽게 마련하기 위하여 악화를 남발하였다. 실질가치가 명목가치에 비해 현저하게 낮았으므로 백동화의 남발은 막대한 발행이익을 산출하였다. 국가의 재무기구인 탁지부가 아니라 궁내부 내장원의 전환국(典圜局)에서 백동화 주조를 맡음으로써 화폐발행의 이익은 고종 개인의 축재 수단이 되었다. 백동화의 남발로 백동화가 은화를 몰아내었고 인천 지역의 곡가가 인플레이션으로 1871년에서 1890년 사이에 다섯 배나 상승하였으며[19] 외국 상인들은 백동화 거래를 거부하게 되었다. 비대화한 황실 재정이 시장에 개입하여 광산과 철도를 직영하고 인삼재배를 독점하고 특정 상인들에게 특권을 부여하였다. 재정부족과 시간제약으로 전체 농지의 3분의 2 수준(218개 지역)에서 중단된 광무양전도 사적 소유를 법적으로 확정하는 토지조사가 아니라 국가의 토지지배를 확대하려는 수조권적 발상에 근거한 지계(地契)조사였다. 고종은 상하이의 베를린 할인은행(Disconto Gesellschaft)에 예치한 비자금으로 미국과 러시아를 비롯하여 영국, 프랑스, 독일, 오스트리아, 이탈리아, 벨기에, 중국에 대한 특사외교를 전개하는 한편, 재야 유생들에게 "적자(赤子)의 궐기를 호소"하게 하여 의병을 일으키게 함으로써 전제권력을 유지하려고 하였다. 그러나 합의의 정치를 철저하게 외면하고 끝까지 러시아식 군주전제권 모델에 집착한 그의 행동은 지배세력 내부의 갈등과 분열을 극대화함으로써 반대세력을 고립시키는 데 실패하였고 반대세력들에 의하여 그 자신이 고립되는 결과를 초래하였다. 권력에서 배제된 지배층이 친일로 기울었고 신분의 제한으로 동학과 유학이

---

19 김용섭, 『한국근대농업사연구』, 일조각, 1992, 26쪽.

서로 공격하고 반일 의병들이 서로 분열하였다. 급진고립파와 고립반대파의 대립에 고립반대파 내부의 대립이 중복되어 왕조말기의 조선사회는 통합의 체계와 플랜이 부재하는 분열상을 드러내었다. 나라가 망한 후에 고종은 일본의 작위(덕수궁 이태왕)를 받아들였을 뿐 아니라 작위 받기를 주저하는 신하들에게 작위 수령을 권유하기도 하였다.

1904년 4월 14일에 화재로 탄 경운궁(慶運宮)의 전각들을 중건하면서 1906년 5월 1일에 이토 히로부미는 경운궁의 멀쩡한 대문, 대안문(大安門)을 대한문(大漢門)으로 바꾸었다. 상량문에 소한운한(宵漢雲漢: 은하)처럼 장구하라는 의미라고 하였으니 덕수궁의 덕수(德壽)에는 합치한다고 하겠으나 백성의 복지[慶運]와 평안[大安]을 도모하라는 원래의 뜻에는 크게 어긋난 명칭이었다. 1905년 12월 21일에 통감으로 임명된 이토 히로부미는 1906년 2월 1일에 통감업무를 시작하였다. 일본은 1905년 말에 화폐정리사업으로 일본제일은행권으로 화폐를 통일하고 1906년에 토지조사로 지세증가를 도모하였으며 1908년 6월에 황실재산을 국유화하는 한편 고종의 명령서를 위조하여 베를린 할인은행의 예금을 전액 인출하여 고종의 자금줄을 끊었다. 1908년 8월 27일에 동양척식주식회사법을 제정하고 12월 28일에 한일합자회사 동양척식주식회사를 설립하였다. 임원의 3분의 2가 일본인이었던 이 회사는 1945년까지 토지를 확대한 한국 최대의 지주였다. 고종은 러시아가 이미 한국을 일본에 넘겨주기로 결정한 것도 모르고 러시아에 특사를 파견하였다. 이용익은 1905년 8월에 상하이로 떠나 12월 21일에 고종의 친서를 니콜라이 2세에게 전달하였다. 이용익은 1906년 4월에 국내와 연락이 가능한 블라디보스토크로 이주하여 거주하다 1907년 2월 24일에 사망하였다. 고종은 미국이 한국을 일본에게 넘겨주기로 결정한 것을 모르고 1904년 11월 22일에 감옥에 있던 이승만을 밀사로 삼아 루스벨트에게 친서를 보냈다. 이승만은 1905년 1월에 국무장관과 만났고 8월 4일에 루스벨트를 면담하였다. 고종은 1906년 1월 29일에 베이징 주재 영국 공사에게 5년간 열강의 공동보호를 제안하였고 1907년 7월 10일에 열강의 개입을 요청하는 특사단을 헤이 그에서 개최되는 제2차 만국평화회의에 파견하였다. 그들은 회의가 시작된 지 10일 후인 1907년 6월 25일에 도착하여 6월 27일에 각국대표들에게 보내는 탄원서를 발표하였고 7월 8일에 이위종이 각국기자단 앞에서 연설하였다. 7월 14일에 이준이 죽었다. 그들은 끝내 평화회의에 참석하지 못하였고 헤이그의 중재재판소에 일본의 불법을 제소하지도 못하였다. 1907년 7월 16일 대한제국의 내각회의는 고종의 폐위를 결정하고 7월 19일 새벽에 황태자 대리 조칙에 고종의 서명을 받아 7월 20일 오전 9시에 고종과 순종이 불참한 가운데 양위식을 거행하였다. 7월 31일에 순종은 대한제국의 군대 9,171명 가운데 의장대를 제외한 8,426명(중앙군 4천 명과 지방군 4,426명)을 해산하였다. 1908년과 1909년에 전국에 반일 의병이 일어났다. 급진고립파 유학자들(이인영, 이항로, 유인석, 이강년, 허위) 이외에 해산군인(민긍호)과 농민들, 포수들(경상도·강원도의 농민 신돌석, 함경도의 사냥꾼 홍범도)도 의병을 주도하였다. 한국 주차군 사령부의 조사로는 1908년 6월에 폭도 31,245명, 수괴 241명이었다.[20] 1908년 6월 11일에 「헌병보조원 모집에 관한 건」을 공포하여 일본은 한국인을 의병 수색에 활용하였다. 1909년 9월 1일부터 40일간의 대토벌로 의병들은 활동의 중심을 만주로 옮겼다. 1909년 7월 12일의 「기유각서」로 한국 정부는 사법 및 감옥 사무를 일본 정부에게 위탁하게 되었다. 재한국 일본 재판소는 협약 또는 법령에 특별한 규정이 없는 경우 한국 신민에 대해서는 한국 법규를 적용한다는 제3조가 들어 있기는 하였으나 한국의 사법권이 통감부로 넘어간 것이었다.

1909년 10월 26일 오전 9시에 만주를 방문하는 이토 히로부미의 기차가 하얼빈역에 도착했다. 당시에 하얼빈은 청국 영토였으나 러시아가 조차하여 관리하는 지역이었다. 9시 30분에 32살의 한국인 안중근이 권총 3발을 발사

---

20 조경달, 『근대 조선과 일본』, 최덕수 역, 열린책들, 2015, 249쪽.

하였고 10시에 이토가 죽었다. 안중근은 황해도 해주 출신의 가톨릭 신자였으며 간도관리사 이범윤이 지휘하던 만주의병 연합부대의 참모중장이었다. 의병의 활동자금을 모금하면서 러시아 극동지역의 한국인들에게 안중근은 저항하지 않으면 노예가 된다고 역설하였다.

오늘 국내외를 물론하고 한국인들은 남녀노소 할 것 없이 총을 들고 칼을 차고 의거를 일으켜 이기고 지는 것과 잘 싸우고 못 싸우는 것을 돌아보지 말고 한바탕 싸움으로써 후세의 부끄러운 웃음거리가 되지 않게 해야 할 것입니다. 만일 이와 같이 애써 싸우기만 한다면 세계열강의 공론이 없지 않을 것이니 독립할 수 있는 희망이 있을 것입니다. 더구나 일본은 5년 안에 반드시 러시아, 청국, 미국 등 3국과 개전하게 될 것이라 그것이 한국의 큰 기회가 될 것입니다. 그때에 한국인에게 아무런 예비가 없다면 일본이 져도 한국은 다시 다른 도둑의 손에 들어갈 것입니다.[21]

안중근은 이토 히로부미가 하얼빈에 온다는 소식을 듣고 블라디보스토크에 거주하는 황해도 의병장 이석산을 찾아가 백 원을 꾸어 달라고 부탁하였으나 거절하자 강제로 빼앗아 그 돈을 운동비로 사용하여 하얼빈역으로 갔다. 체포된 안중근은 천주교 신자가 왜 살인을 하였는가 하는 미조부치 다카오(溝淵孝雄) 검사의 질문에 "사람을 죽이는 것은 죄악이다. 그러나 남의 나라를 탈취하고 인명을 살상하는 자가 있는데도 수수방관하는 것은 죄악이므로 나는 그 죄악을 제거한 것뿐이다"[22]라고 대답하고 이토의 15가지 죄악을 열거하였다. 1. 한국 황후를 시해한 죄. 2. 한국 황제를 폐위한 죄. 3. 을사조

---

21 안중근, 『안중근 문집』, 윤병석 편역, 독립기념관한국독립운동사연구소, 2011, 496쪽.

22 안중근, 「1909년 12월 22일 제10회 신문조서」, 『안중근 의사 자서전』, 안중근의사숭모회, 1979, 394쪽.

약과 정미조약을 강제한 죄. 4. 무고한 한국인을 학살한 죄. 6. 철도, 광산, 산림, 천택을 강탈한 죄. 8. 한국 군대를 해산한 죄. 9. 한국인의 교육을 방해한 죄. 10. 한국인의 외국유학을 금지한 죄. 11. 한국 교과서를 압수하여 소각한 죄. 12. 한국인이 일본의 보호를 바란다는 거짓말을 세계에 퍼뜨린 죄. 13. 한국이 무사태평하다고 천황을 속인 죄. 14. 동양평화를 파괴한 죄. 15. 메이지 천황의 아버지 고메이 천황을 죽인 죄.

안중근은 1910년까지 존립한 대한제국의 국민이었으며 "나라의 위급존망에 즈음하여 수수방관하는 것은 신민 된 자의 도리가 아니"라는 고종의 조칙에 근거하여 활동한 군대조직인 의병의 참모중장이었다. 안중근을 한국 군인으로 인정하지 않고 일본인을 살해한 일본인으로 취급하고 하얼빈의 일본 법정에서 일본 형법 119조 살인죄를 적용하여 재판한 것은 국제법 위반이었다. 일본군에서 발표한 「조선폭도토벌지」에 의하면 1906년에서 1911년 사이에 발생한 의병 사상자는 21,485명(일본군 사상자는 403명)이었다.[23] 1907년 제2차 만국평화회의에서 채택된 헤이그 육전규칙에 의하면 비정규군(민병과 의용군)도 전쟁 수행의 주체(교전자격자)가 될 수 있다. 1910년 2월 14일에 사형을 선고받은 안중근은 2월 17일 고등법원장 히라이시 우지히토(平石氏人)에게 공소를 포기하는 대신에 「동양평화론」을 집필할 수 있도록 사형을 몇 달 연기해 달라고 부탁하였다. 히라이시는 사형 집행을 연기해 주겠다고 약속하고서는 안중근의 요청을 공소 포기의 근거로만 이용하고 안중근이 「동양평화론」의 서론을 끝낸 3월 26일에 사형을 집행하게 하였다. 뮈텔(Mütel) 주교의 반대를 무릅쓰고 찾아온 빌렘(Wilhelm) 신부에게 안중근은 죽기 전에 종부성사를 받을 수 있었다. 안중근의 사형이 집행된 바로 다음 날 신채호와 안창호가 중국으로 망명하였다. 서론과 4장으로 계획된 「동양평화론」은 서론과 제1장만 남아 있으므로 그 내용을 짐작할 수 없으나 고등법원장 히라이시

---

23 조동걸, 『한말 의병전쟁』, 독립기념관한국독립운동사연구소, 1989, 212쪽.

와의 면담을 정리한 「청취서」에서 안중근의 구상을 일부나마 짐작해 볼 수 있다.[24] 1. 한중일 세 나라 대표의 회의체인 동양평화회의를 구성한다. 2. 회원 1인당 1원씩 모금한 수억 원의 회비를 운영비로 사용한다. 3. 뤼순을 한중일이 공동 관리하는 군항으로 개발하여 동양평화회의의 근거지로 삼는다. 4. 세 나라 청년들로 연합군을 편성하여 뤼순에 주둔하게 한다. 5. 세 나라 청년들에게 2개 외국어를 습득하게 한다. 6. 일본의 주도하에 세 나라의 상공업 발전 계획을 수립한다. 7. 로마 교황의 권고에 따라 정책을 결정하고 분쟁의 해결을 로마 교황의 중재에 맡긴다.

이토 히로부미가 죽은 다음 해 일본은 최후의 일격을 가하여 1910년 8월 22일에 통감부를 총독부(The Government-General)로 바꾸었다. 두 나라의 병합은 1909년 7월 6일 내각회의에서 결정되었다. 한국의 원로 중신들은 황실의 보호를 전제로 병합에 찬성하였다. 1910년 4월에 러시아가, 5월에 영국이 병합을 승인하였고 7월 23일에 데라우치가 총독으로 부임하였다. 1910년 7월 18일에 대한제국 내각회의를 통과한 병합조약은 순종의 재가를 받고 8월 29일에 공포되었다. 이토의 저격에 대해서나, 국치에 대해서나 백성들은 별다른 격동을 보이지 않았다. 1908년 6월 9일 자 《대한매일신보》에는 을사년 소식을 듣고 서울에 올라온 시골 선비가 연회장에 가득한 사람들을 보고 "도대체 어떤 미친놈이 망국이란 소문을 낸 것이냐"라고 반문하는 기사가 나온다. 지방 곳곳에 보통학교가 설립되어 교육여건이 나아졌고 경제규모와 무역거래가 국치 이전보다 증가했다. 총독부의 행정체계도 이전의 혼란과 비효율을 어느 정도 해소했다. 일본 호적을 가지고 10년을 지낸 후에 대중의 실국의식이 폭발하였다. 그때까지 대부분의 백성들은 망국을 실감하지 못하고 있었다. 고종의 죽음이 비로소 대중에게 실국을 분명하게 인식하게 하였다. 1919년에서 1945년까지 한국 사람들은 일본의 신민으로 일본 호적과 실

24   안중근, 『안중근 문집』, 553-560쪽.

국의식의 갈등을 겪으면서 살지 않을 수 없었다. 병역의무가 면제되고 선거권리가 없었으므로 일본 국민이라고 할 수는 없었으나 실국시대의 한국인은 일본의 준시민권(準市民權)을 가지고 있었다고 할 수 있다. 마지막 통감이었으며 초대 총독이었던 소네 아라스케(曾禰荒助) 총독은 일본의 식민지가 된 것이 아니고 일본 영토의 일부가 된 것이므로 한국인은 식민지인이 아니라 일본 국민이라고 선전했으나 일본 정부는 한국인을 일본 국적법이 준용되는 일본 신민이라고 하면서도 일본 국민으로 인정하지는 않았기 때문에 1945년 패전할 때까지 한국인에게 일본 국적법을 적용하지 않았다. 1912년에 제정된 조선민사령은 일본 민법을 준용하되 친속법과 상속법의 경우에는 관습에 의하도록 하였다. 총독부는 창씨개명을 강요한 1939년 11월 이후에도 한국인을 일본 국적에 편입시키지 않고 한국인에게 조선 국적을 그대로 가지고 있게 하였다. 실국시대에 한국인이 가지고 있던 일본 호적은 일본의 시민권이 아니라 일본령(日本領) 조선의 영주권이었다. 일본 호적을 버리면 반일이 되고 실국의식을 버리면 친일이 된다. 대부분의 사람들은 반일과 친일 사이에서 모순적인 삶을 영위하였다. 시국편승형 친일과 면종복배형 반일의 차이도 분명한 것이 아니었다. 총독부에 전면적으로 의지하여 실국의식을 버리고 반일운동을 부정하는 행동을 친일이라고 규정할 수 있다. 친일은 혜택이 따르는 행동이지만 대중의 경멸을 견뎌야 하는 행동이었고, 반일은 가치 있는 행동이지만 가정과 직장을 떠나야 가능한 행동이었다. 극히 소수의 사람들만이 외국에서 독립운동을 하면서 생계를 해결할 수 있었다. 나라 망하는 것을 앞장서서 재촉한 사람은 갑신년(1884)의 균효식광필(김옥균, 박영효, 홍영식, 서광범, 서재필), 을미년(1895)의 홍하연길(김홍집, 정병하, 조희연, 유길준), 을사년(1905)의 오적(五賊: 박제순, 이지용, 이근택, 이완용, 권중현), 경술년(1910)의 칠적(七賊: 이완용, 이재곤, 조중응, 이병무, 고영희, 송병준, 임선준) 등이었다.

1.   애국창가와 시국가사

왕조말기의 운문형식은 시조와 가사였으나 애국심이 시조의 주제가 되고
가사는 서양 음악의 악보에 따라 부르는 애국창가와 당대의 사회 형편을 비
판하는 시국가사로 분화되었다.

《대한매일신보》국한문판에 1908년 11월 29일부터 1910년 8월 17일까지
375수의 시조가 게재되었다.

제 몸은 사랑컨만 나라사랑 왜 못 하노
국가강토 없어지면 몸 둘 곳이 어디매뇨
차라리 몸은 죽더라도 이 나라는   (1908. 12. 5.)

이 강산을 살펴보니 남 줄 곳이 전혀 없다
높은 터는 집을 짓고 낮은 곳은 전답 풀세
모쪼록 일심으로 땅을 지켜 억만 세를   (1908. 12. 20.)

일신에 당한 관계 제각기 알건마는
전국 생령 큰 관계는 어이 전혀 모르는고
동포야 동포라 하는 뜻을 깊이 생각   (1910. 1. 21.)

태극기 휘날리며 전진하는 청년들아
가는 길 험타 말고 일심으로 나아가소

총검도 막지 못할 것은 애국혈성

　종장 끝 구(셋째 행 넷째 음보)를 생략하는 것은 시조 창법에 따른 것이다. 충군애국(忠君愛國)의 주제는 이전 시대의 시조와 동일하다고 하겠으나 주제를 비유로 둘러말하지 않고 추상적인 내용을 직접 진술하였다. 왕조 말의 시조는 감정을 표현하는 문학이라기보다는 이념을 전달하는 공적 구호라고 해야 할 것이다.

　애국창가는 《독립신문》에 41수, 《대한매일신보》 국한문판에 49수, 《대한매일신보》 국문판에 45수, 《경향신문》에 45수, 기타 《제국신문》, 《협성회회보》, 《대한자강회월보》, 《태극학보》, 《서북학회월보》, 《대한학회월보》, 《대한유학생회학보》, 《대한흥학보》, 《서우》 등에 48수가 게재되어 있다. 모두 합해서 228수의 애국창가는 가사체로 된 노랫말이다.

　　대조선국 건양원년 자주독립 기뻐하세
　　천지간에 사람 되어 진충보국 제일이니
　　임금께 충성하고 정부를 보호하세
　　인민들을 사랑하고 나라기를 높이 다세
　　나라 도울 생각으로 시종여일 동심하세
　　부녀경대 자식교육 사람마다 할 것이라
　　집을 각기 흥하려면 나라 먼저 보존하세
　　우리나라 보존하기 자나 깨나 생각하세
　　나라 위해 죽는 죽음 영광이지 원한 없네
　　국태평 가안락 사농공상 힘을 쓰세
　　우리나라 흥하기를 비나이다 하느님께
　　문명개화 열린 세상 말과 일을 같게 하세
　　아무것도 모르는 사람 감히 일언하옵내다　　　　《독립신문》 1896. 4. 11.)

성자신손 오백 년은 우리 황실이요

산고수려 한반도는 우리 본국일세

무궁화 삼천리 화려강산

대한 사람 대한으로 길이 보전하세

애국하는 철심의기 북악같이 높고

충군하는 일편단심 동해같이 깊어

무궁화 삼천리 화려강산

대한 사람 대한으로 길이 보전하세

천만인 오직 한마음 나라 사랑하여

사농공상 귀천 없이 직분만 다하세

무궁화 삼천리 화려강산

대한 사람 대한으로 길이 보전하세

우리나라 우리 황제 황천이 도우사

군민동락 만만세에 태평 독립하세

무궁화 삼천리 화려강산

대한 사람 대한으로 길이 보전하세   (《독립신문》 1899. 6. 29.)

최남선이 1908년 신문관에서 서양식 악보를 붙여서 발간한 『경부철도노래』는 장편 애국창가이다. 《독립신문》의 창가가 4·4조 4음보의 가사체인데 반하여 최남선의 경부철도가는 7·5조 3음보 4행 시절 67개로 구성된 장편 창가로서 시조와 가사의 4음보 대신에 민요의 3음조를 택한 것이 최남선 창가의 특색이라고 할 수 있다. 1905년 1월 1일에 개통된 경부철도는 관부연락선을 통하여 도쿄와 베이징을 연결하는 중간 단계의 철도였다. 1908년에 서울에서 부산까지 기차로 11시간, 부산에서 시모노세키까지 배로 11시간이 걸렸다. 경부철도를 통하여 한중일은 하나의 생활공간이 되었다. 경부철도는 만주사변(1931)과 중일전쟁(1937)의 군대 이동 통로가 되기도 하였다.

우렁차게 토하는 기적 소리에 남대문을 등지고 떠나 나가서
빨리 부는 바람의 형세 같으니 날개 가진 새라도 못 따르겠네　　　　(1절)

늙은이와 젊은이 섞여 앉았고 우리네와 외국인 같이 탔으니
내외친소 다 같이 익히 지내니 조그마한 딴 세상 절로 이뤘네　　　　(2절)

관왕묘와 연화봉 둘러보는 중 어느덧에 용산역 다다랐도다
새로 이룬 저자는 모두 일본집 이천여 명 일인이 여기 산다네　　　　(3절)

서관 가는 경의선 예서 갈려서 일산 수색 지나서 내려간다오
옆에 보는 푸른 물 용산 나루니 경산 강원 웃물배 매는 곳일세　　　　(4절)

독서당 폐한 터 조상하면서 강에 비낀 쇠다리 건너 나오니
노량진역 지나서 게서부터는 한성 지역 다하고 과천땅이라　　　　(5절)

호호양양 흐르는 한강 물소리 아직까지 귓속에 쳐져 있거늘
어느 틈에 영등포 이르러서는 인천차와 부산차 서로 갈리네　　　　(6절)

예서부터 인천이 오십여 리니 오류 소사 부평역 지나간다네
이다음에 틈을 타 다시 갈 차로 이번에는 직로로 부산 가려네　　　　(7절)

부산항은 인천에 다음 연 데니 한일 사이 무역이 주장이 되고
항구 안이 너르고 물이 깊어서 아무리 큰 배라도 족히 닿네　　　　(57절)

수입 수출 총액이 일천여만 환 입항 출항 선박이 일백여만 톤
행정 사무 처리는 부윤이 하고 물화 출입 감독은 세관이 하네　　　　(58절)

일본 사람 거류민 이만 인이니 얼른 보면 일본과 다름이 없고
조그마한 종선도 일인이 부려 우리나라 사람은 얼씬 못 하네 (59절)

검숭하게 보이는 저기 절영도 부산항의 목쟁이 쥐고 있으니
아무 데로 보아도 요해지리라 이충무의 사당을 거기 모셨네 (61절)

인천까지 여기서 가는 동안이 육십 시간 걸려야 닿는다는데
일본 마관까지는 불과 열 시에 지체 없이 이름을 얻는다 하네 (62절)

슬프도다 동래는 동남 제일현 부산항은 아국 중 둘째 큰 항구
우리나라 땅같이 아니 보이게 저렇듯한 심한 양 분통하도다 (63절)

우리들도 어느 때 기운이 나서 곳곳마다 잃은 것 찾아 들이어
우리 장사 우리가 주장해 보고 내 나라 땅 내 것과 같이 보일까 (64절)

오늘 오는 천 리에 눈 뜨이는 것 처진 언덕 붉은 산 우리 같은 집
어느 때나 내 살림 넉넉하여서 보기 좋게 집 짓고 잘살아 보며 (65절)

식전부터 밤까지 타고 온 기차 내 것같이 앉아도 실상 남의 것
어느 때나 우리 힘 군세게 되어 내 팔뚝을 가지고 굴려 보나 (66절)

이런 생각 저 생각 하려고 보면 한이 없이 뒤대어 연속 나오니
천리 길을 하루에 다다른 것만 기이하게 생각고 그만둡시다 (67절)

최남선은 《소년》(1908년 11월의 제1년 제1권에서 1910년 8월의 제3년 제8권까지)에
35수의 신체시를 발표하였다. 최남선은 노래하는 창가와 낭독하는 운문을

구별하여 애국창가에서 악보를 뺀 형태의 운문을 신체시라고 하였다. 악보에 맞추어 노래 부르지 않는 운문형식은 4·4조나 7·5조의 율격에 약간의 변격을 둘 수 있게 되므로 시조와 가사의 형식에서 조금 이탈하여 현대시의 형식에 접근하게 된다. 4음보 대신에 3음보를 사용하고 시조와 가사의 형식에서 벗어난 운문형식을 실험한 것은 왕조말기에 최남선이 이룩한 문학적 성취라고 할 수 있다. 「해(海)에게서 소년에게」의 여섯 시절은 다섯 개의 3음보 시행 사이에 4음보 시행과 5음보 시행을 끼워 넣어서 구성한 혼합 음보의 운문이다. 셋째 줄의 음절 구성은 4-3-4-5(둘째 시절만 4-3-4-6) 4음보이고 다섯째 줄의 음절 구성은 첫째 시절 4-3-4-4-3, 둘째 시절 3-4-3-4-3, 셋째 시절 4-3-4-3-4, 넷째 시절 4-3-4-3, 다섯째 시절 4-3-4-4-3, 여섯째 시절 4-3-4-2-5이다. 전체적으로 3음절, 4음절, 5음절이 음보의 단위가 되지만 여섯째 시절의 다섯째 줄에는 2음절 음보가 나오며 넷째 시절 다섯째 줄은 다른 시절의 5음보 행과 달리 4음보 행이다. 첫째 시절은 시인이 바다의 형세를 묘사한 것이고 나머지 시절은 바다가 세상 사람들에게 하는 말을 기록한 것이다. 둘째 시절에 등장하는 권력자는 셋째 시절의 진시황과 나폴레옹으로 구체화되고 넷째 시절에서 그들은 영악한 체하고 거룩한 체하는 지상의 왕들로 일반화된다. 다섯째 시절에서 바다는 하늘을 예로 들어서 재산이나 권력보다 가치 있는 것이 존재한다는 사실을 환기하고 여섯째 줄에서 소년들에게 유한한 권력이 아니라 무한한 진리를 추구하라고 권유한다. 1910년까지 최남선은 동일한 주제를 「소년대한」(《소년》 1908. 11), 「신대한소년」(《소년》 1909. 1), 「구작 3편」(《소년》 1909. 4), 「대한소년행」(《소년》 1909. 10), 「바다 위의 용소년」(《소년》 1909. 11), 「태백산가」(《소년》 1910. 2), 「대조선정신」(《소년》 1910. 8) 등의 신체시에서 반복하였다.

　　텨얼썩 텨얼썩 텩 쏴아
　　따린다 부슨다 무너바린다

태산 같은 높은 뫼 딥채 같은 바윗돌이나
요것이 무어야 요게 무어야
나의 큰 힘 아나냐 모르느냐 호통까지 하면서
따린다 부순다 무너바린다
텨얼썩 텨얼썩 텩 튜르릉 콱

텨얼썩 텨얼썩 텩 쏴아
내게는 아모것 두려움 없어
육상에서 아모런 힘과 권을 부리던 자라도
내 앞에 와서는 꼼짝 못 하고
아모리 큰 물건도 내게는 행세하디 못하네
내게는 내게는 나의 앞에는
텨얼썩 텨얼썩 텩 튜르릉 콱

텨얼썩 텨얼썩 텩 쏴아
나에게 덜하디 아니한 자가
지금까지 잇거던 통긔하고 나서 보아라
진시황 나팔륜 너희들이냐
누구 누구 누구냐 너희 역시 내게는 굽히도다
나허구 겨를 이 있건 오나라
텨얼썩 텨얼썩 텩 튜르릉 콱

텨얼썩 텨얼썩 텩 쏴아
됴고만 산모를 의지하거나
둡살 같은 작은 섬 손벽만 한 땅을 가지고
고 속에 있어서 영악한 톄를

부리면서 나 혼댜 거룩하댜 하는 자

이리 둄 오나라 나를 보아라

텨얼썩 텨얼썩 텩 튜르릉 콱

텨얼썩 텨얼썩 텩 쏴아

나의 땩 될 이는 하나 있도다

크고 길고 너르게 뒤덮은 바 뎌 푸른 하날

뎌것은 우리와 틀림이 없어

뎍은 시비 뎍은 쌈 온갖 모든 더러운 것 없도다

됴따위 세상에 됴 사람처럼

텨얼썩 텨얼썩 텩 튜르릉 콱

텨얼썩 텨얼썩 텩 쏴아

뎌 세상 뎌 사람 모다 미우나

그중에서 똑 하나 사랑하난 일이 있으니

담 크고 순정한 소년배들이

재롱텨럼 귀엽게 나의 품에 와서 안김이로다

오나라 소년배 입 맞텨 주마

텨얼썩 텨얼썩 텩 튜르릉 콱[25]

시국가사 622수(국문가사와 국한문가사를 별개 작품으로 계산하면 1,244수)는 모두 《대한매일신보》에 게재되었다. 국문판의 시사평론란에 한글로, 국한문판의 잡보란에 국한문으로 1907년 12월 8일부터 1910년 6월 2일까지 게재된 시국가사가 567수이고 국문판의 시사단평란에 한글로, 국한문판의 잡보란에 국

25 최남선, 『육당 최남선 전집』 1, 역락, 2003, 3-5쪽.

한문으로 1910년 6월 4일부터 1910년 8월 7일까지 게재된 시국가사가 55수이다.

　한강수가 창일한데 일엽편주 타고 앉아 창강곡을 부르다가 근일 참경 생각하니 정부 대관 허물이라 마음 비록 억제해도 통곡성이 절로 나네

　정부 대관 들어 보오 정치 개량 하고 보면 이천만중 우리 될 걸 내 백성은 다 버리고 외인 보호 의뢰하니 양호유환 이 아닌가 통곡성이 절로 나네

　정부 대관 들어 보오 백성 사랑 하고 보면 복주병진(輻湊并進)할 터인데 적자 같은 저 양민을 학대하고 압제하여 시기하고 원망하니 통곡성이 절로 나네

　정부 대관 들어 보오 어진 사람 광구하면 열 집에도 있다는데 삼천리에 없을 손가 내 산업을 내가 않고 남에게 부탁 무삼 일가 통곡성이 절로 나네

　정부 대관 들어 보오 공평하게 접제하면 각부 관리 감복이라 주판임(奏判任)은 일반인데 내외국인 층하하여 상하관인 불화하니 통곡성이 절로 나네

　정부 대관 들어 보오 법률 공정하고 보면 죄인들도 원심 없어 우리 정부 법관들이 명백하다 칭송할 걸 불복하고 한탄하니 통곡성이 절로 나네

　정부 대관 들어 보오 은혜 펴서 행정하면 사람마다 환영할 걸 가로 상에 다닐 적에 조소하고 지목하며 절치부심 호원(呼冤)하니 통곡성이 절로 나네

　정부 대관 들어 보오 바른 말을 옳게 알면 만사 자연 화평인데 유지사의 권고함과 각 신보의 비평함을 거절하고 귀먹으니 통곡성이 절로 나네

　정부 대관 들어 보오 군사 배양 잘하는 게 강국 계책 되건마는 있던 군대 해산하여 수족 없는 모양 되니 편할 이치 있을손가 통곡성이 절로 나네

　부귀빈천 물론하고 일평생에 노동이라 정부 대관 저 책임이 노동 중의 두령인데 정신 종시 못 깨치니 재하(在下) 노동 무삼 죄요 통곡성이 절로 나네[26]

26　『근대 계몽기 시가 자료집』 1, 강명관·고미숙 편, 성균관대학교출판부, 2000, 407쪽.

이완용 씨 들어 보소 구통감이 갈려 가고 신통감이 오는 일에 무삼 근심 탱중(撑中)인가 자기 지위 공고키로 분주 운동 한다 하니 남은 욕심 그저 있어 이와 같이 걱정인가 가는 사람 작별키에 섭섭하여 그러한가 공의 일도 가련하다

오가키 다케오(大垣丈夫) 들어 보소 소네 아라스케(曾彌荒助) 승임하는 통에 공의 어깨 으쓱 높아 남산 첩경 왕래하며 양양자득 운동키로 차관 하나 된다 하니 시세 따라 동심인가 대한협회 고문 되어 사업하련 의사인가 그 이치를 모르겠네 공의 일도 딱하도다

민영휘 씨 들어 보소 휘문의숙 강사에게 차정서(差定書)를 반급(頒給)하고 저희 감정(憾情) 받았다니 학교 전례 몰랐던가 특별나게 하렴인가 사음관속(舍音官屬) 차정하던 그 행습을 예도 쓰나 강사에게 대하여서 이런 대접 어디 있노 공의 일도 가석하다

이진호 씨 들어 보소 농림장을 설한다고 수렴타가 민요까지 일었는데 수렴한 돈 수만 환을 환급치도 아니하고 농림장도 폐지라니 실업권장 그러한가 먹으려고 그리했나 공의 일도 가통하다

김창한 씨 들어 보소 소네 씨 환영차로 학생 인민 위협하여 한일 국기 다 들리고 부두에서 고대타가 이사청(理事廳)의 질문으로 무안하게 헤졌다니 예를 몰라 그러한가 아첨코자 그리했나 그 의사를 알 수 없네 공의 일도 가증하다

이인직 씨 들어 보소 연희 개량 한다 하고 일본까지 건너가서 여러 달을 유련(留連)타가 근일에야 나왔다니 무삼 연희 배워 왔나 연희 개량 고사하고 동서분주 출몰하는 공의 형상 볼작시면 연희보다 재미있네 공의 일도 가탄하다[27]

순사 헌병 포졸들이 철통같이 에워싸고 쇠사슬로 몸을 얽어 꼼짝달싹 못 하도록 왼갖 괴롬 다 시킬 때 마음 약한 겁쟁이는 무서워서 떨 터이나 오직 나는 이 곤난을 웃음으로 받으리라 내가 속박당함으로 우리 국민 자유 얻고 내가 곤

---

27 『근대 계몽기 시가 자료집』 2, 333-334쪽.

난 받음으로 우리 동포 복락 누려 편안하게 잘 살리니 이게 나의 낙이로다

철편혁편 곤장으로 피가 나게 때리면서 네 동지는 누구며 네 음모는 무엇이냐 추상같이 호령할 때 담력 없는 소장부는 두려워서 울 터이나 오직 나는 이 악형을 기쁨으로 받으리라 악독할사 저 원수는 채찍으로 나를 치나 사랑하는 동포들은 꽃송이를 내게 던져 깊은 정을 표하리니 이게 나의 낙이로다

판사 검사 재판관이 법정 위에 모여 앉고 무삼 말로 죄를 꾸며 증거하여 논고하며 사형으로 선고할 때 생각 적은 범인(凡人)들은 얼굴빛이 변할 테나 오직 나는 이 선고를 태연하게 받으리라 병들어서 약 먹다가 부끄럽게 죽음보다 나라 위해 일하다가 향내 나는 죽음 되어 한반도의 영광 되니 이게 나의 낙이로다[28]

---

2. 계몽소설

순종시대에 활동한 소설가 이인직(1862-1916)은 유길준의 시각을 소설로 형상화하고 친일 매국을 실천하였다. 『승정원일기』를 보면 1907년(융희 1) 8월 12일에 이인직을 선릉(宣陵)참봉으로 임명하고(순종 1) 8월 19일에 자원에 의하여 해임하고 10월 25일에 중추원 부찬의(副贊儀)로 임명하고 1908년(융희 2)에 자원에 의하여 해임한 기록이 나온다. 이인직은 1900년(경자, 고종 37, 광무 4, 메이지 33)에 관비유학생으로 일본에 건너가 칸다에 있던 도쿄 정치학교에서 과외(科外) 청강생으로 학습하고 《미야코(都)신문》 견습기자로 있다가 1903년

---

28 『근대 계몽기 시가 자료집』 3, 282쪽.

(계묘)에 한국 정부가 재정난을 이유로 유학생을 소환할 때 귀국하여 1904년 (갑진)에서 1906년(병오)까지 일본성 육군성의 통역으로 1군 사령부에서 근무하였다. 1906년에 이토 히로부미의 재가를 얻어 친일신문《만세보》를 창간하여 주필이 되었으며, 1907년 7월에는《대한신문》을 만들어 사장이 되었다. 1910년 8월 4일 이인직은 도쿄 시절의 은사였던 통감부 외사(外事) 국장 고마스 미도리를 찾아가서 매국의 결의를 전하였다. "최근 저는 이완용 총리를 만나 거취를 결심하시라고 권고하였습니다. 2,000만 조선인과 함께 스러질 것인가, 아니면 6,000만 일본인과 함께 나아갈 것인가, 이 두 길밖에 다른 길이 없다는 사실을 말씀드린 것입니다. 만일 총리께서 도저히 시국을 해결하실 수 없으시다면 왈가왈부 시비를 따질 필요도 없이 고국에서 치욕을 당하시느니 한일 양국의 법권이 미치지 못하는 상하이 같은 데라도 은둔하시는 길밖에 없다고 사뢰고 어느 길을 택하시겠느냐고 물었습니다."[29] 이인직의 말로 추측해 보면 매국의 책임은 이완용에게 있으나 매국의 동기를 제공한 것은 이인직인 것을 알 수 있다. 이완용은 1887년에 육영공원(育英公院)에서 수학하고 1887년에서 1888년까지 주미 공사관 참찬관(參贊官)으로 미국에 가 있었다. 이완용은 일본어를 할 줄 몰랐다.[30]

당시의 정황으로 미루어 볼 때 이인직은 일본 사정에 가장 밝은 사람들 가운데 하나였다. 그의 아내는 일본인으로서 우에노의 히로코지에서 한국식 요정을 경영하기도 하였고[31] 그 자신이 천리교 신자이기도 하였다.[32] 1911년 7월 31일에 경학원 사성(司成)에 임명되어 『경학원 잡지』를 편집하였고, 1915년 (다이쇼 4) 11월 10일 일본 임금 다이쇼의 즉위식에 헌송문(獻頌文)을 지어 바쳤다. 이인직은 자신의 매국사상을 소설로 표현하는 데 공을 들였다. 1906년

29   小松綠,『朝鮮併合の裏面』, 東京: 中外新論社, 1920, 125쪽.
30   小松綠,『明治外交秘話』, 東京: 千倉書房, 1936, 442쪽.
31   전광용,『신소설연구』, 새문사, 1986, 55쪽.
32   「이인직 씨의 장의, 텬리교식의 장의」,《매일신보》1916년 12월 2일 자 3면 하단.

(병오, 고종 43, 광무 10) 7월 22일부터 10월 10일까지 《만세보》에 『혈의 누』(23호-88호, 50회)를 연재하였고, 1906년 10월 14일부터 1907년 5월 31일까지 《만세보》에 『귀(鬼)의 성(聲)』(92호-270호, 134회)을 연재하였다. 『혈의 누』는 1907년(정미, 고종 44, 광무 11) 3월 17일에, 『귀의 성』은 1907년(정미, 융희 1) 10월 3일에 광학서포에서 출간되었다. 1908년 11월 20일에 동문사에서 『은세계』가 출간되었다. 1912년 3월 1일 자 《매일신보》에 실린 「가난한 조선 사내의 일본인 아내[빈선랑(貧鮮郎)의 일미인(日美人)]」 가운데 일본인 처가 가난을 한탄하는 장면이 나오는 것을 보면, 이인직은 매국에 기여한 자신의 공로가 충분히 보답받지 못했다고 여기고 있었던 듯하다. 이 시기의 문단사를 간단히 요약하면 다음과 같다.

1906년에 대한자강회, 한북(漢北)흥학회, 서우(西友)학회 등이 결성되어 《대한자강회월보》, 《서우》, 《태극학보》 등이 창간되었고 장지연의 『대한문수(大韓文粹)』가 출판되었다. 1907년에 대한협회가 결성되었고 《야뢰(夜雷)》, 《대한민보》, 《소년한반도》가 창간되었으며 현채는 량치차오(梁啓超)가 편찬한 베트남 혁명가 판보이쩌우(藩佩珠)의 저서 『월남 망국사』를 번역하였고 박은식은 『스위스 건국지』를, 장지연은 『애국부인전』을 번역하였다. 신채호는 1907년에, 주시경은 1908년에 각기 량치차오의 『이태리건국삼걸전』을 번역하였다. 1908년에 서우학회와 한북흥학회가 서북학회로 통합되었고 호남학회가 결성되었으며 《소년》, 《대한흥학회보》가 창간되었고 주시경의 『국어문전음학』, 이해조의 『빈상설(鬂上雪)』과 『구마검(驅魔劍)』, 신채호의 『을지문덕』, 유원표의 『몽견제갈량』, 안국선의 『금수회의록』, 을사조약 직전의 하와이 노동이민을 비판한 육정수의 『송뢰금(松籟琴)』, 스에히로 테초(末廣鐵腸, 1849-1896)의 『설중매(雪中梅)』(1886)를 번안한 구연학의 『설중매』 등이 출판되었다. 1909년에 신채호의 『최 도통전』이 출판되었고 《소년》에 「이솝 이야기」와 「로빈슨 표류기」가 초역되었다. 1910년에 주시경의 『국어문법』과 이해조의 『자유종』이 출간되었고 황현의 『매천집(梅泉集)』이 나왔다.

보호국시기의 한국은 글자 그대로 지식의 폭발 시대였다. 수많은 학회들이 교육 구국과 산업 구국을 외치면서 결성되었다. 이들 학회가 발간한 잡지에는 주로 농학과 경제학에 관한 논문이 실려 있었으나 그 밖에도 자연과학과 사회과학의 기초이론이 빠짐없이 다루어져 있었다. 국치 이전의 수년 동안에 우리 지식인들은 요즈음 중고등학교 교육 내용의 거의 전부를 폭발적으로 섭취하였다. 중국과 일본의 논문을 번안하는 과정에서 저도 모르게 개입한 매판적 태도가 없는 것은 아니었으나, 근대 과학에 대한 열렬한 동경은 실로 놀라지 않을 수 없는 일이었다. 육정수의 『송뢰금』(박문서관, 1908)은 청일전쟁과 러일전쟁 이후의 한국사회를 배경으로 한 이민소설이다. 원산에서 사업에 실패한 김경식은 하와이로 노동이민을 떠났다. 1년 후에 딸 계옥과 아들 한봉을 데리고 들어오라는 편지를 받은 아내 박씨는 부산을 거쳐 고베로 가서 출국심사를 받았는데 계옥이 건강 검사에 불합격되어 아들만 데리고 남편에게로 갔다. 이국에 혼자 남은 계옥은 일본에서 온갖 고생을 하지 않을 수 없었다. 곡물과 구리를 수출하는 이충국이 사업 일로 고베 옆에 있는 오사카에 왔는데 그는 계옥과 석왕사에서 만난 적이 있고 계옥에게 도움을 줄 수 있는 사람이었다. 그러나 소설은 회사 자금을 유용하고 일본으로 도망한 부산 본점의 직원 한봉기의 권총에 맞아 이충국이 죽는 것으로 끝난다.

이해조(1869-1927)의 소설 36편에는 이 시대의 문제들이 포괄적으로 서술되어 있다. 그는 『일선 대역 한어속성』이란 책을 낼 정도로 일본어와 중국어를 공부하였고, 자기의 소설을 최근 소설이라는 명칭으로 부름으로써 당대 현실의 묘사를 자신의 목적으로 삼고 있음을 스스로 밝히었다. 『고목화(枯木花)』(《제국신문》 1907. 6. 5-10. 4, 박문서관 1908, 동양서원 1912, 박문서관 1922)는 범죄소설이다. 권 진사가 속리산에서 벽에 몸통만 그려져 있는 새를 보고 머리를 채워 놓았다. 도둑들이 와서 두령이 처형된 후 새의 머리를 그려 넣는 사람을 두령으로 모시기로 했다고 말했다. 그러나 부두목 오 도령과 두령의 첩 괴산집이 권 진사를 죽이려고 하였다. 도둑에게 붙잡혀 있던 청주집의 도움으로 빠져나와 서울로 왔으나 권 진사는 병이 들었다. 권 진사의 하인 갑동이 도둑의 손에서 벗어나 헤매다 딸을 찾는 박 부장을 만났다. 서울에서 권 진사를 만난 갑동은 도둑의 위치를 관가에 고하였다. 도둑들을 잡고 보니 청주집은 박 부장의 딸이었다. 미국에 가서 의학을 공부하고 기독교인이 된 조 박사가 권 진사의 병을 고쳐 주고 기독교 복음을 전도하였다. 조 박사의 감화를 받은 권 진사는 잘못을 뉘우치는 오 도령과 괴산집을 용서하고 청주집을 아내로 맞았다. 『빈상설』(《제국신문》 1907. 10. 5-1908. 2. 12, 광학서포 1908, 동양서원 1911)은 처첩 갈등과 외국 유학을 두 개의 초점으로 삼아 구성한 소설이다. 서 판서의 아들 정길에게는 부인 이씨와 기생첩 평양댁이 있었다. 평양댁이 이씨를 음해하여 쫓아내고 이씨의 몸종 복단을 죽였다. 이씨를 불량배에게 넘기려 하였으나 하인 거복이 이씨의 쌍둥이 남동생 승학에게 알렸다. 승학은 누이를 아버지 이 승지가 귀양 가 있는 제주도로 보내고 누이로 변장하여 정길에게 평양댁을 소개한 화순댁의 집에 가서 자다가 화순댁의 조카 옥희와 관계했다. 복단을 죽여 매장한 하인 돌이에게 사실을 확인한 승학은 평양댁을 고발했다. 평양댁은 구속되었고 이 승지는 유배에서 돌아왔으며 정길은 상하이로 유학을 떠났다. 『구마검』(《제국신문》 1908. 4. 25-7. 23, 대한서림 1908, 이문당 1917)은 무당의 폐해를 묘사한 소설이다. 함진해의 세 번째 부인 최씨는 모든 일을 무당이 시키는 대로 했다. 아들 만득이 잔병치레만 해도 무당 묘동집은 죽은 부인들의 해코지라고 하며 굿을 하게 했다. 종두 주사를 맞히지 않아서 만득이 천연두에 걸려 죽었다. 무당 금방울은 함진해 집의 안잠자기 노파에게 얻은 정보를 활용하여 산소에 동티가 났으니 이장해야 한다고 함진해 부부를 속여 넘겼다. 묘동집과 금방울에게 속아서 함진해는 재산을 탕진하였다. 문중 종회에서 숙부의 아들 일청의 큰아들 종표를 함진해의 양자로 들이게 했다. 법률전문학교를 나와 판사가 된 종표는 묘동집과 금방울과 임지관의 사기행위를 밝혀냈다. 최씨가 미신의 유혹에서 벗어나자 함진해의 집에 우환이 사라졌다. 『만월대(滿月臺)』(《제국신문》 1908. 9. 18-12. 3, 동양서원 1910)는 청지기가 주인 형제들의 우애를 회복하게 하는 이야기이다. 개성에 삼형제(갑록, 정록, 신록)가 살았다. 신록이 실족하여 죽었다. 형제는 병든 소와 자갈밭을 주어 제수와 조카를 내보냈다. 청지기 유 첨지는 병든 소를 잡다가 우황을 얻었고 우황을 팔아 예천의 육진세포를 구입하였다. 괴질이 돌아 세포의 값이 오르자 유 첨지는 세포 다섯 바리를 팔아서 서울에 집을 샀다. 집에 불이 나서 유 첨지는 장 의관의 도움을 받아 집터를 정비하다 은괴를 발견하였다. 유 첨지는 주인 나씨 모자에게 논밭을 마련해 주었다. 갑록과 정록은 노름으로 재산을 잃었으나 제수 나씨는 자기를 구박한 형제를 변함없이 의좋게 대했다.

『쌍옥적(雙玉笛)』(《제국신문》 1908. 12. 4-1909. 2. 12, 보급서관 1911, 동일서관 1917, 오거서창 1918)은 추리소설이다. 나주군수 김 승지의 아들 김 주사가 결전(結錢)을 서울로 운송하다가 도둑에게 탈취당했다. 여자 탐정 고조이가 수사하다 살해되었다. 정 순검은 경무청을 사직하고 금강산을 유람하다 괴한에게 납치되었다. 큰 가방을 든 두 사람이 그를 구해 주었다. 그는 그들을 의심하여 추적하였던 것인데 그들은 아들을 외국에 보냈다고 하여 관청의 감시를 받아 오던 사람들이었다. 결전 도둑은 쌍옥적이라고 하는 이인조 도적이라는 것을 알고 정 순검은 풀피리로 쌍옥적을 유인하여 체포하였다. 『홍도화(紅桃花)』(上 유일서관 1908, 上·下 동양서원 1910)는 신교육을 받은 과부가 재가하는 이야기이다. 신교육을 받은 이태희는 16세에 결혼하였으나 남편이 병사하여 청상과부가 되었다. 어머니가 나서서 재가시켰다. 재혼하여 낳은 아이에게 가벼운 병이 났는데 시어머니가 무당을 부르려고 하였다. 이태희는 미신이라고 반대하였다. 시어머니는 남편을 해친다는 누명을 씌워 태희를 내치려 하였다. 이태희는 지성으로 가족을 설득하여 누명을 벗고 행복한 가정을 이루었다. 『모란병』(《제국신문》 1909. 2. 13-?, 박문서관 1911)은 어떻게 해서든지 배워야 하고 가능하면 유학도 해야 한다는 것을 주장한 소설이다. 행랑살이를 하는 현 고직의 친구 변 선달이 혼처를 구해 주겠다고 속이고 현 고직의 딸 금선을 기생집에 팔았다. 자살을 시도하자 다시 색주가로 넘겨졌으나 탈출하여 헤매다 금선은 송 순검을 만나 그의 친척 장씨 부인 집에서 살게 되었다. 유복자 수복을 유학 보내고 혼자 사는 장씨 부인은 금선을 딸처럼 여기고 학교도 보내 주었다. 장씨 부인의 조카 수득이 수복이 죽었다고 속이고 재산을 가로채려 하였다. 그때 수복이 귀국하여 수득의 거짓을 폭로하였다. 금선은 어머니가 물려준 모란 병풍을 교배석에 치고 수복과 혼례를 올렸다. 수복 부부는 장씨 부인을 모시고 미국으로 들어갔다가 수년 후 공부를 마치고 귀국하였다. 『원앙도(鴛鴦圖)』(중앙서관 1909, 동양서원 1911, 보급서관 1912)는 평안도군수 민양덕의 아들 말불(11세)과 평안도감사 조 판서의 딸 금주(10세)가 지혜를 겨루는 이야기이다. 아버지와 사이가 나쁜 조 판서가 감사가 되어 부임해 오자 말불이 병부를 빼돌렸다. 금주는 화재가 나서 혼란 중에 잃어버린 것이라고 하고 병부를 탐색했다. 병부를 찾은 조 판서가 민 군수에게 하루 자고 가라고 하고 인감을 훔쳤다. 그것은 말불이 미리 바꿔 놓은 가짜 인감이었다. 감사는 살인사건을 민 군수에게 맡겼으나 말불이 해결하였다. 조 판서가 아우의 반란죄에 연루되어 유배되었다. 금주는 아버지의 지인 안경지의 집에 몸을 의탁하였다. 안경지가 약재를 사러 중국에 간 사이에 안경지의 아내가 금주를 윤 사또의 하녀로 팔았다. 조 판서의 친구인 윤 사또는 금주를 민양덕위 아우 민 승지의 집으로 보냈다. 그 집에서 말불과 금주가 만났다. 조 판서가 방면되기를 기다려 두 사람은 결혼하고 같이 유학길에 올랐다. 『자유종』(광학서포 1910)은 네 명의 부인들이 토론하는 소설이다. 본문 중에 "작일(昨日)은 융희 2년 제1 상원(上元)"이라는 말이 나오니 아마 1908년 1월 16일에 쓴 소설일 것이다. 부인들은 간밤의 꿈을 이야기하고 꿈 이야기에 나라 안팎의 실례를 겹쳐서 열거하고 대한제국의 이상과 문제들을 제시하는 순서로 토론을 전개한다. 토론의 초점은 차별(서얼차별, 반상차별, 서북차별)을 철폐하고 교육을 진흥해야 한다는 데 맞춰져 있다. 한국이 시급하게 해결해야 할 과제들을 교육해야 하며 한국의 실정에 맞게 편찬된 교과서를 만들어 교육해야 한다는 것이다. 『박정화(薄情花)』(《대한민보》 1910. 3. 10-5. 31, 개제『산천초목』 유일서관 1912, 조선도서주식회사 1925)는 바람난 여자의 이야기이다. 바람둥이 이 시종은 부친의 친구 박 참령의 첩 강릉집을 보고 반하여 연흥사로 유혹하여 정을 통했다. 가출한 딸이 보낸 편지를 강릉집의 아버지가 사위에게 보여 주었다. 아버지에게 이끌려 돌아온 강릉집은 박 참령을 독살하려다 실패하고 다시 가출하여 이 시종을 찾아가나 이 시종은 이미 변심하여 다른 여자와 정을 통하고 있었다.

국치 이후 이해조는 고전소설을 번안하거나 개작하는 데 공을 들였다. 『화세계(花世界)』(《매일신보》 1910. 10. 12-1911. 1. 17)는 『춘향전』을 개작한 소설이다. 의성이방 김홍일은 딸을 후취로 달라는 대구 진위대 구 참령의 청을 응락하였다. 김수정은 군대가 해산되어 서울로 간 후 소식이 없는 구 참령을 찾아 헤매며 온갖 고생을 겪은 끝에 다시 만났다. 『강상련(江上蓮)』(《매일신보》 1912. 3. 17-4. 26)은 『심청전』의 번안이고 『옥중화』(《매일신보》 1912. 1. 1-3. 16, 보급서관 1912)는 『춘향전』의 번안이고 『토의 간』은 『토끼전』의 번안이다. 이때 나온 이해조의 소설들 가운데 멕시코 이민을 소재로 한 『월하가인』(《매일신보》 1911. 1. 18-4. 5, 보급서관 1911, 박문서관 1916)과 러시아 이민을 소재로 한 『소학령(巢鶴嶺)』(《매일신보》 1912. 5. 2-7. 6, 신구서림 1913)은 당대 현실을 반영한 소설이라고 평가할 수 있을 것이다.

보호국시대 문학의 주류는 김택영·황현·박은식·신채호의 계보에 있다. 그러나 그 시대의 모습을 있는 그대로 그려 보기 위해서는 이해조의 소설을 읽어야 하고, 특히 기술 이데올로기를 민족 허무주의로 밀고 간 개화파의 현실인식을 정확하게 파악하기 위해서는 이인직의 소설을 읽어야 한다. 이인직의 첫 소설 『귀의 성』(《만세보》 1906. 10. 14-1907. 5. 31, 上 중앙서관 1907, 下 중앙서관 1908, 동양서원 1912)에는 시대현실이 반영되어 있지 않다. 강 동지의 외동딸 길순은 춘천군수 김 승지의 첩이 되었다. 김 승지의 처가 여러 곳에 탄원하여 김 승지를 서울로 불러들이고 종 점순에게 속량해 줄 테니 길순의 집에 들어가 그녀의 환심을 산 후에 길순 모녀를 죽이라고 시켰다. 점순은 샛서방 최가와 길순 모녀를 죽이고 부산으로 도망했다. 사실을 알게 된 강 동지는 점순과 최가와 김 승지 처를 살해하여 딸의 원수를 갚았다. 이인직의 소설 가운데 당대 현실에 대한 개화파의 시각이 분명하게 드러나 있는 작품은 『혈의 누』(광학서포 1907)와 『은세계』(동문사 1908)이다. 『혈의 누』는 전쟁 중에 남편과 딸을 잃고 피눈물을 흘린 최춘애의 슬픔을 가리키며, 『은세계』는 원주 감영의 장차(將差)들이 최병도를 잡으러 온 날 강릉에 내린 눈을 가리킨다. '피눈물' 또는 '혈루(血淚)'라고 쓰지 않은 것은 일본어 '치노 나미다'를 한국어로 직역했기 때문이다. 『혈의 누』의 구성은 다음과 같다. 청일전쟁이 거의 끝나 가던 무렵 평양 교외의 야산에서 서른가량의 부인이 허둥거리고 있다. 겨우 집에 돌아왔으나 난리 통에 헤어진 남편과 딸의 행방을 찾을 수 없다. 김관일은 나라에 유익한 일을 하겠다는 뜻을 세우고 장인 최항래의 도움을 받아 미국으로 건너갔다. 옥련은 일본 군대의 군의관 이노우에(井上)의 후의로 그의 양녀가 되어 오사카에서 살게 된다. 이노우에가 전사하여 그의 집에 머물기 어렵게 된 옥련은 심상소학교를 졸업한 이튿날 새벽에 가출하여 방황하다가 이바라키(茨木)행 기차 속에서 구완서라는 청년을 만나 함께 미국 유학길에 오른다. 미국에서 고등 소학교를 마친 옥련은 아버지 김관일과 10년 만에 상봉하고 구완서와 일생의 반려가 될 것을 기약한다. 옥련은 1902년(임인, 고종 39, 광무 6) 8월 14일(음력 7월 11일)에 어머니에게 편지를 보내고 어머니는 평양에서 그 편지를 9월 16일(음력 8월 15일)에 받는다. 다음은 『은세계』의 내용이다. 강릉의 경금에 사는 최병도는 다만 부자라는 이유로 원주 감영으로 잡혀간다. 그의 친구 김정수의 선동으로 동네 청년들이 장차(將差)들을 구타하려 하나 최병도가 설득하여 청년들의 흥분을 가라앉힌다. 반년씩이나 갇혀서 가렴주구(苛斂誅求)를 일삼는 감사에게 갖은 고초를 겪으면서도 돈을 주지 않고 부패한 관리에게 끝까지 항거하던 최병도는 사경에 이르도록 곤장을 맞고 풀려나지만 강릉으로 돌아가던 중에 대관령에서 죽고, 얼마 후 그의 아내는 아들을 낳고 실성한다. 김정수는 최병도의 재산을 밑천으로 많은 돈을 벌어 최병도의 아들과 딸을 데리고 미국으로가서 5년 동안 머물다가 학비를 가지러 귀국한다. 관리들의 농간에 말려들어그의 아들이 최병도의 재산을 거의 탕진한 것을 안 김정수는 일을 놓고 술만마시다 술 때문에 죽는다. 옥순과 옥남은 아니스라는 미국인의 후원으로 대학을 마치고 귀국한다. 아들을 본 어머니는 정신을 회복하여 아들딸과 함께최병도를 위하여 불공을 드리러 간다. 절에 나타난 의병들은 옥남이 학정을개혁하기 위해서는 고종의 양위가 불가피하다고 역설하자 남매를 잡아간다.

이인직의 소설은 모두 부자의 시각에서 서술되거나 일본의 시각에서 서술된다. 일본이 개입하여 한국 정부로 하여금 법을 지키게 하여 부자들의 재산을 보호해 주므로 결국 부자의 시각과 일본의 시각은 일치된다. 그러므로 그의 소설에서는 가난하고 무식한 사람은 사람으로 여겨지지 않으며, 부자의재산을 침해하는 부패관리는 나라를 망하게 하는 악덕의 화신으로 묘사된다. 그는 부유한 지주와 부패한 관리가 서로 도우며 착취의 체계를 형성하고있는 사실을 외면하고 이상하게도 재산과 권력을 서로 대립하는 반대물로규정한다.

평안도 백성은 염라대왕이 둘이라 하나는 황천에 있고 하나는 평양 선화당에 앉았는 감사이라. 황천에 있는 염라대왕은 나이 많고 병들어서 세상이 귀찮게 된 사람을 잡아가거니와 평양 선화당에 있는 감사는 몸 성하고 재물 있는 사람을 낱낱이 잡아가니 인간 염라대왕으로 집집의 터주까지 겸한 겸관이 되었는지 고사를 잘 지내야 탈이 없고 못 지내면 온 집안에 동티가 나서 다 죽을 지경이라.[33]

33   이인직, 『혈의 누』, 한국신소설전집 1, 전광용·송민호·백순재 편, 을유문화사, 1968, 18쪽.

이인직은 부패한 관리를 비판하고 부유한 지주를 옹호하는 행동을 억강부약(抑强扶弱)이라고 생각한 듯하나, 이해할 수 없는 것은 힘없고 무식한 백성에 대한 이인직의 가차 없는 경멸이다. 이인직이 특별히 좋아하는 지식과 재산은 원래부터 봉건적 특권의 토대로서 작용하고 있었고, 지식과 재산은 또한 권력과 분리할 수 없이 얽혀 있었다. 고종·순종시대에 돈으로 벼슬을 사는 일은 너무도 널리 퍼져 있는 관행이었다. 그렇다면 누구나 아는 관행을 고의로 무시하고 재산과 권력을 선과 악으로 대립시키는 이유는, 한국법이라는 악한 권력을 일본법이라는 선한 권력으로 대치하려는 데 있다고 판단할 수밖에 없다. 최병도는 부인에게 "우리나라에서는 녹비에 가로왈 자같이 법을 써서 죽이고 싶은 사람이 있으면 없는 죄를 만들어 뒤집어씌우고 살리고 싶은 사람이 있으면 있는 죄도 벗겨 주는 세상이라. 재물을 가진 백성이 있으면 그 백성 다스리는 관원이 없는 죄를 만들어서 남을 망해 놓고 재물을 뺏어 먹는 세상이니 그런 줄이나 알고 지내오"[34]라고 말한다. 이인직은 세도 재상에게 계속해서 돈을 바치지 않으면 자리를 보존할 수 없는 고종시대와 "관찰사·군수들도 관항(官項) 돈 이외에는 낯선 돈 한 푼 먹지 못하도록 나라법을 세워 놓은"[35] 순종시대를 비교한다. 정치를 개혁해야 한다고 할 때 이인직이 말하려는 개혁은 한국법을 일본법으로 바꾸는 것이고, 나라를 사랑하라고 할 때 이인직이 말하려는 나라는 일본의 일부로 편입된 한국이다. 이인직이 "구 씨의 목적은 공부를 힘써 하여 귀국한 뒤에 우리나라를 독일국과 같이 연방도를 삼되, 일본과 만주를 한데 합하여 문명한 강국을 만들고자 하는 비사맥 같은 마음이요"[36]라고 말할 때 알 수 있는 것은, 이인직이 제국주의 국가만을 나라라고 생각했다는 사실이다. 비스마르크가 프러시아를 중심

34 이인직, 『은세계』, 한국신소설전집 1, 419쪽.

35 이인직, 『은세계』, 465쪽.

36 이인직, 『혈의 누』, 50쪽.

으로 여러 국가들을 통일하고 기존의 국가들을 독일연방을 구성하는 한 개의 도로 만들었듯이, 일본을 중심으로 한국과 만주를 통일하여 연방국가를 만들자는 것이 이인직의 생각이었다. 이인직에게는 무식하고 가난한 사람은 사람이 아니었고, 빈곤하고 약소한 나라는 나라가 아니었다. 우리는 그를 한국 최초의 파시스트 작가라고 부를 수 있다. 가학증과 피학증이 서로 전환하듯이 파시스트는 자유에 호소할 줄 모르므로 지배할 수 없으면 예속되려 한다. 이인직에 따르면 국가는 모름지기 대내적으로 법질서를 확립하여 부자들의 재산을 보호하고, 대외적으로 영토를 확장하여 국가의 재산을 증식해야 한다.

그는 『은세계』의 끝(462-463쪽)에서 옥남의 입을 빌려 70년 전에 러시아보다 먼저 블라디보스토크를 점령하지 못한 것을 아쉬워하고, 50년 전에 만주를 우리의 세력 범위 안에 넣지 못한 것을 아쉬워하고, 30년 전에 일본과 동맹하여 러시아의 남진을 막고 청나라를 압박하며 대륙으로 진출하지 못한 것을 한탄한다. "우리나라에서 수십 년 이래로 개혁에 착수하던 사람들이 나라에 충성을 극진히 하였으나 우리나라 백성은 역적으로 알고 적국 백성은 반대하고 미워한 고로 개혁당의 시조 되는 김옥균 같은 충신도 자객의 암살을 면치 못하였고 그 후의 허다한 개혁당들도 낱낱이 역적의 이름을 듣고 성공치 못하였는데",[37] 그것은 모두 한국 정부가 일본의 충고를 듣지 않고 일본의 지시에 순종하지 않았기 때문이다. 패가하고 신세까지 망친 놀부가 "도덕 있고 우애 있는 흥부의 덕으로"[38] 집을 보존하였듯이, 한국은 "집으로 비유할진대 꼭 망하게 된 집"[39]이나 일본의 도움으로 나라를 보존하고 있는 것이다. 여기에서 적국이라고 한 것은 일본 이외의 다른 나라들을 가리킨다. 『혈의 누』에

37 이인직, 『은세계』, 462쪽.
38 이인직, 『은세계』, 460쪽.
39 이인직, 『은세계』, 463쪽.

서 김관일의 부인 최춘애는 일본 보초병의 총소리 때문에 "무지막지한"[40] 농군의 손에서 놓여나고, 군의관 이노우에의 은덕으로 옥련이는 오사카의 심상소학교에 다니게 된다. "전시국제공법에 전쟁에서 피난하고 사람 없는 집은 집도 점령하고 물건도 점령하는 법이라"[41] 일본 군인들이 이 집 저 집 함부로 들어가나 "청인 군사들의 작폐"[42]와는 반대로 김관일의 집에 들어와서 "마루 끝에 부인이 있는 것을 보고 나갈 뿐"[43]이며, 옥련이의 다리를 뚫고 나간 총알도 "만일 청인의 철환을 맞았으면 독한 약이 섞인지라 맞은 후에 하룻밤을 지냈으면 독기가 몸에 많이 퍼졌을 터이나 옥련이가 맞은 철환은 일인의 철환이라 치료하기 대단히 쉽다 하더니 과연 삼 주일이 못 되어서 완연히 평일과"[44] 같아지고, "만국공법에 전시에 적십자기 세운 데는"[45] 공격하지 않게 되어 있음에도 불구하고 청나라 군사들은 국제법을 무시하고 군의관 이노우에를 죽이나 일본 군인들은 전장에서도 국제법을 준수한다. "난리가 나도 양반의 탓이올시다. 일청전쟁도 민영춘이란 양반이 청인을 불러왔답니다"[46]라는 막동의 말을 통하여 이인직은 국제법을 어기고 전쟁을 일으킨 것이 한국과 청나라이므로 일본에는 전쟁의 책임이 없음을 확실히 해 두고자 한다.

최병도는 갑신년(1884, 고종 21) 봄, 나이 스물둘에 서울로 올라가 김옥균을 만나 천하의 형세와 정치의 득실에 대하여 듣고, 그해 10월 김옥균이 일본으로 도망한 후에 강릉으로 내려와 재물을 모아 "부인과 옥순이를 데리고 문명한 나라에 가서"[47] 지식을 쌓아 나라를 붙들고 백성을 건지려는 계획을 세웠

---

40   이인직, 『혈의 누』, 15쪽.
41   이인직, 『혈의 누』, 19쪽.
42   이인직, 『혈의 누』, 16쪽.
43   이인직, 『혈의 누』, 19쪽.
44   이인직, 『혈의 누』, 27쪽.
45   이인직, 『혈의 누』, 32쪽.
46   이인직, 『혈의 누』, 24쪽.
47   이인직, 『은세계』, 432쪽.

다. "재물을 모을 만큼 모은 후에 유지한 사람 몇이든지 데리고 외국에 가서 공부도 시키고 김옥균과 같이 우리나라의 정치개혁을 경영하려 하던 최병도라."[48] 김정수는 최병도로부터 고담준론을 들은 후에 완고한 마음을 버리고 세상을 자세히 살펴보고 "내 몸을 가볍게 여기고 나라를 소중하게 아는 사람"[49]이 되었다. 이인직은 김옥균을 "동양의 영웅"[50]으로 존경한다. 그는 "조선 사람이 이렇게 야만되고 이렇게 용렬하여"[51] 영웅을 무시하였기 때문에 나라가 망하게 된 것이라고 생각한다. "우리나라 사람이 제 몸만 위하고 제 욕심만 채우려 하고 남은 죽든지 살든지 나라는 망하든지 흥하든지 제 벼슬만 잘하고 제 살만 찌우면 제일로 아는 사람들이라."[52] "우리들이 나라의 백성 되었다가 공부도 못 하고 야만을 면치 못하면 살아서 쓸데 있느냐. 너는 일청전쟁을 너 혼자 당한 듯이 알고 있나 보다마는 우리나라 사람이 누가 당하지 아니한 일이냐. 제 곳에 아니 나고 제 눈에 못 보았다고 태평성세로 아는 사람은 밥벌레라. 사람사람이 밥벌레가 되어 세상을 모르고 지내면 몇 해 후에는 우리나라가 일청전쟁 같은 난리를 또 당할 것이다."[53] "백성이 도탄에 들 지경이면 천하의 백성 잘 다스리는 문명한 나라에서 인종을 구한다는 옳은 소리를 창시하여 그 나라를 뺏는 법이니 지금 세계에 백성 잘못 다스리던 나라는 망하지 않은 나라가 없습니다."[54] 김영민에 따르면 『은세계』에는 "나라가 망한다는 이야기 또는 망하기를 기대하는 이야기가 무려 여섯 군데 이상에서 나온다."[55] 나라는 필연적으로 망한다고 해 놓고서 나라에 충성하라고 한

48 이인직, 『은세계』, 449쪽.
49 이인직, 『은세계』, 448쪽.
50 이인직, 『은세계』, 454쪽.
51 이인직, 『은세계』, 50쪽.
52 이인직, 『혈의 누』, 18쪽.
53 이인직, 『혈의 누』, 41쪽.
54 이인직, 『은세계』, 434쪽.
55 김영민, 『한국근대소설사』, 솔출판사, 1997, 262쪽.

다면, 그 말은 망하고 말 나라에 충성하라는 뜻이 아니고 한국을 빼앗아 한국 인종을 구할 문명한 나라에 충성하라는 뜻으로 해석돼야 한다.

처음에 민요(民擾)가 나오고 끝에 의병이 나오는 『은세계』의 그 두 사건에 대한 이인직의 태도는 전혀 다르다. 민요는 양반 신분의 김정수가 장교(將校)의 무례한 행동에 분개하여 동네 사람들을 동원하여 장차들을 최병도네 집 마당에 꿇어앉힌 사건이다. 이 장면에서 김정수는 "원과 감사가 민요에 죽는 일도 있고 세도 재상이 군요(軍擾)에 죽는 일도 있는 것을 너희들이 아느냐"[56] 라고 호통을 친다. 이인직은 양반 개인에게 가해진 모욕이라고 하더라도 상민들은 함께 나서서 관리들에게 항거해야 한다고 주장하고 있다. 그러나 보호국 체제에 반대하는 의병들에게 옥남은 "황제 폐하 통치하에서 부지런히 벌어먹고 자식이나 잘 가르쳐서 국민의 지식이 진보될 도리만 하시오. 지금 우리나라에 국리민복 될 일은 그만한 일이 다시 없소"[57]라고 충고한다. 이인 직은 국민 전체에게 가해진 모욕을 잊고 개인의 문제만 생각하는 것이 행복의 길이라고 가르치고 있다. 이인직이 보기에 의병전쟁은 "의리를 잘못 잡고 생각이 그릇 들어서 요순 같은 황제 폐하 칙령을 거스르고 흉기를 가지고 산야로 출몰하며 인민의 재산을 강탈하다가 수비대 일병 사오십 명만 만나면 수십 명 의병이 더 당치 못하고 패하여 달아나거나 그렇지 아니하면 사망 무수하니 동포의 하는 일은 국민의 세금만 없애고 국가 행정상에 해만 끼치는 일"[58]에 지나지 않는다.

야만의 풍속을 버리고 일본과 나라를 합해야 한국은 비로소 문명국이 될 수 있다는 것이 이인직의 신념이었다. 그에게 일본은 진리였고 한국은 허위였으며, 일본은 전부였고 한국은 허무였다. 이인직의 민족 허무주의는 그대

56   이인직, 『은세계』, 416쪽.
57   이인직, 『은세계』, 467쪽.
58   이인직, 『은세계』, 466쪽.

로 그의 인물들에게 투사되어 옥련은 미국에서 고등 소학교를 나오고서도 "일동일정을 남에게 신세를 지고 오늘까지 있었으니 허구한 세월을 남의 덕만 바랄 수는 없고"[59]라고 무력하게 한탄하고, 옥남은 "동양의 영웅이라 하는 김옥균이 우리나라 정치를 개혁하려다가 역적 감태기만 뒤집어쓰고 죽었는데 나 같은 위인이야 무슨 국량이 있어서 나라를 붙들어 볼 수 있소. 미국 와서 먹을 것 없어 고생되는 김에 죽는 것이 편하지"[60]라고 말하며 자살하려고 한다(언덕 바로 앞에 있는 것은 북행선 철로이고 그다음에 있는 것이 남행선 철로인데, 옥순과 옥남은 남행 열차가 올 때 언덕에서 뛰어내려 자살에 실패한다). 이인직은 기회 있을 때마다 신학문을 해야 한다고 역설하지만 미국에 10년이나 유학한 옥순과 옥남은 아버지 최병도만큼 강하지 못하고, 일본에서 심상소학교를 나오고 미국에서 고등 소학교를 나온 옥련은 외조부 최항래만큼 현명하지 못하다. 절대진리가 미국과 일본에만 있고 한국에는 없으므로 한국에 속한 모든 것은 허무에 지나지 않고, 한국인 ─ 특히 개화된 한국인은 절대적인 무력감을 절감하지 않을 수 없다(다시 말하면 무식한 한국인은 사실을 바르게 인식하지 못하기 때문에 무력감을 느끼지 못한다). 미국과 일본에는 있고 한국에는 없는 진리란 무엇일까? 이인직은 기술을 우리에게 결여되어 있는 절대진리라고 생각하였다. 이인직에게 기술은 그것을 위해서는 모든 것을 희생해도 무방한, 새로운 시대의 신이었다. 그의 기술 숭배는 기술만 도입할 수 있다면 나라를 팔아먹어도 괜찮다는 매국 이데올로기로 표현되었다. 그러나 기술이란, 도입하는 나라의 생산체계와 기술수준과 무관하게 작용하는 실체가 아니라 상품으로 상품을 생산하는 생산체계의 기능을 규정하는 속성이다. 우리는 기술을 실체로 인식하는 기술 이데올로기와 기술을 속성으로 인식하는 기술과학을 엄밀하게 구분해야 한다. 순종시대뿐만 아니라 지금도 기술을 우상으로 숭배하는

---

59   이인직, 『혈의 누』, 45쪽.
60   이인직, 『은세계』, 454쪽.

기술 이데올로기가 세계의 중심을 한국 밖의 어디에 설정하는 민족 허무주의를 조장하고 있다. 기술은 일정한 상품들을 결합하여 일정한 상품들을 생산하는 과정에 작용하는 노동생산능률과 자본-노동 비율로 표현된다. 생산량/노동자 수 또는 자본/노동의 변화가 기술의 지표가 되는 것이다. 예를 들어 쌀과 쇠와 기름으로 쌀과 쇠와 기름을 생산하는 생산체계가 있다면, 우리는 투입 상품과 산출 상품을 비교하여 이윤율을 측정할 수 있고 이윤율을 높이기 위하여 변화시킬 수 있는 자본-노동 비율을 계산할 수 있다. 하나의 상품은 그 상품을 포함하는 모든 상품의 생산에 직·간접으로 투입된다. 실제의 이윤율은 생산체계의 외부에서 다양한 형태의 계급투쟁(노사협의)에 의거하여 결정되지만 사회적 잉여 중의 임금 몫이 0이어서 잉여 전체가 이윤에 해당될 경우의 이윤율 R(표준비율)은 생산체계의 기술수준에 기초하여 결정되므로 상품으로 표시될 수 있다.

투입물 분량×투입물 가격×(1+이윤율)+노동시간×임금

　　＝생산물 분량×생산물 가격

투입물 분량×투입물 가격+투입물 분량×투입물 가격×이윤율+노동시간×임금

　　＝생산물 분량×생산물 가격

투입물 분량×투입물 가격×이윤율+노동시간×임금

　　＝생산물 분량×생산물 가격−투입물 분량×투입물 가격

세 번째 식은 임금과 이윤이 한 사회의 물적 잉여를 형성한다는 내용을 나타내고 있다.

Pa를 쌀의 가격, Pb를 철의 가격, Pc를 석유의 가격이라 하고 쌀과 철과 석유로 쌀과 철과 석유를 생산하는 생산체계가 위의 도식에 따라 구성되어 있을 때 우리는 표준비율 R을 쉽게 측정할 수 있다.

(쌀 120말×Pa+철 160톤×Pb+석유 80배럴×Pc)(1+이윤율)+25시간×임금

　　=쌀 240말×Pa

(쌀 40말×Pa+철 100톤×Pb+석유 120배럴×Pc)(1+이윤율)+25시간×임금

　　=철 360톤×Pb

(쌀 40말×Pa+철 40톤×Pb+석유 200배럴×Pc)(1+이윤율)+50시간×임금

　　=석유 480배럴×Pc

투입물인 쌀을 모두 더하면 200말×Pa가 되고, 투입물인 철을 모두 더하면 300톤×Pb가 되고, 투입물인 석유를 모두 더하면 400배럴×Pc가 된다. 생산된 쌀은 240말×Pa이고 생산된 철은 360톤×Pb이고 생산된 석유는 480배럴×Pc이므로, 순생산물은 쌀 40말×Pa+철 60톤×Pb+석유 80배럴×Pc가 된다. 따라서

$$(200Pa+300Pb+400Pc)(0.2)=(40Pa+60Pb+80Pc)$$

이므로 표준비율 R은 20퍼센트이다.[61]

상품으로 상품을 생산한다는 것은 너무나 상식적인 사실이다. 다음과 같은 기술적 생산체계에서 기초재(基礎財) A와 B와 C를 생산할 때

$$(72A+96B+48C)(1+r)+15w=144A$$

61　이러한 생산체계에서 미지수는 쌀값, 쇠값, 석유값, 이윤율, 임금의 다섯인데, 방정식은 생산체계를 구성하는 세 개와 임금 이윤 조건식 r=R(1-w)가 있을 뿐이다. 1만 개의 투입물로 1만 개의 생산물을 만든다 하더라도 미지수는 1만 더하기 2이고 방정식은 1만 더하기 1이다. 시간당 임금이 후불된다고 가정할 때 이윤율이 생산체계의 외부에서 주어지지 않으면 방정식은 풀리지 않는다. Piero Sraffa, *Production of Commodities by Means of Commdities*, Cambridge: Cambridge University Press, 1960, p. 33.

$$(32A+80B+96C)(1+r)+20w=288B$$

$$(24A+24B+120C)(1+r)+30w=288C$$

사치재는 다른 재화의 생산에 투입되는 것이 아니므로 가격 결정에 관여하지 못하나, 사치재 생산에 35만 시간의 노동시간이 사용된다고 하면 생산체계 전체의 노동시간은 모두 100만 시간이 된다. 기초재를 생산하는 세 부분의 생산체계가 100만 시간의 노동시간에 대응하도록 세 개의 방정식에 각각 5/3, 5/4, 5/3을 곱하여 표준체계를 구성할 수 있다.

$$(120A+160B+80C)(1+r)+25w=240A$$

$$(40A+100B+120C)(1+r)+25w=360B$$

$$(40A+40B+200C)(1+r)+50w=480C$$

수학·물리학·화학·생물학의 탐구 프로그램은 글자 그대로 보편적이다. 우리는 화학 실험실에서 화학자들이 보편적으로 이해 가능한 방법을 따라 성공과 실패를 겪고 있다고 말할 수 있다. 그러나 기술의 작동 방식은 글자 그대로 보편적인 과학의 탐구 프로그램과 다르다. 기술은 구체적인 생산체계 속에서만 작동할 수 있다. 기술의 혁신도 그 기술이 편입되어 있는 생산체계 안에서 실현할 수 있는 수준을 초월할 수 없는 것이다. 개화파들은 고종·순종시대의 생산체계를 고려하지 않고 일본의 생산체계 안에서만 작동할 수 있는 기술을 한국에 강제로 도입하려고 했다. 기술을 내생변수로 취급하지 않고 외생변수로 취급한 것이다. 개화파의 모든 행동이 무리하고 폭력적이고 끝내는 외국 의존적인 이유가 여기에 있다. 순종시대처럼 기술수준이 낮은 사회라 하더라도 도입하려는 기계의 종류와 분량을 결정하려면 이자율과 이윤율을 계산하여 비교할 수 있어야 한다. 도입할 기계의 이윤율이 이자율보다 높을 가망성이 없다면 아무리 좋은 기계라도 도입하지 말하야 한다. 철도는 놓아야 하지 않겠느냐라는 논의가 있겠으나, 미국의 계량 경제사가 포겔은 철도가 없었다 하더라도 미국 경제성장에 큰 변화가 없었으리라고 측정하였다.[62]

포겔은 철도의 순이익을 국민소득의 실제 수준과 철도가 없다고 가정했을 경우의 국민소득 수준의 차액이라고 보고, 1890년도의 가정적·연역적 모델을 구성하여 그해의 실제 운송비와 철도가 없다고 가정했을 경우의 운송비를 비교하였다. 짐마차에 의한 시간의 손실, 겨울철의 수로 폐쇄 등 상상할 수 있는 온갖 요인을 고려하여 계산한 결과, 그때 있었던 운하와 도로만 사용한다고 보면 농산물의 철도 운송에 따른 사회적 저축은 3억 7,300만 달러, 국민총생산의 3.1퍼센트이고 5,000마일의 운하를 새로 놓았다고 가정하면 국민총생산의 1.8퍼센트 이하로 추산되었다. 전체 화물에 확대하여 계산하면 1890년에 얻은 철도의 순효과는 국민총생산의 6.3퍼센트가 되고, 만일 상이한 기술 조건에 대한 사회의 적응 능력을 고려하여 계산하면 5퍼센트 정도가 된다는 것이 그의 계산이었다.

외국의 기술에 현혹되지 말고 자기 나라의 생산체계 안에서 노동생산능률과 자본-노동 비율을 변화시킬 수 있는 기술이 무엇인지를 계산하는 것이 기술 도입의 원칙이다. 경제규모가 1년에 1퍼센트씩 성장했다 하더라도 1876년에서 1910년까지 성장을 계속했다면 34퍼센트 이상의 성장을 보여 줄 수 있었을 것이다.

경제규모의 지속적인 성장을 불가능하게 한 것이 기술을 우상으로 숭배하는 개화파의 기술 이데올로기였다. 그들은 당장 일본처럼 될 수 없으니 일본의 식민지가 되어야 한다고 생각하였다. 그들은 1이 아니면 0이라고 믿었으

---

62 Robert W. Fogel, *Railroads and American Economic Growth: Essays in Economic History*, Baltimore: Johns Hopkins Press, 1964; 戶上一, 『經濟史覺え書』, 京都: 晃洋書房, 1993, 45쪽 참조.

나, 실제로 0과 1 사이에는 무한한 수가 있다. 1천 분의 1도 그 나름의 중요한 수이고 1만 분의 1도 그 나름의 중요한 수이다. 사실을 외면하는 그들의 단선적 시각이 국치를 재촉하였다. 이데올로기란 일종의 인지 착오이다. 기술을 도입하고 개발하고 혁신하는 데는 한 걸음의 전진에 생사를 거는 결심이 요구되었음에도 불구하고, 개화파의 기술 이데올로기는 기술을 위하여 한 걸음의 전진 대신에 전면적인 예속을 선택하였다.

실국시대문학

러일전쟁은 한국과 만주의 지배권을 차지하기 위하여 일본이 경쟁국가 러시아를 공격한 전쟁이었다. 전후 일본은 한국에 통감부를 두고 남만주 경영에 착수하였다. 한국의 의병 항쟁을 무력으로 진압하고 일본은 1910년에 한국을 병합하였다. 일본군 측의 기록에 의하면 1907년부터 1909년까지 전사한 의병은 1만 7,500명을 넘는다.[1] 천황 직속의 조선 총독은 직위로는 대신급이었으나 입법권과 행정권을 장악하고 있었으므로 실제의 지위는 일본의 총리대신에 버금가는 자리였다. 한국인에게는 병역의무가 면제되는 대신 참정권이 부여되지 않았다. 일본은 1906년 만주에 남만주철도회사(만철)를 설립하고 뤼순과 다롄 그리고 그 주변의 조차지(관동주)에 관동도독부를 설치하였다. 자본금의 반액을 일본 정부가 출자한 만철은 철도의 경영과 함께 부속지역의 농업, 탄광, 제철 등 부속사업의 경영을 맡았으며 철도 주변에 주둔하는 군대도 관리하였다. 이 군대가 관동군의 모체가 되었다. 통수권이 독립되어 있었으므로 일본의 군대는 의회와 내각의 견제를 받지 않고 군대사무를 결정할 수 있었다. 육군대신과 해군대신은 군인이어야 한다는 규정을 이용하여 군대는 대신직을 사퇴하거나 취임을 거부하는 방법으로 내각에 저항할 수 있었다. 참모총장은 각료회의를 거치지 않고 천황에게 직접 보고할 수 있는 권한을 가지고 있었다. 1888년에 천황의 자문기관 추밀원이 설치되었고 1889년에 메이지 헌법이 반포되었다. 메이지 헌법에 의하면 천황은 어떠한 경우에도 책임을 물을 수 없는 절대군주였고 종신직 추밀원 위원과 육해군 대신은 내각의 상위에 있는 천황 직속 기관이었다. 메이지시대에 중의원 선거에 투표할 수 있는 유권자는 인구의 1퍼센트에 해당하는 45만 명이었다.

　일본경제는 1901년에 창업한 야하타(八幡)제철소를 기반으로 삼아 기계기구, 철도차량, 선박병기 등의 중공업을 추진하였다. 지쿠호(筑豊)탄전 등에서의 석탄채굴량도 크게 증가하였고 푸순 및 기타 남만주 탄광들도 대규모

1　이에나가 사부로, 『신일본사』, 강형중 역, 문원각, 1996, 198쪽.

로 개발되어 전기산업의 발전을 가능하게 하였다. 기계방적업은 1907년에 150만 개의 방추로 4억 파운드의 면사를 생산하였다. 중소기업가들의 활력과 저소득층의 저축열과 인플레이션 조정능력을 키워 온 일본은행의 건전한 통화제도가 일본경제의 저력이었으나 좁은 국토의 과잉인구와 빈약한 천연자원 때문에 국민의 생활수준은 거의 향상되지 못하였다. 노동조건의 개선과 노동임금의 인상은 이루어지지 않았으며 소작농도 소작계약에 의한 법적 보호를 받지 못하였다. 1920년에 일본의 인구는 5,500만 명이었고 (도쿄 200만, 오사카 100만) 공업노동자는 160만 명이었다. 산업관계지출(투자)은 1895년 이후 20년 동안 16배 증가하였으며 군사비는 세출 총액의 30퍼센트에서 70퍼센트 사이를 오르내렸다. 세입에서는 지조(地租)보다 1887년에 창설된 소득세가 더 중요한 비중을 차지하게 되었다. 청일전쟁에서 중국으로부터 배상금으로 획득한 금을 토대로 하여 일본은 1897년에 금본위제도를 시행하였다. 금본위제를 통하여 일본은 영국 중심의 국제경제에 성공적으로 편입될 수 있었다. 농업인구의 비율은 1873년에 78퍼센트였으나 1920년에 47퍼센트로 낮아졌다. 일본은 제1차 세계대전을 전후하여 미쓰이, 미쓰비시, 스미토모, 야스다, 다이이치 등 5개 금융독점자본의 성장으로 본격적인 자본주의사회로 진입하였으나 경작지주보다 기생지주가 더 많았으며 소작농민의 소작료는 50퍼센트의 고율이었고 공장노동자의 노동시간은 평균 10시간이었다. 1911년에 의회를 통과한 공장법이 1916년부터 시행되었으나 15인 이상의 노동자를 고용하는 공장에 한정하였고 여공과 소년공의 14시간 노동을 1931년까지 15년간 허용하도록 하였다. 광산노동자는 합숙소에서 같이 자고 함바[한바(飯場)]에서 공동으로 취사하면서 십장의 지휘를 받았다.

1911년에 중화민국이 건국되었고 1912년에 메이지 천황이 죽었고 1914년 7월 28일에 제1차 세계대전이 일어났다. 1919년에 열린 베르사유 강화회의에 참가한 일본은 영국, 미국, 프랑스, 이탈리아와 함께 1920년에 결성된 국제연맹의 상임이사국이 되었다. "1914년 7월 말에 대외채권 4억 4,704만 엔에 대해 19억 6,264만 엔에 이르는 채무로 그 이자의 지불조차 곤란했던 누적 채무 국가였던 일본이 1918년 말에는 대외채권 19억 2,541만 엔, 채무 16억 3,804만 엔의 순채권국으로 전환했다."[2] 1917년에 러시아 혁명이 일어났고 일본은 1918년에 반혁명군을 지원하기 위한 시베리아 출병을 감행하였으나 소비에트 정권이 안정성을 보이자 1925년에 소련을 승인하였다. 제1차 세계대전 직후 육군의 상비 병력과 해군의 함정 톤수로 볼 때 일본은 영국, 미국에 이어 세계 3위였다. 1922년에 해군의 주력함을 영국·미국 50만 톤, 일본 30만 톤, 프랑스·이탈리아 17만 5천 톤으로 제한하는 워싱턴 협정을 체결하였다. 1924년부터 중의원의 다수 정당이 정권을 담당하는 다이쇼 데모크라시가 실시되었다. 1925년 5월 25일에 납세액에 의한 선거제한을 철폐하고 25세 이상의 남자에게 투표권을 부여하여 유권자가 300만 명에서 1,500만 명으로 확대되었다. 1919년에 일본노동총동맹이 조직되었고 1922년에 일본농민조합이 결성되었다. 1929년에는 노동조합의 조합원이 30만 명을 넘었다. 1931년에서 1932년 사이에 공산주의자 400명의 공개재판이 열렸는데 피고인 전원이 전향서를 제출하였다. 1907년에 시작한 의무교육으로 1920년대에 소학교 취학률은 90퍼센트를 넘었고 문맹이 소멸하였다. 도쿄와 교토의 제국대학과 이화학연구소, 전염병연구소, 항공연구소, 오사카 공업시험소 등 각종 연구소에 집중적으로 투자한 결과 1920년대에는 수학, 화학, 물리학 분야에서 세계수준의 성과가 나타나게 되었다. 1910년대에는 신칸트파 철학이 유행하였고 1920년대에는 마르크스의 『자본론』이 대학생과 고등학생들에게 애독되었다. 1929년에 미국에서 시작한 대공황은 세계경제에 대량실업, 물가폭락, 금화유출, 임금인하, 노동강화, 농촌침체를 야기하였다. 대중은 정당정치에 대한 불신과 공산주의에 대한 공포 때문에 빈곤층을 배려하는 강력한 정부와 미국의 간섭을 배제하고 만주에 대한 지배권을 확보할 수 있는 공격

2   石井寬治, 『日本經濟史』, 東京: 東京大學出版會, 2009, 283쪽.

적인 군대를 요구하였다. 일본은 1931년에서 1945년까지 전쟁 지역을 만주, 중국, 미국으로 확대하면서 군수산업으로 경제를 유지하고 확장하였다. 만주국 건설에서 미일전쟁의 패전에 이르는 기간을 일본에서는 15년 전쟁기라고 한다.

1931년 9월 18일에 관동군 야전 사령부는 선양 근처 류탸오후(柳條湖)에서 남만주 철도를 폭파하고 만주를 점령하여 1932년 3월 1일에 만주국을 세웠다. 일본의 재계에는 만주의 지하자원을 이용한 중화학공업화가 일본경제의 물적 기초가 된다는 생각이 퍼져 있었다. 만주국은 일본 육군이 산업화와 군사화의 계획을 시험하는 실험장이 되었다. 일본 육군은 만주에 인구 30만 명의 새로운 수도를 만들고 10년 동안 3,200킬로미터의 철도를 부설하였으며 몇 개의 비행장과 압록강 지역의 수력 발전소를 건설하였다. 만주국의 이념인 민족협화(만주족, 일본족, 조선족, 한족, 몽골족의 협화)는 한국인의 만주진출을 촉진하였다. 1942년에 재만 한국인은 151만 1,570명이었다. 한국인은 만주에서 60퍼센트 이상이 농업에 종사하였고 의사, 관공리, 교직원, 은행원, 회사원으로 일하는 이외에 상업, 어업, 정미업, 목축업, 대금업, 매약업, 사진업, 이발업, 전당업, 대서업, 여인숙업, 음식점업, 비종업원(뜨내기 막노동), 공사청부업, 물품판매업 등으로 생활하였다.[3] 일본은 1931년에 중요산업통제법을 제정하여 국제경쟁력을 강화하기 위하여 국내 경쟁을 조정함으로써 기업의 합리화와 능률화를 추진하였고 1932년에 금본위제를 폐지함으로써 엔화의 평가절하를 용이하게 하였다. 1931년에서 1936년까지 일본의 수출은 두 배로 증가하였고 일본은 1932년에 전체적으로 물가가 상승하면서 다른 나라들보다 앞서서 공황으로부터 경제를 회복시키는 데 성공하였다. "1937년에 중화학공업의 비율이 49.5퍼센트였고 중화학공업의 조업자 수도 43.5퍼센트에 달했다."[4] 1932년 5월에 해군장교들이 이누카이 쓰요시(犬養毅) 수상을 사살

---

3   송규진, 『통계로 보는 일제강점기 사회경제사』, 고려대학교출판문화원, 2018, 53-54쪽.

하였고 일본은 대륙진출을 강행하기 위하여 국제연맹을 탈퇴하였다. 1936년 2월 26일에 일본의 만주 점령에 반대하는 미국과 단교할 것을 주장하는 1,400명의 육군병사들이 수상관저와 경시청을 점거하였다. 천황의 지원으로 항복을 받아 낸 육군수뇌부는 점거를 지휘한 장교들 103명을 처형하였으나 군부 자체가 국제주의에 반대하는 국가주의자들로 구성되어 있었다. 1936년에 일본은 공산주의 국제당의 확산을 저지해야 한다는 것을 명분으로 내세우며 독일 이탈리아와 방공(防共) 협정을 맺었다. 만주에서 기대한 만큼의 풍부한 지하자원을 발견하지 못한 관동군은 1934년 이후로 만철에 중국 화베이 지방의 자원조사를 의뢰하였고 일차로 화베이 지방을 중국에서 분리하려고 계획하였다. 1937년 7월 7일에 루거우차오(蘆溝橋)의 충돌을 계기로 일본과 중국은 1945년 8월 15일까지 장기적인 전면전에 돌입하였다. 일본군은 베이징, 상하이, 난징, 우한, 광둥 등 주요 도시들을 점령하였으나(1937년 12월 난징에서 일본군은 1만 2천 명의 비전투원을 학살하였다) 중국 대륙과 태평양 각지로 확대되는 광대한 전선에서 병력을 소모하다가 1945년 8월 15일에 미국군에게 패전하였다. 1937년 9월에 결성한 중국의 국공합작군은 옌안과 충칭을 거점으로 하여 미국과 소련의 지원을 받으며 장기항전을 전개하였다. 대량의 병력 동원 때문에 완전고용상태에 있던 일본의 노동시장은 전쟁이 계속됨에 따라 심각한 노동부족 현상에 직면하게 되었다. 동원된 병력은 "1936년 말 56만 명, 이듬해 108만 명으로 증가하여 1940년 말에는 168만 명, 1945년 8월에는 남자 인구의 20.5퍼센트에 해당하는 696만 명에 이르렀다."[5] 1937년 11월에 전시의 국내정치와 국제정치를 종합적으로 관리하는 대본영이 설치되었고 1938년 3월에 국가총동원법을 제정하여 정부가 의회를 거치지 않고 국민의 생활을 전면적으로 통제할 수 있게 하였으며 1939년에는 국민징용령

---

4   石井寬治, 『日本經濟史』, 301쪽.
5   石井寬治, 『日本經濟史』, 310쪽.

을 공포하여 군수공장과 나중에는 민간공장까지 강제적인 산업동원을 실시하였다. 1940년에는 정당을 해산하고 대정익찬회(大政翼贊會)와 대일본산업보국회가 정당과 노동조합을 대신하여 전쟁에 협력하게 하였다. 일본 국민 가운데 전쟁에 찬성하지 않는 사람이 있었다 하더라도 신문과 잡지가 대본영의 반서양주의를 한목소리로 전달하고 공산당과 사회대중당 같은 무산계급의 정당들도 전쟁에 협력하던 시대에 드러내 놓고 전쟁 반대의 의견을 공포할 수는 없었다.

1939년 9월에 제2차 세계대전이 일어났다. 1940년 4월에서 6월 사이에 독일이 네덜란드와 프랑스를 점령하였다. 1940년 9월에 베를린에서 일본, 독일, 이탈리아가 삼국동맹을 맺었다. 1941년 4월에 쌀 배급제를 시작하였다. 성인 남자 1인당 하루 330그램(2흡 2작)의 주식 배급이 1945년 7월에 10퍼센트 삭감되기까지 유지되었으나 보리, 콩, 수수, 옥수수 등의 혼합비율의 증가로 그 내용은 점점 열악해졌다. 1944년 1월의 배급품으로 섭취할 수 있는 칼로리양은 1,405칼로리였는데 "당시 일본인이 필요한 표준 칼로리양은 하루 2,200칼로리였다."[6] 1941년에 일본은 소련과 상호중립조약을 체결하였으나 그해 6월 22일에 독일이 소련을 침략하자 관동군 특종 연습이란 이유로 80만 병력을 소련 국경에 배치하였다. 일본군은 독일군의 압도적인 우세를 확신하고 있었기 때문에 1941년 9월의 고위급 민군(民軍) 연석회의에서 10월까지 석유 수송에 관하여 미국과의 합의가 이루어지지 않을 경우에 미국과 전쟁을 벌여도 승산이 있다고 주장하였다. 10월에 도조 히데키가 총리대신이 되었고 11월에 외교협상이 결렬되자 12월 1일에 총리대신, 외무대신, 육해군대신, 추밀원의장, 대본영최고막료장이 참석하는 어전회의에서 미국에 대한 선제공격을 결정하였다. 일본은 1941년 12월 8일에 하와이의 펄 하버를 기습하여 전함 7척과 항공기 120대를 파괴하고 2,400명의 사망자를 내었

6　石井寬治, 『日本經濟史』, 314쪽.

다. 같은 날 히틀러는 모스크바 공격을 포기하였다. "아시아태평양전쟁은 중일전쟁의 난국을 삼국동맹으로 돌파하려 한 결과 시작되었다고 하겠으나 육군과 외무성이 신뢰했던 독일 군사력의 압도적 우위는 근거 없는 환상에 지나지 않았다."[7] 프랭클린 루스벨트 대통령은 일본의 하와이 공격 2개월 후에 미국에 거주하는 일본인을 강제수용소에 수용하는 조치를 단행하여 재미 일본인은 1946년까지 콘센트레이션 캠프에서 생활할 수밖에 없었다. "조상이 일본인인 사람 약 12만 명이 강제노동수용소에 격리되었다. 그중 62퍼센트는 미국 시민권자였다. 당시 한국은 일본의 식민지여서 한국인도 일본인으로 분류되어 격리 수용되었다."[8] 15년 전쟁기 말에는 군사비가 팽창하여 국민소득의 두 배를 초과하였다. 1941년에는 생활필수품의 자유판매를 제한하고 쌀 배급을 시행하였고 1943년에는 징병적령기의 학생들을 군대에 동원하였다. 1943년에 이탈리아가 패배하였고 1945년 5월에 독일이 붕괴하였다. 1945년 8월 8일에 소련군이 만주로 들어와 관동군을 포위하였고 미군이 히로시마(8월 6일)와 나가사키(8월 9일)에 원자폭탄을 투하하였다. 15년 전쟁기에 일본군 전투원 233만 명이 사망하였고 4년간의 미일전쟁 중에 미군의 공습으로 후방의 비전투원 일본인 66만 8천 명이 사망하였다. 원폭이 투하된 히로시마에서는 주민 40만 명 가운데 14만 명이 사망하였다.

조선총독부에는 비서실에 해당하는 총독관방 이외에 내무국, 재무국, 식산국, 농림국, 학무국, 법무국, 경무국 등의 7개 국과 체신국, 철도국, 전매국, 기획부, 외사부, 중추원이 있었다. 각 국은 몇 개의 과로 구성되었다. 경무국은 경무과, 방호과, 경제경찰과, 보안과, 도서과, 위생과로 구성되어 있었다. "보안과는 소위 고등경찰로서 정치적인 일에 주로 관련을 가지는 관서였다."[9] 식산국은 상공과, 연료과, 광산과, 산금과, 수산과, 물가조정과 등과

---

7   石井寬治, 『日本經濟史』, 306쪽.
8   실비아 이달고, 『미국 한입에 털어 넣기』, 박정희 역, 학고재, 2019, 122쪽.

연료선광연구소, 상공장려관, 착암공(鑿巖工)양성소, 도량형소 등을 포함하고 있었다. 총독부 세출 가운데 행정기관의 유지를 위한 지출에는 신사비, 이왕가 세비, 총독부사무비, 건물 건조비, 재판소와 형무소 유지비, 국민정신 총동원과 사상범 방알(防遏)을 위한 비용, 경무비, 군사비, 지방청 보조비, 세무비용과 국채비용, 정부관리의 은금(恩金) 같은 항목들이 포함되어 있었다.[10] "구황실인 이왕가는 일본의 연금을 받고 있으며 그 왕자와 왕녀는 일본인과 결혼하였고 일본에서 교육을 받았다. 이리하여 그들이 조선총독부로부터 연 180만 원을 계속해서 받는다는 것과 한국에 재산을 갖고 있다는 것 이외에 한국과의 모든 관계를 잃어버리고 말았다."[11] 일본 정부는 이왕가를 일본의 황족으로 대우하지 않고 총독의 감독을 받도록 하였고 일본 황실의 여자와 결혼한 사람만 일본 황실 가계도에 포함시켰다. 천황에 직속된 총독은 입법, 사법, 행정의 전권을 가지고 통치하였다. 조선 주둔 일본군의 통솔권도 총독에게 있었다. 총독부는 특별임용제도와 고등문관시험으로 한국인을 총독부의 관리로 등용하여 한국인 관리들에게 행정의 말단 사무를 맡기는 한편, 극소수 한국의 양반 부호들과 지방 유지들을 상류사회에 편입하여 통치의 편의를 도모하였다. 1942년에 총독부 관리 10만 명 가운데 40퍼센트가 한국인이었다. 실국시대에 고등문관시험에 합격한 한국인은 133명이었다. 중추원 의원 민대식은 조선신탁회사와 조선맥주회사의 취체역, 경성전기회사의 감사역, 조선토지개량조합의 조합장, 동일은행의 총재를 겸임하였으며 중추원 의원 한상룡은 조선신탁회사의 취체역 회장, 조선생명보험회사의 사장, 한성은행의 총재, 동양척식회사의 고문을 겸하였다.[12] 1925년에 시작하여 5년마다 실시한 국세조사에 의하면 1940년에 조선의 인구는 2,432만 6천 명이

---

9   그라즈단제브, 『한국현대사론』, 이기백 역, 일조각, 1973, 260쪽.

10   그라즈단제브, 『한국현대사론』, 221쪽.

11   그라즈단제브, 『한국현대사론』, 286쪽.

12   그라즈단제브, 『한국현대사론』, 288쪽.

었다(같은 해에 일본의 인구는 7,311만 4,308명이었다). 1939년에 한국에 거주하는 일본인은 65만 명으로 한국인구의 2.9퍼센트였고 외국에 거주하는 한국인은 230만 명으로 한국인구의 10퍼센트였다. 백만 이상이 일본에서 일하고 있었고 약 백만이 만주에 정주하고 있었으며 20만이 러시아 극동 지방에 있었고 약 10만이 중국과 미국에 가 있었다. "중국에 가 있는 한국인은 두 종류로 나뉜다. 하나는 일본군을 따라다니며 일본 시민이라는 자격을 이용하여 도박장, 아편굴, 매음굴 그 밖의 평판 나쁜 사업들을 경영하며 중국인들과 경쟁하는 사람들이다. 다른 하나는 경계선을 넘어 중국 군대에 가서 일본인과 싸울 기회를 얻으려고 하는 사람들이다."[13] 1939년에 남자 246만 명과 여자 61만 명, 즉 그해의 인구 2,280만 명의 13.9퍼센트인 307만 명의 한국인이 일본어를 이해할 수 있었다.[14]

　1919년 1월 21일 오전 1시 35분에 고종이 뇌일혈로 쓰러져 오전 6시에 서거했다. 총독부는 하루를 늦추어 22일 오전 6시에 서거했다고 발표하고 국장일을 3월 3일로 결정했다. 발표 직후부터 덕수궁 앞으로 애도의 물결이 밀려들기 시작했고 국장 기간(1-7일) 전국 각처에서 상경한 사람이 50만 명이나 되었다. 2월 28일 밤에 서울 시내에 고종이 독살되었다는 격문이 부착되었다. 이렇다 할 만한 저항을 하지 못하고 10년을 보낸 대중의 실국의식이 고종의 죽음을 계기로 폭발하였다. 1918년 1월에 미국 대통령 윌슨이 전후 처리 14개 원칙을 연두교서로 발표했는데 그 가운데 민족자결의 원칙이 포함되어 있었다. 1918년에 서울의 천도교 지도자 손병희, 오세창 등과 평양의 기독교 지도자 이승훈, 길선주 등이 따로 제1차 세계대전 이후의 국제정세에 대하여 논의하고 있었다. 1918년 11월 미국 대통령 특사로 상하이를 방문한 찰스 크레인이 여운형을 만나 파리강화회의에 독립의사를 표시하라고

13　그라즈단제브, 『한국현대사론』, 78쪽.
14　그라즈단제브, 『한국현대사론』, 272쪽.

권유했다. 여운형은 1919년 1월에 김규식에게 파리강화회의에 참석해 달라고 부탁했다. 김규식은 3월 31일 파리에 도착하여 독립공고서를 제출하였다. 김규식은 김창숙이 상하이에서 전달한 유림의 파리장서(巴里長書) 영문 번역도 가지고 갔다. 1919년 2월 8일에 도쿄 기독교청년회관에서 장덕수가 주도하고 이광수가 작성한 독립선언서가 발표되었다. 손병희는 이승훈에게 만세 시위의 일원화를 제의하였다. 천도교와 기독교와 각급 학생대표들은 국장 이틀 전인 3월 1일 오후 2시에 파고다 공원에서 시위를 시작하였다. 33인의 대표들은 미리 자수를 신청하였고 태화관에서 만세 삼창만 하고 즉시 체포되었다. 이후 전국적인 대중 시위가 4월 말까지 두 달 동안 계속되었다. 전국 12개 부(府)와 110여 군(전체 220개 군의 절반 이상)에서 일어난 시위의 횟수는 2천 회 이상이었고 시위에 참가한 연인원은 2백만 명 이상이었다.[15] 남한 지역보다 북한 지역에서 시위가 더 많이 발생한 것은 사립고등보통학교 690개 교 가운데 황해도 이북에 있는 학교가 543개 교였기 때문이었다. "일본 정부의 발표에 의하면 553명의 한국인 선동자가 피살되었고 1,409명이 부상당하였으며 1만 9,054명(그중 471명은 여자)이 투옥되었다."[16] 1919년의 반일운동 이후로 국내에는 상황에 적응할 수밖에 없다는 체념적 분위기가 확산되었으나 국외에서는 만주 지역의 무장투쟁이 활성화되었고 상하이의 망명정부가 투쟁의 중앙조직체로 수립되었다. 중국에서는 두 달 후 3·1 운동의 영향을 받은 5·4 운동이 발생하였다.

1909년 3월에 통감부는 민적법을 반포하고 민적조사를 실시하였다. 국치 직전의 한국인구는 1,294만 명이었다. 1910년에서 1928년까지 8년 동안 실시한 본격적인 토지조사로 토지의 면적과 소유관계가 확정되었다. "신고는 철저히 이루어진 편이었다. 당시 발달된 토지사유관념이 임의적인 신고를

---

15 이정은, 『3·1독립운동의 지방시위에 관한 연구』, 국학자료원, 2009, 140쪽.
16 그라즈단제브, 『한국현대사론』, 51쪽.

용납하지 않았음은 분명하다."[17] 미신고지는 전국에서 0.05퍼센트인 9,355필지에 지나지 않았고 그 가운데 411필지는 민유지로 인정하였다. 분쟁지역의 조정을 거쳐 1918년 말에 확정된 국유경지는 동양척식회사에 불하한 1만 정보를 포함하여 전국 경지의 3퍼센트인 7,304정보였다. 1914년에 제정된 조선 지세령으로 지주납세의 원칙을 확정하였고 1918년에 개정된 지세령으로 결부제를 폐지하고 평과 정보를 단위로 토지를 측정하게 하였으며 지가에 비례하여 지세를 산출하게 하였다. "지세는 과세 지가의 1.3퍼센트로 정하였다. 지세의 부담은 총생산액의 5퍼센트 정도였다."[18] 토지를 정확하게 측정하고 등기제도를 도입한 것은 토지의 상품화와 자본전환을 촉진하는 요인으로 작용하였다. 1918년에 전농가의 3.1퍼센트에 해당하는 8만여 호의 지주층이 전체 경지의 절반을 소유하고 전체 농가의 80퍼센트에 가까운 소작농과 자소작농을 지배하였다. 체납기한을 넘기면 토지가 압류되었으므로 토지를 상실한 농민은 소작농이 되거나 임금노동자가 되었다. 총독부는 토지를 강탈하거나 지세를 쥐어짜는 방식으로 통치하지 않았다. "근대법적 장치와 행정적 합리성을 전제한 식민지의 정교한 통치망을 펼쳐 놓았고 단순한 약탈이 아니라 시장과 행정제도를 통하여 잉여를 흡수하였고 장기적으로는 민족동화정책을 획책하였기 때문에 민족해방의 길이 험난하였던 것이다."[19]

근대적 민법이 정비되어 민간의 경제활동이 안정적인 환경에서 수행될 수 있었고 회사의 법적 지위가 보장될 수 있었다는 것도 일본이 미국에게 패배할 때까지 총독부를 유지하게 한 요인이 된다. "개항 전 조선시대에는 인구성장률이 연평균 0.2퍼센트이고 1인당 생산이 추세적 증가를 보이지 않았으나 전시통제기 이전 일제강점기에는 조선내총생산이 연평균 3퍼센트 정도

17   이헌창, 『한국경제통사』, 해남, 2018, 327쪽.
18   이헌창, 『한국경제통사』, 328쪽.
19   이헌창, 『한국경제통사』, 330쪽.

증가한 것으로 추정되는 점에서 20세기 초에 경제성장의 양상이 질적 변혁을 경험하였다."[20] 이 시기 유럽의 경제 성장률은 1.56퍼센트였고 기타 지역의 경제 성장률은 0.86퍼센트였다.[21] 물론 이러한 성과는 여러모로 차별적인 조건에도 불구하고 실국시대를 준비시대로 만든 농민과 노동자 그리고 지식인과 기업가의 주체적 노력의 결과였다.

제1차 세계대전을 전후하여 일본경제는 호황기를 맞아 공업이 급격하게 발전하였다. 해운의 번창과 수출의 신장은 쌀값의 상승을 초래하였고 공장 노동자의 급격한 증가로 악화된 식량사정은 저미가로 저임금을 유지하던 일본경제의 자본축적 메커니즘에 큰 타격을 가했다. 1918년 일본 각지에서 수백만 명이 쌀값의 인하를 요구하는 폭동을 일으켰고 30명이 넘는 사망자가 발생했다. 일본 정부는 조선미를 이입하여 일본의 쌀값을 내리려고 하였다. 조선미의 반입은 일본의 식량사정을 해소하였으나 한국의 식량사정을 악화시켰다. 이것이 3·1 운동의 경제적인 원인이 되었다. 1920년대의 한국에서는 소작쟁의가 활발하게 전개되었다. 1924년에 조선노농총동맹이 결성되었고 1927년에 조선농민총동맹과 조선노동총동맹이 조직되었다. 1929년의 세계공황으로 1930년의 마지막 네 달 동안 한국의 쌀값이 절반 수준으로 하락하였다. 일본의 경기는 금본위제를 관리통화제로 바꾸고 지출확대정책과 수출촉진정책을 적극적으로 추진하는 한편 만주사변으로 군사지출을 확대함으로써 다른 나라들보다 먼저 1932년부터 회복되기 시작하였다. 미곡의 수요가 증가하여 한국의 쌀값도 1935년에 공황 이전의 수준으로 상승하였다. 1930년대에 "지주의 소작료 수입이 꾸준히 증가하면서도 소작료율은 하락하는 추세였다. 토지 생산성의 상승과 미곡 이출의 증대 및 쌀값의 상승도 지주제에 유리한 조건이었을 뿐 아니라 농가경영을 촉진시켰던 것이다."[22] 총

---

20 이헌창, 『한국경제통사』, 313쪽.
21 이헌창, 『한국경제통사』, 365쪽.

독부는 1934년에 조선농지령을 제정하여 해마다 2,400호 정도의 자작농지 설정을 목표로 제시하고 호당 660원의 장기저리자금을 지원하였으며 금융조합원을 대상으로 부채의 조정과 감면을 실시하였다. 농지의 임대차 기간을 3년 이상으로 규정하고 소작지의 임대차권을 인정하여 상속과 매매와 계약갱신에 중간수탈의 개입을 규제하였다. 1939년 말에는 소작조건을 개악하지 못하도록 농지위원회가 소작조건을 조정할 수 있게 하고 지방장관이 소작조건의 변경을 명령할 수 있게 하였다. 1938년에 국가총동원령을 발령하여 국가는 경제통제에 대한 무제한의 권한을 가지게 되었다. 전시통제는 한국에도 파급되어 총독부는 한국의 전 산업을 통제할 수 있게 되었다. 1939년에는 국민징용령에 의하여 노동력의 강제동원을 시행하였고 같은 해에 일본의 미곡배급통제법에 호응하여 한국에서도 조선미곡시장주식회사령과 조선미곡배급조정령을 공포하였으며 1943년에는 저렴한 가격으로 미곡을 강제수매·공출하여 전면적인 배급제를 실시하였다. 소작료를 인하하고 관에서 소작료를 징수하여 지주에게 공출대금으로 지불하였는데 그것도 강제저축이나 전시채권 구입으로 회수하였다. "그 결과 1940년대 전반에 실질소작료율이 하락하여 일제 패망 직전에는 30퍼센트대에 머물렀다."[23]

　실국시대에 한국사회는 시장의 확대와 사회간접자본의 확충이라는 공업화의 조건을 갖추어 가고 있었다. 저렴하면서도 비교적 양질인 한국의 노동력은 공업경영의 유리한 기반이 되었다. 중국 시장을 배후지로 두고 있다는 지리적 조건 때문에 일본 자본은 한국에 공장을 세우는 것이 유리하다고 판단하였다. 1932년에 조선거래소가 설립되었다. 한국인 회사의 주식은 거의 장외에서 거래되었으나 조선에 본점을 가진 회사주식의 비중이 늘어났고 미두(米豆)와 같은 투기적 선물거래(先物去來)의 우세 속에서도 실물거래의 비중

22　이헌창, 『한국경제통사』, 360쪽.
23　이헌창, 『한국경제통사』, 362쪽.

이 점차로 증대되었다. 1937년의 중일전쟁을 치르면서 일본은 중국까지 포함한 엔 블록 경제를 설계하였다. "일본을 정공업(精工業)지대, 만주를 농업지대, 한국을 조공업(粗工業)지대로 설정하는 일본제국경제권을 구상하였다."[24] 전선이 확대되면서 일본은 한국을 만주와 중국에 대한 물자공급기지로 활용하기 위하여 한국에 대한 공업설비투자를 집중적으로 확충하였다. 그러나 전쟁에서 일본이 수세에 몰리게 됨에 따라 물자수송의 차질로 공업생산은 감소추세로 전환하여 "1944년에는 1941년의 75퍼센트로 떨어졌다."[25] 공장의 자본금은 일본인 소유가 90퍼센트 이상이었다. 그러나 일본인 공장이라도 한국에서 생산을 계속하기 위해서는 금융시장, 원료시장, 노동력시장, 상품판매시장의 뒷받침을 받아야 했기 때문에 실국시대의 공업화도 노동 생산성과 경영관리능력의 발전을 수반했다. 공업생산이 빠르게 신장하는 가운데 공산물의 한국 내 자급도는 증가하는 추세를 보였다. "면사의 경우 조선산이 30년대 중엽부터 일본산을 급격히 구축하여 1937년 소비의 90퍼센트 이상을 차지하였고 면포의 경우 1938년 수·이출이 수·이입을 상회하였다."[26] 일본의 기계제 대공업과 직접 경합하지 않는 분야와 다양한 수요에 부응하는 소량생산의 분야에서는 한국인 자본이 역량을 발휘할 수 있었다. "조선인 직물업은 삼베, 모시, 비단을 생산하거나 면포의 경우 소폭 백목면이나 이것을 변형한 제품을 생산하여 기계를 사용하는 대공장과의 직접적인 경쟁을 피하였다."[27] 15년 전쟁기에 방직공업은 통제가격과 저리융자를 이용하여 만주시장에 진출하였다. 특히 군복의 납품은 급격한 성장의 기반이 되었다. 한국인 자본이 성장하여 시장점유율을 높인 것은 일본에서 한국으로 이입되는 상품을 대체한 성과라고 긍적적으로 평가할 수도 있을 것이고 실국의식을 망

---

24   이헌창, 『한국경제통사』, 370쪽.
25   이헌창, 『한국경제통사』, 375쪽.
26   이헌창, 『한국경제통사』, 377쪽.
27   이헌창, 『한국경제통사』, 386쪽.

각하고 일본의 전쟁에 협력한 결과라고 부정적으로 비판할 수도 있을 것이다. 전쟁의 확대와 공업의 신장은 한국인의 취업기회를 확대하였다. 만주에서 한국인은 준일본인으로서 중국인보다 유리한 조건에서 취업할 수 있었다 (염상섭은 《만선일보》 편집국장, 안수길과 손소희는 《만선일보》 기자로 근무했고 백석은 만주국 세관 직원으로 근무했다). 소학교 진학률은 1930년 14.5퍼센트, 1935년 19.7퍼센트, 1940년 33.6퍼센트, 1945년 51퍼센트로 증가하였다. 총독부는 전쟁으로 부족해진 기술 인력을 확보하기 위하여 한국인의 공업교육과 직업훈련을 강화하였다. 1937년에 1개 교였던 공과계 실업학교가 1937년에 12개 교로 증가하였다. 소학교 졸업자에게 직업훈련을 실시하였고 대학교와 전문학교의 이공계통 학과 정원을 늘렸다. "1938년 경성공업고등학교에 기계공학과와 전기공학과가 추가되고 경성공립공업학교와 평양대동공업전문학교가 설립되었다. 1939년에는 경성광산전문학교가 설립되었다. 1941년에는 경성제국대학에 이공학부가 문을 열었다."[28] 전문기술을 가지고 공장규율에 적응할 수 있는 한국인 노동자가 증대된 것은 한국 광복의 준비로서 필요한 일이었다. 그러나 한국에는 일본과 달리 공장법이 적용되지 않았기 때문에 노동조건이 열악했고 평균임금도 일본인 노동자의 절반 정도였다. 1935년에 한국의 라디오 보급률은 0.37퍼센트였고 일간지 구독자는 19만 명이었다.

1938년 2월 6일에 장로교 평북노회가 신사참배를 결의했다. 불교와 천주교처럼 교단에서 총독부 방침에 따르기로 결정한 경우에 개별 승려나 신부의 친일 여부를 묻는 것은 의미가 없다. 그러나 개신교에서는 신사참배 거부로 교회 2백 개가 폐쇄되고 교인 2천 명이 투옥되고 50명의 목사와 신도가 순교하였다.[29] 1939년 11월에 총독부는 조선민사령을 발동하여 한국인의 성명제도를 일본의 씨명제도로 바꾸는 창씨개명을 시행하였다. 1940년 8월

28 이헌창, 『한국경제통사』, 399쪽.
29 조경달, 『식민지 조선과 일본』, 최혜주 역, 한양대학교출판부, 2015, 255쪽.

10일까지 한국인 80퍼센트가 일본식 이름으로 바꿨다. 1938년 2월에 육군특별지원병령을 제정하고 1943년 7월에 해군특별지원병령을 제정하였고 같은 해 10월에 육군특별지원병 임시채용(학병)시행규칙을 공포하였으며 1944년 4월에 징병제를 실시하였다. 지원해서 입대한 한국인은 2만 3,000명 정도(학병 3,893명 포함)였고 징병제로 동원된 한국인은 19만 명 정도였으며 사망자는 2만 2,000명이었다. 1939년 7월 4일에 일본 정부가 작성한 노무동원 실시계획에 일본의 탄광에 배치할 노동력 공급원으로 조선반도에서 건너오는 노동자 8만 5,000명이 포함되어 있었다. "이것이 일본제국이 일본 내지와 관련해 최초로 결정한 조선인 노무동원 정책이다."[30] 총독부는 1940년 1월에 조선직업소개령을 발동하여 6개의 관영직업소개소와 부읍면과 개별기업이 모집의 형식으로, 1944년 8월에는 일반징용제를 실시하여 영장을 통한 동원의 형식으로 한국인을 일본의 석탄 광산과 토목 공사장에서 노동하게 하였다. 징용제는 1941년 12월에 일본에서 시행되었고 한국에는 일본보다 늦게 시행되었으며 규모도 일본보다 작았다. 한국인의 작업능력과 시국인식을 믿을 수 없었기 때문에 일본 정부는 한국인 동원에 소극적이었다. 한국인은 대부분 전쟁에 무관심하였고 일본을 일자리를 얻을 수 있는 곳이라고 생각하였다. "백 명이 들어오면 겨우 5명 정도만 대동아전쟁이 있다는 사실을 알고 있다."[31] 총독부는 일종의 비자로서 도항증명서를 발급하여 한국인의 일본 유입을 억제하였다. 일본으로 가려면 경찰서에서 발급하는 도항증명서 이외에 도항비와 얼마간의 생활비를 소지해야 했다. 총독부도 가능하면 한국인을 일본으로 내보내지 않으려고 하였고 1942년에 국민동원계획을 세울 때도 일본 정부 내에는 한국인 노무자 활용에 반대하는 입장이 적지 않았다. 전쟁의 승리를 위해 국가의 노동력을 합리적으로 배치하는 노무동원의 목적에

30 도노무라 마사루, 『조선인 강제연행』, 김철 역, 뿌리와이파리, 2018, 56쪽.
31 도노무라 마사루, 『조선인 강제연행』, 171쪽.

비추어 볼 때 기꺼이 생산활동에 종사하겠다는 근로의욕이 없으면 전쟁에 방해가 될 것이라고 생각했기 때문이었다. 1943년에 동원한 노무자 239만 6,300명 가운데 한국인은 17만 명이었다. 1943년에 일본의 공업노동자 전체에서 한국인이 차지하는 비율은 10퍼센트 미만이었으나 광산노동자 중에는 29퍼센트가 한국인이었다. 1939년부터 1945년까지 한국인 "70만 2,743명이 일본 내지로 동원되었다."[32] 그동안 동원된 일본인 노무자는 856만 4,105명이었다.[33] 일본인(중국의 각 위안소에는 일본인 여성이 가장 많았다), 한국인, 중국인, 베트남인, 필리핀인, 말레이시아인, 인도네시아인, 네덜란드인이 동원된 일본군 위안소 문제는 남아 있는 문서기록의 미비로 동원과정과 동원규모를 확정할 수 없으나(신고된 피해자는 한국인 239명, 북한인 260명, 대만인 42명, 중국인 11명, 필리핀인 169명, 말레이시아인 8명, 네덜란드인 2명) 기록되고 검증된 위안부 여성들의 증언만으로도 부인할 수 없는 일본 군부의 전쟁범죄였다.

1909년에 이회영의 6형제와 이상룡이 압록강 대안 서간도로 이주하여 신흥학교를 설립하고 군사교육을 시작하였다. 대종교 지도자들은 두만강 대안 북간도 룽징시 밍둥촌의 명동학교를 중심으로 하여 민족교육을 실시하였다. 1910년 6월 21일에 유인석은 러시아 연해주(沿海州: 블라디보스토크, 하바롭스크, 니콜리스크 등의 러시아 극동지역)에서 13도 의군(義軍) 도총재에 취임하였다. 그의 휘하에 있던 홍범도는 약 250명의 의병을 지휘하고 있었다. 미국에서는 1909년 2월에 안창호와 박용만이 결성한 국민회가 《신한민보》를 발간하였다. 박용만은 1909년 네브래스카주에 한인 소년병 학교를 설립하여 폐교될 때까지 6년 동안 백여 명의 졸업생을 배출하였고 1914년 6월에는 하와이에 대조선국민군단을 조직하여 1917년까지 군사훈련을 실시하였다.

1919년 3월 17일에 니콜리스크(현재의 우수리스크)에서 만주와 러시아의 독

---

32 도노무라 마사루, 『조선인 강제연행』, 213쪽.
33 도노무라 마사루, 『조선인 강제연행』, 212쪽.

립운동단체들이 대한국민의회(의장 문창범)를 조직하였다. 상하이의 독립운동
가들은 4월 11일에 망명정부를 구성하기 위한 임시의정원회의를 개최하여
"대한민국은 민주공화제로 함"을 제1조로 하는 10개조의 대한민국 임시헌장
을 채택하고 4월 13일에 국무총리 이승만, 내무총장 안창호, 외무총장 김규
식, 재무총장 최재형, 군무총장 이동휘, 법무총장 이시영, 교통총장 문창범
으로 구성된 임시정부를 수립하였다. 대한국민의회는 4월 29일에 블라디보
스토크에서 상하이임시정부와의 통합을 임시로 결정하였으나 임시정부가
국민회의 의원의 임시의정원 참여를 제한한다는 이유로 문창범은 교통총장
에 취임하지 않고 블라디보스토크로 돌아가 대한국민회의를 다시 세웠다.
1919년 8월에 임시정부의 기관지 《독립신문》(주필 이광수, 출판부장 주요한)이 창
간되었다(《독립신문》은 1925년 11월에 재정난으로 중단되었다). 1919년 11월 3일에 대
통령 이승만, 국무총리 이동휘, 내무총장 이동녕, 재무총장 이시영, 법무총장
신규식으로 내각을 개편하였다. 1920년 1월 22일에 국무총리 이동휘가 소련
에 파견한 한인사회당 간부 한형권이 레닌에게서 받아 온 자금을 임시정부
에 내놓지 않았다. 1920년 6월에 임시정부 직속 군사조직으로 대한광복군총
영이 결성되었다. 1921년부터 임시정부의 국내연락수단인 연통제와 교통국
이 무너지기 시작했다. 1920년의 임시정부 수입구성은 애국금 64.4퍼센트,
인구세 4.3퍼센트, 구미위원회 송금 17.9퍼센트였다.[34] 1923년 4월에 임시의
정원이 이승만 탄핵안을 제출하였고 이승만은 구미위원회의 송금을 중단
했다. 그해 12월에 임시의정원은 박은식을 대통령 대리로 추대하고 1925년
3월 23일에 이승만을 면직했다. 1926년 말에 국무령으로 취임한 김구가 정
부조직법을 개정하여 국무위원 가운데 한 사람을 주석으로 선출하되 주석은
회의주재의 권한만 갖도록 하였다. 주석 이동녕, 내무장 김구, 외무장 오영
선, 군무장 김철, 재무장 김갑으로 내각이 새로 구성되었다. 1929년 1월에 안

---

34 박찬승, 『한국독립운동사』, 역사비평사, 2014, 132쪽.

창호와 이동녕과 김구가 한국독립당을 창당하고 정치, 경제, 교육의 삼균(三均)을 당헌으로 채택하여 상하이파(김구), 베이징파(신채호), 미국파(이승만), 기호파(이동녕), 서북파(안창호), 공산당 상하이파(이동휘), 공산당 이르쿠츠크파(여운형) 등의 분파투쟁을 종식시키려고 하였으나 10월에 한국유일독립당 상하이촉성회가 해체되었다. 의견의 차이를 인정하고 대의를 위해 입장을 조정하고 양보하는 토론과 합의의 절차가 없었기 때문에 임시정부는 반일독립운동을 통일적으로 장악하지 못했다. 독립운동의 분파들을 통합할 수 있는 철학과 사상의 부재로 각 분파들을 지원하는 외부세력의 영향력을 극복할 만한 운동중심을 형성하지 못했던 것이다.

1919년 이후 서간도와 북간도 지역에는 46개의 군사단체가 조직되었다. 1920년 6월 7일에 홍범도의 독립군 연합부대가 봉오동에서 일본군 157명을 사살했다. 1920년 10월 21일에 김좌진의 북로군정서가 백운평에서 일본군 2백 명을 사살했고 홍범도의 연합부대가 완루구에서 일본군 4백 명을 사살했다. 22일에는 김좌진의 북로군정서가 갑산촌에서 일본군 1개 중대를 몰살했고 김좌진과 홍범도의 연합부대(2천 명)가 어랑촌에서 일본군 3백여 명을 살해했다. 독립군 부대들은 러시아에서 철수하는 체코군으로부터 구입한 총기로 무장하고 백두산 부근의 지리적 조건을 이용하여 유리한 지점에서 일본군을 공격할 수 있었다. 독립군이 크게 승리한 이 전투를 임시정부에서는 청산리대첩이라고 불렀다. 일본군은 1920년 10월과 11월 두 달 동안 북간도 8개 현을 습격하여 한국인 3,600명을 죽이고 3,200여 채의 가옥, 41채의 학교와 16채의 교회를 불태웠다. 일본군의 토벌을 피하여 4천 명의 독립군 부대가 러시아의 스보보드니에 집결했다. 소련 적군에 속한 자유대대와 다른 독립군 부대들이 독립군 부대의 통합방법과 군통수권을 놓고 대립하였고 1921년 6월 28일에 러시아 혁명군이 일부 독립군 주둔지를 공격했다. 수십 명이 사망하고 수백 명이 포로가 되었다. 독립군 부대들은 북만주로 귀환했다. 1921년 5월에 상하이와 이르쿠츠크에서 따로 창립대회를 치른 두 고려

공산당의 대립도 이 사건에 영향을 주었다. 공산당 상하이파는 임시정부에 참여하였고 공산당 이르쿠츠크파는 임시정부에 반대하였다. 서간도의 참의부와 북간도의 신민부, 북만주의 한국독립군과 남만주의 조선혁명군이 무장투쟁을 계속하였으나 1931년 9월 18일의 만주사변 이후로 활동이 크게 제약되었다. 1919년 11월 10일에 만주의 지린에서 김원봉이 조직한 의열단은 암살과 파괴에 주력하였으나 1927년에 군사활동노선으로 전환하여 핵심단원들을 광저우 황푸다오(黃埔島)의 황포군관학교에 입학시켰다.

국내에서는 1927년 2월에 송진우, 이광수, 최린 등의 자치론에 반대하는 민족주의자와 사회주의자가 기회주의(자치론)를 부인하고 정치적, 경제적 각성을 촉구하는 민족단일당으로 신간회("마른 나무에서 새 가지가 나온다(新幹出枯枝)"라는 의미)를 조직했다. 1928년에 전국의 신간회 회원은 4만 명에 달했으나 사회주의자들의 이탈로 1931년 5월에 해소되었다(찬성 43, 반대 3, 기권 30). 1925년 1월에 모스크바 코민테른에서는 러시아의 한국인 공산주의자들을 러시아 각 현의 고려부에 소속시켰다. 1925년에 코민테른 고려국(코르뷰로)의 국내부로 조선공산당이 조직되었다. 총독부는 1925년 5월부터 "사유재산제도를 부인할 목적으로 결사를 조직하거나 그 사정을 알고 이에 가입하는 자는 10년 이하의 징역 또는 금고에 처한다"라는 일본의 치안유지법을 한국에서도 시행하기 시작했다. 조선공산당은 계속되는 검거로 1928년 12월에 해체되었고 이후 여러 차례 모색된 당의 재건 시도는 모두 좌절되었다. 1928년 11월에 코민테른에서는 일국일당원칙을 확정하였다. 이로써 조선공산당은 일본공산당에 소속되어야 하게 되었고 만주의 한국인 공산주의자들은 중국공산당에 소속되어야 하게 되었다. 학생층도 반일운동을 주도하여 1926년 4월 25일의 순종 서거를 계기로 일어난 6·10 만세운동과 1929년 11월 3일의 광주학생운동을 주도했으나 학생운동은 1937년 중일전쟁 이후에 농민운동, 노동운동과 함께 전체적으로 소멸하였다.

1931년 말에 상하이임시정부의 내무총장 김구가 한인애국단을 조직했다. 한인애국단 단원 이봉창이 1932년 1월 8일에 천황의 마차에 수류탄을 던졌고 한인애국단 단원 윤봉길이 1932년 4월 29일 11시 50분에 상하이에서 열린 천황 생일 기념식에 폭탄을 던져 육군대장 시라카와 요시노리(白川義則)와 일본인 거류민 단장 가와바타 데이지(河端貞次)를 죽이고 다수의 일본인 부상자를 냈다. 임시정부는 근거지를 항저우(1932), 전장(鎭江, 1935), 난징(1936)으로 옮기면서 독립운동단체들의 통합을 모색하였다. "1935년 7월 대일전선 통일동맹 참가단체인 한국독립당, 의열단, 조선혁명당, 신한독립당, 대한독립당과 미주 지역 4개 단체 등 9개 정당·단체가 조선민족혁명당을 결성하고 기존의 정당·단체를 해산하기로 결의했다. 민족혁명당은 사실상 반임정 비김구 세력의 결집이라는 성격을 띠고 있었으며 국민당 정부 군사위원회의 후원 아래 관내 지역 최대의 정당이 되었다."[35] 김구는 1936년 11월에 민족혁명당에 반대하는 세력을 모아 한국국민당을 창당하였다. 임시정부는 좌우연합에 찬성하는 민족혁명당과 통일전선에 반대하고 각개활동을 주장하는 한국국민당의 양당체제가 되었다. 중국공산당은 1935년 8월 1일에 항일민족통일전선의 결성을 제안하고 1936년 1월에 중국공산당 만주성 위원회 산하에 동북항일연군(東北抗日聯軍)을 편성하였다. 동북항일연군은 3로군 11군(1로군: 1, 2군, 2로군: 4, 5, 7, 8, 10군, 3로군: 3, 6, 9, 11군)으로 구성되었는데 제2군(4, 5, 6사)의 4사와 6사는 백두산에 유격구를 건설했다. 제6사장 김일성은 1937년 6월 4일에 80명의 한국인 병력으로 함경남도 갑산군 보천보의 주재소를 습격하였다. 1938년에 3만 명이었던 동북항일연군은 1940년에 1,400명 정도로 감소되었다. 1940년 겨울에 동북항일연군은 러시아 극동지역으로 이동하였다. 1937년에 스탈린은 러시아 극동지역에 거주하던 한국인 17만 명을 중앙아시아로 이주시켰다. 소련은 항일연군의 주둔지를 하바롭스크 인근에 마련해 주고 소련군 교관의 지도하에 정규

---

35   박찬승, 『한국독립운동사』, 289쪽.

군 훈련을 받게 하였다. 소련과 일본이 1941년 4월에 체결한 불가침조약 때문에 항일연군은 만주에 들어갈 수 없었다. 1941년 6월에 일어난 독소전쟁 이후 소련은 항일연군을 88중조여단으로 편성하였다가 소련군 계급을 부여하고 소련군의 88독립보병여단으로 재편하였다. 총인원은 1,354명이었고 그 가운데 한국인 병사는 103명이었는데 그들은 1945년 8월 15일에 소련군을 따라 원산으로 들어와 북한 건설의 주역이 되었다.

1938년 5월에 정당연합회의에 참석한 김구가 창사(장사)의 조선혁명당 본부에서 조선혁명당 당원 이운한이 난사한 총기에 부상을 입었다. 이 사건을 계기로 김구의 한국국민당이 반대파를 배제하고 임시정부의 주도권을 장악하게 되었다. 1944년에 김구의 임시정부는 임시헌장을 제정하여 주석, 부주석, 국무위원의 자격을 광복운동 10년 이상 경력자로 제한하고 "광복운동자는 조국광복을 유일한 직업으로 삼고 간단없이 노력하거나 또는 간접적으로 광복 사업에 정력 혹은 물력의 실천 공헌이 있는 자로 함"[36]이라고 규정하였다. 1938년 10월 10일에 김원봉이 충칭(중경)에서 조선의용대를 창설했다. 대원 97명의 조선의용대는 중국 국민당 장제스 휘하 중국군 지휘자의 통제를 받았다. 1940년 9월에 임시정부가 30명으로 구성된 한국광복군을 창설했다. 중국 국민당의 군사위원회는 1942년 5월에 조선의용대를 한국광복군에 통합하기로 결정하고 김원봉을 광복군 부사령에 임명하였다. 1945년 4월에 한국광복군의 병력은 564명으로 늘어났다. 1939년에 최창익 등 30명이 옌안 항일군정대학에 입학하여 1940년에 졸업하고 화베이 지방의 팔로군 지역으로 이동하였다. 1941년 6월에 조선의용대 대원 80명이 충칭(장제스 지역)에서 옌안(마오쩌둥 지역)으로 이동하였다. 김원봉은 1941년 12월 10일에 김구반대 노선을 철회하고 임시정부에 참여하였다. 김두봉, 무정, 최창익, 허정숙, 장지락(김산) 등은 마오쩌둥이 한국의 독립을 끝까지 지원할 것이라고 판단하

---

36 박찬승, 『한국독립운동사』, 366쪽.

고 옌안으로 들어가 중국공산당에 참여하였다. 김태준과 김사량도 망명하여 합류하였다. 1944년 3월에 화베이 지방에는 조선의용대 대원을 포함하여 한국인 5백여 명이 반일운동에 참여하고 있었다. 1945년 9월 15일에 북한으로 들어간 이들은 소련군에게 무장해제를 당했다.

미국전략첩보국(OSS)은 1945년 봄에 이범석이 지휘하는 한국인 국내침투군을 편제했다. 1945년 7월 말에 45명이 훈련을 마쳤고 8월 4일에 38명이 수료하였으나 국내침투작전을 시행하기 전에 일본이 항복하였다. 각 도별 침투반장은 다음과 같다.[37] 평안도 강정선, 황해도 송면수, 경기도 장준하, 충청도 정일명, 전라도 박훈, 함경도 김용주, 강원도 김준엽, 경상도 허영일.

나라 잃은 시대에 나라를 찾으려는 투쟁은 국제적이고 보편적인 행동이었다. 침략이 불의라는 사실을 인정한다면 침략에 반대하는 행동이 세계에 두루 통하는 보편적 가치를 가지고 있다는 사실을 부인할 수 없을 것이다. 그러나 실국시대의 반일독립운동은 종교적인 신념이 없이는 실천할 수 없는 지난한 일이었다. 심산 김창숙은 대구 경찰서에서 고문을 받아 다리가 부러졌다. 혹독하게 고문을 받으면서 "너희들이 고문으로 사정을 알고자 하느냐? 나는 죽는 한이 있더라도 허튼소리를 하지 않을 것이다"라고 하고 종이와 붓을 달라 하여 시 한 수를 지었다.

> 광복을 도모한 지 십 년 동안
> 목숨과 집안은 도시 상관 않았네
> 떳떳한 평생이 청천백일 같은데
> 어쩌자고 고문은 이다지 극심한고
> 籌謀光復十年間
> 性命身家摠不關

---

37   石源華,『韓國反日獨立運動史論』, 北京: 中國社會科學出版社, 1998, 155쪽.

磊落平生如白日

何須刑訊苦多端[38]

　　일인 고등과장 나루토미 분고(成富文五)가 "내가 비록 일본인이지만 선생의 대의에 절하지 않을 수 없습니다" 하고 이후로 고문을 완화하였다. 일인 검사가 최남선의 글 「일선동조동근론(日鮮同祖同根論)」을 보여 주자 또 시를 지었다.

옛날 독립을 선언하던 날

의로운 소리가 여섯 대륙에 벼락 치듯 울렸는데

굶주린 개가 되어 도리어 역적 민원식을 위하여 짖어 대니

어찌 양 씨네 집 비수, 잡을 사람 없겠느냐

在昔宣言獨立辰

義聲雷同六洲隣

餓狗還爲元植吠

梁家匕首豈無人[39]

　　도쿄 데코쿠(帝國)호텔에서 친일파 민원식이 양근환(梁槿煥) 지사의 칼에 찔려 죽었다. 양 씨네 집에 비수가 한 자루만이 아니고 역적을 토벌하려는 사람 또한 한두 사람이 아닌 것을 지적한 시이다. 종교적인 신념에 따라 행동했기 때문에 독립운동가들 사이에는 의견의 조정과 양보가 불가능했다. 그들은 의견의 차이를 용인하고 합의를 도출하기 위하여 노력하기보다는 자기와 다르게 생각하는 상대방을 비판하고 배척하였기 때문에 한국의 반일독립운동은 분산성과 분열성을 면할 수 없었다. 임시정부의 분열상을 보여 주는

38　김창숙, 『심산유고』, 국사편찬위원회, 1973, 349쪽.

39　김창숙, 『심산유고』, 355쪽.

대표적인 사례가 김구와 여운형의 대립이다.

1926년 8월에 웨이하이(威海)에서 상하이로 와서 석오(이동녕), 백범(김구) 등 제 공과 함께 지내면서 군소당파를 타파하고 일대 단체를 결성하는 문제를 의논 하였는데 각계인사가 동성으로 서로 호응하여 대동통일의 희망이 보였다. 임 시의정원을 개조하여 석오가 의장으로 추대되고 옹(심산)이 부의장으로 추대되 었다. 의정원에서 여러 번 회의를 열어 해내(海內)연락의 새 방안을 비밀리에 작 성하였다. 어느 날 상하이에서 발행하는 일본인 신문을 보았더니 의정원에서 비밀리에 진행하는 사안을 자세하게 게재해 놓았다. 의원들이 "이것은 의정원 안에 일본 밀정이 있음에 틀림없다"라고 서로 의심하였다. 비밀회의를 소집하 고 석오와 백범과 옹이 서로 돌아보면서 여운형을 불러 물어보는 것이 좋겠다 고 하였다. 여운형이 일본 정부에서 특파한 밀정인 공산당원 아오키(靑木)와 상 종하고 있었기 때문이었다.

김구: 그대가 아오키와 어울린다는데 사실인가?

여운형: 그렇다.

김구: 그대는 아오키가 일본 정부의 밀정임을 아는가?

여운형: 알고 있다.

김구: 알면서 그를 만나는 것은 무슨 까닭인가?

여운형: 그에게 정보를 얻으려고 만난 것이다.

김구: 나는 그대가 도리어 매수되리라고 확신한다.

백범이 여운형의 경솔한 태도를 지적하고 다시는 만나지 말라고 경고하였 다. 그 후에 여운형이 그를 다시 만난다는 말이 들렸다. 의정원에서 한 의원이 "그대가 일본 밀정을 따라다니니 그대도 일본 밀정이 아닌가?"라고 힐난하자 여운형이 사죄하며 "앞으로는 결코 맹세를 어기지 않겠습니다今後不背誓也"라고 하였다. 의정원에서 특별회의를 열어 여운형을 엄중히 심문하니 여운형이 부인하지 못하고 "내가 누설했습니다. 이것을 미끼로 아오키를 매수하여 일본 정부의 내부 사정을 알려고 한 것입니다"라고 자백하였다. 어떤 사람은 욕하고 어떤 사람은 구타하려고 하며 회의장이 소란해지자 여운형은 급히 달아났다. 상하이의 한국인 사이에 여운형이 일본 밀정이라는 소문이 퍼졌고 청년 수십 인이 권총을 가지고 여운형의 종적을 염탐하였다. 석오가 "여운형의 죄는 용서하기 어려우나 그를 일본 밀정으로 지목하여 죽이는 것은 지나친 듯하다"라고 하였고 옹도 "여운형은 수단 방법을 가리지 않는, 황잡한 호사자라 나는 맹세코 앞으로 그와 함께 일하지 않을 것이다. 다만 일본 밀정이라 하여 죽인다면 죽으면서 그가 원통해할 것이다"라고 하였다. 백범도 "죄는 용서하기 어려우나 죽이는 것은 불가하다. 다만 저 청년들의 행동을 누가 막겠는가?" 하니 석오가 백범에게 "그대가 아니면 누가 중지시키겠는가"라고 하였다. 백범이 청년들을 불러 망동하지 말 것을 엄하게 깨우쳤다. 이 무렵에 통일독립당의 조직규약이 통과되어 보증인 세 사람의 추천을 받아 자격을 엄격하게 심사한 후에 가입을 허가하도록 하였다. 어떤 사람이 여운형을 당원으로 추천하기에 옹이 "나는 일찍이 여운형이 일본 밀정이 아님을 보증하였다. 그러나 이 사람과 같이 일하고 싶지는 않으니 여운형이 들어오면 나는 탈퇴하겠다"라고 하였다. 여운형을 추천한 사람이 다시 말하지 않았다.[40]

독립운동가들은 남의 입을 막고 자기만 말하는 단성의 정치에는 익숙했으나 모두 말하게 하고 나중에 갈피 짓는 다성의 정치에는 익숙하지 않았다. 김구 역시 민주 정치를 경험한 적이 전혀 없었기 때문에 대중을 이끄는 것이 정치라고 생각했지 대중을 따라가는 것이 정치라고 생각하지는 않았다.

40　김창숙, 『심산유고』, 347-348쪽.

해방 후 임정이 귀국하여 덕수궁에 들어가게 해 달라는 부탁이 있었다. 내가 미군정의 하지 중장에게 말할 수는 있었다. 그러나 나는 김구 선생에게 먼저 말했다. "임정 주석 김구 선생은 한국의 민중과 이렇다 할 접촉이 없다. 임정이 왕처럼 대궐에 들어가면 민중과 더 멀어져서 일이 안 된다." 김구도 내 말을 수긍해 덕수궁 대신 광산업자 최창학의 집 경교장으로 들어갔다.[41]

내가 김구와 멀어진 계기는 백남훈 자서전에 나온다. 백 선생이 김구에게 권했다. "당신이 믿을 수 있는 사람 중 최태영이 국내 사정에 제일 밝다. 그 사람은 벼슬하겠다는 야심도 없으니 옆에 두고 그의 말을 듣도록 하라." 그런데 측근에서 "주변에 예전 친분을 빌미로 황해도 사람이 자꾸 모여든다는 소문이 나면 김구는 망한다"라고 수군거렸고 옛 인맥을 대하는 김구의 눈치가 이상해져서 이후로 덜 다니게 되었다. 그러나 이시영 등 다른 독립운동가들은 여전히 나를 반겼다. 김구 선생이 내게 "할 말이 있으면 쪽지에 써서 보료 밑에 두고 가라"라고 하기에 "난 그렇게는 못 하겠소. 내가 무슨 역적모의를 합니까. 말을 못 하고 쪽지로 전하게" 하였다. 동포에게 죽을 일은 하지 않았다던 김구 선생의 정신은 옳았지만 당신을 암살하러 온 사람과 단둘이 앉다니 세밀한 이가 옆에 있었으면 절대로 그런 일이 일어나지 않았을 것이다.[42]

최태영은 "『백범일지』에는 일일이 확인해 보지 않고 써서 오류가 상당히 있다"[43]라고 하고 진남포에 산 일이 없는데 진남포에 살았다고 한 것을 하나의 예로 들었는데 려증동은 김구가 자서전에 '일지(逸志: 빼어난 뜻)'라는 자기 자랑 투의 제목을 붙였을 리가 없다는 것과 독립운동가들이 절대로 쓰지 않

41 최태영, 『인간 단군을 찾아서』, 학고재, 2000, 132쪽.
42 최태영, 『인간 단군을 찾아서』, 136쪽.
43 최태영, 『인간 단군을 찾아서』, 131쪽.

았던 을사보호조약이라는 말이 사용된 것으로 미루어 『백범일지』를 윤문하고 「머리글」과 「나의 소원」을 첨가한 사람이 이광수라고 추정하였다. "김신이 1994년 6월에 『친필을 원색 영인한 김구 자서전 백범일지』라는 사진 책을 출판했다. 집문당에서 발행했다. 원고지에 적혀진 것을 사진에 담은 것이다. 김구가 중국에서 자서전을 원고지에 적어 둘 리가 없다. 그것도 글씨체가 곳곳에 다르게 되어서 마구잡이로 쓴 것이었다. 철필로 적혔는데 「머리글」이 없고 「나의 소원」이 없다."[44] 려증동은 실국시대의 독립운동사연구에 판본문제를 확인하지 않고 문헌자료를 자의적으로 선택하는 결함이 적지 않게 남아 있다고 비판하였다.

1.   현대시의 형성

1) 외형률에서 내재율로

김억(1896-?)은 1918년 9월에 창간되어 1919년 2월까지 21주 동안 16호를 발행하여 거의 주간지라고 할 정도였던 《태서문예신보》에 창작시와 번역시를 발표하였다. 김억은 베를렌(10편), 사맹(8편), 보들레르(7편), 예이츠(6편), 기타 시인들(33편)의 시를 모아서 1921년에 광익서관에서 번역시집 『오뇌의 무도』를 간행하였고 타고르의 시를 번역하여 세 권의 번역시집 『기탄잘리』(1923), 『신월』(1924), 『원정』(1924)을 간행하였다. 김억의 번역시들은 독자들에

---

44 려증동, 『배달겨레 문화사』, 삼영사, 2004, 335쪽.

게 정형의 율격을 벗어나되 운율을 중요하게 다루며 사실을 서술하는 대신에 분위기를 묘사하는 현대 자유시의 실례를 보여 주었다. 김억은 『원정』의 책 머리에 영어시집의 제목인 'The Gardner'가 아니라 'La Gardenisto'라는 에스 페란토어를 적어 놓았다. 한용운의 시 「타골의 시 Gardenisto를 읽고」는 김억의 번역시집이 한용운의 시 교과서였다는 증거가 된다. 김억은 창작시에서 도 부드러운 유성자음을 많이 사용하며 시의 운율감을 살리는 데 노력하였 다. 그러나 그는 1925년부터 유럽시가 아니라 한국 민요에서 현대시의 범례 를 찾아야 한다고 주장하고 그가 격조시(格調詩)라고 부른 현대적 정형시를 창 작하였다. 1925년 이전에는 시의 의미를 중요하게 다루었고 1925년 이후에 는 시의 음악을 중요하게 다루었다. 「때」는 제 마음대로 흘러가는 시간에 몸 을 맡기고 허무에 도달할 때까지 닥쳐오는 세상의 애환을 견디는 것 이외에 아무것도 할 수 없는 존재가 인간이라는 의미를 행을 나누어 전달한 시이다.

> 때의 흐름으로 하여금
> 흐르는 그대를 흐르게 하여라
> 격동시키지도 말며
> 또한 항거하지도 말고
> 그저 느리게 제 맘에 맡겨
> 사람의 일이 가는 대로
> 설움의 골짜기로 스며들어
> 기쁨의 산기슭을 에돌아
> 널따란 허무의 바다 속으로
> 소리도 없이 고요히 흐르게 하여라[45]

---

45 최남선·김억·주요한 외, 『최남선·김억 외』, 김윤식 편, 한국현대시문학대계 1, 지식산업
    사, 1984, 167쪽.

「눈」은 인생의 허무라는 주제를 표현하고 있지만 1행 5음절, 1연 4행, 3연 정형시로서 당시의 절구형식을 따르고 있는 시이다.

　　황포 바다에
　　내리는 눈은
　　내려도 연해
　　녹고 맙니다

　　내리는 족족
　　헛되이 지는
　　황포의 눈은
　　가엾습니다

　　보람도 없는
　　설운 몸일래
　　일부러 내려
　　녹노랍니다[46]

1,128행의 장편시 『지새는 밤』(《동아일보》 1930. 12. 9-12. 27. 개제 『먼동이 틀 제』 백민문화사, 1947)은 7·5조 4행 연 각 행말에 각운을 사용한 격조시의 대표적인 성과이다. 서해 연안, 사포라는 마을에서 자란 소년과 소녀가 서로 사랑했으나 소년은 지주의 횡포로 가족과 함께 만주로 떠났다가 부모를 잃고 돌아와서 광산노동자가 되었고 소녀 역시 아버지와 오빠를 잃고 마을을 떠나 결혼에 실패하고 술집 여자가 되었다. 두 사람이 다시 만나는 것으로 끝나는 이

46　최남선·김억·주요한 외, 『최남선·김억 외』, 176쪽.

시는 현대적 내용을 정형시의 형식으로 표현하였다.

주요한(1900-1979)은 《창조》 창간호(1919. 2)에 「불놀이」, 「새벽꿈」, 「하얀 안개」, 「선물」을 발표하였다. 1924년에 66편의 시를 모아 발간한 창작시집 『아름다운 새벽』(조선문단사)에는 유려한 리듬과 섬세한 정감의 시(「빗소리」, 「봄달잡이」)와 급격한 리듬과 힘찬 의지의 시(「채석장」, 「해의 시절」)가 섞여 있다. 「불놀이」는 감정을 투사하는 형용사들을 동원하여 개인적인 정서를 표현한 산문시이다. 이 시의 배경은 평양의 대동강이다. 죽은 애인을 생각하는 시인의 마음은 살아 있지만 죽은 것과 같다. 부처님 오신 날을 축하하는 불꽃놀이를 보면서 시인은 그 불로 그의 마음과 그의 슬픔을 태워 버렸으면 좋겠다고 생각하고 차라리 대동강 물속에 뛰어들어 죽고 싶다고 생각한다. 이 시에는 슬퍼하는 자기와 그 자기를 바라보는 또 하나의 자기가 등장한다. 강물은 쓸쓸하게 배 밑창에 누워서 눈물 흘리는 그의 감정을 어두운 죽음의 세계로 끌고 가려고 한다.

> 아아 강물이 웃는다, 웃는다, 괴상한 웃음이다, 차디찬 강물이 껌껌한 하늘을 보고 웃는 웃음이다. 아아 배가 올라온다. 배가 오른다, 바람이 불 적마다 슬프게 슬프게 삐걱거리는 배가 오른다.[47]

그러나 슬퍼하는 자기를 바라보는 또 하나의 자기는 슬픔에 지배당할 수밖에 없다는 숙명적인 감정에 의문을 제기한다. 이 시는 물을 보면서 죽음을 생각하는 자기와 불을 보면서 다른 방향의 가능성을 생각하는 자기와의 대화이다. "그림자 없이는 밝음도 있을 수 없는 것을―오오 다만 네 확실한 오늘을 놓치지 말라. 오오 사르라, 사르라! 오늘 밤! 너의 발간 횃불을, 발간 입술을, 눈동자를, 또한 너의 발간 눈물을." 주요한은 이후로 불의 인도를 받는

47　최남선·김억·주요한 외, 『최남선·김억 외』, 101-102쪽.

희망의 시를 지었다.

> 위대한 계절이여, 나를 위하여 차리는 화려한 잔치에,
> 오직 하나인 내 불꽃의 말을 새기리라.
> 나는 네 푸르른 바람에 쉬는 것보다
> 네 달콤한 피곤을 맛보는 것보다
> 다만 네 가슴에 더욱 뜨거운 침묵의 길을 불로 새기리라.[48]　　（「해의 시절」 부분）

> 어떤 이는 봄과 달을 사랑하고
> 처량한 가을을 노래로 읊지마는
> 조선의 자연이여, 오직 나는
> 너의 위대한 여름을 껴안으련다.[49]　　　　　　　（「조선」）

　정감의 시들도 희망에 대하여 말한다는 점에서는 이러한 의지의 시들과 동일한 시각을 드러내고 있다. 「빗소리」에서 비는 병아리, 손님, 기쁜 소식에 비유되고 있다.

> 비가 옵니다
> 밤은 고요히 깃을 벌리고
> 비는 뜰 위에 속삭입니다
> 몰래 지껄이는 병아리같이.[50]

48　최남선·김억·주요한 외, 『최남선·김억 외』, 106쪽.
49　최남선·김억·주요한 외, 『최남선·김억 외』, 131쪽.
50　최남선·김억·주요한 외, 『최남선·김억 외』, 120쪽.

밤은 병아리를 품는 암탉이 되고 한국인은 손님을 맞는 주인이 되고 나는 기쁜 소식을 남모르게 듣고 한국의 민중에게 알리는 진리의 전달자가 된다. 비는 밤에 남몰래 기쁜 소식을 전하는 손님이다. 나라 잃은 시대에 은밀하게 전해지는 소식이란 광복 이외에 다른 것이 될 수 없을 것이다.

김억과 주요한이 시작한 한국의 현대시는 1920년대 중반에 시조와 대비되는 형식을 갖추게 되었다. 시조가 개념의 압박을 피하기 위하여 취하는 방법이 드러난 음악임은 누구나 알고 있는 사실이다. 그러나 4음보의 율격에 의존하는 글이 모두 시조가 되는 것은 아니다. 이병기(1891-1968)의 시조는 직관의 섬세한 움직임을 드러내기 위하여 4음보의 율격 이외에 대상의 세부 묘사를 사용하고 있다. 이병기가 문제 삼는 것은 언제나 사물의 윤곽이 아니라 사물의 결이다. 시인이 주관을 앞으로 내세우면 이러한 사물의 결은 파손된다. 시인의 주관은 사물과 함께 은밀하게 간접적으로 엿보인다. 다시 말해서 주관은 직접 나타나지 않고 멀리 둘러서 나타난다. 주관은 풍경 속에 용해되어 하나의 사물로서 나타나는 것이다.

청(靑)기와 두어 장을 법당(法堂)에 이어 두고
앞뒤 비인 뜰엔 새도 날아 아니 오고
홈으로 나리는 물이 저나 저를 울린다.

헝기고 또 헝기어 알알이 닦인 모래
고운 옥(玉)과 같이 갈리고 갈린 바위
그려도 더러일까 봐 물이 씻어 흐른다.

폭포(瀑布) 소리 듣다 귀를 막아도 보다
돌을 베개 삼아 모래에 누워도 보고
한 손에 해를 가리고 푸른 허공(虛空) 바라본다.

바위 바위 위로 바위를 업고 안고

또는 넓다 좁다 이리저리 도는 골을

시름도 피로(疲勞)도 모르고 물을 밟아 오른다.[51]   (「계곡」 부분)

이병기는 사물의 특수한 양상을 미세한 주관으로 포착하면서 동시에 자기의 주관을 객관적 상태로 변하게 한다. 물이 홈에 떨어지는 소리는 시인의 외부에서 일어나는 현상이 아니다. 주관의 미세한 침투가 물을 주체로 변형한다. "물이 저나 저를 울린다"라는 아홉 음절 안에 'ㄹ' 소리가 다섯 번, 'ㄴ' 소리가 두 번 되풀이되어, 소리 자체가 스스로 소리를 울리고 있다. 조용한 공간을 가득 채우는 나지막한 반향을 그려 내는 절묘한 묘사이다. 물가의 모래가 빛나고 바위가 매끄러운 것도 저절로 그렇게 된 것이 아니다. 이병기의 주관은 우연에까지 낮아지지도 않고 필연으로까지 높여지지도 않는다. 그의 시조 안에서 사물들은 우연의 산물이 아니지만 그렇다고 하느님의 조화로운 질서 안에 있는 것도 아니다. 자연은 죽은 사물이 아니면서 동시에 신비로운 존재도 아니다. 이병기는 20세기에 가능한 이치의 세계를 최대한도로 표현하고 있다고 하겠으나 그에게도 전체성의 소멸은 이미 어쩔 수 없는 운명이 되어 있는 것이다. 그렇더라도 우리는 이병기의 시조에서 20세기에 현존하는 16세기의 무게를 느낀다. 물은 모래를 조심스레 헹구고, 바위를 갈아 내며, 늘 더러워질까 염려한다. 살아 있는 물은 노래하고 청소하는 정갈한 여자이며, 바위들을 업고 안고 있는 자애로운 여자이다. 다시 말하면 물은 여자의 정결함과 자애로움이 성육화한 존재, 자연의 어머니이다. 넷째 연의 '넓다 좁다'는 '넓어졌다 좁아졌다'라는 의미인지 '넓으면 넓은 대로 좁으면 좁은 대로'라는 의미인지 분명하지 않다. 어떤 의미라 하더라도 결국 골짜기 자체가 주체적인 사물로서 행동하는 것은 마찬가지이다. 이와 같이 사물이 주

51   이병기, 『가람 이병기 전집』 1, 전북대학교출판문화원, 2017, 77쪽.

체로 변형되는 현상과는 반대로 시인의 주관은 객관적 사물로 존재한다. 셋째 연에는 '막는다', '눕는다', '가린다', '바라본다'라는 네 개의 동사가 들어 있지만, 이 시조에서 그것들은 인간을 사물로부터 변별하는 자질이 될 수 없다. 손으로 해를 가리는 시인은 스스로 울리는 물과 동격으로 작용하고 있을 뿐이다. 이러한 주객융화 현상, 주객교체 현상은 이병기 시조의 공통된 특색이다.

이은상(1903-1982)의 시조는 명령문과 감탄문을 결합한 경구에 의존하고 있다. 주관과 사물이 분리되어 있고 묘사도 거의 나타나지 않는다. 그러므로 대부분의 시조가 명백한 개념과 드러난 판단을 다만 4음보의 율격에 적합하도록 수정한 데 지나지 않는다. 그는 사물을 직관적으로 파악하지 않고 논리적으로 인식하려 한다. 의식의 영역에서 제외된 생명의 숨겨진 활동을 인정하지 않는 것이다.

열두 물 한 줄기로 떨어지니 일장폭(一長瀑)을
일장폭 열두 단(段)에 꺾였으니 십이폭(十二瀑)을
하나라 열둘이라 함이 다 옳은가 하노라.

열둘로 보자니 소리가 하나이요
하나로 보자 하니 경개(景槪) 아니 열둘인가
십이폭 묻는 이 있으면 듣고 보라 하리라.[52]   (「십이폭」)

이 시조에서 폭포는 어디까지나 폭포 그대로이다. 사물과 주관은 분리되어 있다. 사물이 문제 되는 것이 아니라, 사물을 이모저모로 살펴보고 생각하는 주관이 전경(前景)에 나와 있다. 살아 있는 것은 시인의 시선밖에 없다.

---

52 이은상, 『노산시조집』, 한성도서주식회사, 1932, 170쪽.

주객분리가 시적 인식에 허용될 수 없다는 것은 결코 아니다. 시적 인식을 방해하는 요인은 분리가 아니라 상식이다.

1. 열두 물이 한 줄기로 떨어진다.
2. 열두 물의 소리가 하나이다.
3. 한 긴 폭포가 열두 마디로 꺾여 있다.
4. 경개가 열둘이다.

이 네 문장은 위 시조의 의미를 구성하는 중심 요소가 되지 못한다. 네 문장의 섬세한 연결과 변형만으로 구성되었다면 이 시조는 더 섬세한 직관에 연결될 수 있었을 것이다. 그러나 이 시조가 보여 주는 의미의 중심은 '하노라'와 '하리라'에 놓여 있다. 개념과 판단, 명령과 권유가 직관의 움직임을 방해하고 차단한다. 물과 소리는 이미지로서 울려 퍼지지 못하고 사물의 표면을 지시하는 데 그친다. 물과 소리의 복판을 뚫고 들어가 그것들의 본성을 '힘'으로 변모시키는 직관이 결여되어 있는 것이다. 사물과 주관이 분리된 채로나마 공존하고 있을 때에는 그래도 시적 인식의 외모나마 유지하게 된다. 이은상의 시조가 정작 파탄에 이르는 것은 사물이 소멸하고 주관적 판단만이 전경에 나오는 경우이다.

> 탈 대로 다 타시오 타다 말진 부대 마소
> 타고 다시 타서 재 될 법은 하거니와
> 타다가 남은 동강은 쓰올 곳이 없느니다.
>
> 반(半) 타고 꺼질진대 애제 타지 말으시오
> 차라리 아니 타고 생남으로 있으시오
> 탈진대 재 그것조차 마자 탐이 옳으니다.[53]

(「사랑」)

하나의 경구를 말 재치로 수정하고 있으나, 참다운 의미에서의 말 재치
(pun)는 소리의 반복이 의미의 변화를 수반할 때에만 성립된다. '탄다'는 낱
말을 아무리 반복해 봐도 정념의 광염은 직관의 내부로 스며들지 못한다. 언
뜻 보아 분명하게 보이는 이 시조의 판단은 대단히 추상적이고 막연한 의미
밖에 전달하지 못하고 있다. 이러한 진술을 실감 있게 전달하려면 누구를 어
떻게 사랑하고 있다는 행동의 과정이 묘사되어 있어야 한다. 사랑과 진실의
추구가 직관에 스며들어 감동을 일으키는 것은 사랑하는 사람의 고통스러운
경험이 제시되었을 때뿐이다. 선언이 아니라 반성이, 결의가 아니라 비판이
불타는 사랑을 시적 인식으로 변모시키는 것이다.

많은 사람이 인정하고 있듯이 시조 율격의 특징은 독특한 종지법에 있다.
김진우는 시조의 율격을 다음과 같이 간결하게 요약하였는데,[54] 이것은 일반
독자들에게 여러 차례 낭독하도록 하여 얻은 자료에서 도출한 결론이므로
대체로 믿을 만하다고 생각한다. 김진우는 음보 수만 세던 종래의 연구보다
한 걸음 더 나아가 음보의 성질을 해명하려고 시도하였다. 시조의 한 행은
두 개의 반행으로 나누어지고 하나의 반행은 다시 두 음보로 나누어진다. 첫
째 행과 둘째 행에서는 강한 반행이 먼저 오고 약한 반행이 뒤에 오며, 반행
의 내부에서는 약한 음보가 앞에 오고 강한 음보가 뒤에 온다.[55] 반행에 ±1의
수치를 매기고, 또 음보에 ±2의 수치를 매기면 율격의 이탈이 허용되는 정
도를 알 수 있다. 음수의 수치로 표시된 음보에 율격의 이탈이 허용되는 것
이다.

그런데 셋째 행에서는 이러한 율격구조가 완전히 역전된다. 약한 반행이
먼저 오고 강한 반행이 뒤에 오며, 반행의 내부에서는 강한 음보가 앞에 오

---

53 이은상, 『노산시조집』, 97쪽.
54 김진우, 「시조의 운율 구조의 새 고찰」, 《한글》 173·174 합병호, 한글학회, 1981, 320쪽.
55 "삭풍은 나무 끝에 불고 명월은 눈 속에 찬데"와 같은 대조형식에서는 반행의 내부에서 강한
    박자가 약한 박자의 앞에 온다. 김진우, 「시조의 운율 구조의 새 고찰」, 318쪽.

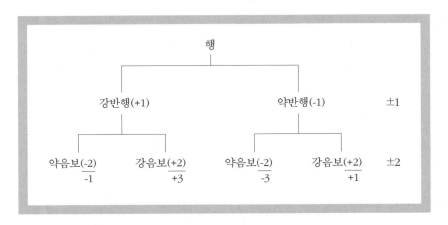

〈표 8〉 시조의 첫째 행과 둘째 행

고 약한 음보가 뒤에 온다. 그뿐 아니라 행 전체의 음보 수가 4음보에서 5음보로 확장된다. 물론 이러한 음보의 확장은 심층 율격에서만 나타나며, 표층 율격에서는 대부분의 경우 4음보 형태로 율독되어도 무방하다. 그러므로 시조의 셋째 행은 4음보와 5음보 사이에서 주춤거리는, 다시 말해서 완전히 분화되지 않은 형태라고 생각할 수 있다. 셋째 행의 율격이 첫째·둘째 행의 율격과 반대로 구성되어 있다는 것은 시조의 종지법이 보여 주는 특별한 성격이다.

이병기와 이은상의 작품들은 한결같이 연시조의 형태를 취하고 있다. 여러 수의 평시조 형태를 모아 하나의 작품을 구성하는데, 각각의 평시조 형태는 의미상 독립성을 상실하고 한 편의 연시조를 구성하는 부분으로서의 기능만 담당하고 있다. 그러면서도 각각의 평시조 형태에 예외 없이 종지법을 적용하고 있기 때문에 의미의 비자립성과 율격의 자립성 사이에 모순이 발생하지 않을 수 없다. 이병기와 이은상은 시조 율격의 본질을 제대로 파악하지 못한 것이다. 윤선도의 「어부사시사」를 구성하고 있는 40수의 시조 중에서 제1수부터 제39수까지의 셋째 행은 평시조의 일반적 종지법이 아니고, 첫

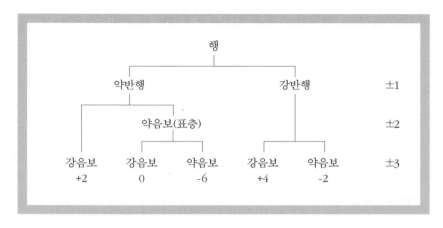

행

약반행 　　　　　강반행 　　　　±1

약음보(표층) 　　　　　　±2

강음보 　　강음보 　　약음보 　　강음보 　　약음보 　　±3
+2 　　　0 　　　-6 　　　+4 　　　-2

〈표 9〉 시조의 셋째 행

째·둘째 행과 동일한 율격을 지니고 있다. 「어부사시사」를 종결하는 제40수만이 이와 달리 일반적 종지법을 따르고 있는 것이다.[56] 연시조의 경우에 작품 전체의 긴밀한 호흡을 유지하고 의미의 통일성을 획득하기 위해서는 평시조의 셋째 행이 지닌 완결의 율격을 피하는 것이 유리한 경우가 많다.

　　율격은 기계적인 성격을 지니고 있으므로 그 자체로서 의미 있는 것이 아니지만, 반복과 변화를 적절하게 배합한다면 경험을 기록하는 데에 커다란 효과를 발휘한다. 율격은 시인의 흥분된 정신 상태의 산물이기 때문에 열정과 충동을 함축하고 있으면서 동시에 반복되는 질서이기 때문에 의지와 절제를 드러내고 있다. 전체적 질서라는 관점에서 보면 율격은 통일이며 안정일 것이나, 전개되는 과정에 입각해서 살피면 율격은 자극이며 각성일 것이다. 율격은 흥분과 안정, 각성과 진정, 기대와 만족이 되풀이되는 흐름이다. 독자의 호기심을 자극하고는 만족시키고, 자극하고는 만족시키고 함으로써

56　김흥규, 「어부사시사의 종장과 그 변이형」, 《민족문화연구》 15호, 고려대학교민족문화연구소, 1980, 63쪽.

율격의 반복되는 흐름은 기록된 경험 내용에 대한 독자의 주의력을 예민하고 활발하게 한다. 만일 직관에 기여하지 못하는 율격이 나타나면 그것은 독자에게 실망을 일으킨다. 콜리지의 말대로 어둠 속에서 층계를 내려오던 사람이 아직 두어 계단 남아 있다고 생각하고 성큼 내려디뎠는데, 사실은 다 내려와서 한 계단도 남아 있지 않을 때에 느끼는 불쾌감과 유사한 실망을 주는 것이다.[57] 이병기와 이은상의 연시조는 종지법의 묘미를 살리지 못하였기 때문에 의미의 분산을 초래하고 있다. 연시조를 구성하고 있는 단위 시조들 사이에 의미의 순차관계 또는 호응관계를 요구하지 않는 경우에는, 다시 말해서 부분의 자립성이 허용되는 경우에는 물론 각 수마다 종지법을 사용할 수 있다. 윤선도가 「오우가」에서 채택한 방법은 부분의 자립성을 강조하여 독립된 단위들의 내면적 상호작용을 중시하는 것이었다. 이병기와 이은상의 시조에 나타나는 문제점은 자립할 수 없는 부분에 종지법을 사용한 데 있다.

김동환(1901-?)의 시는 큰 단위의 율격구조와 작은 단위의 율격구조 사이에서 방황하며 새로운 율격형식을 모색하는 실험이었다.

북국에는 날마다 밤마다 눈이 내리느니
회색 하늘 속으로 흰 눈이 퍼부을 때마다
눈 속에 파묻히는 하얀 북조선이 보이느니.

가끔 가다가 당나귀 울리는 눈보라가
막북(漠北) 강 건너로 굵은 모래를 쥐어다가
추위에 얼어 떠는 백의인의 귓불을 때리느니.

춥길래 멀리서 오신 손님을

57 새뮤얼 테일러 콜리지, 『문학평전』, 김정근 역, 옴니북스, 2003, 517쪽.

부득이 만류도 못 하느니

봄이라고 개나리꽃 보러 온 손님을

눈발귀에 실어 곱게 남국에 돌려보내노니.

백곰이 울고 북랑성(北狼星)이 눈 깜박일 때마다

제비 가는 곳 그리워하는 우리네는

서로 부둥켜안고 적성(赤星)을 손가락질하며 얼음벌에서 춤추느니,

모닥불에 비치는 이방인의 새파란 눈알을 보면서

북국은 추워라 이 추운 밤에도

강녘에는 밀수입 마차의 지나는 소리 들리느니,

얼음장 깔리는 소리에 쇠방울 소리 잠겨지면서.

오호, 흰 눈이 내리느니 보얀 흰 눈이

북새(北塞)로 가는 이사꾼 짐짝 위에

말없이 함박눈이 잘도 내리느니.[58]   (「눈이 내리느니」)

　　대체로 시조처럼 4음보의 율격으로 구성되어 있으나 "부득이/만류도/못 하느니"는 3음보이고, "서로/부둥켜안고/적성을/손가락질하며/얼음벌에서/춤추느니"는 6음보 또는 2음보의 반복이다. 이것을 7-9-9음절의 3음보로 읽으면 갑작스러운 호흡의 가속도로 인하여 율격에 파탄을 일으킨다. 규칙적 율독이 방해되는 이러한 부분을 통해서 우리는 김동환이 음악적 의미보다 진술적 의미를 더 중시하였음을 알 수 있게 된다. 시조의 종지법에 해당하는 어떠한 율격적 완결성도 보이지 않는다. 시의 구성을 오직 진술적 의미의 흐

58　김동환, 『파인김동환전집』 1, 국학자료원, 1995, 6-7쪽.

름에 맡기고 있기 때문이다. 이 시에는 몇 가지 부주의한 어휘사용이 눈에
띈다. 북방과 남방을 북국과 남국이라고 하는 것은 일본어에서는 가능하나
우리에게는 낯선 표현이며, '막북의 강 건너에서'를 '막북 강 건너로'라고 한
것은 명백한 시점의 혼란이다. 고향을 회상하고 있는 화자의 시선이 느닷없
이 외몽골에서 불어오는 눈보라의 관점으로 이동하기 때문이다. "봄이라고
개나리꽃 보러 온 손님을/눈발귀에 실어 곱게 남국에 돌려보내노니"에서는
개나리꽃을 보러 왔다가 남부 지방으로 돌아가는 손님이 바로 '봄'이므로 '봄
이라고'라는 어구의 삽입은 의미의 혼란을 초래한다. 이러한 어법의 오류만
고려하면 시의 의미는 명백하다. 지금 이 시의 화자는 고향에 있지 않다. 눈
이 내릴 때마다 눈 속에 파묻히는 고향의 모습을 추억할 뿐이다. 이 시는 추
억의 강렬함에 근거하고 있다. 회상의 절실함이 시에 빠르고 거친 호흡을 부
여하였고, 명백한 의미가 단순한 공간을 시대의 모습으로 확대시켰다. 이 시
의 전반부가 눈과 바람에 시달려 꽃 한 송이 필 수 없는 공간의 묘사라면 시
의 후반부는 그 공간을 현실의 전체로 확대하는 시대인식이다. 여기서 화자
는 세 가지 행동을 제시하고 있는데, 그것은 모두 추위와 싸우는 방법이다.

1. 서로 안고 춤춘다.
2. 밀수입으로 생활한다.
3. 살길을 찾아 만주로 이주한다.

이 세 문장이 서로 중복되어 새로운 의미를 형성한다. 밀수입과 만주 이주
가 몸을 비비며 추는 춤과 병치되어 추운 날씨가 냉혹한 시대로 확장되는 것
이다.

새벽/하늘에/구름짱/날린다//
에잇, 에잇,/어서 노 저어라/이 배야/가자//

구름만/날리나/
내 맘도/날린다.//

돌아다/보면은/고국이/천리런가//
에잇, 에잇,/어서 노 저어라/이 배야/가자//
온 길이/천 리나/
갈 길은/만 리다.//

산을/버렸지/정이야/버렷나//
에잇, 에잇,/어서 노 저어라/이 배야/가자//
몸은/흘러도/
넋이야/가겠지.//

여기는/송화강,/강물이/운다야//
에잇, 에잇,/어서 노 저어라/이 배야/가자//
강물만/우드냐/
장부도/따라 운다.//[59]   (「송화강 뱃노래」)

이 시를 4음보의 율격으로 읽을 때에 한 마디 한 마디에 힘이 주어져 타의
로 고향을 떠난 사람의 고통스러운 결의가 두드러지게 표현된다. '에잇, 에
잇'이라는 어구도 다짐 또는 결단을 암시한다. 각 연의 마지막 네 음보를 두
행으로 나눔으로써 종지법을 고려하고 있다. 이 시는 '날린다', '흐른다', '운
다'와 같은 비의지 동사와 '젓는다', '간다', '본다', '버린다'와 같은 의지 동사
의 대립 위에 구성되어 있다. 구름은 생각 없이 날리지만 화자는 스스로 배

---

59 김동환, 『파인김동환전집』 1, 295쪽.

를 저어 나아간다. 그러나 곧이어 저어 가는 것은 몸뿐이고 마음은 구름처럼 헤매고 있음이 드러난다. 구름은 물의 변형태이므로 여기서 강물과 하늘과 구름은 동일한 이미지의 서로 다른 모습이다. 둘째 연의 '본다'와 '간다'는 둘 다 의지 동사지만 고국이 두 동사를 반대 방향으로 작용하게 한다. 고국은 셋째 연에 와서 산과 정으로 분화된다. 산은 예로부터 땅의 이미지를 대표 해 왔고, 정은 분명히 물의 이미지와 통한다. 이 시의 주제는 물과 땅의 대립 에 놓여 있는 것이다. 여기서는 첫째 연과 반대로 생각 없이 '흐르는' 것이 몸 이고, 고향에 흐르는 정을 찾아 '가는' 것이 넋이다. 넷째 연의 울음은 구름이 변화되어 내리는 비와 연관된다. 강물과 구름과 눈물이 서로 얽히어 고국의 인정을 감싸고 있다. '운다'는 원래 비의지 동사인데, 시의 마지막 행에 나오 는 장부의 울음은 강물의 울음과 대립적으로 병치됨으로써 의지적인 행동이 된다.

1924년 5월, 《금성》에 「적성(赤星)을 손가락질하며」(뒤에 「눈이 내리느니」로 개 제)를 발표하여 시인으로 등단한 김동환은 1925년 3월에 「국경의 밤」을 발표 하였고, 그해 12월에 「승천하는 청춘」을 발표하였다. 이 두 편의 설화시는 시 에 이야기를 도입함으로써 체험의 객관화를 시도한 작품이었다. 설화시는 시의 한 갈래이지 시로 쓴 소설은 아니다. 시는 존재하는 대로 행동하고, 희 곡은 행동하면서 존재하며, 존재 우위의 시와 행동 우위의 희곡을 지양하여 존재와 행동을 함께 중시하는 것이 소설이다. 마리탱에 의하면 "소설은 존재 하고 행동한다."[60] 소설의 본질은 내면세계의 변전(變轉)을 통하여 격정과 사 건과 운명을 커다란 전체로 확장하는 데 있다.

김동환은 이야기의 내용을 단순하게 하고 인물을 한두 사람으로 한정하였 다. 사건과 사건은 연속적인 전개를 보이지 않고, 극적 효과를 고려하여 집

---

60   Jacque Maritain, *L'instituition Créatrice dans L'art et dans la Poésie*, Paris: Desclée de Brouwer, 1966, p. 379.

중적으로 제시된 장면들이 비약적으로 연결되어 있다. 고양된 의식의 표출이 아니면 격앙된 어조의 대화가 작품의 대부분을 이룬다. 특히 「국경의 밤」의 제58장은 200행 전부가 대화로 구성되어 있다. 따라서 김동환의 설화시는 소설보다는 희곡에 가까운 성격을 띠고 있다고 할 수 있다. 직관의 직접적 표현인 시는 작품의 무대지시에 사용되고, 행동으로 직관을 객관화하는 희곡은 장면구성에 사용된다. 이렇게 본다면 김동환의 의도는 설화시를 쓰려고 한 데 있지 않고 시의 영역을 넘어서 문학의 세 장르를 통합하려는 데 있었던 듯하다. 장르의 통합은 단테의 『거룩한 희극』을 통하여 14세기 초에, 그리고 판소리를 통하여 18세기에 달성된 적이 있었으나 그것은 곧 해체되었다. 김동환의 시도는 흥미로운 것이었지만 성공할 수는 없는 시도였다.

여기서 잠시 두 작품의 이야기를 요약해 보자. 두만강 변의 어떤 마을, 순이는 밀수입하러 떠난 남편을 염려한다(1-7장). 청년 하나가 마을을 배회한다(8-11장). 순이는 첫사랑의 추억에 잠긴다(12-16장). 청년은 순이의 방문을 두드린다(17-27장). 두 사람은 고향 산곡(山谷) 마을에서 서로 사랑했으나 여진인의 후예인 재가승(在家僧) 집안이었기 때문에(28-46장), 순이는 같은 재가승인 마을 존위(尊位)네 집으로 시집간다(47-57장). 8년 만에 만난 두 사람의 대화는 식민지 지식인의 정신적 파탄에 대한 고발과 반성으로 전개된다(58장). 순이의 남편 병남(丙南)은 마적의 총에 맞아 죽는다(59-62장). 병남의 시신을 산곡 마을로 운구하여 매장하며 마을 사람들은 조선 땅에 묻히는 것만도 다행이라 여긴다(63-72장). 「국경의 밤」의 주제는 식민주의와 봉건주의를 반대하는 데 있다. 식민주의에 대한 항의는 간접적으로 암시되어 있고 봉건주의에 대한 항의는 직접적으로 노출되어 있다. 식민주의에 대한 항거가 약한 것은 결함이라고 하겠으나 비교적 온당한 현실인식이 작품의 구조에 긴장을 부여하고 있다.

「승천하는 청춘」은 당시의 유행 사조인 사회주의와 연애 문제를 다룬 작품이다. 흥미 본위의 연애 이야기를 현학적으로 분식(粉飾)하는 수법은 대중 문학에 흔히 쓰이는 장치이다. 1923년 9월에 도쿄를 중심으로 대규모의 지진과 그것에 수반되는 화재가 발생하여, 그 혼란 속에서 6,600여 명의 재일 한국인이 학살되었다. 「승천하는 청춘」은 관동 대지진 직후에 한국인 이재민 2,000여 명을 수용한 나라시노의 가병영(假兵營)에서 시작한다. 여기서 결핵으로 죽게 된 오빠를 간호하던 한 여자가 오빠의 친구와 사랑하게 된다. 오빠가 죽고 애인이 사상범 혐의로 잡혀가자 여자는 임신한 몸으로 혼자 귀국한다. 여자는 고향의 소학교에서 교편을 잡고 있다가 동료 교사와 결혼하였으나, 임신한 것이 알려져 남편에게 쫓겨난다. 고향을 떠나 여직공, 침모, 행랑어멈 등으로 일하며 여자는 아이와 함께 어렵게 살아간다. 그 여자의 옛 애인은 그때 서울에서 사회운동에 참가하고 있었는데, 그에게는 이 여자를 알기 전에 이미 처자가 있었다. 아이가 죽는다. 아이의 시체를 묻으러 가서 두 남녀가 다시 만나는데, 우습게도 남자가 여자의 생활을 늘 관찰해 온 것으로 되어 있다. 두 사람은 온갖 인습의 제약이 없는 나라를 찾아 손을 잡고 성당의 첨탑으로 올라간다. 「승천하는 청춘」은 「국경의 밤」의 두 배가 넘는 길이이지만, 작품의 구조는 여지없이 혼란스럽다. 이 두 작품을 견주어 보면 현실인식의 오류는 작품구조의 취약성과 통한다는 사실을 알 수 있다.

진술적 의미가 음악적 의미를 수반할 수 있을 정도로 높은 강도의 직관을 보여서, 견실한 구조를 획득한 작품은 김동환의 시 세계에서 예외적인 현상에 속한다. 초기의 2년(1924-1925) 동안에 발표한 서너 편을 제외하면 그의 작품은 상투적인 개념이 형식을 찾지 못한 채 반복되는 시 아닌 시가 대부분이다. 직관이 고갈된 시인들이 걷는 몰락의 길 가운데 하나가 3음보의 유사 민요에 의존하는 것이다.

A. 진달래꽃 가득 핀 약산 동대(藥山東臺)에
　서도(西道)각시 꽃 따서 화전(花煎) 지지네
　뻐꾸기도 흥겨워 노래 부르니

봄이 왔네 봄 왔네 이 강산(江山)에야[61]   (「봄」)

B. 서울 장안엔 술집도 많다

　　불평 품은 이 느는 게지

　　아리랑 아리랑 아라리요

　　아리랑 고개를 어서 넘자[62]   (「아리랑 고개」 부분)

C. 하와이얀 기타를 타며

　　하와이에 가 볼까

　　바바이야 싸보텐 밟으며

　　마래(馬來)로 가 볼까

　　즐겁구나 즐겁구나

　　우리 고향(故鄕) 아세아(亞細亞)는

　　어디로 가나 놀이터요

　　어디로 가나 동무로다[63]   (「즐거운 우리 아세아」 부분)

　　이 세 작품의 어느 곳에서도 우리는 직관의 그림자조차 찾아볼 수 없다.
A는 민요가 아니라 시인이 혼자서 공상으로 가구(假構)한 노랫가락이다. 일하
는 사람들의 숨결이 나타나 있지 않은 것은 민요가 될 수 없기 때문이다. B는
실제의 민요 형태를 변형한 것이지만, 사회주의에 대한 의도적인 동조 이외
에는 별다른 의미가 없다. C는 B 형태의 수정으로 일제의 남진정책에 동조하
는 내용이다. 시조가 양반의 노래라면 민요는 민중의 노래라는 것이 김동환

61　김동환, 『파인김동환전집』 1, 219쪽.

62　김동환, 『파인김동환전집』 1, 217쪽.

63　김동환, 『해당화』, 대동아사, 1942, 418~419쪽.

의 주장이다. 그러나 직관의 요청에 부응하지 못하는 기계적인 구성은 민중 시의 요소가 되지 못한다. 아무런 개념이나 비판 없이 주워 담은 김동환의 유사 민요는 전투적 정열을 상실한 문필가의 궁핍한 정신을 보여 줄 따름이다.

우리 시의 율격은 고려시대 이전에 3음보였다가 조선시대에 와서 4음보로 바뀌었다. 이러한 율격의 변화는 시대적 상황의 어떠함에도 이유가 있겠고, 한 종류의 율격이 오래되면 진부해져서 흥분시키고 자극시키는 힘을 잃게 됨에도 이유가 있겠다. 시의 음악적 의미는 매우 섬세한 현상이기 때문에 간단히 말할 수 없는 것이나, 표면적으로 볼 때 3음보와 4음보의 적절한 혼합 형태가 현대시의 율격적 기조가 되고 있다. 말소리의 흐름을 직관에 일치시키기 위한 고려가 일정한 규칙으로 환원될 수 없을 만큼 다양한 변조를 낳고 있기는 하지만, 향가의 3음보 율격과 시조의 4음보 율격이 여전히 현대시의 음악적 의미 안에 흐르고 있다고 보아도 무방하다. 양주동(1903-1977)의 시를 읽으면 그 율격이 대단히 편안하게 느껴지는데, 그것은 시의 율격이 우리가 요즈음 대하고 있는 현대시의 율격과 동일한 데 이유가 있다. 이러한 혼합 율격은 양주동의 의도적인 탐구의 결과였다.

나의 작(作)으로 재래 조선 가요의 근본적 형식인 사사조(四四調) 및 시조의 기본형이 되는 삼사조(三四調), 양자(兩者)의 단조로운 폐(弊)를 덜기 위하여 초기제작(初期諸作)에선 흔히 칠오조(七五調)를 기조(基調)로 한 것이 많고, 그 후 점차로 여러 가지 음수율(音數律)을 배합(配合)하거나 병용(竝用)하였으며, 혹은 이른바 내재율(內在律)에 치중하야 자유시(自由詩)를 시험한 것도 있다. 이러한 형식적 변천이나 또는 근본적인 시형(詩形)의 무정형(無定型) 불규칙(不規則)은 요컨대 시대적 영향 아님이 없고, 따라서 사회적 규범(規範)에 속하는 것이라 생각한다.[64]

---

64 양주동, 『조선의 맥박』, 문예공론사, 1932, 4-5쪽.

7·5조란 3음보 율격의 한 종류로서 3-4-5 또는 4-3-5로 분석되는 것이 보통이나, 때로는 서정주의 「고조(古調)」 2에서와 같이 강세를 행의 끝에 두면 3-4-3-2 또는 4-3-3-2로 분리되어 4음보 구조에 접근하기도 한다.[65]

　　국화꽃/피었다가/사라진/자린↑//
　　국화꽃/귀신이/생겨나/살고→//[66]

　　여러 가지 음수율을 배합하면 자연히 시조의 4음보와 7·5조의 3음보가 혼합되면서 "일지춘심(一枝春心)을/ … /자규(子規)야/알랴마는//"의 예에 나타나는 공(空)음보를 자주 활용하게 된다. 율격구조를 설계하는 데 의도적인 노력을 기울였을 뿐 아니라, 양주동은 율격의 사회적 의미에도 관심을 가지고 있었다. 양주동이 말하는 내재율이란 아마도 호흡 단위를 이미지의 흐름에 따라 크게 끊는 율격 형태를 의미하는 듯한데, 그것도 음절·수의 확장을 무시하면 결국 3음보와 4음보의 혼합 형태로 볼 수 있다. 양주동의 시에 흔히 나타나는 2음보 시행은 4음보의 단순한 수정으로 해석할 수도 있고, 심층 율격의 4음보가 표면 율격의 2음보로 변형되었다고 해석할 수도 있다.

　　발자옥을/봅니다,/
　　발자옥을/봅니다,//
　　모래 우에/또렷한/
　　발자옥을/봅니다.//

　　어느 날/벗님이/밟고 간/자옥,//

65　서우석, 『시와 리듬』, 문학과지성사, 1981, 117쪽.
66　서정주, 『미당서정주시전집』 1, 민음사, 1991, 124쪽.

못 뵈올/벗님이/밟고 간/자옥,//

혹시나/벗님은/이/발자옥을//

다시금/밟으며/ … /돌아오려나.//

님이야/이 길로/올 리/없건만,/

님이야/정녕코/ … /돌아온단들,//

바람이/물결이/모래를/슷어//

옛날의/자옥을/어이/찾으리.//

발자옥을/봅니다,/

발자옥을/봅니다,//

바닷가에/조그마한/

발자옥을/봅니다.//[67]

「별후(別後)」

  시의 극적 상황은 바닷가에서의 이별이라는 매우 낭만적인 분위기이지만,
시의 구성이 기다림의 시간적 추이를 논리적으로 구분 짓고 있다. 모래 위
에 뚜렷한 발자국을 본다고 하였으나, 둘째 연의 '어느 날'이란 시간 표시로
미루어 볼 때 두 사람이 이별한 것은 현재가 아니다. 그렇다면 이 모래는 마
음의 모래가 아닐 수 없다. 그리움은 이별을 현재의 사건으로 경험하게 한
다. 내가 이별을 언제나 현재의 일로 느끼듯이 임도 나를 생각하여 돌아올지
도 모른다는 기다림이 둘째 연에 나타나 있다. 나는 임을 볼 수 없지만 마음
속에 뚜렷한 임의 발자국은 이별에도 불구하고 나와 임을 상호작용의 그물
속으로 묶어 넣고 있다. 셋째 연은 비평적 반작용에 의하여 둘째 연의 정서
적 이미지에서 생겨난 이미지이다. 둘째 연과 셋째 연의 사이에 있는 공간에

67 양주동, 『조선의 맥박』, 25-26쪽.

바람과 물결이 개입한다. 끊임없이 마음의 모래를 스치고 있는 바람과 물결은 떠나간 임의 모습을 변화시킬 뿐 아니라 나의 기다림을 무화(無化)한다. 이별은 떠난 사람뿐만 아니라 보낸 사람도 타자로 변모시키는 것이다. 넷째 연은 이와 같이 서로 충돌하는 이미지들의 대립에서 빚어져 나왔기 때문에 외형상으로는 첫째 연과 비슷하지만 첫째 연과 전혀 다른 의미를 지니게 된다. 또렷한 발자국은 이제 조그맣게 변해 있다. 첫째 연이 단순한 현재라면 넷째 연은 과거와 미래를 거쳐 돌아온 현재이다. 2음보로 시작하여 4음보를 중간에 두고 다시 2음보로 끝나는 율격이 시간의 변화에 적절하게 부합한다. 2음보의 느린 속도는 현재의 완만한 경과를 나타내고 4음보의 빠른 속도는 과거와 미래의 급속한 경과를 나타내기 때문이다. 이별의 대상을 '벗님'이라고 부름으로써 낭만적 상황으로부터 애욕의 분위기를 차단한 것은 모래와 바다의 내면화와 함께 이 시의 의미를 정신적인 면에 국한시킨다. 신체적 애욕의 소멸은 시적 인식을 평범하게 할 위험이 있으나, 단순한 주제를 부각시키는 데는 오히려 도움이 될 수도 있다. 동일한 율격을 앞뒤로 반복하는 율격구조는 양주동의 시에 자주 나타나는 현상이다.

삶이란 무엇? 빛이며,
운동이며, 그것의 조화―
보라, 창공에 날러가는
하얀 새 두 마리.

새는 어디로?
구름 속으로
뜰 앞에 꽃 한 송이
절로 진다.

오오 죽음은 소리며,

정지며, 그것의 전율—

들으라, 대지 우에 흩날리는

낙화의 울음을.[68]

「소곡(小曲)」 부분

　작용과 반작용의 대립을 통합하면서 전개되는 양주동의 시적 특징은 이 시의 이미지들 사이에도 잘 드러나 있다. 삶은 빛이다. 삶은 운동이다. 삶은 빛과 운동의 조화이다. 창공에 날아가는 하얀 새 두 마리가 빛과 운동의 조화를 구체화한다. '하얀'은 빛이고 '난다'는 운동이고 '두 마리'는 조화이다. 생명이란 운동과 형성의 원리를 자기 내부에 지니고 있는 존재라는 생각이다. 그러나 존재는 자기의 한계 안에 안주할 수 없다. 둘째 연은 소멸로의 이행을 다루고 있다. 삶은 삶 자체로 독립할 수 있는 존재가 아니고 그 안에 소멸로의 계기를 내포하고 있는 것이다. 새는 구름 속으로 사라지며 꽃도 저절로 시든다. 보이는 것은 보이지 않는 것으로, 움직이는 것은 가만히 있는 것으로 변모한다. 죽음은 소리이다. 죽음은 정지이다. 죽음은 소리와 정지의 전율이다. 소리와 정지는 서로 통하는 이미지가 될 수 없다. 셋째 연의 의미는 첫째 연의 의미와 대립한다. 빛은 소리와 대립하고 운동은 정지와 대립하고 조화는 전율과 대립한다. 지나치게 의도적인 대조가 직관의 작용을 방해하는 것은 사실이지만, 비조(飛鳥)와 낙화(落花)의 대립만으로는 상식적인 의미를 넘어설 수 없기 때문에 떨어지는 소리와 떨어짐의 전율을 강조하지 않을 수 없었던 것 같다. 이러한 시적 장치들에 의해서 삶과 죽음이 서로 통하여 작용한다는 상식적인 지혜를 어느 정도 시적 인식으로 상승시킬 수 있었다. 율격구조가 균제되어 있고 구두점의 사용이 특징적이다. 첫째 연과 셋째 연이 쉼표와 줄표와 마침표를 공통으로 가지고 있으나, 물음표는 반대로 첫

68　양주동, 『조선의 맥박』, 103-104쪽.

째 연과 둘째 연에 나타남으로써 반복과 변이를 동시에 적용한 형식이 되었다. 이것이 또한 형식에 대한 양주동의 배려가 면밀하였음을 알려 주는 증거가 된다. 양주동은 비유의 구성에 의도적으로 고심하지는 않았다. 여기에 현대시인으로서 그가 지닌 한계가 있었다.

1920년대에 비유를 시의 주도요소로 구성한 시인은 이장희와 김동명이다. 이장희(1900-1929)는 「봄은 고양이로다」(《금성》 1924. 5)로 신선한 감각적 이미지를 구체적으로 제시하는 비유의 힘을 보여 주었다. 이장희의 시에 가장 많이 나오는 어휘는 '쓸쓸하다'라는 형용사이다. 이장희는 쓸쓸한 삶을 운명으로 받아들였다. 운명을 받아들이고 대상 앞에서 철저한 수동성을 내세움으로써 그는 감각으로 감정을 중화할 수 있었고 비록 범위는 매우 제한되어 있었으나 객관세계를 뚜렷하게 강조할 수 있었다. 「벌레 우는 소리」라는 시에 나오는 벌레 소리는 저녁에 빛나는 냇물이 되고 시인은 배면에 누워 차갑고 쓸쓸한 소리에 귀를 기울일 뿐이다. 「청천의 유방」에서 시인은 하늘의 구름을 보고 어머니의 유방을 생각한다. 시인에게 어머니는 하늘이며 구름은 어머니의 젖이다. 어머니의 가슴을 파고드는 아기처럼 시인은 탐스러운 포도송이 같은 구름에 얼굴을 묻고 싶어 한다. 「하일소경(夏日小景)」은 딸기즙을 마시는 여자의 모습을 갖가지 색감을 동원하여 묘사한 시이다. 문장 하나하나가 차분하게 가라앉아 있으며 묘사의 대상들은 부드러우면서도 투명한 형상으로 구축되어 있다. 여자가 딸기를 부수어서 잔에 담아 마신다.

거울같이 피어난 연꽃의 이슬을
헤엄치는 백조가 삼키는 듯하다[69]

으깬 딸기즙을 마신 여자의 얼굴은 푸른 잎사귀같이 빛난다. 여자의 땀은

69 이상화·이장희, 『상화와 고월』, 백기만 편, 청구출판사, 1951, 81쪽.

수은과 같고 여자가 마시는 딸기즙은 달콤한 꿈이다. 딸기와 여자의 관계는
연꽃 이슬과 백조의 관계와 같다.

> 꽃가루와 같이 부드러운 고양이의 털에
> 고운 봄의 향기가 어리우도다
>
> 금방울과 같이 호동그란 고양이의 눈에
> 미친 봄의 불길이 흐르도다
>
> 고요히 다물은 고양이의 입술에
> 포근한 봄 졸음이 떠돌아라
>
> 날카롭게 쭉 뻗은 고양이의 수염에
> 푸른 봄의 생기가 뛰놀아라[70]   (「봄은 고양이로다」)

　고양이를 봄의 관능이라는 주제에 맞게 변형하여 이미지로 만든 것도 참
신하고 졸음을 고양이의 눈이 아니라 고양이의 오물거리는 입술에 비유한
것도 참신하다. 시인들은 상식적인 개괄을 피하고 지성과 감성이 얼크러지
는 순간을 포착하여 이미지를 만든다. 나쁜 시는 시 안에서 생각이 따로 놀
고 느낌이 따로 노는 시이다. 시의 대상이 이처럼 뚜렷하게 드러나는 것은
시인의 주관이 상투적인 개념에서 벗어나서 생생하게 활동하고 있다는 증
거가 된다. 훌륭한 비유에는 의식의 뿌리 깊고 오래된 밑흐름이 스며들어 있
다. 시인은 사고의 대상이 될 수 없는, 이러한 의식의 저류를 이미지로 표현
하는 사람이다.

70　이상화 · 이장희, 『상화와 고월』, 74-75쪽.

김동명(1900-1968)의 시에는 진술적 의미, 운율적 의미, 비유적 의미가 비교적 조화되어 있다. 우리의 현대시가 언제 시작되었는가를 정확하게 지적하기는 어렵지만, 음악을 내면화하는 데서나 비유를 구축하는 데서나 김동명의 시가 현대시에 속한다는 사실만은 어렵지 않게 판단할 수 있다. 비유의 문맥은 사물을 낯설게 하고 지각하는 데에 소요되는 시간을 증대시킨다. 지각의 과정은 그 자체가 심미적 목적이므로 지각을 곤란하게 하는 것은 지각을 쇄신하는 것이 된다. 시를 읽다 보면 우리가 보통 사용하는 문장 속에는 잘 나타나지 않는 특수한 표현이 눈에 띄게 마련이다. 문장의 문법적 형식이 어색한 것은 아님에도 불구하고 일상생활에서 주고받는 문장 속에서는 함께 나타나지 않는 낱말들이 시에서는 서로 자연스럽게 관계되어 있는 모습을 보게 된다. "의장은 토의를 쟁기질하였다"라는 문장을 대할 때 우리는 최소한 '쟁기질하였다'라는 낱말 앞에서 눈을 멈추게 되는 것이다. 이렇게 예사롭지 않은 표현이 바로 비유의 초점인 이미지 제공어이다. 비유의 문맥에서 이미지 수령어는 대개 숨어 있으므로, 비유의 초점과 상호작용하고 있는 이미지 수령어를 적절히 해석해 내지 않으면 안 된다.

1. 의장은 토의를 진행하였다: 이미지 수령어
2. 농부는 논을 쟁기질하였다: 이미지 제공어

이 두 문장의 상호작용에 의하여, 진행의 어려움과 의장의 단호함 같은 새로운 의미가 산출된다. 김동명의 시들은 비유의 구성을 해석함으로써 의미가 더 풍부해지는 작품들이라는 점에서 현대시에 속한다.

A. 내 마음은 호수(湖水)요
　　그대 저어 오오
　　나는 그대의 흰 그림자를 안고, 옥(玉)같이

그대의 뱃전에 부서지리다.[71]   (「내 마음은」 부분)

B. 밤은,

　푸른 안개에 싸인 호수(湖水)

　나는,

　작은 쪽배를 타고 꿈을 낚는 어부(漁夫)다.[72]   (「밤」)

C. 새벽빛이 밀물같이 뜰에 넘칠 때

　벽(壁)은 주렴(珠簾)처럼 말려 오르고…

　침대(寢臺)는 쪽배인 양

　기우뚱거린다.[73]   (「명상」 부분)

　A에서 배가 지나는 자리에 있는 흰 물거품은 그대의 그림자이며 동시에 뱃전에 부서지는 나의 마음이다. 그대의 신체는 욕구의 대상을 초월해 있다. 내가 안은 것은 그대의 그림자에 지나지 않지만 그것만으로도 나는 사랑의 황홀함에 도취한다. 옥은 견고함과 투명함과 고귀함을 연상시킨다. 이러한 연상들이 내 사랑의 의미를 신체적인 것으로부터 정신적인 것으로 승화시킨다. 마음은 정신적 상태라는 의미로부터 전환되어 구체적 사물이 된다. 호수와 옥은 사랑의 간절함이 지니고 있는 양면을 구체화한 것이다. 사랑하는 마음은 자기를 다스리는 데는 견고하고 투명하고 고귀해야 하지만 그대에 대해서는 너그럽고 고요해야 한다. 그대가 아무런 구속 없이 살 수 있을 만큼 넉넉한 호수가 되려면 자신을 견고하고 투명하게 다지지 않을 수 없다. 김동

71　김동명, 『내 마음』, 신아사, 1964, 26쪽.
72　김동명, 『내 마음』, 185쪽.
73　김동명, 『내 마음』, 106쪽.

명의 시에는 그것이 없으면 다음 문장이 성립될 수 없는 가설적인 비유 구성이 많이 나온다. B에서도 '푸른 안개'와 '호수'가 '밤'에 색채와 형태를 부여함으로써 '잠'은 '작은 쪽배'가 되고, 나는 '꿈을 낚는 어부'가 될 수 있다.

1. 밤에 잠자면서 꿈을 꾼다.
2. 호수에 작은 배를 띄우고 고기를 낚는다.

깊이가 결여되었기 때문에 좋은 작품이라고 할 수 없겠지만, 이 두 문맥의 상호작용이 개념을 감소시키고 직관을 증대시키는 것만은 사실이다. C는 환한 빛에 드러나 있는 침대의 모습을 묘사한 것이다. 뜰에 가득 찬 새벽빛은 벽을 뚫고 침대의 주위에 퍼진다. 빛 속에서 만물은 투명하게 되고 가볍게 된다. 정지의 상태가 운동의 상태로 바뀐다. 벽은 이미 내부와 외부를 차단하는 구실을 하지 못한다. 세계는 주저 없이 방 안으로 밀려 들어온다. 바다의 그득히 밀어닥친 물결에 떠 있는 쪽배에 누워 '나'는 위태롭게 세계를 명상한다.

꿈에
어머님을 뵈옵다.

깨니
고향(故鄕) 길이 일천 리(一千里)

명도(冥途)는
더욱 멀어.

창(窓)밖에

가을비 나리다.

오동(梧桐)잎,
포구(浦口)와 함께 젖다.

향수(鄕愁)
따라 젖다.[74]   (「꿈에」)

　우리가 이 세상에서 세계와의 전적인 합일에 이르는 것은 어머니의 품 안
에 있을 때뿐이다. 어머니는 나를 3인칭으로 부르지 않는다. 어머니의 문장
속에서 아들의 이름이 나오는 부분은 문법적 형태를 무시하고 언제나 주격
이다. 그러므로 나도 어머니의 모습을 객관적으로 묘사할 수 없다. 세계를
3인칭으로, 대격으로 부르게 되면서 우리는 어두운 현실에 얽혀 든다. 현실
이 아닌 꿈속에서만 세계는 다시 우리에게 자신을 열어 준다. 천 리 밖에 계
신 어머니는 지금 이곳에 부재로 현존하면서 세계와 우리 사이에 화해의 다
리를 구축하는 근거가 된다. 유현(幽顯)을 달리하여 천 리보다 더 먼 곳에 계
실 것 같은 두려움은 그리움의 또 다른 표현이다. 가을비가 내린다. 창밖의
오동잎이 젖는다. 천 리 밖에 있는 고향의 포구가 젖는다. 아들을 안타깝게
그리워하는 어머니가 비가 되어 내리시는 것이다. 향수는 어머니의 사랑에
대한 나의 대답이다. 현재와 과거를 동시에 살 수 있는 향수는 닫힌 나의 마
음을 눈물로 적시어 부드럽게 풀어 놓고, 세계에 대하여 자신의 마음을 열게
한다.
　나라 잃은 시대의 시가 어떠한 것이었나를 잘 보여 주는 시가, 나이는 소월
보다 한 살 위였으나 소월보다 몇 년 먼저 등단한 이상화(1901-1943)의 「빼앗

74　김동명, 『내 마음』, 196-197쪽.

긴 들에도 봄은 오는가」(《개벽》 1926. 6)이다. 아홉 연으로 구성된 이 시는 첫 연과 끝 연을 제외하면 세 행씩으로 되어 있으며 4음보를 기조로 하는데 행의 길이가 조금씩 길어진다. 감정의 고조에 따라 속도가 빠르게 변조되는 것이다. 사건은 너무도 간단하다. 주인공은 봄날 하루 종일 들판을 걷는다. 들은 단순히 배경에 그치는 사물이 아니라 주인공과 함께 봄의 아름다움을 느끼고 경탄하는 인물로 등장한다. 그것은 가르마를 타고 살진 젖가슴을 가진 여자이다. 들판만이 아니라 그 들에 사는 모든 생물이 여자로 등장한다. 이 시에 맨드라미와 들마꽃이라는 경북방언으로 나오는 민들레와 들메꽃[75]이 남자가 될 수 없는 것은 물론이지만, 종다리는 울타리 너머로 보이는 아씨이고 보리는 고운 비로 머리를 감은 처녀이고 도랑은 젖먹이 달래는 젊은 엄마이다. 아주까리기름으로 머리를 단장한 여자가 실제로 등장하여 김을 매고 주인공도 호미를 들고 땀을 흘린다. 그러나 이 아름다움은 현실이 아니다. 주인공은 꿈속을 가듯 논길을 걷는다. 그 자신도 다리를 절며 한없이 걷는 이유를 알지 못한다. 그는 봄의 신명이 지폈기 때문이라고 추측해 본다. 이 시에서 하늘과 혼과 신명은 서로 통하는 낱말들이다. 봄의 푸른 생명 사이에서 주인공은 웃음과 설움을 동시에 경험한다. 그는 빼앗긴 들에서 기쁨을 느끼는 자신을 조소한다.

> 강가에 나온 아이와 같이
> 짬도 모르고 끝도 없이 닫는 내 혼아
> 무엇을 찾느냐 어디로 가느냐 우서웁다 답을 하려무나.[76]

빼앗긴 들에도 봄은 오는가라는 질문과 들을 빼앗겨 봄조차 빼앗기겠네라

---

75 이상화, 『이상화시전집』, 이상규 편, 정림사, 2001, 153쪽.
76 이상화, 『이상화시전집』, 120쪽.

는 염려에는 빼앗긴 들에는 봄도 오지 않으며 들을 빼앗겼으니 봄도 빼앗길 것이라는 의미와, 들은 빼앗겼더라도 봄은 결코 빼앗기지 않을 것이며 빼앗긴 들을 반드시 되찾을 수 있을 것이라는 믿음이 공존한다. 그러므로 이 시는 자연시이며 동시에 사회시이다. 나라 잃은 시대의 한국시인들은 이상화 시의 두 면을 이어서 발전시켰다. 정지용과 김영랑은 자연시에 집중하였고 백석과 이용악은 사회시에 집중하였다. 이상화는 62편의 시를 발표하였다. 그 가운데 「빼앗긴 들에도 봄은 오는가」와 함께 널리 애송되는 시가 「나의 침실로」(《백조》 1923. 9)이다.

> 마돈나 지금은 밤도 모든 목거지에 다니노라 피곤하여 돌아가려는도다
> 아 너도 먼동이 트기 전으로 수밀도의 네 가슴에 이슬이 맺도록 달려오너라
>
> 마돈나 오려무나 네 집에서 눈으로 유전하던 진주는 다 두고 몸만 오너라
> 멀리 가자 우리는 밝음이 오면 어딘지도 모르게 숨는 두 별이어라
>
> 마돈나 구석지고도 어둔 마음의 거리에서 나는 두려워 떨며 기다리노라
> 아 어느덧 첫닭이 울고 뭇 개가 짖도다 나의 아씨여 너도 듣느냐[77]

목거지는 한계, 절정, 한창 때, 한고비라는 의미의 경북방언이다.[78] 「비음(緋音)」(《개벽》 1925. 1)에는 "광명의 목거지"가 나오고 「나는 해를 먹다」(《조광》 1935. 12)에는 "과수원의 목거지"가 나온다. 이 시에 등장하는 남자와 여자는 각각 밤 깊도록 피곤한 세상일에 몰두하고 있다. 더 이상 견딜 수 없이 지친 남자는 여자를 만나러 가고 싶어 하면서 여자가 자기를 만나러 와 줄 것을 간절히

---

77 이상화, 『이상화시전집』, 29-30쪽.
78 이상화, 『이상화시전집』, 29쪽.

기원한다. 두 사람은 세상일 때문에 낮에는 만날 수 없다. 집에서 눈으로 유전하는 진주는 재산과 명예처럼 세상 사람들이 누구나 눈으로 볼 수 있는 외면적인 가치일 것이고 여자의 몸은 눈에 보이지 않는 내면적인 가치일 것이다. 내면의 가치를 알 수 있는 곳은 세상의 큰길이 아니라 구석지고 어두운 마음의 거리이다. 그러나 닭이 울고 개가 짖고 달이 지고 안개가 흩어지고 촛불 심지가 다 탈 때까지도 그들은 만나지 못하고 있다. 아침이 되어 절의 종소리가 울리면 여자는 어쩔 수 없이 다시 세상 사람들을 위해서 옷을 입고 진주를 걸쳐야 한다. 남자는 여자의 발자국 소리를 듣지만 그것은 환상 속의 소리인 것을 깨닫고 남자는 자기가 미친 것이나 아닌지 의심스러워한다. 낮의 세상에는 뉘우침과 두려움이 있고 밤의 침실에는 내 영혼의 진실이 있다. 남자는 여자를 진실의 공간으로 초대하고 있는 것이다. 12연으로 구성된 이 시에서 남자와 여자는 끝까지 만나지 못한다.

> 마돈나 언젠들 안 갈 수 있으랴 갈 테면 우리가 가자 끄을려가지 말고
> 너는 내 말을 믿는 마리아—내 침실이 부활의 동굴임을 네야 알련만
>
> 마돈나 밤이 주는 꿈 우리가 얽는 꿈 사람이 안고 뒹구는 목숨의 꿈이 다르지 않으니
> 아 어린애 가슴처럼 세월 모르는 나의 침실로 가자 아름답고 오랜 거기로
>
> 마돈나 별들의 웃음도 흐려지려 하고 어둔 밤 물결도 잦아지려는도다
> 아 안개가 사라지기 전으로 네가 와야지 나의 아씨여 너를 부른다[79]

간절한 기원의 대상이기 때문에 여자는 남자에게 마리아가 된다. 마리아

79   이상화, 『이상화시전집』, 31-32쪽.

가 성령의 말을 믿었던 것처럼 여자는 다른 사람들과 달리 남자의 말을 믿는다. 낮의 시간이 가식의 시간이고 현실의 시간이라면 밤의 시간은 진실의 시간이고 꿈의 시간이다. 참된 사랑은 영혼의 합일(우리가 얽는 꿈)과 육체의 합일(사람이 안고 뒹구는 꿈)을 구별하지 않는다. "언젠들 안 갈 수 있으랴"라는 말과 함께 생각한다면 우리 모두가 끝내 피할 수 없는 것은 죽음이므로 이 시 「나의 침실로」의 주제는 사랑(부활)과 죽음의 합일에 있다고 해석해야 할 것이다.

2) 김소월과 한용운

김소월(1902-1934)은 1922년부터 《개벽》에 50여 편의 시를 발표하고 그의 나이 스물세 살 때(1925)에 127편의 시를 모아 『진달래꽃』(매문사)을 발간하였다. 이 시집에 실린 시들 가운데 상당수가 한국인 모두의 애송시가 되었다. 단순한 민요 율격에 미묘한 변주를 주어 한국어의 음성적 특징을 최대한도로 살려 냄으로써 소월의 시를 읽은 독자는 저도 모르게 그 시의 리듬을 머리에 떠올리게 된다. 소월 시에 등장하는 여자의 사랑과 실망과 애수와 번민도 한국인에게 보편적인 호소력을 발휘한다. 그 여자는 한국의 고전시가에 나오는 여자와 거의 비슷한 성품과 외모를 보여 준다. 소월은 1920년에 시를 발표하기 시작하였는데, 그의 대표작들은 모두 1922년에서 1925년 사이에 발표되었다. 그 시들의 운율은 단순한 율격의 미묘한 변주로 실현된다. 예를 들어 「진달래꽃」에서 첫째 연과 넷째 연이 반복되지만 그 두 연의 셋째 줄은 서로 다르다. 첫째, 둘째, 넷째 연의 셋째 줄에는 겸양법 의도형 종결어미 "-우리다"가 오고 셋째 연의 셋째 줄에는 겸양법 청유형 어미 "옵소서"가 온다. 소월 시에 나타나는 7·5조 3음보의 율격을 일본에서 들어온 율격이라고 하는 견해가 있는데, 그것은 오류이다. 5음절 음보와 7음절 음보는 일본시에만 있는 율격이 아니라 『용비어천가』와 『월인천강지곡』에도 자주 나타나는 율격이었다("바람에 아니 뮐새", "여름 하나니", "님금하 알아쇼셔", "맹갈아시니", "돌아오시니", "세존 일 삷오리니", "앗앳더시니" 등). 오히려 반대로 7·5조 3음보는 한국현대시에만 나타나는 율격이라고 할 수 있다. 일본시에는 5-7-5-7-7, 5-7-5, 5-7-7-5-7-7, 5-7-5-7-5-7-7 등의 율격이 있으나 시 전체의 자수가 31음절이 되는 와카와 17음절이 되는 하이쿠를 표준형을 삼으며, 5음절과 7음절이 모여 그 12음절이 한 율격 단위가 되고 그 12음절이 3음보로 율독되는 경우는 없기 때문이다. 버림받은 여자는 떠나는 남자의 앞에 진달래꽃을 뿌린다. 그는 그 꽃을 밟고 그 여자로부터 떠나간다. 그런데 꽃을 밟는 그의 동작을 수식하는 두 개의 부사가 서로 반대되는 의미를 가리킨다는 데에 이 시의 역설이 있다. 그는 꽃을 사뿐히 가볍게 밟으면서 동시에 힘껏 즈려밟는다. 사뿐히 즈려밟는다는 문장은 남자와 여자의 서로 다른 처지를 하나로 묶어 놓은 것으로, 두 개의 관점을 내포하고 있으므로 형태로는 단순문장이지만 의미로는 복합문장이다. 남자는 꽃을 가볍게 밟고 지나가지만 밟혀 뭉개지는 꽃에게는 그의 발이 견딜 수 없이 무겁다. 여기서 밟히는 꽃은 그를 보내는 여자이다. 남자는 꽃을 사뿐히 밟고 가지만 여자는 그의 발에 즈려밟히는 것이다. 시의 마지막 줄에서 여자는 '눈물 흘리지 아니하오리다'를 "아니 눈물 흘리우리다"로 바꾼다. '눈물 아니 흘리우리다'가 틀린 문장이 아니라면 "아니 눈물 흘리우리다"도 틀린 문장이 아니다. "아니"는 여전히 부사로서 "흘리우리다"라는 동사를 수식하고 있기 때문이다. 그러나 "아니"가 "눈물"의 위로 올라감으로써 문장의 초점이 동사로부터 명사로 이동한다. 이렇듯 신선한 어법이야말로 김소월의 시들을 보편적 애송시로 만드는 동인이 된다고 할 수 있다.

「산유화」의 "갈 봄 여름 없이"를 '봄 여름 가을 없이'라는 평범한 어법과 비교해 본다면 누구나 평범하게 보이는 것을 낯설게 하는 소월식 어법의 강력한 효과를 체험할 수 있을 것이다. 네 개의 4행 연으로 구성된 「산유화」는 단순한 단어들의 효과적인 반복이 어떻게 심오하고 보편적인 의미에 도달할 수 있는가를 유감없이 보여 주는 명시이다. "산"이라는 명사를 반복함으로써

산은 이름을 가지고 있는 어떤 산으로부터 보편적인 산, 산 자체, 다시 말하면 존재 자체로 변형된다. 자연은 저절로 그렇게 존재하며 순환하는 주기적 질서에 따라 운동한다. 존재의 대연쇄는 영원히 회귀한다. 둘째 연의 넷째 줄에 나오는 "저만치"는 자연의 연속성과 인간의 불연속성을 대조하여 나타내는 단어이다. 자연에서 피는 것과 지는 것은 연속적으로 순환하는 주기적 질서이다. 그러나 인간의 죽음과 삶 사이에는 연속적인 질서가 아니라 폭력적인 불연속성이 개입된다. 눈물이 나서 죽겠다는 심정을 "죽어도 아니 눈물 흘리우리다"라고 표현하는 역설적 어법 또한 소월 시의 특징이라고 할 수 있다. 「먼 후일」의 직설법이 뒤따르는 가정법도 네 번이나 반복되는 "잊었노라"라는 단언에도 불구하고 실제로는 결코 잊지 않았고 영원히 잊지 못하겠다는 역설을 내포한다. 「초혼」도 동일한 역설적 구조를 보여 주지만 "혼이여 돌아오소서"라고 외치는 화자가 남자이고 그가 부르는 "산산히 부서진 이름"이 나라 잃은 시대의 잃어버린 나라라는 점에서 다른 연애시들과 구별된다. 소월 시는 이별의 애수를 주제로 삼고 있고 숙명과 좌절의 정조를 기조로 하고 있으나 시에 등장하는 여자들은 이별의 운명을 수락하고 순종하지 않는다. 그녀들은 강한 집착과 미련을 버리지 못하고 원망하고 자책한다. 고이 보내겠다 또는 울지 않겠다는 여자의 말 속에는 그가 돌아올 것이라는 미련과 그가 돌아오지 않을 것이라는 원망이 들어 있다. 그리고 운명이라고 체념하지 못하는 여자의 마음은 "심중에 남아 있는 말 한 마디"를 끝내 마저 하지 못하였다는 자책으로 이어진다. 소월 시의 이별은 기다리면 만날 수 있는 헤어짐이 아니다. 그러나 소월 시에 나오는 여자들은 어떠한 상황에서도 숙명을 받아들이려고 하지 않는다. 죽은 사람의 혼을 부르는 행위 자체가 이별을 사실로 받아들일 수 없다는 미련과 집착의 표현이다. 민속에서 사슴은 영혼의 인도자이다. 그 사슴조차 혼을 편안하게 인도하지 않고 슬픔에 잠겨 있다. 그녀의 미련과 집착, 자책과 회한이 그를 영원히 떠나지 못하도록 방해한다. 「초혼」에서 영원한 것은 죽음과 이별이 아니라 오히려 사랑과 슬픔이다.

산산히 부서진 이름이어!
허공 중에 헤여진 이름이어!
불러도 주인 없는 이름이어!
부르다가 내가 죽을 이름이어!

심중에 남아 있는 말 한 마디는
끝끝내 마자 하지 못하였구나.
사랑하든 그 사람이어!
사랑하든 그 사람이어!

붉은 해는 서산 마루에 걸리웠다.
사슴이의 무리도 슬피 운다.
떨어저 나가 앉은 산 우에서
나는 그대의 이름을 부르노라.

설음에 겹도록 부르노라.
설음에 겹도록 부르노라.
부르는 소리가 비껴가지만
하눌과 땅 사이가 너무 넓구나.

선 채로 이 자리에 돌이 되어도
부르다가 내가 죽을 이름이어!
사랑하든 그 사람이어!
사랑하든 그 사람이어![80]

---

80 김소월, 『진달래꽃』, 김인환 편, 휴먼앤북스, 2011, 67-68쪽.

이 시의 주인공은 초혼(招魂)하고 발상(發喪)하는 고복(皐復)에서 발상의 절차를 아예 빼어 버리고 초혼만 한없이 계속한다. 그는 또 남편을 기다리다가 돌이 되었다는 전설을 잃어버린 나라의 이름을 부르다가 돌이 되었다는 당대의 이야기로 변형한다. 초혼이란 민간에서 사람이 죽었을 때 그 사람이 생시에 입던 저고리를 들고 지붕이나 마당에서 북쪽을 향하여 외치는 의식이다. 왼손으로 옷깃을 잡고 오른손으로 허리께를 잡고 "아무 동네 아무개 복(復)"이라고 세 번 부른다. 민속에서는 사람이 죽으면 얼은 하늘로 날아가고 넋은 땅으로 흩어진다고 한다. 얼을 불러 돌아오게 한 후에 얼과 넋을 한데 모아야 하는데, 부르는 소리는 비껴가고 하늘과 땅 사이는 넓기만 하다. 첫째, 둘째, 다섯째 연에서 죽은 사람의 이름이 언급되는데, 그것은 "산산히 부서진 이름"이다. 둘째 연에서 시의 화자와 죽은 사람의 관계가 밝혀진다. 그/그녀는 사랑하면서도 사랑한다는 말을 하지 못했다. 이 아쉬움이 죽은 사람에 대한 갈망을 더욱 강하게 만든다. 셋째 연에는 초혼의 무대가 묘사되어 있다. 해는 뉘엿뉘엿 지고 있으며 마을에서 멀리 떨어진 산에서 사슴들이 울고 있다. 넷째 연에 등장하는 하늘과 땅은 죽은 사람에 대한 그/그녀의 사랑이 개인적인 사건이 아니라 우주적인 사건이라는 것을 암시해 준다. 이 시에서 하늘과 땅은 서로 통하여 작용할 수 없을 정도로 멀리 떨어져 있다. 부르는 소리는 울림을 이루지 못하고 하늘과 땅의 틈 사이로 비껴갈 뿐이다. 우리는 여기서 이 시의 화자가 민간 의식을 그대로 따르지 못하는 이유를 짐작해 볼 수 있다. 나라 잃은 시대에는 전통 또한 무너졌을 것이기 때문이다. 인물의 목소리와 민중의 목소리가 어긋나는 이 시의 불협화음은 대립과 긴장으로 가득 찬 실국시대를 부각시키는 효과적인 방법이다. 다섯째 연은 첫째 연의 "부르다가 내가 죽을 이름이어!"와 둘째 연의 "사랑하든 그 사람이어!"를 통합함으로써 분열에 저항하는 행동을 보여 준다. 이 시에서 돌은 타협을 거부하고 저항을 포기하지 않는 행동의 상징이다.

사랑과 죽음이라는 두 개의 초점을 둘러싸고 회전하는 시들 이외에 소월

시에는 길과 돈이라는 하나의 다른 무대에서 전개되는 사건들이 있다. 소월
시에 나오는 길들에는 고향의 인력이 작용하고 있다.

    그립다
    말을 할까
    하니 그리워

    그냥 갈까
    그래도
    다시 더 한 번…

    저 산에도 가마귀, 들에 가마귀,
    서산에는 해 진다고
    지저귑니다

    앞 강물, 뒤 강물,
    흐르는 물은
    어서 따라오라고 따라가쟈고
    흘러도 년달아 흐릅듸다려.[81]   (「가는 길」)

    타향에 살고 있는 사람에게는 그렇게 할 수밖에 없는 이유가 있게 마련이
다. 고향의 인력(引力)이 강한 바로 그만큼 고향의 인력을 방해하는 힘도 강하
다. 타향에서 몇 해를 보내던 이 시의 화자에게 어느 날 문득 "그립다"라는 단
어가 생각난다. 그 단어가 지금까지 막연한 느낌으로만 감득되던 소외감을

---

81   김소월, 『진달래꽃』, 73-74쪽.

분명하게 규정해 준다. 그립다는 말이 그립다는 정감을 심화하고 확대한다. 고향으로 가려고 하자 쉽게 돌아갈 수 없는 사정들을 "다시 더 한 번" 인식하게 된다. 까마귀의 울음소리가 그에게 다시는 고향에 못 가리라는 불길한 예언처럼 들린다. 그러나 "서산에는 해 진다"라는 까마귀의 경고는 시간이 얼마 없으니 어서 고향으로 가라고 귀향을 재촉하는 충고이다. 시의 넷째 연에서 독자는 고향의 인력에 몸을 맡기고 "흘러도 년달아" 흐르는 강물처럼 고향으로 달려가는 그의 모습을 본다. 고향은 사물과 인간에게 알맞은 이름을 주고, 편안하게 쉴 수 있는 자리를 준다. 제자리에 있을 때 사물은 사물답게 되고 사람은 사람답게 된다. 인간과 사물이 고유성을 얻게 되는 장소를 고향이라고 한다. 소월 시에 나오는 고향도 소월이 꿈꾸는 화해의 공간이다. 나라 잃은 시대에 현실과 고향의 거리는 예외적으로 멀었을 것이다. 「옷과 밥과 자유」의 주석적 화자는 옷과 밥과 자유가 없는 시대를 비판한다.

공중에 떠다니는
저기 저 새요
네 몸에는 털 있고 깃이 있지.

밭에는 밭곡석
논에 물베
눌하게 닉어서 수그러졌네!

초산(楚山) 지나 적유령(狄踰嶺)
넘어선다
짐 실은 저 나귀는 너 왜 넘늬?[82]

---

82   김소월, 『진달래꽃』, 111쪽.

연들의 끝에 나오는 마침표와 느낌표와 물음표가 각 연의 의미를 암시한다. 옷과 밥과 자유를 지니고 있는 새의 삶은 긍정적인 것이므로 마침표로 끝내고 옷과 밥과 집이 없는 나귀의 삶은 부정적인 것이므로 물음표로 끝낸 것이다. 털과 깃이 없어서 날지 못하는 나귀는 무거운 짐을 지고 오랑캐나 넘는 고개를 넘는다. 적유령은 평북 강계에 있는 재이지만 소월은 흔히 지명의 축자적 의미를 시에 활용한다. 길옆의 논밭에는 밭곡식과 물벼가 누렇게 익었으나, 나귀처럼 농사를 지어 놓아도 곡식은 이미 일한 사람의 것이 아니다.

세상을 떠나던 해에 쓴 「삼수갑산(三水甲山)」에 이르러 소월은 자신의 절망을 표현할 수 있는 형식을 발견하였다. 1인칭 자기서술과 3인칭 인물시각서술이 구분할 수 없을 정도로 통합되어 있는 것이 이 시의 특징이다.

삼수갑산 내 웨 왔노 삼수갑산이 어디뇨
오고 나니 기험타 아하 물도 많고 산 첩첩이라 아하하

내 고향을 도루 가자 내 고향을 내 못 가네
삼수갑산 멀드라 아하 촉도지난(蜀道之難)이 예로구나 아하하

삼수갑산이 어디뇨 내가 오고 내 못 가네
불귀로다 내 고향 아하 새가 되면 떠가리라 아하하

님 게신 곳 내 고향을 내 못 가네 내 못 가네
오다가다 야속타 아하 삼수갑산이 날 가두었네 아하하

내 고향을 가고지고 오호 삼수갑산 날 가두었네
불귀로다 내 몸이야 아하 삼수갑산 못 벗어난다 아하하[83]

시를 구성하는 방법은 「산유화」와 유사하다. "삼수갑산"이 일곱 번 나오고 "고향"이 다섯 번 나온다. 이 시의 의미구조는 삼수갑산과 고향의 대립 위에 구축되어 있다. 삼수갑산과 고향의 대립은 '온다'와 '간다', '가둔다'와 '벗어난다' 같은 동사들의 대립으로 전개된다. "내"가 열두 번, "날"이 두 번 나온다. 삼수갑산과 고향의 대립은 결국 내 안에서 전개되는 사건이다. 이 '나'를 시인으로 보면 이 시는 1인칭 자기서술이지만, 만일 무대를 가정하고 무대 위에 한 인물이 올라서서 이 시와 같은 대사를 읊는다면 이 시는 3인칭 인물시각서술이다. 소월은 자살을 결심하는 순간에도 자기를 응시할 만큼 자기중심주의와는 거리가 먼 시인이다. 몇 개의 단순한 명사와 동사를 반복하는 방법은 동일하지만, 10년의 풍상은 소월의 시를 어른스럽고 자연스럽게 변화시켰다. 이 시는 해석이 필요 없을 정도로 자연스러운 시이다. 운율도 소월이 애용하던 7·5조 3음보에서 벗어나 자유시에 가까운 4음보를 택하고 있다. 음보를 구성하는 음절 수를 보면 3음절에서 8음절이 자유롭게 흩어져 있는 것이 이 시의 특징이라는 것을 알 수 있다. 고려속요에 보이는 여음(餘音)을 넣은 것도 운율에 변화를 주고 절망의 비극성을 객관화하는 데 기여한다. 소월 시에 마지막으로 등장하는 인물은 사랑에도, 사업에도 실패하고 허무한 심정으로 15년 전의 학창 시절을 돌아보는 한 남자이다. 그에게 학창 시절은 거의 최초의 장면으로 나타난다. 어렸을 적에 폐인이 된 아버지로 인해서인지 소월 시에는 학교 다니기 전의 기억이 나오지 않는다. 어두운 이력에서 학창 시절만이 밝은 지점으로 남아서 여전히 빛을 비춰 주고 있다. 테니스나 웅변회 같은 것들은 최초의 장면을 구성하는 소도구들이다. 그 최초의 장면에서 소월에게 삶의 의미를 가르쳐 준 사람이 조만식(曹晩植)이었다. 도산 안창호와 남강 이승훈과 고당 조만식은 평안도의 민족 기독교를 대표하는 트로이카였다. 소월이 죽던 해에 씌어진 「제이, 엠, 에쓰」의 화자는 조만식의 큰 사랑이 죽을 때까지 항상 가슴속에 있으면서 미쳐 거스르는 그의 양심을 잠재워 주리라는 것을 확신한다.

한용운(1879-1944)은 1926년에 발간한 한 권의 시집 『님의 침묵』(회동서관)으로 한국현대시사의 한자리를 차지했다. 한용운의 문학을 불교 사상에 비추어 해석해야 한다는 것은 의심할 여지가 없다. 불교를 고려하지 않으면 한용운의 문학을 이해할 수 없다고 말할 수는 없겠지만, 불교 사상에 비추어 검토할 때에 한용운의 문학이 좀 더 용이하게 파악된다고 말할 수는 있을 것이다. 예를 들어 표면적으로는 전혀 불교적인 내용을 언급하지 않은 「사랑의 측량」과 같은 작품을 살펴보기로 하자.

> 즐겁고 아름다운 일은 양이 많을수록 좋은 것입니다.
> 그런데 당신의 사랑은 양이 적을수록 좋은가 봐요.
> 당신의 사랑은 당신과 나와 두 사람의 새이에 있는 것입니다.
> 사랑의 양을 알랴면, 당신과 나의 거리를 측량할 수밖에 없습니다.
> 그래서 당신과 나의 거리가 멀면 사랑의 양이 많고, 거리가 가까우면 사랑의 양이 적을 것입니다.
> 그런데 적은 사랑은 나를 웃기더니, 만한 사랑은 나를 울립니다.
>
> 뉘라서 사람이 멀어지면, 사랑도 멀어진다고 하여요.
> 당신이 가신 뒤로 사랑이 멀어졌으면, 날마다 날마다 나를 울리는 것은 사랑이 아니고 무엇이여요.[84]

이 작품을 구성하고 있는 문장들은 다음 문장이 바로 앞에 나오는 문장을 부정하는 관계로 배열되어 있다. "양이 적을수록 좋은"이라는 문장은 "양

---

84 송욱, 『님의 침묵 전편해설』, 일조각, 1974, 105쪽.

이 많을수록 좋은"이라는 문장을 부정한다. 따라서 사랑은 즐겁고 아름다운 일이 아니다. 계속되는 네 문장(3, 4, 5, 6행)은 앞의 두 문장에 대한 주석이면서 동시에 부정이다. 사랑은 한 사람의 특수한 심정을 가리키는 단어가 아니라 인간과 인간의 특정한 관계를 지시하는 명사이다. 인간과 인간의 관계를 이 작품은 거리라는 말로 표시하고 있다. '거리가 멀다'와 '양이 많다'가 같은 의미이고, '거리가 가깝다'와 '양이 적다'가 같은 의미라면, 가까운 것이 먼 것보다 좋을 것이므로 "사랑은 양이 적을수록 좋은"이라는 문장의 의미가 해명된다. "적은 사랑은 나를 웃기더니, 만한 사랑은 나를 울립니다"라는 문장도 '가까운 거리는 웃기고 먼 거리는 울린다'라는 문장으로 변형하면 쉽게 이해할 수 있다. 그러나 이 네 문장은 즐겁고 아름다운 일과 사랑을 대립시킨 첫 두 문장의 의미를 부정하고 있는 것이다. 가까운 거리, 적은 사랑, 웃음은 즐겁고 아름다운 일에 속하기 때문이다. 이 네 문장은 마지막 두 문장에 의하여 다시 부정된다. 이 네 문장이 당신의 사랑을 말하고 있는 데 반하여 마지막 두 문장(7, 8행)은 나의 사랑을 말하고 있다. 당신의 사랑이든 나의 사랑이든 개인의 심정이 아니라 당신과 나의 관계로 드러나는 사건임에는 동일하지만, 여기서 사랑은 웃음이 아니라 울음이 된다. 이 작품의 주제를 사랑은 즐겁고 아름다운 일이 아니라 울음이라고 요약할 수 있을 듯하다. A와 B는 서로 상대방을 부정하면서 대립하여 독자적인 의미를 내세운다. 대립하고 있다는 것은 서로 의존하고 있다는 것이다. A는 B에 의존하는 A이고, B는 A에 의존하는 B이다. 그러므로 A와 B를 함께 긍정할 수밖에 없다. 그러나 서로 의존하고 있다는 것은 A에도 B에도 독자성이 없다는 의미이다. 따라서 A와 B를 함께 부정하게 된다. 그런데 부정에 그친다면 부정 자체가 독자성을 지닌 것처럼 그릇되게 알려질 수도 있다. 서로 의존하고 있다는 사실은 어느 것도 독자적인 존재가 아님을 의미한다. 결국 A니 B니 하는 현상들은 A는 B이고 B는 A라는 종합적 중도를 가리키는 암호임을 깨닫는 수밖에 없다. 이러한 논리 전개의 방법에 따라 「사랑의 측량」에 나오는 많은 양과 적은 양, 먼 거리와 가까운 거리, 눈물과 웃음의 상호관계를 검토해 볼 수 있다. 이러한 관점에 의하면 이 작품에서 말하는 사랑은 즐거움과 서글픔, 아름다움과 더러움, 많음과 적음, 가까움과 멂, 웃음과 눈물을 포괄하는 것으로 해석해야 될지 모른다.

그러나 한용운이 사상의 표현뿐만 아니라 문학적 장치들에도 크게 유념했다는 사실은 운율적 문맥에 대한 배려를 통해서도 알 수 있다.

님이여, 당신은/백 번이나/단련한/금결입니다//
뽕나무 뿌리가/산호가 되도록/천국의 사랑을/받읍소서//
님이여,/사랑이여,/아츰볕의/첫걸음이여//

님이여, 당신은/의가 무거웁고,/황금이 가벼운 것을/잘 아십니다//
거지의/거친 밭에/복의 씨를/뿌리옵소서//
님이여,/사랑이여,/옛 오동의/숨은 소리여//

님이여, 당신은/봄과 광명과/평화를/좋아하십니다//
약자의 가슴에/눈물을 뿌리는/자비의 보살이/되옵소서//
님이여,/사랑이여,/얼음바다에/봄바람이여//[85]

「찬송」의 율격은 표면구조와 내면구조가 일치하고 있다. 3음절에서 8음절에 이르는 다양한 음절들이 한 음보를 구성함으로써 매우 빠른 속도로 움직이는 운율체계이지만, 각 행이 모두 4음보로 조직되어 있기 때문에 율격적 호흡은 규칙적인 네 박자로 조절된다. 이처럼 규칙적인 율격구조는 이 시의 단순한 의미구조와 서로 조화된다. "거지의 거친 밭에 복의 씨를 뿌리옵소

---

85 송욱, 『님의 침묵 전편해설』, 221쪽.

서"는 가난한 사람이 행복하게 살 수 있는 세상에 대한 기원으로 볼 수 있다.
"옛 오동의 숨은 소리"는 오동나무에 깃들이는 봉황을 암시하며 다시 세상에
평화를 실현하는 성천자(聖天子)를 연상하게 한다. 셋째 연에는 첫째 연의 광
명과 둘째 연의 평화를 종합한 위에 자비가 첨가되어 있다. "얼음바다에 봄
바람"이 지니는 따뜻한 분위기가 "약자의 가슴에 눈물을 뿌리는" 행동과 결
합된다.

이 작품의 단순한 의미와 단순한 율격을 보조하는 요인은 소리의 결이다.
행말의 a와 ə가 각운의 직능을 담당하여 시의 통일성에 기여하며, n, m, ŋ, r,
l 등의 소리가 반복됨으로써 광명과 평화와 자비라는 주제의 부드러운 느낌
을 강화한다. 특히 다음 시행의 소릿결은 치밀하게 조직되어 의미작용을 도
와주고 있다.

nimijə saraŋijə jetotoŋii sumɨn sorijə

여기서 주목할 수 있는 것은 ijə의 미묘한 반복이 주는 간절한 호소이다.
saraŋ과 totoŋ에 나타나는 a-aŋ과 o-oŋ의 결합, nim과 mɨn에 나타나는 n-m과
m-n의 결합도 기도하는 마음에 일치하고 있다.

「나룻배와 행인」은 표면 율격과 내면 율격이 약간의 차이를 보이며, 3음보
시행과 4음보 시행이 일정한 패턴을 이루고 섞여 있다.

나는/나룻배./
당신은/행인(行人).//

당신은/흙발로/나를/짓밟습니다.//
나는/당신을 안고/물을/건너갑니다.//
나는/당신을/안으면,//깊으나 옅으나/급한 여울이나/건너갑니다.//

만일/당신이/아니 오시면,//나는/바람을 쐬고/눈비를 맞으며//밤에서 낮까지/당신을/기다리고 있습니다.//

당신은/물만/건느면,//나를/돌아보지도 않고/가십니다그려./

그러나 당신이/언제든지/오실 줄만/알아요.//

나는/당신을 기다리면서/날마다 날마다/낡아 갑니다.//

나는/나룻배./

당신은/행인.//[86]

한 음보를 구성하는 음절 수는 2음절에서 8음절까지로서 「찬송」보다도 더욱 다양하다. 표면 율격은 11행인데 내면 율격은 13행이다. 내면 율격으로 볼 때, 이 시는 4음보의 시행 둘이 앞뒤에 배치되어 3음보 시행 일곱을 포위하고 있다. 표면 율격으로 보면, 아주 느린 속도의 시행으로 시작하여 조금씩 속도를 빠르게 해 나가다가 여섯째 시행에 이르러 가장 빠른 속도가 되고, 다시 조금씩 속도를 느리게 해 나가다가 아주 느린 속도의 시행으로 종결된다.

3음보 또는 4음보 시행을 기저형으로 삼고 그것을 다양하게 변형하는 것이 우리 시의 조직 원리이다. 그런데 한용운의 시 가운데 많은 작품들은 내면 율격 또는 기저형을 찾기 어려운 율격 형태를 보이고 있다. 운율적 의미가 배경으로 물러가고 비유적 의미가 전경으로 나오는 경우에는 운율이 아니라 비유가 시의 주도소(主導素)로 작용한다. 그러나 이때에도 시의 소리 조직 자체를 무시하면 안 된다.

오서요, 당신은 오실 때가 되얏어요, 어서 오서요.

당신은 당신의 오실 때가 언제인지 아십니까, 당신의 오실 때는 나의 기다리

---

86   송욱, 『님의 침묵 전편해설』, 83-84쪽.

는 때입니다.

　당신은 나의 꽃밭으로 오서요, 나의 꽃밭에는 꽃들이 피어 있습니다.

　만일 당신을 좇아오는 사람이 있으면, 당신은 꽃 속으로 들어가서 숨으십시오.

　나는 나비가 되야서 당신 숨은 꽃 위에 앉겠습니다.

　그러면 좇아오는 사람이 당신을 찾을 수는 없습니다.

　오서요, 당신은 오실 때가 되얐습니다. 어서 오서요.

　당신은 나의 품으로 오서요, 나의 품에는 보드라운 가슴이 있습니다.

　만일 당신을 좇아오는 사람이 있으면, 당신은 머리를 숙여서 나의 가슴에 대입시오.

　나의 가슴은 당신이 만질 때에는 물같이 보드러웁지마는, 당신의 위험을 위하여는 황금의 칼도 되고, 강철의 방패도 됩니다.

　나의 가슴은 말굽에 밟힌 낙화가 될지언정, 당신의 머리가 나의 가슴에서 떨어질 수는 없습니다.

　그러면 좇아오는 사람이 당신에게 손을 대일 수는 없습니다.

　오서요, 당신은 오실 때가 되얐습니다. 어서 오서요.

　당신은 나의 주검 속으로 오서요, 주검은 당신을 위하야의 준비가 언제든지 되야 있습니다.

　만일 당신을 좇아오는 사람이 있으면, 당신은 나의 주검의 뒤에 서십시오.

　주검은 허무와 만능이 하나입니다.

　주검의 사랑은 무한인 동시에 무궁입니다.

　주검의 앞에는 군함과 포대가 티끌이 됩니다.

　주검의 앞에는 강자와 약자가 벗이 됩니다.

그러면 좇아오는 사람이 당신을 잡을 수는 없습니다.

오서요, 당신은 오실 때가 되얐습니다. 어서 오서요.[87]

「오서요」의 시행들은 반드시 그런 것이 아니더라도 대체로 문장의 단위로 나뉘어져 있다. 이 작품의 주제를 분석하기 전에 행말 동사와 구절의 동사, 그리고 낱말들의 상호작용에 대하여 검토하면 여러모로 도움이 된다. 21개의 행말 동사 가운데 '입니다'(3개), '있습니다'(3개), '없습니다'(4개) 등의 현재 시제가 10개이고, '오서요'(4개), '됩니다'(3개), '앉겠습니다'(1개), '숨으십시오'(1개), '대입시오'(1개), '서십시오'(1개) 등의 미래 시제가 11개이며, 과거 시제는 하나도 없다. 이러한 행말 동사의 분석을 통하여 우리는 「오서요」의 주제가 과거보다는 현재와 미래로 향하고 있음을 짐작할 수 있다. 각 행에 내포된 구절의 동사는 '온다'(11개), '된다'(9개), '좇아온다'(6개), '있다'(3개) 이외에 '안다', '댄다', '간다', '숙인다', '숨는다', '만진다', '찾는다', '잡는다', '밟힌다', '기다린다', '들어간다', '떨어진다'가 각각 1개이다. 여기서 '있다'가 상태를 나타내는 동사일 뿐이고 나머지 동사가 모두 과정을 나타내는 동사들이며, '밟힌다'와 '떨어진다'가 수동태의 동사이고 기타의 동사는 모두 의도를 포함한 능동태의 동사들이다. 이러한 분석을 통해서도 우리는 이 작품의 주제가 상태보다는 과정에, 수동성보다는 능동성에 접근해 있음을 알 수 있다.

이 작품의 주제를 파악하는 데 가장 도움이 되는 문학적 장치는 낱말들의 상호작용이다. 둘째 연의 '꽃', '꽃밭', '나비'와 셋째 연의 '품', '가슴', '방패'는 나의 본성을 암시하는 동의관계에 있다. 「오서요」 안에 여섯 번이나 반복되는 '좇어온다'와 둘째 연의 '찾는다', 셋째 연의 '대인다', 넷째 연의 '잡는다'는 적의 본성을 암시하는 동의어들이다. '칼', '방패', '말굽', '군함', '포대' 등의 명사들은 전쟁의 분위기를 조성하는 기능으로서 동의관계에 있다. '허무'와 '만

87   송욱, 『님의 침묵 전편해설』, 351-352쪽.

능', '티끌'과 '포대', '강자'와 '약자'는 힘의 유무를 기준으로 하는 반의관계에 있다. 셋째 연에 나오는 '물'과 '황금'과 '강철'은 나와 당신, 나와 적의 관계구조에 따라 변화하는 내 가슴의 양면성이므로 유의어의 상호작용이라고 해석할 수 있다. 이 시의 동의어와 반의어와 유의어의 구심력은 '주검'이라는 하나의 중심을 향하고 있다. 당신에 대한 나의 사랑은 '꽃밭'·'꽃'·'나비'와 '품'·'가슴'·'방패'를 더 높은 수준으로 통일하고 '물'과 '강철'을 더 높은 단계에서 종합하는 '주검'에 이르러 참다운 모습을 드러낸다. 죽음의 사랑은 무한인 동시에 무궁인 것이다. 죽음은 적의 본성으로 상징되는 '만능', '군함', '포대', '강자' 따위의 명사들을 그 반대물로 전환시킨다.

이 시에는 '당신'이 스물세 번, '나'가 열두 번, '때'가 일곱 번, '쫓어오는 사람'이 여섯 번 나온다. 이 네 개의 명사들은 긴밀한 함수관계로 얽혀져 있다. 이 시 자체로서만 볼 때에는 가장 많이 나오는 '당신'의 의미가 오히려 모호하다. 작품의 주제와 연관된 핵심 어구는 '때가 되얐어요', '때가 되얐습니다'의 '때가 되얐다'이다. 충만한 시간 또는 시간의 성숙은 주체적인 나의 행동이 획득한 하나의 성과이다. 적의 추격과 박해도 불변의 상수가 아니라 나의 행동에 따라서 약화되며, 나의 죽음 앞에서 소멸하는 변수에 지나지 않는다. 마음은 인과의 연쇄를 초월하는 창조의 근거가 될 수 있다. 이것이야말로 "온갖 현상의 발생은 오직 마음의 나타남일 뿐이며, 온갖 인과가 다 마음으로 말미암아 체(體)를 이룬다"[88]라는 불교의 연기사상(緣起思想)이다. 나와 당신과 때가 동일한 방향으로 움직여 나아가며, 적은 이러한 운동과 실천을 가로막는 방향으로 작용하고 있다. 그러므로 이 시의 주제는 '당신을 사랑하고 적과 싸우는 나의 주체적 행동'이라고 할 수 있다. 좀 더 간단히 말하면 '힘과 사랑의 대립'에 이 작품의 주제가 집약되어 있다.

한용운은 「님의 얼굴」에서 "자연은 어찌하야 그렇게 어여쁜 님을 인간으로

---

88 한용운, 『불교대전』, 이원섭 역, 현암사, 1980, 88쪽.

보냈는지, 아모리 생각하야도 알 수가 없습니다"라고 하여 '님'이 '사람'임을 스스로 밝혔다. 한용운의 시에 나오는 임은 대부분의 경우에 내가 함께 살고 함께 일하고 싶은 참된 사람이라고 해석할 수 있다. 그러나 '님'을 참된 사람으로만 규정할 수 없게 하는 작품들이 적지 않다. 「진주」, 「슬픔의 삼매」, 「의심하지 마서요」, 「비방」, 「당신의 편지」, 「거짓 이별」, 「버리지 아니하면」, 「당신의 마음」, 「쾌락」 등의 작품에 나타난 '님'은 시의 화자가 그처럼 되려고 노력해야 할 인간으로 형상화되어 있지 않다.

그것은 어머니의 가슴에 머리를 숙이고 아기자기한 사랑을 받으랴고, 삐죽거리는 입설로 표정하는 어여쁜 아기를 싸안으려는 사랑의 날개가 아니라, 적의 깃발입니다.

그것은 자비의 백호광명이 아니라, 번득이는 악마의 눈빛입니다.

그것은 면류관과 황금의 누리와 주검과를 본 체도 아니하고, 몸과 마음을 돌돌 뭉쳐서 사랑의 바다에 풍당 넣으려는 사랑의 여신이 아니라, 칼의 웃음입니다.

아아 님이여, 위안에 목마른 나의 님이여. 걸음을 돌리서요, 거기를 가지 마서요, 나는 싫어요.[89]

「가지 마서요」의 첫 연에서 무엇보다 먼저 눈길을 끄는 것은 독특한 문장 형식이다. '그것은 A가 아니라 B이다'라는 형태의 세 문장이 병렬되어 있다. A에는 많은 수식어가 부가되어 있으나 B는 간명하게 규정되어 있다. A는 '사랑'과 '자비'를 의미하는데, 그것도 어머니나 부처님의 사랑이다. 면류관과 황금, 다시 말해서 권력과 재산을 무시하고 죽음조차도 초월한 사랑이다. B는 '적의 깃발', '악마의 눈빛', '칼의 웃음'이다. 깃발과 눈빛과 웃음은 유혹을 암

89   송욱, 『님의 침묵 전편해설』, 38쪽.

시하지만, 단순히 나쁜 일로 유혹하는 데 그치지 않고, '적', '악마', '칼'이 알려 주는 대로 죽음을 나타낸다. 셋째 문장 안에는 죽음을 초월한 사랑과 죽음으로 유혹하는 적이 대립하고 있다. 악마는 참된 죽음이 아니라 '거짓 죽음'으로 유혹하는 것이다. 임은 B를 A로 착각하고 유혹에 몸을 맡기려 한다. 이 작품에서 나는 적과 대립하고 있을 뿐만 아니라 임과도 대립하고 있다. 나는 A와 B의 차이를 명확하게 인식하고 있기 때문이다.

> 대지의 음악은 무궁화 그늘에 잠들었습니다.
> 광명의 꿈은 검은 바다에서 자맥질합니다.
> 무서운 침묵은 만상의 속살거림에 서슬이 푸른 교훈을 나리고 있습니다.
> 아아 님이여, 새 생명의 꽃에 취하랴는 나의 님이여, 걸음을 돌리서요, 거기를 가지 마서요, 나는 싫어요.[90]

둘째 연은 객관적인 상황을 제시하는 내용이다. 임은 적의 유혹을 새 생명의 꽃으로 오해하고 있다. 그러나 그것은 생명의 반대물일 터이니, 이 연에는 삶과 죽음의 대립이 포함되어 있다고 해석해도 무방하다. '대지의 음악'과 '무궁화 그늘', '광명의 꿈'과 '검은 바다'가 반의어로 관계되어 있으나, 그것을 대립으로만 볼 수는 없다. 대지의 음악과 광명의 꿈이 완전히 소멸하지는 아니하였다. 그것들은 잠들어 있고 허우적거리고 있다. '무궁화 그늘'이란 낱말을 통하여 우리는 임의 처지가 개인의 상태만이 아니라 민족의 곤경, 즉 시대의 어둠에 연결되어 있음을 짐작할 수 있다. 시대의 필연적 요청은 속살거림이 아니라 무서운 침묵이고, 말없이 실천하는 거절이다. 역사적 실천에 대한 필연적 요청이 서슬이 푸를 것은 당연하다.

---

90 송욱, 『님의 침묵 전편해설』, 38-39쪽.

거룩한 천사의 세례를 받은 순결한 청춘을 똑 따서 그 속에 자기의 생명을 넣어서, 그것을 사랑의 제단에 제물로 드리는 어여쁜 처녀가 어데 있어요.

달금하고 맑은 향기를 꿀벌에게 주고, 다른 꿀벌에게 주지 않는 이상한 백합 꽃이 어데 있어요.

자신의 전체를 주검의 청산에 장사 지내고, 흐르는 빛으로 밤을 두 쪼각에 베히는 반딧불이 어데 있어요.

아아 님이여, 정에 순사하려는 나의 님이여. 걸음을 돌리서요, 거기를 가지 마서요, 나는 싫어요.[91]

셋째 연에서 임의 모습이 비유로 묘사된다. 이 연의 네 문장은 모두 임의 죽음을 의미하고 있다. 표면의 문맥으로 보면 임은 죽음을 원하고 나는 임에게 삶을 권유하는 내용으로 전개되는 듯하다. 그러나 실제로는 정에 순사하려는 임에게 내가 호소하는 내용은 그러한 죽음이 보람 없는 행동이라는 것이다. '순결', '향기', '빛'은 임의 속성을 나타내고, '처녀', '백합', '반딧불'은 임의 모습을 표시한다. 이 시에서 임은 깨끗하고 여리고 고운 여자로 그려져 있다. 세 개의 비유들이 정념에 사로잡혀 죽음을 향해 걷고 있는 임의 행동을 묘사하고 있다.

a. 처녀가 청춘을 딴다. 생명을 넣는다. 사랑의 제단에 드린다.
b. 백합꽃이 꿀벌에게 향기를 준다. 다른 꿀벌에게는 주지 않는다.
c. 반딧불이 자신을 청산에 장사 지낸다. 흐르는 빛이 밤을 둘로 벤다.

반딧불이 밤을 둘로 갈라놓는다는 비유는 아름다운 이미지이지만, 아름다운 묘사를 목적으로 하여 조직된 비유는 아니다. 행동 자체로만 살피면

---

91   송욱, 『님의 침묵 전편해설』, 39쪽.

a는 헌신, b는 봉사, c는 희생을 드러내고 있다. 그러나 그것은 사사로운 헌신이고 개인적인 봉사이고 순간적인 희생이다. 여기서 우리는 이 시의 주제를 파악할 수 있다. 내가 임에게 권유하는 것은 죽음의 회피가 아니라 좀 더 공변된 헌신, 사회적인 봉사, 항구적 가치를 위한 희생이다. 논개 앞에서 언약한 역사적 실천을 시인은 이제 다른 사람에게 요구하고 있다. 「가지 마서요」에 등장하는 '님'은 식색(食色)의 사욕에 시달리는 '보통 사람'인 것이다. 『님의 침묵』의 「군말」에 기록된 대로 해석한다면 석가의 임은 중생이고 칸트의 임은 철학이고 장미화의 임은 봄비이고 마치니의 임은 이탈리아이고 한용운의 임은 "해 저문 벌판에서 돌아가는 길을 잃고 헤매는 어린 양"이다. 한용운은 「가지 마서요」에 나오는 젊은이들을 자신의 임으로 여기고 사랑하였다.

> 그 나라에는 허공이 없습니다.
> 그 나라에는 그림자 없는 사람들이 전쟁을 하고 있습니다.
> 그 나라에는 우주만상의 모든 생명의 쇳대를 가지고, 척도를 초월한 삼엄한 궤율로 진행하는 위대한 시간이 정지되얏습니다.
> 아아 님이여, 주검을 방향(芳香)이라고 하는 나의 님이여, 걸음을 돌리서요, 거기를 가지 마서요, 나는 싫어요.[92]

「가지 마서요」의 넷째 연에는 한용운의 불교 사상이 직접 토로되어 있다. 임이 가고자 하는 나라에는 허공과 시간이 없다. 불교의 교리로 볼 때 허공과 바다는 '공'을 가리키는 경우가 많다. 행동의 주체로부터, 그리고 행동의 대상으로부터 동시에 거리를 유지하면서 진실을 추구하여 그치지 않는 생활 태도가 대체로 이 '공'을 실천하는 태도라고 할 수 있다. 이 항구한 허공은 반딧불의 순간적인 광채와 대립되어 있다.

---

92   송욱, 『님의 침묵 전편해설』, 39-40쪽.

'위대한 시간'은 우주만상의 모든 생명의 열쇠를 쥐고서, 척도로 잴 수 없는 법칙대로 진행한다. 우리는 위대한 시간을 역사의 별명으로밖에 다르게는 해석할 수 없다. 삼엄한 역사적 현실은 나약한 애착과 환상적인 애욕을 부정한다. '그림자 없는 사람'이란 사람답지 아니한 못된 사람이다. 불교에서는 이들을 '비인(非人)'이라고 한다.[93] 비인의 전쟁은 권력과 재산을 목표로 한 생사를 건 투쟁을 의미할 수도 있고, 침략주의자들의 노략질을 의미할 수도 있다. 임이 사사로운 욕정에 묻혀 있을 때에도 침략자들의 착취는 계속해서 더욱 강화되리라는 사실을 암시하고 있는 듯하다. 「가지 마서요」의 기본구조는 개인과 역사의 대립 위에서 전개되고 있다. 개인에게 방향(芳香)인 것이 민족의 죽음으로 통할 수도 있다는 시대인식을 우리는 이 작품에서 엿볼 수 있다.

어떤 현상을 대하는 상식적 관점은 생은 생이요, 멸은 멸이라고 본다. 이에 대하여 생과 멸이 서로 의존하므로 생멸은 독자적 존재가 아닌 가상이라고 보는 관점도 가능하다. 이것은 생멸을 부정하고 불생멸을 긍정하는 입장이다. 그러나 생멸이 없다면 불생멸도 없을 것이므로 생멸이 가상이라면 불생멸도 가상이다. 생멸은 불생멸에 의존하여 존재하고 불생멸은 생멸에 의존하여 존재하는 것이다. 좀 더 깊이 반성해 볼 때 생멸하는 모든 현상을 독자적인 존재라고 중시하는 생각과 생멸을 부정하고 현실적인 삶을 무시하는 생각은 모두 그릇된 견해임을 알 수 있다. 그러므로 불교 사상은 "생멸이 곧 불생멸이다"라고 보아 "온갖 사물은 곧 그대로 공이다"라는 인식을 목표로 삼는다. 생멸이 곧 불생멸이라는 인식은 만나는 참된 사람이건 보통 사람이건 만나는 모든 사람을 임으로 대하고 그들의 고통을 자기의 상처로 여기는 생활 태도 이외에 다른 것이 아니다.

---

93 陳義孝, 『佛學常見詞彙』, 臺北: 文津出版社, 1988, 206쪽.

3) 임화와 이용악과 오장환

임화(1908-1953)는 「네거리의 순이」(《조선지광》 1929. 1), 「우리 오빠와 화로」 (《조선지광》 1929. 2), 「어머니」(《조선지광》 1929. 4)에서 1인칭 화자가 누이나 오빠나 어머니에게 이야기를 말하는 1인 연극의 형식으로 한국시에 사회주의를 도입하는 데 성공하였다. 어머니가 돌아가고 남매가 노동자로서 사는 가운데 순이는 노동운동을 하는 애인을 만난다.

> 언 밥이 주림보다 쓰리게
> 가난한 청춘을 울리던 날
> 어머니가 되어 우리를 따뜻한 품속에 안아 주던 것은
> 오직 하나 거리에서 만나 거리에서 헤어지며
> 골목 뒤에서 중얼대고 일터에서 충성되던
> 꺼질 줄 모르는 청춘의 정열 그것이었다.[94]

애인이 구속되고 순이는 여윈 손가락으로 벽돌담에 하루하루 날짜를 금 그어 달력을 그리며 석방의 날을 기다린다. 오빠는 눈보라 치는 종로 네거리에서 순이의 손을 잡고 투쟁하는 청춘이 행복한 청춘이라고 격려해 준다.

> 어서 너와 나는 번개처럼 두 손을 잡고
> 내일을 위하여 저 골목으로 들어가자
> 네 사내를 위하여
> 또 근로하는 모든 여자의 연인을 위하여[95]

---

94 임화, 『임화전집』 1, 김외곤 편, 박이정, 2000, 47쪽.
95 임화, 『임화전집』 1, 48쪽.

「우리 오빠와 화로」에는 세 남매가 등장한다. 오빠는 인쇄소에서 일하고 누이는 비단공장에서 일하고 막내 영남은 담배공장에서 일한다. 시는 영남이가 날품을 팔아서 사 온 거북무늬 화로가 깨어졌다는 탄식으로 시작하는데 이것은 오빠가 체포되는 사건을 암시하는 비유이다. 화로는 깨어지고 화젓가락만 오빠 잃은 남매와 같이 벽에 나란히 걸려 있다. 그날 저녁에 그녀의 오빠는 형사들의 손에 끌려갔다. 남매는 오빠와 핏줄을 나눈 것을 자랑스럽게 여기고 고난을 견뎌 내겠다고 다짐한다. 화로가 깨어져도 화젓가락이 깃대처럼 남아 있듯이 어린 선도자(pioneer) 영남이가 있고 이 세상의 어린 선도자들 모두의 누나인 그녀의 따뜻한 가슴이 있다고 말하고 고맙고 사랑스러운 오빠의 동지들과 그들 남매의 친구들이 건강하게 매일매일 싸움을 계속하고 있다는 소식을 오빠에게 전한다. 여자의 목소리가 시의 서사에 서정성을 부여하는 것이 이 시의 특징이 된다. 「어머니」는 누이의 애인 순봉의 관을 따라가면서 저세상의 어머니에게 말하는 이야기시이다. 늙고 외롭고 가난한 순봉의 어머니 사정을 전하면서 화자는 죽은 순봉과 그들 남매는 "또다시 이런 서러운 어머니와 아들을/두 번 또 뒤 세상에 안 남기기 위하여", "세상의 가장 거룩하고 위대한 즐거움을 어머니 가슴에 안겨 드리"기 위하여 투쟁하는 것이라고 말한다. 임화의 시는 예외 없이 개인의 비극을 집단적 영웅주의로 전환한다.

젊은 귀한 아들 내 동무를 없앤
이 원통하고 분한 사실을 내 코에서 김이 날 때까지 잊지를 않겠어
어머니 걱정 말우 나는 안 잊어버릴 테야[96]

「담(曇) — 1927」(《예술운동》 1927. 11)은 사회주의 운동가 사코와 반제티를 처

형한 "인류의 범죄자, 역사의 도살자인 아메리카 부르주아 정부"에 항의하는 국제적 투쟁이 제3 국제당(인터내셔널)의 지휘 아래 뉴욕, 새크라멘토, 코펜하겐, 암스테르담, 파리, 핀란드, 스위스 등에서 전개되고 있다는 것을 알리는 시이고, 「병감(病監)에서 죽은 녀석」(《무산자》 1929. 7)은 일본 사회주의자들이 1929년 3월 15일에 노농장(勞農葬)을 거행하여 야마모토 센지(山本宣治)와 와타나베 마사노스케(渡邊政之輔)의 죽음을 기억하듯이 1929년 6월 10일에 감옥에서 죽은 동지의 죽음을 한국 사회주의자들도 잊지 말고 가슴에 새기고 "더 무섭게 죽음을 안고 싸우"자는 결의를 다짐하는 시이다. 「우산 받은 요코하마의 부두」(《조선지광》 1929. 9)는 한국과 일본의 노동자들이 전개하는 연대투쟁을 일본에서 추방당하는 한국 남자가 가요(加代)라는 일본 여자에게 토로하는 연서(戀書)의 형식으로 형상화한 시이다. 「우산 받은 요코하마의 부두」는 1929년 2월에 발표된 나카노 시게하루(中野重治, 1902-1979)의 「비 내리는 시나가와역」에 화답하는 시이다. 두 시에 모두 일본인과의 계급연대 활동 때문에 강제로 추방당하는 한국인이 등장한다. 가요는 비가 오는 요코하마의 부두를 종이우산을 받고 뛰어오고 있다. 화자는 비라도 오지 않았으면 덜 힘들었을 것이라고 여자를 염려하다가 홍수가 나서 부두가 떠나가고 슬픔에 여자의 목이 메어지더라도 일본 정부가 한국의 반역청년을 용인할 리는 없을 것이라는 사실을 인식하라고 부탁한다. 일본 정부는 구치소에 갇힌 일본 청년들의 반역도 받아들이지 않았다. 웃음과 정열로 가득 차 있던 그들의 방에는 형사들의 구둣발 자국 이외에는 아무것도 남아 있지 않다.

나는 너를 위하고 너는 나를 위하여
그리고 그 사람들은 너를 위하고 너는 그 사람들을 위하여
어째서 목숨을 맹세하였으며
어째서 눈 오는 밤을 몇 번이나 거리에서 새웠던가

거기에는 아무 까닭도 없었으며

우리는 아무 인연도 없었다

더구나 너는 이국의 계집애 나는 식민지의 사나이

그러나―오직 한 가지 이유는

너와 나―우리들은 한낱 근로하는 형제이었던 때문이다[97]

검정 옷을 입은 경찰관의 배를 타라는 재촉을 받으며 화자는 젊은 노동자들의 물결이 억압자들을 쓸어버릴 날이 올 것이고 그때는 그도 부산에서 나고야와 고베를 거쳐 도쿄로 돌아올 것이라고 말한다. 그는 여자에게 분노를 착취자의 얼굴과 머리를 향하여 쏟아 부으며 희망을 가지고 돌아가 갇혀 있는 동지들과 공장에서 어머니와 누나를 그리워하며 울고 있는 호쿠리쿠(北陸)의 유년공들을 보살펴 주라고 부탁한다. 1938년에 간행한 시집 『현해탄』(동광당서점)에는 41편의 시가 실려 있다. 이 시집의 화자들은 모두 일본으로 건너가는 바다 위에서 "정녕 이곳에 고향으로 가지고 갈 보배가 있는가? 나는 학생으로부터 무엇이 되어 돌아갈 것인가?"[98]라는 질문에 시달린다. 한국의 청년들은 평안이나 행복을 구하여 물결에 몸을 맡긴 것이 아니었다. 그들은 희망을 안고 건너가 결의를 가지고 돌아왔다. 낯선 곳에서 얼굴이 찌들고 등이 굽어도 한국 청년들이 끊임없이 건너가고 돌아오는 현해탄은 한국의 해협이다.

예술, 학문, 움직일 수 없는 진리…

그의 꿈꾸는 사상이 높다랗게 굽이치는 도쿄

모든 것을 배워 모든 것을 익혀

97 임화, 『임화전집』 1, 67쪽.
98 임화, 『임화전집』 1, 184쪽.

다시 이 바다 물결 위에 오를 때

나는 슬픈 고향의 한밤

해보다도 밝게 타는 별이 되리라[99]

「현해탄」은 바다 위에서 죽은 사람도 있고 돌아와서 죽어 가는 사람도 있고 생사조차 알 수 없는 사람도 있으나 새벽별이 그들의 이름을 비추고 바다 물결이 그들의 일생을 전설로 속삭일 때가 올 것이라는 희망의 언어로 끝난다.

임화는 사회주의 문학운동단체인 카프에서 활동하였다. 1922년 9월에 이적효, 이호, 김홍파, 김두수, 최승일, 김영팔, 심훈, 송영 등이 염군사(焰群社)를 결성하였고 1923년 말에 박영희, 안석주, 김형원, 김복진, 김기진, 이익상, 이상화, 연학년 등이 자기들 이름의 영문자를 조합하여 파스큐라(PASKYULA)를 결성하였고 1925년 8월 23일에 이 두 단체의 박영희, 김기진, 이호, 김영팔, 이익상, 박용대, 이적효, 이상화, 김온, 김복진, 안석영, 송영, 최승일, 심훈, 조명희, 이기영, 박팔양, 김양이 모여서 카프(KAPF: 에스페란토어 Korea Artista Proleta Federatio의 약자)를 조직하였다. 카프가 발족되자 곧 한설야, 윤기정, 유진오, 이양, 홍효민, 조중곤, 김대준, 김창술이 가입하였다. 1926년 12월에는 임화, 김두용, 한식, 이북만이 가입하여 카프의 방향을 문학운동에서 사회운동으로 전환하자고 주장하였다. 임화는 1929년에 일본에 가서 영화를 공부하고 1931년 여름에 돌아와 스물세 살에 카프의 주도권을 장악하였다. 1931년 초에 이북만이 도쿄에서 발간한 잡지 《무산자》를 유포하던 안막의 체포로 인해서 1931년 2월에서 8월 사이에 김남천 등 80명이 검거되었다가 12월에 전원이 불기소로 석방되었다. 1930년 이후에는 도쿄에서 돌아온 임화, 권환, 안막, 김남천이 카프의 주도권을 장악하고 대중과 광범위하게 연대

99   임화, 『임화전집』1, 128쪽.

하고 노동자·농민과 협력할 수 있는 실천방안을 모색하였다. 그들은 카프의 활동 영역을 대중에게 개방해야 한다고 주장하였다. 1934년 초에 카프의 연극단체인 신건설의 삐라를 가진 학생이 전북 금산에서 체포되어 1934년 5월에서 12월 사이에 80여 명이 다시 검거되었으나 1935년 5월 21일에 김남천이 병으로 불구속 기소되어 있던 서기장 임화와 협의하여 경기도 경찰부에 카프의 해산계를 제출하였기 때문에 역시 전원이 1935년 겨울에 석방되었다. 10년 동안 계속된 카프의 활동은 카프의 주도자들이 『자본론』을 정확하게 이해하지도 못하였고 한국의 현실을 충실하게 분석하지도 못하였기 때문에 사회운동으로서나 문학운동으로서나 큰 성과를 낼 수 없었다. 그러므로 카프의 활동에 대해서는 문단사에서 다루고 문학사에서는 카프에 참여한 작가들의 경우에도 그들의 작품을 작품 중심으로 다루어야 할 것이다.

이용악(1914-1971)은 도쿄의 삼문사에서 두 권의 시집 『분수령』(1937)과 『낡은 집』(1938)을 발간하였고 해방 직후에 아문각에서 『오랑캐꽃』(1947)을 발간하였다. 그는 체험의 강도를 밀도 있게 표현하면서 동시에 체험의 배경이 되는 현실을 간결하고 명료하게 형상화하였다. 이용악의 거의 모든 시에는 사람이 등장한다. 그의 시는 인간에 대한 관심을 바탕으로 삼는다. 그는 나라 잃은 시대의 궁핍한 생활을 센티멘털리즘을 철저하게 배제하고 기록하였다. 그가 함경도 방언을 사용한 것은 체험을 표출하는 데 인위적인 언어인 표준어보다 자연에 가까운 언어인 방언이 더 효과적이라고 판단했기 때문이었다. 방언은 민들레나 들메꽃처럼 있는 그대로 거기에 그냥 존재하는 언어이다.

> 우리 집도 아니고
> 일갓집도 아닌 집
> 고향은 더욱 아닌 곳에서
> 아버지의 침상 없는 최후 최후의 밤은

풀버레 소리 가득 차 있었다

노령을 다니면서까지
애써 자래운 아들과 딸에게
한마디 남겨 두는 말도 없었고
아무을만의 파선도
설룽한 니코리스크의 밤도 완전히 잊으셨다
목침을 반듯이 벤 채

다시 뜨시잖는 두 눈에
피지 못한 꿈의 꽃봉오리가 갈앉고
얼음장에 누우신 듯 손발은 식어 갈 뿐
입술은 심장의 영원한 정지를 가르쳤다
때늦은 의원이 아모 말 없이 돌아간 뒤
이웃 늙은이 손으로
눈빛 미명은 고요히
낯을 덮었다
우리는 머리맡에 엎디어
있는 대로의 울음을 다아 울었고
아버지의 침상 없는 최후 최후의 밤은
풀버레 소리 가득 차 있었다[100]

이용악의 「풀버레 소리 가득 차 있었다」는 소달구지에 소금가마를 싣고 함
경도와 러시아를 왕래하다 러시아에서 객사한 아버지의 죽음을 아무런 시적

100 이용악, 『이용악 시전집』, 윤영천 편, 문학과지성사, 2018, 36-37쪽.

장식 없이 기록한 시이다. 아버지는 아무 말 없이 세상을 뜨고 이웃집 노인이 역시 말없이 무명천을 아버지의 얼굴에 덮는다. 아버지는 함경도 가까운 러시아에 들어가 일을 하며 5남 2녀를 키웠다. 아무르만에서는 파선을 당했고 썰렁한 니콜라엡스크에서는 잘 곳을 못 찾아 밤거리를 헤맸다. 객지의 객사에서 침상도 없이 최후의 밤을 맞는 아버지를 슬퍼하는 것은 아들딸과 풀벌레들뿐이다. 아무도 알아주지 않는 아버지의 삶에서 아들은 위대한 의미를 발견한다. 아버지의 방황과 고통에는 의미가 있다는 것을 아들은 깊이 확신하고 있다. 오직 가족과 함께 살아남기 위해 나쁜 짓 안 하고 열심히 일한 아버지의 죽음을 아들은 영웅의 죽음처럼 장엄하게 묘사한다. 사연을 대담하게 생략하고 간결, 명료하게 묘사하여 감정을 함축적으로 드러내는 것이 이용악 시의 특징이다. 그의 시에 등장하는 인물들은 모두 힘들게 사는 사람들이지만 예외 없이 비장하게 묘사되어 있다. 이용악은 비유를 피하고 묘사에 의지하여 지용과는 다른 정한의 깊이를 보여 주었다. 아버지의 때 이른 객사로 어머니는 국수장사, 떡장사, 계란장사 등으로 가계를 꾸려 나갔고 이용악과 그의 형제들도 모두 고학을 하며 공부를 하였다. 「우라지오 가까운 항구에서」는 블라디보스토크에서 눈 내리는 섣달 그믐날 밤에 어렸을 적 일을 추억하는 시이다. 곱슬머리를 넘기며 누이가 블라디보스토크 이야기를 해 달라고 조르면 어머니는 밤늦도록 그곳에서 소금을 밀수하며 겪은 일을 서투른 러시아말을 섞어 가며 들려주었다. 그는 어렸을 적 일을 하나도 빼지 않고 기억하는 자신을 대견스럽게 생각한다. 바다가 얼어 배 한 척 드나들지 못하지만 그는 오도 가도 못할 처지에서도 지나온 날들을 떳떳하게 긍정하고 마음의 날개를 털고 날고 싶다는 꿈을 포기하지 않는다. 노동으로 삶을 영위해 온 자신을 그는 한 마리 표범에 비유한다. "걸어온 길가에 찔레 한 송이 없었대도" 그 표범은 걸어온 자국 자국을 뉘우칠 줄 모른다. 「항구」에서 이용악은 나진 항구에 닿은 기선에서 내리는 승객들의 희멀건 얼굴과 부두에서 일하는 인부들의 꺼무튀튀한 얼굴을 대조한다. "그 가운데서도 나는 너무나 어린/어린 노동자였고 ….” 오랜 시간이 지나서도 그는 날마다 바다의 꿈을 꾸고 그 시절의 나진으로 돌아간다. 이용악은 니혼대학 예술과에 다니던 스무 살 때와 조치(上智)대학 신문과에 다니던 23-26세 때에 도쿄 근처 시무라(志村)와 시바우라(芝浦)의 항만 매립작업장에서 일하였고 메구로(目黒)의 군부대에서 나오는 잔반(殘飯)으로 끼니를 해결하였다. 그 무렵 그의 방은 책 대신 약병들로 가득 차 있었다.

> 약이요 네 벽에 층층이 쌓여 있는 것
> 어느 쪽을 무너뜨려도 나의 책들은 아니올시다
> 약상자뿐이요 오래 묵은 약병들이요[101]   (「열두 개의 층층대」 부분)

> 땀 마른 얼굴에
> 소금이 싸락싸락 돋힌 나를
> 공사장 가까운 숲속에서 만나거든
>   내 손을 쥐지 말라
>   만약 내 손을 쥐더라도
> 옛처럼 네 손처럼 부드럽지 못한 이유를
> 그 이유를 묻지 말아다오

> 주름 잡힌 이마에
> 석고처럼 창백한 불만이 그득한 나를
> 거리의 뒷골목에서 만나거든
>   먹었느냐고 묻지 말라
>   굶었느냐곤 더욱 묻지 말고

---

101 이용악, 『이용악 시전집』, 125쪽.

꿈같은 이야기는 한마디도
나의 침묵에 침입하지 말아다오

폐인인 양 시들어져
턱을 괴고 앉은 나를
어둑한 폐가의 회랑에서 만나거든
　　울지 말라
　　웃지도 말라
너는 평범한 표정을 지켜야겠고
내가 자살하지 않은 이유를
그 이유를 묻지 말아다오[102]　　　　　　　　　　　　(「나를 만나거든」)

「검은 구름이 모여든다」는 조카의 무덤에서 쓴 시이다. 아버지가 집을 나가고 어머니가 또 딸을 버리고 도망쳤다. 쪽배를 접어 달라고 부탁하던 것을 생각하고 종이배를 만들어 개울에 띄우면서 혼자서도 꿋꿋하게 크던 조카의 모습을 머릿속에 그리며 안타까워하면서도 또 한편으로는 항구에서 굶고 있는 어머니와 아편쟁이가 된 아버지를 보지 않고 간 것을 오히려 다행으로 여긴다. 「전라도 가시내」는 북간도의 주막에서 일하는 전라도 여자의 신세를 공감의 시각으로 기록한 시이다. 그녀는 늦가을에 두만강을 건너왔다. 기차(불술기) 속에서 이틀 낮밤을 울었으나 만주에서 석 달을 지낸 이제는 남실남실 술을 따르게 되었다.

　네 두만강을 건너왔다는 석 달 전이면
　단풍이 물들어 천 리 천 리 또 천 리 산마다 불탔을 텐데

102　이용악, 『이용악 시전집』, 32-33쪽.

그래두 외로워서 슬퍼서 치마폭으로 얼굴을 가렸더냐
두 낮 두 밤을 두르미처럼 울어 울어
불술기 구름 속으로 달리는 양 유리창이 흐리더냐

차알싹 부서지는 파도 소리에 취한 듯
때로 싸늘한 웃음이 소리 없이 새기는 보조개
가시내야
울 듯 울지 않는 전라도 가시내야
두어 마디 너의 사투리로 때아닌 봄을 불러 줄게
손때 수줍은 분홍 댕기 휘휘 날리며
잠깐 너의 나라로 돌아가거라[103]

  그녀는 술에 취해 전라도 고향의 바닷가를 회상한다. "울 듯 울지 않는"은
고단한 삶을 견뎌 내는 그녀의 생명력을 표출하는 수식어다. 그녀가 상상 속
에서나마 잠시라도 고향으로 돌아갈 수 있기를 바라는 마음에서 짐짓 두어
마디 전라도 사투리를 그녀에게 건네 보는 화자는 그 자신도 날이 밝으면 얼
음길을 밟으며 눈보라 치는 벌판으로 떠나야 할 신세라는 사실을 스스로 다
시 확인한다. 그 자신이 그녀보다 더 좋은 처지에 있지 않다는 인식은 그녀
에 대한 연민이 동정이 아니라 동지 사이의 우애라는 것을 확인하는 자각이
다. 「낡은 집」은 만주로 이주하는 털보네 가족의 비극적 사연을 기록한 이야
기시이다. 거미줄이 겹겹으로 늘어져 있어서 사람들이 불길한 집이라고 근
처에 가려고 하지 않는 낡은 집은 대대로 가난과 천대 속에서 고생하던 사람
들이 살던 집이다. 은비녀 한번 꽂지 못하고 망건 한번 써 보지 못한 사람들
이다. 곡식을 사고팔러 다니던 나귀도 콩을 싣고 다니던 황소도 없어진 지

103 이용악, 『이용악 시전집』, 117-118쪽.

오래고 초라한 외양간만 쓸쓸하게 남아 있다. 털보네 집 셋째 아들은 싸리비를 말처럼 타고 같이 놀던 화자의 친구였다. 그가 안방의 광주리에서 태어난 날 동네 여자들이 송아지라면 팔기라도 하지 입이 하나 늘었으니 고생만 늘었다고 동정하는 말을 했다고 한다. 겨릅(삼) 껍질을 뭉쳐서 끝을 심지 삼아 태우는 등 아래서 털보는 늦게까지 붉어진 눈으로 소주를 마셨고 부모가 원하지 않는 아이는 갓 쓴 중이 잡아간다는 이야기를 공포 속에서 들으며 자랐다. 아버지는 당나귀를 몰고 나가 돌아오지 않고 어머니만 늦도록 일하는 밤에 고양이가 내는 아기 울음소리를 들으며 잠든 아이는 도토리로 배를 채우는 꿈을 꾸었다. 그가 아홉 살이 되던 해 겨울에 털보네 일곱 식구는 북쪽으로 떠났다. 만주로 갔는지 러시아로 갔는지 아는 사람은 아무도 없었다. 해마다 열매를 맺던 살구나무도 그루터기만 남아 봄이 와도 꿀벌 한 마리 날아오지 않았다. 「오랑캐꽃」은 아무런 이유도 없이 오랑캐라는 이름으로 천대받는 오랑캐꽃을 변호하는 시이다.

아낙도 우두머리도 돌볼 새 없이 갔단다
도래샘도 떷집도 버리고 강 건너로 쫓겨 갔단다
고려 장군님 무지무지 쳐들어와
오랑캐는 가랑잎처럼 굴러갔단다

구름이 모여 골짝 골짝을 구름이 흘러
백 년이 몇 백 년이 뒤를 이어 흘러갔나

너는 오랑캐의 피 한 방울 받지 않았건만
오랑캐꽃
너는 돌가마도 털메투리도 모르는 오랑캐꽃
두 팔로 햇빛을 막아 줄게

울어 보렴 목 놓아 울어 보렴 오랑캐꽃[104]

　여진과의 전쟁에서 이긴 고려는 여진족이 아닌데도 함경도 사람들까지 오
랑캐라고 했다. 몇 백 년이 흐르는 동안에 함경도에 대한 차별이 한국인의
한 관습이 되었다. 함경도 사람들은 여진족의 피 한 방울 받지 않았고 여진
족처럼 양털이나 머리털을 모아 신을 만들어 신지도 않고 돌을 모아 그 위에
짐승을 얹어 익혀 먹지도 않는다. 함경도 출신이라고 차별받는 것을 억울하
게 생각하는 화자는 오랑캐꽃이 오랑캐라는 이름으로 천대받는 것을 불쌍하
게 여긴다. 「두 강물을 한곬으로」(《조선문학》 1956. 8)는 처녀와 총각의 사랑을
대동강 물과 청천강 물의 합류에 비유하면서 사회주의 건설을 찬양한 시이
다. 해방 이후 이용악 시의 변모를 알아보기 위해서 전문을 인용한다.

　　물이 온다 바람을 몰고
　　세차게 흘러온 두 강물이
　　마주쳐 감싸 돌며 대하를 이루는 위대한 순간
　　찬연한 빛이 중천에 퍼지고
　　물보다 먼저 환호를 올리며
　　서로 껴안는 노동자 농민들 속에서
　　처녀와 총각도 무심결에 얼싸안았다

　　그것은 짧은 동안 그러나 처녀가
　　볼을 붉히며 한 걸음 물러섰을 땐―
　　사람들은 물을 따라 저만치 와아 달리고
　　저기 농삿집 빈 뜨락에 흩어졌다가

104　이용악, 『이용악 시전집』, 97쪽.

화작 핀 배추꽃 이랑을 찾아
바쁘게 숨는 어린 닭 무리

물쿠는 더위도 몰아치는 눈보라도
공사의 속도를 늦추게는 못 했거니
두 강물 한곬으로 흐르게 한
오늘의 감격을 무엇에 비기랴
무엇에 비기랴 어려운 고비마다
앞장에 나섰던 청년돌격대
두 젊은이의 가슴에 오래 사무쳐
다는 말 못 한 아름다운 사연을

처녀와 총각은 가지런히 앉아
흐르는 물에 발목을 담그고 그리고 듣는가
바람을 몰고 가는 거센 흐름이
자꾸만 자꾸만 귀띔하는 소리
"말해야지 오늘 같은 날에야
어서어서 말을 해야지…"[105]

　　오장환(1918-1951)은 시집 『성벽』(풍림사, 1937)과 『헌사』(남만서방, 1939)와 『나
사는 곳』(헌문사, 1947)에서 나라 잃은 시대의 비극적 세계관을 표출하였다. 오
학근의 셋째 아들로 태어난 오장환은 어머니 한학수가 첩이었기 때문에 서
출이었으나 1931년에 오학근의 본처가 사망한 후 호적에 적출로 등록되었
고 1938년에 오학근이 사망하여 받은 일정한 유산으로 서울 종로구 관훈동

105　이용악, 『이용악 시전집』, 263-264쪽.

에 남만서방이라는 시집전문서점을 내고 남만서방 또는 남만서고라는 이름으로 김광균, 서정주 등의 시집들을 출판하였다. 그는 1935년 4월에서 1938년 3월까지 도쿄에서 공부하였다(중학교 2년, 메이지대학 문예과 1년). 「성씨보(姓氏譜)」의 족보 비판은 서출이라는 신분에 대한 오장환의 불편한 심정을 나타내는 것이다.

   내 성은 오씨. 어째서 오씨인지 나는 모른다. 가급적으로 알리어 주는 것은 해주로 이사 온 일 청인(淸人)이 조상이라는 가계보의 검은 먹글씨. 옛날은 대국 숭배를 유심하고 싶어서, 우리 할아버지는 진실 이가였는지 상놈이었는지 알 수도 없다. 똑똑한 사람들은 항상 가계보를 창작하였고 매매하였다. 나는 역사를, 내 성을 믿지 않아도 좋다. 해변가로 밀려온 소라 속처럼 나도 껍데기가 무척은 무거웁고나. 수퉁하고나. 이기적인, 너무나 이기적인 애욕을 잊으려며는 나는 성씨보가 필요치 않다. 성씨보와 같은 관습이 필요치 않다.[106]

   오장환에 의하면 족보는 사대주의와 권위주의의 산물이며 이기적인 종족주의의 원천이며 역사의 흉한(수퉁스러운) 부담이다. 「황혼」의 화자는 도시에서 직업 없이 사는 실업자이다. 직업소개소에 출근하듯 나가 보지만 일거리를 얻기는 어렵다. 병든 몸으로 가로수에 기대어 젊음의 자랑을 군중의 발길에 맡겨 버리고 황혼 녘 희미한 가로등 아래서 공허하게 분노와 절망을 군중의 소음 속에 묻어 버린다. 황혼의 거리에서 잠시 고향을 생각해 보지만 아무리 생각해 봐도 아름다운 기억은 떠오르지 않는다. "정든 고샅. 썩은 울타리. 늙은 아베의 하얀 상투에는 몇 나절의 때 묻은 회상이 맺혀 있는가. 우거진 송림 속으로 곱게 보이는 고향이여! 병든 학이었다. 너는 날마다 야위어 가는 …." 「향수」의 화자는 낯선 이국에서 외국 소년들의 외국어를 들으며 고

---

106   오장환, 『오장환 전집』, 김재용 편, 실천문학, 2002, 41쪽.

향의 어머니를 그리워하지만 끝내 어머니에게 소식을 전하려고 하지 않는다. 그는 어머니가 작은 몸을 쪼그리고 흰 머리카락을 날리며 죽을 때까지 오직 아들의 성공을 기다리고 있으리라는 것을 알고 있다. 그는 "온 세상 그 많은 물건 중에서 단지 하나밖에 없는 나의 어메"라고 부른다. 그러나 그는 술 마시고 도박하고 싸움질하는 것으로 세월을 보내고 있다. 그는 "어머니는 무슨 필요가 있기에 나를 맨든 것이냐"라고 항의한다. 그는 지금 광둥인의 밀항선을 타고 상하이나 홍콩 같은 중국의 어느 항구로 가고 있다. 그는 집을 나온 후 오륙 년 동안 한 번도 어머니에게 편지를 하지 않았다. 외로우면 외로울수록 어머니가 간절히 그립지만 그는 어머니에게 편지를 해서 약한 자신의 모습을 알리고 싶어 하지 않는다. 어머니에게 반말을 하는 것은 흔히 있는 일이지만 이 시처럼 어머니를 너라고 부르는 것은 한국인에게 허용되지 않는 일이다. "오 어메는 무엇이었느냐! 너의 눈물은 몇 차례나 나의 불평과 결심을 죽여 버렸고, 우는 듯 웃는 듯 나타나는 너의 환상에 나는 지금까지도 설운 마음을 끊이지는 못하여 왔다. 편지라는 서로이 서러움을 하소하는 풍습이려니, 어메는 자식의 안재(安在)를 믿음이 좋다."

　『성벽』에 등장하는 여자인물은 「월향구천곡(月香九天曲)」, 「매음부」, 「고전(古典)」, 「해수(海獸)」에서 보듯이 대체로 기녀이거나 유녀이고 남자 등장인물은 「해항도(海港圖)」와 「해수」에서 보듯이 선원이다. 항구의 어느 주점에서 늙은 선원이 항구도시의 청년들에게 추억을 이야기한다. 급하면 무기로도 사용하던 파이프를 물고 나폴리, 싱가포르, 예멘의 아덴 같은 항구들과 조계들과 세관들과 영사관들과 도박장들과 홍등가들과 아편굴들의 풍경을 들으며 청년들은 퇴폐를 술처럼 마신다. 「해수」의 화자는 화물선에 구토를 하고 항구의 골목 벽돌담에 오줌을 눈다. 재즈가 울려 퍼지는 술집에서 항구의 여자들은 코카인을 상습하고 한숨을 남발한다. 무딘 칼(valet)로 면도를 하고 비애와 분노 속을 항해하다 자조와 절망의 구덩이에 빠져 각혈을 하면서도 그는 아침이 되면 언제나 또 다른 어떤 곳을 찾아 떠나왔다. 외인 묘지를 바라보고 그는 언젠가는 자신도 그곳에 묻힐 것이라고 생각한다. 그는 등대 가까운 매립 공사장에서 일하면서 동료들이 사고로 죽어서 매립지에 묻히는 것을 보고 못 쓰게 된 주식들을 바다에 날려 버린다. 그는 자신을 더러운 진창에 머리를 묻고 있는 게에 비교한다. 언젠가 조수가 들어와 맑은 물에 살 수 있으리라는 기대 속에서 더러운 수채에 가위손을 틀어박고 거품을 뿜으며 눈알을 휘번덕거리는 게처럼 그는 항구의 뚱뚱한 여자와 아편의 지옥에서 벗어나지 못한다. 바닷가의 어린애들도 더러운 게 껍데기를 주워서 놀려고 하지 않는다. 『헌사』에 실린 「나폴리의 방랑자」를 보아도 오장환이 자신을 낯선 곳을 떠도는 선원과 동일시했다는 것을 알 수 있다. 그는 한국만 아니라면 어느 곳이라도 좋으며 객지에서 객사하더라도 한국을 벗어나고 싶다고 희망하였다. 그러나 두 번째 시집 『헌사』에서 오장환은 개인의 절망과 허무와 퇴폐에서 벗어나 시대의 비애를 발견하였다. 진정한 비애는 지식인의 것이 아니라 「북방의 길」에 나오는 만주 이주민의 비애이고 힘없이 웃는 아버지의 옆에서 "유리창을 쥐어뜯으며" 몸부림치는 어린애의 비애이다. 「영회(詠懷)」의 화자는 "후면에 누워 조용히 눈물"짓는 자신에게 "오늘 밤도 멀리 그대와 함께 우는 사람이 있다"라고 위로의 말을 건네고 「헌사 아르테미스」의 화자는 슬픈 노래를 이슬비와 눈물에 적시면서도 슬픈 노래를 부르는 사람이 저 하나만이 아니라는 것을 생각하고 어디쯤 조그만 카페에서 "자랑과 유전(遺傳)이 든 지갑 마구리를 열어 헤치고" 만나는 청년마다 입을 맞추겠다고 결심한다.

저무는 역두에서 너를 보냈다.
비애야!

개찰구에는
못 쓰는 차표와 함께 청춘의 조각이 흩어져 있고

병든 역사가 화물차에 실리어 간다.

대합실에 남은 사람은
아직도 누굴 기다려

나는 이곳에서 카인을 만나면
목 놓아 울리라

거북이여! 느릿느릿 추억을 싣고 가거라
슬픔으로 통하는 모든 노선이
너의 등에는 지도처럼 펼쳐 있다.[107]　　　　　　　　　　　　（「The Last Train」）

　　사용하고 버린 차표처럼 젊은 시절의 허무와 퇴폐는 이미 화자의 마음을
움직이지 못한다. 그는 혼자서 괴로워했던 비애를 역두(驛頭)에서 떠나보내
며 비애는 병든 역사의 산물이라는 사실을 인식한다. 그 자신의 비애가 결국
은 한국 사람 모두의 비애였다는 것을 깨달은 그에게 청춘의 추억들이 느릿
느릿 사라져 간다. 화자는 이리저리 뻗어 있는 철로들에서 거북이 등 무늬를
연상한다. 모든 기차 노선의 종점은 슬픔이다. 대합실에 있는 사람들은 그
것도 모르고 희망을 품고 다음 기차를 기다린다. 목적지에 기다리는 사람이
있다는 듯이. 화자에게도 만나고 싶은 사람이 있다. 그는 카인이다. 『성벽』
에 나오는 사탄은 퇴폐나 아편이었지만 『헌사』에 나오는 사탄은 식민지 한국
을 변혁할 수 있는 사회주의다. 「불길한 노래」의 화자는 자신을 카인의 후예
라고 하고 사탄에게 "차디찬 몸으로 친친이 날 감아 주시오"라고 청한다. 그
는 식민지 현실에 만족하는 사람들에게 "당신의 피는 거멓다지요. 붉지를 않

<hr>

107　오장환, 『오장환 전집』, 61쪽.

고 거멓다지요"라고 묻고 스스로 "빨갱이요. 잿빛이요. 잿빛이요. 빨갱이요"
라고 선언한다. 『나 사는 곳』에는 "함께"라는 단어가 자주 나온다. 「초봄의 노
래」의 화자는 그가 부르는 노래를 어디선가 듣는 사람이 있다면 그 사람이
그와 함께 노래할 것이라는 희망과 어디선가 그 사람이 헤매고 있다면 "그
길은 나도 헤매는 길"이라는 공감을 토로한다. "함께 간다"라는 사실이 비애
를 변화의 동력으로 만들 수 있다는 것이다. "언제나 서로 합하는 젊은 보람
에/홀로 서는 나의 길은 미더웁고 든든하여라"라는 문장으로 끝나는 「나 사
는 곳」의 마지막 두 행은 실국시대가 절망의 이유가 될 수 없다는 오장환의
현실인식을 함축하고 있다. 『나 사는 곳』이 앞에 나온 두 시집들과 구별되는
특징은 부모와의 화해에 있다. 「성묘하러 가는 길」에서 화자는 "님이 두고 가
신 주검의 자는 무덤은" 아무도 제대로 돌보지 않는 황토산이라고 가슴 아파
하며 「다시 미당리」에서 화자는 자신을 스스로 "돌아온 탕아"라고 부른다. 그
는 자신에게 있는 모든 것이 어머니에게서 받은 것이며 늙으신 홀어머니의
크나큰 사랑이 "넓이 없는 눈물로" 자신의 모든 괴로움을 감싸 주어 험한 세
상을 견뎌 낼 수 있었다고 고백하며 눈물을 흘린다. 「고향 앞에서」라는 시에
서 오장환이 말하는 고향은 시인이 태어나고 자라난 충북 보은군 회북면이
나 경기도 안성군 읍내면이 아니라 실국시대의 한국이라고 해석해야 한다.
이 시의 주제는 서로 손을 잡고 나라 잃은 시대를 이겨 낼 수 있다는 한국인
의 자기 긍정이고 자기 확인이다.

흙이 풀리는 내음새
강바람은
산짐승의 우는 소릴 불러
다 녹지 않은 얼음장 울멍울멍 떠내려간다.

진종일

나룻가에 서성거리다

행인의 손을 쥐면 따듯하리라.

고향 가까운 주막에 들러

누구와 함께 지난날의 꿈을 이야기하랴

양귀비 끓여다 놓고

주인집 늙은이는 공연히 눈물 지운다.

간간이 잰나비 우는 산기슭에는

아직도 무덤 속에 조상이 잠자고

설레는 바람이 가랑잎을 휩쓸어 간다.

예제로 떠도는 장꾼들이여!

상고(商賈)하며 오가는 길에

혹여나 보셨나이까.

전나무 우거진 마을

집집마다 누룩을 디디는 소리, 누룩이 뜨는 내음새…[108]

산짐승이 울고 얼음장이 떠내려가는 것은 봄이 와도 봄 같지 않은 실국시대의 상황을 상징한다. 고향 가까운 주막에서 주인이 눈물짓는 것도 시대 상황과 관련이 있을 것이다. 아마 집에 낫기 어려운 병을 앓는 환자가 있었을 것이다. 양귀비는 병원에 갈 수 없는 사람들이 급한 병에 쓰는 응급약이었다. 아무리 어렵더라도 한국인은 조상이 묻힌 이 땅을 지킬 수밖에 없다.

---

108 오장환, 『오장환 전집』, 122-123쪽.

그리고 땅을 떠돌며 장사하는 상고들은 누룩을 담가 술을 빚어 이웃과 나누는 가난한 한국인의 따스한 마음을 어디서나 볼 수 있을 것이다. 오장환은 1947년 12월에 월북하여 1951년에 신장병으로 사망하였다. 북에서 그가 쓴 시들 가운데 「스탈린께 드리는 노래」는 그가 추구하던 사회주의 이념의 진행 방향을 짐작할 수 있게 하는 시이다. 스탈린은 1937년에 러시아 극동지역에 거주하던 한국인 전부를 중앙아시아로 이주시켰다. 기차로 이동하는 40일 동안에 오륙백 명의 한국인이 죽었고 중앙아시아에 정착하는 과정에서 수천 명의 한국인이 죽었다.

나 어린 열다섯에서
일흔의 높으신 연세 이르기까지
당신은 얼마나 굳세게 싸우신 것입니까!
얼마나 찬란히 세우신 것입니까!

오늘 당신이 이끄시는
당신의 조국에서는
자기 당의 유일을 눈동자로 지켜 오는
당신의 아들딸이 앞장을 서고

아 오늘 인민이 주권을 찾은 여러 나라와
또한 찾으려는 모든 인민 앞에는
마르크스와 엥겔스 레닌과 당신을 본받는
모든 공산당과 노동당 어디에나 있으니

세상의 합창은 우렁찹니다
온 세상 인민들이 당신을 우러러 받드는 노래!

목청을 돋우는 나의 노래도

거창한 이 숲에서는 작고 또 작은 새입니다[109]

4) 정지용과 백석

정지용(1902-1950)은 「향수」(《조선지광》 1927. 3)에서 한국어의 연금술을 완성하여 김기림에 의하여 한국 최고의 현대시인이라는 평가를 받았다. 두 권의 시집 『정지용시집』(시문학사, 1935)과 『백록담』(문장사, 1941)을 통하여 정지용은 감정의 절제와 감각의 단련이 빚어내는 선명한 비유구성으로 한국현대시의 한 범례를 제시하였다.

정지용 시의 특색은 세련되고 절제된 언어로 이미지를 형성하면서 감정을 배제하고 한두 개의 날카로운 비유를 적절하게 구성하는 데 있다.

골짝에는 흔히

유성이 묻힌다

황혼에

누리가 소란히 싸히기도 하고

꽃도

귀향 사는 곳

절터드랬는데

바람도 모히지 않고

109 오장환, 『오장환 전집』, 339-340쪽.

산 그림자 설핏하면

사슴이 일어나 등을 넘어간다[110]

「구성동」이란 이 시를 읽는 사람은 누구나 우박이 요란하게 떨어진다는 의미를 '누리가 소란히 쌓인다'로 표현한 연에 주의할 것이고 그것보다 더 심한 정도의 긴장으로 꽃과 귀향살이가 서로 관계하고 있는 셋째 연에 와서 눈길을 멈출 것이다. 은유를 구성하고 있는 이 두 연에 이미지가 들어 있다. 이렇게 예사롭지 않은 표현들이 조용한 구성동의 황혼에 대한 시인의 체험을 적절하게 기록할 수 있도록 도와주고 있다.

국민의 노래가 된 「향수」는 언제 읽어도 배울 것이 있는 시이다. 이 시는 고향의 지형을 소개하는 것으로 이야기를 시작한다. 넓은 벌판이 있고 작은 개천이 하나 그 벌판 동쪽 끝으로 흘러 나간다. 바다는 아마도 벌판의 서쪽에 있을 터이니 벌을 빠져나간 개천은 돌고 돌아 어디에선가는 서쪽 바다로 흘러들 것이다. 개천은 이 벌판 근처에서 일어난 옛이야기를 끊임없이 주절거리고 있다. 질화로에 피워 놓았던 불이 다 사위어 차단한 방에서 아버지가 짚베개를 돋아 괴고 주무신다. 방은 춥고 밖은 밤바람 소리로 요란하여 아버지는 깊이 주무시지 못한다. 시인은 이 벌판에서 뛰놀며 자랐다. 우거진 풀을 헤치며 놀다가 이슬에 옷을 적시던 일을 생각하고 집에 가만히 있지 않고 벌판을 헤매고 다닌 것은 이곳 아닌 어떤 곳을 그리워했기 때문이었으리라고 추측해 본다. 하늘에 화살을 쏘고 풀 속에 떨어진 화살을 찾으러 다니는 것이 결국은 시인의 운명이었다. 시인이 지금 교토에 와 있는 것도 파란 하늘에 쏜 화살을 찾아온 것이고 교토에서 고향에 돌아가고 싶어 하는 것도 파란 하늘에 화살을 쏘고 있는 것이다. 고향에는 귀밑머리 날리는 누이와 사철 발 벗은 아내가 살고 있다. 버선을 빨기 싫고 양말을 꿰매기 싫어서 외출할

---

110 정지용, 『원본 정지용 시집』, 이숭원 주해, 깊은샘, 2003, 200-201쪽.

일이 없으면 여자들은 흔히 맨발에 신을 신었다. 겨울에는 아마 버선을 신었겠지만 시의 배경은 서리 내리는 늦가을이라고 할 수 있으니 꽤 쌀쌀한데도 맨발로 다녔다는 뜻으로 보아야 할 것이다. 누이의 머리는 밤바다의 물결과 같다. 그 바다는 전설을 말해 주는 바다이다. 이러한 비유로 누이는 전설에 나오는 작은 선녀가 된다. 아내는 아무렇지도 않고 예쁠 것도 없는 여자이다. 성형을 하러 병원을 찾아다니고 남편을 구박하는 요즘의 아내들에 비교하면 역시 너무나 멋진 아내이다. 끝으로 동네 사람들이 등장한다. 밤하늘에는 이름 모를 별들이 알 수 없는 모래성을 향하여 움직이고 있다. 'ㄱ' 곡용을 하는 고어 '섯다'에는 성기다는 뜻과 섞이다는 뜻이 있는데 '섯근 별'은 섞일 잡(雜)의 의미로 잡초를 연상하게 하는 잡성(雜星) 즉 이름 모를 별이라고 해석할 수 있을 것이다. 어렸을 적에 그리던 파란 하늘이 꿈을 말한다면 여기 동네 사람들이 돌아앉아 도란거리는 지붕 위를 지나가는 별이 향하는 모래성은 나라 잃은 시대에 농민들의 고단한 생활을 암시한다. 춥고 초라하고 고단한 고향일지언정 「향수」의 고향은 한없는 그리움의 대상이다. 「향수」만큼 유명하고 광복 직후부터 노래로 불린 「고향」은 「향수」와 달리 고향에 돌아와서 느끼는 환멸을 이야기하는 시이다. 고향에 돌아와서 시인은 그곳이 객지에서 늘 그리워하던 고향과 많이 다르다는 것을 느낀다. 시의 배경은 늦은 봄이다. 꿩이 알을 품고 뻐꾸기가 제철에 우는 것은 예전과 같은데 시인의 마음은 고향에서 편안하지 않다. 그의 마음은 다시 먼 항구를 향하고 교토의 거리를 향한다. 시인에게는 교토도 서울도 고향도 모두 타향이다. 시인은 메 끝에 홀로 오른다. 고향에 돌아와서 왜 홀로 산에 오르는가? 시인의 마음을 받아 주고 시인과 말이 통하는 사람이 고향에 없기 때문이다. 흰 점이 박힌 산꽃은 어릴 때처럼 다정하게 시인을 반기지만 시인이 따서 부는 풀피리는 어릴 때와 같은 소리를 내지 않는다. 그 소리는 같겠지만 시인은 이미 그 소리에 흥취를 느끼지 못한다. 그의 마음은 구름처럼 항구를 떠돌고 그의 입술은 풀피리를 즐기지 못할 만큼 메말라 있다. 시인은 고향의 하늘이 높푸른 것을 보고 한탄한다. 산천은 의구한데 인사는 황폐하게 된 것을 한탄하는 것이다. 「향수」와 「고향」은 추구와 환멸이라는 대극을 보여 준다.

『정지용시집』과 『백록담』에는 일본을 배경으로 하는 시들이 들어 있다. 그 시들에 깔려 있는 기조는 아름다움이다. 우리가 지금 일본에 가서 느끼듯이 지용도 일본에 가서 자연의 아름다움과 사람들의 친절함에 감동을 받았을 것이다. 지용은 일본에 대한 자신의 인상을 폴 클로델의 시구를 인용하여 표현하였다.

멀리 멀리 나—따끝으로서 오기는 하츠세데라(初瀬寺)의 백모란 그중 일점 담홍빛을 보기 위하야.[111]

나라현 사쿠라이시 하츠세에 399계단으로 유명한 하츠세데라가 있다. 나라현을 관통하는 하츠세(初瀬)강에서 받은 이름이다. 『겐지 이야기』에도 나오는 오래된 절인데 요즘은 하세데라(長谷寺)라고 한다. 클로델을 번역한 사람이 그 절의 장구한 역사를 나타내기 위하여 하세데라 대신에 하츠세데라라고 썼을 것이다. 일본에 처음 가서 지용은 모란 한 떨기 만나기 위하여 멀리서 왔다고 한 클로델의 시구를 절실하게 느낄 수 있었을 것이다. 「슬픈 기차」에서 시인은 기차를 타고 세토(瀬戸) 내해를 지나간다. 기차는 봄날 마도로스파이프처럼 연기를 품으며 여름 소가 걷듯이 느릿느릿 출발하여 배추꽃 핀 비탈길을 헐레벌떡 지나서 세토 내해에 와서는 산이 뛰어오고 숲이 불려 가고 배들이 나비처럼 날아가듯이 달려간다. 슬픈 마음이 풍경을 따라 가벼워져서 차창에 기대어 잠이 들려고 하는데 앞에 앉은 연상의 R이 나지막하게 자장가를 불러 준다. 시인은 자기가 사랑을 알 만큼 자랐다는 것을 보여 줄 셈으로 차창에 입김을 불고 좋아하는 사람의 이름(아마도 R의 이름)을 써 보

---

111 정지용, 『원본 정지용 시집』, 206쪽.

며 밀감을 까먹는다. 시인은 이룰 수 없는 사랑 때문에 슬퍼하는 듯하다. 대숲 사이에는 동백꽃이 피고 마당에는 병아리가 놀고 지붕에는 햇살이 밝다. 이러한 풍경에서 시인은 사랑의 어지러움을 느낀다. 노래가 끝나지 않아 가볍게 떨고 있는 누나다운 R의 입술에 밀감을 까 넣어 준다. 시인과 R 사이에 연정이 퍼져 가고 입술과 입술 사이에 관능이 전달되지만 시인의 감정은 기차의 리듬에 맞춰 절도를 지킨다. 그들은 키스를 하는 대신에 밀감을 나누어 먹는다. 「기차」도 관부연락선을 타려고 시모노세키로 가는 도중에 일어난 이야기이다. 할머니 한 분이 규슈의 가고시마까지 가면서 내내 울음을 그치지 않는다. 그 모습이 눈에 어른거려 시인은 잠들지 못한다. 시인도 이가 아파서 고향으로 가는 중이다. 아픔은 일본인과 한국인을 차별하지 않는다. 기차도 두 사람의 아픔을 같이 앓으며 이를 악물고 배추꽃 사이를 달린다. 「조약돌」에서 시인은 "비 날리는 이국 거리를/탄식하며 헤매"[112]는 자신의 혼을 도글도글 구르는 조약돌과 같다고 한다. 「가모가와(鴨川)」에서도 시인은 수박 냄새 풍겨 오는 여름 저녁에 오렌지를 씹으며 나그네 시름에 잠긴다. 그런데 교토 한복판을 흐르는 가모가와의 풍경이 예사롭지 않다. 여뀌 우거진 보금자리에서 뜸부기는 남편 잃은 여자처럼 울고 제비는 비를 맞으며 날아간다. 차가운 사람이 찬 모래를 쥐어짜듯이 실연당한 나의 마음을 쥐어짜 부스러뜨린다. 시냇물도 이별이 서러워 목이 메인다.

「카페 프란스」는 교토에 있는 카페를 시의 제목으로 삼은 시이다. 실내에 심은 종려나무가 있고 사면에 유리를 끼운 등이 있는 카페는 일본에서도 새로운 풍물이었을 것이다. 이슬비가 내리는 밤에 흐늘흐늘하는 가로등 불빛을 받으며 두 청년이 카페로 들어선다. 한 사람은 러시아풍 저고리를 입었고 다른 한 사람은 나비넥타이를 매었다. 한 사람의 머리는 엇나간 생각만 하는 찌그러진 능금이고 다른 한 사람의 심장은 잘못된 사랑에 병든 벌레 먹은 장

112 정지용, 『원본 정지용 시집』, 68쪽.

미이다(이것은 블레이크의 시 「The Sick Rose」에서 빌려 온 이미지이다. 이 시에서 한밤에 날아다니는 벌레가 은밀한 사랑으로 여자의 생명을 파괴한다). 잘못된 사랑의 대상이 된 여자를 그들은 튤립이라고 부른다. 튤립은 사라사 커튼 밑에서 졸고 있다(우리말에 갱사라는 단어가 없으니 '更紗'는 사라사라고 읽어야 할 것이다. 또 지용 시에 나오는 '柘榴'는 일본어 '자쿠로'이므로 '石榴'라고 고쳐 써야 할 것이다. 지용은 한국어로 석류라고 발음하면서 일본에서 배운 대로 일본어로 표기한 것이다. 지용은 'blanket'을 "블랑키트"라고 적기도 하고 일본어 'ケット'를 따라 "케트"로 적기도 하였다. 우리는 지용 시를 읽을 때 지용에게는 일본어가 모국어만큼 익숙하였다는 사실을 고려해야 한다). 그들은 카페에 먼저 와 있는 친구와 인사를 주고받는다. 영문학을 공부하는 그들을 친구가 앵무새라고 부른다. 벌레 먹은 장미라고 불린 청년이 자리에 앉아 일인칭으로 독백을 늘어놓는다. 실내에는 튤립이라는 여자가 기르는 이국종 강아지 한 마리가 돌아다니고 있다. 그는 술에 취하여 튤립에게 자작의 아들이라고 거짓말을 한 적이 있는 듯하다. 술에 취한 청년들이 흔히 하는 수작이다. 그는 자작의 아들인 것은 고사하고 나라도 집도 없는 사람이라고 고백하고, 졸고 있는 여자 대신에 그 여자의 강아지에게 위안을 청해 본다. 술집 여자이지만 일본인이므로 자신보다는 낫다는 이러한 열등감 또한 당시의 청년들이 겪었음 직한 체험이다. 두 시집에 실리지 않은 시 「파충류동물」은 기차를 파충류인 뱀에 비유하고 승객을 뱀의 장부(臟腑)에 비유한 시이다. 기차는 큰 소리를 지르며 연기와 불을 뱉어 내는 괴상하고 거창하고 굉장한 뱀이다. 그 뱀은 붉은 흙과 잡초와 거기 묻힌 백골을 짓밟으면서 달려간다. 기차에는 일본 사람들 이외에 중국 사람과 혁명으로 쫓겨난 우크라이나 여자와 동정을 바친 여자에게 채인 내가 타고 있다. 여자는 제 나라에서 쫓겨나 슬프고 나는 여자에게 채여서 슬프다. 나는 나를 뱀의 염통에, 여자를 뱀의 쓸개에 비정한다. 감정에 연관된 장부라고 생각했기 때문일 것이다. 나는 중국 사람을 대장, 일본 사람을 소장에 비정한다. 기차로 걸어 들어오는 그들의 키에 따라 서로 다른 소화기관에 비유한 것일 터인데 염통과 쓸개에 비해 대장과 소장 같은 소화

기관에는 깨끗하지 않다는 느낌이 들어 있다.

> 저 기ー드란 짱골라는 대장
> 뒤처것는 왜놈은 소장.
> "이이! 저 다리털 좀 보아!"[113]

일본 사람은 털이 많아 보기 싫다는 시의 이 부분이 「백록담」의 모색(毛色)을 해석하는 데 도움이 된다.

> 첫 새끼를 낳노라고 암소가 몹시 혼이 났다. 얼결에 산길 백 리를 돌아 서귀포로 달어났다. 물도 마르기 전에 어미를 여흰 송아지는 움매ー 움매ー 울었다. 말을 보고도 등산객을 보고도 마고 매어 달렸다. 우리 새끼들도 모색이 다른 어미한틔 맡길 것을 나는 울었다.[114]

한국 사람과 일본 사람은 모색이 같으므로 모색을 글자 그대로 풀면 서양 문화에 젖어 고유의 전통을 망각하게 될 아이들을 염려하는 것이 된다. 그러나 일본 사람의 보기 싫은 털과 연관지어 해석하면 일본 사람 밑에서 자랄 아이들을 걱정하는 것이 될 수 있다. 1926년에 발표한 시와 1939년에 발표한 시가 서로 통한다는 것에서 우리는 지용 시의 변모를 말하는 것이 그다지 중요하지 않다는 사실을 짐작해 볼 수 있다. 지용은 일본의 아름다움을 부정하지 않았으며 동시에 자신이 나라 잃은 시대에 살고 있다는 것을 잊지 않았다. 지용의 일본시편은 미와 추의 대극을 보여 준다.

지용의 두 시집에는 여성을 대상으로 한 시들이 많이 나온다. 지용 시에 나

113　정지용, 『원본 정지용 시집』, 323쪽.
114　정지용, 『원본 정지용 시집』, 196쪽.

오는 여자는 무엇보다 먼저 영적인 존재이다. 「슬픈 우상」의 주인공은 시인에게 올림피아산의 여신과 같은 존재이다. 그는 이오니아 바닷가에서 그녀를 우러러보며 그녀에게 찬미의 노래를 바친다. 그녀의 눈은 호수와 같다. 그는 그 호수에 잠기는 금성이 되고 싶어 한다. 그녀의 단정한 입술을 생각하며 그는 예절을 가다듬고 고산식물의 냄새에 싸인 산정의 눈보다 흰 코, 이마와 뺨, 그리고 언제나 듣는 자세로 열려 있는 그녀의 귀를 보며 자신의 어쩔 수 없는 고독을 확인한다. 그녀는 끝내 입을 열지 않을 것이기 때문이다. 그녀를 사랑하지만 그녀의 사랑을 받지 못하는 그의 세계는 그녀가 사는 올림피아산에서 떨어져 나온 빈 껍질에 지나지 않는다. 그녀의 인정을 받지 못한 채 내가 머무르는 이오니아 바닷가는 그녀의 침묵으로 인하여 죽음처럼 고요하다. 그녀의 심장은 생명의 불이면서 사랑의 집이다. 그녀의 폐와 간과 담은 신선하고 화려하고 요염하고 심각하다. 그 이외에 그녀의 몸에는 신비한 강과 미묘한 두 언덕이 있다. 그는 지금 명철한 비애 속에서 잠들어 있는 그녀의 위치와 주위를 돌아보며 새삼 그녀의 아름다움에 감탄한다. 그는 자신을 그녀를 지키는 삽살개라고 생각하고 그녀의 영혼이 이 완미한 육체에서 떨어져 나와 독립할 어느 아침이 오리라는 예감에 두려워 떨다가 사랑과 고독과 정진으로 단련된 그녀의 영혼이 그가 우러르기에는 너무나 고귀한 존재라는 사실을 인정하고 스스로 이오니아 바닷가를 떠난다. 「파라솔」의 주인공은 시인의 애인이 아니고 시인이 자주 가는 잡지사에 갓 들어온 젊은 여자이다. 바다처럼 푸른 그녀는 뺨이 자주 달아오르지만 눈물을 참을 줄 안다. 그녀는 윤전기 앞에서 바쁘게 일한다. 그녀는 벅찬 일을 처리해 나가는 능력도 가지고 있다. 그녀에게서는 연잎 냄새가 난다. 피곤한 몸으로 귀가하여 램프에 갓을 씌우고 도어를 잠근다. 학생 시절 마지막 무대에선 백조처럼 흥청거린 적도 있고 비프스테이크 같은 것도 잘 먹는다. 붉은 장미는 애인에게 바칠 생각으로 피하고 대개 흰 나리꽃으로 선사한다. 무엇을 비는지 어떻게 자는지 알 수 없지만 시인은 세상과 그녀를 흑과 백 또는 짐승과 새알에 비유한다. 그녀는 구겨지는 것과 젖는 것을 싫어한다. 파라솔이 펼치기 위하여 접혀 있듯이 그녀도 겉으로 접히면서 실력을 쌓아 솜씨를 발휘할 날을 준비하고 있다.

지용 시에는 여자들이 육체적 존재로 등장하기도 한다. 「향수」의 아내는 "아무러치도 않고 여쁠 것도 없는"[115] 여자이고 『백록담』의 「별」에 나오는 아내는 "별에서 치면 지저분한 보금자리"[116]에서 남편 옆에 누워 자는 여자이다. 「호랑나븨」의 주인공은 영적인 존재가 아니라 육적인 존재라고 할 수 있는 여자이다. 규슈 후쿠오카현 하카다 태생의 수수한 과부가 강원도 회양군과 고성군의 어름에 있는 영 위에 매점을 차렸다. 금강산을 보러 오는 일본인 관광객을 상대로 한 매점일 것이다. 얼굴이 유난히 희어서 그녀는 부근에 사는 사람들의 뇌리에 인상 깊게 기억되고 있었다. 조선인 화가가 화구를 메고 산에 들어갔다가 날씨가 험하고 눈이 내리자 그 매점에 묵게 되었다. 그날부터 삼동 내내 매점의 덧문과 안문이 닫혔다. 매점 밖에는 눈이 처마에 닿도록 쌓이고 매점 안 캔버스에는 구름과 폭포와 하늘이 그려졌다. 봄이 오는 어느 날 그들의 연애가 비린내를 풍기기 시작했고 끝내 그 비린내가 석간신문에 옮겨졌다. 집으로 가려는 남자와 붙드는 여자는 결국 함께 죽기로 결정하였다. 죽은 화가에 대해서는 아는 사람이 아무도 없었다. 육적인 존재에게 사랑과 죽음은 송화 가루가 날리고 뻐꾸기가 울고 고사리가 말리고 호랑나비가 청산을 넘는 것과 똑같이 자연스러운 현상이다. 지용의 여성시편은 영과 육의 대극을 보여 준다.

바다시편의 주관/객관과 산수시편의 성/속을 포함하여 지용의 시는 복합적인 대극 모티프들을 보여 준다. 미와 추, 영과 육의 대극을 고려하지 않고 지용 시의 특징을 미와 영으로 규정하는 것은 무책임한 인상비평이 될 염려

---

115 정지용, 『원본 정지용 시집』, 58쪽.
116 정지용, 『원본 정지용 시집』, 253쪽.

가 있다. 음이 없으면 양도 없고 물이 없으면 뭍도 없다. 조화는 어떤 최초의 불일치에 근거하지 않을 수 없다. 빛과 어두움, 차가움과 뜨거움, 메마름과 축축함은 공존하는 대극들이다. 인간의 정신은 고정된 형태를 가지고 있지 않다. 그것은 숭고와 그로테스크, 타락과 구원, 순결과 방탕, 참여와 도피의 대극 사이에서 동요하는 역동적 에너지이다. 지용이 좋아했던 『시경』과 마찬가지로 지용의 시도 간단히 요약할 수 없는 복합성의 시학에 바탕을 두고 있으므로 그 복합성을 해명하는 작업이 앞으로 지용 연구의 과제가 되어야 할 것이다.

백석(1912-1996)은 시집 『사슴』(자비출판: 선광인쇄주식회사, 1936)에서 평북방언을 사용하여 고향(정주) 마을의 생활과 풍속과 습관을 그려 내었다. 시의 주인공은 대체로 어린이이지만 그 어린이를 바라보는 시선은 유년의 시각일 경우도 있고 성년의 시각일 경우도 있다. 「여우난골」에 등장하는 어린이는 할아버지와 지붕에 올라가 박넝쿨에서 박을 따기도 하고 동네 사람들이 모여 삼을 삼는 날 건넛마을에서 사람이 물에 빠져 죽었다는 말을 듣고 공포에 사로잡히기도 하고 토방 칡 방석에 앉아 호박떡을 먹기도 한다. 마을 사람들은 벌배나무 열매를 먹고 살기 때문에 산새들의 우는 소리가 고운 것이라고 믿으며 아이들은 벌배와 비슷한 야생 돌배를 먹고 배앓이를 할 때에 산사나무 열매인 딸배를 먹으면 낫는다고 믿는다. "어치라는 산새는 벌배 먹어 고웁다는 골에서 돌배 먹고 아픈 배를 아이들은 딸배 먹고 나았다고 하였다"라는 이 시의 마지막 행에 나오는 '벌배, 돌배, 딸배'는 어치의 울음소리와 연관되는 의성 효과를 낸다. 아이들의 귀에 식물이름들이 새소리를 연상하게 들렸다는 것이다. 「여우난골족」은 이 마을의 어느 가족이 치르는 명절날 이야기이다. 큰집에 모여서 맛있는 음식을 먹고 밤늦도록 놀다가 고깃국 끓이는 냄새가 코를 찌를 때까지 자는 아이들을 중심에 두고 유년의 시각으로 가족 한 사람 한 사람의 특징과 풍성하게 마련한 음식들의 모양과 밤늦도록 이야기 꽃을 피우는 엄마들 옆에서 쉬지 않고 놀이(쥐잡이, 숨굴막질, 꼬리잡이, 시집장가놀이, 조아질, 쌈방이, 바리깨돌림, 호박떼기, 제비손이구손이)를 벌이는 아이들의 흥성스러운 분위기가 짧은 소설처럼 묘사된다.

> 얼굴에 별자국이 솜솜 난 말수와 같이 눈도 껌벅거리는 하로에 베 한 필을 짠다는 벌 하나 건너 집엔 복숭아나무가 많은 신리 고무 고무의 딸 이녀 작은 이녀
>
> 열여섯에 사십이 넘은 홀아비의 후처가 된 포족족하니 성이 잘 나는 살빛이 매감탕 같은 입술과 젖꼭지는 더 까만 예수쟁이 마을 가까이 사는 토산 고무 고무의 딸 숭녀 아들 숭동이
>
> 육십 리라고 해서 파랗게 뵈이는 산을 넘어 있다는 해변에서 과부가 된 코끝이 빨간 언제나 흰옷이 정하든 말끝에 설게 눈물을 짤 때가 많은 큰골 고무 고무의 딸 홍녀 아들 홍동이 작은 홍동이
>
> 배나무접을 잘하는 주정을 하면 토방돌을 뽑는 오리치를 잘 놓는 먼 섬에 반디젓 담그려 가기를 좋아하는 삼촌 삼촌엄매 사춘누이 사춘동생들[117]

「모닥불」에서 모닥불을 묘사하는 첫째 연과 모닥불을 쐬는 사람들을 묘사하는 둘째 연의 시각은 유년의 시선이지만 고아로 자란 조부의 생애를 서술하는 셋째 연의 시각은 성년의 시선이다. 모닥불에는 새끼줄, 헌신짝, 가죽신창, 개 이빨, 널빤지, 지푸라기, 가랑잎, 머리카락, 막대기, 닭 깃털, 개 터럭, 기와 조각 같은 온갖 잡동사니가 들어가 타고 있고 모닥불 주위에는 마을의 어른들과 아랫사람들, 노인과 아이, 조부와 손자, 새 사위와 새 사돈, 붓장수와 땜장이, 어미 개와 강아지가 모두 모여 불을 쬔다. 마을 사람 모두가 모여 따뜻하게 어울리는 장면 다음에 조부의 슬픈 사연이 이어지는데 조부가 부모를 여의고 온갖 고생을 하면서 집안을 일으켰다는 이야기는 현재 불 곁

---

117 백석, 『정본 백석 시집』, 고형진 편, 문학동네, 2007, 23쪽.

에 있는 아이의 말이라기보다는 성년이 되어서 모닥불을 회상하는 성년의 말이라고 해석하는 것이 자연스러울 것이다. 고아로 객지를 떠돌던 조부에게 모닥불은 얼마나 고마운 위안이 되어 주었을 것인가를 생각하면서 모닥불에 대한 화자의 회상은 단순한 기억의 기록을 넘어서 자기 존재의 근원에 닿아 있는 개인사의 일부가 된다. 「오리 망아지 토끼」는 유년의 시선과 성년의 시선이 교차되는 시이다. 이 시에는 아버지와 아들이 등장한다.

오리치를 놓으려 아배는 논으로 나려간 지 오래다
오리는 동비탈에 그림자를 떨어트리며 날아가고 나는 동말랭이에서 강아지처럼 아배를 부르며 울다가
시악이 나서는 등 뒤 개울물에 아배의 신짝과 버선목과 대님오리를 모다 던져 버린다

장날 아츰에 앞 행길로 엄지 따러 지나가는 망아지를 내라고 나는 조르면
아배는 행길을 향해서 크다란 소리로
― 매지야 오나라
― 매지야 오나라

새하려 가는 아배의 지게에 치워 나는 산으로 가며 토끼를 잡으리라고 생각한다
맞구멍 난 토끼굴을 아배와 내가 막어서면 언제나 토끼새끼는 내 다리 아래로 달어났다
나는 서글퍼서 울상을 한다[118]

118 백석, 『정본 백석 시집』, 38쪽.

아버지는 오리를 잡으러 논에 내려가서 오래도록 돌아오지 않는다. 아들은 동쪽 등성이에서 아버지를 기다리다가 부아가 나서 아버지의 신과 버선과 대님을 개울에 던져 버린다. 어미 따라 지나가는 망아지를 달라고 아들이 보채면 아버지는 아들을 달래려고 망아지가 지나간 길을 향해서 큰 소리로 '망아지야 오너라' 하고 외쳐 준다. 나무하러 가는 아버지의 지게에 올라앉아 산으로 가면서 아들은 산에서 토끼를 잡고 싶어 한다. 토끼 구멍을 막아서서 기다리면 토끼는 언제나 아들의 다리 사이로 도망을 쳐 버린다. 빼앗긴 들에도 민들레가 피듯이 나라 잃은 시대에도 아버지와 아들의 사랑은 변하지 않는다.

백석에게는 25편 내외의 여행시편이 있다. 고향에서 가까운 평안도에서 시작하여 멀리 경상도 통영으로 갔다가 함경도에 이르는 길이 시의 배경이 되었다. 그 이외에 일본에서 쓴 시가 「가키사키의 바다」와 「이즈구니 미나토 가도」의 두 수이고 만주에서 쓴 시가 「안동」, 「북방에서」, 「조당에서」, 「수박씨 호박씨」, 「귀농」, 「두보나 이백같이」의 다섯 수이다. 평안북도 일대를 여행하면서 쓴 기행시들은 비가 내렸다 개었다 하여 옷이 젖었다 말랐다 하는 긴 산길을 걸으면서 눈에 띄는 풍물들의 묘사와 마을에 들어서서 먹고 싶은 음식의 진술로 전개된다. 묘향산 가까운 「북신」에서 시의 화자는 거리에 떠도는 메밀 냄새를 맡으며 불공드리는 노인의 정갈한 냄새를 연상하고 털도 안 뽑은 돼지고기 조각을 메밀국수에 얹어서 한입에 삼키는 사람들을 보며 소수림왕이나 광개토대왕 같은 사람들을 연상한다. 백석의 고향 정주군 옆에 있는 영변군의 「팔원」에서 화자는 주재소(파출소)의 일본인 소장과 그의 어린 딸의 배웅을 받으며 버스를 타는 한국인 소녀를 눈여겨본다. 그는 초록색 새 저고리를 입고 있지만 손잔등이 밭고랑처럼 터져 있는 것으로 미루어 소녀는 그 집에서 밥을 짓고 걸레를 치고 아이를 보았을 것이라고 추측한다. 근처에 삼촌이 산다며 평안도 최북단의 자성까지 간다는 소녀는 자성에 있는 또 다른 집으로 허드렛일을 하러 갈 것이다. 「북관」에서도 화자는 함경도 음식을 맛보면서 여진의 살 냄새를 맡고 신라 백성의 향수를 맛본다. 나라 잃은 시대에 평안도 사람들은 대부분 고대 한국은 괜찮았는데 조선시대에 와서 잘못되어 나라가 망했다고 생각하였다. 백석은 튼튼하고 아름다운 함경도 소녀들을 좋아하였고 그녀들의 흰 저고리 검정 치마와 저고리의 붉은 깃을 사랑하였다. 함흥의 영생여고에서 영어를 가르칠 때 건강하고 아름다운 여학생들을 보는 것은 그의 "꼭 하나 즐거운 꿈"이었다. 그러나 「절망」은 그 여학생들이 시집을 가서 머리에 무거운 동이를 인 채 어린것의 손을 잡고 가파른 언덕길을 숨차게 오르는 것을 보고 느끼는 교사의 절망을 나타낸 시이다. 학생들이 자기를 실현할 수 있는 기회를 박탈하고 억압하는 궁핍한 시대에 대한 절망을 나타낸 시라고도 할 수 있을 것이다.

백석에게는 「통영」이란 제목의 시가 세 수 있는데 그 가운데 시집 『사슴』에 실린 시와 「남행시초」의 첫 번째 「통영」은 사랑 노래이다. 『사슴』의 「통영」에서 저문 유월의 바닷가에 있는 오래된 주막에 들어 소라껍질 등잔의 희미한 불빛 아래서 김 냄새를 맡으며 화자는 천희(千姬, 센히메)라는 일본식 이름을 가진 여자들이 여럿이라는 데 흥미를 느낀다(도요토미 히데요시의 아들에게 시집간 도쿠가와 이에야스의 손녀 이름이 센히메였다). 오래된 객줏집에서 들은 여자들의 예스러운 일본식 이름은 그 자체로 흥미를 끌 만한 소재이겠지만 정작 이 시의 주제는 여자의 이름이 아니라 천희라는 여자의 사랑 이야기에 있다. 그녀는 한번 누구를 사랑하면 절대로 마음을 바꾸지 않고 미역 오리가 물기가 빠지면 굴껍질같이 마르듯이 사랑 하나에 생명을 바친다는 것이다. 「남행시초」의 첫 번째 「통영」은 화자 자신의 사랑 노래이다. 구마산에서 통영으로 들어가며 화자는 통영의 모양이 갓 같다고 생각한다. 통영은 말총이 좋아 갓으로 유명한 곳이었다. 전복, 해삼, 도미, 가재미, 파래, 아가미젓갈, 오징어젓갈 등 해산물을 푸짐하게 맛보고 밤새 끊이지 않는 뱃고동 소리와 새벽 거리의 북소리를 듣는다. 피도 안 가신 대구를 말리는 것도 등짐장수 영감이 일본말을 잘하는 것도 처녀들이 어장 주인에게 시집을 가고 싶어 한다는 것도 화자에게는 신기하기만 하다. 화자는 사랑하는 여자를 찾아 명정샘이 있는 마을을 찾아가면서 차라리 한산도 바다에서 뱃사공을 하고 싶다고 생각한다. 난이라는 이름의 그 여자가 시집을 갈지도 모르겠다는 걱정은 조금이라도 빨리 보고 싶다는 마음을 반영하는 것이다. 백석은 1939년에 만주로 건너가 해방이 될 때까지 만주에서 생활하였다. 측량기사 일도 하였고 농사도 지었으며 1942년에는 만주국 세관업무를 보기도 하였다. 만주국은 만주인, 중국인, 일본인, 한국인, 몽골인 등 오족의 협화를 표방하였다. "측량도 문서도 싫증이 나고", "아전 노릇을 그만두고" 싶어서 만주국 수도 신징(창춘) 근처 바이구툰(백구둔)의 왕 씨에게 밭을 임대하는 소작계약을 하고 왕 씨와 함께 충왕(蟲王)과 토지신의 사당에 농사가 잘되게 해 달라는 기도를 드리러 간다는 「귀농」과, 공중목욕탕에서 중국인들과 함께 목욕을 하면서 느끼는 이질감과 동질감을 이야기하는 「조당에서」와, 손톱을 길게 기르고 중국식 긴 저고리를 입고 만두 모양의 모자에 곰방대를 물고서 향내 좋은 중국 배를 썹으며 머리채가 발뒤축에 닿는 중국 처녀와 마차를 타고 달려 보고 싶다는 「안동」이 아마 만주국의 오족협화와 연관 지을 수 있는 작품들일 것이다. 「두보나 이백같이」에서도 화자는 정월 대보름에 혼자서 고향 사람이 하는 조그만 식당에 떡국을 사 먹으러 가다가 두보나 이백도 객지에서 명절을 맞아 고향 음식을 찾아 먹었을 것이라고 생각하고 한국과 중국의 문화적 동질성을 확인하고 쓸쓸함과 외로움은 시인의 천성이라는 자부심을 가져 본다. 시는 "내 쓸쓸한 마음은 아마 두보나 이백 같은 사람들의 마음인지도 모를 것이다/아무러나 이것은 옛투의 쓸쓸한 마음이다"라는 두 행으로 끝난다. "아득한 옛날에 나는 떠났다"로 시작하는 「북방에서」는 부족을 화자로 내세운 특이한 시이다. 부여, 숙신, 발해, 요, 금이라고 불리던 이 부족은 오로촌족과 솔론족의 만류를 뿌리치고 흥안령 음산 아무르강, 숭가리강을 떠나서 한반도 안에 들어와 소극적인 안락을 추구하다가 그 땅마저도 잃어버렸다. 만주국이 세워져서 오랜만에 고구려와 발해의 태반에 돌아왔으나 이미 "나의 자랑은 나의 힘은 없다." 고구려의 멸망을 아쉬워하는 평안도 사람들 공통의 역사관을 표현하고 있는 시라고 하겠으나 고구려와 발해가 다민족국가이고 다언어국가였다는 사실을 고려하지 않았기 때문에 초점이 맞지 않는 시가 되었다. 몽골족과 만주족과 조선족은 서로 다른 언어를 사용하는 별개의 민족들이다. 친족어휘나 신체어휘나 수량어휘 같은 기초어휘에 공통성이 전혀 없고 간혹 유사한 어휘는 차용어이기 때문에 그들을 하나의 민족이라고 할 수 있는 근거는 전혀 없다. 그러므로 배달겨레만이 한반도로 들어온 것을 반드시 수치나 굴욕이라고 비판할 이유는 없다고 할 것이고 만주국이 일본의 지배를 받는 상황에서 조선 실국의 원인을 고구려의 멸망에서 찾는 것은 다소 공상적인 역사해석이라고 할 것이다.

「내가 이렇게 외면하고」는 바람이 잔잔한 날씨와 새 구두를 신은 친구와 데이트하는 여자와 적지만 고마운 월급과 애써 기른 코밑수염과 가난한 집 밥상의 생선조림 같은 것들을 긍정하는 시이지만 그런 작은 것들 때문에 살 만한 세상이라고 말하면서도 화자는 "외면하고 거리를" 걷는다. 그가 외면하는 것은 바로 현실의 모순이다. 「나와 나타샤와 흰 당나귀」에서 화자는 혼자 소주를 마시며 나타샤라는 여자와 흰 당나귀를 타고 산골로 가서 오막살이를 짓고 사는 생활을 상상하고 스스로 "산골로 가는 것은 세상한테 지는 것이 아니다/세상 같은 건 더러워 버리는 것이다"라고 자신을 달랜다. 「멧새 소리」는 화자가 자신을 겨울날 처마 끝에 매달려 얼어붙은 명태에 비유한 시이다. 그는 가슴에 고드름을 달고 문턱에 얼어붙어 있다. 그러므로 이 시의 제목인 멧새 소리는 따뜻한 집 안에서 듣는 새소리가 아니라 차가운 한데서 듣는 새소리이다. 「허준」은 지친 몸으로 병들어 누워 있는 친구를 찾아 싸움과 흥정으로 소란한 거리를 걷는 현실과 밝고 거룩한 눈물의 나라를 대비하여 보여 주면서 그 사이에서 거짓과 미움으로 가득 찬 세상을 외면하고 모든 것을 다 잃어도 넋 하나를 지키고 싶어 하는 사람을 보여 주는 시이다. 「흰 바람벽이 있어」에 등장하는 화자는 하늘이 사랑과 슬픔 속에서 높고 외롭고 쓸쓸하고 가난하게 살도록 시인을 창조하였다고 믿는다. 1948년 10월에 을유문화사에서 창간한 잡지 《학풍》에 실린 「남신의주 유동 박시봉방」을 보면 해방이 되어 한국으로 돌아온 백석이 신의주 남쪽 의주군 유동에서 박시봉이란 목수에게 방 하나를 얻어 살았다는 것을 알 수 있다. 시의 제목은 발신인의 주소이고 시의 내용은 자기의 마음을 속속들이 이해하는 친구에게 보내는 발신인의 편지이다. 가족과 헤어져 혼자 바람 부는 거리를 헤매다 날이 저물어 어느 목수의 문간방 하나를 얻어 들은 발신인은 여러 날 동안 나가지 않고 방 안에서 자기의 사정을 곰곰이 되돌아본다. 밤이나 낮이나 헌 삿자리에 앉았다가 누웠다가 하며 북데기 불이 타고 남은 질화로의 재에 뜻 없는 글자를 써 보기도 하면서 너무나 많은 것을 소처럼 연달아 새김질하던 발신인은 자신의 "슬픔과 어리석음에 눌리어 죽을 수밖에 없는 것을 느끼는 것이었다." 시에는 슬픔과 어리석음의 내용이 드러나 있지 않다. 그러나 그것은 해방 이후 북의 상황으로 미루어 볼 때 만주국에서 관리로 근무한 이력과 무관하지 않을 것이고 여자문제와도 무관하지 않을 것이다. 백석은 1935년 23살에 통영 여자 박경련을 만났고 1936년에 기생 김진향(자야)을 만나 1939년까지 동거하였으며 그사이에 1937년과 1938년 두 번 결혼하였으나 자야 때문에 두 여자를 다 버렸고 1945년에 결혼한 문경옥과도 곧 헤어졌다. 1948년에 이윤희와 결혼하여 3남 2녀를 낳았다. 폐쇄적인 사회에서 그가 버린 세 여자의 운명을 생각하면 마음이 편할 수 없었을 것이고 김일성 체제에 적응하기 위한 마음의 준비도 필요했을 것이다. 편지의 발신인은 내면으로 향했던 시선을 밖으로 돌려 문과 창과 천장을 바라본다. 자신을 밖에서 돌아보게 된 그는 그 자신보다 더 큰 어떤 힘이 자신의 인생에 작용하고 있다는 것을 의식한다.

이렇게 하여 여러 날이 지나는 동안에
내 어지러운 마음에는 슬픔이며 한탄이며 가라앉을 것은 차츰 앙금이 되어

가라앉고

　외로운 생각만이 드는 때쯤 해서는

　더러 나줏손에 쌀랑쌀랑 싸락눈이 와서 문창을 치기도 하는 때도 있는데

　나는 이런 저녁에는 화로를 더욱 다가 끼며 무릎을 꿇어 보며

　어니 먼 산 뒷옆에 바우섶에 따로 외로이 서서

　어두워 오는데 하이야니 눈을 맞을 그 마른 잎새에는

　쌀랑쌀랑 소리도 나며 눈을 맞을

　그 드물다는 굳고 정한 갈매나무라는 나무를 생각하는 것이었다[119]

　'나는 갈매나무를 생각한다'가 아니라 "갈매나무를 생각하는 것이었다"라고 쓴 것은 생각하는 나를 객관적 반성의 대상으로 정립하고 있다는 사태를 알려 준다. 이 시는 자신을 성찰하는 나를 되돌아보는 이중의 반성으로 종결된다. 갈매나무는 드물고 굳고 정한 나무이다. 백석의 시에서 깨끗하고 아름다운 사람으로 등장하는 인물들은 이백과 두보와 도연명, 그리고 프랑시스 잠과 라이너 마리아 릴케 같은 시인들이다. 어두워 가는 하늘 아래서 외로이 눈을 맞고 있는 먼 산 바위 가의 갈매나무는 다름 아닌 시인의 상징일 것이다. 발신자는 후회되는 일이 있더라도 끝내 시 정신을 지키며 시인으로 살겠다고 결의하고 있는 것이다. 맑고 참된 마음을 가진 아이는 자라서 "하늘이 사랑하는 시인이나 농사꾼이 될 것"이라는 「촌에서 온 아이」의 마지막 문장은 백석 자신의 운명에 대한 예언이 되었다. 다른 아이들처럼 목청을 높여 울지 않고 분한 마음을 스스로 억제하며 우는 그 아이처럼 백석은 한국현대사의 풍랑을 강인한 절제력으로 견뎌 내면서 생애의 전반기를 시인으로 보내고 1959년에 함경북도 왼편 자강도 오른편에 있는 양강도 삼수군 관평리의 국영협동조합에 들어가 농사를 지으며 생애의 후반기를 농사꾼으로 보냈

119　백석, 『정본 백석 시집』, 170쪽.

다. 백석은 1912년 7월 1일에 태어나 1996년 2월 15일에 사망하였다.

5) 김영랑과 김광균

김영랑(1903-1950)은 1930년 3월에 창간한 《시문학》에 「동백잎에 빛나는 마음」, 「언덕에 바로 누워」, 「누이의 마음아 나를 보아라」를 발표하였다. 「내 마음 아실 이」(《시문학》 1931. 11)와 「모란이 피기까지는」(《문학》 1934. 4)과 같이 아득한 상실감을 미묘한 운율에 담아 전달하는 그의 시들은 한국현대시의 음악적 효과를 성공적으로 보여 주었다. 『영랑시집』(시문학사, 1935)에는 82편의 시가 실려 있다. 박용철은 "특이한 체험이 절정에 달한 순간을 언어로 포착한 것"이 김영랑의 시라고 하였다. 김영랑은 마음과 풍경의 특수한 정황을 언어로 전달하고자 하였다. 고요함, 쓸쓸함, 고독함, 서러움, 황홀함 같은 정감이 시의 주조가 되며, 죽음도 영랑 시의 중요한 주제가 된다. 일상의 경험보다 예외적인 순간의 특별한 경험에서 미를 발견하는 영랑의 시는 자연스럽게 순수한 마음을 시의 바탕으로 강조하게 되었다. 영랑 시가 목표로 삼는 황홀 속에는 인식하는 자가 자취를 감추므로 대상만이 뚜렷하게 존재하게 된다. 그러나 그것은 시인과 대상의 융합이 아니다. 황홀이란 시인의 의식이 비어 있는 자리에 대상이 거대하게 드러나는 상태이다. 모란은 한없이 커지고 시인의 마음은 무한히 작아진다. 아무리 작아져도 시인은 모란이 될 수 없으므로 영랑의 시는 서러움의 정감에서 벗어나지 못한다.

「돌담에 속삭이는 햇발」, 「내 마음을 아실 이」, 「모란이 피기까지는」 같은 초기 시에서 순수한 마음을 보존하려는 노력은 풍경을 심미적인 태도로 포착하려는 시도로 나타나고 「독을 차고」, 「춘향」 같은 후기 시에서 순수한 마음을 보조하려는 노력은 불순한 현실과 순수한 마음의 대립으로 나타난다.

아! 내 세상에 태어났음을 원망 않고 보낸
어느 하루가 있었던가 "허무한듸!" 허나

앞뒤로 덤비는 이리 승냥이 바야흐로 내 마음을 노리매

내 산 채 짐승의 밥이 되어 찢기우고 할퀴이라 내맡긴 신세임을

나는 독을 차고 선선히 가리라

막음 날 내 외로운 혼 건지기 위해[120]

순수한 마음은 시의 공통된 바탕이 되지만 그 마음이 풍경을 대할 때는 심미적 정감이 되고 현실을 대할 때는 대립적 의지가 되는 것이라고 해석할 수 있을 것이다. 어느 경우에나 대상에 비하여 마음이 작게 나타나는데 이러한 마음의 무력함이 초기 시에서는 정감으로, 후기 시에서는 의지로 나타나는 것이라고 하겠다. 초기 시의 「두견」이나 후기 시의 「망각」에서 보듯이 죽음과 비탄은 영랑 시의 일관된 주제가 된다.

울어 피를 뱉고 뱉은 피 도로 삼켜

평생을 원한과 슬픔에 지친 작은 새

너는 너른 세상을 설움에 피로 새기러 오고

네 눈물은 수천 세월을 끊임없이 흐려 놓았다

여기는 먼 남쪽 땅 너 쫓겨 숨음 직한 외딴곳

달빛 너무도 황홀하여 후젓한 이 새벽을

송기한 네 울음 천 길 바다 밑 고기를 놀래이고

하늘가 어린 별들 버르르 떨리겠구나[121]   (「두견」 부분)

영랑 시의 배경은 주로 해 질 녘이나 한밤중이고 지는 해, 넘어가는 달, 이

---

120 김영랑, 『원본 김영랑 시집』, 허윤회 편, 깊은샘, 2007, 197쪽.
121 김영랑, 『원본 김영랑 시집』, 200쪽.

우는 꽃이 상실감과 기대감을 강화하여 서정적 공간을 형성한다. 3음보와 4음보를 기조로 하는 2행, 3행, 4행 구성이 시의 기본형식이 되는데 그중에서도 4행 연을 가장 많이 사용하였다. 고유어를 활용하고 소릿결을 살리는 수식어를 발굴하고 남도방언과 여성어조를 통하여 우리말의 음악성을 최대한도로 실현한 것이 영랑 시의 공적이다. 「누이의 마음아 나를 보아라」에서 세 번 반복되는 "오매 단풍 들것네"는 순환하는 자연에 대한 경탄을 나타낸다. 인간은 하루하루 제 일에 바빠서 꽃 한 송이 제대로 바라보지 못하고 살지만 자연은 그 걸음을 한시도 쉬지 않고 꽃을 만들고 녹음을 만들고 단풍을 만든다. 가을이 온 것을 알려 주는 것은 장독대에 날아온 감잎이다. 감잎 하나가 온 세상의 변화를 전해 준 것이다. 누이는 계절의 순환에 경탄하면서도 추석 걱정 태풍 걱정으로 마음이 분주하다. 가족이 모이는 날이 기다려지지만 또 한편으로는 추석 전후로 몰려오는 태풍이 염려스러운 것이다. 아우는 누이에게 충고한다. 지금의 기쁨은 지금으로 족하니 내일 염려는 내일 하는 것이 어떠냐. "누이의 마음아 나를 보아라." 「모란이 피기까지는」에서 모란과 봄과 보람은 같은 의미로 사용된다. 소리로 보아도 세 단어에 모두 m과 p와 r이 들어 있어서 의미의 결속을 강화해 준다. 모란이 피고 지는 것은 자연의 순환으로서 사람이 어떻게 할 수 없는 일이다. 그러나 자연의 순환이라고 이해하더라도 인간은 기대와 실망을 반복하지 않을 수 없다. 왜 그 보람이 "찬란한 슬픔"인가? 시인이 삼백예순 날 울며 기다리는 것은 단순한 계절의 순환이 아니라 심미적 경험을 가능하게 하는 황홀한 순간의 회귀이기 때문이다. 「내 마음 고요히 고운 봄길 위에」는 주제를 따로 찾을 필요가 없는 시이다. 문장의 형태를 떠나 이 시에 등장하는 모든 명사와 동사와 형용사들 전부가 심미적 정감의 내용이 된다. 햇발, 샘물, 돌담, 풀, 불길, 하늘, 마음, 부끄러움, 물결, 새악시, 볼, 가슴, 에메랄드, 실비단 하늘 같은 명사와 속삭이다, 웃음 짓다, 우러르다, 떠오르다, 젖다, 흐르다, 바라보다 같은 동사와 고요하다, 곱다, 얇다, 싶다 같은 형용사가 심미적 경험의 조성을 분유하고 있다. 기대

를 두 개의 3행 연으로, 체념을 두 개의 4행 연으로 나타내는 「내 마음을 아실
이」에서는 속마음을 이해해 줄 사람이 어딘가 있으리라는 기대와 속속들이
이해해 줄 사람은 어디에도 없으리라는 체념이 교체된다. 시인은 티끌과 눈
물과 보람으로 암시되는 속내를 말로 전달할 수 없다. 속마음은 불빛에 서린
연기처럼 희미하기 때문이다. 표현할 수 없는 마음에 형태를 부여하는 것이
시이다. 시인은 사랑을 불타는 옥돌이라는 이미지로 표현한다. 사랑은 불처
럼 뜨겁고 옥돌처럼 견고하다. 그러나 시인은 사랑하는 사람조차도 속마음
을 이해할 수는 없으리라고 체념한다. 절대고독이 필요로 하는 것은 오직 시
가 있을 뿐이다. 종이 등불을 켜 놓고 "한 해라 그리운 정을 묽고 쌓아 흰 그
릇에" 떠 놓고 비는 여자를 딱하고 가엾게 바라보는 「제야」의 시인은 지친 마
음과 지친 밤("제운 맘", "제운 밤")을 위로하기에는 수심이 떴다 가라앉았다 하는
세상이 너무나 모질다는 것을 잘 알고 있다. 그러나 이루어지지 않을지라도
간절한 정성에는 그 나름의 의미가 있다고 믿기 때문에 시인은 안쓰럽게 여
기면서도 "그대는 이 밤이라 맑으라 비사이다"라고 여자와 함께 기원한다.

　김영랑은 순수한 마음을 지키려면 어떤 일이 있어도 친일을 피해야 한다
는 것을 확고하게 인식하고 있었다. 3·1 운동이 일어난 지 20년 되던 해에
《조광》(1939. 1)에 발표한 「거문고」는 반일항쟁의 소멸을 한탄한 시이다.

　　검은 벽에 기대선 채로
　　해가 스무 번 바뀌었는데
　　내 기린은 영영 울지를 못한다

　　그 가슴을 퉁 흔들고 간 노인의 손
　　지금 어느 끝없는 향연에 높이 앉았으려니
　　땅 위의 외론 기린이야 하마 잊혀졌을라

바깥은 거친 들 이리 떼만 몰려다니고

사람인 양 꾸민 잔나비 떼들 쏘다니어

내 기린은 맘 둘 곳 몸 둘 곳 없어지다

문 아주 굳이 닫고 벽에 기대선 채

해가 또 한 번 바뀌거늘

이 밤도 내 기린은 맘 놓고 울들 못한다[122]

　김광균(1914-1993)은 시집 『와사등』(남만서방, 1939)에서 조소적이고 촉각적인 이미지를 개척하였다. 그의 시에서는 구름이 구겨져 소리를 내고 벌레 소리가 발길에 채이고 종소리가 분수처럼 흩어지고 계절이 얼어붙는다. 그는 현대 정신과 현대 지성을 의식하고 시를 창작하였다. 그는 의식적으로 공장, 호텔, 급행열차, 셀로판지 같은 도시의 언어를 선택하고 시의 음악성보다 회화적이고 묘사적인 이미지를 선호하였다. 「외인촌」은 배경 묘사로만 구성된 시이다. 산골짜기에 있는 외국인 마을은 전체적으로 고독한 느낌을 불러일으킨다. 바다 쪽으로 나 있는 산마루 길에 전신주가 하나 우두커니 서 있고 저녁노을에 붉게 물든 구름이 그 전신주에 걸려 있다. 파란 등을 단 마차가 하나 마을로 들어서는 것이 마치 그림 속으로 잠겨 드는 것처럼 보인다. 작은 시내의 돌다리는 갈대로 덮여 있고 화원의 벤치 주위에는 낮에 소녀들이 남겨 놓은 웃음이 희미한 저녁 빛 속에 흩어져 있다. 몇 안 되는 집들의 창들이 닫히고 외인묘지에는 밤새 가느다란 별빛이 비처럼 내려온다. 이윽고 아침이 되어 마을 시계가 여윈 손길로 열 시를 가리키면 빛바랜 교회당의 지붕 위에선 푸른 종소리가 분수처럼 흩어진다. 「와사등(瓦斯燈)」은 객관적인 묘사에 주관적인 감정을 투사하고 있는 시로서 이 시의 주조가 되는 애수는 김

122　김영랑, 『원본 김영랑 시집』, 256쪽.

광균의 시 전체를 뚫고 흐르는 라이트모티프가 된다. 이 시에 나오는 형용사들은 모두 애수의 감정을 반영하고 있다. 가스등을 보고 화자는 텅 빈 하늘에 걸린 차단한 등불이라고 지각하고 "내 홀로 어딜 가라는 슬픈 신호냐"라고 자문한다. 긴 여름 해가 천천히 기울다가 갑자기 어두워진다. 그것은 한 마리 새가 천천히 내려오다가 갑자기 날개를 접고 땅에 내려앉는 것과 같다. 밤의 빌딩들은 묘석과 같고 빌딩을 비추는 불빛은 무덤가의 잡초들과 같다. 피부에 어두움이 스밀 때 화자는 아무런 생각도 할 수 없고 다만 공허한 군중의 행렬에 섞여서 낯선 거리의 아우성 소리를 들으며 자신의 긴 그림자처럼 어두운 자신의 비애를 절감할 뿐이다.

> 어느 먼 곳의 그리운 소식이기에
> 이 한밤 소리 없이 흩날리느뇨
>
> 처마 끝에 호롱불 여위어 가며
> 서글픈 옛 자췬 양 흰 눈이 내려
>
> 하이얀 입김 절로 가슴이 메어
> 마음 허공에 등불을 켜고
>
> 내 홀로 밤 깊어 뜰에 내리면
> 먼 곳에 여인의 옷 벗는 소리
>
> 희미한 눈발
> 이는 어느 잃어진 추억의 조각이기에
> 싸늘한 추회(追悔) 이리 가쁘게 설레이느뇨

한 줄기 빛도 향기도 없이

호을로 찬란한 의상을 하고

흰 눈은 내려 내려서 쌓여

내 슬픔 그 위에 고이 서리다[123]

　「설야(雪夜)」에서 이미지를 주는 말은 흰 눈이고 이미지를 받는 말은 그리움이다. 호롱불이 여위어 가는 밤에 소리 없이 흩날리며 내려서 쌓이는 것은 눈이면서 동시에 그리움이다. 한밤 마음속에 불이 켜지고 잃어버린 옛사랑이 기억 속에 되살아나고 잊으려고 애써 왔던 여자가 눈앞에 나타난다. 그러므로 눈이 내리는 소리는 여인의 옷 벗는 소리가 된다. 다시 만날 수 없는 여자의 기억은 쓰디쓴 뉘우침을 수반하고 떠오른다. 잘못한 것은 화자 자신이고 이별의 책임이 그에게 있기 때문이다. 후회해도 용서받을 수 없는 죄이기 때문에 그리움은 그 여자처럼 찬란한 의상을 하고 있지만 또한 흰 눈처럼 색채도 향기도 없는 메마른 애수가 될 수밖에 없는 것이다.

낙엽은 폴란드 망명정부의 지폐

포화에 이지러진

토룬시의 가을 하늘을 생각게 한다

길은 한 줄기 구겨진 넥타이처럼 풀어져

일광의 폭포 속으로 사라지고

조그만 담배연기를 내어 뿜으며

새로 두 시의 급행차가 들을 달린다

포플러 나무의 늑골 사이로

공장의 지붕은 흰 이빨을 드러낸 채

123　김광균·장만영, 『김광균·장만영』, 한국현대시문학대계 13, 지식산업사, 1982, 42쪽.

한 가닥 구부러진 철책이 바람에 나부끼고

그 위에 셀로판지로 만든 구름이 하나

자욱한 풀벌레 소리 발길로 차며

호을로 황량한 생각 버릴 곳 없어

허공에 띄우는 돌팔매 하나

기울어진 풍경의 장막 저쪽에

고독한 반원을 긋고 잠기어 간다[124]

  이 시에도 주관적 감정이 투사되어 있지만 김광균은 그 감정조차도 다시 객관화하여 풍경의 일부로 바꾸어 놓았다. 「추일서정(秋日抒情)」은 어느 가을 날 풍경을 묘사한 시로서 시를 주도하는 요소는 배경묘사이다. 구겨진 넥타이처럼 좁고 굽은 길을 한낮의 햇빛이 내리쬐고 급행열차가 들을 달린다. 오후 두 시의 햇빛을 일광(日光)의 폭포에 비유하고 연기 뿜는 기차를 담배 피우는 남자에 비유한 것은 장식적인 이미지로서 가을 풍경이란 주제와 직접 관련되는 이미지는 아니다. 포플러 나무들 사이로 멀리 공장의 지붕과 철책이 보이고 그 위에는 구름이 떠 있는데 배경 전체가 하나의 동물에 비유되어 포플러 나무들이 그 동물의 늑골이 되고 공장은 작은 동물에 비유되어 뾰족한 지붕이 작은 공장이란 동물의 이빨이 된다. 그러니까 이 시의 가을 풍경 전체가 살아서 움직이고 있는 셈이다. 마지막 다섯 행은 화자가 등장하는 장면인데 풀벌레 소리를 발길로 차며 돌을 하나 집어던지는 화자보다 기울어진 풍경의 장막 저편으로 반원을 그리며 움직이는 돌이 잘 보이는 전경으로 나와 화자의 황량한 생각과 고독한 심정을 대표한다. 화자의 발길에 채이는 풀벌레 소리는 만지면 소리를 내는 셀로판지로 된 구름과 연결되어 있다. 화자의 황량한 생각과 고독한 심정을 가장 잘 나타내는 것은 시의 첫 세 행이다.

---

124 김광균·장만영, 『김광균·장만영』, 56쪽.

1939년 9월에 히틀러는 폴란드를 침공하였다. 히틀러의 포화에 파괴된 토룬시의 가을 하늘은 얼마나 황량하였으랴. 화자의 눈에는 한국의 가을이 토룬의 가을처럼 황량하게 느껴졌고 떨어져 구르는 낙엽이 히틀러에 쫓겨서 파리에 세운 폴란드 망명정부의 지폐처럼 공허하게 느껴졌다. 가치 없이 버려진 낙엽은 동시에 보람 없이 보내는 한국인의 생존을 상징한다고 할 수 있을 것이다.

6) 김기림과 이상

김기림(1908-?)은 세 권의 시집 『기상도』(창문사, 1936)와 『태양의 풍속』(학예사, 1939)과 『바다와 나비』(신문화연구소, 1946)에서 도시어, 문명어, 외래어 등을 과감하게 사용하여 시어의 영역을 확대하고 감성보다 지성을 활용하여 모호성을 제거한 시각적 이미지를 구성하였다. 김기림은 한국현대시의 이론체계를 구성한 한국 최초의 시론가이다. 김기림은 유행가 작사자가 시인으로 행세하는 문단의 현실을 "스스로 옮으로써 독자를 울리려고 하는 시가 있다. 그런 경우에 우리는 차라리 그러한 치기를 웃을 수밖에 없다"[125]라고 비판하였다. 김기림은 현대시를 "말의 음으로서의 가치, 시각적 영상, 의미의 가치, 이 여러 가지의 가치의 상호작용에 의한 전체적 효과를 의식하고 일종의 건축학적 설계"[126]에 맞추어 구성한 제작품으로 규정하였다. 그는 시의 말씨를 일상 언어와 동일하게 보고 아름다운 회화가 되는 데 시의 이상이 있다고 하였다. "조만간 시인은 그들이 구하는 말을 찾아서 가두로 또 노동의 일터로 갈 것은 피하지 못할 일이다. 거기서 오고 가는 말은 살아서 뛰고 있는 탄력과 생기에 찬 말인 까닭이다. 가두와 격렬한 노동의 일터의 말에서 새로운 문체를 조직한다는 것은 이윽고 오늘의 시인 내지 내일의 시인의 즐거운 의무

125 김기림, 『시론』, 백양당, 1947, 153쪽.
126 김기림, 『시론』, 75쪽.

일 것이다."[127] 김기림은 시어의 회화성과 음악성을 중시한 바와 같은 이유에서 주제의 사회성과 역사성을 강조하였다. 회화성과 사회성은 공간에 속하는 것이며 음악성과 역사성은 시간에 속하는 것이다. 시의 주제는 문제의식에서 나오는데 시인에게 문제의식을 표현하는 것은 "사회성과 역사성을 이미 발견된 말의 가치를 통해서 형상화하는 일이다. 말은 사회성과 역사성에 의하여 더욱 함축이 깊어지고 넓어지고 다양해져서 정서의 진동은 더욱 강해져야 했다"[128]라고 하였다. 김기림은 과학적 세계상에 적합한 인생 태도만이 사회성과 역사성의 인식을 가능하게 한다고 생각했다. "질서는 오직 신학적인, 형이상학적인 선사 이래의 낡은 전통에 선 세계상과 인생 태도를 버리고 그 뒤에 과학 위에 선 새 세계상을 세우고 그것에 알맞은 인생 태도를 새 모럴로서 파악함으로써만 얻을 수 있었던 것이다."[129] "필자는 역설이 아니라 참말로 새로 시를 하려는 사람에게 권하고 싶다. 낡은 미학이나 시학을 읽기 전에 우선 시를 읽으라고—또 한 권의 미학이나 시학을 읽느니보다는 한 권의 아인슈타인이나 에딩턴을 읽는 것이 시인에게 얼마나 더 유용한 교양이 될는지 모른다고."[130]

김기림은 1950년 4월에 을유문화사에서 『시의 이해』를 간행하였다. I. A. 리처즈의 심리학에 근거하여 자신의 평론활동에 일정한 체계를 부여하려는 시도라고 할 수 있는 이 책은 한국에서 최초로 출현한 시의 원리론이다. 김기림은 시의 원리에 대해서 형이상학적 가설을 극도로 경계하였다. "무엇을 가리켜 형이상학이라고 하나. 과학적이 아니고 과학에 반대되는 논의들을 가리켜 하는 말이다. 사실을 다루며 어디까지든지 사실에 충실하려 들지 않고 도리어 사실로서 안을 받치지 못한 관념을 즐겨 주무르며 그러한 그림자

---

127 김기림, 『시론』, 244쪽.
128 김기림, 『시론』, 77쪽.
129 김기림, 『시론』, 90쪽.
130 김기림, 『시론』, 41쪽.

와 같은 관념의 논리와 체계와 장기에 열중하는 것이다."[131] 과학의 마지막 시금석은 검증이라고 생각하는 김기림은 심리학에 아직도 가설이 많이 남아 있다는 것을 알고 있으나 심리학의 통일이 이루어지고 말 것이라는 믿음을 가지고 시의 경험을 분석하는 데 심리학의 성과와 방법을 사용하였다. 그는 리처즈를 따라서 시의 경험을 여섯 단계로 나누었다.

1. 글자에서 오는 시각적 감각
2. 읽을 때 생기는 청각영상
3. 자유롭게 머릿속에 그려 보는 이미지들
4. 시 속의 장면, 사건, 행동을 이해하는 데 필요한 생각들
5. 시 전체가 일으키는 정서적 반응
6. 전 경험의 총결과인 정의적 태도

리처즈는 상황이 일으키는 충동들에 당황하여 충동의 대부분을 억압하는 보통 사람과 달리 당황하지 않고 충동의 대부분을 포섭하는 시인을 구별하였다. 시는 뒤범벅이 된 경험의 혼동 상태를 통어하여 형성한 움직이는 질서이다. 리처즈는 개인의 상황이 특수하다는 것을 인정하면서도 인간심리의 한결같음을 전제하였다. 절박함과 현행성이 제거되더라도 가상세계에서는 동일한 경험을 공유할 수 있다는 것이다. 리처즈에 의하면 태도는 행동을 지향하는 상상 속의 활동이며 시의 효과는 행동까지 가지 않고 태도에 그친다. 행동과 태도를 분리하는 이 지점에서 리처즈에 대한 김기림의 이의가 제기된다. 행동과 태도의 분리는 시와 신념의 분리로 이어질 것인데 심리학으로 신념을 해명하기 어렵다는 것은 인정한다 하더라도 신념이 태도를 정향하는 면이 있다는 사실을 무시하는 것은 오히려 비과학적인 의견이라는 것이다.

---

131 김기림, 『김기림 전집』 2, 심설당, 1988, 200쪽.

악이 날뛰는 것을 방관하는 태도와 새 현실의 창조를 희망하는 태도는 엄밀하게 구별되어야 한다는 것이 김기림의 신념이었다. "객관적인 사회적 존재 그것에서 유래하는 뿌리 깊은 대립이 한 대상에 대한 모순된 두 분별로서 나타나는 것을 어찌할 것인가. 여기에 심리학적 설명의 한계가 있어 보인다."[132]

김기림은 이상을 한국 최고의 현대시인으로 평가하였다. 이상의 영전에 바치는 「주피터 추방」은 이상의 시사적 위상을 한국현대시의 제우스에 비정한 시이다. 파초 잎처럼 축 늘어진 중절모를 쓰고 파이프를 물고 현대의 제우스는 밤거리의 구석구석을 뒤지며 현대도시에서 발생하는 폭력을 면밀하게 응시한다. 이의를 제기할 능력을 상실한 도시의 주민들은 자연의 유혹에 전혀 반응을 보이지 않는다. 동요하는 중화민국으로 대표되는 동양적인 것은 이미 시효를 상실하였다. 제우스는 동양사상뿐 아니라 등록된 사상 전체에 흥미를 잃어버렸다. 빅토리아 여왕의 악대에도, 잉글랜드 은행에도, 록펠러의 정원에도, 그리스도의 몸짓을 흉내 내는 루스벨트에도, 프랑코의 엄숙한 직립부동에도 그는 구역질을 한다. 팔레스타인에서 학살을 자행하는 대영제국의 지지 않는 태양을 신문지로 가리고 현대의 제우스는 "형이상학과 체면과 거짓을 쓰레기통에 벗어 팽개쳤다."

> 주피터 승천하는 날 예의 없는 사막에는
> 마리아의 찬양대도 분향도 없었다.
> 길 잃은 별들이 유목민처럼
> 허망한 바람을 숨 쉬며 떠다녔다.
> 허나 노아의 홍수보다 더 진한 밤도
> 어둠을 뚫고 타는 두 눈동자를 끝내 감기지 못했다.[133]

---

132 김기림, 『김기림 전집』 2, 267쪽.
133 김기림, 『김기림 전집』 1, 209쪽.

「금붕어」는 바다의 활력을 망각한 도시의 주민을 어항 속 공간에 만족하는 금붕어에 비유한 시이다. "금붕어는 어항 밖 대기를 오를래야 오를 수 없는 하늘이라 생각한다." 금붕어는 아침마다 물을 갈아 주고 떡가루를 뿌려 주는 손을 천사의 손이라고 생각하고 어항 속 생활을 행복하다고 생각한다. 금붕어는 유리벽에 머리를 부딪치는 일이 없다. 한계와 분수를 알고 주어진 영역의 외부로 나가려는 시도를 포기하였기 때문이다. 그러나 금붕어의 내심은 바다에서 헤엄치며 살고 싶은 꿈을 포기하지 못한다.

> 금붕어는 아롱진 거리를 지나 어항 밖 대기를 거쳐서 지나(支那)해의
> 한류(寒流)를 끊고 헤엄쳐 가고 싶다. 쓴 매개를 와락와락
> 삼키고 싶다. 옥도(沃度)빛 해초의 삼림 속을 검푸른 비늘을 입고
> 상어에게 쫓겨 다녀 보고도 싶다.[134]

「옥상정원」은 보이지 않는 유리벽에 갇힌 금붕어 대신 도시에 갇혀 자연을 잃어버린 생물 전체의 상황을 중립시각으로 묘사한 시이다. 「금붕어」가 금붕어의 시각으로 서술하는 인물시각서술이라면 「옥상정원」은 카나리아와 수탉과 사람들을 관찰자의 시각으로 서술하는 객관중립서술이다. 객관적인 위치에서 대상을 묘출하는 방법은 한국현대시에서 김기림이 처음으로 시도해 본 기법이다. 백화점 옥상정원의 우리 속에 갇혀 있는 카나리아는 니힐리스트처럼 눈을 감는다. 날씨에 대해, 주식에 대해, 스페인 내란에 대해 이야기하는 사람들의 온갖 지껄임에 귀를 막고 잠 속으로 피신하려 하는 것이다. 사람들은 카나리아가 자는 것만 보고 잠 속에서 그의 꿈이 어느 곳에서 방황하고 있는가를 생각해 보려고 하지 않는다. 갑자기 삼림에서 하던 습관을 생각해 내고 낮 12시에 홰를 치며 울어 보는 수탉은 이미 새벽을 알리는 의무

---

134 김기림, 『김기림 전집』 1, 186쪽.

를 잊어버렸다. 자연 속에 평등하게 태어난 인간이 사회 속에서 쇠사슬에 묶여 있다고 한 루소의 말을 기억하는 사람은 이제 아무도 없다. 도시계획자들이 신선한 공기를 방어하기 위하여 벽돌담을 쌓아 올리고 시청의 살수차는 태양에게 선동되어 티끌들이 아스팔트 위에서 반란을 일으키지 못하도록 네거리를 기어 다닌다. 거리에서는 티끌이 소리친다. "도시계획국장 각하 무슨 까닭에 당신은 우리들을 콘크리트와 포석의 네모진 옥사 속에서 질식시키고 푸른 네온사인으로 표백하려 합니까? 이렇게 호기적(好奇的)인 세탁의 실험에는 아주 진저리가 났습니다. 당신은 무슨 까닭에 우리들의 비약과 성장과 연애를 질투하십니까?" 사람들은 옥상정원에서 분수 속에 익사한 그들의 혼을 건져 가지고 엘리베이터를 타고 인조 정원에서 인조 거리로 떨어져 내려간다. 엘리베이터 걸이 안내하는 음성은 인조 도시의 시이다. "여기는 지하실이올시다." 관리되고 감시되는 현대사회를 자본주의 세계의 일반적 특성으로 묘사하는 시라고 하겠지만 김기림이 백화점이 실국시대의 서울에 위치하고 있다는 사실을 외면했다고 해석할 것은 아니다. 김기림은 괴테가 나폴레옹이 지배하는 바이마르에서 세계적인 문학을 내놓을 수 있었듯이 실국시대에도 세계적인 수준의 문학과 철학과 과학이 가능하다고 생각하였다. 독자적인 재생산체계와 무기병참체계가 붕괴된 현실에서도 세계적인 작가가 탄생할 수 있다는 김기림의 생각은 구체성을 상실한 보편성의 미망이라고 비판받을 여지가 있다고 하겠으나 실국시대라는 상황에서라도 보편성의 추구를 전혀 무의미한 시도라고 단정할 수는 없을 것이다. 일본만 바라보는 것보다는 서양과 중국과 중동을 함께 보는 것이 한국의 복합적인 상황을 분석하는 데 유용할 수도 있을 것이고 김기림의 시들이 보여 주는 갇혀 있음의 인식이 나라 잃은 시대의 특성을 파악하는 데 적용될 수도 있을 것이기 때문이다.

이상(1910-1937)은 1934년 7월 24일부터 8월 8일까지 《조선중앙일보》에 「오감도」라는 제목의 시들을 연재하였다. 독자의 비난으로 중단하였지만 이상은 이 시편들을 통하여 한국현대실험시의 한 전형을 보여 주었다.

꽃이보이지않는다. 꽃이향(香)기롭다. 향기(香氣)가만개(滿開)한다. 나는거기
묘혈(墓穴)을판다. 묘혈도보이지않는다. 보이지않는묘혈속에나는들어앉는다.
나는눕는다. 또꽃이향기롭다. 꽃은보이지않는다. 향기가만개한다. 나는잊어
버리고재(再)차거기묘혈을판다. 묘혈은보이지않는다. 보이지않는묘혈로나는
꽃을깜빡잊어버리고들어간다. 나는정말눕는다. 아아. 꽃이또향기롭다. 보이
지도않는꽃이 ― 보이지도않는꽃이.[135]

「절벽(絕壁)」은 나와 꽃과 향기와 묘혈이란 네 개의 명사가 "판다", "눕는다",
"만개한다", "들어간다", "들어앉는다", "보이지 않는다", "잊어버리고"라는 일
곱 개의 동사 그리고 "향기롭다"라는 하나의 형용사와 엇걸리며 단순하게 반
복되고 있는 시이다. '꽃이 향기로워서 그 자리에 묘혈을 파고 들어가 눕고
싶다'라는 문장에서 꽃과 묘혈에 "보이지 않는"이라는 수식어를 얹음으로써
이상은 관념을 배제하였다. '향기롭다-판다-들어간다-들어앉는다-눕는다'
는 일련의 행동은 꽃과 묘혈이 보일 때만 가능하다. 작중인물은 그것이 보이
지 않는다는 사실을 자꾸만 잊어버리고 일련의 행동을 무한히 반복한다. 「산
유화」의 작은 새가 꽃이 좋아 산에서 살듯이 나는 꽃이 향기롭기 때문에 향
기 속에 묘혈을 판다. 보이지 않는 꽃은 일정한 거리 이상으로는 다가설 수
없는 아쉬움을 암시한다. 「산유화」에서 "갈 봄 여름 없이"가 두 번 반복되듯
이 "잊어버리고"도 두 번 반복되어 무한한 순환을 나타내 준다. 행동의 반복
은 발화되지 않은 의식류의 기록이지만 반복의 이유로 제시되는 "잊어버리
고"는 일인칭 자기서술이다.
　　김소월의 「산유화(山有花)」와 김수영의 「풀」은 명사와 동사와 형용사의 단

135　이상, 『이상문학전집』 1, 김주현 주해, 소명출판, 2005, 111-112쪽.

순한 반복을 통하여 개념으로 나타낼 수 없는 의미를 표출하고 있다는 점에서 이상의 「절벽」과 동일한 방법으로 창작된 시이다.

산(山)에는 꽃 피네
꽃이 피네
갈 봄 녀름 없이
꽃이 피네

산에
산에
피는 꽃은
저만치 혼자서 피여 있네

산에서 우는 적은 새요
꽃이 죠와
산에서
사노라네

산에는 꽃 지네
꽃이 지네
갈 봄 녀름 없이
꽃이 지네[136]

"꽃"이 여덟 번, "산"이 여섯 번, '핀다'가 네 번, '진다'가 세 번 반복되는 이

---

136 김소월, 『진달래꽃』, 87-88쪽.

시가 의미의 음악임을 의심할 사람은 없을 것이다. 「산유화」의 핵심은 의미 보다 음악에 있다. 구태여 의미를 찾는다면 "새"라는 명사, '운다', '산다'라는 동사, '좋다'라는 형용사, '없이'라는 부사의 상호작용에 유의해야 할 것이다. 산과 꽃과 새의 어울림 중에서 의지적 행동을 할 수 있는 것은 새밖에 없다. 동사로 보아도 '운다'와 '산다'만이 의지작용을 포함하며 '핀다'와 '진다'는 저 절로 진행되는 과정이므로 의지작용을 포함하지 않는다. 첫째 연의 '핀다'는 둘째 연에서 '피어 있다'로 변한다. 과정으로부터 상태로 진행되면서 「산유 화」라는 제목의 의미가 농부가(메나리)에서 '산에 꽃이 있다'라는 문장으로, 다 시 피고 지는 자연의 주기적 순환으로 바뀐다. "저만치 혼자서 피어 있네"의 "저만치"는 무엇으로부터 저만치 피어 있는 것인가? 이것을 화자나 청자로 부터의 거리라고 보는 해석은 타당하지 않다. 이 시가 자연의 주기적 순환을 말하는 것은 분명한 사실이므로 간접적으로 자연의 연속성과 인간의 불연 속성을 대조할 수는 있을 것이다. 그러나 사람이 등장하지 않는 시에 사람을 끌어들여 해석하는 것은 온당한 독법이라고 할 수 없다. 그렇다면 "저만치" 는 이 시 안에서 유일하게 의지작용을 할 수 있는 새로부터의 거리가 아닐 수 없다. 꽃을 좋아하면서도 가까이 가서 꽃과 사귀지 않고 꽃으로부터 떨어 져 나와 일정한 거리를 취하는 이 새의 태도에서 우리는 심미적 정관의 본질 을 엿볼 수 있다. 아니 어쩌면 "저만치"는 꽃을 좋아할 수는 있으나 꽃과 사귈 수는 없는 새의 운명적 한계를 지적하는 것인지도 모른다. 새는 우주적 조화 와 우주적 고독을 동시에 느낀다. 우주는 조화와 고독의 상호작용 속에서 생 성하고 소멸한다. '산에 꽃이 있다'라는 평범한 사실에서 새는 기쁨을 느낀 다. 그러나 이 기쁨은 '꽃이 진다'라는 사실을 외면하는 환상적 기쁨이 아니 다. 생성과 소멸을 동시에 인식하는 허전함도 기쁨을 구성하는 한 요소로서 존재한다. 조화와 고독, 충만함과 허전함의 상호작용이 우주적 무도(舞蹈)를 형성하고 있다. "산에/산에/피는 꽃은/저만치 혼자서 피어 있네"에서 2음절 1음보가 4음절 2음보로, 다시 10음절 3음보로 확대되는 시행들이 조성하는 속도의 급격한 변화는 감정의 추이와 일치한다. "kalpomnjəriməpsi"라는 시행 하나만 잘 분석해도 우리는 시의 음악성에 관하여 많은 것을 알 수 있을 것이다. "녀름 없이"에 나타나는 əi-əi의 반복과 "갈 봄 녀름"에 나타나는 lm-rm의 반복은 자연의 주기적 순환성이라는 주제에 기여하고 있다. 이 시는 전반적으로 객관중립서술에 의존하고 있으나 셋째 연에 나오는 "사노라네"가 화자의 개입을 넌지시 드러낸다고 볼 수 있다. 새가 '꽃이 좋아 산에서 산다'라고 화자에게 말한 것인지, 작은 새는 꽃을 좋아한다고 화자가 생각한 것인지 분명하지 않기 때문이다. 산에는 늘 꽃들이 피고 지는 것을 반복하지만 꽃들은 저마다 혼자서 피어 있고 '작은' 새는 꽃을 좋아하여 산을 떠나지 않고 있지만 그 새는 꽃들에게 가까이 다가서지 못한다. 꽃과 새 사이에는 넘어설 수 없는 일정한 거리가 있다. 반복과 거리, 가냘픔과 외로움이 느껴지기는 하지만 우리는 이 시에서 분명한 주제를 찾을 수 없다. 「산유화」는 의미를 묻지 않아도 어떤 진실을 느낄 수 있게 하는 시이다. 이상의 「절벽」과 김수영의 「풀」은 김소월의 「산유화」와 동일한 방식으로 구성되어 있는 시들이다.

풀이 눕는다
비를 몰아오는 동풍에 나부껴
풀은 눕고
드디어 울었다
날이 흐려서 더 울다가
다시 누웠다

풀이 눕는다
바람보다도 더 빨리 눕는다
바람보다도 더 빨리 울고
바람보다 먼저 일어난다

날이 흐리고 풀이 눕는다
발목까지
발밑까지 눕는다
바람보다 늦게 누워도
바람보다 먼저 일어나고
바람보다 늦게 울어도
바람보다 먼저 웃는다
날이 흐리고 풀뿌리가 눕는다[137]

김수영의 「풀」은 풀과 비와 날과 바람이란 네 개의 명사가 '나부낀다', '눕는다', '일어난다', '운다', '웃는다'란 다섯 개의 동사 그리고 '흐리다'란 하나의 형용사와 엇걸리며 단순하게 반복되는 시이다. 다만 이 시에서는 바람과 동풍, 풀과 풀뿌리와 같은 유의어를 사용하고 "드디어", "다시", "빨리", "먼저", "늦게" 등의 부사와 "까지", "보다" 등의 토를 다양하게 활용하여 단순한 반복이 아닌 듯한 인상을 준다. 풀을 민중이라고 보는 해석은 시의 문맥과 맞지 않는다. 풀은 바람에 나부끼지만, 풀을 나부끼게 하는 바람 또한 울고 웃고 눕고 일어나는 행동을 풀과 함께 반복하고 있다. 풀은 바람보다 빨리 울고 빨리 눕기도 하고 바람보다 늦게 울고 늦게 눕기도 한다. 풀이 바람보다 먼저 일어난다는 것은 특별한 의미의 표현이 아니라 사실의 객관적인 서술로 보아야 한다. 풀은 발목까지 눕고, 발밑까지 눕고 드디어 풀뿌리가 눕는다. 발목과 발밑이란 말에서 화자의 위치를 짐작할 수 있다. 화자는 풀밭 가운데서 날과 바람과 풀을 관찰하고 그것을 객관적으로 기술한다. 객관중립서술은 확대해석을 차단한다. 「산유화」처럼 이 시에서도 바람과 풀은 완전한 일치를 이루어 내지 못한다. 눕는 데도 일어나는 데도 우는 데도 웃는 데도 그

---

137 김수영, 『김수영 전집』 1, 이영준 편, 민음사, 2018, 388쪽.

들의 사이에는 어긋남이 있다. 「산유화」의 작시방법은 보편관념을 중시하는 사회시를 제외하면 한국현대시의 여러 계보에 광범위하게 이용되고 있다. 이러한 작시방법은 서정주 시에도 나타나고 특히 김춘수의 시에서 「산유화」는 작시의 척도로 작용하고 있다고 할 수 있다.

이상은 1926년에 5년제 보성고등보통학교를 졸업하고 경성고등공업학교 건축과에 입학하였으며 고등공업학교를 졸업하던 1929년에 조선총독부 내무국 건축과 엔지니어가 되었다. 그는 1933년, 스물세 살 때에 폐병에 걸렸고 1934년에서 1937년 사이에 대부분의 중요한 시들을 썼다. 그러나 그의 시를 그의 시답게 규정하는 특징들은 1931년과 1932년에 지은 일문시들에도 나타나 있다. 그는 《조선과 건축》이란 일본어 잡지에 스물여덟 편(1931년 7월에 「이상한 가역반응」이 포함된 6편, 같은 해 8월에 「조감도」라는 표제로 8편, 같은 해 10월에 「3차각 설계도」라는 표제로 7편, 1932년 7월에 「건축 무한 6면 각체」라는 표제로 7편)의 일문시를 발표하였다.

공업학교 출신답게 이상은 과학에 대하여 흥미를 지니고 있었다. 첫 작품 「이상한 가역반응」의 모두에는 다음과 같은 수학과 문법을 연관 짓는 두 행이 나온다.

임의의 반경의 원(과거분사의 시세)
원내의 1점과 원외의 1점을 결부한 직선[138]

원과 과거분사를 병치한 표현에는 수학을 일종의 언어로 수용한 이상의 과학 이해가 드러나 있다. $x=e^y$를 $y=lnx$로 변형하고 $11.5=10^{1.0607}$을 $1.0607=\log 11.5$로 변형하는 바꿔쓰기는 능동태를 수동태로 변형하고 직접화법을 간접화법으로 변형하는 바꿔쓰기와 동일하다. 수학에서는 어느 한 단

138 이상, 『이상전집』, 임종국 편, 문성사, 1968, 246쪽.

어도 어느 한 문장도 고립되어 나타나지 않는다. 수학에서 존재는 관계이고 있음은 걸려 있음이다. 수학이란 결국 서로 연결되어 있는 존재들 사이의 관계들을 대응시키는 작업이다.

$$e^x = 1 + \frac{x}{1!} + \frac{x^2}{2!} + \frac{x^3}{3!} \cdots$$

$$\cos x = 1 - \frac{x^2}{2!} + \frac{x^4}{4!} - \frac{x^6}{6!} \cdots$$

$$\sin x = x - \frac{x^3}{3!} + \frac{x^5}{5!} - \frac{x^7}{7!} \cdots$$

$$e^{ix} = 1 + ix + \frac{i^2 x^2}{2!} + \frac{i^3 x^3}{3!} \cdots = \cos x + i \sin x$$

과거분사는 독립해서는 사용되지 않는 동사의 한 형태이다. 그것은 존재동사나 소유동사와 함께 수동이나 완료의 의미를 나타낸다. 원도 과거분사처럼 독자적인 의미를 가지고 있지 않다. 원은 선을 만나야 비로소 의미를 형성한다. 곡선상의 임의의 점에서 축 위의 초점에 그은 선과 곡선 밖의 준선에 수직으로 그은 선의 비는 일정하다. 타원은 1보다 작고 쌍곡선은 1보다 크고 포물선은 1이다. 원 안에 반지름(=1)을 빗변으로 하는 삼각형을 그리면 원주에 닿는 꼭지점의 좌표(x, y) 가운데 y는 사인이 되고 x는 코사인이 된다.

「선에 관한 각서」에서 1, 2, 3 또는 1, 2, 3, 4, 5, 6, 7, 8, 9, 0을 가로세로로 늘어놓아 본다든지 4의 모양을 사방으로 돌려놓아 본다든지 하는 것이 다 숫자들이 고립되어 존재하는 것이 아니라는 생각을 나타내는 방법이라고 볼 수 있다. 숫자들이 사람처럼 살아서 서로 연관되어 운동하고 있기 때문에 수학은 현상과 본질의 차이를 명료하게 보여 준다.

이상은 실용적인 계산을 천하게 여기고 수에서 조건과 패턴을 찾으려 하였다. 그는 "숫자를 대수적인 것으로 하는 것에서 숫자를 숫자적으로 하는 것에서 숫자를 숫자인 것으로 하는 것"[139]으로 옮겨 가는 데 흥미를 지니고 있었다. 그가 알고 싶었던 것은 "숫자의 성질"[140]과 "숫자의 성태"[141]와 "숫자의 어미의 활용"[142]과 "1, 2, 3, 4, 5, 6, 7, 8, 9, 0의 질환",[143] 다시 말하면 정수론과 집합론이었다. 1932년 《조선과 건축》에 일문으로 발표하고 다시 1934년 7월 28일 자 《조선중앙일보》에 국문으로 발표한 「진단 0 : 1」 또는 「오감도 시 제4호」는 이상이 책임의사로서 수의 질환을 진단한 진료기록이다. 이 시에서 숫자들은 환자가 되어 의사 이상의 진찰을 받는다. 1, 2, 3, 4, 5, 6, 7, 8, 9, 0이 가로세로로 늘어선 사이사이에 개입되는 검은 점들은 수의 관계 패턴을 방해하는 불연속성을 보여 준다. 이상이 결핵을 앓고 있듯이 수학은 불연속함 수라는 병을 앓고 있다. 움직이는 수학, 움직이는 과학을 보며 이상은 전율하였다.

고요하게 나를 전자의 양자로 하라[144]

봉건시대는 눈물이 날 만큼 그리워진다[145]

운동에의 절망에 의한 탄생[146]

사람은 절망하라 사람은 탄생하라 사람은 탄생하라 사람은 절망하라[147]

139 이상, 『이상전집』, 161쪽.
140 이상, 『이상전집』, 261쪽.
141 이상, 『이상전집』, 261쪽.
142 이상, 『이상전집』, 161쪽.
143 이상, 『이상전집』, 261쪽.
144 이상, 『이상전집』, 255쪽.
145 이상, 『이상전집』, 255쪽.
146 이상, 『이상전집』, 255쪽.

구름처럼 엉겨서 움직이고 있는 전자에 비하면 무게와 위치를 측정할 수 있다는 점에서 양자는 안정성을 보인다. 그러나 이상이 보기에 유클리드가 사망해 버린 현대는 척도를 잃어버린 시대일 수밖에 없다. "유클리드의 초점은 도처에서 인문의 뇌수를 마른 풀과 같이 소각"[148]하였으나 기하학의 정신이 하나의 척도가 되어 17세기의 과학혁명과 18세기의 산업혁명을 수행하였다. 「선에 관한 각서 5」에는 기하학의 붕괴가 자본주의의 동요를 일으킬 가능성이 암시되어 있다.

미래로 달아나서 과거를 본다. 과거로 달아나서 미래를 보는가. 미래로 달아나는 것은 과거로 달아나는 것과 동일한 것도 아니고 미래로 달아나는 것이 과거로 달아나는 것이다. 확대하는 우주를 우려하는 자여, 과거에 살으라, 광선보다도 빠르게 미래로 달아나라.

사람은 다시 한번 나를 맞이한다. 사람은 더 젊은 나에게 적어도 상봉한다. 사람은 세 번 나를 맞이한다. 사람은 젊은 나에게 적어도 상봉한다. 사람은 적의하게 기다리라. 그리고 파우스트를 즐겨라. 메피스토는 나에게 있는 것도 아니고 나이다.

속도를 조절하는 날에 사람은 나를 모은다. 무수한 나는 말하지 아니한다. 무수한 과거를 경청하는 과거를 과거로 하는 것은 불원간이다. 자꾸만 반복되는 과거, 무수한 과거를 경청하는 무수한 과거, 현재는 오직 과거만을 인쇄하고 과거는 현재와 일치하는 것은 그것들의 복수의 경우에도 구별될 수 없는 것이다.[149]

147　이상, 『이상전집』, 257쪽.
148　이상, 『이상전집』, 257쪽.

초속 10만 킬로미터로 달리는 물체 위에서 그 물체의 진행방향으로 빛을 비추면, 지상의 고정된 관측소에서 볼 때 그 빛은 마치 초속 20만 킬로미터로 움직이는 것처럼 보이고 고정된 관측소에서 1초가 흐르는 동안 2/3초가 흐르는 것처럼 관측된다. 초속 30만 킬로미터로 달리는 물체 위에서 빛을 비추면 지상의 고정된 관측소에서 볼 때 그 빛은 초속 0킬로미터로 움직이는 것처럼 보이고 움직이지 않는 관측소에서 1초가 흐르는 동안 0초가 흐르는 것처럼 관측된다. 그렇다면 물체가 빛보다 더 빠르게 달리는 경우에 그 물체는 시간을 거슬러 과거로 가게 될 것이다. 그러나 어떤 물체가 광속을 넘어서면 그 물체의 질량이 무한대로 증가하기 때문에 질량이 없는 빛 이외에는 초속 30만 킬로미터로 움직일 수 없다. 아인슈타인은 로렌츠 변환공식과 마이켈슨-몰리의 실험을 결합하여 우주에 두루 통하는 보편적 척도를 개발하였다. 상대성이론의 수학을 이해하고 있었지만 이상은 미래로 가는 것이 과거로 가는 것이고 나라는 것이 서로 다른 시간들에 의하여 무수한 나로 분열된 것이라는 극한의 사고실험을 가정하고 발전과 낙후, 진보와 보수, 성공과 실패를 구별하는 근거에 대하여 이의를 제기했다.

「22년」은 인간의 신체구조를 물질 형태로 기술한 작품이다. 몸과 성을 생물학이 아니라 물질과학(물리학과 화학)의 시각으로 기술하면서 이상은 버마재비를 잡으려다 자기가 죽을 것도 모르고 있는 『장자』의 큰 까치 이야기에서 "날개가 커도 날지 못하고 눈이 커도 보지 못한다"[150]라는 문장을 인용하였다. 하느님은 작고 뚱뚱하지만 날 수도 있고 볼 수도 있다. 나는 크고 날씬하지만 날지도 못하고 보지도 못한다. 나는 전후좌우 어느 쪽도 제대로 살피지 못하고 종종 이익에 사로잡혀 넘어져 다치곤 한다. 오장육부를 포함한 인간의 육체는 "침수된 축사"[151]처럼 수분과 피로 가득 차 있다. 오줌을 누면서 머

149 이상, 『이상전집』, 258쪽.
150 王先謙, 「山木」, 『莊子集解』, 臺北: 東大圖書股份有限公司, 1974, 181쪽.

리에 스치는 연상의 그물을 자유직접화법으로 기록한 「L'URINE(뤼린)」은 산으로 바다로 섬으로 하늘로, 해수욕장에 내리는 비로, 달거리를 하는 여자로 발화되지 않은 의식류를 따라가 본 작품이다. 이상의 무의식 속에 흑인 마리아와 노동자들의 사보타주가 들어 있다는 사실은 그의 시대를 이해하는 데 참고할 만한 사항이 될 수 있을 것이다. 얼굴이 검은 마리아는 아마도 기독교에서 온 이미지가 아니라 장 콕토의『흑인 오르페』에서 온 이미지일 것이다.「저팔 씨의 출발」에서 저팔(且8)은 남성 생식기의 형태를 묘사한 그림이다. '且'는 음경이고 '8'은 고환이다. '且' 자는 '또 차', '성 저'라고 읽으므로 이 시에서는 "저팔 씨"라고 읽어야 한다. "발경배방(脖頸背方: 배꼽과 목이 반대쪽을 향한다)"은 같은 쪽을 향해야 할 것들이 다른 쪽을 보는 것처럼 부자연스러운 짓을 하고 있다는 자기풍자가 아닐까? (배꼽과 목이 등 쪽에 있다는 번역도 오역은 아니다.) "사람의 숙명적 발광은 곤봉을 내어 미는 것이어라"와 두 번이나 반복되는 "지구를 굴착하라"를 성적인 함의로 보는 것이 자연스러울 듯하고, 이상이 "윤부전지(輪不輾地: 바퀴가 땅을 구르지 않는다)"라고 쓴 윤부전지(輪不蹍地)도 『장자』「천하」편에 바퀴의 일부분만 잠시 땅에 닿을 뿐이므로 바퀴가 땅을 밟는다고 할 수 없다는 궤변으로 인용되어 있으니 부분에 통하는 것이 전체에도 통하는 것은 아니듯이 한 사람의 수음은 두 사람의 성교가 될 수는 없다는 의미로 해석하는 것이 근리할 듯하다.

사실 저8 씨는 자발적으로 발광하였다. 어느덧 저8 씨의 온실에는 은화식물이 꽃을 피우고 있었다. 눈물에 젖은 감광지가 태양에 마주쳐서 희스무레하게 빛을 내었다.[152]

151 이상,『이상전집』, 217쪽.
152 이상,『이상전집』, 272쪽.

이상은 유방을 "조를 가득 넣은 밀가루 포대"[153]에 비유하고 성교를 "운동장의 파열과 균열"[154]에 비유하였다. 생물을 물질에 비유하는 것은 처녀를 창녀에 비유하는 것과 통한다. "창녀보다도 더 정숙한 처녀를 원하고 있었다"[155]라는 문장은 창녀처럼 관계할 수 있는 처녀를 의미하며 더 나아가서 물질처럼 조작할 수 있는 생물을 의미한다. 「홍행물 천사」의 "여자는 대담하게 뉘(Nu)가 되었다. 한공(汗孔)은 한공마다 형극이 되었다. 여자는 노래 부른다는 것이 찢어지는 소리로 울었다. 북극은 종소리에 전율하였다."[156] 벗은 여자의 몸 땀구멍에서 가시가 돋아나고 소름 끼치는 노랫소리와 만물을 얼어붙게 만드는 차가운 종소리가 울려 퍼지는 공간은 역시 생물이 배제된 장소이다. 여자가 불러들인 "홍도깨비 청도깨비"[157]들은 "수종(水腫) 든 펭귄"[158]처럼 퉁퉁 부은 모습으로 여자 앞에서 뒤뚱거린다. 「광녀의 고백」에 나오는 에스옥(S玉) 양은 마녀처럼 웃으면서 섹스의 과정을 냉철하게 계산한다.

탄력강기(彈力剛氣)에 찬 온갖 표적은 모두 무용이 되고 웃음은 산산히 부서진다. 웃는다. 파랗게 웃는다. 바늘 철교(鐵橋)와 같이 웃는다.[159]

여자는 불꽃 탄환이 벌거숭이인 채 달리고 있는 것을 본다. 발광하는 파도는 백지의 화판(花瓣)을 준다.[160]

153 이상, 『이상전집』, 249쪽.
154 이상, 『이상전집』, 249쪽.
155 이상, 『이상전집』, 250쪽.
156 이상, 『이상전집』, 230쪽.
157 이상, 『이상전집』, 231쪽.
158 이상, 『이상전집』, 231쪽.
159 이상, 『이상전집』, 229쪽.
160 이상, 『이상전집』, 230쪽.

이상은 아무뢰즈(Amoureuse)를 삼각형[161]으로 표시하고 자신을 사각형[162]이나 역삼각형[163]으로 표시하였다. 사각형은 곤봉의 형태이고 역삼각형은 삽의 형태일 것이다. 그들은 절름발이처럼 보조가 맞지 않는다. 그들은 부아퇴 (Boitteux)거나 부아퇴즈(Boitteuse)이다. 삼각형과 역삼각형은 병렬관계를 형성 하지 못한다. 국문시에서도 이상은 부부를 서로 "부축할 수 없는 절름발이"[164] 로 묘사하였다. 나는 크고 아내는 작으며 나는 왼쪽 다리를 절고 아내는 오 른쪽 다리를 전다. "안해는 외출에서 돌아오면 방에 들어서기 전에 세수를 한다. 닮아 온 여러 표정을 벗어 버리려는 추행이다."[165] "너는 어찌하여 네 소 행을 지도에 없는 지리에 두고 화판 떨어진 줄거리 모양으로 향료와 암호만 을 휴대하고 돌아왔음이냐."[166] 그는 다른 남자들의 "지문이 그득한"[167] 아내의 몸을 믿지 못하고 아내의 반지가 몸에 닿으면 바늘에 찔린 것처럼 고통스러 워한다. 그는 "신부의 생애를 침식하는 음삼한 손찌거미"[168]를 아내에게 가하 기도 한다.

「1931년」이란 시에 나오는 "나의 폐가 맹장염을 앓았다"[169]라는 구절을 통 해서 이상이 스물한 살에 결핵에 감염되었다는 사실을 알 수 있다. 스물세 살에 그는 "두 번씩이나 각혈을"[170] 하였다. 불치의 병을 앓는 사람은 다시는 병들기 전과 같이 세상을 보지 못한다. 이상의 시각은 물리학적 관점으로부

161 이상, 『이상전집』, 247-248쪽.
162 이상, 『이상전집』, 262쪽.
163 이상, 『이상전집』, 247-248쪽.
164 이상, 『이상전집』, 236쪽.
165 이상, 『이상전집』, 263쪽.
166 이상, 『이상전집』, 238쪽.
167 이상, 『이상전집』, 238쪽.
168 이상, 『이상전집』, 267쪽.
169 이상, 『이상전집』, 279쪽.
170 이상, 『이상전집』, 275쪽.

터 병리학적 관점으로 전환하였다. 이상은 국문시의 주제를 개인의 병리학에서 도시의 병리학으로 확대하였다.

입안에 짠맛이 돈다. 혈관으로 임리(淋漓)한 묵흔(墨痕)이 몰려 들어왔나 보다. 참회로 벗어 놓은 내 구긴 피부는 백지로 도로 오고 붓 지나간 자리에 피가 아롱져 맺혔다. 방대한 묵흔의 분류(奔流)는 온갖 합음(合音)이리니 분간할 길이 없고 다문 입안에 그득 찬 서언(序言)이 캄캄하다. 생각하는 무력이 이윽고 입을 뻐겨 젖히지 못하니 심판받으려야 진술할 길이 없고 익애(溺愛)에 잠기면 버언져 멸형하여 버린 전고(典故)만이 죄업이 되어 이 생리 속에 영원히 기절하려나 보다.[171]

이 시의 제목인 「내부」는 병에 걸린 신체의 내부이면서 동시에 죄지은 정신의 내부이다. 치료해도 낫지 않는 병은 참회해도 없앨 수 없는 죄와 같다. 이상은 "죄를 내어 버리고 싶다. 죄를 내어던지고 싶다"[172]라고 호소한다. 그는 자신을 "구원적거(久遠謫居)"[173]의 땅에 "식수되어 다시는 기동할 수 없는"[174]한 그루 나무에 비유한다. 그의 병과 죄를 이해해 줄 수 있는 사람은 이 세상에 하나도 없다. 그는 "문을 열려고, 안 열리는 문을 열려고"[175] 문고리에 매어달려 보지만 그의 가족은 "봉한 창호 어디라도 한 군데 터놓아"[176] 주려고 하지 않는다. 「내부」의 기조가 되는 것은 압도적인 무력감이다. "기침은 사념 위에 그냥 주저앉아서 떠든다. 기가 탁 막힌다."[177] 생각도 할 수 없게 하고 말

171　이상, 『이상전집』, 267쪽.
172　이상, 『이상전집』, 275쪽.
173　이상, 『이상전집』, 219쪽.
174　이상, 『이상전집』, 219쪽.
175　이상, 『이상전집』, 253쪽.
176　이상, 『이상전집』, 253쪽.

도 할 수 없게 하는 기침을 "떠든다"라는 말 아닌 다른 단어로 표현하기는 어려울 것이다. 이상은 무력한 속에서도 무력감에 압도당하지 않고 무력감을 응시하고 적절한 단어를 선택하였다. "의과대학 허전한 마당에 우뚝 서서 나는 필사로 금제(禁制)를 앓는다. 논문에 출석한 억울한 촉루에는 천고에 씨명이 없는 법이다."[178] 그는 거울에 비친 자신의 수염에서 "찢어진 벽지의 죽어가는 나비"[179]를 본다. 벽지가 찢어지면 벽지에 그려진 나비도 죽는다. 이상은 다시 한번 자신을 물질에 비유한다. 그는 종이 나비이고 그의 죽음은 종이가 찢어지는 것에 지나지 않는다. 그의 물질적 상상력은 죽음의 허무를 응시할 수 있을 정도로 강인하였다.

죽음의 응시에서 응시하는 나는 원상이 되고 응시되는 나는 모상이 된다. 1933년 10월에 발표한 「거울」에서 원상과 모상은 서로 악수를 나누지 못하고 서로 상대방의 말을 알아듣지도 못한다. 원상은 "나는 거울 속의 나를 근심하고 진찰할 수 없으니 퍽 섭섭하오"[180]라고 탄식한다. 1934년 8월에 발표한 「오감도 시 제15호」에서 원상은 "거울 속의 나를 무서워하며 떨고 있다."[181] 원상과 모상은 단순한 차이가 아니라 불화를 보인다. 원상과 모상의 사이에는 "두 사람을 봉쇄한 거대한 죄"[182]가 있다. 1936년 5월에 발표한 「명경」에서 모상은 거울 속으로 들어가려는 원상의 시도를 거절한다. 책의 페이지에는 앞면과 뒷면이 있지만 거울에는 넘겨서 읽을 수 있는 후면이 없다. 원상의 피곤한 세상은 모상의 조용한 세상과 영원히 격리되어 있다.

서울은 도쿄를 따라가고 도쿄는 뉴욕을 따라가는 도시의 병리학을 이상

177 이상, 『이상전집』, 254쪽.
178 이상, 『이상전집』, 263쪽.
179 이상, 『이상전집』, 221쪽.
180 이상, 『이상전집』, 235쪽.
181 이상, 『이상전집』, 223쪽.
182 이상, 『이상전집』, 224쪽.

은 "ELEVATER FOR AMERICA"[183]라고 명명하였다. 도시 사람들은 "개미집에 모여서 콘크리트를 먹고 산다."[184] 빌딩은 "신문배달부의 무리"[185]를 토해 내고 백화점 옥상에는 체펠린(1838-1917)이 만든 애드벌룬이 떠 있다.

> 마르세이유의 봄에 해람(解纜)한 코티 향수가 맞이한 동양의 가을
> 쾌청의 공중에 붕유(鵬遊)하는 체트백호(Z伯號), 회충양약이라고 씌어져 있다
> 옥상정원, 원숭이를 흉내 내고 있는 마드무아젤[186]

이 시의 제목인 「AU MAGASIN DE NOUVEAUTÉS(오 마가쟁 드 누보떼)」는 19세기 파리의 유행품점이다. 20세기에 들어서 아케이드가 없어지고 상점가가 백화점으로 통합되자 마가쟁 드 누보떼는 그랑 마가쟁(Grand Magasin)으로 바뀌었다. 대중이 이용하는 백화점이 아니라 소수를 위한 명품점이라는 풍자가 제목 속에 들어 있다.

이상의 도시 인식은 「오감도 시 제1호」에 잘 나타나 있다. 13인의 아이들이 뛰어다닐 만큼 큰 도로는 도시 공간을 전제한다. 도로를 질주하는 아이들은 서로 다른 아이들을 무서워하고 있다. 열세 명의 아이들 하나하나가 무서워하는 아이이고 또 동시에 무섭게 하는 아이이다. 그들은 자기 입으로 무섭다고 말한다.

> 길은 막다른 골목이 적당하오[187]

---

183 이상, 『이상전집』, 273쪽.
184 이상, 『이상전집』, 273쪽.
185 이상, 『이상전집』, 273쪽.
186 이상, 『이상전집』, 269쪽.
187 이상, 『이상전집』, 215쪽.

길은 뚫린 골목이라도 적당하오[188]

13인의 아해가 도로로 질주하지 않아도 좋소[189]

개별성이 무력하게 된 도시에서 만인전쟁이 전개되고 있으며 만인전쟁의 일반적 공포 이외에 "다른 사정"[190]은 문제가 되지 않는다는 판단이 위에 인용한 시행들에 나타나 있다. 공포는 한길(Street)과 골목(Bystreet), 막힌 길(Blind alley)과 뚫린 길(Open alley)의 차이를 가린다. 도로와 골목을 객관적 환경과 주관적 상황에 대응해 볼 수도 있을지 모른다. 「가외가전(街外街傳)」에는 입에서 시작하여 항문에 이르는 신체의 기관들과 도시 공간의 부분 영역들을 대응한 알레고리가 들어 있다. 인간의 내장처럼 지저분한 것들이 가득 차 있는 도시에서 "먹어야 사는 입술"[191]이 "화폐의 스캔들"[192]을 일으킨다.

도시를 지배하는 것은 예수가 아니라 알 카포네이다. 카포네는 예수가 설교하는 감람산을 통째로 떠 옮기고 네온사인으로 장식한 교회 입구에서 입장권을 판다. "카포네가 프레장(Present)으로 보내 준 프록코트를 기독은 최후까지 거절하고 말았다."[193] 보기 좋은 카포네의 화폐와 보기 흉한 예수의 화폐는 다 같이 "돈이라는 자격에서는 일 보도 벗어나지 못하고 있다."[194]

이상은 식민지 특권층의 계몽적 자유주의를 경멸하였으나 사회주의를 좋아하지도 않았다. "로자 룩셈부르크의 목상을 닮은 막내누이"[195]를 특별히 사

---

188   이상, 『이상전집』, 215쪽.
189   이상, 『이상전집』, 215쪽.
190   이상, 『이상전집』, 215쪽.
191   이상, 『이상전집』, 239쪽.
192   이상, 『이상전집』, 239쪽.
193   이상, 『이상전집』, 225쪽.
194   이상, 『이상전집』, 225쪽.
195   이상, 『이상전집』, 275쪽.

랑한 것을 보면 그가 로자 룩셈부르크에게 관심을 가지고 있었고 그녀가 죽은 후에는 그녀의 목상에도 흥미를 가지고 있었다는 것을 알 수 있다. 그러나 "지구의 위에 곤두섰다는 이유로 나는 제3 국제당원들에게 뭇매를 맞았다"[196]라는 문장을 보면 그에게는 인터내셔널에 참여할 의사가 없었다는 것을 알 수 있다.

> 늙은 의원과 늙은 교수가 번차례로 강연한다
> "무엇이 무엇과 와야만 하느냐"
> 이들의 상판은 개개 이들의 선배 상판을 닮았다
> 오유(烏有) 된 역 구내에 화물차가 우뚝하다[197]

이상은 나라 잃은 시대의 서울에서 "사멸의 가나안"[198]을 보았다. "도시의 붕락은 아—풍설(風說)보다 빠르다",[199] "여기는 어느 나라의 데드마스크다."[200] 죽기 직전에 이상은 도쿄에서 김기림에게 편지를 보냈다. "나는 참 도쿄가 이따위 비속 그것과 같은 시로모노(代物)인 줄은 그래도 몰랐소. 그래도 뭐이 있겠거니 했더니 과연 속 빈 강정 그것이오."[201] 나라 잃은 시대에 서울만이 아니라 도쿄 자체가 폐허라는 것을 인식한 시인으로는 오직 이상이 있었을 뿐이다.

196 이상, 『이상전집』, 280쪽.
197 이상, 『이상전집』, 245쪽.
198 이상, 『이상전집』, 245쪽.
199 이상, 『이상전집』, 245쪽.
200 이상, 『이상전집』, 268쪽.
201 이상, 『이상전집』, 206쪽.

7) 신석정과 유치환

신석정(1907-1974)은 시집 『촛불』(인문평론사, 1939)에서 감각적이고 회화적인 비유를 사용하여 순수한 자연이 인간에게 선사하는 평화와 자유와 안식을 표현하였다. 신석정이 이루어질 수 없는 희망을 말한 것은 암담한 현실에 대한 비판적 인식을 에둘러 말한 것이다. 첫 번째 시집에는 아름다운 꿈이 전경에 나와 있고 어두운 현실이 배경에 숨어 있는 데 반하여 실국시대에 검열에 걸려 광복 후에 출간한 두 번째 시집 『슬픈 목가』(낭주문화사, 1947)에는 어두운 현실이 전경에 나와 있고 아름다운 꿈은 배경으로 물러나 있다. 그러나 어느 경우에나 신석정에게는 꿈이 바로 또 하나의 현실이다. 시인에게 삶의 참다운 의미는 대나무처럼 강인하게 어두운 현실을 견디면서 아름다운 꿈을 마음속에 간직하는 데 있다. 특정한 문장 성분을 반복하거나 도치하여 순수한 산촌의 어느 한때를 집중적으로 묘사하는 그의 시는 자연시이고 전원시이다. 시인은 자신을 산새에 비유하기도 한다. 신석정의 시에 나오는 어머니는 임이고 자연이고 성모 마리아 같은 초월자이다. 「임께서 부르시면」은 초월자의 부름에 호응하여 바람처럼, 초승달처럼, 햇볕처럼, 은하수처럼 초월세계로 가겠다는 결심을 토로하는 시이다. 「나의 꿈을 엿보시겠습니까」는 구름이 되고, 초승달이 되고, 별이 되어 시인을 초월세계로 안내해 달라고 어머니에게 부탁하는 시이다. 「봄이여 당신은 나의 침대를 지킬 수가 있습니까」는 내가 구태여 말로 부탁하지 않아도 시인과 작은 산새들과 어린 비둘기들에게 녹색 침대와 평화의 밤을 마련해 주고 그들의 푸른 꿈을 가만히 바라보며 아침이 올 때까지 그들의 잠을 지켜 주는 봄에게 바치는 송시이다. 「그먼 나라를 알으십니까」의 흰 물새 나는 호수와 들장미 피는 들길과 노루 새끼 뛰어다니는 삼림과 염소가 풀 뜯는 양지와 해 저무는 옥수수밭과 비둘기 나는 오월과 꿩 소리 한가로운 여름과 서리 까마귀 높이 나는 가을은 모두 질식할 듯한 현재의 어두움을 극복하기 위하여 시인이 머릿속으로 그림 그려 가슴에 새겨 놓는 꿈의 풍경이다. 이 시의 주제는 "꽃 한 송이 피워 낼 지구도 없고/새 한 마리 울어 줄 지구도 없고/노루 새끼 한 마리 뛰어다닐 지구도 없다"라는 「슬픈 구도」와 대조하여 읽어야 드러난다. 시의 화자는 어머니와 함께 사는 꿈의 나라를 포기하지 않겠다고 각오한다. 그러나 새벽은 오지 않는다. 「이 밤이 너무나 길지 않습니까」에서 시인은 어머니에게 견딜 수 없는 현실의 비참을 하소연한다.

젊고 늙은 산맥들을
또
푸른 바다의 거만한 가슴을 벗어나
우리들의 태양이
지금은 어느 나라 국경을 넘고 있겠습니까

어머니
바로 그 뒤
우리는 우리들의 화려한 꿈과
금시 떠나간 태양의 빛나는 이야기를
한참 소곤대고 있을 때
당신의 성스러운 유방같이 부드러운 황혼이
저 숲길을 걸어오지 않았습니까?

어머니
황혼마저 어느 성좌로 떠나고
밤—
밤이 왔습니다
그 검고 무서운 밤이 또 왔습니다

태양이 가고

빛나는 모든 것이 가고

어둠은 아름다운 전설과 신화까지도 먹칠하였습니다

어머니

옛이야기나 하나 들려주서요

이 밤이 너무나 길지 않습니까?[202]

「지도」에서 시인은 "오늘 펴 보는 이 지도에는/조선과 인도가 왜 이리 많으냐?"라고 구체적으로 현실을 지적하여 꿈의 내용을 암시하였고, 「차라리 한 그루 푸른 대로」의 마지막 연에서 시인은 반일을 실천하지는 못하더라도 친일은 절대로 하지 않겠다는 결심을 딸에게 밝혔다. 그는 실국시대가 끝날 때까지 동경과 희망과 초월의 꿈, 다시 말하면 광복의 꿈을 포기하지 않았다.

란아

푸른 대가 무성한 이 언덕에 앉아서

너는 노래를 불러도 좋고 새같이 지줄대도 좋다

지치도록 말이 없는 이 오랜 날을 지니고

벙어리처럼 목 놓아 울 수도 없는 너의 아버지 나는

차라리 한 그루 푸른 대로

내 심장을 삼으리라[203]

유치환(1908-1967)은 《조선문단》 1936년 1월 호에 발표한 「깃발」과 1938년 10월 19일 자 《동아일보》에 발표한 「생명의 서」와 《삼천리》 1941년 4월 호에

202 신석정, 『그 먼 나라를 알으십니까』, 창작과비평사, 1990, 34-35쪽.
203 신석정, 『그 먼 나라를 알으십니까』, 63쪽.

발표한 「바위」로 문명을 얻었으나 김소운, 정지용, 이상 같은 몇 사람의 지인 이외에는 거의 문단과 무관하게 혼자서 쓴 시를 모아 시집 『청마시초』(청색지사, 1939)를 내고 만주로 가서 해방까지 5년을 농사를 지으며 살았다. 해방 직후에 34수의 만주시편을 포함한 65수의 시를 모아 두 번째 시집 『생명의 서』(행문사, 1947)를 발간하였다. "권력은 허위다. 왜냐하면 권력은 진리의 적이고 진리의 적은 허위이므로"[204]라고 한 「단장(斷章)」을 보거나 "바깥 새장에선 사뭇 조잘조잘—국가란 권력을 에워 그것을 농단하는 그룹들의 구실 밖에 다른 것이 아니다, 라고 향수에 젖은 이방인의 귀에다 종일 조잘거려 들려주는 것이다"[205]라는 「종달새와 국가」의 마지막 연을 보거나 유치환이 아나키스트라는 것은 부정할 수 없는 사실이다. 유치환은 아나키스트 철학자 하기락과 함께 『사랑과 모럴의 진리』(구미서관, 1962)라는 책을 편찬하기도 하였다. 이미지보다 평범한 진술에 의존하면서도 한자 어휘를 적절하게 사용하는 유치환의 다소 웅변조의 문체는 그의 시에 담긴 철학적인 주제를 강화하는 데 기여한다. 유치환의 시는 연약한 감성과 강인한 의지를 두 극으로 하여 감성과 의지가 서로 대체하고 서로 보충하는 의미의 공간을 구성하고 있다. 「그리움」은 바람 부는 항구의 거리에서 크고 작은 선박에 걸려 나부끼는 기폭들을 그리움에 부대끼는 자신의 마음에 비유한 시이다. 화자에게 그리움의 대상은 공백으로 비어 있다. 그의 그리움은 채워질 수 없는 공백을 향한 갈망이고 그의 마음을 대표하는 선박의 깃발은 영원한 노스탤지어의 손수건이다. 인간에게 그리움은 항상 부재에 대한 그리움이다. 인간은 가지고 있는 것을 그리워하지 않는다. 그러므로 공백을 추구하는 것은 어쩔 수 없는 인간의 운명이라고 할 수 있다.

---

204 유치환, 『유치환전집』 2, 유인전 편, 정음사, 1984, 348쪽.
205 유치환, 『유치환전집』 2, 139쪽.

이것은 소리 없는 아우성

저 푸른 해원을 향하여 흔드는

영원한 노스탤지어의 손수건

순정은 물결같이 바람에 나부끼고

오로지 밝고 고운 이념의 푯대 끝에

애수는 백로처럼 날개를 펴다

아아 누구인가

이렇게 슬프고도 애닲은 마음을

맨 처음 공중에 달 줄을 안 그는[206]

(「깃발」)

「드디어 알리라」에서 시인은 채울 수 없는 욕망에 시달리다 끝나는 인간의 생명을 이름 없이 살다 죽는 한 떨기 풀꽃에 비유한다. 멎었다 사라지는 한 점 구름의 자취는 애달픈 그의 생애가 되고 풀벌레의 울음은 그가 이루지 못하는 소망의 통곡이 된다. 그러나 삶이 결국 크나큰 공허라는 것을 알게 된다 할지라도 연약한 감성에 휘둘려 파멸하지 않으려면 감성을 문제로 제기하고 감성으로부터 거리를 유지하게 할 수 있는 이념의 푯대가 필요하다. 감성에 흔들리는 것이 너무나 괴롭기 때문에 시인은 죽으면 "애련에 물들지 않고 희로에 움직이지 않는 바위가 되기를 희망한다. 「바위」라는 시는 "꿈꾸어도 노래하지 않고/두 쪽으로 깨뜨려져도/소리하지 않는 바위가 되리라"라는 선언으로 끝난다.

나의 지식이 독한 회의를 구하지 못하고

내 또한 삶의 애증을 다 짐 지지 못하여

병든 나무처럼 생명이 부대낄 때

---

206 유치환, 『유치환전집』 1, 14쪽.

저 머나먼 아라비아의 사막으로 나는 가자

거기는 한번 뜬 백일이 불사신처럼 작열하고

일체가 모래 속에 사멸한 영겁의 허적(虛寂)에

오직 알라의 신만이

밤마다 고민하고 방황하는 열사(熱砂)의 끝

그 열렬한 고독 가운데

옷자락을 나부끼고 호을로 서면

운명처럼 반드시 나와 대면케 될지니

하여 나란 나의 생명이란

그 원시의 본연한 자태를 다시 배우지 못하거든

차라리 나는 어느 사구(砂丘)에 회한 없는 백골을 쬐이리라[207]　　　　(「생명의 서 1」)

　유치환에게 니힐리즘은 치열하게 회의한 끝에 도달한 탐구의 결론이었다. 그는 이 세상의 어떠한 사유체계에서도 확고한 신념을 발견할 수 없었다. 목숨을 걸고 헌신할 수 있는 목표를 찾지 못한 상태에서 죽음에 내맡겨진 자신을 돌아보게 되면 소중한 인생이 의미 없이 낭비된다는 허무의 구렁텅이에 빠져 있다는 것을 절감하지 않을 수 없다. 시의 화자는 허무를 느끼면 느낄수록 자기 삶의 근거에 대한 질문을 더욱더 치열하게 계속하게 된다. 허무와 질문은 영혼의 병이지만 또한 죽음의 위협을 견디게 하는 영혼의 강장제이다. 유치환은 삶의 근거를 자연에서 발견하고 근거로서의 자연을 신이라고 하였다. 「목숨의 대낮」에서 화자는 목숨 붙은 것 모두가 황홀한 즐거움에 잠겨 있음을 직관한다.

207　유치환, 『유치환전집』 1, 86쪽.

이제야말로 어느 것도 그 어느 것에

참견하고 참견받을 겨를 없이

지긋이 제 앙가슴에 제 입술들을 파묻고

아찔아찔 욕정껏 목숨의 단술을 빨아 들이켭니다

있는 대로 깡그리 지내쳐 마셔도

마침내 뉘우칠 것 뉘우칠 것 없습니다

대낮의 불볕은 이렇게 확확 불타기만 하는데

적적히 하늘땅에 넘어 나는 소리 없는 노래 소리―

있는 것 모두가 제 목숨 껴안고 뒹굴어져

황홀한 열반에 취해 떨어졌음을 보십시오[208]

　시인은 현실에 아무리 모순과 갈등이 많다고 하더라도 생명의 바탕은 변함없이 자유의 연대라는 아나키즘의 신념을 다시 확인한다. 자유의 연대는 인간과 인간의 사이에만 통하는 것이 아니라 자연과 우주 전체의 근거가 되는 것이다. 유치환은 인간과 동물과 식물의 생명이 서로 다르다는 것을 믿지 않는다. 인간의 영혼만 불멸한다거나 인간과 동물만 윤회한다거나 하는 차별적 자연관을 부정하는 것이다. "저 허허로운 궁창을 보라. 영원히 있음이란 영원히 없음과 무엇이 다르랴! 나는 한 떨기 흔들리는 오랑캐꽃과 같이 영원하지 못하다. 그러므로 아아 눈물 나는 이 실재!"(「단장 70」)[209] 그러므로 유치환의 시를 주도하는 주제는 신을 믿되 불사를 부정하는 독특한 니힐리즘에 있다. 유치환은 자연과 우주를 공허이면서 동시에 질서라고 인식하고 광대한 천체를 궤도에 올려 운행하게 함에서부터 한 떨기 풀꽃을 제철에 피우게

208　유치환, 『유치환전집』 2, 49쪽.
209　유치환, 『유치환전집』 2, 321쪽.

하는 데 이르는 영원한 존재를 신이라고 부른다. 무와 직통하는 영원한 시공이 신의 표상이 되고 인간의 생사를 포함하는 만물의 생성과 소멸이 신에게로 귀향하는 여행이 된다는 것이 유치환의 믿음이다. 가장 먼 여행은 귀향이다.

  등성이 넘어 풀잎을 밟고 오솔길을, 원수도 처음 이 길로 하여 찾아오고 사랑도 이 길로 갔으리니

  아득히 산하를 건너고 전원을 지나 눈물겹도록 면면히 따르고 불러 얽힌 인간 은수(恩讎)의 이 잇달음을 보라

  가도 가도 신에게로 가는 길은 없는 길, 필경은 나도 자위(自爲)에서 돌아서 그 위에 표표히 나타나 사라질 길이여[210]   (「길」)

8) 이육사와 윤동주

이육사(1904-1944)의 『육사시집』(서울출판사, 1946)에는 31편의 시가 실려 있다. 육사의 시는 대부분 2행, 3행, 4행을 단위로 하여 정형시는 아니면서도 상당히 정돈된 느낌을 준다. 현재와 미래가 서로 엇걸리는 「한 개의 별을 노래하자」에서 "아롱진 설움"은 농민, 행상, 노동자의 고통스러운 현재를 가리키며 생산, 수확, 잔치로 이어지는 새로운 지구의 "예의에 거리낌 없는 노래"는 독재자도 없고 노예도 없는 미래의 세계를 가리킨다. "죄와 곁들여도 삶즉한 누리"를 긍정하는 「아편」처럼 따뜻한 시선으로 생명이 세상으로 알뜰하게 퍼져 나가는 모습을 그려 낸 시들이 육사 시의 한 축을 이룬다. 육사 시의 다른 한 축은 세상을 바꾸려는 일에 헌신하는 삶의 고통을 말하는 시들이다. 이러한 시들에는 삶이 자기 안으로 오므라드는 모습이 담겨 있다.

---

210 유치환, 『유치환전집』 3, 24쪽.

매운 계절의 채찍에 갈겨

마침내 북방으로 휩쓸려 오다

하늘도 그만 지쳐 끝난 고원

서릿발 칼날 진 그 위에 서다

어디다 무릎을 꿇어야 하나

한 발 재겨 디딜 곳조차 없다

이러매 눈 감아 생각해 볼밖에

겨울은 강철로 된 무지갠가 보다[211]   (「절정」)

이 시는 극한 상황에 대하여 말하면서 동시에 혹독한 추위를 무지개로 바꿔 놓을 수 있는 인간의 결단에 대해 말한다. 그러므로 정말로 강한 것은 상황이 아니라 상황을 바꾸려고 투쟁하는 인간이다. 인간의 노동과 실천이 겨울 속에 여름을 만들어 넣고 있기 때문에 여름을 품은 겨울은 강철이 아니라 강철로 된 무지개이다. 아무리 고통스러운 상황에 처해 있더라도 고통을 견뎌 내는 인간의 결단은 아름답다. 「광야」와 「청포도」는 현실발견과 자기발견을 희망의 언어로 통합한 시라고 할 수 있다. 「광야」의 전반부 두 연은 자연사이고 후반부 세 연은 인간사이다. 천지가 개벽하고 유지와 바다가 형성되고 산맥들이 솟아나고 강물이 생겨나고 하는 우주의 진화과정을 거쳐서 셋째 연에 이르러 물길을 따라 인간의 역사가 시작된다. 넷째 연에서 눈이 역사적 현재를 상징한다면 매화 향기는 역사적 현재의 객관적 가능성을 암시한다. 역사적 현재는 아직도 눈 덮인 광야일 뿐이다. 나는 이 텅 빈 광야에 노

211 이육사, 『원본이육사전집』, 심원섭 편, 집문당, 1986, 40쪽.

래의 씨를 뿌린다. 노래의 씨는 매화 꽃나무의 씨이기도 하다. 노래의 씨는 초인이 부를 노래가 될 것이고 매화꽃 씨는 모든 사람이 즐길 매화꽃 동산을 이룰 것이다. 시의 속뜻으로 볼 때 셋째 행의 "어디 닭 우는 소리 들렸으랴"는 아무 데도 닭 우는 소리 들리지 않았다고 해석해야 하며 마지막 연의 초인은 개인이 아니라 모든 사람이라고 생각해야 한다. 천지가 개벽할 때에는 우주의 새벽을 알리는 닭 소리가 없었으나 인간에 의한 인간의 착취가 종식되는 새 역사가 시작될 때에는 나의 노래가 역사의 새 아침을 알리는 닭 소리로 울릴 것이라는 것이 이 시의 주제이다.

　　내 고장/칠월(七月)은/
　　청포도가/익어 가는 시절//

　　이 마을/전설이/주저리주저리/열리고//
　　먼 데 하늘이/꿈꾸며/알알이/들어와 박혀//

　　하늘 밑/푸른 바다가/가슴을/열고//
　　흰 돛단배가/곱게/밀려서/오면//

　　내가 바라는/손님은/고달픈/몸으로//
　　청포(靑袍)를/입고/찾아온다고/했으니//

　　내 그를/맞아/이 포도를/따 먹으면//
　　두 손은/함뿍/적셔도/좋으련//
　　아이야/우리/식탁엔/은쟁반에//
　　하이얀/모시/수건을/마련해/두렴//[212]

「청포도」는 각 줄이 네 개의 소리 걸음을 지닌 4음보 율격에 바탕을 두고 있다고 할 수 있다. 한 음보 안의 음절 수는 2음절로부터 6음절까지인데 가장 많이 나타나는 것은 3음절이다. 우리 시의 음보 구성은 3음보, 4음보, 3음보와 4음보의 혼합 음보라는 세 가지 율격 양식에 근거하고 있다. 향가와 여요는 3음보 율격이고, 시조와 가사는 4음보 율격이고, 대부분의 현대시는 3음보와 4음보의 혼합 율격이다. 「청포도」는 대체로 시조의 정격에 가까운 4음보 율격을 취하고 있다. 그러나 이육사는 시조의 종지법을 그대로 따르고 있지 않다. 정격의 시조 율격에서 마지막 줄의 둘째 음보와 셋째 음보가 하나의 낱말로 결합되는 경우는 매우 드물다. 「청포도」의 마지막 줄은 다음과 같이 4음보로 읽는 것이 더 자연스럽게 보인다.

하이얀/모시수건을/마련해/두렴//

율격뿐 아니라 소릿결의 조직도 매우 섬세하다.

i mail/cənsəri/cucəri cucəri/jəliko//

i-i-i-i의 반복과 əri-əri-əri의 반복, 그리고 첫 음보의 l과 끝 음보의 l은 모두 동그랗게 빛나는 포도송이의 모습을 묘사하는 데 기여하면서 이 시행의 의미를 하나로 결속해 주고 있다.

'7월에 청포도가 익는다'라는 뜻의 평범한 진술인 것 같지만, 좀 더 자세히 살펴보면, '7월'과 '청포도'는 대립되는 관계로 계열체를 이루고 있다. 남자와 여자가 계열체를 이루듯이, 7월의 더위는 붉은빛을 띠고 있기 때문에 청포도의 푸른빛과 대조되어 하나의 계열체를 이루는 것이다. 이때 푸른빛은 더위

212 이육사, 『원본이육사전집』, 39쪽.

에 반대되는 서늘함을 암시한다. 둘째 연에는 의미의 확대를 가능하게 하는 낱말이 개입되어 문맥을 복잡하게 한다.

1. 포도송이가 탐스럽게 열렸다.
2. 전설이 마을에서 이야기된다.
3. 포도알에는 갈색 씨가 들어 있다.
4. 마을 사람들에게는 하늘처럼 높은 꿈이 있다.

'포도-전설', '씨-하늘'의 관계는 그 거리가 멀기 때문에 쉽게 이해되지 않는다. 특히 본문에는 하늘이 꿈꾸는 것으로 되어 있는데, '꿈꾸는 하늘'을 다시 바꿔 보면 다음과 같다.

5. 사람들이 꿈꾼다.
6. 하늘이 꿈꾼다.

'꿈꾸는 하늘'의 '꿈'은 바로 마을의 전설과 서로 통하여 작용하면서 전설의 내용이 된다. '박힌다'는 동사 때문에 하늘을 씨와 관계시켰지만 푸른빛에 초점을 두면 청포도와 하늘이 외부적인 감각을 공유하고 있다. 한마디로 해서 하늘은 포도이면서 포도의 씨이다. 청색과 갈색이 중복되어 의미의 모호성을 일으키는데, 이러한 혼란은 하늘의 의미를 자연적인 사물로부터 정신적인 꿈의 차원으로 상승시킨다. '푸른 바다에 떠오는 흰 돛단배'는 희망의 상징으로 사용하는 상투적 표현인데, 이러한 평범한 구절도 시 전체 안에서는 자기가 맡은 직능을 충실하게 수행하고 있다. '포도-전설-하늘-꿈'이라는 의미연관을 희망과 염원으로 한정해 주기 때문이다. '가슴을 열고' 또한 자유로움을 암시하는 몸짓이 아닐까? '바란다'는 동사는 희망한다는 의미와 기다린다는 의미를 다 포함하고 있다. 희망의 대상을 손님으로 나타내는 것도 자연스럽다.

1. 나는 손님을 기다린다.
2. 그 손님은 고달프다.
3. 그 손님은 청포를 입고 오겠다고 했다.

이 손님은 내가 간절히 기다리는 사람일 뿐 아니라 마을 사람들이 이야기하는 전설이며, 하늘이 꿈꾸는 내용임을 짐작할 수 있다. 그 손님의 고달픈 몸은 희망의 성취가 대단히 어렵다는 사정을 암시하고 있는 듯하다. 두 손을 적시면서 포도를 따 먹는 것은 자유로운 행동이다. 가슴을 여는 행동이 자유를 시원한 촉감으로 나타낸다면, 온갖 예의에 거리낌 없이 두 손을 함뿍 적시는 행동은 자유를 포도의 새큼한 맛으로 나타낸다. 자유가 감각적인 사물로 변형되었다는 의미에서 우리는 이 연의 문맥 전체를 하나의 비유로 볼 수 있다. 이 시의 셋째 연과 다섯째 연은 기능적 대조를 보여 주고 있다.

1. 가슴을 연다.
2. 두 손은 흠뻑 적신다.

이처럼 두 문맥 안에 계열관계가 잠재되어 있기 때문이다. 손을 적시면서 포도를 먹는 행동은 예절 바른 태도, 조심스러운 태도가 아니다. 구속으로부터 벗어난 행동이 그 반대의 상황을 지시하고 있음도 간과해서는 안 된다. 7월의 무더위와 고달픈 몸으로 암시되는 답답한 상황은 여전히 남아 있다. 여기서 우리는 화자 자신은 어디에 있는가라는 질문을 해 볼 수 있다. 화자는 고향에 있는가, 아니면 고향을 멀리 떠나 있는가? 시의 문맥을 넘어서 추측해 본다면 화자는 이 시에 나오는 손님처럼 고향을 떠나 피곤한 몸으로 방황하고 있으며, 자유로운 고향을 그리워하고 있다고 해석해도 무방할 듯

하다. 피곤한 사람이 자기는 편안하며 피곤한 것은 다른 사람이라고 상상한
다는 것은 드문 심리 현상이 아니다. 마지막 연에는 티 한 점 없이 깨끗한 세
계가 나타난다. "은쟁반에 하이얀 모시 수건"은 때 묻은 세속에서는 찾아볼
수 없는 물건이다. 은쟁반과 모시 수건이 실제로 없다는 것이 아니라, 이 시
에 나오는 것처럼 철저하게 순수한 물건은 이 세상에 없다는 의미이다. 이것
은 '꿈'의 세계이다. 이 시의 계열체는 꿈을 반복함으로써 완결된다. '포도-전
설-하늘-꿈-희망-자유-순수-꿈'의 계열관계가 이 시의 바탕을 이루고 있는
것이다. 여운을 간직하고 있는 "두렴"의 어조가 또한 '그러한 세계가 없어서
아쉽다'는 느낌을 짙게 풍긴다. 청포도, 하늘, 푸른 바다, 흰 돛단배, 푸른 옷,
은쟁반, 하이얀 모시 수건 등의 낱말들이 주는 깨끗하고 산뜻한 느낌은 이 시
를 지탱해 주는 느낌의 기조가 되고 있으며, 그중에도 흰빛과 푸른빛은 시의
분위기를 형성하는 데 핵심적인 직능을 하고 있다. 답답한 상황에서 서늘한
미래를 꿈꾸는 것은 역사의 미래에 대한 희망과 통한다.

　　윤동주(1917-1945)의 『하늘과 바람과 별과 시』(정음사, 1948)는 개인의 아픔과
시대의 그늘이 미묘하게 교직되어 있는 시집이다. 안개 속에서 친구들의 이
름을 상징으로 풀어 본다는 「흐르는 거리」나 손금에 강물이 흐르고 그 강물
에 순이의 얼굴이 어린다는 「소년」이나 떠나는 순이를 잃어버린 역사에 비유
하는 「눈 오는 지도」 같은 시들은 개인의 슬픔과 동경을 기조로 한다. 윤동주
는 창세기를 원죄의 기록이 아니라 생명과 노동의 근거에 대한 기록으로 읽
었다.

　　빨리

　　봄이 오면

　　죄를 짓고

　　눈이

　　밝아

이브가 해산하는 수고를 다하면

무화과 잎사귀로 부끄런 데를 가리고

나는 이마에 땀을 흘려야겠다.[213]   (「또 태초의 아침」)

 이 시에서 죄는 문명과 원시를 구분하는 기호이다. 성과 노동이 인간의 운명이라는 인식은 문명의 근거가 된다. 인간이 무한성과 전능성을 상실하고 유한성을 자각할 때 비로소 문명의 역사가 전개되기 시작한다. 그러므로 눈이 밝아진다는 것은 생과 사, 성과 노동으로 구성된 사각형 안에 존재한다는 인간의 조건에 대하여 인식한다는 것이다. 성과 노동은 인간에게 저주이면서 동시에 축복이다. 성과 노동에는 제한과 억압, 수치와 굴욕이 들어 있으나 인간은 그러한 성과 노동을 통하여 생산하고 창조할 수밖에 없다.

　　쫓아오던 햇빛인데
　　지금 교회당 꼭대기
　　십자가에 걸리었습니다.

　　첨탑이 저렇게도 높은데
　　어떻게 올라갈 수 있을까요.

　　종소리도 들려오지 않는데
　　휘파람이나 불며 서성거리다가

　　괴로웠던 사나이
　　행복한 예수 그리스도에게

213　윤동주, 『정본 윤동주 전집』, 홍장학 편, 문학과지성사, 2004, 114쪽.

처럼

십자가가 허락된다면

모가지를 드리우고
꽃처럼 피어나는 피를
어두워 가는 하늘 밑에
조용히 흘리겠습니다.[214]   (「십자가」)

　윤동주는 마음속 깊이 하나의 꿈을 간직하고 있었다. 그는 쉬지 않고 햇빛
을 따라왔다. 윤동주가 따라온 이 햇빛은 개인에 국한된 이상이 아니라 인간
의 공동선이라는 역사의 목적으로 확대될 수 있는 보편적 이상이다. 공동선
이 실현되는 새로운 세계를 위하여 죽음도 무릅쓸 수 있다는 결심이 휘파람
이나 불면서 서성거리던 젊은이의 마음속에 깃들어 있다. 윤동주뿐 아니라
나라 잃은 시대의 젊은이들 가운데 많은 사람들이 시대에 적응하여 생활하
면서도 광복에 이바지할 수 있는 기회가 오면 피하지 않겠다는 은밀한 각오
를 내심으로 다짐하고 있었을 것이다. 「별 헤는 밤」은 추억과 사랑과 쓸쓸함
과 동경과 시와 어머니에 대한 윤동주의 간절한 애정을 별이라는 하나의 상
징으로 압축하고 있는 시이다. 이 시의 다섯째 연은 그리움의 대상들을 구체
화하여 보여 준다. 추억은 소학교 때 책상을 같이했던 아이들로, 사랑은 패·
경·옥 등의 이름으로 불리던 이국소녀들과 이제는 아기엄마가 된 소녀들
로, 쓸쓸함은 가난한 이웃들로, 동경은 비둘기·강아지·토끼·노새·노루 등
과 같이 살던 동화 속의 시절로, 시는 잠과 릴케로 구체화된다. 그들은 윤동
주가 있는 교토와 어머니가 계신 북간도만큼 멀리 떨어져 있다. 하늘의 별들
하나하나에 아름다운 이름들을 붙여 보던 젊은 시인은 언덕에 앉아서 땅바

214　윤동주, 『정본 윤동주 전집』, 111쪽.

닥에 자기의 이름을 적어 보다가 곧 흙으로 덮어 버린다.

> 나는 무엇인지 그리워
> 이 많은 별빛이 내린 언덕 위에
> 내 이름자를 써 보고
> 흙으로 덮어 버리었습니다.

> 딴은 밤을 새워 우는 벌레는
> 부끄러운 이름을 슬퍼하는 까닭입니다.[215]

윤동주는 멀리 있는 대상이 아니라 자기 자신으로 눈을 돌려 언덕에 자기의 이름을 적어 본다. 그러고는 마음속 아름다운 이름들과 달리 자기의 이름은 부끄러운 이름이라고 생각한다. 새로운 세계를 위해 헌신하지 못하고 휘파람이나 불며 서성거리고 있는 자신을 미안하게 생각했기 때문일 것이다. 「또 다른 고향」이란 시에는 시인과 시인의 백골과 시인의 아름다운 혼이 등장한다. 고향에 돌아와 누워 있는데 백골이 따라와 옆에 눕는다. 우주가 다 캄캄하고 바람이 심하게 불었다. 어둠 속에서 곱게 풍화되고 있는 백골은 시대에 적응하는 시인 자신의 생활을 가리키고 시의 화자인 나는 그렇게 살고 있는 자신에 대하여 반성하는 시인 자신의 의식을 가리킬 것이다. 백골은 백골 자신을 보며 눈물지을 수 없을 것이니 셋째 연에서 자신의 백골을 바라보는 사람은 시인이 되어야 할 것이다. 그런데 백골을 바라보는 시인의 의식 속에 지금 누워 있는 고향 말고 아름다운 또 다른 고향을 바라보도록 하는 시인의 아름다운 혼이 나타난다. 내 마음의 바탕에는 아름다운 혼이 있고 그것이 아름다운 또 다른 고향을 향해 떠나라고 나를 추동한다. 나에게 나의 백골

---

215 윤동주, 『정본 윤동주 전집』, 121쪽.

을 보고 눈물짓게 하는 것이 바로 나의 아름다운 혼이다. 하늘에서는 밤바람 소리가, 그리고 땅에서는 개 짖는 소리가 내 마음속 아름다운 혼을 깨워 낸다. 개는 배반과 변절을 모르는 동물이기 때문에 하늘의 소리를 따라 밤새워 도둑 쫓듯 어두운 시대를 쫓아내려고 짖어 대는 것이다. 바람과 개는 나의 아름다운 혼을 일깨워서 나에게 고향에 안주하지 말고 또 다른 고향으로 떠나라고 말한다. 시는 내가 아름다운 혼을 따라 고향을 떠나는 것으로 끝난다.

> 가자 가자
> 쫓기우는 사람처럼 가자
> 백골 몰래
> 아름다운 또 다른 고향에 가자.[216]

1942년 1월 29일에 윤동주는 연희전문학교 학적부에 히라누마 도슈(平沼東柱)라는 일본 이름으로 등록하였다. 윤동주가 태어날 때의 주소는 중화민국 지린성 화룽현 밍둥촌(村)이었는데 1931년 이후에 만주국 젠다오성 옌지현 즈신촌(智新村) 밍둥둔(屯)이 되었다. 본적은 함경북도 청진부 포항정 76이었다. 윤동주의 호적이 만주인으로 되어 있었는지 일본국 조선인으로 되어 있었는지를 확인해 볼 필요가 있을 것이다. 「쉽게 씌어진 시」에서 윤동주는 교토의 하숙집 다다미방에 누워 밤비 소리를 들으면서 새삼스럽게 남의 나라에 와 있는 자신을 돌아본다. 그는 땀내와 사랑이 담긴 학비봉투를 들고 늙은 교수의 강의를 들으러 가고 시인이 되는 것은 그렇게 바람직한 일이 아니라고 생각하면서도 때때로 시를 적는다. 어릴 때 친구들 다 잃어버리고 무엇하러 남의 나라에 와서 학교에 다니는 것인가? 일본에서 영문학을 공부하는 것이 과연 돈과 시간을 들일 만큼 보람 있는 일인가? 이러한 질문은 사유의

---

216 윤동주, 『정본 윤동주 전집』, 118쪽.

현실성과 성실성을 말해 주는 것이다.

> 인생은 살기 어렵다는데
> 시가 이렇게 쉽게 씌어지는 것은
> 부끄러운 일이다.

> 육첩방은 남의 나라
> 창밖에 밤비가 속살거리는데

> 등불을 밝혀 어둠을 조금 내몰고
> 시대처럼 올 아침을 기다리는 최후의 나.

> 나는 나에게 작은 손을 내밀어
> 눈물과 위안으로 잡는 최초의 악수.[217]

"육첩방은 남의 나라"라는 인식은 자신이 이방인이라는 사실에 대한 인식이다. 다다미 한 장을 첩(조)이라고 한다. "인생은 살기 어렵다는데"라는 행은 여러 가지 의미를 가지고 있다.

1. 시를 쓰는 것은 노동하는 것보다 쉬운 일이다.
2. 노동과 전쟁은 중요한 일이고 문학은 중요한 일이 아니다.
3. 시도 인생만큼 어렵게 써야 한다.

그것이 어떤 의미이건 윤동주 자신이 아직 인생을 시작하지 않은 학생 신

---

217 윤동주, 『정본 윤동주 전집』, 128-129쪽.

분이므로 삶의 어려움을 스스로 체험하고 확인한 것은 아니었을 것이다. 윤동주는 밤중에 일어나 등불을 켜고 책상에 앉는다. 아침까지 공부를 하거나 시를 지을 생각일 것이다. 부모님과 노동자들에게 미안한 마음을 달랠 길이 그에게는 공부와 문학밖에 없기 때문이다. 윤동주는 밤이 가면 아침이 오듯이 전쟁도 끝날 때가 있을 것이라고 희망한다. 일본 호적과 실국의식의 갈등 속에서 윤동주는 열심히 공부하고 열심히 시 쓰는 것이 부모님과 세상에 대한 마음의 빚을 갚는 것이라고 생각한다. 인생이란 정성을 다하여 공들이는 것이라고 결심한 윤동주는 모순과 갈등 속에서도 자신과 눈물의 화해를 성취하였다. 자기 자신에 대한 윤동주의 이러한 성실성은 반드시 반일적인 것이라고 단정할 수 있는 것이 아님에도 불구하고 15년 전쟁의 말기라는 야만의 시대가 젊은 시인을 투옥하고 살해하였다.

2. 현대소설의 형성

1) 이광수

1917년에 이광수(1892-1950?)가 《매일신보》(1. 1-6. 14)에 한국 최초의 장편소설 『무정』을 연재하였다. 그는 실국시대에 『개척자』(《매일신보》 1917. 11. 10-1918. 3. 15), 『허생전』(《동아일보》 1923. 1. 21-1924. 3. 21), 『재생』(《동아일보》 1924. 11. 9-1925. 3. 11, 1925. 7. 1-9. 28), 『춘향전』(《동아일보》 1925. 9. 30-1926. 1. 3), 『마의태자』(《동아일보》 1926. 5. 10-1927. 1. 9), 『단종애사』(《동아일보》 1928. 11. 31-1929. 5. 11, 1929. 8. 20-12. 1), 『혁명가의 아내』(《동아일보》 1930. 1. 1-2. 4), 『사랑의 다각형』(《동아일

보》1930. 3. 27-10. 31), 『삼봉이네 집』(《동아일보》 1930. 11. 29-1931. 4. 24), 『이순신』(《동아일보》 1931. 6. 26-1932. 4. 3), 『흙』(《동아일보》 1932. 4. 12-1933. 7. 10), 『유정』(《조선일보》 1933. 10. 1-12. 31), 『그 여자의 일생』(《조선일보》 1934. 2. 18-5. 12, 1935. 4. 19-9. 26), 『이차돈의 사』(《조선일보》 1935. 9. 30-1936. 4. 12), 『애욕의 피안』(《조선일보》 1936. 5. 1-12. 21), 『사랑』(박문서관 上 1938. 4, 下 1939. 4), 『원효대사』(《매일신보》 1942. 3. 1-10. 31) 등 모두 18권의 장편소설을 발표하였다.

이광수의 소설은 주로 인물들의 시각을 통하여 서술되지만 인물시각 가운데 작가의 주석이 들어 있기 때문에 소설의 주제를 파악하기 이해서는 인물시각과 작가주석을 세심하게 구별해야 한다. 『무정』은 대부분 이형식의 시각이나 박영채의 시각으로 서술되는데 그 인물시각서술 가운데 이형식과 박영채의 생각이나 행동을 비판하는 작가의 주석이 수시로 개입한다. 이 소설의 중심선은 영채에 대한 비판에 있다. 영채의 아버지 박응진은 청년들에게 중국 상하이에서 배운 개화사상을 교육하는 데 재산을 탕진하였다. 이를 안타깝게 여긴 제자 한 사람이 돈을 마련하려다가 살인을 하게 되었고 영채의 아버지와 오빠도 이 사건에 연루되어 구속되었다. 어려서 『소학』, 『시전』, 『내칙』을 배운 영채는 옥살이하는 아버지를 보살피기 위하여 기생이 되었는데 딸이 기생이 되었다는 말을 듣고 아버지는 옥중에서 자결하였다. 영채는 행방을 알 수 없는 이형식을 장래의 남편이라고 믿고 기생이 되어서도 정절을 지켰다. 영채의 아버지는 의지할 곳 없는 형식을 거두어 가르치면서 영채와 맺어 주려고 생각하고 있었다. 경성학교 영어교사 이형식이 재산가의 딸 김선형의 가정교사가 되는 바로 그날 형식의 행방을 알게 된 영채가 형식을 찾아왔다. 이로부터 일주일 동안 서울과 평양을 배경으로 전개되는 사건이 1916년 6월 27일에 시작하여 8월 말에 끝나는 소설 전체의 3분의 2를 차지한다. 경성학교 이사장인 김현수와 그에게 아부하는 교사 배명식이 영채를 청량리 암자로 유인하여 강간하려 하는 때에 형식과 그의 친구 우선이 영채를 구출했다. 밖에서 듣고 "글렀다(다메다)"라고 하는 우선의 말이나 "일조에 정절을 더럽히고"[218]라고 영채가 병욱에게 하는 말로 보아서는 강간을 당한 것으로 해석되지만 형식이 들어갔을 때 배명식이 잡고 김현수가 강간하려 하고 있었다는 장면으로 보아서는 정조는 지켜진 것으로 해석된다. 영채는 1916년 6월 29일에 유서를 써 놓고 평양으로 떠났다. 대동강에 투신하겠다고 한 영채를 따라 형식이 평양으로 갔다 시신을 찾을 생각도 않고 서울로 돌아와 선형과 약혼하라는 김 장로의 청에 응하고, 영채는 기차 속에서 만난 병욱의 권유를 듣고 자살을 포기한다. 병욱의 입을 통하여 이광수는 영채의 봉건적인 사고방식을 비판한다. 자기 스스로 결정하지 않고 아버지의 암시적인 언급을 명령으로 받아들이고 형식을 7년 동안 혼자서 남편으로 생각하는 것도 잘못이고 정조를 잃었다고 자살하려 하는 생각도 잘못이라는 것이다. 이러한 잘못의 원인은 모두 봉건적인 교육에 있다. 『소학』과 『시경』에 중국에서 들여온 약간의 개화 지식으로는 야만인을 면할 수 없고 일본과 미국의 교육을 표준으로 하는 과학과 예술을 습득해야 문명인이 될 수 있다는 것이 이 소설의 주제이다. 영채는 결국 인습적인 사고에서 벗어나서 주체적인 개인으로 변신하였다. 끝없이 처녀성에 집착하여 영채를 의심하고 은사 박 진사와 두 아들의 무덤 앞에서도 슬프다는 느낌을 받지 않는 형식 또한 작가의 비판적 주석에서 자유롭지 않다. 플라톤을 읽고 일본어와 영어를 잘하는 25세의 청년 형식은 영채를 찾아 평양에 가서 어린 기생 월향에게 애정을 느끼는 변덕스러운 감정의 소유자이긴 하지만 중세적 인습에 구애되지 않고 자신의 감정에 정직한 사람이라고 할 수는 있을 것이다. 그러나 영채가 기생이라는 것으로 번민하는 그는 선형의 어머니가 기생 출신이라는 데는 전혀 거리끼지 않으며 선형과의 약혼도 스스로 결정하지 않고 김 장로의 권유에 따를 뿐이었다. 형식이 선형을 선택하는 이유가 있다면 그것은 처녀라는 것을 의심하지 않아도 된다는 것 하나뿐이다. "극히 껍데기 사랑이다. 눈과

---

218 이광수, 『바로잡은 무정』, 김철 교주, 문학동네, 2003, 526쪽.

눈의 사랑이요 얼굴과 얼굴의 사랑이다. 피차의 정신은 아직 한 번도 조금도 마주 접하여 본 적이 없었다."[219] 형식과 선형의 약혼에 대한 작가주석은 신랄하다. "장난 모양으로 혼인이 결정되고 장난 모양으로 공부를 마치고 성례하기로 결정하였다. 그리고 일동은 가장 합리하게 만사를 행하였거니 하였다. 하나님의 성신의 지도를 받았거니 하였다. 위험한 일이다."[220] 『무정』의 주제는 중국적이고 중세적인 무정시대(미개시대)를 부정하고 서구적이고 근대적인 유정시대(문명시대)를 긍정하는 데 있다. 형식과 선형, 영채와 병욱은 근대적인 것을 향해 나아가는 출발선상에 있는 인물들이다. 그들은 사서삼경을 버리고 음악, 수학, 생물학, 교육학을 공부하러 일본과 미국으로 떠난다.

『재생』의 주제는 3·1 운동에 참가한 세대가 5년 후에 이기주의와 개인주의에 매몰되어 모두가 제 한 몸 편히 살 궁리만 하는 세태를 비판하고 실국시대의 한국인에게는 폭발적 의거보다 일상생활의 문명화가 더 필요하다는 비정치적 문화운동을 주장하는 데 있다. 신봉구와 김순영은 1919년 3월 1일에 만났다. 봉구는 2년 6개월 형, 순영의 셋째 오빠 순홍은 5년 형을 받았다. 봉구가 출옥해서 주위를 살펴보니 독립운동은 이미 잊혀진 과거사가 되어 버렸고 청년들은 모두 이기주의와 향락주의에 매몰되어 있었다. 여자들도 아내나 교사가 되는 것보다 부잣집 첩이 되는 것을 부러워하였다. 순영은 이화학당의 가을음악회에 참가하는 데 필요한 비단옷을 마련하기 위하여 봉구에게 2백 원을 구해 달라고 부탁하였다. 감옥에서 나온 봉구는 어머니 몰래 집문서와 땅문서를 가지고 나와 사채업자에게 돈을 빌렸다. 음악회를 마치고 봉구와 짧은 여행을 떠났다 돌아온 순영은 둘째 오빠가 시키는 대로 백윤희의 첩이 되었다. 배신당한 봉구는 인천의 미두 중개업소에 취직하였다. 미두란 선물거래(先物去來)로서 쌀값의 등락을 예측하여 미리 장부상으로 쌀을 거

219　이광수, 『바로잡은 무정』, 485쪽.
220　이광수, 『바로잡은 무정』, 496쪽.

래한 후에 쌀값이 오르면 이익을 남기고 쌀값이 떨어지면 손해를 보는 투기였다. 봉구는 중개업소 주인의 신임을 받고 주인의 딸 경주와 가깝게 되었으나 갑자기 주인을 살해한 혐의로 구속되어 사형을 받게 되었다. 그는 죽음을 각오하고 변명조차 하지 않았으나 주인의 아들 경훈이 아버지의 금고를 열려다가 아버지에게 발각되어 일어난 사고라고 자수하여 석방되었다. 봉구는 경주와 함께 경기도 연천 남쪽, 동두천 북쪽에 있는 금곡에 가서 농사를 지으며 공동생활을 한다. 그러나 그들은 결혼은 하지 않는다. 순영은 불행한 결혼생활을 견디지 못하고 윤희의 아이를 임신한 몸으로 봉구의 아이 낙원을 데리고 가출하였다. 남편의 거사 계획을 안 순흥의 아내가 남편 대신 서대문 형무소에 폭탄을 던지고 죽어서 순흥은 중국으로 망명하였다. 백윤희의 딸은 선천 매독으로 장님이 되었다. 순영은 오빠의 두 아이까지 포함하여 네 아이를 거두게 되었다. 매독 때문에 직업을 얻지 못한 순영은 금곡에 들러서 봉구를 만난 후에 금강산 구룡연에 눈먼 아이를 동반하고 투신하였다. 봉구의 아들 낙원은 백윤희의 장남으로 성장한다. 소설 속에서 모세라고 불리는 백낙원이 살아남는 것은 비정치적 생활문화를 실천하는 세대의 등장에 대한 이광수의 기대와 무관하지 않을 것이다. 이광수가 말하는 재생은 과격한 투쟁노선과 무력한 향락노선을 비정치적 생활문화운동으로 전환하는 것이었다.

『삼봉이네 집』의 주제는 무장투쟁의 위험성에 대하여 경고하고 마르크스주의에 대하여 반대하는 데 있다. 소설의 배경은 소작하던 땅이 동양척식회사에 넘어가서 삼봉이가 어머니와 아내, 그리고 동생 오봉과 두 누이 을순, 정순을 데리고 이주한 서간도 통화현이다. 이 소설에는 아무리 열심히 일해도 돈 있고 힘 있는 자들의 착취 때문에 부채만 늘어 가는 소작농민의 생활이 구체적으로 자세히 묘사되어 있다. 한국인이건 중국인이건 하다못해 중국 순경청 통역까지도 조금이라도 권세를 부릴 수 있는 자들은 약한 농민을 억누르고 짓밟았다. 그들은 돈을 빼앗지 못하면 을순이를 농락하려 하였다. 중국인 호로야의 돼지 백 마리를 펑텐에 가서 팔고 천팔백 원을 가져다준 날 밤에 호로야의 집에 도적이 들었다. 호로야는 삼봉이의 짓이라고 고발하였다. 삼봉이네는 삼봉이를 구출하기 위하여 있는 돈을 모두 썼고 을순은 돈을 주는 이가 있다면 몸이라도 바치겠다고 나섰으나 그들의 주변에 있는 자들은 속이고 등치는 사기꾼들뿐이었다. 삼봉이 형무소로 이송되는 날 오봉과 그의 두 친구가 도끼와 낫을 들고 습격하여 순경을 죽이고 삼봉이를 구출하였다. 삼봉이는 그 후로 무장투쟁의 지휘자가 되어 이삼백 명의 부대를 이끌고 악질 지주들을 처벌하였다.

이 때문에 중국 지주나 조선인 협잡배들은 얼마큼 겁을 내어서 조심도 하게 되었으나 중국 관헌의 수색은 점점 심하여 무고한 조선 농민에 대한 압박이 날로 심하게 되었다. 이 문제는 마침내 ○○성 정부의 문제가 되어서 전성 각 현을 통하여 대대적으로 조선인 호구조사를 명하고 또 조선인을 소작인으로 둔 각 중국인 지주에게 명령하여 각기 소유지에 있는 조선인의 행동을 감시하게 하고 만일 그중에서 김삼봉의 부하나 기타 불온분자가 생길 때에는 각기 지주가 책임을 지라고 하였다. 그렇게 하기 위하여 ○○성 정부에서는 지주가 보증하는 조선인에 한하여 십삼 세 이상의 남자에게 매명 육 원을 받고 "한인고용"이라는 몸표를 주어 전같이 소작하고 살아갈 권리를 주고 그렇지 아니한 조선인은 일체로 내어 쫓을 것을 명하였다. 이것이 이른바 한인고용법이라는 것이니 이 법으로 하여 ○○성 내에 사는 조선인은 전부가 중국인의 고용인으로 화하여 이를테면 농노가 되어 버리고 말았다.[221]

김삼봉은 한국의 고향에서 외가에 다니러 온 대학 예과생 유정석을 만난 적이 있었다. 삼봉은 펑텐에서 그를 다시 만났다. 그는 마르크스주의자로서

---

221 이광수, 『이광수전집』 2, 우신사, 1979, 641-642쪽.

감옥에 갔다 나와서 사회주의 운동을 하고 있었다. 그는 삼봉에게 제도라는 무서운 힘을 인식해야 한다고 말하였다. 삼봉도 지주의 횡포를 막으려면 농민들이 개인을 넘어서 동지를 모으고 단체를 이루어 집단적이고 조직적으로 반항해야 한다고 생각하고 있었다. 그러나 삼봉은 계급이라는 말에서는 추상적이고 모호한 느낌을 받을 뿐이었다. 삼봉은 전세계 무산대중이라는 말을 뜬구름같이 종잡을 수 없는 헛소리라고 생각하였다. "김삼봉의 생각은 '조선 사람이' 하는 것을 벗어날 때가 되지 못한 것이었다. 혹은 이것이 다음 걸음을 밟는 데 반드시 먼저 밟아야 할 계단일는지도 모른다. '오, 나는 내 길을 찾았다!' 하고 삼봉은 곁에서 곤하게 자는 동지들을 돌아보았다."[222]

『흙』은 생활문화운동을 구체적으로 제시한 소설이다. 허숭은 원래 평안도 살여울의 넉넉한 지주집안 출신이었다. 그의 아버지는 독립운동에 관련하여 구속되었고 출옥 후에는 사업에 실패하여 가산을 탕진하고 병사하였다. 허숭은 보성전문학교에 다니면서 부잣집 딸 윤정선의 가정교사가 되었다. 허숭은 고향에서 유순에게 학교를 졸업하면 돌아오겠다고 약속했으나 학교를 졸업하고 고등문관시험에 합격한 후 정선과 결혼하였다. 허숭은 한국의 조선변호사시험을 보지 않고 정선의 아버지 윤 참판의 도움을 받아 도쿄로 가서 문관고등시험 사법과에 응시하였다. 허숭은 합격하고 허숭과 같이 응시한 경성제국대학 출신 김갑진은 떨어졌다. 정선의 오빠가 병사하여 변호사 허숭은 윤 참판 집 사랑에 법률사무소 간판을 걸었다. 성장 과정이 다른 허숭과 정선의 가정은 불화가 잦았다. 정선은 허숭의 행동 전부에 대해 불만을 나타냈고 특히 거액의 수임료를 받을 수 있는 사건을 거절하는 데 대해 분노했다. 허숭은 살여울로 내려가서 지주를 폭행한 한갑을 무보수로 변호하였다. 허숭이 살여울에 머무는 동안 정선은 김갑진과 관계하여 그의 아이를 임신하였다. 허숭은 집을 떠나 고향으로 이주하고 정선은 혼외임신을 고민하

---

222 이광수, 『이광수전집』 2, 644쪽.

다 철도에 투신하여 한쪽 다리를 잃었고 유순은 그녀를 사랑하는 한갑과 결혼하였다. 그들이 농촌 생활에 적응하고 농민의 부채 문제를 해결하기 위하여 협동조합의 조직에 몰두하고 있을 때 지주의 아들 유정근이 일본에서 돌아와 유순과 허숭의 관계를 모함하여 한갑으로 하여금 임신한 아내를 폭행하여 죽이게 하고 허숭의 농촌사업을 독립운동에 연관지어 고변하여 허숭을 감옥으로 보냈다. 허숭이 수감된 후로 정근은 고리대로 큰 이익을 챙겼다. 허숭과 함께 구속되었다가 일찍 출옥한 작은갑은 정근이 자기 아내를 유혹하는 현장을 목격하고 마을을 위하여 죽이겠다고 위협하여 그동안 부당하게 취득한 6만 원을 농촌사업에 기부하게 하였다. 그 소식을 듣고 칭찬하는 살여울 사람들을 보고 정근도 잘못을 뉘우치고 농촌사업에 동참하겠다고 결심하였다. 5년 징역을 마치고 허숭이 석방되어 돌아왔을 때 마을은 활기를 회복하였고 정선 모녀도 농촌 사람들과 이웃으로 어울려 살고 있었다. 갑진도 살여울보다 조금 북쪽에 있는 검불랑에서 농촌 활동을 하고 있었다. 이 소설에는 이들의 농촌사업에 방향을 제시하는 한민교라는 인물이 나오는데 그의 사상과 행동은 작가에 의하여 간접적으로 짧게 언급될 뿐이기 때문에 작품을 주도하는 요소로 작용하지는 못하였다.

『사랑』의 주제는 불교 과학이고 자비 생리학이고 사랑에 대한 화학적 증명이다. 비정치적 문화운동은 비정치적일 때에만 문화운동이 가능하다는 것을 전제로 한다. 그러므로 정치와의 거리는 문화운동의 필수적인 전제가 되는 것이다. 반일은 못 하더라도 친일은 하면 안 된다는 것이 비정치적 문화운동의 기본조건이었다. 그러나 이광수는 이러한 기본조건을 위반하였다. 친일은 적극적인 정치행동이기 때문이다. 현실주의가 불가능할 때 남는 것은 정신주의뿐이다. 반일이냐 침묵이냐 가운데 하나를 선택해야 할 시대에 이광수는 질문지에 포함되어 있지 않은 친일을 선택하고 일본 정부도 주저하며 유예하는 징병제를 선전하는 코미디를 연출하였다. 이광수는 친일을 하면서도 실천할 수 있는 사랑을 과학으로 증명하고 싶어 했다. 그것은 이상한 공상과학이 될 수밖에 없다. 동물의 혈액 성분을 분석하면 안피노톡신이라는 일종의 독소가 추출되는데 그것이 증가하면 운동중추가 마비되고 호흡이 급해지며 침이 마르고 백혈구가 줄어든다. 분노와 공포는 특별히 안피노톡신과 관계가 깊은 감정이다. 도살당하는 동물은 죽을 때에 비상한 흥분상태에 있기 때문에 그 고기에 다량의 안피노톡신이 포함된다. 만일 안티안피노톡신(안타닌)이라는 약을 제조할 수 있다면 알칼리성 화합물이 비장에 들어가 아드레날린 비슷한 반응을 유도하여 감정조절능력을 향상시킴으로써 환자의 치유능력을 강화시킬 수 있게 될 것이다. 안빈은 혈액 분석 실험을 통하여 인, 황, 탄소, 수소, 산소, 질소의 화합물인 인간의 혈액에서 황과 암모니아와 금이온의 화합물인 아모르겐을 발견하였고 황과 암모니아가 적고 금이온이 많은 특수 아모르겐을 찾아내어 그것을 아우라몬이라고 명명하였다. 다 같이 사랑이라는 말로 표현하지만 성욕(에로스적인 사랑)과 자비(아가페적인 사랑)의 혈액 성분은 서로 다르다는 것이다. 이 소설에서 안빈은 자비를 체득하여 실천하는 사람이고 석순옥은 자비를 체득하려고 노력하는 사람이며 허영과 허영의 어머니는 분노와 공포에 시달리는 사람들이다. 순옥은 열네 살 때부터 안빈의 시와 소설을 읽고 안빈을 사모하고 안빈이 말하는 순수한 사랑을 실천하려고 노력했다. 순옥은 여자전문고등학교의 영어교사를 그만두고 간호사 자격을 취득하여 안빈의 병원에 지원하여 간호사가 되었다. 안빈의 아내 옥남은 일심으로 안빈을 사랑하고 남편을 돕는 데 헌신하였으나 결핵으로 세 아이를 남기고 죽었다. 26살 순옥과 43살 옥남과 45살 안빈 사이에는 이해와 공감만이 있을 뿐 질투심은 조금도 개입하지 않았다. 순옥은 안빈의 혈액실험에 자기의 피와 자기를 따라다니는 시인 허영의 피를 뽑아 실험자료로 제공하였다. 순옥은 안빈에 대한 자기의 사랑이 성욕적인 것이 아니라는 것을 자신에게 증명하기 위하여 안빈이 상처한 후에 허영과 결혼하였다. 허영은 매독과 심장병으로 고통받는 환자였다. 순옥은 이귀득이 데려온 허섭이란 아이를 치료하다가 그가 허영의 아들이란 것을 알게 되었다. 허섭을 맡아 달라는 귀득의 부탁을 들어주었는데 귀득은 아이를 보러 온다는 구실로 집을 드나들며 다시 허영의 아이를 임신하였다. 귀득과 결혼하겠다는 허영의 의사를 존중하여 순옥은 허영과 이혼하였다. 귀득이 아이를 유산하고 사망하고 허영이 뇌일혈로 쓰러졌다. 그동안 의사 자격증을 취득한 순옥은 허영과 허영의 어머니와 허영의 아들을 데리고 만주로 이주하여 가톨릭 병원에 근무하며 중풍 환자 허영과 류머티즘 환자 허영 모친을 간호하였다. 허영 모자는 순옥을 끊임없이 의심하고 미워하였다. 허영 모자와 허섭이 인플루엔자로 사망하였다. 혈액 속에 안피노톡신이 적은 순옥과 순옥이 낳은 딸 길림은 인플루엔자에 걸리지 않았다. 순옥은 길림을 데리고 서울로 돌아왔다. 안빈은 자하문 밖 북한산에 결핵 요양원을 지어 직원들과 함께 공동생활을 하고 있었다. 순옥 모녀도 그 공동체의 일원이 되어 자비심으로 치료와 간호에 헌신하는 생활을 하게 되었다. 이 소설에서 문명인과 미개인의 차이는 과학과 예술이 아니라 아모르겐과 아우라몬의 차이로 제시되어 있다.

이광수의 마지막 장편소설 『원효대사』는 자비심을 실천한 실제 인물의 이야기이다. 이 소설은 원효가 불교 연구에 몰두하다가 요석공주와 만나 설총을 낳게 되는 시작 부분과 불교와 국선도 수행을 통하여 자비심을 훈련하는 중간 부분과 세속에 나와서 거지들과 도둑들을 제도하는 결말 부분의 세 부분으로 구성되어 있다. 애욕을 벗어나 자비행을 실천하려는 원효에게 수많은 여자들이 사랑을 호소한다. 진덕여왕, 요석공주, 국선도 스승의 딸 아사가 등이 모두 원효의 아들을 낳고 싶어 한다. 과학과 예술에 근거한 민족 교육이 이제는 불교에 근거한 민중 교육으로 대체되었다. 이광수는 원효의 저작을 전혀 읽지 않고 『삼국유사』에 나오는 일화 하나를 길게 늘여서 소설을 완성하였다. 원효 시대에는 신라에 들어온 적도 없는 『원각경』을 원효가 암송한다는 둥, 신통력을 극도로 싫어하고 저작의 도처에서 신통력에 집착하면 점쟁이밖에 못 된다고 비판한 원효가 신통력으로 도적들을 제압한다는 둥, 황당무계한 어원 지식으로 우리말의 받침을 없애서 마치 신라말이 일본

말과 유사하다는 느낌이 들도록 엉터리 배달말을 만들어 열거한다는 등 이 소설은 이광수의 장편소설 가운데 제일 허술한 작품이 되고 말았다. 주로 일 회분 신문소설에 맞추어 쓸데없는 잡담을 늘어놓고 선정적이고 격정적인 장면을 지나치게 자주 보여 주는 이광수의 소설 구성방법이 『원효대사』에서 그 결점을 남김없이 드러내 놓고 말았다. 친일 행위가 소설의 파탄과 유관하다는 것은 흥미로운 현상이라고 아니할 수 없다.

『무정』, 『재생』, 『유정』, 『사랑』을 1917년, 1925년, 1933년, 1938년의 작가 상황과 연관지어 해석하는 것은 쉬운 일이 아니다. 『무정』은 제목부터 작품의 주제와 맞지 않는다. 애초에 '박영채전'으로 구상하던 때의 내용을 그대로 썼기 때문에 선영과 영식, 영채와 병욱이 모두 유학을 가게 된 행복한 결말은 누가 보아도 무정한 결말이 아니다. 『재생』은 3·1 운동 이후 민족의식을 상실하고 향락주의와 허무주의에 탐닉하는 청년들을 비판한 일종의 후일담 소설이지만, 두 남자와 정을 통하는 순영의 모습이 너무나 생생하게 묘사되어 있어서 소설의 초점이 변하지 않는 봉구의 애정에 있는 것인지 색정적 장면묘사에 있는 것인지 분간하기 어렵다. 이광수 소설의 기본구도는 삼각관계이다. 형식은 영채와 선영 사이에서 흔들리고 영채를 찾아 평양으로 가서도 영채 대신에 만난 어린 기생에게 마음을 판다. 삼각관계의 제3항이 없으면 억지로라도 만들어서 사건을 전개하는 것이 이광수의 서술전략이다. 땀밴 모시적삼에 내비치는 여자의 등이라든지 당시에 널리 알려진 지사들의 이름을 여기저기에 작가 또는 작중인물의 지인으로 거명한다든지 하는 방법도 성(性)과 민족을 소설의 장식으로 사용하여 독자의 흥미를 유도하는 하나의 서술전략이라고 할 수 있다. 삼각관계의 중심에 질투하는 아내를 설정한 『유정』과 질투하지 않는 아내를 설정한 『사랑』의 차이는 무엇일까? 질투하는 아내 때문에 최석은 시베리아의 황야를 떠돌다 죽고 질투하지 않는 아내 때문에 안빈은 명예롭게 늙는다. 이광수는 삼각관계 이외의 사랑을 상상하지 못한다. 그는 삼각관계를 신성한 사랑으로 묘사하고 싶어 한다. 삼각관계도 전생의 인연이고 업보이므로 주인공은 삼각관계를 피하려고 할 것이 아니라 육체적인 사랑의 특성인 아모르겐을 줄이고 정신적인 사랑의 특성인 아우라몬을 늘리려고 노력할 수 있을 뿐이라는 것이다. 섹스만 하지 않으면 불륜이 아니라는 이광수의 명제는 그 자체로서 따져 보아야 할 논쟁거리가 아닐 수 없다. 우리는 이 소설들에서 이광수의 의도를 쉽게 읽을 수 있다.『무정』에는 일본에 있으면서 한국에 돌아가 민족의 교사가 되겠다는 기대가 들어 있고 『재생』에는 상하이에서 돌아와 총독부에 협력하고 있으나 자기를 욕하는 학생들이 자기보다 더 퇴폐적이라는 고발이 들어 있으며,『유정』과『사랑』에는 허영숙과 모윤숙 사이에서 시달리는 이광수의 불만과 희망이 들어 있다. 우리가 이광수의 소설에서 찾기 어려운 것은 오히려 무의식의 그림자이다. 이광수에게 소설은 무의식의 표현이 아니라 무의식의 억압이었다.

2) 김동인과 염상섭

김동인(1900-1951)은 일본 가와바타미술학교에서 수학하던 1919년에 자비로 문학동인지《창조》를 창간하였다. 「약한 자의 슬픔」(《창조》 1919. 2-3), 「배따라기」(《창조》 1921. 5), 「명문」(《개벽》 1925. 1), 「감자」(《조선문단》 1925. 1), 「광염소나타」(《중외일보》 1929. 1. 1-1. 12), 「배회」(《대조》 1930. 3-7),『젊은 그들』(《동아일보》 1930. 9. 2-1931. 11. 10), 「발가락이 닮았다」(《동광》 1932. 1),『아기네』(《동아일보》 1932. 3. 1-6. 28), 「붉은 산」(《삼천리》 1932. 4),『운현궁의 봄』(《조선일보》 1933. 4. 26-1934. 2. 5), 「광화사」(《야담》 1935. 12),『대수양』(《조광》 1941. 2-12) 등 75편의 단편과 15편의 장편을 발표하였고 ,『목숨』(창조사, 1923),『감자』(한성도서, 1935),『김동인단편선』(박문서관, 1939),『배회』(문장사, 1941) 등의 단편집을 발간하였다. 간결하고 명확한 단문으로 대상과의 거리를 엄격하게 유지하고 사건을 군더더기 없이 압축하는 그의 단편소설은 살아 있는 인물들이 생생하게 전달되고 절정의 긴장과 결말의 인상이 효과적으로 전달되도록 일반성과 특수성을 결합하는 보편적 개별성을 드러내고 있다. 실국시대를 사개가 어긋난 시대로 파악하는 현실인식이 인물과의 거리를 유지하게 하였다고 할 수 있다. 또한 그 현실인식의 밑에는 세상을 알 수 없는 괴물로 보는 김동인의 불가지론이 깔려 있다. 한 순진한 여자의 도덕적 기품이 금욕과 애욕의 유혹에 무너져 가는 과정을 냉혹하게 묘사한 「감자」에서 김동인은 한국문학사에서 최초로 개성적이고 입체적인 인물을 창조해 내었다. 역사소설을 쓸 때도 김동인은 사료를 철저하게 수집하고 종래의 해석과 다른 측면에서 역사적 인물을 묘사하려고 하였다. 이광수의 『단종애사』가 남효온의 「육신전」을 현대한 국어로 번안해 놓은 이야기에 불과하다고 비판하고 김동인은 『대수양』에서 세종의 주체적 정치 노선으로부터 이탈하려는 세력들에 저항하는 수양대군의 역사의식을 긍정적으로 제시하였다. 김동인은 「망국인기」(《백민》 1947. 2)와 「속망국인기」(《백민》 1948. 3)에서 자신의 친일행위를 고백하였다. 친일을 피하지 못하였으나, 『조선사 온고(溫古)』(상호출판사, 1947)[223]를 보면 김동인이 불면증에 시달리며 약에 의지해 생활하던 일제 말에도 한국사를 연구하고 있었다는 사실을 알 수 있다.

《창조》 마지막 호에 실린 「배따라기」는 두 부분으로 구성되어 있는 소설이다. 1. 열다섯부터 도쿄에서 공부하다 돌아온 1인칭 화자는 오랜만에 다시 맞는 평양의 봄을 마음껏 즐긴다. 하늘은 다정하고 바람은 부드럽고 숲에 드리운 구름 그림자는 세상을 녹색으로 물들인다. 그는 유토피아의 건설에 사람의 목적이 있다고 믿으며 도덕적으로 어떻게 평가하든 자기 나름의 유토피아를 건설하다가 죽은 진시황을 최고의 인간이라고 생각한다. 배따라기를 부르는 노랫소리가 들려서 무심결에 귀를 기울이다 그 소리에 반한 그는 노래 부르는 사람을 찾아 기자묘 솔밭으로 들어선다. 그는 2년 전 한여름을 영유에서 보내며 배따라기에 푹 빠져 지냈다. 배따라기 소리에 눈물을 흘리며 그는 뱃사람을 따라 정처 없는 물길을 떠났다는 어느 고을 원의 아내를 이해

---

223 김동인, 『동인전집』 10, 홍자출판사, 1969, 122-176쪽.

할 수 있었다. 기자묘의 풀밭에서 바다를 닮은 좋은 눈을 가지고 있는 뱃사람이 배따라기를 부르고 있다. 그가 영유 사람이냐고 묻자 뱃사람은 고향이지만 20년 동안 떠나 있다고 하며 "사람의 일이라니 마음대로 됩데까?", "그저 운명이 데일 힘셉데다"라고 탄식한다. 화자는 진시황을 존경하지만 정말로 좋아하는 것은 떠도는 뱃사람의 노래다. 화자는 소설의 끝에도 잠깐 등장하여 을밀대로, 모란봉으로, 부벽루로 1년이나 뱃사람을 찾아다닌다. 배따라기에 대한 화자의 집착을 이해하려면 우리는 뱃사람을 예술가로 보고 화자를 예술 애호가로 보아야 할 것이다. 그렇다면 이 소설은 예술가의 탄생에 대하여 이야기하는 예술가 소설이다. 2. 뱃사람의 고향은 영유에서 20리 떨어진 바닷가 마을이었다. 그 마을에서 그 뱃사람 형제가 제일 잘살았고 아는 것도 많았다. 그 뱃사람의 아내는 고왔고 아우는 희고 늠름했다. 아내는 붙임성이 좋아 동네 사내들과 가깝게 지냈다. 특히 아내는 아우에게 잘했다. 그 뱃사람은 질투 때문에 몇 달에 한 번씩 아내에게 손찌검을 했다. 장을 보고 돌아온 어느 날 저녁에 방문을 연 그는 저고리 고름이 풀어져 있는 아우와 머리채가 흐트러져 있는 아내를 보았다. 그들은 쥐를 잡고 있었다고 했다. 그는 시동생과 붙은 년이라고 욕하며 아내를 쫓아냈다. 불을 켜려고 성냥을 찾다 낡은 옷 뭉치를 들치니 쥐가 소리를 내며 뛰어나왔다. 다음 날 낮에 아내의 시체가 바닷가에서 발견되었다. 아우는 마을을 떠났고 그 뱃사람은 아우를 찾아 나섰다. 10년이 지나 연안 앞바다에서 파선하여 물에 잠겼다가 잠결에 옆에서 간호하는 아우를 보았다. 아우도 "그저 다 운명이외다"라고 말했다. 정신이 들어 보니 아우는 옆에 없었다. 또 3년이 지난 어느 날 강화도를 지나다 아우의 배따라기 소리를 듣고 인천에서 강화도로 들어가 보았으나 아우를 찾지 못했다. 사랑하고 질투하고 의심하다가 아내와 아우를 잃고 물길을 떠돌며 배따라기를 부르는 그 뱃사람을 우리는 예술가라고 부를 수밖에 없다. 예술은 사랑과 죽음의 고통 가운데서 탄생하는 것이며 어떻게 해도 피할 수 없는 운명이 예술가를 만든다는 것이 「배따라기」의 주제이다.

「감자」는 복녀의 일생을 빠른 속도의 간결한 문장으로 서술한 소설이다. 복녀의 집안은 먼 윗대에서는 사족(土族)이었고 가까운 윗대에서는 농민이었다. 가난하지만 규칙 있는 그녀의 가족은 그래도 최소한의 도덕을 지켜야 한다는 생각을 버리지 않았다. 복녀는 열다섯 살에 20년이나 나이 많은 남자에게 80원에 팔려서 시집을 갔다. 그 남자는 극도로 게으른 사람이었다. 아버지가 남긴 몇 마지기의 밭을 다 팔아넘기고 소작을 얻어도 농사를 제때에 짓지 않아서 한 밭을 2년 이상 부쳐 본 적이 없었다. 땅을 얻지 못하게 되자 막벌이로 나섰으나 연광정에서 대동강만 바라보다 들어왔다. 행랑살이를 한 적도 있었으나 역시 주인집 일을 제대로 하지 않아서 쫓겨났다. 결국 그들이 갈 곳은 칠성문 밖 빈민굴밖에 없었다. 그곳은 싸움, 간통, 살인, 도적, 구걸, 징역 등의 근원지였다. 열아홉 살의 복녀는 구걸을 하여 먹고살았다. 굶는 일도 흔히 있었다. 어려서 배운 도덕관념이 머리에 남아 있었기 때문에 그녀는 남들처럼 매음이나 도둑질을 할 수 없었다. 기자묘 솔밭에 송충이가 끓었다. 평양부에서 빈민굴 여자 50여 명을 뽑아 송충이를 잡게 했다. 복녀는 여남은 여자들이 일 안 하고 노는데도 감독이 뭐라고 하지 않는 것을 보았다. 어느 날 감독이 복녀를 불렀다. 그날부터 복녀도 일 안 하고 공전 받는 여자들 중의 하나가 되었다. 겪어 보니 그것은 사람이 못 할 짓이 아니었다. 일 안 하고 돈 받고 빌어먹는 것보다 점잖고 세 가지가 모두 갖추어진 삼박자 놀이였다. 그날부터 복녀는 거지들에게 몸을 팔기 시작했다. 빈민굴 여자들은 가을이 되면 칠성문 밖에 있는 중국인 남새밭에서 감자와 배추를 몰래 캐 왔다. 복녀가 감자 한 바구니를 들고 일어서려 하는데 그 밭의 소작인인 왕 서방이 그녀를 잡아 집으로 데리고 갔다. 왕 서방은 무시로 복녀를 찾아왔다. 왕 서방이 놓고 가는 돈으로 먹고살게 되자 복녀는 다른 거지들을 상대하지 않았다. 여기까지가 이 소설에서 합리적으로 이해할 수 있는 부분이다. 가난해서 먹고살기 위해 구걸을 하고 매음을 한다는 것은 누구나 이해할 수 있는 일이다. 왕 서방이 백 원에 처녀를 사 왔다. 색시가 오는 날 밤 손님들이 다 돌아간 새벽 두 시경에 복녀는 왕 서방네 집으로 가서 색시를 발로 차고 자기 집으로 가자고 왕 서방의 팔을 잡고 늘어졌다. 왕 서방이 거절하자 복녀는 낫을 들고 휘둘렀다. 왕 서방이 그 낫을 빼앗아 복녀를 죽였다. 사흘 후 복녀의 시체가 복녀의 집으로 옮겨졌다. 왕 서방과 한방의와 복녀 남편이 둘러앉았다. 30원이 남편에게, 20원이 한방의에게 건너갔다. 남편은 뇌일혈로 죽었다는 진단서를 받아 복녀의 시체를 공동묘지에 묻었다. 왕 서방이 처녀를 사 오면 복녀는 그전처럼 다른 거지들에게 몸을 팔 수 있었고 가을에 중국인 남새밭에 감자를 캐러 가서 다른 중국인과 만날 수도 있었다. 그러나 그렇게 하지 않고 복녀는 왕 서방네 집으로 쳐들어가서 낫을 휘둘렀다. 예술에 대한 집착이 예술가의 운명인 것처럼 왕 서방에 대한 집착은 복녀의 운명이다. 김동인에 의하면 산다는 것은 어긋나는 것이고 마음대로 안 되는 것이다. 김동인의 소설의 주제는 어긋남에 있다. 파격적 인물들과 대담하고 직설적인 언어와 예기치 않은 결말이 두드러지게 눈에 띄는 이 소설에서 복녀의 죽음은 작가의 주석이나 논평 없이 중립적으로 서술된다. 복녀의 남편과 왕 서방과 의사가 마주 앉아서 돈을 주고받는 장면은 몇 줄의 짧은 문장으로 간명하게 묘사된다. 작중인물에 동화되지 않고 완강하게 비동화의 거리를 유지하는 전지화자의 중립시각이 누구나 알고 있는 사실을 새롭고 놀라운 진실로 바꾸어 놓는다.

「광염소나타」는 주석적 전지화자, 중립적 전지화자, 1인칭 타자서술, 1인칭 자기서술, 중립적 전지화자의 순서로 서술방법을 바꾸며 전개되는 소설이다. 주석적 전지화자는 현실 공간이 아니라 가상 공간에서 일어날 수 있으리라고 생각되는 사건이라는 작가의 주석으로 소설을 시작한다. 중립적 전지화자는 음악비평가와 사회교화자의 대화를 받아 적는다. 1인칭 타자서술은 음악비평가가 1인칭으로 백성수에 대하여 이야기하는 부분이고 1인칭 자기서술은 백성수가 편지로 자기에 대하여 이야기하는 부분이다. 소설은 다시 음악비평가와 사회교화자의 대화를 기록하는 중립적 전지화자의 서술로 끝난다. 음악비평가와 사회교화자의 대화는 기회의 기능을 중심으로 전개된다. 범죄를 가능하게 하는 기회가 있고 천재를 나타나게 하는 기회가 있는가? 그리고 그 기회가 어떤 사람에게 천재와 범죄를 동시에 가능하게 했다면 우리는 천재를 찬양하지 말고 기회를 찬양하고 범죄를 비난하지 말고 기회를 비난해야 하지 않겠는가? 음악비평가가 제기하는 이러한 질문들에 대하여 사회교화자는 기회라고 할까, 조건이라고 할까 하는 것은 분명히 있겠으나 기회와 조건에 책임을 물을 수는 없으므로 책임은 범죄자이며 천재인 그 사람에게 물어야 할 것이라고 대답한다. 김동인은 자신이 창작 생활을 계속하기 위해서는 해결하지 않으면 안 된다고 생각한 문제를 극한적 가상 공간의 사고실험으로 질문한 것이다. 백성수의 아버지는 음악대학 작곡과를 졸업한 음악도였다. 재주 있는 사람이었으나 졸업 후에 술에 빠져서 작품을 만들지 못했다. 그는 양가 처녀를 만나서 임신시켰으나 아이의 출생을 보지 못하고 30년 전에 죽었다. 음악비평가는 한밤중 호젓한 예배당에 혼자 앉아서 명상하기를 좋아했다. 2년 전 어느 봄날 새벽 2시경에 예배당에 앉아 있던 그는 언덕 아래 어떤 집에 불이 난 광경을 보았다. 젊은이가 한 사람 예배당 안으로 들어오더니 그곳에 있는 피아노 앞에 가서 두드리기 시작했다. 음악의 문법에 맞는 소리조직은 아니었으나 그것은 대체로 C샵 단음계의 소나타 형식을 갖추어 가는 음악이라고 할 만한 것이었다. 각각 거의 백 마디씩의 제시부와 전개부와 재현부와 종결부가 알레그로와 아다지오를 반복하여 무식하게 이어졌다. 그것은 거의 순수하다고 할 만한 감정의 폭발이었다. 음악비평가는 오선지에 그 소리들을 기록하였다. 백성수라는 이름의 그 젊은이는 30년 전에 죽은 동창생의 아들이었다. 음악비평가는 백성수를 집으로 데리고 와서 그 작품을 완성하게 하여 '광염소나타'라고 하고 마음껏 작곡을 할 수 있도록 방을 하나 내어 주었다. 아이를 배고 집에서 쫓겨난 백성수의 어머니는 품팔이로 아이를 키우면서도 오르간을 사 주어 음악을 공부하게 했고 여섯 살이 되는 해에는 피아노를 마련해 주었다. 중학교를 졸업하고 공장에서 일하면서도 백성수는 집에서 피아노를 떠난 적이 없었고 교회에서 음악을 공부하고 연습했다. 그러나 십 년이 지나도록 그가 만든 작품들은 모두 평범한 것들뿐이었다. 어머니가 병들어 그는 음악을 공부하려고 모아 둔 돈을 다 쓰지 않을 수 없었다. 돈이 다 떨어졌을 때 어머니가 중태에 빠졌다. 담배가게를 지나다 어머니를 의원에게 한 번만 더 보이고 싶은 생각에 눈에 띄는 돈을 훔쳐 나오다 잡혔다. 어머니를 잠깐 보고 오겠다고 사정해 보았으나 그는 경찰서에 넘겨졌고 감옥에서 반년을 보냈다. 출소해 나와 보니 어머니는 그의 이름을 부르며 길로 기어 나와 죽었고 무덤조차 찾을 수 없었다. 그는 출옥한 그날 하룻밤 잘 곳을 찾아 헤매다 예배당에서 음악비평가를 만난 것이었다. 1인칭 자기서술 부분은 백성수가 음악비평가에게 보낸 편지이다. 그 편지에는 「성난 파도」, 「피의 선율」, 「사령(死靈)」 같은 작품들의 유래가 적혀 있었다. 그날 밤의 화재는 돈을 훔치다 잡혔던 담배가게를 지나다 그가 불을 지른 것이었다. 그 후로 아무리 애를 써도 「광염소나타」 같은 작품을 쓰지 못해 고민하던 그는 이곳저곳에 불을 내고 그때마다 한 편의 음악작품을 만들 수 있었다. 불이 주는 흥분의 강도가 점점 약해져 갈 때 그는 한강 다리 아래서 시체를 발견하고 고양이가 죽은 쥐를 가지고 놀듯이 그 시체가 깨지고 터지고 부러져서 더 만질 수 없을 때까지 시체를 이리 던지고 저리 던지고 하다가 돌아와 작곡한 것이 「피의 선율」이었다. 사귀던 여자가 죽자 그는 칠팔 시간 전에 덮어 놓은 무덤을 파서 그녀의 시체를 껴안고 시간을 했다. 그날 밤 「사령」을 작곡했다. 소설을 마무리하는 중립적 전지화자는 다시 음악평론가와 사회교화자의 대화를 통하여 사건의 귀결과 의미에 대하여 진술한다. 사형당하고도 남을 만한 죄를 지었으나 예술가들이 극력 탄원해서 백성수는 정신병원에 감금되었다. 음악비평가는 어머니로부터 배운 어질고 착한 도덕과 아버지로부터 유전된 광포한 감정이 백성수의 내면에 공존하고 있는데 도덕이 광포한 감정을 억압하면 작곡을 하지 못하고 광포한 감정이 도덕을 굴복시킬 때만 작곡을 할 수 있는 것이라고 설명한다. 시민은 예술가가 아니고 예술가는 시민이 아니라는 명제는 플라톤에서 토마스 만까지 이어지는 미학의 고전적인 문제이다. 그들은 모두 "시민은 창작하지 못한다"라고 생각하였다. 김동인도 창작을 하려면 나쁜 시민이 될 수밖에 없다고 생각한 듯하다. 그러나 김동인에 의하면 나쁜 시민이 되는 것은 예술가의 피할 수 없는 운명일 뿐이다. 모든 사람은 좋은 시민이 되고 싶어 하지만 그 가운데 어떤 사람들은 그들이 어떻게 할 수 없는 기회와 조건 때문에 범죄자가 되거나 천재가 된다는 것이다. 작가가 되겠다는 목표를 세우고 열심히 공부하는 사람은 작가가 되지 못하며 내면의 어긋남에 쫓기우는 사람만이 어쩔 수 없이 작가가 된다는 것이 김동인의 신념이었고 이 신념은 김동인의 자기인식이었을 것이다. 시민적 가치를 상당히 중시한 작가라는 점에서 염상섭은 김동인과 대조된다.

마을 사람들에게 삵이라고 불리며 멸시받는 부랑자 정익호가 한국인 소작농을 폭행하는 중국인 지주에게 항의하다 중국인들에게 매를 맞고 돌아와 죽었다는 「붉은 산」은, 숨을 거두면서 붉은 산을 보고 싶고 애국가를 듣고 싶다고 말하는 장면에 초점이 맞추어져 있도록 다소 조작적으로 구성된 소설이다. 이 소설의 화자는 풍토병을 연구하러 몽골인 한 사람과 노새를 타고 만주의 구석구석을 여행하는 의사이다. 그는 20여 호의 한국 사람이 모여 사는 작은 마을에 들어가 10여 일 동안 호별방문을 하였다. 그 마을의 한국인들은 모두 소작농민이었고 밭은 중국인 지주들의 소유였다. 그는 그 마을에서 익호를 만났는데 마을 사람들은 익호를 성가서하고 무서워하였다. 1년 전에 빈손으로 마을에 들어온 익호는 쥐 상의 얼굴에 독하고 교활한 기색이 나타나 있고 몸집은 작으나 민첩한 사람이었다. 사람들은 나이도 고향도 짐작할 수 없는 익호를 싫어하였다. 익호의 말씨에는 경기도 사투리와 경상도 사투리와 평안도 사투리가 섞여 있었고 나이도 스물다섯에서 마흔 사이로 경우에 따라 다르게 보였다. 익호의 장기는 투전이었고 싸움을 잘하고 트집을 잘 잡고 칼부림을 잘하였다. 익호가 저녁에 누구네 집이건 들어가면 그 집에서는 방을 내주었고 아침을 차려 주었다. 익호 때문에 아이와 여자들은 마음 놓고 길에 나서지 못했으며 남자들은 닭이나 돼지를 지키려고 밤을 새워야 했다. 익호를 쫓아내자는 의논이 있었으나 누구도 먼저 나서려고 하지 않았다. 조사를 마치고 그가 마을을 떠나기 전날 중국인 지주에게 도지를 바치러 갔던 송 첨지가 도조(賭租: 세로 내는 벼)가 모자란다는 이유로 매를 맞고 돌아와 죽었다. 마을 사람들이 항의하러 가자고 결의하였으나 소작을 떼일 걱정이 앞서서 아무도 먼저 나서려 하지 않았다. 그는 송 첨지의 시체를 검사하고 돌아오다 만난 익호에게 사건의 전말을 알려 주었다. 다음 날 아침 익호는 피투성이가 되어 동구 밖에 쓰러져 있었다. 중국인 지주를 찾아가서 싸우다 중국인들에게 집단폭행을 당한 것이었다. 1932년 3월 1일에 일본이 만주국을 세운 이후에 만주의 치안질서는 현저하게 안정되어 지주의 사적인 테러는 거의 소멸되었다. 「붉은 산」은 1932년 4월에 발표되었으니 이 소설의 배경은 불법이 판을 치던 1920년대 말의 만주라고 보아야 할 것이고 당시에는 중국인 지주들의 이러한 횡포가 예상할 수 없는 일이 아니었다. 그러나 이 소설은 소설의 주제를 중국인 지주에 대한 항의라고 하기 곤란하게 끝난다.

"선생님"

"왜?"

"저것— 저것—."

"저기 붉은 산이— 그리고 흰 옷이— 선생님 저게 뭐에요."

여(余)는 돌아보았다. 그러나 거기는 황막한 만주 벌판이 전개되어 있을 뿐이었다.

"선생님, 창가 불러 주세요. 마지막 소원— 창가를 해 주세요. 동해물과 백두산이 마르고 닳도록—."

여는 머리를 끄덕이고 눈을 감았다. 그리고 입을 열었다. 여의 입에서는 창가가 흘러나왔다.

여는 고즈넉이 불렀다.

"동해물과 백두산이"

고즈넉이 부르는 여의 창가 소리에 뒤에 둘러섰던 다른 사람의 입에서도 숭엄한 코라스는 울리어 나왔다—.

"무궁화 삼천리

화려 강산—"[224]

소설의 종결 부분은 분명히 일본과 한국의 대립을 함축적으로 암시한다. 「붉은 산」은 실국시대에 소설 속에 애국가를 기록한 유일한 작품이다. 그러나 이 소설에도 인간은 알 수 없는 존재라는 김동인의 생각은 변함없이 관철된다. 김동인은 소작하는 농민이 아니라 모든 사람에게 미움받는 부랑자가 중국인 지주에게 직접 맞선다는 이야기로 인간을 보이는 외부로 판단하지 말라고 말하고 있다. 한국인은 나라를 잃은 고통을 모두 함께 나누고 있으니 외면적인 행동의 차이를 너무 크게 염려할 필요는 없다는 것도 김동인이 평생토록(일정 말의 친일시기까지 포함하여) 변함없이 간직해 온 신념이었다. 1926년에 김동인은 아버지에게 물려받은 3천 석의 재산을 탕진하고 파산하였다. 그 이후 중풍으로 쓰러져 피난을 가지 못하고 혼자 빈집에서 굶어 죽을 때까지 김동인은 오직 소설 하나에 의지하여 생계를 해결하였다.

염상섭(1897-1963)은 1921년에 《개벽》에 「표본실의 청개구리」(1921. 8-10)를 발표하면서 작가로 출발하여 『만세전』(원제 『묘지』: 《신생활》 1922. 7-9, 개제 『만세전』: 《시대일보》 1924. 4. 6-6. 7), 『삼대』(《조선일보》 1931. 1. 1-9. 17), 『무화과』(《매일신보》 1931. 11. 13-1932. 11. 12), 『백구』(《중앙일보》 1932. 11. 7-1933. 6. 12) 등의 장편소설을 계속하여 발표하였다.

---

224 김동인, 『김동인전집』 3, 조선일보사출판국, 1988, 86쪽.

염상섭의 초기 단편 「표본실의 청개구리」는 3·1 운동 이후 우리 민족의 상황을 실험실의 해부실습용 개구리에 비유한 소설이다. "새파란 메스, 닭똥만한 오물오물하는 심장과 폐. 바늘 끝, 조그만 전율… 차례차례로 생각날 때마다 머리끝이 쭈뼛쭈뼛하고 전신에 냉수를 끼어 얹는 것 같았다. 남향한 유리창 밑에서 번쩍 쳐드는 메스의 강렬한 반사광이 안공을 찌르는 것 같아 컴컴한 방 속에 들어 누워서도 꼭 감은 눈썹 밑이 부시었다. 그러나 그럴 때마다 머리맡에 놓인 책상 서랍 속에 넣어 둔 면도칼이 조심이 되어서 못 견디었다." 화자인 X는 일본에서 중학교를 나와 일본에 머물러 있다가 7-8개월 전에 귀국한 청년이다. 그의 방 책상 서랍에 쓰다가 꾸려 둔 원고, 편지, 약갑들이 어지럽게 들어 있는 것으로 그가 하는 일을 짐작할 수 있다. 그와 함께 남포로 여행하는 H, 남포에서 만난 A와 Y가 모두 일본 유학시절의 친구들일 것이다. 그가 8년 전에 중학교 2학년이었으니 중학교 6년을 마친 것이 4년 전일 것이고 귀국한 지가 1년도 못 되니 적어도 2년은 일본에 있었을 터이므로 서울 사는 X와 H가 남포에 사는 A와 Y를 귀국 후에 만났다고 볼 수는 없을 것이다. A의 집이 남포에서 목재상을 하는 것으로 미루어 그들은 일본 유학을 할 수 있을 정도의 재산을 지닌 가정 출신이나 학교를 마친 후에도 일정한 직업이 없이 "무거운 기분의 침체와 한없이 늘어진 생의 권태" 속에서 방황하고 있다. 그들은 말하자면 식민지 교육 순례의 동행자들이며 식민지 특권층의 구성원들이다. 그러나 그들은 집을 나와 "백설이 애애한 북국 한촌의 진흙방 속"에서 딩굴거나 술에 절어 살고 있다. 그들은 현실에서 아무런 논리도 발견할 수 없었다.

나라 잃은 시대에 가능한 논리와 신념에는 어떤 것들이 있었을까? 첫째, 친일입신론이 있었을 것이다. 어떻게 하든지 식민지 교육체계에 순응하고 일본문화에 적응하여 가능한 한 최대로 지위를 상승시키자는 논리이다. 둘째, 업적성취론이 있었을 것이다. 재산이건 학문이건 무엇으로건 남다른 업적을 이루면 된다는 논리이다. 셋째, 교육구국론이 있었을 것이다. 근대교육을 민족 전체로 확대하는 길만이 독립 또는 자치의 준비가 된다는 논리이다. 넷째, 산업구국론이 있었을 것이다. 교육을 하려고 해도 돈이 필요하니 어떻게든 근대산업을 일으켜서 돈을 벌어야 한다는 논리이다. 다섯째, 대일항전론이 있었을 것이다. 개인적인 테러든 집단적인 무장투쟁이든 일본과의 전쟁을 계속하는 것만이 나라를 찾는 길이라는 논리이다. 그러나 대부분의 사람들은 먹고살기 위하여 총독부의 정책에는 순응하면서 내심의 반일감정은 보존하고 있는 갈등 상황에 처해 있었다. 월사금과 등록금을 내고 학교에 가고 세금을 내고 장사를 한다. 그러나 일본인은 밉고 싫다. 의식적으로 적응하려고 노력하면 노력할수록 규정할 수 없는 무정형의 민족감정은 더욱 깊어진다. X는 기모노 옷감 가게 광고만 보고도 역정을 낸다. "대상(臺上)에 어떤 오복점(吳服店) 광고의 벤치가 맨 먼저 눈에 띄일 제 부벽루에서는 앉기까지 하여도 눈 서투르지 않던 것이 새삼스럽게 불쾌한 생각이 났다. 나는 눈을 찌푸리고 잠깐 들여다보다가 발도 들여놓지 않고 돌쳐서서 서편 성 밑으로 내려왔다."[225] 일본에 가서 날마다 일본 옷 입은 사람들과 만나다 온 청년들이 평양에 일본 옷감 파는 포목점이 있다는 사실을 불쾌하게 여기는 심정을 어떻게 이해해야 할까. 이러한 모순과 불합리가 민족감정에는 애초부터 내재해 있다. 자기를 희생하는 이상주의는 이러한 모순과 불합리 속에서 배태된다. 적응과 갈등이 심해지면 그 갈등에서 벗어나려는 갈망이 허무주의에서 전면항전에 이르는 스펙트럼을 만들어 내는 것이다. 이 소설에 등장하는 젊은이들의 경우에 민족감정은 그것이 없었으면 쉽게 실현할 수 있었을 개인적 욕망의 방해물이 되기도 한다. 민족감정은 개인의 의지와는 무관하게 개인 안에서 작용하는 심리적 콤플렉스이다. 자연스러운 에로스를 죄스럽게 느끼게 한다는 점에서 민족감정은 행복의 방해자가 될 수 있다. 최대한으로는 독립, 최소한으로는 자치를 목적으로 참여한 3·1 운동이 아무런 성

225 염상섭, 『염상섭전집』 9, 민음사, 1987, 16쪽.

과 없이 끝났을 때 생명의 위협을 무릅쓰고 만세를 불렀던 청년들에게 남은 것은 심한 공허뿐이었을 것이다. 그들은 새로운 그림자와 위대한 힘 또는 기별하고 싶은 사건을 기대하나 그것이 무엇인지를 짐작조차 하지 못한다. 침체한 기분이나 꿈꾸는 감정과는 다른 것이라고 말하지만 투쟁도 아니고 허무도 아닌 것은 결국 예술 이외에는 없을 것이다. 동면상태에 있다는 인식과 그러한 상태에서 벗어나고 싶다는 욕망이 나라 잃은 시대의 젊은이들을 문학이나 예술로 나아가게 한 추동력이 되었을 것이다. 예술과 광증은 오래전부터 특별한 관계에 있었다. 이 소설에 등장하는 젊은이들이 김창억(金昌億)에게 특별한 흥미를 보이는 이유가 여기에 있다. 김창억은 방탕한 객주의 아들로서 16세에 한성고등사범학교에 입학하였으나 부모의 잇따른 죽음으로 3학년으로 학업을 마칠 수밖에 없었다. 부친의 3년상을 마친 때에 소학교가 생기어 교편을 들게 되었고 애정 없는 결혼이었으나 딸을 하나 얻게 된 뒤로는 도쿄 어느 대학의 정경과 강의록도 공부하면서 독서로 소일하였다. 아내가 죽자 일시 술과 방랑에 몰두하였으나 반년도 못 가서 다시 서재로 돌아왔고 새로 젊은 아내를 맞아 금슬 좋은 가정을 꾸려 나갔다. 소학교 근속 10년이 되려는 때에 3·1운동이 일어났고 김창억은 만세를 부른 죄로 4개월 동안 감옥살이를 하게 되었다. 그가 감옥에 있을 때에 그의 새 아내가 변심하여 집을 나갔다. 젊은이들에게 만세는 개인의 문제였으나 나이 든 사람들에게는 만세가 가정 전체의 파탄이 되었다. 직장을 잃고 아내를 잃은 김창억은 집을 나와 유곽 근처에 멍석조각, 새끼 오래기, 맥주상자, 깨진 사기그릇들을 모아 움막을 짓고 그 안에서 산다. 그는 그 움막을 3층집이라고 부른다. 김창억은 그것을 서양 건축이 위생에 좋으므로 서양식으로 집을 짓되 서양 사람보다 빠르게 더 잘 지은 집이라고 청년들에게 소개한다. 서양 사람들이 입다 버린 양복조각이나 떨쳐입고 서양 사람에게 굽실굽실하며 돌아다니는 자들처럼 서양에 의존하면 안 되고 서양문화를 받아들이되 창조적으로 수용해야 한다는 의미이다. 그는 약육강식의 시대를 끝내고 인의예지의 시대를 건설하기 위하여 동서친목회를 만들고 세계 각국으로 다니며 설교를 하려고 계획하고 있다. 그의 설교에 들어 있는 톨스토이와 윌슨의 이론은 바로 3·1 운동의 논리적 근거가 되었던 주장이었다. 만세 전에는 현실적 힘이 되었던 이론이 만세 후에는 광인의 몽상이 되고 말았다. 이제 그들에게 남은 것은 "피로, 앙분, 분노, 난심, 비탄, 미가지의 운명에 대한 공포, 불안"[226]뿐이었다. 그러나 이 어두움의 인식은 모든 공허한 개념의 유희를 파괴하는 힘이 될 수 있다. 어둡다는 인식, 모르겠다는 인식은 손쉬운 해답을 초월하여 미지로 여행하는 모험과 실험의 토대가 될 수 있고 기존의 질서에 결여되어 있는 균형을 창조하는 투쟁의 근거가 될 수 있다. 개인이 틀에 박힌 자아를 초월하여 자기의 진실을 추구하는 데도 어두움의 인식은 불가결한 조건이 된다.

민족감정의 본질을 파악하려면 개념장치를 구성하려고 하지 말고 상처와 기억을 구체적으로 기록해야 한다. 염상섭의 『만세전』은 나라 잃은 시대에 우리가 일본의 민족주의로부터 입은 상처의 기록이다. 주인공 이인화(李寅華)는 민족적 가치보다 개인적 가치를 더 중시하는 문학청년이다. 7년 가까이 도쿄에 있는 동안에 경찰관 이외에는 민족적 관념을 의식하게 하지 않았고 그 자신은 정치문제에 취미가 없었으므로 그러한 문제로 머리를 썩이어 본 일이 거의 없었다. 그의 관심은 개인의 욕망을 긍정하고 개인의 희망을 실현하는 데 있었다. 개인의 욕망을 긍정하고 자기가 진정으로 바라는 것이 무엇인지를 탐색하는 것은 주어진 도덕을 피동적으로 수용했던 전통사회의 도덕에 대한 근본적인 비판이 된다. 기본적인 의무는 이행해야 하나 그 이외에는 오직 내면의 욕망에 따라 행동해야 한다는 이인화의 윤리는 억압과 억제에 반대하는 위대한 거절이라고 할 수 있다. 그러나 이인화는 그가 진정으로 원하는 것이 무엇인지를 알 수 없었다. 그는 죽어 가는 아내를 사랑하지 않았으나 그렇다고 일본의 카페에서 만난 시즈코와 특별한 관계를 맺고 싶

226 염상섭, 『염상섭전집』 9, 34쪽.

은 마음도 없었다. 그는 카페에 가면 늘 시즈코와 P코를 함께 불러 술을 마셨다. 시즈코는 그러한 이인화의 태도를 자기에 대한 모욕이라고 비판한다. 1918년 겨울, 아내가 위독하다는 편지를 받고 서울로 돌아오기 전날에 이인화는 시즈코가 일하는 카페에 가서 술을 마시고 고베에 가서 을라를 만났다. 시즈코에게 가기 전에 이발을 하는 것만 보아도 그가 시즈코를 좋아하는 것은 분명하다. 그는 시즈코의 조리가 정연한 이론과 이지적이고 섬세한 그녀의 두뇌에 매력을 느꼈다. 그러나 그는 시즈코와 그 이상의 관계를 맺고자 하지 않는다. 아마도 그것은 그의 결단력이 부족한 때문인지도 모른다. 그러나 아내의 죽음을 경험한 이인화는 세상을 근본적으로 다르게 보기 시작하였다. 시즈코에게 보낸 편지에서 이인화는 아내가 죽음을 통하여 그에게 자신을 구하고 자신의 길을 스스로 개척하라는 귀중한 교훈을 주었다고 고백하였다. 그는 아내의 육체는 흙에 개가하였으나 아내의 정신은 그에게 영원히 거듭 시집왔다고 느꼈다. 그는 현실을 정확하게 통찰하고 자신의 길을 힘있게 밟아 나아가야 한다고 자각하였다. 그는 시즈코에게 형에게서 받은 돈 300원을 학비에 충용하라고 부쳐 주며 당장은 만날 뜻이 없으나 서로 진정한 사랑임을 확인할 수 있다면 만날 수도 있음을 암시하였다. 일본의 제국주의에 받은 수많은 상처에도 불구하고 이인화는 진정한 사랑은 개인의 문제이고 정직한 사랑이 한국인과 일본인의 사이에서도 이루어질 수 있다고 확신하였다. 이인화는 일본의 민족주의가 한국사회를 어떻게 병들게 하고 있는가를 똑똑하게 인식하고 있었다. 현실의 객관적 구조를 인식하고 있음에도 불구하고 이인화는 민족감정을 초월한 사랑이 가능하다고 확신하였다. 이인화가 도쿄에서 고베, 부산, 김천을 거쳐 서울로 돌아오는 길은 제국주의의 실상을 경험하는 여정이었고 서울에서 보낸 며칠은 식민지 상류층의 타락을 경험하는 나날이었다. 이인화의 아버지는 일본과 조선의 귀족들이 모이는 동우회에 나가 바둑, 장기로 세월을 보내며 중추원 참의라도 한자리 얻어 하려는 '정치광, 명예광'[227]이다. 김 의관(議官)을 비롯한 사기꾼들이 그에게 들러

붙어 총독이나 정무총감과 친하다고 그를 속여서 돈을 뜯어낸다. 해산 후에 유종(乳腫)이 생긴 며느리를 양의에게 보이지 않고 죽여도 내 손으로 죽인다고 한약만 쓰다가 끝내 죽이고 만다. 형은 금테 모자에 검정 환도를 찬 보통학교 훈도로서 절약하며 살림의 규모를 늘려 나가는 보수주의자이다. 3·1운동 전에는 교사를 사무라이로 대접하여 칼을 차게 하였다. 그는 돈은 절약하면서도 아들을 낳으려고 고향의 몰락한 집안 딸을 첩으로 들여놓는다. 인화가 퇴락한 집을 왜 고치지 않느냐고 물으니 형은 곧 일본 사람 촌이 될 테니까 내년쯤 상당한 값에 팔겠다고 대답한다. 큰집 형은 하는 일 없이 인화네 집에 붙어먹고 살며 일본에 유학한 병화(炳華)는 총독부 관리가 된 것에 만족하며 아내 이외에 을라와 관계하고 을라의 학비를 대 준다. 을라는 하숙집 주인인지 절의 승려인지 하는 일본인과도 관계가 있었다. 을라의 이중적인 행동으로 인해서 인화와 병화 사이에는 여러 가지 갈등이 있었다. 시모노세키에서 배를 탈 때에 이인화는 형사들에게 시달리었다. 그들은 승객들 앞에서 이름을 불러 끌어내고 가방을 수색하고 가지고 있는 책을 한 권 한 권 기록한다. 이인화는 연락선에 들어오기만 하면 그것이 그를 한 손 접고 내려다보는 그보다 훨씬 나은 양반들이 탄 배임을 절감하게 된다. 배 안에 있는 목욕탕에서 일본인들이 주고받는 이야기를 듣다가 이인화는 여러 가지 새로운 사실들을 알게 된다. 한국의 농민들이 1년 열두 달 농사를 지어도 반년은 강냉이와 시레기로 끼니를 때워 얼굴이 붓는다는 것과 노동자 모집원이 경상도 전역을 돌며 감언이설로 노동자를 모집해서 일본의 회사에 넘기면 1인당 1원 내지 2원을 받는다는 것을 듣는다. 부산에 내려서 음식점을 고르면서 그는 그러한 사정을 좀 더 구체적으로 경험한다. 땅을 일본인에게 넘기고 시외나 촌으로 나가는 사람은 저 혼자 당하는 일로 여긴다. 집문서가 이 사람 저 사람의 손으로 넘어 다니다가 변리에 변리가 늘어서 집을 내놓고 산으로

227 염상섭, 『염상섭전집』 1, 61쪽.

들어갈 때에도 팔자 소관이라고 단념할 뿐이다. 이것이 어떠한 세력에 밀리기 때문이고 어떠한 내막으로 단층집이 이층집이 되고 온돌이 다다미가 되고 석유불이 전등이 되는지 알려고 하는 사람이 없다. 누구를 위한 전등이고 누구를 위한 위생인지 따져 보려고 하는 사람이 없는 것이다. 이인화는 만세전의 한국을 구더기가 끓는 공동묘지라고 인식하였다. 그는 그 자신을 포함하여 한국 사람 모두가 무덤 속의 구더기에 지나지 않는다고 비판하였다. 그는 차라리 움도 싹도 없이 철저히 망해 버리는 것이 낫다고 생각하였다. 민족현실에 대한 절망과 개인적 사랑에 대한 확신이 공존한다는 점에서 우리는 다시 한번 민족감정이란 지식체계가 아님을 확인할 수 있다. 그러나 상처와 절망의 기록은 그것이 정직한 것이기만 하다면 현실의 새로운 균형을 창조하는 데 기여할 것이다.

염상섭은 서울 중인들의 풍부한 어휘를 바탕으로 뼈만이 아니라 살이 있는 소설을 지어내었다. 초점화자와 전지화자와 중립화자가 섞여 있는 것이 염상섭 소설의 특징이다. 등장인물들은 저마다 초점화자가 되어 각자의 개성적 시각으로 사건에 대해 서술한다. 2부작이라고 할 수 있는『삼대』와『무화과』에서 염상섭은 마르크스주의에 가담하지도 못하고 마르크스주의를 무시하지도 못하는 난처한 처지를 완강하게 유지하였다. 그의 소설이 지니고 있는 힘은 미결정의 난처한 처지를 강인하게 유지하는 소극적 수용력에서 나온다. 염상섭은 1929년에 결혼하고 1931년에『삼대』를 집필하였다. 주인공 조덕기의 조부 조 의관은 고생해서 모은 거액의 재산을 유지하고 제사를 잘 받들어 가문을 지키는 데 삶의 의의를 찾는 칠순 노인인데 부인과 사별한 후 서른을 갓 넘긴 수원댁을 후취로 얻어 네 살짜리 딸을 두고 있다. 그의 아들 조상훈은 미국 유학을 한 지식인이고 교회의 장로이다 그는 제사를 우상숭배라고 반대하여 아버지 조 의관과 충돌한다. 한편으로 그는 매당집이라는 색주가에 드나들며 술과 노름을 즐기고 어린 여자들을 건드리는 이중인격자이다. 그는 자신이 돌보던 민족운동가의 딸 홍경애와 관계하여 아이를 낳고도 무책임하게 그녀를 버린다. 조 의관은 집안의 대소사를 손자인 덕기와 의논하고 재산의 관리도 덕기에게 맡기려고 생각한다. 일본의 고등학교 졸업반 학생인 23세의 덕기는 법학을 공부하여 판사나 변호사가 되어 그의 친구 김병화와 같은 사회운동가들을 간접적으로라도 도와주고 싶어 한다. 수원댁과 수원댁을 조 의관에게 소개한 최 참봉이 유서를 변조하여 재산을 가로채기 위해 조 의관의 한약에 비소를 탄다. 의사들이 배설물을 검사하여 사인을 밝히나 집안 어른들의 만류로 부검은 하지 않는다. 열쇠 꾸러미가 덕기에게 넘어가자 상훈은 가짜 형사를 시켜 유서와 땅문서가 든 금고를 훔쳐 내려다가 경찰에게 잡히나 덕기의 주선으로 훈방된다. 술집 여급으로 일하는 홍경애는 마르크스주의자 김병화에게 애정을 느끼고 그들은 상하이에서 온 독립운동가 이우삼(피혁)이 건넨 자금으로 담배, 과일, 미나리 같은 것들을 파는 가게를 내는데 자금출처를 의심한 장훈 일파의 오해로 테러를 당한다. 장훈의 테러는 김병화의 활동을 은폐하기 위하여 고의로 벌인 것이었다. 그러나 이 테러로 늑골이 부러진 필순의 아버지가 죽는다. 이우삼이 국내에 잠입했다 나간 후에 대대적인 검거 선풍이 불어 장훈과 병화와 경애가 검거되고 병화에게 자금을 제공한 혐의로 덕기도 연행되나 장훈이 코카인을 마시고 자살하자 조사가 미궁에 빠지게 되어 모두 풀려난다. 조 의관의 봉건주의와 조상훈의 개화주의와 조덕기의 현실주의를 한국근대사의 세 단계로 추적한 이 소설에는 일상생활을 중시하는 현실감각의 한쪽에 김병화와 필순과 홍경애의 사회주의를 배치하고 다른 한쪽에 매당집과 김의경의 퇴폐주의를 배치하여 실국시대 한국사회를 전면적이고 복합적으로 제시하려고 시도하였다. 특히 염상섭은 이 소설에서 이우삼과 장훈의 무장폭력노선에 대하여 언급했는데, 실국시대에 무장투쟁을 소설에서 다룬 작가는 염상섭뿐이었다는 점에서 특기할 만하다.

　염상섭은 『삼대』와 『무화과』를 2부작으로 계획하였다. 조부의 무역회사를 인수하고 신문 경영에 참여했다 실패하는 『무화과』의 이원영은 조덕기의 현실주의를 계승한 인물이라고 할 수 있다. 『삼대』의 인물들은 『무화과』에서 이름이 조 의관-이 의관, 조상훈-이정모, 조덕기-이원영, 조덕희-이문경, 김병화-김동국, 홍경애-최원애, 이필순-조정애로 바뀌어 등장한다. 이원영은 신문사의 경영난을 타개하려고 작년에 3만 원을 썼다. 영업부장 김홍근과 사원들이 그에게 1만 5천 원을 더 내고 영업부장을 맡으라고 했다. 원영의 동생 문경은 시아버지로부터 친정에 가서 5천 원을 빌려 오라는 지시를 받았다. 원영은 신문사의 인원을 감축하고 문경의 요구를 거절했다. 원영은 신문사 출자금을 조부에게 물려받은 삼익사에서 꺼냈다. 문경의 남편 한인호가 혼자 도쿄로 떠났다. 원영은 김홍근에게 속은 것을 알았다. 기생 채련이 원영에게 홍근이 원영을 중상하고 다닌다고 알려 주었다. 채련은 원래 김우진의 셋째 딸로서 어려서 원영과 정혼한 사이였으나 집안이 몰락하여 기생이 되었다. 여기자 박종엽의 애인인 원태섭이 원영과 최원애(원영의 서모)의 남자인 아다치 가이시(安達外史)에게 5백 원을 구해서 상하이 특파원 김동국에게 주었다. 아다치는 두 개의 잡지를 발행하고 조선고서와 조선역사를 간행하는 출판사 사장이었다. 원영이 어음(1만 5천 원)에 도장을 찍어 달라는 인호 아버지의 요청을 거절했다. 문경은 도쿄에 있는 인호에게 이혼하겠다고 통고했다. 이문경, 박종엽, 김봉익이 마작을 하면서 교우하다가 문경이 봉익을 좋아하게 되었다. 원태섭 사건으로 봉익과 문경이 조사를 받고 원영과 원애가 체포되었다. 원영의 부친 정모가 금고에서 돈을 빼냈다. 모친이 돌아간 날 원영이 석방되었다. 조정애가 김동국의 편지를 전달하고 원영에게 여비와 학비를 받아 일본으로 갔다. 문경이 유산을 하고 도쿄에 가서 인호와 영자의 관계를 알게 되었다. 채련이 몰래 귀국한 정애를 철공장 직공인 조카 완식에게 소개했다. 원영은 채련의 도움을 받아 삼익사를 정리했다. 정애는 삭발하고 여승이 되었다. 문경과 종엽과 봉익은 일본으로 가고 원영이 채련과 부산으로 가려다 서울역에서 체포되었다. 정애가 조일사진관에 갖다준 폭탄이 폭발하였다. 신문에는 실수로 극약품이 폭발한 것이라는 기사가 실렸다.

『삼대』와 『무화과』는 첫째, 구세대와 신세대의 대립을 통하여 가장 중요한 전통적 가치로 인정되었던 효의 문제를 새롭게 생각하게 하였고, 둘째, 실국 시대에 한국인이 할 수 있는 직업의 종류를 제시함으로써 애정과 우정에 기초한 수평적 관계의 중요성에 대하여 다시 생각하게 하였다. 염상섭 문학의 궁극적인 관심은 한국 사람들에게 지금보다 좀 더 나은 생활을 가능하게 하는 길은 무엇인가라는 질문에 있었다. 현실을 총체적으로 인식하려면 비판 정신과 포용정신이 필요하다는 것이 염상섭의 생각이었다. 가정을 떠나 사회운동에 전념하는 김병화와 김동국보다 가족을 유지하면서 사회에도 도움이 될 수 있는 직업을 찾는 조덕기와 이원영을 소설의 중심에 둔 이유가 여기에 있다. 그들은 투쟁에 반대하지 않지만 자신들은 공존과 이해를 통하여 신세대와 구세대, 가족과 사회의 매개자 역할을 맡으려 한다. 염상섭은 직업인과 운동가의 우정(넓은 의미의 동지애)이 실국시대의 한국사회를 변화시킬 수 있다고 믿었다. 염상섭은 자유주의자와 사회주의자 사이에 상대를 자기와 같게 만들려고 하지 않고 서로 상대의 고유성을 존중하는 민주적 우정이 가능할 것인가라는 아주 어려운 문제를 제기하고 있는 것이다. 김병화와 홍경애와 이필순이 효자동에 낸 가게는 직업인과 운동가가 공존하며 함께 성장하는 하나의 사례가 된다. 전근대사회에서는 군주의 가부장적 지배와 가부장의 군주적 지배가 일반적으로 통용되었다. 조덕기와 이원영은 자의적 지배를 합리적 지배로 바꾸어야 한다고 믿으며 자기들은 결코 사당과 금고의 노예가 되지 않겠다고 결심하지만 사당과 금고를 생명처럼 소중하게 지키는 조부의 행동을 이해하고 측은하게 여긴다. 그들은 돈 있는 집에 태어난 것을 다행으로 생각하지만 돈의 노예는 되지 않겠다고 결심한다. 그들은 독재자가 되어서도 안 되고 노예가 되어서도 안 된다고 믿는다. 조덕기와 이원영은 기독교인으로, 유명인사로, 교육자로 행세하면서 있는 집 자제의 퇴폐적 욕망을 버리려고 하지 않는 조상훈과 이정모보다는 조 의관과 이 의관을 더 깊이 이해하고 있다. 조상훈과 이정모는 위험은 피하고 유명해지고 싶어 하는 사람들이다. 그들은 한국의 현실과 전통에 대해서 깊이 숙고해 본 적이 없다. 염상섭은 조상훈과 이정모 같은 사람들이 노예도 없고 독재자도 없는 가정과 사회와 나라를 만드는 데 가장 방해가 되는 장애물이라고 생각했다.

3) 현진건과 나도향

현진건(1900-1943)은 「빈처」(《개벽》 1921. 9), 「술 권하는 사회」(《개벽》 1921. 11), 「타락자」(《개벽》 1922. 1-3), 「할머니의 죽음」(《백조》 1923. 9), 「운수 좋은 날」(《개벽》 1924. 9), 「B사감과 러브레터」(《조선문단》 1925. 2), 「고향」(《조선일보》 1926. 1. 4. 원제는 '그의 얼굴', 단편집 『조선의 얼굴』에 실을 때 개제) 등 21편의 단편소설과 『타락자』(조선도서주식회사, 1922), 『조선의 얼굴』(글벗집, 1926) 등의 단편집과 『지새는 안개』(《개벽》 1923. 2-10에 11장 중 6장 연재; 박문서관, 1925), 『적도』(《동아일보》 1933. 12. 2-1934. 6. 16), 『무영탑』(《동아일보》 1938. 7. 20-1939. 2. 7) 등의 장편소설을 발표하였다.

화자가 대구에서 서울로 가는 기차 속에서 만난 「고향」의 주인공은 일본말과 중국말을 제법 하고 옥양목 저고리에 기모노를 두르고 중국식 바지를 입었다. 스물여섯 살이라는데 마흔도 넘어 보이는 얼굴이었다. 화자가 가지고 있던 정종병을 따서 권하자 그는 서울에도 일본처럼 싼 여인숙(키친야도)이 있느냐고 물었고 화자는 노동 숙박소란 데가 있을 것이라고 대답해 주었다. 그의 고향은 원래 나라의 역둔토(驛屯土)를 부치던 곳이었다. 동양척식회사의 소유가 된 후로 중간소작인이 개입하여 소작료가 거의 7할 가까이 되었다. 그 전에는 아무리 높은 소작료도 5할을 넘지 않았고 역둔토는 개인 땅보다 더 헐했다. 서간도로 이주하여 돈을 빌려 농사를 지었으나 가난은 오히려 더 심해지고 2년 후에 아버지, 4년이 못 되어 어머니가 세상을 떴다. 만주의 안둥현으로, 일본의 규슈와 오사카로 떠돌았으나 아무리 일해도 돈은 모으려야 모을 수 없었다. 9년 만에 고향을 찾아가 보니 집도 없어졌고 사람도 없어졌다. 읍내에서 혼인 말이 있던 여자를 만났다. 열일곱 살 되던 해에 아버지가 20원을 받고 대구의 유곽에 그녀를 팔았다. 20원 몸값이 10년 동안 불어나서 60원이 되었다. 나이 먹고 몹쓸 병이 들어 작년 가을에 겨우 풀려나와 한두 마디 익힌 일본어 덕에 일본 사람 집에서 아이보개를 하고 있었다. 이 소설의 끝에 나오는 민요는 현진건의 현실인식을 요약한다.

> 볏섬이나 나는 전토는
> 신작로가 되고요—
> 말마디나 하는 친구는
> 감옥소로 가고요—
> 담뱃대나 떠는 노인은
> 공동묘지로 가고요—
> 인물이나 좋은 계집은
> 유곽으로 가고요—[228]

현진건은 중상류사회의 정신적 궁핍을 하류사회의 물질적 궁핍 못지않은 실국시대의 병리현상으로 파악하였다. 「빈처」와 「술 권하는 사회」와 「타락자」는 지식층의 허학을 비판적으로 묘사한 소설들이다. 「빈처」에는 보수 없는 독서와 보상 없는 창작에 골몰하는 문학청년이 나온다. 그는 6년 전에 집을 떠나 중국으로 일본으로 떠돌며 학교를 다녔으나 학업을 마치지 못하고 반거들충이로 돌아왔다. 그때 그는 16세였고 그의 아내는 18세였다. 한때는 신식 여자를 부러워한 적도 있었으나 아내의 따뜻한 맛과 순결한 맛에 반하였고 특히 차차 아내의 헌신에 의지하게 되었다. 그가 생계를 전혀 돌보지 않으니 자연히 아내가 친정에 가서 구차한 소리를 하거나 세간과 의복을 전

---

228 현진건, 『현진건전집』 4, 문학과비평사, 1988, 236쪽.

당 잡혀서 일용을 해결할 수밖에 없었다. 그는 자신의 무능을 절감하였다. 그러나 혹시 아내가 살 도리를 강구해야 하지 않겠느냐고 하면 마누라까지 믿어 주지 않는다고 화를 내고 심하면 "저 따위가 예술가의 처가 다 뭐야"[229] 하고 야단을 쳤다. 아내의 형부는 미두로 10만 원을 벌었다. 언니가 사다 준 비단신을 신어 보고 좋아하는 아내 앞에서 그는 좋아하는 모든 것을 참고 그에게 헌신한 아내의 진심을 인정하지 않을 수 없었다. 그는 아내의 허리를 잡아 가슴에 바싹 안았다. 이 포옹은 아마 이제 돈 안 되는 소설 쓰기를 잠시 쉬고 살 도리를 차리겠다는 그의 결심을 간접적으로 아내에게 전달하려는 신호일 것이다. 「술 권하는 사회」의 주정뱅이 남편은 아직도 돈을 벌어 오지 못하고 집안 돈을 쓴다. 그는 매일 술을 마시고 오는데 아내가 왜 그렇게 술을 마시느냐고 물으면 사회가 술을 마시게 한다고 대답한다. 사회란 말을 처음 들은 아내가 무슨 술집 이름인가 하고 짐작하고 말하면 제 말을 알아듣지 못한다고 화를 낸다. 그의 말인즉 민족을 위하느니 사회를 위하느니 하고 모인 사람들이 사흘을 못 넘기고 명예 싸움, 지위 다툼, 권리 경쟁으로 흩어져서 단체고 회사고 조합이고 망치고 마는 한국사회에서는 무엇을 해 보겠다는 뜻을 가진 사람은 피를 토하고 죽든지 술을 마시고 잊든지 할 수밖에 없다는 것이다. 그는 그의 말을 못 알아듣는 아내에게 성을 내며 한밤에 다시 술을 마시러 나간다. 이 소설에 나오는 그의 행동을 보면 그의 실패는 주위 사람들 때문이 아니라 남과 의사를 소통할 줄 모르는 그 자신의 무능력 때문이라는 것을 알 수 있다. 그는 아내가 못 알아듣는 단어를 늘어놓고 자기 마음을 몰라준다고 집을 나간다. 밖에서도 남의 말에 귀를 기울이기보다는 자기 말을 따르지 않는다고 화를 내고 자리를 떠났을 것이다. 한국사회의 근본 문제는 자료를 수집하고 분석하여 유지할 것은 무엇이며 바꿀 것은 무엇인가에 대하여 함께 토론하는 대화 능력의 결여에 있다. 이 소설의 남편은 언

---

229 현진건, 『현진건전집』 4, 38쪽.

제나 결론을 미리 정해 놓고 따라오지 않는다고 아내를 비난한다. 그는 그의 결론이 맞다고 단정하는 이유에 대하여 반성해 보지 않는다. 이 남편이 반성 능력을 회복하지 않는 한 그의 아내는 영원히 남편의 말을 이해하지 못할 것이다. 「타락자」의 남편은 처음부터 기생 놀이다. 그는 일본에서 공부하다 중도에 그만두고 2년 전에 귀국하여 신문사에 취직하였다. 그는 화류계에 출입하면 자손에게까지 해를 끼친다는 내용의 연설을 한 적이 있었다. 그러던 그가 춘심이를 알게 된 후로는 전혀 딴사람이 되었다. 춘심이는 그와 한 고향 여자로 3년 전에 서울에 왔다. 취하여 들어와 아내를 춘심이라고 불러서 아내와 어머니까지 알게 되었다. 아내도 기생 오입에는 질투를 하지 않아서 그는 춘심의 편지를 아내에게 보여 주었다. 춘심의 집에서 자고 온 다음 날 그는 20원을 봉투에 넣어 주려고 했고 아내도 그것으로 두 사람의 관계가 끝나겠거니 했다. 그런데 두 사람의 관계는 그로부터 본격적인 연애로 발전하였다. 그는 임질에 걸려서도 춘심이를 욕하지 않고 사회를 저주하였다. 보다 못한 아내가 춘심이의 사진을 찢었다. 그는 아내에게 발광을 하였다. "그 사진을 왜 뜯어? 둘도 없는 나의 애인이다. 이 세상에서 참으로 나를 사랑하는 이는 오직 그 하나뿐이다. 참 착한 여자다. 어진 여자다. 말이 기생이지 참말 지상 선녀이다."[230] 그는 춘심의 집으로 달려갔다. 춘심은 부호의 장자 김 승지의 집으로 살림 들어갔다. 집 잃은 어린애처럼 거리를 방황하다 집으로 들어왔다. 임신한 아내가 임질의 고통 때문에 울고 있었다. 화류계에 출입하면 자손에게 해를 끼친다고 한 그의 연설이 그대로 실현된 것이다.

『지새는 안개』는 위의 세 소설들을 압축하고 거기에 더하여 실국시대에 가능한 자유와 자율에 대하여 암시한 소설이다. 도쿄 유학생 김창섭은 집안 사정으로 학업을 중단하고 서울 삼촌의 집에 와 있게 되었다. 그는 열세 살에 열아홉 살 처녀에게 장가를 들었다. 그는 영어를 잘하여 사촌누이 영숙의 친

---

230 현진건, 『현진건전집』 4, 127쪽.

구 정애와 화라에게 영어를 가르쳤다. 고학생들이 청년회관에서 투르게네프의 소설 『그 전날 밤』을 연극으로 공연한다는 말을 듣고 창섭은 빼앗긴 조국을 찾으려고 투쟁하는 불가리아 혁명가 인사로프와 러시아 처녀 엘레나의 사랑 이야기를 세 처녀에게 요약해 주었다. 이야기하면서 눈물을 흘리는 것으로 보아서 창섭에게 잃어버린 나라에 대한 원통한 마음이 있다는 것을 알 수 있다. 창섭이 정애에게 연애편지를 보냈고 그것을 읽은 화라는 마치 정애가 보내는 것처럼 창섭에게 저녁 일곱 시에 남산에서 만나자는 편지를 보냈다. 일본으로 공부하러 가는 고향 친구 윤치국의 송별연 때문에 늦게 들어가 편지를 본 창섭은 정애에게 다음 날 만나자고 답장을 보냈으나 정애에게서는 아무런 소식이 없었다. 관립 일어학교 출신으로 어전통역을 맡은 적도 있는 그의 삼촌은 금전을 대수롭게 알지 않아서 재산을 거의 다 없애고 셋집에서 살았고 일본인을 싫어하여 딸 영숙을 미국인이 세운 여학교에 넣었다. 창섭은 삼촌의 소개로 반도일보사에 취직하였다. 신문사에서 내로라고 하는 사람들은 사십과 오십의 중간 나이들이었다. 그들은 량치차오의 『음빙실집(飮氷室集)』을 통독한 실력으로 세계대세를 논하고 일본어를 모르면서도 한문실력으로 추측하여 일어신문을 번역하였다. 젊은 기자들은 일본에 건너가서 이 학교 저 학교를 왔다 갔다 하다가 졸업은 못 하고 돌아온 사람도 있고 이삼 주일 일본을 다녀와서는 수삼 년 유학한 체하는 사람도 있었다. 그들의 본업은 기사 쓰는 것이 아니라 광고 얻어 오는 것과 기생집 다니는 것이었다. 창섭도 기생집에 가기 시작하였고 설향이란 기생을 좋아하였으나 그녀는 신문기자 창섭을 버리고 은행 지배인에게로 갔다. 어느 날 화라가 집으로 찾아와서 같이 산책이나 하자고 하며 그를 데리고 나가서 로스호텔로 데리고 들어갔다. 그곳에서 하룻밤을 보내면서 창섭은 정애의 편지가 화라의 짓이었음을 알게 되었다. 화라가 미두로 돈을 번 임중화와 결혼하기로 하고 결혼 전에 창섭을 한번 유혹해 본 것이었다. 고학하다 몸이 상하여 귀국한 윤치국은 영숙을 좋아하였다. 그러나 창섭의 삼촌은 미국에서 광산학과를 졸업한 광산업자 유해춘이 사업을 같이 하자고 한 말에 넘어가서 딸을 강제로 그에게 시집보냈다. 자동차를 타고 조선호텔로 가는 그들을 보고 만두를 팔러 다니던 치국은 지나는 자동차에 달려들다 목숨을 잃었다. 형수와 조카를 돌보겠다고 하며 죽은 형의 재산을 가지고 간 정애의 삼촌은 정애를 은행 전무이사 황석만의 후취로 보내려고 하였다. 수천 석의 재산을 가진 황석만에게는 아들(19세)과 딸(4세)이 있었다. 창섭은 정애와 함께 가출하여 만주로 떠날 계획을 세웠다. 만주 펑톈의 만주신문사 서울 지국장을 통해서 그 신문사의 만주 본사에 취직할 수 있다고 생각했기 때문이었다. 그러나 그 신문사는 창섭이 만주로 떠나기 전에 이미 없어졌다. 그들은 절망했으나 결혼식 전 평상복 차림으로 집을 나와 용산역에서 펑톈행 기차를 탔다. 만주국이 서기 전의 만주는 치안질서가 안정되지 않아 그 때문에 비적들이 많았으나 또 독립운동단체들도 활동할 수 있는 지역이었다. 그들이 만주에서 교육운동을 할지, 독립운동을 할지, 굶다가 돌아올지 알 수 없도록 소설은 열린 결말로 끝난다. 부모가 시키는 대로 하는 결혼을 안갯속에서 헤매는 것이라고 하면 부모에게 의존하는 결혼을 거부하고 결혼 상대를 스스로 선택하고 책임지는 정애와 창섭의 탈출은 안개 긴 시절을 지새운 후의 안개 걷힌 새날로 나아가는 것이라고 할 수 있다.

「B사감과 러브레터」는 넓은 의미의 심리소설에 속하는 작품이다. 이 소설은 범죄소설의 진행 방법을 따라 구성되어 있다. 범죄소설은 궁금해하고 불안해하는 심리의 움직임을 가장 잘 표현할 수 있는 서사방식이다. 「B사감과 러브레터」의 구성은 세 개의 화소(話素)로 요약된다.

1. C여학교에서 교원 겸 사감 노릇을 하는 B여사는 기숙생들에게 오는 연애편지와 기숙사에 면회 오는 남자를 (설령 그가 친척이라도) 싫어하였다.
2. 기숙사에 괴상한 사건이 일어났으니, 밤 한 시경에 난데없이 웃고 속삭이는 말낱이 새어 흐르는 일이었다.

3. 한방에 자던 세 처녀가 동시에 잠을 깨어, 소리 나는 곳으로 기어가 B사 감이 사내의 목청을 내어 연애편지를 읽으면서 때때로 계집의 음성으로 응수하는 모습을 보았다.

「B사감과 러브레터」를 구성하는 세 화소 중에서 둘째 화소는 의문과 추측을 통하여 첫째 화소와 셋째 화소의 대립을 강화한다. B여사는 언제부터인가 갑자기 기태(奇態)를 보이기 시작하였다. 첫째 화소는 의식의 시간인 낮에 전개되고 셋째 화소는 본능의 시간인 밤에 전개된다. 첫째 화소와 셋째 화소의 대립은 낮과 밤의 대립이면서 정상과 이상의 대립이다. 이 작품의 구성은 기태를 보이기 이전의 B사감과 기태를 보인 이후의 B사감의 대립 위에서 전개되고 있는 것이다. 작품에 나타난 대화들을 추출[231]하여 검토해 보면 이 소설의 연극적 특징을 알 수 있다(대화의 추출에서 B사감은 B로 표시하되, 남자 목소리를 내는 경우에는 팔호 안에 넣어서 표시하였다).

첫째 대화

학생: 저를 부르셨어요.

B: 그래 불렀다. 왜!

B: 장승이냐? 왜 앉지를 못해.

B: 네 죄상을 네가 알지!

B: 이건 누구한테 오는 거냐?

학생: 저한테 온 것이야요.

B: 너한테 오는 것을 네가 모른단 말이냐.

---

231 현진건, 『현진건전집』 4, 197-200쪽.

둘째 대화

처녀1: 저 소리를 들어 보아요. 아닌 밤중에 저게 무슨 소리야.

처녀2: 어젯밤에 나도 저 소리에 놀랬었어. 도깨비가 났단 말인가?

처녀3: 따는 수상한 걸. 나는 언젠가 한번 들어 본 법도 하구먼. 무얼 잠 아니 오는 애들이 이야기를 하는 게지.

셋째 대화

B: 오! 태훈 씨! 그러면 작히 좋을까요.

(B): 경숙 씨가 좋으시다면야 내야 얼마나 기쁘겠습니까. 아아, 오직 경숙 씨에게 바친 나의 타는 듯한 가슴을 인제야 아셨습니까?

B: 인제 고만 놓아요. 키스가 너무 길지 않아요. 행여 남이 보면 어떡해요.

(B): 길수록 더욱 좋지 않아요. 나는 내 목숨이 끊어질 때까지 키스를 하여도 길다고 못 하겠습니다. 그래도 짧은 것을 한하겠습니다.

B: 난 싫어요. 당신 같은 사내는 난 싫어요.

(B): 나의 천사, 나의 하늘, 나의 여왕, 나의 목숨, 나의 사랑, 나의 애를 말려 죽이실 테요. 나의 가슴을 뜯어 죽이실 테요. 내 생명을 맡으신 당신의 입술로…

B: 난 싫어요. 당신 같은 사내는 난 싫어요.

B: 정 말씀이야요? 나를 그렇게 사랑하셔요? 당신의 목숨같이 나를 사랑하셔요? 나를, 이 나를.

넷째 대화

처녀1: 에그머니, 저게 웬일이야!

처녀2: 아마 미쳤나 보아, 밤중에 혼자 일어나서 왜 저러고 있을꾸.

처녀3: 에그 불쌍해!

첫째 대화는 B사감과 학생의 대립을 문제 삼고 있다. B사감은 다섯 번 말하고 학생은 두 번 말하는데, 죄인을 심문하는 것 같은 분위기에서 독자는 엄격한 선생이 잘못한 학생을 타이르는 장면이라기에는 어딘가 어색하고 지나치다는 느낌을 받게 된다. 학생들은 아름답고 처녀다운 처녀들인데 반하여 B사감은 아름답지 않고 처녀답지 않은 처녀이다. 현진건은 B사감과 학생들의 외모를 극단적으로 대조되게 묘사하였다.

사십에 가까운 노처녀인 그는 주근깨투성이 얼굴이 처녀다운 맛이란 약에 쓰려도 찾을 수 없을 뿐인가, 시들고 거칠고 마르고 누렇게 뜬 품이 곰팡 슬은 굴비를 생각나게 한다. 여러 겹 주름이 잡힌 훨렁 벗겨진 이마라든지, 숱이 적어서 법대로 쪽 지거나 틀어 올리지를 못하고 엉성하게 그냥 빗어 넘긴 머리꼬리가 뒤통수에 염소똥만 하게 붙은 것이라든지, 벌써 늙어 가는 자취를 감출 길이 없었다. 뾰족한 입을 앙다물고 돋보기 너머로 쌀쌀한 눈이 노릴 때엔 기숙생들이 오싹하고 몸서리를 치리만큼 그는 엄격하고 매서웠다.[232]

B사감의 외모를 묘사하는 이 부분은 얼굴 전체에서 시작하여, 얼굴의 부분들을 지나 외모 전체의 인상으로 확대되는 과정을 거치고 있다. B사감의 외모를 바라보는 작가의 시선은 거리를 차차 좁혀 나가다가 다시 멀어지는 방법을 취하였다. 묘사의 내용은 곰팡 슬은 굴비라는 주관적인 비유에서 시작하여 이마, 머리꼬리, 돋보기, 눈, 입 등의 순서로 얼굴을 위에서부터 묘사해 내려오다가 다시 몸서리치게 하는 인상이라는 주관적인 인상에 도달한다. 이 부분에 등장하는 동물은 굴비와 염소와 뱀의 셋인데 뱀의 이미지가 전체 인상을 대표한다. 처녀들의 외모는 쌀벌레 또는 그림자의 이미지로 표현되어 있다.

232 현진건, 『현진건전집』 4, 196쪽.

의아와 공구와 호기심이 뒤섞인 얼굴을 교환하면서 얼마쯤 망설이다가 마침내 가만히 문을 열고 나왔다. 쌀벌레 같은 그들의 발가락은 가장 조심성 많게 소리 나는 곳을 향해서 곰실곰실 기어간다. 컴컴한 복도에 자다가 일어난 세 처녀의 흰 모양은 그림자처럼 소리 없이 움직였다.[233]

　　B사감과 학생들의 대립은 분위기로는 딱딱함과 부드러움의 대립이며 이미지로는 '곰팡 슬은 굴비'와 '곰실곰실 기는 쌀벌레'의 대립이다. 둘째 대화는 범죄소설의 구성에 불가결한 부분으로서 그것의 기능은 추측과 의혹을 불러일으키는 데 있다. 실제로 작품의 의미를 급전(急轉)시키는 것은 셋째 대화인데, 이 장면은 밤에 불 켜진 사감실 안에서 태훈과 경숙이라는 두 등장인물이 세 사람의 관객을 놓고 공연하는 독립된 무대이다. 사랑을 애걸하는 끝에 하는 말은 승낙이다. 현진건은 이 부분을 B여사의 편지 낭독으로 마련해 놓았지만 긍정과 부정, 호소와 변명이 지극히 자연스럽게 연결되어 있는 것을 보면, 이 부분은 편지의 내용이 아니라 일종의 문학적 장치임을 알 수 있다. 편지에 좀 더 키스를 하자는 말이 나올 성싶지는 않다. "남이 보면 어떡해요"라는 경숙의 말은 실제로 세 사람의 관객이 있다는 사실을 아는 독자에게 다시 한번 역설적인 상황을 제시한다. 넷째 대화는 인식과 발견의 순간이다. 괴물처럼 보이는 B사감의 양면성을 발견하고 세 처녀는 인간의 양면성을 인식하게 된다. 엄격한 선생도 인간이라는 사실을 발견함으로써, 셋째 처녀로 대표되는 학생들은 B사감을 넘어서서 자기 자신도 거기에 속해 있는 인간 자체를 연민하고 인간의 잘못을 용서하게 되는 것이다. 이 세 처녀들은 노예도 아니고 독재자도 아닌, 자유인으로 성장할 것이다.

　　나도향(1902-1926)은 장편소설 『환희(幻戲)』(《동아일보》 1922. 11. 21-1923. 3. 21)로 문명을 얻고 「십칠 원 오십 전」(《개벽》 1923. 1), 「여이발사」(《백조》 1923. 9), 「행랑

233　현진건, 『현진건전집』 4, 201쪽.

자식」(《개벽》 1923. 10), 「전차차장의 일기 몇 절」(《개벽》 1924. 12) 등으로 단편소설의 형식을 모색한 후에 「벙어리 삼룡이」(《여명》 1925. 7), 「물레방아」(《조선문단》 1925. 9), 「뽕」(《개벽》 1925. 12), 「지형근」(《조선문단》 1926. 3-5) 등에 이르러 자기 고유의 문체를 확립하였다. 「별을 안거든 울지나 말걸」과 『환희』에 나타나는 주관서술과 「여이발사」와 「지형근」에 나타나는 객관서술의 차이는 너무나 분명하다. 나도향은 그의 초기작품들에서 미려한 문장을 쓰는 데 공을 들이고 사건의 진행에 작가가 조작적으로 개입하고 작중인물에 대하여 작가가 과도하게 감정적으로 반응하였다. 나도향은 불과 4년 동안밖에 소설을 쓰지 못했으나 그의 후반기 작품은 모두 건조한 문장에 공을 들이고 사건의 진행에 작가가 거리를 두고 작중인물에 대하여 작가가 과도하게 이지적으로 반응하였다.

「별을 안거든 울지나 말걸」은 "만하 누님에게 한 구절 애닲은 울음의 노래를 드려 볼까 하나이다"[234]라는 헌사로 시작된다. DH라는 작중화자가 만하 누님에게 고백하는 내용은 자기보다 한 살 위인 여자 MP를 사랑하는 심정과 MP에게 자기를 모함한 R을 증오하게 된 이유, 그리고 아우 L과 자기를 오빠처럼 따르는 설영에 대한 순수한 애정 등이다. R은 화자와 함께 서울 교외로 나가면서 화자를 이해하고 인정하니 형처럼 생각해 달라고 말하였다. 그는 형이니 아우니 하는 형식을 만들 필요가 무엇이냐고 반문하였으나 생전 처음으로 지기를 얻은 기쁨을 체험하였다. 그러나 화자는 R의 방에서 R이 MP에게 보내는 편지를 우연히 읽게 되는데 그 안에는 "DH는 미숙한 문사요 일개 부르주아에 지나지 않는 자"[235]라는 말이 씌어 있었다. 화자는 MP가 보고 싶어서 교회에 나가 보기도 하고 그의 글을 그녀가 높이 평가하더라는 만하 누님의 말에서 희망과 절망을 동시에 느낀다. 그녀가 다 좋으나 신앙이 약

---

234 나도향, 『나도향전집』 상, 집문당, 1988, 50쪽.
235 나도향, 『나도향전집』 상, 67쪽.

한 것이 흠이라고 했기 때문이다. 화자는 그의 글을 그녀에게 보여 준 데 대하여 누님을 원망하고 누님에게 기독교의 신앙은 이불을 쓰고 그 안에서 세상을 보는 것과 같다고 말한다. 그는 부르주아니 프롤레타리아니, 기독교니 불교니 하고 따지는 것은 옳지 않다고 생각한다. 그는 오직 참사람이 되고자 한다. 그가 아우 L과 어린 설영에 대하여 한없는 애정을 토로하는 것으로 미루어 참사람이란 아마 이익을 따지지 않고 순수한 정념에 따라 사는 사람을 가리키는 듯하다. 제목에 나오는 별도 아우를 가리키는 듯하다. 애정과 우정이 곤경에 처해도 화자에게는 아우의 순수한 사랑이 있다는 의미일 듯하다.

이 단편의 애정과 우정을 큰 규모로 확대해 놓은 것이 『환희』이다. 영철과 기생 설화의 연애와 누이동생 정월의 삼각관계를 중심으로 전개되는 이중의 사랑 이야기는 설화와 정월의 자살로 종결된다. 꼭두각시놀음이라는 의미의 제목에서 이미 짐작할 수 있듯이 이들의 불행한 사랑은 운명의 장난일 뿐 어느 누구의 잘못도 아니다. 영철과 설화는 서로 사랑하지만 세상의 반대에 직면한다. 정월은 마치 영철의 아내인 듯이 가장하고 설화를 찾아가 설화를 절망 속에서 자살하게 한다. 정월은 문학도 선용과 은행장의 아들 우영 사이에서 번민하다 우영에게 성폭행을 당하고 우영과 결혼하나 결혼한 후에 비로소 선용에 대한 사랑을 절실하게 느낀다. 우리는 이 소설의 결점을 얼마든지 열거할 수 있다. 누이의 이름이 혜숙에서 정월로 갑자기 바뀐다. 근무하는 은행에서 천 원을 빌려 일본에 있는 선용에게 부쳐 주는데, 그 돈은 별로 좋지 않게 등장하는 우영이 대신 갚아 주고 선용은 선용대로 재산 있는 친척집의 양자가 되어 그다지 궁하지 않게 살게 된다. 그 집의 누이 경희는 정월과 교회 친구로서 선용과 정월이 다시 만날 수 있게 하는 계기를 만든다. 선용은 정월을 그리워하면서도 일본에서 병원에 있을 때 날마다 찾아와 간호사에게 안부를 물은 여학생에게도 마음이 흔들린다. 그런데 그가 죽으려고 한 것은 정월에 대한 이루지 못할 사랑 때문이다. 영철과 정월은 부여로 여행을 하고 궁녀들이 죽은 그곳에서 정월이 설화의 죽음에 대한 죄책감으로 자살한다. 도처에 조작적 개입이 있음에도 불구하고 이 소설에는 처음부터 끝까지 지속되는 정념의 힘이 두드러지게 작용한다.

> 우리 인생에는 두 가지 큰 문제가 있습니다. 그것은 열정과 이지입니다. 이 세상의 역사는 이 두 가지의 싸움입니다. 그리고 모든 불행의 근원은 이 열정과 이지가 서로 용납하지 않는 곳에 있는 것입니다. 그리운 이성을 보고 자기 마음을 피력하지 못하고 혼자 의심하고 오뇌하는 것도 이지로 인함이지요. 저는 어떻게 하든지 이 이지를 몰각한 열정만의 인물이 되려 하나, 그 이지를 몰각한 열정만의 인물이 되겠다는 것까지도 이지의 부르짖음이지요.[236]

이 소설은 주체할 수 없는 정념의 울림으로 가득 차 있으나 나도향은 이지를 떠난 정열이 있을 수 없음을 의식하고 있었다. 이러한 의식은 정념을 표현하려면 정념으로부터 거리를 취해야 한다는 창작론의 상식과 서로 통한다. 「벙어리 삼룡이」, 「물레방아」, 「뽕」과 같은 나도향의 걸작들은 열정과 이지가 균형을 이룬 결과로 산출될 수 있었다. 문제는 정념이 고갈되고 거리만 남아 정념과 거리의 균형이 초기작과 반대편으로 기울어지는 경우에 발생한다. 수리조합 개간사업과 금강산 전철(電鐵) 공사 때문에 동양척식회사에 땅을 잃었거나 일확천금을 노리는 사람들이 철원에 모였다. 몰락한 시골 양반 지형근은 어머니와 아내와 20여 호의 이웃들을 작별하고 철원으로 왔다. 그의 아버지는 인근에서 큰소리치던 사람이었다. 닷새를 예정하고 떠났으나 예정보다 사흘이나 늦어서 철원에 도착하여 동향의 친구를 찾았다. 오는 도중에 아버지에게 신세를 진 적이 있는 김 서방을 찾아가서 노자를 꾸었다. 김 서방은 예전 상전의 아들에게 반말을 하며 빌려 달라는 액수의 삼분의 이를 주었다. 철원에서 지형근은 노동자들의 공동숙소에 거처하면서 날마다

---

236 나도향, 『나도향전집』 상, 66쪽.

막일할 데를 찾아다녔다. 여름에는 공사가 적어 아무 수입도 없이 마냥 기다려야 하였다.

> 땅을 파고 서까래를 버틴 후 그 위에 흙을 덮고 약간의 지푸라기로 덮어 놓은 것이 그들의 집이다. 방 안에는 감발이며 다 떨어진 진흙 묻은 양말 조각이 흐트러져 있고 그 속은 마치 목욕탕에 들어간 것같이 숨이 막힐 듯한 냄새가 하나 가득 찼다. 물론 광선이 잘 통할 리 없었다. 캄캄하여 눈앞을 분간할 수 없는 그 속에는 사람의 눈들만 이리 굴고 저리 굴고 하였다. 그는 손으로 더듬어서 그 속으로 들어갔다.[237]

새벽 다섯 시가 되면 몇 사람은 일터로 나가고 일자리를 못 구한 사람은 일하러 나가는 사람을 질투하여 욕을 하였다. 조씨 성을 가진 이가 지형근을 데리고 나가 두루마기를 팔게 하고 마치 제가 내는 양 그 돈으로 술을 샀다. 술집에서 지형근은 한 동네에서 자란 이씨댁 규수를 만났다. 이화라는 이름으로 창기 노릇을 하고 있었다. 지형근은 그녀의 마음을 바꿔 주고 싶었다. 지형근은 밥값도 없이 며칠을 보내면서도 한 번 더 와 달라는 이화를 생각하였다. 일자리가 생겨 십장에게 부탁해 두었으니 이틀 후에 같이 금화로 떠나자는 동향 친구의 말을 듣고도 이화 생각에 서운한 마음을 지울 수 없었다. 술에 취해 한데서 자는 동향 친구를 옮겨 누이다가 지형근은 친구의 지갑을 보고 돈을 벌면 갚을 요량으로 그것을 꺼내어 이화에게로 갔다. 30원이 들어 있었다. 술집에서 이화를 두고 면서기와 시비를 벌이다가 "노동자가 감히 누구 앞에서"라는 면서기의 말에 지형근은 그의 따귀를 때렸다. 그는 스스로 양반의 자식이라고 여겼지 자신을 노동자라고 생각해 본 적이 없었다. 지형근은 지갑을 분실한 고향 친구의 신고로 체포되어 재판을 받게 되었다. 「지

---

237 나도향, 『나도향전집』 상, 310쪽.

형근」은 양반의식과 노동자 신분의 괴리를 흥미 있게 제시하였으나 이 소설에 등장하는 지형근과 이화는 "배울 것이란 남겨 놓지 않고 배우고 익힐 것이란 모조리 익히더니"[238]라는 주석과는 달리 사고능력이 결여된 자동인형처럼 행동한다. 지형근은 이화보다도 현실을 이해하지 못한다. 돈이 없어 열흘씩 걸어 철원으로 나온 형근이 돈을 내야 밥을 먹는다는 것조차 알지 못할 수가 있을까? 밥을 거저 먹을 수 있다고 생각하는 그가 이화에게는 어째서 또 친구의 지갑을 들고 갔는지도 석연하게 이해되지 않는다. 정념이 제거되고 거리만 강조되다 보니 작중인물의 현실 파악능력이 극도로 축소되어 버린 것이다. 이런 면에서도 우리는 「벙어리 삼룡이」의 죽음보다 강한 사랑의 순수성과 「물레방아」의 목숨을 걸고 하고 싶은 대로 하는 욕망의 정직성에 전율을 느낀다. 「지형근」이 객관성으로 볼 때 『환희』보다 잘 쓴 작품이라고 말할 수는 있겠으나 정념의 힘이 결여되어 있고 조작적 사건 개입이 남아 있으므로 「지형근」을 『환희』보다 더 좋은 작품이라고 평가할 수는 없을 것이다.

4) 최서해와 조명희

최서해(1901-1932)는 이광수의 추천으로 《조선문단》에 「고국」(1924. 10)을 발표하면서 작품활동을 시작하여 「탈출기」(《조선문단》 1925. 3), 「박돌의 죽음」(《조선문단》 1925. 5), 「기아와 살육」(《조선문단》 1925. 6), 「큰물 진 뒤」(《개벽》 1925. 12), 「홍염」(《조선문단》 1927. 1) 등의 소설을 발표하고 소설집 『혈흔』(글벗집, 1926)과 『홍염』(삼천리사, 1931)을 발간하였다. 간도에서 경험한 궁핍을 박진감 있게 서술한 그의 체험문학은 작품의 선명한 대립구조에서 오는 선명한 인상과 빠른 호흡의 속도감 있는 문체가 주는 호소력으로 당대의 독자를 사로잡았다. 최서해의 소설은 관념의 개입이 적었기 때문에 오히려 독자들에게 생생한 현실감을 줄 수 있었다. 살인, 방화, 폭력으로 끝나는 그의 소설은 실국시

---

238 나도향, 『나도향전집』 상, 316쪽.

대 빈민층의 본능적 반항을 실감 있게 묘사하였다. 한국 역사에서 대중의 빈곤은 19세기 이후 20세기의 70년대까지 일반적인 사회현상이었다. 1970년대 중반까지도 하루 두 끼를 수제비와 간장만 먹는 집이 있었고 버린 복어 알을 먹고 죽는 사고가 있었다. 최서해 소설의 문학사적 위상은 실국시대의 특별한 궁핍양상을 묘사한 데 있다기보다는 당시 지식인들에게 퍼지기 시작한 마르크스주의의 영향을 타고 빈곤을 문단의 논의거리가 되게 하고 독자의 관심거리가 되게 한 데 있다고 해야 할 것이다.

「탈출기」는 집을 나와 사회운동에 참가하게 된 사정을 친구 김 군에게 전하는 박 군의 편지이다. 그는 5년 전에 고향을 떠나 간도로 떠났다. 땅이 넓으니 어디 가든지 농사를 지을 수 있고 삼림이 많으니 땔나무 걱정도 없다고 생각했다. 그러나 만주에 들어가 실정을 알고 보니 돈을 주고 사기 전에는 한 평의 땅도 얻을 수 없었고 중국인에게 땅을 빌리는 경우에는 1년 수확이 도조나 타조로 다 들어가고 양식 빚도 벌충할 수 없었다. 그가 할 수 있는 일이라고는 구들 놓고 가마 붙이고 삯김 매고 삯나무 하는 것밖에 없었다. 어머니는 나무를 줍고 아내는 삯방아를 찧었다. 늘 배가 고픈 그는 임신한 아내가 무엇을 씹는 것을 보고 먹을 것을 숨겼다고 의심하다가 길에서 귤껍질을 주워서 씹었다는 것을 알고 나서 뉘우치기도 하였다. 대구 열 마리를 사서 산골로 다니면서 콩과 바꾸어 그 콩으로 두부를 만드는데 세 식구가 밤낮으로 일해도 두붓물 위에 기름기가 돌지 않고 그만 쉬어 버리는 적이 많았다. 나무를 하다가 산 임자에게 들키면 경찰서에 잡혀가 매를 맞았다. 그는 정직하게 열심히 살아왔는데도 불구하고 모욕과 멸시와 학대를 당하는 이유를 이해할 수 없었다. 돈이 없으면 죽어야 한다는 것이 진리가 아니라 사람들을 현혹하는 마주(魔酒)가 아닐까 하는 의심이 그의 머리에 떠올랐다. 아무리 노력해도 연명하는 것이 고작이고 자식에게 교양은커녕 고통만 주는 것이 고작인 세상을 그냥 보고만 있을 수 없다는 생각이 저절로 그의 마음을 점령하였다. 제도를 바꾸고 불평등의 원류를 부수지 않는 한 압박과 학대와 착취에서 탈출할 수 없다고 생각하고 그는 그 자신부터 낡은 세상에서 탈출하기로 결심하고 ××단에 가입하여 ×선에 섰다. 세상을 바꾸지 못하고 그가 죽고 그의 가족이 죽는다 하더라도 그는 시대의 요구와 민중의 의무를 이행한 자신의 행동에 아무런 원한이 없다는 말로 편지를 끝냈다. 복자는 아마도 혁명단 일선(革命團一線)을 나타내는 것인 듯하다. 만주국 건국 이전의 만주에는 지주의 횡포에 대한 제어 장치가 없었다. 그러나 치안이 붕괴된 1920년대 군벌시대의 만주는 비적과 독립군과 혁명가에게 활동공간을 제공할 수 있었다. 이 소설에서 이해하기 어려운 점은 돈 없이 땅을 얻을 수 있는 곳이 이 세상 어딘가에 있을 것이라고 믿은 박 군의 천진함이고 만리타국으로 떠나면서 그곳의 사정에 대해 아무런 조사도 하지 않은 박 군의 무모함이다.

「박돌의 죽음」은 아들의 치료를 거부한 의원의 얼굴을 물어뜯는 파충댁의 복수담이다. 파충댁은 한밤에 김병원 진찰소를 찾아가 김 초시에게 왕진을 부탁하다 거절당하고 약이라도 지어 달라고 부탁하나 그 요청마저 거절당했다. 김 초시의 아내는 약만 지어 주면 약장을 부수겠다고 남편을 위협했다. 뒷집에 사는 젊은 주인은 뜸이나 떠 보라고 권하더니 뜸을 뜰 줄 모르니 도와 달라고 하자 슬그머니 자리를 피했다. 두 사람의 대화에서 뒷집에서 버린 고등어 대가리를 삶아 먹은 것이 병의 원인이라는 것이 드러났다. 상한 고기는 같이 먹었으나 파충댁은 곧 토하였고 박돌이는 그냥 삼켰다. 머리 복판에 있는 백회에 뜸을 뜨려고 쑥에 불을 붙였는데 머리카락 타는 소리에 소리 없이 눈을 흡뜨더니 박돌이는 숨을 거두었다. 혼자서 열두 해를 키운 아들이 귤 하나 먹고 싶다는 것도 못 먹이고 학교 가고 싶다는 것도 못 보낸 것이 원통하여 몸부림치던 파충댁은 얼굴이 검붉고 몸이 뚱뚱한 자가 박돌이의 목을 매어 끌고 나가 불구덩이에 넣으려고 하는 것을 보았다. 그를 따라가던 파충댁은 진찰소로 들어가 김 초시의 멱살을 잡고 박돌이를 내놓으라고 외쳤다. 파충댁은 상투를 휘어잡고 끌어당겨 넘어뜨린 김 초시의 가슴을 타고 앉아서 그의 얼굴을 물어뜯었다. 그의 코와 입과 귀가 피투성이가 되었다. 그

광경을 구경하던 동네 사람 중에는 "그까짓 놈(김 초시) 죽어도 싸지! 못 할 짓도 하더니"[239]라고 혼잣말처럼 중얼거리는 사람도 있었다. 동네 사람의 이 말을 통하여 최서해의 시대에는 돈이 없는 사람에게도 치료를 해 주고 약을 지어 주는 의원이 있었다는 것을 알 수 있다. 최서해의 시대는 아직 돈이 없으면 의사를 만나지 못한다는 근대의 상식에 대한 예외가 허용되었다. 상한 고등어를 끓여 먹는 무지와 한방에 대한 신뢰도 상관성이 있는 듯하다. 한약과 침구가 박돌이의 식중독을 고칠 수 있다는 보장은 없다. 그러므로 이 소설의 주제는 돈이 없어도 병원에 갈 수 있는 세상과 돈이 없으면 병원에 갈 수 없는 세상의 대조에 있다.

「기아와 살육」의 주인공 경수는 기아 때문에 광기를 일으키고 살육을 저지른다. 그는 중학을 나왔으나 땅이 없어 농사를 짓지 못하고 도시에서도 직장을 얻지 못하여 간도로 와서 날품을 팔았다. "교사 노릇이나 사무원 노릇을 한대야 좀 뾰루퉁한 말을 하면 단박 집어 세이고…"[240]라고 하지만 그것은 허세일 것이고 그런 자리를 얻을 수 없었을 것이다. "온 인류가 다 같이 살아갈 운동에 몸을 바치자"[241]라는 생각도 안 해 본 건 아니지만 그에게는 가족에 대한 애착을 끊을 용기가 없었다. 풍이 다시 도지는 아내를 보고 그는 최 의사를 찾아갔다. 네 차례나 가도 본체만체하던 의사가 이번에는 와서 맥을 짚어 보고 처방을 해 주었다. 그는 한 달 안에 돈을 갚지 못하면 1년 동안 머슴을 살겠다는 계약서를 써 주었다. 약국에 가서 처방전을 보여 주니 외상으로는 약을 지어 주지 못하겠다고 하였다. 어머니가 늦게까지 돌아오지 않아 걱정하고 있는데 누군가가 중국인 집 개들에게 물려 크게 다친 어머니를 업고 와서 내려놓았다. 다리와 팔에 검붉은 피가 흐르고 얼굴의 살이 다 떨어지고

239 최서해, 『최서해전집』 상, 곽근 편, 문학과지성사, 1987, 66쪽.
240 최서해, 『최서해전집』 상, 31쪽.
241 최서해, 『최서해전집』 상, 48쪽.

사지가 차갑고 가슴만 뛰고 있었다. 어머니가 안고 있는 보퉁이를 푸니 좁쌀이 들어 있었다. 그는 악마들이 칼을 휘두르는 환상을 보았다. 그는 식칼을 들고 식구들을 찌르고 거리로 나가 사람이 보이면 사람을 찌르고 상점이 보이면 상점을 부수었다. 중국 경찰서로 들어가 파수 보는 순사를 찌르고 창문을 부수고 보이는 대로 마구 찔렀다. 경찰서에서 총소리가 울렸다.

「큰물 진 뒤」의 배경은 간도가 아니라 한국이다. 철로 때문에 물길이 방축을 향하게 되어 군청과 도청과 철도국에 항의했다는 데서 배경이 한국인 것을 알 수 있다. 비바람 소리를 들으며 윤호는 새벽에 아이를 받았다. 산파 경력이 있는 옆집 할미를 불러올 겨를도 없이 그의 아내는 아들을 낳았다. 바로 그 순간 물이 방축을 넘었다. 철로가 난 이후로 해마다 겪는 일이었다. 이백 호가 넘는 집들과 논밭이 물구덩이가 되었다. 윤호는 아내와 갓난애를 안고 업고 물을 헤치며 나왔다. 그는 물속에 들어가는 논과 떠내려가는 집들을 보았다. 동이 트고 빗줄기가 약해졌다. 갓난아이는 숨을 거두었다. 윤호는 30리나 되는 읍으로 나가 짐꾼, 흙질꾼, 물지게꾼, 구들꾼으로 일하고 집 짓는 데를 찾아다니며 흙을 져 날랐다. 아내는 부황이 들어 퉁퉁 붓고 살가죽이 들떠서 누렇게 되었다. 지겟다리가 부러져서 조금 늦게 나갔더니 일본인 감독이 조선인은 뺀들거려서 안 된다고 욕하며 뺨을 때리고 배를 걷어찼다. 그는 착한 일을 하면 복을 받고 부지런히 일하면 부자가 된다는 말을 믿고 남에게 해로운 일을 한 적이 없었다. 아버지가 윤호가 크면 주라고 맡긴 밭뙈기를 삼촌이 가로채고 안 주었을 때도 가만히 있었다. 그러나 그에게 남은 것은 병과 주림과 모욕밖에 없었다. 그는 한밤에 마을 부자 이근춘의 집 담을 넘어 들어가 칼을 들이대고 돈뭉치를 강탈했다.

「홍염」의 결말인 방화는 서간도 한 귀퉁이의 작은 마을 바이허촌(백하촌)에서 중국인 지주 은가(殷哥)와 한국인 소작인 문 서방의 대립이 빚어낸 사건이다. 문 서방은 경기도에서 소작인 10년 동안 겨죽만 먹다가 딸 하나를 데리고 서간도로 들어왔다. 첫해는 농사가 잘되었으나 늦게 들어와서 얼마 심지 못하였고 그 후 2년 동안 계속해서 흉년이었다. 꾸어다 먹은 좁쌀, 옥수수, 소금도 빚이 되었고 무엇보다 소작료를 못 갚아서 문 서방은 은가에게 매를 맞았다. 빚을 독촉하러 온 은가가 빚 대신에 열일곱 살 난 문 서방의 딸 용례를 잡아갔다. 그 후로 땅은 얻어 부치게 되었으나 은가는 용례를 집 안에 가두고 밖에 나가지 못하게 했고 문 서방 내외도 딸을 보지 못하게 했다. 병든 아내가 딸을 보고 싶다고 울어서 문 서방은 네 번이나 은가네 집에 가서 애원하였으나 은가는 용례를 내보내지 않았다. 아내는 딸을 부르며 울다가 핏덩이를 토하고 죽었다. 그 이튿날 밤, 회오리바람이 일어서 낟가리가 날리고 지붕이 날렸다. 문 서방은 은가의 울타리 뒤에 쌓인 보릿짚 더미에 불을 지르고 뒷산으로 올라갔다. 불은 삽시간에 울타리를 살라 버리고 집 안으로 옮겨붙었다. 밭 가운데로 장정 하나와 작은 여자 하나가 뛰어나가는 것을 보고 문 서방은 도끼를 들고 달려가 은가의 머리를 찍고 용례를 껴안았다. 문 서방은 작다고 여겼던 자기의 힘이 철통같은 성벽을 무너뜨렸다는 것을 알고 무한한 기쁨을 느꼈다.

조명희(1894-1938)는 《조선지광》에 「저기압」(1926. 11), 「동지」(1927. 3), 「한여름 밤」(1927. 5), 「낙동강」(1927. 7), 「춘선이」(1928. 1), 「아들의 마음」(1928. 9) 등을 발표하였다. 1928년 8월 21일에 러시아로 망명하여 러시아 극동지역 니콜스크의 한국인촌에 정착하였다. 1937년에 소련 헌병에게 일본 간첩에게 협력한 죄로 체포되어 1938년 9월에 형법 58조에 의거, 하바롭스크에서 재판 없이 총살되었다. 이때 체포된 한국인이 2,800명이었다. 가족은 1937년에 타슈켄트로 강제 이주되었다. 『한국민족문화대백과사전』(한국학중앙연구원, 1991)의 〈고려인 강제이주〉 항목에 의하면 스탈린(1879-1953)은 1937년 9월에 연해주의 한국인 17만 1,781명을 화물열차에 태워 중앙아시아의 황무지로 이주시켰다. 40일 동안 6천 킬로미터를 여행한 끝에 중앙아시아 황무지에 정착한 한국인은 12월 5일의 조사에 의하면 16만 9,927명이었다. 1,854명이 감소된 것이다. 조명희는 1956년에 복권되었다. 1959년 12월 10일에 모스크바의 소련과학원 동방도서출판사에서 『조명희 선집』이 발간되었다.

「낙동강」은 계급의식을 확대하고 계급투쟁을 실천하는 박성운의 생애를 다루었다는 점에서 사회주의 소설이라고 할 수 있는 작품이다. 박성운은 도립 간이농업학교를 마치고 군청 농업조수로 있다가 3·1 운동에 참가하여 1년 반 동안 감옥살이를 하였다. 나와 보니 어머니는 돌아가고 아버지는 집도 없이 누이의 집에 얹혀 살고 있었다. 간도로 이주하였다. 관헌의 압박과 중국인의 횡포 속에서 아버지가 돌아갔다. 그는 만주, 러시아 연해주, 베이징, 상하이 등지에서 독립운동에 참가하였다. 사회주의자가 되어 서울로 돌아온 그는 일을 하지 않고 파벌싸움만 하는 서울의 운동가들에게 실망하였다. 그는 보편적 원리론의 체계가 확립되면 분파투쟁은 자연히 종식될 것이라고 생각했다. 그는 경상도 사회운동단체들의 연대에 주력하기로 하고 고향인 낙동강 하류 연안 지방의 조직을 맡았다. 낙동강 기슭의 갈밭은 그 지방 사람들의 생활터전이었다. 그들은 갈을 베어 자리를 짜고 갈을 털어 삿갓을 엮고 갈을 팔아 옷과 밥을 구하였다. 임자 없던 갈밭이 토지조사사업으로 국유지로 편입되고 국유 미간지 처리라는 명목으로 가토(加藤)라는 일본인에게 넘어갔다. 그는 갈 베는 것을 금지하였다. 도청에 가서 항의하였으나 통하지 않았다. 주민들은 갈밭에 들어가 갈을 베어 제쳤다. 경찰서에서 주민을 선동했다는 혐의로 박성운을 체포하여 고문하고 검찰에 넘겼다. 구속되어 있는 두 달 동안에 병이 악화되어 위급하게 되었다. 병들어 감옥에서 나온 박성운은 동지들에게 둘러싸여 숨을 거두었다. 박성운을 사랑하는 로사는 애인의 발자국을 한 걸음씩 따라 밟으며 애인이 하려던 일을 계속하기 위하여 구포역에서 북행열차를 탄다. 백정의 딸인 로사는 서울에서 여자고등보통학교를 나와 함경도의 보통학교 교사가 되었다. 그녀의 부모는 정육점을 그만두고 딸을 따라가 살 계획을 하고 있었다. 시장에서 상인 하나가 백정을 모욕한 것이 백정들과 상인들 사이의 큰 싸움으로 번졌다. 형평사원은 무산계급의 동지라는 박성운의 연설을 듣고 방학이 되어 고향에 와 있던 로사는 박성운과 함께 일하기로 결심하였다. 박성운은 그녀를 로사라고 불렀다. 로자 룩셈부르크를 따라 투쟁하라는 의미였다. 그녀의 성은 노씨였다. "당신은 최하층에서 터져 나오는 폭발탄 같아야 합니다. 가정에 대하여, 사회에 대하여, 같은 여성에 대하여, 남성에 대하여, 모든 것에 대하여 반항하여야 합니다."[242] 이 소설에는 조명희가 생각하는 단계론과 현상분석이 포함되어 있다. 조명희는 역사의 단계를 평등-차별-평등의 세 단계로 설정하였다.

처음으로 이 강에 고기를 낚고 이 벌에 곡식과 열매를 딴 때부터 세지도 못할 긴 세월을 오래오래 두고 그네는 참으로 자유로웠었다. 서로서로 노래 부르며 서로서로 일하였을 것이다. 남쪽 벌도 자기네 것이요 북쪽 벌도 자기네 것이었다. 동쪽도 자기네 것이요 서쪽도 자기네 것이었다. 그러나 역사는 한 바퀴 굴렀었다. 놀고먹는 계급이 생기고 일하며 먹여 주는 계급이 생겼다. 다스리는 계급이 생기고 다스려지는 계급이 생겼다. 그럼으로부터 임자 없던 벌판에 임자가 생기고 주림을 모르던 백성이 굶주려 가기 시작하였다. 하늘의 햇빛도 고운 줄을 몰라 가게 되었고 낙동강의 맑은 물도 맑은 줄을 몰라 가게 되었다. 천년이다. 오천 년이다. 이 기나긴 세월을 불평의 평화 속에서 아무 소리 없이 내려왔었다. 그네는 이 불평을 불평으로 생각지 아니하게까지 되었다. 흐린 날씨를 참으로 맑은 날씨인 줄 알듯이. 그러나 역사는 또 한 바퀴 구르려고 한다. 소낙비 앞잡이 바람이다. 깃발이 날리었다. 갑오(1894)동학이다. 을미(1895)운동이다. 그 뒤에 이 땅에는 아니 이 반도에는 한 괴물이 배회한다. 마치 나래 치고 다니는 독수리같이. 그 괴물은 곧 사회주의이다.[243]

조명희의 현상분석을 주도하는 요소는 제국주의이다. 현상분석에서 변화

242 조명희, 『조명희 선집』, 모스크바: 소련과학원 동방도서출판사, 1959, 316쪽.
243 조명희, 『조명희 선집』, 299쪽.

계획이 나오고 변화계획에서 실천방안이 나오는 것이므로 「낙동강」의 주제는 제국주의비판에 있다고 할 수 있다. 동양척식회사가 한국의 토지를 관리하기 시작한 이후 백여 호의 큰 마을이던 박성운의 고향에서는 "예전에 중농이던 사람은 소농으로 떨어지고, 소농이던 사람은 소작농으로 떨어지고, 예전에 소작농이던 많은 사람들은 거의 다 풍비박산하여 나가게 되고 어렸을 때부터 정들었던 동무들은 하나도 볼 수 없었다. 그들은 모두 도회로, 서북간도로, 일본으로, 산지사방 흩어져 갔었다."[244] 조명희는 봉건주의에 반대하는 평등운동과 제국주의에 반대하는 독립운동을 결합하는 방향으로 실천방안을 수립해야 한다고 생각하였다. 소설 속에서 박성운은 선전과 조직과 투쟁의 목표를 반제반봉건(反帝反封建)으로 규정하였다. 낙동강은 유구한 민중의 역사를 상징한다. 격앙된 구호나 감정적 절규가 사라지고 상황분석과 전망제시가 전면에 나와 있는 것이 이 소설의 특징이라고 할 수 있다.

5) 이기영과 강경애와 주요섭

이기영(1895-1984)은 중편소설 『서화』(《조선일보》 1933. 5. 30-7. 1)와 『고향』(《조선일보》 1933. 11. 15-1934. 9. 21), 『인간수업』(《조선중앙일보》 1936. 1. 1-7. 23), 『신개지』(《동아일보》 1938. 1. 19-9. 8), 『대지의 아들』(《조선일보》 1939. 10. 12-1940. 6. 1), 『봄』(《동아일보》 1940. 6. 11-8. 10; 《인문평론》 1940. 10-1941. 2), 『광산촌』(《매일신보》 1943. 9. 23-11. 2) 등의 장편소설에서 농민문제를 사회주의자의 시각으로 형상화하였다. 이기영 소설의 주제는 노동을 인간의 본질이라고 믿고 농민과 빈민과 노동자의 눈으로 세상을 보겠다는 그 나름의 노동철학에 근거하고 있다.

『서화』의 시대적 배경은 3·1 운동 이전이고 『고향』의 시대적 배경은 3·1 운동 이후이다. 『서화』의 돌쇠는 소작료와 세금을 떼면 남는 게 없는 농사로는 먹고살 수 없으니 돈이 되는 것이라면 도둑질 이외에는 무슨 짓이든 하겠

---

244 조명희, 『조명희 선집』, 309쪽.

다고 결심하고 노름판을 쫓아다녔다. 옆집 응삼이에게 소 판 돈이 있는 것을 알고 다른 사람이 끌어들이기 전에 그가 먼저 가서 응삼이를 노름하자고 유혹하여 3백 냥(30원)을 땄다. 그는 자기가 잘못한다는 것을 알고 있었으나 농사로는 살 수 없는 그가 할 수 있는 것은 노름밖에 없었다. 응삼이의 처 이쁜이는 못난 남편에게 정이 떨어져서 돌쇠를 좋아하였다. 정월 보름에 마을 사람들이 쥐불을 놓고 석전(石戰)을 하고 널을 뛰고 줄다리기를 하였다. 아이들은 부럼을 깨물고 노인들은 귀밝이술을 마셨다. 부농인 김학여의 집에서 여자들이 널뛰는 것을 보고 돌쇠는 예전 같지 않은 동네의 활기를 섭섭하게 여겼다. 돌쇠와 이쁜이는 개울가에서 만났다. 돌쇠는 노름으로 돈 딴 것을 사과하였고 이쁜이는 면서기 원준이가 돌쇠를 벼르고 있다는 것을 알려 주었다. 김학여의 아들 원준이는 이쁜이를 어떻게 해 보고 싶어서 사람 없을 때 찾아가 돌쇠와 개울가에서 만난 것을 시어머니에게 이르겠다고 위협했다. 이쁜이는 아이도 없는 처지에 쫓겨나면 더 좋다고 덤벼들었다. 원준이는 마을 어른들에게 호소하여 마을 사람들을 모이게 하고 그 자리에서 두 사람을 고발하였다. 그때 도쿄에서 공부하다 신병으로 일시 귀국한 정 주사의 아들 광조가 동네 젊은 사람 치고 노름 안 하는 사람이 있느냐고 반문하며 돌쇠를 변호하였다. 촌 동네뿐 아니라 갓모봉 너머 읍내의 이 참사 같은 유지들도 노름을 즐기는 것은 누구나 아는 사실이었다. 그리고 남녀가 좋아하는 것은 당사자끼리 알아서 책임질 일이지 제삼자가 개입하여 간섭할 일이 아니라고 주장하였다. 아무것도 모르는 어린것들을 부모가 결혼시키거나 마음에도 없는 결혼을 부모가 강요하는 관습을 바꿔야 하며, 조혼 풍조와 강제 결혼에 희생된 사람들에게는 동정할 점이 많다고 이쁜이를 변호하였다. 돌쇠는 자기를 고발한 원준이 이쁜이를 유혹하려고 했다는 사실을 마을 사람들에게 폭로하였다. 돌쇠와 이쁜이는 광조의 말을 듣고 언젠가는 자기들이 아는 것과 다르게 살 수 있는 세상이 올 것이라는 희망을 가지게 되었다.

『고향』에서 김희준은 농민들의 편견과 숙명론을 비판하고 농민들은 김희준의 관념적 현실인식을 비판한다. 희준은 일방적으로 농민을 지도하고 인도하는 지식인이 아니라 농민과 함께 농사를 지으며 농민들과 대등한 처지에서 대화할 줄 아는 지식인이다. 희준과 농민들은 주체적인 공동작업과 상호작용을 통해서 함께 변모한다. 귀국 직후에 희준은 마을의 변화 가능성에 절망하여 좌절하고 방황하였으나 자신을 마을 농민의 한 구성원으로 인식하고 농민들에게 배우겠다는 마음을 가지게 된다. 지주와 농민의 대립뿐 아니라 기층민, 자작농, 몰락한 중인층 등의 행동을 다각적으로 묘사하고 희준과 갑숙 같은 주인공들뿐 아니라 주변 인물들의 생각과 느낌까지 자세하게 묘사한 데에 이 소설의 특색이 있다. 철도가 놓이고 공장이 들어서서 발생하는 농촌의 변화와 농민의 분해가 사실적으로 묘사되어 있다. 도쿄에 유학하던 희준은 학자금을 마련하기 어려워서 학업을 포기하고 고향 원터 마을로 돌아온다. 그는 소작을 얻어 농사를 지으면서 농민의 한 사람으로 정착하여 마을 사람들과 함께 마을의 변화를 계획한다. 인동, 인순, 방개, 막동 등의 젊은이들이 희준과 함께 농민운동을 전개한다. 마침내 소작인들이 모여 소작권을 관리하는 마름 안승학과 대립하게 된다. 서울에서 여자고등보통학교에 다니는 안승학의 딸 갑숙과 읍내의 상인 권상필의 아들 경호는 서로 사랑하는 사이이다. 안승학은 경호가 권상필의 아들이 아니라 구장집 머슴 곽 첨지의 아들이라는 사실을 알아내고 이것을 미끼로 협박하여 권상필에게 돈을 뜯어내려고 계획하다 갑숙과 경호의 관계를 알고 분노하여 갑숙에게 칼부림을 한다. 갑숙은 가출하여 옥희라는 가명으로 제사공장에 취직하고 경호도 가출하여 생부를 찾고 제사공장에 취직한다. 마을에서는 두레를 통하여 단결한 소작인들이 소작쟁의를 벌이고 제사공장에서는 옥희를 중심으로 노동자들이 노동쟁의를 벌인다. 노동쟁의에 성공한 옥희가 희준에게 자신과 경호의 관계를 폭로하겠다고 하면 안승학이 물러설 것이라고 하여 그 계책에 따라 소작쟁의도 성공한다. 안승학의 딸 갑숙이 알려 준 안승학의 개인적인 약점을 이용해서 안승학의 양보를 얻어 낸다는 방식의 승리는 우발적이고 돌발적인 결말이 되어 현실성이 없으나 농민운동과 노동운동의 연대 가능성을 소설 속에서 모색해 본 것은 의미 있는 시도라고 할 수 있다.

강경애(1907-1943)는 「부자」(《제일선》 1933. 3), 「채전」(《신가정》 1933. 9), 「소금」(《신가정》 1934. 5-10) 등을 통하여 생존의 어두운 그늘을 냉정하게 묘사하였고 장편 『인간문제』(《동아일보》 1934. 8. 1-12. 22)와 중편 『지하촌』(《조선일보》 1936. 3. 12-4. 3)에서 노동문제와 빈곤문제를 실감 있게 형상화하였다. 『인간문제』는 특이한 형태의 삼각관계를 다룬 소설이다. 첫째와 신철이 같이 선비를 좋아하지만 그 두 사람은 소설의 전반부에서 선비를 몇 번 만나지 못하고 소설의 후반부에서는 아예 한 번도 만나지 못한다. 간절한 사랑의 아우라가 작품 전체에 깔려 있으면서도 정작 사랑은 아무런 전개도 보이지 않는 것이 이 소설의 특징이다. 경성제국대학에 다니는 유신철은 신경쇠약으로 요양차 몽금포로 가던 중 아버지의 제자 옥점이를 만나 그녀의 집에 머물다가 그 집에서 일하는 선비에게서 마음에 드는 미를 발견하였다. 옥점이네 집에서는 신철을 사위로 삼고자 하여 신철의 아버지에게 동의를 얻었으나 그는 미국영화에 나오는 배우처럼 저속한 옥점의 애교를 싫어하였다. 아버지가 결혼을 강요하자 집을 나와 실직자 친구들의 토굴 같은 방에 기식하다 인천의 노동시장으로 들어갔다. 그러나 노동시장을 견디지 못한 그는 김철수의 지시로 노동자의 교육과 연락을 돕게 되었다. 그는 인천에서 노동자의 피와 땀이 결정되어 있으므로 잉여가치가 무겁고 무서운 것이라는 사실을 체험하지만, 일경에게 검거되어 고문을 받은 후에 사상전환을 하고 불기소처분을 받았다. 그에게는 처음부터 다른 기회가 열려 있었던 것이다. 술 먹고 싸움질이나 하던 첫째는 땅을 떼인 뒤 서울이나 평양에는 공장이란 것이 있다는 말을 듣고 고향을 떠났다. 그는 법에 안 걸리려고 할수록 법에 걸려들고 있는 자신의 처지를 늘 의아하게 생각했다. 그는 인천에서 신철을 만나 단결의 힘에 대하여 인식하게 되었다. 그는 신철의 변절과 파업의 실패를 경험하고 선비의 시체 앞에서 인간문제를 해결하기 위하여 투쟁하겠다고 맹세한다. 옥점의 아버지 정덕호는 장리 빚과 입도차압(立稻差押) 등으로 축재하였다. 그는 신천댁과 간난을 첩으로 들이고, 고아가 된 선비를 농락하였다. 선비의 아버지는 수십 년간 그를 위해 일했으나 그가 던진 산판에 머리를 맞아 죽었다. 간난은 덕호가 선비를 소실로 들이려고 하자 그 집을 나와 방직공장에서 노동하면서 현실의 계급구조를 파악하게 되었다. 간난은 외출이 허락되지 않는 대동방적 공장의 실정을 외부에 알리고 운동 지도부의 현장 분석을 여공들에게 전달하였다. 삐라가 신철에게서 첫째에게로, 첫째에게서 간난에게로 전달되었다. 간난을 통해서 계급의식에 눈을 뜬 선비는 "어서 바삐 첫째를 만나서 술 마시고 싸움질이나 하는 개인적 행동에 그치지 말고 좀 더 대중적으로 싸워야 한다는 것을 가르쳐 주고"[245] 싶어 했다. "흙짐을 져서 갈라진 첫째의 등허리! 실을 켜기에 부르튼 자기의 손길! 수많은 그 등허리와 그 손길들이 모여서 덕호와 같은 수없는 인간과 싸우지 않으면 안 될 것이라… 하였다."[246]

강경애의 이 소설에서는 공장이 바로 근대의 폐허이다. 외출을 불허하고 야학과 저금을 강제하는 공장은 시커먼 담으로 둘러싸인 감옥이다. 여공들은 부상을 당해 불구자가 되거나 선비처럼 폐병에 걸려 죽는다. 길지 않은 소설에서 강경애는 1930년대의 농업과 공업이 잉여가치를 어떻게 착취했는가를 간결하게 제시하였다. 그때까지 지주와 자본가는 분화되어 있지 않았고 농민과 노동자도 나뉘어 있지 않았다. 그러므로 강경애의 현실인식은 매우 정확한 것이라고 평가할 수 있다. 그러나 강경애가 오사카《마이니치신문》에 일본어로 써서 연재한 「장산곶」(1936. 6. 6-6. 10)을 보면 강경애의 현실인식에 내재하는 한계를 엿볼 수 있다. 이북명, 이효석, 유진오, 한설야도 이 신문에 일본어 소설을 발표하였다. 아들을 군대에 보낸 일본인 노파가 아들의 친구인 한국인 김형삼에게 심리적으로 의존하게 되는 과정을 그린 이 소

---

245 강경애, 『강경애전집』, 이상경 편, 소명출판, 1999, 398쪽.
246 강경애, 『강경애전집』, 376쪽.

설에서 강경애는 한국에 세워져 있는 신사에 대해서 아무런 감정을 나타내지 않았다.

> 노파는 이렇게 시끌벅적한 속에서 혼자 꼼짝도 않고 있었다. 아직도 손을 합장한 채 열심히 절을 하고 있는 그 모습이 저 멀리 만주 벌판에서 사선을 넘나들고 있는 군복 차림의 늠름한 시무라를 생각나게 하고, 환락에 도취해 있는 다른 참배객들과는 너무나 동떨어져 몹시 고독해 보였다.[247]

어딘가 만주사변을 옹호하고 있는 느낌을 풍기는 이 인용문을 보면 강경애가 민족문제를 거의 도외시하고 있었음을 인정하지 않을 수 없다. 강경애는 「장혁주 선생에게」(《신동아》 1935. 7)라는 편지에서 장혁주를 극찬하였다. "제가 선생님의 존함을 대하옵기는 선생님의 처녀작인 「아귀도」가 《가이조(改造)》에 당선되었을 때이옵니다. 물론 누구라도 문학에 다소 관심을 가진 사람으로서야 당시에 선생님의 영광스러운 당선에 감탄하지 않은 이가 몇 사람이나 되오리까."[248] 강경애보다 한 살 위인 장혁주는 당시에 일본어로 소설을 써서 일본에는 알려져 있었으나 한국에서는 아는 이가 많지 않았다. 그는 1932년에 현상소설에 2등으로 입선하였고 1933년부터 한국의 풍속이나 정서를 다룬 작품들로 관심을 끌다가 1934년에 「나의 포부」라는 수필에서 현실묘사보다 선천적 예술욕을 강조하겠다고 언명한 후 친일적 태도를 취하기 시작하였다. 1936년에 아내를 한국에 두고 혼자 도쿄로 이주하여 노구치 게이코(野口桂子)를 만나 후일 결혼하였고 1945년에 일본에 귀화하였다. 강경애에게는 장혁주처럼 일본어로 소설을 써서 일본에서 인정받고 싶다는 희망이 있었다. 강경애 역시 일본을 잣대로 삼아 현실을 본 것이다.

247 강경애, 『강경애전집』, 661쪽.
248 강경애, 『강경애전집』, 763쪽.

주요섭(1902-1972)은 「치운 밤」(《개벽》 1921. 4), 「인력거꾼」(《개벽》 1925. 4) 등의 빈궁묘사 소설에서 시작하여 『구름을 잡으려고』(《동아일보》 1935. 2. 16-8. 4) 같은 이민소설을 거쳐 「사랑손님과 어머니」(《조광》 1935. 11), 「아네모네의 마담」(《조광》 1936. 1) 같은 서정소설로 변화해 갔다.

주요섭의 「치운 밤」은 열세 살 소년 병서의 시각으로 자기 집의 빈궁을 묘사한 소설이다. 아버지는 늘 술을 마시고 돈이 떨어지면 죽 쑬 돈조차 없는 어머니를 때렸다. 사흘 전에 병서는 아버지의 주정을 견디지 못하여 술집의 지게 작대기로 술 단지를 부수었다. 병서는 이 세상의 모든 술 단지를 깨뜨려 버리고 싶었다. 병서는 술과 술 파는 사람과 술 마시는 사람이 그를 그 지경에 이르게 했다고 생각했다. 병든 어머니는 병서와 아기의 이름을 부르며 30 평생의 고된 삶을 마감한다. 병서와 아기도 죽는다. 소설에서 병서와 아기의 죽음은 환상적으로 처리되어 있다.

그는 그의 조그만 집에 지붕이 벗겨지고 하늘 문이 크게 열리는 것을 보았다. 그리고 그리로부터 저의 어머니가 눈이 부시는 찬란한 옷을 입고 날아 내려오는 자태를 보았다. 그는 황홀히 "어머니!" 하고 외쳤다. 어머니는 사랑스럽게 웃으면서 그와 그의 아기를 양손에 안고 여러 가지 재미있는 말로 위로해 주었다. 그는 이제는 춥지 않았다. 슬프지도 않고 괴롭지도 않고 다만 따스하고 즐거웠다. 그는 그의 즐거움을 마음껏 즐길 수가 있었다. 이튿날 아침 밝은 해는 다시 열어 놓은 그의 창문으로 들이비추었다. 찬 세상을 영원히 떠난 어머니의 표정은 역시 '나를 이 지경에 이르게 한 것은 누구입니까?' 하는 어젯밤 표정 그것이었다. 어머니 옆에 쓰러진 아기의 뺨에는 밤새도록 운 눈물이 얼음이 되어 있었다. 그는 꼭 어떤 재미있는 꿈을 꾸는 얼굴 같았다. 어머니의 가슴 우에 쪼그리고 앉아 영원히 잠자는 그의 얼굴에는 '나는 행복이외다' 하는 표정이 똑똑히 나타났다.[249]

어머니의 시신을 옆에 두고서 어머니가 하늘에서 내려온다고 느끼는 착란이 현실을 환상으로 바꾼다. 인용문의 전반부는 병서의 시각을 보여 주는 초점자의 시점서술이고 인용문의 후반부는 세 주검을 비교하는 작가의 전지서술이다. 어머니의 얼굴은 고통스럽게 일그러져 있으나 춥고 배고파서 죽은 아기의 얼굴은 꿈을 꾸는 것 같고 병서의 얼굴도 행복한 표정을 하고 있다. 어머니와 아기의 죽음은 이해할 수 있으나 열세 살 소년이 어머니가 죽었다고 하여 갑자기 죽는다는 것은 조작적이고 돌발적인 결말이라고 하겠다. 이러한 종결방식이 빈민에게는 죽음만이 구원이 되는 나라 잃은 시대의 현실을 비판하고 있다고 볼 수도 있다. 주요섭은 아오야마(靑山)학원 중학부 3학년에 편입하여 1년을 다녔고 상하이 후장(滬江)대학 영문과를 졸업했으며(1927) 미국 스탠포드대학 대학원 교육심리학 석사과정을 수료했고(1929) 1934년부터 1943년까지 베이징의 푸런(輔仁)대학 영문과 교수로 봉직했다. 그는 일본의 침략정책에 협조하지 않는다는 이유로 중국에서 추방되었다. 이러한 해외체험이 그의 소설에 여러모로 반영되어 있다. 「인력거꾼」에는 길가에 늘어서서 참대 쑤시개로 대변통을 부시는 부잣집 마나님들의 모습이 보이고 손톱이 석 자씩이나 자란 떡 장수들이 떡을 만드는 모습, 물을 끓여 놓았다가 돈을 받고 물통에 담아 주는 모습이 보인다. 혼란스러운 중국의 정치정세와 넘치는 피란민들, 그리고 마구잡이로 몸수색을 하는 군인들도 등장한다. 그러나 주요섭은 이 어느 것에 대해서도 자신의 해석이나 판단을 보류한다. 그는 어디까지나 이방인 관찰자로서 중국에 있었던 것이다. 꿈자리가 사나웠으나 아정은 재수가 좋아서 오전에 은전 한 푼과 동전 열두 푼을 벌었다. 오정 무렵에 손님을 받으려고 일어서다가 쓰러졌다. 무료진료소에 가 보았으나 의사가 두 시에나 나온다는 말을 듣고 기다리다가 어떤 신사의 설교를 들었다. 예수를 믿으면 죽은 후에 무궁한 복락을 누린다는 그의 말을

---

249 《개벽》 제10호, 1921. 4, 146쪽.

아찡은 이해할 수 없었다. 왜 자기는 아담과 이브의 죄를 받고 부자들은 죄를 받지 않는지도 이해할 수 없었다. 집 앞에서 점괘를 뽑았더니 전생의 죄로 고생하나 곧 고생이 끝나리라고 했다. 그날 밤 아찡은 죽었다. 의사와 순사부장은 과도한 달음질로 인해서 8년에서 10년 사이에는 모두 죽는다는 통계가 다시 한번 증명되었다고 말했다. 아찡은 8년 동안 인력거를 끌었다. 세상만사가 정해진 코스를 따르게 마련이라는 이 소설의 전개에는 「치운 밤」의 환상조차 배제되어 있다. 루카치가 말한 나쁜 의미의 자연주의이고 무력한 객관주의라고 할 수 있을 것이다.

『구름을 잡으려고』는 낭만적인 모험담으로 시작한다. 30명의 노동자들에 섞여서 배를 탄 준식은 요코하마에서 백여 명의 중국인 노동자와 함께 미국으로 떠난다. 그 가운데 준식과 스물두 사람은 하와이에서 내리는 대신에 멕시코의 노예로 팔려 간다. 노예 생활 중에 준식은 토착민 저항세력을 이끄는 아리바가 독사에 물렸을 때 그의 발을 빨아 목숨을 구해 준 덕택으로 그에게 인도되어 미국으로 들어가게 된다. 모험담은 여기서 끝나고 미국 캘리포니아에서 겪는 준식의 고생담이 이어진다. 준식은 벌목노동으로 돈을 모아 샌프란시스코 차이나타운에 조그만 구멍가게를 차렸으나 지진으로 금고 속에 보관했던 돈을 다 날린다. 3년 동안 술과 노름으로 세월을 보내다가 도산이라고 짐작되는 선생님을 만나 정신을 차리고 포도원에서 고용살이 생활을 다시 시작한다. 고국에 사진결혼을 신청하였더니 반년 만에 시집오기를 원한다는 편지를 받는다. 순애와 결혼하고 아들 지미를 낳는다. 아이는 예정보다 달포나 일찍 나왔다. 순애는 요코하마에서 어느 일본 유학생과 관계를 맺었다. 준식이 돈을 모아 포도밭 하나를 임차하려 할 때 순애는 젊은 학생 송인덕과 준식의 통장을 가지고 도망을 친다. 미국으로 오다가 트라홈(눈병) 때문에 병원에 잠시 머물던 시기에 어떻게 유학생을 사귀게 됐는지, 편지결혼을 할 정도의 가난한 집 처녀가 이역만리에서 아이를 버리고 젊은 학생과 눈이 맞을 정도로 대담할 수 있는지 의심스럽기는 하나 준식은 이번에도 역경을 딛고 벼농사에 뛰어든다. 차이나타운의 꽃이라고 불리던 여자의 경우가 보여 주듯이 노름과 마약으로 거지가 되는 사람들도 많았지만 미국의 극심한 경기변동 또한 축적을 어렵게 한다. 쌀값의 종잡을 수 없는 변동은 농사를 선물투기(先物投機)만큼이나 불안정하게 한다. "함께 모여 밤새도록 의논을 하고 주판을 놓아 보았다. 그러나 별수 없이 다 익은 곡식을 벌에서 썩으라고 그냥 내버려 두고 이리저리 다시 노동자리를 얻어 흩어질 수밖에 없다는 기막힌 결론에 이르고 말았다. 지금 쌀 시세를 가지고는 그것을 다 추수해서 판대야 추수하는 비용을 채워 줄 도리가 도무지 없다는 것이 판명된 것이다."[250] 주요섭은 소설의 같은 쪽에서 "뉴욕 자본가들이 도와주려고만 하면 쌀값을 그렇게 폭락시키지 않을 수도 있다는 사실을 그들은 알지 못했다"라는 주석을 첨가한다. 준식은 로스앤젤레스의 채소가게에서 일하게 되지만 늙어서 일을 제대로 하지 못하기 때문에 한곳에 오래 붙어 있을 수 없게 된다. 그러면서도 그는 아들 지미의 양육비와 교민회비와 신문대금은 반드시 부친다. 대공황이 찾아온다. 준식은 길거리에서 쓰러져 병원으로 옮겨진다. 죽으면서 그는 멕시코에서 팔뚝에 새긴 노예의 낙인을 본다. 그는 구름 한 조각을 잡으려고 헤매는 것이 인생이라고 생각한다. "준식이는 힘 있게 꽉 그러쥔 주먹 속에 공허를 인식하면서 그 호흡이 끊어지고 말았다."[251] 주요섭은 평생토록 반일과 반공을 자신의 원칙으로 지켰다. 이 소설에서도 회비와 신문대금을 교민회로 보내는 것이 반일을 의미한다고 볼 수 있다. 그러나 모험담과 고생담이 빈손으로 왔다가 빈손으로 간다는 주제로 귀결된다는 것은 어딘가 소설을 허전하게 한다. 무력한 객관주의는 나도향의 『환희』와 거의 같은 내용을 그것과 반대되는 방법으로 서술한 주요섭의 『미완성』(《조광》 1936. 9-1937. 6)에도 해당한다. 영순은 부모의 반대를 무릅쓰고 가난한 화가 병직

---

250 주요섭, 『구름을 잡으려고』, 좋은책만들기, 2000, 330쪽.

251 주요섭, 『구름을 잡으려고』, 437쪽.

과 결혼한다. 영순의 아버지는 수를 써서 한편으로 사람을 병직에게 보내 높은 보수로 보천교 차경석의 초상화를 그리게 하고 다른 한편으로 병직의 아버지로 위장한 사람을 영순에게 보내 병직에게 이미 아내가 있다고 말하게 하여 그들의 사이를 갈라놓는다. 민족의 얼을 화폭에 담고 싶어 하던 병직은 굶기를 밥 먹듯 하다 영순을 주려고 산 구두를 남기고 죽는다. 구두 이야기가 신문에 실리자 일본 대학을 나온 만석꾼 태식에게로 시집간 영순이 작중화자인 양만을 찾아와 구두를 받는다. 음모를 사건의 핵심에 두는 것은 작중인물을 허수아비로 만들기 쉽다. 이 소설에서 병직과 영순은 지나치게 대담하거나 지나치게 소심하게 행동한다. 그들은 사고하고 추리하고 판단하려고 하지 않고 단지 충동에 따라서 행동할 뿐이다. 작품의 여러 군데에 민족에 대한 언급이 나오지만 민족문제를 하나의 현실인식으로 제시할 만한 체계적 사고의 흔적은 보이지 않는다. 민족은 진리이므로 따지지 말자는 것 또한 무력한 객관주의의 표현 형태일 것이다. 『환희』와 『미완성』은 동일한 내용이 주관서술로 표현될 경우에 나타나는 결함과 객관서술로 표현될 경우에 나타나는 결함을 알려 주는 비교의 대상이 될 수 있다.

6) 한설야와 이북명과 김남천

한설야(1900-1976)는 「그날 밤」(《조선문단》 1925. 1)이 이광수의 추천을 받아 작가가 되었다. 그는 장편소설 『황혼』(《조선일보》 1936. 2. 5-10. 28), 『청춘기』(《동아일보》 1937. 7. 20-11. 29), 『마음의 향촌』(《동아일보》 1939. 7. 19-12. 7), 『탑』(《매일신보》 1940. 8. 1-1941. 2. 14) 등에서 당대의 노동문제와 농촌문제를 폭넓게 묘사하였다.

「과도기」(《조선지광》 1929. 4)는 삶의 터전을 잃은 농민들이 공장노동자가 되는 과정을 추적한 단편소설이다. 창선이 간도로 떠났다가 4년 만에 처자와 함께 돌아와 보니 고향 사람들은 산 너머 구룡리로 이주하였고 예전에 살던 함경도 어촌은 공장지대가 되어 있었다. 처음에는 관청에 가서 공장 건설을 항의해 보기도 하지만 결국 마을 사람들은 스스로 공장노동자가 되는 길을 선택한다. 이 소설은 공업화가 수락할 수밖에 없는 필연의 과정이라는 것을 보여 준다. 한국 최초의 장편 노동자 소설이라고 할 수 있는 『황혼』의 주제는 노동과 사랑이다. 한설야는 자본가의 착취와 노동자의 투쟁과 소시민의 고뇌를 삼각구도로 배치하여 노동현실을 총체적으로 묘사하려고 하였다. 안중서의 집에서 가정교사를 하며 여고를 마친 여순은 안중서의 회사에 여비서로 취직하였다. 안중서는 기생첩이 둘이나 있으면서도 비서로 들어온 여순을 농락하려고 하였다. 여순은 비서를 그만두고 방직공장에 취직하였다. 와세다대학을 졸업한 김경재는 아버지의 방직회사가 금광업자 안중서에게 넘어가자 무력감에 빠졌다. 김경재의 아버지 김재당은 회사가 파산의 위기에 처하자 아들을 안중서의 딸 현옥과 맺어 주려고 하였다. 현옥은 도쿄에서 공부할 때 경재와 함께 사회운동에 관심을 가졌었으나 귀국해서는 사치와 허영으로 나날을 보냈다. 경재는 여순을 좋아하였지만 노동자가 된 여순을 멀리하고 현옥과 약혼하였다. 김경재는 안중서에게 비굴한 태도를 보였다. 안중서와 김경재에게 실망한 여순은 노동현장에서 만난 준식, 형철, 복술, 분이와 함께 세계공황에 대처하려면 기계화로 생산을 증대하기 위하여 인원을 줄여야 한다는 회사에 대항하여 9개 항의 구체적 요구사항을 사장에게 제시하고 파업을 일으켰다. 여순의 동향 친구인 준식은 소학교를 졸업하고 상경하여 노동자가 되었다. 여순의 행동을 보면서 경재는 노동자의 여명이 소시민의 황혼이라는 것을 깨달았다. 소설의 중심인물은 경재와 준식과 여순이다. 여순은 소시민에서 노동자로 변신하고 파업을 주도하는 실천능력을 보여 주는 인물이다. 경재가 소시민의 머리(지식)를 대표한다면 준식은 노동자의 가슴(의지)을 대표하고 여순은 노동자의 손(실천)을 대표한다고 할 수 있을 것이다. 소설 속에는 대립인물과 매개인물이 형성하는 인물관계의 삼각형이 여러 개 배치되어 있다. 소설 속에서 매개인물의 위치는 상황에 따라 변한다. 현옥과 여순 사이에는 경재가 중간에 있고 여순과 분이 사이에는 준식이 중간에 있고 경재와 준식 사이에는 여순이 중간에 있다. 그러나 여순은 신분 상승의 환상을 스스로 포기하고 자신의 결단에 의해서 소시민의 위치에서 노동자의 위치로 이동하였다.

『청춘기』는 김태호와 박은희가 사회주의자로 변신하는 과정에 초점을 맞추어 서술한 소설이다. 도쿄에서 돌아온 태호는 미술 전시회에서 박용을 만나 신문사 취직을 권유받는다. 태호는 박용의 누이 박은희의 태도와 말씨에서 도쿄에서 사귄 친구 이철수와 흡사한 면을 발견하고 친밀감을 느낀다. 병이 들어 입원했다 나온 태호는 고향인 원산으로 가서 은희에게 사랑을 고백하고 서울로 돌아와 신문사에 취직한다. 박용 남매를 후원하는 홍명학의 부인 정경이 병사하자 명학의 누이 명순이 은희를 오빠의 후처로 들이고 자기가 태호와 결혼하려 한다. 은희가 태호와 약혼한 사이라고 하니 명순은 신문사 사장에게 태호를 거짓으로 헐뜯기 잘하는 주의자라고 모함한다. 신문사를 그만둔 태호는 이철수와 함께 사회운동을 하다가 체포된다. 은희는 태호의 고향 원산의 요양소에 취직하여 태호를 기다린다. 이철수는 소설에 직접 등장하지 않고 태호의 기억과 신문기자 장우선의 보도에 의해서 간접적으로 비범한 사회주의자라는 것이 암시된다. 『탑』은 러일전쟁 전후, 함흥에서 10리쯤 떨어진 마을에 사는 박 진사와 그의 두 아들이 겪는 시대의 변화를 묘사한 풍속소설이다. 박 진사는 시대의 변화에 적응하지 못하고 광산과 개간에 손댔다가 실패한다. 혼례, 설과 대보름 같은 명절의 의식, 굿놀이와 배뱅이굿 같은 각종 전통 유희들이 다양하게 소개된다. 젊은이들의 호칭이 아명(수실, 우길, 용능)에서 관명(상무, 상도, 상제)으로 바뀌는 것도 풍속사적 고려라고 할 수 있다. 백석 시에 나타나는 전통 풍속의 묘사는 1940년을 전후한 시기 문단의 일반적인 풍조였다. 박 진사로 대표되는 구세대와 박우길(관명은 상도)로 대표되는 신세대의 대립은 이 소설에서도 우길의 탈출로 끝난다. 그러나 이 소설에는 구한말의 부정부패와 매관매직에 대한 비판 이외에는 특별한 시대비판이 나타나 있지 않다. 다만 일본 메이지연호를 사용한 시대표기와 '홍범도', '이용익', '이제마'에 대한 인물 평가를 통해 간접적으로 드러나는 시대인식에서 친일론적 관점을 엿볼 수 있을 뿐이다. 한설야는 이 소설에서 의병장 홍범도를 폭도로 기술하였다. 폭도 3백 명이 차도선을 대장으로 삼고 북청군과 풍산군의 어름에 있는 후치령에 모여 있었다. 11월 말에 북청수비대 57명이 후치령을 공격하였다. 차도선은 삼수읍을 불 지르고 갑산읍으로 쳐들어가 우편국을 부수고 풍산군으로 달아났다. 북청수비대는 메이지 41년(1908) 2월 말에 보병과 기병 각 일 중대를 보냈다. 차도선이 귀순하였다. 차도선과 다른 세력이 있었는데 그들의 대장은 홍범도였다. 북청수비대가 네길로 나누어 홍범도는 러시아 극동지역으로 도피했다.

홍범도는 차도선이 휩쓸고 지나간 삼수갑산에서 사오백 명의 일당을 모아 가지고 그 성세가 날로 뻗치기 시작하였다. 그러자 그해 5월 차도선이도 낌새를 보아 도망쳐 버렸다. 부하를 다 잃다 보니 독불장군이라고 혼자서는 아무 일도 할 수 없을 뿐 아니라 자기의 성세도 땅에 떨어지게 되어 세부득 도망친 것이었다. 홍범도는 차도선을 맞아 기세가 백배하였다. 그리하여 그들은 다시 전보다 더 대판으로 폭동을 일으켰다. 이에 북청수비대에서는 그해 5월에 부속수비대 김경시 이하 열한 명을 보내 홍범도에게 귀순하기를 권하였다. 그러나 김경시 일행은 모조리 홍범도에게 참살되고 말았다. 홍범도는 본시 총칼 놓기로 이름난 사람이라 손수 이 참극을 연출한 것이다.[252]

이제마는 조선의 이인이라는 덕망 높은 사람이었다. 조선에 정병 3만을 양성하라고 상소한 것도 그였고 그것이 안 되면 함평 양도를 3년 동안 자기에게 맡겨 달라고 상소한 것도 그였던 만큼 경륜이 크고 병학에 밝아서 메이지 28년

252 한설야, 『탑』, 기민사, 1987, 177쪽.

(1895)의 최문환의 난리를 손쉽게 평정하였다.[253]

강원도 사람 최문환이 폭도 수백 명을 거느리고 함경도로 쳐들어왔다. 서리관찰사 목유신이 백성들에게 머리를 깎고 양복을 입으라고 명령하여 백성들이 모두 불평하였고 은근히 최문환을 환영하였다. 함흥의 읍회에서 이제마에게 최문환의 토벌을 부탁했다. 이제마는 어머니 상중이었으나 60 평생을 제세안민에만 마음을 써 온 그이라 마침내 난리를 평정하러 나왔다. 원산 수비대에 토벌을 중지하라고 하고 총 잘 놓는 포군(砲軍) 3백 명을 모아 공격하여 최문환을 잡아 가두었다. 조정에 보고하고 그날 밤으로 옥사정에게 지시하여 최문환을 풀어 주게 하였다. 최문환의 본심이 세상을 구하려는 데 있다는 것을 알았기 때문이었다. 이용익에 대한 평가는 호칭 속에 나타나 있다. "메이지 37년(1904), 내장원경 이용익 씨가 로서아를 가까이하였던 관계로 이에 크게 힘을 얻은 로서아는 북선 지방의 친일파 조선인을 체포하기 시작했다."[254]

이북명(1908-1988)은 함흥고등보통학교를 졸업하고 3년 동안 흥남질소비료공장에서 노동자 생활을 하였다. 「질소비료공장」(《조선일보》 1932. 5. 29-5. 31)을 연재하다 2회 만에 노동자를 선동했다는 이유로 시작 부분에서 중단되었다. 전체의 4분의 3에 해당하는 중간 부분과 결말 부분을 보충하여 일본어로 번역하고 「초진(初陣)」으로 개제하여 일본의 문예잡지 《분가쿠효론(文學評論)》(1935. 5)에 실었다. 해방 후에 이것을 다시 한글로 고쳐 쓰고 제목을 되살려서 『이북명 단편선집』(조선작가동맹출판사, 1958)에 수록했다. 이북명은 「암모니아 탱크」(《비판》 1932. 9), 「출근정지」(《문학건설》 1932. 12), 「민보의 생활표」(《신동아》 1935. 9), 「댑싸리」(《조선문학》 1937. 1), 「칠성암」(《조선문학》 1939. 3), 「빙원」(《춘

---

253 한설야, 『탑』, 196쪽.
254 한설야, 『탑』, 136쪽.

추》1942. 7) 등의 단편소설을 발표하였다. 소설에 현장 감각이 담겨 있다는 것이 이북명 소설의 특징이다.

「질소비료공장」에 등장하는 노동자들은 유산의 증기와 쇠가 산화하는 냄새와 기계 기름이 타는 냄새와 암모니아 가스가 뒤섞여서 만드는 악취 속에서 일했다. 노구치 재벌이 경영하는 일본질소비료주식회사는 방지할 수 있는 악취를 방치하고 팔을 잘라먹는 기계에 안전장치를 하지도 않았다. 유황철광을 태워 유산을 제조하는 노동자들은 30분 교대로 일하지만 가스에 중독되어 배소로(焙燒爐) 앞에서 쓰러졌다. 원심분리기에서 떨어지는 유안을 밀차에 받아 엔드리스[피대순환수송기(皮帶循環輸送機)]까지 운반하는 것이 수송부의 일이었다. 문길은 기침이 잦아지고 미열이 생기고 식은땀이 흘러서 공장병원에 가 보았으나 일본인 의사가 괜찮다고 했다. 어떻게 돈을 마련해서 한약방에 갔더니 폐병이라고 했다. 그는 노동력 상실자라는 선고를 받을 것 같은 공포 속에서 살고 있었다. 그의 일급은 90전이었다. 30일을 일해야 27원이 생기는데 다달이 이틀은 쉬어야 했다. 그에게는 노모와 아내와 세 아들이 있고 그의 아내는 또 임신 중이었다. 공장 친목회를 만들려던 동료들이 해고되고 구속되었다. 공개적인 모임인데 회사 측은 비밀단체를 구성하려 했다는 이유로 그들을 해고하였다. 그는 회사에서 노동자 교화용으로 갖다 놓은 《기보(希望)》와 《이즈미노하나(泉花)》 같은 종교잡지를 읽고 적기가를 부르는 동료들은 가까이하지 않으려고 조심했다. 그 잡지들에는 열심히 일하면 신들이 복을 내려 준다고 적혀 있었다. 점심시간에는 제품창고에서 유안(황산암모늄)계와 유산(아황산)계의 배구시합이 있었다. 3백 명 이상의 군중이 모여서 구경을 했다. 철식은 운동을 통하여 노동자들의 감정을 하나로 모으고 노동자들 가운데서 동지를 찾아내려 했다. 시합 중간에 철식이 경비계장에게 불려 가서 해고 통지를 받고 경찰에 고발되었다. 철식의 주도로 30명이 동윤의 하숙에 모여서 상호 친목과 상호 부조를 목적으로 한 유안 친목회를 만들고 문예부, 외교부, 체육부, 생활부를 구성하였다. 동윤은 고등보통학교 2학년 때 독서회 사건으로 퇴학을 당했다. 그는 이론에 밝았으나 생활에 어두웠다. 재향군인과 퇴직경찰들로 구성된 회사경비들이 노동자들 하나하나를 감시했다. 동윤이 맡은 문예부에서는 서적을 구입해서 읽히고 강연회, 연구회 등을 개최하기로 하였다. 회사 측에서 이것을 알고 합법적인 조직을 비밀결사로 몰았다. 일본인들은 일심회라는 친목계를 가지고 있었다. 철식이 풀려나온 날 송별회를 하는 자리에 문길도 참석했다. 철식은 집을 짓다가 목수가 부상당해 물러나면 다른 목수가 받아서 지어야지 세워 놓은 기둥을 썩힐 수는 없다고 말했다. 그 자리에 모인 13명의 노동자들은 산업합리화와 노동강화에 의한 잉여노력의 축소는 대량의 무단해고를 불러올 테니 단결하여 저항하지 않으면 안 된다는 이야기를 주고받았다. 불원에 있을 춘기 직공 신체검사가 무단해고의 발단이 될 것이라고 예측한 사람도 있었다. 다음 날 아침에 사오 명의 노동자가 유안 계장실로 불려 갔다. 단순한 술추렴이라고 발뺌을 했으나 그들은 문길을 의심했다. 문길은 고급사원 구락부 잡부로 있다가 몇 달 전에 유안계로 들어온 인철이 철식이네 가느냐고 묻던 것이 생각나서 동료들에게 알렸다. 결국 춘기 신체검사가 있었고 문길은 해고되었다. 건강하게 입사한 사람이 4년 만에 병들어 쫓겨나는 것을 보고 노동자들은 문길의 처지를 자기들이 당한 일처럼 생각했다. 신체검사를 통해 공장 전체에서 50명이 해고되었다. 철식은 우선 삐라투쟁을 전개하고 시위투쟁으로 발전시키자고 제안했다. 어떤 문제가 제기되면 철식은 우선 노동자들과 상의했다. 철식은 의견을 듣기를 좋아했고 들으면서 배웠다. 자기들의 의견을 참작한 제안이므로 노동자들은 철식의 제안을 채택했다. 모이는 장소에서 70미터 거리에 있는 백양나무까지 철사를 늘이고 철사 끝에 깡통을 달아매어 철사를 다치면 소리가 나도록 해 놓았다. 회사경비와 고등계 형사가 다가가는 것을 보고 문길이 철사를 당겼다. 철식을 이어 모임을 주도하는 상호가 원심분리기를 가동시켜 놓고 뒤보러 가는 체하고 밖으로 나와 노동자들의 의복 보관함에 삐라를 집어넣었다. 바지띠 매는 시늉을 하며 돌아오니 기계는 여전히 혼자서 돌고 있었다. 삐라에는 무단해고 반대, 노동조건 개선, 감봉제도 철폐, 질병해고자 퇴직금 지급 등의 요구조건이 명시되었다. 20여 명의 노동자가 연행되었다. 문길이도 잡혀가서 매를 맞고 물고문을 당했다. 열이틀 만에 석방된 그는 그대로 병석에 눕고 말았다. 동료들이 돈을 모아 문길의 가족을 도왔다. 4월 28일에 문길은 숨을 거두었다. 노동자들은 문길의 장례를 메이데이 시위와 결부시키기로 하였다. 공동묘지로 가는 상여를 따라가면서 문길의 아내는 남편이 참으로 좋은 사람이었다는 것을 새삼스럽게 느꼈고 이 많은 사람들이 진작 들고일어나 주었다면 혹시 남편의 목숨을 구했을 수도 있지 않았을까 하는 생각에 가슴이 미어지는 듯했다.

「민보의 생활표」에는 노동자의 봉급명세서와 지출명세서가 구체적으로 제시되어 있다. 노동자들은 월급날을 근심데이라고 불렀다. 빚쟁이들에게 급료를 다 뜯기는 날이기 때문이었다. 민보는 술집에 가자는 것을 거절했다. 셋이 가서 한 사람이 두 순배(巡杯)씩 사더라도 한 순배에 30전이니 1원 80전을 쓰고 싶지 않았다. 집에 가니 쌀장수가 밀린 쌀값을 받으러 와 있었다. 민보는 외상 8원 75전 중에서 6원을 갚았다. 잔업수당까지 합하여 일급 90전에 하룻밤에 15전씩 10일간의 야근수당을 합하면 2월분 28일의 급료는 26원 70전이다. 건강보험비 45전, 운동부비 30전, 의무저금 1원을 제하면 24원 95전이 남는다. 써야 할 돈은 고향집 10원, 쌀값 6원, 집세 2원, 술값 50전, 식료 2원, 나무값 3원, 전등료 60전이니 85전이 남는다. 소주 한번 실컷 마셔 보지 못했고 아이는 찢어진 셔츠에 팔굽 빠진 저고리를 입었다. 아버지가 쉰 냥(10원)을 받으러 왔다. 아버지의 손끝은 마디마디 칼로 에인 듯이 끊어져 있고 그 짬에 때가 새까맣게 차 있었다. 민보가 하던 야학을 계속하던 서식이 농업조합을 결성하려 했다는 혐의로 구속되었고 윤 초시가 서식의 아버지에게 그런 배은망덕한 자식의 집에는 전답을 줄 수 없다고 하였다. 큰물이 났을 때 민보와 서식은 제방 수리를 지휘하여 주재소에서 상장을 받은 적이 있었다. 민보는 겨울 동안 공장에서 일해서 춘궁을 면해 보려고 읍으로 왔다가 그대로 눌러 앉은 것이었다. 3월에는 전월 외상 3원 20전에 잡비 1원을 보태니 지출이 늘어 27원 30전이 되었다. 회사에서는 공사가 완성되고 사무가 정돈되어 4월부터는 잔업을 중지하고 8시간 노동제를 실시하겠다고 했다. 10시간 90전의 일급이 8시간 75전으로 줄었다. 윤 초시는 농사지을 사람이 없는 집에 귀한 땅을 맡길 수 없으니 4월 1일까지 소작권 이동 수속을 하겠다고 통보하였다. 부모를 읍으로 모시고 오거나 민보네가 고향으로 가는 수밖에 다른 도리가 없었다. 민보는 고향에 가서 농사를 짓기로 결정하였다.

「빙원」의 주인공 최호는 K고등공업학교 기계과를 졸업하고 특별히 선발되어 C수력발전사무소 기계계에 입사하였다. 혈색이 좋지 못하고 여름에도 감기에 잘 걸리는 그는 대대로 약질이어서 약병이 그의 손에서 떨어지는 적이 없었다. 압록강 변 사수역에 내린 그는 회오리바람에 휩싸여 얼음판에 넘어졌다. 그는 차디찬 하늬바람을 맞으며 영하 21도의 추위 속에서 우울하고 쓸쓸한 심정으로 주위의 빙원(氷原)을 둘러보았다. 그는 기술자에게는 오직 일이 있을 뿐이라는 생각에서 빙원을 정복하고 장진강 발전소의 S저수지 수문 공사를 완성하겠다고 스스로 다짐하였다. 마중 나온 지만수 노인의 집에서 노인의 딸 금순이 차려 준 저녁상을 받았다. 이팝 한 그릇, 감자 한 대접, 두부를 넣은 소고기국, 삶은 계란 한 접시, 갓김치, 돼지고기, 고사리 나물. 흠잡을 데 없는 밥상이었다. 그가 맡은 일은 S저수지 제2 댐의 일수문(溢水門)을 개조하는 공사였다. 물길을 가로막는 댐에는 무서운 물의 압력을 조절하는 일수문들이 나 있다. 장마로 수위가 올라가면 일수문을 열어 물을 빼내는데 제1 저수지에 떨어지는 물은 다시 제2 댐을 통하여 제2 저수지로 흘러 나간다. 지금까지 제2 저수지의 댐은 불완전한 목조 언제(堰堤)였다. 그가 맡은 임무는 이 언제를 철재의 댐으로 개조하는 공사였다. 장마 전에 마치려면 엄동설한에 시작해야 했다. 2백 톤의 철재를 검수하고 사수에서 메물리까지 80리를 운반해야 했다. 인부 여덟 명이 50대의 소발구(소가 끄는 썰매)로 수송하는 작업은 난사 중의 난사였다. 감기에 걸린 그를 금순이 지극하게 간호했다. 그는 지만수 노인에게 술을 대접했다. 술을 마시며 노인은 그에게 자신의 사정을 이야기했다. 십여 개의 마을이 저수지에 잠기게 되어 노인도 이전비 250원을 받고 사수로 이사하였다. 간전리 댐 공사에 전국의 노동자들이 몰려왔다. 노인의 아들도 노동자가 되었다. 노인의 아들이 술과 계집에 빠져서 이전비 250원을 훔쳐 가지고 어디론가 사라졌다. 5년을 기다리던 며느리가 개가했고 바로 그다음 해에 노인의 아내가 독사에 물려 죽었다. 최호는 희생과 비극이라는 두 가지 조건이 없으면 건설이 불가능하다는 사실을 인식하고 공사에 어느 정도의 희생이 따를 것은 미리 각오하되 가장 적은 희생과 비극으로 가장 큰 건설을 완성하도록 힘써야겠다고 결심하였다. "건설을 위해서는 명예도 소용 없고 지위도 집어 치자. 필요하다면 생명까지라도 바치자."[255]

이 심산에서 몇 해를 침식을 잊고 '나'를 버리고 악전고투하여 세기의 대저수지를 건설한 기술자 선배들의 위대한 뜻을 나는 계승해야만 할 것이다. 그것이 총후국민(銃後國民)으로서의 내가 나라에 바치는 유일한 충성일 것이다.[256]

「빙원」에 들어 있는 친일론적 관점의 과장으로 미루어 볼 때 「질소비료공장」과 「민보의 생활표」에는 반대로 반일론적 관점의 과장이 들어 있으리라는 추측을 피할 수 없을 것이다.

김남천(1911-1953)은 「소년행」(《조광》 1937. 2), 「처를 때리고」(《조선문학》 1937. 6), 「제퇴선(祭退膳)」(《조광》 1937. 10), 「요지경」(《조광》 1938. 2) 등의 단편소설에서 사회주의 운동이 불가능하게 된 현실에서 사회주의자들이 겪는 체험을 자기비판적으로 서술하였다. 김남천은 카프 해산 이후에 지식인들이 겪는 고뇌

255 이북명, 『이북명 소설 선집』, 남원진 편, 현대문학, 2010, 170쪽.
256 이북명, 『이북명 소설 선집』, 171-172쪽.

와 방황을 집요하게 추적하면서 허무주의와 허위의식에 빠지지 않고 시대의 어두움을 견딜 수 있게 하는 최소한의 윤리를 탐색하였다. 전경에는 지식인의 좌절이 나와 있고 배경에는 지식인을 좌절시키는 현실이 묘사되어 있는 것이 김남천 소설의 특징이다. 「소년행」의 주인공 봉근은 18살 소년이다. 7년 전 보통학교 3학년 때 백육십 리 길을 걸어 평양으로 도망쳐 나왔다. 여관 사환, 양말공장 직공, 양복점 견습을 거쳐 3년 전에 서울로 와서 종로의 녹성당 약방의 사환이 되었다. 한 달 반 전에 봉근은 누이의 편지를 받았다. 봉투에는 "신막역전 해동여관 김계향"이라고 적혀 있었다. 계향은 누이 봉희의 기생 이름이었다. 술만 먹고 집안을 돌보지 않는 계부와 남편과 아이들 사이에서 어쩔 줄 몰라 하는 어머니와 더러운 꼴만 보이는 누이가 싫어서 겨울이 닥쳐 오는 추운 날 집을 나간 사정을 이해한다는 말과 박 주사의 아들 병걸에게서 소식을 들었다는 말과 어머니는 회창 금광 근처로 이사하여 이복동생도 하나 더 낳고 입에 풀칠은 한다는 말과 누이 자신은 순천으로, 안주로, 정주로, 개천으로 화물자동차 모양 흘러 다니다가 신막에 와 산 지 1년이 되었으며 어떻게든 서울로 한번 올라갈 생각이라는 말이 적혀 있었고 사연 옆에 가는 글씨로 몹쓸 병 때문에 맥이 없고 허리가 아프니 약을 가르쳐 달라는 말이 덧붙어 있었다. 봉근이는 일부러 만날 필요는 없고 냉병인 듯한데 어느 약국에서나 비슷한 처방이고 특효약은 없다고 답장을 했다. 그런데 갑자기 젊은 여자가 찾아와 봉희가 서울에 와 있으니 찾아와 달라고 하며 주소를 가르쳐 주었다. 주소는 청진동 백이십× 번지였다. 분함과 미움과 슬픔과 쓰라림이 밀려들면 자전거를 타고 광화문 네거리로 태평동으로 장곡천정(소공동)으로 한 바퀴 돌아오곤 하였으나 누이의 기별을 받은 봉근은 자전거를 타려고 하지도 않고 불행한 심리상태에 몸을 적시고 적막과 몸소 맞서 보려고 하였다.

  분함은 누이에게로 돌려보낼 감정이 아니었다. 누이의 육체가 물에 젖은 걸레 조각같이 더러워졌어도 수많은 사내들에게 고기는 짓밟히고 피는 할키워 지금은 능금같이 건강하고 무성한 나무같이 아름답고 씩씩함이 하나도 찾아볼 길이 없어졌다 하여도 그는 나를 좇아오며 빛을 구하며 희망을 찾고 있지 아니하냐! 머리는 모든 이성에서 떠나고 감정과 정서는 타락하고 어그러져서 탄력 없는 살덩이만이 뼈다귀 주머니 모양으로 축 늘어져 있다 하여도 오히려 그의 품에 나를 껴안아 주고 나를 부둥켜안고 땅을 치며 통곡할 사랑과 정성이 남아 있다며는 그것을 받아들이고 그 속에서 같이 울고 웃는 것이 네게 남은 단 하나의 아름다운 감정이 아닐 것이냐?[257]

주소를 물어 찾아가니 누이는 최연화라는 기생의 집에 있었다. 치마와 바지와 버선을 보고 봉근은 그녀가 평양 사람인 것을 알았다. 그녀는 모란봉과 능라도와 단군전을 회상하고 경재리와 신창리를 거닐던 시절을 그리워했다. 목욕 갔다 온 누이는 봉근에게 돈을 좀 모았느냐고 묻고 돈을 아껴야 한다고 충고했다. 봉근은 된 데라고는 반 푼어치도 없는 놈을 따라와서 일생의 생계나 세운 듯이 돈이 제일이라고 설교하는 누이의 말을 아주 역겹게 들었다. 누이는 도쿄에서 공부하고 돌아와 사회주의 하노라고 이리 덤병 저리 덤병 하다가 어찌어찌 하던 끝에 금광 브로커가 된 박병걸이에게서 술장사 밑천을 뽑아내려고 하고 있었다. 도쿄 가서 학교에 다닐 때에 병걸은 방학 때 오면 천도교당에서 연설하고 저녁에는 봉희를 끼고 "기생도 학대받는 계급이다"라고 하며 술상을 치곤 하였다. 병원비를 아끼려고 약국에 와서 주사를 맞는 사람들이 있었다. 주사를 놓아 주면 그들은 주사비와 수수료 이외에 상품권 같은 것을 봉근이에게 따로 주었다. 봉근이는 그것으로 어린 명식이의 운동화와 누이의 지갑과 연화의 콤팩트를 샀다. 약국에서 잔심부름을 하는 명식이의 운동화가 다 떨어진 것을 보았기 때문이었다. 낮에 겨를을 내어 연

257 김남천, 『소년행』, 학예사, 1939, 49쪽.

화의 집에 가서 선물을 전했다. 마침 누이와 병걸이 들어와 연화에게 준 콤팩트를 보고 난봉이 났다고 놀렸다. 봉근은 연화가 쥐고 있는 콤팩트를 빼앗아서 뜰에 내던지고 "사회주의 하노라고 꺼떡대다가 협잡꾼이 안 돼서 내가 난봉이 났소"258 하고 쏜살같이 뛰어나왔다. 약방에 들어서서 전화를 받고 자전거를 타고 약배달을 나오니 봉근의 마음은 벌써 시원하였다. 봉근과 봉희는 실국시대에 붕괴된 가정의 모습을 보여 준다. 가정을 붕괴시킨 현실의 압력이 이 소설의 숨어 있는 사회적 배경이 된다고 할 수 있다.

「제퇴선」은 주인공 박경호를 제사에 쓰고 물려 낸 음식에 비유한 소설이다. 삼각정에 있는 붉은 벽돌 이층집에는 내과, 외과, 소아과, 피부과, 이비인후과 등등 모든 병의 종류가 나열되어 있다. 이 건물이 순안의원인데 의사 최형준이라는 문패가 붙어 있다. 유월 초순 자정 15분 전에 전화가 와서 이 서방이 받았더니 병원 조수 박경호를 찾았다. 박경호는 병원을 나와서 다옥정 어느 골목으로 들어가 어떤 집 대문 앞에 서서 누구를 기다렸다. 박경호는 서울 어떤 의학전문학교 4學年에 재학하다가 여름방학에 독서회 사건에 걸려서 징역 2년에, 학생신분을 감안해서 집행유예를 받았다. 면협의원인 아버지가 서울로 달려와 교장과 학감을 만나 애걸하였으나 거절을 당하였다. 그는 1년 안에 의사시험을 치르겠다고 아버지에게 약속하였으나 어영부영하는 동안에 1년이 지나갔다. 가끔 친구 학선이가 찾아와서 마르크스주의를 계속 공부하지 않는 그를 비판하였으나 박경호는 이제 누구를 비판하고 싶지도 않았고 누구에게 비판받고 싶지도 않았다. 그 누구에는 자기도 포함되었다. 자기를 비판하고 싶지도 않고 자기에게 비판받고 싶지도 않은 것이 요즈음 그의 심정이었다. 최형준은 학교시절에 박경호와 친하게 지냈으나 행동을 같이하지는 않았다. 기생 향란이가 인력거를 타고 왔다. 향란은 입원해서 약을 끊겠다고 했다. 경호는 입원을 한다고 해서 약을 끊을 수 있는 것

258 김남천, 『소년행』, 72쪽.

이 아니며 의지만 강하다면 입원하지 않고도 약을 끊을 수 있다는 이유로 입원을 만류하였다. 그와 향란의 관계를 병원에 알리고 싶지 않은 것도 그녀의 입원을 만류하는 이유의 하나였다. 다음 날 향란은 최형준에게 선금 50원을 내고 입원하였다. 향란이는 모르핀 중독자였다. 침대 위에서 아침부터 밤까지 신음하는 병이 아니었기 때문에 그녀는 이 병원에 기숙하는 사람처럼 보였다. 그녀는 목욕탕에도 다니고 밤에는 요릿집에도 불리어 다녔다. 그녀는 가난한 집에서 태어나 열세 살에 2백 원에 팔려서 시집을 갔고 2년 동안 소같이 일했으나 다시 백 원에 술장수에게 팔렸고 정신을 차리니 해주의 일등명기가 되어 있었으며 개선장군처럼 서울로 들어와 첩으로 다시 첩으로 떠돌다가 스물다섯에 모르핀 중독자가 되었다. 경호는 경찰서 유치장에서 모르핀 중독자를 여럿 보았다. 처음에는 상기되고 호흡이 가빠지고 설사를 자주 하다가 머리로 바람벽을 치받고 나중에는 통곡을 계속하였다. 향란도 옷을 찢고 머리를 풀어헤치고 이를 갈며 비명을 질렀다. 경호는 향란을 껴안고 밤을 새웠다. 왕진가방에 넣어 두었던 주사약이 세 개가 없어졌다. 이 서방의 씀씀이가 늘어난 것에 의심을 두고 추궁하였더니 향란에게 두 개씩 두 번, 세 개 한 번 갖다주었다고 실토했다. 향란네 집을 찾아가 방문을 열었더니 재떨이 속에 있는 1시시짜리 앰플이 눈에 띄었다. 그는 향란의 뺨을 갈기고 나오려는데 향란이 그의 양복 자락을 잡았다. 경호는 그녀에게 두 다리를 붙잡힌 채 눈앞의 창문을 바라보고 서 있었다. 이 소설에서 향란의 모르핀은 지식인이 어떻게 할 수 없는 현실의 완강함을 상징한다.

장편소설 『대하』(인문사, 1939)는 향토적인 소재를 풍속사적인 시각에서 다루면서 한국 봉건사회의 몰락과정을 그려 낸 소설이다. 학춤, 사자춤, 씨름, 그네뛰기, 결혼식, 단오절 행사 같은 전통의식이 나오고 학교와 교회의 시대적 위상, 그리고 의상과 두발과 신발의 변화가 묘사된다. 보잘것없는 열녀비각이 상징하듯 껍질만 남은 형식주의를 고수하는 박리균은 부정적으로 묘사되고 박성권, 박형걸, 정봉석, 최관술, 문우성, 나카니시 등 시대변화에 적극적으로 적응하는 인물들이 긍정적으로 묘사된다. 동학교도 최관술은 개화장과 개화경 같은 신문물을 마을에 처음으로 들여오고 교사 문우성은 미신을 타파하고 조혼에 반대하고 기독교를 전도하며 나카니시는 양말, 양산, 남포 등을 파는 붙박이 상점을 연다. 두무골에 사는 밀양 박씨 가족의 역사를 기록한 이 소설은 박성권의 조부가 아전 구실을 살며 모은 돈을 주색과 아편으로 탕진한 박성권의 아버지 박순일의 죽음으로 시작한다. 아버지의 죽음으로 박성권은 스무 살에 파산에 직면하였다. 박성권은 청일전쟁 때 군수물자를 운반하고 군대 상대로 장사를 해서 돈을 모으고 그 돈을 고리대로 늘려서 재산을 축적하였다. 박성권에게는 본처 최씨에게서 낳은 형준, 형선, 형식과 빚 대신에 얻은 파평 윤씨네 딸 탄실에게서 낳은 형걸 등 네 아들이 있다. 형준은 열아홉 살이었고 형선과 형걸이 열여덟로 동갑이었다. 형선이 형걸보다 한 달 먼저 났으니 형걸을 셋째라고 해야 할 것이지만 형걸이 서자이기 때문에 두 살 난 형식을 셋째라고 했다. 형준은 아버지에게 돈을 타서 쓰지만 술이나 다른 취미에 재미를 느끼지 못하기 때문에 용돈이 별반 필요 없는 사람이다. 그는 아버지를 닮아서 실리에 밝고 사업에 능력을 발휘한다. 형선도 매사에 신중하고 착실한 아들이다. 서자인 형걸은 어려서부터 새로운 일을 벌이려는 모험심과 사업을 주도하려는 과감성을 보인다. 형걸은 하녀인 쌍네를 두고 형준과 다툰다. 쌍네는 남편과 함께 마을을 떠난다. 형걸은 기생 부용네 집에서 아버지를 만난다. 자기가 좋아하는 부용을 아버지도 좋아하는 것을 알고 형걸이 기생집을 뛰쳐나와 그날 밤에 평양으로 떠나겠다고 결심하는 것으로 소설이 끝난다. 자수성가한 박씨 집안의 서자 박형걸이 학교를 마치고 사회생활을 시작하는 지점에서 끝나는 이 소설은 한국사회의 과거와 현재를 총체적으로 묘사하고자 한 작가의 목적을 달성하지 못하고 국치 전후의 세태 풍경을 묘사하는 데 그쳤다고 하겠다.

김남천은 소설가이면서 동시에 한국문학의 리얼리즘론을 체계적으로 구상한 비평가이기도 하였다. 리얼리즘 소설은 한국소설의 주류를 형성한다는 점에서 그의 리얼리즘론은 한국소설사의 중요한 장면으로 고려되어야 한다. 한국현대문학의 리얼리즘 문학론은 세 단계로 진행되었다. 1단계는 김기진이 주도했고 2단계는 임화가, 3단계는 김남천이 주도했다. 리얼리즘 문학론이 전개되던 시기는 신간회가 좌우합작의 민족단일전선으로 활동하던 시기(1927-1931)와 대체로 일치한다.

김기진은 김동인, 현진건, 나도향의 사실주의를 변증법적 유물론의 시각으로 확대하고 심화하려고 했다. 현실의 표층만 묘사하는 사실주의를 넘어서려면 변증법적 유물론에 근거하여 현실의 심층을 구체적으로 파악해야 한다는 것이다. 그의 리얼리즘론은 인식의 내용은 이미 주어져 있으니 새로운 표현방법을 발견하기만 하면 된다는 정적인 논리에 입각하고 있었다. 김기진은 사물의 운동을 객관적으로 파악하되, 사회적인 원인을 구체적으로 구명하고 전체와의 연관을 계급적으로 해명하라고 작가들에게 권고했다.[259] 그는 「문예시대관단편(文藝時代觀斷片): 통속소설고」(《조선일보》1928. 11. 9-11. 20)에서 문체와 용어를 평이하게 하고 낭독에 편하게 하고 성격묘사와 심리묘사에 힘쓰고 사건의 기복을 명확하게 하고 가격을 싸게 하라는 식의 형식적 조건을 제시하고, 「대중소설론」(《동아일보》1929. 4. 11-4. 20)에서 제재를 농민과 노동자의 일상견문에서 취할 것, 물질생활의 불공정과 그 제도의 불합리로 야기되는 비극을 주 요소로 하고 그 원인을 명확하게 인식할 것, 숙명적 정신의 참패를 보이고 동시에 새로운 힘찬 인생을 보일 것, 신구 도덕의 충돌에서 반드시 신사상의 승리로 할 것, 빈부 갈등은 정의로써 다룰 것, 연애를 취급할 때는 그것을 배경으로 사용할 것 등의 내용적 조건도 언급했다. 김기진은 「농민문예에 대한 소고」(《조선농민》1929. 3)에서도 유사한 조건을 제시하였다. 농민들의 거의 전부는 무식한 사람들이니 그들이 귀로만 듣고도 이해할 수 있는 글이 되어야 하고, 제재를 농민의 생활에서 취하고 지주, 자본가, 소시

<hr />

259 김기진, 『김팔봉문학전집』, 홍정선 편, 문학과지성사, 1988, 72쪽.

민의 생활은 반드시 농민생활과의 대조로서만 취해야 하고, 성격의 세밀한 묘사를 버리고 사건의 갈등과 인정세태의 유로(流露)를 뚜렷하게 보여 주어야 한다는 것이 그의 주장이었다. 김기진은 한국소설사에서 현실인식의 중요성을 처음으로 내세운 비평가였으나 고정된 세계관과 계몽적 표현양식을 결합하려 한 시도의 한계는 너무나 분명한 것이었다. 임화는 「김기진 군에게 답함」(《조선지광》 1929. 11)이란 글을 지어 혁명의 원칙을 포기하고 개량주의적 대중영합에 떨어져 스스로 무장해제를 선언한 결과가 되었다고 비판하였다.

현실의 다양성을 강조하기 위하여 마르크스주의의 원칙에 해롭지 않은 것이면 제재와 수법과 양식을 자유롭게 선택할 수 있도록 하자는 데 2단계 리얼리즘론의 특색이 있다. 1932년 소련 예술 조직위원회에서 제창하여 1934년 소련 작가회의의 규약으로 성립된 사회주의 사실주의는 더 이상 반혁명(反革命)을 염려하지 않게 된 소련 공산당의 자신감을 반영하여 개방적인 태도를 보여 주었다. 프롤레트쿨트(Proletkul't)가 주도한 검열도 다소 완화되었다. 안막은 사회주의 사실주의의 시각에서 김기진을 비판하였다. 변증법적 유물론이 아니라 현실에서 출발해야 하고, 세계관에 대한 충실도가 아니라 생활에 대한 충실도로 작품을 평가해야 한다는 것이 그 비판의 요지였다(「창작방법론문제의 재검토를 위하여」, 《동아일보》 1933. 1. 29-12. 7). 그러나 소련 공산당의 자신감의 반영인 사회주의 사실주의를 한국의 현실에 적용해 보려는 시도는 즉시 정치성의 퇴조라는 현상을 불러왔다. 임화는 사회주의 사실주의의 목적이 현실의 역동적 구조를 드러내려는 데 있음을 확인하고 낭만정신을 사회주의 사실주의의 불가결한 요소로 규정하였다.

물론 리얼리즘은 현실을 있는 그대로 그리는 것이다. 그러나 주의할 것은 현실이란 고정된 것이 아니라 부절히 변화하고 발전하여 소멸하는 긴 과정임을 이해하는 것이다. 우리의 사실주의는 과거의 것이 정역학적이었음에 반하여 다이내믹한 것이다. 현실에 만족하지 않고 명일과 미래에로 부단히 전진하기 위하여 활동하는 것이다. 즉 이것은 길포친의 용어를 빌면 현실적 몽상, 현실을 위한 의지에 기초한 낭만정신이다.[260]

임화는 역사주의적 입장에서 인류사회의 역사적 현재를 미래로 변혁하는 정신을 낭만정신이라고 하였다. 소설은 역사적 실천의 묘사가 되어야 한다는 것이 임화의 생각이었다. 후에 임화는 주체의 문제를 낭만주의로 이해한 자신의 과오를 인정하였지만[261] 그때도 그는 세태소설과 내성소설을 비판하며 환경과 성격이 동시에 생생하게 드러나는 본격소설을 리얼리즘 소설의 표본으로 삼고, 사건다운 사건은 역사적 실천에 의거하여 규정되고 성격다운 성격은 심오한 사상에 의거하여 규정된다고 보았다.

김남천의 리얼리즘론은 김기진과 임화의 한계에 대한 인식에서 출발하였다. 세계관은 방법을 한정하고 현실은 방법을 개방하므로 세계관보다 현실을 중시해야 한다는 점에서 그의 리얼리즘론은 전 단계(前段階)의 리얼리즘론과 구별된다. 김남천은 리얼리즘에 적합한 전형(典型) 창조방법은 원심적(遠心的) 형상화라고 생각하였다. 그것이 작가에게 자기 영토를 넘어서 자기 격파의 방향을 취하여 현실을 폭넓게 묘사할 수 있도록 하기 때문이다. 구심적(求心的) 형상화는 회색적이고 내성적인 관점으로서 생산양식과 가족구조의 동태를 파악하지 못한다. 김남천은 자기 격파 또는 가면 박탈을 특별히 강조하였다. 작가는 자기의 소시민성을 스스로 고발하고 격파할 때에 비로소 역사의 터전에 들어설 수 있기 때문이라는 것이다. 그가 추상적 이념이 아니라 인물로 된 이념으로 현실의 분열상(分裂相)을 가차 없이 냉정하게 관찰해야 한다고 한 것도 리얼리즘의 비판적 기능을 살리기 위해서였다.

---

260 임화, 『문학의 논리』, 서음출판사, 1989, 23쪽.
261 임화, 「사실주의의 재인식」, 『문학의 논리』, 60쪽.

우리는 우선 외지와 이 땅의 문학의 사회적 기능과 임무의 차이를 구체적으로 파악하려 한다. 물론 세계사적 임무를 망각한 특수한 일지역의 개별기능이란 생각할 수 없다. 그러나 어떤 나라에는 건설의 환희가 있는지 모르나 어떤 곳의 현실에는 낙관과 환희를 누르고 무엇보다 시대의 운무가 가득히 끼어 있는 것이 사실이다. 이 시대적 운무는 여러 가지 특별한 생활을 영위시키고 있다. 이러한 곳에 있어서 리얼리스트의 철저한 모사·반영은 고발이 되지 않을 수 없다.[262]

김남천은 마르크스주의 이론의 합리적 핵심이 윤리와 성격을 통해 풍속에까지 침윤(浸潤)된 것으로 나타나기를 희망하였다. 사회적인 습속과 습관, 생산관계에 기초한 인간생활의 각종 양식, 가족제도와 가족감정, 도덕과 윤리, 사회의 물질구조는 풍속으로 육체화된다고 생각했기 때문이다. 리얼리즘을 자기 고발과 도덕 관찰로 규정한 김남천의 리얼리즘론은 20세기 전반기(前半期) 한국 문학비평의 가장 높은 수준을 대표한다. 그러나 우리는 그의 비평에도 리얼리즘 논의의 핵심이 결여되어 있다는 사실을 외면할 수 없다. 그의 평론에는 근대의 이해 또는 근대성의 인식이 분명하게 나타나 있지 않다.

7) 홍명희와 채만식과 김유정

홍명희(1888-1968)는 《조선일보》에 수차례 중단하다 계속하면서 10년 동안 『임꺽정』(1928. 11. 21-1939. 3. 11)을 연재하였다. 1. 봉단 편은 이장곤의 부인 봉단의 이야기이다. 홍명희는 봉단을 이상적인 여성상으로 묘사하였다. 연산군 시절 홍문관 교리 이장곤은 거제도의 배소를 탈출하여 함흥에 숨어들어 고리백정의 딸 봉단과 결혼한다. 중종반정 후 상경하여 동부승지가 되고 중종의 특지로 봉단을 정실로 맞아들인다. 봉단의 숙부 양주팔은 묘향산에서

---

262 김남천, 『김남천전집』 1, 정호웅·손정수 편, 박이정, 2000, 243쪽.

도인 이천년(정희량)을 만나 천문지리와 음양술수를 배우고 돌아와 서울에서 가죽신을 만드는 갓바치[皮匠]로 살아간다. 봉단의 이종사촌 임돌이는 양주팔의 주선으로 양주 소백정의 데릴사위가 된다. 2. 피장 편은 갓바치 양주팔의 이야기이다. 양주팔은 이장곤의 소개로 대사헌 조광조와 교우하게 된다. 그는 정변을 예견하고 조광조에게 낙향을 권유하였으나 조정에 남아 있던 조광조는 기묘사화(1519)로 죽는다. 임돌이의 딸이 갓바치의 아들과 결혼한다. 누이를 따라 상경한 임꺽정은 한동네의 이봉학, 박유복과 함께 글을 배운다. 꺽정은 백정이라고 멸시하는 것을 참지 못해서 글공부를 그만둔다. 양주팔이 꺽정에게 글 대신 말로 병법을 가르친다. 이봉학은 활을 잘 쏘고 박유복은 표창을 잘 던진다. 이봉학의 활솜씨에 자극을 받아 임꺽정이도 검술선생을 찾아가 칼 쓰는 법을 배운다. 양주팔은 입산하여 병해대사가 된다. 임꺽정은 병해대사를 따라 명산들을 유람하다 백두산에서 운총과 인연을 맺는다. 운총은 몇 해 후에 아들 백손을 안고 양주로 찾아온다. 병해대사는 죽산 칠장사에 머물며 생불로 추앙받는다. 3. 양반 편은 중종 말년에서 명종 대에 이르는 동안에 벌어지는 당파싸움 이야기이다. 중종이 승하하고 인종이 즉위하여 1년을 못 채우고 죽는다. 인종의 이복동생 경원대군 명종이 즉위하고 대비인 문정왕후가 수렴청정을 한다. 문정왕후의 동생 윤원형은 인종의 외삼촌 윤임이 경원대군을 해치려 한다고 모함하여 을사사화(1545)를 일으킨다. 그는 권력을 잡고 20년 동안 매관매직을 일삼는다. 보우가 대비의 신임을 이용하여 불사를 크게 벌여 유림의 반발을 산다. 병해대사가 양주 회임사 무차대회(無遮大會)에서 보우를 끌어내려 등을 세 번 때린다. 을묘왜변에 백정이란 신분 때문에 군총에 뽑히지 못한 꺽정이 혼자 전장에 가서 상관을 구하려다 죽게 된 이봉학을 구출한다. 4. 의형제 편은 임꺽정과 의형제가 된 이봉학, 박유복, 곽오주, 배돌석, 황천왕동, 길막봉의 이야기이다. 4-1. 박유복은 부친을 무고하여 죽게 한 노 첨지를 살해하고 관가에 쫓긴다. 덕적산 최영 장군 사당에서 장군 마누라로 뽑힌 최씨 처녀와 인연을 맺고 함께 도주한다.

최씨 처녀가 청석골 늙은 도적 오가의 수양딸이 되고 그는 수양사위가 된다. 4-2. 청석골 인근 마을에서 머슴을 사는 곽오주는 도리깨질을 잘한다. 그는 장꾼들을 터는 오가를 때려눕히고 박유복과 싸우다 화해한다. 주인집 아들이 과부 하나를 업어 왔다가 같이 살기 어렵게 되자 곽오주에게 주었는데 아이를 낳다가 죽는다. 곽오주는 배고파 보채는 아이를 달래다 갑자기 정신이 나가 아이를 동댕이쳐 죽이고 청석골로 들어간다. 그는 쇠도리깨를 무기로 사용한다. 4-3. 천하장사 길막봉은 자형을 불구로 만든 곽오주를 잡으려고 나섰다가 임꺽정이 사이에 들어 길막봉과 곽오주를 화해시킨다. 소금장수로 떠돌다 안성 처녀 귀련과 정을 통하고 귀련네 집 데릴사위가 되나 장모의 구박을 견디지 못해 청석골로 들어간다. 일곱 두령 가운데 막내이다. 4-4. 백두산에서 짐승을 쫓으며 훈련하여 하루에 3백 리를 걷는 황천왕동은 매부 꺽정의 집에서 장기로 소일하다 장기의 명수인 봉산 백 이방을 찾아간다. 사위를 얻으려고 낸 까다로운 시험들을 통과하여 황천왕동은 천하일색인 백 이방의 딸과 결혼하고 봉산에서 장교가 된다. 4-5. 김해 역졸의 아들 배돌석은 돌팔매로 호랑이를 잡고 경천역 역졸이 되어 황천왕동과 교우한다. 호랑이에게 물려 죽은 남자의 어머니를 수양모로 삼고 그의 아내를 데리고 산다. 그 여자가 이웃 사내와 정을 통하자 두 사람을 죽이고 체포되었다가 박유복에게 구출되어 청석골로 들어간다. 황천왕동은 배돌석의 사건에 연루되어 제주도로 귀양 간다. 4-6. 꺽정이와 동갑인 이봉학은 을묘왜변 후에 전라감사 이윤경의 비장이 된다. 왜선을 퇴치한 공로로 제주도 정의현감이 된 이봉학은 전주에서 좋아하던 기생 계향을 부실로 들인다. 이윤경이 한성우윤이 되자 상경하여 오위부장으로 일하다가 임진별장으로 좌천된다. 꺽정에게 밤배를 내준 것이 문제가 되어 청석골로 들어간다. 4-7. 평양감영의 회계를 관리하는 수지국(收支局) 장사(掌事) 서림은 회계부정으로 걸리어 도주하다 청석골 화적패를 만난다. 그는 평양 진상 봉물을 탈취할 계책을 세워 성공하게 한 공로로 청석골 두령 자리 하나를 얻는다. 4-8. 이웃집 최씨의 밀고로 꺽정의 집에 진상 봉물이 있다는 것이 탄로 나서 꺽정의 가족이 구속되고 중풍으로 고생하던 임돌이가 옥사한다. 꺽정이 청석골 두령들과 함께 관아를 습격하여 가족들을 구한다. 귀양에서 풀려난 황천왕동과 임진별장 이봉학도 가담한다. 아내를 데리러 갔다 투옥된 길막봉을 구한 뒤 청석골 두령들은 칠장사에서 의형제를 맺는다. 5. 화적 편은 청석골과 송악산과 자모산성을 배경으로하여 평산전투에서 패배하기까지 화적패들이 활약하는 이야기이다. 5-1. 임꺽정은 상경하여 서울의 와주 한온의 집에 머문다. 기생 소홍과 살면서 빚에 몰린 양반의 딸 박씨를 구해서 첩으로 삼고 원 판서의 딸을 훔쳐 내 첩으로 삼고 이웃의 사나운 과부 김씨를 첩으로 삼는다. 5-2. 청석골 두령들은 송도 송악산에 단오굿 구경을 가서 납치당한 황천왕동의 아내를 구하다가 살인을하고 관군의 추격을 받는다. 서림의 계책으로 치성 드리러 온 상궁을 인질로 잡고 시간을 끌며 꺽정이 부하들을 데리고 오기를 기다린다. 5-3. 임꺽정은 금부도사 행세를 하며 봉산군수를 체포하고 신임군수의 도임행차를 습격한다. 황해감사의 사촌을 자처하며 각 읍의 관원들을 괴롭힌다. 서울 소홍의 집에 머물던 꺽정은 쳐들어온 포교들을 물리치고 탈출하나 그의 첩들은 붙잡혀 관비가 된다. 소홍은 청석골로 따라 들어온다. 5-4. 종실의 서자인 단천령이 청석골을 지나다 붙들린다. 그는 피리를 불어 도적들을 감동시킨다. 임꺽정은 단천령에게 신표를 주어 화적패들이 건드리지 못하게 한다. 5-5. 청석골 두령들은 신임 봉산군수를 살해하려고 계획하고 평산 이춘동의 집에 머물면서 기회를 기다린다. 서림이 서울에서 체포되어 그 계획을 자백한다. 두령들은 습격해 온 군사 5백 명을 물리치고 청석골로 돌아온다. 5-6. 조정에서 관군을 파견한다는 첩보를 듣고 임꺽정은 토박이 늙은 도적 오가와 일부 부하들만 남기고 해주 재령으로 갔다가 거처가 옹색하여 자모산성에 근거를 다시 마련한다. 청석골에서는 관군이 습격한다는 소식을 듣고 동요된 부하들이 하나씩 계속해서 이탈한다.

　『임꺽정』의 배경은 연산군에서 명종에 이르는 시기이다. 홍명희는 명종 연간에 해서 지방에서 일어난 임꺽정 일당을 토포사가 일망타진했다는 『명종실록』의 짧은 기사에 방대한 분량의 단편적인 사실(史實)들과 사화(史話)들을 첨가하였다. 이 소설에는 조식, 이퇴계, 이지함, 김안국, 김인후, 임형수, 서경덕, 황진이, 백인걸, 심의 같은 당대의 유명인물들이 총출동한다. 어린 이순신도 잠깐 나온다. 소설의 주제는 탐관오리들이 백성을 수탈하여 백성 가운데 힘 있는 자들이 화적질을 하게 되었다는 데 있다. 주인공 임꺽정은 영웅이 아니다. 행동에 원칙이 없고 사고에 일관성이 없으며 하는 짓이 무지막지할 뿐이기 때문이다. 전근대 농업사회를 구조적으로 파악하는 데는 도둑 떼보다는 민란이 적합하다. 세금과 소작료를 내고 노동력을 제공하는 농민이 국가의 착취나 홍수, 가뭄 등으로 먹고살 도리가 없게 되면 세금 감면이나 소작료 인하를 내세워 반란을 일으키는데 이러한 농민 반란이 성공한 예는 거의 없지만 전근대사회에서 국가정책을 견제하는 역할을 어느 정도는 해냈다고 볼 수 있다. 그에 반해 유교조선에서 도둑 떼가 국가정책에 영향을 미친 예는 전혀 없다. 임꺽정은 백정이라고 천대하는 관리들을 처단하였지만 농민의 더 나은 삶을 위해 기여한 일이 전혀 없었다. 살인하고 방화하고 관아를 습격한 것만으로 꺽정이는 정의고 양반은 불의라고 단정할 수 없다. 양주팔을 영웅적인 인물이라고 할 수는 있겠으나 그는 미래를 예측하는 능력을 가지고 있으면서도 현실을 냉소적으로 관찰하기만 할 뿐, 적극적으로 나서서 행동하려고 하지 않는다. 그는 조광조가 죽을 것을 알면서도 말리지 못했고 임꺽정의 말로를 짐작하면서도 화적이 되는 것을 막지 못했고 윤원형과 보우를 죽일 기회가 있었는데도 살려 보냈다. 꺽정이 국사당에서 인종 죽으라고 방자하는 윤원형을 걸어찼는데 꺽정에게 차이고도 윤원형은 크게 다치지 않았다. 양주팔이 미리 지시하였다면 죽일 수도 있었을 것이다. 『임꺽정』의 가치는 유교조선의 역사와 지리와 언어와 풍속의 보고라는 데서 찾아야 할 것이다.

채만식(1902-1950)은 1924년 《조선문단》 12월 호에 발표한 「세 길로」로 시작하여 1949년 중편 『소년은 자란다』를 지을 때까지 65편의 단편과 13편의 중·장편과 22편의 희곡을 발표하였다. 그는 「레디메이드 인생」(《신동아》 1934. 5-7), 「명일」(《조광》 1936. 10-12), 「치숙」(《동아일보》 1938. 5. 14-5.17) 같은 풍자소설을 발표하였고 두 편의 기념비적 장편소설 『탁류』(《조선일보》 1937. 10. 13-1938. 5. 17)와 『태평천하』(《조광》 1938. 1-9)에서 당대 사회의 모순을 집약적으로 묘사하였다. 「레디메이드 인생」은 세 개의 장면으로 구성되어 있다.

1. P가 신문사 사장 K를 찾아가 취직을 부탁하나 거절당한다.
2. 역시 직업 없는 친구들인 M과 H가 찾아와 그들과 어울려 책을 잡히고 술집에 가서 논다.
3. 아내와 갈라선 후 형에게 맡겨 두었던 아들 창선이 서울로 올라오는데 P는 그에게 인쇄소 일을 배우도록 한다.

작품 속에 1934년이라는 시기가 구체적으로 밝혀져 있으므로 이것으로 미루어 우리는 1934년경의 한국사회에 실업자가 많았다는 사실을 알 수 있다. 채만식은 이들을 레디메이드 인생이라고 부른 것이다. 특색 없고 열정 없고 판에 박은 듯한 사람들이라는 의미일 것이다. 신문사나 잡지사에 들어가 글 쓰는 일을 하려던 P가 끝내 일자리를 얻지 못하고 아홉 살 난 아들 창선이에게 인쇄소 일을 배우게 하는 이 작품의 스토리는 실업과 취업의 대조 위에 전개되어 그 나름의 완결성을 보여 주지만, 그것은 스토리의 완결성을 넘어 당대 사회에 직접 연관되어 있다. 이 작품의 중심선은 실업자를 낼 수밖에 없는 사회를 비판하는 데 있는 것이다. K사장은 일자리를 구하러 온 P에게 농촌에 가서 야학을 하거나 그것이 싫으면 몇 사람이 모여 신문 또는 잡지를 만들어 보라고 권한다. 신문사는 구제 기관이 아니라고 하며 취직 부탁을 냉정하게 거절하고 나서 곧이어 실직자에게 사회운동을 하라고 권유하는 K사장의 말은 전혀 앞뒤가 맞지 않는다. 악착스럽게 영리를 추구하면서 성의 있

게 일만 하면 돈은 저절로 생긴다는 논리를 내세우는 K사장은 식민지 특권
층인 자기의 입장을 보편적인 처지로 바꿔 치는 위선을 조금도 의식하지 못
하고 있다. 그는 마치 총독부의 대변인처럼 말하고 있다. P는 K사장과 같은
사람들을 "망할 자식들"이라고 욕하고 그들의 행동을 "엉터리없는 수작"이라
고 비판한다. 채만식이 값싼 유곽(遊廓) 장면을 작품의 균형에 손상이 갈 정도
로 자세히 묘사한 이유는 식민지 특권층의 현실인식을 비판하려는 데 있는
듯하다. 아이를 가지고도 술집에 나와서 몸을 맡기는 여자라든지, 20전에 몸
을 팔겠다고 나서는 여자들의 생활을 K사장의 생활과 대조시킴으로써 당시
의 사회상을 제시해 보려고 한 것이다. 작품 안에서 신문기자의 월급이 40원
이고, 방세 한 달치가 3원이라고 적혀 있으니 20전이 어느 정도의 돈인가를
짐작할 수 있다. 기자의 월급을 4백만 원이라고 하면 20전은 2만 원이다. 작
가는 이 여자들의 행동을 일종의 "정당성을 가진 노동"이라고 보고 이 여자
들의 문제는 동정이나 도덕관념으로 해결할 수 없는 "집단의 역사적 문제"라
고 규정한다. 채만식은 「레디메이드 인생」에서 무산지식층과 한국근대사를
풍자하였다. 작품의 본문에는 P가 한때 도쿄에서 사회운동에 관여한 것으로
되어 있으나 그는 자신의 삶과 그 삶의 테두리를 직시하려고 하지 않는다.
그는 언제나 냉혹한 사실을 비켜 지나간다. 담배가게 주인이나 갈라선 아내
에 대한 그의 태도는 체면 또는 위신이 그의 의식을 좌우하고 있음을 보여 준
다. 그는 돈이 없으면서도 주인의 시선을 의식하고 값싼 마코 대신에 비싼
해태를 산다. 방세를 조르지 않는 친지의 집을 일부러 떠나고, 늙은 후의 박
대가 두려워 아들을 아내 아닌 형에게 맡기는 행동도 P의 의식이 현실문제에
어두움을 증명한다. 술집 여자의 말 한마디에 눈물을 흘리며 2원이 넘는 돈
을 다 내어 준다거나, 마음에 드는 여자에게는 앞뒤를 가리지 않고 집착한다
거나 하는 행동을 통하여 우리는 P의 성격이 매우 충동적이고 즉흥적임을 알
수 있다. 그는 어떤 경우에도 자기 삶의 구체적 연관들을 가르고 밝히고 따
지고 갈피 지으려고 하지 않는다. P뿐만 아니라 좌익진영에 가담한 적이 있

다는 M이나 총독부 고원(雇員) 시험에 낙방한 H도 허황한 현실인식을 보여주기는 마찬가지이다. 그들은 실국시대에 "남의 눈에 띄는 생활, 재미있고 자유로운 생활"[263]을 희망한다. 이 작품이 지니고 있는 다른 하나의 중심선은 한국근대사로 향하고 있다. P는 광화문의 기념비 옆에서 한국근대사의 역정을 돌아본다. 이 기념비는 1902년, 고종의 나이 51세에 즉위 40년이 되었음을 기념하여 전국의 중심이 되는 곳에 이정원표(里程元標)를 세우고 비각을 지은 것이니, P는 이것을 한국근대사의 상징으로 설정한 것이다. P는 한국근대사를 세 단계로 나누었다.

1. 바가지를 쓰고 벼락을 막으려던 대원군이 쓰러지고 개항이 되었다.
2. 정변과 국치를 거쳐 1919년 이후에 신흥 부르주아의 대두가 현저해졌다. 그들은 자유주의의 간판을 내어 걸고 농민과 노동자를 어루만지고 봉건 지주와 악수하며 지식층을 주문하였다. 고학생들이 파는 만두를 사 주어서 그들이 학문을 갈고닦을 수 있도록 도와주자는 운동이 전개되어 "갈돕 만두" 외는 소리가 서울의 신풍경을 이루었다.
3. 민중의 지식이 향상됨에 따라 면서기·순사·은행원·회사원·책장사 등의 직업이 생기고 이들의 수요에 응해 양복점과 구둣방이 즐비해졌다. 부르주아는 가보(9끗)를 잡고 지식인은 진주(5끗)를 잡고 농민과 노동자는 무대(0끗)를 잡았다. 특히 무산지식층은 뱀을 잡았다.

채만식은 강제 개항 이후의 한국근대사를 자본주의의 발달 과정으로 파악하였고, 그 시대의 기본 모순을 자유주의와 사회주의의 대립으로 간주하였다. 그러나 이러한 현실인식은 실국시대 한국의 구체적 조건을 무시하고 일본 내의 문제인 자유주의와 사회주의의 대립을 식민지 한국에 옮겨 놓고 한

263 채만식, 『채만식전집』 7, 창작과비평사, 1989, 56쪽.

국사회의 문제를 일본의 한국 지배와 분리하여 설정한 인지착오였다. 실국시대의 한국은 독립된 경제단위를 형성하지 못하고 일본경제의 한 부분으로서 일본경제에 대한 기여도로만 평가되고 있었기 때문이다. 나라 잃은 시대에 민족문제를 풍자의 기준에서 제외한 채만식의 시각은 이 작품의 뛰어난 비판정신을 약화시키고 말았다고 하겠다.

『탁류』는 식민지 자본주의와 봉건적 가부장제도라는 역사의 탁류에 떠내려가는 힘없고 돈 없는 사람들의 불안과 절망을 그려 낸 소설이다. 군서기 출신 정 주사는 군산항의 미두 거래소에서 가산을 탕진하고 여학교를 나와 약국 점원으로 일하면서 약사가 되려고 계획하고 있는 맏딸 초봉을 은행원 고태수에게 시집보냈다. 이후 소설은 초봉을 둘러싼 애욕의 갈등으로 전개된다. 탁류는 싸움, 투기, 간통, 흉계, 탐욕, 추행, 살인 등의 사건에 초봉을 밀어 넣는 사회 환경을 상징한다. 돈밖에 모르는 고태수가 사기로 남의 돈을 횡령하여 살해된 후 초봉은 약국 주인 박제호와 동거하다 그에게 버림받고 고리대금업을 하는 꼽추 장형보에게 유린당하여 강제로 그와 동거하다가 그의 횡포를 견디지 못하여 그를 살해하였다. 채만식은 초봉이를 둘러싼 정 주사, 장형보, 고태수 등 실국시대의 타락한 인간군상을 탁류로 그려 내면서 탁류 속에서도 더럽혀지지 않는 남승재와 정계봉을 미래의 인간상으로 제시하고 소설의 마지막 장을 〈서곡〉이라고 하였다. 이와 반대로 전라도 방언과 판소리 사설체로 윤 직원을 풍자하는 『태평천하』에서는 마지막 장을 〈해 저무는 만리장성〉이라고 하였는데 이것은 "우리만 빼놓고 모두 망해라"라고 외치는 부유한 지주 윤두섭 자신의 몰락을 암시한다. 『태평천하』는 구한말에서 1930년대까지의 한국사를 집약한 소설이다. 구한말에 출처 불명의 재산을 축적한 윤용구는 수령과 화적에게 재산을 강탈당하고 비명횡사하였다. 윤두섭은 수령도 없고 화적도 없는 실국시대를 태평천하라고 생각하고 경찰서 무도장을 짓는 데 거액을 기부한다. 그의 소원은 손자인 종수와 종학이 각각 군수와 경찰서장이 되는 것이다. 그는 양반을 사고 족보를 꾸며 낸다. 아랫

사람들은 상전을 정성껏 섬기고 대가를 바라지 말아야 한다는 것이 그의 신념이다. 그는 어린 기생을 데리고 다니면서도 아무것도 주지 않고 인력거를 타고 와서도 삯을 깎는다. 그는 소작인에게 땅을 부치게 하는 것을 큰 자선사업이라고 생각한다. 그는 돈으로 향교의 직원이 되어 토지와 가문을 지키려고 하지만 지방관청의 주사인 그의 아들 윤창식은 인감을 위조하여 빼낸 돈을 주색과 노름에 낭비하고 그의 손자 윤종수는 공부도 안 하고 바람이나 피우고 딸은 시집에서 소박을 맞는다. 마지막으로 경찰서장감으로 기대하던 일본 유학생 작은 손자 윤종학은 사상 관계로 경시청에 체포된다.

『과도기』는 창작연대를 알 수 없는 유고이지만 서술 대상에 대한 화자의 지나친 감정적 반응으로 미루어 채만식의 초기작품임을 추정할 수 있게 하는 소설이다. 소설의 사건은 도쿄에 유학하고 있는 봉우와 형식과 정수를 중심으로 하여 전개된다. 봉우는 상학, 형식은 의학, 정수는 문학을 전공한다. 봉우는 아내를 미워하여 이혼하려고 한다. 봉우가 나가라고 심하게 구박하자 그의 아내는 양잿물을 마시고 자살한다. 봉우는 양옥집에 피아노를 놓고 신여성과 살고 싶어 한다. 고베에서 공부하는 영순을 알게 되어 늘 그녀를 생각하고 그녀와 결혼할 궁리를 한다. 영순의 학비를 주선해 주는 서태문에 대하여 영순에게 친일파요 여학생 꾀어내기 선수라고 알려 주는 그의 말 속에는 사실도 있겠지만 질투도 들어 있을 것이다. 형식에게는 아내와 네 살 난 딸이 있다. 그들은 간혹 민족을 말한다. 그러나 그들의 대화 속에 언급되는 민족은 오직 하나의 장식으로 사용될 뿐이다. 그들은 친일파란 말을 일본 사람에게 아부하는 사람이란 의미로 사용하고 민족문제도 일본 사람에게 아부하는 것은 나쁘다는 의미로 이해한다. 주제를 아무리 넓혀서 해석한다 하더라도 이 소설에는 현실의 구조와 인식의 체계가 보이지 않는다. 1920년대가 중세에서 근대로 이행하는 과도기라는 뜻의 소설 제목에 대해서도 본문 안에서 아무런 언급이 없다. 형식은 하숙집에서 주인의 친척이 되는 후미코를 만나 정이 들어 동거하게 된다. 후미코의 어머니는 누구든 양자로 들어올 수 있는 사람만 사위를 삼겠다고 하였으나 후미코는 집을 나와 형식과 동거한다. 정수가 얻은 방 두 개 가운데 정수와 봉우가 한 방을 쓰고 다른 한 방에서 형식과 후미코가 산다. 한집에서 자주 만나면서 후미코는 정수에게 끌린다. 후미코는 그에게 그가 지은 시와 동화를 번역하여 읽어 달라고 하고 그와 가까워질 수 있는 기회를 여러 차례 만든다. 정수의 친구 히라노의 누이 에이코 또한 정수를 사랑한다. 삶에는 아무런 의미가 없다고 믿는 정수가 책임질 수 없으므로 애인이나 아내를 얻지 않겠다고 거절하자 에이코는 자살을 시도한다. 히라노는 누이의 마음을 정수에게 전하지만 정수를 설득시켜 마음을 열게 하지는 못한다. 후미코와 키스를 할 뻔하거나 신체를 접촉할 뻔할 때마다 정수는 힘겹게 자리를 피한다. 육체의 욕망을 억제하기가 얼마나 어려운가를 그는 잘 알고 있다. 이 소설의 끝부분은 학기가 끝나 조선으로 떠나는 정수를 배웅하는 역에서 세 사람이 에이코를 처음 보고 그녀의 아름다움에 놀라는 장면이다. 미완이라고 하지만 작가가 끝까지 썼더라도 이 부분을 좀 더 다듬는 데에서 종결할 수밖에 없었을 것이다. 이성적 구조가 잘 보이지 않고 소설의 어느 부분에서건 감정의 과잉이 쉽게 느껴지는 서술방법으로는 사건을 더 이상 진행할 수 없었을 것이기 때문이다.

『냉동어』는 문학잡지 춘추사의 편집장 문대영과 일본에서 와 서울에 머무르는 스미코의 연애담이다. 영화 관계자 김종호가 사무실로 데려와 인사를 시켜 준 스미코는 그 후로 가끔 대영을 찾아온다. 대영은 처음에 별다른 관심이 없었으나 몇 번 만나고 술도 해 보고 하다가 그 여자의 고독한 방황을 안쓰럽게 동정하게 된다. 도쿄에서 조선 청년을 만나 함께 아편을 하였다. 남자는 잡혀가고 애타게 기다리다 형을 마치고 나온 그를 만나 보니 이미 아편을 끊고 건전한 시민으로 복귀해 있었다. 그와의 관계를 끊고 집에서도 나와 어머니와 언니들의 도움으로 살았다. 조선 학생들이 조선의 문단에 대하여 주고받는 이야기를 듣던 중 대영의 작품평에 흥미를 느껴서 번역하여 읽게 하고 내친김에 쇼치쿠(松竹)에 있는 지인으로부터 김종호를 소개받고 아예 서울로 왔다. 이 작품은 1940년 1월 19일에 개성에서 탈고하여《인문평론》1940년 4월 호와 5월 호에 실었다. 발표시기를 고려하고 읽을 때 이 소설에 나오는 아편은 마르크스주의로 보아야 할 것이다. 그러므로 스미코는 전향자들이 넘쳐 나는 시대에 너무나 뻔뻔스러운 전향이 못마땅하여 서울까지 와서 방황하는 여자라고 할 수 있다. "일껀 날 가져다 아편에 중독을 시켜 주구서, 오래두룩 기다리게 하구서, 재가는 실끔 손을 씻구 돌아서구. 돌아선 그 자태, 보기에 헤멀끔하구두 능청스럽더라구야. 당하기에 허망하더라구야."[264] 혼처가 나섰으나 그녀는 "색시 제껏은 아편쟁이구 저편은 시민인걸"[265] 하는 자격지심에 스스로 포기한다. 그녀는 문대영의 소설에서 그녀 나름으로 공감할 수 있는 면을 발견하고 그를 만나고 싶어 한다. 스미코는 서울에서의 생활을 전적으로 대영에게 의존한다. 아내가 딸을 출산한 날에도 대영은 스미코와 술을 마시고 스미코의 아파트에서 잔다. 급기야 둘은 도쿄로 가서 같이 살자고 계획하고 차표를 예약한다. 사장이지만 동향이고 서너 살 아래라서 대영을 형이라고 부르는 병수가 수유리에 회식 자리를 만들어 놓고 사원들을 부른다. 그 자리에서 택시를 대절해 놓고 술을 마시던 대영은 기차 시간을 넘겨 술을 마시고 인사불성이 되어 서울역 대신 집으로 실려 간다. 아침에 대영은 "용서해 주세요, 분상! 분상을 떼어 놓고 스미코 혼자서 고만 대륙을 향하여 떠나고 있답니다"[266]라는 편지를 받는다. "분상이나 스미코나 생활을 가질 기운을 잃어버린, 다 같이 아편쟁이… 아편쟁이요 혈액만 통하는 육괴인 것을, 그 두 개의 육괴가 어떻게?"[267] 사랑을 유지할 수 있겠느냐는 것이 떠나는 이유이다. 대영은 아이의 이름을 징상(澄祥)이라고 짓는다. 일본음 스미코상(澄樣)의 한자를 그대로 조선 한자음으로 따온 것이다. 작가는

264 채만식, 『채만식전집』 5, 창작사, 1987, 416쪽.
265 채만식, 『채만식전집』 5, 419쪽.
266 채만식, 『채만식전집』 5, 461쪽.
267 채만식, 『채만식전집』 5, 462쪽.

자신을 아편쟁이라고 부르지 않고 냉동어라고 부른다. 소설에는 "바다를 향수하고 딸의 이름 징상을 얻다"[268]라는 제사가 붙어 있다. 그렇다면 그들이 돌아가고 싶어 하는 바다는 무엇일까? 채만식은 문대영의 입을 빌려서 한 번, 그리고 스미코의 입을 빌려서 다시 한번 그 바다가 무엇인지를 암시한다.

그게 무어냐 하면, 중난한 무기와 더불어 적병한테 구차스럽게, 구차스럽게 말야, 포로가 되질 않겠다는 용기요, 즉 일본 군인의 정신이 아니겠소? 그리구 그 배후를 더 캐구 보기루 하면, 비행기에 고장이 생겼다는 건 곧 전투력을 잃어버린 것인데, 군인으루 전쟁에 나왔다가 전투력을 잃어버린 이상, 그는 전장에 임한 군인으루서의 생명과 의의를 따라서 잃어버린 게 아니겠소? 그리구는 남은 거라군, 군인 된 생명두 의의두 없는 단지 육체와 포로의 치욕! 그러니까 구차스럽게 생명두 의의두 없는 고깃뎅일 위해 구차스럽게 포로의 치욕을 받지 않으려구 자폭을 해 버리구… 그러나 그것은 단지 구차한 치욕을 면하는 데만 근치는 게 아니라, 그와 같이 자폭을 함으로써, 전장에 임한 군인의 생명과 의의를, 그러니까 절개랄 수두 있는데… 그걸 일단 더 강조하는 게어든.[269]

요전날 밤, 분상도 이야기하신 대로, 일청·일로 전역 때부터, 더는 도요토미 히데요시, 또 더 그 이전부터 전해 내려오던 일본민족의 유구한 민족적 사명이요, 그래서 한 거대한 역사적 행동인 중원 대륙의 경륜… 이는 누가 무어라고 하거나 현세대를 전제로 한 인간정열의 커다란 폭발인 것 같아요. 스미코, 이 길로 거기엘 가서 보고 대하고 접하고 하겠어요. 새로운 건설을 앞둔 무서운 파괴가 중원의 천지에 요란히 전개되고 있는 그 어마어마한 무대와 행동을… 스미코와 혈통을 더불어 했고 동시에 한 사람 한 사람의 인간인 그네 씩씩한 장정

---

268 채만식, 『채만식전집』 5, 367쪽.
269 채만식, 『채만식전집』 5, 436쪽.

들이, 그렇듯 세기적인 사실의 행동자로서 늠름히 등장을 했다가 끊임없이 시뻘건 피를 흘리고 넘어지는 그 핍절하고도 엄숙한 사실을… 스미코 직접 목도를 하고 접하고 할 때에, 진정으로 한 조각의 붕대를 동여 주고 싶은 마음이 우러날 것 같아요. 반드시 어떤 흥분과 감격을 느끼고라야 말 것 같고, 아편의 독을 잊어버릴 것 같아요.[270]

도도히 흐르는 시대의 흐름이 바다라면 채만식은 자기가 바다를 그리워하기만 하고 바다로 뛰어들지 못하는 냉동어라고 생각한다. 그는 몇 년 전 1934년에 자신을 개성도 없고 열정도 없는 레디메이드 인생에 비유한 바 있었다. 「레디메이드 인생」에서는 아들 창선이 인쇄소에 취직이 되어 레디메이드 인생으로부터 벗어나는 것으로 사건이 설정되어 있다. 『냉동어』에서는 냉동상태로부터 탈출하는 것은 스미코이다. 그러나 과연 이러한 행동이 탈출이 되기는 하는 것일까? 오히려 냉동상태를 견지하거나 아무리 난처하더라도 이쪽도 아니고 저쪽도 아닌 미확정 상태를 참아 보는 것이 섣부른 확신보다 구체적이고 현실적인 선택이 되는 것은 아닌가? 대세를 내세워 따져 보지 않고 믿음을 수용하는 것은 무력한 객관주의의 한 특징이다. 묘사의 주체와 묘사의 객체로부터 동시에 거리를 취하면서 아무리 급해도 복합문장을 유장한 호흡을 유지하는 것이 채만식의 문체이다. 그러나 『과도기』나 『냉동어』처럼 주관서술에 치우치거나 객관서술에 치우치면 작품에 결함이 발생한다.

김유정(1908-1937)은 31편의 단편소설을 발표하였다. 「소낙비」(《조선일보》 1935. 1. 29-2. 4), 「금 따는 콩밭」(《개벽》 1935. 3), 「만무방」(《조선일보》 1935. 7. 17-7. 30), 「봄·봄」(《조광》 1935. 12), 「동백꽃」(《조광》 1936. 5) 같은 작품들은 모자라는 밑바닥 인물들이 보여 주는 생존의욕과 현실인식의 괴리를 통하여 웃음

270 채만식, 『채만식전집』 5, 463쪽.

을 빚어내는데 독자는 빈궁한 현실의 중압감에서 벗어날 수 없기 때문에 김유정의 소설에서 희극과 비극을 동시에 경험하게 된다. 도박, 금광, 들병이 등 소설의 소재는 모두 당대의 객관적 현실에서 나온 것이나 그 소재를 다루는 방법은 주관적 캐리커처이다. 「소낙비」의 춘호는 빚 때문에 아내를 데리고 인제에서 야반도주를 했다. 외진 마을에 오막살이를 5원에 사서 들었으나 땅을 얻지 못해 빚만 늘어났다. 아내가 산에 가서 더덕이나 도라지를 캐어오는 것이 유일한 벌이였다. 춘호의 꿈은 노름으로 돈을 따서 아내를 데리고 서울로 올라가는 것이었다. 아내를 어느 집에 안잠자기(입주가정부)로 들여보내고 막노동판에 나서면 먹고살 걱정은 없을 것이라는 생각이었다. 춘호는 노름 밑천 2원을 해 내라고 아내를 날마다 구타하였다. 혼자 있을 때 이 주사가 덮치려 한 적도 있고 쇠돌 어멈이 이 주사를 집에 들이면서 살림이 폈다는 말을 들은 것도 있고 하여 매 맞는 것보다는 낫다고 생각하고 쇠돌 어멈을 찾아갔는데 마침 그 집에 쇠돌 어멈은 없고 이 주사가 와 있었다. 이 주사는 비에 젖은 춘호 처를 벗겨 놓고 한참 괴롭힌 다음 내일 쇠돌네 집에 오면 돈 2원을 주겠다고 하고 첩으로 들어오면 춘호에게 땅을 부치게 하겠다고 했다. 이튿날 춘호는 아내를 단장시켜 이 주사에게 보냈다. 김유정은 가난 때문에 어쩔 수 없이 매춘을 하는 상황을 묘사하여 매춘을 하면 안 된다는 중간계급의 도덕에 이의를 제기하고 있다. 「금 따는 콩밭」과 「노다지」에서 김유정은 일확천금이 아니면 가난에서 벗어날 수 없는 농민의 실정에 비추어 금에 대한 그들의 허황한 집착을 이해할 수 있는 사건으로 제시하였다. 「금 따는 콩밭」의 소작농 영식은 금점꾼 수재의 말을 믿고 콩밭에 굴을 뚫고 파 들어갔다. 수재는 앞산에 큰 금맥이 있는데 그 맥의 한 자락이 콩밭을 지난다고 하면서 영식을 유혹하였다. 영식의 처도 금점을 따라다니는 남편 덕에 흰 고무신을 신고 다니는 뒷집 양근댁이 부러워 수재의 말에 솔깃하였다. 술까지 사다 디밀며 권하는 데 넘어가서 영식은 논이고 밭이고 다 내던져 두고 수재와 함께 콩밭을 파 엎었다. 노인들이 벼락 맞는다고 꾸짖고 마름이 경찰에 고발하겠다고 욕하고 지주가 내년부터는 땅을 못 주겠다고 통고하였다. 양식을 꾸어다 떡을 해서 산제(山祭)를 드려도 금은 끝내 나오지 않았다. 수재는 영식에게 맞아 죽을까 두려워 그날 밤으로 달아나야겠다고 생각하고 황토를 한 줌 보여 주며 금줄 잡았다고 영식을 속였다. 이 소설에서도 김유정은 일상의 노동을 반복하지 못하게 하는 농촌사정을 보여 준다. 농민들은 반복되는 노동에서 최소한의 보람도 찾을 수 없었다. 1930년대 후반의 한국은 돈이 있는 사람이건 돈이 없는 사람이건 모든 사람이 미두에, 노름에, 금점에 미쳐서 일확천금을 몽상하던 황금광 시대였다.

「만무방」의 주인공 응칠은 함부로 된 잡놈이다. 5년 전까지는 어떻게든 제 힘으로 땀 흘려서 살아 보려고 했으나 아무리 열심히 일해도 남는 것은 빚뿐인 것을 어떻게 할 수 없어서 빚 준 사람들에게 세간이나 나누어 가지라고 써 놓고 세 식구가 마을을 빠져나와 구걸을 시작하였다. 그러나 구걸도 쉬운 일이 아니었다. 아내가 같이 다니다가는 아이까지 굶겨 죽이겠으니 따로 갈라서자고 제안하여 그날부터 응칠이는 아내도 없고 아들도 없는 신세가 되었다. 아는 집에 얹혀서 쪽잠을 자고 산과 들로 떠돌며 송이도 따 먹고 닭도 서리해 잡아먹고 논맬 걱정, 도지 걱정, 굶을 걱정 없이 살았다. 그는 도박과 절도로 여러 번 잡혀 들어갔었다. 지주를 메다꽂은 이야기를 하면 어디서나 농민들은 그를 부러운 눈으로 우러러보았다. 그래도 피붙이가 그리워 그는 하나밖에 없는 아우 응오네 집에 와서 농사일을 거들고 있었다. 응오는 동네에서 착실한 모범청년이라고 쳐주는 농군이었다. 그 응오가 제 논에 다 자란 벼를 베지 않고 있었다. 아내가 폐결핵(뇌점)으로 죽게 되어 경황이 없다고 했지만 실은 타작을 하면 지주에게 도지와 색조(色租) 바치고 장리쌀을 제하고 남는 것은 등줄기를 흐르는 식은 땀뿐인 것을 몇 차례 겪고 나서 빚쟁이들 덤벼들 걱정에 타작을 고의로 미루고 있는 것이었다. 그런데 산등성에 있는 응오네 논에 벼를 베어 가는 도적이 들었다. 응칠이는 동네 사람 가운데 의심스러운 자들을 꼽아 보면서 도둑을 잡으려고 논 옆에서 밤을 새웠다. 벼를 베어 가지고 나오는 도둑을 잡고 보니 바로 응오였다. 아우는 형을 원망하며 "내 것 내가 먹는데 누가 뭐래"라고 항의하였다. 응칠은 아우와 함께 시오 리 남쪽 산속 마을에 매여 있는 황소를 훔치러 가려는 생각에 아우에게 말을 걸었으나 아우가 심통을 부리고 대꾸도 안 하는 데 화가 나서 아우를 마구 때리기 시작하였다. "대뜸 몽둥이는 들어가 그 볼기짝을 후려갈겼다. 아우는 모로 몸을 꺾더니 시나브로 찌그러진다. 대미처 앞정강이를 때렸다. 등을 팼다. 일지 못할 만치 매는 나리었다. 체면을 불구하고 땅에 엎드리어 엉엉 울도록 매는 나리었다."[271] 소설은 응칠은 만무방이고 응오는 착실한 농민이라고 하는 동네 사람들의 생각을 뒤집어 놓는다. 이런 세상에서는 정상인과 일탈자의 구분이 무의미하다고 말하는 것이다. 소작료 때문에 가난에서 벗어나지 못하는 소작농과 그나마 밭도 떼이고 떠돌 수밖에 없는 유랑민을 묘사하는 따뜻한 시선에 담긴 해학과 풍자가 가난한 사람들의 평범한 나날을 충격적인 사건으로 변형한다.

「봄·봄」의 배 참봉집 마름인 봉필은 아무에게나 마구 욕질을 해 대서 아이들에게도 욕필이라고 불렸다. 작인이 닭 마리나 보내지 않거나 애벌논 갈 때 품을 안 주거나 하면 여지없이 땅을 뺏어서 돈도 먹고 술도 먹고 한 사람에게로 돌려놓았다. 그는 맏딸을 작년에 시집보냈는데 열 살에서 열아홉 살까지 데릴사위를 열네 명 갈아들였다. 머슴을 두면 돈이 드니까 일 잘하는 데릴사위를 들여서 돈 안 주고 부려 먹었다. 둘째 딸은 열여섯 살인데 3년 전에 화자가 세 번째 데릴사위로 들어왔다. 셋째 딸은 여섯 살이었다. 화자는 심하게 부려 먹으면서 욕만 하는 봉필이 미워서 가끔 배가 아프다는 핑계를 대고 태업을 했고 구장에게 가서 항의를 하기도 했다. 그러나 봉필에게 땅을 얻어 부치는 구장은 농사가 한창 바쁠 때 일을 안 하거나 집으로 달아나면 징역을 간다고 오히려 화자를 협박하였다. 제 산에 불을 내도 잡혀가는데 남의

---

271 김유정, 『김유정전집』, 전신재 편, 강, 1997, 120쪽.

농사를 버려 놓으면 그 죄가 얼마나 클 것인지 생각해 보라고 하였다. 참고 일하고 있는 그에게 둘째 딸이 점심을 가지고 와서 성례해 달라고 독촉하라고 넌지시 귀띔하고 구장에게 갔다 온 날에는 수염이라도 잡아채지 그냥 왔냐고 나무랐다. 특히 바보라는 말에 열불이 난 화자는 드러누워 꼼짝하지 않고 버텼다. 욕하고 때리는 봉필의 수염을 잡아당기고 봉필이 바짓가랑이를 움켜잡자 화자도 봉필의 바짓가랑이를 움켜잡았다. 그러자 봉필의 처와 딸이 화자에게 덤벼들었고 일어난 봉필이 지게 작대기를 들어 마구 때렸다. 봉필은 쓰러져 누워 있는 화자의 터진 머리를 불솜으로 지져 주고 호주머니에 담배를 넣어 주면서 가을에는 꼭 성례시켜 줄 테니 뒷골 콩밭이나 얼른 갈라고 하였다. 그만큼 일 잘하는 데릴사위를 구하기 어렵다고 생각했기 때문이었다. 이 소설의 해학적인 문체와 해학적인 구성의 이면에는 장인과 데릴사위 사이에 전개되는 생존투쟁이 들어 있다. 있는 자와 없는 자의 투쟁이라는 점에서 그것은 마름과 작인의 투쟁과 동일한 사회적 구성을 드러내고 있다.

「동백꽃」에는 마름과 작인이 나오지 않고 마름의 딸과 작인의 아들만 나온다. 화자의 아버지는 3년 전 이 마을에 들어와 점순이 아버지의 도움을 받아 땅을 얻었고 집터를 빌려 집을 지었고 양식이 떨어지면 점순네 집에서 꾸어다 먹었다. 화자의 아버지는 점순네 아버지에 대하여 인품이 그런 집은 다시 없을 것이라고 말했다. 화자의 어머니는 열일곱 살이나 된 것들이 붙어 다니면 동네에 나쁜 소문이 나서 점순네가 노할 것이라고 화자에게 여러 번 주의를 주었다. 땅도 떨어지고 집도 내쫓길 것이니 점순이를 가까이하지 말라는 당부를 받았기 때문에 화자는 "걱실걱실이 일 잘하고 얼굴 예쁜 계집애"[272]라고 생각하면서도 되도록 점순이를 피하려고 하였다. 그런데 점순이 쪽에서 화자에게 자꾸 접근해 왔다. 울타리를 엮고 있는데 점순이가 다가와 "느이 집엔 이거 없지" 하면서 행주치마 속에서 구운 감자를 꺼내 주었다. 화자

---

272 김유정, 『김유정전집』, 225쪽.

는 "느이 집엔 이거 없지"라는 말에 화가 나서 "난 감자 안 먹는다. 너나 먹어라"라고 하면서 감자를 어깨 너머로 밀어 버렸다. 그 뒤로 점순이는 심술을 부리며 화자를 못살게 굴었다. 알을 낳지 못하게 화자의 닭 아랫배를 쥐어박았고 사나운 제집 닭을 몰고 와서 화자네 작은 닭과 싸움을 붙여 놓았다. 화자의 닭은 눈이며 면두에 피를 흘리고 쫓겨 다녔다. 산에 나무를 하러 갔다 오는데 화자가 내려오는 길목에서 자기네 수탉이 피를 흘리고 있는 것을 보고 화자는 점순네 닭을 때려죽였다. 분김에 일을 저지른 화자는 이제 땅도 떨어지고 집도 내쫓기고 해야 될 것이 걱정스러워 울음을 터뜨렸다. 점순이가 "그럼 너 이담부턴 안 그럴 테냐"라고 물었고 화자는 무턱대고 "그래"라고 대답했다. 점순이는 "요담부터 또 그래 봐라 내 자꾸 못살게 굴 테니"라고 말하고 "닭 죽은 건 염려 마라 내 안 이를 테니"라고 화자를 안심시켜 주었다. "그리고 뭣에 떠다밀렸는지 나의 어깨를 짚은 채 그대로 픽 쓰러진다. 그 바람에 나의 몸뚱이도 겹쳐서 쓰러지며 퍼드러진 노란 동백꽃 속으로 폭 파묻혀 버렸다."[273] 소설의 제목인 동백꽃은 3월에 피는 개동백나무(새양나무)의 꽃이다. 이 소설의 주제는 사회적 대립을 무효화하는 사랑의 힘이다. 닭싸움은 두 젊은이의 성적 유희를 대신한다. 김유정은 감상주의와 계몽주의에 빠지지 않고 농민의 사고와 행동을 풍자적이고 냉소적인 층위와 해학적이고 공감적인 층위의 다성악(多聲樂)으로 표현하였다. 표층적 해학과 심층적 비판으로 김유정은 실국시대 가난한 한국 농민의 끈질긴 생명력에 공감할 수 있게 하는 서술방법을 개척하였다. 김유정은 경제적 궁핍에서 오는 고단한 삶의 애환을 희화화하여 보여 줌으로써 등장인물들의 엉뚱하고 어리석은 행동이 사회의 모순을 반영하도록 일상의 비극과 웃음의 미학을 통일하였다. 김유정 소설의 특색은 비극적 주제와 희극적 문체의 어긋남에 있다.

---

273 김유정, 『김유정전집』, 226쪽.

8) 이상과 최명익

이상은 장편소설 『12월 12일』(《조선》 1930. 2-7)과 단편소설 「지도의 암실」(《조선의 건축》 1932. 4), 「지주회시」(《중앙》 1936. 6), 「날개」(《조광》 1936. 9), 「봉별기」(《여성》 1936. 12), 「종생기」(《조광》 1937. 5) 등의 심리소설을 발표하였다.

「날개」의 자기에 대해 서술하는 1인칭 화자는 술집에서 일하는 아내에게 얹혀산다. 그가 하는 일은 아내의 화장품 냄새를 맡거나 돋보기로 화장지를 태우는 따위의 심심풀이밖에 없다. 고독과 권태가 그의 생활이다. 그는 아내의 매춘에 신경을 쓰지 않는데 아내는 그가 매춘에 방해가 된다고 생각해서 그에게 수면제를 먹인다. 아스피린이라고 준 약이 아달린이라는 것을 알게 된 그는 "아스피린과 아달린, 마르크스와 맬서스"를 주문처럼 입으로 반복하면서 거리를 쏘다닌다. 아스피린과 아달린은 그의 현실이고 마르크스와 맬서스는 그의 관념이다. 그는 사회와 생활이 거북하고 무의미하다고 생각한다. 이상은 돈이 없으면 죽는 세상에서 돈을 벌지 못하고 아내에게 기생하는 남자의 미숙한 정신을 객관적으로 묘사하였다. 그는 아내의 직업도 모르고 내객이 아내에게 하는 행동도 모른다고 하지만 모르는 것이 아니라 알고 싶지 않다는 말일 것이다. 그는 아내의 방에서 들리는 소리를 한마디도 놓쳐본 적이 없고 귀에 거슬리는 소리가 들려도 소리가 들리는 것을 숨기려 하지 않는다는 이유로 안심한다. 아내가 술집에 일하러 나간 사이에 그는 아내가 준 돈을 가지고 외출하지만 돈을 쓰지 못하고 돌아온다. 그의 의식은 은화처럼 맑지만 노동할 수 없기 때문에 그는 아내에 대한 의존심에서 벗어나지 못한다. 의존심은 적개심과 짝이 되어 움직인다. 충족되지 않은 의존심은 적개심으로 바뀐다. 이상은 무산과 무직이 한 인간을 어떻게 기형으로 만드는가를 구체적으로 보여 준다. 「날개」의 1인칭 화자는 교환가치가 절대가치가 되는 세상이라는 것을 알면서 교환가치를 고의로 무시하려고 하는 자기모순을 스스로 폭로한다. 아내에게 매음은 성과 화폐를 교환하는 노동이다. 아내에게 돈은 노동의 대가이나 그에게 돈은 심심하면 가지고 놀다가 싫증 나면 버리는 장난감이다. 그는 자신이 아내의 노동에 기생한다는 사실을 분명히 알고 있다. 그러나 그는 아내가 준 돈 5원을 아내에게 주고 아내 옆에서 잔다. 아내는 그중에서 2원을 돌려주는데 그 부부가 돈을 주고받는 것은 노동의 보상이 아니라 무상의 교환이다. 이것은 노동체계에 편입될 수 있는 모든 통로가 차단된 인간이 노동체계를 모독하는 위반행위다. 외출했다 돌아와 아내와 내객이 같이 있는 방문을 연다. 아내가 밤새 들어오지 않은 그를 의심하고 그의 먹살을 잡는다. 돈 몇 원 몇십 전을 다 주고 나와 경성역 홀에서 커피를 마시려다 돈이 없는 것을 알고 미쓰코시(현재 신세계백화점 본점 구관) 옥상으로 올라간다. 백화점 옥상에서 26년의 생애를 돌아보며 그는 "날개야 돋아라"라고 호소한다. 정오에 사람들이 모두 네 활개를 펴고 닭처럼 푸드덕거린다. 그는 날지 못하고 해도 안 드는 방에 갇혀 있지만 사람들도 닭처럼 푸드덕거릴 뿐 날지 못하는 것은 그와 마찬가지다. 그렇다면 난다는 것은 단순히 노동을 할 수 있다는 의미가 아니라 보람 있는 일을 할 수 있다는 의미일 것이다. 가치 있는 노동이 불가능한 실국시대에 날개의 1인칭 화자는 노동하고 싶다는 희망과 죽고 싶다는 희망이 응축된 의식의 분열을 드러낼 수밖에 없다. 보람 있는 일을 얻을 수 없다는 현실인식이 이상에게 글을 쓰게 했을 것이다.

「봉별기」는 이상과 금홍이 네 번 상봉하고 네 번 이별하는 이야기이다. 23세에 객혈을 하여 요양하러 간 B온천에서 금홍이를 만났다. 약 한 재 지어 가지고 죽어도 좋다는 각오로 들어갔으나 날 살리라고 매달리는 청춘에 떠밀려서 사흘을 못 참고 장구 소리 나는 데를 찾아갔다. 조그마한 체구에 어리게 보았는데 스물한 살이라고 했다. 그림 그리는 친구가 찾아와서 서로 미루다가 그 친구가 달아나는 바람에 화자의 차지가 됐다. 16세에 머리를 얹고 17세에 딸을 낳았는데 그 애가 돌 안에 죽었다고 했다. 사랑의 힘으로 객혈이 다 멈췄다. 둘이 동거하는 동안 화자는 금홍이에게 두 남자를 소개하였다. 백부의 소상 때문에 상경하면서 금홍이에게 10원 지폐 한 장을 주었다. 서울에서 다시 만나 1년 반 동안 동거하였다. 금홍이는 여러 남자들과 관계하였고 그의 방까지 개방하였다. 때리는 금홍이가 무서워 가출했다가 사흘 만에 들어가니 금홍이는 집에 없었다. 두 달 만에 돌아온 금홍에게 화자가 먼저 헤어지자고 말했다. 금홍이는 베개 하나를 두고 떠났다. 금홍이의 머릿 기름 냄새를 맡으며 혼자서 금홍이의 베개를 베고 잤다. 병에 걸려 죽게 되 었다는 엽서를 보냈더니 달려와서 두 달 동안 먹여 살리고 다시 홀연히 사라 졌다. 시와 소설을 쓰며 문인들과 몰려다니던 중에 금홍이의 동생 일심이네 집에서 금홍이를 만났다(금홍이의 본명은 연심이였다). 초췌하게 변한 금홍과 밤 새도록 술을 마셨다. 그는 영변가를 부르고 금홍이는 육자배기를 불렀다. 그 것이 이승에서의 마지막 이별이 되었다. 이상은 1937년 4월 17일에 도쿄에 서 죽었다. 「봉별기」의 두 번째 동거(서울에서 보낸 1년 반) 부분을 확대한 것이 「날개」이다.

　1년이 지나고 8월, 여름으로는 늦고 가을로는 이른 그 북새통에―금홍이에 게는 예전 생활에 대한 향수가 왔다. 나는 밤이나 낮이나 누워 잠만 자니까 금 홍이에게 대하여 심심하다. 그래서 금홍이는 밖에 나가 심심치 않은 사람들을 만나 심심치 않게 놀고 돌아오는―즉 금홍이의 협착한 생활이 금홍이의 향수 를 향하여 발전하고 비약하기 시작하였다는 데 지나지 않는 이야기이다. 그런 데 이번에는 내게 자랑을 하지 않는다. 않을 뿐 아니라 숨기는 것이다. 이것은 금홍이로서 금홍이답지 않은 일일 수밖에 없다. 숨길 것이 있나? 숨기지 않아 도 좋지. 자랑을 해도 좋지. 나는 아무 말도 하지 않는다. 나는 금홍이 오락의 편의를 돕기 위하여 가끔 P군의 집에 가 잤다. P군은 나를 불쌍하다고 그랬던 가 싶이 지금 기억된다. 나는 또 이런 것을 생각하지 않았던 것도 아니다. 즉 남 의 아내라는 것은 정조를 지켜야 하느니라고! 금홍이는 나를 내 나태한 생활에 서 깨우치게 하기 위하여 우정 간음하였다고 나는 호의로 해석하고 싶다. 그러 나 세상에 흔히 있는 아내다운 예의를 지키는 체해 본 것은 금홍이로서 말하자 면 천려의 일실이 아닐 수 없다. 이런 실없는 정조를 간판 삼자니까 자연 나는 외출이 잦았고 금홍이 사업의 편의를 돕기 위하여 내 방까지도 개방하여 주었다. 그러는 중에도 세월은 흐르는 법이다. 하루 나는 제목 없이 금홍이에게 몹시 얻어맞았다. 나는 아파서 울고 나가서 사흘을 들어오지 못했다. 너무도 금홍이가 무서웠다. 나흘 만에 와 보니까 금홍이는 때 묻은 버선을 윗목에다 벗어 놓고 나가 버린 뒤였다.[274]

「지주회시」의 사건연쇄는 세 부분으로 구성되어 있다. 1. 미곡취인점(米穀取引店)에 근무하는 친구 오(吳)가 백 원을 가져오면 석 달에 5백 원을 만들어 주겠다고 한다. 그는 아내 나미코(奈美子)가 회관에서 빌어 온 백 원을 오에게 주었다. 2. 넉 달 만에 오를 만났다. 오는 그에게 돈에 관해서는 한마디도 하지 않았다. 그와 오는 오의 여자인 마유미(眞由美)를 데리고 취하도록 마셨다. 3. 나미코가 취인점 전무에게 매를 맞고 그 보상으로 20원을 받아 왔다. 그는 나미코 모르게 20원을 들고 마유미에게로 가서 술을 마셨다.

이 작품에는 여섯 사람의 인물들이 등장한다. 그는 함께 사는 나미코를 통해서 나미코가 여급으로 일하는 회관의 주인 및 회관 손님인 취인점의 전무와 관련을 맺으며, 또 친구인 오를 통해서 오와 함께 사는 마유미를 알게 된다. 한편 오는 회사의 상사인 전무로 인해서 회관의 주인과 나미코를 알게 된다. 이 작품의 제목은 반대물 간의 대립을 보여 준다. 지(鼅)는 지(蜘)와 통하는 글자이고 주(鼄)는 주(蛛)와 통하는 글자이니 '거미가 돼지를 만났다'라는 것이 제목의 의미이다. 흔히 사용하는 벌레 충(虫) 자 대신에 맹꽁이 맹(黽) 자를 달아 놓은 데에는 희극적 효과를 조성하려는 의도가 함축되어 있다. 구체적으로 지적하면 거미가 돼지를 만난 사건은 나미코가 취인점 전무의 발에 챈 장면을 상징한다.

274 이상, 『이상문학전집』 2, 330-331쪽.

전무: 넌 왜 요렇게 빼빼 말랐니.

나미코: 아야 아야 놓세요.

전무: 말 좀 해 봐.

나미코: 아야 아야 놓세요. (눈물이 핑 돌면서) 당신은 왜 그렇게 양돼지 모양으로 살이 쪘소오.

전무: 뭐이, 양돼지?

나미코: 양돼지가 아니고.

전무: 에이 발칙한 것.

그래서 발길로 채였고 채여서는 층계에서 굴러떨어졌고.

굴러떨어졌으니 분하고—모두 분하다.[275]

'거미가 돼지를 만났다'라는 작품의 제목은 이러한 구체적인 장면을 암시할 뿐만 아니라 이 작품의 대립구조 전체를 암시하기도 한다. 등장인물 가운데 마른 사람은 그와 오와 나미코 세 사람이고, 살진 사람은 마유미와 전무와 회관 주인 세 사람인데 이들 사이의 대립관계는 단순하지 않다. 거미와 돼지가 반대물로서 긴장된 관계를 보일 뿐 아니라 거미 자체도 화해의 이미지라기보다는 갈등의 이미지로 작품에 작용하고 있다. 그와 회관 주인의 대립도 차고 채인 상호 행동은 개입되지 않았지만, 나미코와 전무의 대립에 상응하는 양상으로 묘사되어 있다. 나미코를 앞세우고 빚 백 원을 얻으려고 도장을 찍으면서 느끼는 그의 굴욕감은 이 저주받아야 할 R카페라고 원망하게까지 만든다. 오의 사무실에서 회관 주인을 만나 저도 모르게 인사를 해 놓고 그는 내내 혼자 부끄러워한다. 그러나 이 작품의 구성은 마른 사람과 살진 사람의 대립 위에서 전개되는 것도 아니고, 특권 없는 사람과 특권 있는 사람의 대립 위에서 전개되는 것도 아니다. 만일 이들의 대립구조가 분명하

275 이상, 『이상문학전집』 2, 238쪽.

게 제시되었다면, 작품은 반어적 구성이 아니라 풍자적 구성으로 형성되었을 것이다. 이 작품은 거미와 돼지의 관계보다 거미와 거미의 관계를 더 중요하게 다루고 있다. 마른 오와 살진 마유미의 관계에서 거미와 돼지의 구별은 전혀 중요하지 않다. 오는 인천에서 버는 족족 털어 바치던 아내를 벗어버리고 서울로 와서 마유미를 만났는데, 그녀 또한 버는 것을 모두 오에게 준다. 미두(米豆)의 위험을 잘 알고 있는 오는 다 잃어도 먹고살 수 있는 수단으로 여급 하나를 곁에 늘 붙잡아 두고 있는 것이다. 오는 마유미가 자기에게 반해서 버는 대로 가져다준다고 믿고 있지만, 마유미의 심리는 또 다른 방향을 향하고 있다. "그야 좀 반하긴 반했지만"[276] 반한 것과는 다른 이유가 마유미의 행동을 지배하는 것이다. 그것은 마음의 공허이다. 하룻밤에 삼사 원씩 벌어서 옷감도 끊어 보고 화장품도 사 보고 한다. 얼마 못 가서 싫증이 난다. 거지에게 돈을 주기는 싫다. 그녀는 동정하고 동정받고 하는 여유 있는 태도를 싫어한다. 그것은 냉혹한 생존 규칙에 어긋나는 사치라고 생각하기 때문이다.

그와 나미코의 관계 역시 서로 피를 빠는 상호 수취의 행동으로 귀결되는 거미와 거미의 관계이기는 하지만, 이 작품은 나미코에 대한 그의 태도가 깊은 사랑과 연민에 뿌리박고 있음을 보여 주기도 한다. 그는 집에 가서 나미코에게 당신도 많은 여급 중의 하나에 불과하다고 말하려고 하다가 다음 순간에 나미코가 화장품을 잘 사용하지 않는다는 사실을 상기하고 다른 사람들보다 유난히 작은 나미코의 코와 입과 몸매를 생각한다. 나미코는 다른 어떤 여자와도 동일시될 수 없는 독특한 여자로 그의 앞에 현존하고 있는 것이다. 그는 화장한 다른 여급들이 화장하지 않은 나미코보다도 못하다는 것을 깨닫는다. 이것을 단순히 얼굴이나 맵시에 대한 묘사로만은 볼 수 없다. 그의 사랑이 그녀의 작은 몸매를 오직 그녀 자신의 것으로 인식한 것이다. 나

---

[276] 이상, 『이상문학전집』 2, 236쪽.

미코에 대한 그의 애정은 취기와 더불어 더욱 분명하게 드러난다.

두 시—그 황홀한 동굴—방—을 향하여 걸음은 빠르다. 여러 골목을 지나—오(吳)야 너는 너 갈 데로 가거라—따뜻하고 밝은 들창과 들창을 볼 적마다—닭·개·소는 이야기로만, 그리고 그림엽서—이런 펄펄 끓는 심지를 부여잡고 그 화끈화끈한 방을 향하여 쏟아지는 듯이 몰려간다. 전신의 피—무게—와 있겠지—기다리겠지.[277]

그는 따뜻하고 밝은 들창들을 보면서 단란한 가정이란 어떤 것인가 하고 추측해 본다. 그의 의식은 곧이어서 마당에는 개와 닭이 놀고 우리에 소가 매여 있는 농촌의 어느 집을 상상해 본다. 그러나 그러한 집은 이야기로만 들었을 뿐이고, 그림엽서에서나 보았을 뿐이지 그 자신은 한 번도 그러한 가정에서 살아 본 일이 없다. 단란한 가정들과 황량한 자기의 집을 비교해 본다. '펄펄 끓는 심지'란 어구가 단란한 가정을 향한 그의 부드러움을 암시해 준다. 그러나 방을 향한 그의 걸음은 빠르다. 기다리는 나미코를 생각하며 그의 온몸의 피가 끓어오르고 온몸의 무게가 나미코를 향하여 기울어진다. 남들은 그의 집을 황량하다고 보겠지만, 그리고 그도 흔히 그렇게 여기지만, 그의 의식의 깊은 곳에서는 그 방도 삶의 터전으로 자리 잡고 있는 것이다. 매를 맞고 파출소에 가 앉아 있는 나미코 앞에서 그는 눈물을 흘린다.

이 작품의 핵심은 그와 오의 대립에 있다. 그들은 어려서부터 화필로 업을 삼자고 서로 기약하였다. 그의 병과 오의 파산으로 말미암아 둘 다 붓을 놓았으나, 그들이 만나는 장면은 언제나 우애의 분위기에 감싸인다. 오의 집에서 보낸 한 달 동안 그가 보고 느낀 것들은 이 작품 안에서 가장 아름답게 묘사되어 있다.

277 이상, 『이상문학전집』 2, 237쪽.

낮이면 오(吳)의 아버지는 울적한 심사를 하나 남은 가야금에 붙이고 이따금 자그만 수첩에 믿는 아들에게서 걸리는 전화를 만족한 듯이 적는다. 미닫이를 열면 경인 열차가 가끔 보였다. 그는 오의 털외투를 걸치고 월미도 뒤를 돌아 드문드문 아직도 덜 진 꽃나무 사이 잔디 위에 자리를 잡고 반듯이 누워서 봄이 오고 건강이 아니 온 것을 글탄하였다. 내다보이는 바다—개흙밭 위로 바다가 한 벌 드나들더니 날이 저물고 저물고 하였다. 오후 네 시 오는 휘파람을 불며 이 날마다 같은 잔디로 그를 찾아온다. 천막 친 데서 흔들리는 포타블을 들으며 차를 마시고 사슴을 보고 너무 긴 방축 중간에서 좀 신선한 아이스크림을 사 먹고 굴 캐는 것 좀 보고 오 방에서 신문과 저녁이 정답게 끝난다. 이런 한 달 —오월—그는 바로 그 잔디 위에서 어느덧 배따라기를 배웠다. 흉중에 획책하던 일이 날마다 한 켜씩 바다로 흩어졌다.[222]

이 부분은 마치 네 개의 장면이 연속되는 연극과 같다. 첫째 장면은 오의 집이고, 등장인물은 오의 아버지와 그이다. 기미(期米)로 백만의 가산을 날린 노인이 가야금을 뜯고 이따금 전화를 받는다. 전화의 내용은 미곡취인점에 취직한 아들이 미곡의 시세를 알려 온 것일 듯하다. 그는 미닫이를 열고 산과 들과 하늘을 바라본다. 경인 열차가 지나가는 것이 보이기도 한다. 몰락한 부호의 여유와 쓸쓸함이 장면 전체를 지배한다. 둘째 장면은 월미도 뒤편의 바닷가 잔디밭이며, 이 무대에 등장하는 인물은 그 한 사람이다. 여기저기 서 있는 꽃나무들 사이로 털외투를 걸친 병든 화가가 서성거린다. 시간은 네 시, 저녁마다 밀려왔다 나가는 바닷물을 바라보면서 그는 거기서 배따라기를 부른다. 세속의 욕망을 아득한 수평선 위에 풀어 던지는 젊은이의 등 뒤로 해가 뉘엿뉘엿 기운다. 셋째 장면은 동일한 무대에 등장인물이 하나 더 추가된다. 천막을 두른 야외 카페에 앉아 두 사람은 차를 마신다. 휴대용 라

278 이상, 『이상문학전집』 2, 231쪽.

디오가 바람에 흔들린다. 라디오에서 흘러나오는 음악이 주위의 공간을 가득 채운다. 차를 마시고 나오는 바닷가 잔디 위에 사슴들이 놀고 있다. 월미도로 난 긴 둑을 걸으며 굴 캐는 여자들 옆에서 아이스크림을 사 먹는다. 넷째 장면은 다시 오의 집이다. 그와 오는 마주 앉아 저녁을 먹고, 신문 기사에 대하여 이야기를 나눈다. 자연과 인간과 음악이 어울려 꾸미는 이 연극의 아름다움은 몰락한 집과 병든 청년의 분위기로 더욱 강화된다. 바다 위에 나직이 퍼져 가는 서투른 뱃따라기의 애처로운 흐느낌을 고려하면 이 부분의 연극적 효과를 짐작할 수 있을 것이다. 그와 오 사이에 펼쳐지는 짙은 우애의 분위기는 작품의 처음부터 끝까지 지속된다. 그럼에도 불구하고 두 작중인물은 이 작품의 핵심에서 대립하고 있다. 오는 개방된 세계에 속해 있고 그는 폐쇄된 세계에 속해 있다. 그의 게으름과 오의 부지런함이 대조되지만, 부지런한 사람들의 생활이 반드시 더 나은 것은 아니다. 여급을 때리고 파출소에 끌려가고 다시 점잖은 체하고 연회장에 참석하는 그들의 생활도 공장에서 땀 흘리고 가정에 돌아와 휴식하는 보람 있는 삶과는 전혀 동떨어진 것이다. 그와 오의 대립은 어느 일방의 우위를 용납하지 않을 정도로 팽팽하게 긴장되어 있다. 게으름은 노동 자체의 포기이니 변호할 여지조차 없다. 그러나 부지런함만으로는 삶의 의미를 실현할 수 없다. "오(吳)의 차림이 한없이 그의 눈에 거슬렸다. 어쩌다가 저 지경이 되었을까, 아니 내야말로 어쩌다가 이 모양이 되었을까."[279] 오와 그의 사이에서 전개되는 반대물 간의 긴장이 이 작품의 핵심으로 해명되었던 것과 같이 이 작품의 반성적 거리 감각도 오와 그가 틀어지는 점에서 가장 깊이 조명된다. 몰락한 가산을 회복하려고 화필을 던진 오가 돈에 집착하는 것은 당연하지만, 그의 부지런함은 건전한 노동이 아니라 여급에게 기생하는 생활에 지나지 않음이 폭로된다. 그는 무위로써 혼탁한 세상에서 인퇴할 수 있다고 생각하나, 나미코가 구타당하고 회

---

279 이상, 『이상문학전집』 2, 230쪽.

관 주인에게 굴욕을 받는 가운데 그의 무위는 혼탁한 세상을 더욱 흐리게 할 뿐임이 해명된다. 독자가 선입견으로 포착한 인물과 실제의 인물이 서로 다르게 묘사되어, 환영과 사실의 대조는 모든 동화를 파괴한다. 그러나 사실과 환영은 너무나 긴밀하게 얽혀 있기 때문에 반어적 구성이 환영을 파괴한다고 해서 사실만 긍정하는 것은 아니다. 사실과 환영도 일방의 우위를 용납하지 않을 정도로 팽팽하게 대립하고 있다.

최명익(1903-1972)은 「비 오는 길」(《조광》 1936. 4-5), 「무성격자」(《조광》 1937. 9), 「봄과 신작로」(《조광》 1939. 1), 「심문(心紋)」(《문장》 1939. 6), 「장삼이사」(《문장》 1941. 4) 등의 심리소설에서 우울한 인물의 답답한 내심이 주위에 퍼뜨리는 어두운 분위기를 실감 있게 묘사하였다. 「무성격자」와 「심문」과 「장삼이사」는 모두 기차를 서사공간으로 하여 무기력한 지식인 주인공의 내면의식을 추적하는 소설들이다. 일본의 소위 15년 전쟁기에 군국주의가 강도를 더해 감에 따라 지식인들은 현실을 인식할 수 없다는 불안의식과 전쟁에 찬성하는 이외의 아무런 행동도 할 수 없다는 허무주의에 사로잡히지 않을 수 없었다. 최명익은 자기 자신에 대한 모멸감을 허무주의적 심리소설로 서술하였다.

최명익의 서술방법을 잘 보여 주는 소설이 「장삼이사」이다. 기차 속에서 화자는 옆자리의 승객들을 관찰한다. 우연히 같은 기차를 탔다는 것 이외에 아무런 관계도 없는 사람들이다. 화자는 그들을 캡, 가죽 재킷, 곰방대, 당꼬바지, 농촌 청년 등으로 부른다. 농촌 청년의 가래가 중년 신사의 구두에 튀었다. 중년 신사는 구두를 야단스럽게 흔들어 거기 묻은 가래를 털어 내려고 하나 잘 안 떨어지니 곰방대 노인이 신문지를 주었다. 중년 신사는 신문지를 밀어내고 휴지를 꺼내 여러 번 닦았다. 캡과 가죽 재킷이 휴지 있냐고 서로 농담을 하면서 중년 신사를 비웃었다. 화자가 보기에 중년 신사는 아이들이 그린 그림 속에 반장이 가장 크게 나오듯이 승객들 가운데 중심인물인 것 같았다. 중년 신사가 옆에 앉은 젊은 여자의 등 뒤로 손을 넣어 고량주를 꺼내 마시고 육포를 뜯고 나서 잠시 졸더니 화장실로 갔다. 그사이에 검표원이 차표를 검사하러 왔는데 여자는 표를 가지고 있지 않았다. 당꼬바지가 장사 중에는 색시 장사가 제일이라고 하며 중년 신사를 갈보 장사 주제에 점잖은 체한다고 빈정거렸다. 화장실에서 나온 중년 신사가 변비와 치질의 고통을 하소연하며 다시 술을 마시려는데 곰방대 노인이 한 잔 돌리라고 하여 술판이 벌어졌다. 술을 못 하는 화자는 역시 대화에 끼어들지 못하고 외부의 관찰자로 머문다. 중년 신사는 병들고 달아나고 심지어는 죽는 일이 생긴다며 색시 장사의 어려움에 대하여 토로하였다. 작은 역에서 곰방대와 농촌 청년이 내리고 그다음 작은 역에서 캡과 가죽 재킷이 내렸다. S역에서 중년 신사가 내리고 그의 아들이 탔다. 옥주가 또 달아났다는 말을 듣고 중년 신사는 아들의 뺨을 때렸다. 아들은 붙들었다는 기별을 받고 형이 찾으러 갔다고 대답했다. 자리에 앉은 아들은 젊은 여자의 뺨을 세 차례 연달아 갈겼다. 여자는 일어나 화장실로 들어갔다. 화자는 혀를 물고 자살하여 변기 속에 머리를 처박고 죽어 있는 여자를 상상하였다. 그러나 잠시 후에 화장을 고치고 돌아온 여자는 아들에게 옥주년도 잡혔느냐고 웃으면서 물었다. 이 소설에서 화자는 다만 가만히 바라보기만 하는 사람이다. 그는 이야기도 같이 못 하고 술도 같이 못 마신다. 그는 아무것도 아닌 사람이다. 화자가 보건 말건 세상은 화자와 아무런 관계도 없이 저대로 돌아간다. 화자와 다른 사람들 사이에는 극복할 수 없는 간극이 있다. 그들은 동일한 공간에 있으나 서로 이해할 수 없다.

「비 오는 길」은 각기병을 앓고 있는 김병일의 시각으로 서술되는 소설이다. 그는 평양의 어느 공장에서 일하는데 신원보증인을 구하지 못해 2년 넘도록 소사와 급사와 서사의 일을 한몫으로 맡아 하는 비정규직 노동자였다. 그는 날마다 사무실 마루를 청소하고 손님에게 찻잔과 점심 그릇을 나르고 수십 장의 편지를 쓰고 장부를 정리하였다. 저녁마다 주인은 금고의 현금을 세었다. 현금의 액수가 병일이 장부에 적어 놓은 숫자와 맞아야 하루의 일이 끝났다. 주인은 늘 병일을 감시하였다. 처음에는 불쾌하게 생각하였지만 아내까지도 감시하는 주인의 성격을 알고 나서는 이유 없이 남을 의심하는 주인의 행동을 경멸하게 되었다. 그는 타인들과 아무런 관계도 맺지 않고 살았다. "외짝 거리 점포의 유리창 안에 앉아 있는 노인의 얼굴이나 그 곁에 쌓여 있는 능금알이나 병일이에게는 다를 것이 없었다."[280] 병일의 하숙 근처에는 등을 단 집들이 있었다. 부동산 중개소나 직업 소개소 같은 것들이었는데 장구 소리와 노랫소리가 나는 집에도 등이 달려 있었다. 그 집에는 낭홍이란 기생이 살았다. 인력거꾼이 그녀에게 아래 거리에 큰 집이나 한 채 사라고 권하니 그녀는 수다 식구가 먹고 입고 사는 것도 어렵다고 대답했다. 지나가다 그들의 대화를 들은 병일은 먹고 입고 산다는 것에 대하여 생각해 보았다. 장마가 시작되어 비가 연일 내렸다. 비를 맞으며 사진관 유리창 속에 진열된 사진들을 보고 있는데 배가 나온 사진사가 들어와 비를 피하라고 하였다. 들어가 앉았다가 사진사 이칠성과 술자리를 같이하게 되었다. 이칠성은 열세 살부터 10년 동안 사진관 조수로 있다가 3년 전에 독립했다고 하였다. 셋집이 아니라 자기 집을 가지고 장사를 하여 먹고 남는 것을 모으는 살림이 세상 사는 재미라는 칠성의 말을 듣고 병일은 돈 모을 계획을 하지 않고 사는 자신의 생활을 반성하였다. "현실은 산문적이면서도, 그 산문적 현실 속에는 일관하여 흐르고 있는 어떤 힘찬 리듬이 보이는 듯하였다. 그리고 그 리듬은 엄숙한 비판의 힘으로 변하여 병일이의 가슴을 답답하게 누르는 듯하였다."[281] 그러나 병일은 자기만의 희망과 목표를 가지고 있는 것이 아니면서도 돈 모으는 것을 행복이라고 생각할 수 없었다. 병일은 돈을 아껴서 책을 샀다. 병약한 몸으로 주인에게 받는 모욕을 견디기 위해서는 무언가 몰두할 것이 필요했기 때문이었다. 그는 도스토옙스키와 니체를 읽고 또 읽고 하였다. 이칠성이 신문사에 아는 사람이 있으면 "××신문사 지국 지정 사진관"이라는

---

280 최명익, 『장삼이사』, 을유문화사, 1947, 104쪽.
281 최명익, 『장삼이사』, 121쪽.

지정 간판을 하나 얻어 달도록 도와 달라고 부탁하였다. 이칠성과 만나는 것이 마음대로 할 수 있는 시간을 빼앗기는 것 같아서 병일은 한 주일 넘게 그의 사진관에 들르지 않았다. 어느 날 병일은 신문에서 그동안 평양에 유행한 장티푸스로 죽은 사망자 명단에서 이칠성이란 이름을 보았다. 세상 사는 재미란 것도 그다지 믿을 만한 것이 아니었다. 병일은 독서에나 더욱 강행군을 해야 하겠다고 마음먹었다.

「무성격자」는 교사 장정일의 관점에서 폐병으로 죽어 가는 애인 문주와 위암으로 죽어 가는 아버지 만수 노인을 묘사한 소설이다. 인물시각서술은 화자와 인물이 겹쳐지는 서술방법이므로 무성격자는 등장인물인 정일을 가리키면서 동시에 작중화자를 가리킨다고 할 수 있다. 그의 아버지는 스물이 넘도록 데릴사위 겸 머슴살이를 하다가 장인 장모가 죽은 후에 십여 살밖에 안 된 아내를 지게에 지고 고향을 떠나 성 밖 빈민굴에 살면서 지게벌이로 시작하여 40년 만에 수십만의 재산을 모았다. 그가 도쿄에서 만난 문주는 그의 친구 운학의 사촌누이로서 의학을 공부하다 1년 만에 무용으로 전공을 바꾼 여자였다. 3년 후 서울에서 티룸 알리사의 마담으로 일하는 문주를 다시 만난 정일은 그녀에게서 제롬을 부르며 정원을 배회하는 『좁은 문』의 주인공 알리사를 연상하였다. 만수 노인의 외아들인 정일은 어머니가 큰소리를 들어 가며 아버지에게 타 내주는 돈으로 퇴폐적인 나날을 보내고 있었다. 아버지가 위암이라는 편지를 받고 정일은 고향으로 내려갔다. 서울을 떠날 때 문주는 상을 당하면 자기를 영원히 떠날 것이라며 울었다. 문주는 같이 죽자고 하면 언제든지 같이 죽어 줄 사람이라고 정일을 좋아하였다. 그러나 때로는 같이 죽자고 하면 어떻게든지 살아야 한다고 말리지도 못하는 사람이라고 투정을 부리기도 하였다. 떠나는 정일을 K역까지 따라와서 자기도 의학을 조금 아니 고향에 같이 가서 환자를 보살피게 해 달라고 조르다가 정일이 크게 당황하는 것을 보고 웃으면서 잘 다녀오라고 배웅하고 돌아섰다. 아버지는 전보다 수척하였을 뿐 여전히 거간과 채무자와 대서인들을 상대하고 있었다. 만수 노인의 사위 용팔은 비서 겸 하인으로 일하다가 눈 하나가 성치 않은 정일이 누이와 결혼하였다. 용팔은 정일이 알아듣지 못하도록 만수 노인에게 거래 내용의 윗머리만 말하고 일어서 나갔다. 대학을 보냈는데 의사나 변호사가 되지 못하고 교사가 된 데다 그만두고 와서 일을 배우라는 말도 듣지 않는 아들에게 만수 노인은 아무짝에도 못 쓸 위인이라고 장죽으로 방바닥을 두드리며 꾸짖었다. 정일은 이틀 만에 서울로 돌아왔다. 며칠 후 일요일에 문주를 데리고 교외에 갔다가 비를 만났다. 저녁에 자동차를 불러 돌아와서 문주의 하숙에서 늦게까지 있다가 나와 어느 선술집에서 술을 마셨다. 학교를 나오면 티룸에 앉아서 시간을 보내다가 술을 마시고 들어가는 것이 정일의 일과였다. 문화라는 탑에 돌 하나를 쌓아 올려 보겠다는 생각을 한 것은 아득한 먼 옛날의 추억이 되었다. 정일은 비를 맞으며 유곽을 찾아가 가장 살진 육체를 골라 하룻밤을 보냈다. 정일은 아버지가 10여 일 전에 자리에 눕게 되었다는 편지를 받고 다시 고향으로 내려갔다. 두 달 만에 보는 아버지에게서는 죽음의 냄새가 났다. 잠꼬대처럼 죽고 싶지 않다고 부르짖는 아버지를 보면서 정일은 "아버지는 한 번도 자기의 생활을 회의하거나 죽음을 생각할 필요가 없었던 사람이므로 이같이 죽음과 싸울 수 있는 것이 아닐까 생각하였다. 그래서 정일이는 어떤 위대한 의지력을 우러러보는 듯한 마음으로 아버지의 고통을 바라보고 있는 자기를 발견하는 때가 있었다."[282] 용팔이 정일에게 인지대와 취득세와 상속세를 들먹이며 한 달 전에 사 놓은 토지의 명의를 정일이로 등록하자고 하고 위임장에 도장을 찍으라고 하였다. 정일은 내키지 않으면서도 매부의 말을 따랐다. 병실에서 아버지의 격분한 고함 소리가 터져 나왔다. 아버지는 정일에게 병 고쳐 줄 생각을 않고 재물을 흥정하는 역적 같은 놈이라고 욕했다. 물 한 모금 넘기지 못하는 아버지는 보이는 곳에 물그릇을 놓아 달라고 하였다. 정일은 병실에 어항을

282 최명익, 『장삼이사』, 62쪽.

가득 늘어놓고 밤을 새워 가며 거기에 물을 부었다. 아버지는 동경에 사무친 황홀한 눈으로 그 물을 바라보았다. 아버지를 들어서 옮겨 눕히고 내장에서 나오는 유동체를 닦아 내고 더러운 자리를 갈아 내는 일도 정일이 맡았다. 문주가 죽었다는 운학의 전보를 받은 날 저녁에 만수 노인도 죽었다. 문주는 자기의 죽음이 정일에게 자유를 주는 보람이 되기를 바란다고 하였다. 문주를 장사하러 가야 하겠다고 생각하면서도 정일은 아버지의 관을 지켰다. 정일은 아버지와 문주에게 아무것도 해 줄 수 없는 자신의 무능력을 무기력하게 확인하고 무성격이란 것이 하나의 자기기만일지도 모르겠다고 생각했다.

「심문」의 1인칭 화자인 김명일은 미술학교를 졸업하고 중학교 미술선생으로 근무하다가 3년 전에 아내 혜숙이 죽자 학교를 그만두었다. 딸 경옥이를 여학교 기숙사로 들여보내고 아내와 10여 년 동안 살던 집도 처분하였다. 그는 팔리지 않는 그림을 가끔 그렸는데 지난봄에는 여옥이란 여자를 데리고 안둥(현재의 단둥) 근처에 있는 우룽베이온천에 가서 그녀를 모델로 하여 그림을 그리려고 해 보았었다. 그가 출입하는 다방의 마담인 여옥은 도쿄 유학 시절 청년 투사의 연인으로 알려진 문학소녀였다. 침실의 여옥은 불같은 정열과 난숙한 기교를 갖춘 여자였으나 낮에는 차가운 눈빛과 꼭 다문 입술로 가까이하기 어렵게 만드는 여자였다. 통일된 인상을 얻지 못해서 그림은 늘 실패하였다. 그는 여옥의 인당(양쪽 눈썹 사이)에서 아내 혜숙의 인당을 보았고 여옥의 귓불이 아내보다 좀 작기는 하나 아내와 같은 모양이라는 것을 알았다. 그는 가는 주름살 하나 없이 맑고 너그러운 아내의 이마와 인당에서 어머니의 젖가슴과 같이 너그러우면서도 이지적으로 맑은 마음을 느꼈고 아내의 귓불에서 사람의 신음 소리에 귀를 기울이는 보살의 귀를 보았다. 그림은 늘 눈앞의 여옥이라기보다 그의 머릿속에 있는 혜숙에 가까워졌고 그는 눈과 마음의 어긋남에 시달리다 화폭을 뭉갤 수밖에 없었다. 여옥과 혜숙의 이중노출에서 벗어나 있는 그대로의 여옥에 충실해야겠다고 결심한 그가 안둥으로 부족한 화구를 사러 갔다 와 보니 여옥은 그사이에 혼자서 북행열차를 타고 떠났다. 만주에서 사업가로 성공한 옛 친구 이 군이 하얼빈에 놀러 오라고 여러 번 청했다. 이 군은 편지에서 카바레에 갔다가 여옥이란 댄서를 만났는데 그와 아는 사이라고 하더라고 썼다. 하얼빈은 이 군이 편지마다 오라고 했고 그도 한번 가 보고 싶었던 곳이었다. 그는 여옥을 만나고 싶지는 않았으나 구태여 피하고 싶지도 않았다. 그는 이 군을 만나 이 군이 겪은 10년의 풍상과 미래 설계를 들었다. 이 군은 하얼빈의 그에게 에로그로를 안내하다 밤이 되자 여옥을 찾아 나섰다. 여옥이가 있는 카바레는 너무나 초라했다. 사오 명의 밴드가 재즈를 연주하는데 서너 패의 손님이 이 구석 저 구석에 있을 뿐 텅 빈 듯한 홀 모퉁이에 10여 명의 댄서들이 모여 있었다. 이 군은 여옥에게 12시에서 1시 사이에 그를 만나 하얼빈을 안내하고 3시에서 4시 사이에 통화하여 저녁을 함께하자고 하였다. 여옥은 아파트의 주소와 약도를 알려 주었다. 그는 여옥의 아파트에서 황폐한 느낌을 받았다. 박물관과 쑹화강을 보고 나니 벌써 네 시가 넘었다. 전차가 올 때까지 시간이 좀 있으니 자기 방에 가서 기다리라고 해서 같이 올라갔더니 여옥의 방에는 그녀의 애인 현일영이 와 있었다. 일영은 소개도 하기 전에 김명일 씨가 올 줄 알았다고 말했다. 일영은 한때 좌익이론의 헤게모니를 잡았던 현혁이 바로 자기이며 여옥은 자기를 숭배하던 학생 중의 하나였다고 하고 정치는 투쟁이며 연애도 정치라고 했다. 일영은 살기등등한 눈으로 명일을 노려보았다. 여옥을 찾아와 봐야 여옥은 절대로 명일을 따라가지 않을 것이라고 고함을 질렀다. 여옥이 나서서 지금의 자기를 유혹하느니 질투하느니 하는 것이 모두 우스운 일이 아니냐고 하면서 일영을 달랬다. 저녁에 만난 이 군이 여옥의 아파트에 전화를 해서 웬 남자가 받기에 여옥과 명일에게 기다리고 있다고 전해 달라는 부탁을 했다고 말했다. 다음 날 아침에 여옥이 찾아와서 자기를 데리고 평양으로 가 달라고 했다. 그녀는 이 시기를 놓치면 폐인이 되고 말 것이라며 흐느껴 울었다. 그녀는 일영과의 생활을 그에게 털어놓았다. 일영이 감옥으로, 출옥 후에는 방랑으로 오륙 년을 보냈기 때문에 정처를 알 수 없었다. 우연히 하얼빈에 있다는 소식을 들었고 우룽베이에서 이왕 만주에 들어섰으니 한번 찾아 보자는 생각이 들었다. 만나 보니 일영은 수입도 없고 직업도 없는 중독자였다. 마약을 같이하자는 것을 거절했더니 일영은 자는 여옥의 코에 마약을 불어 넣었다. 죽는 날까지 버리지 말아 달라고 애원하는 데 마음이 약해져서 명일에게 받은 반지를 팔아 3백 원을 마련해서 장례비로 가지고 있으면서 돈을 벌어 마약값을 대 주었다. 여옥은 명일에게 함께 일영에게 가서 그녀를 사랑한다고 말해 달라고 부탁하였다. 일영의 태도를 보아서 그녀에 대한 사랑이 남아 있는 것이 확실하면 죽을 때까지 함께할 것이고 아니라면 일영을 떠나겠다는 것이었다. 일영은 명일에게 인간답지는 못해도 그런대로 평온하던 생활을 흩트려 놓은 책임을 지라고 따졌다. 여옥을 넘겨주겠다며 열쇠를 꺼내 주며 돈을 내고 사라고 해서 명일이 여옥에게 받은 3백 원을 건네자 그 돈을 움켜쥐고 나갔다. 이튿날 아침에 메신저가 와서 잠간 들러 달라는 여옥의 편지를 전해 주었다. 아홉 시에 여옥을 데리고 갈 생각을 하고 아파트로 찾아가 보니 여옥은 이미 스스로 목숨을 끊은 후였다.

9) 박태원과 유진오

박태원(1910-1986)은 『소설가 구보 씨의 일일』(《조선중앙일보》 1934. 8. 1-9. 19; 문장사, 1938)과 『천변풍경』(《조광》 1936. 8-10, 1937. 1-9; 박문서관, 1938)에서 모자이크식 구성으로 서울 서민들의 생활양상을 스케치하듯 그려 내었다. 『소설가 구보 씨의 일일』은 미혼의 소설가 구보가 아침에 집을 나와 서울 거리를 목적없이 돌아다니다 밤늦게 집에 돌아갈 때까지의 기록이다. 구보는 청계천 부근에 있는 집을 나와 광교-종로 네거리-화신백화점-엘리베이터-한강행 전차(동대문, 서울운동장, 장춘단, 청량리, 성북동, 훈련원, 약초정: 현재 충무로, 조선은행 앞)-장곡천정(현재 소공동)-다방-부청 쪽 다방 옆 골목-골동품가게-대한문-남대문밖-경성역 대합실-조선은행 앞-다방-종로 네거리-종로경찰서 근처 찻집-광화문 쪽 다방-조선호텔 앞-황금정(현재 을지로)-종로-종각 뒤 술집-낙원정-

카페-종로 네거리로 이동한다. 초점화자가 구보 자신에 대해서 말하기 때문에 이 소설의 인물시각서술은 1인칭 자기서술과 동일한 방식으로 전개된다. 초점화자와 전지화자를 구분할 수 없는 이러한 독특한 서술방법이 자기서술과 타자서술의 미묘한 균형을 성취한다. 이 소설은 타인관찰의 기록이면서 동시에 자기성찰의 기록이다. 카메라가 이동하는 대로 영화의 화면이 이동하듯이 시선의 이동에 따라 소설의 장면이 이동한다. 이 소설에는 사건이라고 할 만한 것이 전혀 없다. 거리로 나와서 구보가 처음 본 것은 자전거를 탄 젊은이이다. 구보가 몸을 피하자 젊은이는 모멸하는 눈으로 그를 쳐다본다. 그는 벨 소리를 듣지 못했다. 조선은행 앞에서 구보는 구두닦이의 시선을 느끼고 일면식도 없는 자에게 자기의 구두가 비평당하는 데 기분이 상한다. 자기의 몸이 타인의 시선에 하나의 대상으로 비치는 것을 구보는 싫어한다. 구보는 타인을 무대 위에 올려놓고 바라보면서 자신이 타인의 시선에 의해서 무대 위에 올려지는 것은 싫어한다. 전차에서 구보는 작년 여름에 한 번 만난 여자를 본다. 여자를 곁눈질하면서 구보는 자기가 훔쳐보는 것을 여자가 알고 있을 것이라는 불안감에 휩싸인다. 구보는 전차에서 양산을 무릎 사이에 놓고 앉은 여자를 본다. 그는 어떤 잡지에서 처녀가 아닌 여자들이 그렇게 한다는 글을 읽은 적이 있다. 구보는 여자를 결혼 상대와 노는 계집으로 나눈다. 그는 깨끗하고 아름다운 여자를 좋아한다. 그는 여자에 대한 동경심과 자신의 무능력에 대한 자괴감에 시달린다. 구보는 해 저문 종로 네거리에서 노는 계집의 무리를 본다. 그는 그녀들에게서 어떤 종류의 위태로움을 느끼지만 그녀들은 자신들의 걸음걸이가 불안정하다고 생각하지 않는다. 쓸쓸하고 어두운 밤거리에서 구보는 갑자기 성욕을 느낀다. 지나가던 여자가 구보를 흘겨보는데 그 얼굴이 결코 예쁘지 않았다. 구보는 그 공격적인 시선이 그녀의 외모 때문이라고 생각한다. 여자의 못생긴 외모는 여자의 내적 결함을 나타낸다는 것이 구보의 평소 생각이다. 도쿄에서 사귀던 여자에 대한 기억이 구보를 괴롭힌다. 그는 그 여자에게 무책임하게 행동했다고 반성한다. 소복한 여자가 카페 창에 붙은 여급 모집 광고를 보고 있다. 구보는 안됐다는 생각에 한숨을 쉰다. 구보는 자기도 남들처럼 생활을 갖게 되어 어머니에게 편안한 잠을 선사하고 싶다는 희망을 품고 어머니의 사랑이 있는 공간으로 귀환한다. 정신쇠약과 시력장애에 중이염을 가진 구보는 타인과의 소통에 항상 곤란을 겪는다. 그는 대낮에도 자기의 시력에 자신감을 갖지 못한다. 백화점에서 행복하게 보이는 젊은 부부가 구보를 바라본다. 그들의 시선에서 구보는 그들이 구보를 행복하지 못한 사람이라고 생각한다는 것을 느끼고 혐오감과 부러움을 동시에 느낀다. 결혼도 하지 못하고 취직도 하지 못한 구보에게는 안정된 제도적 공간이 없다. 그가 가지고 있는 것은 한 손에 든 단장과 다른 한 손에 든 공책이 전부이다. 그는 행동하는 사람이 아니라 관찰하는 사람이다. 박태원은 소설의 모티프를 발견하고 스토리를 구상하고 인물을 묘사하는 과정을 소설로 보여 주었다. 구보는 전차 속에서 사람들을 관찰하고 다방에서 옛 애인을 회상하고 설렁탕을 먹으면서 도쿄에서 데이트하던 일을 떠올린다. 노트에 기록하는 현상들과 그때그때 개입하는 기억들이 교차하면서 영화의 화면이 오버랩되듯이 겹쳐지고 교차하는 현재와 과거는 영화의 화면들이 몽타주로 구성되듯이 입체적으로 배치된다. 거리의 풍경과 인물들의 초상이 영화의 화면처럼 전개된다. 물질주의에 매혹되면서 물질주의를 부정하는 구보의 복잡한 내면풍경이 평범한 에피소드들을 낯설게 한다. 박태원은 스크린이 화면을 보여 주듯이 눈에 비치는 현상들을 그대로 기록하는 고현학(현재연구)이 소설의 방법으로 적합하다고 생각하였다. 이 소설에 나오는 이시카와 다쿠보쿠, 아쿠타가와 류노스케, 스탕달, 앙드레 지드, 제임스 조이스 같은 작가들은 박태원이 공부한 문학의 내용을 짐작하게 해 준다.

「방란장주인」(《시와 소설》 1936. 3)은 2백 자 원고지 40장 분량의 한 문장으로 되어 있는 소설이다. 3백 원 남짓한 돈으로 젊은 화가가 찻집을 시작했다. 자작이 수삼 년간 애용하던 포터블 축음기와 20여 장의 레코드를 기부했고 만

성이가 칠팔 개의 재떨이를 들고 왔고 수경 선생이 난초 한 포기를 가지고 와서 방란장(芳蘭莊)이라는 상호를 지어 주었다. 돈을 벌 생각은 애초에 없었고 한동네에 사는 예술가들이 클럽처럼 사용하게 하고 싶다는 것이 주인의 의도였다. 그는 차 한 잔 팔아 담배 한 갑 사고 술 한 잔 팔아 쌀 한 되 살 수 있으면 만족이라고 생각했다. 뜻밖에도 찾아오는 손님들이 적지 않았다. 수경 선생네 하녀로 있는 미사에를 월급 10원에 데려다 놓았다. 단골 문인들은 지나치게 소박한 다방의 분위기가 손님들의 기호에 맞았는지도 모르겠다고 하며 기뻐했다. 주인 화가는 남은 돈으로 가난한 친구들에게 일식집 신주쿠에서 스키야키를 샀다. 그런데 한 달이 지난 후부터 영업실적이 떨어지기 시작하였다. 얼마 안 떨어진 곳에 천7백 원을 들여서 꾸민 모나미 다방이 생겼기 때문이었다. 방란장은 몇몇 불우한 예술가들의 전용 클럽이 되었다. 모나미의 하루 수입이 20원이라는데 방란장은 하루 이삼 원밖에 안 됐다. 2년여를 겨우 버텨 내고 있으나 반년이나 밀린 집세며 식료품점 기타에 갚을 빚이며 전기값과 가스값에 밀린 미사에의 월급까지 부채는 눈덩이처럼 불어났다. 아무리 생각해도 무슨 방도가 없었고 떠오르는 것은 빚쟁이들의 얼굴뿐이었다. 그만두고 싶으나 부모도, 형제도, 갈 집도 없는 미사에를 어떻게 해야 할 것인지 막막하기만 했다. 미사에는 주부도 없고 하녀도 없는 집에서 모든 소임을 도맡아서 독신인 주인을 정성껏 돌봐 주었다. 다른 데 일자리를 알아봐 주겠다고 했더니 미사에는 울음이 나올 듯한 얼굴로 더듬거리며 잘못을 사과하였다. 수경 선생은 아예 둘이 살림을 차리면 어떻겠느냐고 했다. 미사에가 아무런 계획이나 방침 없이 자신의 장래에 대해서는 가게 주인이나 수경 선생에게 맡기고 사는 것 같아서 혼처라도 구해 주지 않으면 평생 데리고 가야 하지 않을까 하는 걱정에 그는 천장만 바라보았다. 총명하지도 않고 예쁘지도 않으나 예술가의 아내로는 그것이 오히려 적당할지도 모르겠다는 생각을 잠깐 해 보다가 주인은 내일이라도 거리로 내몰릴 형편에 처해서 결혼을 생각한다는 것이 스스로 어이가 없어 웃고 말았다. 산책이나 하려고 나갔다가 수경 선생의 집 쪽으로 발길을 돌렸다. 그는 의식 걱정 없이 정돈된 방에서 자기 예술에 정진하는 수경 선생을 늘 부러워했다. 그는 수경 선생의 집 담장 너머로 수경 선생의 부인이 쉴 새 없이 종알거리며 손에 닿는 대로 찢고 던지고 깨뜨리고 하는 것을 보았다. 중년 여인의 광태를 보고 달음질치듯 그곳을 떠났다. 그는 황혼의 가을 벌판에서 어떻게도 할 수 없는 고독감을 온몸으로 느꼈다.

청계천에는 경성부에서 허가한 여러 개의 빨래터가 있었다. 30명이 넘는 인물들이 만드는 50개의 에피소드로 구성된 『천변풍경』의 배경은 빨래하러 나온 아낙네들이 연일 수다를 떠는 광교 부근의 빨래터와 동네 남자들이 모여 세상 이야기를 주고받는 이발소이다. 점룡 어머니와 이쁜이 어머니와 귀돌 어멈과 칠성이네가 한편에서 방망이질을 하고 다른 한편에서 헹군 빨래를 널면서 동네에서 일어난 일들에 대한 이야기를 주고받는다. 이발소 사환인 재봉이가 호기심 많은 눈으로 창밖 풍경을 내다본다. 이발소 거울에 비친 자기 얼굴을 바라보며 민 주사는 늙었지만 돈이 있으니 됐다고 스스로 위로한다. 마작에 정신을 팔고 있는 그는 부의원 선거에 나서고 싶어 한다. 사법서사를 하는 50대의 민 주사는 첩 안성댁에게 끌려다니고 안성댁은 젊은 전문대생과 놀아난다. 재봉이는 평화카페 앞에 있는 여급 하나코의 어미를 보고 다정하게 외출하는 한약국집 아들 내외를 본다. 한약국 사환 창수는 서울로 가야 출세한다는 아버지의 말을 듣고 시골에서 올라왔다. 한약국집에 드난살이하는 만돌네는 행실이 나쁜 아범을 피해 서울로 도망쳤는데 덜미가 잡혀 다시 같이 살고 있다. 배다리 골목 안 최 장님집 건넌방에 세 들어 사는 이쁜이가 전매국 직공 강석주에게 시집을 간다. 마작에 돈을 날린 민 주사는 상대편 후보의 운동원들이 이것을 비방거리로 삼을까 봐 걱정하는데 그의 처남인 종로 포목점 주인은 중산모를 쓰고 배다리를 오가며 매부의 선거를 돕는 체한다. 돈을 많이 써서 선거사무소는 잘 돌아가는 듯했으나 결과는 낙선이었다. 민 주사는 자리를 깔고 누웠다가 안성집의 행실이 염려스러워서 일어나 첩의 집으로 간다. 창수는 노랑이 영감 밑에서 아무리 일해 봤자 희망이 없으리라는 생각에 심란하다. 그는 이발소에서 기술을 배우는 재봉이와 아이스크림 장수 점룡이를 부러워한다. 카페 여급 하나코와 기미코는 오갈 데 없는 시골 처녀 금순이를 자기들의 방에서 기거하게 한다. 금순이는 부엌일과 세탁일과 재봉일을 도맡는다. 하나코가 홀아비인 양약국 최진국에게 시집가게 된다. 금순이는 당구장 한양구락부에서 게임돌이로 일하는 동생 순동이를 만난다. 금순이는 기미코의 허락을 받고 동생을 그들의 셋방에서 살게 한다. 안성댁과 전문대생은 민 주사로부터 한밑천 얻어 내려고 갖은 꾀를 다 짜낸다. 그녀는 홀몸이 아닌데 영감이 죽으면 어떻게 사느냐고 하소연하며 관철동 집을 팔고 계동에 새 집을 사 달라고 떼를 쓴다. 이 동네에서 20년을 산 신전집이 몰락하여 야반도주를 한다. 신 가게가 술집으로 변하고 남편의 술타령으로 한약국집에서 쫓겨난 만돌 어멈이 종적을 감춘다. 이쁜이가 친정 가세가 변변치 않다는 이유로 시댁에서 구박을 받고 끝내는 남편에게 버림을 받는다. 점룡이가 이쁜이를 배반한 강석주를 패 준다. 양약국최가에게 시집가서 전실 소생 둘을 키우는 하나코도 여급 전력을 들먹이며 구박하는 시댁 사람들 때문에 달포가 지나지 않아 감당하기 어려운 사정이 된다. 나중에는 남편까지 의심을 해 대고 아랫사람들까지 멸시한다. 이발소의 조수 김 서방은 이발사 시험에 합격할 것이라는 희망을 가지고 있고 재봉이도 같은 희망을 가지고 열심히 기술을 배우려고 노력한다. 고향에 갔다 온 창수는 종로구락부에서 10원씩 월급을 받게 되고 점룡이의 노름 친구 용돌이는 웰터급 권투시합을 대비하여 연습에 몰두한다. 천변을 걷던 포목점 주인의 중산모가 바람에 날려 청계천에 빠진다. 그는 엄숙한 표정으로 모자를 개천에 버려둔 채 집으로 향한다. 안성집과 전문대생, 민 주사와 안성집, 민 주사와 취옥이(기생), 최진국과 취옥이, 강석주와 신정옥(회사동료) 등의 불륜이 중요한 모티프가 되며 도박(점룡, 민 주사), 폭행(만돌 아비), 밀수(금은방 주인), 사기(안성집), 매춘(하나코, 기미코) 등도 모티프로 활용된다.

유진오(1906-1987)는 「김 강사와 T교수」(《신동아》 1932. 1), 「창랑정기(滄浪亭記)」(《동아일보》 1938. 4. 19-5. 4), 『화상보』(《동아일보》 1939. 12. 8-1940. 5. 3) 같은 지식인 소설을 발표하였다. 유진오는 1927년에 「스리」(《조선지광》 1927. 5)로 등단하여 1944년까지 한 권의 장편소설과 50여 편의 단편소설과 5편의 희곡을 발표하였다. 유진오의 소설은 1927년에서 1935년까지 발표된 노동소설과 1935년에서 1944년까지 발표된 시정소설로 나눌 수 있다. 1935년에 발표된 두 소설 가운데 「김 강사와 T교수」는 「오월의 구직자」(《조선지광》 1929. 9)와 같은 노동소설로 볼 수 있으며 「행로」(《개벽》 1934. 11-1935. 1)는 「산울림」(《인문평론》 1941. 1)과 같은 시정소설로 볼 수 있기 때문에 1935년은 유진오의 문학에서 전기와 후기를 가르는 전환기가 된다고 할 수 있다. 유진오의 데뷔작 「스리」는 두 개의 사건으로 구성되어 있다. 젊은이들이 거리에서 바이올린을 켜며 노래하는 사건과 어린 스리가 그들의 돈을 훔치다가 붙잡힌 사건이다. 그 두 사건을 보는 서술자의 의식은 세 단계로 전개된다. 처음에 길거리 악사를 보면서 그는 서양 중세의 트루바두르를 연상한다. 다음에 그들이 10전짜리 유행 창가집을 파는 것을 보고 그는 비로소 그들이 월사금(月謝金)을 버는 고학생들이라는 것을 인식한다. 나중에 난데없는 비명 소리를 듣고 노래를 팔아 모은 돈을 훔치다 매를 맞는 어린애를 보면서 그는 무산대중 내부에도 대립이 있다는 사실을 인식한다. 서술자의 의식은 탐미적 공상에서 내려와 궁핍한 현실에 직면하고 다시 현실의 모순을 인식한다. 「오월의 구직자」는 전문학교를 나온 친구가 사무직으로 취직하는 것이 불가능하게 되자 생산직 노동자가 되기로 결심하는 과정을 기록한 소설이다. 친구는 성적이 우수했으나 학생주사 T에게 잘못 보여 추천서를 받지 못했다. T를 찾아가 사정한 결과 추천서를 받기는 하였으나 그의 추천장이란 것이 다 같은 것이 아니어서 그는 처음부터 엑스트라 노릇을 한 데 지나지 않았다. 노동자 숙박소에서 자며 취직되기를 기다렸으나 취직될 가능성은 끝내 보이지 않았다. 빚 때문에 집을 판 아버지가 가속을 거느리고 서울로 떠나겠다는 편지를 보냈다. 탑골공원의 어느 으슥한 구석에 앉아 있다가 그는 아버지를 마중하러 가려고 일어섰다. 「김 강사와 T교수」는 「오월의 구직자」와 동일한 방식으로 구성된 소설이다. 친구와 학생주사 T의 관계는 여기서 만필과 교무담당 T의 관계로 반복된다. 한국인 학생이 선생답지 않은 일본인 선생을 비판하는 사건은 한국인 강사가 교수답지 않은 일본인 교수를 비판하는 사건으로 반복되는 것이다. 동경제대 독문과를 나온 김만필은 은사의 소개로 총독부 학무과장 H의 추천서를 받아 전문학교 강사로 채용되었다. 이 학교에서 조선 사람을 교원으로 쓰는 것은 처음 있는 일이었다. 교무를 맡은 T교수가 학내의 파벌이라든가 문제학생들의 성향이라든가 하는 정보를 알려 주었다. T교수는 김만필의 전력과 근황을 빠삭하게 알고 있었다. 그는 학생들에게 김만필이 문화비판회에 가담했던 전력을 말해 주었다. 그는 무당들을 몰고 다니며 조선의 민속을 연구한다고 하였다. 우울증에 빠진 김만필은 아무도 만나려고 하지 않고 거리를 방황하였다. 자기편이 아니라고 판단한 T교수는 김만필의 전력을 H과장에게 말했다. H과장은 김만필을 정직하지 않고 배은망덕하다고 꾸짖었다. 아마 이것은 일본인이 한국인을 보는 기본시각이었을 것이다. 소설은 김만필의 인물시각으로 서술되어 있지만 김만필이라는 초점자를 바라보는 서술자의 시선은 상당히 중립적이다. T교수의 능란한 권모술수가 비판적으로 묘사되어 있다고 해서 현실에 적응하지 못하는 김만필의 미숙한 태도가 긍정적으로 묘사되어 있다고 볼 수만은 없을 것이다. 김만필은 "지식계급이란 것은 이 사회에서는 이중 삼중 사중, 아니 칠중 팔중 구중의 중첩된 인격을 갖도록 강제되는 것이다"[283]라고 한탄하였다. 그러나 이러한 사정이 지식인에게만 해당되는 것이라고 생각할 수는 없을 것이다.

　"해만 저물면 바닷물처럼 짭조름히 향수(鄕愁)가 져려든다"라는 조벽암의

---

[283]　유진오·이효석, 『김강사와 T교수·모밀꽃 필 무렵』, 한국소설문학대계 16, 동아출판사, 1995, 135쪽.

시구로 시작하는 「창랑정기」는 일곱 살의 기억과 열여섯 살의 기억을 중첩시키고 그것들을 다시 현재와 대조하여 창랑정의 몰락을 한 시대의 붕괴로 확대하여 서술한 소설이다. 서강 대신은 양이(洋夷)의 신념을 지키고 증손자 종근에게도 신학문을 가르치지 않고 한문만 읽게 하였다. 대신이 돌아간 후 종근이 머리를 깎고 기생오입을 시작하여 대신의 대상 전에 집터까지 남에게 넘겼다. 시근의 아버지가 관비유학생으로 일본에 갔다 와서 탁지부 제도국에 근무했다는 기록으로 보아서 이 소설에는 유진오의 자전적인 내용이 많이 들어 있다는 것을 알 수 있다. 창랑정을 꿈에 본 날 시근이 카메라를 들고 다시 가 보니 창랑정 터는 공장이 되었고 강 건너 여의도 비행장에는 여객기가 활주 중이었다. 어린 시근은 창랑정에서 눈 아래로 보이는 검푸른 물결과 눈에 가득하게 들어오는 넓은 백사장과 멀리 하늘 끝까지 뻗어 있는 산들에 큰 감명을 받았다. 그리고 형수의 교전비(轎前婢) 을순이와 놀던 기억은 향수를 구성하는 것은 장소가 아니라 사람이라는 사실을 그에게 상기시켜 주었다. 「신경(新京)」(《춘추》 1942. 10)은 이효석에 대한 추모의 기록이다. 유진오는 보성전문학교 학생처장으로서 만주의 일본 기업들을 방문하여 학생들의 취직을 부탁하였다. 당시 유진오의 신분으로 볼 때 그의 친일을 학생들 취직시키기 위해서 할 수밖에 없었던 것이라고 이해해 줄 수 있는 여지가 전혀 없다고는 하기 어려울 것이다. 이철은 졸업생의 취직을 주선하러 만주에 가는 길에 평양에 들러 뇌막염으로 입원해 있는 정욱을 찾았다. 그는 신징에서 정욱이 죽었다는 전보를 받았다. 그는 정욱의 섬세한 감정과 높은 교양, 이슬같이 맑고 아름다운 글을 생각하고 가까이 지낸 지나간 십오륙 년을 돌아보았다. 그들은 괴로움과 서러움을 나누고 서로의 장점과 단점을 알고 서로의 가치를 존중해 주던 벗이었다. 서른여섯의 젊은 나이로 가 버린 정욱은 "어떤 때는 자기 손으로 처리할 수 없는 생활상의 괴로운 문제를 가지고 철의 의견을 구해 오는 친동생 같은 친구였다. 어떤 때는 또 그 반대로 문학상의 문제를 가지고 철을 옹호해 주고 하는 것만으로도 욱은 철에게는 바꿀 수 없는 인생의 벗이었다."[284] 이 소설은 신징에서 이철이 목격하는 일계(日系), 만계(滿系), 선계(鮮系)의 미묘한 위치를 정확하게 기록해 놓았다는 점에서도 주목할 만하다. 한국인은 일본 국적을 가지고 있었으나 한국인을 대하는 일본인의 태도는 책임감이 없고 불평이 많다는 배척론과 팔굉일우(八紘一宇)의 정신으로 대우한다는 포섭론의 사이에 수많은 편차를 드러내고 있었다. 중국인의 시각으로 보면 만주에 사는 한국인의 또 다른 면이 드러날 것이다.

　돈이 있는 남자를 싫어하고 돈이 없는 남자를 좋아하는 특별한 여자들의 비현실적 도덕이 실국시대 통속소설의 일관된 기조였다. 1939년에 보성전문학교 법과과장이었던 유진오가 《동아일보》에 연재한 『화상보』는 이러한 기조를 유지하면서도 환상성과 통속성을 가능한 한 축소하려고 시도해 본 작품으로, 일본에서 음악공부를 한 뒤 독일에서 명성을 얻고 귀국한 소프라노 김경아와 수원농고를 중퇴하고 실업학원에서 학생들을 가르치는 식물학자 장시영의 비극적 연애소설이다. 학생 시절에 식물표본을 만들기 위해 갔던 금강산에서 만난 그들은 김경아가 안상권의 도움을 받으며 외국에서 공부하는 동안 계속해서 편지를 주고받는다. 그동안 장시영은 조선 식물의 분포에 관한 연구를 일본 식물학회의 기관지에 몇 번 발표했고 2년 전부터는 그동안 연구한 것을 정리하는 논문을 준비하고 있었다. 김경아는 독창회를 주선해 주고 집을 얻어 준 안상권과 결혼하였으나, 그에게 강제로 이혼당한 홍영희가 전실자식이 있는 그와 동일한 방식으로 결혼하였다는 말을 듣고, 또 변호사를 통하여 피아니스트 이복희의 문란한 생활을 다룬 기사를 근거로 이복희의 남편에게 안상권이 고소당하게 되었다는 사실을 알고 그의 곁을 떠난다. 논문 「조선 화본과 식물분포에 대하여」가 식물학계의 높은 평가를 받아 장시영은 고농(高農)의 조수에서 강사로 진급하고 동경제국대학에서 열리는 일본 식물학회에 가서 조선 사초과(莎草科) 식물의 분포에 대한 연구를 발표

284　유진오·이효석, 『김강사와 T교수·모밀꽃 필 무렵』, 280쪽.

한다. 유진오는 한국에서도 세계수준의 천재들이 나올 수 있다고 말하고 싶었던 듯하다. 유진오는 천재를 키울 수 없는 한국의 문화수준을 끊임없이 비판한다.

> 동경 온 지 사흘 만에 처음으로 시영은 식물학회 회장인 동경제국대학으로 갔다. 넓은 구내. 으리으리한 큰 건물들. 언뜻 겉으로 보기에도 과연 일본 현대 문화의 최고 중심기관인 것을 알 수가 있었다. 이곳에서 글을 배우는 사람, 가르치는 사람, 연구하는 사람들의 행복을 잠깐 생각해 본다. 충분한 시간과 넉넉한 경비 — 끝없는 부러움이 뼛속으로부터 끓어올라 온다.[285]

유진오에게 1930년대의 서울은 폐허로 인식되었다. 다방, 영화관, 백화점이 있고 치즈 안주에 양주를 마시는 식민지 유한층이 있지만 모두 모조품이고 원숭이 흉내에 지나지 않는다. 보들레르는 19세기의 파리를 폐허로 묘사하였다. 유진오는 도쿄가 파리라는 폐허의 복사라는 사실을 인식하지 못했다. 그러나 한편으로 백화점에서 일하는 보순과 원목의 건실한 생활, 실업학원을 운영하는 이태희의 사심 없는 헌신, 장시영을 향한 영옥의 순수한 애정에서 보듯이 이 소설은 긍정적인 사건들로 가득 차 있다. 장시영은 인간을 플러스, 마이너스, 제로로 나누고 해로운 마이너스만 아니라면 아무리 작은 플러스라도 의미가 있다고 생각한다. 유진오는 도쿄를 표준으로 서울을 바라보았지만 한국에 살고 있는 사람들과 그들의 전통을 부정적으로 판단하지는 않았다.

10) 이태준과 이효석과 김동리

이태준(1904-?)은 《시대일보》에 「오몽녀」(1925. 8. 13)를 발표하면서 작가 생

---

285 유진오·심훈, 『유진오·심훈』, 신한국문학전집 9, 어문각, 1976, 209쪽.

활을 시작하여 『달밤』(한성도서, 1934), 『까마귀』(한성도서, 1937), 『이태준 단편선』(박문서관, 1939), 『이태준 단편집』(학예사, 1941), 『돌다리』(박문출판사, 1943) 등의 단편집과 13권의 장편소설을 발간하였다. 「오몽녀」는 김동인의 「감자」와 유사한 내용이지만 복녀의 죽음으로 끝나는 「감자」와 달리 남편을 버리고 배 주인 김돌을 따라나서는 오몽녀의 가출로 끝난다. 이태준 소설의 기조는 소멸된 과거의 흔적에 대한 애착, 생활능력이 없는 노인들에 대한 공감, 사회에서 소외된 무직자와 실직자와 불구자에 대한 동정, 시대에 맞지 않는 사람들에 대한 애정에 있다. 정확하고 섬세한 문장과 따뜻하고 부드러운 시선이 좌절과 불행의 아름다움이란 역설적 효과를 빚어내는 데 이태준 소설의 특색이 있다. 삶의 터전을 상실한 사람들을 절제된 문장으로 묘사하여 그들의 인정과 소박한 심정을 보여 주는 이태준 소설의 뿌리 뽑힌 삶은 나라 잃은 시대를 암시한다고 볼 수 있을 것이다. 실국시대의 독자들이 그의 소설을 좋아한 이유의 하나가 이러한 간접적인 암시에 있을 것이다. 이태준의 소설을 지배하는 분위기는 애수다. 이태준은 애수의 정조를 바탕으로 사건을 배치하고 문장에 세심하게 신경을 써서 소설의 표면에 작가의 얼굴을 드러내지 않는다. 이태준은 문장 뒤에 자기를 감추는 문장가다. 현실문제를 언급하는 경우에도 그것은 소설의 배경을 형성하는 한 요소로 이용할 뿐이지 사회문제가 소설의 전경에 나오는 법은 결코 없다. 결말의 의외성과 소재의 기이성도 이태준 소설의 특색이 된다. 이태준 소설의 본질은 현실의 맥락에서 대상을 절단하여 기이한 분위기 가운데 놓음으로써 대상의 특질을 생생하게 노출하는 데 있다.

소설가가 서술자나 주인공으로 나오는 소설들은 소설가 자신의 심경을 보여 주면서 동시에 소설가가 만난 사람들의 행동을 보여 준다. 이러한 소설들에서 사건은 자기서술과 타자서술의 적절한 변환을 통하여 전개된다. 「까마귀」에 등장하는 소설가는 20원 남짓하는 학생층의 독방하숙도 얻을 형편이 안 되어 늘 창작 환경을 걱정했는데 다행히 겨우내 비어 있는 친구의 별장을 다음 해 7월까지 사용할 수 있게 되었다. 두툼한 원고지를 여러 축 쌓아 놓고 남폿불을 돋우어 놓으니 글만 생각할 수 있다는 것이 얼마나 행복한가를 새삼스럽게 절감하였다. 아침에 정원에 나가니 빨간 단풍잎 하나를 들고 나뭇가지에 앉은 산새를 바라보는 여자가 있었다. 그의 마음은 장정 고운 신간서를 보는 것 같은 호기심에 설레었다. 여자는 아침마다 그 정원에 와서 거닐었다. 여자가 그의 소설을 애독한다고 하며 말을 걸어왔다. 폐병환자라고 하였다. 그는 병인이니 애인이 없으려니 하고 그녀의 애인이 되는 것도 괜찮을 것이라고 생각했다. 사흘이나 눈이 오고 또 사흘이나 눈보라가 치고 다시 며칠 흐렸다. 여자가 와서 그동안 객혈을 했다고 말했다. 애인이 그녀의 피를 반 컵이나 마시며 위로를 해도 죽음의 공포에서 벗어날 수는 없다고 하면서 까마귀 울음소리가 쉬지 않고 죽음을 환기하는 것 같아서 고통스럽다고 호소하였다. 그는 물푸레나무를 베어다 활을 만들어 까마귀 한 마리를 잡아 놓았다. 여자가 오면 해부하여 까마귀도 평범한 새일 뿐이라는 것을 보여 주고 싶었기 때문이었다. 해가 나지 않다가 달포 만에 날씨가 풀어졌다. 싸락눈이 내리는 오후에 개울 건너 넓은 마당에 서 있는 영구차 한 대를 보았다. 「장마」의 주인공인 소설가는 두 주일 동안 비에 갇혀 있으면서 공연한 일로 아내와 다투기나 하다가 낙랑다방에 있을 이상과 박태원이 생각나서 집을 나섰다. 성북천 개울물이 양치질을 해도 좋을 만큼 맑았다. 곰보 남편과 꼽추 아내가 하는 빙수가게를 지나면서 서대문턱 정류장에서 만나 서대문 형무소 앞을 지나 무학재까지 처녀 적 아내와 걷던 일을 회상했다. 세검정에서 내려오는 맑은 물을 상상하고 걸었으나 먼지 나는 길만 걷다가 돌아왔었다. 총독부행 버스를 타고 안국동에서 전차로 갈아탔다. 그는 안국동을 안국정으로 바꾼 총독부 시책을 비판하며 "이러다가는 몇 해 후에는 이가니 김가니 박가니 정가니 무슨 가니가 모두 어수선스럽다고 시민의 성명까지도 무슨 방법으로든지 통제할지도 모른다"[286]라고 걱정스러워했다. 그는 조선중앙일보사에 가서 박팔양을 만나고 동아일보사의 현진건이나 부인잡지사의 변영로나 모두 쓸데없는 일에 재능을 낭비하고 있다고 생각했다. 출판부에 들러서 윤석중을 만나고 갑자기 「바다」라는 제목의 수필을 청탁받아서 한 시간 동안 작문 숙제를 해냈다. 조광사에 가 보려고 하다가 이은상이니 함대훈이니 안석영이니 모두 바쁜 사람들인 것을 고려하여 화제 없는 이야기라도 나누려고 낙랑다방으로 직행했다. 내놓는 커피가 마음에 들지 않아 학적 양심을 가지고 끓인 커피를 마시고 싶다는 생각을 했다. 도쿄에서 사귄 화가 친구 이군이 화신상회의 꽤 좋은 자리를 거절하고 낙랑을 차렸다. 이 군은 아내와 애인 사이에서 번민하다 단지(斷脂)까지 했다. 김상용이나 이희승을 볼 수 있을까 하여 대판옥서점과 일한서방으로 가면서 그는 친구란 무엇인가라는 질문을 자기에게 던져 보았다. 자주 만나기는 하지만 그는 그 친구들의 사정에 대해 아는 것이 없었다. 서로 가족사정을 알고 있는 고향 친구들은 반대로 만날 수 없었다. 『추월색』을 좋아하는 고향 친구 학순이 그에게 그의 소설을 한 권 보내 달라고 하였다. 중학교 때 한 반이었던 강 군을 거리에서 만났다. 간척사업을 해서 총독부에도 왕래한다는 강 군은 상처했으니 여대생을 하나 소개하라고 그에게 부탁하였다. 중국인 거리에 가서 젖이 잘 안 나오는 아이를 위해 돼지족 하나를 사고 우체국에 가서 학순에게 『달밤』한 권을 부쳐 주었다. 「패강랭」의 초점화자 현은 십여 년 만에 평양에 가서 학창 때 사귄 친구들을 만났다. 김 군은 부회의원이요 사업가였고 박 군은 고등보통학교 선생이었다. 여러 번 오라는 편지를 받았지만 이번에는 조선어와 한문을 가르치는 박 군이 담당 시간이 반으로 줄어서 학교에서 전임은 그만두고 시간으로 나와 주기를 바라는 눈치이며 나머지 시간도 얼마나 갈지 모르겠다는 편지를 받고 손이라도 한번 잡아 주고 싶어서 결행한 것이었다. 동일관이란 요정에서 만나기로 하고 가는 길에 여자들의 머릿수건이 없어진 것을 알았다. 현은 평양 여자들의 머릿수건이 보기 좋았다. 단순하면서도 흰 호접과 같이

286 이태준, 『이태준문학전집』 2, 깊은샘, 1995, 58쪽.

생동하는 느낌을 받았고 장미처럼 자연스러운 무게로 한 송이 얹힌 댕기는 악센트 명랑한 사투리와 함께 평양 여인들만의 독특한 아름다움이었다. 을밀대에 오르려다 총 든 군인들이 서 있는 것을 보고 그냥 강가로 내려왔다. 10년 전에 본 기생 영월을 불렀다. 신식 노래와 신식 댄스를 하는 기생들을 한심하다고 탓하였더니 영월이 씁쓸한 표정으로 손님 비위 맞추려면 어쩔 수 없다고 말했다. 김 군이 일본어로 창작하는 장혁주처럼 방향전환을 해 보라고 권하였다. 현은 고유문화를 무시하는 개돼지 같은 자식이라고 욕하고 사이다 컵을 던졌다. 슬리퍼를 신은 채 강가로 내려오니 밤 강물은 시체와 같이 차고 고요했다. 현의 머리에는 "서리가 밟히면 굳은 얼음이 멀리 있지 않다"라는 주역의 한 구절이 떠올랐다. 「토끼 이야기」의 초점화자인 소설가 현은 《중외일보》가 폐간되고 매일신보사에 근무하는 최서해의 주선으로 잡문도 쓰고 단편도 얽어내고 하다가 결혼을 한 후에 신문사에 취직하고 신문소설을 쓰고 하여 겨우 집을 한 채 마련했다. 아내가 살림 재미를 알게 되고 현도 무언가 본격소설을 써 보려고 스스로 다짐하던 때에 《동아일보》와 《조선일보》가 폐간되었다. 허전한 마음을 연일 술로 달랬다. 끝없이 새로 나오는 책들을 보면서 현은 인류는 언제나 새로운 질서를 갈망해서 헤매지 않을 수 없으며 "새 사조가 지나갈 때마다 많으나 적으나, 또 그전 것을 위해서나 새것을 위해서나 반드시 희생자는 났다"[287]라는 생각을 하고 자신의 생활방식을 바꾸어 보겠다고 결심했다. 아내의 친구 남편이 피아니스트로는 생계가 막연하여 2백 원으로 토끼 사육을 시작하여 매월 평균 칠팔십 원씩 번다는 말을 듣고 토끼 20마리를 구입했다. 한 달도 못 되어 비지와 겨를 구할 수 없어서 토끼들을 굶겨 죽이게 되었다. 콩이 들어오지 않아 두부 생산이 줄었고 곡식은 모두 오분도(五分搗) 내지 칠분도로 찧으니 잡곡의 겨가 나오지 않았다. 김장철이 되자 토끼 먹이는 더욱 귀해졌다. 두부와 양배추를 먹이로 주

---

287 이태준, 『이태준문학전집』 2, 177쪽.

려니 서너 달 사이에 사오백 원이 없어졌다. 하루는 임신한 아내가 두 손에 피범벅을 하고 식칼로 토끼 두 마리의 가죽을 벗겨 놓았다. 토끼를 살 사람은 없지만 토끼 가죽을 살 사람은 있기 때문이었다.

「달밤」과 「손거부」는 화자인 소설가의 자기서술보다는 타자서술에 무게가 실려 있는 소설들이다. 「달밤」의 1인칭 화자는 아침저녁으로 천진한 눈에 시골 정취를 풍겨 주는, 순박하고 우둔한 황수건을 만난다. 짱구 머리가 커다랗고 손과 팔목은 반비례로 가느다랗다. 저고리와 바지 가운데 어느 것을 먼저 입느냐고 묻기도 하고 소와 말의 싸움에 어느 것이 이기느냐고 묻기도 하는 그의 얘깃거리는 예측을 불허한다. 삼산학교 급사로 있을 때는 학교를 찾아온 손님을 앉혀 놓고 온갖 수다를 떨다가 종 치는 것을 잊는 것이 예사였다. 부부 사이는 괜찮았으나 동서가 못살게 굴어서 그의 아내가 나갔다고 한다. 포도 대여섯 송이를 가져다 화자에게 주려는데 포도원 주인이 쫓아와서 멱살을 잡는다. 어쩌다 문안에 들어갔다 늦게 돌아오는 달밤에 화자의 옆을 황수건이 담배를 물고 "술은 눈물인가 한숨인가"라는 노래의 첫 구절을 되풀이하며 지나간다. 달밤의 운치와 황수건의 순수를 비유처럼 구성한 시적인 분위기가 그 나름으로 절망하지 않고 열심히 살아가는 어리숙한 사람의 마음을 아름답게 묘사한 이 소설의 전경에 나와 있다. 「손거부」의 주인공은 일정한 직업이 없으나 남의 말참견을 좋아하고 동네일에 안 나서는 데가 없는 사람이다. 술 취해 다니는 법이 없고 안면이 있는 사람이 지나가면 깍듯한 인사를 빼놓는 법이 없다. 기 다는 날, 청소하는 날, 우두 넣는 날을 일일이 고하는 것과, 어느 집에 도둑이 들었다든가 하는 소문을 전하는 것이 그의 일이다. 어느 날 사륙배판 크기의 널빤지를 가지고 와서 문패를 써 달라고 해서, 고양군 숭인면 성북리라고 쓰고 주소를 물으니 국유지라 지번이 없다며 호주 손거부, 장자 대성, 차자 복성, 남3 여1, 인구 도합 4인이라고만 쓰라고 한다. 맏아들을 학교에 보내고 막일을 찾아다니는데 학교에서는 알아듣지 못해 가르칠 수 없으니 오지 말라고 한다. 손거부는 학교를 그만두게 하고 아이에게 막벌이를 배우게 한다. 아들을 또 낳았다고 이름도 지어 주고 문패도 고쳐 달라고 찾아와서 아들이 국록을 먹는 사람이 되었으면 좋겠다고 하기에 화자는 녹성이라는 이름을 지어 준다.

「영월 영감」과 「불우 선생」과 「복덕방」과 「아담의 후예」의 주인공들은 다 노인들이다. 젊어서 영월군수를 지내고 기미년 일로 사오 년 옥사생활을 하고 나온 박대하는 논밭을 팔고 종중의 위토를 잡히고 각지로 출입하더니 십오륙 년 동안 자취를 감추었다. 지카다비를 신고 찢어진 지우산을 들고 찾아와 돈 천 원을 변통해 달라고 해서 조카 성익은 골동품을 잡히고 7백 원을 마련해 주었다. 세브란스병원에서 오라고 해서 가 봤더니 박대하의 입원보증을 서라고 했다. 병원에는 광산에서 다친 그가 누워 있었다. 금광에 손을 댄 이유를 물으니 그는 물욕으로 요행을 바라고 투기한 것이 아니고 처음부터 계획해서 추진한 일이라고 대답했다. 광맥을 찾을 가능성이 제로가 아닌 한 같은 실수를 하지 않고 반성하고 실험하며 끝까지 나가면 반드시 성공한다는 것이었다. 양평 지나 풍수원에 있는 광산에 가서 덕대를 만났다. 덕대는 인덕이 그만한 사람이 금줄을 못 찾을 리 없다고 하며 자기는 산을 보고 일하지 않고 광주를 보고 일한다고 했다. 회색 차돌 몇 덩이를 싸 들고 돌아오니 그는 패혈증으로 피가 상해서 죽을 날을 앞두고 있었다. 성익은 종로 광산사무소에 가서 억지로 광석표본을 하나 사서 그에게 보여 주었다. 그는 노다지가 나온 것을 확신하며 죽었다. 불우 선생은 화자가 돈의동 의신여관에 있을 때 이틀을 머물고 쫓겨난 중노인이다. 굴원의 「어부사(漁父辭)」를 청승스럽게 외는 소리를 듣고 합석하였다. 그는 세계정세와 현대사상의 문제에 대하여 밤이 깊도록 이야기하였다. 일본에는 백년지계를 가진 정치가가 없다는 말도 하였다. 천여 석의 추수를 하였으나 한말의 풍운에 다 날렸는데 《시대일보》와 《중외일보》 창간에도 관여했으나 같이 일하던 사람들이 은행원같이 변해서 찾아가지 않는다고 했다. 어머니와 아내와 홀로된 제수와 딸 둘과 열두 살 된 아들이 서울에 살지만 돌아보지 않는다고 했다. 굶는 것이 딱하여 밥을 나누어 주었더니 병따개와 스푼과 포크가 달린 이상한 칼을 꺼내 잘 먹었다. 삼청동에서 옷을 빨고 있는 그를 만났다. 집을 잡히고 삼사 년이 되도록 이자도 갚지 않았더니 집이 없어졌다고 했다. 또 우연히 만났더니 전 차에 머리를 받혔는데 따지지 않고 그냥 보냈더니 나중에 골이 썩어 죽게 되 었고 죽을 날만 기다리는데 친구가 인력거를 보내 입원을 시켜서 수술을 받 고 살아났다고 했다. 중국집에 가서 음식을 시켜 주었다. 그는 안광을 빛내 며 극동풍운의 전개에 대하여 말하기 시작했다. 「복덕방」에는 세 노인(서 참 의와 안 초시와 박희완)이 나오는데 주인공은 안 초시이다. 구한말에 참의로 군 대에서 일하다가 합병 후 집거간을 시작한 서 참의는 서울로 인구가 집중되 자 수입이 좋아져서 20여 칸 집을 샀다. 경쟁이 심해서 벌이도 이전 같지 않 고 기생이 사글세 하나 얻어 달래도 예예 하고 따라나서야 하는 신세가 서글 프기는 하지만 집에서 학생들 하숙을 쳐서 먹고사는 데는 지장이 없었다. 박 희완 영감은 재판소에 다니는 조카의 말을 듣고 대서업 허가를 받으려고 복 덕방에 나와 『속수국어독본(速修國語讀本)』을 공부했다. 말끝마다 젠장 아니면 흥 하는 코웃음을 잘 붙이는 안 초시는 장사를 하다 실패했으나 언제든지 제 힘과 제 낯으로 다시 한번 세상과 부딪쳐 볼 날이 오리라는 희망을 버리지 않 고 기회를 노리고 있었다. 안 초시는 안경다리 고친다고 딸에게 사오십 전씩 몇 번이나 얻었으나 초라한 것으로 바꾸고 싶지 않아서 담뱃값으로 다 썼다. 1원이나 해야 번듯한 안경다리를 할 수 있었기 때문이었다. 안 초시의 딸 안 경화는 토월회의 배우로 있다가 오사카, 도쿄에서 무용을 공부하고 돌아와 서울, 평양, 대구 등지에서 무용 발표회를 가졌다. 돈도 꽤 번 것 같으나 무용 연구소를 낸다고 안 초시에게는 신경을 쓰지 않았다. 박희완 영감이 황해 연 안에 제2의 나진이 생긴다는 소문을 듣고 왔다. 항구가 생긴 후 나진의 땅값 은 백 배 이상 뛰었다. 안 초시의 설득에 넘어간 딸은 신탁회사에서 3천 원을 빌려 애인에게 땅을 구입하게 했다. 측량하다 중지한 것을 그곳에 땅을 산 관변의 모 씨가 벌인 연극에 넘어가 구입했다는 사실이 드러났다. 딸을 파산

지경으로 몰아넣은 것이 미안해서 안 초시는 집에 들어가지 못하고 복덕방에서 잤다. 늦게까지 술을 마신 다음 날 복덕방에 나간 서 참의는 약을 먹고 자살한 안 초시를 발견했다. 이태준은 유교적 가치와 물질주의적 가치 사이에서 혼란을 겪고 있는 노인들을 연민의 시선으로 묘사하였다. 「아담의 후예」는 시장 아낙네들이 안변에서 왔다고 해서 안 영감이라고 부르는 거지 노인이 따지 말라는 사과를 따 먹고 양로원을 탈출하는 이야기이다. 기적 소리가 나면 안 영감은 부두에 가서 과일이나 과자를 들고 오는 사람에게 구걸을 하면서 딸을 기다렸다. 데릴사위를 들였더니 딸이 집을 나갔고 청진 쪽에서 술장사를 해서 돈을 벌면 데리러 오겠다는 편지를 했다는 것이었다. 딸을 찾아 나섰다가 청진까지 못 가고 두 여름을 원산에서 보내게 되었다. 장사하는 여자들이 마수걸이가 아니면 우동이나 인절미를 김칫국 켜서 먹이곤 했다. 싸움이 나면 싸움 구경, 게 잡는 것 구경, 고기 잡는 것 구경, 안 영감은 그중에서도 낚시 구경과 말광대 구경을 가장 좋아했다. 말광대가 오면 음악 소리를 들으며 내내 그 옆에서 살았다. 철로길로 십 리씩 걸으며 맥주병과 사이다병을 주워서 엿장수에게 팔기도 했다. 안 영감이 자선가 서양 부인의 눈에 띄어 양로원에 들어가게 되었다. 외출도 못 하고 담배도 못 피우고 과일나무에 손도 못 대고 성경을 읽어라, 청소를 해라, 시간을 지켜라 간섭이 심했다. 어느 날 저녁 말광대 소리가 들려왔다. 안 영감은 사과나무 밑으로 가서 주먹만 한 사과를 따 들고 양로원 담장을 넘었다.

이태준 소설의 중요한 모티프들 가운데 하나가 빈곤이다. 실국시대의 빈민들은 이태준 소설에 중요한 인물들로 등장한다. 「꽃나무는 심어 놓고」에서 방 서방과 아내 김씨는 딸 정순이를 데리고 32년 동안 살던 마을을 떠났다. 바람 한 점 없이 아늑한 그 마을에는 빨래하기 좋고 먹어도 좋은 개울이 있었고 날이 추우면 솔잎만 긁어도 며칠은 염려 없이 땔 수 있던 뒷산이 있었다. 김 진사와 그의 아들 김 의관도 관대하고 인정 있는 지주였다. 김 의관이 땅을 잡히고 안성으로 떠나고 일본인 회사가 지주가 된 후로 텃세가 오르고 잡비가 늘어 마을 사람들은 품값도 못 건지고 빚을 지게 되었다. 3년 동안 오륙 호가 소 팔고 집 팔아 떠났다. 모범촌이 폐촌이 되자 군청에서 벚나무 2백 주를 심게 했다. 방 서방네는 사흘 만에 나부끼는 눈발 속에 부르튼 다리를 절뚝거리며 저녁 연기에 싸인 서울로 들어섰다. 직업소개소에 가 보았으나 헛일이었고 행랑살이를 구하려고 해도 가망이 없었다. 아내 김씨가 견디다 못해 남편과 아이가 잠든 새에 바가지를 들고 구걸을 하러 나갔다. 남편이 있는 다리 밑을 찾지 못해 헤매는 김씨를 노파 하나가 길을 찾아 주겠다고 이리저리 끌고 다니다 오늘은 다리가 아프니 내일 다시 찾자고 하며 자기 집으로 데리고 갔다. 방 서방은 달아난 아내를 원망하였다. 감기와 설사로 괴로워하던 아이가 죽었다. 봄이 되었다. 지게꾼이 된 방 서방은 일본 사람의 짐을 지고 남산정 막바지까지 가서 50전을 받고 내려오면서 일본집 마당들에 가득 핀 벚꽃을 보면서 고향에도 떠날 때 심은 벚꽃이 만개했을 것이라고 생각했다. 「봄」의 주인공 박은 오륙 년 전 시골에서 집 판 돈 천여 원을 들고 서울에 올라왔다 돈은 3년 동안에 연기처럼 사라지고 장티푸스로 아내도 잃었다. 딸은 담배공장에 들어갔고 그도 인쇄소에 들어갔다. 사흘째 밤일을 하고 찬비를 맞으며 들어오며 돈 모으는 것은 애초에 불가능하고 평생을 이렇게 살 수밖에 없다는 데 한심한 생각이 들었다. 세상에서는 변화를 바라지 않는 사람을 착한 사람이라고 했다. 일요일에도 딸은 공장에 나갔다. 인쇄소에는 지각해서 나갈 수 없었다. 그는 남산에 올라가 점심을 굶고 저녁까지 한자리에 누워 있었다. 내려오는 길에 남산 신궁 앞에서 벚나무 가지 하나를 꺾다가 산지기에게 뺨을 맞았다. 집에 돌아온 그는 딸이 벚꽃 두어 송이를 꽂아 놓은 맥주병을 걸어찼다. 「밤길」의 주인공 황 서방은 인천의 건축 공사판에서 막노동을 했다. 월미도 끝 32칸이 넘는 큰 집 역사였다. 황 서방과 권 서방은 목수들과 미장이들을 보조하는 모군들이었다. 권 서방은 집도 가족도 없이 떠돌아다니는 홀아비였고 황 서방은 수표교 근처에서 행랑살이하는 아내와 두 딸과 백일 지난 아들이 있었다. 아내는 그보다 열네 해나 젊었다.

돈 10원이나 마련하여 가을부터 군밤장사라도 하려고 주인집에 처자식을 맡기고 인천으로 내려왔다. 한 보름은 재미있게 벌었으나 장마가 시작되어 하루 45전씩 품삯을 미리 받아 연명하고 있었다. 화투를 하고 있는데 서울 주인집 남자가 와서 세 아이를 버려두고 황 서방의 처가 달아났다고 하며 황 서방의 귀쌈을 올려붙였다. 마침 황 서방이 보낸 편지를 보고 아이들을 데리고 왔다는 것이었다. 앓는 아이의 숨이 넘어가려고 하였다. 권 서방이 아무래도 살릴 길이 없을 것 같은데 새집 지어 들기도 전에 남의 자식부터 죽어 나가는 것은 곤란하다고 하며 아이를 다른 데에 묻자고 하였다. 죽어 가는 자식을 품에 안고 주안 쪽을 향해 한 15리쯤 걷다가 거무스름한 산이 보이자 밭두렁에 구덩이를 팠다. 비탈진 땅을 서너 자 깊이로 판 다음에 낮은 데로 물꼬를 냈다. 가마니 한끝에 아이를 놓고 다른 한끝으로 덮었다. 흙을 메우고 돌아서 오다가 황 서방은 길 가운데 주저앉았다. 장대비 속에 들리는 것은 개구리와 맹꽁이의 소리뿐이었다. 절박하고 끔찍한 비극적 장면이 놀랄 만큼 중립적인 문장으로 치밀하게 묘사되어 있다. 「아무 일도 없소」는 한 여인의 기막힌 사연을 기록한 소설이다. 센세이션을 일으킬 에로물의 재료를 찾아오라는 지시를 받고 잡지사 기자 K는 유곽을 돌아보았다. 한 소녀를 따라갔다가 그녀의 벗은 몸을 보고 1원짜리 한 장을 놓고 그대로 나와 어두운 옆 골목으로 들어갔다. 흰 두루마기 입은 여자가 불러서 다 쓰러져 가는 오막살이로 따라갔는데 여자가 제 몸에 병이 있으니 그냥 돌아가라고 했다. 아버지는 만세 때 대동단에 끼어 해외로 나가 10여 년째 소식이 없고 어머니와 둘이 수송동 집을 팔아 오륙 년 살았는데 그 돈도 다 떨어져서 유리공장에 취직을 했다가 집적거리는 감독이 무서워 그만두었다. 그 동네 싸전 하는 남자가 후처로 들이겠다며 쌀 몇 말을 들이밀고 몸을 더럽혔다. 못된 병까지 옮겨 놓고 모른 체하기에 약값이라도 받아 내려고 경찰서에 고발하였더니 오히려 밀매음을 했다고 가두었다. 일주일 만에 나와 보니 어머니가 굶고 있었다. 어쩔 수 없어서 남자를 하나 데려왔는데 그것을 본 어머니가 양잿물을 먹고 자살했다. 지금 건넌방에 어머니의 시체가 그대로 있다. 여자의 사연을 들은 K는 터져 나오려는 울음을 억지로 참았다. 있는 돈을 털어 주고 사람 살리라고 소리나 지를 것처럼 그 집을 뛰어나왔다. 바깥세상은 아무 일도 없소 하는 듯이 평화로웠다.

정규학교가 아닌 대안학교에서 민족교육을 시도하려는 교육자는 관헌의 압박을 받고 쫓겨나 빈민이 되는 경우도 적지 않았다. 「실낙원 이야기」의 1인칭 화자는 궁벽한 산촌에서 아이들을 가르치면서 수공업 문화를 일으킬 계획을 가지고 도쿄에서 돌아왔다. P촌의 신명의숙에서 초빙을 받은 그는 학교 안에서 자며 동네 사람들과 협의하여 평소의 생각을 실현해 보려고 하였다. 신명의숙은 동네에서 학계(學契)를 모아 경영하던 서당이었다. 주재소 소장이 그에게 비밀계획을 실현하러 온 것이 아니냐고 심문하고 그의 방에 있는 책들을 뒤져서 오스기 사카에(大杉榮)의 책 등 세 권을 가지고 갔다. 동네 사람들이 머리를 깎고 가서 사과하는 것이 좋겠다고 해서 그렇게 했더니 "남을 가르치는 사람은 비겁해서는 안 된다. 네가 머리까지 깎고 와서 나에게 하는 태도가 얼마나 비겁하냐"라고 그를 모욕했다. 갓난이와 혼인을 약속했는데 그것을 알고 부녀자를 농락했다고 비난하고 홍수가 나서 일하다가 잠시 쉬는데 나타나서 위급한 때에 가만히 있느냐고 따졌다. 주재소 소장이야말로 왜 늦게 왔느냐고 반문했더니 강습허가를 취소하겠다고 위협했다. 그는 P촌을 떠날 수밖에 없었다. 「어떤 날 새벽」의 주인공 윤 선생은 육칠 년 전에 강원도 C군에 있는 신흥학교의 교사가 되었다. 여름에는 비가 새고 겨울에는 난로도 없는 학교를 위해서 막노동을 해서 지붕을 고치고 난로를 마련했다. 금강산 가는 전찻길을 닦는 데 가서 일하다가 남포가 터져서 돌조각에 이마를 다치기도 했다. 그러나 학교는 자격 있는 교원 세 사람을 쓰지 못했고 학교비품을 갖추어 놓지 못했다는 이유로 학교허가 취소처분을 받았다. 그는 아내와 젖먹이 딸을 데리고 동네를 떠났다. 어느 날 새벽에 화자의 집에 도둑이 들어서 지갑을 내주었더니 1원 한 장만 꺼내 가지고 나가는데 아내가 보고 윤 선생이라고 하였다. 윤 선생이 신흥학교에 왔을 때 아내는 6학년이었다. 바깥이 소란하여 나가 보니 윤 선생이 몰매를 맞고 있었다. 동네 사람들은 윤 선생을 구타하고 도둑을 잡았다고 경찰에 신고하였다.

「돌다리」는 일정 말기 총독부 정책에 호응한 생산소설이다. 의사 창섭은 고향 마을 어귀에서 창옥이의 이름을 뇌며 목례를 하였다. 창옥이는 나이차이가 많이 나는 그의 누이였다. 저녁 먹다 말고 복통이 나서 의사에게 갔는데 맹장염인 것을 오진하여 죽고 말았다. 누이의 죽음을 보고 그는 고농으로 가라는 아버지의 의사를 어기고 의전을 택했다. 창섭의 아버지는 근검절약으로 원근에 유명한 농부였다. 절용해서 남은 돈을 논배미 바로잡기, 개울 둑막이하기, 돌다리 놓기에 썼다. 소 두 마리에 일꾼 세 사람을 데리고 농사를 자작하였다. 아버지는 증조부 산소에 상돌을 들이려고 놓은 돌다리를 수리하고 있었다. 몇 해 전 장마에 가운데 장석(張石) 하나가 떠내려갔다고 했다. 동네 사람들은 주로 면의 보조를 받아 옆에 만든 나무다리를 이용하였으나 창석의 아버지는 돌다리를 반듯하게 수리해 놓았다. 창석은 아버지에게 병원을 확장해야 하는데 지금 병원 판 돈 만 5천 원으로 수술실 기계 사고 새 병원 개조하는 데 쓰면 집값 3만 2천 원이 필요한 사정을 설명하고 시골 땅은 1년에 3천 원 수입이 고작이지만 병원을 확장하면 1년에 만 원은 쉽게 벌 수 있다는 계산도 덧붙였다. 아버지는 천금이 쏟아진데도 땅은 못 팔겠다고 하였다. 힘들이는 사람에겐 반드시 후한 보답을 주는 땅은 천지만물의 근거라는 아버지의 말에서 창섭은 이해를 초월한 종교적 신념을 느끼고 계획했던 일이 안 된 것을 오히려 당연하게 생각하였다. 「농군」은 한국인 이주민과 중국인 농민 사이의 갈등이 폭발한 완바오산 사건을 소재로 한 소설이다. 이태준은 1938년에 만주를 여행하며 이 사건을 취재하였다. 1931년 7월 2일에 한국인 이주민이 파는 수로 공사를 막으려는 중국 농민들과 그들을 저지하려는 일본 경찰이 지린성 창춘현 완바오산 지역에서 대치하였는데 중국 공안 분국에서 출동하여 대치 상태는 사고 없이 끝났다. 일본 경찰과 중국 농민이 총을 쏘긴 했으나 멀리서 위협하려고 탄환을 공중으로 지나가게 쏘았기 때문에 사상자는 없었다. 신간회에서도 이 사건을 과장하여 보도하지 못하도록 경고했다. 자칫하면 중국인과 한국인 이주민의 대립이 확대될 염려가 있었기 때문이었다. 「농군」의 주인공 윤창권은 그가 다닌 사립학교 선생이었던 황채심의 권유에 따라 집을 팔아 마련한 돈 3백 원을 가지고 조부, 어머니, 아내 등 네 식구가 만주로 가서 황무지 3만 평을 샀다. 조부는 섣달 그믐을 못 채우고 운명하였다. 황무지를 논으로 개간하기 위해서는 대규모의 수리 공사를 하지 않으면 안 되었다. 수리 공사가 반이나 진행되었는데 토민들 수십 명이 몰려와서 수로가 흐르면 밭농사에 방해가 된다고 항의하였다. 동네 사람들은 괭이, 낫, 식칼 등을 가지고 나와 토민들에 대항하였다. 현 지사의 관인이 찍힌 거주권과 개간권의 허가장을 보여 주어도 토민들은 관청문서를 무시하였다. 황채심이 창춘으로 가서 문의하였다. 9일 만에 돌아온 황채심은 관청에서 거주권과 개간권을 다 인정하나 논으로 풀지 말고 밭으로 일구라고 하더라고 전했다. 토민들이 군부에 돈을 먹였다. 새벽녘에 토민들이 몰려왔다. 총알이 창권의 넓적다리 살을 뚫고 나갔다. 노인 한 사람이 총에 맞아 쓰러졌다. 동이 틀 무렵에 봇물이 터졌다. 아침 햇살과 함께 물은 끝없는 벌판을 적셔 나갔다. 이태준은 소설의 들머리에 "이 소설의 배경 만주는 그전 장쭤린 정권 시대임을 말해 둔다"[288]라는 부기를 달았다. 완바오산 사건을 암시하면서 만주국 건국 이전이라고 밝힌 것은 앞뒤가 맞지 않고 완바오산 사건에는 한국인 사망자가 없었는데 노인 하나가 죽는 장면으로 소설을 끝낸 것도 균형 있는 시각이라고 할 수 없다. 이 시기에 이태준은 중일전쟁에 동조하는 내용이 들어 있는 『행복에의 흰 손들』(《조광》 1942. 1-1943. 1) 같은 소설도 발표하였다. 같은 여자전문학교를 나온 세 명의 동창생이 우정을 유지하면서 각각 의사 부인, 소설가, 사업가가 된다는 이야기이다.

---

288 이태준, 『이태준문학전집』 2, 141쪽.

이효석(1907-1942)은 노동자 소설 「도시와 유령」(《조선지광》 1928. 7)으로 문단에 나왔으나 「돈(豚)」(《조선문학》 1933. 10), 「들」(《신동아》 1936. 3), 「석류」(《여성》 1936. 8), 「메밀꽃 필 무렵」(《조광》 1936. 10) 같은 그의 단편소설들은 시적 언어로 관능의 미학을 표현하는 서정소설이라고 해야 할 것이다. 이효석은 『화분(花粉)』(《조광》 1939. 1-9; 인문사, 1939), 『벽공무한(碧空無限)』(《매일신보》 1940. 1. 25-7. 28. 원제는 '창공'), 『녹색의 탑』(《국민신보》 1940. 1. 14-4. 21. 일문) 등 3편의 장편소설과 70여 편의 단편소설을 남겼다. 그의 소설에서 인간은 동물이나 식물과 구별할 수 없는 존재이다. 이효석은 인간의 성적 본능을 자연의 아름다움과 동일한 차원의 근원적인 생명현상으로 표현했다. 이효석 소설의 주제는 자연과 성이다. 「메밀꽃 필 무렵」은 자연과 성의 조화를 표현한 소설들 가운데 대표작이고 『화분』은 성적 주제를 자연과 분리해서 다룬 소설들 가운데 대표작이라고 할 수 있다.

> 자연을 벗하게 됨은 생활에서의 퇴각을 의미하는 것일까. 식물적 애정은 반드시 동물적 열정이 진한 곳에 오는 것일까. 학교를 쫓기고 서울을 물러오게 된 까닭으로 자연을 사랑하게 된 것일까. 그러나 동무들과 글방에서 만나고 눈을 기어 거리를 몰아치다 붙들리고 뛰다 잡히다 쫓기고―하였을 때의 열정이나 지금에 들을 사랑하는 열정이나 일반이다. 지금의 이 기쁨은 그때의 그 기쁨과도 흡사한 것이다. 신념에 목숨을 바치는 영웅이라고 인간 이상이 아닌 것과 같이 들을 사랑하는 졸부라고 인간 이하는 아닐 것이다.[289]

「메밀꽃 필 무렵」의 얼금뱅이 허 생원은 나귀를 타고 오일장을 도는 장돌뱅이다. 그는 젊었을 때 물레방앗간에서 성 서방네 처녀와 맺었던 인연을 잊지 못하고 그 여자를 만날 수 있을지 모른다는 희망을 가지고 20년 동안 장이

---

289 이효석, 『이효석전집』 2, 창미사, 1983, 9-10쪽.

열리는 날이면 한 번도 빠지지 않고 봉평장을 찾았다. 그날 밤의 추억은 숫기가 없어서 계집 하나 후려 보지 못한 채 늙은 허 생원에게 초라한 장돌뱅이의 어두운 삶을 밝혀 주는 태양의 역할을 해 왔다. 허 생원은 같이 장에서 장으로 떠도는 조 선달에게 "옛 처녀나 만나면 같이나 살까ㅡ난 거꾸러질 때까지 이 길 걷고 저 달 볼 테야"[290]라고 말하는데 소설은 그 여자를 만날 가능성을 시사하면서 끝난다. 허 생원은 나귀가 걷기 시작했을 때 동이의 왼손에 채찍이 들려 있는 것을 보았다. 20년 동안 허 생원과 함께 장마당을 돌던 나귀가 암샘을 내며 날뛰는 첫 장면에서 나귀를 둘러싸고 못살게 구는 각다귀 아이들에게 왼손을 휘두르는 허 생원과 끝 장면의 왼손잡이 동이가 왼손을 매개로 해서 연결된다. 봉평장터의 주막에서 충주집과 노닥일 때 충주집을 좋아하는 허 생원이 동이의 뺨을 때리며 머리에 피도 안 마른 녀석이 낮부터 여자와 농탕을 치다니 네 아비 어미가 그 꼴 보면 좋겠다고 책망하는데 격에 맞지 않는 훈계지만 아비 어미란 말은 소설의 결말에 드러나는 부자관계를 예시하는 복선들 가운데 하나가 된다. 봉평에서 대화로 가는 도중에 허 생원이 동이에게 사과하자 아비 어미란 말에 아버지가 없는 신세를 생각하고 가슴이 터질 것 같았다고 하며 자나 깨나 어머니 생각뿐이라고 대답하는 동이의 말이 그들의 부자관계를 예시하는 두 번째 복선이다. 허 생원은 동이를 자기의 아들이라고 생각하고 흥분하여 개울을 건너가다가 발을 헛디뎠다. 동이가 물에 빠진 허 생원을 업고 개울을 건넜다. 늙은 나귀도 새끼를 얻었다. "제 꼴에 제법 새끼를 얻었단 말이지."[291] 허 생원이 제천에 살고 있는 그 여자를 만나러 가겠다고 결심하는 순간은 20년의 편력이 끝나는 순간이 된다. 허 생원에게 떠돎은 한 여자를 찾는 편력이었다. 시간의 추이와 공간의 이동이 치밀하게 조직된 이 소설은 봉평장이 파할 무렵에 시작하여 둥근 달이 기우

290 이효석, 『이효석전집』 2, 93쪽.
291 이효석, 『이효석전집』 2, 97쪽.

는 이튿날 새벽에 끝난다. 사건이 진행되는 10시간 동안 허 생원이 겪은 "꼭 한 번의 첫 일"이 발생한 빛나는 밤이 소설의 공간 전체를 휘황하게 비추어 준다. 허 생원과 성 서방네 처녀를 맺어 준 것은 자연의 신비였다. 그는 "보이는 곳마다 메밀밭이어서 개울가가 어디 없이 하얀 꽃"[292]으로 싸여 있던 달밤에 무더위를 식히려고 목욕하러 나갔다. 달이 너무도 밝아서 개울가에서 옷을 벗지 못하고 물방앗간으로 들어갔다가 거기서 울고 있는 그녀를 보았다. 그 무렵에 성 서방네는 한창 어려워서 들고날 판이었다. 그녀도 딱하기만 한 집안 사정을 걱정하지 않을 수 없었을 것이고 시집갈 나이가 된 그녀 자신의 불안한 형편 때문에도 울지 않을 수 없었을 것이다. 달빛이 환하게 비추고 있는 개울가의 하얀 메밀꽃밭은 우는 여자와 달래는 남자를 하나로 결합해 주었다. 고즈넉한 달밤이 낮이었으면 넘을 수 없었을 장애를 제거하여 주었다. 자연은 두 사람의 성적 결속을 유발하는 동기와 배경으로 작용하였다. 이효석은 「들」에서 "공포를 만드는 것은 자연이 아니요 사람의 사회"[293]라고 하였다. 사회는 카오스이고 자연은 코스모스라는 것이 이효석의 일관된 신념이었다. 자연은 인간을 배반하지 않는 모든 인간의 영원한 고향이다. 인간이 돌아가 기댈 곳은 자연뿐이다. 지성은 사회적인 것이고 감성은 자연적인 것이라고 생각한 이효석은 「R의 소식」이라는 수필에서 지성에 대한 감성의 우위를 내세우며 "몽테뉴나 알랭의 냉정을 귀한 것으로 생각하는 것은 좋으나 반면에 있어서의 인간미 결여를 잊어서는 안 된다. 정념이라고 하는 것이 화 되는 때도 있으나 칼날의 이성과 수학적 계산만 가지고는 바른 처단이 어려울 때가 있으며 그런 정확한 척도라는 것은 필경 뜻 없는 것이다"[294]라고 했고, 소설을 감성과 감정과 정념의 기록이라고 생각했기 때문에 「수상록」에서

---

292 이효석, 『이효석전집』 2, 93쪽.

293 이효석, 『이효석전집』 2, 24쪽.

294 이효석, 『이효석전집』 7, 245쪽.

"인생에는 진행이 있을 뿐이요 설명이 없다. 소설에 있어서의 설명이란 무용의 것이 아닐까. 칼날로 베인 듯한 묘사가 있을 뿐이다"[295]라고 했다. 「메밀꽃 필 무렵」은 칼날과 같은 묘사의 전형을 보여 주는 소설이라고 할 수 있다.

> 길은 지금 긴 산허리에 걸려 있다. 밤중을 지난 무렵인지 죽은 듯이 고요한 속에서 짐승 같은 달의 숨소리가 손에 잡힐 듯이 들리며 콩포기와 옥수수 잎새가 한층 달에 푸르게 젖었다. 산허리는 온통 메밀밭이어서 피기 시작한 꽃이 소금을 뿌린 듯이 흐뭇한 달빛에 숨이 막힐 지경이다. 붉은 대궁이 향기같이 애잔하고 나귀들의 걸음도 시원하다.[296]

캄캄한 밤에 달빛에만 의지하며 걷는 길은 멀리까지 보이지 않으므로 산의 허리에 걸려 있는 것같이 희미하게 드러난다. 사람들은 그 고요 속에서 너무나 미미한 존재이고 공간을 지배하는 것은 그 공간에 빛을 비추는 달이다. 살아 있는 것은 오직 달뿐인 것 같다. 허 생원과 조 선달과 동이는 살아 있는 달을 피부로 감측한다. 달의 숨소리가 손에 잡히는 것 같다. 달빛은 비처럼 콩포기와 옥수수 잎새에 내려서 그것들을 더 짙푸르게 적신다. 끝없이 펼쳐진 메밀밭의 하얀 메밀꽃들이 마치 소금을 흩뿌려 놓은 것 같다. 여기서 소금은 녹지 않는 눈이다. 온 산이 흰 눈으로 덮인 것 같지만 자세히 보면 그것은 녹지 않는 것이므로 눈이 아니라 소금이라고 해야 할 것이다. 흰 꽃을 달고 있는 메밀의 붉은 줄기가 가늘고 약하고 애처롭다. 여기서 달은 숨 쉬는 짐승이 되고 나귀는 달빛을 받는 식물이 된다. 우리는 이 소설을 대화 부분과 무대지시 부분이 비슷한 비중으로 배치된 희곡으로 읽을 수 있다. 서사성과 서정성의 희곡적 통합이 이 서정소설의 풍격을 강화한다.

---

295 이효석, 『이효석전집』 7, 84쪽.
296 이효석, 『이효석전집』 2, 93쪽.

『화분』은 영화 배급사를 경영하는 현마와 그의 처 세란, 처제 미란, 고용인 단주, 현마네 푸른 집 하녀 옥녀 등 다섯 사람이 각각 다른 두 사람 이상의 상대와 성적 관계를 맺으면서 섹스를 유희의 파노라마로 다양하게 전개한 소설이다. 뜰의 앞뒤에 초목이 무성하고 잔디가 깔린 마당에 화초가 만발하고 겨우살이가 벽과 굴뚝만 남겨 놓고 집 전체를 덮고 있는 현마네 집은 벽의 집이 아니라 창의 집이다. 그만큼 창이 여러 곳에 나 있다. 동네 사람들은 그 집을 푸른 집이라고 부른다.

오월에 접어들면 온통 녹음 속에 싸여 집 안은 푸른 동산으로 변한다. 30평 넘는 뜰 안에 나무와 화초가 무르녹을 뿐 아니라 사면 벽을 둘러싼 담쟁이로 해서 붉은 벽돌 굴뚝만 남겨 놓고 집 전체가 새파란 치장으로 나타난다. 원래 집들이 듬성한 주택지대인지라 초목 속에 싸인 그 푸른 집은 이웃과는 동떨어지게 조용하고 한적하게 보인다. 이웃 사람들은 그 조용한 한 채를 다만 푸른 집이라고 생각할 뿐 뜰 안에 어른거리는 사람의 그림자를 보는 때조차 드물었다.[297]

현마는 미소년 단주를 좋아해서 비서로 고용한다. 아파트 한 칸을 구해 주고 현마는 거의 밤마다 단주를 찾아와서 별일도 없으면서 이야기하고 놀고 하다가 늦게 돌아가거나 그렇지 않으면 한 침대에서 같이 밤을 새우거나 한다. 미란이 단주의 얼굴에 반해서 단주와 둘이 다른 사람들 몰래 도쿄로 가려다가 현마의 제지로 돌아온다. 현마가 도쿄 출장에 미란을 데리고 간다. 피아노 연주회에 갔다 온 미란은 현마에게 피아노를 사 달라고 한다. 피아노 가게에서 피아니스트 영훈을 만난다. 영훈은 돈이 모자라 좋은 피아노를 사지 못한다. 남편이 없는 동안에 세란은 단주를 유혹하여 같이 잔다. 평양에

297 이효석, 『이효석전집』 4, 71-72쪽.

돌아온 미란은 영훈에게 피아노를 배운다. 가야라는 소녀가 집에서 정혼한 럭비 선수 갑재를 싫어하고 영훈을 사랑하여 날마다 시를 적어 보낸다. 가야는 사시(斜視)로 인한 열등감을 영훈과 음악에 대한 사랑으로 극복하려 하였으나 끝내는 좌절하여 자살한다. 다리를 다쳐 누워 있는 단주를 위로하러 갔다가 미란이 단주에게 몸을 허락한다. 그러나 미란은 약하고 병든 것에 매혹되는 것이 그릇된 미망이라는 것을 깨닫고 영훈에게로 돌아선다. 세란의 친구 죽석의 남편 만태는 식료품 무역으로 돈을 벌어 주을온천에 별장을 산다. 갑재에게 폭행을 당한 영훈이 주을온천에서 미란에게 전화를 건다. 세란이 졸라서 현마는 처와 처제를 데리고 만태의 별장으로 피서를 간다. 푸른 집에 남은 단주는 옥녀와 잔다. 미란은 영훈을 만나 서로 사랑을 확인한다. 술에 취한 현마가 미란을 강제로 범한다. 미란은 영훈의 피아노 교습소에 머물다가 찾아온 영훈을 만나 같이 하얼빈으로 갈 계획을 세운다. 영훈의 최종 목적은 유럽에 가서 교향곡을 완성하는 것이다. 세란을 질투한 옥녀가 막아 주지 않아서 세란과 단주는 욕실에 같이 있다가 현마에게 들킨다. 세란과 단주의 관계가 발각되고 푸른 집 안에서 여러 겹으로 복잡하게 얽히고설키고 한 성적 관계들이 모두 파국을 맞는다.

이효석은 『화분』에서 성을 자연스러운 것으로 묘사하지 않았다. 이 소설에서 자연은 다만 성의 배경이 될 뿐이지 적극적인 기능을 하지 않는다. 미란은 단주와 나눈 퇴폐적인 성에 환멸을 느낀다. 사건의 중심에는 현마가 있지만 주제의 중심에는 영훈이 있다는 것이 이 소설의 특징이다. 영훈은 인간을 더럽고 지저분한 존재라고 생각하고 비참하고 미천한 현실로부터 인간을 구원할 수 있는 것은 예술뿐이라고 믿는다. 영훈에게는 "예술이 인생의 전부"[298]이다. "무지개, 별, 꽃, 인물, 치장, 음악―그런 아름다움을 보고 가지고 할 때 마음이 뛰고 행복스럽지만 그런 것을 가지지 못할 때 얼마나 사람은 불행스

298 이효석, 『이효석전집』 4, 181쪽.

럽습니까? 제일 훌륭하고 위대한 힘을 가진 것이 아름다움이거든요."[299] 그러니까 이 소설에는 지저분한 성과 아름다운 성이 구별되어 있다. 성을 위한 성은 지저분한 성이 되고 미를 위한 성은 아름다운 성이 된다. 아름다운 성은 예술을 통해서 맺어지는 인간과 인간의 상호행동이다. 영훈과 미란에게 현실은 카오스이고 예술은 코스모스이다. 그들이 생각하는 예술은 유럽의 예술이다. "주위의 가난한 꼴들을 보다가두 먼 곳에 구라파라는 풍성한 곳이 준비되어 있다는 것을 생각하면 신기한 느낌이 나면서 그래두 내뺄 곳이 있구나 하구 든든해져요."[300] 영훈은 세계를 하나의 커다란 정원이라고 한다면 그 가운데 가장 아름다운 화단이 유럽이라고 생각한다. 성을 위한 성에는 악마적인 요소가 들어 있다. 애초에 순진했던 단주는 성을 위한 성을 추구하다가 "짐승 맛을 들인 이리"[301]가 되고 주을온천에서 미란을 범하는 현마는 "온전히 악마의 변신"[302]이 된다. 주을온천에서 돌아온 등장인물들은 결국 파국을 겪게 된다. 현마와 단주는 처음에 동성애적인 관계로 시작하였으나 단주의 성적인 성장에 환멸을 느끼고 단주와 세란의 관계를 알게 된 후에 현마는 꽃병을 던져 단주의 팔을 부러뜨린다. 성을 위한 성은 모두 치고받는 몸싸움으로 끝난다. "사랑의 감정은 아무리 진보되어도 야만과 그다지 거리가 멀지 않은 까닭에 스스로 야만을 부르고 요구하는 것"[303]이다. 『화분』의 문학사적 의미는 성적 주제를 정면에서 본격적으로 다룬 소설이라는 데 있다.

김동리(1913-1995)는 「화랑의 후예」(《조선중앙일보》 1935. 1. 1-1. 10)로 문단에 나와 1935년부터 1941년까지 21편의 단편소설을 발표하였다. 그의 긴 창작 생활 전체를 통해서 보더라도 가장 뛰어난 작품이라고 평가할 수 있는 「무녀

---

299 이효석, 『이효석전집』 4, 186쪽.
300 이효석, 『이효석전집』 4, 180쪽.
301 이효석, 『이효석전집』 4, 212쪽.
302 이효석, 『이효석전집』 4, 237쪽.
303 이효석, 『이효석전집』 4, 197쪽.

도(巫女圖)」(《중앙》 1936. 5)와 「황토기」(《문장》 1939. 5)는 신화적이고 토속적인 모
티프들을 통하여 시대의 흐름을 거슬러 움직일 수밖에 없는 운명의 신비를
구체적으로 형상화한 소설들이다. 김동리는 「무녀도」를 자신의 대표작으로
생각하고 여러 차례 그 작품에 대하여 언급하였다. 그는 「무녀도」를 괴테의
『파우스트』보다 더 훌륭한 작품으로 평가하였다. 그는 1958년에 「무녀도」를
해설하면서 "모화가 파우스트와 대체될 새로운 세기의 인간상이란 것을 아
무도 모를 것이다. 그러나 백 년만 두고 봐라! 모든 것이 증명될 것이다! 역사
가 증명해 줄 것이다"[304]라고 말했다. 하느님을 반대하는 근대가 끝나고 하느
님과 더불어 사는 시대가 오는데 기독교의 초자연적 신은 너무 높아서 사람
과 함께 살기 어려우므로 새로운 시대에는 모든 사람이 무속의 자연적 신을
모시게 될 것이라는 것이 김동리의 생각이었다. 김동리가 「무녀도」에 대하
여 본격적으로 해설한 최초의 글은 《문장》 1940년 5월 호에 실린 「신세대의
정신」이었다.

모화는 제 딸을 구하기 겸 예수교에 대항하여 딸의 사건을 두고 어떤 이적을
선약(宣約)했으나 종국 실패한다. 이 실패란 모화에게 정신적으로나 현실적으
로나 전면적 패배를 의미하게 된다. 여기서 이 작품은 클라이맥스로 들어가 모
화의 마지막 굿이다. 어떤 물에 빠져 죽은 여인의 영혼을 건지려 모화는 넋대로
물을 저으며 시나위가락에 맞추어 청승에 자지러진 무사(巫辭)를 읊으며, 또 그
가락에 맞추어 몸의 율동(춤)을 지니고서 점점 물속으로 들어가다 문득 모화의
몸뚱이는 그 목소리와 함께 물속에 잠겨 버린다. 이러한 간단한 서술로서는 모
화의 마지막 승리(구원)를 이해하기 힘들 것이다. 여기 시나위가락이란 내가 위
에서 말한 '선(仙)' 이념의 율동적 표현이요 이때 모화가 시나위가락의 춤을 추
며 노래를 부른다 함은 그의 전 생명이 시나위가락이란 율동으로 화함이요 그

304 김동리, 「창작의 과정과 방법 — 「무녀도」 편」, 《신문예》, 1958. 11, 10쪽.

것의 율동화란 곧 자연의 율동으로 귀화합일한다는 뜻이다. 이리하여 동양정신의 한 상징으로 취한 모화의 성격은 표면으로는 서양정신의 한 대표로서 취한 예수교에 패배함이 되나 다시 그 본질적 세계에서 유구한 승리를 갖게 된다는 것이다.[305]

모화는 경주읍에서 성 밖으로 십여 리 떨어져 있는 마을에 살았다. 역말촌 또는 잡성촌이라고 불리는 마을이었다. 모화와 그녀의 딸 낭이는 마을 사람들과 별다른 교섭 없이 외톨이로 살았다. 굿을 청하러 오는 사람들이 가끔 들릴 뿐이었다. 모화는 어느 하루도 살림이라고 살고 있는 날이 없었다. 그녀는 굿을 할 때 이외에는 대개 주막에 가 있었다. 여름 저녁에는 낭이가 좋아하는 복숭아를 들고 돌아왔다. 그는 지금까지 이 경주 고을 일원을 중심으로 수백 번의 푸닥거리와 굿을 하고 수백 수천 명의 병을 고쳐 왔지만 아직 한 번도 자기가 하는 굿이나 푸닥거리에 신령님의 감응을 의심한다든가 걱정해 본 적은 없었다. 더구나 누구의 객귀에 물밥을 내주는 것쯤은 목마른 사람에게 물 한 그릇을 떠 주는 것만큼이나 당연하고 손쉬운 일로만 여겨 왔다. 모화 자신만이 그렇게 생각할 뿐 아니라 굿을 청하는 사람, 객귀가 들린 사람 쪽에서도 그와 같이 믿고 있는 편이기도 했다. 그러니까 모화는 무당이라고 천대를 받으면서도 그녀 자신의 안정된 세계에서 편안하게 살아왔다고 할 수 있다. 모화는 무당이면서 동시에 두 아이의 어머니였다. 무당이기만 한 여자나 어머니이기만 한 여자는 갈등의 내용을 일원화할 수 있으므로 비교적 쉽게 자기의 상황을 파악할 수 있을 것이다. 무당이면서 어머니인 경우에도 반벙어리인 낭이와 둘이서 살 때처럼 한 사람이 모든 일을 주도할 경우에는 갈등을 축소할 수 있다. 그러나 어머니와 아들이 서로 상대방의 믿음을 인정하지 않을 경우에는 수습할 수 없는 상황이 초래될 것이다. 이것은 반드

---

305 김동리, 「신세대의 정신」, 《문장》, 1940. 5, 91–92쪽.

시 무당이라서 생기는 갈등이 아니다. 전근대 지향의 아버지와 근대 지향의 아들 사이의 갈등은 우리가 과거에 겪은 것이고 민족주의자 아버지와 자유주의자 아들의 갈등은 우리가 현재 목격하고 있는 것이다. 절에 다니는 어머니와 교회에 나가는 딸의 갈등도 적지 않을 것이다. 갈등을 해결하려면 서로 상대방의 믿음을 인정하거나 어느 한쪽이 굴복하여 다른 쪽을 따르거나 해야 한다. 욱이는 귀신이 지피기 전에 어떤 남자와의 사이에 생긴 모화의 아들이다. 아홉 살 되던 해 아는 사람의 주선으로 어느 절로 보낸 욱이가 십 년 만에 예수교인이 되어서 나타났다. 욱이는 열다섯 살에 절에서 나와 유랑하다가 열여섯 살 되던 해 겨울에 평양에서 이 장로의 소개로 현 목사의 도움을 받게 되었다. 우리는 여기서 모화가 왜 무당이 됐는가를 짐작할 수 있다. 처녀로서 애를 뱄다는 것은 견디기 어려운 심적 외상(外傷)이 되었을 것이다. 대부분의 사람들은 병들거나 적응하거나 중에서 하나를 선택한다. 모화가 무당이 된 것도 병드는 대신에 선택한 것일 터이지만 무당을 병이라고 볼 수도 있으므로 모화는 병이 곧 적응이 되는 예외적인 경우라고 할 수도 있을 것이다. 모화는 동물적이고 본능적인 모성애로 낭이와 욱이를 대한다. 낭이는 모화가 사 들고 오는 과일을 마치 짐승의 새끼가 어미에게 달려들어 젖을 빨듯이 받아먹으며 모화는 십 년 만에 돌아온 욱이를 어미 새가 날개로 새끼를 감싸듯이 품에 안는다. 모화가 욱이를 안는 모습은 동일하였지만 두 포옹 사이에는 갈등의 요인이 개입되어 있다. 욱이가 모화의 무당 일에 반대하였기 때문에 모화는 아들을 단순한 본능만으로 대할 수 없게 된 것이었다. 욱이가 다시 집을 나간 후 모화는 자식을 잃을지 모르겠다는 불안을 느낀다.

"오마니 어디 갔다 오시나요?"
"저 박 급창 댁에 객귀를 물려 주고 온다."
"오마니가 물리면 귀신이 물러 나갑데까."
"물러 나갔기 사람이 살아났지."

"오마니, 그런 것은 하나님께 죄가 됩네다."[306]

　욱이의 반대는 모화의 존재의 핵심을 훼손하는 것이었다. 모화는 겉으로
는 "양국 놈들이 요술단을 꾸며 왔어"[307]라고 비웃었지만 내심으로는 초조하
였다. 특히 아들 욱이가 그들 편을 드는 것이 야속하였다. 욱이는 모화가 무
당을 그만두고 낭이가 말을 할 수 있게 해 달라고 늘 기도하였다. 욱이는 현
목사와 이 장로에게 경주에 교회가 필요하다는 편지를 보내어 대구 노회에
간청하도록 하는 한편 대구의 교인들에게 연락하여 도움을 요청하였다. 모
화에게는 오래된 것이 편한 것이고 새로운 것이 낯선 것이었는데 욱이에게
는 새로운 것이 편한 것이고 오래된 것이 낯선 것이었다. 욱이에게 모화의
집은 사람의 거처가 아니라 도깨비 집에 지나지 않았다.

　그것은 한 머리 찌그러져 가는 묵은 기와집으로 지붕 위에는 기와 버섯이 퍼
렇게 뻗어 올라 역한 흙냄새를 풍기고 집 주위는 앙상한 돌담이 군데군데 헐린
채 옛 성처럼 꼬불꼬불 에워싸고 있었다. 이 돌담이 에워싼 안의 공지같이 넓은
마당에는 수채가 막힌 채 빗물이 고이는 대로 일 년 내 시퍼런 물이끼가 뒤덮여
늘쟁이 명아주 강아지풀 그리고 이름도 모를 여러 가지 잡풀들이 사람의 키도
묻힐 만큼 거멓게 엉키어 있었다. 그 아래로 뱀같이 길게 늘어진 지렁이와 두꺼
비같이 늙은 개구리들이 구물거리고 움칠거리며 항시 밤이 들기만 기다릴 뿐
으로 이미 수십 년 혹은 수백 년 전에 벌써 사람의 자취와는 인연이 끊어진 도
깨비굴 같기만 했다.[308]

306　김동리, 『김동리전집』 1, 민음사, 1997, 86쪽.
307　김동리, 『김동리전집』 1, 97쪽.
308　김동리, 『김동리전집』 1, 79쪽.

모화의 집에 대한 이 묘사는 감정의 분위기를 만들어 내는 데 초점을 모으고 있는데 이러한 감정이 작가의 주석인지 욱이의 시각인지, 아니면 마을 사람들의 일반적인 분위기인지 분명하지 않다. 모화와 낭이가 자기들이 살고 있는 집을 도깨비 집이라고 느끼지는 않았을 것이다. 동네 사람들도 오래 그들 사이에 있어 왔기 때문에 이미 풍경의 일부가 되어 있는 그 집을 사람의 자취와 인연이 끊어진 집이라고 보지는 않았을 것이다. 그렇게 느꼈다면 모화에게 굿을 부탁하러 오지도 않았을 것이다. 그렇다면 이 묘사는 욱이와 욱이처럼 서양 사람들의 집을 경험한 적이 있는 기독교인들의 시각일 것이다. 그런데 김동리는 소설의 이 부분에서 왜 모화의 집을 기독교인의 시각으로 묘사해 놓은 것일까. 여기서 김동리는 무속을 무너져 가는 낡은 세계에 속하는 것으로 묘사하였는데, 이 묘사는 모화를 파우스트보다 더 보편적인 인간상이라고 한 자작 해설과 어긋난다. 이 부분의 묘사는 중립적이고 비개입적인 묘사라고 할 수 없다. 인물시각과 섞여 있는 작가의 주석 어디에도 이 집의 분위기 묘사에 반대한다는 흔적이 나타나 있지 않다. 모화는 욱이를 제 편으로 돌려놓으려고 온갖 노력을 다한다. 욱이에게 잡귀가 들렸다고 생각한 모화는 신주상 위의 냉수 그릇을 들어 물을 머금고 욱이의 낯과 온몸에 확 뿜으며 '엇쇠 귀신아 물러서라' 하고 외쳤다. 욱이는 어리둥절해서 모화의 푸념하는 양을 바라보고 있다가 고개를 수그려 잠깐 기도를 올리고 나서 일어나 잠자코 밖으로 나갔다. 욱이의 태도는 모화를 점점 더 초조하게 하였다. 긴 한숨을 내쉬기도 하고 낭이에게 욱이가 언제 온다고 하더냐고 따져 묻기도 하고 욱이 밥상을 차려 놓지 않았다고 낭이에게 화를 내기도 하였다. 욱이가 다시 돌아온 날 "모화는 웬일인지 욱이가 방에 들어간 뒤에도 오랫동안 툇마루에 걸터앉은 채 고개를 떨어뜨리고 무엇을 골똘히 생각하고 있는 꼴이었다. 긴 한숨과 함께 얼굴을 든 그녀는 무슨 생각으론지 도로 방으로 들어가더니 낭이의 그림을 이것저것 뒤져 보는 것이었다."[309] 이것은 최후의 결전을 각오하는 자세였다. 모화는 잠든 욱이의 품에서 성경책을 꺼내 불사르고 탄 재 위에 소금을 뿌리며 살풀이를 한다. 잠에서 깬 욱이는 부엌문을 박차고 들어가 모화를 말리려다 모화가 휘두르는 식칼에 찔린다. 욱이는 머리와 목덜미와 등허리 세 군데 상처를 입었다. 욱이가 드러눕게 되자 모화는 무당일을 전폐하고 아들의 간호에 전념한다. 무당을 그만두고 어머니로만 살기로 한 것이다. 처음에 모화는 자기에게 익숙한 세계를 지키기 위해 새롭고 낯선 기독교를 배척하고 성경을 태우고 그러한 행동을 제지하는 아들을 칼로 찔렀다. 모화가 성경을 태운 것은 아들에게 붙은 예수 귀신을 쫓아내면 아들이 잘될 것이라고 판단하고 한 것이지 아들과 싸우려고 한 것은 아니었으나 그것은 아들을 해롭게 한 결과가 되었고 아들이 쓰러짐과 동시에 모화 속의 무당이 배후로 물러나고 모화 속의 어머니가 전면으로 나오게 되었다. 낭이와는 어머니이면서 무당으로서 잘 살았는데 이제 욱이와는 어머니이거나 무당이거나 둘 중의 하나로서 살 수밖에 없게 된 것이다. 모화는 무당으로서 욱이와 갈라서거나 어머니로서 욱이와 함께 살거나 둘 중의 하나를 선택하지 않을 수 없게 되었다. 마을 사람을 위한 굿을 모두 그만두고 오직 어머니로서 아들의 치료에 전념하였으나 이미 무당이 아닌 여자의 굿이 아들에게 신통을 보일 리가 없었다. 아들을 위해 온갖 치성을 다 드렸으나 욱이는 현 목사가 찾아와 건네준 성경책을 안고 숨을 거둔다. 아들을 찌르고 무당일을 그만둔 모화는 이제 아들이 죽자 어머니 노릇도 할 수 없게 되었다. 남자와 사랑을 나눌 나이가 지났으므로 모화는 자기를 여자로 여길 수 없었다. 모화는 여자도 아니고 어머니도 아니고 무당도 아닌 무(無)가 되었다. 무는 죽음을 가리키는 여러 이름들 가운데 하나이다. 사람들은 "아까운 모화 굿을 언제 또 볼꼬"[310] 하고 아쉬워했다. 읍내 어느 부잣집 며느리가 예기소에 몸을 던졌다. 모화는 비단옷 두 벌을 받고 오구굿을 하기로 했다. 모화는 김

309 김동리, 『김동리전집』 1, 92쪽.
310 김동리, 『김동리전집』 1, 100쪽.

씨 부인의 평생 사연을 넋두리하다 전악들의 젓대, 피리, 해금에 맞추어 춤을 추었다. 그러나 밤중이 되어도 김씨 부인의 혼백이 건져지지 않았다. 모화는 그때 이미 무당이 아니었다. 김씨의 혼백이 무당 아닌 여자의 초혼에 응하지 않는 것은 너무나 당연한 일이었다. 모화는 넋대를 따라 점점 깊은 물속으로 들어갔다. 검은 물에 그녀의 허리가 잠기고 가슴이 잠기고 온몸이 아주 잠겨 버렸다.

우리는 이 소설의 제목에 대하여 숙고해 볼 필요가 있다. 「무녀도」에서 무녀는 물론 모화라고 할 것이지만 무녀도를 그린 것은 낭이이므로 모화는 그림의 인물이고 낭이는 그림의 작자라고 해야 할 것이다. 그림은 다음과 같이 묘사되어 있다.

> 뒤에 물러 누운 어둑어둑한 산, 앞으로 폭이 널따랗게 흐르는 검은 강물, 산마루로 들판으로 검은 강물 위로 모두 쏟아져 내릴 듯한 파아란 별들, 바야흐로 숨이 고비에 찬 이슥한 밤중이다. 강가 모랫벌엔 큰 차일을 치고 차일 속엔 마을 여인들이 자욱이 앉아 무당의 시나위가락에 취해 있다. 그녀들의 얼굴 얼굴들은 분명히 슬픈 흥분과 새벽이 가까워 오는 듯한 피곤에 젖어 있다. 무당은 바야흐로 자지러져 뼈도 살도 없는 혼령으로 화한 듯 가벼이 쾌자 자락을 날리며 돌아간다.[311]

낭이는 모화가 꿈에 용신님을 만나 복숭아 하나를 얻어먹고 꿈꾼 지 이레 만에 낳은 아이라 했다. 낭이는 잘 듣지 못하는 대신에 그림을 잘 그렸다. 간혹 굿을 청하러 오는 사람이 찾아와 방문을 열려고 하면 "낭이는 대개 혼자서 그림을 그리고 있다가 놀라 붓을 던지며 얼굴이 파랗게 질린 채 와들와들 떨곤 하는 것이었다."[312] 욱이가 절간으로 떠난 지 얼마 되지 않아 낭이는 삼

---

311 김동리, 『김동리전집』1, 77쪽.

년이나 시름시름 앓더니 귀머거리가 되었다. 낭이가 얼마나 욱이를 좋아하는가를 알 수 있다. 그러나 기독교인이 된 욱이는 성적 욕망을 신앙으로 차단하고 낭이의 접근에서 성적인 내용을 차단하며 낭이는 성적인 욕망을 욱이로부터 전환하여 그림으로 옮겨 놓았다. 욱이의 리비도는 종교에 부착되고 낭이의 리비도는 예술에 부착된다. 근친상간을 향한 욕망이 각각 종교와 예술로 승화되었다고 할 수 있다. 그림은 낭이의 근친상간적 욕망을 승화시켜 주었듯이 무당이 될 낭이의 팔자도 돌려놓았다고 할 수 있다. 낭이는 무녀가 되지 않고 무녀도를 그렸다. 모화의 춤이 죽음을 넘어 무녀도로 보존된 것은 바로 종교에 대한 예술의 승리이다.

「무녀도」의 주제를 무교와 기독교의 대립으로 설정한 것은 김동리 자신이었다. 그러나 무교와 기독교의 대립으로 작품을 보면 「무녀도」의 세부가 파괴된다. 기독교를 "어떤 낯선 것"으로 볼 때에만 「무녀도」의 구조는 균형 있게 분석될 수 있다. 이 소설의 제목은 무녀의 이야기가 아니라 무녀의 그림이다. 지금까지 어느 연구자도 모화를 그린 낭이를 이 작품의 중요한 인물로 취급하지 않은 것은 이해할 수 없는 일이라고 하지 않을 수 없다. 무녀로서도 실패하고 어머니로서도 실패한 모화의 춤을 예술로 승화시켜 영원히 살게 한 것은 낭이가 그린 그림의 힘이다. 모화의 춤이 죽음을 넘어 보존된 것은 예술의 승리를 의미한다.

「황토기」는 황토골에서 억쇠와 득보라는 두 장사가 힘을 겨루는 이야기이다. 두 사람은 생사를 걸고 싸우는 적이면서 동시에 떨어져서는 살 수 없는 벗이다. 소설은 황토골의 유래에서 시작한다. 솔개령에서 두 산맥이 금오산 쪽을 향하여 하나는 서북, 또 하나는 동북으로 내려와 골짜기를 이루었다. 골짜기 안에 자리 잡은 황토마을 앞으로는 용내가 흘렀다. 금오산에서 굴러 떨어지는 바위에 상한 황룡 한 쌍의 허리에서 나온 피가 골짜기를 물들여 황

---

312 김동리, 『김동리전집』 1, 80쪽.

토가 되었다고도 하고 등천 전날 잠자리를 삼가지 않은 벌로 여의주를 빼앗긴 황룡 한 쌍이 서로 싸우다 흘린 피 때문에 황토가 되었다고도 하고 장사가 나와 중국을 침략할까 두려워 당나라 장수가 혈을 자른 산에서 나온 피가 일대를 황토로 변하게 했다고도 하는 전설들이 전해 내려왔다. 황토골 태생인 억쇠는 열세 살에 장정들도 다루기 힘든 돌들을 들었다. 황토골에 장사 났다는 소문이 떠돌자 노인들이 "예로부터 황토골에 장사가 나면 부모한테 불효하거나 나라의 역적이 된뎄것다"[313]라고 하면서, 장사 소리를 듣다가 사또에게 잡혀가 오른팔이 부러진 억쇠의 종조부뻘 되는 이를 예로 들었다. 제 힘을 제가 주체하지 못하여 20대의 억쇠는 밤에 혼자 바위를 안고 산꼭대기로 올라갔다가 다시 골짜기로 내려왔다가 하면서 밤을 새운 적도 있었다. 그 소문이 나자 억쇠의 백부는 나라에서 알게 되면 멸문을 당할 것이라고 재를 넘어 이사했다. 실국시대에는 사또가 없었으므로 백부는 독립운동을 하면 집안이 망한다는 뜻을 돌려서 말한 것인지도 모른다. 억쇠는 낫을 들어 자기의 오른쪽 어깨를 그었다. 어머니가 마음먹기에 달렸다고 억쇠를 위로했다. 아버지는 "뒤에 한번 크게 쓸 날이 있을 게다. 조용히 그때가 오기만 기다려라"[314]라는 유언을 남겼다. "그 미칠 듯이 솟아오르는 힘의 충동을 누르고 누르며 그 한번 크게 쓰일 날을 기다려, 오늘인가 내일인가 하는 사이, 그러나 그 기다리는 날이 오기도 전에 어느덧 그의 머리털과 수염만이 희끗희끗 반 넘어 세어지고 말았다."[315] 그는 쉰두 살이 되었다. 득보는 황토골에서 한 80리가량 떨어져 있는 동해 변에서 이복형제들과 대장간 일을 했다. 형제들과 싸우다 괭이로 때려서 형제 하나를 죽이고 서울로 달아났다. 서울에서 하인 노릇을 했는데 어느 대갓집 부인과 간통을 해서 다시 고향으로 도망쳤다.

---

313 김동리, 『김동리전집』 1, 225쪽.
314 김동리, 『김동리전집』 1, 226쪽.
315 김동리, 『김동리전집』 1, 227쪽.

고향에서 대장간을 하다가 열여섯 살 난 분이를 임신시킨 데다 형제 살해의 전력이 문제가 되어 그곳에서 쫓겨났다. 키는 억쇠보다 조금 작았고 어깨는 더 넓었다. 구릿빛으로 검푸른 얼굴에 칠흑같이 새까만 머리털의 득보는 억쇠보다 예닐곱 살 아래로 보였다. 그는 억쇠에게 분이를 딸이라고 했다가 조카딸이라고 했다가 강짜가 심해서 데리고 살기 어려운 여자라고 했다가 하며 말을 바꾸었다. 분이는 억쇠에게 득보를 외삼촌의 이복형제라고 했다. 분이는 삼거리 주막에서 색 팔기를 겸하는 술집 여자였다. 억쇠가 그 집에서 술을 마시고 있는데 득보가 그 집 주인에게 자기 딸이니 분이를 내놓으라고 했다. 득보에게 시비를 걸던 노름꾼들이 모두 득보에게 맞아 쓰러지는 것을 보고 억쇠가 나섰다. 억쇠는 강적을 만났다는 것을 느꼈다. "순간 억쇠는 문득 자기의 몸이 공중으로 스스로 떠오르는 듯한 즐거움이 가슴에 솟아오름을 깨달으며 저도 모르게 멱살을 잡았던 손을 슬그머니 놓아 버렸다."[316] 황토골에 자리를 잡은 득보는 조카뻘 된다고 하며 분이를 일찍이 상처한 억쇠에게 주었다. 그러나 분이는 한 달에 20일을 득보네 집에 있었고 득보가 데리고 온 여자들을 시샘하여 어떻게 해서든지 쫓아내곤 하였다. 손자를 바라는 어머니의 뜻을 따라서 억쇠는 설희를 후처로 들였다. 스물셋에 홀로되어 시아버지를 모시다가 시아버지가 죽고 나서 의지할 데가 없게 된 여자였다. 억쇠가 설희에게 추근대었다. 득보가 분이에게 소홀히 하며 밤낮없이 설희의 방만 기웃거리는 것을 보다 못한 분이가 설희를 죽였다. 설희의 비명에 놀라 병세가 악화된 어머니도 사흘 만에 숨을 거두었다. 억쇠는 두 사람을 황토골 뒷산 붉은 등성이에 묻었다. 산역을 하고 취해서 내려와 잠든 득보를 분이가 찔렀다. 목을 겨냥했으나 칼날이 한 뼘쯤 아래로 빗나가 왼편 가슴을 찌르고 달아나 두 번 다시 황토골에 나타나지 않았다. 진달래가 필 때 집을 나간 득보는 녹음이 우거지는 단오 무렵 어린 여자애를 데리고 돌아왔다. 분이가 열

316 김동리, 『김동리전집』 1, 228쪽.

여섯에 낳은 아이라고 했다. 분이는 언양에서 우물에 빠져 죽었다고 했다. 주막에서 둘이 술을 마시던 어느 날 저녁 득보는 술상 위에 날이 퍼렇게 선 단도를 내놓으며 "네놈의 목숨 하나 오늘까지 남겨 온 것은 다 요량이 있었던 거다"[317]라고 먼저 싸움을 걸었다. 억쇠는 득보를 안냇벌로 보내고 술과 안주를 준비하였다. 술과 안주를 가지고 득보의 뒤를 따르며 억쇠는 처음 장가 가던 날처럼 가슴이 설레는 것을 느꼈다. 술상 위에 내어 놓던 득보의 단도를 생각하고 그 칼이 "자기의 가슴 한복판을 푹 찔러 이 미칠 듯이 저리고 근지러운 간과 허파를 송두리째 긁어내어 준다면"[318] 하는 희망을 품고 용냇가로 내려섰다.

이 소설의 핵심은 억쇠와 득보가 안냇벌에서 싸우는 장면이다. 멧돼지를 잡아 가지고 찾아온 득보와 술을 마시다 억쇠는 득보와 내일로 날을 잡자고 약속했다. 황토골에서 산등 하나 너머 개울가 흰 모래밭과 푸른 잔디밭에 노송이 늘어서 있는 안냇벌은 두 사람이 온종일 먹고 놀고 싸우고 하는 데 더할 나위 없이 알맞은 곳이었다. 두 사람은 한 철에 한두 번씩 이곳에서 만나 힘을 겨루었다. "이 두 사람에게 있어서는 이때같이 가슴이 환히 트이도록 즐겁고 만족할 때가 없다. 그것은 아무것과도 바꿀 수 없는 기쁨이요 보람이요 그리고 거룩한 향연이기도 하였다. 이에 견준다면 분이나 설희의 자색도 한갓 이 놀이를 돋구고 마련키 위한 덤에 지나지 않는 듯했다."[319] 본격적인 싸움에 들어가기 전에 두 사람은 노래하고 춤을 춘다. 득보는 "옛날 그 옛날에 붕새란 새가 있었나니/수격 삼천 리 니일니일 얼씨구야 지화자자 저절씨구"[320]라고 노래하고 억쇠는 "간다 훨훨 날아간다/수격 삼천 리/ … /내 한주

---

317 김동리, 『김동리전집』 1, 245쪽.
318 김동리, 『김동리전집』 1, 245쪽.
319 김동리, 『김동리전집』 1, 219쪽.
320 김동리, 『김동리전집』 1, 221쪽.

먹 번득하면 네놈 대가리가 박살이라/치징 치징 치징/지하자자 저절씨구"[321]
라고 노래한다. 그들은 아침부터 해가 질 때까지 그칠 생각을 하지 않고 연
방 서로 피를 뿜으며 엎치락뒤치락하였다.

　　득보가 억쇠의 아래턱을 치지르며 막 몸을 옆으로 빼내려는 순간이었다. 억
　　쇠의 힘을 다한 바른편 주먹이 득보의 왼쪽 갈비뼈 밑에 벼락을 쳤다. 갈비뼈
　　밑에 억쇠의 모진 주먹을 맞은 득보는 갑자기 얼굴이 아주 잿빛이 되어 뒤로 비
　　실비실 몇 걸음 물러 나가다 그대로 모래 위에 꼬꾸라져 버린다. 억쇠의 목과
　　입과 코에서도 다시 피가 쏟아졌다. 그는 정신 나간 사람처럼 두 손으로 아래
　　턱을 받쳐 피를 받으며 우두커니 앉아 있다 말고 돌연히 미친 것처럼 뛰어 일어
　　나는 길로 또 한 번 와락 득보에게로 달려들어 쓰러져 있는 그의 바른편 어깨를
　　물어 떼었다. 어깨의 살이 떨어지며 시뻘건 피가 팔꿈치까지 주르르 흘러내리
　　자 득보는 몸을 좀 꿈적이었으나 역시 일어나지 못한 채 그대로 누워 있는 것이
　　었다. 억쇠는 입에 든 득보의 어깨살을 질겅질겅 씹다 벌건 핏덩어리를 입에서
　　뱉어 내고 그러고는 다시 술 항아리를 기울여 술을 몇 사발 마시고는 쓰러져 버
　　렸다.[322]

　　정신분석의 입장에서 볼 때 삶은 본능과 의식의 두 가지로 구성되어 있다.
본능의 특징은 즉각적인 만족을 추구하고 쾌락과 놀이와 억압의 부재를 원
하는 데 있다. 그러나 삶을 이러한 본능에만 맡겨 놓으면 삶 자체의 자기보
존이 위태롭게 되기 때문에 삶은 본능을 변형한다. 의식은 쾌락을 억제하고
지연된 만족을 추구하여 만족을 유예시킬 줄 알며 괴로운 노동을 능히 감당
하고 안전을 원한다. 의식이 하는 중요한 일은 본능을 억압하는 것이다. 본

321　김동리, 『김동리전집』 1, 223쪽.
322　김동리, 『김동리전집』 1, 222쪽.

능을 억압하여 삶을 안전하게 유지하는 구실이 의식의 임무이다. 이러한 설명을 요약하여 본능은 쾌락원칙을 따르고 의식은 현실원칙에 의존한다고 말할 수 있다. 인간의 삶은 쾌락원칙과 현실원칙의 양면성을 포함하고 있는 것이다. 의식은 본능의 억압이므로 인간의 문화는 결국 본능의 억압에 그 토대를 두고 있다. 그런데 의식이 본능을 억압하는 그 정도는 사회와 시대에 따라 변화한다. 이러한 억압의 과정 가운데서 정직과 관대의 기율과 같이 언제 어디서고 부득이하여 결코 풀어 버릴 수 없는 면을 기본억압이라고 부르고 특정한 시대와 특정한 사회에 국한되어 필연적인 것이 아님에도 여러 가지 이유로 수행되는 면을 과잉억압이라고 일컫는다. 삶이 쾌락원칙과 현실원칙의 양면성을 지니고 있듯이 본능 자체에도 양면성이 함축되어 있다. 본능은 화합본능과 파괴본능으로 형성되어 있다. 유기체의 원시상태로 퇴행하려는 충동이 화합본능이고 무기체의 상태로 퇴행하려는 충동이 파괴본능이다. 원래 화합본능과 파괴본능이라는 본능의 두 벡터는 서로 도우며 작용하여 생명 자체를 강화하고 확대하는 기능을 담당한다. 사물과 타인에 대하여 존중하고 염려하고 이해하는 것이 화합본능의 일이고 그러한 존중과 염려와 이해에 거슬러 방해하는 세력을 부정하고 증오하고 파괴하는 것이 파괴본능의 임무이다. 삶의 가장 큰 목적은 화합본능과 파괴본능의 어울림에 있다. 그런데 그 어울림은 의식의 억압이 기본적인 선에 그쳐 있을 때에만 가능하다. 삶의 모든 측면을 샅샅이 유용한 도덕으로 지배하려는 과잉억압이 본능에 가해지면 화합본능과 파괴본능 사이에 유지되던 균형이 무너진다. 과잉억압의 상태 아래서는 화합본능과 파괴본능의 어울림이 무너질 뿐 아니라 화합본능이 축소되고 파괴본능이 강화된다. 파괴본능은 원래 화합본능을 도와주는 구실을 하던 것이나 본능의 고른 실현이 불가능하게 되면 파괴본능 자체가 본능을 대표하게 된다. 왜냐하면 본능이란 의식의 어떠한 억압 아래서도 완전히 마멸되지는 않기 때문이다. 어린애의 성욕에 비교되는 화합본능은 신체 전부에 퍼져 있으면서 작용하는 것으로서 화합본능이 잘 실현되는 전형적인 상태는 음악과 내가 하나가 되는 순간이다. 그러나 화합본능이 축소되고 파괴본능이 앞에 나오게 되면 합리적인 쾌락은 대상을 잃고 사이비 쾌락으로 변질된다. 파괴본능의 실현인 증오와 부정은 어디까지나 화합본능의 존중과 이해를 돕는 것인데 이것이 전도되어 증오와 부정이 삶의 목적이 되고 쾌락의 대상이 된다. 이른바 성기성욕의 강화도 화합본능이 축소된 결과이다.

「황토기」에 나타나는 싸움과 애욕의 표현은 건전한 본능의 실현이 아니라 과잉억압 상태 아래서 파괴본능이 강화된 모습을 드러내고 있다. 아버지와 백부와 이웃 노인들의 지나친 개입이 과잉억압의 증거가 된다. 욕설과 싸움만이 아니라 그 지나친 성기성욕의 표현도 화합본능이 축소된 결과임을 보여 준다. 「황토기」는 싸움과 애욕이라는 관점에서 본다면 파괴본능의 표현이라고 할 수 있으나 상상력과 놀이라는 관점에서 본다면 화합본능의 표현이라고 할 수 있다. 현실원칙이 도입되어도 현실의 검열로부터 자유롭고 오직 쾌락원칙에만 종속되는 정신활동이 남아 있게 되는데 실제적인 대상에 의존하지 않는 상상력이 바로 그것이다. 상상력의 표현이 놀이이다. 「황토기」에서 억쇠와 득보가 티격태격하면서 주고받는 말재롱, 헛소리, 신소리, 빗나간 소리들이 모두 놀이라고 할 수 있다. 이유 없는 싸움이 그들에게는 필연적인 숙명이면서 동시에 자유로운 놀이이다. 억쇠와 득보는 주관성이 결여된 세계에 살고 있다. 그들의 존재는 쾌락의 탐닉을 통하여 감각적으로 확인되는 미분화된 덩어리에 불과하다. 그들이 추구하는 목적은 존재의 무한성과 전능성에 대한 무제한의 참여이다. 여기서 존재라고 하는 것은 그냥 은사(恩賜)로 주어진 천부의 재능을 가리킨다. 그들은 자기중심적인 즉각성과 비매개성에 방해가 되는 것은 어떤 것이든지 난관으로 지각한다. 그러나 그들도 나이를 먹고 건강이 쇠퇴하고 쾌락이 그 생생한 매력을 상실할 때가 오는 것을 피할 수 없다. 아무리 기본억압이라 하더라도 억압을 받아들인다는 것은 죽음에 가까운 고통을 수반한다. 전능성의 환상을 포기하지 않으면 누구라도 사회의 일원이 될 수 없다. 억쇠와 득보는 시민이 되는 대신에 병드는 것을 선택한 아이들이다. 억쇠는 전능성을 포기하지 않았기 때문에 사회적으로 보람 있는 일을 성취하지 못한다. 그의 아버지가 큰일을 할 때라고 말한 것은 사회의 구성원으로서 보편적인 가치를 실현할 때를 의미하는 것이었는데 억쇠는 사회에 편입되기를 애초부터 거부하였다. 그는 낙원을 포기하지 않았기 때문에 낙원상실의 영광과 비참을 경험하지 못한다. 재미의 한계는 권태이다. 재미가 권태라는 교착상태에 빠지지 않기 위해서는 끊임없이 변화해야 한다. 재미를 삶의 목적으로 삼는 사람은 반복되는 노동을 견디지 못한다. 억쇠와 득보는 자만심과 허무가 뒤범벅이 된 존재들이다. 그들에게는 힘이 있지만 그들은 그 힘을 어디에 써야 할지 모른다. 그들은 삶의 즉각성과 감각적 쾌락에 몸을 맡긴다. 그들의 반대편에는 자유를 선택하고 자기 자신을 스스로 만들어 가는 역사 속의 인간이 있다. 6개월 또는 8개월에서 시작하여 1년 6개월 또는 두 살에 이르는 시기에 어린아이는 눈에 띄는 모든 것에 자기애의 리비도를 부착한다. 어머니에게서, 타자에게서, 거울 속의 영상에서 그는 동일시의 대상 이외에 다른 것을 보지 못한다. 나이의 차이가 2개월 반 이내에 있는 아이들이 만나면 두 아이는 서로 상대편 아이를 자기의 거울로 삼는다. 한 아이는 신기해하면서 다른 아이를 모방하려고 하거나 자기를 모방하도록 다른 아이를 유혹한다. 한 아이는 다른 아이와의 거리를 유지하지 못하고 자기와 유사한 다른 아이의 영상 속에 함몰된다. 격렬한 환희가 격렬한 공격성과 뒤바뀌고 자기와 타자의 위치가 뒤섞인다. 때린 아이는 맞았다고 하고 넘어진 아이는 가만히 있는데 넘어지는 것을 본 아이는 울 것이다. 두 아이는 서로 자기가 받아들일 수 있는 다른 아이를 필요로 하고 자기를 받아 줄 수 있는 다른 아이를 필요로 한다. 서로 속이고 유혹하고 공격하는 행동은 상호전환을 위한 투쟁이다. 억쇠와 득보는 젖을 떼지 못한 영상계의 주민들이다. 사회의 노동체계에 편입되려면 상징적 거세를 겪고 노동체계의 근거가 되는 공동의 법을 받아들여야 한다. 정신분석에서 말하는 남근은 실제의 성기가 아니다. 꼿꼿이 발기하는 힘과 침투하는 능력과 빈 공간을 채우는 기능에 의하여 남근은 결여의 부재 즉 전능성이라는 상징적 의미를 나타낸다. 전능성을 포기하고 남근을 소유하고 있지 않다는 사실을 인정하는 것을 상징적 거세라고 한다. 억쇠와 득보는 남근이 될 수 있고 남근을 가질 수 있다고 믿는 어린애들이다. 전능성과 즉각성을 포기하면 대립적이고 상대적이고 문화적인 매개관계 속으로 들어갈 수 있다. 타자의 판단이나 타자의 인정을 기대하고 타자를 참고하고 타자와 경쟁하면서 자기를 형성할 수밖에 없는 사회적 인간은 자기 또는 타자를 부정하는 공격충동에서 벗어나지 못한다. 노동체계로의 편입은 주체에게 거의 자살에 가까운 희생을 강요한다. 노동하는 인간의 역사는 자기의 중심에서 끊임없이 이탈하면서 머무를 자리를 찾는, 부질없는 탐구의 변증법이다. 그러나 사회의 구성원이라는 조건 아래서만 인간이 인간답게 살 수 있다면 그는 이 사회에 내재하는 모든 비속과 비열까지도 스스로 떠맡지 않을 수 없다. 인간은 위신을 지키기 위하여 타자와 싸워야 하고 타자의 시선 속에 일정한 형태로 나타나야 하고 사회의 관습에 호응하여 자기의 고유한 진실을 숨겨야 한다. 노동체계는 인간을 자연으로부터 문화로 상승시키지만 동시에 인간을 전능자에서 무력자로 하강시킨다. 「황토기」는 전능성을 포기하지 않은 인간의 끔찍한 아름다움을 보여 주는 소설이다.

광복 이후 한국문학

현대시의 양상

　김창숙은 무정부주의자 유림(1894-1961)의 묘문에서 안창호와 신채호를 한
국현대정신사의 두 축으로 설정하였다. 유림은 상하이에서 돌아와 수유리에
단칸방을 세 들어 살면서 식사는 주로 산역하는 데 가서 해결하였다. 어떤
사람이 그에게 물었다. "당신이 독립운동을 했다고 하는데 안창호는 어떤 사
람이오?" 그가 대답했다. "도산은 평안도 5백 년에 첫째가는 사람이다. 그가
아니었으면 우리가 일본인이 되어 이를 검게 칠할 뻔했다." "신채호는 어떤
사람이오?" "단재는 천하의 선비로서 나의 스승이다."[1]
　신채호는 제국주의와 계급투쟁이 근대의 본질적 문제 상황임을 파악하고
있었고 무엇보다 그는 근대를 대중의 수량이 움직이는 사회로 이해하였다.

　　민중은 우리 혁명의 대본영이다.

　　폭력은 우리 혁명의 유일 무기이다.

　　우리는 민중 속에 가서 민중과 휴수하여

　　부절하는 폭력으로써

　　강도 일본의 통치를 타도하고

　　우리 생활에 불합리한 일체 제도를 개조하여

　　인류로써 인류를 압박치 못하며

　　사회로써 사회를 박삭케 못 하는

1　김창숙, 『심산유고』, 국사편찬위원회, 1973, 262쪽. 중세 일본인은 이를 검게 칠하였다.

이상적 조선을 건설할지니라.[2]

　근대사회에서 문학의 직능은 개인이 자발적으로 걸려드는 의식 형태의 그릇된 인식을 폭로하는 데 있다. 작가들은 현실을 묘사하는 형식적 장치들을 고안하고 있는데, 그러한 형식적 장치들의 이화작용 즉 비동화작용이 의식 형태의 동화작용에 의하여 습관화된 지각 양식을 약화시킴으로써 정치적 각성을 일으킨다. 정상적인 사회에서는 의식 형태의 폭로가 작가의 명백한 목적이 될 수 있다. 그러나 나라 잃은 시대에 일본에게 점령당한 지역에서 친일의 의식 형태를 폭로하라는 요구는 작가에게 망명과 죽음 가운데 하나를 선택하라는 요구 이외에 다른 것이 될 수 없었다. 실국시대의 작가들은 신채호의 무투론(武鬪論)을 일단 괄호에 묶어 놓고 창작하는 방법을 선택하였다. 소월의 시 「인종」은 안창호의 준비론을 대변하는 실력양성 선언이다.

　　"나아가 싸호라"가 우리에게 있을 법한 노랜가.
　　부질없는 선동은 우리에게 독이다. 우리는 어버이 없는 아기어든.
　　한갓 술에 취한 스라림의 되지 못할 억지요, 제가 저를 상하는 몸부림이다.

　　그러하다고, 하마한들, 어버이 없는 우리 고아(孤兒)들
　　"오레와 가와라노 가레 스스끼"지 마라!
　　이러한 노래 부를소냐, 안즉 우리는 우리 조선(祖先)의 노래 있고야.
　　거지 맘은 아니 가졌다.

　　다만 모든 치욕(恥辱)을 참으라, 굶어 죽지 않는다.
　　인종(忍從)은 가장 덕(德)이다.

2　신채호, 『단재신채호전집』, 단재신채호선생기념사업회 편, 형설출판사, 1975, 46쪽.

최선(最善)의 반항(反抗)이다.

힘을 기를 뿐.[3]

소월은 1920년에 시를 발표하기 시작하였는데, 그의 대표작은 모두 1922년에서 1925년 사이에 발표되었다. 그 시들의 운율은 단순한 율격의 미묘한 변주로 실현된다. 소월 시에 자주 나타나는 7·5조 3음보의 율격을 일본에서 들어온 율격이라고 하는 견해는 오류다. "여름 하나니", "맹갈아시니", "앉앳더시니", "바람에 아니 뮐새", "님금하 알아쇼셔", "세존 일 삶오리니" 같은 5음절 음보와 7음절 음보는 『용비어천가』와 『월인천강지곡』에도 자주 보이기 때문이다. 5-7-5, 17음절을 표준으로 하는 하이쿠에서 12음절이 율격 단위가 되고 그것이 3음보로 율독되는 경우는 전혀 없다. "사뿐히 즈려밟고 가시옵소서"라는 단순 문장 하나에도 미묘한 뜻겹침이 들어 있다. 가는 남자는 사뿐히 밟지만 밟히는 꽃은 마구 즈려밟힌다. 꽃에게는 사뿐히 밟히는 것이 곧 죽음이 되는 것이다. 사랑과 죽음을 두 축으로 움직이던 소월의 시는 『진달래꽃』의 간행 이후에 길과 돈을 두 축으로 움직이는 시로 변모한다. 「옷과 밥과 자유」에서 소월은 옷과 밥과 자유가 없는 실국시대를 비판하였다.

소월과 동갑인 지용이 『진달래꽃』(1925)의 세계를 정련하여 시의 작품가치를 강조하였다면 소월의 동향 후배인 백석은 『진달래꽃』 이후의 세계를 정련하여 시의 생활가치를 강조하였다. 소월, 지용, 백석을 세 꼭짓점으로 하는 삼각형은 실국시대 한국시의 주류가 된다. 정지용 시의 특색은 절제된 언어로 이미지를 형성하면서 감정을 배제하고 "꽃도/귀향 사는 곳" 같이 한두 개의 날카로운 비유를 적절하게 구사하는 데 있다. 「구성동」의 이 부분을 읽

---

3 김소월, 『진달래꽃』, 김인환 편, 휴먼앤북스, 2011, 140쪽. 1926년 7월 28일부터 1927년 3월 14일까지 동아일보사 구성 지국을 경영한 소월은 구독자 대장에 18수의 시를 적어 놓았는데, 「인종」은 그 가운데 한 편이다. "오레와 가와라노 가레 스스끼"는 "이 몸은 강기슭의 시든 갈대"라는 유행가 「센도 코우타」의 첫 행이다.

는 사람은 누구나 꽃과 귀향살이가 서로 관계하면서 이미지를 만들고 있는 표현에 주의할 것이다. 백석의 시는 생활가치를 바탕으로 삼는다. 그는 나라 잃은 시대에도 마치 자연처럼 완강하게 지속되고 있는 생활을 기록하였다. 표준어가 인위적인 언어라면 방언은 자연에 가까운 언어이다. 방언은 민들레나 들메꽃처럼 거기에 그냥 존재한다. 백석의 시「오리 망아지 토끼」에는 아버지와 아들이 등장한다. 오리를 잡으러 논에 들어간 아버지가 빨리 오지 않자 기다리다가 부아가 난 아들은 아버지의 신과 버선과 대님을 개울에 던져 버린다. 어미 따라 지나가는 망아지를 달라고 아들이 보채면 아버지는 큰 소리로 '망아지야 오너라'라고 외쳐 준다. 산토끼를 잡으려고 아버지와 아들이 토끼 구멍을 막아서면 토끼는 아들의 다리 사이로 도망을 쳐 버린다. 이 세 장면은 나라 잃은 시대에도 아버지와 아들의 사랑은 변할 수 없다는 사실을 말해 준다.

소월계의 위상을 실국시대 한국시의 주류로 설정한다면 소월 시의 명백한 율격과 유사성의 비유에 대하여 율격이 배후에 유령처럼 숨어 있고 이미지를 주는 말과 이미지를 받는 말이 구별되지 않는 이상의 시를 실국시대 한국시의 비주류로 설정할 수 있다. 첫 작품「이상한 가역반응」에서 이상은 임의의 반지름의 원과 과거분사의 시제를 연결해 놓았다. 과거분사는 독립해서 사용할 수 없는 형식동사의 형태이고 수학에서 원도 삼각형, 사각형과 독립해서 존재할 수 없는 형태이다. 이상의 초기 일문시에는 숫자의 어미의 활용, 숫자의 성태, 숫자의 질환이란 표현도 보인다. 이상은 치료해도 낫지 않는 병을 참회해도 없어지지 않는 죄에 비유하였고 나라 잃은 시대의 서울을 사멸하는 가나안에 비유하였다.「가외가전」의 도시는 입에서 시작하여 항문에 이르는 장기들의 알레고리이다. 인간의 내장과 같이 오물로 가득 찬 도시에서 먹지 않으면 살 수 없는 입술이 화폐의 스캔들을 일으킨다. 실국시대 한국시에 한정한다면 우리는 소월계의 과잉, 이상계의 결여를 지적할 수 있을 것이다.

광복 이후 한국사회는 자본-노동 비율과 노동생산능률을 높여 기술수준을 향상시키면서 대중운동과 정치행동을 북돋아 생활수준을 향상시키는 것이 중요한 문제로 제기되는 역사적 단계로 들어섰다. 국가의 연구투자가 증대하면 대학 연구소인지 국가 연구소인지 명확하게 구분할 수 없는 경우가 많이 발생할 것이고 대용량 정보가 확산되면 정보의 독점이 불가능해져서 개인 지식인지 공유 지식인지 명확하게 구분할 수 없는 경우가 많이 발생할 것이나 우파의 기술철학과 좌파의 평등사상이 대립을 그만두지는 않을 것이다. 사상사의 계보로 본다면 현대의 기술철학은 안창호의 준비론에 소급되고 현대의 평등사상은 신채호의 무투론에 소급된다. 단재와 이상의 복권은 광복 이후 한국문학의 일대 사건이라고 할 수 있다. 이상의 시에 정치를 도입한 김수영과 소월의 시에 정치를 도입한 신동엽에게서 무투론의 압력을 찾아볼 수 있기 때문이다. 김수영과 신동엽이 생활가치를 중시했다면 이상의 시에 시학을 도입한 김춘수와 한국어의 가능성, 특히 운율의 가능성을 정지용보다 더 철저하게 탐색한 서정주는 작품가치를 중시했다고 할 수 있다. 광복 이후 소월과 이상은 한국시의 두 축을 형성하게 되었다. 이제는 누구도 한국시에서 소월계의 과잉과 이상계의 결여를 말할 수 없을 정도로 한국현대시에는 열린 문학과 닫힌 문학이 공존한다.

폴커 클로츠는 연극사를 기술하는 수단으로 닫힌 연극과 열린 연극이라는 이상형을 구성하였다.

닫힌 연극과 열린 연극이라는 개념장치는 닫힌 연극과 열린 연극의 다양한 혼합형을 서술할 수 있는 이해의 수단을 제공한다. 이것은 문학의 역사적 연구를 위한 수단이 된다. 어떠한 시대에 두 개의 기본 경향 중의 어느 하나가 자주 나타난다면 그것은 그들의 세계상에 비추어 무엇을 뜻하는가?[4]

---

4   Volker Klotz, *Geschlossene und offene Form im Drama*, München: Carl Hanser Verlag, 1969,

닫힌 연극의 사건들은 하나의 뚜렷한 중심선을 따라 진행된다. 부차적인 사건 진행은 이 중심선을 보조할 뿐이며 결코 자율성을 갖지 못한다. 사건들은 직선적이고 연속적인 질서로 조직된다. 모든 사건들은 앞서 일어난 사건으로부터 논리적으로 유도된다. 시간과 공간은 사건 전개의 테두리에 불과하며, 연극 안에서 적극적인 작용력을 발휘하지 못한다. 그러나 닫힌 연극에서는 소도구들이 상징적인 암시의 효과를 내며, 장식품이나 귀중품들도 세심하게 정선되어 있다. 닫힌 연극의 인물들은 입상처럼 서 있다가 중요한 순간에만 움직이고 다시 입상처럼 굳어진다. 인물들은 일정한 역할에 의하여 자신을 드러낸다. 때로는 자신을 3인칭으로 언급하면서 일정한 역할 뒤에 얼굴을 숨긴다. 닫힌 연극에서는 부분들 상호 간에, 그리고 부분과 전체의 사이에 기하학적 대칭과 비례가 존재한다. 장들의 건축학적 구도 위에 막이 형성되고, 막들의 건축학적 구도 위에 연극이 형성된다. 닫힌 연극은 이 세상을 언어로 남김없이 표현할 수 있다고 믿는다. 언어가 파악할 수 없는 것은 닫힌 연극에 존재하지 않는다. 인물들은 자기 주위에 잘 짜여진 말의 건물을 세우고 있다. 함축성 있는 어구를 교환하면서 서로 상대방의 핵심어를 받아들일 수 있게 되는 것이다. 적대자들도 결코 무질서하게 싸우지 않는다. 건축학적 설계가 문장의 수준까지 나타나는 것이다.

열린 연극에서는 여러 개의 사건들이 동시에 진행된다. 사건의 진행은 직선운동이 아니라 점형(點形)의 사건들이 어지럽게 배열된 회전운동이다. 목표보다 진행 자체가 더 중요하기 때문에 긴장이 종막이 아니라 과정 자체에 있다. 열린 연극의 사건 진행은 수많은 관점들에 의하여 분산된다. 열린 연극의 시간과 공간은 다양할 뿐 아니라 사건에 적극적으로 작용할 수 있는 힘을 가지고 있다. 겨드랑이의 악취까지도 공간의 일부가 되어 인물들의 생활을 적극적으로 규정한다. 닫힌 연극의 입장에서 판단한다면 열린 연극의 인

pp. 15-16.

물들은 미완성품이다. 그들은 정신적으로나 신체적으로나 미숙하고 취약하며 때로는 병을 앓기도 한다. 인물들은 명확한 판단이 아니라 모호한 예감에 의하여 친구도 될 수 있고 적도 될 수 있는 세계와 대립하고 있다. 장의 순서는 인과관계를 따르지 않고 비약적인 연상에 의존하므로 장과 장 사이에는 반드시 비약이 있다. 열린 연극의 세포는 막이 아니라 장이다. 막이 분리되어 있지 않은 경우가 많고 막이 구분되어 있는 경우라도 막은 중간 결산이 아니라 진행과정의 한 정류장이다. 상호 분리되어 있는 장들이 독자적인 태도로 서로 다른 관점을 드러낸다. 고립된 장들을 묶어 주는 구도는 반복과 대조이다. 열린 연극의 인물들은 언어를 지배하지 못한다. 문장은 부분들의 병렬에 의하여 끊임없이 단절되며, 문장의 성분들은 논리적으로 관계되어 있지 않고 무의식적 연상에 의해 관계되어 있다. 열린 연극의 특색은 다성적이고 다층적인 언어에 있다. 열린 연극에서는 독백과 대화가 엄밀하게 구분되지 않는다.

클로츠의 이상형들은 조금만 변형한다면 연극사 서술에만 아니라 시사 기술에도 유용하게 사용할 수 있는 개념장치들이다. 닫힌 형식과 열린 형식을 함께 고려하는 것은 소월계의 시와 이상계의 시가 공존하는 한국시의 현 단계를 이해하는 데 도움이 될 것이다. 그러나 닫힌 형식과 열린 형식만으로는 한국시의 과잉과 결여에 대하여 판단하기 어렵기 때문에 작품가치와 생활가치를 또 하나의 분류 기준으로 설정할 필요가 있다. 한국시를 생활가치를 추구하는 닫힌 형식, 작품가치를 추구하는 닫힌 형식, 생활가치를 추구하는 열린 형식, 작품가치를 추구하는 열린 형식으로 분류하여 그것들을 각각 소월 좌파와 소월 우파, 이상 좌파와 이상 우파라고 명명해 본다면, 현재 한국시에 상대적으로 결여되어 있는 소성(素性)을 판단하는 데 도움이 될 수 있을 것이다.

	생활가치	작품가치
닫힌 형식	신동엽	서정주
열린 형식	김수영	김춘수

〈표 10〉 한국시의 분류

발터 베냐민은 고대 그리스 비극과 이탈리아 르네상스 연극의 특성을 상징이라고 하고 17세기 독일 바로크 비애극의 특성을 알레고리라고 하였다. 그에 의하면 고대 비극의 대상은 신화이고 바로크 비애극의 대상은 역사이다. 르네상스 화가들이 높은 하늘을 그렸다면 바로크 화가들은 하늘이야 햇빛이 나건 구름이 끼건 상관하지 않고 지상만 바라보았다. 17세기 독일 비애극에서는 르네상스 드라마처럼 윤곽이 뚜렷한 행위를 볼 수 없다.

상징이 자연의 변용된 표정을 구원의 빛 속에서 순간적으로 드러낸다면 알레고리는 역사의 죽은 표정을 응고된 원풍경으로 눈앞에 펼쳐 놓는다. 때를 놓친 것, 고통으로 신음하는 것, 실패한 것에는 역사가 새겨져 있다. 이 모든 것들의 표정과 이 모든 것들의 잔해는 애초부터 역사에 속하는 것이다. 표현의 상징적인 자유, 형태의 고전적인 조화, 인간적인 이상 같은 것이 알레고리에는 결여되어 있다.[5]

르네상스 인문주의는 상징적 총체성을 숭배했고 바로크 비애극은 알레고리의 파편성을 중시했다. 바로크 비애극은 부서진 잔해로서, 그리고 조각난 파편으로서 구상되었다. 와해되어 버려져 있는 폐허가 바로크적 창작의 가

---

5   Walter Benjamin, *Ursprung des deutschen Trauerspiels*, *Gesammelte Schriften* Bd. I/1, Frankfurt am Main: Suhrkamp, 1974, p. 343.

장 중요한 재료이다. "인격적인 것보다는 사물적인 것이 우선하고, 총체적인 것보다는 단편적인 것이 우선한다는 점에서 알레고리는 상징의 대극을 이룬다."[6] 베냐민은 파리라는 폐허에서 파편조각들을 넝마주이처럼 긁어모은 보들레르의 시를 알레고리로 해석하였다. 그는 자기가 속한 사회에서 편안함을 느끼지 못한 거리 산보자였다. 그는 대도시와 함께 변해 가는 매음의 얼굴을 그렸고, 기계장치에 적응되어 단지 자동적으로만 자신을 표현하는 군중 속에서 경험하는 불안과 적의와 전율을 기록하였다. 베냐민은 1859년부터 시작한 오스만의 도시정비계획을 19세기 프랑스의 중요한 사건으로 기술하였다. 1830년 7월 혁명기에 4천 개 이상의 바리케이드가 도시의 사방에 고랑을 형성했다. 바리케이드를 쌓을 수 없도록 길을 넓히고 빈민들의 가옥을 거리 뒤편으로 밀어 넣어 안 보이게 하는 것이 오스만 계획의 목표였다. 시장이라는 미로에서 상품과 도박과 매음의 흐름을 따라가면서 보들레르는 부르주아로부터 떨어져 나와 떠도는 대도시의 아파치들을 현대의 영웅으로 묘사하였다. 행인에 주목하면서 동시에 경찰의 감시도 살피는 보들레르의 창녀들은 대도시의 맹수들이다. 베냐민은 보들레르 자신에게서 제2 제정의 무투론자(武鬪論者) 블랑키와 통하는 영웅적인 마음가짐을 읽어 낸다.

　　알레고리적 직관은 19세기에는 더 이상, 하나의 양식을 형성했던 17세기의 직관이 아니었다. … 19세기의 알레고리가 양식으로 발전할 수 있는 힘을 지니지 못한 반면에 17세기의 알레고리는 상투적인 반복의 위험을 지니고 있었다. 상투적인 반복은 알레고리의 파괴적인 성격, 즉 파편적인 것을 강조하는 알레고리의 특성을 손상시킨다.[7]

6　　Walter Benjamin, *Ursprung des deutschen Trauerspiels, Gesammelte Schriften* Bd. I/1, p. 362.
7　　Walter Benjamin, *Zentralpak, Gesammelte Schriften* Bd. I/2, Frankfurt am Main: Suhrkamp, 1974, p. 690.

베냐민의 알레고리 개념에 따르면,『삼국유사』의 신화체계에 근거한 서정주의 시는 물론이고 인도주의적 이상주의에 바탕을 둔 신동엽의 시도 상징의 공간이라고 볼 수 있으며, 다음과 같은 김춘수의 시도 상징의 세계로 볼 수 있다.

> 계수나무 한 나무
> 토끼 한 마리
> 돛단배에 실려 인도양을 가고 있다.
> 석류꽃이 만발하고, 마주 보면 슬픔도
> 금은의 소리를 낸다.
> 멀리 덧없이 멀리
> 명왕성까지 갔다가 오는
> 금은의 소리를 낸다.[8]
>
> (「보름달」)

김수영의 시 가운데도 「사랑의 변주곡」 계열의 시들은 지옥의 알레고리라고 하기보다는 천상의 상징에 가깝다고 해야 할 듯하다. 그러나 전체적으로 판단할 때 만대(萬代)에 통하는 시를 경멸하고 연대(年代)에 얼굴을 주는 일에 몰두한 김수영은 시를 통해서 시대를 읽게 하고 시대를 통해서 시를 읽게 하는 알레고리의 시인이라고 할 수 있다.

소월 좌파, 소월 우파, 이상 좌파, 이상 우파 가운데 이상 좌파 시들의 일부만 알레고리로 해석할 수 있다는 점에서, 그리고 이상 계열의 시인은 많아졌지만 대부분의 시인들이 유아론(Solipsismus)에 갇혀서 욕망의 운동이 시대의 동력과 충돌하는 지점을 찾아내지 못하고 있다는 점에서, 현대시사를 조망할 때 상징의 과잉, 알레고리의 결여를 현 단계 한국시의 문제로 지적할 수

8　김춘수,『김춘수 시전집』, 현대문학, 2004, 241쪽.

있다.

1) 소월 우파 서정주

서정주는 20세기 전반기의 우리 시를 1834년에서 1918년까지의 개화 계몽 시와 1919년에서 1925년까지의 낭만시, 1925년에서 1934년까지의 계급주의 시와 1931년에서 1942년까지의 순수시 및 주지시로 나누고, 순수시를 다시 김영랑 등의 협의적인 것과 이른바 삼가시인(박두진, 박목월, 조지훈)의 자연파 시와 자신이 중심이 된 생명파 시로 나누었다.[9]

서정주 자신이 동인의 한 사람으로서 1936년에 발간한 《시인부락》에 대하 여 그는 "질주(疾走)하고 저돌(猪突)하고 향수(鄕愁)하고 원시회귀(原始回歸) 하는 시인들의 한 떼"[10]라고 표현하였다. 과연 그의 최초의 시집, 『화사집』에는 심 한 몸부림의 흔적이 뚜렷이 나타나 있다.

따서 먹으면 자는 듯이 죽는다는
붉은 꽃밭 새이 길이 있어

아편(鴉片) 먹은 듯 취해 나자빠진
능구렁이 같은 등어릿길로,
님은 달아나며 나를 부르고…

강(强)한 향기로 흐르는 코피
두 손에 받으며 나는 쫓느니

---

9   서정주, 『서정주 문학전집』 2, 일지사, 1972, 126쪽.
10   서정주, 『서정주 문학전집』 2, 135쪽.

밤처럼 고요한 끓는 대낮에

우리 둘이는 왼몸이 달아…[11]

(「대낮」)

이 시는 초기 서정주 시의 특성을 많이 반영하고 있다. 2·3·4음절이 불규칙하게 반복되며, 행마다 두 개의 음보로 되어 있고, 둘째 연이 변화를 위하여 3행인 이외에는 다른 연들 전부가 2행으로 되어 있다. 이 시에는 엄밀한 의미에서의 운은 없으나 각 연의 첫째 행 후반부에 나타나는 '는', '진', '는', '낮' 등의 'ㄴ' 소리가 그 비슷한 효과를 내고 있다. 공행(空行)의 위치도 적절하다.

잠자는 것과 죽는 것은 오래전부터 하나의 상징으로서 동의어였다. 여기서 '자는 듯이'란 말은 '편안히'라는 의미도 포함하고 있는 듯이 보이지만 그것은 하나의 희망일 뿐이고, 정작 죽음은 징그럽고 추한 것이라는 뜻을 둘째 연은 제시하고 있다. 그러므로 첫 번째 쓰인 공행은 대조를 더욱 또렷하게 하는 효과를 가지고 있다. '달아나며 부르고' 쫓아가는 것은 앞 두 부분의 죽음의 이미지에 길항하는 새로운 이미지로서, 생명의 활동을 가리킨다. 먹으면 죽는다는 꽃의 향기에 코피가 흐른다는 말은 깊은 의미를 지닌다. 피는 원래 생명의 상징인 것이다. 마지막 부분의 밤과 낮의 대조가 또한 적절한 것은 이 시의 주제가 생명과 죽음의 대립에 놓여 있기 때문이다. 아니, 온몸을 불태우는 포옹이란 사건 설정을 생각하면, 사랑과 죽음의 대립이라고 해야 옳을 듯하다. "능구렁이 같은 등어릿길"이란 이미지는 『화사집』의 서시인 「화사(花蛇)」의 이미지와 서로 통한다.

사향(麝香) 박하(薄荷)의 뒤안길이다.

아름다운 배암…

---

11   서정주, 『미당서정주시전집』 1, 민음사, 1991, 38쪽.

을마나 크다란 슬픔으로 태어났기에, 저리도 징그라운 몸뚱아리냐.[12]

　이것을 보면, 배암이란 것은 시인과 동일시하여도 좋은 이미지임을 알 수 있다. 배암 이외에도 『화사집』에는 노루·개구리·머구리·사슴·불벌 등이 나오는데, "웃음 웃는 짐승 속으로" 뛰어가자는 그의 말에서 알 수 있듯이 이 것들은 모두 격렬한 성적 심상을 위한 표현이다. 고려속요와 이상 시의 몇 편을 제외하면, 우리 시에서 서정주의 시만큼 성적인 심상을 다루는 데 능란한 작품은 없을 듯하다. 땅에 누워 배암 같은 계집은 "땀 흘려 어지러운 나를" 엎어뜨리며(「맥하(麥夏)」), 가시내는 울타리를 마구 자빠뜨리며, 콩밭 속으로 달아나면서 "오라고 오라고 오라고만" 한다(「입맞춤」). 광복 직후에 나온 시집 『귀촉도』 가운데 서정주가 광복 이전에 집필한 것이라고 하는 시들을 보면, 성적 심상이 적어진 한편에 '문둥이'와 '바다'가 보여 주는 병과 방황의 느낌은 그대로 계속된다. "바보야 하이연 밈드레가 피었다/네 눈썹을 적시우는 용천의 하늘 밑에/히히 바보야 히히 우습다"라는 「밈드레꽃」은 태도가 훨씬 가벼워졌고 희화화되었지만, 『화사집』의 "해와 하늘빛이/문둥이는 서러워//보리밭에 달 뜨면/애기 하나 먹고,//꽃처럼 붉은 울음을 밤새 울었다"라는 「문둥이」의 태도와 같은 것이다. 더욱 절망적으로 어두워지기는 했지만, 「만주에서」의 "참 이것은 너무 많은 하늘입니다. 내가 달린들 어데를 가겠습니까. 홍포(紅布)와 같이 미치기는 쉽습니다. 몇천 년을, 오오 몇천 년을 혼자서 놀고 온 사람들이겠습니까"라는 태도는 "애비를 잊어버려/에미를 잊어버려/형제(兄弟)와 친척(親戚)과 동무를 잊어버려,/마지막 네 계집을 잊어버려,/아라스카로 가라 아니 아라비아로 가라 아니 아메리카로 가라/아니 아프리카로 가라 아니 침몰(沈沒)하라 침몰하라 침몰하라!"라는 「바다」의 태도와 근원에서 동일하다.

12　서정주, 『미당서정주시전집』 1, 36쪽.

여기서 우리는 몇 가지 면에서 그의 초기 시에 나타난 현상을 해석할 필요를 느낀다. 그의 초기 시가 제시하는 성적 심상과 병과 방황은 도대체 어떻게 해서 나타난 것인가? 우리는 이러한 사실을 아주 일반적으로 해석할 수 있다. 스무 살이란 나이는 매우 난처한 시기다. 20대의 청년은 무엇이건 마음만 먹으면 못 할 것이 없다는 희망에 부풀어 있으나, 한 개인의 사회적 평가는 언제나 그의 장인정신에 대응하는 것이기 때문에 객관적인 자기 확인을 얻을 도리가 없다. 직업을 통하여 개인은 사회에서 자리 잡을 수 있는 것이다. 게다가 20대의 청년은 심한 성적 충동에 사로잡혀 있게 마련이다. 이러한 시각을 두고 그의 시적 특성을 해석해도 틀리지 않을 것이다. 「자화상」이란 시의 후반부는 사실을 좀 더 상세하게 해명해 준다.

스물세 햇 동안 나를 키운 건 팔할(八割)이 바람이다.
세상은 가도 가도 부끄럽기만 하드라.
어떤 이는 내 눈에서 죄인을 읽고 가고
어떤 이는 내 입에서 천치를 읽고 가나,
나는 아무것도 뉘우치진 않을란다.

찬란히 틔어 오는 어느 아침에도
이마 우에 언친 시(詩)의 이슬에는
몇 방울의 피가 언제나 섞여 있어
볕이거나 그늘이거나 혓바닥 늘어뜨린
병든 수캐마냥 헐떡거리며 나는 왔다.[13]

인용된 부분에서 은유를 통한 첫째 행의 이미지는 허무감을 전달하기에

---

13   서정주, 『미당서정주시전집』 1, 35쪽.

충분히 암시적이고 함축적인 표현이다. 서정주의 시 가운데에서 비교적 지시적이고 산문적이라고 할 수 있는 이 시에서도 표현은 결코 단순하지 않다. 다음 행의 '부끄럽다'는 말은 자신을 죄인 혹은 천치로 규정하는 타인에 의해 작중화자의 내심에서 일어나는 감정이고, 뉘우친다는 행위는 작중화자에게 그 타인들이 강제하는 것이다. 이 부분의 마지막 행은 타인의 강제에 항복하지 않겠다는 작중화자의 굳센 결의를 표명하고 있다. 더욱이 이 시의 후반은 '찬란한 아침'과 '이마 위에 시 짓느라 맺힌 땀'과 '몇 방울의 피'를 연관시켜 작시의 고통과 행복을 이미지로 형성하면서, 모든 고난과 역경을 넘어 시의 길을 지켜 왔다고 진술하는데, 비록 과거 시상이지만 암시하는 의미는 미래에의 결의다.

> 푸른 나무그늘의 네거름길 우에서
> 내가 붉으스럼한 얼굴을 하고
> 앞을 볼 때는 앞을 볼 때는
> 내 나체(裸體)의 에레미야서(書)
> 비로봉상(毘盧峰上)의 강간사건들.
>
> 미친 하눌에서는
> 미친 오픠이리아의 노랫소리 들리고
>
> 원수여. 너를 찾아가는 길의
> 쬐그만 이 휴식.
>
> 나의 미열(微熱)을 가리우는 구름이 있어
> 새파라니 새파라니 흘러가다가
> 해와 함께 저므러서 네 집에 들리리라.[14]

「도화도화(桃花桃花)」

자기서술의 이 연가에서 사랑의 관념은 우선 신체의 갈망으로 표현되어 있다. "네거름길"이란 아마도 "너를 찾아가는 길"과 동일한 의미일 것이다. 푸른 나무그늘에 비추어 나의 붉은 얼굴은 더욱 붉게 느껴진다. 애욕의 불에 타고 있는 얼굴이다. 작중인물인 이 화자의 앞을 보는 시선은 온통 육체적 갈망으로 인해서 전율하고 있다. 첫째 시절의 자기서술이 둘째 시절과 셋째 시절에서 내심 독백으로 바뀌는 것은 점점 더 강렬해져서 착란에 이르는 갈망의 심화에 대응하는 표현이다. 예레미야는 이스라엘의 파멸을 예언하였고 그가 지은 「예레미야서」는 온통 불길한 저주로 가득 차 있다. 작중인물은 이 극렬한 애욕이 끝내 그의 알몸을 파괴하지 않을까 두려워한다. 그러나 그는 애욕의 갈망을 멈추지 못하고 비로봉 꼭대기에서 벌어지는 강간 사건들을 상상한다. 그것도 한 남자가 한 여자를 강간하는 장면이 아니라 여러 남자가 여러 여자를 한자리에서 강간하는 장면이다. 애욕의 시선 앞에서는 세상 전체가 미친 것처럼 요동한다. 아버지와 애인 사이에서 방황하다 미친 오필리아의 웃음소리가 이 장면에 등장하는 것도 자연스럽다. 그녀는 애욕에 정직하게 따르지 못하였기 때문에, 아버지의 요구에 따라 애욕을 거절하였기 때문에 미쳤다. 예레미야는 애욕을 따르면 파멸한다고 경고하고 오필리아는 애욕을 억누르면 미친다고 경고한다. 서로 반대되는 두 사람의 경고 사이에서 작중인물의 신체는 방향을 찾지 못하고 방황하고 있다. 그는 연인을 원수라고 부른다. 사랑은 파멸과 광기를 수반할 수밖에 없기 때문이다. 극도의 번민과 방황 속에서 그는 기적적으로 '쬐그만 휴식'을 발견한다. 휴식이 애욕의 열기를 가라앉히자 그는 비로소 사방을 둘러볼 수 있는 여유를 가지게 되고, 흐르는 구름 그림자가 남은 미열을 서늘하게 가려 주는 것을 느낀다. 그는 구름처럼 흐르다가 저물 때에 그녀에게 들르는 것이 자연스러운 행동임을 깨닫는다. "붉으스럼한 얼굴"로 갈 것이 아니라 "새파라니" 흘러가

---

14 서정주, 『미당서정주시전집』 1, 42쪽.

다가 "해와 함께 저므러서" 그녀를 만나겠다는 깨달음은 사랑을 애욕보다 더 큰 갈망으로 변형해 놓은 것이다. 신체의 성욕은 연인을 원수로 만드나, 난 폭한 성욕을 넘어서서 나아갈 때에야 연인과의 자연스러운 사랑이 가능하다는 관념이 감각적으로 표현되어 있다.

> 서녘에서 불어오는 바람 속에는
> 오갈피 상나무와
> 개가죽 방구와
> 나의 여자의 열두 발 상무상무.
>
> 노루야 암노루야 홰냥노루야
> 늬 발톱에 상채기와
> 퉁수 소리와
> 서서 우는 눈먼 사람
> 자는 관세음.
>
> 서녘에서 불어오는 바람 속에는
> 한바다의 정신병과
> 징역 시간과.[15]

낱말의 반복이 아니라 '-에는', '-와/과'의 모티프가 겨우겨우 의미의 윤곽을 붙잡아 놓고 있게 하고 있으나, 「서풍부(西風賦)」의 자유직접화법(내심 독백)에는 의미를 종합하고 통일하는 요인이 전혀 없다. 오갈피나무와 향나무, 개가죽과 방구가 하나의 복합어를 이루고 있는데 이러한 복합 명사가 가리키

---

15 서정주, 『미당서정주시전집』 1, 58쪽.

는 경험적 대상을 우리는 현실에서 찾아볼 수 없다. 이 시에서 낱말들은 삶의 어떤 인상을 드러내지 않는다. 습관적이고 경험적인 현실은 해체되어 있다. 전율하는 낱말들의 역동적인 긴장이 있을 뿐이고, 낱말들의 내부에 숨어 있는 힘들이 스스로 뒤섞여 이루어 내는 놀이가 있을 뿐이다. 환각적인 문체 안에서 낱말들은 스스로 말하고 관념이나 설화 없이 구축된다. 내심 독백과 자동 기술은 시 이외에 아무것도 아닌 시, 순수시의 고유한 화법이다. 관념적이고 설화적인 것이 아니라 무언가 환각적인 것, 무언가 맹목적인 것이 시의 근거가 된다. 우리는 "한바다의 정신병"이 무엇인지 알 수 없다. 그러나 바다가 정신병이 암시하는 일상적 구속으로부터의 해방을 강화시켜 준다고 짐작해 볼 수는 있다. 이러한 무구속성은 열두 발이나 되는 상무를 휘날리며 춤추는 여자의 모습에도 나타나 있다. 생명의 고양과 충동의 해방을 나타내는 이미지들의 사이에 뜻밖에도 "퉁수 소리"가 조용히 울린다. 요란한 농악이 그치고, "나의 여자"의 춤도 그쳤을 것이다. "서서 우는 눈먼 사람"과 "자는 관세음"이라는 정적인 이미지가 갑자기 나오는 까닭은 무엇일까? 우리는 그 이유를 뚜렷이 알 수 없다. 우리는 다만 돌연한 반대물의 긴장이 주는 충격을 말없이 수동적으로 받아들일 수 있을 뿐이다. 관음보살도 눈먼 사람의 울음소리를 듣지 못하고 그의 눈을 뜨게 할 수 없을 정도로 견고한 시대의 감옥을 우리는 그저 막연하게 추측해 볼 수 있을 따름이다.

이 시들을 통해서 우리는 서정주의 초기 시가 정상적인 인간관계를 불가능하게 하는 욕망의 편력에 기인함을 알 수 있고, 동시에 작시에 골몰함으로써 시라는 언어예술의 형식이 유한한 노동체계를 넘쳐흐르는 그러한 무한 욕망을 한정하여 생활을 파탄시키지 않게 해 주었을 것이라고 추측할 수 있다. 이렇게 볼 때, 광복 이후 서정주 시의 변모는 연치의 원숙함에서 오는 정열의 여과와, 무엇보다 중요한 것은 널리 시인으로 공인됨과 함께 사회 내에서 주체의 위치에 대한 고뇌에서 벗어날 수 있었다는 점에 그 원인이 있을 것이다. 이 무렵 얻은 그의 "쬐그만 이 휴식"(「도화도화」)이 얼마나 커다란 결과를 초래하고 말 것인가에 대해서는 아마 자신도 전혀 짐작하지 못했을 터다.

> 누님
> 눈물겨웁습니다.
>
> 이, 우물물같이 고이는 푸름 속에
> 다소곳이 젖어 있는 붉고 흰 목화(木花)꽃은,
> 누님
> 누님이 피우셨는지요?
>
> 퉁기면 울릴 듯한 가을의 푸르름엔
> 바윗돌도 모다 바스라져 내리는데…
>
> 저, 마약(痲藥)과 같은 봄을 지내여서
> 저, 무지(無知)한 여름을 지내여서
> 질갱이풀 지슴길을 오르내리며
> 허리 굽흐리고 피우셨는지요?[16]

「목화(木花)」에서는 벌써 초기의 동물적인 격정이 말끔히 가셔져 있다. 목화꽃에 기대어 꽃을 키운 한 여인을 이야기하고 있지만, 문제는 우선 목화라는 요염하지도 초라하지도 않으며, 더욱이 인간에게 실용적이고, 늘 인간 가까이에 있는 식물의 은유를 통해 나타나는 '누님'의 이미지다. 바윗돌도 바스러져 내릴 듯 푸른 가을에 피어 있는 목화꽃은 바로 일정한 세월의 신고를 겪고, 이제 성숙해 있는 누님에 대한 사랑의 표현이다. 신체의 충동을 주

---

16 서정주, 『미당서정주시전집』 1, 71쪽.

로 노래하던 초기 시에서는 찾아볼 수 없는 현상으로서 '누님'이란 말에 의해 한 여자에게서 암시될 수 있는 모든 성적인 상상의 범위를 단절시키고 있다는 점도 주의할 필요가 있다. 마지막 네 행은 마약과 무지가 암시하는 열정과 도취를 누님도 겪었다는 사실을 암시하면서, 다시 '질경이풀', '구부리고' 등의 어사가 지니는 태도로 그러한 시기는 보잘것없고 고통스러운 것임을 말하고 있다. 여기서 우리는 이 마지막 부분이 그 앞의 모든 부분과 날카롭게 대조되고 있음을 알 수 있다. 격정과 고뇌의 세월이 대수롭지 않다는 것은 지금 누님의 경지가 매우 대견하다는 자랑을 함축하고 있기 때문이다. 이 시는 상당히 직접적인 방법으로 작시 과정을 토로하고 있다고 보이는데, 「목화」보다 조금 뒤에 씌어진 「국화(菊花) 옆에서」는 이러한 성숙의 단계가 인사의 전반에 미치는 것으로 되어 있다.

> 그립고 아쉬움에 가슴 조이든
> 머언 먼 젊음의 뒤안길에서
> 인제는 돌아와 거울 앞에 선
> 내 누님같이 생긴 꽃이여.[17]

「목화」의 근원 심상이 다시 한번 반복되는 이 시는 격정과 고뇌를 '그립고 아쉬움에 가슴 죄던 머언 젊음의 뒤안길'이라고 표현한다. 「국화 옆에서」의 특성은 후기 시에서 뚜렷해질, 불교의 인연관에 토대를 두고 있다는 사실에 있다. 운행우시(雲行雨施)라는 말대로 한 송이의 국화는 소쩍새와 천둥과 무서리와 작중화자인 '나'의 깊은 인연에 따르는 과보로서 이승에 출현했다는 것이다. 이 시기 그의 시는 초기 시에 나타나는 이성 간의 신체적인 도취에서 벗어나 건전하고 정상적인 사랑을 획득한다.

---

17 서정주, 『미당서정주시전집』 1, 93쪽.

청산(靑山)이 그 무릎 아래 지란(芝蘭)을 기르듯
우리는 우리 새끼들을 기를 수밖엔 없다.

목숨이 가다가다 농울쳐 휘어드는
오후(午後)의 때가 오거든
내외(內外)들이여 그대들도
더러는 앉고
더러는 차라리 그 곁에 누어라.

지어미는 지애비를 물끄러미 우러러보고
지애비는 지어미의 이마라도 짚어라.[18]

「무등(無等)을 보며」는 부부관계를 노래한다. 인용 시 가운데 첫 행만이 비유에 의한 이미지를 지니고, 그 밖엔 모두 단순한 진술에 의한 것이지만, 둘째 연 첫 행의 '목숨이 농울쳐 휘어드는 오후'가 상징이 되어 시의 의미를 평범하지 않게 하고 있다. 작중화자의 태도로 자비로운 윗사람이 자기의 아랫사람에게 하듯 사랑스런 어조다.

그런가 하면 「골목」은 위와 똑같은 태도로 빈곤과 소외를 노래하면서 거의 직설적인 목소리로 내면의 사랑을 부르짖고 있다.

이 골목은 금시라도 날러갈 듯이
구석구석 쓸쓸함이 물밀듯 사무쳐서,
바람 불면 흔들리는 오막살이뿐이다.

18　서정주, 『미당서정주시전집』 1, 90쪽.

장돌뱅이 팔만이와 복동이의 사는 골목

내, 늙도록 이 골목을 사랑하고

이 골목에서 살다 가리라.[19]

이러한 종류의 시는 이 시기에 무척 많이 발견된다. '아리땁고 향기로운 처녀들'을 노래한 「이월」이나 어린애들이 말을 배우고 익히는 모습을 노래한 「무제」나 어린이에게 결코 설움을 보이지 말고 가까운 별과 오래된 종소리를 들려주라고 권유하는 「상리과원(上里果園)」 같은 시들이 그것이다. 동족상잔의 비극을 거치고 나서 이러한 자비심은 민족적 단위로 확대된다.

기러기같이

서리 묻은 섯달의 기러기같이

하늘의 어름짱 가슴으로 깨치며

내 한평생을 울고 가려 했더니

무어라 이 강(江)물은 다시 풀리어

이 햇빛이 이 물결을 내게 주는가

저 멈둘레나 쑥니풀 같은 것들

또 한 번 고개 숙여 보라 함인가.

황토(黃土) 언덕

꽃상여(喪輿)

떼 과부(寡婦)의 무리들

여기 서서 또 한 번 바래보라 함인가.[20]

19 서정주, 『미당서정주시전집』 1, 68쪽.

위의 「풀리는 한강(漢江) 가에서」라는 시는 우리에게 모든 슬픔을 견디며 살아 나갈 수밖에 없다는 체념 속에서도 생명은 다시 자기의 활동을 시작한다는 사실을 확인하게 한다. 민들레, 쑥 이파리가 지니는 밝음과 상여, 과부가 지니는 어두움의 상위가 역시 생명의 큰 순환 속에 하나가 되어, 지아비를 잃고도 살아 나가고 있는 생명에의 경건한 외경으로 융화된다.

한시에는 자안(字眼)이란 것이 있다.

> 피리 소리는 산을 흔들며 스러지고
> 고깃배의 불 하나 물을 걷으며 다가오네
> 笛聲搖山去
> 漁火斂水來

위의 한시에서 '요(搖)'와 '염(斂)'이 자안이다. 「풀리는 한강 가에서」도 우리는 이 시를 시가 되게 하는 시의 눈이 인용한 첫 부분에 있는 것임을 알 수 있다. '같이', '짱', '깨치' 등이 주는 딱딱한 느낌이 작중화자의 슬픔을 강조하는 효과를 줄 뿐 아니라, 전체 태도가 매우 가라앉아 있어 커다란 슬픔을 힘겹게 짓누르고 있다는 느낌을 주고 있기 때문이다.

1961년에 간행된 시집 『신라초』의 서시 노릇을 하고 있는 「선덕여왕의 말씀」에는 서정주의 사회관과 인간관이 집약되어 있다. 인간적인 요소가 그리워 차마 해탈하지 못하고 욕계(欲界)의 제2천인 33천에 머물며 평생 그토록 사랑하던 신라 사람들에게 호소하는 여왕의 말씀을 통해 서정주가 이상으로 생각하는 인간의 모습이 드러난다. 그것은 깊이 사랑할 줄 아는 사람이다. 진정한 사랑은 서라벌 천 년의 지혜가 가꾼 국법보다 더 소중하다는 것이다. 사상보다 정서를 우위에 놓는 서정주의 면모가 약여하다. 한편 그가 선덕여

20　서정주, 『미당서정주시전집』 1, 101쪽.

왕의 말씀에 기대어 제시하는 이상적인 사회의 질서는 인간성을 왜곡시키지 않고 상부상조하는 공감과 인정의 사회이며, 가장 충실한 남자에게 사회의 지도권을 맡기는 사회이다.

> 피 예 있으니, 피 예 있으니
> 너무들 인색치 말고
> 있는 사람은 병약자(病弱者)한테 시량(柴糧)도 더러 노느고
> 홀어미 홀아비들도 더러 찾아 외로코
> 첨성대 위엔 첨성대 위엔 그중 실한 사내를 놔라.[21]

이러한 사회관을 보충하는 내용으로 서정주는 장인정신(匠人精神)을 주장하는데, 그가 말하는 장인정신은 주로 시에 목숨을 걸고 공을 들이겠다는 결의로 표출된다.

> 노래가 낫기는 그중 나아도
> 구름까지 갔다간 되돌아오고,
> 네 발굽을 쳐 달려간 말은
> 바닷가에 가 멎어 버렸다.
> 활로 잡은 산(山)돼지, 매로 잡은 산새들에도
> 이제는 벌써 입맛을 잃었다.
> 꽃아. 아침마다 개벽(開闢)하는 꽃아.
> 네가 좋기는 제일 좋아도,
> 물낯바닥에 얼굴이나 비취는
> 헤엄도 모르는 아이와 같이

---

21   서정주, 『미당서정주시전집』 1, 113쪽.

나는 네 닫힌 문에 기대섰을 뿐이다.

문 열어라 꽃아. 문 열어라 꽃아.

벼락과 해일(海溢)만이 길일지라도

문 열어라 꽃아. 문 열어라 꽃아.[22]

                                        「꽃밭의 독백―사소단장」

　서정주는 이 시를 박혁거세의 어머니 사소(娑蘇)가 처녀로 잉태하여 산으로 신선 수행을 떠나기 전, 그녀의 집 꽃밭에서 하는 독백으로 서술하였다. 그렇게 보면 이 시의 화법은 자기서술이 아니라 심리서술(인물시각서술)이 된다. 작중인물은 이 세상의 모든 일에서 더는 나아갈 수 없는 한계를 체험하였다. 노래로 대표되는 예술과 학문도 구름까지 갔다가 되돌아오는, 유한하고 상대적인 세계이다. 네 발굽을 쳐 달려간 말은 인간의 욕망과 의지, 애욕과 전쟁을 의미하는데 그것도 바닷가에 가서는 멈출 수밖에 없다. 영웅과 가인도 늙음은 면할 수 없으며, 애욕과 전쟁의 성취라는 것 자체가 허무한 것이다. 활로 잡은 산돼지와 매로 잡은 산새는 재산과 지위를 의미한다. 자아란 신체와 정신으로 구성되어 있다고 생각하고 인간은 신체를 단련하고 정신을 훈련하여 일정한 자아 이상에 도달하려고 애쓴다. 정신이란 요컨대 느낌과 생각이고 느낌은 신체의 한 기능이며, 생각은 느낌을 갈피 짓는 능력이므로 자아 이상은 결국 신체와 연관되어 있다. 자아 이상은 그 자신이 그것이 무엇인가를 알고 있는 것이며, 타자들도 그것이 무엇이라고 헤아릴 수 있는 것이다. 무엇을 규정하는 행동은 그것이 무엇 이외에 다른 것이 아니라고 부정하는 행동이다. 작중인물은 자기에게 내재하는 무한과 영원에 견주어 자아 이상이 너무도 협소하다고 느낀다. 자아(제나)를 벗어나야 비로소 절대의 세계가 열림을 확인하고 신선 수행을 떠나기로 결심한다. 사소는 무한과 영원과 절대를 한 송이 꽃에서 발견한다. '개벽'이란 낱말은 그녀가 우주와 꽃을 동

22　서정주, 『미당서정주시전집』 1, 114쪽.

일한 세계로 파악하고 있음을 알려 준다. 그러나 그 절대의 세계는 그녀에게
닫혀 있다. 헤엄을 모르는 아이가 물을 겁내어 수면에 얼굴이나 비추고 있듯
이 그녀는 절대 앞에서 비틀거린다. 그것을 하느님이라고 하건, 혁명이라고
하건 자기에 내재하는 절대를 찾는 여행은 벼락과 해일을 견뎌 내는 고행이
아닐 수 없다. 심연을 보고도 그녀는 용기가 헌앙하여 절규한다. "문 열어라
꽃아. 문 열어라 꽃아." 이 시의 인물시각서술은 사소만이 아니라 문제의 근
원으로 침잠하는 프로이트나 마르크스에게도 해당되는 화법일 것이다.

초기 시에서 대개 작시에 적용되던 장인정신이 후기 시에서는 인간의 생
활 전체로 확대되어 평범한 사람들 모두가 실천하고 있는 일상이 보편적 진
리가 된다. 「진영이 아재 화상(畵像)」이란 시에서 그는 진영이 아저씨의 쟁기
질 솜씨를 예쁜 계집애가 배를 먹어 가는 모양과 비교하고 있고, 「꽃밭의 독
백(獨白)—사소단장(娑蘇斷章)」에서는 벼락이 치고 해일이 넘쳐 와도 옴짝 않
고 "문 열어라 꽃아. 문 열어라 꽃아" 하는 절규를 쉬지 않으며 절대를 향하여
육박하는 한 여인의 모습을 보여 준다. 이렇게 볼 때 우리는 그 사회관의 표
면적인 완벽성을 부정할 수 없다. 그러나 또한 우리가 여기서 언급하고 넘어
가지 않을 수 없는 것은 그의 사회관의 매우 안타까운 한계다.

거의 모든 시는 사랑을 말하고 증오를 말하지 않는다. 만일 어떤 특정 남
녀에 대한 미움을 노래하는 시가 있다면 그것은 작시의 심리와 괴리되어 충
분한 형상화를 달성할 수 없을 것이다. 그렇지만 하나의 사회를 깊이 인식하
면, 거기에는 반드시 모순이 있다는 것을 발견하게 된다. 그것은 '있어야 할'
사회 상태를 추구하는 사람들과 '이미 있는' 사회 상태에 만족하는 사람들의
갈등이다. 우리는 전자를 대중이라고 부르는데, 대중의 사고가 단순히 부정
적인 것이 아님은 그들의 건전하고 싱싱한 익살과 웃음을 보면 알 수 있다.
대중이 부정하는 것은 이미 있는 사회 상태일 뿐이고, 인생과 생명에 대해서
는 무조건 강력하게 긍정하고 있으며, 어떠한 사회 상태에 대하여 부정하는
것도 결국 그 생명에 대한 긍정에서 자연스럽게 도출되고 있는 것이다. 아도

르노는 민주주의를 대중의 수량적 범주(die quantitative Kategorie der Masse)라고 규정하였다.[23] 그렇다면 서정주가 제시하는 사회 질서도 결국은 없을 것을 없애려는 대중과 함께 투쟁함으로써만 이룩될 수 있을 터다.

서정주는 일찍이 불교전문학교를 졸업했고, 또 얼마간 산사 유랑을 경험했다. 아마 이 무렵 불교의 영향을 받았던 것으로 생각되는데, 그의 후기 시는 불교의 절대적인 영향 아래 제작되었음을 시인 자신이 고백하고 있다. 『신라초』의 후기에서는 "이 시집의 제2부에선 그 소위 인연이란 것이 중대" 하였다고 말하였고, 시집 『동천』의 후기에서는 "불교에서 배운 특수한 은유법의 매력에 크게 힘입었음을 여기 고백하여 대성 석가모니께 다시 한번 감사를 표한다"라고 말하였다. 「어느 날 밤」이라는 시는 그의 인연 사상을 극명히 드러낸다.

오늘 밤은 딴 내객(來客)은 없고,
초저녁부터
금강산(金剛山) 후박(厚朴)꽃나무가 하나 찾어와
내 가족(家族)의 방(房)에
하이옇게 피어 앉어 있다.

이 꽃은 내게 몇 촌벌이 되는지
집을 떠난 것은 언제 쩍인지
하필에 왜 이 밤을 골라 찾어왔는지
그런 건 아무리 해도 생각이 안 나나
오랜만에 돌아온 식구(食口)의 얼굴로
초저녁부터

---

23 Theodor Adorno, *Ästhetische Theorie*, Frankfurt am Main: Suhrkamp, 1970, p. 357.

내 가족의 방에 끼어 들어와 앉아 있다.[24]

　후박꽃나무는 문맥으로 보아 과거 서정주가 금강산에 갔을 때 보고 잊어
버렸던 것이다. 아무도 찾아오지 않는 초저녁에 그것이 갑자기 머리에 떠올
라 없어지지 않고 있는 것이다. "가족의 방"이란 말은 그 후박꽃나무가 가족
의 하나처럼 생각된다는 것이며, 그 많은 나무 중에 하필이면 후박꽃나무가
생각나느냐 하는 의문에 대해서 서정주는 인연이란 말로 대답하고 있다. 그
러나 다음 부분을 보면 인연의 근거에 대해서는 아직 알 수 없다는 심정을 고
백한다. 서정주 시 세계에서 인연 사상은 몇 가지 장점을 가지고 있다. 「연
꽃 만나고 가는 바람같이」의 연꽃이나, 「모란꽃 피는 오후」의 모란이나, 「여
자의 손톱의 분홍 속에서는」의 여자의 손톱이나, 「내가 돌이 되면」의 돌이나,
「산골 속 햇볕」의 햇볕이나, 「고대적 시간」의 시간이나, 「여수(旅愁)」의 바람
같은 일체의 사물에 깊은 의미를 부여할 수 있고, 인간의 좁은 테두리를 벗어
나서 그것들을 사랑할 수 있게 하는 것이다. 「여수」란 시에서는 다음과 같이
노래하고 있다.

　　별아, 별아, 해, 달아, 별아, 별들아,
　　바다들이 닳아서 하늘 가며는
　　차돌같이 닳아서 하늘 가며는
　　해와 달이 되는가, 별이 되는가.[25]

　'아'와 '가', '는'과 '는'의 운을 맞추며, 2·3음절의 짧은 단어가 반복되고 있
다. 바닷물이 증발하여 하늘에 가면 별이 되고 해가 되고 달이 되며, 별은 다

24　서정주, 『미당서정주시전집』 1, 186쪽.
25　서정주, 『미당서정주시전집』 1, 148쪽.

시 닳아서 돌이 되고 돌은 부서져 가루가 되었다가 다시 모여 사람이 된다. 만유의 상즉상입(相卽相入)을 노래하는 이 부분에서 우리는 시인의 매우 기뻐하는 태도를 엿볼 수 있다. 서정주는 이러한 우주의 비밀을 깨치고 나서 안심입명(安心立命) 한 듯하다. 석류가 열리면, 전세에 혈기로 청혼했던 공주의 화신이라고 노래하며「석류개문(石榴開門)」, 새 옷을 입고 또 하루를 살 수 있는 것은 '내가 거짓말 안 한 단 하나의 처녀귀신' 덕택이라고 한다(「내가 또 유랑해 가게 하는 것은」). 불교에서는 인연 그것도 초탈해야 하는 것이라고 보아서 무명(無名)이 행(行)을 낳고, 행이 식(識)을 낳고, 식이 명색(名色)을 낳으며, 명색이 육입(六入)을 낳고, 육입이 촉(觸)을 낳고, 촉이 수(受)를 낳고, 수가 애(愛)를 낳으며, 애가 취(取)를 낳고, 취가 유(有)를 낳고, 유가 생(生)을 낳고, 생이 노사(老死)를 낳는다는 열두 인연을 그 과정으로 제시한다. 무명이란 말하자면 일체의 고통을 일으키는 원인으로서 온 우주가 인간, 더 정확하게는 나에게서 말미암은 어두움에 가득 차 있다는 것이다. "애초부터 천국의 사랑으로서 사랑하여 사랑한 건 아니었었다"라고 아내에게 슬픈 태도로 하소연하는 「쑥국새 타령」이나, 아래의 「근교(近郊)의 이녕(泥濘) 속에서」를 보면 서정주가 무명연기설을 신앙하고 있다는 것을 알 수 있다.

흙탕물 빛깔은
세수 않고 병(病)들었던 날의 네 눈썹 빛깔 같다만,
이것은 썩은 뼈다귀와 살가루와 피 바랜 물의 반죽,
기술가(技術家)! 기술가!
이것은 일생(一生) 동안 심줄을 훈련(訓練)했던 것이다.
사환이었던 것, 좀도둑이었던 것, 거지였던 것!
이것은 일생 동안 눈치를 훈련했던 것이다.
안잠자기였던 것, 창부(娼婦)였던 것, 창부였던 것!
이것은 시방도 내가 참여(參與)하면 반드시

묻거나 튀어 박이는 기교(技巧)를 가졌다.[26]

이승의 어두움을 썩은 뼈와 살과 물로 나타내고, 노동자와 사환·좀도둑·거지·안잠자기·창부를 동원해서 일체감을 토로하는, 이러한 정서의 폭은 기실 우리 시인에게서는 매우 희귀한 예다. 이러한 어두운 이승을 걷는 기술로서 서정주가 마련해 가진 것은 인간에 너무 집착하는 태도에 대한 반대다.

> 내 각시[閼氏]는 이미 물도 피도 아니라
> 마지막 꽃밭 증발(蒸發)하여 괴인
> 시퍼렇디 시퍼런 한 마지기 이내![27]   「두 향(香)나무 사이」 부분|

시인은 물도 피도 아니고, 꽃밭이 세월에 의해 소멸되어 새로 생성된 한 두 락쯤 되는 황혼을 자기의 아내로 삼는다. 이러한 충격적인 이미지가 「무제」에서는 "마지막 이별하는 내외같이" 안쓰럽지만, 인간적인 집착에서 벗어나 우주적인 조화와 리듬과 하나가 될 결심을 보여 준다.

> 피여, 피여
> 모든 이별 다 하였거든
> 박사(博士)가 된 피여
> 인제는 산(山)그늘 지는 어느 시골 네 갈림길
> 마지막 이별하는 내외(內外)같이.
>
> 피여

---

26 서정주, 『미당서정주시전집』 1, 152쪽.
27 서정주, 『미당서정주시전집』 1, 146쪽.

홍역(紅疫) 같은 이 붉은 빛깔과

물의 연합에서도 헤어지자.[28]

　인연 사상이 상당한 거리로 현실의 인간관계, 특히 유년의 가족관계에 밀착해 있는 『질마재 신화』의 산문시 45수는 금색계(金色界)의 저 건너에까지 시적 상상력을 동원했던 데 대한 일종의 반작용이다. 육체의 극한까지 밀고 나갔던 데 대한 반작용이 산하일지(山下日誌) 등 윤리적 차원의 획득이었다면, 제행무상, 제법무아의 법공(法空)과 아공(我空)의 인식을 거쳐 열반적정의 탐색이란 상상력의 긴 방황 끝에 다시 33천쯤으로 돌아오고 있는 것이라고 하겠다. 시인으로서 서정주의 장점은 초기의 '애비는 종이었다'라는 신분적 소외의 파악 이래 범속한 도덕을 무시할 수 있었다는 면에도 있는데, 이것이 그가 불교의 절대적인 영향을 받고 있으면서도 끝내 '도덕을 먹고 사는 벌레'로 떨어지지 않은 이유라고 여겨진다. 그러나 능소대립(能所對立)을 떠나 도달해야 할 곳이 무색(無色)의 서방정토가 될 수는 없다. 차라리 차방시불토(此方是佛土)라는 견지에서, 드러나는 본지풍광을 누리면서 목마르면 물 마시고 졸리면 자면서 역사 속에 잠겨 울고 웃는 정토가 되어야 할 것이다. 불교의 근본 전제는 일체개고(一切皆苦)이고, 현대식 용어로 말한다면 고통의 심리학이라고나 할 것이다. 내 고통의 자각이 일체 중생의 고통에 대한 자각으로 심화되면서, 가슴 밑바닥에서 무한한 자비심이 발현되어, 중생무변서원도(衆生無邊誓願度)의 절규가 폭발하는 것이다. 서정주의 시를 읽으면서 아까운 것은 후기로 갈수록 고통을 자각하는 정도가 점점 희박해진다는 사실이다. 화중생(化衆生)의 대교훈은 어떻게 하고 서정주는 구보리(求菩提)의 소승도를 고수한 것인가? '불토(佛土)가 예 외(外) 없으니 님아 돌아오소서' 하는 위당(爲堂)의 만해 조시는 서정주에 대한 비판이 될 수 있다. 『질마재 신화』의 시편들은 훨씬

28　서정주, 『미당서정주시전집』1, 209쪽.

하게 역사의 미래를 열어 놓는 시는 아니지만, 이러한 질문에 대한 나름의 대답이 된다고 생각할 수 있다. 어렸을 때 잃어버린 신발과, 외가의 잘 닦인 마루, 학질을 앓으며 엎드려 있던 바위와 복숭아 잎, 눈들 영감이 자시는 마른 명태와 또 눈들 영감의 아들이 예사롭지 않은 인연의 줄을 끌면서 얽혀 있는 것이다. 그러나 세존의 말씀에 따를 때에 인연을 끊어야 할 것인지 신비롭게 찬양해야 할 것인지 우리는 알 수 없다. 인연이 어째서 다른 미래의 추동력이 되지 못하고 있는 것일까?

2) 소월 좌파 신동엽

1960년대까지 한국사회는 나폴레옹 3세 시절의 프랑스처럼 농민과 노동자와 자본가의 어느 한쪽도 주도권을 잡을 수 없는 제 세력의 교차 상태에 근거한 시저식 독재체제로 통치되고 있었다. 중공업이 없던 시대에 자본가와 중간계급의 행태는 차별적 속성을 드러내지 못하였다. 이 시대를 대표하는 시인 신동엽(1930-1969)의 시에 대하여 김준오는 대화적 성격과 대조적 이미지, 직설적 어조와 비유적 문채(文彩) 등의 형식적 특성이 거시적 상상력과 전경인(全耕人) 사상이란 내용적 특성과 상응한다는 사실을 해명하였다.

반봉건, 반외세의 참여시를 생산한 신동엽의 모습은 오 척 단구임에도 불구하고 우리의 눈에는 언제나 거인처럼 느껴진다. 이것은 그의 시 세계에 나타나는 거시적 관점 때문만은 아니다. 그는 우리의 왜소해진 모습을 비춰 주는 거울로 지금 여기에 서 있다. 그는 시사적 긍지에 앞서 인간적 긍지를 갖게 하는 시인으로 현존한다.[29]

신동엽은 한국의 현대시를 역사감각파, 순수서정파, 현대감각파, 언어세공

---

29 김준오, 『신동엽』, 건국대학교출판부, 1997, 5쪽.

파로 구분하였다. 신동엽의 관심은 역사감각을 향하고 있었다. "공동체적 상황을 역사감각으로 감수받은 언어가 즉 시라고 할 때, 오늘처럼 조국과 민족이 그리고 인간이 굶주리고 학대받고 외침되어 울부짖고 있을 때, 어떻게 해서 찡그림 속의 살 아픈 언어가 아니 나올 수 있을 것인가."[30] 그는 순수서정파와 현대감각파를 향토시와 콜라시라고 부르며 경멸했지만 현대시에서 발레리, 예이츠 등의 순수서정과 엘리엇, 네루다 등의 현대감각을 무시할 수는 없는 일이다. 구태여 구분한다면 보들레르도 현대감각파라고 할 수 있을 것이다. 신동엽 자신도 서정주와 김수영의 시에 향토나 콜라시로만 볼 수 없는 면이 있다는 것을 인정하였다.

몇몇의 비평가는 S씨에게 신라의 하늘을 노래하는 것은 현대에 대한 반역이어니 오늘의 전쟁, 오늘의 기계문명을 노래해 보라고 거의 강요하다시피 대들었지만, 그것은 마치 계룡산 산중에서 70 평생을 보낸 상투 튼 할아버지에게 "당신도 현대에 살고 있으니 미국식으로 재즈 음악에 취미를 붙여 보시오"라고 요구하는 것과 별다름 없는 무리한 강매였던 것이다. 내 생각으론 S씨는 S씨대로의 사회적·역사적 영토색이 칠해진 사상성이 그분의 체질 속을 흐르고 있을 것이기 때문에, 이미 장년기를 넘어선 그분에게 자기 천성 이외의 어떤 음색을 요구한다는 것은 옳지 못한 일이다. 아마 세상의 모더니스트들이 총동원하여 비평의 화살이 아니라 더 가혹한 폭력을 앞장세워 본다 할지라도 그분에게 시도(詩道)상의 가면무도는 기대할 수 없을 것이다.[31]

김수영, 그의 육성이 왕성하게 울려 퍼지던 1950년대부터 1968년 6월까지 근 20년간, 아시아의 한반도는 오직 그의 목소리에 의해 쓸쓸함을 면할 수 있었

---

30   신동엽, 『신동엽전집』, 창작과비평사, 1989, 379쪽.
31   신동엽, 『신동엽전집』, 374쪽.

다. 그는 말장난을 미워했다. 말장난은 부패한 소비성 문화 위에 기생하는 기생벌레라고 생각했다. 그는 기존 질서에 아첨하는 문화를 꾸짖었다. 창조만이 본질이라고 굳게 믿었다. 그래서 육성으로, 아랫배에서부터 울려 나오는 그 거칠고 육중한 육성으로, 피와 살을 내갈겼다. 그의 육성이 묻어 떨어지는 곳에 사상의 꽃이 피었다. 예지의 칼날이 번득였다. 그리고 태백의 지맥 속에서 솟는 싱싱한 분수가 무지개를 그었다.[32]

신동엽은 김춘수로 대표되는 언어세공파를 싫어하였다. 서양시의 문법미학을 모방하는 맹목기능자들이라고 생각했기 때문이었다. 신동엽에게 시의 언어는 어디까지나 정신을 전달하는 수단이었다. 그가 평생토록 일관되게 추구한 시 정신은 민주주의였다. 시민민주주의와 민중민주주의, 다시 말해 자유민주주의와 사회평등주의를 구별하고 이윤율과 복지기금을 측정하기 위해서는 계급의식의 형성과정을 분석해야 하겠지만 한국사회에서 계급의식을 말할 수 있는 것은 1970년 11월 13일의 전태일 사건 이후라고 보아야 할 것이다. 이날의 《동아일보》 기사에 의하면 인천 쌀값이 한 가마(80킬로그램)당 8,000원이었는데, 평화시장의 급여수준은 월 삼사천 원 정도였다. 1960년대로 한정한다면 민주주의는 보편적 계몽주의로 남한사회에 작용하였다. 민주주의의 바탕이 되는 계몽주의는 해방 후 10여 년 동안 사회 전반에 확산되어 있었다. 당시 고등학교 1학년 교과서로 가장 많이 채택되던 『정치와 사회』(일조각, 1961)에서 유진오는 민주주의를 세 가지 원칙으로 정의하였다.

1. 의견의 차이를 용인한다.
2. 타협하고 양보한다.
3. 다수결을 따른다.

32　신동엽, 『신동엽전집』, 389쪽.

당시에 문교부 번역도서의 한 권으로 나와 대학생들에게 많이 읽히던 어니스트 베커의 『민주주의론』(김상협 역, 문교부, 1960)의 서문에는 민주주의가 "선을 추구하는 사람들의 의사소통 과정"이라고 정의되어 있었다. 선을 추구한다는 것은 멀리는 완전성을 추구한다는 것이며 가깝게는 더 좋은 생활을 추구한다는 것이다. 완전성의 추구는 좋은 삶과 나쁜 삶의 차이를 전제하는데, 좋은 삶과 나쁜 삶을 구별하려면 먼저 현실의 구조를 총체적으로 인지해야 한다. 그러므로 선에는 가능성과 생성변화의 개념이 포함되어 있다고 할 수 있다. 민주주의가 추구하는 공동선은 이성적 질서를 요구하며 이성적 질서는 법률을 강제할 수 있는 국가를 요구한다. 국가는 질서를 유지하는 권력기관이면서 동시에 공동선을 실현하는 도구장치이다(국가가 지배계급을 응집하여 자본주의를 보호하는 도구장치라는 생각은 1990년대 이후에 일반화되었다). 이러한 계몽주의가 『사상계』를 통하여 전 국민의 상식이 되었고 함석헌의 전통적 도덕주의가 계몽의 불에 기름을 더했다. 이용희의 『정치와 정치사상』(일조각, 1958)은 시민계급의 욕구와 노동계급의 욕구가 자유민주주의와 사회평등주의로 분화될 수밖에 없다는 사실을 알려 주었다. 신동엽이 1960년대에 노래한 민주주의는 지금 읽어도 낡았다는 느낌이 들지 않는다.

스칸디나비아라든가 뭐라구 하는 고장에서는 아름다운 석양 대통령이라고 하는 직업을 가진 아저씨가 꽃 리본 단 딸아이의 손 이끌고 백화점 거리 칫솔 사러 나오신단다. 탄광 퇴근하는 광부들의 작업복 뒷주머니마다엔 기름 묻은 책 하이데거 러셀 헤밍웨이 장자 휴가여행 떠나는 국무총리 서울역 삼등 대합실 매표구 앞을 뙤약볕 흡쓰며 줄지어 서 있을 때 그걸 본 서울역장 기쁘시겠소 라는 인사 한마디 남길 뿐 평화스러이 자기 사무실 문 열고 들어가더란다. 남해에서 북강까지 넘실대는 물결 동해에서 서해까지 팔랑대는 꽃밭 땅에서 하늘로 치솟는 무지개빛 분수 이름은 잊었지만 뭐라군가 불리우는 그 중립국에선 하나에서 백까지가 다 대학 나온 농민들 트럭을 두 대씩이나 가지고 대리석

별장에서 산다지만 대통령 이름은 잘 몰라도 새 이름 꽃 이름 지휘자 이름 극작
가 이름은 훤하더란다. 애당초 어느 쪽 패거리에도 총 쏘는 야만엔 가담치 않기
로 작정한 그 지성 그래서 어린이들이 사람 죽이는 시늉을 아니 하고도 아름다
운 놀이 꽃동산처럼 풍요로운 나라, 억만금을 준대도 싫었다 우리네 포도밭은
사람 상처 내는 미사일 기지도 탱크 기지도 들어올 수 없소 끝끝내 사나이 나라
배짱 지킨 국민들, 반도의 달밤 무너진 성터 가의 입맞춤이며 푸짐한 타작 소리
춤 사색뿐 하늘로 가는 길가엔 황토빛 노을 물든 석양 대통령이라고 하는 직함
을 가진 신사가 자전거 꽁무니에 막걸리병을 싣고 삼십 리 시골길 시인의 집을
놀러 가더란다.[33]   (「산문시 1」)

계몽주의적 이성이 선거와 투표의 규칙을 위반한 정권을 심판하였다. 도
덕적인 수사를 제거하고 나면 민주주의는 대중의 수량에 의존하는 정치제도
이다. 성질·관계·양상 같은 수량 이외의 범주들은 고려의 대상에서 제외된
다. 이승만 시절에도 정권은 암묵적인 수량을 전제하고 대중은 명시적 수량
을 전제하였다는 차이는 있으나 양쪽이 모두 대중의 수량을 근거로 내세웠
다. 다음 정권에서는 아예 규칙 자체를 불공정하게 바꾸어 규칙에 대한 이의
를 법으로 억압하였다. 대중의 수량이라는 범주를 인정하지 않는 정권은 예
외 없이 온갖 정치적 반동과 결탁하게 된다. 관료제도는 관료주의로 경화되
고 군사제도는 군사주의로 타락한다. 민주주의가 사회혼란의 원인이 되는
경우도 있을 것이다. 그러나 모든 혼란에는 창조성이 내재한다. 1960년대에
서 1980년대 사이에 민권문제와 민생문제, 노동문제와 통일문제가 야기하는
혼란을 두려워하여 민주주의에 반대한 정권은 사회의 창조성 자체를 말살하
였다. 신동엽은 한국근대사의 중심선을 민주주의에 두었다.

33   신동엽, 『신동엽전집』, 83쪽.

1894년 3월
우리는
우리의, 가슴 처음
만져 보고, 그 힘에
놀라,
몸뚱이, 알맹이채 발라,
내던졌느니라. 많은 피 흘렸느니라.

1919년 3월
우리는
우리 가슴 성장하고 있음 증명하기 위하여
팔을 걷고, 얼굴
닦아 보았느니라.
덜 많은 피 흘렸느니라.

1960년 4월
우리는
우리 넘치는 가슴덩이 흔들어
우리의 역사밭
쟁취했느니라.
적은 피 보았느니라.
왜였을까, 그리고 놓쳤느니라.

그러나 이제 오리라,
갈고 다듬은 우리들의
푸담한 슬기와 자비가

피 한 방울 흘리지 않고

우리 세상 쟁취해서

반도 하늘 높이 나부낄 평화.[34]   (「금강」 부분)

　제임스 프레이저의 『황금가지』에 따르면 태초 이래 인류의 가장 큰 숙제는
신의 죽음과 부활, 다시 말하면 최고 집권자의 교체였다. 늙은 왕은 죽어야
하고, 죽어서 젊은 왕으로 소생해야 했다. 이집트 사람들은 겨울마다 흙으로
만든 오시리스와 아도니스의 허수아비를 깨어서 밭에 뿌리고 봄이 오면 그
신들의 시체에서 싹이 튼다고 믿었다. 부여에서도 가뭄이 들면 왕을 죽여 그
시체를 잘게 나누어 밭에 묻었다. 최고 집권자의 정상적인 교체와 사람을 죽
이는 대신 표를 죽이는 보통선거는 우주의 질서를 보존하는 하나의 방법이
었다. 선거가 제대로 치러질 수 없게 된 유신체제는 사실상 내전의 시작이
었다. 표의 죽음이 왕의 죽음을 상징적으로 대체할 수 없게 되자 실제로 왕
이 살해되었다. 사표의 수량으로 승부를 결정할 수 없을 때, 대중은 다른 대
안이 없으므로 폭력에 의존할 수밖에 없었다. 광주 학살은 유신체제의 연장
선에 놓여 있는, 유신체제의 귀결이었고 87년 6월항쟁으로 끝나는 내전의 시
작이었다. 그러나 보통선거가 일단 일상의 관행이 되자마자 그것은 선을 추
구하는 사람들의 목표가 아니라 이익을 추구하는 사람들의 의사를 결정하
는 경로가 되었다. 유권자의 과반수가 투표하고 투표한 사람의 과반수가 찬
성하여 대표자를 뽑은 경우에 그 선거는 유권자의 4분의 3을 사표로 만든다.
25퍼센트가 찬성한 사람이 전체를 대표할 수 있다는 것은 다른 방법이 없으
므로 용인할 수밖에 없다고 하더라도 불만의 여지를 포함하고 있다고 하지
않을 수 없다. 한국에서 선거와 투표는 비용과 수익의 척도에 따라 계산되는
교환행위가 되었다. 후보 득표수와 정당 득표수, 정당 후보수와 정당 의석

34　신동엽, 『신동엽전집』, 301-302쪽.

수는 모두 시장의 가격기구에 의해 결정된다. 총투표수와 총의석수의 관계도 수요와 공급의 관계에 대응한다. 정당이 독점적일 수도 있고 복점적일 수도 있고 과점적일 수도 있는 시장에 후보자들을 공급한다. 시장에 공급된 후보자들은 이번에는 표의 수요자들이 된다. 후보자들은 비용의 지출을 승리할 수 있는 최소한도의 득표수준으로 낮추려 하고, 유권자들은 자기들의 표가 그들에게 가져다주는 이득을 조금이라도 더 높이려 한다. 말하자면 선거란 득표를 극대화하려는 후보자들과 효용을 극대화하려는 유권자들 사이에서 거래되는 표 매매가 된 것이다. 선거란 사람을 죽이는 대신에 표를 죽이는 내전의 한 형식이므로 이익의 추구가 일반화된 현실에서 차뗴기 선거를 피할 길은 아마 없을 것이다. 1990년대 이후 한국의 민주주의는 선의 추구로부터 이익의 추구로 바뀌었다. 어떤 의미에서는 이러한 변화를 정상화라고 부를 수도 있을지 모른다.

1950년대에 남한에서 마르크스주의는 완전히 소멸하였고 케인즈주의는 아직 일반적으로 보급되지 않았다. 당시의 경제학 개론들은 일본어책에서 발췌하여 마르크스주의와 케인즈주의를 서투르게 취사선택한 내용으로 되어 있었다. 오역 투성이였지만 1956년에 케인즈의 『일반이론』(김두희 역, 민중서관)이 번역되면서 1960년대부터 신고전파의 한계분석 경제학이 대학의 경제학 강의를 독점하기 시작하였다. 그러나 그 무렵에도 청계천 고서점 여기저기에 띄엄띄엄 남아 있던 전석담 역, 『자본론』(마르크스, 서울출판사, 1947-1948)이나 전원배 역, 『반뒤링론』(엥겔스, 대성출판사, 1948) 등을 뒤적이면서 혼자 힘으로 남한의 현실을 주류 경제학과 다르게 분석해 보려고 하던 대학생들이 있었다. 1960년대의 남한에는 방직공장과 고무신공장 이외에 이렇다 할 공장이 없었다. 일본과의 국교를 정상화한 대가로 돈을 받아 사회간접자본에 대한 투자를 시작했으나 당시의 학생들이 지적했듯이 일본이 독도 영유를 주장해도 당당하게 반박하지 못하는 굴욕적인 대일관계를 만들어 내고 말았다. 학생들과 교수들이 한일협정을 반대하던 1964년에 한국의 대중은 제국주의를 주제로 삼기 시작하였다.

> 순이가 빨아 준 와이샤쓰를 입고
> 어제 의정부를 떠난 백인 병사는
> 오늘 밤, 사해 가의
> 이스라엘 선술집서,
> 주인집 가난한 처녀에게
> 팁을 주고
>
> 아시아와 유럽
> 이곳저곳에서
> 탱크 부대는 지금
> 밥을 짓고 있을 것이다.[35]

(「풍경」 부분)

　남한은 경공업부터 건설하였고 북한은 중공업부터 건설하였다. 남한에서 중화학 공장들이 가동되어 수익을 내기 시작한 1980년대 초까지 북한의 1인당 국민소득은 늘 남한을 앞질렀다. 노동자·농민·도시빈민의 시각에서 북한의 주체사상을 수용한 학생운동 그룹이 형성된 것도 이 무렵이었다. 중공업은 막대한 투자를 필요로 하며 공장이 건설되어 가동될 때까지 긴 시간이 소요된다. 동원 가능한 저축을 모두 중공업에 투자하고 그것이 가동되기를 기다리는 동안에 남한사회는 극심한 불경기에 휩싸였다. 부마항쟁과 1980년의 광주를 겪고 나서도 군사정권이 유지된 것은 중공업이 그때 가서 이익을 내기 시작했기 때문이었다. 남한사회는 어찌되었든 중공업과 경공업이 서로 기계와 돈을 주고받는 산업체계를 형성하게 되었다. 중공업은 경공업에 기

35　신동엽, 『신동엽전집』, 13쪽.

계를 팔아 받은 돈으로 임금을 지급하고 경공업은 중공업에 돈을 치르고 산 기계를 돌려 제품을 만든다. 제철, 조선, 자동차, 전자 등 수출을 주도하는 산업도 어느 정도 자리를 잡았다. 반면에 북한은 중공업을 남한보다 먼저 건설하였으나 경공업에 투자를 하지 않았으므로 1980년대에 이르러서도 중공업과 경공업이 서로 주고받을 수 있는 산업체계를 형성하지 못했다. 경공업이 지체되므로 돈이 돌지 않아 30년 동안에 중공업은 고철이 되다시피 하였다. 경공업이 취약하면 자연히 암시장이 확대된다. 암시장이 공식시장을 포위하여 공식시장이 무력해지면 결국 산업체계가 붕괴될 것이다. 북한으로서는 암시장을 공식시장으로 인정하고 경공업을 일으키는 것 이외에 선택의 길이 없게 되었다. 이데올로기에 대한 비판을 자제하고 교류와 왕래도 급격하게 확대하지 않으면서 북한이 중국경제를 통하여 세계경제에 편입되어 중공업과 경공업의 재생산체계가 북한 안에 자리 잡을 수 있을 때까지 기다리는 것이 북한을 돕고 통일로 가는 방법이 될 것이다.

1970년대에 한국이 중공업 중심의 근대사회가 되고 도시화율이 급격히 증대하자 자본-노동 비율과 생산능률지수가 사회문제의 핵심에 등장하게 되었다. 황석영의 「객지」와 조세희의 『난장이가 쏘아올린 작은 공』이 나온 것이 이 무렵이다. 이제 남한의 시민들은 추상적인 보편도덕의 문제가 아니라 구체적인 계급투쟁의 문제에 직면하게 되었다. 계급투쟁에 대하여 남한의 시민들이 보여 준 태도는 상당한 정도로 관대한 것이었다고 평가할 만하다. 자본-노동 비율(capital-labor ration)은 어느 일정한 시기의 기술수준을 나타내는 동시에 그 시기의 좌파-우파 비율을 나타낸다. 자본-노동 비율이란 자본과 노동력이 결합하여 상품을 생산하는 과정에서 다량의 노동력에 대하여 다량의 생산수단이 나타내는 비례관계의 지수이다. 특히 상품으로 전환되는 과정에서 노동력과 비교하여 생산수단이 증가하는 정도를 나타내는 지수를 자본의 유기적 구성이라고 한다. 노동자 1인이 사용하는 기계의 양이 증가하면 기술수준이 변화하고 그에 따라 기계를 소유한 자본가와 기계를 사용하는 노동자의 계급투쟁도 변화한다. 자본가와 노동자에게 계급투쟁은 일상생활의 한 조건이다. 노동자는 단결하여 실질임금을 높이려고 하고 경영간부들은 노동자의 요구를 제한하여 이윤율을 높이려고 한다. 사회변혁을 내세우는 지식인은 계급투쟁을 사실보다 과장하고 노사화합을 내세우는 정치가는 계급투쟁을 사실보다 축소한다. 저임금에 의존하던 시대로부터 기술혁신에 의존하는 시대로 전환하지 않으면 사회의 유지조차 곤란하게 된다는 사실을 남한사회는 IMF를 거치면서 힘들게 학습하였다. 계급투쟁 또한 쉽게 원리로 환원할 수 없는 사실이므로 자의적인 판단을 피해야 한다는 것을 배우는 데에도 많은 시간이 걸렸다.

자본-노동 비율은 경영간부에게 기술혁신의 지표가 되고 노동자에게 계급투쟁의 지표가 된다. 자본-노동 비율은 자본가의 독단이나 노동자의 독단이 통하지 않는다는 의미에서 관계의 범주이다. 노동생산능률은 노동자 1인당 생산량의 변화이다. 마르크스는 생산능률지수를 잉여가치율(rate of surplus value)이라고 하였다. 생산성의 변화는 물론 통계수치로 표시할 수 있는 것이지만, 생산량 또는 1인당 판매고의 변화는 노동환경의 작업 분위기에 좌우된다. 공장이든 사무실이든 사람들이 일에 보람을 느낄 수 있으면 그곳에서 일하는 사람들의 생산능률은 증대된다. 노동자들이 "이곳을 버리고 어디로 가라"라고 말하게 하는 일터는 좋은 직장이라고 할 만하다. 노동생산능률의 증대는 이윤율 증가의 전제가 된다. 이윤율이 계속해서 하락하면 회사가 쓰러지고 나라가 무너진다. 중세사회는 기술이 정체된 채 조세만 증가하여 멸망하였고 구소련은 기술혁신이 가능하였으나 노동생산능률이 계속해서 하락하여 멸망하였다. 그러므로 측정할 수 있는 자본-노동 비율보다 측정할 수 없는 작업 분위기가 더 중요하다고 할 수 있다. 1980년대에 들어서면 한국사회도 여러 하위체계가 상대적 자율성을 발휘하게 되었다. 군부건 재벌이건 어느 한 집단이 사회 전체를 통제하기 어려울 정도로 사회구성이 복잡하게 된 것이다.

중공업과 경공업이 기계와 화폐를 주고받는 경우에 중공업 부문은 경공업 부문에게 기계를 팔고 경공업 부문은 중공업 부문에게서 기계를 산다. 경공업이 중공업으로부터 받은 기계와 중공업이 경공업으로부터 받은 화폐(중공업 부문의 임금과 이윤)가 균형을 이루어야 산업체계의 재생산과정이 안정을 이룬다. 그러나 기술수준이 끊임없이 변화하므로 중공업 부문과 경공업 부문이 주고받는 관계가 조화로운 체계를 형성하기 어려우며 그것들의 균형 상태를 미리 예측하는 것은 불가능하다. 잉여가치가 발생하기 이전의 자본-노동 비율과 잉여가치가 발생한 이후의 자본-노동 비율이 동일한 시기에 섞여 있기 때문에 중공업 부문과 경공업 부문의 균형조건에는 항상 어긋남이 있다. 어느 개인이나 어느 집단이 아무리 노력하더라도 근대사회의 이 어긋난 사개를 바로잡을 수는 없다. 이 어긋남은 근대사회의 운명적 조건이다. 누구도 조정할 수 없는 경기의 상승과 하강에 직면하여 모든 사람이 부도와 실업의 불안에 시달릴 수밖에 없다. 동요와 위기를 일상생활의 한 과정으로 겪음으로써 시민들은 두려움 속에서 신중하게 행동하지 않을 수 없다. 교통으로, 보건으로, 교육으로, 여성으로 확대되는 대중운동이 국가권력과 독점자본의 균질효과에 맞서 끊임없이 차이를 생산해 냄으로써 사회의 복지기금을 증가시킬 수 있으나, 복지기금의 증가는 이윤율이 떨어지는 경향을 가속화하기 쉽다. 이익의 자유로운 추구를 허용하는 사회의 규칙이 약자들의 이익을 훼손할 때 공동선을 지키기 위하여 강자들의 거짓 합리성에 대해 투쟁해야 한다. 그러나 파이를 그대로 둔 채 이렇게 저렇게 나누는 방법만 바꾼다면 구소련처럼 강자와 약자가 공멸하게 될 것이다. 1960년대에서 1980년대에 이르는 30년 동안에 한국의 시민들은 이윤율의 상승이 사회의 기본전제라는 잔인한 운명을 인식하게 되었다. 의료문제도, 교육문제도, 주택문제도 사회운동을 통하여 어느 정도 해결할 수 있다는 사실을 경험하였으나, 다른 한편으로 파이를 크게 하지 않으면 어떠한 사회문제도 해결할 수 없다는 사실도 경험하였다.

이윤율을 중요하게 고려한다고 하여 반드시 우파가 되는 것은 아니다. 선택의 여지를 갖지 못한 사람들이 존재하는 한 좌파의 할 일은 남아 있다. 우파는 최악의 상태를 방치하기 때문이다. 좌파란 최악의 상태를 어떻게 해 보려는 실험을 포기하지 않는 사람이다.

1960년대에서 1980년대에 이르는 사이에 국가자본주의의 이데올로기는 세계자본주의의 이데올로기로 변화하였다. 이데올로기는 모든 현상에 답을 제공할 수 있는 전체지향을 특징으로 한다. 이데올로기는 진정한 물음을 용납하지 않는다. 이데올로기는 선험적 대답의 한계를 발견하게 하는 문제제기의 가능성을 차단한다. 1960년대에서 1980년대까지 한국의 대중은 잊어버릴 수도 없고 벗어날 수도 없는 문제를 가지고 있었으나 민주화가 성취되자마자 대중은 문제를 밀어내고 문제를 모른 체하기 시작하였다. 신동엽은 1960년대에 이미 이러한 사태를 예견하였다.

불성실한 시대에 살면서
우리들은,
비지 먹은 돼지처럼
눈은 반쯤 감고, 오늘을
맹물 속에서 떠 산다.

도둑질
약탈, 정권만능
노동착취,
부정이 분수없이 자유로운
버려진 시대

반도의 등을 덮은 철조망

논밭 위 심어 놓은 타국의 기지.

그걸 보고도

우리들은, 꿀 먹은 벙어리

눈은 반쯤 감고, 월급의

행복에 젖어

하루를[36]   (「금강」 부분)

　한국사회는 전쟁 이후에 프티 부르주아로 시작한 사회였다. 한국에는 부르주아가 애초에 없었다. 전통적인 예절과 교양은 붕괴되었고 시민사회의 예절과 교양은 확립되지 않은 상태에서 시민들은 타자에 대한 불신과 두려움 때문에 모든 것을 남과 비교하고 자기의 이익이 남보다 더 나을 수도 있었다는 분노와 후회에 휩싸여 있었다. 경제적 토대가 없는 중개업이 성행하여 시민들의 삶이 중개인의 사생활처럼 변하였고 비생산적 직업들이 위확장증적으로 팽창하여 시민들의 사적 영역은 거래의 대상이 모호한 상업의 형태로 변하였다. 사회 전반에 걸쳐서 생산이 판매에 종속되는 현상이 심화된 것이다. 화폐가치가 사물의 척도가 됨에 따라 인간의 관계구조도 고객과 고객의 관계로 변화하였다. 서로 상대방을 고객으로 친절하게 대하지만 실제로는 대체 가능하고 어떻게 되어도 상관없는 객체로 취급하였다. 인간관계는 주면 반드시 되받아야 하고 되도록 받는 것보다 덜 주려고 해야 하는 거래관계가 되었다. 무력하고 고독한 개인이 차가운 익명의 시장에서 추상적 노동시간으로 환원되었다. 부를 획득한 사람은 자신을 객관정신의 체현자이고 보편원칙의 구현자라고 착각하였다. 그러나 비합리적 체계의 불안정한 변이 속에서 부는 우연의 일시적 선물에 지나지 않는다. 대자본은 연봉을 조정

36　신동엽, 『신동엽전집』, 183쪽.

하기만 하면 어떤 인간이라도 다른 어떤 인간과 교환할 수 있다고 생각하였다. 돈에 대한 고려는 사적이고 은밀한 영역에까지 그 흔적을 남겼다. 경영간부의 사업정신이 노동계급의 의식에까지 침투하여 보편적 모델로 작용하였다. 기술수준이 높아질수록 노동자의 주관적인 계급 소속감은 점점 더 흐려졌다. 노동자들은 자신이 프롤레타리아임을 알지 못하게 되었고 노동자들 스스로 프롤레타리아의 시민화를 당연한 현상으로 받아들이게 되었다. 투자와 투기를 구별할 수 없으므로 삶과 도박도 구별할 수 없게 되었다. 불완전 경쟁 시장은 자유의 환상만 퍼뜨릴 뿐, 유통과 분배를 왜곡하는 비합리성을 포함하고 있다. 자유는 구체적인 선택의 여지로 존재하지 않고 다만 자유에 대한 말로 나타날 뿐이다. 시장에서는 대기업의 활동만이 자유로웠으나, 대기업도 강대국의 환경제약에 순응하지 않을 수 없었다. 세계화의 이데올로기는 부분적 이익을 보편적 이익으로 정당화하려는 노력조차 보여 주지 않았다. 가계부채와 국가부채의 증대로 장기침체가 예상되는데도 의미 없는 투기에 헌신하는 사람들은 목적 없는 열정 자체에서 삶의 보람을 찾고 있다. 신동엽은 「시인정신론」에서 이러한 사회를 차수성(次數性) 세계라고 하였다. 신동엽은 차수성 세계를 차례와 순서가 인간의 운수를 결정하는 세계라는 의미로 사용하였다. 힘 있는 자에게 붙어서 줄을 잘 서야 성공하고 미국에 빨리 갔다 와야 출세하는 경쟁사회가 바로 차수성 세계이다. "모든 것은 상품화해 가고 있다. 이러한 광기성은 시공의 경과와 함께 배가 득세하여 세계를 대대적으로 변혁시킬 것이다. 세계는 맹목기능자의 천지로 변하고 말았다. 눈도 코도 귀도 없이 이들 맹목기능자는 인정과 주인과 자신을 때려눕혔고 핸들 없는 자동차와 같이 앞뒤로 쏘다니며 부수고 살라 먹고 눈깔 땡감을 하고 있다. 하다 지치면 뚱딴지같이 의미 없는 물건을 만들어도 보고 울고불고 하고 있는 것이다."[37] 차수성 세계를 자세히 관찰하면 차수성 세계의

---

[37] 신동엽, 『신동엽전집』, 368쪽.

모순이 극복되고 대립이 통일되어 이룩되는 원수성(原數性) 세계의 모습이 그려진다. 그러므로 원수성 세계는 과거이면서 미래이다. 다시 말하면 인류의 오래된 미래라고 할 수 있다. 신동엽은 이 오래된 미래를 현재 속에 실현하는 일을 시인의 사명이라고 규정하고 원수성을 살려 내는 시인들의 작업공간을 귀수성 세계라고 하였다. "차수성 세계가 건축해 놓은 기성관념을 철저히 파괴하는 정신혁명을 수행해 놓지 않고서는 그의 이야기와 그의 정신이 대지 위에 깊숙이 기록될 순 없을 것이다. 지상에 얽혀 있는 모든 국경선은 그의 주위에서 걷혀져 나갈 것이다. 그는 인간의 모든 원초적 가능성과 귀수적 가능성을 한 몸에 지닌 전경인임으로 해서 고도에 외로이 흘러 떨어져 살아가는 한이 있더라도 문명기구 속의 부속품들처럼 곤경에 빠지진 않을 것이다."[38]

창작은 다르게 생각하는 사람들의 자유를 지키는 일이다. 수량의 범주가 지배하는 사회에서 질적 차이를 보존하는 것은 자유의 실천이 된다. 사람들은 자신의 차이를 인정해 달라고 요구하지만 다른 사람의 차이를 참지 못한다. 특정한 방향의 발전만 허용하는 사회에서 다른 방향을 지향하는 것은 자신을 자신의 바깥으로 나갈 수 있게 함으로써 자신을 변화하게 하는 것이다. 남에게 순응하던 나는 파괴되고 남들과 다른 내가 탄생한다. 차이에는 언제나 파괴의 두려움과 탄생의 기쁨이 있다. 신동엽은 차수성 세계를 껍데기라고 불렀다.

껍데기는 가라.
사월도 알맹이만 남고
껍데기는 가라.

---

38 신동엽, 『신동엽전집』, 373쪽.

껍데기는 가라.

동학년 곰나루의, 그 아우성만 살고

껍데기는 가라.

그리하여, 다시

껍데기는 가라.

이곳에선, 두 가슴과 그곳까지 내는

아사달과 아사녀가

중립의 초례청 앞에 서서

부끄럼 빛내며

맞절할지니

껍데기는 가라.

한라에서 백두까지

향그러운 흙가슴만 남고

그, 모오든 쇠붙이는 가라.[39]   (「껍데기는 가라」)

1894년의 동학농민운동과 1960년의 4·19 혁명은 다 같이 귀수성 세계에서 일어난 사건들이었다. 여기서 중립은 바로 통일이고 평화이다. 신동엽은 남과 북의 정치적 통일보다 껍데기는 버리고 속알, 알몸, 알맹이로 사는 것이 더 중요하다고 말한다. 알맹이란 무엇인가. 그것은 가난한 사람들의 아주 작은 소원들 속에 들어 있는 가장 보편적인 미래이다. 세계시장을 지배하는 기술을 개발하겠다는 재벌들의 소원은 과거에 갇혀 있다. 기술혁신을 결정하는 요인이 과거의 경쟁체제이기 때문이다. 전쟁이 그치기를 바라고, 아이가

---

39 신동엽, 『신동엽전집』, 183쪽.

학교 가는 날을 기다리고, 다친 아이가 병원 갈 수 있는 세상을 희망하는 아프가니스탄 여자들의 소원 속에는 다른 미래에 대한 꿈이 들어 있다. 그 꿈이야말로 오래된 미래이다. 그러므로 신동엽은 차수성 세계의 부정을 노래하는 시 「아니요」에서 다음과 같이 단언했다.

세계의
지붕 혼자 바람 마시며
차마, 옷 입은 도시 계집 사랑했을리야[40]

자기가 서 있는 자리를 세계의 지붕이라고 말하는 것은 자기가 있는 곳이 거룩한 곳이라는 역사인식을 표현한 것이다. 세계의 온갖 문제들이 집약되어 있는 곳에서 알몸으로 국제적 차별과 억압을 폐지할 해방의 바람을 마시고 있는 사람들은 옷 입은 도시 여자를 외면할 수밖에 없다. 옷은 본질이 아니라 장식이고 있음이 아니라 나타남이기 때문이다. 알맹이는 도시 여자들의 부화한 꾸밈을 버릴 때 비로소 실천할 수 있는 역사적 현재의 가능성이다. 알맹이는 껍데기를 몰아낸 후에야 비로소 나타난다. 나와 역사가 하나되는 이 가능성을 한국 사람들은 오래전부터 얼이라고 불러 왔다. 것과 얼은 구별되지만 또한 분리할 수 없이 얽혀 있다. 얼은 구심운동을 하고 것은 원심운동을 한다. 얼은 총체성을 통일성으로 구성하고 것은 통일성을 총체성으로 분화한다. 한국어로 얼은 속알이 되기도 하고 길이 되기도 한다. 한국인의 사유체계에서 존재의 의미는 얼을 향할 때에만 드러난다. 신동엽이 믿은 알맹이 민주주의는 얼을 지키려는 '몸부림'(「금강」 20장)[41]에 근거한다. 껍데기란 무엇인가? 그것은 알맹이를 더럽히는 무의미한 파편들의 더미이다. 그

40   신동엽, 『신동엽전집』, 31쪽.
41   신동엽, 『신동엽전집』, 258쪽.

파편조각들은 공간 속에 존재하나 의미 있는 공간을 형성하지 못하고 시간 속에서 운동하나 의미 있는 시간을 형성하지 못한다. 말하자면 그것들은 진리와 무관하다. 알맹이는 껍데기를 제거하고 해체하여 진리를 드러낸다. 알맹이는 내면적인 존재이면서 동시에 보편적인 존재이다. 얼의 보편성 때문에 나는 누구인가라는 질문은 나는 어디에 있는가라는 질문과 통하게 되며 다시 그대들은 어디에 있는가라는 질문과 통하게 된다. 타인에 대한 관심으로 인해서 알맹이는 우리로 하여금 언제나 새롭게 보편적인 사랑을 발견하게 하는 힘이 된다. 두 존재가 사랑에 근거하여 개별성을 교환할 때 그들은 중단 없는 변화 속에서 서로 상대방에 의하여 재창조된다. 우리는 신동엽의 시에 등장하는 아사녀와 아사달을 여자와 남자로 볼 수 있고 남한과 북한으로 볼 수도 있다. 신동엽은 단순한 민주제도가 아니라 민주주의의 철학이 필요하다고 생각했다. 우리말로는 문학과 역사와 철학이 모두 이야기이다. 내가 겪은 이야기는 수필이 되고 우리가 겪은 이야기는 역사가 되며 지어낸 이야기는 소설이 된다. 철학은 이야기의 이야기이다. 역사에 대하여 이야기하면 역사철학이 되는 것이다. 의미의 보편성에서 역사철학은 역사보다 한 단계 심화된 차원에서 움직인다. 안중근 의사는 역사적 사명을 자각하고 이토 히로부미를 죽인 후에 자신의 실천철학을 「동양평화론」으로 제시하였다. 우리는 안중근 의사를 신동엽이 말하는 알맹이 민주주의의 전형으로 삼을 수 있다. 한국의 민주주의에 필요한 것은 대중으로 하여금 안중근 의사와 같은 행동의 강도를 체득하게 할 수 있는 민주주의 철학이다. 신동엽은 민주주의의 역사와 철학을 「금강」이란 노래로 통일하였다. 한국의 민주주의가 필요로 하는 것은 지금 여기서 항상 새롭게 쇄신되는 우리 시대의 「금강」이다.

3) 이상 우파 김춘수

김기림의 『시론』은 한국현대시사의 전환점에 놓여 있는 책이다. 아직까지도 많은 시인들이 이 책을 참조하여 이 책과 일정한 거리를 조정하면서 자신의 시론을 마련하고 있는 듯하다. 김기림의 논리를 부정함으로써 자기 세계를 형성한 시인들의 경우는 또 그것대로 살펴볼 필요가 있겠으나, 우리가 여기서 검토해 보고자 하는 것은 여러모로 김기림의 논리 위에서 전개되고 있다고 생각되는 김춘수의 경우다. 김춘수는 김기림의 논리를 철저하고 일관되게 밀고 나가 김기림보다 훨씬 먼 곳까지 나아갔다. 김기림이 지니고 있었던 절충주의의 요소를 배제함으로써 김춘수는 한국현대시사 안에 자기의 자리를 명확하게 설정할 수 있었다. 그러나 그에 비례해서 김기림의 논리가 애써 가리고 있었던 결함들이 김춘수의 시에 더 분명하게 드러나게 되었다.

시를 언어의 섬세한 조작이라고 규정했다는 점에서 김기림의 시론은 이제 와서 돌아보면 대단히 평범한 전제에 입각하고 있는 듯하다. "말의 음으로서의 가치, 시각적 영상, 의미의 가치, 이 여러 가지 가치의 상호작용에 의한 전체적 효과를 의식하고 일종의 건축학적 설계"[42]에 토대하여 시를 짓는 것은 시 자체의 오래된 관습이지, 전혀 새로운 주장이 아니다. 김기림의 시론이 제기하는 문제는 시를 언어의 조직이라고 정의한 데 있는 것이 아니라, 그 언어를 시대의 언어라고 규정한 데에 있는 것이다.

오장환 씨의 「헌사」의 세계는 「와사등(瓦斯燈)」의 세계와는 대척적으로 시각적 이미지보다도 청각적 이미지에 차 있는 것을 본다. 회화라기보다는 차라리 음악의 세계다. 희랍적 명확에 대한 게르만적 방탕이고 카오스다. 「와사등」보다는 몇 층 더 어둡고 캄캄한 심연이다. 그것보다도 훨씬 더 젊어서 따라서 격렬하게 움직이는 세계다. 오 씨의 특이성은 이렇게 현대인의 저인적 심연을 가장 깊이 체험하고 그것에 적응한 형상을 주었다는 점에 있다.[43]

---

42 김기림, 『시론』, 백양당, 1947, 63쪽.
43 김기림, 『시론』, 94쪽.

이 인용문에서 김기림은 현대인의 정신을 "어둡고 캄캄한 심연", "격렬하게 움직이는 세계"라고 표현하고, 한마디로 카오스라고 하였다. 김광균은 이러한 혼돈을 견디기 위하여 명확한 시각 영상을 만들어 놓고 거기에 의존한 데 반해서 오장환은 혼돈을 있는 그대로 드러내려고 했다는 것이다. 김기림은 두 사람의 우열을 가려내려 하지 않고, 시대에 대한 두 사람의 태도를 밝혀내려 하였다. "단순한 기법의 종합은 여전히 일방적인 형식주의"[44]라는 경고로 미루어 짐작할 수 있듯이 김기림은 언제나 기교주의와 형식주의를 좋지 않은 어감으로 사용하였다. 그가 보기에 시의 원천은 이미 정해져 있는 기교나 형식이 아니라 일상의 회화다. "물결과 범선의 행진과 이 끝에야 기마행렬을 묘사할 정도를 넘지 못하던 전대의 리듬과는 딴판으로 기차와 비행기와 공장의 소음(騷音) 군중의 규환(叫喚)을 반사시킨 회화의 내재적 리듬"[45]을 발견하고 창조하는 데 현대시의 사명이 있다는 것이다. 범선과 기마행렬의 속도를 기차와 비행기의 속도에 견준 것은 피상적인 비교에 지나지 않는 것이지만, 공장의 소음과 군중의 규환을 지적한 김기림의 시각은 주목할 만하다. 김기림이 시대의 언어라고 할 때, 그것은 주로 노동자와 군중의 언어를 가리킨다. 자신의 시에는 군중 체험이 전혀 나타나 있지 않음에도 그가 전개한 방향으로 그의 논리를 확장하면 그러한 결론을 피할 수 없다. 그러므로 '회화의 내재적 리듬'이란 것도 노동자와 군중의 언어에 내재한 리듬이다.

조만간 시인은 그들이 구하는 말을 찾아서 가두로 또 노동의 일터로 갈 것은 피하지 못할 일이다. 거기서 오고 가는 말은 살아서 뛰고 있는 탄력과 생기에 찬 말인 까닭이다. 가두와 격렬한 노동의 일터의 말에서 새로운 문체를 조직한

44   김기림, 『시론』, 152쪽.
45   김기림, 『시론』, 75쪽.

다는 것은 이윽고 오늘의 시인 내지 내일의 시인의 즐거운 의문일 것이다.[46]

일견해서 과격하게조차 보이는 김기림의 언어관이 창작이나 비평에 구체화되려면, 그러한 언어관에 상응하는 현실인식의 토대를 구축해 놓아야 했다. 그러나, 실제 김기림은 군중 속에서 개인이 겪는 충격도 체험하지 못하였고 기계 가운데서 노동자가 겪는 경험도 제대로 이해하고 있지 않았다. 김기림의 비평은 시의 가치를 언어의 효과에서 찾으려 했던 전기와 그것을 시대의 보편성에서 찾으려 했던 후기로 나뉜다.

한 시인의 경력은 동(動)하는 역사 속에서 끊임없이 확대되고 높아 가는 한 시대의 가치 의식을 체현하여 그것을 발전시켜 가는 한 특수한 정신사에 틀림없다. 여기 시가 보편성을 가지는 계기가 있다. 다시 말하면 시란 가치의 형성이고, 뿐만 아니라 그것은 좁은 개성의 울타리를 넘어서 한 시대의 보편적인 문화에 늘 다리를 걸쳐 놓고 있는 것이다.[47]

개인과 역사가 만나는 자리를 중시하였음에도 김기림은 어느새 슬그머니 역사를 정신의 역사로, 시대를 보편적인 문화로 바꿔 놓고 있다. 노동자와 군중의 언어에서 시의 활력을 길어 내야 한다는 현실인식의 싹은 어디론가 사라지고, 김기림은 문화와 정신의 나라를 향하여 급격하게 선회한다. 이성적 원리에 따라 현실을 바꿀 수 있다는 믿음이 없을 때, 인간은 흔히 정신과 문화의 왕국으로 도피하게 된다. 그러므로 이때 김기림이 말하는 역사는 식민지 사회의 구체적인 생산관계가 아니다. 1930년대의 한국에서 민족문제와 계급문제를 배제하고 성립될 수 있는 보편적 문화란 무엇이었을까? 우리

---

46   김기림, 『시론』, 244쪽.
47   김기림, 『시론』, 90쪽.

는 여기서 김기림이 역사라는 명사 앞에 부가한 '동(動)하는'이란 수식어에 주의할 필요가 있다. 김기림은 어째서 '노동하는'이라고 쓰거나 '운동하는'이라고 쓰지 않고 그냥 '동하는'이라고 썼을까? 그는 역사 자체에 방향이나 가치가 있다고 생각하지 않았다. 역사는 가치와 무관하게 움직이고 동요하고 변화할 뿐이다. 다만 역사 안에는 가치 있는 무엇이 있고, 그 무엇을 확대시키고 높여 가는 것이 시인의 일이다. 아마도 그는 이렇게 생각하였던 듯하다. 한 시대의 사회구조를 중첩 결정하고 있는 경제 층위와 정치 층위와 의식 형태의 층위를 모두 제거하고 나면, 현실은 깊이와 부피를 잃어버리고, 하나의 점으로 축소될 수밖에 없다.

개념의 정당한 내포에 이어서 현실이라 함은 주관까지를 포함한 객관의 어떠한 공간적·시간적 일점을 의미한다. 현실은 시간적으로 부단히 어떠한 일점에서 다른 일점에로 동요하고 있다. 예술에 있어서 어떠한 현실의 단편이 구상화되었을 때 그것은 벌써 현실 이전이다. 거기는 고정된 역사와 인생의 단편이 있을 따름이다. 다만 상대적 의미에서 이렇게 부단히 추이하고 있는 현실을 여실히 포착할 수 있는 주관은 역시 움직이고 있는 주관이 아니면 아니 된다. 그러므로 끊임없이 움직이는 시의 정신을 제외한 시의 기술문제란 단독으로 세울 수 없는 일이다.[48]

김기림은 현실을 계급과 계급의 얽힘으로 보지도 않고 상품과 상품의 짜임으로 보지도 않았다. 식민지라는 현실이 얼마나 견고한 구조체계인가를 알지 못하였기 때문에, 그는 현실의 변화를 체계 자체의 변화가 아니라 점의 동요라고 생각하게 되었다. 김기림은 '개념의 정당한 내포'라고 하였으나, 위의 인용문에는 아무런 규정이 내포되어 있지 않다. 유클리드에 따르면 점은

---

48 김기림, 『시론』, 105쪽.

부피를 가질 수 없는 것인데, 점에다 어떻게 공간과 시간을 부가할 수 있을 것이며, 또 유클리드는 점의 움직임을 선이라 하였는데, 움직이는 점이 어떻게 그대로 점으로 남아 있을 수 있을 것인가? 결국 김기림은 예술이 현실의 전형성을 드러낼 수 있다는 사실까지 부인하고 말았다. 예술은 현실의 단편을 구상화할 수 있을 뿐인데, 그렇게 구상화된 현실의 단편조차도 고정되어 있다는 의미에서 이미 현실이 아니라는 것이다. 움직이는 객관이라는 소박 실재론(素朴實在論)과 움직이는 주관이라는 유아론(唯我論)이 납득할 만하게 결합될 수 있는 방법은 없다. 객관을 구성하는 의식 일반, 곧 객관적이고 보편적인 의식의 구성 능력을 가정하는 관념론의 고민에도 못 미치는 주관 또는 시의 정신이란, 논리가 아니라 하나의 의견에 지나지 않는다. 이 인용문은 논리의 전개가 아니라 어디론가 부지런히 나아가자는 호소 또는 다짐의 기록이다. 가치 있는 무엇, 다시 말하면 문화의 보편적 가치가 바로 김기림이 향해서 나아가려고 한 목표였다. 기존 질서를 부정하지 않고 얻을 수 있는 보편 가치란 어떠한 것일까? 김기림은 현대의 보편 가치를 과학 이외의 다른 데서는 발견할 수 없었다.

> 질서는 오직 신학적인, 형이상학적인 선사(先史) 이래의 낡은 전통에 선 세계상의 인생 태도를 버리고, 그 뒤에 과학 위에 선 새 세계상을 세우고 그것에 알맞는 인생 태도를 새 모럴로서 파악함으로써만 얻을 수 있었던 것이다.[49]

김기림은 기존의 생산체계와 권력구조를 부정하는 대신 낡은 전통을 부정하였다. 그러한 부정의 근거가 되는 것은 다름 아닌 과학이다. 김기림에게 과학은 실험과 수식의 영역을 넘어서 세계상과 인생 태도의 영역으로 확장되어 있다. 인용문의 동사는 과거 시형으로 되어 있다. 김기림이 보기에 과

---

49 김기림, 『시론』, 90쪽.

학적 세계상과 과학적 인생 태도는 이미 이루어져 있는 현대의 성과였던 것이다. 우리는 여기서 과학과 모럴과 예술의 관계라는 매우 풀기 힘든 문제에 봉착하게 된다. 과학적 세계상과 과학적 인생 태도라는 것이 가능할 것이며, 과학에 토대한 모럴이 성립될 수 있을 것인가? 그리고 과학이 과연 시인에게 유용한 교양이 될 수 있을 것인가?

실험과 수식은 세계상 또는 인생 태도에 적용될 수 없다. 실험은 합리적이지 않은 요소들을 모두 배제해 놓은 인공적 환경을 필요로 한다. 모든 혼란을 철저히 제거한 환경에서 수행된다는 의미에서 실험은 순수한 정관(靜觀)과 일치하는 행동이다. 과학에서 실험과 결합되는 수식은 자연의 단순한 질서에 대한 믿음으로부터 유래하는 일종의 기호체계인데, 그것의 본질은 현상의 양적 환원에 있다. 과학이 객관적 관계를 탐구한다고 할 때, 그 관계는 어디까지나 성질의 차이에 따르는 관계가 아니라 분량의 비교와 대조에 따르는 관계다. 그러므로 과학적 세계상 또는 과학적인 인생 태도란 실험과 수식에 근거하는 삶이 아니라, 세계를 합리적으로 인식하겠다는 삶의 자세를 가리키는 것으로 이해해야 할 것이다. 대개의 경우 우리가 합리적 인식이라고 하는 것은 감각에 주어진 경험 내용을 논리적으로 이해하는 행동과 관계되어 있다. 우리는 합리적 인식을 논리적 이해력과 떼어서 생각할 수 없다. 이미 우리에게 주어져 있는 세계의 일부가 감각 경험으로 변하여 우리에게 들어와 있을 때 비로소 그러한 감각 경험의 성질과 분량과 관계와 양식을 이해하는 논리가 거기에 적용될 수 있다. 경험에 앞서서 그 자체로 존재하는 세계에는 논리적 이해력이 침투할 수 없는 것이다. 합리적 인생 태도는 세계 자체를 논리적으로 이해하려 하지만 세계 자체는 어디까지나 논리적 이해력을 넘어서 있다. 논리적 이해력을 감각 경험의 피안에 적용하려고 하자마자, 그러한 세계상과 인생 태도는 소박한 독단론으로 타락하게 된다. 세계의 일부에 대한 개념 구성을 아무리 모아 보아도 그것으로 세계 자체의 인식에 도달할 수는 없을 것이다. 개별 과학들은 논리적인 개념체계로 구성할 수 없는 것은 무엇이든 자기 영역이 아니라 하여 방치한다. 과학의 세계란 방법론에 맞추어 순화된 일종의 폐쇄체계다. 사실들은 과학 안에서 이미 수학적 방법에 의해 길들여져 있다. 개별 과학들은 그것들 나름으로 사실의 완강함에 대하여 이해하고 있지만, 완강한 사실들은 현실의 본질적인 개념체계와 관련되지 못하고 과학이 방법적으로 요구하는 부분체계와 관련될 뿐이다. 그러므로 개별 과학자들은 감각 경험의 외부에 주어져 있는 세계를 이해할 수 없는 우연으로 취급하거나 아니면 부분체계에만 해당되는 논리를 자의로 확대하여 현실 전체에 적용하는 수밖에 없다. 한쪽으로 가면 허무주의에 부딪히고, 다른 쪽으로 가면 독단주의에 부딪히게 되는 딜레마에서 벗어날 수 없는 것이다. 근대 과학의 논리적 이해력은 이해의 대상에 개입하려 하지 않기 때문에 이해는 단순한 정관적 관조 행위에 국한된다. 과학적 이해란 우리의 간섭 없이 성립되어 있는 필연적 객관성을 정관하는 행동이다. 근대 과학은 인간과 인간의 관계까지도 물건과 물건의 관계처럼 다룸으로써 자연법칙의 수준으로 전락한, 불변의 사회질서라는 환상을 널리 퍼뜨리고 있다. 근대 과학은 주체의 개입 없이 작용하는 법칙들의 체계를 구성해 놓은 것이다. 비역사적 직접성에 사로잡혀 있는 근대 과학은 사실들의 역사적 성격을 고려하지 않고 현재의 사회질서를 영원한 자연법칙으로 받아들인다. 근대 과학은 인간의 심리마저 계산할 수 있는 개념으로 환원시킨다. 인간도 저항할 수 없는 법칙에 내맡겨져 있는 객체로 묘사되는 것이다.

이러한 정관적 이해에 대응하는 것이 형식적 논리다. 냉혹한 필연성이 인간의 심리까지 지배하는 처지에서 윤리는 순수하고 공허한 내부 공간으로 축소되지 않을 수 없다. 윤리는 세계에 대한 인간의 행동을 문제 삼지 않고 인간의 자기 자신에 대한 행동만을 문제 삼는다. 윤리적으로 행동하는 개인적 주체에게만 통하는 격률들이 낯선 현실과 무관하게 구성된다. 윤리는 현실의 개념체계와 현실의 객관적 가능성, 다시 말하면 현실의 변화 가능성을 모두 배제하고 오직 나와 나의 관계로 한정된다. 법칙의 냉혹한 필연과 개인의 순수한 자유는 화해할 수 없는 요지부동의 분열과 대립을 드러낸다. 과학적 인생 태도는 새 모럴을 구성하는 행위라기보다는 차라리 윤리를 어둡고 공허한 영역으로 규정하는 행동에 접근한다.

과학의 지배 아래에 있는 근대사회는 이러한 이원성을 조화시키기 위하여 예술에 지나치게 큰 의미를 부여했다. 예술 작품 안에서는 재료와 형식, 필연과 자유가 구체적으로 통일되어 있다고 생각했기 때문이다. 화해할 수 없는 분열과 대립을 해결하는 원리가 예술 작품 안에 내재되어 있다는 것이다. 실러에 의하면 "미의 문제는 정치의 문제나 자유의 문제를 해결하기 위해서 인간이 반드시 지나가야 할 길"[50]이다. 실러는 예술을 올바른 인생 태도와 동일한 낱말로 사용하였다.

> 아름다움 또는 미적인 통일성을 향유할 때에는 질료와 형식, 수동과 능동의 현실적인 결합과 교환이 즉각적으로 일어나기 때문에 우리들의 두 본성이 모순 없이 어울릴 수 있고 무한한 존재가 유한한 것들 속에 실현될 수 있고 가장 숭고한 인간성의 가능성이 실현될 수 있다는 사실이 현실적으로 증명된다.[51]

그러나 우리는 실러에게 무슨 근거로 예술의 원리를 세계의 원리로 확장하였는가를 묻지 않을 수 없다. 조화와 균형이라는 예술의 역할을 과장하면 할수록 이번에는 거꾸로 과학의 논리적 이해력이 존립할 수 없게 되며, 이원성을 넘어서려는 인생 태도는 신비주의에 귀속되는 위험을 회피할 수 없게 된다. 세계 자체가 예술의 원리에 따라 형성되어 있지 않은 터에, 도대체 어떻게 예술이 조화의 역할을 담당할 수 있겠는가? 이것은 정관적 관조의 문제

---

50 고창범, 『쉴러의 문학과 미학』, 서울대학교출판부, 1986, 225쪽.
51 Friedrich Schiller, *On the Aesthetic Education of Man*, trans. Elizabeth M. Wilkinson and L. A. Willoughby, London: Oxford University Press, 1967, p. 189. 스물다섯 번째 편지.

가 아니라 역사적 실천의 문제다.

대부분의 예술가들은 실러와는 반대 방향을 택하여 예술의 영역을 극도로 축소함으로써 이렇듯 난처한 질문과 마주치지 않을 수 있는 방향으로 나아 갔다. 그들은 예술 작품을 예술 작품으로 만드는 최소한의 예술성 이외의 모 든 것을 예술의 영역에서 배제하였다. 그들은 할 말이 전혀 없는 예술 작품 을 만들려고 시도하였다. 주어져 있는 세계와 현실의 기존 질서를 그대로 방 치하고, 예술로부터 일체의 의미를 제거하려는 그들의 창작 태도는 수학적 개념 구성과 유사한 견고함을 특징으로 한다. 예술 작품은 이제 내용 없는 형식, 하나의 텅 빈 구조가 되었다. 이러한 현상은 특별히 예외적인 것이 아 니라 논리적 이해력을 일관되게 관철시킬 때 나타나는, 과학적인 인생 태도 의 필연적 귀결이다.

김춘수의 시적 여정은 가벼운 이야기 또는 단순한 관념을 감정의 언어로 재구성하는 방법들의 모색에서 시작하여 이야기와 관념을 제거하고 언어 구조에 대한 감수성만으로 시를 형성하는 방법들의 탐색에 이르는 편력이 었다. 김춘수는 김기림의 모호한 절충주의를 깨뜨리고 김기림 자신의 논리 를 거의 더 나갈 수 없는 지점에까지 밀고 나갔다. 김기림은 과학적 세계상 을 하나의 지식으로 가정할 수밖에 없었으나, 시대의 변모에 의해 김춘수는 과학적 세계상에 내재한 분열과 이원성을 경험으로 받아들여 창작의 전제로 삼을 수 있었다. 시적 여정을 출발할 무렵 이미 김춘수는 감상이 내비치지 않도록, 조심스럽게 언어의 건축을 설계하였다. 낱말은 서로서로 다른 낱말 의 울림을 강화해 주고 있으며, 시행 하나하나도 그 자체로서 자립하면서 동 시에 다른 시행의 의미에 의존하고 있다. 분석을 견뎌 낼 수 없는 작품이 하 나도 없다고 단언해도 무방할 만큼 김춘수의 시들은 견고한 구조를 가지고 있다. 몇 편의 작품들을 분석하면서 김춘수의 여행을 따라가 보자.

어쩌다/바람이라도/와 흔들면//

울타리는/

슬픈 소리로/울었다.//

맨드라미,/나팔꽃,/봉숭아 같은 것//

철마다 피곤/

소리 없이/져 버렸다.//

차운/한겨울에도//

외롭게/햇살은//

청석(靑石)/섬돌 위에서//

낮잠을/졸다 갔다.//

할 일 없이/세월(歲月)은/흘러만 가고//

꿈결같이/사람들은/

살다 죽었다.//[52]   (「부재」)

이 시에는 시골 사람들이 조용하게 살아가는 이야기가 담겨 있다. 사건의
전개는 주로 동사에 의존하고 있는데, 동사들은 서로 중복되어 커다란 원을
그리고 있다.

  1. 바람이 울타리를 흔든다.
  2. 울타리가 운다.
  3. 꽃들이 피고 진다.
  4. 햇살이 졸다 간다.

52   김춘수, 『김춘수 시전집』, 85쪽.

5. 세월이 흘러간다.
6. 사람들이 살다 죽는다.

　여기서, '꽃들이 피고 진다'와 '햇살이 졸다 간다'와 '사람들이 살다 죽는다'는 동일한 의미로 중복되어 있다. '세월이 흘러간다'는 맨드라미·나팔꽃·봉숭아가 피고 지는 봄부터 가을까지, 그리고 꽃들이 지고 난 후에 찾아온 '차운 한겨울'까지의 시간적 진전을 보여 주는 듯도 하지만, 둘째 시절의 '철마다'가 드러내는 것처럼 세월은 직선이 아니라 원형으로 순환하는 것이다. 이러한 동사들 앞에 놓여 있는 부사와 형용사는 살아가는 이야기를 해석하는 김춘수의 태도와 연관되어 있다. 꽃들은 '소리 없이' 지고, 햇살은 '외롭게' 졸다 가고, 세월은 '하릴없이' 흘러가고, 사람들은 '꿈결같이' 살다 죽는다. 소리 없이 외롭게 꿈결같이 현존한다는 것은 이 시의 제목이 가르쳐 주는 대로 부재(不在)와 같은 것이 아닌가? 현존과 부재의 순환은 하릴없는 것, 다시 말하면 어쩔 도리가 없는 것이다. '하릴없이'라는 부사는 이 시에 나오는 나머지 부사와 형용사들을 한데 묶고 있다.

　「부재」의 셋째 시절에는 부드러운 햇살과 견고한 청석 섬돌이 대조되어 있다. 청석 섬돌은 햇살과 대립되는 데 그치지 않고, 살다 죽는 사람, 흘러가는 세월, 피고 지는 꽃들과도 대립된다. 다른 시행들은 3음보로 진행되는데, 유독 셋째 시절의 시행들만이 2음보로 구성되어 있다. 이 부분의 의미는 시간의 진행 또는 순환이 아니라 순환과 정지의 대립에 연관되어 있기 때문이다. 대립의 표현에는 3음보보다 2음보가 적절하다고 할 수 있다. 우리는 여기서 울타리가 슬픈 소리로 우는 이유를 짐작할 수 있다. 현존과 부재가 서로 통하여 작용하고 있다는 사실이 혹시 어떤 사람에게는 황홀한 깨달음의 계기를 마련해 줄 수 있을지 모르지만, 대부분의 경우 평범한 사람들은 그것을 비극적인 사건으로 인식할 것이다. 이 시에 담겨 있는 이야기는 소설의 소재가 될 수 없는 사소한 내용이다. 김춘수는 이처럼 사소한 이야기를 통하여 삶의 비극적 인식을 형상화해 놓았다. 그러나 김춘수는 한 편의 소설이 될 만한 사건들을 빠른 속도의 운율로 압축해 놓기도 한다.

> 등골뼈와 등골뼈를 맞대고
> 당신과 내가 돌아누우면
> 아데넷 사람 플라톤이 생각난다.
> 잃어버린 유년(幼年), 잃어버린 사금파리 한 쪽을 찾아서
> 당신과 나는 어느 이데아 어느 에로스의 들창문을
> 기웃거려야 하나,
> 보이지 않는 것의 깊이와 함께
> 보이지 않는 것의 무게와 함께
> 육신의 밤과 정신의 밤을 허위적거리다가
> 결국은 돌아와서 당신과 나는
> 한 시간이나 두 시간 피곤한 잠이나마
> 잠을 자야 하지 않을까,
> 당신과 내가 돌아누우면
> 등골뼈와 등골뼈를 가르는
> 오열과도 같고, 잃어버린 하늘
> 잃어버린 바다와 잃어버린 작년의 여름과도 같은
> 용기가 있다면 그것을 참고 견뎌야 하나
> 참고 견뎌야 하나, 결국은 돌아와서
> 한 시간이나 두 시간 내 품에
> 꾸겨져서 부끄러운 얼굴을 묻고
> 피곤한 잠을 당신이 잠들 때,[53]

(「타령조 8」)

---

53 김춘수, 『김춘수 시전집』, 220쪽.

시의 배경에는 플라톤의 『향연』에 나오는 이야기가 깔려 있다. 『향연』에서 아리스토파네스는 남자와 여자 또는 남자와 남자가 서로 사랑하게 된 것은 원래 하나였던 몸이 두 쪽으로 쪼개졌기 때문이라고 하였다. 예전 사람들은 팔과 다리가 각각 넷이었고 하나의 머리에 반대 방향으로 두 개의 얼굴이 있었으며, 귀가 넷이고 음부가 둘이었다는 것이다. 두 개의 음부가 모두 남자거나 여자인 사람도 있었고, 남성과 여성의 음부를 하나씩 가지고 있는 사람도 있었다. 그들은 무서운 힘과 야심을 억제하지 못하고 신들과 싸우려 하다가 제우스에 의해 두 동강 났다. 이 아리스토파네스의 사랑 이야기에 대하여 소크라테스는 만티네이아의 부인 디오티마의 말을 이끌어 굳세고 간교한 에로스의 본성을 해명하였다. 아프로디테가 출생했을 때 신들이 잔치를 베풀었는데, 교지(巧知)의 신 메티스의 아들인 풍요의 신 포로스가 일찍 취하여 잠든 사이에 빈곤의 신 페니아가 그 곁에 누워 에로스를 잉태하였다. 에로스는 어머니를 닮아 언제나 궁핍에 시달린다. 신발도 없고 집도 없이 땅바닥에 누워 늘 문간이나 길가에서 잔다. 그러나 아버지를 닮은 데도 있는 그는 용감하고 열렬했으며 온 생애를 통하여 애지자(愛知者)였고, 또 놀라운 마술사, 독약 제조사, 궤변가였다. 에로스는 아프로디테의 수종자로서 본성상 아름다움을 사랑하는 자다.

김춘수는 두 이야기를 플라톤의 철학에 연결 짓는다. 플라톤은 변화하는, 감각의 대상들을 불완전한 현상세계에 속하는 것으로 보고 오직 불변의 이데아만을 본체세계의 진리라고 하였다. 이데아는 '본다'는 의미의 동사인 '이데인'의 동명사다. 이데아란 결국 마음의 눈으로 본 완전한 형식인 것이다. 육신의 눈으로 볼 수 있는 삼각형들을 많이 관찰하고 그것들이 겹쳐져서 형성하는 삼각형의 성질을 추상해 보아도 삼각형의 구성 원리는 해명되지 않는다. 육신의 눈에 보이는 삼각형들을 괄호로 묶고 비본질적인 모든 것을 배제해 놓은 후에야 마음의 눈은 삼각형의 구성 원리(피타고라스의 정리)를 발견할 수 있게 된다. 육신의 눈으로 보는 삼각형은 불완전한 삼각형이지만 정신의 눈으로 보는 삼각형은 완전한 삼각형이다. 육신의 눈이 바라보는 아름다움은 불완전한 아름다움이지만 정신의 눈이 바라보는 아름다움은 완전한 아름다움이다. 이데아란 언제나 전적으로 단순한 형식으로서 인간 정신의 본질 안에 숨어 있는 세계의 구성 원리이다. 변화해 마지않는 현상세계, 즉 감각의 간섭을 이겨 내고 정신 안에서 진리의 수학적 구조를 되살려 내는 것이 바로 에로스의 일이다. 김춘수는 '보이지 않는 것의 깊이', '보이지 않는 것의 무게'라는 말로 이데아, 진리의 숨은 건축을 지적한다. 불완전한 감각의 세계를 육신의 밤이라고 부른 것도 납득할 수 있다. 그러나 완전한 빛의 실체, 비밀의 구조를 찾는 작업이 어째서 정신의 '밤'일까? 여기서 이 시의 이야기는 플라톤과 작별하고 새로운 사건을 전면에 세운다.

무대에 남편과 아내가 등을 대고 누워 있다. 두 사람의 육신은 나란히 누워 있으나, 그들의 정신은 각각 긴 여행을 떠난다. 플라톤의 여행은 이데아를 상기하기 위한 편력이었다. 그러나 김춘수의 여행은 잃어버린 시간을 찾기 위한 편력이다. 김춘수는 다섯 개의 이미지로 잃어버린 시간을 표현하고 있다.

1. 잃어버린 유년
2. 잃어버린 사금파리 한 쪽
3. 잃어버린 하늘
4. 잃어버린 바다
5. 잃어버린 작년의 여름

이 다섯 개의 이미지를 모아 보면 잃어버린 것의 정체가 밝혀진다. 그것은 남성과 여성으로 분화되기 이전에 지니고 있었던 유년의 순수다. 사금파리와 바다와 하늘은 유년의 티 없는 감수성에 한결같이 평등하고 절대적인 현존으로 작용한다. 유년 시절에는 순수 지각이 일상생활의 중심이었다. 그러나 그 순수 지각을 다시 찾으러 떠나는 성인의 편력은 고통스럽기 짝이 없다. '정신의 밤'에서 '밤'은 아무리 애써도 도달할 수 없는 정신의 한계를 의미한다.

저도 모르게 겪은 유년의 상실이 기실은 '등골뼈와 등골뼈를 가르는' 고통이었음을 김춘수는 새삼스럽게 깨닫는다. 성년식을 제대로 겪어 낸 것이 자랑스러운 일이 아님을 깨닫는 것이다. 그러므로 여기서의 오열은 성년식을 치르는 과정에서 터져 나온 울음이 아니고 성년의 회상 속에 숨어 있는 울음이다. '작년의 여름'이 어떠한 사건을 가리키는지는 자세히 알 수 없으나, 순수 지각의 순간이 희귀한 축복으로서 성년에게도 드리워질 때가 있으리라는 사실을 짐작하기는 그다지 어려운 일이 아니다.

「타령조 8」의 이야기는 플라톤의 철학과 전혀 다른 방향에서 종결된다. 김춘수는 영원한 편력이 가능하다고 생각하지 않는다. 시의 화자는 들창문을 기웃거리고, 어두움 속에서 허우적거리다가 결국은 돌아온다. 정신의 편력은 끝이 나고 두 육체는 다시 서로 가슴을 마주 대고 잠이 든다. 정신의 편력에는 용기와 인내가 필요한데, 화자는 용기에도 인내에도 자신이 없다고 고백한다. 신체의 건강에 대한 염려와 보람 없는 고통에 대한 회의가 계속해서 정신의 편력을 방해한다. "한 시간이나 두 시간 피곤한 잠이나마/잠을 자야 하지 않을까"라는 시구와 "참고 견뎌야 하나/참고 견뎌야 하나"라는 시구가 우리에게 그러한 사정을 알려 준다. 순수 지각은 끝내 획득할 수 없는 보물로 남아 있다. 이야기는 체념과 포기로 끝난다. 그러나 시의 마지막에 찍힌 쉼표는 체념과 포기를 거절하고 있다. 체념은 끝이 아니고 새로운 편력의 시작이 된다. 유년과 성년, 정신과 육신, 편력과 포기는 이 시 속에서 강한 긴장을 띠고 대립되어 있다. 김춘수의 치열한 반성은 어느 쪽의 우위도 허용하지 않는다.

1
죽음은 갈 것이다.
어딘가 거기
초록의 샘터에
빛 뿌리며 섰는 황금의 나무…

죽음은 갈 것이다.
바람도 나무도 잠든
고요한 한밤에
죽음이 가고 있는 경건한 발소리를
너는 들을 것이다.

2
죽음은 다시
돌아올 것이다.
가을 어느 날
네가 걷고 있는 잎 진 가로수 곁을
돌아오는 죽음의
풋풋하고 의젓한 무명의 그 얼굴…
죽음은 너를 향하여
미지의 제 손을 흔들 것이다.

죽음은
네 속에서 다시
숨 쉬며 자라 갈 것이다.[54]

「죽음」의 시절들은 각각 네 행, 다섯 행, 여덟 행, 세 행으로 구성되어 있다. 각 시절의 첫 줄은 '죽음은'이란 낱말을 포함하고 있다. '죽음은 갈 것이다'라는 문장이 두 번 반복되다가 '죽음은 다시'라는 어구로 분화되고 마지막 시절의 첫 줄에는 '죽음은'이란 낱말만 남아 있다. 첫째 시절을 제외한 나머지 세 시절이 '것이다'라는 서술어로 끝난다. 첫째 시절의 끝과 셋째 시절의 가운데에 있는 말줄임표가 '황금의 나무'와 '무명의 그 얼굴'을 결속시켜 준다.

나무는 땅속 깊이 뿌리를 내리어 물을 빨아올리고, 빨아올린 물을 잎과 가지 사이로 하늘 높이 뿜어낸다. 생명의 근원이고 안식의 터전인 '초록의 샘터'에서 샘물을 마시며 나무는 나날이 견고하게 성장한다. '빛'은 하늘에서 내려오는 것인데, 이 시에서는 반대로 나무가 빛을 하늘로 뿌린다. 그러므로 '황금'은 견고한 나무의 둥치이면서 동시에 나무가 뿜어내는 찬란한 빛이다. 죽음은 하늘과 땅을 매개하는 중개자로서, 속된 일상의 핵심에 유일하게 남아 있는, 신성한 존재다. 신성한 죽음의 발소리가 경건하게 들린다는 것도 자연스럽다. 죽음이 자기의 올바른 모습을 드러내는 시간, 죽음이 자신의 고향으로 돌아가는 시간에는 바람도 나무도 잠이 든다. 세속의 잡다한 소음을 가라앉히지 않으면 신성한 소리를 들을 수 없기 때문이다. 화자가 그것의 발소리를 듣는다고 한 이 죽음은 화자 자신이 아니라 타인의 죽음일 것이다. 그러나 타인의 죽음은 곧 화자 자신의 죽음이 되어 화자에게로 돌아온다. 죽음은 모든 사람을 인간의 본질에 묶어 준다. 김춘수는 인간의 본질을 이름 붙일 수 없는 모습이라고 표현한다. 이름은 인간의 본질에 속하는 것이 아니라 인간의 현상에 속하는 것이라는 생각이다.

가을 어느 날
네가 걷고 있는 잎 진 가로수 곁을

---

54 김춘수, 『김춘수 시전집』, 184-185쪽.

돌아오는 죽음의

　풋풋하고 의젓한 무명의 그 얼굴…

　이 시행들은 릴케의 영향을 분명하게 드러내고 있으나, 김춘수는 릴케와
는 반대로 죽음을 '무명의 얼굴'이라고 부른다. 릴케는 죽음을 한 사람 한 사
람에게 고유한 것으로 묘사하였다. 누구나 어느 누구와도 다른 저 자신의 죽
음을 완성하려고 애써야 한다고 릴케는 노래하였다. 각자에게 고유한 죽음
을 완성시키는 일과 모든 사람의 바탕이 되는 죽음을 완성시키는 일은 같은
것이 아니다. 여기에는 동양과 서양의 거리가 개입되어 있는지도 모른다.
　「죽음」에서 나의 죽음은 죽음 자체와 대립하고 있다. 죽음과 삶이 하나로
통하여 작용하므로, 죽음이 삶 속에 있듯이 삶도 죽음 속에 있다는, 어디선
가 많이 들어 본 이야기가 릴케처럼 절실하게 들리지 않는 이유도 아마 여기
서 말미암을 것이다. 단독자의 시선을 배제하고 죽음을 이야기한다는 것은
쉽사리 납득할 수 없는 일이다. 이 시에서는 죽음이 주체로 나타나고 화자는
객체로 나타나 있다. 이러한 주객 교체에 의해 죽음은 개인의 외부에 있는
존재가 된다. 김춘수는 릴케를 떠나서 무명의 죽음이 황금의 나무로 변모한
다는 새로운 관념을 만들어 내었다. 황금의 나무에 가득 차 있는 빛과 물, 다
시 말하면 죽음의 빛과 샘이 인간을 너그럽고 의젓하게 살 수 있도록 도와준
다는 생각이다. 내가 나의 죽음에 빛을 주는 것이 아니라, 만인에게 공통된
미지의 죽음이 나의 삶에 빛을 준다는 김춘수의 생각은 릴케의 생각과는 반
대이지만 그것 나름으로 흥미 있는 의미를 지니고 있다.

　저녁 한동안 가난한 시민들의

　살과 피를 데워 주고

　밥상머리에

　된장찌개도 데워 주고

아버지가 식후에 석간을 읽는 동안

아들이 식후에

이웃집 라디오를 엿듣는 동안

연탄가스는 가만가만히

쥐라기의 지층으로 내려간다.

그날 밤

가난한 서울의 시민들은

꿈에 볼 것이다.

날개에 산홋빛 발톱을 달고

앞다리에 세 개나 새끼 공룡의

손금의 손을 달고

서양 어느 학자가

Archaeopteryx라 불렀다는

쥐라기의 새와 같은 새가 한 마리

연탄가스에 그을린 서울의 겨울의

제일 낮은 지붕 위에

내려와 앉는 것을,[55]   (「겨울밤의 꿈」)

   이 시는 두 개의 문장으로 구성되어 있는데, 둘째 문장은 도치되어 있다. '새가 내려와 앉는 것을 볼 것이다'라는 문장을 도치할 경우에 '볼 것이다, 새가 내려와 앉는 것을'과 같이 쉼표를 가운데 찍는 것이 예사로운 방법이나 김춘수는 쉼표와 마침표를 바꾸어 달았다. 이러한 구두점의 교체가 특별한 효과를 낸다고는 생각되지 않는다. 그러나 첫째 문장에서 두 번 반복되는 '주고'와 '동안'은 적절하게 시간의 경과를 단락 지어 주고 있다.

55   김춘수, 『김춘수 시전집』, 225쪽.

막이 열릴 때 무대에 전개되는 장면은 겨울 저녁, 한방에 모여 앉아 있는 어느 가난한 가족의 모습이다. 추운 날씨에 일터에서 돌아온 그들은 언 몸을 녹이고 따뜻한 식사를 마쳤다. 아버지는 신문을 보고 아들은 이웃집의 라디오를 엿듣는다. 가난한 시민들의 행복한 한때다. 아늑하고 평온한 분위기가 이 가족을 감싸고 있다. 살과 피, 그리고 된장찌개는 모두 가난한 시민의 목숨과 관계되는 낱말들이다. 목숨이 꼭 필요로 하는, 단순하고 소박한 밥과 집이 조용히 어울려 있는, 조화로운 장면이다. 아들이 '이웃집 라디오를 엿듣게' 되는 것은 라디오도 없는 '가난한' 집이기 때문이라고 볼 수도 있으나, 가난한 집들이 다닥다닥 붙어 있어서 들려오는 내용이 우연히 아들의 흥미를 끌었기 때문이라고 보는 것이 좋을 듯하다. 비록 가난하더라도 조화는 행복을 마련해 준다.

이들은 의식하고 있지 않을 테지만, 가난한 생활 속에서 이루어지는 최소한의 조화에는 보이지 않는 연탄가스가 제법 큰 몫을 거들고 있다. 연탄가스는 정성을 다해 위로 올라가 가난한 시민들의 살과 피를 데워 주고 된장찌개도 데워 준다. 노동에 지친 시민들이 쉬는 동안, 할 일을 마친 연탄가스도 더 이상 날아오르지 않고 내려간다. 연탄가스는 1억 6천만 년 전의 쥐라기까지 내려간다. 가만히 가만히 아무도 모르게, 아무도 놀라지 않게 행여 다칠세라 자기의 고향으로 돌아가 쉬는 것이다.

가난한 시민들에게 연탄가스의 하강 운동이 상승 운동보다 더 큰 축복이 된다. 연탄가스는 쥐라기의 지층으로 내려가 그곳에 화석으로 굳어 있는 아키오프터릭스를 깨워 낸다. 밤이 와서 이제 자기의 일은 마쳤으니 시조새에게 다음 일을 부탁하는 것이다. 이번에는 아키오프터릭스가 쥐라기의 지층으로부터 날아오른다. 시조새의 모습은 화석에 나타난 그대로다. 까마귀만 한 크기에 머리는 작고 눈이 크며 날개의 앞 끝에는 세 개의 발가락이 있고 날카로운 발톱을 가지고 있다. 김춘수는 시조새의 모습에서 그로테스크한 요소를 제거하고 그것을 귀엽고 찬란하고 아름다운 형태로 변형시켰다.

시조새의 몸은 산호와 순금으로 이루어져 있다. 산호를 깨끗하고 맑게 내비친다는 의미로, 순금을 빛나고 불변한다는 의미로 받아들여도 무방할 것이다. 여기에 새끼 공룡이 주는 귀여운 느낌을 첨가할 수 있다. 아키오프터릭스의 상승은 연탄가스처럼 완만하지 않다. 시조새는 급격하게 날아오른다. 쥐라기의 지층에서 바로 자기 옆에 나란히 앉아 있던 연탄의 자취를 찾아 '서울의 겨울의'의 제일 낮은 지붕을 찾아가서 가난한 시민의 꿈을 지켜 주는 것이다.

연탄가스의 상승과 하강은 시조새의 상승과 하강에 대응된다. 상식적으로 생각할 때 현실과 꿈은 서로 대립되는 속성을 지니는 것이나, 이 시에서는 현실과 꿈이 사이좋게 어울려 공존하고 있다. 쥐라기의 지층에서 연탄과 시조새의 사이가 좋았던 것처럼, 가난한 시민들은 신문과 순금의 사이에서도 최소한의 조화를 획득해 낸다. 잿빛 현실과 찬란한 꿈의 분열을 극복해 내는 것이다. 둘째 문장에서 낱말들의 통합에 크게 기여하는 요소는 소리의 결이다. /səul/, /simin/, /sanho/, /sekɛ/, /sɛkki/, /son/, /sɛ/ 등의 낱말에 반복되는 /s/ 소리가 의미의 결속을 강화하며, /səul/과 /kjəul/에 나타나는 /əul/ 소리가 주제의 표출에 일정하게 기여한다. 수없이 반복되는 /r/ 소리와 /l/ 소리도 시조새의 날아오르는 율동을 부각시켜 준다.

쉰 살이 되는 1972년까지 김춘수는 조그만 이야기와 단일한 관념의 표출에 적합한 형태와 심상을 모색해 왔다. 그는 시를 육안으로 볼 수 있는 형태와 심안으로 볼 수 있는 심상의 결합이라고 생각하였다. 그러한 모색의 결과가 1959년에 나온 『한국 현대시 형태론』이다. 1971년에 나온 『시론─시의 이해』는 시의 이미지에 대하여 집중적으로 검토한 저서다. 이 책에는 관념을 말하기 위하여 도구로서 쓰이는 심상과 심상 그 자체를 위한 심상이 구별되어 있는데, 이후로부터 김춘수는 점차 후자로의 편향을 드러내게 된다. 1976년에 나온 『의미와 무의미』는 이야기와 관념을 배제하고 나도 남아 있는 시의 본질, 시를 시가 되게 하는 그 무엇에 대한 탐구의 기록이다.

시가 통속소설의 줄거리처럼 도입부에서 전개부로 전개해 가다가 절정에서 대단원으로 끝을 맺는 정서적인 순서를 밟게 되면 그 자체 여간 따분하지 않다. 또 어떤 진실을 위하여는 그런 따위의 허구가 뜻이 없는 것이 되기도 한다. 허구란 실은 그것을 만드는 사람의 관념의 틀에 지나지 않는다. 관념이 필요하지 않을 때 허구는 당연히 자취를 감춰야 한다.[56]

김춘수는 이야기나 관념이 끼어들 수 없는, 어떤 진실이 있다고 믿는다. 도덕·정치·경제 등이 경험할 수 없는 언어만의 특수 영역이 있다는 것이다. 김춘수는 현실과 시, 의미와 무의미의 차원을 의도적으로 분리하려고 한다. 우리가 앞에서 살펴보았듯이 이것은 근대사회의 과학적 인생 태도에 내재한 분열을 그대로 수용하는 태도다. 사실에 있어서 김춘수는 현실 자체의 논리를 받아들였을 뿐이다. 현실과 시를 분리한 것은 김춘수가 아니다. 현실의 냉혹한 구조가 김춘수에게 현실과 시를 분리하도록 강요한 것이다.

계수나무 한 나무
토끼 한 마리
돛단배에 실려 인도양을 가고 있다.
석류꽃이 만발하고, 마주 보면 슬픔도
금은(金銀)의 소리를 낸다.
멀리 덧없이 멀리
명왕성까지 갔다가 오는
금은의 소리를 낸다.[57]

---

56 김춘수, 『김춘수전집』 2, 문장사, 1982, 397쪽.
57 김춘수, 『김춘수 시전집』, 241쪽.

「보름달」은 집중적인 반성의 시간에 나타나는 순수 지각을 표현하고 있다. 견고한 문체가 낱말들을 단단하게 응결시켜 독자적인 공간을 드러내 준다. 이것은 스스로 완결된 정적 공간이다. 이 시에 나타나 있는 자연은 우리가 경험할 수 있는, 어떤 장면이 아니다. 마치 한 폭의 추상화처럼 구성과 문체에 집중하는 정신 이외에 다른 아무것도 나타나 있지 않다. 섬세하고 반짝거리는 그늘을 마련하기 위하여 시인은 대상에의 몰입을 엄격하게 차단하고 있다. 시인의 엄격한 조각술에 의해, 시는 스스로 표현하고 스스로 서 있는 문체 자체, 다시 말하면 완전한 건축이 된다. 「보름달」의 언어는 아무런 메시지도 전달하지 않는다. 언어는 현실과의 관계를 망각하고 스스로 울리는 음악이 된다. 언어 자체가 언어의 목적이 되어, 내용은 소멸하고 현실과의 관계를 차단한 문체가 자기 참조에만 의존하여 스스로 자신의 정체를 확인한다. 관념과 설화에서 해방된 절대적 표현 공간의 전면에 나와 있는 것은 양식과 문체에 대한, 열렬한 탐색뿐이다. 문체에 대한 이러한 의지, 양식에 대한 이러한 믿음은 어디서 오는 것일까?

> 내 눈에 역사=이데올로기=폭력의 3각 관계가 비치게 되면서부터 나는 도피주의자가 되어 가고 있었다. 왜 나는 싸우려 하지 않았던가? 나에게는 역사·이데올로기·폭력 등이 거역할 수 없는 숙명처럼 다가왔다.[58]

모든 의식 형태가 즉시 그것에 반대되는 의식 형태를 부르고, 의식 형태마다 폭력이 되는 역사를 보면서 김춘수는 정지하지 않으면 역사와 함께 쓰러진다고 생각한 듯하다. 아리스토텔레스의 형이상학에 의하면, 신은 질료를 지니지 않은 순수형식이고 움직이지 않는 엔텔레케이아이다. 김춘수는 어딘지 모르게 달려 나가는 역사 대신 조용히 서 있는 아리스토텔레스의 순수형

---

58 김춘수, 『김춘수전집』 2, 574쪽.

식을 섬기기로 결의한 듯한다. 움직임이 없는 완결된 미학의 세계에서 스스로 회전하는 형식에만 도취되는 그의 시적 공간은 현실의 체험이 아니라, 어떻게도 할 수 없다는 의미에서 근원적인 과거의 회상으로 가득 차 있다. 우리가 희망하고 추구하는 사물이 아니라 우리 안에 이미 결정되어 있는 사물들에 질서를 부여하는 것이 김춘수의 시다. 자취도 남기지 않고 모든 것을 파괴하는 역사의 폭력에 견뎌 낼 수 있는 형식을 창조하기 위하여 그는 결코 행동하지 말라는 격률을 자신에게 부과하고 자신 안에 없어질 줄 모르고 타오르는 숨은 꿈을 따라간다. 이 꿈이 역사와는 다른 영역에서 시간과 공간을 통합해 준다. 「보름달」에서 계수나무와 토끼는 지구에도 달에도, 그리고 그밖의 어느 곳에도 없는 계수나무와 토끼다. 그러므로 돛단배는 물론 달이 아니다. 인도양과 명왕성은 현실의 시간과 공간을 부정하기 위하여 도입된 무대장치다. '멀리 덧없이 멀리'라는 부사도 현실과 역사를 부정하고 있다. 시간이 부정되고 공간이 해체된 꿈의 순수 공간에 석류꽃이 피어 있다. 역사와 현실이 소멸된 순수형식 안에서 개인의 슬픔은 금과 은으로 변한다.

바다 밑에는
달도 없고 별도 없더라.
바다 밑에는
항문과 질과
그런 것들의 새끼들과
하나님이 한 분만 계시더라.
바다 밑에서도 해가 지고
해가 져도, 너무 어두워서
밤이 오지 않더라.
하나님은 이미
눈도 없어지고 코도 없어졌더라.

흔적도 없더라.[59]

「해파리」에는 바다 밑 세계에 대한 어떠한 정보도 들어 있지 않다. 이 시의 언어는 스스로 말하고 스스로 울린다. 듣는 이 없는 독백이다. 이 시에서 우리가 받는 것은 '없더라', '않더라', '없어졌더라'의 반복이 주는 부정과 분리와 고독과 고립의 느낌이지만, 이러한 느낌조차도 확실하지 않다. 지시 대상에서 분리되어 있기 때문에 낱말들은 가지적(可知的) 의미를 전달하지 않는다. 항문과 질이 온전한 동물로서 독립하여 새끼들을 데리고 있다. 하나님의 눈과 코는 어째서 흔적조차 없어졌을까? 별도 없고 달도 없는데 어떻게 해가 질 수 있을까? 경험적으로 보면 해도 별의 하나가 아닌가?

현실적인 경험과의 관계를 완전히 끊어 놓았기 때문에 시행 하나하나가 우리를 당황하게 한다. 밤과 어두움이 서로 대립되는 의미로 사용되고 있다. 이 시에 나오는 명사들은 모두 그 정체를 알 수 없는 미지의 것으로 변형되어 있다. 변형이야말로 바로 이 시의 주제다. 바다 밑의 무한한 침묵 가운데서 이루어지는 변화와 소멸은 환상적이고 기괴한 그림처럼 경험적 현실을 떠나 사물의 윤곽을 흐트러뜨린다.

'없다'라는 형용사의 반복은 무(無)를 암시하지만, 그 불안한 무의 복판에 하나님의 존재가 깃들여 있다. 정상적인 언어 감각으로는 파악할 수 없는 대립과 차이의 놀이에 토대하여, 낱말들이 서로 뒤섞여 공명하고 조명하면서 관념의 접근을 완전히 차단하고 봉쇄한다. 「해파리」 안에 정말로 없는 것은 달과 별, 하나님의 눈과 코가 아니라 설화와 관념이다. 무대가 되는 바다 밑은 관념이 텅 비어 있는 세계다. 시는 이제 인간의 현실에 직접 관계하지 않는다. 인간은 말할 수 있으나 아무것도 볼 수 없다. 보는 것은 인간이 아니라 해파리다. 인간은 해파리가 본 것을 말할 뿐이다. 인간과 동물, 생물과 무생

---

59   김춘수, 『김춘수 시전집』, 397쪽.

물의 차별이 소멸한 세계에서 인간은 결코 우주의 중심이 아니다. 해파리가 말하지 못하는 것처럼 인간은 보지 못한다. 인간의 우주가 해체된 대신 우주는 평등한 사물들의 거처가 된다. 중심이 소멸하면 공간이 새롭게 태어나는 것이다.

김춘수는 지혜에 대하여 말하는 법이 없다. 나라 잃은 시대에 태어나 6·25를 겪고 마산에서 3·15 부정 선거를 목격한 그는 역사 안에서 지혜를 찾아낼 수 없었다. 김춘수의 시가 구축해 놓은 성과는 진리를 포기한 데서 오는, 좌절의 아름다움이다. 관념과 설화가 무력해진 시대에 또 하나의 관념이나 설화를 마련하려고 하지 않고, 지혜와 진리가 텅 비어 버린 영역에서 끝내 견디어 낸 김춘수의 강인한 정신은 우리가 우리 시대에서 만날 수 있는, 엄격한 장인정신의 하나다. 놀라운 집중력으로 사물을 포용할 수 있는 김춘수의 시에서 우리는 오히려 역설적으로 관념이나 설화가 침투할 수 없을 만큼 깊은 곳에서 흘러나오는 영혼의 기도를 들을 수 있다.

그러나 어떠한 변형과 왜곡에도 불구하고 주어진 사실들의 질서는 완강하게 존속된다. 변형과 왜곡에 의해 김춘수는 현실을 아무런 연관도 없는 부분들로 해체해 놓았지만, 이것은 그 자신의 독특한 시간이 아니라 근대 과학의 논리적 이해력에 애초부터 내재되어 있던 비합리적 간격이다. 추상적 형식들의 계산 가능한 관계만을 문제 삼는 논리적 이해력은 방법 자체의 한계로 인해서 이 공허한 암흑의 공간을 방치할 수밖에 없다.

주어진 감각 경험의 영역 안에 갇혀서 본다면 역사는 언제나 이데올로기이고 폭력일 것이다. 인간을 역사의 객체라고만 생각하기 때문에 김춘수는 역사의 피안에서 독자적 공간을 이룩하려 하지 않을 수 없게 된다. 어째서 그는 인간을 역사적 사건의 객체이면서 동시에 주체라고 생각하지 못한 것일까? 우리 자신이 우리 역사의 뿌리가 아니라면, 문화와 자연의 구별조차 쓸데없는 노릇이 될 것이다.

현재를 우리 자신의 역사로 파악할 때에야 우리는 비로소 기존 질서의 불

투명한 경직성을 극복할 수 있다. 인간의 역사인식은 항상 현재의 인식이고 현재의 객관적 가능성에 대한 인식이다. 현재의 구체적 보편성을 우리는 근원적인 역사라고 부를 수 있을 것이다. 사물들의 질서와 결합, 사회계급들과 국가권력의 대립과 연합을 역사적 생성으로 파악하는 경우에만 사실들의 구체적 의미와 구체적 기능을 인식할 수 있다는 점에서 근원적인 역사는 구체적이다. 이성과 감성, 형식과 재료, 이론과 실천, 자유와 필연의 대립을 끌어올리는 동시에 눌러 내림으로써 인간의 행동을 역사적 사건으로 파악하는 경우에만 현실의 부분 영역과 구조체계를 인식할 수 있다는 점에서 근원적인 역사는 보편적이다. 현재의 객관적 가능성을 실현하는 행동은 역사를 역사 자체에서 읽어 내며, 역사를 역사 자체로부터 형성하는 행동이다. 우리 시는 김춘수의 탁월한 성취를 한국현대시사의 한 봉우리로 존중하면서, 한 걸음 더 나아가 근원적인 역사로 들어서야 할 단계에 와 있다.

4) 이상 좌파 김수영

김수영에 대한 독자의 인상은 아마 한결같지 않을 것이다. 광복 이후 최고의 시인으로 보는 사람이 있는가 하면, 흐트러진 작품을 쓰는 시인으로 여기는 사람도 있을 듯하다. 그를 삶의 사표(師表)로 모시는 사람이 있는가 하면, 경박한 좌파 시인으로 취급하는 사람도 있을 것이고, 단순한 술꾼으로 생각하는 사람도 혹 있을지 모른다.

김수영의 시와 수필이 간직한 참다운 의미와 한계는 앞으로 계속해서 분석되어야 할 것이다. 그러나 우연히 대한 몇 편의 글을 통하여 받은 주관적 인상에 기대어 자의적으로 논평하는 태도는 어떤 경우에도 정당화될 수 없다. 해석의 결과는 긍정적 평가에 이르거나 부정적 평가에 이르거나 상관없으나, 논지의 전개는 납득할 만한 구체적 증거에 따르지 않으면 안 된다. 한때 서양문학에 견주어 우리 작품을 홀시하던 데 대한 반작용 때문인지, 요즈음은 지나치게 너그러운 평가가 흔히 보이는데, 긍정적인 평가라고 하여 반드시 좋은 것은 아니다. 작품과 그 이외의 모든 자료를 정확하게 검토하고, 해석과 평가의 기준을 분명하게 제시하는 일이 필요할 뿐이다.

한 시인의 작품은 창(窓)이 없이 고립되어 있는 단자(單子)가 아니라 그 시인의 다른 작품들과 연관되어 있는 그물의 한 매듭이다. 한 편 한 편의 시를 면밀히 분석하는 작업은 물론 필요하지만, 개별 작품의 세부구조에 집착하면 문학적 상상력의 본질을 놓치게 된다. 한 시인의 작품들은 생물학의 종(種)·속(屬)·문(門)과 유사한 관계의 체계를 이루고 있다. 그리고 어떤 시인을 당대의 문학사적 맥락 속에서만 이해하려고 하다 보면 큰 시인을 억지로 작게 만들어 A니 B니 범주 속에 가두어 버리기 쉽다. 문학 연구에서 가장 중요한 것은 한 시인의 전 작품을 하나의 작품처럼 상호 연관 지어 분석하는 일인데, 이것은 거꾸로 좋은 시인과 그렇지 못한 시인을 가르는 기준이 되기도 한다. 작품 전체가 하나의 동적체계를 구성할 수 있는 시인은 대체로 주목할 만한 시인이라고 간주해도 무방하다. 이렇게 작품 전체에 내재하는 비밀의 건축을 해명하기 위해서는 시뿐 아니라 산문도 자세히 분석해 보아야 한다. 산문에는 상상력의 움직임이 시보다 훨씬 평이한 수준으로 드러나 있기 때문이다.

김수영 문학의 특색은 첫째, 정직성에 있다. 그는 자신의 생각과 느낌과 생활을 숨기지 않는다. 문학에 있어서 정직한 태도란 자칫하면 애처로운 고백체에 떨어지기 쉬우나 김수영의 정직성은 매우 당당한 목소리로 등장한다. 이 당당함의 근거를 살펴보는 것은 여러 가지로 유익할 듯하다. 작품으로부터 시인의 얼굴을 숨기는 방법에도 나름의 장점이 없는 것은 아니다. 그러나 이른바 비개성적 태도는 시인의 생활을 응고시킬 염려가 있다. 시와 시인을 분리하는 이유는 작품 자체의 자율성을 지키려는 데 있겠지만, 시인 자신은 가만히 있고 시만 변화시키려는 노력은 구두선(口頭禪)에 그치거나 초월적 신앙에 이르거나 두 길 중의 어느 하나로 귀착되기 쉽다. 자신을 변화시키려면 그는 먼저 그 자신에게 정직해야 한다. 김수영이 성에 대해서 쓴 시 세 편을 읽어 보면 그가 어느 정도로 자신에게 정직했는가를 알 수 있다. 「사치」의 화자는 시골에 가서 집을 얻어 잠시 머물면서 나들이를 하고 들어와 아내의 발목에 자꾸 눈이 가서 "문명된 아내에게 실력을" 보이려고 우선 발을 씻고 아내에게 "길고 긴 오늘 밤에 나의 사치를 받기 위하여 어서어서 불을 *끄자*"라고 말한다. 「여편네의 방에 와서」는 아내와 기거를 같이하면서 소년이 된 화자가 자신의 성기를 어린놈이라고 부르며 자기를 속이지 않으니 그 자신과 아내와 그의 남근이 서로 잘 이해하게 되었다는 내용의 시이다.

> 어린놈 너야
> 네가 성을 내지 않게 해 주마
> 네가 무어라고 보채더라도
> 나는 너와 함께 성을 내지 않는 소년[60]

김수영은 시에서 아내에 대한 불만도 거침없이 토로하였다. 「피아노」에는 피아노를 들여놓고 "시를 쓰니 음악도 잘 알 게 아니냐고" 한 곡 쳐 보라고 남편을 조롱하는 아내가 나오고 피아노 소리의 위협 때문에 아무 생각도 못 하고 벙어리가 된 남편이 나온다. 「의자가 많아서 걸린다」에서 화자는 의자와 테이블과 노리다케(일본 식기브랜드) 반상 세트와 미제 도자기 스탠드 때문에 자유롭게 운신할 수 없는 관청같이 된 집을 한탄한다. 아내 때문에 집이 바닥이 없는 난삽한 집이 되었다는 것이다. 「세계일주」는 그대와 나의 대화로 구성된 시인데 그대는 세계일주를 하고 싶어 하는 나이고 나는 세계일주를 할 필요가 없다고 생각하는 나이다. 화자는 세계일주를 못 하는 자신에게 화가 난다.

---

60 김수영, 『김수영 전집』 1, 이영준 편, 민음사, 2018, 234쪽.

그 분풀이로 어리석은 나는 술을 마시고

창문을 부수고 여편네를 때리고

지옥의 시까지 썼지만[61]

  그러나 결국은 "모든 세계일주가 잘못된 출발"이라는 것을 알게 된다. 「만용에게」에서 화자는 양계를 애써 해 봐야 일하는 만용이 학비 빼면 남는 게 없다는 아내의 잔소리를 무시하고 속으로 "어디 마음대로 화를 내어 보려무나"라고 하면서 아내에게 지지 않겠다고 스스로 다짐한다. 「죄와 벌」은 사람들 앞에서 우산대로 아내를 때리고 들어와서 밤이라도 혹시 누가 알아본 사람이 있을까 걱정하다가 종이우산을 가지고 오지 않은 것을 후회한다는 시이다. 김수영은 세상으로부터 이탈할 수 있는 모든 길을 스스로 차단하고 오직 시만을 절대적인 사랑과 동의어로 사용했다. 시를 바꾸기 위하여 김수영은 자신을 변모시킬 수밖에 없었다. 그는 말로써 삶에 침투하려고 하지 않고, 오히려 삶 자체로써 말에 침투하려고 하였다. 변모는 언제나 어떤 상태로부터 다른 상태로 바뀌는 것이므로, 이때 현재의 상태가 명확히 밝혀지지 않으면 안주와 변신이 구별되지 않는다. 자신의 현 위치와 현재 자신이 관계하고 있는 삶의 테두리를 규정하는 방법으로 김수영은 정직성을 선택하였다. 시의 방법으로까지 구체화된 것이기 때문에 그의 방법적 정직성은 그만큼 명료하고 또 그만큼 면밀할 수 있었다. 어떤 사태를 규정하는 행동은 곧 그 사태를 부정하고 비판하는 행동에 연결된다. 규정한다는 행동이 곧 그것을 넘어서서 나아가는 행동이 될 수 있다. 자기에게 속한 모든 것을 정직하게 드러냄으로써 비로소 자기비판과 자기부정이 가능하게 된다. 정직성은 변신의 근거이고, 동시에 변혁에 대한 믿음이 당당함의 토대이다. 가차 없고 주도한 정직성에 있어서 김수영만큼 철저한 시인은 많지 않다.

61　김수영, 『김수영 전집』 1, 372쪽.

둘째, 김수영 문학의 특색은 현실을 인식하는 주체적 시각에 있다. 「가까이할 수 없는 서적」, 「아메리카 타임지(誌)」, 「엔카운터지(誌)」, 「VOGUE야」 같은 시들을 통하여 우리는 김수영이 영어로 된 책을 늘 가깝게 대하고 있었다는 것을 알 수 있다. 김수영의 시대에는 미군 부대에서 흘러나온 책들이 고서점에 깔려서 지금 생각하는 것보다는 상당히 많은 영어책을 구할 수 있었다. 그리고 조후쿠 고등예비학교와 미즈시나 하루키 연극연구소에서 공부하고 만주국 지린의 연극 무대에서 일본어로 연기를 할 수 있었으니 일본어는 김수영에게 모국어나 마찬가지였을 것이다. 그의 시에 일본어 투 한자어가 자주 보이는데 이것은 물론 잘못된 언어사용이라 하겠지만 이중언어(한국어와 일본어) 사용자인 그로서는 오히려 자연스러운 어휘선택이었다고 할 수 있다. 김수영은 일본어책을 철저하게 뜯어 읽음으로써 주체적인 시각을 확보하였다. 하이데거의 『릴케론(*Wozu Dichter?*)』을 일본어로 욀 수 있을 만큼 읽었다고 하는데, 김수영은 다른 책의 경우에도 책의 밑바닥이 보일 때까지 읽어 그 책을 뚫고 넘어설 수 있었던 것 같다. 김수영은 서양의 문학이론에 대한 열등감을 전혀 지니고 있지 않았다. 그는 한국에 살고 있는 자신의 생활을 무엇보다 중요하게 여겼고 여기에 필요한 것은 가리지 않고 흡수하였으나 결코 삶의 자리를 떠나서 공허한 이론에 귀를 기울이지 않았다. 그가 입버릇처럼 말하는 시다운 시는 형식주의적인 관점과 현실주의적인 관점을 함께 용인하는 개념이다. 현실로 보면 현실이 시의 전부이고, 형식으로 보면 형식이 시의 전부라는 것이다. 김수영은 형식의 변모에 헌신하는 생활도 그것이 철저하기만 하다면 결국 그 생활 자체의 전신(轉身)에 이를 수 있다고 생각했다. 그러나 김수영 자신은 형식주의자가 아니라 현실주의자였다. 「미역국」에서 그는 "자칭 예술파 시인들이 아무리 우리의 능변을 욕해도—이것이 환희인 걸 어떻게 하랴"라고 고백하였다. 이미지의 긴장이라는 문학 용어를 김수영은 생활방식에도 적용하였다. 어떤 의미에서는 영미의 분석비평을 생활 원리로 심화시킴으로써 분석비평의 한계를 훨씬 뛰어넘은 시인으로 그를 평가할 수도 있다. 이미지에 힘이 맺혀 있지 않다는 말을 삶에 진정성이 결여되어 있다는 의미로 사용하는 경우가 자주 보이기 때문이다. 양계를 하고, 빚놀이를 하고, 연애를 하고, 아들을 가르치고, 친구와 술을 마시고, 값싼 번역 일을 하는 따위의 일상생활이 하나도 빠짐없이 시와 수필에 나오는 사실도 주의할 만하다. 이러한 사건들이 독자에게 하찮은 것으로 받아들여지지 않는 이유는 그것들이 역사적 현실에 뿌리박고 있다는 데 있다. 자신의 삶을 직시하는 것 하나만으로 그는 작품 속에 현실과 역사와 세계를 포괄할 수 있었다. 일반적으로 시는 진술과 비유로 구성되고 쉽게 이해할 수 있는 진술들 사이에 신선한 비유가 들어가서 시의 눈 노릇을 하는 것이 시의 보편적인 형식이라고 할 수 있다. 그런데 비유의 자리에 진술을 놓고 진술의 자리에 요설(饒舌)을 늘어놓음으로써 다른 시 같으면 평범한 진술이라고 해야 할 말이 시의 눈으로서 빛을 내도록 구성하는 것이 김수영의 작시법이다. 앞부분의 네 연을 가득 채우고 있는 허튼 말들 끝에 나오는 다섯째 연의 할 말이 다섯 연으로 구성된 「아픈 몸이」의 눈이 된다. 신이 찢어지고 추위에 온몸이 언 채로 베레모를 쓴 사람이 골목을 지나간다. 늙지도 젊지도 않은 나이의 그는 자기 발소리에서 절망의 소리를 듣고 마차를 끄는 말의 발자국 소리에서도 절망의 소리를 느낀다. 교회와 병원이 있어도 1,961개의 썩어 가는 탑이 곰팡이 냄새를 풍기는데, 그 탑에는 어쩌면 4,294개의 구슬이 간직되어 있는지도 모른다. 이런 종잡을 수 없는 요설들을 듣다가 독자들은 갑자기 의미가 분명하게 드러나는 진술을 만나게 되고 이 평범한 진술이 다시는 잊을 수 없는 진리처럼 뇌리에 새겨지는 것을 느끼게 된다.

아픈 몸이
아프지 않을 때까지 가자
온갖 식구와 온갖 친구와
온갖 적들과 함께

적들의 적들과 함께
무한한 연습과 함께[62]

「봄밤」은 반대로 첫 연에 할 말이 들어 있고 나머지 두 연에는 허튼 말이 들어 있다. 마음이 한없이 풀어지고 꿈이 달의 행로를 회전하고 기적 소리가 슬프게 울고 벌레가 눈을 뜨지 않고 땅속을 기고 천만인이 재앙과 불행을 반복하며 생활하고 청춘은 격투에서 해방되지 못한다는 것은 허튼 말이다. 그 허튼 말 속에는 시인에게 영감(靈感)은 아들과 같은 것인데 절제할 줄 모르는 시인은 영감을 얻을 수 없다는 진술이 섞여 있다. 그러므로 허튼 말에는 요설과 진술이 섞여 있다고 해야 할 것이다. 그러나 김수영 시의 눈이 되는 진술은 허튼 말이 섞이지 않은 할 말이다.

애타도록 마음에 서둘지 말라
강물 위에 떨어진 불빛처럼
혁혁한 업적을 바라지 말라
개가 울고 종이 들리고 달이 떠도
너는 조금도 당황하지 말라
술에서 깨어난 무거운 몸이여
오오 봄이여[63]

시의 현실주의와 시의 형식주의를 다 같이 용인하면서 그것들보다 더 깊고 더 가까운 데 있는 역사로 눈을 돌린 김수영은 우리 시대의 근본문제로 곧장 나아간다. 신과 신이 싸우고 있는 분단시대, 자본주의자도 될 수 없고 공

---

62   김수영, 『김수영 전집』 1, 258쪽.
63   김수영, 『김수영 전집』 1, 154쪽.

VII. 광복 이후 한국문학   891

산주의자도 될 수 없는 김수영은 두 가지 원리 이외에 또 하나의 다른 원리를 설정하려고 하지 않는다. 그는 술과 시를 통하여 원리 없이 빈곤과 싸우고 억압에 대항한다. 김수영은 조직의 논리를 따르지 않고 주관적인 감정과 상상의 자발성을 따른다. 보편성을 내세우는 이론과 순수성을 앞세우는 예술은 결국 억압적 질서의 대리자가 되며, 객관성을 주장하는 체계와 완벽성을 내세우는 조직은 삶의 경험을 외면하는 기계의 옹호자가 된다고 보기 때문에 그는 빈틈없는 개념의 건축을 바라지 않고, 개념의 정의 자체를 거부하고 원리에 어떤 것을 환원하는 일에서 벗어난다. 그의 교육과정과 성장과정으로 미루어 짐작해 볼 때 김수영은 마르크스나 프로이트를 읽지 않았을 것이다. 「전향기」에서 보듯이 그는 일본의 진보적 지식인들에 대해서 잘 알고 있었고 「라디오계(界)」에서 보듯이 그는 일본어 방송과 이북 방송을 들으며 국제정세를 파악하였다. 그의 귀에는 이북 방송이 엉성하고 조악하게 들렸고 일본어 방송의 "달콤한 억양이 금덩어리 같았다." 「나가타 겐지로」는 1960년의 북송에 자발적으로 참여한 재일교포 가수 김영길의 이야기를 다룬 시이고 「연꽃」은 사회주의에 대한 호감을 표출한 시이다. 1960년대의 일본에는 사회주의와 북한에 대한 긍정적인 평가가 널리 퍼져 있었다. 그러므로 김수영의 좌파적 상상력에 그 나름의 고유성이 표출되어 있다고 할 수는 없을 것이다. 문제는 그의 정치의견이 아니라 시대에 뒤떨어지지 않으려고 끊임없이 분투한 정신적 편력에 있다. 「백의(白蟻)」는 현대 기계문명에 대한 김수영의 철학을 표현한 시이다. 흰개미처럼 모르는 사이에 삶의 구석구석에 스며들어 있는 기계를 인식하고 김수영은 현대가 일용할 양식뿐 아니라 일용할 기계가 필요한 시대라는 것을 새삼스럽게 확인한다. 한국인에게 기계는 거리에 있거나 집에 있거나 편안한 물건이 아니다. 세계의 도처에 두루 확산되는 기계에는 일정한 소유주가 없다. 기계는 뇌신보다 사납고 뮤즈보다 부드럽다. 기계는 남미의 면공업자를 위하여 천을 짜기도 하고 미국 나이아가라 강변에서 터널을 파기도 한다. 기계는 그리스의 철학, 특히 피타고라스 학파에서 유래하였다. 고대인은 기계에서 균형과 조화를 보았고 19세기 유럽인들은 기계에서 여유를 보았다. 한국에 들어온 기계는 어딘가 고아같이 겉도는 것 같았으나 날마다 신문잡지에 광고가 실리면서 드디어는 일반인의 집속에까지 들어오게 되었다. 화자의 누이는 기계를 싫어하는 오빠를 어머니보다 더 완고하다고 비판하였고 화자의 친구들은 기계와 화해한 그를 시인이 아니라고 비판하였다. 기계는 그리스인을 어머니로 가진 미국의 산물이라고 할 수 있는데 기계를 기계답게 다루려면 정신상으로 그리스가 미국으로부터 독립해야 한다. 미국이라는 장사치의 국가에는 순수한 과학기술문명이 성립할 수 없기 때문이다. 경제학의 중요성을 인식하지 못하고 경제를 무시하다가 미국에 예속된 것이 기계의 비극이다. 김수영은 그리스문명에 근거하는 순수과학의 부활은 이제 연극에서나 가능할 것이라고 생각하지만 일용할 기계에 대하여 본격적으로 생각해 보았다는 것은 김수영 시의 현대성을 증명하는 것이다.

어떤 원리에도 의존하지 않고 전진하는 행동을 그는 나무아미타불의 기적이라고도 하였다. 자신의 한 걸음에 세계의 운명이 달렸다고도 말하고 있다. 뒤를 돌아보지 않는 것, 앞으로 나아가는 것, 이러한 행동은 실제로 어떻게 가능한가? 김수영은 도처에서 사회의 금기에 부딪치고 자유의 부재를 절규한다. 물고기는 운동할 때에만 물의 저항을 느끼듯이 앞으로 나아가려고 하지 않는 사람은 자유의 가치를 인식하지 못한다. 김수영은 우리 시대에 내재하는 허위와 모순을 극명하게 드러낸다. 모든 논리와 모든 언어가 이지러진 전체의 일부를 이루면서 허위로 전락한 사태에 대한 쉼 없는 거절이 김수영의 생활이었다고 해도 지나친 말은 아니다. 자신의 삶이 자유를 향한 싸움으로 구성되어 있어야 한다는 믿음 위에서 그의 시는 일종의 전황 보고가 된다. 형식과 현실, 사유와 공유의 구별을 넘어서는 자유는 오직 변신의 근거일 뿐이다. 안주와 정체는 자유를 필요로 하지 않는다. 사실에 있어서 성숙이라는 낱말에 부합되는 변모를 김수영만큼 뚜렷하게 성취한 시인은 드물

다. 의심은 믿음으로 바뀌었고, 반성은 사랑으로 변하였다. 전진의 근원인
자유는 전진의 목표인 사랑과 분리할 수 없는 것이 되었다. 사랑과 같이 어
떻게 보면 이미 닳아빠진 낱말을 신선하고 태연하게 말할 수 있다는 것도 다
소 놀라운 일이다. 김수영의 글에 간혹 나타나는 이 낱말은 마치 오랜 수도
의 끝판에 얻은 해탈처럼 독자의 정신을 맑게 한다.

> 아들아 너에게 광신을 가르치기 위한 것이 아니다
> 사랑을 알 때까지 자라라
> 인류의 종언의 날에
> 너의 술을 다 마시고 난 날에
> 미대륙에서 석유가 고갈되는 날에
> 그렇게 먼 날까지 가기 전에 너의 가슴에
> 새겨 둘 말을 너는 도시의 피로에서
> 배울 거다
> 이 단단한 고요함을 배울 거다
> 복사씨가 사랑으로 만들어진 것이 아닌가 하고
> 의심할 거다!
> 복사씨와 살구씨가
> 한번은 이렇게
> 사랑에 미쳐 날뛸 날이 올 거다![64]
>
> (「사랑의 변주곡」 부분)

　김수영에게 사랑에 미쳐 날뛰는 마음은 광신이 아니라, 단단하고 고요한
행동과 관련되어 있다. 사랑은 복사씨를 형성하는 우주의 질서이면서 동시
에 도시의 피로 속에서 배워야 알 수 있고, 오래 자라야 알 수 있는 인간의 가

64　김수영, 『김수영 전집』 1, 360쪽.

치다. 사랑은 어디까지나 현세의 과업이지 피안의 간여할 바가 아니다. 술을 다 마시고 난 날이 인간의 죽음을 의미한다면, 석유가 고갈되는 날은 서구의 종말을 암시한다. 그리고 사랑은 죽기 전에, 종말이 오기 전에 알고 얻고 지녀야 할 삶의 핵심이다. 이러한 시각에는 복숭아씨의 알맹이를 도인(桃仁)이라 하고 살구씨의 알맹이를 행인(杏仁)이라 하는 동양사상과 통하는 점이 있다. 맹자는 '인자하다는 것은 사람답다는 것이다(仁者人也)'라고 하지 않았던가. 김수영의 시는 서구적 교양의 기반 위에서 한 정직한 인간이 수행한 성숙과정을 보여 줄 뿐 아니라, 자기의 생활 현실을 투철하게 포섭하면서 살아온 평범한 시민이 달성한 보편적 지혜의 수준까지도 보여 준다.

많은 경우에 시인은 정상적인 사회인보다 열등한 사람으로 생각되어 왔다. 무엇인가 정상적인 생활을 할 수 없기 때문에 시를 쓴다는 것이다. 올바른 아들이요, 우수한 학생이라면 누가 구태여 시 같은 것을 쓰면서 살 것인가. 이렇게 대다수의 사람들은 생각하는 것이다. 그런데 김수영이 시인으로서의 생활을 시작할 때 쓴 몇몇 시는 역시 이러한 식의 발상을 보여 주고 있다.

남의 일하는 곳에 와서 아무 목적 없이 앉았으면 어떻게 하리
남의 일하는 모양이 내가 일하고 있는 것보다 더 밝고 깨끗하고 아름다웁게
보이면 어떻게 하리
일한다는 의미가 없어져도 좋다는 듯이 구수한 벗이 있는 곳
너는 나와 함께 못난 놈이면서도 못난 놈이 아닌데
쓸데없는 도면 위에 글씨만 박고 있으면 어떻게 하리
엄숙하지 않은 일을 하는 곳에 사는 친구를 찾아왔다[65]

65 김수영, 『김수영 전집』 1, 87쪽.

그의 초기 시 가운데 하나인 「사무실」은 시인과 사회인, 시작과 생활의 상호 소외를 자세히 보여 주고 있다. 생활이란 도면 위에 글자만 박고 있는 시작(詩作)에 비하면 엄숙하지 않은 일이며, 시작보다는 더 밝고 깨끗하고 아름답게 보이는 것이다. 또한 그것에 비해서 시작이란 첫째 행의 "어떻게 하리"란 부정적인 어조로 보아서 목적이 있어야 하는 일이며 의미를 따지는 일인 것이다. '청록파'에 정면으로 반대하고 나온 '신시론' 동인의 영향 아래 그의 시는 산문에 가까이 다가가고 있으나, 그의 훌륭한 시가 거의 다 그렇듯이 초기의 이 시 역시 드러나지 않는 섬세한 의미의 함축이, 평범한 산문으로부터 충분한 거리를 두고 생활과 시의 긴장을 심화하고 있다. 고독과 회피조차 그동안 일어나는 모든 사회적 변동에 대한 승낙으로서의 사회적 의사 표시가 되고 있는 현대의 특징을 그는 거의 직감적으로 깨닫고 있었으며, 시를 쓴다는 일을 사회나 생활과 동떨어진 다른 어떤 것으로 생각할 수 없었던 것이다. 그러나 그가 사회와 자신의 관계에 대한, 정확한 인식 위에서 긍정과 부정의 합일에 도달하게 되는 것은 퍽 뒤의 일이고, 그도 처음에는 사회의 흐름과는 좀 떨어진 곳에 시작을 두고 있었던 것은 틀림없다.

　　가야만 하는 사람의 이별을 기다리는 것처럼
　　생활은 열도(熱度)를 측량할 수 없고
　　나의 노래는 물방울처럼
　　땅속으로 향하여 들어갈 것
　　애정지둔(愛情遲鈍)[66]　　　　　　　　　　　　　　　　　(「애정지둔」 부분)

　감당해 낼 수 없는 생활에 대해서 시라는 것은 가냘프고, 그리고 곧 소멸할 운명의 것이다. 시라는 것은 아무래도 생활을 버텨 낼 수 있는 그 무엇은 아

66　김수영, 『김수영 전집』 1, 61쪽.

니다. 모든 사람이 하나의 노동을 택하고 있는 것이지만 김수영은 자기의 시작을 그 가운데 하나로 넣기를 거부하고 있다. 「가옥찬가」란 시에서는 자기를 노동을 소유하고 있지 않은 사람으로서 선언한다.

목사여 정치가여 상인이여 노동자여
실직자여 방랑자여
그리고 나와 같은 집 없는 걸인이여
집이 여기에 있다고 외쳐라[67]

그는 약하고 못난 자신을 느끼는 것과 비례해서 자기와 같이 약하고 못난 사람들에 대한 참을 수 없는 공감과 연민을 깨닫는다. 「영교일(靈交日)」은 굵은 밧줄 밑에 뒹구는 구렁이처럼 괴로워하는 젊은 사나이의 눈초리를 보면서 느끼는 분격과 조소와 회한을 노래하고 있다. 그러나 그는 이상의 뒤를 따르기에는 자신과 사회에 대하여 너무나 공정한 눈을 가지고 있었고, 더구나 그에게는 의지할 수 있는 가족이 있었다.

제각각 자기 생각에 빠져 있으면서
그래도 조금이나 부자연한 곳이 없는
이 가족의 조화와 통일을
나는 무엇이라고 불러야 할 것이냐[68]

「나의 가족」에서 위와 같이 노래하는 것을 들으면, 이것은 거의 그가 바라는 이상적인 사회질서, 즉 건전하고 정상적인 인간과 인간, 집단과 집단의 관

---

67 김수영, 『김수영 전집』 1, 181쪽.
68 김수영, 『김수영 전집』 1, 103쪽.

계를 말하고 있는 것같이 보이기도 한다. 이 가족의 조화와 통일을 그가 사랑이라고 불렀을 때 그는 사회에 의한 소외자로서 부정된 자신을 다시 부정하여 이 사회에 자기의 숨결을 내뿜을 수 있는 교두보를 확립하고 있는 것이다. 이때 그의 시의 발전적인 변화를 가능하게 할 수 있었던 몇 가지 싹을 발견할 수 있으니, 하나는 번개와 같이 떨어지는 물방울은 취할 순간조차 마음에 주지 않고 나태와 안정을 뒤집어 놓은 듯이 높이도 폭도 없이 떨어진다는 「폭포」와, 석간에 폭풍경보를 보고 배를 타고 가는 사람을 "습관에서가 아니라 염려하고" 3년 전에 심은 버드나무의 악마 같은 그림자가 뿜는 아우성 소리를 들으며 집과 문명을 새삼스럽게 즐거워하고 또 비판한다는 「가옥찬가」다. 두 편의 시 모두 어떤 구체적인 생활의 방향이나 의미를 규정하고 있는 것은 아니지만, 아직 확립 이전의 단계에 있기 때문에 더욱 그의 시의 바탕을 알 수 있게 하는 무엇을 가지고 있다.

규정할 수 없는 물결이
무엇을 향하여 떨어진다는 의미도 없이
계절과 주야를 가리지 않고
고매한 정신처럼 쉴 사이 없이 떨어진다

금잔화도 인가도 보이지 않는 밤이 되면
폭포는 곧은 소리를 내며 떨어진다

곧은 소리는 소리이다
곧은 소리는 곧은
소리를 부른다[69]

(「폭포」 부분)

---

69 김수영, 『김수영 전집』 1, 128쪽.

'고매한 정신처럼'이란 직접적인 이미지 이외에도 인가 앞에 금잔화란 말이 리듬을 살리며 이미지를 환기하고 있고, 곧은 소리가 사람의 개입을 배제하면서 묘하게 스스로 울리는 반향과 같은 이미지를 산출하고 있는 이 시는 이미지의 아름다운 교향악이다. 그러나 현실적인 사람이 배제되고 있다는 의미에서 이때의 고매한 정신은 행동으로 구체화될 수 없는 하나의 각오 내지는 의견에 불과하게 된다. 그 폭포는 낮이 아니라 은폐와 차단의 느낌을 주는 밤이 되어야 곧은 소리를 낸다고 하지 않는가. 「가옥찬가」 역시 마찬가지다. 그에게 집은 자연에서 입은 상처를 치료해 주는 병원이요, 자연과의 투쟁과 애정을 재생산하는 공장이요, 자연의 공격을 막아 주는 피난처이며 벌거벗어도 탓하는 사람이 없는 자유의 천지다. 그러나 이러한 생각은 사회와 자신을 근본적으로 규제하고 있는 체제에 대한 배려를 일체 도외시하고 있다는 점에서 집 혹은 가정에 대한 올바른 인식이라고 할 수 없다. 그리하여 그가 가족 이외의 관계에서 발견하는 사랑은 "어둠에서 불빛으로 넘어가는/그 찰나에 꺼졌다 살아"나는(「사랑」) 불안하고 순간적인 것이거나, "먼지 않은 석경 너머로" 움직이는(「파밭 가에서」) 묵은 사랑이 된다. 목표와 근거가 확실하지 못할 때 그의 삶은 순간적인 것에서 비정상적인 안식을 요구하고 과거의 회상에서 쉽게 헤어나지 못하는 것이다. 이러한 상태에 있는 시인에게 이른바 '순수'라는 말의 유혹이 매우 컸으리라는 것은 짐작하기 어렵지 않다. 그의 대표작이라고 지칭되는 「눈」은 이러한 사정을 확실하게 해 준다.

　　눈은 살아 있다
　　떨어진 눈은 살아 있다
　　마당 위에 떨어진 눈은 살아 있다

　　기침을 하자
　　젊은 시인이여 기침을 하자

눈 위에 대고 기침을 하자

눈더러 보라고 마음 놓고 마음 놓고

기침을 하자

눈은 살아 있다

죽음을 잊어버린 영혼과 육체를 위하여

눈은 새벽이 지나도록 살아 있다

기침을 하자

젊은 시인이여 기침을 하자

눈을 바라보며

밤새도록 고인 가슴의 가래라도

마음껏 뱉자[70]

느린 호흡의 간결한 짧은 행과 빠른 호흡의 긴장된 긴 행을 교차시키면서
'기침', '가래침', '눈'이 점층적으로 강조되어 나가는 이 시에서, 눈은 마당으
로 상징되는 사회에 떨어진 것이요, 그것은 세상의 영혼과 육체에게 죽음을
일깨우기 위하여 있는 것이다. 이러한 눈은 흔히 말하는 순수거나 하여튼 그
비슷한 것이라고 할 수밖에 없다. 여기에 대해서 시는 기침이나 가래침 같은
것, 하얗고 고운 눈보다 지저분한 어떤 것으로 상징되고 있다. 어떤 순수한
무엇에 대하여 생활과 시는 같이 저급한 위치에 있지만 여기서 시인 김수영
이 문제 삼고 있는 것은 주로 시와 순수의 관계다.

민권혁명의 과업을 혁신적인 정치가나 양심적인 기업가에 앞장서서 학생
과 대중이 수행해 내었다는 사실은 송욱이나 민재식과 마찬가지로 김수영에

70   김수영, 『김수영 전집』 1, 148쪽.

게도 그의 시적 변혁을 감행하게 강요한 하나의 중요한 계기가 된 듯하다.

> 활자는 반짝거리면서 하늘 아래에서
> 간간이
> 자유를 말하는데
> 나의 영(靈)은 죽어 있는 것이 아니냐[71]

「사령(死靈)」 부분

4·19 바로 전해의 동요 속에서 김수영은 자유를 체득했고 그의 생활의 근거와 목표가 된 이 자유가 그의 시에 빠른 탄력성을 주었던 것 같다. 느릿느릿 괴롭게 흔들리던 시행은 그때부터 기관차와 같이 달려 나가고 멈춤이 없이 넘어가고 뚫고 나가는 것이 되었다. 활자-하늘-자유-영-죽음, 하나의 단어가 그다음 단어로 넘어가기까지 수행되는 투쟁과 모험을 보라. 이것은 하나의 상승이요 비약이다. 활자는 자유를 말하지만 자유는 말하는 것이 아니라 실천하는 것이다. 자유를 실천하지 못하는 나에게는 활자를 포함한 모든 것이 마음에 들지 않는다. 그러므로 이 시의 3연과 4연에서 화자는 활자를 그대라고 부르며 이렇게 말한다.

> 모두 다 마음에 들지 않아라
> 이 황혼도 저 돌벽 아래 잡초도
> 담장의 푸른 페인트 빛도
> 저 고요함도 이 고요함도
>
> 그대의 정의도 우리들의 섬세도
> 행동이 죽음에서 나오는

71 김수영, 『김수영 전집』 1, 178쪽.

이 욕된 교외에서는

어제도 오늘도 내일도 마음에 들지 않아라[72]

　활자는 반짝거리면서 자유를 노래할 수 있지만 우리들은 죽음을 각오한 행동을 통해서만 그것을 말할 수 있다. 죽음과 자유의 그늘 아래 김수영이 부정하고 있는 범위의 광대함을 생각하라. 황혼, 잡초, 페인트 빛, 고요함, 정의, 섬세, 오늘, 내일. 그러나 이러한 부정의 행위 속에서 그는 자기 자신에 대한 강력한 긍정을 확인하게 된다. 사회에 의해 부정된 개인은 주체적 결단에 의하여 다시 부정된다. 김수영은 자신의 삶의 목표와 근원을 캐어 냈고 그것이 그의 삶을 완강한 것으로 확립했던 것이다. 「사령」보다 두 해 전에 쓰인 「봄밤」이란 시에서 김수영은 모든 감상적인 것, 모든 환상적인 것, 모든 소시민적인 원한과 앙심과 영웅심, 자기도취와 자기기만을 부정한다. 자신과 자신의 행동을 촉발하는 상황에 대한 사실 그대로의 파악, 그리고 거기서 오는 절제와 침착과 여유가 4·19를 맞을 준비를 하고 있었던 것이다. 그에게 4·19는 자유와 폭력, 희망과 절망이 고양되는 놀라운 진리의 계시였던 것 같다. 커다란 기쁨 속에서 그는 누차에 걸쳐서 전체 대중이 충실하고 탁월한 어떤 삶을 향한 보편적 투쟁에 견결히 참여할 것을 노래한다(「하… 그림자가 없다」). 그러나 자유를 위해 전신전령으로 노력하는 것도 인간이지만, 반대로 그 자유를 짓밟고 억누르는 것도 역시 무슨 귀신이나 추상적인 이념이 아닌 인간이라는 의미에서 그러한 가정은 근거가 위태할지 모른다. 김수영이 4·19 순국학도 위령제에 부친 「기도」란 시는 이러한 사실에 직면한 그의 결의를 보여 주고 있다. 배암·쐐기·쥐·삵괭이·진드기·악어·표범·승냥이·늘대·고슴도치·여우·수리·빈대들을 대하듯이 관계해야 하는 사람들이 있다. 그는 이러한 사람들과의 관계를 싸움이라고 부른다. 여기에 반해서 시를

72　김수영, 『김수영 전집』 1, 178쪽.

쓰고, 꽃을 꺾고, 자는 아이의 고운 숨소리를 듣고, 죽은 옛 연인을 찾고, 잃어버린 길을 다시 찾는 마음은 공동으로 싸우는 사람 사이의 관계다. 어째서 자유에는 피의 냄새가 섞여 있는가, 혁명은 왜 고독한 것인가를 알겠다고 김수영이 「푸른 하늘을」이란 시에서 노래하고 있는 것도 이러한 인간들의 사회적 관계구조에 대한 체험의 심화에서 우러나온 것이라고 볼 수 있다.

그러나 4·19의 결과는 우리 모두가 잘 알고 있듯이 이렇게 긍정적인 것만은 아니었다. 그것은 실망과 실의와 혼란과 실패를 함께 초래했다. 이 무렵 김수영은 자유의 어려움과 절실함을 동시에 체험한다. 자유는 완강한 '나'와 함께 있지만, 동시에 그것은 완강한 '우리'와 함께 있는 것이었다. 이것을 바꾸어 말해서 역사의 발견이라고 불러도 좋을지 모른다.

> 혁명은 안 되고 나는 방만 바꾸어 버렸다
> 나는 인제 녹슬은 펜과 뼈와 광기—
> 실망의 가벼움을 재산으로 삼을 줄 안다
> 이 가벼움 혹시나 역사일지도 모르는
> 이 가벼움을 나는 나의 재산으로 삼았다[73]   (「그 방을 생각하며」 부분)

피상적으로 보면 나는 펜과 뼈와 광기같이 보잘것없는 것이고, 혁명 후의 우리 사회는 그전의 사회나 마찬가지지만, 바로 이 마찬가지인 사회가 발전하고 있는 역사라는 것이다. 그의 시가 가장 원숙한 경지에 이르렀을 때에도 김수영은 자기를 한 사람의 자각적 대중으로 의식하고 있으며, 따라서 그는 표면적으로 보아 이 사회를 움직이고 있다고 보이는 특수층에 대해서는 항상 약간의 거리를 지니고 있어 왔던 것 같다. 우주시대의 마이크로웨이브에 탄 원효대사의 민활성, 바늘 끝에 묻은 죄와 먼지, 그리고 모방을 노래하면서

---

73   김수영, 『김수영 전집』 1, 219쪽.

시작되는 「원효대사」란 시는 그 후반부의 지루하고 혼란된 반복이 주는 분노의 어조로 보아 대중의 의식을 잠재우고 농촌에 소비 풍조를 팽창시키는 미디어를 죄와 먼지 그리고 모방이란 이름으로 처단하고 있는 것이다. 한편 정치가나 기업가에 대한 비판의 기준을 김수영은 '사랑'이라고 부르는데, 아마 이 말은 그에게 충실하고 탁월한 삶과 같은 뜻으로 사용되고 있는 듯하다. 「이혼취소」에서 그는 "마음속에 있는 탐욕을 기르기보다는 요람에 있는 아기를 죽이는 것이 낫다(Sooner murder an infant in its cradle than nurse unacted desire)"라는 블레이크의 시구를 인용하고 있다.

> 이것을 지금 완성했다 아내여 우리는 이겼다
> 우리는 블레이크의 시를 완성했다 우리는
> 이제 차디찬 사람들을 경멸할 수 있다
> 어제 국회의장 공관의 칵텔 파티에 참석한
> 천사 같은 여류작가의 냉철한 지성적인
> 눈동자는 거짓말이다
> 그 눈동자는 피를 흘리고 있지 않다
> 선이 아닌 모든 것은 악이다 신의 지대(地帶)에는
> 중립이 없다
> 아내여 화해하자 그대가 흘린 피에 나도
> 참가하게 해 다오 그러기 위해서만
> 이혼을 취소하자[74]

그러나 그의 모든 사회적 투쟁이 언제나 자기 자신과의 한없이 성실한 내면적 투쟁과 함께 수행된다는 데에 시인 김수영의 위대성이 있다. 손에는 무

---

74 김수영, 『김수영 전집』 1, 332쪽.

거운 보따리를 들고, 기침을 하면서, 집에는 차압을 해 온 파일 오버가 있는 데도 배자 위에 알따란 검정 오버를 입고 빚쟁이와 싸우다 나오는 길에 흘린 침 자국을 바라보면서 "돈을 받기 전에 죽으라"라고 소시민적 이기심을 고발하는 「네 얼굴은」이나, 그의 절창 가운데 하나인 「어느 날 고궁을 나오면서」를 보면, 김수영에게 자기 자신과의 투쟁이 얼마나 처절하게 전개되고 있었던가 하는 것을 확실히 알 수 있다. 이 사회의 지배층과의 싸움이 언제나 같은 대중끼리의 싸움으로 끝나고 마는 것을 "떨어지는 은행나무잎도 내가 밟고 가는 가시밭"이라고 통렬하게 비판하고 있는 김수영은, 그러나 이러한 자기가 적어도 역사의 방향에서는 벗어나 있지 않다는 시인으로서의 확신을 가지고 있었다. 그가 「VOGUE야」란 시에서 유행의 세계에 스크린을 친 죄, 아이들의 눈을 막은 죄를 말하고 있는 것도 역시 시인으로서의 역사 감각의 일단을 보이는 것이지만, 「말」이라는 시도 역시 "나무뿌리가 좀 더 깊이 겨울을 향해 가라앉았다"라는 구절이 포함한 이미지가 보여 주듯이 김수영 자신의 역사 감각의 확대를 표현하는 것이며, "그래도 우리는 삼십 대보다는 약간 젊어졌다"라는 「미역국」 역시 미역국이 상징하는 실패를 통하여 역사 내부로 침투할 수 있었다는 가장 올바르고 값진 자기 긍정이다. 충실하고 탁월한 삶을 가로막는 모든 세력에 대항하는 그의 이러한 '사랑'이 가장 깊어지고 뜨거워졌을 때 그는 튼튼한 개인, 튼튼한 대중과 동시에 튼튼한 역사를 획득하게 된다.

전통은 아무리 더러운 전통이라도 좋다 나는 광화문
네거리에서 시구문의 진창을 연상하고 인환(寅煥)네
처갓집 옆의 지금은 매립한 개울에서 아낙네들이
양잿물 솥에 불을 지피며 빨래하던 시절을 생각하고
이 우울한 시대를 패러다이스처럼 생각한다
버드 비숍 여사를 안 뒤부터는 썩어 빠진 대한민국이

괴롭지 않다 오히려 황송하다 역사는 아무리

더러운 역사라도 좋다

진창은 아무리 더러운 진창이라도 좋다

나에게 놋주발보다 더 쨍쨍 울리는 추억이

있는 한 인간은 영원하고 사랑도 그렇다[75]　　　　　　　(「거대한 뿌리」 부분)

　이 시의 다음 부분에 이어서 나오는 진보주의자·사회주의자·통일·중립·은밀·심오·학구·체면·인습·동양척식회사·일본영사관·대한민국관리·미국인에 대한 신랄한 공격은 바로 국제관계에서 자기의 자리를 버텨 내지 못하고 다른 나라에 말려들고 마는 허약한 정부와 공정하지 못한 관리, 매판적인 기업가, 감상적인 지식인에 대한 사형선고다.

　김수영은 자신이 그 일부로 편입되어 있는 사회구성 원리로서의 자본주의를 온몸으로 통과하면서 살아남기가 너무 어렵다는 것을 절감하고 삶의 고통을 경감시켜 줄 수 있는 다른 미래를 희망하였다. 그러나 그것은 어디까지나 모두 말하게 하고 나중에 갈피 짓는 다성정치(多聲政治)를 전제로 하는 방향이었다. 우리는 천박한 진보주의자·사회주의자·통일·중립을 비판하는 「거대한 뿌리」 이외에 「세계일주」란 시를 통해서도 남의 입을 막고 혼자 말하는 단성정치(單聲政治)에 대한 김수영의 증오를 알 수 있다.

지금 나는 21개국의 정수리에

사랑의 깃발을 꽂는다

그대의 눈에도 보이도록 꽂는다

그대가 봉변을 당한 식인종의 나라에도

그대가 납치를 당할 뻔한 공산국가에도

75　김수영, 『김수영 전집』 1, 299쪽.

보이도록[76]

　이것은 물론 세계일주를 하고 싶어 하는 나에게 발 운동 열심히 하는 것보다는 제 땅에서 사랑을 훈련하는 것이 낫다고 반박하는 또 하나의 내가 하는 말이지만 자유를 생명과 동의어로 사용하는 김수영의 정치 노선을 우리는 자유사회주의라고 명명할 수 있을 것이다. 「김일성 만세」는 김일성의 정치 모델을 옹호하는 시가 아니라 김일성주의자까지도 배제하지 않는 절대자유주의를 옹호하는 시이다. 절대자유주의와 자유사회주의는 무정부주의의 별명이다.

　결국 그의 시와 생활도 역시 많은 훌륭한 시인의 그것과 마찬가지로 '사랑하는 싸움'의 성실한 수행이었음을 알 수 있다. "욕망이여 입을 열어라/그 속에서 사랑을 발견하겠다"라고 시작되는 그의 유고 「사랑의 변주곡」은 건강한 인간, 건강한 시민, 건강한 역사를 위한, 다시 말하면 행복한 세계를 위한 그의 이러한 싸움이 '사랑'이라는 말 속에서 얼마나 극도로 성숙해 있었던가를 극명하게 보여 준다. 언젠가 김수영은 소설을 쓰듯이 시를 쓴다고 말했다. 이 말은 풍요한 삶의 전체에 자기의 시적 투쟁을 참가시키겠다는, 따라서 이른바 미(美)라는 이름 아래 생활의 폭을 좁히고 결과적으로 미 자체의 목을 조르는 우리 시 대부분에 대한 반대로 이해되어야 할 것이다. 김수영의 시를 볼 때마다 털털거리고 나아가는 트랙터를 대하고 있는 듯한 느낌이 든다. 험한 자갈밭이나 거친 풀밭을 가리지 않고 트랙터는 앞으로 나아갔고, 그리고 김수영은 그 엔진을 끄지 않은 채 죽었다.

76　김수영, 『김수영 전집』 1, 372쪽.

2.   현대소설의 전개

이광수는 1940년에 친일을 하나의 이데올로기로 정립하였다. 우리는 이광수의 의식 형태를 척도로 삼아 신념으로서의 친일과 강압에 의한 부역을 구별할 수 있다. 1917년 1월부터 10월까지 《매일신보》에 연재한 『무정』의 마지막 부분에서 이미 이광수는 나라 잃은 시대를 진보의 낙원으로 기술하였다.

> 나중에 말할 것은 형식 일행이 부산서 배를 탄 뒤로 조선 전체가 많이 변한 것이다. 교육으로 보든지 경제로 보든지 문학 언론으로 보든지 모든 문명사상의 보급으로 보든지 다 장족의 진보를 하였으며 더욱 하례할 것은 상공업의 발달이니 경성을 머리로 하여 각 대도회에 석탄 연기와 쇠망치 소리가 아니 나는 데가 없으며 연래에 극도로 쇠하였던 우리의 상업도 점차 진흥하게 됨이라. 아아 우리 땅은 날로 아름다워 간다.[77]

『무정』과 『개척자』의 연재를 마치고 아내 백혜순과 아들을 떠나 도쿄에 머물던 이광수는 허영숙을 만나 1918년에 매일신보사 사장 아베 미츠이에(阿倍充家)의 소개장을 얻어 베이징으로 사랑의 도피 여행을 떠났다. 베이징에서 망명 지사들의 「무오독립선언서」를 본 이광수는 도쿄로 가서 「2·8 독립선언서」를 작성하고 상하이로 들어가 임시정부의 기관지 《독립신문》을 2년 동안 편집하였다. 요시노 사쿠조(吉野作造)의 자치론을 경모한 이광수는 윌슨이 제

---

77   이광수, 『바로잡은 무정』, 김철 교주, 문학동네, 2003, 719-720쪽.

안한 민족자결주의의 영향으로 한국의 자치가 어느 정도 실현되리라고 예상하였으나, 기대가 이루어질 수 없음을 확신하자 아베를 통하여 사이토 마코토(齋藤實) 총독에게 해외에서 유랑하는 청년들이 더 이상 나오지 않도록 교육과 직업의 기회를 확대해야 한다는 건의책을 올리고 1921년 4월에 귀국하였다.[78] 귀국하여 발표한 「예술과 인생」이란 글에서 이광수는 아무런 전제도 없이 단적으로, 정치나 사회의 변혁에는 아무런 의미가 없다고 단정하고 자연과 인사(人事)와 특히 직업을 예술로 알고 자기를 예술 감상자로 대하라고 권고하면서 "농촌에서 양우작농(養牛作農)하는 농부의 만족하고 평화로운 얼굴에 비겨, 저 도회 노동자의 얼굴이 얼마나 추악하고 비참합니까"[79]라는 몽상적인 직업관을 제시하였다.

1940년부터 1945년까지 이광수는 일본 왕에게 충성하자는 단 하나의 주제를 모든 종류의 글에서 거듭거듭 강조하였다. 이광수는 친일의 이데올로기를 비교적 체계적으로 구성하였다.

첫째, 이광수의 친일은 신불(神佛)에 대한 신앙에 근거하였다. 조선과 일본이 한 나라가 된 것은 숙세의 인연이니 받아들여야 하며 합병을 수락한다면 일본 왕이 신임도 신앙해야 한다는 것이다. "신체, 재산, 재능, 지위 등 내가 향수하는 모든 것은 신으로부터 받은 것이라고 인식하는 일이야말로 윤리의 첫 번째 요체이지 않으면 안 된다. 신을 인식하지 못하는 사람이 어떻게 임금님께서 현인신(現人神)이심을 인식할 수 있을까?"[80]

둘째, 이광수의 친일은 서양의 유리주의(唯利主義)를 부정하고 일본의 도의주의를 긍정하는 신념에 근거하였다. "유리주의는 소위 데모크라시를 신봉하는 세계 각 국민의 근본 사상이 되기도 한 것으로, 정사선악(正邪善惡)의 표

---

78   김윤식, 『이광수와 그의 시대』, 한길사, 1986, 675쪽.
79   《개벽》 제19호, 1922. 1, 14쪽.
80   이광수, 『동포에 고함』, 김원모·이경훈 편, 철학과현실사, 1997, 150쪽.

준을 자기의 이해(利害)에서 구하는 것이다."[81] 이광수는 특히 공산주의를 증오하여 그것을 동물적 본능을 추구하는 악마의 사상으로 규정하고 일본의 도의주의를 독일과 이탈리아의 파시즘과 서로 통하는 사상으로 규정하였다. "세계 정책에 있어서는 우리와 신념을 같이하는 방공도의(防共道義)의 맹방인 독일과 이탈리아 측에 서야 한다는 것은 자명한 이치이다."[82] 이광수는 생사를 초월한 선(禪)이라든가 멸사(滅私)의 헌신이라든가를 일본정신의 본질로 예찬하며 친일을 이기주의를 극복하는 행동원칙이라고 해석하였다. "창씨개명은 모처럼 국가 쪽에서 우리 조선인을 위해 차별을 없애고 평등의 영예를 향수하게 하려고 만든 제도이므로 스스로 이 부름에 응해야 마땅하다. 창씨개명을 하면 어떤 이해가 있을까 하는 비열한 마음을 일으켜서는 안 된다."[83]

셋째, 이광수의 친일은 조선인이 일본인이 됨으로써 누리는 세 가지 혜택에 근거하였다. 1944년부터 실시하게 된 징병제도와 1950년부터 실시하기로 한 의무교육과 시기를 확정하지는 않았으나 실시될 것이 분명한 참정권이 바로 일본인이 됨으로써 조선인이 누리게 된 행복이라는 것이다. 1942년에 이광수는 중일전쟁에서 전사한 일본인이 10만 6천 명인 데 비하여 한국인 전사자가 너무 적은 것을 한탄하였다. "그런데 전몰자 중 피를 흘리며 죽은 조선인은 몇 명이었을까요. 중위 한 명, 병졸 두 명, 합해서 세 명이니 정말 부끄러운 형편입니다."[84] 이광수는 자기를 버리는 정신이야말로 일본의 정신이라고 생각하였다.

이광수에 따르면 1940년에 한국인 중에서 일본어를 아는 사람이 300만이었고 "2,000만은 조선어만을 아는 자"[85]였다. 이 300만 중에서 총독부 관

81   이광수, 『동포에 고함』, 127쪽.
82   이광수, 『동포에 고함』, 128쪽.
83   이광수, 『동포에 고함』, 112쪽.
84   이광수, 『동포에 고함』, 279쪽.
85   이광수, 『춘원 이광수 친일문학전집』 2, 이경훈 편, 평민사, 1995, 105쪽.

리, 도청 직원, 군수, 면장, 면서기, 군인, 순사, 의사, 교사, 기자, 은행원, 변호사가 나왔다. 이광수는 1922년에 총독부의 주선으로 한 달에 300원을 받고 《동아일보》 논설위원이 되었다. 1934년에 신문기자의 월급이 40원이었으니 300원이 어느 정도로 큰 돈이었던가를 짐작할 수 있다. 창씨개명을 한 사람은 1940년에 75퍼센트였고 1945년에 90퍼센트였다. 이광수는 이것을 증거로 삼아 일본에 충성하지 않는 한국인을 극소수의 예외자로 한정하였다. "이 시대적 고도의 은둔자들은 조선 전체에서 어쩌면 수백 명을 넘지 않을지도 모른다. 하지만 그들은 많건 적건 그들을 추종하는 소지식군을 가지고 있다. 그러므로 그 수가 적다고 해서 결코 내버려 두라고 말해서는 안 된다."[86] 이광수를 이어서 최재서도 친일 이데올로기의 수립과 확산에 헌신하였다. 그는 친일을 주장한 평론집 『전환기의 조선문학』을 아들 강(剛)의 영전에 헌정하였다. 최재서는 『고지키』나 『만요슈』 같은 일본의 고전에는 일본의 전통, 즉 일본민족의 가치관이나 그 사고방식, 표현양식 등이 가장 순수하게 보존되어 있으므로 한국의 비평가들은 먼저 이 일본고전의 저수지에서 정신적인 수분을 공급받아야 하고 앞으로의 문학은 "단적으로 말하면 구라파 전통에 뿌리박은 소위 근대문학의 한 연장으로서가 아니라, 일본정신에 의하여 통일된 동서문화의 종합을 지반으로 하고 새롭게 비약하려는 일본 국민의 이상을 시험한 대표적 문학이어야 한다"[87]라고 주장하였다.

생활 전일체로서의 국가는 스스로 불가분의 생명과 이상을 가지고 있습니다. 이 국가의 가치는 모든 가치의 상위에 있는 최고의 가치일 뿐 아니라 실로 가치의 근원으로서 모든 가치표현에 선행하는 것입니다. 그런 까닭에 국민 한 사람 한 사람의 창조에 의해서 국가의 가치가 집적되는 것이 아니라, 국가의 가

---

86 이광수, 『동포에 고함』, 94쪽.
87 최재서, 『전환기의 조선문학』, 노상래 역, 영남대학교출판부, 2006, 49쪽.

치는 국민의 본질적인 것으로서 이미 존재하며, 그 본질적인 가치가 국민 한 사람 한 사람에게 분기되어 그들 개인의 활동을 통하여 현양되는 것입니다. 이처럼 국가와 개인이 가치를 부여하고 가치를 살리는 관계로 서로 떨어질 수 없는 입장에 있는 것이 국민문학의 입장입니다.[88]

우리는 이광수와 최재서를 하나의 극한으로 설정하고 그들과의 거리를 통하여 자발적 친일과 강압적 부역의 스펙트럼을 기술하고 평가하면서, 친일의 범위를 적절하게 한정하기 위한 공론장을 형성할 수 있을 것이다. 1948년 9월 22일에 반민족행위처벌법이 제정되어 682명을 심사하고 305명을 체포하였으나 1949년 8월 31일에 반민특위가 해산되었다. 실국시대의 자료를 모두 공개하고 친일파연구도 더욱 면밀하게 수행해서 반민특위가 못다 한 과업을 계속해서 진행해야 할 것이다. 그러나 실국시대를 경험한 사람들의 평가를 무시하고 친일의 범위를 확대하는 것은 늦게 태어난 자의 횡포가 될 염려가 있다. 염상섭은 1936년에 만주 신징으로 가서 《만선일보》 편집국장이 되었고 1939년에 안동의 대동항건설주식회사 홍보담당관으로 근무하다 1945년에 서울로 돌아왔다. 《만선일보》는 만주국의 오족협화 정책에 따라 설립된 신문이므로 《만선일보》에서 편집국장으로 근무했다는 것은 일제에 부역한 것이라고 할 수도 있다. 그는 《만선일보》에 『개동(開東)』이라는 장편소설을 연재하였다. 그러나 염상섭은 조만식조차도 학병 권유의 글을 쓰지 않을 수 없었던 시대에 자기 이름으로 서명된 친일의 글을 한 편도 남기지 않은 채 귀국할 수 있었다. 당시 만주국에 거주하던 일본인, 한국인, 만주인, 중국인, 몽골인 가운데 한국인은 준일본인으로서 한국인에게 만주는 상대적으로 한국보다 더 자유로운 면이 있었다. 친일을 하려고만 했다면 열다섯 살에 일본에 가서 8년 동안 도쿄의 아자부(麻布)중학과 세이가쿠인(聖學院)중학을

---

88   최재서, 『전환기의 조선문학』, 109-110쪽.

거쳐 교토부립 제2중학을 마친 후 게이오의숙 예과를 한 학기 다니고 고베 근처 쓰루가(敦賀)의 신문사와 도쿄 근처 요코하마의 인쇄소에서 일한 경험이 있고 1926-1928년 사이에 다시 일본에 들어가 도쿄의 하숙방에서 일본 문단에 데뷔하려고 창작에 전념한 적이 있는 염상섭이 어떤 의미에서는 이광수보다도 유리한 처지였다고 할 수 있을 것이다.

실국시대의 작가들은 의식 형태로서 친일을 일단 괄호에 묶어 놓고 창작하는 방법을 선택하였다. 예를 들어 김남천의 리얼리즘론은 세계관보다 현실성을 중시하는 관점에서 원심적 형상화를 강조하면서도 자기 안에 있는 유다적인 것을 고발하고 현실의 분열상을 관찰하는 고발문학론이고 관찰문학론이었다. 작가는 체험가가 아니라 관찰가라는 것이 김남천의 생각이었고 그것은 파시즘의 탄압을 피하는 방법이 되기도 하였다.

그러므로 실국시대의 작가들은 현실이 무엇인가보다 현실을 어떻게 묘사할 것인가에 더 공력을 들였다. 한국사는 고대-고려시대-유교시대-실국시대-현대의 다섯 시대로 구분된다. 고대-중세-근대의 세 시대로 구분할 때는 모던 코리아를 근대 한국이라고 하고, 다섯 시대로 구분할 때는 모던 코리아를 현대 한국이라고 한다. 한국 근대의 기점에 대해서는 광작(廣作)하는 경영형 지주에 주목하는 18세기 기점론부터 확대 재생산 과정에서 중공업의 위상에 주목하는 1980년대 기점론까지 다양한 논의가 전개되고 있다. 그러나 문학에서는 실국시대의 문학부터 현대문학이라고 부른다. 각 시대의 경제·정치·문화는 각각 상대적 자율성을 가지고 리듬을 달리한다는 관점에서 판단하면 소작제에 기반을 둔 실국시대의 경제는 현대경제라고 할 수 없을 것이나, 1920년대에 형성된 우리 문학의 형식이 큰 변화 없이 지금까지 유지되고 있다는 의미에서 실국시대의 문학은 현대문학이라고 할 수 있을 것이기 때문이다.

한국현대소설의 초기 거장들(이광수·김동인·현진건·나도향)은 서술과 묘사의 방법들을 다양하게 탐색하였고 염상섭·이기영·채만식·홍명희의 사실소설은 초기 거장들의 묘사 방법을 현실 묘사에 폭넓게 활용하여 한국현대주류 소설의 형성에 기여하였으며, 이효석과 이태준의 서정소설은 김동리와 황순 원을 거쳐 김승옥과 오정희에 이르러 한국 단편소설의 한 갈래를 형성하게 되었다. 서사극과 서정소설을 하위 장르의 명칭으로 사용할 수 있을 것인가 하는 데 대해서는 의견의 일치를 보지 못하였으나 장편보다 단편이 많은 한 국현대소설사에 보이는 시적 리얼리즘의 전통에 비추어 사실소설과 탈사실 소설 이외에 서정소설을 또 하나의 작은 갈래로 인정해야 한다고 주장하는 평론가들이 적지 않다.

이상·박태원·최명익 등은 발화되지 않은 의식류의 기록인 내심독백과 인 물시각에 화자 음성을 개입시키는 자유간접화법을 실험하여 최인훈·박상 륭·이인성·이승우로 이어지는 안티리얼리즘의 계보를 형성하였다. 잘 읽 히지 않는 소설, 읽기 어려운 소설은 대체로 탈사실소설의 계보에 속한다고 할 수 있다. 안티리얼리즘도 결국은 현실을 묘사하는 특별한 방법일 뿐이며 체험의 기록인 수필에 비교한다면 사실소설과 탈사실소설이 모두 공백의 기 록이라고 할 수 있으므로 소설을 읽을 때 일일이 리얼리즘과 안티리얼리즘 을 구별할 필요는 없을 것이다. 욕망은 인간을 편안하지 않게 하고 안주하지 못하게 하고 균열 속에서 편력하게 한다. 욕망은 언제나 공백과 싸우고 있으 며 창작은 이 공백에 이름을 지어 주려는 욕망의 실험이다. 그러나 박상륭의 『칠조어론』이 한국 안티리얼리즘의 극한을 보여 주는 소설이라는 것은 분명 하므로『칠조어론』과 비슷한 소설인가 아닌가를 척도로 삼아 리얼리즘 소설 과 안티리얼리즘 소설을 구별할 수 있을 것이며 소설을 쓰는 사람은 박상륭 으로부터 얼마만큼 떨어져 있는 지점에 자리를 잡을 것인가 하는 문제를 외 면할 수 없을 것이다. 한국소설사에서 박상륭의『칠조어론』이 점유하는 위상 은 서양소설사에서 제임스 조이스의『피네건의 밤샘』(1939)이 차지하는 위상 과 동일하다.

한국현대소설의 주류는 염상섭과 이기영의 리얼리즘이다. 그들의 소설이

지니는 힘은 미결정의 난처한 처지를 강인하게 유지하는 소극적 수용력에서 나온다. 그들은 대상을 고정하지 않고 탄력성을 유지한 채 개인과 사회를 현실감 있게 구체적으로 묘사하였다. 원리로 환원할 수 없는 개인과 사회의 완강한 사실들을 중시한 것이 주류소설의 특색이었다. 그들은 한국 장편소설의 표준 형태를 보여 주었다.

1950년의 전쟁은 한국의 남북 분단을 고정시켰다. 한국의 전후소설은 중견작가들과 신진작가들의 서로 다른 성향을 보여 주었다. 김동리는 죽음·구원·죄의식 등을 주제로 하였고, 황순원은 의식 형태에 대한 내면적 비판을 주제로 하였다. 이들 중견작가들과 비교할 때, 손창섭·장용학·김성한·이호철·하근찬·이범선·오상원·서기원·선우휘·전광용·정한숙 등은 완강하고 준엄한 현실을 외면하는 추상적 이념과 공허한 도덕에 이의를 제기하는 데 주력하였다. 전쟁을 겪은 1950년대의 문학은 이념적 편향을 심각하게 드러내었다. 전쟁을 반대하고 의식의 내면을 탐구하는 데 일정한 성과를 성취하였으나, 현실의 총체적 인식에 도달하지 못하고 자아와 세계의 갈등만 일방적으로 강조한 면이 없지 않다.

4·19 혁명을 계기로 하여 피해의식과 정신적 위축이 극복될 수 있었다. 젊은 작가들은 새로운 감수성으로 개인적인 삶의 내면에서 자기를 발견하였다. 자기인식으로부터 현실인식으로 관심이 이동하여 참여문학이 나타나기 시작한 것이 1960년대의 문학 상황이었다.

민권문제와 민생문제, 노동문제와 통일문제의 진전에 따라 1970년대의 작가들은 급격한 사회 변동을 포섭하는 방법으로서 민족문학론과 민중문학론에 대하여 논의하였다. 민족문학론과 민중문학론은 한국의 근대성을 어떻게 이해할 것인가라는 문제와 연관된 담론들이다. 우리는 그것들을 근대에 대한 담론으로 볼 수도 있고 근대 극복에 대한 담론으로 볼 수도 있다.

경인년의 동란으로 북한에는 "533명의 공화국 영웅들과 16명의 공화국 노력 영웅들, 81만 455명의 각종 수훈자들이 났으며, 13개의 근위부대와 14개의 국기훈장 및 자유독립훈장을 받은 부대들이 배출되었다."[89] 공화국 영웅이란 북한 최고의 명예 칭호로서 영웅 표창장과 금별 메달과 국기훈장 1급을 수여할 뿐 아니라 그들 중 상당수에 대해서는 동상을 세워 기념하는 것이 북한의 관행이다. 조선인민군추모탑의 비문을 보면 북한에서 경인년 동란에 공을 세운 공화국 영웅들을 어떻게 대우하는지 짐작할 수 있다.

> 여기 혁명의 수도 평양에 높이 탑을 세워
> 위대한 조국해방전선에서 전사한
> 조선 인민군 장병들을 추모하노니
> 사람들이여 영원히 기억하라 불멸의 그 이름들을
> 십오성상 백두의 눈보라길을 헤치며
> 일제와 싸워 이긴
> 항일투사들의 혁명정신을 이어
> 강산도 불타던
> 준엄한 전쟁의 불길 속에서
> 일당백의 용맹을 떨쳐
> 미제 침략자들을 이 땅에서 쓸어 눕힌 영웅들
> 그들은 청춘도 생명도
> 붉은 심장의 마지막 피 한 방울까지
> 당과 경애하는 수령
> 김일성 동지께 다 바쳐
> 조국 보위의 성스러운 싸움에서
> 불멸의 위훈을 세웠고
> 사회주의 조국과 인민의 자유를 지켰나니

89 『력사사전』, 평양: 사회과학출판사, 1971, 633쪽.

인류의 안전과 세계평화를 지켰나니

김일성 동지께 충성을 다한 전사들이여

후손 만대를 두고 노래할

당의 아들딸들이여!

그대들의 그 이름 그 위훈은

우리의 역사와 함께 길이 빛나리라.[90]

만일 통일되자마자 북한에서 받은 모든 명예가 일시에 박탈된다면 북한에 살고 있는 상당수의 사람들이 통일을 반대할 것이다. 1954년 11월 3일 「농촌 경리의 금후 발전을 위한 우리 당의 정책에 관하여」라는 담화에서 김일성은 "조국 통일은 불가능하다, 그에 대한 제의는 형식이다, 남북이 공존할 수 있다는 등의 사상은 남조선을 내버리겠다는 것과 다름없는 반혁명적인 주장입니다"[91]라고 평화공존에 대하여 비판하였다. 1970년 11월 2일 조선 노동당 제5차 대회에서 한 중앙위원회 사업 총화 보고에서도 김일성은 "남조선 혁명운동의 역사적 경험은 정권을 위한 투쟁에서 평화적 이행이란 있을 수 없으며 또한 순수 대중운동만으로는 혁명을 승리로 이끌 수 없다는 것을 뚜렷이 보여 주었습니다"[92]라고 무장투쟁과 폭력혁명의 당위성을 주장하였다. 주체사상을 유일사상으로 신봉하는 북한의 위정자들이 남한과의 연방국가라는 일국양제(一國兩制)를 진심으로 제의한다고 믿을 수 있는 근거는 북한 정치의 어디에도 전혀 없다. 남한의 입장에서 보더라도 북한과 남한이 산업부문을 나누어 분업할 수 있는 시기는 이미 지나가 버렸으므로 일국양제보다는 북한은 북한대로 중공업과 경공업을 동시에 개발하고 남한은 남한대로 중공업과

90 『력사사전』, 593쪽.

91 『력사사전』, 445쪽.

92 『력사사전』, 356쪽.

경공업을 동시에 개발하여 두 개의 경제체제를 통합하는 방법 이외에 통일의 방법이 따로 없다고 해야 할 것이다. 통일시대에도 우리는 수출이라는 국가 목표를 계속해서 추구할 수밖에 없다. 무책임하고 즉흥적인 민중주의적 대중동원이 활발해지고 국가주의화된 민족주의가 폭발하여 폐쇄적 민족주의를 선택한다면 투자의 합리성과 능률성을 희생시키게 될 것이고 정책적으로 재벌을 배제한다면 자본의 해외탈출로 행정의 마비와 혼란이 야기될 것이다. 복지정책이 물가상승을 가속화시켜 독자적인 조직능력이 없는 도시 빈민과 농민의 사정을 악화시키는 경우도 고려해야 한다. 자본가와 노동자가 가격인상과 노동쟁의로 자기들의 이익을 방어하면 경기조절의 비용은 농민과 빈민에게 일방적으로 전가된다. 구체적으로 비교하고 계산하고 검증할 수 있는 정책이 아니라면 정책 방향의 제시가 오히려 사상투쟁과 권력투쟁을 조장할 염려도 있다. 정책을 권력투쟁의 시각으로 다루는 직업정치가들은 가치중립성과 기술합리성을 중요하게 여기지 않는다. 가치중립적이고 기술합리적인 자기준거체계에 따라 움직여야 할 관료들이 인사태풍에 휘말려 전문지식과 행정경험을 무용지물로 폐기하지 않도록 통일시대의 인사정책에 대하여 광범위한 논의가 전개되어야 한다.

통일시대에 국가의 폭력기구를 어떻게 운용할 것인가에 대한 논의도 필요하다. 북한의 정당과 군대와 경찰을 통일국가의 정치체계에 통합할 수 있는 방법이 세밀하게 구체적으로 수립되지 않으면 안 된다. 국가는 권력의 기반을 한편으로는 군대와 경찰과 재벌에 두고 다른 한편으로는 국민의 여론에 두는데 상황의 변화에 따라 신속하고 유연하게 자기를 변화시키지 않으면 양편으로부터 동시에 소외된다. 해방 직후 지리산에는 "6677에 섬 오랑캐 쫓겨 가고 3399에 서양 오랑캐 물러간다[六六七七島夷去三三九九洋夷退]"라는 비결이 떠돌았다. 나라 잃은 지 36년 만인 1945년 음력 7월 7일, 즉 양력 8월 15일에 광복이 되고 광복이 된 지 99년 만인 2044년 음력 9월 9일에 통일이 된다는 의미의 이 비결은 언젠가는 반드시 통일이 될 것이라는 한국 사람들의 소원을 담고 있으며 동시에 전쟁이란 일조일석에 발생한 일이 아니고 분단의 원인이 해방 정국에 내재한다는 대중의 현실인식을 나타내고 있다. 그러나 민족이 하나의 단위가 될 수 있는 것인지에 대해서는 좀 더 논의해 볼 필요가 있다고 생각한다. 우리에게 국적을 부여하고 세금을 부과하는 것은 국가이다. 나라 잃은 시대에 일본 관헌들에게서 받은 상처를 통하여 한국인은 민족됨을 체험하였다. 그러나 민족이 아무리 감정적 폭발력을 가지고 있다 하더라도 민족이란 실체가 하나의 단위로서 현실에 실재한다고 말할 수는 없을 것이다. 캐나다와 미국, 오스트리아와 독일의 예를 보더라도 민족과 국가의 일치가 보편적 사실이라고 하기는 어려운 일이다. 나는 민족을 앞에 내세우지 말고 국가관계로서 남북문제를 다루어야 한다고 생각한다. 먼저 두 국가임을 인정하고 남은 남대로, 북은 북대로 각자 기술수준과 인권상황을 현실 조건에 맞추어 개선해 나가는 방향이 옳다고 본다. 한 민족임보다 두 국가임을 강조하지 않는다면 상호 이해는 불가능하다. 천황제를 말살하려는 한국인이 없듯이 주체사상을 말살하려는 한국인이 없을 때가 되어야 남북관계가 한일관계 정도로라도 발전할 수 있게 될 것이다. 통일은 그다음의 문제이다. 항상 통일에 대비하되 단기설계와 장기설계를 병행하면서 현재의 구체적 가능성을 가르고 밝히는 공동작업이 추진되고 시행되어야 한다.

민중문학은 민중신학에서 유래한 것이다. 안병무는 신약성서의 오클로스(ochlos)를 민중이라고 번역하였다. 그들은 갈릴리의 가난한 사람들로서 이스라엘의 율법을 지킬 형편이 못 되어 바리새인에 의하여 버림받은 무리로 간주되는 사람들이다. 예수는 그들을 먹이고 그들의 병을 고쳐 주었다. 성서 안에서 오클로스는 이상화되지 않는다. 그들은 예수를 십자가에 홀로 내버려 두는 익명의 군중이다. 성서에서나 현실에서나 민중은 그들에 속하지 않는 지식인에 의하여 이상화된다. 한국의 민중문학도 이러한 이상화의 위험에서 자유롭지 않다.

1970년대에 이르러 한국이 중공업 중심의 근대사회로 들어서기 시작하자,

한국 소설은 비로소 염상섭·이기영의 방법과 신채호의 사상을 통합하여 대중을 위한 자기교육의 연병장 구실을 할 수 있게 되었다. 실국시대의 준비론과 무투론은 각각 기술철학과 평등사상으로 계승되었다. 1920년대 초에 신채호가 인식한 근대의 개념이 염상섭과 이기영의 리얼리즘을 거쳐 1980년대에 이르러서 일용할 양식과 일용할 기계를 포괄하는 역사의식으로 한국 소설 안에 자리 잡게 된 것이다.

안수길의 『북간도』·『통로』·『성천강』, 박경리의 『토지』, 황석영의 『장길산』, 김주영의 『객주』, 유현종의 『들불』, 최명희의 『혼불』은 조선 후기와 실국시대를 새롭게 조명하고 역사에 근거를 두면서도 역사의 기록을 넘어서 사랑과 죽음의 드라마를 전개하였다.

윤흥길의 『장마』, 이동하의 『장난감 도시』, 현기영의 「어떤 생애」, 전상국의 「안개의 눈」, 박완서의 『나목』은 어린아이가 악을 발견하는 성장소설의 형태로 경인란을 기록하였다.

김용성의 『잃은 자와 찾은 자』, 유재용의 「그림자」, 송기원의 「다시 월문리에서」는 전쟁에 직면한 가족의 갈등을 통하여 화해의 의미를 해석하였다.

강용준의 『광인일기』, 이병주의 『지리산』, 홍성원의 『남과 북』, 조정래의 『태백산맥』, 김원일의 『불의 제전』은 동란의 기억을 통하여 역사의 의미를 총체적으로 구성하였다.

남정현의 「분지」, 신상웅의 「분노의 일기」, 조해일의 「아메리카」, 박영한의 『인간의 새벽』은 한국인에게 미국이란 무엇인가라는 질문을 새롭게 제기하였다.

이문구는 농촌 현실을 묘사하고, 조세희는 노동자들의 생활을 묘사하고, 박태순·조선작·송영은 도시빈민을 묘사하여 기층사회의 구체적인 생활양상을 중간계급에게 보여 주었다.

최일남·서정인·이청준·이제하·윤후명·김원우 등이 도시를 무대로 자기가 귀속되어 있는 중간계급의 독단과 허학을 비판하였고, 그다음 세대의 성석제·박민규·구효서·김연수·김영하 등이 마케팅 사회의 그릇된 믿음을 다양한 시각에서 분석하고 있다.

1) 남한과 북한 — 최인훈의 『광장』

순간순간 새로운 사건들이 과거에 첨가됨으로써 창작의 세계에는 끊임없는 질적 변혁이 일어나고 있다. 우리는 미래의 문학에 대하여 알 수 없기 때문에 창작의 본질을 추상적으로 논의할 수 없다. 우리는 우리가 알고 있는 사실들에 국한하여 구성과 문체의 문제를 잠정적으로 해결할 수밖에 없다. 소설의 역사에는 시대에 따라 서로 다르게 드러나는 의미연관 이외에 시대의 변화에도 불구하고 항구적으로 보존되는 의미연관이 있다. 우리는 이것을 소설의 상수라고 불러도 좋을 것이다. 창작이란 어떻게 보면 소설의 상수에 소설의 변수를 추가하는 작업이라고 할 수 있다. 시대에 따른 소설의 변화가 단순한 수정이냐 아니면 역동적 체계 자체의 변이이냐에 대해서는 간단하게 말할 수 없다. 그러나 아무리 많은 수정과 변이가 일어난다 하더라도 우리는 소설에서 시간의 변화에 저항하는 상수를 찾을 수 있다. 소설의 변수인 문체는 쉬지 않고 변화하지만 소설의 상수인 구성은 그대로 보존된다는 사실을 증명하기 위하여 우리는 최인훈의 『광장』[93]을 자세히 읽어 보려고 한다. 『광장』의 의존 화소들은 세 부분으로 나누어진다.

A-1. 광복되던 해에 아버지가 북으로 갔고, 그 몇 달 뒤에 어머니가 돌아가셨기 때문에 철학과 3학년 학생 이명준은 아버지의 친구인 은행 지점장 변성제의 집에 기식한다. 이곳에서 변성제의 딸 영미의 소개로 윤애라는 여자를 알게 된다.

A-2. 이명준은 1947년 5월에 그의 아버지 이형도가 민족통일전선이란 단

---

93 최인훈, 『광장』, 문학과지성사, 1976. 이하 이 책의 인용은 쪽수만 밝히기로 한다.

체의 이름으로 대남 방송에 나왔기 때문에 그 혐의로 S경찰서에 세 차례 소환된다.

A-3. 그해 7월에 이명준은 인천에 있는 윤애네 집에 찾아가 기거한다. 윤애와의 사랑에서도 삶의 확신을 얻지 못한 그는 술집 주인의 주선으로 월북한다.

B-1. 노동신문사의 기자로 일하고 있는 이명준은 직장 동료들과의 사소한 불화로 고민하다가 야외극장 건설의 봉사대에 자원하여 1949년 봄에 부상을 당한다. 병원에서 그의 두 번째 애인인 은혜를 만난다.

B-2. 이명준은 1949년 9월 만주의 조선인 콜호스에 관한 보도 기사로 인하여 자아비판을 강요당한다. 이명준은 아버지의 주선으로 그해 겨울을 원산 해수욕장의 노동자 휴양소에서 보낸다.

B-3. 은혜가 공연차 모스크바로 떠나고 6·25가 일어나자 이명준은 전쟁에 자원하여 1950년 8월에 서울에서 정치 보위부원으로 일한다.

C-1. 정치에도 사랑에도 실망한 이명준은 고문에 열중한다. 그러나 고문조차도 인간을 소유하거나 지배할 수 있는 방법이 아님을 깨닫고 남부 전선에 참전한다.

C-2. 이명준은 1951년 3월 중순에 전선에서 간호병으로 일하고 있는 은혜를 다시 만난다. 은혜는 거기서 전사하고 이명준은 포로가 된다. 죽을 때 은혜는 아이를 배고 있었다.

C-3. 포로를 교환할 때 이명준은 중립국을 선택한다. 같은 석방 포로 30명과 함께 인도 배 타고르호를 타고 중립국으로 가던 중, 캘커타에 도착하기 얼마 앞서 이명준은 바다에 뛰어들어 익사한다.

의존화소들을 배치하는 데 우선 눈에 띄는 사실은 셋째 부분의 C-3을 나머지 부분들의 사이에 분배하여 놓은 방법이다. 소설의 처음 열 쪽(17-27쪽)과 마지막 열 쪽(189-201쪽)이 배 위에서 일어나는 사건이다. 첫 열 쪽에서 죄인훈은 석방 포로 31명을 태우고 가는 타고르호의 모습을 묘사하고, 포로들의 책임자인 무라지의 깡마른 몸매와 주방장의 뚱뚱한 배, 영국 상선학교 출신인 선장의 성품을 세심하게 소개하고 있다. 석방 포로들 사이에 일어나는 미묘한 심리의 기미를 알려 준 다음에 좀 더 구체적으로 이명준의 숙소에 초점을 모아 그가 동숙하는 박과 나누는 대화를 통하여 그들의 불안과 기대를 보여 준다. 이 소설의 주제적 이미지인 허깨비를 본 듯한 느낌과 두 마리의 갈매기도 이 부분에 도입되어 있다. 선장의 말을 통하여 갈매기가 여자의 마음에 비유되기도 한다.

마지막 열 쪽은 소설 전체의 매듭이지만, 첫 열 쪽과 긴밀하게 대응하고 있다. 석방 포로 30명의 이야기는 일단 제외되고 이명준 한 사람이 소설의 전경에 부각된다. 그는 마음을 가라앉히지 못하고 몹시 당황해한다. 미인인 조카를 소개해 주겠다는 선장의 말도 이명준은 시들하게 듣는다. 선장실에서 주방으로, 배의 고물에서 자기 방으로, 배의 이곳저곳을 서성거리며 만날 사람도 없으면서 사람을 찾기도 하고, 다시 배의 뒤 난간에 앉아 바닷물의 움직임을 내려다보기도 한다. 침대에서 들고 온 부채를 펴 놓고 테두리에서 사북까지 더듬으며 소설의 사건 전체를 기억하기도 한다. 이런 행동들은 소설의 전체를 매듭지으며 죽음의 선택을 예비하는 장치이다. 특히 배가 쓸고 지나가는 물거품을 정신없이 바라보는 행동은 죽음과 긴밀하게 얽혀 있다. 배를 타 본 사람은 누구나 경험하는 일이지만, 뱃전에서 바로 밑에 있는 물을 보고 있노라면 물이 매우 친밀하게 느껴지고 물이 몸을 끌어당긴다는 느낌을 받게 된다.

첫 장면과의 대응은 갈매기의 이미지로서 대표되는데, 첫 장면에서 서로 무관한 것으로 등장한 갈매기와 허깨비는 끝 장면에 오면 하나로 통합되고 그 의미가 확대된다. 무덤 속에서 나와 이명준을 따라오는 은혜와 그녀가 낳은 딸애의 영혼이 바로 갈매기가 된 것이다. 갈매기의 의미를 깨닫고 나서 이명준은 죽는다. 허깨비를 향하여 술병을 던지고 총을 쏘려 한 행동은 모두 갈매기의 의미를 밝힐 수 없는 데서 오는 안타까움의 표현이다. 배 안에서의 상황은 조금도 변하지 않았다. 이명준은 여전히 허물없이 선장과 이야기를 나누고, 뱃사람과 석방 포로 사이의 통역을 담당하며, 그 때문에 다른 석방 포로들로부터 다소의 미움을 받고 있다. 변한 것은 갈매기의 이미지가 지닌 의미뿐이다.

C-3은 윤애와의 사랑이 갈등 속에 끝날 무렵에 또 한 번(95-113쪽) 개입한다. 이명준은 홍콩에 상륙하고 싶어 하는 동료 석방 포로들과 상륙을 금지하는 선장 사이에서 고초를 겪는다. 배 위에서 보름이나 지낸 석방 포로들은 몹시 육지 구경을 하고 싶어 한다. 석방된 후에도 포로 취급을 받는 데 견딜 수 없었던 것이다. 이명준의 주선이 실패로 돌아가자, 한 방 건너 있는 김이 시비를 걸어와서 싸움이 벌어지고 이명준은 기절한다. 안 되는 일을 무리하게 강요하는 동료들 앞에 서서 이명준은 이북에서 겪었던 자아비판을 연상한다. 사람과 사람이 얽히는 곳에는 언제나 폭력이 나타난다는 사실을 이명준은 다시 한번 체험하게 된다. 이 사건은 윤애와의 관계 사이에 끼어들어 감정의 이입을 차단하는 비동화의 효과를 조성해 준다. 만일 이 사건이 다른 곳에 배치되었더라면, 윤애와의 사랑 이야기가 지나치게 커져서 소설의 균형에 손상을 입혔을 것이다. 이 작품은 모두 다 장편소설로 독립할 수 있을 만큼 잘 짜인 사건의 연쇄들을 포함하고 있기 때문에 어느 한 부분이 너무 두드러지지 않도록 의존화소들을 약화시킬 필요가 있다. 육지 구경을 둘러싼 이명준과 석방자들의 대립은 은혜의 죽음 뒤에(175-176쪽) 다시 한번 개입되는데, 이때는 불과 5행 정도로 간단하게 요약된다. 이것 역시 비동화의 효과와 관계되어 은혜의 죽음이라는 중요한 사건에 독자의 감정이 이입되지 못하도록 막아 주며, 그와 동시에 장면 전환의 기능을 담당하고 있다. 은혜의 죽음과 포로 송환을 직접 연결하는 데는 무리가 따르기 때문이다.

의존화소의 배치에서 또 하나의 중요한 현상은 첫 부분과 둘째 부분이 긴밀하게 병렬되어 있고, 셋째 부분은 앞의 두 부분을 통합하고 있다는 사실이다. A에서 은행가 변성제가 맡는 패트런의 역할을 B에서는 고급 관리인 아버지 이형도가 맡는다. 사람이 무엇 때문에 살며, 어떻게 살아야 보람을 가지고 살 수 있는가를 '알려다가' 좌절하는 A의 과정은 보람 있게 청춘을 불태우며 '살려다가' 좌절하는 B의 과정과 병치된다. A가 이론의 좌절이라면 B는 실천의 좌절이다. 그리고 A와 B는 C에서 종합된다. 아버지 때문에 구타당한 S서에, 이명준은 정치 보위부원으로 가서 다른 사람을 고문하고, 여기서 변성제의 아들인 태식과 그의 아내가 되어 있는 윤애를 다시 만난다. 실제로 낳은 것이 아니므로 딸은 제외한다면 셋째 부분에는 중요한 인물이 새로 등장하지 않는다. 이처럼 거의 도식적으로 의존화소를 배치하기 위해서는 우연을 사용하지 않을 수 없다.

a. 웬일인지 주인은, 서성거리면서, 무슨 말을 하고 싶은 눈치다. 명준은 웃었다. 머리를 끄덕이면서 자기 옆자리를 가리킨다. 앉으라고, 그러자 주인은, 주전자를 상에 올려놓고, 두 손바닥을 비비듯 하면서, 은근한 말투가 되는 것이다.

"배가 있어요."

먼저 그의 낯빛이었다. 야릇한 얼굴이다. 그 말을 할 때, 그는 문간을 흘긋 쳐다보았다.

"…."

"괜찮아요. 처음 오셨을 때부터 전 알았습죠."

"배라니."

"헤헤헤, 괜히 이러십니다. 처음엔 다 그러시지요."

주인은 컵을 집어다가, 제 손으로 한 잔 따라 마시고는, 명준의 귀에다 대고 무슨 말을 했다. 그 말에, 몸에서 힘이 스스로 빠진다.   (90쪽)

b. 사단 사령부에서 은혜를 보았을 때, 처음에는 잘못 본 것이거니 여기고 그대

로 지나쳤다. 깊이 생각지도 않았고, 언뜻 지나가는 환상으로 돌렸다. 등 뒤로 발자국 소리가 가까와 오며, 그의 이름을 불렀을 때, 그는 발을 멈춘 채 얼른 뒤를 돌아보지 못했다. 그녀는 간호병이었다. (167쪽)

　a는 인천 부두에서 선술집 주인이 이북으로 다니는 밀수선을 터 주는 장면이고, b는 1951년 3월 중순에 전선에서 은혜를 다시 만나는 장면이다. 이명준 자신에게도 a가 놀라운 사건이었음은 문장의 속도에서도 알 수 있다. 잦은 쉼표가 호흡을 중단시키며, 문장의 길이도 매우 짧다. 목로주점의 주인이 보여 주는 의외의 태도에 이명준은 당황해한다. '힘이 스스로 빠진다'는 표현에서 그 말을 듣고 나서 받은 이명준의 충격이 대단히 컸음을 짐작할 수 있다. 사건의 전후관계로 보면 이 장면은 우연에 속한다. 우리는 작품 전개의 중요한 계기가 우연성 위에 구축된 것을 비판적으로 평가할 수도 있다. 그러나 이때는 1947년 여름이었다. 1945년에서 1948년까지는 실제로 남북의 왕래가 가능했다. 여러 가지 어려움은 겪지 않았으나, 상인들의 왕래가 계속되고 있었다. 시대의 분위기를 고려할 때 a는 가능한 사건이라고 할 수 있다.
　a에 비하여 b는 전적으로 우연스러운 사건이다. 이명준에게나 독자에게나 이것은 전혀 뜻밖의 장면이다. 이 장면의 우연성을 납득할 만하게 변형시키는 것은 시대상황이 아니라 사건의 전후관계이다. 장면 자체는 우연에 속하지만, 소설의 구조 전체가 이 장면에 너무 많은 의미를 부여하고 있기 때문에 작품을 처음부터 끝까지 다 읽고 나면 이 장면의 우연성이 궁극적인 직능을 담당하고 있음을 용인하게 된다. 벽화는 건축에 필수적인 요소가 아니다. 그러나 미켈란젤로의 천장화가 없다면 시스티나성당은 지금과 다른 건축이 되었을 것이다. 대부분의 소설들은 우연성을 사건의 연쇄에서 배제하려고 노력하고 있으나, 이명준과 은혜의 다시 만남은 『광장』의 구조에 필요한 우연성이라고 보아야 한다. 이 장면이 제거되면 전혀 다른 구조가 될 것이기 때문이다.

최인훈은 이 장면에 앞서서 몇 차례에 걸쳐서 '예감'이라는 말로써 삶의 신비를 지적하였다. "바라건대 어떤 여자가 자기에게 움직일 수 없는 사랑의 믿음을 준 다음 그 자리에서 죽어 버리고, 자기는 아무 짐도 없는 배부른 장단만을 가지고 싶다"(34쪽)라는 생각은 은혜의 죽음으로 실현되며, "아무것이든 좋아요, 갈빗대가 버그러지도록 뿌듯한 보람을 품고 살고 싶다는 거예요"(54쪽)라는 말은 곧 S서에서 경찰관에게 매를 맞는 것으로 실현된다. 이런 장면들은 사건 자체가 치밀하게 조직되어 있기 때문에 우연이 아니지만, 깊은 고려 없이 떠오른 생각이 구체적으로 이루어지는 경우도 나타난다. 인천 부두를 거닐며 지금까지 지녀 왔던 소중한 것들이 무너지는 좌절감에 시달리는 이명준은 "자기가 애쓰지 않는데도 어떤 일이 다가옴을 살갗으로 느끼는 걸 예감이라고 부른다"(79쪽)라고 혼자서 규정해 본다. 은혜에게 모스크바로 떠나지 말라고 부탁하는 자리에서 이명준은 다시 예감이란 말을 사용한다. "이번에 은혜가 가면 다시는 내 품에 올 수 없을 것 같아. 왜 올 수 없는지는 모르겠어. 그렇게만 될 것 같은 예감이 있어"(142쪽). 사건의 전후관계가 치밀한 동적체계를 이루고 있을 경우에 도입되는 예감과 그것의 실현은 작품의 구조에 개방성과 유연성을 준다.

의존화소의 연쇄를 몇 가지로 해석해 보았는데, 이러한 독법만으로는 의존화소의 연쇄가 지니는 특성이 충분히 해명되지 않는다. 의존화소들의 연쇄체계는 구성의 유형과 관계되어 있다. 간단히 말하면, 구성의 유형은 파국과 풍자와 해학과 반어로 구분된다. 파국적 구성에 따르는 작품에서 주인공은 삶의 다양성 또는 양면성을 간과하고 언제나 최상의 것, 궁극의 것을 추구한다. 신들의 싸움터에서 하나의 신을 섬긴다는 사실은 파국의 원인이 된다. 현실의 갈등구조가 절대적 원칙의 실현을 불가능하게 하므로 사건진행은 몰락의 구성을 선택하지 않을 수 없다.

풍자적 구성과 해학적 구성은 웃음의 대상이 되는 엄숙주의자와 물신 숭배자의 처리 방법에 따라 분화된다. 갈등의 구조인 풍자적 구성은 희극적 인물을 공격하고 부정하나, 화해의 구조인 해학적 구성은 희극적 인물에게 용서와 화해의 세계에 참여할 기회를 준다. 지적 현학, 종교적 위선, 물질적 탐욕 등을 규명하고 징벌하는 풍자적 구성과 과오를 범하기 쉬운 인간성을 깊은 연민으로 탐색하고 속죄와 화해로 진행되는 해학적 구성의 차이는 쉽게 파악할 수 있다. 풍자적 작품은 역사에 근접하여 '기록에서 자료를 끌어내지 않는 역사'가 되는 경향이 있으나, 해학적 작품은 현실과 맺는 연관의 고리를 넘어서 나아가는 경향이 있다. 현실 자체가 갈등의 구조이므로 화해는 가능한 환상으로 작용하는 것이다. 풍자적 구성에서 부정되고 비판되는 인물과 파국적 구성에서 추방되고 고립되는 인물은 본질적으로 동일한 성격을 지니고 있다. 'x는 y를 추방한다'는 문장형식이 풍자적 구성이라면, 파국적 구성은 'y가 x에 의하여 추방된다'는 문장형식이 된다.

또한 풍자적 구성의 구조적 명백성은 반어적 구성의 구조적 모호성에 대조된다. 풍자적 구성을 갈등의 구조라 한다면 반어적 구성은 긴장의 구조라고 할 수 있다. 반어적 구성 안에서 반대되는 것들은 어느 한편도 우월한 자리를 차지하지 못한다. 작품 안에서 어느 한편의 일방적 승리로 종결되지 않는 모든 반대 명제는 반어적 구성을 형성한다. 반대되는 것들이 적대적 모순과 화해적 통일 사이의 중간 지대에서 상호작용하는 것이다. 작가가 자기 자신이나 묘사 대상에 구속되지 않으려는 거리 감각도 반어적 구성의 요소이다. 반어적 구성은 묘사의 대상과 묘사의 주체 사이에 있는 중간 지대를 자유롭게 움직여 나아간다. 그러한 거리 감각은 작가의 주석을 교묘하게 조절하는 박학한 무지(docta ignorantia)로서 우리는 이것을 반성적 거리 감각이라고 부를 수 있다. 다시 말하면 모순의 구조인 파국적 구성은 자각을 바탕으로 하고, 갈등의 구조인 풍자적 구성은 비판을 바탕으로 하고, 화해의 구조인 해학적 구성은 이해를 바탕으로 하고, 긴장의 구조인 반어적 구성은 반성을 바탕으로 한다.

추구와 좌절의 반복으로 구성되어 있는 『광장』이 파국적 구성에 의존하는 작품임에는 의문의 여지가 없으나, 이명준의 성격에서도 그가 파국적 구성의 주인공이 될 만함을 증명할 수 있다. 그는 자신의 행동 하나하나에 대하여 '무엇 때문에?'라는 질문을 계속한다. "사람이 무엇 때문에 살며, 어떻게 살아야 보람을 가지고 살 수 있는지를 알아야 한다. 날에 날마다 눈으로 보고 느끼고 치르는 모든 따위의 일이라면 아무런 뜻도 거기서 찾지 못한다"(31쪽). 이러한 질문은 모순의 한계에 도달할 때까지 중단되지 않는다. 이명준은 자기의 질문과 무관한 것에는 주의를 기울이지도 않는다. 먹고 마시는 일은 그의 관심에서 제외되어 있다. "자기라는 낱말 속에는 밥이며, 신발, 양말, 옷, 이불, 잠자리, 납부금, 담배, 우산… 그런 물건이 들어 있지 않았다"(63쪽). 그는 변성제의 집에 기식하면서도 변성제의 딸 영미를 무시한다. 다른 사람에 대한 이명준의 태도가 명확히 드러나는 것은 타고르호 안에서이다. 다른 석방 포로들을 "서른 마리의 짐승"(109쪽)으로 여기고, 김과 싸우면서 둘러선 사람들에게 마음속으로 "나는 너희들을 경멸한다. 경멸한다"(104쪽)라고 외친다. 이것은 물론 인간의 애욕과 짐승의 애욕이 다르다는 인식 위에서 신체의 애욕에 집착하는 김의 충동을 비판한 것이지만, 이명준이 외적 신분이야 어떠하건 내면적으로는 언제나 남보다 높은 위치에 서 있는 것은 분명하다. 이러한 높은 위치가 몰락에 임해서 강하의 고도를 형성한다. 이명준은 일종의 몰락 또는 좌절을 보편적 현상으로 인식하기도 한다. "사람은 한 번은 진다. 다만 얼마나 천하게 지느냐, 얼마나 갸륵하게 지느냐가 갈림길이다. 갸륵하게 져? 아무튼 잘난 멋을 가진 사람들 몫으로 그런 짜리도 셈에 넣는다 치더라도 누구든 지는 것만은 떼어 놨다"(191쪽).

『광장』은 작품의 체계 전체가 파국적 구성에 의하여 전개될 뿐 아니라 작품의 단락이 되는 세 부분이 모두 파국적 구성을 기조로 하고 있다. 어떤 소설이 파국적 구성에 의존하는 작품임을 증명하는 방법은 그 작품의 구성을 다른 유형의 구성으로 변형시켜 보는 것이다. 파국적 구성을 파국적 구성으로 변형할 수는 없는 법이므로, 변형이 가능한 유형은 그 작품의 구성이 될 수 없다. 시험 삼아 『광장』의 첫째 부분을 다른 구성 유형으로 변형해 보자.

영미는 친구들과 모여 춤추는 것을 즐긴다. 영미의 아버지는 친구 이형도가 월북한 후 그의 아들 이명준을 데려다 거둬 주는데, 이명준은 좀 괴짜다. 놀 줄도 모르고 또 고마워할 줄도 모르고 책만 본다. 그런데 이 친구가 아버지로 인해서 경찰서에 갔다 온 후에는 전혀 다른 사람이 되어 영미의 친구 윤애를 죽을 각오로 따라다니다가 망신을 당한다(풍자적 구성).

자기 집에 기식하는 이명준이 남과 어울리지 않고 혼자서 잘난 체하며 사는 것을 보다 못해 영미가 여러 번 타일렀지만 그는 듣지 않는다. 그러다가 월북한 아버지 때문에 경찰서에 소환되었다 온 후로 실의에 잠겨 있는 이명준에게 영미는 자기 친구 윤애를 소개시켜 준다. 사랑의 즐거움을 안 이명준은 전날의 태도를 뉘우치고 남과 어울려 춤도 추고 노래도 부르며 인생을 즐기게 된다(해학적 구성).

아버지의 친구 변성제에게 기식하고 있는 이명준은 월북한 아버지로 인한 죄의식에 시달리고 있다. 아버지 때문에 경찰서에 소환되어서도 제가 스스로 처벌받는 것을 당연하다고 생각한다. 그는 변성제의 딸 영미와 가끔 같이 자지만 자기가 그녀를 사랑하는지 미워하는지 모르고 있다. 영미는 발랄한 체하고 아무 남자하고나 마구 놀아나지만 명준과 함께 있을 때는 늘 불안하고 우울하다. 재미없는 책을 마지못해 조금 뒤적이고, 사랑하지도 않으면서 영미와 몸을 섞는 이명준의 생활이 변화될 가능성은 전혀 없다. 똑같은 모양으로 반복될 뿐이다(반어적 구성).

구성의 유형을 다른 것으로 변형하면 작품의 체계 전체가 변모한다. 『광장』의 첫째 부분을 풍자나 해학이나 반어로 변형할 수 있다는 사실은 이 부분의 구성이 파국을 향해 전개되고 있다는 증거가 된다.

의존화소가 소설의 골격을 형성하는 것은 틀림없으나 그것은 본문의 요약으로도 파악할 수 있는 빈약한 내용에 지나지 않는다. 작품을 개방된 동적 체계로 본다면, 작품의 모든 요소들이 저마다 중요한 것으로 존중되어야 한다. 하나의 작품이 바로 그 작품으로 존재하는 것은 주로 자유화소에 말미암는다. 자유화소란 작품에서 의존화소를 제외한 나머지 화소를 말하며, 사건의 전개와는 상관없이 작가가 임의로 첨가·확대·부언·묘사한 부분이다. 『광장』은 자유화소를 통하여 작품의 구조를 넓게 하고 깊게 한다. 이 작품에 나오는 자유화소를 전부 인용하여 해석하는 대신에, 각 자유화소 중에서 특히 작품의 구조에 기여하는 부분만 적출하여 읽어 보기로 한다.

(가) 삶이 시들해졌다고 믿고 싶지는 않다. 왜냐하면 그는 부지런히 무엇인가를 찾고 있었기 때문에, 다만 탈인즉 자기가 무엇을 찾고 있는지 저도 모른다는 것이고, 자기 둘레의 삶이 제가 찾는 것이 아니라는 낌새만은 분명히 맡고 있다는 사실이다. 무언가 해야 할 텐데, 할 텐데 하면서, 게으르게 머리통 속에서만 뱅뱅 돌아간 것은 아니다. 삶을 참스럽게 생각하고 간 사람들이 남겨 놓은 책을 모조리 찾아 읽는다. (32-33쪽)

(나) 따분한 매스게임에 파묻힌 운동장. 이런 조건에서 만들어 내야 할 행동의 방식이란 어떤 것인가. 괴로운 일은 아무한테도 이런 말을 할 수 없다는 사정이었다. 혼자 앓아야 했다. 꾸준히 공부를 했다. 그런데 이번에는 '남'에게 탓을 돌릴 수 없는 진짜 절망이 찾아왔다. 신문사와 중앙 도서실의 책을 가지고 마르크스주의의 밀림 속을 헤매면서 이명준은 처음 지적 절망을 느꼈다. 참으로 그것은 밀림이었다. 그럴듯한 오솔길을 발견했다 싶어 따라가면 어느새 '일찍이' 다져진 밀림 속의 광장에 이르는가 하면, 지금 자기가 가진 연장과 차림을 가지고는 타고 내리기가 어림없는 낭떠러지가 나서는 것이었다. … 그렇다면 이 밀림에는 다져진 길도, 따라서 지도도 없으며, 다 제 손으로 할 수밖에 없다는 말이 된다. 목숨에 대한 사랑과 오랜 시간이 있어야 할 모양이었다. (145-146쪽)

이 두 인용문은 약간의 차이에도 불구하고 같은 내용을 지니고 있다. 이명준은 주위 사람들의 사는 방식을 싫어하며, 열심히 책을 읽는다. 그러나 무엇을 어떻게 찾아야 할 것인가에 대해서는 모르고 있다. 서로 다른 체제 아래서 두어 해를 보낸 후에도 이명준은 조금도 변하지 않았음을 알 수 있다. 달라진 것이 있다면 그것은 이명준의 생각이 아니라 태도이다. 문체를 비교해 보아도 (가)의 호흡이 다소 들떠 있다면 (나)의 호흡은 가라앉아 있다. "누리와 삶에 대한 맺음말"(31쪽)을 찾고 있던 학생 시절의 이명준은 "느닷없고 짤막하면서, 풀이되지 않는 것이 풀이된 것 같아 뵈는"(34쪽) 그리스 자연철학자들에 관심을 가지고 있었다. 그는 "디알렉티크(Dialektik)의 D 자만 보아도 반한 여자의 이름 머리글자를 대하듯 가슴이 두근거린다"(37쪽)라고 하지만 역사적 현재의 객관적 가능성을 가르고 밝히는 변증법에는 '맺음말'이 없다는 것을 이해하지 못하고 있다. 무엇보다 그는 돈에 대해서 한 번도 생각해 보지 않은 "철부지 책벌레"(63쪽)다. "밥을 먹고 잠자리를 받고 학비를 타고, 책을 사고 하는 데 쓰이는 돈이라는 물건을 한 번도 '자기'라는 것의 살갗 안에 있는 것으로 느껴 본 적이 없는 그였다"(63쪽). 그 자신이 궁리한다, 헛궁리한다, 생각의 매듭을 푼다 등으로 표현하고 있는 관념적인 생활 태도가 이명준에게 얼마나 깊이 배어 있는가를 알 수 있는 구절이 있다. "풀이만 된다면 웬만한 일은 그런대로 다룰 수 있었다. 악마도 풀이할 수만 있으면 무섭지 않았다"(154쪽). 그는 이 세상의 모든 것에 대하여 생각하고, 관념의 그물로 잡을 수 없는 현상을 두려워한다.

(나)에 오면 이명준은 "적어도 밥과 옷을 제 손으로 번다"(143쪽). 신문기자로서 사회의 압력을 전보다 더 강하게 받고 있는 그는 이제 삶의 맺음말을 찾으려 하지 않는다. "오랜 세월을 참을 차비가 되어 있었다. 역사의 속셈을 푸는 마술 주문을 단박 찾아내지 못한다고 삶을 그만둘 수는 없었다. 참고, 조금씩, 그러나 제 머리로 한 치씩이라도 길을 내 볼 생각이었다"(178쪽). 이것은 커다란 지적 성장이라고 할 수 있다. 그러나 전쟁에서 포로가 된 그에게는

이 마지막 소망조차 허용되지 않는다. 돌아갈 길이 막힌 것이다. 숱한 사람들의 의심과 질서 속에서 제가 고문한 사람들과 마주칠까 두려워하는 가운데 생각하는 일을 계속하기는 어려울 것이고, 그렇다고 돌아가면 못된 균을 옮겨 왔다고 해서 감옥에 갇힐 것이 분명했기 때문이다. 이명준이 보기에 생각은 자기와 같은 종류의 인간에게 '아가미'와 같은 것이었다. "이 가닥을 떼어 버리면 그들은 죽는다"(81쪽). 지금까지 의존하고 있던 어미 연관의 질서가 붕괴되는 것이 바로 파국이다. 파국은 단순한 불행이 아니라 근거의 몰락인 것이다. 이명준은 자기의 몰락을 자각하고 있다. "나는 영웅이 싫다. 나는 평범한 사람이 좋다. 내 이름도 물리고 싶다. 수억 마리 사람 중의 이름 없는 한 마리면 된다"(191쪽). 오랫동안 "평범이란 이름의 진구렁"(119쪽)에서 도망쳐 온 것이 지금까지의 그의 삶이었다. 평범은 덫에 걸린 그가 마지못해 수락한 몰락 이외에 다른 것이 아니다.

(1) 주격과 대격

(다) 윤애는 알 수 없는 사람이었다. 그녀는 욕정한 자리에서 그 일을 깨끗이 잊어버리는 버릇을 가지고 있었다. 그 분지, 아직도 낮 동안에 받아들인 열기가 후끈한 모래밭에서 그녀는 4월 달 들판의 뱀처럼 꿈틀거리며 명준의 팔을 깨물었다. 그녀의 가는 팔은 끈질기게 그의 목에서 풀릴 줄 몰랐다. … 그런가 하면 이튿날, 그녀는 죽어라고 버티는 것이었다. 처음에 그의 입술을 물리쳤을 때처럼, 그녀는 한사코 명준의 가슴을 밀어냈다. 두 허벅다리를 굳세게 꼬고, 그 위를 두 팔로 감싸 안은 그녀에게서 명준은 흠칫 물러서면서, 윤애라는 사람 대신에 뜻이 통하지 않는 억센 한 마리 짐승을 보는 것이었다. 그녀의 일그러진 입술과 그의 팔에 박혀 오는 손톱의 아픔을 떠올리며, 사람 하나를 차지했다는 믿음 속에 취한 하룻밤을 지낸 다음, 그 마찬가지의 자리에서 그녀가 보여 주는 뚜렷한 버팀은, 그를 구렁 속으로 거꾸로 처넣었다.

(114쪽)

(라) 그가 준 팔의 힘에 꼭 맞먹는 외마디 소리를 들려주는 것이라고 믿은 것은, 그러나 잘못이었다. 엄살을 부리는 사람이 있었고, 참아 내려는 사람이 있었기 때문이다. 그것은 주는 쪽과 받는 쪽의 셈을 헛갈리게 했다. 다섯을 줬는데 여섯을 받는 사람과, 넷을 받는 사람이 있었다. 그 어긋남을 줄이는 길은 하나밖에 없었다. 매를 더하는 것, 꾀죄죄한 체면을 차릴 수 없도록 녹초를 만들어 버리는 길이었으나, 그 길은 길이자 벼랑 끝이었다. 저쪽을 없애 버리고는 내기를 할 수 없었기 때문이었다. 분별이 없어져 버린 몸은 어울릴 값어치가 없었다. 지칠 대로 지쳐서 함부로 지르는 헛소리를 참다운 항복으로 받아들일 수는 없었다. 의식을 되찾고 숨을 돌리자마자, 그들은 또다시 점잔을 부리려 했고, 또 녹초를 만들면 의식을 잃은 살덩이가 되어 버리기 때문이었다. 그렇게 해서 이명준은 고문에서도 졌다.   (166쪽)

우리는 윤애에 대하여, 그녀가 인천에 사는 여유 있는 집의 "외딸"(77쪽)이고 "좀 마른 편이지만, 눈매가 시원하며"(40쪽), "턱 언저리가 몹시 고운"(47쪽) 여자라는 것 이외에는 알 수 없다. 경찰서에서 형사에게 얻어맞고 불쑥 찾아온 이명준을 반갑게 맞아 자기 집에 머물게 하고 그의 애무를 받아들이고 하는 것으로 미루어 윤애가 이명준을 좋아하는 것은 틀림없다. 이때 이명준은 "처음 안 여자의, 모든 것을, 한꺼번에 알려고"(92쪽) 서두른다. "사람이 몸을 가졌다는"(87쪽) 것을 신기하게 느끼기도 한다.

사랑이란 두 사람이 서로 상대방의 신체화된 의식 또는 의식화된 신체를 소유하려는 행동이다. 그런데 의식은 언제나 1인칭의 주격으로만 존재하므로, 3인칭의 형태나 대격의 형태로는 의식을 파악할 수 없다. 여기서 위의 인용문 (다)와 (라)가 보여 주는 고뇌가 발생한다. 윤애는 어떤 경우에도 주체로서의 자격을 포기하지 않는다. 자기의 의식을 주격으로 보존할 뿐 아니라 상대방의 의식도 주격으로 인정하려고 한다. "알몸으로 날 믿어 줘. 윤애가 날 믿으면 나는 변신할 수 있어. 무슨 일이든 하겠어. 날 구해 줘"라고 매달리는 이명준에게 그녀는 "제가 뭔데요"(115쪽)라고 반문한다. 사랑은 상호 행동이며, 강요가 아니라 자유로운 호소임을 본능적으로 느끼고 있었던 것이다. 그녀는 야무진 여자였다. "윤애가 우는 것을 보기는 꼭 한 번이다. S서 이층에서 그가 능욕하려던 생각을 버렸을 때였다. 그때도 그녀는, 이내 눈물을 거뒀었다"(169쪽). 처음 만나서부터 정치 보위부원으로 내려와 능욕하려고 할 때까지 윤애에게 보이는 이명준의 태도는 매우 미숙하다. 상대방의 의식을 주격으로 용인하려 하지 않는다. 그는 "사람의 사귐이 몸의 그것조차도 얼마나 믿지 못할 것인가를 말해 주었다"(156쪽)라고 한탄하지만, 그것은 그가 윤애를 대격으로만 상대한 데서 기인하는 필연적 결과였다. 고분고분하게 굴지 않는다고 갑자기 사라졌다가, 다시 나타나서는 또 강제로 범하려고 하는 남자에게 윤애는 그래도 용서를 빈다. 이것은 아마 이명준에게 용서를 비는 것이 아니라 자신의 내면에 있는 사랑의 기억에 대하여 용서를 구하는 것이었을 듯하다.

　신체와 신체가 서로 얽히는 타락한 방식의 하나가 고문이다. 신체를 고문하면서 고문하는 사람은 타인의 의식을 대격의 형태로 완전히 소유하고자 한다. 그러나 의식의 본질이 주격이므로 이것은 절대로 불가능하다. 자신이 스스로 자기의 의식을 대격으로 상대방에게 소유되도록 하려는 시도조차도 불가능하다. 나의 의식이 그에게 완전히 예속되어 있다고 그가 믿는지, 안 믿는지를 나는 알 수 없기 때문이다. 의식의 신비에 직면하여 고민하는 사람은 고문을 그 한계까지 강화한다. "꼭 제 몸이 허수아비 놀듯, 자기와 몸 사이에 짜증스런 겉돎이 있었다. 그 틈새를 없애려고 쉬지 않고 팔과 다리를 놀렸다"(158쪽). 신체가 아니라 신체화된 의식을 소유하려는 행동이 고문이라는 사실은, 고문받는 사람의 의식이 없어지면 고문을 멈추는 것으로 분명히 알 수 있다. 상대방의 의식을 주격으로 용인하는 용기, 그리고 주격의 대격화가 초래하는 고뇌를 스스로 떠맡는 너그러움만이 신체와 신체가 만나는 유일한 방법임을 이명준은 오랜 뒤에야 깨닫는다. "사람 모양을 한 살을 안았대서 어떻게 될 외로움이 아니다. 스스로 몸을 얽어 오던 그리운 사람들의 마음이 그리웠다. 마음이 몸이었다"(109쪽). 인간에게는 신체가 3인칭이 아니라 1인칭일 수밖에 없음을 안 것이다. 우리에게 세계의 생김새를 가르쳐 주는 것이 바로 1인칭의 신체이다.

(2) 아버지와 어머니

(마) 8·15 그해 북으로 간 아버지는 먼 사람이 되어 가고 있었다. 아버지가 북으로 간 지 얼마 안 돼서 돌아가신 어머니. 아버지 친구였던 영미 아버지 밑에서 지내 온 몇 해 사이에, 어머니 생각은 가끔 나도, 아버지는 살아서 지척에 있었건만 정히 보고 싶지도 생각나지도 않았다. 고아나 다름없는 신세였는데 살붙이가 그리운 생각은 난 적도 없다. 그의 외로움은 아버지나 어머니에게 돌아가는 일이 전혀 없다. 아마 까닭은 그의 나이였으리라. 아버지나 어머니가 아쉬운 나이가 아니다. 아버지나 어머니가 아쉽지 않아지는 나이다.   (62-63쪽)

여기서 이명준은 아버지와 어머니의 의미를 의식적으로 축소시키고 있다. 의식적으로 축소시키고 있다는 것은 무의식적으로 아버지와 어머니에게 크게 의존하고 있다는 말인지도 모른다. 어린애의 욕망은 어머니에 의해서만 충족되므로 어린애의 삶이 어머니를 삶의 목적으로 삼는 것은 당연하지만, '어머니와 함께 자면 안 된다'고 명령하는 아버지 또한 어린애의 삶에 필수적인 구성 요인이 된다. 어머니로 가는 길이 수시로 아버지에 의하여 차단된다. 어머니의 허용과 아버지의 금지는 어린애의 삶을 구성하는 두 요인이다. 뒤에, 어머니의 허용은 개인의 환상으로, 아버지의 금지는 사회의 규범으로 내면화된다. 이 두 요인 가운데 어느 하나가 결여된 경우를 미숙한 상태라고 한다. 그러나 성숙한 사람도 허용과 금지, 환상과 규범의 얼크러짐에서 벗어날 수 없다.

내포하고 있는 의미의 폭이 너무 넓어서 간단하게 말할 수는 없으나, 이 소설의 제목인 『광장』은 주로 사회의 규범을 가리킨다. 체제의 제약에 직면했을 때에 그는 아버지를 절실하게 느낀다. "어쩐지 아버지를 위해서 얻어맞아도 좋을 것 같다. 몸이 그렇게 말한다. 멀리 있던 아버지가 바로 곁에 있다는 것을 깨닫는다. 그의 몸이 거기서부터 비롯한 한 마리 씨벌레의 생산자라는 자격을 빼놓고서도, 아버지는 그에게 튼튼히 이어져 있었다"(70쪽). 그뿐만이 아니고 이명준이 사회의 체제에 대하여 내놓고 비판하는 것은 아버지 또는 아버지의 대리자 앞에서이다. 정 선생의 집에서 미라를 보고 나서 그는 처음으로 광장에 대하여 언급하는데, 정 선생은 고고학자이며 여행가이고, 과수원 두 곳을 팔아서 일본 귀족으로부터 미라를 살 만큼의 여유도 있는 사람으로서 마흔이 넘어서도 결혼하지 않고 혼자 살고 있다. 이명준은 정 선생의 생활을 진술하다가 갑자기 "좋은 얼굴"(50쪽)임을 강조한다. 이 소설에서 남자의 얼굴에 대한 칭찬으로는 단 한 번 나오는 이 낱말을 통해서도 정 선생에 대한 이명준의 심리적 의존심을 엿볼 수 있다. 정 선생의 앞에서 털어놓는 말(56쪽)은 학생 시절에 이명준이 느낀 불만의 핵심을 이룬다. 그 내용을 우리는 다음과 같이 요약할 수 있다.

1. 정치의 광장은 탐욕과 배신과 살인으로 얼룩져 있다. 정치가 깨끗할 수는 없는 것이지만 똥과 오줌을 치우는 하수도를 마련해 놓으려는 노력도 보이지 않는다.
2. 경제의 광장에서는 바늘 끝만 한 양심도 볼 수 없다. 한 푼 두 푼 모아서 가게를 늘려 가는 절약심도 탐욕을 조절할 수 있는 자본주의 정신도 사라진 지 오래다.
3. 문화의 광장에서 시인들은 언어를 두들겨 패서 사디즘 충동을 해소하고, 발레리나는 스커트를 걷어 올려 얻은 지폐의 무게로 재어진다.

서양에서 "민주주의를 배웠다는"(121쪽) 사람들이 조상의 벼슬을 내세우고, 형사들은 실국시대의 "특수고등경찰[特高]이 마치 한국 경찰의 전신이나 되는 것처럼 이야기한다"(73쪽). 청년들은 섹스와 재즈에 빠져 있고 일부의 "약삭 빠른 수재들"(122쪽)은 외국으로 내뺀다. 있는 것은 오직 타락할 수 있는 자유 와 게으를 수 있는 자유뿐이다. 술장수와 갈보장수가 지탱해 주는 자유주의!

이명준이 자기의 아버지 이형도에게 늘어놓는 사설은 또 하나의 다른 체 제에 대한 비판이다. 일정시대에는 신징·하얼빈·옌지 등으로 떠돌다가 광 복이 되자 남로당 창건에 관여하고 이북으로 간 이형도는 민주주의 민족통 일전선의 중앙선전 책임자로 있다. 저녁상을 차려 놓고 아버지의 양말을 빨 고 있는 젊은 계모를 보면서 이명준은 "맥 빠진 월급쟁이 집안의 저녁 한 때"(199쪽)를 연상한다. 아버지의 주선으로 신문사에서 일하게 되었으나 이명 준이 직장에서 본 것은 게으르고 얼렁뚱땅하는 사원들이 원칙대로 일하는 사원들보다 편하게 지내는, "부르주아 사회의 월급쟁이"(128쪽) 풍토였다. 만 주의 조선인 콜호스를 탐방한 기사 때문에 자아비판을 당하면서 이명준의 기대는 여지없이 파괴된다.

네 사람의 당원 앞에 선 이명준은 그들이 사실이나 조리를 따지려 하지 않 는 것을 알았다. 잘잘못간에 윗사람이 말을 냈으면 무릎 꿇고 머리 숙이기를 강요하는 것이었다. 이명준은 알고 싶지 않은 "요령을"(134쪽) 깨닫는다. 남몰 래 괴로워하던 속마음을 이명준은 아버지에게 고백한다. "이게 무슨 인민의 공화국입니까? 이게 무슨 인민의 소비에트입니까? 이게 무슨 인민의 나랍니 까?"(120쪽). 이명준이 항변한 내용(122-123쪽)은 다음과 같다.

1. 당만이 흥분하고 도취하며 당만이 생각하고 판단한다. 다른 사람들은 아무도 생각하지 못한다. 코뮤니스트들은 들뜨거나 격하기를 바라지 않 는다. 오직 복창하기를 바랄 뿐이다.
2. 노동자와 농민과 소시민은 무관심하게 끌려다니고 있다. 그들은 판에

박은 구호를 앵무새처럼 반복하면서 신명이 아니고 신명 난 흉내를 내고 있다.

3. 혁명의 풍문만 들은 사람들이 혁명을 팔고 월급을 타며 제 머리로 생각해 보고 싶어 하는 사람들에게 눈을 부라리고 진리에 대한 해석의 권리를 혼자 차지하고 설친다.

"영웅주의적인 감정"을 버리고 "강철과 같이 철저한 실천자"가 되라는 편집장의 말에서 이명준은 노동자를 타이르는 자본가의 훈시를 느낀다(143쪽). "그것은 러시아정교회 성경 대신 마르크스를 택한, 차르의 나라였다"(187쪽). "광장에 꼭두각시뿐 사람은 없었다. 사람인 줄 알고 말을 건네려고 가까이 가면, 깎아 놓은 장승이었다. 그는 사람을 만나야 했다"(130쪽). 이명준은 이러한 체제의 모습을 좀 더 본질적으로 따져 본다. 변한 것은 과연 무엇인가. 농민은 지주의 소작인에서 나라의 소작인으로 옮아간 것뿐이었다. 임금의 상승도 전혀 없었다. "노동자들은 보수보다도 보수의 약속에 지쳤고, 인민 경제 계획의 초과 달성이라는 이름으로 공짜 일을 마지못해 하고 있었다"(129쪽). 이 문제에 대해서는 약간의 부연 설명이 필요할 듯하다.

경제의 과정이란 소득이 투자로 변형되었다가 투자를 매개로 하여 소득으로 돌아오는 순환과정이다. 그런데 기계와 임금과 이윤의 일부가 추가기계와 추가임금으로 변형되어 생산의 확대를 형성하는 사건으로 기술할 수도 있다. 이렇게 보면 투자란 추가기계와 추가임금 이외의 다른 것이 아니며, 소비란 임금과 추가임금 이외의 다른 것이 아니다. 노동자의 임금만이 아니라 이윤 중에서 자본가의 소비에 충당되는 부분도 소비에 속하지만 사회 전체의 소비에서 그것은 근소한 몫을 차지할 뿐이다. 결국 경제의 과정은 투자와 소비에 의하여 결정되고 투자와 소비는 그것들의 공통 요소인 추가임금에 의하여 결정되는 것이다. 이러한 사실은 공장과 토지를 나라가 차지하고 있다 하더라도 동일하다. 국가 소유이건 개인 소유이건 추가임금을 결정하는 사람들은 추가되는 비용을 냉정하게 계산하고 그것이 추가할 수 있는 이득을 냉정하게 계산할 것이다. 어떠한 경우에도 임금은 노동자가 생산에 기여한 정도를 초과할 수 없다. 중요한 것은 체제가 아니라 기층사회의 연대상황이다. 이명준은 착취를 막을 수 있는 연대적 밑흐름을 양 떼처럼 따라가지 않는 "심장의 설레임"(121쪽)이라고 표현한다. 북한의 사회체계를 〈표 11〉과 같이 도해할 수 있다면, 이명준은 이러한 화살표의 방향이 반대로 전환되어야 한다고 생각한 것이다.

아버지의 내면화와 관련된 광장은 대체로 사회의 규범 또는 관습에 해당되는 내용이었다. 그것이 보람을 느끼면서 살 수 있는 광장이 아니라 "더럽고 처참한 광장"(120쪽)이라는 데 문제가 있었지만 광장은 여하튼 사회적 공간이었다. 그러나 이 소설의 마지막 부분에 나타나는 그 말은 두 사람의 관계로 축소된다. "두 팔이 만든 둥근 공간. 사람 하나가 들어가면 메워질 그 공간이, 마침내 그가 이른 마지막 광장인 듯했다"(130쪽). "접은 지름 3미터의 반달꼴 광장. 이명준과 은혜가 서로 가슴과 다리를 더듬고 얽으면서, 살아 있음을 다짐하는 마지막 광장"(175쪽). 그 공간의 넓이는 더 좁혀져서 한 사람의 영역이 되기도 한다. "남하고 돌아선, 아무리 초라해도 좋으니까 저 혼자만이 쓰는, 그런 광장 없이는 숨을 돌리지 못하는 버릇은 무엇일까. 그건 아무래도 약한 자가 숨는 데였다"(190쪽). 이 좁은 공간을 이명준은 원시의 광장이라고 부른다. "네 개의 다리와 네 개의 팔이 굳세게 꼬여진 원시의 작은 광장에, 여름 한낮의 햇빛이 숨 가쁘게 헐떡이고 있었다"(173쪽). 이명준이 보기에 원시시대는 "개인의 밀실과 광장이 맞뚫렸던 시절"(81쪽)이었다. "훈훈한 땅김이 자기 체온처럼 느껴지는 동굴 속에서, 이명준은 땅굴 파고 살던 사람들의 자유를 부러워했다. 땅굴을 파고 그 속에 엎드려 암수의 냄새를 더듬던 때를 그리워했다"(171쪽).

소설의 이 부분에서 이러한 좁은 공간은 광장과 다른 의미로 나타나기도 한다. "광장에서 졌을 때 사람들은 동굴로 물러가는 것"(191쪽)이라는 표현도

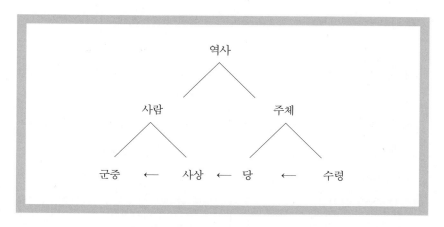

〈표 11〉 북한의 사회체계

보인다. 은혜의 다리를 건축의 기둥에 비유하여 "모든 광장이 빈터로 돌아가
도 이 벽만은 남는다. 이 살아 있는 두 개의 기둥"(136쪽)이라고도 한다. 또 밀
실이란 낱말이 두세 번 사용되어 있는데, 이것도 광장이 아닌 공간을 가리킨
다. "밀실만 푸짐하고 광장은 죽었습니다"(75쪽). "한번 명준의 밝은 말의 햇빛
밑에서 빛나는 웃음을 지었는가 하면 벌써 손댈 수 없는 그녀의 밀실로 도망
치고 마는 것이었다"(115쪽). 이렇게 착잡한 개념들을 갈피 짓기는 쉬운 일이
아니다. 밀실은 적어도 인간과 세계, 집과 일터처럼 광장과 대립되는 개념은
아니다. 이러한 대응 개념에서는 한쪽이 소멸하면 다른 쪽도 소멸하기 때문
이다. 밀실은 광장이 없어져도 남아 있는 여분인 듯하다. 그러면 극단적으로
좁혀져 있는 광장이란 무엇일까? 우리는 그것을 어머니와 관계된 공간이라
고 말할 수밖에 없다.

(바) 명준은 윤애를 자기 가슴에 안고 있으면서도, 문득문득 남을 느꼈었다. 은
혜는 윤애가 보여 주던 순결 콤플렉스는 없었다. 순순히 저를 비우고 명준을 끌
어들여 고스란히 탈 줄 알았다. … 그녀는 명준의 머리카락을 애무했다. 가슴

과 머리카락을 더듬어 오는 손길에서 그는 어머니를 느꼈다.   (138쪽)

(사) 마지막으로 만났을 때 은혜가 한 말, 총공격이 다가선 줄 알면서도 두 사람은 다 여느 때하고 다르지 않았다. 사랑의 일이 끝나고, 그들은 나란히 누워 있었다. "저ㅡ." 깊은 우물 속에 내려가서 부르는 사람의 목소리처럼 누구의 목소리 같지도 않은 깊은 울림이 있는 소리로 그녀가 불렀다. "응?" "저ㅡ." 명준은 그 목소리의 깊이에 몸이 굳어졌다. "뭔데, 응?" "저ㅡ." 그녀는 돌아누우면서 남자의 목을 끌어당겨 그 목소리처럼 깊숙이 남자의 입을 맞췄다. 그러고는, 남자의 귀에 대고 그 말을 속삭였다. "정말?" "아마." 명준은 일어나 앉아 배를 내려다봤다. 깊이 패인 배꼽 가득 땀이 괴어 있었다. 입술을 가져간다. 짭사한 바닷물 맛이다. "나 딸을 낳아요." 은혜는 징그럽게 기름진 배를 가진 여자였다. 날씬하고 탄탄하게 죄어진 무대 위의 모습을 보는 눈에는, 그녀의 벗은 몸은 늘 숨이 막혔다. 그 기름진 두께 밑에 이 짭사한 물의 바다가 있고, 거기서 그들의 딸이라고 불리운 물고기 한 마리가 뿌리를 내렸다고 한다. 여자는, 남자의 어깨를 붙들어 자기 가슴으로 넘어뜨리면서, 남자의 뿌리를 잡아 자기의 하얀 기름진 기둥 사이의 배게 우거진 수풀 밑에 숨겨진, 깊은 바다로 통하는 굴속으로 밀어 넣었다. "딸을 낳을 거예요. 어머니가 나는 딸이 첫 애기래요."   (194-195쪽)

인용문 (바)에서 은혜는 윤애와 대립되어 있다. 명준은 그녀의 애무에서 어머니를 느낀다. 윤애가 애인이라면 은혜는 어머니의 이미지와 관련되어 있는 애인 이상의 여자이다. 인용문 (사)에서는 그녀 자신이 어머니가 된다. 여기서 그녀는 먼저 우물의 이미지로 나타난다. 생명의 물을 긷는 깊은 우물이다. 그 우물은 무한히 확대되어 이윽고 바다가 된다. 세상의 부패를 방지하는 소금물이다. 그들의 딸은 이 물을 먹고 자라는 물고기이면서, 물을 흡수하여 태양으로 발산하는 작은 나무이다. 은혜는 자기 아이의 생명을 보호하는 물일 뿐 아니라 이명준과 더 나아가서는 모든 인간의 생명을 근원에서 소생시키는 모성 자체이다. 이명준이 국립극장 건설 현장에서 부상을 입고 입원해 있던 병원에서 그들은 처음으로 만났다. 그녀는 국립극장 소속 발레리나였다. 윤애와의 관계가 반년 동안이나 지지부진이었던 데 비하여 은혜와의 관계는 자연스럽고 급격하게 진전된다. 세상일에 마음을 붙이지 못하고 방황하는 이명준의 영혼을 은혜는 부드럽고 포근하게 감싸 준다. 이명준은 이렇게 생각한다. "사랑하리라. 사랑하리라. 깊은 데서 우러나오는 이 잔잔한 느낌만은 아무도 빼앗을 수 없다. 이 다리를 위해서라면, 유럽과 아시아에 걸쳐 모든 소비에트를 팔기라도 하리라. 팔 수만 있다면"(136쪽). "서로, 부모미생전 먼 옛날에 잃어버렸던 자기의 반쪽이라는 걸 분명히 몸으로 안다. 자기 몸이 아니고서야 이렇게 사랑스러울 리 없다"(173쪽). 은혜는 이명준의 치졸한 억지를 모두 받아 준다. 당과 인민을 파는 공화국의 적이라 해도 믿겠느냐는 질문에도 믿겠다고 대답하고 모스크바 예술제에 참석하지 말아 달라고 조를 때도 응낙한다. 명준의 억지가 어린애의 응석이라는 것을 아는 어머니의 태도이다. 은혜가 모스크바로 떠나기는 하지만 그것은 배반이 아니다. 어린애의 투정을 다 받아 주는 어머니는 없는 법이다. 명준도 그 사실을 스스로 알고 있다. 그러기에 "그를 어긴 일도 없는 윤애는 속까지 다 알지는 못했다는 느낌으로 남아 있는데, 뚜렷이 어긴 은혜를, 한 치 틈새도 없이 믿고 있는 자기를 보는"(169쪽) 것이다. 죽기 전에 부지런히 만나자던 약속을 영원히 어기고 은혜가 전사하였을 때 이명준은 완전히 뿌리 뽑힌 고아가 된다. 파국은 단순한 불행이 아니라 근거의 몰락임을 다시 한번 기억하자. "사람이 풀어야 할 일을 한눈에 보여 주는 것 ─ 그것이 '죽음'이다. 은혜의 죽음을 당했을 때 이명준의 배에서는 마지막 돛대가 부러진 셈이다. 이제 이루어 놓은 것에 눈을 돌리면서 살 수 있는 힘이 남아 있지 않다"(185쪽).

(3) 갈매기

(아) 어디서 새 우는 소리가 들렸다. 멍하도록 하릴없는 가락이었다. 바로 뒤에 잇닿은 산에서 난다. 그녀는 죽은 사람처럼 그의 가슴에 안겼다. 두 팔로 안은 그녀는 따뜻했다. 가슴과 둥그런 배가 예전에 안기던 그녀의 부피를 그대로 옮겼다. 그때, 또 새 우는 소리가 들렸다. 그녀를 안은 채 마루에 뒹굴었다. 목과 가슴에 입술을 댔다. 새 울음이 갈매기 울음처럼 들렸다. 인천 교외, 그 분지의 모래 바닥이다. 그 갈매기들이 눈에 보인다. 배들이 돛을 번쩍이며 바다로 나간다. 뚜뚜 뱃고동 소리. 햇빛이 가득한 하늘이 푸르다. 이 빌어먹을 놈의 땅에, 하늘은 왜 그렇게 푸르담. 그의 몸 가운데 어디선가 막혔던 사태가 좌르르 흐르는 소리가 난다. 뺨을 타고 눈물이 흐른다. 이건 뭐야. 사태는 눈물이 되어 몸 밖으로 흘러내린다.

(161-162쪽)

(자) 자기가 무엇에 홀려 있음을 깨닫는다. 그 넉넉한 뱃길에 여태껏 알아보지 못하고, 숨바꼭질을 하고, 피하려 하고 총으로 쏘려고까지 한 일을 생각하면 무엇에 씌었던 게 틀림없다. 큰일 날 뻔했다. 큰 새 작은 새는 좋아서 미칠 듯이 물속에 가라앉을 듯 탁 스치고 지나가는가 하면, 되돌아오면서 바다와 놀고 있다. 무덤을 이기고 온, 못 잊을 고운 각시들이 손짓해 부른다. 내 딸아. 비로소 마음이 놓인다. 옛날, 어느 벌판에서 겪은 신내림이 문득 떠오른다. 그러자, 언젠가 전에 이렇게 이 배를 타고 가다가, 그 벌판을 지금처럼 떠올린 일이, 그리고 딸을 부르던 일이, 이렇게 마음이 놓이던 일이 떠올랐다. 거울 속에 비친 남자는 활짝 웃고 있다.

(200쪽)

이 소설의 부분과 부분들을 연결시켜 주는 중요한 문학적 장치의 하나가 갈매기이다. 인용문 (아)는 이명준이 S서에서 윤애를 능욕하려다가 중지하는 장면인데, 윤애와 관련된 갈매기의 이미지가 마지막으로 나오는 장면이다. 인천에서 처음 갈매기를 볼 때 그것은 "날개를 기울이며 때로 내려 꽂히고 때로 번듯 뒤채이며, 스르르 미끄러지는, 노곤한 그림 한 폭"(86쪽)이었다. 갈매기의 흰빛은 곧이어 윤애의 흰 가슴과 연결된다. 이명준이 순결 콤플렉스라고 부른 윤애의 성격과 갈매기의 이미지가 겹쳐지는 것이다. 마음대로 되지 않는 윤애를 미워하는 마음이 갈매기에게로 향한다. "그 분지에서 자지러지게 어우러지다가, 그녀는 불쑥 '저것 갈매기…' 이런 소릴 했다. 그녀의 당돌한 말이 허전하던 일. 그 바닷새가 보기 싫었다. 그녀보다도 더 미웠다. 총이 있었더라면 그는 너울거리는 흰 그것을 겨누었을 것이다"(91쪽). 윤애와 관련된 갈매기의 이미지는 늘 성적 충동을 억제하는 내용을 지니고 있다. 그 갈매기는 마지막으로 S서에서의 능욕도 막아 준다. 그것은 윤애의 순결을 지켜 줄 뿐 아니라 이명준의 내면에 무너져 있는 어떤 사태를 녹아내리게 한다. 윤애를 대표하는 갈매기는 인간의 파괴성을 억제하는 천사이다.

인용문 (자)의 갈매기는 은혜와 그의 딸이다. 이 사실이 밝혀지기까지 이 소설은 오랜 우여곡절을 마련해 놓고 있다. 문학이란 언제나 곧장 말하기보다는 둘러말하기에 의지하는 것임을 생각하면 납득할 수 없는 것은 아니지만 지나칠 만큼 긴 우회로이다. 배를 타고 얼마 안 되어 선장이 이명준에게 갈매기에 대하여 언급한다. 낮이면 배를 따라오다가 밤에는 메인마스트에서 자는 갈매기를 흔히 "뱃사람을 잊지 못하는 여자의 마음"(52쪽)이라고 한다는 것이다. 이명준이 홍콩 구경을 원하는 석방 포로들과 대립되어 그중 김이라는 사내와 싸울 때에 갑자기 나타났다 사라지는 "헛것"(109쪽)이 보인다. 여기서부터 갈매기란 말은 한참 동안 사라지고 헛것이란 말이 사용된다. 이명준은 그 헛것에서 "한 걸음 한 걸음 다가서는 누군가의 기척"(112쪽)을 느낀다. "거기에 온 신경을 기울인다"(112쪽). 배의 뒤 난간에서 서서 바다를 보고 있을 때 "그 물거품 속에서 흰 덩어리가 쏜살같이 튀어나오면서 그의 얼굴을 향해 뻗어 왔다. 기겁하면서 비키려 했으나, 그보다 빨리, 물체는 그의 머리 위를 지나, 뒤로 빠져 버렸다"(192쪽). 이때에 그는 비로소 그 헛것이 갈매기인 것을 알아차린다. 놀라서 구토를 하고 온 배 안을 여기저기 서성거리며 공연한 사람을 찾으려 애쓰는 이명준의 당황한 모습이 유난스레 낯설게 묘사되어 있다. "가슴이 활랑거린다. 손을 가슴에 얹었다. 풀무처럼 헐떡거린다. 망막에서는 포알처럼 튀어 들던 바닷새의 흰 부피가, 페인트를 쏟아부은 듯 아직도 끈적거렸다"(193쪽). 그는 갈매기의 흰 그림자를 향하여 양주병을 던지기도 하고(193쪽), 끝내는 선장실에 있는 사냥총을 꺼내 갈매기를 겨누기도 한다(194쪽). 총이 있었으면 갈매기를 쏘겠다고 한 인천 바닷가 분지에서의 분노가 되살아난 것인지 모른다.

이명준은 갈매기를 그토록 불길하고 섬뜩하게 여기고 있다. 몸을 밖으로 젖히고 총구를 겨누고 있을 때 그는 갈매기가 두 마리이며, 지금 총구멍에 똑바로 겨눠져 얹혀진 새는 다른 한 마리의 반쯤 되는 작은 새인 것을 보았다. "이명준은 그 새가 누구라는 것을 알아보았다. 그러나 작은 새하고 눈이 마주쳤다. 새는 빤히 내려다보고 있었다. 이 눈이었다. 뱃길 내내 숨바꼭질해 온 그 얼굴 없는 눈은. 그때 어미 새의 목소리가 날아왔다. 우리 애를 쏘지 마세요"(195쪽). "그는 두 마리 새들을 방금까지 알아보지 못한 것이었다. 무덤 속에서 몸을 푼 한 여자의 용기를, 그리고 마침내 그를 찾아내고야 만 그들의 사랑을"(199-200쪽). 마침내 이명준은 그들의 손짓에 응하여 죽음의 결단을 내린다. 사랑은 타협도 양보도 도피도 용서하지 않는다. 이명준의 죽음은 사랑하는 사람의 필연적인 운명이요, 책임이다. 파국적 구성에서 근거의 몰락이라는 인식은 책임감 있는 의연한 행동 가운데서만 획득된다. 파국적 구성에 의존하는 작품의 유일한 주제는 자유, 즉 스스로 선택한 행동이 운명의 조건이 되는 것이다. 질문과 공허, 추구와 좌절을 두 핵으로 하는 파국적 구성에서 죽음은 전형적인 종결 양식이다.

인용문 (자)의 후반부는 다시 소설의 첫 들머리로 우리의 기억을 돌아가게 한다. 대학에 갓 들어간 해 여름에 이명준은 처음 겪는 일이면서 언젠가 있었던 일 같은 느낌을 받았었다. 몇몇이 어울려 소풍을 나가서 어느 낮은 비탈에 올라섰을 때 그는 온몸이 아찔한 느낌에 휩싸이는 것을 경험했다. 그 자리는 분명히 그때가 처음인데, 언젠가 바로 그 자리에 멍하니 서 있었다는 환상이 마음을 파고들었다. "온 누리가 덜그럭 소리를 내면서 움직임을 멈춘다. 조용하다. 있는 것마다 있을 데 놓여서, 더 움직이는 것은 쓸데없는 일 같다. 세상이 돌고 돌다가, 가장 바람직한 아귀에서 단단히 톱니가 '물린, 그 참같다"(33쪽). 이명준의 죽음은 근거의 몰락이지만 동시에 삶의 완성이다. 한 번 신내림을 겪고는 다시는 오지 않던 절대의 순간이 사랑 속에서 다시 찾아온다. 몰락이 오히려 운명을 완성시킨다는 신비가 파국적 구성 안에 내재하는 것이다.

(4) 가치와 행동

이명준은 이명준 나름으로 자기의 운명을 완성했다 하더라도 우리는 이명준이 보여 주는 미숙성에 눈을 감을 수 없다. 다른 삶의 태도가 있지 않을까 하는 의문을 누를 수 없다. 하나의 소설이 세상의 모든 것을 다 이야기할 수는 없다. 삶은 어떠한 삶의 표현보다도 크다. 그러나 우리는 바로 이 소설 안에 또 하나의 자유와 운명이 나타나 있음을 기억한다.

(차) "자네가 이런 일을 하다니 뜻밖이야."

"속에 있는 대로 대답해도 괜찮겠나?"

"물론이야. 맘대로 대답하게 옛날처럼."

"그럼 말하지, 자네가 그 자리에 앉아 있는 것도 내게는 뜻밖일세."

"알겠어. 그러나 나 같은 인간은 이렇게 될 가능성을 가지고 있던 자야. 허나 ·자네는."

"깔보지 말게. 모든 인간은 다 그런 가능성이 있네."

"자네가 이처럼 고생할 만한 값이 남조선에 있었던가?"

"자네가 그 자리에 앉아 있을 만한 값이, 북한에 있었던가 묻고 싶어."

"음 되묻지 말고, 먼저 내 물음을 받아 주게."

"값이 있어서만 사람이 행동하는 건 아닐세."

"그럼?"

"값을 만들어 내기 위해서도 행동할 수 있어."

"자네 같은 애국자를 왜 남조선이 알아주지 못했을까. 나는 여기 잡혀 오는 자들을 정말 미워해. 이렇게 애국자가 수두룩한데 왜 남조선이 요 꼴이 됐지?"

"말해두 좋은가?"

"그러래두."

"자네 같은 사람이 넘어갔기 때문이야."

"고맙네. 허지만 자넨 남지 않았나?"

"아니야. 내가 남은 건 6월 25일에서 오늘까지뿐이야."

"늦었군그래, 늦었어. 나한테 부탁이 없나?"

"죽여 주게. 고문을 더 이상 참을 수 없어. 자네가 아직도 나한테 우정이 있다면, 나를 곧 죽여 주게."

"자네의 죽음을 아무도 몰라도 좋은가?"

"자네. 북한으로 가더니 속물이 됐군. 난 괴로우니까 빨리 쉬고 싶다는 것뿐이야."

(154-156쪽)

S사 취조실에서 변태식이 이명준에게 심문받는 장면이다. 심문이라기보다는 친구 사이의 대화 같지만, 이 장면이 끝나면 변태식은 다시 이명준에게 고문을 받는다. 태식은 음악과 학생이면서 카바레에서 색소폰을 불고, 거의 날마다 여자를 바꾸는 난봉꾼이었다. 책 한 자 들여다보지 않고 살지만 태식은 그런대로 자기 생활에서 그 나름으로 세상을 보는 눈을 터득했다. 함께 남산 길을 걷다가 권투 선수가 땀을 흘리며 뛰어가는 것을 보고 이명준이 그 노릇도 수월치 않은 모양이라고 하자 태식은 "고독해서 저러는 거야"(44쪽)라고 대답한다. 이명준은 권투 선수와 고독을 한 줄에 얽는 태식의 그 말을 두

고두고 생각한다. "고독하니깐, 고독하니깐 나는 발판에서 떨어지고, 여기 누워 있고, 생퉁한 사람더러 사진을 찍자고 한 거야"(127쪽). 왜 이런 전쟁을 시작했을까 하는 은혜의 질문에도 김일성 주석이 고독해서 그랬을 것이라고 대답해 준다(171쪽). 이 말은 더 나아가서 우주적인 의미로 확대되기도 한다. "사람의 몸이란, 허무의 마당에 비친 외로움의 그림자일 거다. 그렇게 보면 햇빛에 반짝거리는 구름과, 바다와 뫼, 하늘, 항구에 들락날락하는 배들이며, 기차와 궤도, 나라와 빌딩, 모조리, 그 어떤 우람한 외로움이 던지는 그림자가 아닐까. 커다란 외로움이 던지는 이 누리는 그 큰 외로움의 몸일 거야"(89쪽). 이렇게 생각하면 변태식은 어떤 관념도 주지 못한 삶의 인식을 이명준에게 가르쳐 주었다고 할 수 있다. 사랑보다는 약하지만 관념보다는 훨씬 강한 어떤 것, 이것이 우정이 아니면 무엇일까?

변태식이 시내에서 정치 보위부원에게 잡혔을 때, "그는 소형 사진기를 가지고 있었고, 필름을 빼내 돌혀 보니 서울 둘레에 흩어진 공산군 시설이 찍혀 있었다"(153쪽). 위에 인용한 장면에는 다시 한번 파국적 구성이 반복되어 있다. 인용문의 전반부에는 선택의 문제가 포함되어 있다. 이명준은 행동의 목적을 묻는데 변태식은 행동의 근거를 제시한다. 가치는 주어져 있는 것이 아니다. 어느 시대, 어느 사회에도 그런 것이 있을 리 없다. 가치란 우리의 외부에 있는 객체 또는 대상이 아니다. 우리가 주체적 결단을 통해 애써 생산하고 형성하는 과정이 곧 가치이다. 가치 있는 물건이 있는 것이 아니고 가치를 형성하는 사건이 있을 뿐이다. 결단의 과정 속에서 모든 행동은 하나하나가 가치 있는 사건이 된다. 이 말은 바로 이명준의 모든 방황을 무위로 돌릴 수 있는 가차 없이 냉혹한 비판이다. 인용문의 후반부는 자기가 선택한 운명을 자기의 책임으로 의연하게 떠맡는 용기를 보여 주고 있다. 여기서도 이명준은 죽음을 외면적인 것과 연관 지어 질문한다. 아무도 모르는 죽음과 많은 사람이 알아주는 죽음이 어떻게 다른가? 누구에게나 죽음이란 끔찍한 사고가 아닌가! 변태식은 죽음을 내면적으로 받아들인다. 끔찍한 사고인 죽음이 인간의 내면에서 과일처럼 성숙하여 운명을 완성시키는 것이다. 파국은 단순한 불행이 아니라 운명의 완성이다.

2) 노동과 실천 ― 조세희의 『난장이가 쏘아올린 작은 공』

고든 털록은 『경제학의 신세계』에서 성과 투표를 비용이 수반되는 교환 과정으로 보았다. 그에 의하면 성의 수요는 가격의 함수이다. 합리적인 인간이라면 한계수익과 한계비용이 같아지는 점까지 성을 소비할 것이기 때문이다.

> 만일 섹스의 가격이 다른 재화들에 비하여 상대적으로 상승한다면 소비자는 섹스의 소비를 줄이고 다른 재화들을 더 많이 소비할 것이다. 상대 가격의 변화에 따라 아이스크림이 섹스를 대체할 수도 있다. 이것은 합리적인 선택이다.[94]

또 그에 의하면 선거와 투표도 비용과 수익의 척도에 따라 계산되는 교환 행위이다. 후보 득표수와 정당 득표수, 정당 후보수와 정당 의석수는 모두 시장의 가격기구에 의해 결정된다. 총 투표수와 총 의석수의 관계도 수요와 공급의 관계에 대응한다. 선거란 득표를 극대화하려는 후보자들과 이권을 극대화하려는 유권자들 사이에서 거래되는 표 매매이다. 후보자들 가운데 어느 누구도 뽑기 싫은 투표자는 기권하는 것보다 다른 투표자에게 그의 표를

---

94 Richard B. Mckenzie and Gordon Tullock, *The New world of Economics, Explorations in Human Experience*, Homewood, Ill.: Irwin, 1975, pp. 51-52. 한계수익(marginal revenue)과 한계비용(marginal cost)은 미분 개념이다. 수익(revenue)을 미분하면 한계수익이 되고 비용(cost)을 미분하면 한계비용이 된다. $y=x^n$을 미분하면 nx^{n-1}이 되며, 일차 도함수가 0이 되는 x의 값을 이차 도함수에 넣어서 극대와 극소를 결정하고, 원함수에 넣어서 극댓값과 극솟값을 결정한다는 미분 개념을 이용하면

$$\frac{dR}{dx} - \frac{dC}{dx} = 0 \text{과} \quad \frac{d^2R}{dx^2} - \frac{d^2C}{dx^2} < 0$$

이란 조건을 구할 수 있다. 여기에서 수익과 비용의 관계가 최적의 상태에 이른다.

젊으로써 그의 이득을 합리적으로 크게 할 수 있다. 경제적 교환관계가 아닌 인간의 상호관계에까지 교환의 개념을 적용하여 성과 권력까지도 상품으로 간주하는 털록의 시각은 일종의 네크로필리아(necrophilia: 사체애호증)이다. 여자의 시체를 껴안고 싶어 하는 환자처럼 이러한 의식 형태는 열린 체계를 닫힌 체계로 바꾸고 싶어 하며, 중층구조를 단층구조로 바꾸고 싶어 한다.

이미 있는 계급구조와 국가권력이 허용하는 영역의 밖으로 나가려는 역사적 실험을 포기한다면 우리 사회는 거대한 정신병원이 되고 말 것이다. 이러한 역사적 실험은 무슨 대단한 도덕적 원칙이 아니라 수많은 범속한 사람들이 태곳적부터 터득해 온 지혜이다. 어느 집안에 갓 시집온 며느리가 그 집안의 규칙을 따르지 않는다면 그녀는 그 집안의 억압을 견뎌 내지 못할 것이다. 그러나 그녀가 자기를 완전히 포기하고 그 집안의 가풍에 따르기만 한다면 그녀 자신의 인간성은 파괴되고 말 것이다. 신경증이나 정신병에 걸리지 않으려면 그녀는 그 집안의 규칙을 어떻게든 그녀 자신이 견디고 살 만한 것으로 바꾸어 놓지 않으면 안 된다. 가풍의 변형이 힘겨운 싸움이 되리라는 것은 틀림없지만, 이것은 집안을 결딴내려는 투쟁이 아니라 가족의 한 사람으로서 그녀가 차지해야 할 권리를 회복하기 위한 투쟁이고, 그렇게 함으로써 더 따뜻하게 어울려 살기 위한 투쟁이다.

한국을 잘사는 작은 나라로 만들기 위한 모색의 일단으로서 우리 시대의 정치적 악이란 무엇인가라는 질문의 해답을 조세희의 『난장이가 쏘아올린 작은 공』[95]에서 찾아보려는 데에 이 글의 목적이 있다.

(1) 대중운동

조세희의 소설집은 12편의 단편을 수록하고 있다. 수학교사와 꼽추와 앉

---

[95] 조세희, 『난장이가 쏘아올린 작은 공』, 문학과지성사, 1978. 이하 이 책의 인용은 쪽수만 밝히기로 한다.

은뱅이가 나오는 「뫼비우스의 띠」와 「에필로그」가 소설집의 맨 앞과 맨 뒤에 놓여 있고, 신애를 주인공으로 하는 「칼날」과 「육교 위에서」, 윤호를 주인공으로 하는 「우주여행」과 「궤도 회전」의 네 편이 소설집의 전반부에 배치되어 있다. 나머지 여섯 편은 모두 영수와 그의 어머니, 아버지, 남동생, 여동생의 이야기인데 「잘못은 신에게도 있다」에는 목사와 지섭이, 「클라인 씨의 병」에는 과학자가, 「내 그물로 오는 가시고기」에는 은강그룹 회장의 아들인 경훈이 부차적 인물로 등장한다. 이 소설집에 나오는 인물들은 모두 영수를 중심으로 하여 여러 개의 동심원을 그리고 있다. 중심에서 제일 가까운 원에는 영수의 가족인 어머니와 난쟁이 아버지, 동생인 영호와 영희가 들어 있다. 그다음 원에는 영수와 항구적 연대관계로 결속된 지섭·영이·목사·과학자 등이 들어 있고, 또 그다음 원에는 영수와 일시적인 우호관계를 맺는 신애·윤호·꼽추·앉은뱅이·수학교사가 들어 있다. 제일 바깥 원은 영수와 지속적인 적대관계로 묶여 있는 은강그룹 회장과 그의 아들 경훈의 자리이다. 작품에 대한 검토는 일시적 우호관계, 항구적 연대관계, 지속적 적대관계의 순서로 진행하겠다. 모든 관계의 중심에는 영수와 그의 가족이 있으므로 동심원의 어느 곳을 논의하더라도 결국은 원의 중심에 있는 영수에 대한 논의가 될 것이다.

(가) 교사는 분필을 들고 돌아섰다. 그는 칠판 위에다 '뫼비우스의 띠'라고 썼다. 제군이 이미 교과서를 통해서 알고 있는 것이지만, 이것 역시 입학시험과는 상관없는 이야기니까 가벼운 마음으로 들어 주기 바란다. 면에는 안과 겉이 있다. 예를 들자. 종이는 앞뒤 양면을 갖고 지구는 내부와 외부를 갖는다. 평면인 종이를 길쭉한 직사각형으로 오려서 그 양끝을 맞붙이면 역시 안과 겉 양면이 있게 된다. 그런데 이것을 한 번 꼬아 양끝을 붙이면 안과 겉을 구별할 수 없는, 즉 한쪽 면만 갖는 곡면이 된다. 이것이 제군이 교과서를 통해서 잘 알고 있는 뫼비우스의 띠이다. 여기서 안과 겉을 구별할 수 없는 곡면을 생각해 보자.　(11쪽)

예비고사를 보기 전에 있는 마지막 수업시간에 수학교사는 학생들에게 간단한 위상 개념을 상기시킨다. 이 수학교사는 수학교사답지 않게 굴뚝을 청소한 두 아이의 경우를 예로 들어 위상 개념을 추상적 일반 조건이 아니라 구체적인 일상생활에 옮겨 놓는다. 교사는 "한 아이는 얼굴이 새까맣게 되어 내려왔고, 또 한 아이는 깨끗한 얼굴로 내려왔다. 어느 쪽의 아이가 얼굴을 씻을 것인가?"(9쪽)라는 질문을 학생들에게 던진다. 교사가 첫 번째 제시한 답은 깨끗한 아이가 얼굴을 씻으리라는 것이다. 더러운 아이는 깨끗한 아이의 얼굴을 보고 제 얼굴도 깨끗하다고 생각하여 얼굴을 씻지 않을 것이기 때문이다. 교사가 같은 질문에 대하여 두 번째 제시한 답은 질문 자체가 틀렸다는 것이다. 함께 굴뚝을 청소했으면 두 아이가 다 더러워져 있을 것이기 때문이다. 교사의 이야기는 여러 가지로 해석할 수 있는 내용이겠으나, 일반적으로 받아들여지고 있는 해답과는 다른 해답을 발견하는 일의 중요성, 그리고 낡은 질문에 대하여 새롭게 대답하는 것보다 문제 자체를 새롭게 만드는 일의 중요성을 강조한 데에 이야기의 핵심이 있는 듯하다. 조세희의 소설에는 자연과학에 관한 삽화(揷話)가 드물지 않게 개입되어 있다. 민주화와 과학화를 하나로 보는 작가의 주석이다. 「클라인 씨의 병」에 나오는 중소기업의 경영자에게 조세희는 과학자라는 별명을 붙여 준다. 과학을 슬기롭게 이용하여 생산능률을 높이고 노동운동에도 깊은 공감을 가지고 있는 기업가는 조세희가 구상한 이상적 자본가의 모습이다. 과학자는 안팎이 없는데 공간이 닫혀 있는 클라인 씨의 병에 대하여 이야기한다(277쪽). 대롱 벽에 구멍을 뚫고 대롱의 한쪽 끝을 그 구멍에 넣어 만든 병이다. 뫼비우스의 띠와 클라인 씨의 병은 인간의 사회적 관계구조를 상징하고 있다. 속과 겉이 없고 안과 밖이 없는 현실에서는 누구도 "나는 안에 있고 너는 밖에 있다"라고 말할 수 없다. 연대 책임 또는 공동 책임에서 벗어날 수 있는 사람은 아무도 없다. 예비고사에서 학생들의 수학 성적이 예년보다 떨어졌다. 우리가 생각하기에도 추상적 일반 조건인 수학적 관계를 구체적인 일상생활에 대입하는 방법은 수학교육에 유익하지 않다. "학생들이 신뢰하는 유일한 교사"(9쪽)는 이제 "오 분의 일 정도의 의심"(325쪽)을 받게 된다. 수학교사는 수학 성적이 떨어진 데 대하여 자기와 함께 책임져야 할 사람들을 열거한다. "출제자, 인쇄업자, 불량 수성 사인펜 제조업자, 수험 감독관, 키펀처, 슈퍼바이저, 프로그래머, 컴퓨터가 있는 방의 습도 조절 책임자, 진학 지도 주임과 그 위의 교감·교장, 학교 밖 구성원들의 계획·실천·음모·실패"(325쪽). 교사의 말을 통하여 조세희는 뫼비우스의 띠와 클라인 씨의 병에 대하여 다시 한번 설명하고 있는 것이다. 수학교사는 모두가 공감할 수 있는 무엇을 글로 써서 읽어 주고 싶어 한다. 그는 한 주전자의 커피와 한 말의 술을 마시면서 글을 못 쓰고 울다가 끝내는 행성으로 이주하기로 결심한다. 수학 이야기가 아니라 삶의 이야기를 하고 싶어 하는 사람은 수학교사가 아니라 작가이다. 수학교사는 조세희의 분신인 것이다. 아니면 누구나 공감할 수 있는 현실의 수학을 설명하는 데 조세희의 작가 정신이 있을지도 모른다. 낭만적인 수학교사의 고뇌와 당황 사이에 또 하나의 이야기가 삽입되어 있다.

(나) 고속도로는 계속 어둠에 잠겨 있었다. 몇 시쯤 되었는지 알 수도 없었다. 두 친구는 슬펐다. 그때 꼽추는 어둠 속에서 빛을 내는 작은 생물체를 발견했다. 그것이 낮게 떠 아스팔트 위로 날았다. "봐!" 그가 외쳤다. 하필 그 외침 뒤로 이어진 자동차 소리를 앉은뱅이는 들었다. 꼽추가 아스팔트 위로 달려가는 것도 그는 보았다. 두 손에 힘을 주면서 땅을 밀었다. "봐! 개똥벌레야!" 친구의 목소리가 들려왔다. "저게 어떻게 살아남았을까!" 그러나 친구가 보이지 않았다. 꼽추는 분리대를 향해 뛰어가고 있었다. 달려온 것은 연료 공급차였다. 앉은뱅이는 그 차를 세우기 위해 불빛 속으로 몸을 굴려 넣으며 손을 번쩍 들었다. 연료 공급차의 운전기사는 순간적으로 눈을 감고 급브레이크를 밟다가 놓았다. 그는 그 차를 세울 수도, 어느 한쪽으로 몰아붙일 수도 없었다. 그는 공정했다. 연료 공급차는 다시 속력을 내어 달렸다. 두 친구는 움직이지 않았다. 벌레들도

울지 않았다. 그들이 다시 울기 시작했을 때 앉은뱅이가 몸을 일으켰다. 자동차 불빛에 몸을 드러냈던 친구를 향해 그는 한 손으로 기어갔다. "보라구!" 꼽추는 분리대 앞에 모로 쓰러져 있었다. 그가 손을 들어 가리켰다. 꽁무니에 반짝이는 불을 단 한 마리의 작은 반디가 바른쪽 숲을 향해 날아갔다.　　　(338-339쪽)

위의 인용문에서 인간과 사물은 중립서술을 통하여 같은 자격으로 만난다. 조세희는 전지서술과 중립서술을 상황에 맞추어 적절하게 사용한다. 고속도로와 벌레와 자동차들이 꼽추와 앉은뱅이, 그리고 운전기사와 동격으로 주어 역할을 한다. 인간은 사물의 하나가 되어 있다. 두 개의 형용사가 상황의 본질을 지시한다. '두 친구는 슬펐고, 운전기사는 공정했다.' 개똥벌레의 작은 빛과 연료 공급차의 큰 빛이 대조된다. 작은 빛은 안전하나 큰 빛은 위험하다. 꼽추의 시체 옆에서 개똥벌레를 가리키는 행동으로 앉은뱅이는 그들 자신이 연료 공급차 옆을 나는 작은 개똥벌레에 지나지 않음을 암시한다. 그들의 집은 철거당해 없어졌다. 사람들이 울면서 쇠망치를 든 철거반원과 싸웠으나 집은 헐리고 말았다. 아파트 거간이 그들의 입주권을 16만 원에 사다가 38만 원에 다시 팔았다. 그들은 이러한 교환체계에 동의할 수 없었다. 그들은 아파트 거간의 승용차를 세우고 칼로 위협하여 그들의 돈을 다시 찾았다. 앉은뱅이는 모터가 달린 자전거와 강냉이 튀기는 기계를 사고 싶어 한다. 꼽추는 차력하는 사범을 따라 산토닌을 팔러 다니고 싶어 한다. "그는 완전한 사람야. 죽을힘을 다해 일하고 그 무서운 대가로 먹고살아. 그가 파는 기생충 약은 가짜가 아냐. 그는 자기의 일을 훌륭히 도와줄 수 있는 내 몸의 특징을 인정해 줄 거야"(25쪽). '완전한 사람' 즉 불구가 아닌 사람이 몸에 특징을 지닌 사람 즉 불구자와 비교된다. 사회의 잉여에 기생하지 않으려는 욕구가 꼽추와 앉은뱅이의 근원적 갈망이다. 그들을 데리고 다니면서 차력사는 툭하면 꼽추를 때린다. 1년이 지난 어느 날 사장과 차력사는 그들을 천막 속에 남겨 두고 가 버렸다. 꼽추와 앉은뱅이의 이야기가 왜 수학교사의 이야기

속에 들어 있을까? 교사와 꼽추와 앉은뱅이는 모두 직접 생산에 참여하는 사람들이 아니다. 사회의 잉여에 기생한다는 점에서 그들의 위치는 동일하다. 교사의 윤리적 원칙이나 앉은뱅이와 꼽추의 자기보존의 원칙은 사회 안에 자기의 자리를 잡는 데 무력하다.

(다) 사나이는 이제 난장이의 옆구리를 걷어찼고, 난장이는 두 번 몸을 굴리더니 자벌레처럼 움츠러들었다. 신애는 난장이를 살려야 했고, 그래서 뛰었다. 한걸음에 마루로 뛰어올라 부엌으로 들어갔다. 그녀는 큰 칼과 생선 칼을 집어 들었다. 어린 아들이 풀무질을 하는 동안 대장장이가 수없는 담금질, 수없이 많은 망치질을 하여 만들었을 큰 칼과 칼자루를 잡으면 정말 무서운 생각이 드는, 길이 32센티미터의 날카로운 생선 칼을 그녀는 들었다. 아랫니와 윗니가 딱딱 마주치며 소리를 냈다. 신애는 사나이를 죽일 생각이었다. 단숨에 다시 마루로 뛰어올라 마당으로 내려섰다. 그리고 죽어, 죽어, 하면서 생선 칼로 사나이의 옆구리를 찔렀다. 사나이는 외마디 소리를 내며 난장이에게서 떨어졌다. (55쪽)

「칼날」의 역동적인 문체에는 장면묘사와 심리묘사가 혼합되어 있다. 이 장면에서 조세희는 인물의 목소리와 화자의 목소리가 공존하는 자유간접화법으로 인물시각서술의 좁은 시야를 넘어선다. 사내가 난쟁이를 때리는 행동은 객관적으로 묘사되어 있으나, "난장이를 살려야 했고"에 오면 묘사의 방향이 전환된다. 이 문장은 난쟁이를 살려야 한다고 신애 자신이 생각한 것인지, 신애가 난쟁이를 살리지 않으면 안 될 처지에 있다고 작가가 생각한 것인지 분명하지 않다. "살려야 했고, 그래서 뛰었다"라는 문장에서도 '그래서'가 신애의 목소리인지 작가의 목소리인지 모호하다. 큰 칼은 신애의 시어머니가 장색(匠色)에게 특별히 당부하여 만든 칼이다. 공들여 만든 칼이 공들임의 가치를 모르는 시대에 잘못 놓여 있다. 남편이 사 온 생선 칼의 길이가 32센티미터라고 언급되어 있는데, 살의에 차 있던 신애가 칼의 길이를 의식하지는 못했을 것이다. 묘사의 방향은 주관적인 데서 다시 객관적인 데로 전환한다.

신애의 남편 현우는 많은 책을 읽었고 좋은 책을 쓰는 것이 소원이었으나, 단 한 줄의 글도 쓰지 못했고 무심히 지나치는 사람들의 시선 속에서 쫓기며 몸 둘 바를 몰라 하는 자신을 느끼게 되었다. "증오하는 돈도 죽어라 하고 벌었으나 남은 것은 빚뿐이었다. 부모의 병을 고쳐 주지도 못하면서 병원은 그가 죽어라 하고 벌어들이는 액수로는 도저히 감당할 수도 없는 돈을 늘 요구했다"(33쪽). 「육교 위에서」는 신애의 동생과 신애의 남편이 같은 종류의 인간임을 보여 준다. 학생 시절에 동생과 그의 친구는 "평화로운 변화를 방해하는 보이지 않는 힘"(159쪽)에 대항하고, "부정과 부의 심한 편중을 가리기 위해 맑은 정신을 흐리게 하는 허황되고 또 위선적인 희망"(165쪽)에 반대하였다. 학교 신문에 낸 그들의 원고는 주간에 의하여 되돌려졌다. 반대 의견이 용인되는 나라에 살고 싶다는 그들의 요구를 주간은 혼란의 야기라고 판단하였다. 졸업을 하고 취직을 하였다. 학교 신문의 주간이 회사의 간부가 되어서 동생의 친구에게 자기 옆방에 와 일하라고 권유하였다. 충성을 요구하는 협박과 유혹에 굴복한 동생의 친구는 냉난방 시설을 갖춘 큰 집에 살게 되었다. 신애의 동생은 잠을 자지 못하고 음식도 제대로 먹지 못하다가 병원에 입원했다. 병실 머리맡에 놓인 사진 속에는 동생의 아이들이 있었다. "사람을 제일 약하게 하는 것들이 아무것도 모르는 채 웃고 있었다"(167쪽). 모든 희망이 좌절되었을 때도 인간에게는 도덕적 분노가 남아 있다. 칼은 인간의 깊은 곳에 잠자고 있다가 순응주의의 벽을 깨뜨리고 터져 나오는 도덕적 분노의 상징이다.

(라) 시끄러운 음악이 고막을 찢을 듯한 술집이었다. 그는 윤호가 마음에 걸리는 모양이었다. 그래서 끌어들이려고 했다. 인규는 다른 아이들과 마찬가지로 앉아서 춤을 추었다. 테이블 밑으로 맞은편에 앉아 있는 여자아이들의 무릎이

와 닿았다. 아이들은 열심히 무릎을 비벼 대었다. 윤호는 그곳에 오래 앉아 있을 수가 없었다. 맞은편의 여자아이가 포도주를 권했다. 인규가 그 아이를 잡고 귓속말을 했다. 윤호는 일어섰다. 그 여자아이가 따라 나오면서 팔짱을 끼었다. 여자아이는 윤호의 몸에 자기 몸을 찰싹 대었다. 윤호는 그날 밤 그 아이와 잤다.

(74쪽)

강요된 공부는 자연스러운 느낌을 허용하지 않는다. 쉬는 시간이면 재수생들은 자신을 억압된 본능에 맡긴다. 재수생들의 생활은 억지로 하는 학습과 성에 관한 미신으로 가득 차 있다. 포도주가 나오는 것으로 미루어 이들은 여유 있는 집안의 아이들이지만, 돈이 있건 없건 재수생들의 생활은 동일하다. 교과서와 참고서, TV와 VTR, 술과 담배가 그들의 환경이다. 냉정한 문체로 조세희는 재수생의 생활을 분석한다. 재수생들을 묘사할 때에 조세희는 즐겨 사용하는 수식어들을 완전히 배제한다. 그들에게 스스로 결정하도록 하는 것은 어디에도 없다. 모든 사람이 그들에게 의미 없는 고행을 강요할 뿐이다. 그들은 날개를 사용하지 않아 날 수 없게 된 도도새들이다. 조세희는 이들에게 참된 만남을 통한 전신(轉身)의 가능성이 나타나기를 기대한다. 그들이 "시간을 터무니없이 낭비하고, 약속과 맹세는 깨어지고, 기도는 받아들여지지 않는 이 세상"(68쪽)에 대하여 느끼기를 바라는 것이다. 「궤도회전」은 이러한 전신의 과정을 기록한 작품이다.

(마) 아이들을 끌어들여 이해시키기 위해서는 '노동 수첩'을 처음부터 끝까지 읽어 줘야 하고, 공원들이 인간으로 받는 대우를 하나하나 열거해야 하고, 현장 설명을 구체적으로 해야 하고, 그곳 하늘빛을 세세히 묘사해야 하고, 그들의 식탁과 잠자리를 이야기해야 하고, 고용주와 고용인이 갖는 힘의 불균형과 그에 의한 분배를 말해야 하고, 노동운동의 역사를 들춰야 하고, 불편한 잠자리에서 고향 꿈을 꾸다 일어나 앉는 어린 공원들의 얼굴 표정을 설명해야 한다. 윤호는

단념하고 이야기를 끝내 버렸다. (177쪽)

은강 공단의 노동자들을 만나 본 후에 윤호의 시각은 변화하였다. 윤호는 천주교의 고등부 모임에서 10대 공원에 대하여 이야기한다. 위의 인용문은 '이해한다', '끌어들인다', '읽어 준다', '열거한다', '설명한다', '묘사한다', '이야기한다', '말한다', '들춘다' 등의 언어와 관계된 동사들로 채워져 있다. 이 인용문에는 구체적으로 머릿속에 그림을 그릴 수 있게 하는 체험이 결여되어 있다. 재수생인 윤호는 자기가 이해한 방식으로 다른 사람들에게 설명하고 있다. 이런 방식으로는 아무도 이해시킬 수 없을 것이다. 그러나 경애는 사랑을 통하여 윤호의 마음을 받아들이고 혼자서 자기 할아버지의 묘비명을 써 본다. "화를 쉽게 냈던 무서운 욕심쟁이가 여기 잠들어 있다. 돈과 권력에 대한 욕심 때문에 그는 죽었다. 평생을 통해 친구 한 사람 갖지 못했던 어른이다. 자신은 우리 경제의 발전을 위해 큰 업적을 남겼다고 자랑하고는 했으나 국민 생활의 내실화에 기여한 것은 하나도 없다. 그가 죽었을 때 아무도 울지 않았다"(190쪽).

(바) 그는 여러 공장에서 일한 경험을 갖고 있으며, 그의 운동 방법은 아주 특이한 것이어서 그가 가는 곳에 조합이 생기고, 조합원들은 공장 경영주들이 끌어가는 수레바퀴를 잡고 늘어져 그 수레에 실은 이윤이라는 짐을 덜어 나눈다고 했다. 그의 몸에는 여러 곳에서 입은 상처가 있고, 많이 아는 사람들이 흔히 그렇듯이 말이 아주 느린 편이나 판단이 빠르다는 소문을 나는 들었다. (203쪽)

(사) 그는 여러 지방의 공장을 전전하며 떠돌이 임시공으로 일했다. 철공소 절단공, 자전거포 땜장이, 주물 공장 쇳물 주입반 보조공에서부터 새로 생긴 공업 도시의 대단위 공장 보통 노동자, 미숙련 노무자, 단순작업 근로자로서 그는 일했다. 그는 부두·조선·고무·방직·자동차·전기·시멘트·제빙·피복 등 여러

종류의 공장에서 조금씩이지만 일한 경험을 갖고 있었다.　　　(271-272쪽)

　이 소설집에 나오는 유일한 영웅적 인물인 지섭을 묘사할 때, 조세희의 문체는 예외적으로 어색해진다. 인용문 (바)는 모호한 비유이고, 인용문 (사)는 불필요한 열거이다. '수레에 실은 이윤'이라는 비유는 혼란스럽고 '많이 아는 사람이 흔히 그렇듯이'라는 비유는 진부하다. 그리고 '수레바퀴를 잡는다'는 문장은 사실과 어긋나는 비유이다. 수레바퀴를 굴리는 사람이 사실은 노동자이고, 노동운동이란 수레를 더 잘 굴리자는 것이지, 수레바퀴를 잡고 진로를 방해하자는 것이 아니기 때문이다. 쓸데없이 자세하게 나열된 직업들은 조세희의 의도와는 반대로 유랑 노동자들의 떠돌이 생활을 보여 준다. 노동운동가란 한 공장에 오래 머물러 기술과 경영의 세부를 파악하고 기계와 함께 일하면서 자신의 노동과 정신을 단련하는 사람이다. 조세희가 아무리 묘사에 능숙하다 하더라도 뜨내기 막일꾼을 노동운동가로 납득할 만하게 그려 낼 수는 없을 것이다.
　꼽추·앉은뱅이·아파트 거간·수학교사·신애·현우·윤호·지섭 등 지금까지 언급한 인물들의 공통점은 그들이 사회적 잉여에 기생하고 있다는 데 있다. 자본주의사회가 발전하면, 이윤 소득도 아니고 임금 소득도 아닌 제3유형의 소득을 얻는 분배 집단이 필연적으로 증대한다. 생산 자체가 사용가치를 목적으로 하지 않고 교환가치를 목적으로 하는 판매와 유통의 시대에는 생산 과정이 판매 과정의 일부로 편입된다. 유흥과 상담(商談)과 사교의 산업, 금융과 보험과 법률의 산업이 활발해지고 금리 생활자와 사채권자와 부동산 투기업자가 늘어나며 공무원의 수효도 증가한다. 판매 기술이 발달하여 상품의 광고와 선전이 소비 수요를 창조한다. 엄격한 의미로 정의한다면 자연을 가공하여 물질적 재화를 생산하는 노동만이 생산적 노동에 포함될 수 있을 것이다. 농업·공업·광업·어업과 화물의 포장·보관·운수에 종사하는 노동만이 생산적 노동이다. 생산적 노동의 개념을 최대한으로 확대한다면 생산 과정의 일부를 이루고 있는 관리인과 기술자와 공학자의 노동은 생산적 노동이라고 할 수 있다(기술혁신에 기여하는 자연과학자 특히 공학자의 연구는 생산적 노동이다). 그러나 생산적 노동의 개념을 아무리 확대한다 하더라도 사회관계에 대한 관념을 생산하는 경제학자의 노동을 생산적 노동이라고 할 수는 없다. 생산적 노동이란 개념은 자본 전체의 관점에서 구성된 개념이다. 개별 자본의 관점에서 보면 봉급생활자와 임금노동자를 구별할 필요가 없을 것이다. "비생산적 노동이란 특수한 사회적 규정성을 지니지 않은 노동 일반으로서 추상적 생산수단에 관계하는 노동이다."[96] 생산적 노동에 비하여 비생산적 노동이 지나치게 확대되면, 이윤이 축소되고 임금이 제한된다. 생산적 노동자와 비생산적 노동자의 비율은 사회 균형의 중요한 척도이다. 하루에 여덟 시간 일하는 생산적 노동자가 천만 명에서 5백만 명으로 감소되면 상품을 생산하는 1일 노동시간이 8천만 시간에서 4천만 시간으로 감소된다. 비생산적 직업들의 위확장증적 팽창까지도 경제의 규모를 확대하는 데 기여한다고 해석한 한계분석 경제학은 스태그플레이션 현상에 봉착하여 파탄하였다.

조세희는 비생산적 직업들의 위확장증적 팽창을 현상적인 국면에 국한하여 관찰하고 도덕적인 시각으로 해석하였다. 조세희는 중간계급을 구체적으로 현존하는 대중운동과 연관 지어 해석하지 않았다. 중간계급은 물질적 재화를 생산하지 않는 비생산적 직업 종사자들이지만, 기층사회의 인권상황과 연관하여 교육불평등과 건강불평등을 문제로 제기하는 대중운동 담당자들이기도 하다. 그들은 지역으로, 주택으로, 교통으로, 보건으로, 교육으로, 여성으로 확대되는 대중운동을 분유(分有)할 수 있다. 그들은 국가권력과 독점자본의 균질효과에 맞서서 끊임없이 차이를 생산해 넘으로써 다양한 대중운동들의 접합에 기여할 수 있다. 무역 제약에 대항하는 투쟁과 비생산적 투기

---

96 홍성유, 『한국 경제의 자본 축적 과정』, 고려대학교아세아문제연구소, 1965, 338쪽.

에 대항하는 투쟁은 겹쳐지고 교차되면서 중층구조를 형성한다. 대중운동들만이 국가권력의 균질화를 제한할 수 있기 때문에, 우리는 기본소득제나 최소주택 분배제도 같은 추상적인 목표를 추구하는 대신에 구체적으로 현존하는 대중운동들이 어긋나고 겹쳐지는 지형학 위에서 현재 활동하고 있는 대중운동들 중의 하나에 참여해야 한다. 대중운동에 참여하고 대중운동들을 접합하는 데 방해가 되기 때문에 중간계급의 독단은 정치적 악이 된다.

(2) 기술혁신

(아) 과학자는 매주 일요일 오후에 와 기술과학에 관한 이야기를 우리에게 해주었다. 그의 이야기를 듣고 있으면 시커먼 기계들 속에서 기계를 움직여 일하는 단순 노동자들의 모습이 자연스럽게 떠올랐다. 그 자신이 작은 공장을 경영하고 있었다. 아주 작은 공장이었다. 과학자 자신은 공작소라고 했다. 자동 선반·공구 선반·나사 절삭반·나사 연마기·드릴링 머신·밀링 머신, 그리고 작은 용해로가 공장 시설물의 전부였다. 그의 공장에서는 언제나 열 명 안팎의 공원들이 몇 개의 공작 기계를 돌려 일했다. 그 공장의 주 생산품은 Z1과 3/8이라는 이름의 나사였다. 생산량의 거의 전부를 미국으로 수출했다. 그의 나사는 달착륙선과 그 밖의 우주선·기상관측 위성·금성 탐색 위성·유도 로켓·실험용 로봇·컴퓨터 등의 제작에 쓰여졌다. 그의 작은 부품은 지능을 지닌 기계의 제작에만 쓰였다. 그러나 과학자는 자기가 하는 일을 창피하게 생각했다. 그의 꿈은 과학자가 되는 것이었다. 그는 꿈을 이루지 못했다. (260-261쪽)

(자) 사촌이 다시 담배를 피워 물었다. 미국의 노동자들이 어느 날 갑자기 외치는 소리를 들었다고 그는 말했었다. "한국 섬유 노동자의 임금은 얼마?" 그곳 노동조합 대표가 선창하면 노동자들은 "시간당 19센트!"라고 외쳤다는 것이다. 만여 명의 노동자들이 크게 외치면서 한낮의 광장을 돌 때 사촌은 그들이 우리

제품의 수입을 규제하기 위해 거짓말을 하고 있다고 생각했다는 것이다. 한 달 임금으로 45-6달러를 지급하고 일을 시킬 경영 집단이 있을 것으로는 믿어지지 않았다는 것이다. 그러니까 은강 방직에서 올라온 젊은이가 칼을 뺀 것은 당연하다는 사촌의 주장이었다. 우리의 제도는 이제 안에서부터 파괴될 것이라고 그는 말했다.

(289-290쪽)

인용문 (아)는 조세희가 생각하는 바람직한 중소기업가의 모습이다. 실제로 기술혁신에 성공한 중소기업가가 있을지는 모르지만, 이러한 사람이 한국 중소 자본가의 전형이 될 수는 없을 것이다. 인용문 (자)는 한국 노동자의 사정을 구체화하기 위하여 미국의 예를 든 것이다. 여기서 조세희는 두 나라의 임금수준을 단순히 비교하는 데 그치고 비교의 기준이 되는 국제 환경을 고려하지 않았다. 대기업과 중소기업의 관계, 강대국과 약소국의 관계를 우리는 환경 제약의 문제로 함께 다룰 수 있다. 1년에 6천억 원의 매출액을 기록한 대기업[97]의 노동문제와 1년에 60억 원의 매출액을 기록한 중소기업의 노동문제는 동일하지 않다. 중소기업은 하도급 계약을 통하여 대기업으로부터 원자재와 부품을 공급받고 제품을 대기업에 납품한다. 중소기업의 판로는 한두 개의 대기업에 한정되어 있기 때문에 중소기업은 쉽게 상대를 바꿀 수 있는 대기업의 결정에 회사의 운명을 맡길 수밖에 없다. 중소기업은 대기업의 요구조건을 받아들여 최소한도의 이윤에 만족하지 않을 수 없는 것이다. 독과점 대기업에게는 가격을 결정할 수 있는 권력이 있다. 대기업은 제품을 생산하기 이전에 만족할 만한 이윤을 포함하는 가격을 결정하여 선언한다. 대기업의 제품 가격은 수요와 공급의 변화에 지배되지 않는다. 대기업은 평균 임금수준보다 높은 임금을 지불하고, 평균 이윤율 수준보다 높은 이

---

[97] 1978년에 현대건설의 매출액은 6,353억 원이었다. 1982년 10월 21일 자 《동아일보》에 의하면 1981년에 상위 10대 재벌의 매출액은 한국 GNP의 42.9퍼센트에 이르렀다.

윤을 얻는다. 이것은 생산력과 기술수준의 발달에 의한 소득이 아니라 환경 제약에 의한 소득이다.

시간당 생산량의 증대가 이윤율을 향상시키는 경우에 추가된 가치는 생산 과정에서 생겨난 것이지 환경 제약으로 얻은 것이 아니다. 많은 경우에 대기업들은 기술을 혁신하여 이윤율을 높이는 면보다 판매 기술의 개선이나 토지 투기·증권 투기·정치 투기로 이득을 얻는 면에 더 공을 들이고 있다. 대기업과 중소기업의 관계에 적용되는 현상은 강대국과 약소국의 관계에도 그대로 해당된다. 강대국과 약소국 사이에 나타나는 무역 제약은 한 나라 안에서 대기업과 중소기업 사이에 나타나는 환경 제약과 완전히 동일한 방식으로 전개된다. 오늘날의 다국적 기업은 한 나라의 독과점 대기업이 아니라, 지구 단위의 독과점 대기업이다. 법률적인 국적이 어디에 있건 다국적 기업이 취득한 경제 잉여는 미국·일본·독일 등의 강대국으로 흘러간다. 무역 제약이 일반화된 국제사회에서 약소국이 살아남는 길은 기술혁신밖에 없다. 약소국은 기술혁신에 의해서만 존속할 수 있는 것이다.

강대국의 고임금은 낭비적인 대기업가의 선물이 아니라 약소국의 희생으로 얻은 과일이다. 자본주의사회의 발달은 한 경제체계의 자기 운동이 아니라 한 나라가 다른 나라를 자기의 경제체계에 편입하면서 무역 제약의 영역을 넓혀 간 과정이었다. 그러나 경제적 확장의 영역이 고갈되면, 강대국의 이윤율을 유지해 주는 국제 환경도 한계에 직면하게 된다. 강대국의 대기업들 사이에 경쟁이 심해져서 미국의 일부 산업부문이 독일과 일본의 도전으로 위협을 받고 있으며, 약소국은 당장의 예속을 어쩔 수 없이 용인하면서도 장기 전략으로 기술혁신을 모색하고 있는 것이 21세기 초의 상황이다. 기술혁신에 약소국의 생존이 달려 있다면 기술혁신을 방해하는 것은 정치적 악이다. 기술혁신을 방해하는 요인 중에서 가장 치명적인 것은 대기업의 투기이다. 토지 투기와 증권 투기와 정치 투기로 쉽게 돈을 벌 수 있는데도 불구하고 기술혁신에 투자하는 모험을 감행할 자본가는 없기 때문이다. 대중운동이 독점자본과 국가권력을 포위하여 대기업의 투기를 차단하지 않는다면 약소국은 결코 발전할 수 없다. 기술혁신을 방해하기 때문에 상류사회의 투기는 정치적 악이다.

(3) 기본 도덕

(차) 영희는 온종일 팬지꽃 앞에 앉아 줄 끊어진 기타를 쳤다. 최후의 시장에서 사 온 기타였다. 내가 방송통신고교의 강의를 받기 위해 라디오를 사러 갈 때 영희가 따라왔었다. 쓸 만한 라디오가 있었다. 그런데, 영희가 먼지 속에 놓인 기타를 퉁겨 보는 것이었다. 영희는 고개를 약간 숙이고 기타를 쳤다. 긴 머리에 반쯤 가려진 옆얼굴이 아주 예뻤다. 영희가 치는 기타 소리는 영희에게 아주 잘 어울렸다. 나는 먼저 골랐던 라디오를 살 수 없었다. 좀 더 싼값으로 바꾸면서 영희가 든 기타를 가리켰다. 그 라디오가 고장이 나고 기타는 줄이 하나 끊어졌다. 줄 끊어진 기타를 영희는 쳤다.

(107쪽)

긴 머리채에 반쯤 가려진 영희의 옆얼굴과 잎사귀 사이로 드러나는 팬지꽃 사이의 빈 공간에 기타 소리가 울려 퍼지고 있다. 자주색·백색·황색의 팬지꽃과 맑은 소리가 마주쳐 울리면서 줄이 끊어진 기타와 고장 난 라디오에서 아름다운 사물의 힘을 끌어낸다. 줄이 끊어졌어도 기타는 영희만큼 아름다운 소리를 낼 수 있다. 엉뚱하게 개입한 것처럼 보이는 방송통신고교도 밝은 희망의 분위기를 이 자리에 퍼뜨려 준다. 영수는 "무슨 일이 있든 공부는 해야 한다고 생각했다"(102쪽). 세상은 공부를 한 자의 세상과 공부를 못 한 자의 세상으로 엄격하게 나뉘어져 있다. 개천 건너 주택가의 골목에 서서 고기 굽는 냄새를 맡고 있는 영수에게 어머니는 "너도 공부를 열심히 하면 좋은 집에 살 수 있고, 고기도 날마다 먹을 수 있단다"(89쪽)라고 타일렀다. 손가락을 하나하나 짚어 가며 "사이다·포도·라면·빵·사과·계란·고기·쌀밥·

김"(98쪽)을 먹고 싶다던 명희는 그 소원을 이루려고 다방 종업원이 되고, 고속버스 안내양이 되고 골프장 캐디가 되었다가 아이를 배고 음독하였다.

"너 저 공장에 나가면 안 돼."
"미쳤어? 난 저따위 공장엔 안 나가." (96쪽)

관리직이나 사무직으로 일하는 것이 그들의 유일한 꿈이다. 채권 매매, 칼 갈기, 고층 건물 유리 닦기, 펌프 설치하기, 수도 고치기 등의 날품으로 먹고 살던 난쟁이 아버지는 이제 기력이 떨어져 높은 건물에서 줄을 타고 내려오는 일도 할 수 없게 되었고 수도 파이프를 갈아 잇거나 펌프 머리를 들어 달 수도 없게 되었다. 난쟁이는 서커스 무대에서 큰 바퀴를 타는 일은 아직도 할 수 있다고 생각한다. 난쟁이는 권리를 인정하지 않고 의무만 강요하는 세상의 잔혹성에 더 이상 대항할 힘을 상실하였다. 사랑이 없는 세상, 기도가 받아들여지지 않는 세상에서 떠나 난쟁이는 달나라로 가고 싶어 한다. 달나라는 "모두에게 할 일을 주고 일한 대가로 먹고 입고, 누구나 다 자식을 공부시키며 이웃을 사랑하는 세계였다"(228쪽). 달나라에서는 "지나친 부의 축적을 사랑의 상실로 공인하고, 사랑을 갖지 않는 사람의 집에 내리는 햇빛을 가려 버리고, 바람도 막아 버리고, 전깃줄도 잘라 버리고 수도선도 끊어 버린다. 그런 집 뜰에서는 꽃나무가 자라지 못한다. 날아 들어갈 벌도 없다. 나비도 없다. 사랑으로 일하고 사랑으로 자식을 키운다. 사랑으로 비를 내리게 하고, 사랑으로 평형을 이루고, 사랑으로 바람을 불러 작은 미나리아재비꽃 줄기에까지 머물게 한다"(228쪽). 사랑은 햇빛·바람·꽃나무·벌·나비·미나리아재비꽃과 같은 자연의 질서이다. 수돗물과 전깃줄은 인간과 자연을 연결하는 문명의 통로로서 자연의 질서에 종속되어 있다. 사랑이 없으면 문명의 존립도 불가능하다. 난쟁이는 서커스단에서 일하고 싶다는 현실적 욕구와 달나라로 가고 싶다는 환상적 욕구의 타협점을 찾아낸다. "벽돌 공장의 높은 굴뚝이 눈앞으로 다가왔다. 그 맨 꼭대기에 아버지가 서 있었다. 바로 한 걸음 정도 앞에 달이 걸려 있었다. 아버지는 피뢰침을 잡고 발을 앞으로 내밀었다. 그 자세로 아버지는 종이비행기를 날렸다"(109쪽). 행복동에서 가장 높은 벽돌 공장의 굴뚝 위에 서서 난쟁이는 종이비행기로 달나라에 구조 신호를 보낸다. 피뢰침을 잡고 발을 앞으로 내미는 행동은 큰 바퀴를 타는 곡예의 연습이다. 굴뚝을 허는 날 철거반 사람들이 그의 시체를 발견하였다. 난쟁이는 수도꼭지를 고칠 때 절단기, 멍키 스패너, 렌치, 드라이버, 해머, 수도꼭지, 크고 작은 나사, T자관, U자관, 줄톱 따위의 쇠로 된 도구들을 사용하였다. 영희는 "까만 쇠공이 머리 위 하늘을 일직선으로 가르며 날아가는 것"(151쪽)을 본다. 난쟁이는 생전에 그가 사용하던 도구들과 자신을 하나로 뭉쳐 공을 만들어 달나라로 쏘아 보낸 것이다. 오래도록 꿈을 꾸는 사람은 자기 꿈의 모습을 닮는다.

영수와 영호는 학교를 그만두고 인쇄소 공무부 조역으로 취직했다. 영수는 조역·공목·약물·해판의 과정을 거쳐 정판에서 일했고, 영호는 같은 공장에서 인쇄 일을 했다. 영수는 점심을 굶고 무슨 책이든지 닥치는 대로 읽었다. "정판에서 식자로 올라간 다음에는 일을 하다 말고 원고를 읽는 버릇까지 생겼다"(102쪽). 그러나 일의 양은 끊임없이 많아지고 보수는 견딜 수 있는 최소한도에도 못 미쳤다. "부당한 처사에 대해 말한 자는 아무도 모르게 밀려났다"(112쪽). 활판 윤전기를 들여오고, 자동 접지 기계를 들여오고, 오프셋 윤전기를 들여오면서 "사장은 종종 불황이라는 말을 사용했다. 그와 그의 참모들은 우리에게 쓰는 여러 형태의 억압을 감추기 위해 불황이라는 말을 이용하고는 했다"(112쪽). "회사 사람들은 공원들이 생각하는 것을 싫어했다"(113쪽). 이것은 무엇보다 참을 수 없는 일이었다.

(카) 난쟁이: 너희 둘만 남았었다 이거지? 처음엔 함께 일손을 놓고 사장을 만나 담판하기로 했던 아이들이 너희들을 배반해 너희 둘만 남았다 이거 아냐….

(엄마에게) 얘들이 오늘 훌륭한 일을 했어. 사장을 만나 얘기를 했대. 회사가 잘 되려면 몇 사람의 목이 필요하다고 말야. 그리고, 사장에게 당신이 당하고 싶지 않은 일을 공원에게 강요하지 말라고 한 거야.

영수: 아버지 그게 아녜요. 우리는 아무도 만날 수 없었어요. 얘기가 먼저 새 버려 그냥 쫓겨났을 뿐예요. (122-123쪽)

난쟁이 부부가 손수 돌을 쪄다 계단을 만들고 벽에 시멘트를 쳐 만든 집이 철거되었다. 새로 지으려면 130만 원은 있어야 하는 집을 헐고 시에서는 아파트 입주권과 이주 보조금 15만 원을 준다고 했다. 행복동에서는 58만 원을 내고 아파트를 분양받을 수 있는 사람이 없었다. 은아부동산을 경영하는 젊은이가 25만 원을 주고 행복동의 아파트 입주권을 몰아갔다. 매매 계약서를 작성할 때에 그는 옆에 있던 영희의 가슴을 건드렸다. 영희는 그의 사무실에서 주택에 관한 신문 기사를 오려 붙이고 있게 되었다. "아무도 그에게 '안 돼요'라고 말하지 못했다. 나는 전혀 다른 세상 사람과 생활하고 있었다. 우리는 출생부터 달랐다. 나의 첫 울음은 비명으로 들렸다고 어머니는 말했다. 그의 출생은 따뜻한 것이었다. 그에게는 선택할 것이 많았다. 나나 두 오빠는 주어지는 것 이외의 것을 가져 본 경험이 없다. 그는 자라면서 더욱 강해졌지만 우리는 자라면서 반대로 약해졌다. 그가 나를 원했다. 그는 원하고 또 원했다"(138쪽). 모든 것을 할 수 있는 사람과 아무것도 할 수 없는 사람이 함께 사는 이 세상은 결코 하나의 세계가 아니다. 영희가 잠든 그를 마취시키고 금고에서 돈과 자기 집 입주권을 꺼낸다는 민담식 결말은 작가의 조작적 구성이지만, 자기 해체의 고통을 겪고 나서 영희도 아버지가 가고 싶어 하던 달나라를 꿈꾸게 된다. "난장이들에게 릴리푸트읍처럼 안전한 곳은 없다. 집과 가구는 물론이고, 일상생활 용품의 크기가 난장이들에게 맞도록 만들어져 있다. 그곳에는 난장이의 생활을 위협하는 어떤 종류의 억압·공포·불공평·폭력이 없다. 권력을 추종자들에게 조금씩 나누어 주고 무서운 법을 만드는 사람도 없다. 릴리푸트읍에는 전제자가 없다. 큰 기업도 없고, 공장도 없고, 경영자도 없다. 여러 나라에서 모인 난장이들은 세계를 자기들에게 맞도록 축소시켰다. 그들은 투표를 했다. 그들은 국적 따위는 무시했다. 모두 열심히 투표에 참가하여 마리안느 사르를 읍장으로 뽑았다. 여자 읍장의 키는 일 미터이다. 독자적인 마을을 열망한 작은 힘들이 난장이 마을을 세웠다"(209-210쪽). 모든 것이 커지기만 하는 독점의 시대에 영희는 지배와 억압이 아니라 자유와 행복을 이야기한다. 소박하기 때문에 보편적인, 행복의 이념을 영희는 고통스럽게 획득하였다. 무너진 신체를 던져서 인간의 파괴될 수 없는 신비, 잊어버린 언어를 되살려 낸 것이다.

영희가 돌아오자 영수네 가족은 공업도시 은강으로 이사한다. "그곳 공기 속에는 유독 가스와 매연, 그리고 분진이 섞여 있다. 모든 공장이 제품 생산량에 비례하는 흑갈색·황갈색의 폐수와 폐유를 하천으로 토해 낸다. 상류에서 나오는 공장 폐수는 다른 공장 오수로 다시 쓰이고, 다시 토해져 흘러내려가다 바다로 들어간다. 은강 내항은 썩은 바다로 괴어 있다. 공장 주변의 생물체는 서서히 죽어 가고 있다"(197쪽). 목재·섬유·방직 등 경공업과 기계·철강·전자·조선·건설·자동차·석유화학 등 중화학공업을 망라한 은강그룹은 나라 전체 세금의 4퍼센트를 내고, 매상액이 국내 시장의 4.2퍼센트, 수출의 5.3퍼센트를 기록하고 있는 독과점 대기업이다(228쪽). 영수네 삼남매는 은강에 와서 처음으로 기계의 힘을 알게 된다. "처음 며칠 동안 나는 놀라운 기술에 매혹되었다. 주조 공장, 단조 공장, 열처리 공장, 판금 공장, 용접 공장, 공작 기계 공장, 손 다듬질 공장, 도장 공장 등을 차례로 견학하고 나는 나의 조립 공장에 섰다. 실린더 블록을 만드는 주조 공장의 열기와 빛깔이 나를 흥분시켰다"(215쪽). 그러나 기계의 신비는 곧 사라진다.

(타) 컨베이어를 이용한 연속 작업이 나를 몰아붙였다. 기계가 작업 속도를 결정했다. 나는 트렁크 안에 상체를 밀어 넣고 두 가지 작업을 동시에 해야 했다.

트렁크의 철판에 드릴을 대면, 나의 작은 공구는 팡팡 소리를 내며 튀었다. 구멍을 하나 뚫을 때마다 나의 상체가 파르르 떨렸다. 나는 나사못과 고무 패킹을 한입 가득 물고 일했다. 구멍을 뚫기가 무섭게 입에 문 부품을 꺼내 박았다. 날마다 점심시간을 알리는 버저 소리가 나를 구해 주고는 했다. 오전 작업이 조금만 더 계속되었다면 나는 쓰러졌을 것이다. (216쪽)

(파) 영희는 일 분에 백이십 걸음을 뛰듯 걸었다. 영희가 뛰듯 걷는 동안 직기들은 무서운 소리를 내며 돌아갔다. 기계도 고장이 나면 죽어 버렸다. 아니면 일을 제 마음대로 했다. 영희는 죽은 틀은 살리고 이상 작업을 하는 틀에서는 관사를 풀어 정상으로 돌렸다. 영희에게 주어지는 점심시간은 십오 분밖에 안 되었다. 직포과의 직공들은 차례를 정해 한 사람씩 달려가 식사를 하고 왔다. 그동안 조장이 틀을 보아 주었다. 작업장의 실내 온도는 섭씨 삼십구 도였다. 직기가 뿜어내는 열기가 영희의 몸 온도를 항상 웃돌았다. 직기의 집단 가동으로 생기는 소음이 땀에 절어 있는 작은 영희를 몰아붙였다. (217-218쪽)

인용문 (타)는 자동차 공장에 들어간 영수의 경험이고, 인용문 (파)는 방직 공장에서 일하는 영희의 체험이다. 여기서 '결정하고', '몰아붙이는' 것은 사람이 아니라 기계이다. 영수와 영희가 오히려 기계의 속도와 지시에 맞추어 자기들의 신체를 소모하는 부품이 된다. 기계의 축복은 기계의 저주가 된다. 영수는 기계의 의미를 알기 위해 노동자 교회에서 산업사회의 구조와 노동 운동의 역사와 노동관계법을 배웠다. 3주 내내 밤일을 하면서 다시 은강대학 부설 노동문제연구원에 나가 교육을 더 받았다. 영수는 자기 삶 속에 떼어 낼 수 없이 얽혀 있는 기계의 의미를 알아내야 한다고 생각했다.

기계의 억압을 견뎌 내게 하는 것이 생계를 보장해 주는 임금이다. 이러한 생계비 정도의 준거 임금(wage of reference)이 보장되지 아니하는 경우에 노동자와 자본가의 관계는 위기에 직면한다. 경영 간부들에게는 기계의 마손을 두려워하면서도 노동자의 신체적 손괴(損壞)는 방치하는 습성이 있다. 두 번째 월급을 탄 날 영수는 노동조합 사무실에 가서 계약상 당연히 지불되어야 할 몫이 삭감된 사실을 호소하였다(인용문에서 A는 영수이고 B는 노동조합 지부장이다).

(하) A: 전 지난 두 달 동안 매일 아홉 시간 삼십 분씩 일해 왔습니다.

B: 그런데.

A: 한 시간 반의 시간외근무 수당이 빠졌습니다.

B: 자네만 빠졌나?

A: 아닙니다.

B: 그럼 됐어… 가 보게.

A: 지부장님. 연장 근로 수당을 안 주는 것은 근로기준법 46조 위반입니다. 지부 협약 29조에도 여덟 시간 외의 연장 근로에 대해서는 근로기준법에 따라 통상 임금의 100분의 50을 가산하여 지급하게 되어 있습니다.

B: 고마운 일야. 아무도 나에게 와서 말해 주는 사람이 없었어. 할 말은 그것뿐인가?

A: 회사는 근로기준법 27조와 단체협약 21조를 어겼습니다.

B: 부당 해고를 했단 말이지?

A: 조립 라인에서만 일곱 명이 정당한 이유 없이 해고당했습니다.

B: 그럴 수가 있나! 부당 해고는 있을 수가 없어.

A: 그런데, 있었습니다. 조합에서 가만있으면 이런 일은 계속 일어납니다.

B: 회사에서 해명 통지가 올 거야. (220-221쪽)

노동조합의 지부장이 영수의 행동을 경영 간부들에게 보고하자, 영수의 작업 공구들은 나쁜 것으로 바뀌었고, 작업반장은 영수만 가혹하게 다그쳤다. 동료들의 태도도 냉담해졌다. 해고자 명단에 이름이 오르기 전에 영수는 은강 방직의 잡역부로 자리를 옮겼다.

네 명의 가족을 둔 도시 근로자의 최저 이론 생계비는 '그해에' 8만 3,480원이었는데 영수네 삼 남매의 수익 총액은 8만 231원이었고, 보험료·국민 저축·상조회비·노동조합비·후생비·식비 등을 제하면 6만 2,351원이 남았다. 작업을 수행할 수 있게 하는 최소한도의 급여와 다소의 교양과 기호에 접할 수 있는 여유를 주는 정도의 준거 임금을 척도로 삼아 실제 임금을 지불함으로써 노동자의 신체적 손상과 질병의 발생을 막고 생산능률을 향상시킬 수 있다는 것은 이미 경험적으로 증명된 사실이다. 노동자가 노동을 계속해 나가는 데 필요한 임금을 보장하지 않고 생산능률의 향상을 기대할 수는 없다. 오늘날 중소기업의 노동자들은 불만을 참고 견디거나 직장을 스스로 포기하거나, 둘 중에 하나를 선택할 수밖에 없는 형편에 처하여 있는데, 이것은 대기업 경영 간부들이 바라는 사정이기도 하다. 대기업과 중소기업의 임금 격차는 대기업의 경영 간부들에게 유리한 경영 조건이 된다. "그들은 우리가 남다른 노력과 자본·경영·경쟁·독점을 통해 누리는 생존을 공박하고, 저희들은 무서운 독물에 중독되어 서서히 죽어 간다고 단정했다. 그 중독 독물이 설혹 가난이라 하고 그들 모두가 아버지의 공장에서 일했다고 해도 아버지에게 그 책임을 물어서는 안 되었다. 그들은 저희 자유의사에 따라 은강 공장에 들어가 일할 기회를 잡았던 것과 마찬가지로 언제나 마음대로 공장 일을 놓고 떠날 수가 있었다"(309쪽). 경영 간부들은 인간으로부터 이익과 연관되는 저급한 측면만을 추상하여 일종의 자동인형을 제멋대로 구성해 놓고 그것을 인간의 정확한 모습이라고 믿는다. 상류사회 사람들은 "나는 언제나 옳다. 나를 믿고, 복종하고, 일하라"(283쪽)라고 말한다. 그들은 모든 권리를 지니고 있다. 살아서는 땅이 그들의 것이고 죽어서는 하늘이 그들의 것이다. "죽을 때까지 져야 할 책임이 하나도 없다는 게 그들의 특징이다"(326쪽). 은강그룹 회장의 큰아들은 차 사고로 여자를 숨지게 하고서도, 그 자리에 있지도 않았던 운전기사를 경찰에 보내어 자수하게 한다. 항상 계획하고, 결정하고, 지시하고, 확인하면서 그들은 자기들이 세상을 만든다고 믿는다. 그들이 가장 싫어하는 것은 노동조합의 간섭이다.

(거) 아버지는 월례 사장단 회의에서 아무리 제한된 운동밖에 할 수 없게 되어 있고 또 협조적인 사람이 이끄는 노조라고 해도 그것이 기업에 이익을 줄 리는 없으며, 어느 날 화로의 재 속에서 불씨를 발견한 사람들이 그 불씨에 불을 붙여 일어나면 기업에 해롭고 우리 모두에게 해로울 게 뻔하기 때문에, 현명한 경영자라면 조금 시끄러운 저항을 지금 받아 해결하지, 노동자들에게 그것을 맡겨 두고 있지는 않을 것이라고 말했었다. 나는 아버지의 방에서 아버지의 메모를 보았다. 그 이상의 말은 한마디도 없었다. 아버지는 권위를 생각했을 것이다. 아버지는 늘 노조는 우리 전체의 구조를 약화시키는 악마의 도구라고 말했지만 이 말은 메모 속에 넣지는 않았다. 만약 아버지가 앞으로 우리의 어느 공장에서 노조가 결성될 경우 해당 사 중역들은 문책을 당할 것이며, 혼란기에 이미 결성이 된 사의 경우는 그 노조를 접수해 본래의 기능을 바꾸어 놓으라고 곧이곧대로 지시했다면 스스로 권위에 손상을 입힌 모양이 되었을 것이다. (315쪽)

마르쿠제는 건전한 본능을 억압할 때 성기 성욕이 강화된다고 하였지만,[98] 계획하고 명령하는 것이 그들의 노동이고, 여자와 자는 것이 그들의 놀이다. 딸까지 금으로 변하게 한 프리기아의 왕 미다스처럼 그들은 모든 인간을 자동인형으로 변형하고 그 자신들까지도 자동인형으로 변하게 한다. 그들은 자기 안에서 자연스러운 느낌이 일어나는 것을 가장 무서워한다. 자본가의 아이들은 사랑보다 먼저 경쟁을 배운다. 은강그룹 회장의 막내아들 경훈은 두 형을 생각하며 잠을 못 이룬다. "둘이 터무니없이 차지해 나의 몫은 바싹 줄어들 것이 분명했다"(286쪽). 경영자의 재능을 갖지 못한 아들에게는

---

98 Herbert Marcuse, *Eros and Civilization*, New York: Vintage Books, 1962, p. 187.

큰 권한을 넘겨줄 수 없다고 아버지는 단언했다. "내가 약하다는 것을 알면 아버지는 제일 먼저 나를 제쳐 놓을 것이다"(323쪽). 경훈은 힌데미트의 음악을 좋아한다. 힌데미트가 작곡한 「화가 마티아스」에는 16세기의 화가인 마티아스 그뤼네발트의 정치적인 고뇌가 담겨 있다. 그것은 농민의 사정을 외면하고 예술을 지킬 것인가, 아니면 예술을 버리고 농민 전쟁에 가담할 것인가 하는 정치적 선택의 문제를 다루고 있는 작품이다. 「화가 마티아스」의 제3악장 '성 안토니우스의 시련'에는 "어디 계셨습니까, 선한 예수여, 어디 계셨습니까? 어찌하여 나에게 도움을 주시지 아니하십니까"라는 제구(題句)가 적혀 있다. 나치스 시절에 문화적 볼셰비키라는 이유로 금지당한 힌데미트의 음악을 들으면서 타인의 신음 소리에 귀를 막을 수 있다는 이러한 사실이야말로 문화의 역설이 아닐 수 없다. 꿈속에서만은 경훈도 진실을 본다. "나는 물안경을 쓰고 물속으로 들어가 내 그물로 오는 살진 고기들이 그물코에 걸리는 것을 보려고 했다. 한 떼의 고기들이 내 그물을 향해 왔다. 그러나 그것은 살진 고기들이 아니었다. 앙상한 뼈와 가시에 두 눈과 가슴지느러미만 단 큰 가시고기들이었다. 수백 수천 마리의 큰 가시고기들이 뼈와 가시 소리를 내며 와 내 그물에 걸렸다. 나는 무서웠다. 밖으로 나와 그물을 걷어 올렸다. 큰 가시고기들이 수없이 걸려 올라왔다. 그것들이 그물코에서 빠져나와 수천수만 줄기의 인광을 뿜어내며 나에게 뛰어올랐다"(322쪽).

은강 방직의 노사 협의회 장면은 이 소설집의 핵심이다. 협의란 최소한의 규칙을 지키는 대화이다. 화제와 관계되는 내용만 말하고 관계없는 내용을 말하지 않아야 하며 간결하고 질서 있게 표현하고 모호하고 혼란스럽게 표현하지 않아야 한다. 상대방에게 필요한 정보를 제공하고 필요 이상 또는 필요 이하의 정보를 제공하지 않아야 하며 증거 있는 발언만 하고 증거 없는 발언을 하지 않아야 한다. 이러한 규칙들을 지키지 않으면 대화는 이루어지지 못한다. 그러나 자본가 측은 논점을 이탈하여 노동자 측을 야유하고 문제를 회피한다. 노동자 측이 임금문제를 화제로 제의하면 자본가 측은 개인 사정으로 관심을 돌린다. "지부장은 무슨 돈으로 그렇게 예쁘게 차려입었소? 봉투가 그렇게 얇다면 무슨 돈으로 먹고, 무슨 돈으로 옷과 구두를 샀어요?" (243쪽). 경영 간부들은 규칙을 고의로 어기어 거짓말을 하며, 규칙의 준수를 아예 포기하고 협조를 거부한다. 서로에게 좋은 방향을 선택하고, 선택한 약속을 지키기에 용이한 방법을 모색하는 데 협의의 목적이 있다. 아무런 책임감을 느끼지 않으며, 최소한의 진지한 태도도 보여 주지 않는다면 협의는 성립될 수 없다.

(너) 사용자1: 도대체 여러분의 요구 사항은 뭐야요?

　　근로자1: 임금 25퍼센트 인상, 상여금 200퍼센트 지급, 부당 해고자의 무조건

　　복직 ― 이상입니다.

　　사용자5: 애들이!

　　사용자1: 앞으로 무슨 일이 일어나면 그 책임은 여러분이 져야 돼요.

　　사용자2: 임금은 지난 2월에 이미 인상 조정되었고, 그 조정에 따라 지급하고

　　있어요. 상여금도 작년 연말에 지급했어요.

　　근로자1: 일방적인 인상이었습니다. 지급된 상여금도 상여금이라는 이름을

　　붙일 수 없을 정도였어요. 한 달 잔업 수당 정도였습니다.

　　사용자5: 안 되겠군.

　　사용자1: 지부장은 사용자와 근로자의 이해관계가 아주 상반되는 거로 믿고

　　있죠?

　　근로자1: 지금 은강에선 그래요.

　　사용자1: 잘못 알고 있어요. 사업이 잘되면 이익을 보는 것은 여러 근로자들

　　야요.

　　근로자1: 근로자들만의 이익이어서는 안 됩니다. 노사 간의 이익이어야 합니

　　다. 이것이 저희들의 이상예요. 지금은 너무 불공평합니다. 공평해야 산업

　　평화가 이뤄집니다.

사용자5: 집어치워.

사용자1: 지부장, 그 노트를 우리에게 넘겨줘요. 그리고 끝냅시다.

근로자1: 저희 요구 사항에 대한 회사 측 답변은 언제 주시겠습니까?

사용자1: 기다리지 말아요. 모든 걸 부정적인 눈으로 보는 사람들에게는 줄 것이 없어요. 여러분이 왜 우리의 발전을 부정하는지 알 수가 없어요.

근로자1: 그렇지 않습니다. 산업 전선에서 일하는 사람들이 바로 저희 근로자들이에요. 다만 그 혜택을 우리에게도 돌려야 된다는 거죠. 건강한 경제를 위해 왜 저희들은 약해져야 됩니까?

사용자1: 시간이 지나면 다 해결이 돼요.

근로자1: 근로자들은 이미 오랫동안 기다려 왔습니다.

사용자5: 감옥에나 가야 될 아이들야.

사용자3: 제발 가만히 앉아 계셔요.

사용자1: 아뇨. 그 말이 맞습니다. 밤반, 오후반 아이들이 밖에 몰려 있습니다. 애들이 조합원을 선동하여 단체 행동을 하겠다는 게 분명해요. 애들은 이미 법을 어기고 있어요.

근로자1: 아녜요. 궁금해서 모여 서 있는 거예요. 설혹 무슨 일이 일어난다고 해도 저희들은 하나를 잘못하게 되는 겁니다. 그러나 사용자는 달라요. 저희가 어쩌다 하나인 데 비해 사용자는 날마다 열 조항의 법을 어기고 있습니다.

사용자1: 문을 닫으세요.

사용자2: 양쪽 문을 다 닫으십시오. 애들을 내보내면 안 돼요. (244-248쪽)

밤일을 하다가 깜박 졸면 반장이 옷핀으로 찌르는 것은 법으로 금지되어 있으며 그 밖에도 법대로 지켜지지 않는 것이 많다고 근로자들이 항의하였을 때 사용자5는 "모든 걸 법대로 하자면 은강에서 돌아가는 기계들 대부분을 지금 세워야 한다"(241쪽)라고 대답하였다(이 발언은 회의록에서 삭제되었다). 그런데 근로자들이 생계비 수준의 준거 임금을 요구하자 이번에는 도리어 사용자들이 단체 행동을 규제하는 법에 의지한다. 임금 인상이 당장 상품의 원가를 자극하여 기업의 이윤을 감축한다고 속단하여 경영 간부들은 임금 인상에 대한 노동자의 요구에 민감하게 반응한다. 완전 고용 상태에서는 임금 인상이 물가의 상승을 초래한다. 그러나 반취업(半就業) 상태의 저임금 노동자와 잠재 실업 상태의 산업예비군이 누적되어 있는 현실에서는 임금 인상이 노동자의 구매력을 증대시킴으로써 이윤율의 상승에 기여하는 면을 무시할 수 없다. 임금 인상이 요구되는 경우는 대개 호황기인데, 임금 인상을 통하여 상품에 대한 수요가 증대되고 노동력의 시간당 생산량이 증가되는 사례는 실제로 허다하다.

노사 협의회가 결렬되고 나서 지부장인 영이는 아무도 모르는 곳으로 끌려가 일주일 동안 조사를 받았다. 조합원들은 식사를 거부하고 버티다 쓰러졌다. 임금이 15퍼센트 정도 올랐고 상여금이 100퍼센트 더 지급되었다. 경영 간부들에게 응답할 적합한 말을 찾아 영이와 함께 자료를 모아 토론하고 기록한 영수는 은강 공작창 뒷골목에서 폭행을 당하였다. 자본가들과 대화할 길이 막힌 상태에서 지부장과 지부 대의원 선거를 치르게 되었다. 회사에서는 대의원 대화에서 선출하게 되어 있는 선거 관리 위원회까지 따로 구성해 놓았다. 지부장이 총회를 소집하려고 하였으나 회사에서는 허락하지 않았다. 영수는 경영 간부들이 이성을 잃었다고 판단하였다. 회장에게 호소해 보려고 하였으나 버스터미널에서 정체를 알 수 없는 사람들에게 다시 한번 폭행을 당했다. 종업원들은 작업을 중단하고 공장 마당으로 나왔고 지부장이 그때까지 있었던 일을 그들에게 보고하였다. 조합원들은 서로 껴안고 조합을 지키자고 결의하였다. 그들의 결의에도 불구하고 은강 방직의 노동조합은 파괴되었다. "공장 안은 조용해졌다. 기계는 스물네 시간 쉬지 않고 돌았고 해고자들도 소란을 피우지 않았으며, 생산부서의 책임자들이 무섭게 다그쳐도 공원들은 저항 없이 일만 계속했다"(236쪽). 영수는 "그들이 살아가는 사람이 갖는 기쁨·평화·공평·행복에 대한 욕망들을 갖기를 바랐다"

(234쪽). 그러나 영수의 소박한 꿈이 그들에게 준 것은 고통뿐이었다. 영수는 타협의 길을 완전히 끊어 버린 억압의 중심에 회장이 있다고 생각했다. 서울 본사의 대리석 기둥 뒤에 숨어 있다가 회장으로 잘못 알고 영수는 회장의 동생을 찔렀다. 법정에서 영수는 우발적인 살의라는 변호사의 변론을 부인하였다.

"미안합니다."
변호인이 말했다.
"방금 한 말을 다시 해 주시겠습니까?"
"우발적인 살의가 아니었다고 말했습니다."
(308쪽)

영수의 목적은 노동자의 처지를 대중에게 알리는 데 있었다. 사람을 죽인 책임을 회피하려는 것은 그의 의도가 아니었다. 스스로 선택한 행동의 결과를 의연하게 책임진다는 의미에서 이 소설은 단순히 불행이 아니라 비극적 비전을 제시한다. 계급투쟁이 이윤율을 결정하고 기술혁신을 자극한다는 것은 자본주의사회의 비극적 운명이다. 그러나 계급투쟁에도 지켜야 할 최소한의 도덕이 있다. 진화론의 관점에서 볼 때 인간은 돌연변이에 의하여 발육이 부진하게 된, 특수한 종류의 원숭이이다. 발육이 부진한 새끼를 낳은 어미는 어쩔 수 없이 새끼 곁에 붙어서 새끼를 돌보게 되었고 수컷은 새끼와 어미의 먹이까지 마련하지 않으면 안 되었다. 암컷은 새끼를 돌보고 수컷은 먹이를 마련하면서 가족이 형성되었고 가족의 형성과 동시에 근친상간이 금지되었다. 상대를 가리지 않는 성행위는 누가 누구의 아버지이고 어머니이고 누나이고 누이인지를 알 수 없게 하기 때문이다. 근친상간이 금지되자 자연스럽게 가족끼리는 서로 속이지 말고 서로 해치지 말자는 정직과 관대의 기율이 형성되었고 근친상간을 금지하기 위한 여자의 교환을 통하여 이 신석기 도덕은 백만 년 동안 서서히 그러나 완강하게 확대되어 왔다. 계급투쟁이 우리 시대의 운명이라 할지라도 만일 인류사의 보편 기율을 무시한다면 공동체의 존립근거가 되는 최소한의 공동선이 파괴될 것이다. 정직과 관대의 기율은 인류 공통의 기본 도덕이다. 살면서 만나는 이 또는 저 실재를 있는 그대로 보고 그것을 관념으로 재단하지 않는 사실성(Sachlichkeit)이 기본 도덕의 근거가 된다. 실학은 기본 도덕을 지키는 사실탐구이고, 허학은 기본 도덕을 지키지 않는 관념추구이다. 경영 간부들의 허학은 기본 도덕에 위배되므로 정치적 악이 된다. 정직하고 관대한 사람이 많은 나라는 좋은 나라이고 정직하지 않고 관대하지 않은 사람이 많은 나라는 나쁜 나라라는 사실을 누가 의심하겠는가?

3) 사랑과 죽음 – 박상륭의 『죽음의 한 연구』

그는 죽은 스승의 분부대로 암자를 떠나 유리로 갔다. 그의 스승은 죽기 전에 그에게 쇠로 금을 만들듯 너 자신을 재료로 하여 너 자신 속에서 너 자신의 힘으로 너 자신의 사상을 만들어 내라고 말했다. 그도 남이 먹다 남긴 사상의 찌꺼기를 가지고 유희할 생각은 처음부터 하지 않았다. 그는 장소로부터, 습속으로부터 계속해서 탈주하던 도보 고행승의 죽음을 본 적이 있었다. 도보승에게 수행은 끊임없이 새롭게 감행하는 출가의 연속이었고 도보승이 내딛는 한 걸음 한 걸음은 새로운 출가를 향한 정진이었다. 그도 출가를 한 번으로 마치고 남이 정해 놓은 수행형식에 안주하는 것보다는 죽은 도보승이 멈춘 자리에서 다시 출발하여 출가를 반복하는 것이 그 자신의 적성에 적합하리라고 미리부터 짐작하고 있었다. 유리는 일정한 소속이 없는 수도자들이 각자 자기가 선택한 방식대로 진리를 추구하는 곳이었다. 그곳에는 수도자들 이외에 수도부(修道婦)들도 몇 사람 있었는데, 수도자가 아주 넓은 의미의 비구라고 한다면 수도부는 수도자들의 성적 갈망을 달래 주는 암컷 전부를 가리킨다는 의미에서 비구니라기보다는 자녀(恣女)라고 할 수 있을 것이다. 수도부들은 찾아오는 육체의 불에 시달리는 남자면 누구든지 거절하지 말고 그 불을 꺼 주어야 하는 의무를 지켜야 했고 그들 가운데 어느 한 사람을 애착하지 말고 세상의 모든 수컷을 공평하게 대해야 하는 규칙을 따라야 했다. 그 여자들은 집착 없는 보시를 실천하는 보살들이었다. 남녘 어디에 있는 유리는 수도자들이 들어가서 저마다 마음대로 일인 종교를 창설하는 계룡산 같은 곳이었다. 치안질서가 안정되어 있지 않다는 점에서 유리는 미등록 이주 노동자들이 모여 사는 지역과도 유사했다. 아무도 신분증을 가지고 있지 않았기에 그곳에서는 사람을 죽여도 살인죄가 성립되지 않았다. 서류 없는 사람(sans-papiers)은 사람이 아니기 때문이었다. 그런 곳에서는 자체적으로 그곳 나름의 생활양식을 형성하고 규제할 수밖에 없었기에 만일 그곳의 주민들이 살인한 자는 사형에 처한다(殺人者死)는 규칙을 정해 시행하려면 그 규칙을 집행할 사람을 뽑아서 그를 통하여 바깥세상의 치안질서에 간접적으로 귀속하도록 해야 했다. 읍에 행정을 맡는 읍장과 재판을 맡는 판관이 있듯이 유리에도 수행자를 대표하는 촌장과 수행자를 규제하는 촛불중이 있었고 상대적인 자율성을 가지고 있기는 하나 촌의 촛불중은 판관에게 복종하는 읍의 하급관리 비슷한 구실을 했다. 촌과 읍의 경계에는 처형장(處刑場)이 있었는데 읍에 사는 과부의 아들이 그곳의 관리자로서 판관의 결정대로 간수들을 지휘하고 죄수들의 형을 집행했다.

달포쯤 걸어서 도착한 그는 옷을 벗고 유리로 들어갔다. 유리에 사는 사람들은 남녀를 막론하고 장옷으로 얼굴을 가리고 있었다. 그는 유리의 샘터에서 40대의 존자승과 60대의 염주승을 만났다. 외눈의 염주승은 와선(臥禪)하는 존자승의 제자였다. 너무 오래 누워 있어서 움직이기 어려울 정도로 비만해진 존자승은 누워서 4행시를 외고 있었다.

몸은 보리수이니 (몸은 보리수나무이고)

마음은 밝은 거울 틀과 같네. (마음은 밝은 경대와 같다.)

때때로 부지런히 털고 닦아서 (쉬지 말고 부지런히 닦아서)

먼지며 티끌 못 앉게 하세. (티끌이 일지 않게 하라.)[99]

　먹는 것과 말하는 것을 조심하고 살도음(殺盜淫)을 범하지 않는 것이 몸을 깨달음의 질료로 만드는 방법이다. 경대는 큰 거울이 달린 화장대이다. 화장대 서랍에 담긴 화장품으로 화장대 거울을 보며 얼굴을 단장하듯이 마음에 구비되어 있는 지성과 감성으로 마음을 바른길로 향하게 하고 몸으로 옳은 일을 찾아 실천하는 것이 공부의 방법이다. 존자는 나쁜 짓을 피하려고 아무 일도 하지 않고 누워 있었고 그의 제자 외눈 중은 나쁜 짓을 하지 않으려고 존자승의 옆에서 염주만 굴리고 있었다. 그들에게는 출가가 위험한 결단이 아니라 안전한 타성이었다. 그는 인간에게 몸과 마음은 대상의 문제가 아니라 주체의 문제이기 때문에 깨달음(보리)은 나무가 아니고 마음(거울)은 가구가 아니라고 생각하였다.

　　보리에 본디 나무가 없고 (보리에는 나무가 없고)

　　밝은 거울 또한 틀이 아닌데, (명경은 가구가 아니다.)

　　본래 한 물건도 없는 터에 (본래 물건이라고 할 게 하나도 없는데)

　　어디에 먼지며 티끌 앉을까. (티끌이 어디에서 일어나겠느냐.)[100]

　둔황 필사본 『육조단경』에는 이 시와 함께 이 시의 이본 두 수가 실려 있다.

　　보리에는 본래 나무가 없고

　　명경에는 또한 받침대가 없다.

　　부처의 성품은 항상 맑고 깨끗한데

99　박상륭, 『죽음의 한 연구』, 문학과지성사, 2020, 99쪽.

100　박상륭, 『죽음의 한 연구』, 69쪽.

어디에 티끌이 있겠느냐.

마음이 보리수나무라면
몸은 밝은 경대가 된다.
거울은 본래 맑고 깨끗한 것이니
티끌이 어디에 물들 것인가.[101]

이 시들과 함께 읽을 때 공부와 수행을 대립시키는 이원화가 반드시 실제에 부합하는 판단이라고 할 수는 없을 것이다. 호적(胡適)은 오조 홍인의 두 제자, 신수와 혜능의 대립을 혜능의 제자 신회(神會, 684-758)의 천재적 구상이라고 해석하였다.[102] 그는 마음과 몸 사이에 치매가 개입하여 존자승의 비계를 만들었고 두 눈으로 보아야 할 참을 한 눈으로 보는 앎으로 제한하여 염주승은 외눈이 되었다고 비판하였다. 그는 그곳에서 진리를 지식으로 치환하는 망상에서 탐욕과 편견이 생긴다는 사실을 확인하였다. 그는 머리를 물에 처넣어 존자승을 익사시키고 외눈을 손가락으로 찌르고 머리를 돌로 쳐서 염주승을 타살하였다. 그는 살해가 그들에게나 그 자신에게나 탐욕과 편견으로부터 해방시키는 자비가 될 수 있다고 생각하였다. 그는 그렇게 생각하고 살해를 결단하였다. 그러나 해골승에게 살해를 고백하고 고백한 것이 알려질까 두려워 그 노승을 바위로 눌러 압사시켜 버리는 것은 그 자신이 살해를 탐욕과 편견으로부터의 해방이라고 확신하지 못하고 있다는 증거가 된다. 장옷을 벗겨 보니 해골승은 숨을 멈춰 죽었다고 믿게 하고 그를 유리로 보낸 후에 유리로 뒤따라온 그의 스승이었다. 모두 장옷을 입고 있었기 때문에 누가 촌장인지 알 수 없었으나 그는 스승을 살해한 후에 스승이 유리의

101 필립 B. 얌폴스키, 『육조단경연구』, 연암종서 역, 경서원, 1992, 299쪽.
102 胡適, 『胡適學術文集』, 北京: 中華書局, 1997, 190쪽.

5조 촌장이었다는 것을 처음으로 알았다. 피투성이가 되어 숨을 거두면서 스승은 가지고 다니던 4조의 두개골을 유산으로 그에게 주었다. 그는 고아가 되었다. 그에게는 스승의 종교를 배반하고 혼자서 자기의 종교를 창설하여 변절하고 개종하는 길이 남아 있을 뿐이었다. 스승은 "나의 죽음이 너에게 쑥과 마늘이 되기를 바라는 바"[103]라고 말했다. 곰은 쑥과 마늘을 먹고 사람이 되어 단군을 낳았지만 그에게 양식거리라고는 빻은 솔잎뿐이었다. 유리로 들어오던 날 만나 함께 잔 수도녀의 안내로 마른 늪 주변에 토굴을 파고 그는 스승의 유언에 따라 유리의 마른 늪에서 고기를 낚기 시작하였다. 동쪽 끝에는 존자승을 익사시킨 샘이 있고 서쪽 끝에는 수맥 끊긴 늪이 있었다. 마른 늪에서 산 고기를 낚으면 촌장으로 추대하고 산 고기를 낚지 못하면 사형수로 처단하는 것이 수도자의 죄를 다스리는 유리 고유의 법이었다. 그가 읍으로 떠나면 그는 유리 사람이 아니므로 유리의 법은 효력을 상실하게 되며 그가 고기를 낚았다고 거짓말을 하면 자기를 속인 사람은 수도자가 아니므로 그때에도 유리의 법은 그에게 효력을 상실하게 되어 있었다. 그러나 그가 수도자로서 유리에 남아 있는 한 그는 유리의 법을 따라야 했다. 스승은 그에게 40일 안에 고기를 낚아야 한다고 지시했는데 그는 음행과 살인으로 이틀을 보냈다. 촛불중은 열대여섯 살 무렵 아내의 방에 친구를 들여보내고 간통하는 장면을 엿보다가 도끼를 들고 들어가 두 사람을 죽이고는 10여 년 전에 유리로 와서 수도자가 되었다. 촛불중은 색념(色念)이 일어나면 수도부 가운데 하나를 토굴로 불러들여 음욕으로 음욕을 근절시켰고 마심(魔心)이 일어나면 가랑이 사이에 촛대를 세우고 아편으로 촛불 속에 얼크러지는 마환(魔幻)으로 마근(魔根)을 항복시켰다. 그는 촛불중의 후문에 자신의 남근을 찔러 넣었다. 여자의 하문이나 남자의 후문이나 모든 관계는 뭍혔다 살아나는 죽음과 재생이며 열렸다 닫히는 살림과 죽임이었다. 촛불중은 다음 날 뱃속에 이

103 박상륭, 『죽음의 한 연구』, 106쪽.

물이 들어와 앉아도 낙태를 시키려고 애쓰면 안 된다고 그에게 말했다. 촛불중은 그를 제 속에 있는 아이의 아버지라고 불렀다. 화두란 원래 몸속에 박힌 돌을 가리키는 것이었다. 그 돌을 그대로 놓아두는 것이 죽기보다 더 괴로워서 밤낮으로 애태우다가 어느 날 돌이 없어지는 체험을 하면 그때부터 삶과 죽음, 병과 늙음에 좌우되지 않을 수 있게 되는 것이다. "개에게도 불성이 있는가?[狗子還有佛性也無?]"라는 질문에서 없을 무(無) 자가 몸에 박힌 돌이되면 부처와 개의 차별이 없어질 때까지 세계는 지옥이 된다. 부처는 부처의고유성을 완성하고 개는 개의 고유성을 완성함으로써 진정으로 부처를 만나면 부처가 친구가 되고 개를 만나면 개가 친구가 될 때 화두라는 결석이 녹아없어진다. 부처가 개보다 대단할 것도 없고 개가 부처보다 하찮을 것도 없다는 마음이 바로 파괴되는 색은 색대로 소중하고 파괴되지 않는 공은 공대로소중하다는 공즉시색(空卽是色)의 불심이다. 물은 물대로 중요하고 지는 지대로 중요하다는 격물치지(格物致知)도 같은 의미일 것이다. 누구나 수긍할 수있는 말이겠으나 실천하기는 어려운 이야기이다. 안 먹어 아프지 말고 많이먹어 탈 나지 말라는 말을 모르는 사람이 없지만 어떻게 먹는 것이 알맞게 먹는 것인지 아는 사람을 만나기는 어려울 것이다. 그래서 화두는 머리로 생각하지 말고 아랫배로 생각하라고 하는 것이다.

유리에 들어와서 처음으로 만난 수도부가 그에게 시집오겠다고 혼자서 결정하고 그를 찾아왔다. 이제부터 다른 남자는 받지 않겠다고 했다. 그는 서른세 살이었고 그녀는 스무 살이었다. 딸 하나밖에 없는 읍의 관관도 아들을낳아 주면 집에 들이겠다고 그녀를 구슬렸고 촛불중도 수도부들 가운데 유독 그녀만 보냈다. 남자는 양이고 여자는 음이다. 하문은 남근의 소멸과 비상을 동시에 가능하게 한다. 자궁은 남근의 무덤이면서 동시에 출산의 터전이다. 남자와 여자의 관계는 음과 양의 이자 관계가 아니라 '태양-소양-태음-소음'의 사자 관계이다. 남편은 태양이고 아들은 소양이며 아내는 소음이고 어머니는 태음이다. 남자는 남편이고 아들이며 여자는 아내이고 어머니이다. 아들은 어린 남편이고 남편은 늙은 아들이며 아내는 어린 어머니이고 어머니는 늙은 아내이다. 하나의 원을 '집합 A'라고 하고 다른 하나의 원을 '집합 B'라고 할 때 두 개의 원을 일부가 겹치도록 그리면 두 원의 사이에 겹쳐져 있는 부분을 '집합 A'와 '집합 B'의 교집합이라고 한다. 두 개의 각과 두 개의 변과 두 개의 극(초점)을 가지고 있는 그 교집합의 모양에서 그는 존재의 기본형식과 생명의 근본형태를 보았다(박상륭은 그것을 타원이라고 했는데, 타원 위의 한 점에서 타원 밖의 준선에 이르는 선이 타원 위의 바로 그 한 점에서 타원 안의 초점에 이르는 선보다 크다는 타원의 정의에 따르면 두 개의 각과 두 개의 극과 두 개의 변을 가지고 있는 형태를 타원이라고 부를 수는 없다). 그 모양이 안에서 보면 하문이 되고 밖에서 보면 남근이 되기 때문이었다. 음과 양의 어울림이 아니라 음과 양의 어긋남을 나타내는 그 모양은 그에게 죽음의 바다에서 헤엄치는 한 마리의 물고기를 상징했다.

12일째 되던 날 번개 치는 밤에 실성하여 바위에서 떨어진 그는 언덕으로 올라가 낚싯대를 잡고 번갯불을 향하여 휘두르고 낚싯줄로 만류하는 그녀의 목을 조르다가 기절하였다. 여자의 통곡 소리에 깨어난 그는 벌을 다 받기 전에는 족쇄를 풀어 주지 않는 그의 몸이 바로 그가 유형당한 땅이라는 사실을 깨달았다. 유리에서 두 주일을 보내고 그는 그녀에게 말하지 않고 읍으로 떠났다. 그녀는 읍 사람을 일컬어 개가 아이를 물어도 말릴 생각을 안 하고 구경만 하는 쌍놈들이라며 욕했다. 그녀는 돈이 있으면 절하고 돈이 없으면 침 뱉는 자들이 사는 읍에는 술쟁이, 아편쟁이, 노름쟁이, 예수쟁이, 머릿병쟁이들이 많아서 가기 싫다고 했다. 동쪽의 큰 집에는 읍장인 장로가 살고 서쪽의 큰 집에는 판관인 장로의 아들이 사는데 장로는 떠돌이 수도자들을 후하게 대접하며 검은 옷을 입고 말을 타고 다니는 장로의 손녀는 동생 삼고 싶을 만큼 곱다는 그녀의 이야기를 듣고는 그는 장로에게 한번 가 보라고 한 스승의 말을 기억했다. 그는 읍으로 들어가는 어귀에서 허물어져 가는 교회당을 발견하고 밤을 보내기 위해서 안으로 들어갔다. 150명 정도를 수용할 수 있을 듯한 그 교회에는 목사가 기도하는 자세로 엎드린 채 죽어 있었다. 그는 교회 안을 돌아다니며 시끄럽게 울어 대는 고양이를 잡아서 목을 비틀어 죽였다. 아침이 되어 밖으로 나오다가 그는 뒤통수를 맞고 쓰러졌다. 깨어나서 그는 그를 묶어 놓고 불에 태워 죽이려고 하는 대여섯 명의 사내들을 보았다. 그의 발은 이미 화상을 입었다. 그들은 고양이 귀신이 들린 그를 화형에 처해 그 재를 먹으면 만성 두통이 낫는다고 믿고 있었다. 그들에게는 잠식하는 인신을 태운 재가 풀만 넣고 달인 보중익기탕보다 더 좋은 약이 되리라는 것은 의심의 여지가 없는 사실이었다. 판관의 제지와 장로의 설득으로 풀려난 그는 장로의 집에 기식하게 되었다. 장로네 사랑에서는 일요일마다 이십여 명이 모여 예배를 했다. 장로 집에 머무는 수도자는 누구나 설법을 해야 한다는 말에 그는 집회에서 원죄와 삼위일체에 대하여 설교하였다. 그는 "하느님이 땅의 흙으로 사람을 지으시고 생명의 숨결을 그의 코에 불어넣으시니 사람이 생명체가 되었다"(창세기 2:7)라는 문장과 "실로 너는 진토에 불과하니 진토에 돌아갈 것이다"(창세기 3:19)라는 문장을 비교하여 인간에게 죽음은 처음부터 정해져 있는 사실이었으며 선악과를 먹은 후에 달라진 것은 사실과 사실 인식의 차이뿐이라는 말로 그의 설법을 시작하였다. 원죄란 자기가 죽어야 할 존재임을 모르면서 살다가 죽는 동물 중생과 자신의 죽음을 의식하면서 살다가 죽는 인간 중생의 차이를 가리킨다는 것이다. 무한하다는 착각에서 벗어나 유한성을 존재의 근본 조건으로 수락하는 것은 인간적 성숙의 척도가 된다. 전능성을 포기하지 않으면 인간은 노동체계에 편입되지 못한다. 수도자가 한 번의 출가로 끝내서는 안 되고 지금 이곳에서 언제나 새롭게 출가를 결단해야 하듯이 신도 한 번의 창조로 끝내서는 안 되고 언제나 지금 이곳에서 새롭게 창조를 결단해야 한다. 태초의 신인 성부가 음이고 체이고 흑이며 종말의 신인 성자가 양이고 용이고 적이라면 지금 이곳의 신인 성령은 음양이고 체용이고 백이다. 현재화하지 못하는 과거와 미래는 자궁을 열지 못하는 악령에 불과하다. 태초에서 종말로 움직이는 성부의 시간과 종말에서 태초로 움직이는 성자의 시간이 만나 형성하는 성령의 시간은 창조적 활동성의 바탕이 되지만 악령의 시간은 과거와 미래를 고정하고 응고시키는 타성적 물신성(우상숭배)의 바탕이 된다. 그는 성령을 양(陽)을 싸안고 있는 음문[陰門=하문(下門)=여근(女根)]에 비유하였다. 그는 묵시록의 네 기사가 탄 말들 가운데 흑마, 적마, 백마를 성부, 성자, 성령에 비정하고 청황마를 우주 창조의 동력인이 되는 독(환란=죽음)에 유비하면서 창조에는 죽음이 필요한데 신은 죽지 못하므로 지금 이곳에서 항상 새롭게 우주를 쇄신하기 위해서는 신도 살과 피를 취해야 했다는 말로 그의 설교를 끝냈다. 논리와 윤리로 이해할 수 있는 상징계의 신은 영원의 상(相) 아래서 편안하지만 선악을 초월한 실재계의 신은 계속해서 사람이 되어 십자가에 못 박히는 창조의 고통 그 자체이므로 인간은 물건이라고 할 만한 것이 하나도 없는 궁극적인 주체성의 세계에서 위기와 동요, 혼란과 모순을 견뎌 내면서 죽음의 메마름을 받아들일 수밖에 없다는 것이다. 그에 의하면 죽음은 똥과 오줌 속에서 단련된 금이고 보석 속의 연꽃이고 연꽃 보석이었다. 여린 연꽃과 단단한 보석을 하나로 묶는 "옴 마니 파드메 홈"에는 인간 전체의 궁극적 관심이 들어 있다.

그는 스무 명 정도의 노동자들과 함께 교회를 해체하는 작업 현장에서 벽돌 나르는 일을 하면서 읍에서 한 주일을 보냈다. 유리에서 그녀에게 벗은 몸을 보여 주었듯이 그는 읍의 북쪽 호숫가에서 벗은 몸을 장로의 손녀에게 보여 주었다. 장로의 손녀가 타는 가야금 산조에서 안주의 유혹을 느꼈으나 그는 처녀의 눈물을 뒤로하고 처형의 땅이 될 유리로 돌아왔다. 유리로 돌아가면 그는 30일 이내에 죽기를 자청하도록 결정되어 있었다. 죽음의 방법은 그 자신이 선택할 수 있으나 그 대신에 그는 촛불중에게 일정한 형벌을 미리 받아야 했다. 그가 펄펄 뛰는 산 고기를 촛불중에게 보여 주지 못했기 때문이었다. 그의 토굴에는 하문과 후문이 찢어져 피투성이가 된 그녀가 죽어가고 있었다. 그녀는 그의 아내가 되었으니 다른 남자와는 자지 않겠다고 꽹

이를 들고 저항하다가 촛불중에게 강간당하고 비상을 먹었다. 그는 이로 자신의 혀끝을 물어뜯어 끝까지 그와 함께 가고 싶어 하는 그녀의 목구멍 깊숙이 말[言語]을 넣어 주었다. 말을 할 수 없게 된 그는 침묵 속에서 나흘 동안 썩어 가는 그녀의 육신을 바라보고 또 한편으로는 중유(中有)를 떠도는 그녀의 의식을 바라보았다. 하나의 생노사와 또 하나의 생노사 사이에 있는 중유에서 길을 잃지 않도록 그는 그녀에게 해방의 기원을 전했다. 그러나 그는 그녀가 그에 대한 집착 때문에 해방이 아니라 환생을 택하고 품어 줄 자궁을 향하여 떠나는 것을 보았다. 그녀는 물고기가 되어 그가 받고 있는 형벌을 대신 받겠다고 말해 왔었다. 촛불중은 예형(豫刑)으로 그의 두 눈에 비상이 섞인 촛농을 부었다. 이제 그는 그 자신의 내밀한 것에 의지하여 모든 악업의 허깨비들을 견뎌 낼 수밖에 없게 되었다. 장로의 손녀가 그를 찾아왔다. 한 번도 남자를 품어 본 적이 없는 처녀가 그의 수분을 받고 싶어 했다. 그는 기도하고 예배하는 경건함으로 그의 수분을 처녀의 자궁에 바쳤다. 그들은 동틀 때까지 밤새 흑, 백, 적이 세 번 전이되어 한 양태를 이루고 한 양태가 세 번 전이되어 한 단계를 이루고 한 단계가 세 번 전이되어 한 주기를 이루는 모든 고비를 넘고 함께 평화를 얻었다. 그것은 무섭게 이기적이면서 동시에 무섭게 희생적인 생사의 고비들이었다. 그는 촛불중에게 광주리나 망태기에 담겨서 죽을 때까지 높은 나뭇가지에 매달려 있고 싶다고 적어 주었다. 그는 30일 안에 사형을 집행해야 한다는 유리의 법을 지키기 위하여 식음 전폐라는 방법을 선택하였다. 형장에서 촛불중은 그의 발에 입 맞추고 그에게 세 번 절했다. 그는 해골을 촛불중에게 전했다. 마른 늪에서 고기를 낚지 못했으나 죽음으로 그는 유리의 6조 촌장이 되었다. 그는 일주일 동안 공중에 달려 있었다. 그는 그녀가 죽어서 부패하는 것을 바라본 것처럼 그 자신이 죽어 가는 것을 바라보았다. 그는 안 먹어도 똥오줌이 나온다는 것을 알았고 몸이 물, 불, 흙, 바람으로 해체되기 시작하는 것을 느꼈고 구토와 멀미 속에서 추위와 슬픔과 공포와 외로움이 동요하고 폭발하는 것을 보았고 끝내 환생을 수락하였다. 부처가 되어도 똥 마려우면 똥 누고 구역질 나면 토하고 정액이 넘치면 쏟아 내고 졸리면 자야 한다면, 좋다 그러면 다시 한번 고아가 되어서 이 세상을 헤매 보자고 결정한 것이었다. 그는 생명줄이 풀리면서 집착과 희망이 멀어지고 마음이 열리는 것을 느꼈다. 모든 인간에게 첫 언어와 마지막 언어는 울음이라는 것을 알았고 울음이 곧 옴(Om=Amen)이고 사마야삼매야(三昧耶)=제구장(除垢障)라는 것을 깨달았다. 그는 존재와 비존재의 핵심을 하나의 소리로 응축하여 삼키고 내뱉었다. 메마른 연기 빛에 덮여 있는 세상 끝에서 물고기가 된 그녀가 그를 향해 걸어오는 것을 보면서 그는 세상에서의 마지막 춤을 추었다. "목숨을 들어 귀의하나이다."

참고문헌

권영민,『한국현대문학사』, 민음사, 1993.

김사엽,『조선문학사』, 정음사, 1948.

김윤식·김현,『한국문학사』, 민음사, 1973.

김태준,『조선한문학사』, 한성도서주식회사, 1931.

려증동,『한국문학사』, 형설출판사, 1973.

리해산,『조선한문학사』, 연변대학출판사, 1995.

문선규,『한국한문학사』, 정음사, 1961.

백철,『신문학사조사』, 신구문화사, 1968.

안확,『조선문학사』, 한일서점, 1922.

이가원,『조선문학사』상·중·하, 태학사, 1995-1997.

이명선,『조선문학사』, 조선문화사, 1948.

이병기·백철,『국문학전사』, 신구문화사, 1957.

정한숙,『현대한국문학사』, 고려대학교출판부, 1982.

조동일,『한국문학통사』1-5, 지식산업사, 1982-1988.

조연현,『한국현대문학사』, 성문각, 1969.

조윤제,『국문학사』, 동국문화사, 1949.

Cho, Dong-il·Daniel Bouchez, *Histoire de la Littérature Coréenne*, Paris: Fayard, 2002.

Lee, Ki-Moon, *Geschichte der Koreanischen Sprache*, übersetzung von Bruno Lewin, Wiesbaden: Dr. Ludwig Reichert Verlag, 1977.

Lee, Peter H.(ed.), *A History of Korean Literature*, Cambridge: Cambridge University Press, 2003.

찾아보기

❖ 작품명 ❖

❖ 인명 ❖